ROBERT BURNS

I

LA VIE

PARIS, HACHETTE ET Cⁱᵉ. 1893.

A

M. ÉMILE CHARLES

CORRESPONDANT DE L'INSTITUT

RECTEUR DE L'ACADÉMIE DE LYON

JE DÉDIE CE LIVRE

EN TÉMOIGNAGE DE RESPECT ET D'AFFECTION.

AUGUSTE ANGELLIER.

PRÉFACE.

Après un siècle on sait ce que vaut la renommée d'un poète, et quelles verdures les contemporains ont plantées sur sa tombe : si c'étaient des peupliers et des bouleaux, essences de quelques années, ou le chêne qui résiste aux âges. Parmi les gloires poétiques qui ont éclaté en Angleterre à la fin du dernier siècle et au commencement du nôtre, quelques-unes se sont flétries ; il n'en est pas qui ait plus régulièrement grandi que celle de Robert Burns. Il est désormais, pour une fraction considérable et supérieure de l'humanité, un grand poète d'usage quotidien, un de ceux où des milliers d'âmes trouvent le froment et le vin. Le rameau qui fut planté sur sa fosse est devenu un arbre puissant, indestructible.

Il nous a paru que Burns n'était pas assez connu en France, si l'on songe à la place que son nom tient désormais dans le monde. Les quelques études qui ont été écrites sur lui sont sommaires ; la plupart ont été produites avant que les derniers documents, dont quelques-uns sont importants, aient été publiés. Il nous a paru aussi que, même après les biographies anglaises, dont plusieurs sont admirables, il était encore possible d'élucider certains moments intérieurs de sa vie. Cela nous a engagé à entreprendre ce travail. Sans doute une secrète sympathie pour cette âme curieuse et forte nous y poussait obscurément.

Sa vie est, en effet, intéressante et instructive entre toutes. C'est pour ainsi dire une vie type. Par la violence et la variété des sentiments et des vicissitudes, par le mélange de hautes intentions et d'accomplissements débiles, par certaines crises maîtresses et essentielles, elle est une figure à la fois complète et rare de la vie humaine. Et, plus précisément, par l'effort et l'énergie de la jeunesse, l'indécision et le vacillement de la maturité, le relâchement et la déchéance des dernières années, elle offre, avec des proportions plus amples et des accents plus forts, l'image et le tracé de tant d'existences, entreprises avec confiance et courage, mollement maintenues au moment décisif, achevées dans les regrets et les remords. Elle est comme un exemplaire, fait d'un métal fin et frappé d'une empreinte forte, de la majeure partie peut-être des destinées qui se débattent sur ce globe.

Nous avons pensé que cette existence ne pouvait prendre son intérêt, son enseignement entiers, que si toutes les situations en étaient étudiées dans leur forme particulière et dans leur étroite succession. Ces études, à leur tour, ne pouvaient avoir de portée et de pénétration que si elles étaient assez détaillées pour revêtir l'intensité que ces situations eurent vraiment. Nous avons voulu reconstituer, avec tout le drame qu'elles contenaient, les crises de cœur, de conscience, ou de circonstances, dont fut formée cette destinée. En d'autres termes, nous avons essayé d'en écrire le roman, mais un roman réel, établi sur des faits, des lettres, des aveux. Nous voulons, par ce mot, indiquer notre effort pour remettre ces moments d'émotion dans la vérité vécue, pour les évoquer tels qu'ils furent dans le cœur qu'ils bouleversèrent. C'est une tentative pour reconstituer la réalité avec une pleine exactitude.

Le résultat inévitable de cet essai est un développement qu'on trouvera sans doute excessif; on nous reprochera d'avoir donné trop de place à des faits qui se retrouvent dans les souvenirs de beaucoup d'hommes. Nous pourrions répondre qu'il n'y a pas de faits peu importants quand ils renseignent sur une âme importante; et que souvent les faits les plus communs fournissent les plus probants indices pour connaître une conscience. Mais nous désirons revendiquer plus franchement et plus largement la méthode suivie dans ce travail. Si les actes ordinaires de gens ordinaires, étudiés avec minutie dans ce qu'ils ont d'individuellement intense et de généralement humain, suffisent à faire vivre le roman et le théâtre, pourquoi n'y aurait-il pas, dans une vie réelle, dans celle surtout d'un homme qui a senti plus que les autres, les mêmes situations de roman et de drame, la même émotion et les mêmes leçons. Que dis-je? L'impression est ici plus poignante et l'enseignement plus haut par la vérité des événements et la valeur de celui qui les a vécus. La même angoisse peut naître des crises d'un cœur qui a palpité que des crises de cœurs imaginaires. Toute étude psychologique d'un homme, si elle remontait à ce qui fut la réalité, se retrouverait devant une de ces analyses qui semblent réservées aux romanciers et aux dramaturges. La foncière étude d'un homme d'État, d'un artiste, d'un poète, d'un ambitieux ne diffère pas de l'étude du père Grandet ou de Macbeth. Et souvent les situations réelles ne le cèdent ni en grandeur ni en cruauté aux situations inventées. Celui qui essaye de reconstituer une âme, au moyen des débris qu'elle a laissés d'elle-même, se trouve, le plus souvent, en face d'une suite de scènes qui furent des drames ; et l'on ne crée un drame que par la minutie du décor et du détail, eux seuls redonnent à un épisode ordinaire l'importance, la gravité majeure et comme l'accaparement qu'il eut pour les âmes qui en attendaient la tristesse ou la joie.

On me dira peut-être que j'ai été trop indulgent, que j'ai trop excusé une vie chargée de défaillances. Je répondrai : je n'ai pas été indulgent dans les faits ; je ne les ai pas atténués ; je n'en ai pas dissimulé un seul ; il en est même plusieurs dont on n'avait pas aperçu la portée, je l'ai indiquée, à ce point que certains admirateurs du poète pourront me reprocher d'avoir été dur pour lui, d'avoir fait entrer le soleil dans certains coins qui auraient pu demeurer obscurs. Je n'ai pas non plus été indulgent dans l'interprétation de ces actes de faiblesse et d'égoïsme. Je crois avoir donné à chacun d'eux sa notation morale, mesurée surtout aux souffrances dont ils furent la cause. L'indulgence apparaît seulement dans le jugement général sur l'homme, en tenant compte du bien qu'il y avait en lui, de ses qualités, de ses efforts, des circonstances de sa vie, des entraînements d'une nature qui a fait partie de son génie. Là, en effet, l'indulgence existe ; elle n'est autre chose que de l'équité. Je ne suis pas un juge pour condamner mon semblable ; je n'en ai pas l'infaillibilité, et le cruel office ne m'en est pas imposé ; je parle avec pitié et précaution des faiblesses apparentes d'un frère humain, d'un grand frère humain, dont je ne connais pas toute la vie, dont je ne sais pas toutes les souffrances, dont je ne puis mesurer les desseins, dont je n'ai pas pesé les regrets, dont je ne touche que la grossière écorce que les actes font autour des intentions de l'âme. Il y avait à la Renaissance un médailleur italien dont le nom a été perdu. Il avait l'habitude de graver au revers de ses œuvres la figure de l'Espérance, et on lui a donné le nom charmant de « médailleur à l'Espérance ». De même, si c'est le devoir pour l'historien de montrer clairement les faits, il serait beau que derrière chacun de ses jugements on aperçût toujours la marque de bonté. Il n'y aurait pas à nos yeux de plus haut titre, pour un critique dont le nom serait inconnu ou oublié, que d'être désigné, même sur une seule page sauvée, comme le critique de l'Indulgence.

LA VIE.

CHAPITRE I.

ALLOWAY ET MONT-OLIPHANT.
1759-1777.

I.

ALLOWAY. — L'ENFANCE.

A deux milles environ au sud de la petite ville d'Ayr, en Écosse, sur la route qui longe la mer près de la côte, se trouve un cottage de paysan, blanchi à la chaux, qui est peut-être, après la petite maison de Shakspeare à Stratford-sur-l'Avon, le lieu de pèlerinage littéraire le plus fameux de la race anglo-saxonne. Ce ne sont pourtant pas les endroits consacrés qui manquent en Angleterre, et l'affluence des fidèles ne leur fait pas défaut. Aucune race n'a davantage le culte, parce qu'aucune n'a autant l'orgueil, de ses grands hommes. Les ruines de Newstead Abbey, avec les souvenirs orageux de Byron ; la bourgeoise maison de Cowper à Olney ; la résidence gothique de Walter Scott à Abbotsford ; la paisible demeure de Wordsworth à Rydal Mount sont, chaque année, visitées par des milliers de voyageurs venus de tous les coins du monde, où l'on parle anglais. Mais elles le sont surtout par des catégories particulières d'admirateurs ; elles attirent de préférence telle ou telle classe d'âmes, selon que celles-ci ont plus d'affinité pour la révolte, la douceur, la santé d'esprit ou la méditation sereine. Aucun de ces lieux n'est l'objet d'un culte aussi général que cette petite chaumière d'argile. C'est là que naquit Robert Burns. Sa vie et ses œuvres sont en effet assez pleines d'un intérêt unique pour exciter toutes les curiosités, assez pleines d'infortunes et de beautés pour exciter toutes les pitiés et toutes les admirations.

Son père William Burns, ou plutôt, pour écrire son nom comme il l'écrivait lui-même, Burnes, venait du nord-est de l'Écosse, du Kincardineshire. C'était le fils d'un fermier ; il avait été élevé sur la côte austère et âpre de la mer du Nord, parmi les ruines du château de Dunnottar, sur l'ancien domaine de la famille des Keith-Marischal dont les

biens avaient été confisqués après la révolte de 1715. La destinée avait
été rude pour lui. Vers l'âge de 19 ans, il avait été, en même temps
qu'un frère aîné, forcé de s'éloigner pour aller gagner sa vie. « J'ai
souvent, dit Gilbert Burns, entendu mon père décrire l'angoisse qu'il
ressentit, quand ils se séparèrent au sommet d'une colline, sur les confins
de leur lieu de naissance, chacun prenant sa route à la recherche
de nouvelles aventures et sachant à peine où il allait [1]. » William
Burnes avait d'abord séjourné à Edimbourg où il avait travaillé de
son métier de jardinier. Puis il avait traversé l'Écosse et était venu
vers l'ouest, s'établir dans l'Ayrshire. Après avoir servi les autres
comme jardinier, il avait loué sept acres de terre, près du pont du
Doon, pour s'y établir comme pépiniériste. Sur ce terrain, près de la
vieille église du village d'Alloway, il avait de ses propres mains
bâti le cottage aux murs d'argile, qui est maintenant un des joyaux de
l'Écosse. Au mois de décembre 1757, il y avait amené sa femme de
beaucoup plus jeune que lui, Agnes Brown, fille d'un fermier du Carrick.

A coup sûr, ce n'était pas un homme ordinaire. Froid, sévère,
silencieux et sombre, singulièrement honnête, il vivait retiré en lui-
même. Il semble avoir inspiré autour de lui un sentiment un peu timide
de vénération et d'affection, comme il arrive aux hommes austères et
bons. Sa femme avait pour lui un amour plein de déférence ; lorsqu'il
grondait ses enfants, ce qu'il faisait rarement, ils l'écoutaient avec
une sorte de terreur respectueuse. Il avait eu l'art de gagner l'estime
et le bon vouloir de ceux qu'il employait, et celui de conserver toute sa
dignité devant les gens d'une position plus élevée que la sienne.
Sous ces dehors glaciaux et rigides, il cachait une faculté d'observation
pénétrante et une disposition à l'emportement dont Robert hérita sans
sa puissance à la maîtriser. « Pendant de nombreuses années de vie
errante ou de séjours, dit celui-ci en parlant de son père, il avait ramassé
une assez grande somme d'observation et d'expérience, à laquelle je dois
la plus grande partie de mes faibles prétentions à la sagesse. J'ai rencontré
peu de personnes qui comprissent les hommes, leurs mœurs et leurs
façons aussi bien que lui. Mais une intégrité obstinée et une irascibilité
fougueuse et ingouvernable sont de mauvaises conditions pour réussir.
Je naquis donc le fils d'un homme très pauvre [2]. » Murdoch, le maître
d'école de ses fils, dans le portrait qu'il en traça plus tard, dit qu'il ne le

---

[1] *Narrative by Gilbert Burns of his Brother's Life.* Scott Douglas. Vol. IV.
Appendix C.

[2] *Lettre autobiographique de Robert Burns au Dr Moore, datée de Mauchline 2
Août 1787.* Cette lettre est un document capital pour la première partie de la vie de
Burns. — Tous les renvois aux œuvres de Burns, soit en vers soit en prose, sont faits,
lorsqu'il n'y aura pas d'autre indication, sur la belle édition de W. Scott Douglas : *The
complete Works of Robert Burns.* Edinburgh. William Paterson, 6 vol. in-8°. C'est
pour longtemps sans doute l'édition définitive.

vit que deux fois en colère : une fois parce que les moissonneurs n'avaient pas fauché un champ comme il était dit; une autre fois parce qu'un vieillard avait tenu devant lui une conversation avec des allusions grivoises [1]. Mais, Murdoch vécut peu de temps avec lui, et ne le voyait que par intervalles. Burns, dans sa lettre au Dr Moore, revient une seconde fois sur cette disposition : « Il était, dit-il, sujet à de fortes colères. » Evidemment il y avait chez lui des réserves d'orage qui ne parurent jamais ; mais parfois un éclair ou un grondement perçaient la froideur de l'aspect. L'orage éclata chez le fils, avec tous ses ravages et toutes ses beautés.

La mère de Burns était la fille d'un fermier du Carrick, et ce détail a son importance. Tandis que la partie de l'Écosse méridionale qui s'étend à l'est des collines des Lowther jusqu'à la mer du Nord, avait été envahie par les Angles et devenait saxonne, toute la contrée qui s'étend à l'ouest des mêmes collines jusqu'à la mer d'Irlande et qui constituait le royaume breton de Strathclyde, était restée autrefois celtique. Lorsque plus tard les Angles pénétrèrent dans la vallée de la Clyde et jusque dans les plaines d'Ayrshire, la partie sud de cette région, le Galloway, resta pur de tout mélange [2] ; la population gallique, qui n'a pas cessé de l'habiter, déborda même sur une partie du comté d'Ayr et couvrit le district de Carrick qui en forme le coin méridional, contre la mer [3]. C'est de ce bout de terre, où s'est conservé un fonds de sang gaulois, que venait la mère de Burns. Elle était petite, extrêmement vive et active, d'une humeur gaie, avec une chevelure d'un roux pâle et de magnifiques yeux noirs. Elle avait le goût celtique pour la musique, elle savait une inépuisable quantité de vieilles chansons et de vieilles ballades qu'elle chantait fort bien et dont sûrement elle berça son fils. C'est à elle bien plus qu'à son père que Robert ressemblait de façons et de traits. Il tenait d'elle ces étincelants yeux noirs dont Walter Scott, qui avait connu cependant tous les hommes éminents de son temps, disait qu'il n'avait jamais vu les pareils dans une autre tête humaine ; son aisance de démarche et de manières ; sa force de familiarité et cette alerte joie de vivre qui, pendant longtemps, perça toutes ses tristesses. S'il est vrai que, dans la poésie anglaise, les qualités soudaines et brillantes, la vivacité de la couleur, la légèreté du rhythme, l'essor des strophes, l'ardeur, doivent être attribués au génie celtique [4], c'est par sa mère

---

[1] John Murdoch's. *Narrative of the Household of William Burnes.* V. Scott Douglas. Vol. IV. Appendix B.

[2] Skene. *Celtic Scotland.* Vol. I, p. 202-203. — Voir aussi Hill Burton. *History of Scotland.* Vol. I, p. 278. Vol. II, p. 16 et 61. — Voir aussi Veitch. *The History and Poetry of the Scottish Border.* Chapitre III.

[3] Skene. *Celtic Scotland.* Vol. III, p. 70.

[4] Matthew Arnold. *Of the study of Celtic Literature.*

que Burns les a reçus. La partie grave et méditative de son œuvre, ses poèmes sagaces et solides peuvent être attribués à l'influence paternelle ; c'est à l'influence maternelle que revient la partie lyrique, ses adorables chansons si légères, hymnes joyeuses aux couleurs claires qui laissent deviner le sang vif des Gaulois.

Robert Burns naquit le 25 janvier 1759. Sa vie qui devait être si orageuse commença dans un orage, et lui-même rappelait, avec une rondeur de termes à laquelle il faut s'habituer avec lui, dans quelles circonstances il était venu au monde et ce qu'une commère lui avait prédit dès la première heure.

> Il y eut un garçon qui naquit en Kyle,
> Mais en quel jour et de quelle façon,
> Je me demande si cela vaut la peine
> D'être si minutieux pour Robin.

> Robin fut un vagabond,
> Un joyeux gars, un vagabond, un joyeux gars, un vagabond ;
> Robin fut un vagabond,
> Un joyeux gars, un vagabond, Robin !

> L'avant-dernière année de notre monarque
> Était de vingt-cinq jours commencée,
> Ce fut alors qu'une rafale du vent de janvier
> Entra et commença à souffler sur Robin.

> La commère regarda dans sa main,
> Elle dit : « Qui vivra, verra la preuve
> Que ce gros garçon ne sera pas un sot,
> Je crois que nous l'appellerons Robin.

> Il aura des malheurs, grands et petits,
> Mais toujours un cœur au dessus d'eux,
> Il nous fera honneur à nous tous,
> Nous serons fiers de Robin.

> Mais aussi sûr que trois fois trois font neuf,
> Je vois par toutes les marques et toutes les lignes
> Que le vaurien aimera chèrement notre sexe,
> Aussi sois notre chéri, Robin [1]. »

Ce n'était pas assez : neuf ou dix jours après, un des ouragans qui sortent de l'Atlantique et se ruent sur cette côte écossaise, sans être ralentis ou affaiblis encore par aucun obstacle, renversa le pignon de la maison. Pauvre pignon, il est vrai, bâti d'argile, et sans doute par des mains malhabiles ! Pour y établir sa cheminée, William Burnes avait mis dans le mur deux jambages et un linteau de pierre ; mais

---

[1] R. Burns. *Rantin' roving Robin.*

lorsque l'argile s'était tassée, cette partie solide n'avait pas cédé et avait fait bomber la paroi en dehors. Avec sa méchanceté à découvrir le moindre point faible des abris humains, le vent avait profité de ce défaut pour pousser le pignon du côté où il penchait. Le mur s'était effondré. Pendant la nuit, à travers la tourmente, il fallut transporter la mère et le nouveau-né chez un voisin, où ils attendirent que William Burnes eût réparé les dégâts et refermé la maisonnette [1]. « Rien d'étonnant, disait plus tard Robert, que lorsqu'on est entré dans ce monde par une telle tempête, on soit la victime de passions tempétueuses [2] ».

Moins d'un an après Robert, naquit son frère Gilbert qui devait être son compagnon, son confident et plus tard presque son meilleur biographe. Puis vinrent en 1762 et en 1764 deux sœurs, Agnes et Arabella, en sorte que le petit cottage fut bientôt trop peuplé. Plus tard la famille devait s'augmenter encore d'un troisième fils, William, né en 1767 ; d'un quatrième, John, né en 1769 et qui mourut jeune, et de la dernière fille, Isabella, née en 1771, douze ans après son frère aîné et qui mourut en 1858, amenant ainsi jusque dans notre génération un front sur lequel avaient joué les doigts de Robert Burns.

C'est dans les quelques milles compris entre la petite rivière de l'Ayr et le petit cours d'eau du Doon que s'écoulèrent les premières années de Robert Burns.

La route, qui passe maintenant devant le cottage, passait alors derrière, au bout du jardin, plus près de la mer, pittoresque et animée comme les routes d'alors par une population errante, très nombreuse en Écosse. C'étaient les colporteurs, avec leur paquet sur l'épaule et leur aune en main ; des marchands de littérature populaire avec leurs livres à un penny et leurs ballades à un demi-penny ; les chaudronniers avec leur provision de cornes et leur moule à faire les cuillers courtes qu'on nomme *cutties* ; des bandes de gipsies ; et parfois un sergent de recrutement ou un mendiant du roi avec sa robe de drap bleu et sa plaque d'étain. C'est là, sans doute, dans les interminables contemplations enfantines, que Burns prit le sentiment des grand'routes qui revient souvent chez lui et qu'il s'éprit de sympathie pour le peuple poudreux et déloqueté des vagabonds et des gueux. Les endroits qu'il habita en quittant le cottage de la route d'Ayr n'étaient pas aussi faits pour lui donner cette impression, qu'il dut surtout emporter d'ici. De devant le cottage, on voit, du côté du nord, les pignons débandés des dernières maisons d'Ayr, entre lesquels apparaissait jadis le Vieux Pont avec ses contreforts massifs ; au dessus des toits se dresse la Tour de Wallace. Du côté sud, on voit la bordure d'arbres sous lesquels coule le Doon et le

---

[1] *Letter of Gilbert Burns to Dr Currie.*
[2] Shairp. *Robert Burns.* Chap. I.

pont du Doon, avec son arche unique. En face, s'étagent des collines à pentes douces, couvertes de champs et parsemées de bouquets de bois. Elles n'avaient pas sans doute l'aspect de riche culture qu'elles ont aujourd'hui ; mais elles présentaient déjà un paysage ramassé, de proportions moyennes, formant un ensemble et portant, de quelque côté qu'on se tournât, la marque de l'homme.

C'est là que, dans sa première enfance, Burns courut et gambada librement, pieds nus, tête nue, comme un vrai gamin écossais, et vécut de la vie des petits paysans. Il devait parfois vagabonder jusqu'à Ayr, qui lui paraissait sûrement une grande ville. Mais le plus souvent il a dû aller courir dans l'eau, sur les cailloux aux bords du Doon qui avait pour lui l'attrait qu'ont les ruisseaux pour les enfants. C'était, c'est encore — car, comme dit le rivulet de Tennyson, les ruisseaux passent moins vite que les hommes — une bonne rivière pour y jouer, peu profonde, assez rapide, un de ces cours d'eau dont les bonds semblent prendre part à la gaîté des petits garçons qui jouent avec eux. Surtout il est semé de gros galets et de rochers au milieu desquels il est si amusant de sauter de l'un à l'autre, en se mouillant un peu. Il y avait aussi cette bordure touffue de coudriers et de noisetiers, sous lesquels court et écume le flot, et qui étaient pleins d'oiseaux en avril et de noisettes en septembre. Plus d'une fois le gamin ardent au jeu dut s'y attarder, et revenir bien vite lorsque, le soir tombant, il fallait, pour rentrer à la maison, repasser devant la vieille église ruinée d'Alloway qu'on disait hantée. Ce coin de pays, qui a servi de trame à ses premiers souvenirs, se retrouve tout entier dans ses poèmes, depuis l'antique pont d'Ayr et l'auberge de la Grand'Rue jusqu'à la vieille église mystérieuse et au pont du Doon, sur lequel la sorcière en chemise devait brandir désespérément, dans les éclairs et l'orage, la queue de la jument de Tam de Shanter.

D'autre part, c'est peut-être le voisinage de la ville d'Ayr qui éveilla en Burns les sentiments de patriotisme rétrospectif par lesquels il est cher aux cœurs écossais. Ayr est une ville à souvenirs historiques. C'est là que William Wallace, le héros et le martyr de l'indépendance écossaise, à ce que raconte la légende, brûla 5.000 Anglais dans les magasins à grains qu'on appelait les granges d'Ayr. Le nom de William Wallace était resté vivant dans la contrée et sa vie était un des livres de lecture populaire. Un des premiers livres que Burns ait lus était une vie de Wallace que lui avait prêtée un forgeron, et lui-même raconte l'effet qu'il en ressentit. « La vie de Wallace versa dans mes veines un enthousiasme écossais qui y bouillonnera jusqu'à ce que les écluses de la vie se ferment dans le repos éternel. [1] » Ajoutez que c'est dans le district voisin du Carrick que Robert Bruce, le continuateur de Wallace, le

---

[1] *Autobiographical Letter to Dr Moore.*

vainqueur de Bannockburn se révolta et a d'abord « brandi sa lance [1] ». C'est peut-être à ces premières impressions que les Écossais doivent l'*Ode de Bruce* à ses soldats.

Son enfance de poète eût été incomplète si elle n'avait eu sa part de contes merveilleux. Il y avait, dans la pauvre chaumière, une vieille femme que William Burnes avait recueillie par charité, et qui sous ses rides possédait une mémoire, une imagination de conteur ; un trésor d'histoires fantastiques sortait d'elle comme ces beaux livres qu'on trouve dans un meuble vermoulu et poussiéreux. Elle n'était jamais lasse de raconter, et Burns lui a rendu justice. « J'ai dû beaucoup à une vieille femme qui restait dans la famille, remarquable par son ignorance, sa crédulité et sa superstition. Elle possédait, je suppose, la plus vaste collection dans le domaine des histoires et des chansons concernant diables, esprits, fées, lutins, sorcières, sorciers, feux-follets, lueurs d'elfes, lumières de trépassés, revenants, apparitions, charmes, géants, tours enchantées, dragons et autres fantasmagories. Cela cultiva en moi les germes cachés de poésie, mais eut un si puissant effet sur mon imagination que, même aujourd'hui, dans mes promenades nocturnes, je fais parfois attention dans les endroits qui ont mauvaise mine ; et bien que personne ne puisse être plus sceptique que moi en pareille matière, cependant il faut que je fasse un effort de philosophie pour secouer ces vaines terreurs [2]. » C'est probablement à ces contes de vieille femme que sont dues les pièces fantastiques de Burns : *la Mort et le Docteur Hornbook*, *l'Adresse au Diable*, toute la diablerie de *Tam de Shanter*, et surtout ce frisson d'épouvante qui y court.

Les huit premières années de la vie matrimoniale de William Burnes, les sept premières années de la vie de Robert Burns, se passèrent là et ainsi. Elles semblent avoir été les plus heureuses qu'ait connues la pauvre famille. Mais le nid était devenu trop étroit. Déjà trois enfants, un quatrième attendu. Pour rester dans la maisonnette, il fallait placer les aînés au dehors, les exposer si jeunes aux duretés, peut-être aux brutalités et, pire encore, peut-être aux mauvais exemples d'étrangers. Avec sa noblesse de vues, le père résolut de tout faire pour garder ses fils sous son regard et sous sa main, jusqu'à ce qu'ils fussent moralement formés. Robert Burns a marqué, très précisément, cette préoccupation de son père. « Si mon père était resté dans cette situation, il aurait fallu que je m'éloignasse et que je devinsse un des petits domestiques qui traînent dans une ferme. Mais c'était son souhait et sa prière les plus chers de pouvoir conserver ses enfants sous ses yeux, jusqu'à ce qu'ils pussent discerner entre le bien et le mal [2]. » A ce beau devoir William Burnes

---

[1] *The Vision.*
[2] *Autobiographical Letter to Dr Moore.*

immola sa santé et abrégea sa vie ; mais un de ses enfants devint un grand homme et tous les autres furent d'honnêtes gens.

Que faire cependant pour vivre ? Il pensa à se mettre fermier. C'était un nouveau métier qu'il fallait entreprendre à quarante ans. Une de ces heures mauvaises conseillères, qui passent dans la vie des plus prudents, le lui persuada. Et avec quel argent commencer ? Comment acheter les outils, les charrues, les premières semences, les quelques bestiaux ? Le propriétaire du terrain qu'occupait déjà William Burnes était en même temps propriétaire d'une ferme vacante. Il avait confiance dans le courage et l'honnêteté de son tenancier ; il lui avança cent livres pour ses premiers débours. A la Pentecôte de 1766, William Burnes abandonna le cottage d'argile où il avait amené sa femme et où leurs fils leur étaient nés. Il alla s'installer à Mont-Oliphant, une ferme moyenne, située au sommet des collines, au pied desquelles était l'ancienne demeure qu'on pouvait voir de là-haut.

II.

MONT-OLIPHANT. — L'ÉDUCATION. — L'ADOLESCENCE.

Si la ferme avait été choisie par Robert Burns lui-même, qui paraît, pendant toute sa vie, avoir considéré plutôt le site que le sol de ses fermes, il ne l'aurait pas choisie ailleurs. Du verger qui est derrière le bâtiment, on découvre une des plus belles vues qui se rencontrent sur cette admirable côte ouest de l'Écosse. On est au haut et au centre d'un vaste amphithéâtre parsemé de bouquets d'arbres, qui descend jusqu'à la mer. A droite, derrière des hauteurs, les clochers et les fumées d'Ayr ; à gauche, les collines brunes de Carrick qui aboutissent aux têtes d'Ayr, grands caps rocheux à pic, avec leur château ruiné de Greenan ; en face la mer et, au fond de ce grandiose tableau, l'île d'Arran aux nobles lignes léonines, sur laquelle chaque soir d'admirables couchers de soleil descendent dans toutes les pourpres du ciel. C'est un paysage de côte, superbe d'ampleur et d'âpreté. Il n'a pas cependant, ainsi que nous le verrons, passé tout entier dans l'âme de Burns.

Le choix de William Burnes révélait son inexpérience. Ce site magnifique est fait d'une terre ingrate. « Mont-Oliphant, la ferme que mon père occupait dans la paroisse d'Ayr, est presque le plus pauvre sol que je connaisse en état de culture. Je ne puis en donner de plus forte preuve que le fait que, malgré l'accroissement extraordinaire de la valeur de la terre en Écosse, cette ferme, après qu'une somme considérable a été dépensée par le propriétaire pour l'améliorer, a été louée, il y a peu d'années, cinq livres (125 fr.) moins cher que la rente qu'en donnait mon père, il y a trente ans [1]. » De plus l'exposition est des plus dures. La dévallée de terrain qui descend vers la mer forme une issue où tous les vents de la baie se précipitent, se réunissent, pour monter furieusement ce couloir au bout duquel est la ferme. Encore maintenant, les braves gens qui l'occupent disent que l'hiver y est terrible. William Burnes allait arroser en vain de sa sueur et de celle de ses fils, ce sol stérile.

Une vie de labeur et de privations commença alors pour la famille. Il est probable que Robert et son frère furent mis aussitôt au travail et que les autres aussi, à mesure qu'ils grandissaient, étaient pris par la besogne. Ces années doivent avoir été bien dures, car elles ont laissé, dans des cœurs courageux qui habitaient des corps endurcis, un souvenir dont la cruauté fut indestructible. Plus de dix ans après, Robert Burns écrivait « la ferme était une affaire ruineuse, mon père était avancé en âge quand il s'était marié ; j'étais l'aîné de sept enfants et lui, usé par des privations de jeunesse, n'était pas capable de travailler. Nous vivions très pauvrement ; j'étais un habile laboureur pour mon âge et celui qui venait après moi était un frère qui pouvait conduire très bien une charrue et m'aider à battre le grain... Ce genre de vie, la tristesse sombre d'un ermite avec le travail sans répit d'un galérien, me conduisit à ma seizième année [2]. » Et près de trente ans plus tard, Gilbert, si calme cependant, en parle dans des termes qui, dans leur simplicité et leur exactitude, sont terribles. « Mon père, en conséquence de ceci (la mauvaise qualité de la terre), tomba dans des difficultés qui s'augmentèrent par la perte d'une partie de ses bestiaux et par la maladie. Aux attaques du malheur, nous ne pouvions opposer qu'un rude labeur et la plus rigide économie. Nous vivions très étroitement. Pendant plusieurs années, la viande de boucherie fut inconnue à la maison, tandis que tous les membres de la famille travaillaient de toutes leurs forces, et même plutôt au-delà de leurs forces, aux besognes de la ferme. Mon frère, à treize ans, aidait à battre la récolte de blé et, à quinze ans, il était le principal ouvrier de la ferme, car nous n'avions aucun domestique, ni mâle ni femelle. L'angoisse d'esprit que nous ressentîmes dans nos tendres années sous ces privations et ces difficultés fut très grande. Quand nous pensions à notre père vieilli (il avait alors plus de 50 ans), brisé par les longues et continues fatigues de sa vie, avec une femme et cinq autres enfants et dans une situation déclinante, ces réflexions produisaient dans l'esprit de mon frère et dans le mien des sensations de la plus profonde détresse. Je n'ai aucun doute que le dur travail et le chagrin de cette période de sa vie n'aient été en grande partie la cause de cette dépression de vitalité dont Robert fut si souvent affligé pendant tout le reste de sa

---

[1] *Gilbert's Narrative.*

[2] *Autobiographical Letter to Dr Moore.*

vie. A cette époque, il souffrait presque constamment, le soir, d'une sourde migraine, qui, à une période ultérieure de sa vie, se changea en palpitations du cœur et en menaces de faiblesses et de suffocations dans le lit, pendant la nuit. [1] »

Il est impossible, en lisant ces lignes, de ne pas voir tous ces enfants, garçons et filles, le père, la mère, la famille entière s'épuisant sur ce sol méchant, pendant des journées où l'acharnement au travail étourdit sur son inutilité, puis rentrant le soir exténuée, bâve de fatigue, et s'asseyant à un maigre souper qui calme à peine la faim et ne refait pas les forces. On devine une vie qui épuise les tempéraments, décharne les muscles et durcit les traits. On y sent surtout ce découragement progressif du paysan, quand sa ruine semble se tramer dans la solitude des champs, qu'il a contre lui, avec le mauvais vouloir de la glèbe, les contrariétés fourbes des saisons, et que son travail, sans récompense, prend vraiment le caractère d'un châtiment.

C'est à travers ces anxiétés et ces privations que se fit l'éducation de Robert Burns et de son frère. Elle mérite qu'on s'y arrête avec respect, car elle forme un des touchants chapitres de l'admirable histoire de l'instruction populaire en Ecosse. Rien n'est plus curieux et plus beau que les efforts de ce petit peuple, si pauvre cependant, si durement éprouvé par le climat, les guerres étrangères et les discordes civiles, vers une éducation. « Dans presque toutes les périodes de l'histoire de l'Ecosse, dit J. Hill Burton, tous les documents qui traitent de la condition sociale du pays révèlent un système d'éducation (machinery for éducation) toujours en avance sur les traces de l'art ou des autres éléments de civilisation. [2] »

Ce que l'Écosse a eu d'original, ce n'a pas été ses quatre Universités, bien qu'elles fussent nombreuses, eu égard à la population, et libéralement ouvertes à tous ; ce n'était pas même ses écoles de grammaire, qui existaient dans toutes les villes de quelque importance ; ces mêmes institutions se retrouvaient en Angleterre, plus riches et plus répandues. Ce qui a fait l'Ecosse ce qu'elle a été, ce qui a tiré de cette maigre population un nombre considérable d'hommes illustres, un nombre incalculable d'hommes distingués, a été son système d'éducation primaire. Elle avait organisé l'instruction universelle que notre âge croit avoir découverte. Dès 1560, les rédacteurs du *Premier Livre de Discipline* proposaient qu'une partie des biens du clergé fût appliquée à l'éducation nationale. « Attendu que tous les hommes venaient ignorants au monde et que Dieu avait cessé de les éclairer miraculeusement, un

---

[1] *Gilbert's Narrative.*

[2] J. Hill Burton. *The History of Scotland*, tome III, p. 399.

système d'éducation pour tous devenait une nécessité. » Une école devait être attachée à chaque église et les parents qui n'avaient pas le moyen de mettre leurs enfants à l'école devaient être assistés sur les fonds de l'église [1]. Le clergé réformé poussait dans ce sens. En 1616, un acte du Conseil Privé portait qu'il y aurait une école dans chaque paroisse du royaume, sous la surveillance de l'évêque [2]. Enfin, en 1696, parut le statut qui créa définitivement le fameux système connu sous le nom des « Ecoles Paroissiales ». Il portait que, dans chaque paroisse, l'entretien d'une école devenait un impôt de la propriété foncière. Le salaire du maître d'école devenait une charge à l'égal du traitement du ministre. Les propriétaires fonciers devaient également fournir au maître d'école une maison convenable [3].

Dès lors, dans chaque paroisse, les pauvres purent être instruits. Humble enseignement, sans doute, donné souvent dans des masures, par des ignorants. Mais qu'importe? Le peuple avait la soif de la science qui, pour l'énergie et l'activité de la vie, vaut mieux, vaut mille fois mieux que la possession et la satiété de la science. Maîtres et élèves enseignaient, apprenaient du mieux qu'ils pouvaient; la bonne volonté va loin en tout. Dans presque toutes les chaumières, à la lumière du feu de tourbe, car on ne brûlait guère de houille alors et les collines écossaises n'ont le plus souvent que des taillis, on lisait avidement; on se passait les quelques livres qu'on pouvait avoir, souvent des livres de théologie ou des recueils de sermons ; on discutait l'orthodoxie, la doctrine du ministre, parfois avec une éloquence ou une perspicacité natives, toujours avec une ténacité d'argumentation caractéristique de la race. Tandis que les villes des autres pays étaient encore des bas-fonds d'ignorance croupissante, le voyageur qui passait dans le plus misérable clachan écossais s'émerveillait d'y trouver des germes et parfois des fleurs singulièrement épanouies de vie intellectuelle. Il y a de cette surprise un exemple bien probant. Dans le voyage que Wordsworth fit avec Coleridge en Écosse, un peu après cette époque, et dont le charmant journal a été publié récemment, on trouve des impressions comme celles-ci : « Nos petits gars avant d'être loin furent rejoints par une demi-douzaine de leurs compagnons, tous sans souliers ni bas. Ils nous dirent qu'ils demeuraient à Wanlockhead, le village là-haut, qu'ils montaient au sommet de la colline ; ils allaient à l'école et apprenaient le latin, Virgile, et quelques-uns d'entre eux le grec, Homère ; mais quand Coleridge commença à les questionner plus avant, vite, ils s'enfuirent, pauvres petits ! Je suppose qu'ils avaient peur d'être

---

[1] John Mackintosh. *The History of Civilisation in Scotland*, chapitre xv, tome II, page 140. — Tytler. *History of Scotland*, tome III, p. 181. — Chambers. *Domestic Annals of Scotland*, vol. III, p. 151.

[2] Chambers. *Id.* tome I, p. 479. Voir aussi tome II, p. 188.

[3] Hill Burton. *The History of Scotland*, chap. LXXXV, tome VIII, page 72.

examinés. » Le lendemain on trouve cette note : « Passé près d'un berger qui était assis sur le sol, lisant, avec un livre sur ses genoux, s'abritant du vent au moyen de son plaid, tandis qu'un troupeau de moutons paissait près de lui parmi les roseaux et une herbe grossière » ; et le soir du même jour, cet autre trait : « La petite fille fut enchantée des six pence que je lui donnai et dit qu'elle achèterait avec cela un livre lundi matin. » Le lendemain était un dimanche et il n'était pas question d'acheter quoi que ce fût en Écosse, un dimanche. Ces quelques notes de voyage en prouvent plus que beaucoup de textes [1].

De ces écoles de villages, il arrivait que des élèves plus méritants allaient jusqu'à une des Universités. Au prix de quels sacrifices et de quelles privations ! Il fallait vraiment que la flamme sacrée brûlât en eux. Les classes étaient ouvertes cinq mois par an ; le reste du temps, ils enseignaient eux-mêmes ou revenaient travailler la terre pour gagner leurs maigres dépenses. Ils recevaient, pendant leurs termes, par les voituriers, leurs provisions de pain d'avoine et de pommes de terre ; ils vivaient avec cela ; aux vacances, ils regagnaient à pied la maison du père [2]. Boswell raconte qu'étant dans l'île de Col, il vit un fermier dont le fils allait chaque année à pied à Aberdeen, pour son éducation, et en revenait dans l'été, servir de maître d'école dans l'île, traversant ainsi deux fois l'Ecosse d'une mer à l'autre. « Il y a quelque chose de noble, dit le Dr Johnson, dans ce jeune homme qui fait une marche de deux cents milles, et autant pour revenir, par amour du savoir [3] ». « L'éducation est une passion en Ecosse », dit Froude en racontant l'histoire, touchante aussi, de l'éducation d'un autre grand Écossais, Thomas Carlyle [4]. C'est ainsi qu'ont été élevés beaucoup des hommes qui ont fait honneur à l'Écosse.

Même dans ce pays si merveilleusement épris de savoir, l'éducation de Robert Burns et de son frère Gilbert forme un épisode rare et vraiment émouvant. On ne sait ce qu'on y doit le plus admirer des sacrifices du père, du dévouement du maître, ou de l'ardeur des enfants à apprendre. A eux tous ils forment comme un groupe complet qui symbolise ce qu'il y a eu de plus élevé et de plus méritoire dans l'élan universel de l'Ecosse vers l'éducation.

William Burnes habitait encore son cottage d'Alloway quand il commença à songer à l'instruction de ses fils. Le maître de l'école d'Alloway venait de partir et l'école était vide. William Burnes va à Ayr, s'informe. Il y avait alors un jeune garçon d'environ dix-sept ans, nommé John

---

[1] *Recollections of a Tour Made in Scotland, A D 1803*, by Dorothy Wordsworth. — First week.

[2] Froude. *The Early Life of Thomas Carlyle. The nineteenth Century*. July 1881.

[3] Boswell. *The Journal of a Tour to the Hebrides with Samuel Johnson, L L D.* October 8.

[4] Froude. *The Early Life of Thomas Carlyle*. Id.

Murdoch, qui achevait lui-même son éducation et perfectionnait son écriture. William lui envoie dire qu'il l'attend à l'auberge où il le prie d'apporter un de ses cahiers. L'examen ayant été favorable, il l'engage. Burnes s'était entendu avec quatre de ses voisins. Ils donnaient, à tour de rôle, l'hospitalité au jeune maître d'école ; Murdoch restait une semaine chez l'un, puis la semaine suivante chez l'autre, et ainsi de suite[1]. Il enseignait dans la journée les enfants de ces braves gens, et sans doute, le soir, faisait quelques lectures, commençait presque sans livres et sans ressource à apprendre le français qu'il devait plus tard posséder fort bien. Au bout d'environ un an, William Burnes se transporta à Mont-Oliphant ; mais, malgré la distance qui, à la vérité, n'était pas grande, Robert et Gilbert continuèrent de venir à l'école de John Murdoch, pendant plus d'une année.

Ce qui n'est pas moins remarquable que tout ceci, c'est l'excellence de l'éducation qui se donnait dans un coin perdu de ce pays qu'on regardait ailleurs comme presque barbare. Les livres dont on se servait étaient le Nouveau-Testament, la Bible, un choix de morceaux en vers et en prose, la grammaire anglaise. On lisait, on épelait sans livre, on faisait des analyses. Murdoch lui-même a laissé un exposé de sa méthode. « C'était, dit-il, de leur faire bien comprendre le sens de chaque mot, dans chaque phrase qu'on devait apprendre par cœur. Soit dit en passant, ceci peut se faire plus aisément et plus tôt qu'on ne le pense généralement. Dès qu'ils étaient assez avancés pour le faire, je leur enseignais à mettre les vers dans l'ordre naturel de la prose, quelquefois à substituer les expressions synonymes aux mots poétiques et à suppléer toutes les ellipses. Ce sont des moyens de s'assurer que l'élève comprend son auteur. Ce sont des aides excellentes pour apprendre l'arrangement des mots dans les phrases, et pour acquérir de la variété d'expression[1]. »

Robert et Gilbert faisaient de rapides progrès. Ils apprenaient les hymnes et les poésies de leur recueil avec une grande facilité, et, dans tous les petits exercices littéraires, ils étaient à la tête de leur classe. Chose étrange, Murdoch était beaucoup plus frappé de Gilbert que de Robert. Le premier dont la face joyeuse disait : « Gaîté, avec toi je veux vivre ![2] » lui semblait doué d'une imagination plus vive et avoir plus d'esprit. « Assurément, si on avait demandé à quelqu'un qui connaissait les deux enfants, lequel courtiserait les Muses, il n'aurait jamais deviné que Robert vraisemblablement eût une tendance de ce côté[3]. » Celui-ci avait une expression généralement grave, qui révélait un esprit sérieux, contemplatif et pensif. « A cette époque, dit-il de lui-

---

[1] *John Murdoch's Narrative of the Household of William Burnes.* Scott Douglas, tom. IV, Appendix B.

[2] C'est le dernier vers de *l'Allegro* de Milton.

[3] *John Murdoch's Narrative.*

même, je n'étais le favori de personne. J'étais noté pour une mémoire tenace, quelque chose de brusque et d'obstiné dans mon caractère et une piété enthousiaste et stupide. Je dis stupide, parce que je n'étais encore qu'un enfant. Bien qu'il en coûtât quelques corrections au maître d'école, je devins un excellent élève en anglais et, vers l'âge de dix ou onze ans, j'étais passé critique en substantifs, verbes et particules [1]. »

Après avoir fait ainsi la classe à Alloway, pendant plus de deux ans et demi, Murdoch dut quitter le pays. Des changements étaient survenus parmi les fermiers qui soutenaient l'école ; on lui offrait une situation meilleure dans le Carrick. Il ne voulut pas partir sans dire adieu à ses deux élèves favoris et à leur père pour lequel il avait de la vénération. Un soir, il s'en alla par les collines qui montent vers Mont-Oliphant, un peu triste sans doute, comme aux déplacements de la pauvre vie de maître d'école, avec la perspective de nouveaux visages et d'un milieu peut-être plus difficile. Il n'était pas riche, et cependant il emportait pour chacun de ses élèves, un présent qu'ils garderaient en souvenir de lui, peu de chose, à la vérité, un présent un peu pédant, et toutefois touchant à cause de la pauvreté et de l'affection de celui qui le donnait : un résumé de grammaire anglaise et la tragédie de *Titus Andronicus*. Pour passer la soirée, il se mit à lire la pièce à haute voix. Toute la famille écoutait en cercle. Shakspeare, si ce drame est de lui, y a entassé toutes les horreurs de l'ancien théâtre anglais. A la fin du second acte, on voit, dans une forêt, Lavinia ensanglantée, la langue et les mains coupées, entre deux scélérats qui viennent de la violer et qui lui conseillent de demander de l'eau pour se laver les mains. A cet endroit, toute la famille éclata en sanglots et pria Murdoch de ne pas poursuivre. Burnes toujours calme, fit observer avec raison que, si on ne voulait écouter la pièce jusqu'au bout, il était inutile que Murdoch la laissât. Mais Robert impétueusement s'écria que, si on la laissait, il la jetterait au feu. Le père allait gronder ; le jeune maître intervint, en disant qu'il aimait cette sensibilité et laissa une autre comédie à la place du terrible *Titus Andronicus* [2]. Combien y avait-il, à cette époque, en Europe, de foyers de paysans où une pareille scène fût possible ?

Murdoch parti, la petite école de là-bas, près de l'ancien cottage, avait de nouveau fermé ses volets. D'ailleurs, les garçons grandissaient ; leurs services commençaient à se faire sentir à la ferme ; on avait besoin d'eux, car la lutte contre la misère était âpre et serrée ; il fallait que tout le monde fût là. Pendant les soirées d'hiver, à la chandelle, le père enseignait l'arithmétique à ses fils ; les deux sœurs aînées et un frère de

---

[1] *Autobiographical Letter to Dr Moore.*

[2] *Gilbert's Narrative.*

la mère de Burns qui étaient à la ferme profitaient des leçons. William Burnes essayait de continuer lui-même l'éducation de ses fils. Il est beau de voir comment cet homme, dévoré de soucis et livré à ses propres ressources, essayait, malgré tout, de diriger ses enfants. Quand ils l'accompagnaient dans ses occupations de la ferme, il causait avec eux de tous les sujets, comme s'ils avaient été des hommes ; il essayait de mener la conversation sur tout ce qui pouvait augmenter leur savoir ou les affermir dans des habitudes de vertu. Il avait emprunté pour eux un manuel de géographie, et s'efforçait de leur faire connaître la situation et l'histoire des diverses contrées du globe. A un cabinet de lecture d'Ayr, il se procurait la *Théologie physique et astrale* de Durham, la *Sagesse de Dieu dans la Création* de Ray, pour leur donner quelque idée d'astronomie et d'histoire naturelle. Il avait souscrit chez un libraire de Kilmarnock à l'*Histoire de la Bible* de Stackhouse. Jusque dans les personnages secondaires, on retrouve cette soif d'apprendre et, du fond de ce tableau si curieux, sortent de toutes parts des détails qui en complètent l'impression. Un frère de la mère de Burns, qui était resté quelque temps à la ferme, en avait profité pour apprendre lui-même un peu d'arithmétique, « à la chandelle des soirs d'hiver, » comme dit Gilbert. Il s'en va un jour à Ayr, dans une boutique de libraire, pour acheter un guide du calculateur ou quelque parfait secrétaire du temps. Il s'explique mal ou le marchand se trompe, et il emporte un choix de lettres des principaux écrivains anglais. Comme tous les livres qui entraient dans la maison, celui-ci passe par les mains de Burns, et c'est sans doute à l'impression qu'il en reçut qu'on doit sa correspondance qui fut, peut-être, pour lui un travail plus sérieux que sa poésie [1]. Une des plus grosses dépenses de cette famille si pauvre était l'achat de quelques livres.

En 1772, une bonne nouvelle arriva : Murdoch, qui a été si longtemps absent, dont on a si souvent parlé, qui a séjourné dans le Carrick, puis à Dumfries, Murdoch revient à Ayr. Sur cinq candidats, il a été choisi pour être professeur à l'école de la ville. C'est un ami qui est rendu ! Il n'a pas oublié ses anciens élèves. Il leur envoie en cadeau les *Œuvres de Pope* et quelque autre poésie. C'est la première qu'ils aient entre les mains, depuis le recueil de la petite école d'autrefois. William Burns profite du retour de son jeune ami pour lui envoyer son fils aîné, qui se perfectionnera avec lui et pourra, à son tour, servir de maître à ses frères et sœurs. Mais le travail presse et on ne peut guère disposer que des quelques semaines qui précèdent immédiatement la moisson. Aussitôt qu'on commencera à faucher, Robert, qui fournit la besogne d'un homme, devra être à son rang, à l'aube, quand la file des

---

[1] *Gilbert's Narrative.*

moissonneurs se préparera à attaquer le premier champ. C'est dans les souvenirs de Murdoch lui-même qu'il faut lire l'emploi de ces quelques jours dérobés au labeur de la ferme et retrouver l'enthousiasme du maître et de l'élève.

En 1773 Robert Burns vint vivre et loger avec moi, dans le dessein de revoir la grammaire anglaise etc., afin d'être plus capable d'instruire ses frères et sœurs à la maison. Il était avec moi jour et nuit, à l'étude, à tous les repas et dans toutes mes promenades. Au bout d'une semaine, je lui dis que, comme il possédait assez bien les parties du discours etc., j'aimerais à lui enseigner un peu de prononciation française, afin que lorsqu'il rencontrerait le nom d'une ville française, d'un navire, d'un officier ou quelque autre nom semblable dans les journaux, il pût le prononcer un peu comme du français. Robert fut heureux d'entendre cette proposition et nous attaquâmes immédiatement le français avec grand courage. On n'entendait plus autre chose que la déclinaison des noms, la conjugaison des verbes etc. Quand nous nous promenions ensemble, et même aux repas, je lui disais continuellement le nom des objets en français, au fur et à mesure qu'ils s'offraient ; en sorte que d'heure en heure il accumulait une provision de mots et quelquefois de petites phrases. Bref, il prit si grand plaisir à apprendre, et moi à enseigner, qu'il était difficile de dire lequel des deux était le plus zélé, et, vers la fin de la seconde semaine de notre étude du français, nous commençâmes à lire un peu des aventures de Télémaque, dans les mots mêmes de Fénelon.

Mais voici que les plaines de Mont-Oliphant commencèrent à jaunir et Robert rappelé dut abandonner les agréables scènes qui entouraient la grotte de Calypso et, armé d'une faucille, chercher la gloire en se signalant dans les champs de Cérès. Et c'est ce qu'il faisait, car bien qu'il n'eût que quinze ans, on me disait qu'il faisait l'ouvrage d'un homme.

Aussi fus-je privé de mon très bon élève et d'un très agréable compagnon au bout de trois semaines, dont l'une fut entièrement consacrée à l'étude de l'anglais et les deux autres principalement à celle du français. Cependant je ne le perdis pas de vue ; mais je faisais de fréquentes visites chez son père quand j'avais moi-même ma demi-journée de congé, et souvent j'y allais accompagné d'une ou deux personnes plus intelligentes que moi-même, afin que le bon William Burnes pût goûter une petite fête intellectuelle. Alors on passait à d'autres mains l'aviron. Le père et le fils s'asseyaient avec nous et nous goûtions une conversation où un raisonnement solide, des remarques sensées et un assaisonnement modéré de plaisanterie étaient si heureusement mêlés qu'elle était du goût de tout le monde. Robert avait cent choses à me demander sur les Français, etc. et le père, qui avait toujours en vue une instruction rationnelle, avait sans cesse quelques questions à poser à mes amis, plus instruits sur la physique ou les sciences naturelles ou la philosophie ou quelque autre sujet intéressant[1]. »

Cette page, dans sa bonhomie simple et son enthousiasme un peu naïf, n'est-elle pas d'une âme excellente et saine ? De son séjour auprès de Murdoch, Robert avait rapporté un dictionnaire et une grammaire français ainsi que les fameuses *Aventures de Télémaque*. « En peu de temps, au moyen de ces livres, il acquit une connaissance du langage suffisante pour lire et

---

[1] *Murdoch's Narrative.*

comprendre n'importe quel auteur français en prose. Ceci fut considéré comme une sorte de prodige et, par l'entremise de Murdoch, lui procura la connaissance de plusieurs jeunes garçons d'Ayr, qui à ce moment s'exerçaient à parler français, et l'attention de quelques familles, en particulier celle du Dr Malcolm où la connaissance du français était une recommandation [1]. »

Tous les personnages de cette histoire, même ceux qui sortent à peine du second plan, sont intéressants par cette soif de savoir et l'énergie de leur travail solitaire. Voici une autre figure qui apparaît à peine et qui est bien de ce monde-là. « Observant la facilité avec laquelle il avait acquis le français, M. Robinson, le maître d'écriture établi à Ayr, et ami particulier de M. Murdoch, après avoir acquis une connaissance considérable du latin par son propre effort, sans l'avoir jamais appris à l'école, conseilla à Robert de faire la même tentative en lui promettant toute l'aide en son pouvoir. Conformément à cet avis, celui-ci acheta *Les Rudiments du latin*, mais trouvant cette étude aride et peu intéressante, il l'abandonna peu après [1]. » Ce maître d'écriture qui s'est fait par lui-même latiniste et qui veut enseigner la langue de Virgile et de Tite-Live à un petit paysan n'est pas non plus à passer sous silence.

Quant à Murdoch, après avoir continué pendant quelques années à enseigner à Ayr, il se fâcha avec le ministre de la paroisse et partit pour Londres. Il y vécut en y donnant des leçons de français aux Anglais et d'anglais aux étrangers ; il paraît qu'il eut pour élève Talleyrand. A force de volonté, il avait réussi à posséder le français assez bien pour écrire un *Vocabulaire des Racines de la Langue Française ;* un *Essai sur la Prononciation et l'Orthographe de la Langue Française.* La renommée de Burns lui parvint à travers le bruit de Londres. Après une vie de peine, il arriva pauvre à la vieillesse. Les amis et les admirateurs du poète firent une souscription en sa faveur pour le retirer de l'indigence. Il mourut en 1824 à soixante-dix-sept ans, après avoir survécu vingt-huit ans à son élève favori. Il a mérité d'être uni à sa gloire, et il a droit au respect qui revient aux cœurs bons et aux vies d'honnêteté.

Il est à peu près clair, d'après la page citée plus haut, que Murdoch avait à cette époque modifié son opinion sur les deux frères. Une flamme était allumée dans Robert. Il était dès à présent facile de voir que la lueur qui se formait en lui n'était pas de même essence que chez les autres. Dans l'isolement de Mont-Oliphant dont Gilbert disait plus tard : « Rien ne pouvait être plus retiré que notre manière ordinaire de vivre à Mont-Oliphant ; nous voyions rarement quelqu'un d'autre que

---

[1] *Gilbert's Narrative.*

les membres de notre famille [1] », dans cette solitude de pauvreté et ce travail sans trêve, Robert s'était jeté avec fureur dans la lecture.

Tout jeune, il avait aimé à lire et il semble avoir été très tôt sensible aux beautés littéraires. Il se rappelait, comme tous ceux qui aiment les lettres, le premier morceau qui lui avait fait impression et donné ce petit choc inoubliable qui éveille l'âme à des choses nouvelles. C'était la vision où Mirzah contemple, du sommet de la colline, la vie humaine, sous la forme d'un pont aux arches ruineuses jeté sur le torrent du temps, et discerne au-delà les îles bienheureuses, dans lesquelles reposent ceux qui furent gens de bien [2]. C'est un des beaux morceaux de prose anglaise, calme, harmonieux, et, en dépit de son affabulation orientale, éclairé d'une lumière qui semble empruntée aux allégories de Platon. « Je pouvais voir des personnes vêtues d'habits brillants avec des guirlandes sur la tête, passant entre les arbres, couchées au bord de fontaines ou reposant sur des lits de fleurs ; et je pouvais entendre une harmonie confuse d'oiseaux chanteurs, d'eaux tombantes, de voix humaines et d'instruments de musique. Une allégresse grandit en moi à la découverte d'une scène si délicieuse. » A côté de cette noble page un autre morceau, également d'Addison, avait agi sur lui, un hymne de remerciement à Dieu après les dangers d'un voyage, d'une dignité un peu artificielle. « Le premier objet de composition littéraire dans lequel je me rappelle avoir pris plaisir était la vision de Mirzah et un hymne d'Addison commençant : « Combien bénis sont tes serviteurs, ô Seigneur. » Je me rappelle particulièrement une demi stance qui était une musique pour mes oreilles d'enfant ; je rencontrai ces deux morceaux dans le recueil de Mason, un de mes livres de classe. » La strophe qui était restée dans sa mémoire est, en effet, une des meilleures du morceau. Addison fut ainsi doublement un initiateur pour Burns. Il lui révéla d'un même coup les deux côtés du plaisir littéraire : le pouvoir qu'ont les mots d'évoquer de belles images et la part de musique qu'ils peuvent contenir.

A partir de ce moment, il dévora tout ce qui lui tombait sous la main : vieux livres, volumes dépareillés, romans incomplets, ouvrages ennuyeux ou démodés. Il mettait à contribution les pauvres planches de livres des voisins. L'un d'eux lui prêtait deux volumes de *Pamela* ; le forgeron qui ferrait les chevaux lui prêtait la *Vie de William Wallace*. Robert lisait tout cela avec une avidité et une ardeur sans égales. « Aucun livre n'était assez volumineux pour effrayer son zèle ou assez vieux pour refroidir ses recherches [3]. » Lui-même a laissé la liste de ces lectures hétérogènes, rassemblées au hasard des prêts ou des trouvailles dans un panier de

---

[1] *Gilbert's Narrative.*

[2] *The Spectator*, N° 159, Saturday, September 1st 1711.

[3] *Gilbert's Narrative.*

bouquiniste. « Ma connaissance de l'histoire ancienne provenait de la *Grammaire géographique de Guthrie et de Salmon* ; j'acquis du *Spectateur* mes connaissances de mœurs modernes, de littérature et de critique. Ces livres, avec les œuvres de Pope, quelques pièces de Shakspeare, Tull et Dickson *sur l'Agriculture*, le *Panthéon*, l'*Essai* de Locke *sur l'Entendement Humain*, l'*Histoire de la Bible* de Stackhouse, *le Jardinier anglais* de Justice, les *Lectures* de Boyle, les œuvres d'Allan Ramsay, la *Doctrine de l'Evangile sur le Péché originel* du Dʳ Taylor, une collection choisie de chansons anglaises et les *Méditations* d'Hervey avaient été la mesure de mes lectures [1]. » Et il ajoute ces mots qui font saisir à son origine sa vocation de chansonnier, au moment très précoce où l'action future point dans une préférence. « La collection de chansons était mon *vade mecum*. Je les lisais et relisais, en conduisant mon chariot ou en allant au travail, chanson par chanson, vers par vers, notant soigneusement le tendre et le sublime, de l'affectation ou de la boursouflure. Je suis convaincu que je dois à cet exercice beaucoup de mon habileté de critique, telle quelle [1]. »

Il n'est guère possible de parcourir la liste de ces auteurs sans faire une remarque importante et à laquelle les critiques anglais ne paraissent pas avoir prêté suffisamment attention. C'est, si on néglige les livres de renseignements, qu'Addison et Pope ont été les deux premiers maîtres littéraires de Burns ; il a été formé, à l'âge où les impressions sont vives et profondes, par les deux écrivains les plus classiques de l'époque classique de la littérature anglaise, j'entends ceux qui ont le mieux possédé, l'un par art et l'autre par grâce de nature, la netteté et la sobriété de la forme, ceux également où l'idée s'ajuste sur un plan très raisonné. Burns a peu lu les auteurs colorés et imaginatifs du xvıᵉ siècle. Dans sa jeunesse, il n'avait, on le voit, que quelques pièces de Shakspeare ; il n'a connu Spenser que beaucoup plus tard, après qu'il avait déjà fourni la meilleure partie de son œuvre. Il doit peut-être, en partie, à ces modèles, ce que sa poésie a de court, d'arrêté et de direct, on pourrait presque dire de classique. Il faut ajouter à cette influence celle des chansons populaires, dont il parle lui-même et qui souvent, pour d'autres causes, ont des qualités analogues, avec plus de passion.

Le travail d'esprit que ces lectures excitaient faisait naître peu à peu dans ce jeune paysan la conscience confuse de sa force. Il était bien loin de croire qu'il serait jamais un écrivain, un poète. Mais il prenait lentement le sentiment de sa supériorité. Il était fier de ses lectures. Il aimait à se mêler à ces discussions théologiques familières aux paysans

---

[1] *Autobiographical Letter to Dr Moore.*

écossais, nourris de la lecture de la Bible, d'ouvrages religieux et de sermons raisonneurs. Il s'y jetait avec son impétuosité naturelle et une hardiesse, où entrait peut-être bien quelque envie d'étonner et de terrifier l'entourage. « Les discussions de théologie, vers cette époque, faisaient perdre à moitié la tête au pays, et moi, ambitieux de briller les dimanches, entre les sermons, dans les conversations, aux funérailles, etc., je pris l'habitude, quelques années plus tard, de mettre le calvinisme dans l'embarras, avec tant de chaleur et d'emportement, que je soulevai contre moi un haro d'hérésie qui n'a pas encore cessé à présent [1]. » Il y employait déjà la vigueur et la souplesse de raisonnement qui devaient plus tard tant frapper les esprits cultivés d'Edimbourg, et sans doute aussi sa raideur de sarcasme. Il rapportait un certain orgueil de ces rencontres où il devait secouer ses adversaires comme il lui plaisait. A cela se mêlait une poussée obscure de rêves, de désirs, d'aspirations sans forme, et cependant claires et chères, car elles prenaient un corps dans la solitude des travaux champêtres, et la misère de sa vie leur donnait de la douceur. Tout cela s'ébauchait indistinct, au fond d'un gars robuste, gauche et timide, tantôt ombrageux et sombre, tantôt pris d'accès de sociabilité et de gaîté.

Cependant, ces jours assombris ne furent pas sans leur joie, et, pour employer le proverbe anglais, ces nuages eurent leur liseré d'argent. Au milieu de ces tracas, l'amour entra dans l'âme du poète et y éveilla la poésie. Ce fut une pastorale charmante et chaste qui restera mémorable dans l'histoire de la littérature écossaise. C'était au temps de la moisson. Les champs de Mont-Oliphant n'étaient pas aussi bruyants que ceux de ce fermier qui louait un musicien pour animer ses travailleurs et faisait tomber les gerbes au son des cornemuses. Toutefois la récolte est joyeuse partout, et il y a, dans l'emportement du faucheur lancé dans les blés, une sorte d'ivresse qui fait oublier les soucis. A chaque moissonneur, c'était la coutume d'adjoindre une moissonneuse qui le suivait, mettait en javelle les épis qu'il avait coupés. Robert avait quinze ans, mais il donnait le travail d'un homme. Il eut pour la première fois sa place et sa compagne. La fillette avait un an de moins que lui. Elle se nommait Nelly Kilpatrick ; c'était la fille du forgeron qui avait jadis prêté à Burns la *Vie de Wallace* [2]. L'Écosse n'est pas disposée à oublier le nom de cette famille qui a eu, à deux reprises, sur son poète, une telle influence. Burns a laissé lui-même le récit ravissant de cette idylle ; il y a quelque chose de la simplicité et de la grâce de certains passages de *Daphnis et Chloé.*

---

[1] *Autobiographical Letter to Dr Moore.*
[2] Chambers. *Life of Burns.* Tome I, p. 23.

Vous connaissez la coutume de nos campagnes d'associer un homme et une femme comme partenaires dans les travaux de la moisson. Dans mon quinzième automne, ma compagne était une ensorcelante créature qui comptait juste un automne moins que moi. La pauvreté de mon anglais me refuse le pouvoir de lui rendre justice dans ce langage, mais vous connaissez notre expression écossaise, elle était une « bonie, sweet, sonsie lass. » Bref, tout à fait sans en avoir conscience, elle m'initia à certaine passion délicieuse, que je tiens, quoi qu'en puissent dire le désappointement aigri, la prudence routinière et la philosophie pédante, pour la première des joies humaines et notre principal plaisir ici-bas. Comment elle attrapa la contagion, je n'en sais rien ; vous autres, médecins, vous parlez beaucoup d'infection en respirant le même air, du toucher etc., mais je ne lui dis jamais expressément que je l'aimais. A la vérité, je ne savais pas bien moi-même pourquoi j'aimais tant à m'attarder en arrière avec elle, quand nous revenions au soir de notre travail ; pourquoi les tons de sa voix faisaient frémir les cordes de mon cœur, comme une harpe éolienne ; et particulièrement pourquoi mon pouls battait une charge si furieuse quand je la regardais et que je tenais dans mes doigts sa main pour en retirer les piquants d'orties et de chardons. Parmi ses autres titres à inspirer l'amour, elle chantait avec douceur, et c'est son réel écossais favori que j'essayai de traduire et d'exprimer en rimes.

Je n'étais pas assez présomptueux pour m'imaginer que je pouvais faire des vers comme les vers imprimés, composés par des hommes qui possédaient le grec et le latin. Mais ma fillette chantait une chanson qui, disait-on, avait été composée par le fils d'un petit propriétaire de campagne, sur une des servantes de son père, dont il était épris. Je ne voyais pas pourquoi je ne pourrais pas rimer aussi bien que lui, car excepté pour goudronner les moutons et mouler la tourbe (car son père vivait dans les moors) il n'avait pas plus d'habileté de savant que moi. Ainsi commencèrent en moi l'amour et la poésie qui, par moments, ont été mon seul et, jusqu'à cette dernière année, mon plus haut bonheur [1].

Cette première chanson, pour laquelle il conserva toujours une tendresse secrète, était, faut-il le dire ? un pauvre essai tout gauche. Lui-même déclarait plus tard qu'elle était « puérile et sotte », mais qu'elle lui plaisait toujours parce qu'elle lui rappelait ces jours heureux où son cœur était honnête et sa langue sincère [2]. Elle est cependant intéressante par le mélange de bonnes intentions et de platitudes, s'embrouillant dans une maladresse de débutant. Elle marque bien d'où est parti le poète, et permet de mesurer ses progrès.

> O jadis j'aimais une jolie fillette,
> Oui, et je l'aime encore ;
> Et tant que la vertu réchauffera ma poitrine,
> J'aimerai ma jolie Nell.
>
> J'ai vu des fillettes aussi jolies,
> Et j'en ai vu mainte aussi bien mise ;
> Mais pour un air modeste et gracieux,
> Je ne vis jamais sa pareille.

---

[1] *Autobiographical Letter to Dr Moore.*
[2] *Common place Book, Aug 1783,*

Une jolie fillette, je le confesse,
Est agréable à l'œil;
Mais, sans d'autres meilleures qualités,
Elle n'est pas la fillette qu'il me faut.

Mais l'air de Nelly est gai et doux,
Et, ce qui vaut mieux que tout,
Sa réputation est complète
Et claire sans une tache.

Elle s'habille si net et si propre,
A la fois décente et gentille ;
Et puis, il y a quelque chose dans sa marche
Qui fait paraître bien n'importe quelle toilette.

Une mise voyante, un air doux
Peuvent toucher légèrement le cœur;
Mais c'est l'innocence et la modestie
Qui polissent la flèche toujours.

C'est ce qui me plaît en Nelly,
C'est ce qui enchante mon âme,
Car, absolument, dans mon cœur,
Elle règne sans contrôle [1].

Ce furent les premiers vers et le premier amour de Burns. Tous deux lui restèrent chers. « Elle est pleine de défauts, disait-il, mais je me souviens que je la composai dans un enthousiasme extravagant de passion, et aujourd'hui même, je n'y puis pas penser que ce souvenir ne fasse fondre mon cœur et bondir mon sang [2]. » Il conserva de la reconnaissance pour l'enfant qui avait fait jaillir en lui la première chanson.

Je me rappelle, il y a longtemps,
Alors que j'étais sans barbe, jeune et timide,
Quand je commençais à être capable de battre en grange
Ou de conduire un attelage à la charrue,
Et que, bien que fatigué et endolori souvent,
J'étais tout fier d'apprendre,
La première fois où, dans les blés jaunis,
Je fus compté pour un homme,
Et où, avec les autres, chaque gai matin,
J'eus, à ma place, mon sillon et ma fillette;
A faucher ferme, à enlever ferme
Chaque rangée de javelles,
Dans le babil et les légers propos,
La journée se passait.

Dès alors un souhait me vint (je sais sa puissance)
Un souhait qui, jusqu'à ma dernière heure,

---

[1] *Handsome Nell : O Once I loved a bonic lass.*
[2] *Common place Book. Aug 1783*

Gonflera fortement ma poitrine,
De pouvoir, pour la vieille Écosse aimée,
Faire un plan ou un livre utile,
Ou chanter une chanson tout au moins ;
Le rude chardon aigu, qui s'étalait à l'aise
Dans l'orge aux épis barbelés,
J'en détournais les cisailles du sarcleur,
Et j'épargnais le cher emblème ;
Aucune nation , aucune position
Ne pouvaient exciter mon envie ;
Écossais toujours, sans reproche toujours ,
Je ne savais pas de plus haut éloge.

Cependant les éléments de la poésie,
Informes, embrouillés, le bon et le mauvais,
Pêle-mêle flottaient dans mon cerveau,
Jusqu'à ce que, pendant cette moisson dont je parle,
Ma compagne dans la bande joyeuse,
Éveillât les chants qui se formaient ;
Je la vois encore la jolie fillette
Qui a allumé mes rimailles,
Son sourire ensorcelant, ses yeux malins,
Qui faisaient frémir les cordes de mon cœur,
Je m'enflammai, inspiré
Par ses regards qui portaient la flamme,
Mais fauchant avec rage, abattant l'ouvrage ,
Je n'osai jamais parler [1].

Vingt années après, lorsqu'il donnait au recueil publié par Johnson ses plus parfaites chansons, la dernière qu'il envoya fut cette modeste chanson d'autrefois, qui avait été la primevère de sa poésie. Et après que tant d'amours si divers, les uns chastes et distants, les autres ardents et douloureux, d'autres vulgaires, tous sincères, eurent secoué son cœur de leurs joies et de leurs chagrins, l'image de cette affection enfantine, éclose dans les premiers blés coupés, lui revenait avec toute sa grâce.

Peu de temps après cette aventure et dans le courant de sa dix-septième année, il se fit en lui une crise. Ce n'était pas qu'il se transformât ; mais il se manifestait. L'homme excessif qu'il devait être perçait à travers l'adolescent, et sa vie commença à affecter la tournure qu'elle devait garder jusqu'au bout. On put voir apparaître en lui, dans leurs premières et encore faibles manifestations, l'emportement dans le plaisir qui venait de son tempérament, le besoin de primer et de briller qui venait de sa supériorité intellectuelle, et un désir de sociabilité bruyante dont lui-même a bien marqué les causes, les unes gaies, les autres sombres : une

---

[1] *Epistle to M*rs *Scott.*

certaine jovialité naturelle qui l'attirait vers les autres, et une hypocondrie contractée dans des misères précoces qui le poussait hors de lui. A côté de ces causes d'entraînement et de danger, on eût pu discerner un manque de soutien et de direction morale. Et du même coup on eût aperçu que, à cette absence de principes rigides, grâce auxquels il eût accepté sa position comme un devoir, — ce qui probablement avait été le cas de son père — s'ajoutait un manque de proportion entre ses facultés et leur champ d'action, et que cet écart était excessif, inquiétant. Son lot ne l'avait pas placé dans une de ces existences solidement établies qui maintiennent leur homme. Il a eu lui-même conscience de ce travail et il en a fort bien distingué les éléments : « Le grand malheur de ma vie fut de n'avoir jamais de but. J'avais senti de bonne heure quelques éveils d'ambition, mais c'étaient les tâtonnements aveugles du Cyclope d'Homère autour des murailles de sa caverne. Les deux seules portes par lesquelles je pouvais entrer dans les champs de la fortune étaient la plus lésinarde économie ou le petit art chicanant de faire des marchés. La première est une ouverture si étroite que je ne pus jamais me rapetisser assez pour y passer. La seconde... j'ai toujours abhorré la souillure de son seuil. Ainsi privé de tout dessein et de tout but dans la vie, avec un fort appétit de sociabilité — qui provenait autant d'une gaîté native que d'un orgueil d'observations et de remarques — j'avais une teinte d'hypocondrie constitutionnelle qui me faisait fuir la solitude. Ajoutez à tous ces mobiles vers une vie sociable, que ma réputation de savant en livres, un certain talent aventureux de logique, une certaine force de pensée et quelque chose comme les rudiments du bon sens faisaient que j'étais généralement un hôte bien accueilli. Aussi n'est-ce pas grande merveille que toujours « quand deux ou trois étaient réunis j'étais au milieu d'eux [1]. » Là était le danger. Qui n'en a connu, à un niveau plus bas, de ces jeunes paysans, que la nature a doués d'une certaine force comique, sans lesquels il n'y a pas de bonne partie ni de rires bruyants, qui sont les rois et les oracles, et plus tard les victimes, des cabarets de bourgades ?

Ces premières apparitions du véritable tempérament de son fils durent peiner et courroucer William Burnes. Austère et religieux, rendu plus sombre par le malheur et plus exigeant par la misère, il voyait avec chagrin son aîné chercher des occasions de dissipation et de dépense. Le premier différend se produisit entre le père et le fils quand celui-ci se mit dans l'idée de suivre une de ces écoles de danse qui commençaient à se répandre dans la campagne, au grand scandale des rigides. La danse, qui n'est en somme qu'un prétexte au rapprochement des deux sexes, avait toujours été chose haïssable au Presbytérianisme. Elle avait longtemps été prohibée, même aux mariages. Certaines paroisses avaient

---

[1] *Letter to Dr Moore.*

interdit, à cet effet, la présence de cornemusiers aux noces, et décrété que les hommes et les femmes « coupables de danses promiscueuses » comparaîtraient en lieu public et confesseraient leur faute [1]. Quand on ouvrit en 1723 la première *assemblée* ou réunion dansante à Edimbourg, il fallut une véritable polémique. Il y eut des brochures publiées contre cette abomination, et Allan Ramsay dut écrire un poème pour la défendre [2]. Dans les campagnes c'était une chose inouïe. Le charmant et admirable volume de John Galt *Les Annales de la Paroisse*, qu'on a heureusement comparé au *Vicaire de Wakefield* et qui lui est comparable, note l'effet que produisait, vers cette époque, l'arrivée dans une paroisse rurale de cette cause de relâchement et de vanité. « Pendant le courant de cette année (1761) une chose se produisit qui mérite d'être enregistrée, parce qu'elle manifeste l'effet que la contrebande commençait à exercer sur les mœurs du pays. Un M. Macskipnish, originaire des Hautes-Terres, qui avait été valet de chambre d'un major pendant ses campagnes et fait prisonnier avec lui par les Français, ayant été relâché dans un échange, ouvrit une école de danse à Irville. Il avait appris cet art de la façon la plus distinguée, à la mode de Paris et de la Cour de France. Jamais de mémoire d'homme on n'avait, dans tout ce côté de la contrée, entendu parler de quelque chose comme une école de danse. Les pas et les cotillons de M. Macskipnish firent un tel bruit que tous les gars et les fillettes, qui avaient un peu de temps et d'argent, allaient le trouver au grand dommage de leur travail [3]. » On comprend que William Burnes ait eu toutes sortes d'objections à ce que Robert fréquentât une de ces écoles. Il y a apparence qu'il essaya de l'en dissuader et que son fils ne l'écouta pas ; puis qu'il le lui défendit et que son fils lui désobéit. Ce qu'il y a d'assuré, c'est qu'un dissentiment durable se produisit à ce propos entre le père et le fils, une de ces fêlures qui font qu'une affection n'a plus jamais le même son qu'avant. Il suffit d'en lire l'aveu dans l'autobiographie de Burns. « Dans ma dix-septième année, pour donner à mes manières un coup de brosse, j'allai à une école de danse de campagne. Mon père avait une antipathie inexplicable contre ces réunions. J'y allai — ce dont je me repens encore aujourd'hui — absolument en dépit de ses ordres. Mon père, comme je l'ai dit auparavant, était le jouet de colères violentes. Par suite de ce fait de rébellion, il conçut envers moi une sorte d'éloignement qui, je le crois, fut une cause de la dissipation qui marqua mes années futures [4]. »

---

[1] Chambers. *Domestic Annals of Scotland*. Tome II, p. 388.

[2] Voir pour les détails caractéristiques : Chambers, *Domestic Annals of Scotland*, Tome III, p. 480. — Allan Ramsay, *The Fair Assembly, a Poem*, avec la dédicace en prose : *To the Managers*.

[3] John Galt. *The Annals of the Parish*. Chap. II.

[4] *Autobiographical Letter to D*r *Moore*.

Cette fréquentation de l'école de danse avec ses attraits et ses rencontres, et cette révolte, n'étaient qu'un symptôme du tumulte d'âme qui se faisait en lui. L'idylle délicate de la moisson avait jeté l'étincelle dans un cœur étrange qui se mit à flamber follement, et à tout propos, et pour toujours. Presque aussitôt commença pour Burns ce libertinage, ce vagabondage de cœur, qui est la marque de sa vie. Il semble avoir secoué sa timidité et assumé du premier coup l'audace, l'esprit d'aventure et, selon son expression, la dextérité d'un don Juan. L'amour devint pour lui une sorte d'ivresse dans laquelle il se complut dès lors.

Toute cette éclosion prit peu de temps. Juste un an après la jeune moissonneuse, il était occupé d'aventures d'un autre caractère. Vaguement désireux sans doute d'échapper à l'existence de misère où son père s'enfonçait, il alla passer, chez un frère de sa mère, une partie de son dix-septième été, afin d'étudier sous le maître d'école du petit village de Kirkosvald, qui avait une renommée dans la contrée pour la géométrie et la levée des plans. C'était un long séjour que Burns faisait hors du regard paternel. L'endroit était mal choisi. Toute cette côte du district de Carrick était infestée de contrebande qui se faisait avec l'île de Man, nid de contrebandiers. « Ce fut cette année-là, dit M. Balwhidder dans *Les Annales de la Paroisse*, que la grande extension de la contrebande corrompit toute la côte ouest, spécialement les basses terres dans les environs de Troon et de Loans. Le thé passait comme paille de blé, l'eau-de-vie comme eau de puits, et le gaspillage de toutes choses était terrible. On ne s'occupait plus que des porte-balle, qui passaient à cheval dans le jour, et des gens de l'excise, dans la nuit, — et des batailles entre les contrebandiers et les gens du roi, sur terre et sur mer. Il y eut une débauche et une ivrognerie continuelles, et notre paroisse, qui n'était qu'au bord de ce tourbillon d'iniquités, passa des moments terribles [1]. » Burns trouva là des brutalités et des audaces nouvelles, les orgies lourdes et âpres de cette populace de recéleurs et de smuggleurs. Il se mêla à eux, prit part à leurs séances de cabarets. Ce n'était pas seulement l'attrait de ces beuveries, mais plus encore son désir d'observation, d'étudier les caractères, qui se montrait déjà en lui. Il se trouva là avec des types nouveaux et bien marqués. Enfin il mélangea à tout cela une intrigue dont le ton si différent de celui de l'année précédente montre bien le chemin parcouru.

« Une autre circonstance de ma vie, qui produisit des altérations considérables sur mon esprit et mes mœurs, fut que je passai mon dix-septième été à une bonne distance de la maison, sur une côte de contrebandiers, à une école connue, pour apprendre la mensuration, l'arpentage, l'art d'employer les cadràns etc., où je fis d'assez bons progrès. Mais je fis de plus grands progrès dans la connaissance du genre humain.

[1] John Galt. *The Annals of the Parish*. Chap. II. Year *1761*.

La contrebande était à cette époque-là en pleine prospérité ; les scènes de débauche fanfaronne et de dissipation bruyante m'avaient été jusque-là inconnues, et je n'étais pas ennemi d'une existence sociable. Bien que j'apprisse ici à regarder sans émoi un large compte de taverne, et à me mêler sans peur dans des bagarres d'ivrognes, néanmoins j'avançai haut la main dans ma géométrie, jusqu'au moment où le soleil entra dans la Vierge, un mois qui met toujours le carnaval dans mon cœur. Une charmante fillette, qui vivait dans la maison porte à porte avec l'école, renversa ma trigonométrie et m'envoya par la tangente hors de la sphère de mes études. Je continuai à lutter avec mes sinus et cosinus encore pendant quelques jours ; mais étant sorti dans le jardin, par un joli midi charmant, pour prendre l'altitude du soleil, je rencontrai mon ange :

> « Comme Proserpine cueillant des fleurs,
> Elle-même fleur plus belle. »

Il devint inutile de songer à faire rien de bon à l'école. La dernière semaine de mon séjour, je ne fis rien d'autre que de mettre à l'envers toutes les facultés de mon âme à propos d'elle, ou de me glisser dehors pour la rencontrer, et les deux dernières nuits de mon séjour dans le pays, si le sommeil avait été un péché mortel, j'aurais été innocent[1]. »

Le changement dans la manière de sentir est bien apparent. Ce n'est déjà plus l'amour involontaire et troublé et subi ; c'est je ne sais quelle façon délibérée et provoquante de s'y abandonner, un parti pris d'aimer, le goût à rechercher le moment le plus pétillant et le plus capiteux de l'amour, c'est-à-dire les commencements, où l'incertitude fait les joies plus soudaines et plus fortes, outre qu'elles sont neuves. « Les inclinations naissantes, après tout, ont des charmes inexplicables, disait déjà don Juan, et tout le plaisir de l'amour est dans le changement[2]. »

Il est bien vrai cependant que la poésie et l'amour se tenaient dans le cœur de Burns. Cette seconde aventure lui fournit le thème d'une chanson qui, à un an d'intervalle, est aussi loin de sa première chanson, que ses sentiments étaient loin du trouble juvénile qu'il avait ressenti. Quels pas étonnants faisait ce garçon, capable désormais d'écrire des strophes comme celles-ci :

> Maintenant les vents d'ouest et les fusils meurtriers
> Ramènent le plaisant temps d'automne ;
> Le coq de marais s'envole sur ses ailes bruissantes
> Parmi la bruyère fleurissante ;
> Maintenant les grains, ondoyant au loin sur la plaine,
> Réjouissent le fermier fatigué,
> Et la lune brille clairement quand j'erre la nuit
> Pour songer à ma charmeresse.

> Mais, ô chère Peggy, la soirée est claire,
> Pressées volent les effleurantes hirondelles,

---

[1] *Autobiographical Letter to D Moore.*
[2] *Le Festin de Pierre.* Acte I, scène II.

Le ciel est bleu, les champs à la vue
Ne sont que vert fané et que jaune ;
Viens errer, viens suivre notre chemin joyeux,
Et voir les charmes de la nature,
Les blés frémissants, l'épine en fruits ·
Et toutes les créatures heureuses.

Nous marcherons lentement, nous parlerons doucement,
Jusqu'à ce que la lune silencieuse brille clairement,
Je serrerai ta taille et dans tes bras aimants
Je jurerai combien je t'aime chèrement :
Les averses printanières aux fleurs en boutons,
L'automne au fermier,
Ne sont pas aussi chers que tu l'es pour moi,
Ma belle, mon aimable charmeresse [1].

Le développement se faisait en lui avec une rapidité singulière. Tout lui était une source d'acquisitions et chaque semaine était une étape. C'était un esprit qui grandissait à vue d'œil. Ces quelques semaines passées loin de chez lui, au milieu de physionomies et de façons nouvelles, lui avaient été profitables à un degré qu'on ne soupçonnerait pas si l'on n'avait son témoignage. « Je revins chez moi, dit-il en parlant de cette excursion, ayant fait des progrès considérables. Mes lectures s'étaient élargies de l'addition très importante des œuvres de Thomson et de Shenstone ; et j'engageai plusieurs de mes camarades d'école à entretenir avec moi une correspondance littéraire. J'avais trouvé une collection de lettres par les beaux esprits du règne de la reine Anne, et je les relisais très dévotieusement. Je conservais copie de celles de mes propres lettres qui me plaisaient, et la comparaison entre elles et les compositions de la plupart de mes correspondants flattait ma vanité. Je poussai ce caprice si loin que, quoique je n'eusse pas pour trois liards d'affaires au monde, chaque poste m'apportait autant de lettres que si j'avais été un lourd et laborieux fils du journal et du grand-livre [2]. »

Toutes ces choses, clartés ou flammes, éclataient dans les soucis plus sombres chaque jour qui entouraient la famille. Malgré le courage et les privations de tous, les affaires allaient en empirant. Le propriétaire de William Burnes, celui qui lui avait prêté cent livres et lui témoignait de la bonté, était mort ; cette mort était pour les pauvres gens le dernier coup de malheur. La gestion des biens était tombée entre les mains d'un intendant cruel, brutal. La tristesse s'augmentait de scènes, de menaces et de violences. « Pour compléter la malédiction, nous tombâmes entre les mains d'un agent qui a posé pour la peinture que j'ai donnée d'un de ces hommes dans *Les deux chiens*... Mon

---

[1] *Now westlin winds and slaught'ring guns.*
[2] *Autobiographical Letter to Dr Moore.*

indignation bout encore au souvenir des lettres menaçantes et insolentes
de ce chenapan et de ce despote, qui nous mettaient tous en larmes [1]. »
Par les vers auxquels il fait allusion, on a ces scènes devant les yeux :

> J'ai remarqué le jour d'audience de nôtre seigneur,
> Et maintefois mon cœur en a été attristé ;
> Les pauvres tenanciers, maigrement pourvus d'argent,
> Comme ils doivent supporter l'insolence de l'intendant !
> Il frappe du pied et menace, maudit et jure
> Qu'ils iront en prison, qu'il saisira leur bien ;
> Tandis qu'ils doivent se tenir debout, avec un aspect humble,
> Et tout entendre, et craindre et trembler [2].

Plus d'une fois, tandis que le père accablé acceptait tout et que les
femmes étaient en pleurs, les deux garçons durent se retenir, les poings
crispés, pour ne pas jeter ce butor dehors, lui surtout, ce gars aux
yeux flamboyants dont la force était terrible et qui avait en lui des
énergies de colères aussi violentes que celles d'amour. Que d'affronts
ils dévorèrent, bouleversés par la rage d'honnêtes gens brutalisés jusque
dans leur désespoir ! Il n'y a pas de doute que ces humiliations n'aient
été le germe de rancunes et de colères qui se font sentir dans toute la
correspondance de Burns, et qui, à bien des années de là, firent de
plusieurs de ses pièces des cris redoutables de revendication sociale.
Ces temps doivent avoir été horribles à traverser. En dehors des
chansons d'amour, les seuls vers qui aient subsisté de cette période sont
des plaintes, des lamentations comme cette chanson qui est placée
dans la bouche « d'un fermier ruiné » :

> Le soleil est enfoncé à l'ouest,
> Toutes les créatures sont retirées au repos,
> Tandis qu'ici je suis assis, douloureusement assiégé
> De chagrins, de douleurs, de peines ;
> Et c'est hélas, fortune infidèle, hélas !
>
> L'homme prospère est endormi,
> Il n'entend pas les tourbillons de vent passer ;
> Mais la misère et moi veillons, guettons
> La morne tempête souffler ;
> Et c'est hélas, fortune infidèle, hélas !
>
> Là dort la chère compagne de mon cœur;
> Ses soucis pour un instant reposent ;
> Faut-il que je te voie, orgueil de mes jeunes ans,
> Ainsi descendue et tombée !
> Et c'est hélas, fortune infidèle, hélas !

[1] *Autobiographical Letter to Dr Moore.*
[2] *The Twa Dogs.*

Mes doux bébés reposent dans ses bras,
Les craintes anxieuses n'alarment pas leurs petits cœurs ;
Mais pour eux mon cœur souffre
De maintes angoisses amères ;
Et c'est hélas, fortune infidèle, hélas !

Je fus jadis par la fortune caressé,
Je pus jadis soulager la détresse ;
Maintenant le maigre soutien de la vie durement gagné
Mon destin me l'accorde à peine ;
Et c'est hélas, fortune infidèle, hélas !

Je n'ai pas d'espoir, pas d'espoir !
Comme la tombe serait bienvenue !
Mais alors, ma femme et mes chers petits
Oh ! où iraient-ils ?
Et c'est hélas, fortune infidèle, hélas !

Oh, où, oh où me tournerai-je !
Partout sans ami, abandonné, délaissé,
Car dans ce monde, ni le Repos, ni la Paix
Je ne les connaîtrai plus !
Et c'est hélas, fortune infidèle, hélas ! [1]

C'étaient les sentiments de son père que Burns traduisait ainsi. Enfin, à travers ces angoisses, William Burnes atteignit le terme d'une des périodes sexennales de son bail, époque à laquelle il pouvait le résilier. Il abandonna cette ferme ingrate de Mont-Oliphant, où lui et les siens avaient tant peiné et tant souffert. Ce fut à la Pentecôte de 1777. Robert Burns avait un peu plus de dix-huit ans [2].

---

[1] Song, *In the character of a Ruined Farmer.*
[2] *Gilbert's Narrative.*

CHAPITRE II,

LOCHLEA.

1777-1784.

La nouvelle ferme de Lochlea se trouve à une distance de dix milles au Nord de Mont-Oliphant, un peu plus enfoncée dans les terres, non loin du village de Tarbolton, dont elle dépend. Ce n'est plus le décor de Mont-Oliphant, avec la route animée des voitures, et, derrière la route, la mer animée de navires ; ce n'est plus le voisinage d'Ayr, la capitale du comté. La ferme est au fond d'un entonnoir de collines nues, dans un site borné et morose, à l'écart de tout chemin. Quelques arbres chétifs et d'aspect tourmenté se montrent çà et là au haut des pentes. L'impression est attristante ; c'est un vilain endroit. De quelques sommets voisins, la vue se dégage et s'élargit ; mais le mouvement humain fait péniblement défaut. Tarbolton lui-même est à l'avenant. Pauvre village perdu ; une seule longue rue de masures affaissées sous leurs chaumes verdis de mousse, et des champs aux deux bouts. Quand on le traverse aujourd'hui, on y sent la misère et l'abandon. La population, à un des derniers recensements, ne dépassait guère huit cents habitants [1]. Et pourtant là est le cabaret que Burns a fait trembler d'éclats de rire, la loge maçonnique où les séances se prolongeaient jusqu'à cinq heures du matin, le cimetière où tant d'éloquence et d'ironie fut dépensé dans des discussions religieuses. Tout ce coin de pays est maussade. Mais à quelque distance, le pays, boisé, parsemé de vieilles résidences et de parcs, coupé par le cours pittoresque de l'Ayr, offre des endroits charmants, propices aux rencontres amoureuses.

Le séjour à Lochlea, qui fut de sept années, compte peu dans l'œuvre de Burns ; cependant, Gilbert se trompe, lorsqu'il dit en parlant de son frère : « les sept années que nous vécûmes dans la paroisse de Tarbolton ne furent pas marquées par un grand avancement littéraire [2]. » Si la production, dont une partie n'a pas été conservée, fut peu considérable,

---

[1] *Rambles through the Land of Burns,* by Adamson, chap. xi.
[2] *Gilbert's Narrative.*

l'effort fut continuel et le progrès immense. C'est une période de formation plutôt que de création, et dans laquelle il faut chercher plutôt des germes que des résultats. Au point de vue du caractère, c'est également une époque importante et décisive. « C'est pendant ce temps, dit Gilbert, que les fondements furent posés de certaines habitudes dans le caractère de mon frère, qui, plus tard, ne devinrent que trop proéminentes, et que la malice et l'envie ont pris plaisir à exagérer [1]. » Et Robert, lui-même, se rappelant ces jours en apparence insignifiants, écrivait : « C'est pendant cette époque climatérique que ma petite histoire est le plus pleine d'événements [2] » ; non pas d'événements extérieurs et bruyants comme ceux qui, plus tard, se présentent dans sa vie ; mais de ces petits faits intérieurs et silencieux dont on n'a pas conscience sur le moment, par lesquels une nature se forme, se modifie ou se révèle, et qui grandissent dans les souvenirs jusqu'à y envahir et y étouffer tous les autres. Un grain qui tombe est pour le sillon un événement plus important que tous les orages qui, plus tard, battront l'épi.

La vie continua toujours la même pour la famille, une vie de labeur et de frugalité. Les premiers temps furent tolérables. « Pendant quatre années nous y vécûmes confortablement, » dit Robert [2]. Ce dut être un soulagement après la vie de Mont-Oliphant. Tout le monde travaillait. Robert et Gilbert recevaient les gages qu'on donnait aux autres ouvriers, d'où on défalquait les objets de vêtement fabriqués dans la maison par la mère et les sœurs.

I

LA JEUNESSE. — LES PREMIERS AMOURS.

Dès le début de cette période, on retrouve Burns devenu homme. C'est un beau gars, de taille moyenne, robuste, carré, agile quoique d'une structure massive, le teint brun, le front solide, les cheveux noirs, les traits un peu gros, la bouche forte et mobile, et de merveilleux yeux noirs, larges, hardis, étincelants, « pleins d'ardeur et d'intelligence [3] » ; « sa physionomie avait à première vue un certain air de lourdeur mêlé à une expression de profonde pénétration et de réflexion calme qui touchait à la mélancolie [3] ». C'est son expression habituelle. Mais le visage se transforme sans cesse et il prend, avec une rapidité et une force

---

[1] *Gilbert's Narrative.*

[2] *Autobiographical Letter to Dr Moore.*

[3] *Description of Burns compiled by Dr Currie from Accounts by the Associates of the Poet.* Scott Douglas, tome IV, p. 388.

extraordinaires, le reflet de toutes les passions, depuis le rire le plus franc jusqu'à toutes les éloquences que l'amour ou la colère peuvent prêter à une face humaine. Il est impossible de voir ce garçon sans le remarquer. Il est même une manière de personnage dans le pays et les hameaux d'alentour. Il est entouré d'une sorte de notoriété ; on s'occupe de lui ; les uns l'admirent, les autres redoutent son sarcasme. Lui-même n'est pas fâché d'attirer l'attention sur lui : il se singularise, s'habille d'une façon originale qui doit lui attirer les regards. Il tranche sur les autres ; il est le seul gars de la paroisse qui porte les cheveux liés derrière ; c'est le dimanche à l'église qu'il se montre ainsi. Les filles se chuchottent : « C'est Robie Burns » ; les gars le regardent avec admiration et envie ; ils désirent faire sa connaissance. Il est le lion du village. Il le sait et il en est fier. Tous ces points apparaissent clairement dans les souvenirs de David Sillar qui fut son compagnon à cette époque : « M. Robert Burns était depuis quelque temps dans la paroisse de Tarbolton, quand je fis sa connaissance. Son humeur sociable lui procurait facilement des relations, mais un certain assaisonnement satirique, qui était mêlé à son génie comme à tous les génies poétiques, tout en faisant éclater de rire le cercle rustique, ne laissait pas d'amener à sa suite sa compagne naturelle : une défiance craintive. Je me rappelle avoir entendu ses voisins dire qu'il avait la langue bien pendue et qu'ils suspectaient ses *principes*. Il portait la seule chevelure nouée qu'il y eût dans la paroisse, et à l'église, il drapait son plaid, qui était d'une couleur particulière, feuille morte je crois, d'une manière particulière autour de ses épaules. Ces notions et son extérieur eurent une influence si magique sur ma curiosité qu'ils me rendirent très désireux de faire sa connaissance. Je ne me rappelle plus maintenant très bien si ma liaison avec Gilbert fut accidentelle ou préméditée. Par lui je fus présenté non seulement à son frère mais à toute cette famille où, au bout de peu de temps, je fus un visiteur fréquent, et, je le crois, bienvenu [1]. » On devine, dans cette affectation de vêtement, quelque chose de théâtral. M. Robert Stevenson l'a bien remarqué, et il rappelle que, dix ans plus tard, quand il sera marié, père de famille, on le retrouve dans un costume encore plus extraordinaire : une casquette de fourrure, un pardessus avec un ceinturon et une grande rapière écossaise au côté. « Il aimait, dit-il, à s'habiller pour le plaisir de s'habiller » [2] ; et le critique observe finement qu'il y a là une marque fréquente chez les tempéraments artistiques. Il eût pu ajouter qu'elle est faite d'une disposition à vivre en dehors des conditions entourantes, qui vient de l'activité de l'imagination et

---

[1] David Sillar. *Reminiscences, from Walker's memoir of Burns, 1811.*

[2] Stevenson. *Familiar studies of Men and Books. Some Aspects of Robert Burns,* p. 44.

d'un besoin de se distinguer, et résulte d'un mélange complexe de vanité, de paradoxe, de logique et de bravoure.

Au milieu de ce monde villageois où il se sentait aisément le chef, où sa supériorité était acceptée, il marchait avec assurance. Mais dès qu'il se trouvait avec des étrangers, surtout lorsqu'ils étaient d'une position supérieure à la sienne, il devenait taciturne et se repliait en une observation méfiante. Il avait ce mélange de timidité et d'orgueil que bien des gens supérieurs, accoutumés à se sentir les maîtres dans leur cercle habituel, apportent dans un milieu nouveau. Sans calcul sans doute, ils attendent de s'en rendre compte avant d'en prendre possession. Ainsi faisait-il : il écoutait, il observait, et quand dans son coin il avait jaugé ces nouveaux venus il sortait de ce silence et du même coup prenait le haut du pavé dans la conversation. L'impression qu'il fit au docteur Mackenzie est très formelle à cet égard. On retrouve, encore là, exprimée par un homme dont la déposition dénote un observateur expert et soigneux, la différence qu'il y avait entre les deux frères ; elle confirme assez bien la remarque de Murdoch : « Gilbert et Robert étaient certainement très différents d'apparence et de façons, bien qu'ils possédassent tous deux de grandes capacités et un savoir peu commun. Gilbert, dans la première entrevue que j'eus avec lui à Lochlea, était franc, modeste, bien renseigné et communicatif. Le poète semblait distrait, soupçonneux et sans aucun désir d'intéresser ou de plaire. Il demeura très silencieux dans un coin sombre de la chambre et, avant qu'il prît aucune part à l'entretien, je le surpris fréquemment en train de me scruter pendant ma causerie avec son père et sa mère. Mais plus tard quand la conversation, qui était sur un sujet de médecine, eut pris le tour qu'il souhaitait, il commença à s'y engager, déployant une dextérité de raisonnement, une subtilité de réflexion, et une familiarité avec des sujets au delà de sa portée, dont son visiteur ne fut pas moins charmé qu'étonné [1]. »

Ces premières années de Lochlea, non seulement elles sont intéressantes, parce qu'elles nous montrent l'apparition de qualités et de défauts qui devaient se développer et rendre plus tard illustre et malheureuse la vie de Burns, mais elles sont reposantes, et on aime à y faire une halte. C'est le seul moment de tranquillité qu'ait connu cette famille persécutée du malheur, un répit entre la misère de Mont-Oliphant et la ruine qui ne tarda pas à venir. Pendant quelque temps, on connut presque le bien-être. Et pour Burns lui-même, c'est un temps de joie et de pureté de cœur. Nous aurons la gaieté de Mossgiel, un peu factice, nerveuse et souvent plus près du défi que de la joie,

---

[1] *Reminiscences of William Burnes by Dr John Mackenzie of Mauchline.* (*Walker's Memoir of Burns.*)

l'éblouissement d'Edimbourg, l'assombrissement d'Ellisland et de
Dumfries; nous ne le reverrons plus dans cette atmosphère joyeuse
et légère. Il aura de plus éclatants moments, mais souvent avec des
orages, et les plus heureux ne seront jamais sans leurs nuées. On aime
à se le représenter, serein, avec ses regards si éloquents où ne
passaient pas encore les regrets, robuste, gai, se précipitant, comme
il le faisait, en toutes choses, impétueusement dans le travail. Il ne
craignait personne pour conduire une charrue ou manier une faux.
Avec cela, plein de bonté pour les gens et les bêtes. Son frère avait
un peu de la sévérité du père, mais, lui, sous son enveloppppe plus
rude, avait toujours un coup de main et un mot d'encouragement prêt
pour les plus jeunes travailleurs ; quand l'autre grondait, « ô homme !
vous n'êtes pas fait pour ce jeune peuple, » disait-il [1]. Les animaux eux-
mêmes semblaient sentir en lui une indulgence plus grande : on peut
être sûr qu'il leur causait amicalement et que le *Salut de Nouvelle Année
du Vieux Fermier à sa vieille jument* n'est pas autre chose qu'une de ces
conversations.

Et quels flots de poésie, de gaieté, d'éloquence, d'humour, de fantaisie,
répandus sur toute la dure besogne de cette dure vie ; tout cela débordant,
jaillissant, étincelant, intarissable, plein de bonds joyeux, de visions
fantastiques, comme le ruisseau écossais qui saute autour d'un roc et
frissonne aux rayons du soleil. Les œuvres, chez lui, ne sont que des
fragments, les premiers venus, de sa parole ordinaire. Tous ceux qui
l'ont connu prétendent que sa conversation était égale, sinon supérieure
à sa poésie ; et elle n'eut jamais plus de gaieté qu'à Lochlea. Gilbert
se rappelait avec bonheur les jours où, avec deux autres compagnons,
ils allaient couper de la tourbe pour le combustible d'hiver [2]. Avec ces
deux ou trois paysans obscurs pour auditeurs, Robert entretenait un feu
roulant d'esprit, de fines remarques sur les hommes et les choses, qui
rendaient radieuses ces heures passées dans un marécage. Il était vraiment
l'étonnement et la gaieté de tout le pays. Les anecdotes sont unanimes et
inépuisables à raconter l'effet de sa parole sur ceux qui l'entouraient. Un
jour, passant dans un champ qu'on fauchait, il attire peu à peu autour
de lui toute la bande des moissonneurs qui se tordent de rire et
se laissent tomber à terre oubliant leur besogne. Un autre jour, il entre
dans un moulin et fait si bien que ceux qui sont chargés de déblayer
l'auge où tombe la farine, absorbés à l'entendre, la laissent s'emplir
jusqu'à ce que la meule s'engorge et s'arrête. Ailleurs, c'est le forgeron
qui, le marteau levé, l'écoute jusqu'à ce que le morceau de fer qu'il

---

[1] *The Highland Note-Book*, by R. Carruthers, Inverness, cité par Chambers. *Life of
Burns*, tom. I, p. 86.

[2] Chambers, tom. I, pag. 86.

avait sur l'enclume se refroidisse. C'était à la forge surtout, le lieu de
réunion du village, qu'il fallait le voir. Chaque fois qu'il y devait venir,
les voisins arrivaient pour faire cercle autour de lui et écouter les
histoires qu'il inventait et racontait, de façon à les secouer de gaîté
ou à leur arracher des larmes [1]. C'était vraiment un poète par nature
que cet homme qui composait, pour des filles de fermes, les plus
adorables chansons d'amour de la littérature anglaise et qui, devant
quelques laboureurs, jetait à pleine main des récits dont *la Mort et le
Dr Hornbook* et *Tam de Shanter* peuvent nous donner une idée. On
croirait à peine à une telle puissance de parole chez ce jeune paysan
de vingt et quelques années, si plus tard les hommes distingués et
critiques qui l'entendirent à Édimbourg n'étaient aussi d'accord pour
reconnaître que sa conversation les surprit plus encore que ses vers.
On trouve dans ces souvenirs du Dr Mackenzie la première déposition,
faite par un esprit cultivé, sur l'invraisemblable puissance de conversation de Burns. « A partir de la période dont je parle, je pris un vif
intérêt à Robert Burns et, avant de connaître ses pouvoirs poétiques, je
m'aperçus qu'il possédait de très grandes capacités intellectuelles, une
imagination extraordinairement fertile et vive, une connaissance profonde de beaucoup de nos poètes écossais et une admiration enthousiaste de Ramsay et de Fergusson. Même alors, sur les sujets qu'il
connaissait, sa conversation était riche en figures bien choisies, animée
et énergique. A la vérité j'ai toujours pensé que personne ne pouvait
avoir une juste idée de l'étendue des talents de Burns s'il n'avait pas eu
l'occasion de l'entendre causer [2]. » On voit ainsi peu à peu l'homme
grandir et la force de cet esprit s'imposer à tous autour de lui.

Cependant les choses de l'esprit continuaient à l'attirer. Il portait
toujours quelque livre dans sa poche. C'était *l'Homme de Sentiment* de
Mackenzie, le *Tristram Shandy* de Sterne, les œuvres du vieux poète
écossais Adam Ramsay, c'était surtout sa chère collection de chansons.
Il continuait à les lire avec le même soin; il prenait dans cette habitude une sûreté critique qui paraît dans les notes qu'il a mises aux
vieilles chansons écossaises, et à la façon dont il juge les siennes
propres. Du reste, toute la famille lisait, et quand on entrait à la ferme
aux heures des repas, les seules libres, on voyait le père et les fils un
livre à la main [3].

Le goût de l'activité intellectuelle était vraiment admirable parmi
ces hommes accablés de fatigues, et pour lesquels il semble que le

---

[1] Hately Waddell. — *Life and Works of R. Burns. Appendix, Reminiscences original.
Part. I.*

[2] *Reminiscences by Dr Mackenzie.*

[3] R. Chambers, tome I, p. 86.

repos dût être un affaissement vide et silencieux. Robert, Gilbert et quatre ou cinq de leurs amis, auxquels quelques-uns s'adjoignirent encore, formèrent une sorte de club dans lequel on devait discuter des questions proposées et s'exercer à la parole. Cela en soi n'a rien d'étonnant ; c'est dans des réunions de ce genre que bien des jeunes éloquences ont donné leurs premiers coups d'ailes. Mais si l'on réfléchit au milieu, si l'on songe que les membres de cette conférence rustique étaient quelques jeunes paysans sans ressources, perdus dans un petit village que l'absence de communications enfonçait davantage dans la campagne, on comprendra qu'il y avait là une ardeur intellectuelle qu'il n'eût pas été facile de retrouver ailleurs [1]. Le premier président fut Burns. La première séance eut lieu le 11 novembre 1780. La première question discutée fut celle-ci :

Etant donné qu'un jeune homme élevé pour être fermier, mais sans aucune fortune, peut épouser de deux femmes l'une : ou bien une fille de fortune, ni belle de sa personne, ni agréable de conversation, mais capable de diriger suffisamment les affaires domestiques d'une ferme ; ou bien une fille agréable de toutes façons, de personne, de conversation et de manières, mais sans fortune, laquelle des deux choisira-t-il ?

On peut reconnaître dans le choix de cette question une des préoccupations habituelles de Burns et imaginer la discussion et les déclamations éloquentes auxquelles elle donna lieu. Burns y prit une part active et le Dr Currie retrouva dans ses papiers les notes d'un discours dans lequel il soutenait la seconde alternative. Il n'est peut-être pas sans intérêt de voir quel était le genre de questions débattues par ces jeunes laboureurs. En voici quelques-unes :

Retirons-nous plus de bonheur de l'amour ou de l'amitié ?

Doit-il exister quelque réserve entre des amis qui n'ont aucune raison de douter de l'amitié l'un de l'autre ?

Lequel est le plus heureux du sauvage ou du paysan d'une contrée civilisée ?

Un jeune homme des rangs inférieurs de la vie sera-t-il plus heureux s'il a reçu une bonne éducation et s'il a un esprit meublé de savoir ; ou s'il a juste l'éducation et le savoir de ceux qui l'entourent ?

Les deux dernières questions dépassent le cercle des sentimentalités générales des deux premières. Elles ont la marque de leur époque ; elles arrivent jusqu'au bord de la discussion sociale à la façon du XVIIIe siècle ; on y sent comme une lointaine influence de Rousseau. Peut-être cependant, celle-ci n'était-elle pas indispensable pour que

---

[1] Voir sur ce curieux Club : *Rules and Regulations to be observed in the Bachelors' Club*, Currie ; — et *History of the Rise, Proceedings and Regulations of the Bachelors' Club*. R. Chambers, tome I.

des demandes semblables 'se posassent dans l'esprit de Burns. Il aurait suffi de l'analogie des génies et des situations. Il y eut de bonne heure dans Burns une protestation et une révolte inévitables contre l'inégalité des rangs et, ce qui est mieux, une revendication de la valeur individuelle. L'amour, les préoccupations de la vie, d'autres luttes l'empêchèrent de développer tout à fait ce côté de protestation sociale, mais il éclatera dans quelques passages de ses poésies, et on en discerne le germe dans ces discussions de jeunesse.

En même temps il se fit affilier à la loge maçonnique de Tarbolton, dont les séances se tenaient dans une salle de l'auberge du village. Les registres y sont encore conservés et montrent qu'il était assidu aux séances [1].

A travers tout cela, il continuait plus que jamais son métier d'amoureux rural : « L'amour sage ou insensé fut une perpétuelle nécessité de son âme, » dit Hately Waddell [2] ; et Carlyle, dans une de ses fortes appréciations qui dégagent la ligne morale de toute une existence, avait dit : « A la vérité, il n'y a qu'une ère dans la vie de Burns, c'est la première. Nous n'avons pas la jeunesse, puis la maturité, mais seulement la jeunesse ; car, jusqu'à la fin, nous ne discernons aucun changement décisif dans la complexion de son caractère ; dans sa trente-septième année, il est encore, pour ainsi dire, dans la jeunesse [3]. » C'est surtout pour ce qui concerne son intarissable faculté d'aimer que cela est vrai. Pendant vingt ans, il a été dans une continuelle admiration de la beauté ou plutôt de la grâce féminine, et ce qu'il y a de particulier en lui c'est que ses derniers amours avaient autant d'enthousiasme que les premiers. Il a chéri toute sa vie avec la bonne foi fougueuse des dix-huit ans, et il eût aimé ainsi indéfiniment. Chez lui, les passions ne formaient pas ces légers résidus d'accoutumance, d'amertume, de lassitude ou seulement d'habitude, que même les meilleures laissent au fond du cœur, et qui rendent celles qui y viennent ensuite moins douces ou les font paraître moins charmantes. Bien qu'il y ait bu souvent, le cristal de la coupe resta clair et transparent. L'amour conserva toujours pour lui toute sa nouveauté et sa délicieuse surprise. Il ne devint pas en lui amer comme dans Byron, railleur comme dans Heine, ou douloureux comme dans Musset. Il continua d'être pour lui, selon l'expression de Keats, « une chose de beauté et une joie éternelle. »

L'épisode de la petite moissonneuse n'avait été qu'une de ces aspirations vagues dont tous les cœurs de seize ans sont troublés, et l'épisode de

---

[1] *Gilbert's Narrative.*

[2] Hately Waddell. *Life of Burns.* Part. I, p. XIX.

[3] Carlyle. *Essay on Burns.*

Kirkoswald un premier essai. C'est à Lochlea qu'aimer devint l'habitude et l'état normal de son âme. Quand il y arriva, il était gauche et timide ; il confesse « qu'au commencement de cette période, il était peut-être le garçon le plus lourd et le plus empêtré de toute la paroisse[1]. » Mais cela ne devait pas durer et il ne devait pas tarder à prendre sa place, soit comme héros, soit comme confident, dans la plupart des intrigues amoureuses du village et des environs. Il y apporta bientôt la désinvolture et la sûreté d'un maître. Il avait ce don de familiarité rieuse et railleuse qui est la clef qui ouvre le plus de cœurs féminins. « Après le début de mes relations avec lui, raconte David Sillar, nous nous rencontrions souvent à l'église, et au lieu d'aller avec nos amis ou les filles à l'auberge, nous faisions une promenade dans les champs. Dans ces promenades j'ai été souvent frappé de sa facilité à s'adresser au beau sexe et mainte fois, quand j'étais tout confus et ne savais comment m'exprimer, il était entré en conversation avec elles avec la plus grande aisance et la plus grande liberté ; c'était généralement la mort de notre conversation, si agréable fût-elle, que de rencontrer une connaissance féminine[2]. » Burns d'ailleurs a raconté lui-même comment il se tirait d'affaires dans ces rencontres :

Bien au delà de toutes les autres impulsions de mon cœur était un penchant pour *l'adorable moitié du genre humain*[3]. Mon cœur était du pur amadou et était continuellement enflammé, par une déesse ou une autre. Comme il arrive dans toutes les campagnes de ce monde, ma fortune était diverse. Tantôt j'étais reçu avec faveur, tantôt mortifié par un échec. A la charrue, à la faux et à la faucille, je ne craignais pas de rival, je défiais aussi le besoin et comme je ne me suis jamais préoccupé de mon labeur que pendant que j'y étais employé, je passais mes soirées d'après mon cœur. Un jeune campagnard conduit rarement une aventure d'amour sans un confident qui l'assiste. Je possédais un zèle, une curiosité et une dextérité intrépide qui me recommandaient comme un second convenable dans ces occasions, et, j'ose le dire, j'avais autant de plaisir à être dans le secret de la moitié des amours de la paroisse de Tarbolton que jamais homme d'Etat en a ressenti à connaître les intrigues de la moitié des cours d'Europe. La plume que je tiens à la main semble connaître instinctivement ce sentier familier de mon imagination, et j'ai de la peine à l'empêcher de vous donner une couple de paragraphes sur les histoires d'amour de mes compagnons, humbles habitants de la ferme ou de la chaumière. Mais les graves fils de la science, de l'ambition ou de l'avarice baptisent ces choses du nom de folies. Pour les fils du travail et de la pauvreté, ce sont des matières de la plus sérieuse nature : pour eux, l'espoir ardent, l'entrevue dérobée, le tendre adieu sont les plus grandes et les plus délicieuses parties de leur bonheur[4]. »

Les occasions ne lui manquèrent pas. Quand on regarde d'un peu près la vie rurale de son temps, on est surpris de la quantité d'intrigues qui

---

[1] *Autobiographical Letter to Dr Moore.*
[2] D. Sillar's. *Account, etc.* Walker, tome II. Appendix.
[3] En français dans le texte.
[4] *Autobiographical Letter to Dr Moore.*

allaient leur train dans ces petits villages, de ferme à ferme, sous la stricte
surveillance presbytérienne. La façon dont ces intrigues se passaient
est un trait de mœurs écossaises qui ne manque pas d'une certaine
grâce rustique. Après une rude journée à la charrue ou au fléau, quand
le soir descendait, le jeune paysan mettait son bonnet bleu et son plaid.
Il faisait deux ou trois milles, parfois plus, jusqu'au cottage de sa promise. Un homme, qui n'est rien moins que le grave Lockhart, a retracé,
avec complaisance, la manière dont les choses se passaient. « Dans ces
districts, l'amoureux rustique poursuit sa tendre recherche d'une façon
dont les jeunes citadins peuvent trouver difficile de comprendre le charme.
Quand les travaux de la journée sont finis, que dis-je ? souvent lorsque
ses parents le croient dans le lit, l'heureux gars regarde comme un
jeu de marcher maints longs milles écossais, jusqu'à la résidence de sa
maîtresse. Au signal d'un coup donné à sa fenêtre, celle-ci sort pour
passer une heure ou deux sous la lune d'été ou, si le temps est âpre,
(circonstance qui n'empêche jamais le voyage) parmi les gerbes de la
grange paternelle. Ce « chappin' out », comme ils l'appellent, est une
coutume dont les parents affectent de ne pas voir la mise en pratique,
s'ils ne l'approuvent pas. Et les conséquences sont très rares et beaucoup
plus fréquemment inoffensives que ne sont disposées à se l'imaginer les
personnes qui ne sont pas familières avec les mœurs et les sentiments de
nos paysans [1]. » Ceci est peut-être moins sûr. A consulter les registres
de la paroisse, à lire les épîtres de Burns et à suivre toute sa vie, il ne
paraît pas que les paysans écossais — dans ces environs du moins —
fussent plus habiles qu'ailleurs à brider l'amour. C'est sur des expéditions
de ce genre que sont composées les quelques-unes des premières et des
plus jolies choses de Burns.

Derrière ces collines là-bas, où le Lugar coule,
Parmi de nombreux moors et marais, O,
Le soleil d'hiver a clos le jour,
Et je vais retrouver Nannie, O.

Le vent d'ouest souffle bruyant et aigre ;
La nuit est à la fois noire et pluvieuse, O ;
Mais je prendrai mon plaid ; je me glisserai dehors,
Et, par delà les collines, vers Nannie, O.

Ma Nannie est charmante, douce et jeune,
Sans ruses artificieuses pour vous attirer, O ;
Le malheur tombe sur la langue flatteuse
Qui séduirait ma Nannie, O !

---

[1] Lockhart. *Life of Burns.* Chap. II.

Son visage est joli, son cœur est sincère,
Aussi innocente qu'elle est gentille , O.
La pâquerette, qui s'ouvre humide de rosée,
N'est pas plus pure que Nannie, O.

Je ne suis qu'un jeune paysan ,
Et il y a peu de gens qui me connaissent, O :
Mais que m'importe combien peu ils sont ,
Je suis toujours bienvenu chez Nannie , O.

Toutes mes richesses sont mes gages ,
Et il faut que je les gère avec soin, O ;
Mais les biens de ce monde ne m'inquiètent pas,
Toutes mes pensées sont : Ma Nannie, O. »

Notre vieux fermier se plaît à regarder
Ses moutons et ses vaches prospérer grassement, O ;
Mais je suis aussi heureux, moi qui tiens sa charrue,
Et n'ai d'autre souci que Nannie, O.

Vienne heur, vienne malheur, je ne m'en occupe guère ;
Je prendrai ce que le Ciel m'enverra, O ;
Je n'ai pas d'autre souci dans la vie
Que de vivre et d'aimer ma Nannie, O [1].

C'est à cœur perdu que Burns se jeta dans ces aventures qui bientôt ne se comptèrent plus. Il avait généralement une affection principale et centrale , mais il rencontrait sans cesse des affections nouvelles et subordonnées qui se groupaient autour de celle-là, et formaient autant d'intrigues secondaires, dans le drame de son amour. Gilbert, rappelant à ce propos un fin passage de Sterne, un des auteurs favoris de Robert, compare spirituellement son frère à Yorick, qui venait de jurer à Éliza une fidélité éternelle et à qui il suffisait de se trouver cinq minutes, à la porte de la remise, avec Mme de L... pour en tomber épris, juste le temps que M. Dessein mettait à courir chercher les clefs [2]. Peu lui importait d'ailleurs à quelle femme il s'adressait. Il avait vite fait de les transformer, de les embellir, de les transfigurer, dès qu'elles entraient dans le rayonnement du rêve de beauté qu'il portait en lui. Gilbert, en homme froid et raisonnable qu'il était, n'y comprenait rien. « Quand, dans la souveraineté de son bon plaisir, il choisissait une personne à qui il décidait d'offrir ses attentions particulières, elle était sur le champ revêtue d'une quantité suffisante de charmes pris dans les abondantes réserves de son imagination. Il y avait souvent une grande différence entre sa maîtresse, telle que les autres la voyaient, et ce qu'elle semblait lorsqu'elle était revêtue des attributs qu'il lui donnait [3]. »

---

[1] *My Nannie O.*

[2] Sterne. *A Sentimental Journey.* Calais.

[3] *Gilbert's Narrative.*

Sans doute ; mais c'est que Murdoch s'était trompé et que Gilbert n'était pas poète. Quant à Robert, il admirait de tous côtés, répandant, devant ces simples filles étonnées, des trésors de poésie qu'elles ne comprenaient sans doute pas, mais où, avec l'intuition féminine, elles sentaient quelque chose de supérieur et de précieux. Qui peut imaginer, car son éloquence fut peut-être plus merveilleuse que ses vers, quelles strophes pleines de ferveur et de tendresse il a murmurées à des oreilles ignorantes, où elles résonnaient comme une musique incompréhensible et cependant douce à écouter? Ses chansons n'en sont peut-être qu'un écho affaibli.

Et ce qu'il y a de surprenant en lui c'est qu'il n'aimait pas des lèvres, mais vraiment du cœur. Chacune de ces amourettes avait, pendant qu'elle durait, la véhémence et l'intensité d'une passion qui le bouleversait de joie ou de désespoir. Les passions se poussaient dans ce cœur continuellement agité, rapides mais fortes et innombrables comme des vagues. C'étaient de vraies ivresses et de vraies angoisses qu'il éprouvait sans trêve. Sa charpente de paysan, singulièrement massive et solide, endurcie à toutes les fatigues, en éprouvait des secousses terribles. Il ne s'habitua jamais à aimer. Les cœurs ordinaires se tarissent dans des amours trop répétés qui vont s'affaiblissant par leur abondance. Mais cette âme inépuisable fournit un torrent de passion qui resta jusqu'au bout égal à lui-même dans son impétuosité. Gilbert qui n'est pas suspect d'exagérer ces sujets, disait : « Bien qu'il fût, dans sa jeunesse, timide et gauche dans ses rapports avec les femmes, cependant, quand il devint un homme, son attachement à leur société devint très fort et il était constamment la victime et l'esclave de quelque beauté. Les symptômes de sa passion étaient souvent tels qu'ils égalaient ceux de la célèbre Sapho. A la vérité, je ne sache pas qu'il se soit jamais évanoui, qu'il ait fléchi sur ses genoux et expiré; mais son agitation physique et mentale surpassait tout ce que j'ai jamais vu de ce genre, dans la vie réelle [1]. »

Chez certains poètes, les passions ne deviennent une matière poétique que lorsqu'elles sont façonnées par le souvenir ; ils travaillent, toujours tournés vers leur passé, semblables aux cordiers qui n'ont jamais dans la main qu'une masse confuse de chanvre et ne voient leur travail se faire que loin d'eux. Leur œuvre a presque toujours de la tristesse et du calme, parce que les choses dont ils parlent sont perdues, écoulées, parce qu'elles sont éloignées. Mais il en est d'autres pour lesquels la production est immédiate et n'est que le prolongement, l'écho instantané de la joie ou de la souffrance présentes. Ils sont comme des boucliers qui retentissent en même temps qu'on les frappe. Leurs chants conser-

---

[1] *Gilbert's Narrative.*

vent toute la vibration triomphale ou déchirante du coup dont tremble encore leur âme. Leur œuvre a souvent le trouble et l'élan de sentiments que le temps n'a pas épurés mais n'a pas affaiblis. Elle contient moins de pensée et plus de passion. C'est parmi ces derniers qu'il faut placer Burns. Non seulement, l'émotion et la création étaient chez lui simultanées, mais la première était si désordonnée qu'elle eût été intolérable, si elle n'avait trouvé un soulagement dans la seconde. « Mes passions, dit-il, une fois allumées, se déchaînaient comme autant de démons, jusqu'à ce qu'elles trouvassent une issue dans la rime, et, alors, réciter par cœur mes vers agissait comme un charme et calmait et adoucissait tout[1]. » Il faut ajouter que ces amours, malgré leur violence, étaient purs, car Gilbert et Burns lui-même ont pris soin de marquer la date où ils cessèrent de l'être.

Ainsi, avec les journées dans les champs, les sorties du soir, les lectures et les compositions le long du chemin, les séances chez le forgeron, les discussions du club, le mélange de travail, de tristesse et de joie qui fait la vie de tous ; avec des rafales de passion, des éclairs d'ambition, des élans de tendresses charmantes, des bondissements éblouissants de gaîté qui n'étaient propres qu'à lui ; jetant à pleines mains, comme lorsqu'il semait, la poésie et le rire, inconscient encore et cependant déjà frémissant de son génie, causant une sorte d'étonnement autour de lui, impétueux et honnête en toutes choses, avec l'emportement qui devait lui faire commettre bien des fautes, mais sans le remords d'en avoir encore commis, il passa les premières années de Lochlea. Années agitées, mais pures, et qui, en somme, furent heureuses.

Il tint peut-être alors à peu de chose que cette agitation ne se fixât et que le calme ne grandît dans sa vie. « Comme toutes ces relations, dit Gilbert, en parlant de ses intrigues, étaient gouvernées par les règles les plus strictes de la vertu et de la modestie — desquelles il ne dévia jamais jusqu'à ce qu'il eût atteint sa vingt-troisième année — il devint anxieux d'être en situation de se marier[2]. » Il y avait, dans une famille qui habitait sur les bords du Cessnock, petite rivière qui va rejoindre l'Irvine, une jeune fille qui s'appelait Ellison Begbie. Elle y servait en qualité de domestique, comme beaucoup de filles de fermiers. Son père était lui-même fermier à Galston, près de Kilmarnock. C'est sur elle que Burns avait jeté les yeux et fixé son choix. Ce n'était pas une beauté, semble-t-il, mais elle avait un charme particulier et une sorte d'attrait vif que la beauté a rarement. Dans la chanson qu'il a écrite sur elle, on devine, à travers les comparaisons dont elle se

---

[1] *Autobiographical Letter to Dr Moore.*
[2] *Gilbert's Narrative.*

compose, un visage vermeil, tout riant de couleurs fraîches et vives, des cheveux fins et châtains, un sourire où éclate la blancheur des dents. Mais, le refrain est : « ses deux yeux brillants et malicieux », comme s'ils étaient en effet le trait principal de cette physionomie mobile, ouverte et charmante de gaîté. Avec cela une grâce spirituelle faite d'enjouement et de malice.

> Ses lèvres sont comme ces cerises mûres,
> Que des murailles ensoleillées protègent de Borée ;
> Elles tentent le goût et charment la vue ;
> Et elle a deux yeux brillants et malicieux.
>
> Sa voix est comme le merle, le soir,
> Qui chante sur les bords du Cessnock, invisible,
> Tandis que sa compagne est nichée dans le buisson ;
> Et elle a deux yeux brillants et malicieux.
>
> Mais ce n'est pas son air, sa forme, son visage,
> Bien qu'elle égale la reine fabuleuse de la beauté ;
> C'est l'esprit qui brille dans ses grâces,
> Et surtout dans ses yeux malicieux [1].

Il fallait qu'elle eût quelque chose de véritablement distingué, puisque plus tard, après avoir beaucoup admiré et comparé les plus séduisantes dames d'Édimbourg, il avouait que, de toutes les femmes qu'il avait connues, c'était celle qui aurait fait dans sa vie la plus agréable compagne [2]. Telle était la femme que Burns demandait en mariage. S'il avait été accepté, sa vie aurait peut-être pris une voie normale. Sans doute, la fougue y serait restée et, par elle, il était difficile que les fautes n'y pénétrassent pas ; mais il est problable que le désarroi ne s'y serait pas mis. Peut-être son exubérance de vie et sa vigueur d'esprit se seraient-elles tournées vers d'autres directions et son bonheur y eût-il gagné aux dépens de sa gloire. Ce n'était pas sa destinée.

Outre l'influence qu'elle aurait pu avoir sur sa vie, sa courte liaison avec Ellison Begbie est intéressante parce qu'elle a produit une correspondance, qui comprend les premiers spécimens de prose que nous ayons de lui. Ce sont quatre lettres seulement, mais bien curieuses. Au point de vue littéraire, elles sont caractéristiques. On y sent une affectation de correction, une recherche d'élégance, la prétention épistolaire qu'il gardera pendant toute sa vie et qu'il devait au recueil de lettres que le hasard avait mêlé à ses premières lectures. Les pensées s'y font graves et compassées, les phrases s'y succèdent achevées et correctes.

---

[1] *On Cessnock Banks.*
[2] Chambers, tome I, p. 48.

Cela a beaucoup de tenue et peu de mouvement; c'est le contraire de son esprit. La langue elle-même est différente. Autant ses poèmes abondent en expressions écossaises, autant cette correspondance est écrite dans une langue purement anglaise, avec une affectation de mots latins. Au point de vue des sentiments, ces lettres sont également remarquables par leur gravité, leur ton de convenance et de franchise, un désir de bien préciser le genre d'affection qu'il éprouve et de placer ses déclarations sur un terrain de vie pratique. Dans la première de ces épîtres, il se défend, avec beaucoup d'habileté, contre un soupçon d'inconstance de sa part, qui pourrait bien venir à l'esprit d'Ellison Begbie et il fait une description de la vie mariée, qui est réellement un beau morceau sur le mariage :

Il est naturel qu'un jeune homme aime la connaissance des femmes et il est habituel qu'il recherche leur société quand l'occasion s'en présente. L'une d'elles lui est plus agréable que les autres ; quand il est avec elle, il y a quelque chose, il ne sait pas quoi, qui le séduit, il ne sait pas comment. Je suppose que cela est ce que la plupart d'entre nous appellent *amour* et je dois avouer, ma chère E., que c'est un jeu difficile que celui que vous avez à jouer lorsque vous rencontrez un amoureux de cette espèce. Vous ne pouvez vous empêcher de dire qu'il est sincère, et cependant, avec quelque faveur que vous le traitiez, peut-être dans quelques mois ou au plus tard dans un an ou deux, la même inexplicable fantaisie peut le rendre éperdument épris d'une autre, tandis que vous serez oubliée. Je n'ignore pas que peut-être, la prochaine fois que j'aurai le plaisir de vous voir, vous me conseillerez de prendre cette leçon pour moi, et vous me direz que la passion que je professe pour vous est peut-être une de ces lueurs passagères. Mais j'espère, ma chère E., que vous me ferez l'honneur de me croire, quand je vous assure que l'amour que j'ai pour vous est fondé sur les principes de la Vertu et de l'Honneur, et que conséquemment, aussi longtemps que vous continuerez à posséder ces aimables qualités qui m'ont d'abord inspiré ma passion pour vous, aussi longtemps faut-il que je continue à vous aimer.

Croyez-moi, ma chère, c'est un amour comme celui-là qui seul peut rendre heureux l'état de mariage. On peut causer de flammes, d'enthousiasmes, autant qu'on veut, et une chaude imagination, avec l'ardeur de la jeunesse, peut faire éprouver quelque chose de pareil à ce qu'on décrit. Mais je suis sûr que les plus nobles facultés de l'esprit, unies à des sentiments semblables dans le cœur, sont le seul fondement de l'amitié et ç'a toujours été mon opinion que la vie mariée n'est pas autre chose que de l'*amitié* à un degré plus élevé. Si vous êtes assez bonne pour exaucer mes souhaits, et s'il plaît à la Providence de nous épargner jusqu'à la période la plus reculée de la vie, je puis, en regardant vers l'avenir, voir que même alors, bien que courbé sous la vieillesse ridée, même alors, quand toutes les choses de ce monde me seront indifférentes, je regarderai mon E...... avec l'affection la plus tendre, pour la simple raison qu'elle aura toujours, mais à un degré plus élevé et perfectionné, ces nobles qualités qui inspirèrent ma première affection pour elle [1].

Ces dernières lignes sur l'idée du bonheur tranquille et apaisé qu'il faut attendre du mariage, sur la nécessité des qualités de l'âme

---

[1] *To Ellison Begbie*. Lettre 1.

pour un amour durable, ne sont-elles pas éloquentes, et cette vue de l'amitié qui sort d'une vie commune ne va-t-elle pas au fond des unions heureuses ?

Une autre lettre est intéressante par la façon presque religieuse dont il parle de l'amour. On sent bien, dans cette correspondance, qu'à ce moment il était encore dominé et gouverné par l'austérité paternelle, que son âme était toujours pleine de déférence pour l'exemple de vie qu'il avait devant lui et que les amourettes nombreuses qu'il avait déjà eues étaient restées des affaires de cœur et d'imagination.

Je crois en vérité, ma chère E., que les purs, les sincères sentiments d'amour sont aussi rares dans le monde que les purs et sincères principes de vertu et de piété. Ceci, j'espère, vous expliquera le singulier style de mes lettres à vous. Par singulier, je veux dire qu'elles sont écrites d'une façon si sérieuse que, pour vous dire la vérité, j'ai souvent eu peur que vous ne me preniez pour quelque dévot outré qui converse avec sa maîtresse comme il converserait avec son ministre.

Je ne sais pas comment cela se fait, ma chère, car bien que, sauf votre société, il n'y ait rien au monde qui me donne autant de plaisir que de vous écrire, cependant cela ne me cause jamais ces vertiges d'enthousiasme dont on parle tant parmi les amoureux. J'ai souvent pensé que, si une affection solide n'est pas effectivement une partie de la vertu, c'est quelque chose qui est tout à fait de la même famille. Chaque fois que la pensée de mon E...... échauffe mon cœur, elle allume dans ma poitrine tous les sentiments d'humanité, tous les principes de générosité ; elle éteint toute méprisable étincelle de malice et d'envie qui ne sont que trop prêtes à m'infester. Je serre tous les êtres dans les bras d'une bienveillance universelle, également, je prends part aux plaisirs des heureux et je sympathise avec les misères des infortunés. Je vous assure, ma chère, que je lève souvent vers le divin Ordonnateur des événements un regard plein de reconnaissance pour le bonheur que, je l'espère, il a dessein de me donner en vous donnant à moi. Je souhaite sincèrement qu'il bénisse mes efforts pour rendre votre vie aussi confortable et heureuse que possible, en adoucissant les côtés les plus rudes de mon caractère aussi bien qu'en améliorant les conditions peu propices de ma fortune. Ceci, ma chère, est une passion, à mes yeux, digne d'un homme et, j'ajouterai, digne d'un chrétien [1]. »

La façon dont il lui demande sa main est pleine d'une gravité presque cérémonieuse. On ne conçoit pas qu'un jeune clergyman adressant, avec toute la dignité et le decorum de sa profession, une requête de ce genre, puisse le faire en un langage plus rapproché d'un sermon :

Il y a une règle que j'ai jusqu'ici pratiquée et que j'observerai invinciblement avec vous, c'est de vous dire honnêtement la simple vérité. Il y a quelque chose de si bas, de si indigne d'un homme, dans les artifices de la dissimulation et de la fausseté, que je suis surpris qu'ils puissent être employés par personne dans une passion aussi noble et généreuse qu'un amour vertueux. Non, ma chère E., je n'essayerai jamais de gagner votre faveur par de si détestables pratiques. Si vous êtes assez bonne et assez généreuse pour m'accepter pour votre partenaire, votre compagnon, votre ami de cœur, à travers la vie, il n'y a rien, de ce côté-ci de

---

[1] *To Ellison Begbie*. Lettre 2.

l'éternité, qui puisse me donner un plus grand bonheur ; mais je ne songerai jamais à acheter votre main par des arts indignes d'un homme et, j'ajouterai, d'un chrétien. Il y a une chose que je vous demande sérieusement, ma chère, et c'est ceci : que vous mettiez bientôt un terme à mes espérances par un refus péremptoire ou que vous me guérissiez de mes anxiétés par un consentement généreux.

Cela m'obligerait beaucoup si vous vouliez m'envoyer une ligne ou deux quand vous le pourrez. J'ajouterai seulement que si une conduite réglée (quoique peut-être bien imparfaitement) par les règles de l'Honneur et de la Vertu, si un cœur consacré à vous aimer et à vous estimer, si un effort anxieux de vous rendre heureuse, si ces qualités sont celles que vous souhaiteriez dans un ami, dans un époux, j'espère que vous les trouverez toujours dans votre vrai ami et sincère amant [1].

La jeune fille ne tarda pas à faire connaître à Burns sa réponse définitive ; c'était un refus. La lettre qu'il lui envoie et qui est la dernière de cette série est, avec un chagrin très sincère et très profond, pleine d'une très belle et très digne franchise :

J'aurais dû, pour être poli, accuser plus tôt réception de votre lettre, mais mon cœur en avait reçu un tel coup que je puis encore à peine rassembler mes pensées, de façon à vous écrire à ce sujet. Je n'essayerai pas de décrire ce que j'ai ressenti en recevant votre lettre. Je l'ai lue et relue, mainte et mainte fois et, bien qu'elle fût dans le langage le plus poli du refus, ce refus était péremptoire : « Vous étiez triste de ne pas pouvoir me payer de retour, mais vous me souhaitiez toute espèce de bonheur. » Ce serait une faiblesse indigne d'un homme que de dire que, sans vous, je ne pourrai jamais être heureux, mais je suis certain que partager la vie avec vous lui aurait donné une saveur que, sans vous, je ne goûterai jamais.

Ce ne sont pas vos rares avantages personnels et votre bon sens supérieur qui me frappent tant en vous ; il est possible que, dans quelques cas, on puisse rencontrer ces qualités chez d'autres. Mais cette bonté aimable, cette tendresse et cette douceur féminines, cette attachante suavité de caractère, avec tous les charmes qui naissent d'un cœur chaud et aimant, voilà ce que je ne puis espérer retrouver de nouveau dans ce monde, à un tel degré. Toutes ces qualités charmantes, rehaussées par une éducation bien au delà de ce que j'ai jamais trouvé chez les femmes que j'ai jamais osé approcher, ont fait sur mon cœur une impression que je ne crois pas que la vie effacera jamais. Mon imagination s'était flattée du souhait, — je n'ose pas dire que ce fut jamais un espoir, — que, peut-être un jour, je vous appellerais mienne. J'avais formé les plus délicieuses images et mes rêves s'y complaisaient ; aujourd'hui, je suis malheureux pour avoir perdu ce que je n'avais vraiment pas le droit d'attendre. Je ne dois plus penser à vous comme à une amante ; j'ose cependant demander à être admis comme un ami. C'est à ce titre que je désire la permission de vous rendre visite, et comme je pense dans peu de jours aller m'établir plus loin et que vous ne tarderez pas, je le suppose, à quitter cet endroit, je désire vous voir ou avoir de vos nouvelles bientôt [2].

Ellison Begbie est la première des héroïnes de Burns dont on voie se dessiner un peu la physionomie. D'après Mrs Begg, la sœur de Burns, c'était une fille supérieure et la favorite du voisinage [3]. Elle paraît avoir

---

[1] *To Ellison Begbie.* Lettre 8.

[2] *Idem.* Lettre 5.

[3] Voir l'Appendix B ajouté par Scott Douglas et son édition de la *Vie de Burns* de Lockhart.

été, en outre, une fille de tête et de sang-froid, qui tenait à voir clair dans l'avenir et dans le présent. Elle fut un moment attirée vers ce garçon capable d'écrire de telles déclarations. En effet, c'est seulement « après quelque intimité et quelque correspondance qu'elle rejeta sa poursuite et bientôt après épousa un autre amoureux » [1] ; et cette supposition est bien confirmée par les mots de Burns : « Pour couronner ma détresse, une *belle fille* que j'adorais et qui avait juré son âme de venir à ma rencontre dans le champ du mariage, se joua de moi dans les circonstances les plus mortifiantes [2]. » Il y avait donc eu une attraction mais qui ne dura pas. Pour quelle cause ? On ne sait ces secrets de cœur. Elle est peut-être dans un passage cité plus haut, où Burns se défend, comme s'il éprouvait le besoin de dissiper certaines préventions et d'aller au-devant de certaines rumeurs. Peut être Ellison Begbie n'eut-elle pas confiance dans ces ardentes protestations, et voyait-elle dans le cœur de son poursuivant mieux que lui-même. A coup sûr, elle passa auprès d'une vie qui n'aurait pas été sans orages. Elle fit le choix qui convenait le mieux à sa nature équilibrée, pratique et discernante ; « elle a deux yeux brillants et malicieux » dit la chanson de Burns. Il est probable qu'elle vécut heureuse avec un homme moyen. Pourtant, comme il arrive aux imprudents, leurs passions bues, quand ils n'ont plus que le verre vide et craquelé de la vie, de se dire que leurs ivresses ont été une folie, il arrive aussi que les sages rassasiés de calme se demandent si leur prudence n'a pas été une duperie. Il est certain qu'Ellison Begbie se rappela, avec orgueil, que le poète avait composé pour elle quelques-unes de ses jeunes chansons, les plus pures et les plus sincères, car, plus d'un quart de siècle après cette aventure, « il vivait à Glasgow une dame » qui en récita une qu'elle seule savait, à Cromek, lorsque celui-ci recueillait ses *Reliques de Burns* et c'était la chanson sur des yeux malicieux [3].

II.

LE SÉJOUR A IRVINE.

Ce projet de mariage eut une grande influence sur la vie de Burns. Il avait compris, avec Gilbert, qu'il lui serait difficile de s'établir comme fermier. Pour acheter des instruments et des bestiaux, pour faire les premières semailles et attendre la première récolte, il faut une mise de fonds. Comment l'espérer, quand la famille avait à peine de quoi joindre les

---

[1] Scott Douglas. Tome I, p. 23, note.
[2] *Autobiographical Letter to Dr Moore.*
[3] Cromek. *Reliques of Robert Burns*, p. 442.

deux bouts à la fin de l'année ? Si jamais ces ressources arrivaient, quand serait-ce ? Trop tard à coup sûr. Ellison ne l'aimait pas assez et lui-même l'aimait trop pour attendre. Peut-être les difficultés qui commençaient à s'amonceler de nouveau sur le chemin de son père, contribuaient-elles à l'éloigner d'un métier, où la sueur du front ne suffisait pas à gagner le pain. Il chercha une façon plus rapide, plus sûre, de parvenir à vivre. Depuis quelques années déjà, les deux frères avaient obtenu du père quelques pièces de terre où ils faisaient pour leur propre compte pousser du lin, fort cultivé alors dans ces parties de la contrée. Robert résolut d'aller à Irvine apprendre à préparer cette plante. Cependant, le refus d'Ellison Begbie survint. Il partit néanmoins, le cœur plus chargé de chagrins qu'on ne l'imaginerait d'après la calme affection exprimée dans ses lettres, assombri, découragé. Evidemment, il venait de recevoir bravement un coup dont il serait longtemps à guérir. C'était vers le milieu de juillet 1781.

La ville où il arrivait et le nouveau métier qu'il entreprenait n'étaient pas faits pour dissiper sa mélancolie. Irvine est un endroit d'apparence désolée ; c'est une bourgade maritime avec toute la tristesse des ports, situés non pas sur la mer, qui est à elle seule un mouvement et une multitude, mais sur les rives plates et vaseuses d'une embouchure de rivière. Un horizon rampant de maigres dunes, des bas-fonds de sables coupés de flaques, recouverts et découverts par l'alternance monotone du flux et du reflux ; sur ces pauvres bords, un ramassis de dépôts de marchandises et de maisonnettes, moitié cabarets, moitié boutiques à objets de matelots, basses, minables et louches. Aux heures d'eau retirée, les navires, comme échoués, augmentent cette impression d'abandon par celle de désarroi, que donnent leurs grands corps désemparés, leurs mâtures penchées hors d'équilibre et qui semblent faire gauchir le ciel. Pour un jeune paysan, accoutumé à se réjouir des mille vies de la terre, ce séjour de stérilité, lavé d'une eau morne et inféconde, dut être comme un cauchemar.

A ce serrement de cœur s'ajouta bientôt le dégoût d'un métier pénible et presque rabaissant pour lui. Au lieu des journées au grand air, de la fierté du labour et de la diversité des occupations, un emprisonnement dans un taudis puant de l'odeur fade du lin roui, et une besogne assise, monotone et mécanique. Des heures et des heures sur le banc, devant le chevalet de l'espade ou l'établi des sérans. Pour des bras dignes du fléau ou de la faux, maïllocher le lin, l'écraser, l'écanguer sous la broie, l'étirer sur les peignes, avoir toujours les mains perdues dans des filasses, c'était presque un métier de femme. Dans cette salle basse, moitié hangar moitié écurie, au milieu de cette atmosphère alourdie des émanations et des poussières du lin, on ne respirait pas. Il étouffait, sa santé s'en ressentit. Ce changement d'existence, en toutes circonstances, lui eût

été pénible, insurmontable. Il y apportait, avec un cœur récemment
blessé, un amour-propre meurtri. Un travail sain à l'air libre, la puissance de la nature à changer nos peines en rêveries, l'auraient apaisé ;
cette vie étrécie et emmurée, d'une fatigue nouvelle et exaspérante pour
les nerfs, renferma sa douleur, l'aigrit, la rendit plus corrosive et plus
dévorante. Puis, au lieu de la popularité à laquelle il était accoutumé,
c'était, pour lui plus que pour d'autres, un isolement plus dur, dans
une populace de matelots, d'ouvriers et de déchargeurs. Enfin cet
indéfinissable et invincible sentiment, la nostalgie, se mettait de la partie.

Il eut un de ces accès de désespérance où l'âme et le corps s'affaissent en même temps, s'entraînant l'un l'autre dans leur descente. Il
en arriva à être dans un état terrible : « Le mal final qui amena
l'arrière-garde de ce cortège infernal fut que ma maladie d'hypocondrie
s'irrita à un tel degré que, pendant trois mois, je fus dans un état délabré
de corps et d'esprit qui eût été à peine enviable pour ces misérables
sans espoir qui viennent d'entendre leur juste sentence : « Retirez-vous de
moi, maudits [1]. » C'est dans cette condition qu'il passa la fin de l'année
1781. Aussi l'impression de cette période est celle d'une tristesse et d'un
accablement infinis. Une personne qui l'avait connu alors racontait, en
1826, à R. Chambers, que ce qu'on avait remarqué en lui était sa mélancolie. Parmi les gens ordinaires, il restait assis pendant des heures, la tête
dans la main, et le coude sur le genou ; c'était seulement lorsqu'un homme
intelligent ou une femme se joignait à la société qu'il s'éveillait et s'animait un peu [2]. Lui qui, tant de fois, avait jeté tout le village dans des
convulsions de rire et avait suspendu à ses lèvres ses rudes auditeurs,
s'était renfermé dans le chagrin et le silence. Le changement d'existence
et plus encore la souffrance morale avaient en outre altéré et débilité sa
santé. Il était devenu gravement malade d'une maladie nerveuse. Dans
une lettre à son père, il a laissé le tableau désespéré de la faiblesse de
son corps et du découragement de son âme.

« Ma santé est à peu près la même que quand vous étiez ici, seulement mon sommeil est un peu meilleur, et, à tout prendre, je suis plutôt mieux qu'autrement, bien
que je ne m'améliore que bien lentement. La faiblesse de mes nerfs a tellement débilité mon esprit que je n'ose ni revoir les événements passés, ni regarder du côté de
l'avenir ; car la moindre anxiété et le moindre trouble dans ma poitrine produisent
les effets les plus désastreux sur toute ma machine. Quelquefois, à la vérité, pendant
une heure ou deux, mes esprits s'allègent un peu, je jette un rapide regard dans le
futur, mais ma principale occupation et la seule qui me soit douce est de considérer
le passé et l'avenir d'une façon religieuse et morale. Je suis transporté à la pensée
qu'avant longtemps, peut-être bientôt, je dirai un éternel adieu à toutes les peines,
agitations, et inquiétudes de cette pénible vie, car je vous assure que j'en suis

---

[1] *Autobiographical Letter to Dr Moore.*
[2] R. Chambers, tome I, p. 55.

vraiment fatigué, et, si je ne me trompe beaucoup, je pourrai avec contentement et joie la résigner.

> L'âme, inquiète et renfermée en elle-même,
> Se repose en errant dans une vie future.

C'est pour cette raison que le 15°, 16° et 17° versets du 7° chapitre des Révélations me plaisent plus qu'autant de dizaines de versets dans toute la Bible, et je ne voudrais pas échanger le noble enthousiasme qu'ils inspirent pour tout ce que ce monde peut offrir. Quant à ce monde-ci, je désespère d'y faire jamais quelque figure. Je ne suis pas fait pour l'agitation des gens d'affaires, ni pour le désordre des gens gais. Je ne serai jamais capable de paraître sur ces scènes. A la vérité je suis tout à fait détaché des pensées de cette vie. Je prévois que la pauvreté et l'obscurité m'attendent, je suis en quelque mesure préparé et je me prépare chaque jour à les rencontrer.

Il me reste juste assez de temps et de papier pour vous remercier des leçons de vertu et de piété que vous m'avez données, qui ont été trop négligées quand vous me les avez données, mais dont, j'espère, je me suis souvenu avant qu'il soit trop tard [1]. »

Tels étaient le trouble et l'abattement dans lesquels il se trouvait, aux premiers jours de 1782, car cette lettre était destinée à porter à son père des souhaits pour l'année nouvelle. Evidemment, un grand effondrement s'était fait dans son cœur. Il était à un de ces moments où une cruelle déception jette son ombre devant elle et envoie son amertume jusqu'au bout de la vie. D'un autre côté, sa famille commençait à se débattre dans la ruine. Tout conspirait à rendre son désespoir complet, comme lorsque les malheurs du dehors ont l'air de se concerter avec les chagrins intérieurs. Ce sont les heures qui restent douloureuses dans le souvenir, où tout nous abandonne et où les plus robustes énergies faiblissent et s'évanouissent dans des défaillances qui semblent définitives. C'est en vain qu'il se tournait du côté de la Bible. Il est facile de voir qu'elle était sans action profonde sur lui. Il n'y trouvait pas l'asile, la consolation, le fleuve de paix intérieure où les fervents lavent leurs angoisses. Il ne se rappela jamais sans frissonner cette noire période de sa vie. Quant à la poésie, elle avait cessé : « Je suspendis, écrivait-il, ma harpe aux saules [2]. »

Mais il avait trop de jeunesse et de ressort pour que cette lassitude et cette dépression durassent. Il est vraisemblable que les premiers mois furent les plus mornes. Peu à peu, la crise ayant atteint sa hauteur diminua. Dans la lettre à son père, il parle déjà d'un mieux et de clartés qui commençaient à percer l'assombrissement de sa vie. Par degrés aussi, son esprit de sociabilité lui fut rendu. Il est probable qu'il accueillit ces retours de gaîté avec une sorte de brusquerie à les saisir et à les épuiser, avec cette insouciance téméraire qui suit les grands soucis et les grandes défiances de la vie, quelque chose de dur qui fait qu'on arrache les joies

---

[1] *To His Father. Irvine, Dec 27, 1761.*
[2] *Common place Book. March 84.*

plutôt qu'on ne les reçoit, et qu'on les tord plutôt qu'on n'en jouit. Rien n'est plus propre que ces mouvements excessifs vers le plaisir, à jeter dans des plaisirs excessifs par eux-mêmes. L'âpreté à jouir crée le goût de jouissances plus âpres. C'est surtout pour le cœur que les convalescences demandent à être lentes et sages. Burns vivait dans un milieu peu propice à ces ménagements. Dans ces ports de la côte ouest, surtout dans ceux situés en face des îles de Man et d'Arran, la contrebande par mer était active. Il y traînait toujours une population de gens, moitié matelots, moitié contrebandiers, aventureux, hardis, achetant, par une vie de duretés et de dangers, des intervalles violents de débauche. Burns se trouvait en contact avec eux à un moment critique. Il s'en ressentit.

Ce fut dans sa vie un tournant de grande importance morale et le point de départ de changements profonds dans sa façon d'être, d'où devaient sortir des résultats graves et durables. C'est l'époque que Gilbert et lui-même désignent comme celle où il tomba pour la première fois dans de vrais excès. « Ma vingt-troisième année fut pour moi une ère importante », écrivait-il dans son autobiographie. Et Gilbert disait : « à Irvine il fit connaissance des gens qui avaient une façon plus libre de penser et de vivre que celle à laquelle il était accoutumé, et cette société le prépara à franchir ces bornes d'une rigide vertu qui l'avaient jusque-là retenu [1]. » C'est avec grande clairvoyance que Carlyle remarque à ce propos, que « si l'incident le plus frappant de la vie de Burns, est son voyage à Edimbourg, sa résidence à Irvine en est peut-être un plus important [2]. » Il déplore son initiation à des dissipations et à des vices dont il était resté pur jusque-là. Il donne, par ce rapprochement, toute sa valeur et tout son relief à un de ces points capitaux d'une existence, duquel bien des péripéties futures dépendront. L'artisan de cette transformation fut un jeune marin nommé Richard Brown dont Burns a tracé le portrait et détaillé l'influence sur lui-même.

De cette aventure, j'appris un peu de la vie d'une ville ; mais la principale chose qui donna un tour à mon esprit fut que je formai une amitié cordiale avec un jeune homme, un homme supérieur à tous ceux que j'avais jamais vus, mais un fils infortuné du malheur. Il était l'enfant d'un simple artisan ; un homme riche du voisinage l'ayant pris sous sa protection lui avait fait donner une éducation relevée, afin d'améliorer sa position dans la vie. Ce protecteur mourut et laissa mon ami sans ressources juste au moment où il allait se lancer dans le monde ; le pauvre garçon désolé prit la mer ; après des vicissitudes de bonne et de mauvaise fortune, il avait été, peu de temps avant que je fisse sa connaissance, débarqué par un corsaire américain, sur les côtes sauvages du Connaught, sans qu'il lui restât rien. Je ne puis abandonner l'histoire de ce malheureux garçon sans ajouter qu'il est en ce moment capitaine d'un grand navire des Indes Occidentales, appartenant à la Tamise.

---

[1] *Gilbert's Narrative.*
[2] Carlyle. *Essay on Burns.*

L'esprit de ce gentleman était doué de courage, d'indépendance, de magnanimité, de toute vertu noble et virile. Je l'aimais, je l'admirais jusqu'à l'enthousiasme ; j'essayais de l'imiter. J'y réussis en quelque mesure ; j'avais de la fierté auparavant, il lui enseigna à couler dans son vrai canal. Sa connaissance du monde était de beaucoup supérieure à la mienne, et j'étais très attentif à m'instruire. C'était le seul homme que j'aie jamais vu qui fût un plus grand extravagant que moi quand la Femme était l'étoile qui dominait ; mais il parlait de certaine faute à la mode avec une légèreté que j'avais jusqu'alors regardée avec horreur. Ici son amitié me fut nuisible, et la conséquence fut que peu après avoir repris la charrue, j'écrivis « la *Bienvenue* que je vous envoie [1]. »

On verra un peu plus tard ce qu'était cette *Bienvenue*. La société du marin lui fut par quelques côtés utile. Richard Brown fut assez perspicace pour sentir dans son jeune ami un mérite caché et pour l'enhardir. « Vous rappelez-vous, lui écrivait plus tard Burns, un dimanche que nous passâmes ensemble dans le bois d'Eglington ? Vous me dites, après que je vous eus récité quelques vers, que vous vous étonniez que je pusse résister à la tentation d'envoyer des vers d'un tel mérite à un magazine. C'est cette remarque qui me donna quelque idée de mes propres pièces et qui m'encouragea à essayer de devenir un poëte [2]. » Cette fois-ci, l'ambition commençait à prendre une forme et devenait un peu plus nette. Ce n'étaient plus « les indécis tâtonnements sur des murs obscurs de la caverne », c'était un pas vers un but aperçu, le désir clair et la volonté de marcher à la colline lointaine où croissent les lauriers. C'était beaucoup déjà.

Quant à la préparation du lin, l'apprentissage se termina d'une façon singulière. « Mon partenaire, dit-il, était un gredin de la plus belle eau qui faisait de l'argent par l'art mystérieux de voler, et pour finir le tout, pendant que nous étions en train de festoyer et de donner la bienvenue à l'année nouvelle, la boutique, par l'imprudence de la femme de mon partenaire qui s'était enivrée, prit feu et fut réduite en cendres. Je fus laissé comme un vrai poëte sans un sixpence [3]. » Ce fut la fin de son apprentissage. Il ne revint cependant à Lochlea qu'un peu plus tard, vers le mois de mars 1782.

III.

LES ANNÉES D'APPRENTISSAGE. — LES PREMIÈRES FAUTES. — LA MORT DU PÈRE.

Lorsqu'il se remit à la charrue il était un autre homme. Il avait traversé une dure épreuve, d'où il revenait encore endolori, mais en

---

[1] *Autobiographical Letter to Dr Moore.*
[2] *To Richard Brown, Edinburgh, Dec 30, 1787.*
[3] *Autobiographical Letter to Dr Moore.*

voie de guérison. Il jugeait la souffrance pour s'être mesuré avec elle.
S'il en ressentait encore l'étreinte, il n'en avait plus autant l'horreur. Il
avait en outre acquis des expériences diverses, qui flottaient encore en
lui ; il en rapportait des idées nouvelles sur la vie, vagues encore,
mais qui ne tarderaient pas à devenir plus solides. Quand il se retrouva
dans son ancienne vie des champs, l'influence de la campagne le reprit
et le calma. Dans les lentes allées et venues de labourage, il put
réfléchir. Son chagrin s'effaça et ses réflexions se dessinèrent dans
son esprit. Il ressentit, après quelque temps, un peu de résignation, qui
est la parcelle d'or contenue dans toute grande souffrance.

Ce n'est pas qu'il eût meilleur espoir dans l'avenir, qui restait caché et
aussi sombre que jamais ; mais il s'en préoccupait moins. Il rapportait
un peu de l'insouciance des marins, accoutumés à prendre le temps
comme il vient et à faire bon accueil au vent de quelque côté qu'il
souffle. Son ami Brown lui avait communiqué quelque chose du sans
gêne et de l'indifférence des gens de mer vis-à-vis du lendemain,
si opposés à l'esprit des paysans, dont la richesse dépend chaque jour du
jour suivant. Il lui avait aussi enseigné à ne pas s'inquiéter des jugements du monde, comme il est naturel chez des hommes qui ne sont
jamais assez longtemps nulle part pour que leur amour-propre puisse
y prendre racine. Que lui importait dès lors l'obscurité ? Quant à la
pauvreté, n'avait-il pas ses deux bras pour travailler ? Et si même,
en poussant les choses à l'extrémité, il devait avoir recours à la vie
mendiante, « la dernière et pire ressource des malheureux et des
misérables [1] » cela n'avait rien pour le terrifier. Certains mendiants
étaient des moitié de conteurs qui payaient leur gîte par des histoires,
ils étaient connus par leurs noms et accueillis avec plaisir dans le
cercle de leurs itinéraires. Il ferait comme eux. « Je sais, écrivait-il à
Murdoch, que mon talent pour ce que les gens de la campagne appellent
une conversation raisonnable, quand il sera rendu vénérable par des
cheveux blancs, me procurerait assez d'estime, pour que, même dans
cette situation, j'apprenne à être heureux [1]. » D'autres fois, il songeait à
se faire soldat. C'était sa dernière ressource, quand toutes les autres
auraient manqué. « De bonne heure dans ma vie et toute ma vie, j'ai
regardé le tambour du recrutement comme ma suprême espérance [2]. » Il
en parlait avec un peu de cette crânerie qu'affectent les conscrits.

> O pourquoi diable me désolerais-je
> Et pourquoi toujours prévoir le mal ?
> J'ai vingt-trois ans et cinq pieds neuf pouces,
> Je m'en irai, je me ferai soldat.

---

[1] *To John Murdoch. Lochlea, January 15, 1783.*
[2] *To Miss Margaret Chalmers*, 22nd Jan 1788.

J'avais gagné un peu d'argent avec beaucoup de souci,
Je le gardais bien ensemble ;
Maintenant il est parti et quelque chose avec ;
Je m'en irai, je me ferai soldat [1].

Cette nouvelle disposition d'esprit, si différente de celle où il se trouvait dans la lettre écrite à son père, s'exprima dans une chanson :

De mainte façon, dans maint essai, j'ai courtisé la faveur de la Fortune O ;
Quelque chose de caché toujours s'interposait, pour me frustrer de mes efforts O.
Parfois je fus accablé par mes ennemis, parfois abandonné de mes amis O ;
Et quand mon espoir était au sommet, c'est alors que je me trompais le plus O.

Alors, endolori, harassé et las de la vaine tromperie de la Fortune O,
Je laissai tomber mes projets comme des songes vides et j'en vins à cette conclusion O :
Le passé était triste, le futur inconnu, ses biens et ses maux cachés O ;
Mais l'heure présente était à moi, et ainsi j'en jouirais O.

Je n'avais ni aide, ni espoir, ni but, personne pour m'aider O ;
Il me fallait travailler et suer, souffrir et peiner pour vivre O ;
A labourer, à semer, à moissonner et à faucher mon père m'avait élevé O,
Car un homme, disait-il, fait au travail, peut tenir tête à la Fortune O.

Ainsi obscur, inconnu et pauvre, condamné à errer dans la vie O,
Jusqu'à ce que je repose mes os fatigués dans un sommeil éternel O ;
Sans but et sans souci que d'éviter ce qui peut me faire peine ou chagrin O,
Je vis aujourd'hui aussi bien que je puis, insoucieux de demain O.

Pourtant je suis aussi joyeux qu'un monarque dans son palais O ,
Bien que la Fortune maussade me poursuive avec sa malice ordinaire O ;
Je gagne, à la vérité, mon pain quotidien et ne puis réussir à faire plus O ;
Mais comme le pain quotidien est tout ce qu'il me faut, je me soucie peu d'elle, O [2].

« Cette chanson, disait Burns, est une inculte rhapsodie, misérablement fautive en versification ; mais comme les sentiments sont vraiment ceux de mon cœur, j'ai, pour cette raison, un plaisir particulier à la répéter [3]. » Et ce plaisir tenait non seulement à ce qu'elle exprimait son nouvel état d'âme, mais à ce que cet état lui-même était un soulagement après la tristesse. Cette insouciance des jours inconnus, du bien ou du mal qu'ils contiennent, cette bonne humeur vis-à-vis de la fortune, cette façon d'attendre, lui resteront désormais. Aux heures tout à fait sombres, cette raillerie se haussera, elle deviendra un défi âpre et farouche ; mais dans les temps ordinaires, ce sera une ironie légère et un peu narquoise. Il y aura toujours de la fierté et du courage, la résolution de ne compter que sur soi et de

---

[1] *I'll go and be a Sodger.*
[2] *My Father was a Farmer.*
[3] *Common place Book. April 1784.*

n'avoir besoin que de peu. Carlyle l'a bien noté : « Il y a une force dans ce jeune homme qui le rend capable de marcher sur l'infortune, bien plus, de la lier sous ses pieds pour s'en faire un jeu. Car une humeur de caractère, hardie, chaude, rebondissante lui a été donnée ; et ainsi les formes du malheur qui arrivent de toutes parts, il les reçoit avec une ironie gaie, amicale ; et quand il est le plus serré par elles, il ne perd pas un pouce de courage ou d'espérance [1]. »

Cette insouciance du lendemain et cette façon de hausser les épaules aux menaces du sort, très opposées à l'esprit de vigilance et de prévoyance inquiète qui régnait dans la maison, n'était pas la seule chose qu'il eût rapportée de son séjour à Irvine. L'approbation et les encouragements de son camarade Brown faisaient leur travail dans son esprit et y déterminaient quelque chose comme un commencement d'ambition. C'était très vague et très obscur, très latent, presque inconscient même ; mais il s'y remuait une préoccupation nouvelle. Jusqu'alors Burns avait été satisfait de son application intellectuelle pour le plaisir qu'il en recevait ; ses productions littéraires ne visaient pas au delà de l'instant présent. Il se fit dès lors, dans sa pensée, des ouvertures sur des choses plus reculées. La naissance de ce germe d'ambition suscita une confuse idée de préparation, une espèce de recueillement, une disposition à l'effort et à l'étude. Les deux années qui s'écoulèrent après le voyage d'Irvine, et qui sont les dernières de Lochlea, sont occupées par cette sourde fermentation. Cela est très insensible ou du moins très caché ; car les renseignements sur cette période de sa vie sont peu nombreux. Il en existe pourtant quelques-uns qui la révèlent et la résument. On voit qu'elle est faite de conflits entre des influences diverses, d'états d'âme opposés, les uns factices et les autres sortant du vrai fond de sa nature.

Par un certain côté, il est soumis à des influences qui paraissent peu en harmonie avec sa nature d'esprit. Il lit beaucoup, mais une classe très particulière d'auteurs. « En matière de livres, à la vérité, je suis très prodigue. Mes auteurs favoris sont du genre sentimental tels que Shenstone, particulièrement ses *Elégies* ; Thompson ; *l'Homme de Sentiment* (un livre que j'estime tout de suite après la Bible) *l'Homme du Monde* ; Sterne, spécialement son *Voyage sentimental* ; l'*Ossian* de Mac Pherson [2]. »
A l'exception de Sterne — et encore est-il représenté ici par son œuvre la plus unifiée et la plus purifiée — ce sont des auteurs de style noble et de noble prestance. Même ils ne sont pas exempts, sinon d'un peu de déclamation, du moins d'un peu d'apparat et de solennité. Ils disent toutes choses avec dignité, ou ils ne disent que des choses dignes. On

---

[1] Carlyle. *Essay on Burns.*
[2] *To John Murdoch. Lochlea, January 15, 1783.*

connaît la pompe éclatante et un peu froide de Thompson ; l'élégance un peu compassée de Shenstone qui, dans sa *Maîtresse d'École*, traitait un sujet digne de Crabbe à la manière de Spenser. Mackenzie, dont on reverra le nom dans l'histoire de Burns, l'auteur de *l'Homme de Sentiment* et de *l'Homme du Monde*, sensible, délicat, exquis, est un Sterne sans la malice, la familiarité, sans le débraillé, sans la pénétration ; c'est un Sterne convenable ; un Sterne pour jeunes personnes et pour pudeurs effarouchées. Au milieu de cela, Ossian, avec ses peintures sauvages et ses grandioses déclamations, toujours dans le sublime ou sur le bord du sublime, haute et noble source de poésie, où passe, quoi qu'on en ait dit, un souffle aussi puissant que les vents orageux. Toutes ces lectures sont faites de gravité et de grandiloquence ; ce sont des lectures de haute tenue, sans abandon, sans familiarité et sans souplesse. Elles fournirent, pendant quelque temps, les aliments de l'esprit de Burns. A ces fréquentations, il s'était haussé à une tonalité de sentiments très élevée, qui s'exprimait d'une façon oratoire : « Tels sont les glorieux modèles d'après lesquels j'essaye de former ma conduite ; et il est ridicule, il est absurde de penser que l'homme dont l'esprit brille des sentiments allumés à leur flamme sacrée, l'homme dont le cœur est gonflé de bienveillance pour toute la race humaine, que l'homme qui peut s'élever au-dessus de cette petite scène des choses, que cet homme pourrait descendre à s'occuper des petits intérêts pour lesquels la race terræfiliale s'agite, s'échauffe et s'exaspère. O comme ce triomphe glorieux enfle mon cœur ! J'oublie que je suis un pauvre diable insignifiant, ignoré et obscur, traînant dans les foires et les marchés, quand il m'arrive d'y lire une page ou deux de la nature humaine et d'y saisir les mœurs vivantes quand elles s'élèvent, tandis que les hommes d'affaires me bousculent de tous côtés, comme un obstacle dans leur chemin [1]. » C'est là un bien grand détachement de la vie, et une façon bien hautaine et bien dédaigneuse de la regarder de loin.

L'influence d'Ossian se fait bien sentir dans une certaine façon de s'adresser à la nature, qui n'était ni dans ses habitudes de vie ni dans le ton général de son esprit. Les puissantes et mélancoliques invocations que le chantre de Morven adressait aux vents et aux orages, eurent pendant un temps leur écho dans l'âme de Burns. Le passage suivant, écrit juste à cette époque, en est la preuve. Il est cité par tous les biographes de Burns, sans qu'ils aient pris la peine de le rattacher à son instant particulier et de marquer ce qu'il a d'anormal.

Comme je suis ce que les gens du monde, s'ils connaissaient un homme comme moi, appelleraient un mortel fantasque, j'ai plusieurs sources de plaisir et de conten-

---

[1] *To John Murdoch, Lochlea, Jan. 15, 1783*

tement qui, en quelque manière, me sont particulières à moi seul — ou peut-être, ici et
là, à quelque autre original comme moi. Tel est le plaisir particulier que je prends à
la saison de l'hiver plus qu'à tout le reste de l'année. Ceci, je le crois, peut être dû en
partie à mes malheurs, qui ont donné à mon esprit une tournure mélancolique ; mais
il y a quelque chose dans

> La puissante tempête et le désert blanchâtre,
> Abrupt et profond, étendu au-dessus de la terre ensevelie,

qui élève l'esprit à une sublimité sérieuse, favorable à tout ce qui est grand et
noble. Il y a à peine aucun spectacle terrestre qui me donne — je ne sais si je dois
appeler cela du plaisir, mais quelque chose qui m'exalte, quelque chose qui me soulève
— plus que de me promener sur l'orée abritée d'un bois ou d'une haute plantation,
par un jour d'hiver nuageux, et d'entendre un vent d'orage hurler dans les arbres et
gronder sur la plaine. C'est ma meilleure saison de dévotion ; mon esprit est enlevé
dans une sorte d'enthousiasme vers celui qui dans le langage pompeux de l'Écriture
« marche sur les ailes du vent [1]. »

C'est à cette même influence qu'il faut rattacher quelques pièces qui
n'ont pas grande valeur dans son œuvre, mais qui ont une certaine
importance dans sa biographie, car elles témoignent d'une tendance
vers une école littéraire qui pouvait être dangereuse pour lui. La chanson
suivante fut composée dans un des moments qu'il a dépeints plus
haut.

> L'Ouest hibernal souffle sa rafale,
> Et jette la grêle et la pluie ;
> Ou bien le Nord orageux envoie et chasse
> Le grésil et la neige aveuglants ;
> En chutes brunes, le ruisseau descend
> Et rugit entre ses rives
> Oiseaux et bêtes restent à couvert
> Et passent le jour maussade.
>
> La rafale balayante, le ciel assombri,
> Le jour d'hiver attristé,
> Que d'autres les redoutent ; pour moi ils sont plus chers
> Que toute la pompe de Mai.
> Le hurlement de la tempête apaise mon âme,
> Il semble s'unir à mes douleurs ;
> Les arbres sans feuilles plaisent à ma pensée,
> Leur destin ressemble au mien [2].

Ces derniers vers sont de l'Ossian tout pur. C'en est la note mélancolique et orageuse. « Les hommes se succèdent comme les flots de
l'océan ou comme les feuilles des bois de Morven. Desséchées elles volent
au souffle des vents [3]. » C'est presque le cri de René, le cri si étrange,

---

[1] *Common place Book, April, 1783.*
[2] *Winter, a Dirge.*
[3] Ossian.

si nouveau pour nos pères, qu'il bouleversa leurs cœurs : « Levez-vous
vite, orages désirés, qui devez emporter René dans les espaces d'une
autre vie ! Ainsi disant, je marchais à grands pas, le visage enflammé,
le vent sifflant dans ma chevelure, ne sentant ni pluie, ni frimas,
enchanté, tourmenté et comme poussé par le démon de mon cœur [1]. »
Et c'est, plus près de nous encore, le soupir de l'*Isolement*.

> Quand la feuille des bois tombe dans la prairie,
> Le vent du soir s'élève et l'arrache aux vallons;
> Et moi je suis semblable à la feuille flétrie,
> Emportez-moi comme elle, orageux aquilons [2] !

On est tout étonné de trouver dans Burns cette ressemblance avec les
romantiques mélancoliques. Il faut vite ajouter que le mélange de
sublimité ossianique et de grandeur biblique, qui paraît dans le
morceau de prose cité plus haut, fut passager chez lui. Elles n'étaient
pas en accordance avec sa nature qui était pondérée, et violente, mais
dans la région moyenne des sentiments. Les nuages n'étaient point son
fait. Il aimait à sentir la terre sous ses pieds. Il ne tarda pas à abandonner ce grandiose surhumain, qui moralise plutôt sur la vanité de la
vie qu'il n'en dépeint les actes. Cependant toutes traces de l'influence
ossianique ne disparurent pas de son œuvre. On la retrouve, plus
tard, très sensible dans des pièces comme l'*Élégie de Sir James Hunter
Blair*, celle *sur la mort de Robert Dundas* (1787), celle *sur le comte de
Glencairn* (1791). Quant à l'influence plus large et plus mélangée des
lectures de cette époque, elle persista dans ses lettres, où la familiarité
et le sans-façon n'apparaissent presque jamais.

Heureusement, dans un autre coin de sa cervelle, une autre partie de
lui-même était également à l'ouvrage. On voit paraître pour la première
fois, avec conscience, un des côtés de son esprit, beaucoup plus réel et plus
solide : le goût de l'observation directe, sans commentaires, sans morale,
appliquée nettement à la vie. Ce goût pour l'étude des hommes avait déjà
paru, comme un trait rapide, dans son séjour à Kirkoswald, tout à fait
à la sortie de son adolescence. Burns ne l'avait pas perdu à coup sûr.
Mais cette préoccupation se manifeste ici et se proclame clairement.
« Il me semble que je suis quelqu'un envoyé dans le monde pour voir
et observer ; et je m'arrange très aisément avec le coquin qui m'escroque
mon argent, s'il y a en lui quelque chose d'original qui me montre la
nature humaine dans une lumière différente de ce que j'ai vu auparavant. Bref, là joie de mon cœur est « d'étudier les hommes, leurs
mœurs et leurs façons », et pour ce cher objet je sacrifie joyeusement

---

[1] Chateaubriand. *René*.
[2] Lamartine.

toute autre considération [1]. » Cette formation-ci appartient bien plus définitivement à sa vie ; elle en est un des éléments permanents et solides, et on ne tardera pas à voir ce que devait donner cette observation. C'était le contre-poids des enthousiasmes et des sublimités un peu factices.

Cette réaction fut aidée par une influence littéraire très différente des autres. Le bonheur fit qu'en ces conjonctures les œuvres de Fergusson, très écossaises, très réelles et d'une grande saveur de terroir, tombèrent sous la main de Burns. Ce fut pour lui comme un coup de fouet. « J'avais abandonné la rime, dit-il, mais rencontrant les poésies écossaises de Fergusson, j'accordai de nouveau ma lyre rustique, aux sons incultes, dans la vigueur de l'émulation [2]. » Pauvre Fergusson, délicat, doux, violent aux plaisirs, si malheureux, mourant à l'hospice, à vingt-quatre ans, en se plaignant du froid ! Burns conserva pour lui une sorte de reconnaissance et une tendresse touchante. Il en parle plus souvent que de Ramsay. Il l'appelle son frère :

> Mon frère aîné en infortune,
> Et de beaucoup mon frère aîné en poésie [3].

Une des premières choses qu'il fit en arrivant à Edimbourg fut de faire mettre une pierre sur la tombe négligée du poète. Le frêle et plaintif souvenir de Fergusson restera attaché à sa gloire. C'est évidemment sous cette influence qu'il produisit alors son premier poème écossais et sa première œuvre assez longue. L'*Elégie sur la mort de la pauvre Mailie*, une brebis favorite.

Ces tiraillements, ces combats de tendances se mélangeaient à une arrière-pensée, à des rêveries qui dépassaient certainement les limites de la vie actuelle de Burns. La preuve en est dans un singulier document, un Journal, qu'il se mit à tenir au commencement de 1783, un an juste après son retour d'Irvine. Les modifications qui viennent d'être indiquées y sont exprimées, ce qui montre que leur travail était déjà accompli. Le début vaut d'être lu avec soin. Il indique clairement que Burns prêtait dès lors une certaine importance à ses sentiments, qu'il avait l'idée très vague, très naïve, que ses confidences ou ses confessions pourraient avoir un jour un intérêt pour d'autres que pour lui. Il y a même la pensée, implicitement contenue dans les motifs de ce Journal, qu'il sera lu un jour. Par qui ? c'est confus encore. Mais il aura des lecteurs, sans quoi la principale raison que son auteur se donne de le tenir, disparaîtrait.

---

[1] *To Murdoch, Lochlie, January 15, 1783.*
[2] *Autobiographical Letter to Dr Moore.*
[3] *Verses under the Portrait of Fergusson.*

Observations, Notes, Chansons, Fragments de Poésie, etc., par Robert Burness, un homme qui avait peu l'art de faire de l'argent et encore moins celui de le garder ; mais qui était, nonobstant, un homme de quelque bon sens, de beaucoup d'honnêteté, et d'une bienveillance illimitée envers toutes les créatures raisonnables ou non. Comme il doit peu à l'éducation des écoles et qu'il a été élevé au bout d'une charrue, ses œuvres doivent être fortement teintées de sa façon de vivre rude et rustique. Mais comme elles sont, à ce que je crois, veritablement siennes, ce peut être une distraction, pour un observateur curieux de la nature humaine, de voir comment un Laboureur pense et sent sous le poids de l'amour, de l'ambition, de l'anxiété, du chagrin et des autres soucis et passions qui, bien que diversifiées par les modes et les façons de vivre, opèrent à peu près de même, je le crois, dans toute la race [1].

A la suite de ce préambule déjà bien caractéristique il avait ajouté un extrait de Shenstone dont il s'appropriait et dont il s'appliquait le sens :

Il y a beaucoup d'hommes dans le monde, à qui pour faire bonne figure il manque beaucoup moins l'intelligence nécessaire que l'opinion de leurs propres capacités, qui leur permettrait de relater leurs propres observations et de leur accorder la même importance qu'à celles qui paraissent imprimées [1].

Burns a mis de tout dans ce journal : des confessions personnelles, des réflexions morales, des pièces de vers, des critiques de ses propres productions où il les discute strophe à strophe et vers à vers, des réflexions sur les chansons écossaises, très perspicaces, des projets d'imitation, des études de caractères. On sent qu'il est tout à fait au bord de la production et qu'à la première occasion son génie va s'envoler.

Tandis que toutes ces choses s'élaboraient en lui, il s'était, comme on peut le deviner, rejeté dans les aventures amoureuses avec plus d'entrain que jamais. On n'aurait pas l'idée de la légèreté avec laquelle il s'engageait dans ces intrigues, ni de sa facilité à s'exalter, ni surtout de sa curieuse façon de souffler sur le moindre caprice jusqu'à le chauffer au rouge et le changer en un amour brûlant, si l'on n'avait sous les yeux un des fragments de son journal. Il y a là quelques lignes qui en disent beaucoup sur ses habitudes de cœur. La confession est d'ailleurs dépouillée de toute hésitation et de tout artifice : « Ma Peggy de Montgomery fut ma divinité pendant six ou huit mois. Elle avait été élevée dans un genre de vie plutôt élégant. Mais, comme Vanbrugh le dit dans une de ses comédies, « ma maudite étoile me découvrit » là comme ailleurs. Car j'avais commencé l'affaire simplement *de gaîté de cœur* ; ou plutôt, pour dire la vérité, qui peut sembler à peine croyable, c'était la vanité de montrer mon habileté à faire ma cour et particulièrement mon talent en *Billets doux*, dont je me suis toujours piqué, qui m'avait fait ouvrir le siège devant elle. Lorsque — ainsi que cela m'arrive toujours

---

[1] *Common-place Book. Le début.*

dans mes folles galanteries — je me fus donné une très ardente affection pour elle, elle me dit un jour, sous le drapeau d'une trève, que sa forteresse était depuis quelque temps la légitime propriété d'un autre ; mais avec la plus grande amitié et politesse elle m'offrit toute espèce d'alliance hormis la vraie possession. Je découvris plus tard que ce qu'elle m'avait dit d'un engagement antérieur était véritable, mais il m'en coûta quelques peines de cœur pour me débarrasser de cette affaire [1]. » Il faut ajouter, pour donner à cette petite histoire tout son sel, qu'ils s'étaient connus parce qu'ils étaient assis au même banc à l'église [2]. Ce n'était là bien entendu qu'un épisode, relevé seulement parce qu'il donne le ton de bien d'autres. Ceux-ci étaient sans nombre et il a bien fallu que les biographes les plus minutieux de Burns renonçassent à les énumérer ou à les identifier.

Quelques-unes de ses plus jolies chansons : *Mary Morrison*, *Peggy de Montgomery* sont restées de ces nombreuses intrigues inconnues. Mais le ton de ces déclarations lyriques a changé ; il est plus chaud et plus voluptueux. Ce ne sont plus de purs élans du cœur, des adorations platoniques et des rêves lointains de vie commune. Ce sont des désirs plus proches ou des souvenirs plus précis, où frémit l'agitation des sens. La pièce suivante qui s'exhale comme un soupir brûlant, au sein d'un paysage de champs de blés et d'orge, endormis dans le silence d'une nuit lumineuse, est caractéristique du changement survenu. Elle n'aurait pu être écrite avant le séjour à Irvine.

C'était la nuit du premier août,
Quand les sillons de blé sont beaux ;
Sous la lumière pure de la lune,
Je m'en allai vers Annie ;
Le temps s'envola à notre insu,
Si bien qu'entre le tard et le tôt,
En la pressant un peu, elle consentit
A m'accompagner à travers les orges.

Le ciel était bleu, le vent paisible,
La lune clairement brillait ;
Je la fis asseoir, elle le voulut bien,
Parmi les sillons d'orge.
Je savais que son cœur était à moi,
Et moi, je l'aimais sincèrement ;
Je l'embrassai mainte et mainte fois,
Parmi les sillons d'orge.

Je l'emprisonnai dans une étreinte passionnée,
Comme son cœur battait !

---

1 *Common place Book*. Sept. 1785.

2 R. Chambers dit que ce détail a été donné par Mrs Begg. Tome I, p. 70.

> Béni soit cet heureux endroit
> Parmi les sillons d'orge !
> Mais, par la lune et les étoiles si belles,
> Qui si clairement brillaient sur cette heure,
> Elle bénira toujours cette nuit heureuse
> Parmi les sillons d'orge.
>
> J'ai été gai avec de chers camarades,
> J'ai été joyeux en buvant,
> J'ai été content en amassant du bien,
> J'ai été heureux en songeant ;
> Mais, tous les plaisirs que j'ai jamais vus,
> Quand on les doublerait trois fois,
> Cette heureuse nuit les valait tous
> Parmi les sillons d'orge [1].

Et, après chaque strophe, le refrain reprend et court à travers la pièce comme un frémissement d'épis.

> Les sillons de blé et les sillons d'orge,
> Les sillons de blé sont beaux ;
> Je n'oublierai pas cette nuit heureuse
> Avec Annie, parmi les sillons !

A ce jeu dangereux, ce qui devait arriver, arriva. Une des servantes de la ferme devint enceinte. Elle tomba, éblouie par ces yeux noirs si puissants, et séduite par cette voix aux accents d'une éloquence étrange. Ce qu'il ressentit, quand la malheureuse éperdue vint lui confier le terrible secret dut être affreux. Le père allait se mourant, ce serait un coup sûrement mortel que cette faute de son fils, si grande. Ses derniers jours en seraient affligés. Et les larmes dans les yeux de la mère, la désolation dans toute la maison ! En même temps quel remords d'avoir perdu cette enfant ! Quel châtiment que la vue de cette figure chaque jour plus attristée et plus pâle ! Ce fut un temps de cruelles réflexions. Il les a dépeintes lui-même, en quelques vers écrits à la hâte dans le journal intime qu'il tenait à cette époque, et où éclate un cri douloureux de repentir.

> De tous les maux nombreux qui blessent notre paix,
> Qui pressent l'âme ou tordent l'esprit d'angoisses,
> Sans comparaison, les pires sont ceux
> Que nous devons à nos folies ou à nos crimes.
> Dans toutes les autres circonstances, l'esprit
> Peut dire ceci : « Ce ne fut pas ma faute. »
> Mais quand à la souffrance du malheur
> S'ajoute cet aiguillon : « Blâme ta propre folie ! »

---

[1] *The Rigs of Barley.*

Quand , ce qui est pire encore , s'ajoutent les morsures du remords,
La conscience qui vous torture et vous ronge d'avoir fait une faute ,
Une faute peut-être où nous avons attiré les autres ,
Les jeunes , les innocents qui vous ont trop aimés ;
Que dis-je ? Quand leur amour même a été la cause de leur ruine ,
O Enfer brûlant ! dans tout ton arsenal de tourments
Il n'y a pas une lanière plus déchirante [1] !

C'était le remords poignant d'une première séduction. Il n'avait pas encore pris son parti de faire souffrir par l'amour celles qui l'aimaient. Plus ou moins vite, les séducteurs y arrivent et s'accoutument à meurtrir les cœurs, comme les chasseurs se font à étouffer dans leurs mains les oiseaux sanglants. Mais les cris des premières victimes font mal et troublent l'âme. Burns avait ressenti cette amertume. Cependant, avec la lâche adresse du cœur humain à forger des excuses à ses fautes, il ne tarda pas bientôt à atténuer à ses propres yeux le mal qu'il causait et sa responsabilité. C'étaient de ces réflexions générales, au moyen desquelles on essaye de se consoler d'avoir, par passion ou faiblesse, méchamment agi. Qu'on compare aux vigoureux reproches dont il se flagellait lui-même, cette sorte d'indulgence universelle réclamée pour tous, afin d'en profiter soi-même.

J'ai souvent observé, dans le cours de mon expérience de la vie humaine, que chaque homme, même le plus mauvais, a en lui quelque chose de bon ; bien que ce ne soit souvent qu'une disposition de constitution qui l'incline vers telle ou telle vertu : c'est de cette disposition que dépendent également un grand nombre de nos vices ; personne ne saurait dire combien. C'est pourquoi aucun homme ne peut dire à quel point un autre homme que lui-même peut, en stricte justice, être appelé méchant. Que celui d'entre nous qui est le plus noté pour la stricte régularité de sa conduite examine impartialement combien de ses vertus il doit à sa constitution et à son éducation, et de combien de vices il a été exempt, non par suite de soins, de vigilance, mais par manque d'occasions ou parce qu'une circonstance accidentelle est intervenue ; qu'il examine à combien de faiblesses humaines il a échappé, parce qu'il n'était pas sur le chemin de ces tentations ; qu'il considère ce qui souvent, sinon toujours, pèse plus que tout le reste, combien il doit de la bonne opinion du monde, à ce que le monde ne le connaît pas tout entier ; je dis que celui qui réfléchirait à tout cela, regarderait les faiblesses, que dis-je ! les fautes et les crimes de tous les hommes qui l'entourent, avec l'œil d'un frère [2].

Voilà bien des défaillances excusées ou du moins atténuées. Il y a loin de ce plaidoyer à la condamnation de tout à l'heure. Comme les erreurs personnelles se rapetissent quand on les considère de cette façon générale ! C'est peut-être le vrai point de vue des choses. Mais le cœur qui invoque ces théories est en train de se réconcilier avec ses fautes ; il

---

[1] *Remorse, a fragment.*
[2] *Common place Book, March 1784.*

est en quête d'intermédiaires entre elles et lui ; il cherche, avec ces hôtesses importunes et odieuses qu'il avait d'abord chassées dans la première colère de son remords, un *modus vivendi*, un prétexte à les accueillir ; dont il n'est qu'à moitié la dupe. C'est une transaction où l'on perd toujours, et où l'on va sans cesse perdant. On saisit le moment où Burns y accéda, et l'on suit cette espèce d'acclimatement d'un cœur dans sa faute. Dans quelque temps, après avoir trouvé des excuses à ses erreurs, il en tirera vanité.

Cependant William Burnes approchait de sa fin. Sa constitution affaiblie par les privations, usée par le travail, minée par les inquiétudes, était à bout de résistance. La phtisie y avait pénétré. De derniers chagrins l'achevaient. Il est possible qu'il soit mort sans avoir connaissance de la faute que son fils avait commise sous son toit, et que ce calice lui ait été épargné. Avec sa rigidité religieuse, c'eût été vraiment pour lui la suprême amertune. Mais, depuis longtemps, les angoisses s'amoncelaient et s'assombrissaient de tous côtés. Il se débattait, avec des forces chaque jour plus faibles, contre des difficultés chaque jour plus lourdes, et il était facile de prévoir le moment où il serait écrasé. Il avait pris la ferme de Lochlea sur une convention orale, sans contrat écrit. Pendant quatre ans, les choses allèrent bien ; mais, au bout de ce temps, un malentendu s'éleva entre lui et son propriétaire. Les discussions, les difficultés, les luttes commencèrent. Elles durèrent trois ans, amenant leurs irritations, leurs incertitudes, la fièvre consumante des procès. Elles se terminèrent par une décision qui ruinait complètement William Burnes, et le lançait, lui et sa famille, dans le dénûment, dans un gouffre de dettes [1]. C'en était trop. Cela acheva de le briser. De quelle tristesse il a fallu que cette période de leur vie fût remplie, pour que Burns ait pu écrire ces terribles paroles et savoir gré à la mort de lui avoir ravi son père. « Après avoir été balloté et entraîné pendant trois ans dans le gouffre des procès, mon père fut sauvé de la prison par une phthisie qui, après deux années de promesses, entra avec bonté et l'emporta là où les impies cessent d'exciter des tumultes et où trouvent le repos ceux dont les forces sont usées [2]. »
Bien qu'épuisé de souffrances et assailli de tourments, le père resta pareil à lui-même, calme, bon, un peu plus sombre, un peu plus silencieux peut-être, préoccupé jusqu'au bout de l'instruction de ses enfants. Les fils étaient maintenant des hommes ; mais la seconde fille était encore toute jeune. Elle avait pour occupation de faire paître le bétail peu

---

[1] Gilbert Burns, *Narrative*, et Robert Burns, *Autobiographical Letter to Dr Moore.*
[2] *Autobiographical Letter to Dr Moore.*

nombreux de la ferme. Il allait la rejoindre et s'asseyant près d'elle, car il était épuisé par la moindre marche, il lui disait les noms des herbes et des fleurs sauvages qui poussaient alentour [1]. A travers les souvenirs attendris de ses enfants, on a la vision mélancolique de cet homme, portant l'air morne et absorbé des paysans moribonds qu'on voit parfois dans les champs, les yeux fixés sur le sol que le seul attrait et la joie puissante de leur vie a été de remuer. Quand leurs bras amaigris les trahissent, ils sont envahis d'un profond chagrin. Leurs dernières sorties, pleines de longues et taciturnes contemplations, ont une tristesse indicible. A ce lent et douloureux détachement de la terre, où les campagnards tiennent par les racines de tout leur être, s'ajoutait pour William Burnes l'angoisse du lendemain pour les siens. Dans quelles affres cette âme puissante à souffrir et stoïque dut se consumer durant ces derniers mois ! Heureusement, ce noble paysan avait pour appui une foi solide et la confiance qu'elle donne. Quand ses yeux étaient trop lassés des misères sombres et troublées d'ici-bas, il savait où les lever plus haut, pour les reposer dans une espérance sereine et lumineuse ; il savait où sont les rayons qui sèchent les larmes et les attentes qui guérissent des déceptions. La foi religieuse, austère et inébranlable, était le refuge et le roc sur cette mer de troubles qu'avait été sa vie. Dans l'impression poignante et un peu révoltée que causent tant de malheurs immérités, on éprouve une sorte de soulagement à songer que les tristesses suprêmes de cet homme de bien ne furent pas délaissées de toute consolation, et qu'il portait en lui un rêve où pouvaient se réconcilier la pureté et l'affliction de sa vie.

Dès le commencement de 1783, il vit que la mort n'était plus loin. Il s'y prépara courageusement avec une sorte de calme méthodique. Quoique affaibli, il envoya lui-même ses adieux à ses plus proches parents et chargea ses fils de les transmettre pour lui à ceux qui étaient plus éloignés. Cette brave et touchante façon de se mettre en règle avec sa famille et de se tenir prêt, apparaît bien dans une lettre que Robert écrivait à son cousin James Burness, de Montrose, le fils de ce frère que William avait embrassé sur la colline quand ils s'étaient séparés au sortir de la maison paternelle. Elle est datée du 21 juin 1783.

« Mon père a reçu votre honorée du 10 courant, et comme il est depuis plusieurs mois en très pauvre santé et que, selon sa propre expression — et à la vérité, selon l'opinion de tous — il est mourant, il a, avec beaucoup de difficulté, écrit quelques lignes d'adieu à chacun de ses beaux-frères. C'est pour cette triste raison que je tiens aujourd'hui la plume pour lui, afin de vous remercier de votre bonne lettre et vous assurer que ce ne sera pas ma faute si la correspondance de mon père dans le Nord meurt avec lui. »

---

[1] R. Chambers, tome I, p. 80.

Et elle se termine par ces mélancoliques paroles :

« Mon père vous envoie, probablement pour la dernière fois en ce monde, ses souhaits les plus ardents pour votre réussite et votre bonheur [1]. »

Il pensait dès lors mourir bientôt. Cependant il vit l'automne et une dernière fois les moissons rentrer ; il passa l'hiver ; il alla jusqu'au moment où les blés commencent à montrer leur verdure.

Le jour qui fut son dernier, il était seul dans sa chambre avec sa plus jeune fille en qui vécut le souvenir de la scène, et Robert. La pauvre petite pleurait. Il essaya de parler et ne put que trouver quelques mots de consolation, tels qu'on en dit aux enfants. Ils étaient faibles et comme murmurés avec peine. Il lui conseilla dans un soupir déjà lointain de « marcher dans la voie de la vertu et d'éviter le vice ». Après un instant silencieux, il dit qu'il y avait quelqu'un dans la famille sur la conduite future de qui il avait des craintes. Il répéta ces paroles, comme si c'eût été là pour lui une préoccupation suprême. Robert s'approcha du lit et lui demanda : « Mon père, est-ce moi que vous voulez dire ? » Le vieillard répondit que c'était lui. Robert se tourna vers la fenêtre, les joues couvertes de larmes et la poitrine tremblante de sanglots qu'il étouffait. Peut-être, avec l'attention vigilante, furtive et si aiguë des malades, son père avait-il saisi quelque indice, deviné quelque chose. Ces paroles se sont plus d'une fois représentées à l'esprit de Burns, avec amertume [2]. William Burnes expira le même jour, le 13 février 1784, dans sa soixante-troisième année. Sa vie avait été dure et inclémente comme un jour d'hiver. Il avait eu pour lot de connaître le labeur sans sa récompense et l'effort sans l'espoir du repos. Il avait tout accepté sans plainte, sans même un murmure. Il avait vécu noblement. Après tant de traverses et si peu de joie, il atteignit le calme.

On ne voulut pas qu'il dormît dans un cimetière étranger, mais dans le cimetière familier d'Alloway, près du petit cottage d'argile. Les funérailles furent faites selon une vieille coutume. Le cercueil fut suspendu entre deux chevaux qui marchaient l'un derrière l'autre. Les parents et les voisins suivaient à cheval [2]. Il fut couché à l'ombre des murs de l'église, sous le son des cloches qu'il avait connues. Sur l'humble pierre qui recouvrait sa tombe, Robert fit graver quelques vers :

> Oh ! vous dont la joue se mouille d'une larme,
> Approchez-vous avec un pieux respect,
> Ici reposent les restes chers d'un époux aimant,
> D'un père tendre, d'un ami généreux,

[1] *To James Burness, June 21, 1783.*
[2] R. Chambers, tom. I, p. 80.

Le cœur charitable qui ressentait toute souffrance humaine,
Le cœur indomptable qui ne craignait aucun orgueil humain,
L'ami de l'homme, du vice seul l'ennemi ;
« Car même ses faiblesses penchaient du côté de la vertu [1]. »

Ils ne disent rien au delà de la vérité. Dans ce petit cimetière, autour
de sa tombe, le gazon est usé ; les pas de ceux qui viennent la visiter ont
fait un sentier où l'herbe ne croîtra plus. Il a l'immortalité qui, au cœur
des parents, est peut-être la plus douce de toutes, celle qui vient d'un
enfant. Il en fut digne parce qu'il fut lui-même admirable. C'est pour
des hommes tels que lui qu'a été écrite la belle Elégie de Gray. Il fut,
du moins par la noblesse morale, un de ces grands cœurs ignorés
qui dorment dans les cimetières de village.

Lorsque les fils revinrent de l'enterrement du père, ils trouvèrent la
ruine dans la maison. « Quand mon père mourut, tout son avoir s'en alla
aux rapaces limiers d'enfer qui grognent dans le chenil de la justice [2]. »
Il ne restait plus rien absolument. C'est seulement en se portant
créanciers de leur père pour les arrérages des gages dus sur leur
travail, que les deux fils et les deux filles aînées arrachèrent aux gens
de loi de quoi pouvoir aller travailler ailleurs [3]. Mais avant de quitter la
maison où William Burnes avait rendu le dernier soupir, Robert écrivit
à son cousin une lettre par laquelle on aime à terminer les rapports de
ce père et de ce fils.

Le 13 de ce mois j'ai perdu le meilleur des pères. Quoique assurément nous
fussions depuis longtemps avertis du coup qui nous menaçait, néanmoins les sentiments de la nature réclament leur part, et je ne puis me rappeler la chère affection
et les leçons paternelles du meilleur des amis et du plus capable des maîtres sans
ressentir ce que, peut-être, les dictées plus calmes de la raison condamneraient en
partie.

J'espère que les parents de mon père, dans votre pays, ne laisseront pas leurs
rapports avec nous s'éteindre en même temps que lui. Pour ma part, c'est toujours
avec plaisir, avec orgueil, que je reconnaîtrai ma parenté avec ceux qui étaient unis,
par les liens du sang et de l'amitié, à un homme dont j'honorerai et révérerai
toujours le souvenir [4].

Ce sont des paroles dignes de celui à qui elles étaient consacrées.
Elles expriment bien l'amitié respectueuse qui unissait les fils au père ;
on y sent bien aussi ce beau rôle d'instituteur, d'éducateur que William
Burnes avait, avec tant de clairvoyance, de persévérance et de sagesse,

---

[1] *Epitaph on my ever honoured Father.* Le dernier vers est une citation de Goldsmith.
[2] *Autobiographical Letter to Dr Moore.*
[3] R. Chambers. Tom. I, p. 82.
[4] *To James Burness. February 17, 1784.*

rempli envers ses enfants, depuis les promenades qu'il faisait avec ses deux jeunes garçons dans les champs de Mont-Oliphant, jusqu'aux dernières leçons que, mourant, il donnait encore à sa dernière fillette.

En prévision d'un dénouement inévitable, les deux fils avaient loué par avance une petite ferme située à quelques milles de Lochlea, près de Mauchline[1]. A la Pentecôte de 1784, toute la famille y émigra : Robert et Gilbert, la vieille mère, les trois filles et un jeune garçon de dix-sept ans. Robert venait d'entrer dans sa vingt-sixième année.

---

[1] Gilbert Burns. *Narrative.*

CHAPITRE III.

MOSSGIEL, MAUCHLINE.

Mars 1784 — Novembre 1786.

Mossgiel ! Ce nom, dans sa sonorité claire, chante aux oreilles écossaises comme quelque chose de radieux et de glorieux. C'est là qu'a éclaté une des plus étonnantes floraisons de poésie dont un peuple puisse s'enorgueillir. C'est là que Burns a vécu dans un tourbillon de passion et de gaîté, dans des péripéties de désespoir et d'ivresse, telles qu'il a été donné à peu d'hommes d'en connaître d'égales, et peut-être à aucun de les connaître en un temps si court.

Le site est à souhait pour y installer le logis d'un poète. Quand on y arrive au sortir du fond de Lochlea, il semble qu'on monte vers la lumière. La ferme est sur un plateau qui domine toute la contrée. Derrière, la vue s'étend sur les moors de Galston, au fond desquels se déchire la fente pourprée du matin. Devant, le paysage est immense et admirable. Le regard s'étend sur une pente où des vallées fuyantes et indéfiniment prolongées se perdent entre des ondulations décroissantes, qui les emmènent mourir dans des brumes lointaines. Ce vaste pays est semé de collines, de bois, de champs, de haies et de fermes blanches qui vont diminuant jusqu'à n'être plus que des points. Tout à l'extrémité, par une échappée, on voit la plaine au bord de la mer, puis la mer comme une lame de fer ou d'argent ou d'or et, encore au delà, les montagnes d'Arran perdues dans les nuées. Ce n'est plus le paysage du mont Oliphant solidement renfermé dans un cadre âprement découpé. C'est un paysage d'immense envergure, flottant, aérien, très sensible aux impressions du ciel et continuellement soumis à ses métamorphoses. Rien ne peut rendre la magnificence et la variété des effets qui se déploient et se nuancent devant cette petite porte de ferme, surtout quand des soleils couchants, qui auraient transporté Wordsworth, y épandent leurs couleurs. Lorsque la mélancolie s'empare de ces étendues, ce qui arrive fréquemment, et qu'on est au centre de cet immense cercle de ciel attristé, il semble qu'on tienne à peine plus de place que le nid de souris blotti dans un sillon ou qu'une pâquerette. Et les comparaisons se suggèrent d'elles-mêmes, entre ces pauvres choses et la vie humaine, également chétive et aussi perdue. C'est là qu'il faut lire, pour les comprendre tout à fait, les dernières strophes des pièces *à la Pâquerette* et *à la Souris*. En revanche, lorsqu'on descend du plateau vers les lits de l'Ayr ou du Cessnock, on voit que le pays abonde en détails, en coins retirés et intimes qui se retrouvent dans les poésies amoureuses de Burns.

Pour le va-et-vient de la vie humaine, on est loin de l'isolement de Lochlea et de la pauvreté de Tarbolton. Mossgiel est situé à un mille de Mauchline, au bord de la route qui conduit à Kilmarnock. Celle-ci était, dès ce temps, la ville industrielle de la région ; on y fabriquait déjà des lainages et des tapis ; elle possédait une imprimerie ; on y venait de tous côtés[1]. Mauchline, d'autre part, était une jolie bourgade rurale, très vivante autour de sa vieille église à l'aspect de grange. C'était un centre d'activité agricole, un lieu de foires et de réunions religieuses ; il s'y tenait un important marché de bestiaux ; on y faisait commerce avec la campagne. Ces transactions y avaient fixé un certain nombre de personnes de position et d'éducation supérieures, comme Gavin Hamilton le notaire, et le Dr Mackenzie, le médecin de William Burnes, qui devinrent les amis et les patrons de Burns. Il y avait là du mouvement, des types variés et peut-être plus dans le champ d'observation de Burns que ceux qu'il aurait trouvés à Ayr, par exemple, ville de bourgeois riches et de petite noblesse. Les éléments ne manquaient pas pour cette étude de l'homme à laquelle, depuis quelque temps, il se donnait de propos délibéré[2].

C'est là que Burns a vécu la période la plus importante de sa vie, la plus dramatique et la plus féconde. Elle fut courte cependant. Bien que la plupart des biographies lui attribuent quatre années, elle n'a duré en réalité que deux ans et quelques mois. Mais ces deux années et demie, qui vont de Mars 1784 à Novembre 1786, sont certainement parmi les plus extraordinaires qui aient jamais été vécues par un homme. Il y a eu rarement, entassé en un temps si étroit, tant d'orages de colère et de passion, tant de vaillance, tant de gaîté, tant de travail, tant de fautes, de folies, de déceptions, et de désespoir. Qu'on ajoute à ce tumulte du cœur et des circonstances une production littéraire, soudaine, éclatante, d'une fougue et d'une variété sans rivales. Et au moment même où tant d'espoir et de génie semblaient écrasés par tant d'erreurs et d'infortunes, passe un coup de vent qui balaye toutes les menaces et laisse resplendir une gloire imprévue et merveilleuse. Les matelots, qu'un ouragan entraîne

---

[1] Archibald Mac Kay. *History of Kilmarnock*, chapter x. — Voir aussi *Rambles round Kilmarnock*, par A. R. Adamson, chap. I.

[2] Sur Mauchline, voir R. Chambers, tom. I, p. 170. — *Robert Burns at Mossgiel* by William Jolly, chapters IV, V, VI. — *Rambles through the Land of Burns*, by A. R. Adamson, chap. XV.

loin du pauvre havre, plonge dans les abîmes, flagelle aux flancs et aux
faîtes des flots, et jette soudain sur une côte enchantée, connaissent seuls
d'aussi extrêmes aventures et des péripéties aussi rapprochées.

Mais il convient d'abord de retracer le fond d'existence sur lequel ces
événements se sont passés. La ferme était une petite construction un
peu plus confortable que celles que la famille Burns avait habitées jusqu'alors. Elle était sur le modèle des maisons écossaises, comprenant en
bas les deux pièces ordinaires que les écossais appellent *but* et *ben*, c'est-
à-dire la pièce du devant et la pièce intérieure. Au-dessus, se trouvait
une manière d'étage, auquel on arrivait par une échelle de meunier et
une trappe, et dont une partie était employée comme grenier, tandis que
l'autre formait un galetas où couchaient les deux frères, sur un même lit.
Une fenêtre de quatre vitres étroites éclairait cette chambrette ; tout le
mobilier consistait en une petite table de bois blanc placée sous la fenêtre,
dans le tiroir de laquelle Burns rangeait ses papiers et ses poèmes [1].
La ferme était en commun, car tout le monde avait fourni ses économies
pour la garnir. « Chaque membre de la famille, dit Gilbert, recevait les
gages ordinaires pour le travail qu'il donnait sur la ferme. Les gages de
mon frère et les miens étaient de 7 livres (175 frs.) par an, pour chacun.
Pendant tout le temps que l'entreprise de la famille dura, c'est-à-dire
quatre années, aussi bien que pendant la période précédente à Lochlea,
ses dépenses n'excédèrent jamais son maigre revenu [2]. » Tous travaillaient.
Il n'y avait d'étrangers que trois gamins qui faisaient les commissions,
lesquelles consistaient surtout à porter les lettres de Robert, ou qui
aidaient aux diverses besognes. La ferme n'était pas très richement
montée, ni en bétail ni en instruments. Avec bonne humeur Burns en a
laissé l'inventaire complet. Il a quatre chevaux qui sont l'attelage de sa
charrue : un bon vieux bidet, une jument rapide, mais à laquelle (Dieu
lui pardonne ce péché avec les autres !) il a donné les éparvins un jour
qu'il allait faire sa cour, une troisième bonne bête, et la quatrième, un
maudit cheval des hautes terres têtu, farouche et fou ; avec cela un
beau poulain :

> De plus, un poulain, le roi des poulains
> Qui ont jamais couru devant une queue ;
> S'il vit assez pour devenir une bête,
> Il me rapportera quinze livres pour le moins.

> De voitures, je n'en ai que peu :
> Trois chariots dont deux ne sont guère neufs,
> Une vieille brouette, plutôt pour montre ;
> Elle a une jambe et les deux bras brisés ;

---

[1] Chambers, tom. I, p. 145, — William Jolly, chap. II. — Adamson, chap. XIV.
[2] Gilbert Burns. *Narrative.*

> J'ai fait un tisonnier avec la barre de fer,
> Et ma vieille mère a brûlé la roue.
>
> Comme hommes, j'ai trois garnements de garçons,
> Des démons pour le bruit et le vacarme ;
> L'un mène les chevaux, l'autre bat en grange,
> Et le petit Davock garde les vaches à la pâture[1].

Le père étant mort, Robert était devenu le chef de la famille. Il s'acquittait de ce devoir avec courage, avec bonté et une familiarité qui n'empêchait pas le respect. C'était lui qui disait à haute voix la prière du soir[2]. Il s'occupait, d'une façon presque touchante, des jeunes gars qui étaient à son service et les interrogeait sur leur catéchisme. Ce devaient être parfois de singulières séances. Mais il n'y aurait rien d'étonnant à ce qu'il ait été un instituteur extraordinaire, et que ses leçons aient eu plus de clarté et d'éloquence que tous les sermons à dix lieues alentour. Il semble qu'il réussît assez bien avec ses élèves :

> Je les gouverne, comme je le dois, avec mesure,
> Et souvent je les secoue de fond en comble ;
> Et sans faute, le dimanche soir, comme il sied,
> Je les retourne dru sur le catéchisme ;
> Si bien, ma foi ! que le petiot Davock est devenu si fort,
> Bien qu'à peine plus haut que votre jambe,
> Qu'il vous dévidera la Grâce Efficace
> Aussi vitement que quiconque dans la maison[3].

A défaut d'autres exemples il donnait celui du travail. C'était toujours le laboureur infatigable, le rude manieur de fléau, abattant la besogne de quatre hommes et allégeant de sa gaîté le labeur commun. Il s'était mis à l'œuvre avec les meilleures intentions du monde. « J'entrai dans cette ferme avec une ferme résolution : *allons, mettons-nous-y, je veux être raisonnable.* Je lus des livres de fermage, je calculai les moissons, je suivis les marchés — bref, en dépit du démon et du monde et de la chair, je crois que je serais devenu un homme sage, n'était que la première année, par suite de l'achat de mauvaises semences, la seconde, par suite d'une moisson tardive, nous perdîmes la moitié de nos récoltes. Cela renversa toute ma sagesse et je m'en retournai comme le chien à son vomissement, comme la truie qui a été lavée à son vautrement dans la boue[4]. » Il semble avoir inspiré aux siens un mélange d'affection, d'admiration et de blâme tendre, un de ces blâmes qu'on ne s'avoue pas, tant les fautes qu'il condamne semblent, à

---

1 *The Inventory.*
2 Chambers, tom. I, p. 160.
3 *The Inventory.*
4 *Autobiographical Letter to Dr Moore.*

ceux qui en souffrent, faire partie de la supériorité de celui qui les commet. On l'excusait parce que c'était lui et qu'il n'était pas comme les autres. Si Gilbert en avait fait la moitié, il aurait vite vu la différence. On passait tout à Robert. C'était donc, en résumé, une vie de fermier qui n'était pas sans dignité, mais qui déroulait, à travers les saisons, ses labeurs et ses fatigues : le labour, les semailles, le hersage, la moisson, le battage dans la grange. Elle avait aussi ses fêtes, les rentrées de récolte en été, et en hiver les veillées qu'il devait chanter dans sa fameuse pièce de *la Toussaint*.

A ces occupations s'ajoutaient des visites fréquentes à Mauchline, car il était toujours le sel et le pétillement de toutes les réunions ; des causeries avec des hommes comme Gavin Hamilton ou le Dr Mackenzie ; des descentes à Tarbolton où était la loge maçonnique à laquelle il continuait d'appartenir. Tout cela n'allait pas sans séances prolongées au cabaret, surtout les soirs de Tarbolton. La franc-maçonnerie, même du rite écossais, aimait alors le choc des verres. Gilbert dit que l'initiation de Robert avait été son introduction à la vie de joyeux compagnon [1]. Il ajoute néanmoins que, pendant tout le séjour à Lochlea et presque jusqu'à la fin du séjour à Mauchline, il ne vit jamais son frère pris de boisson. « Malgré ces circonstances et l'éloge qu'il a fait du breuvage écossais, — lequel semble avoir trompé ses historiens — je ne me rappelle pas pendant ces sept années, ni jusqu'à la fin de la période où il commença à devenir auteur, quand sa célébrité grandissante le jeta en de fréquentes sociétés, l'avoir jamais vu en état d'ivresse ; il n'était nullement adonné à la boisson [1]. » Cette attestation fraternelle est, sans doute, vraie en gros ; mais il y a grand espace entre une habitude d'ivrognerie et des excès passagers. Il est difficile, quand on connaît les mœurs des paysans écossais de ce temps, de ne pas admettre que Burns y était entraîné. Si cela ne lui est pas arrivé, ses pièces sur le whiskey seraient une exception unique dans son œuvre et les seules qui n'auraient pas pour support quelque réalité dans sa vie.

C'est donc sur cette routine que se sont superposés les événements qui ont marqué le séjour de Burns à Mauchline. Quoiqu'ils s'offrent comme un tout lumineux et orageux à la fois, où les tristesses et les clartés se mêlant éclatent les unes dans les autres, étrange jeu de toutes les humeurs de la destinée, il faut cependant en dégager les divers éléments sans oublier qu'ils agissent simultanément les uns sur les autres. Il sont au nombre de trois : sa lutte contre le clergé local, le développement de sa vocation et de sa production littéraire et une série de drames d'amour dont les conséquences pèseront sur toute sa vie.

---

[1] Gilbert Burns. *Narrative.*

I.

LA LUTTE CONTRE LE CLERGÉ.

Pour bien comprendre les causes et les circonstances de la révolte de Burns contre le clergé, il faut se rendre compte de la façon dont la religion était arrivée à s'emparer de toute la vie écossaise, il faut se représenter le contrôle intolérable et l'espèce d'inquisition que le pouvoir ecclésiastique avait fini par exercer sur tous les actes même les plus privés ; il faut sentir de quel poids cette organisation pouvait peser sur l'existence quotidienne et comment il se faisait que rien ne lui échappait.

En Angleterre, la Réforme s'était faite par la royauté ; elle avait conservé l'autorité des évêques et une hiérarchie qui rattachait le clergé au trône. Mais en Ecosse, où la nature du pays rendait l'aristocratie presque indépendante et où la violence de l'histoire avait empêché le développement des villes et la formation d'une bourgeoisie qui pût lui faire contre-poids [1], la royauté n'avait trouvé d'appui contre les nobles que sur le clergé [2]. Quand celui-ci fut attaqué, elle le défendit, et la Réformation se fit contre elle et lui, par l'union des grands et du peuple [3]. Dès le début de la nouvelle église naissante, l'influence de Knox qui, pendant ses visites et son séjour à Genève, s'était pénétré des principes de Calvin, avait contribué à lui donner une forme plus démocratique, comme il apparaît d'après le premier *Livre de Discipline* de 1560 [4]. Ce règlement remettait l'élection des Ministres au peuple, après un examen public, fait par les Ministres et les Anciens, sur les points de controverse entre les Protestants et les Catholiques [5]. Un peu plus tard, la querelle qui survint, à propos des anciens biens ecclésiastiques, entre les nobles qui avaient tout accaparé et le clergé protestant qui en réclamait une partie, sépara le clergé de la noblesse, et le rejeta davantage du côté

---

[1] Robertson. *History of Scotland*, Book I, au commencement.

[2] Robertson. *History of Scotland*, Book I. Voir le commencement du règne de Jacques V. — Hill Burton. *History of Scotland*, tom. III, chapitre xxxviii ; *Power of the Clergy*. — Buckle. *History of Civilization in England*, tom. III, chap. ii ; les cinquante premières pages. — Merle d'Aubigné. *Histoire de la Reformation en Europe*, etc. *Ecosse*, chapitre i : *Lutte entre la Royauté et la Noblesse*. — Mackintosh. *History of Civilization in Scotland*, chap. xiii, sect. ii. pag. 60-65. — Mignet. *Marie Stuart*, tom I, p. 14 et 15 et 66-67.

[3] Buckle, tome III, chap. ii, p. 58-68. — Hill Burton, tom. III, chap. xxxviii, *The Lords of the Congregation*. — Robertson, Book III. Année 1560.

[4] Robertson. Book III, année 1560. Bien que l'histoire de Robertson soit sans doute moins nourrie de documents que des histoires plus récentes, la vigueur et la portée philosophique de ce remarquable esprit lui fournissent parfois des résumés ou des explications de faits clairs et pénétrants. — Mac Crie. *Life of John Knox*. Period v, commencement.

[5] Tytler. *History of Scotland*, vol. III, p. 131. — Mackintosh. *History of Civilization in Scotland*, chap. xv, vol. II, p. 137.

du peuple [1]. Par ces ruptures, toute la hiérarchie périt successivement, et les liens qui pouvaient rattacher l'organisation religieuse au gouvernement furent brisés. Le clergé fut de plus en plus poussé vers le peuple [2]. Sa pauvreté même contribua à l'y unir plus étroitement. Il devint plus indépendant du pouvoir civil et plus démocratique, jusqu'au point où l'organisation religieuse fut tout à fait en dehors de l'organisation politique, et où tout ce qui pouvait rattacher l'Église à l'État fut aboli. La paroisse devint le seul organisme religieux et un organisme absolument libre. Toutes les paroisses furent égales entre elles; elles n'eurent au-dessus d'elles que des assemblées représentatives émanées d'elles, comme les Presbytères qui étaient une sorte de conseil des paroisses, les Synodes qui étaient formés par la réunion des Presbytères, et enfin l'Assemblée Générale qui se réunissait tous les ans à Edimbourg, véritable parlement ecclésiastique et une des forces du pays [3].

Les austères origines calvinistes, l'aspect du pays, la dureté des longues persécutions entreprises pour rétablir l'épiscopat, conspirèrent pour donner à la nouvelle religion un esprit de tristesse. De cette disposition, sortirent un culte morose, une morale implacable et une discipline inflexible, au-dessus des forces humaines.

Les églises étaient laides, nues, froides, plus semblables à des granges qu'à des temples [4]. Toute image en était proscrite comme sentant la superstition. Tout embellissement du culte était interdit [5]; tel était le préjugé sur ce point que, même de notre temps, un ministre d'Edimbourg, ayant introduit dans son église un harmonium, cela fut considéré comme une innovation dangereuse que l'Assemblée Générale songea à réprimer [6]. Entre ces murs dégarnis, se déroulaient d'interminables services, monotones, dépouillés de tout ce qui fait la pompe et la poésie de la Religion, consistant en psalmodies, en lectures, en prières improvisées et en sermons démesurés [7]. Ces services s'éternisaient pendant des journées entières, et, dans la contrée de l'ouest, occupaient les dimanches de

---

[1] Voir sur cette importante rupture, Robertson, p. 64, 68 et 75-76. Robertson, qui fut longtemps Modérateur de l'Assemblée Générale, possédait ces questions comme historien et comme ecclésiastique. — Hill Burton. *History*, vol. III, chap. XLI, pp. 36 et suiv. *Disposal of Ecclesiastical Revenues*.

[2] Buckle. *History of Civilization in England*, vol. III, chap. II, p. 93.

[3] On trouve un exposé clair de cette organisation ecclésiastique de l'Ecosse, avec le nombre des paroisses, presbytères, synodes, etc. au XVIIIe siècle, dans la *Magnæ Britanniæ notitia or Present State of Great Britain* by John Chamberlayne. L'édition que nous avons est de MDCCLV, vers la date de la naissance de Burns.

[4] *Scotland Social and Domestic*, by Rev. Charles Rogers. Introduction, p. 19.

[5] Voir d'amusantes anecdotes et remarques à ce sujet dans les *Reminiscences of Scottish Life and Character*, by Dean Ramsay, chap. II, p. 11 et suiv.

[6] Voir, au sujet de cette question de l'orgue dans les églises : *Scotland Social and Domestic*, by Rev. Charles Rogers. Introduction, p. 23.

[7] *Id.*, p. 24.

l'aube au crépuscule [1]. Les sermons ordinaires duraient deux heures ; quelques-uns, trois, quatre ou cinq ; dans les grandes circonstances, plusieurs ministres étaient présents afin de se relayer au fur et à mesure que l'un d'eux était épuisé [2]. Les sermons étaient exclusivement doctrinaux ; ils évitaient toute tendance morale et pratique ; ils portaient constamment sur les mêmes points : la chute de l'homme dans Adam, son salut par le Christ, la purification par la foi, la Nouvelle-Alliance ; ils retombaient sans cesse dans les mêmes divisions, pleins d'interminables et fastidieuses répétitions [3]. Le fanatisme des traditions, l'habitude de prêcher en plein air, la lourdeur des auditeurs avaient amené un style d'éloquence véhément, bruyant, plein de fureur et de gestes, tumultueux, une nuée d'éclairs et de tonnerre d'où le prédicateur descendait la voix brisée et le visage couvert de sueur [4].

De ces harangues furibondes tombait une doctrine de terreur et de tremblement. Pas un mot de pardon, de miséricorde ou d'espérance ; rien que des avertissements et des prophéties de souffrances éternelles [5]. C'était l'esprit sauvage et dur de l'Ancien Testament ; ce qu'il y a d'indulgence et de tendresse dans le Nouveau leur restait inconnu. Le divin sourire du Christ n'éclairait pas ces sombres esprits ; ils n'auraient pas compris ces mots charmants, par lesquels le désigne le plus hébraïque pourtant de nos orateurs, lorsqu'il l'appelle : « Cet enchanteur céleste [6]. » Dean Stanley a bien marqué le caractère judaïque de cette théologie : « L'immense prépondérance de l'enseignement de l'Ancien Testament et de quelques-unes des moins importantes parties de l'Ancien Testament sur l'enseignement du Nouveau et de la partie la plus essentielle du Nouveau, devait nécessairement mutiler, rétrécir et aigrir l'enseignement religieux du pays [7]. » Celui-ci n'avait pris du nouveau Testament que l'idée de l'Enfer, et appliquant à des châtiments sans fin, la rigueur que l'ancien Testament appliquait à des châtiments corporels, ils avaient fait sortir de ce mélange une religion qui rendait éternelles les férocités de la Bible.

Un dieu terrible planait sur cette religion sinistre, juge de colère et de vengeance, un Jéhovah irrité et inexorable, dont la main était toujours levée sur le genre humain. C'est de lui que venaient les

---

[1] Chambers. *Domestic Annals of Scotland*, vol. III, p. 271. — Voir Ch. Rogers, *Scotland*, etc., p. 24.

[2] Buckle. *History of Civilization in England*, vol. III, p. 203 et suivantes.

[3] Dean Ramsay. *Reminiscences*, p. 29.

[4] Buckle. *Id.*, pag. 283. — Voir aussi dans Dean Ramsay, p. 207, l'anecdote des deux sacristains qui discutent les mérites de leurs ministres ; et page 208.

[5] Buckle. *Id.*, tom. III, p. 238. — Voir aussi les exemples qu'il donne dans les notes.

[6] Bossuet.

[7] Dean Stanley. *Lectures on the History of the Church of Scotland*. Lecture II, p. 83.

inondations, les tremblements de terre, les pestilences et les famines, lui qui envoyait les vents avec l'ordre de détruire, qui balayait la terre du déchaînement de son courroux. C'était le Dieu des puritains, mais plus sombre encore. Les catastrophes de la nature étaient les signes de son déplaisir. Par lui, le monde était sans cesse menacé de destruction ; les feux d'en bas, les météores d'en haut allumaient dans le ciel des signaux d'alarmes ; les étais et les piliers de notre planète semblaient craquer ; les éléments troublés proclamaient la rüine universelle et le moment présent n'était qu'un répit [1]. S'il apparaissait tel dans les vers du tendre et délicat Cowper, on devine quel aspect il devait prendre dans les déclamations d'hommes incultes, grossiers et durs.

En même temps qu'ils se faisaient du Tout-Puissant une idée si terrible, ils représentaient l'Ennemi occupé sans cesse au milieu d'eux à son œuvre de perdition. Ses stratagèmes étaient infinis, car, depuis cinq mille ans qu'il s'étudiait à perdre l'homme, il était presque irrésistible. Il rôdait toujours autour de ses victimes. Et ce n'était pas sous la forme toute morale du péché ; c'était un être réel, présent, qu'on pouvait rencontrer chaque jour et surtout chaque nuit « quand les vieux châteaux ruinés et gris font des signes de tête à la lune [2]. » Il n'y avait pas de village où quelqu'un ne l'eût vu, sous une des mille figures qu'il prenait. On vivait en un péril constant, au milieu de la trame de ruses que lui et ses méchants esprits ourdissaient, tendaient partout. De quelque côté qu'on se tournât, c'étaient des menaces et des dangers. Les âmes semblaient des oiseaux éperdus entre des cieux de fer d'où un Dieu implacable lançait ses jugements et des gouffres de feu où le Démon leur préparait d'éternelles tortures. Et quel enfer ! C'était un des triomphes des prédicants que de le représenter de façon à faire dresser les cheveux. Les supplices les plus atroces qui puissent déchirer et tordre le corps et l'âme de l'homme, les raffinements de souffrances, étaient énumérés et décrits avec complaisance. Dans une atmosphère de cris et de hurlements, les damnés étaient fouettés de scorpions, plongés dans de l'huile ou du plomb bouillants, suspendus à des crocs par la langue [3]. Des scènes plus affreuses complétaient celles-là. Les enfants, dans leurs supplices, accablaient leurs parents de reproches et de malédictions [4]. Ce qui s'est dépensé de poésie et d'éloquence sombre, dans ces tableaux d'une imagination horrible et parfois grandiose, est incroyable. On ferait avec les extraits des prédications écossaises un

---

[1] Cowper. *The Task*. Book II, vers 150 et suivants.

[2] *Address to the Deil.*

[3] Buckle, tome III, p. 240.

[4] Id., p. 242. — Lire pour avoir la collection de ces horreurs, dans l'ouvrage fameux de Th. Boston, *Human Nature in its Fourfold State*, le dernier chapitre, *Hell*. C'est un cauchemar. Ce fut un des livres les plus populaires en Ecosse au XVIIIᵉ siècle.

poème de tortures auprès duquel celui de Dante perdrait sa terreur.
Et quelle chance d'échapper à ces horreurs? Les élus étaient si peu
nombreux que chacun pouvait se considérer comme un damné. C'était
dans toute sa rigueur le puritanisme, la doctrine effrayante qui mena
Bunyan à l'illuminisme et Cowper à la démence.

Chose redoutable! cette doctrine ne se contentait pas de régner sur les
âmes; elle avait ici, à son service, une organisation pratique qui s'étendait
sur tout ce pays et pénétrait dans ses moindres recoins. Un gouvernement
théocratique, qui avait mis la main sur une partie des attributions du
pouvoir civil, avait subjugué tout le pays et le terrassait. C'est ce qui
constitue la forme religieuse si curieuse du Presbytérianisme, qui n'a eu
son complet développement qu'en Écosse, où il n'a pas trouvé la limite
des autres sectes, ni l'obstacle du pouvoir civil. Il était seul maître
du pays.

Le clergé s'était arrogé le droit de juger et de punir certaines fautes.
Chaque paroisse était gouvernée par un tribunal ecclésiastique. Ce
tribunal, appelé *Kirk session* ou session ecclésiastique, était composé du
ministre et de plusieurs *elders* ou anciens, généralement au nombre de
trois. Le premier *Livre de Discipline* de 1561 avait voulu que ces anciens
fussent nommés par la Congrégation et pour une année; mais celui de
1581 avait été moins libéral et, d'après la coutume devenue prévalente,
ils étaient choisis par la Kirk session, qui se recrutait ainsi elle-même,
et choisis à vie, sauf désunion, départ de la paroisse ou déposition [1]. Ils
avaient un vote égal à celui du ministre et cette introduction de l'élément laïque dans toutes les assemblées ecclésiastiques est une des origi-
nalités et fut une des forces du Presbytérianisme. Ils devaient aider le
ministre dans ses fonctions pastorales, l'assister dans les cérémonies
comme la communion, le catéchisme, les visites, la distribution de
l'argent aux pauvres. La Kirk session se réunissait une fois par
semaine. Si elle ne s'était occupée que de l'administration de l'église,
elle n'aurait été qu'une sorte de fabrique protestante. Mais c'était là
la moindre partie de sa besogne. Elle pénétrait dans la vie privée,
exerçait une sorte de police occulte sur toutes les actions, entrait
dans les intérieurs et soumettait tout à un véritable despotisme.

Les anciens se partageaient, par quartiers, la surveillance de la
paroisse. Ils avaient des espions [2]. Les sages-femmes étaient tenues de
venir déclarer les naissances illégitimes [3]. Dès que la session connaissait
ou seulement soupçonnait une faute, elle citait l'inculpé devant elle. Il

---

[1] *Chambers's Encyclopœdia*, au mot *Elders*.
[2] Buckle, tome III, p. 208. — Ch. Rogers, *Scotland Social and Domestic*, p. 347.
[3] Ch. Rogers, p. 367.

était interrogé, examiné, confronté avec des témoins [1]. S'il était reconnu coupable, il était « suspendu des privilèges de l'Eglise [2] », c'est-à-dire mis hors de la vie commune. Pour obtenir la levée de cet interdit, il devait paraître à l'église, se tenir debout ou assis sur une sorte de siège ou de pilori [3], souvent pieds nus, parfois la tête rasée [4], presque partout affublé d'un drap d'étoffe grossière, blanche et salie [5]. Dans cette situation honteuse, il recevait une réprimande sur sa conduite. Cet affront pouvait se prolonger des mois, il pouvait aller de trois dimanches à cinquante-deux [6]. Enfin le coupable devait faire une profession de contrition, de repentir et d'amendement [7]. Cet usage s'est continué dans quelques paroisses presque jusqu'au milieu de notre siècle [8]. Tout tombait sous la juridiction de ces terribles tribunaux : la médisance, les jurons, la non-observance du dimanche, les jeux de hasard, le mensonge, l'ivrognerie, la calomnie, les querelles de ménage, les injures, l'adultère, l'immoralité [9], tout jusqu'aux plus infimes détails de la vie « l'excès de mangeaille [10] », « les paroles vaines et les gestes inconvenants [11]. »

Et nul moyen d'échapper à cette tyrannie. L'appel à la juridiction supérieure du Presbytère est difficile ou entraîne une procédure lente, presque uniformément dérisoire [12]. Si on disparaît, on est déclaré contumace « fugitif de la discipline de l'église [13] ; » on a son nom publié dans toutes les chaires de toutes les paroisses du Presbytère. Et où aller ? On ne peut être admis dans une nouvelle paroisse qu'en produisant un certificat de vie de celle qu'on quitte. Si on est frappé de censure dans une paroisse étrangère, on est atteint dans la sienne, jusqu'à ce qu'on apporte un certificat d'absolution, de celle où on a été jugé. Une ramification de police ecclésiastique s'étend sur tout le pays et la condamnation de la moindre session vous attend et vous retrouve partout [14]. Si on résiste,

---

[1] Chamberlayne. *Magnœ Britanniœ Notitiœ*, Part II, Book II, Chap. III.

[2] *Chambers's Encyclopœdia ; Kirk-sessions.*

[3] Ch. Rogers, *Scotland etc.*, p. 28.

[4] *The Worship and Offices of the Church of Scotland by*, G. W. Sprott, p. 222 et suivantes.

[5] Ch. Rogers, p. 28 et 353.

[6] G. W. Sprott, p. 222.

[7] Chamberlayne, *Id.*

[8] G. W. Sprott, p. 222.

[9] Voir dans Ch. Rogers 'énumération des cas, p. 355 à 370.

[10] Mackintosh, *History of Civilization in Scotland*, p. 141.

[11] Id., p. 310.

[12] Ch. Rogers, p. 29.

[13] Chamberlayne, *Id.*

[14] Toute cette organisation est expliquée jusque dans les moindres détails et avec une grande clarté dans le livre de Chamberlayne. Les procédures y sont indiquées très minutieusement. Il faut lire tout le chapitre intitulé : *Method of Discipline.*

on est excommunié et la vie devient impossible dans une société fanatique et terrifiée. Il faut se soumettre, ou bien on n'a de refuge que dans l'existence nomade des mendiants et des vagabonds. Il faut, devant toute la Congrégation, paraître en pénitent et recevoir la réprimande du ministre. Et dans quelle situation ? En face de la chaire, dans le passage de l'église, se trouve un escabeau élevé qu'on appelle l'escabeau du repentir. C'est là qu'il faut s'asseoir, sous tous les regards, et endurer pendant des heures l'humiliation de ce pilori ecclésiastique. Quand ce sont de pauvres filles, elles essaient de cacher leur rougeur et leurs larmes sous leurs plaids. Mais les sessions sont impitoyables : « considérant que la plupart des femmes qui viennent à l'escabeau pour y faire leur contrition publique, s'y asseoient avec leurs plaids autour de leurs têtes, couvrant leurs visages, pendant tout le temps qu'elles sont assises, en sorte que personne ne peut voir leur visage, on ordonne que l'officier enlèvera son plaid à chaque pénitente avant qu'elle ne monte sur l'escabeau [1]. » Et ce supplice n'est pas d'un seul dimanche ; pendant trois ou quatre, pendant neuf ou dix quelquefois, c'est-à-dire, pendant près de trois mois, il faut chaque semaine subir cette déshonorante exposition. On devine les résultats fréquents de ce système. Les âmes faibles en restaient honteuses et brisées ; d'autres se révoltaient, s'endurcissaient.

Sous ce dogme et cette discipline, le peuple avait perdu toute joie et toute gaîté ; les sentiments expansifs, naturels et sains, qui sont le sel et le levain de la vie, qui la rendent plus légère et moins amère, en avaient été retirés. Elle était devenue contrainte, morose, sombre, uniforme, ombrageuse à propos des moindres faits. Ces hommes, toujours en défiance contre eux-mêmes, redoutaient et se reprochaient comme un péché le moindre plaisir qu'offrent les relations sociales ou la vue de la nature [2]. Ils étaient bourrelés de scrupules. Ils vivaient dans un état de surexcitation religieuse continuelle, brûlés d'un feu sombre et d'une inextinguible soif de parole sainte. Ces sermons même qui, pendant des journées entières, coulaient, ne les désaltéraient pas ; leur attention usait le zèle de leurs pasteurs. Chose étrange ! ils étaient devenus partisans de cette religion beaucoup plus infernale que céleste. Ils en étaient venus à ne plus vouloir, à ne plus comprendre qu'un Dieu inflexible. Ils ne voulaient pas être rassurés. Quand on le leur représentait clément et accessible au pardon, ils criaient à l'hérésie. Dans sa jeunesse, le célèbre Francis Hutcheson avait un jour remplacé son père dans sa chaire et avait prêché pour lui. Son sermon étant

---

[1] Ch. Rogers, *Scotland*, p. 351. — R. Chambers, *Domestic Annals*, tom I, p. 335.

[2] Buckle, tome III, p. 231, 247 et 252. — Voir la même pensée exprimée plus timidement dans R. Chambers, *Domestic Annals*, tome I, p. 337.

entaché de libéralisme, la congrégation quitta l'église : « Votre sot fils Francis, dit un des anciens à son père, a troublé la congrégation par son sot bavardage, car il a bavardé pendant une heure d'un Dieu bon et bienveillant, et il a dit que les âmes des païens eux-mêmes vont au ciel, s'ils suivent les lumières de leur conscience. Le stupide garçon ne s'inquiète pas s'il ne dit pas un mot des bonnes et confortables doctrines de l'élection, de la réprobation, du péché originel et de la foi. Fi ! homme, nous ne voulons pas d'un tel individu [1]. »

De même, ils chérissaient la verge de fer par laquelle ils étaient menés et ils criaient au relâchement quand il paraissait un peu de tolérance. « L'affaiblissement de la discipline, dit Hill Burton, fut une des principales causes qui créèrent les scissions, pendant le dix-huitième siècle [2]. » On a remarqué que les séparations dans l'église écossaise se sont toujours produites dans le sens de la sévérité. Lorsque l'église avance un peu, fait quelques progrès, s'éloigne insensiblement de l'ancienne rigidité, il y a des groupes qui se détachent, qui restent en route, ne voulant pas la suivre, abandonner la rigueur première. Tandis qu'ailleurs les dissidences se produisent généralement en avant, elles se font ici en arrière ; ailleurs les non-conformistes prétendent avoir fait un progrès ; ils pensent, ici, s'être gardés d'une décadence [3]. Les scissions se font, pour ainsi parler, en cercles concentriques. Chacune des communions prétend être le vase dans lequel se conserve dans son intégrité, le parfum de la véritable église d'Écosse, et s'enorgueillit de son orthodoxie. Ce goût pour le dur contrôle du clergé était si ancré dans le peuple que, aujourd'hui même, dans les fractions presbytériennes qui se sont détachées de l'église pour suivre un régime plus strict, les ministres ont la main forcée par leurs congrégations et sont contraints d'observer des pratiques d'un rigorisme qu'ils relâcheraient volontiers [4].

Ainsi, l'austérité puritaine avait pénétré le pays ; il n'y avait nulle part de refuge contre la domination ecclésiastique, et si on se rebellait contre elle, on se mettait du même coup en révolte contre la société. Il n'est pas étonnant qu'après avoir étudié de près cet état social Buckle ait comparé l'Écosse à l'Espagne pour la bigoterie, et que Lecky ait dit que, pendant le dix-septième siècle, il y eut plus de réelle liberté religieuse à Naples et dans la Castille que dans l'ouest des Basses-Terres de l'Ecosse [5].

---

[1] Lecky. *History of England in the XVIIIth century*, tome II, p. 539.

[2] Hill Burton, tome VIII, chap. XCI, p. 890.

[3] Dean Stanley, *Church Scotland*, p. 64.

[4] Hill Burton, tome VIII, chap. XCI, p. 890.

[5] Buckle, tome III, p. 4. — Lecky, tome II, p. 85.

· Il faut reconnaître qu'il y avait dans cette domination inflexible une grandeur et une noblesse singulières. Cette discipline faisait, des âmes qui pouvaient la supporter, des âmes d'une austérité, d'une gravité, d'une pureté parfaites et continuelles. Elles vivaient dans une sorte de raideur impeccable, il est vrai, mais dans un sentiment constant du devoir, sans défaillances, sans hésitations, droites et fermes jusqu'à la mort. La constitution démocratique du clergé, le contact incessant de la Bible, avaient fait entrer, jusque dans les plus basses classes de la nation, le sens libérateur de la petitesse des choses humaines et le sens élevant de la présence des choses divines. Les plus humbles, les derniers, les plus ignorants, étaient munis d'une direction sûre et minutieuse de la vie. Ils travaillaient, souffraient, allaient de l'enfance à la caducité, sous un regard toujours fixé sur eux. Ils portaient cette crainte religieuse qui est le commencement de la sagesse. Ils trouvaient, dans la lecture assidue de la Bible, un soutien et toute une culture. C'est ainsi qu'on arrivait à des vies de paysans comme celle du père de Burns. Aucun pays n'en pouvait offrir de comparables. Tous les soirs, sous des milliers de toits qui étaient plus pauvres, plus misérables, plus ouverts aux vents et aux froids que dans la majeure partie de l'Europe, se passait une scène que nulle part on n'aurait retrouvée, lorsque le paysan, après le repas, prenait la Bible de la famille, où étaient inscrites les naissances et les morts, en lisait et souvent en commentait un chapitre. Ces pauvres intérieurs en étaient comme sanctifiés pendant un moment. Il y avait vraiment sur tout le pays une heure solennelle. L'Écosse n'a rien eu dont elle puisse être plus fière. Burns a laissé un admirable tableau de ce côté de la vie écossaise dans une pièce qui est l'expression la plus haute de l'influence de la religion presbytérienne.

Vers la fin du premier quart du XVIII° siècle, un commencement de réaction s'était manifesté et quelques germes de libre examen et d'émancipation avaient été jetés. Le mouvement partit de l'Université de Glasgow où un grand nombre de ministres presbytériens d'Écosse et la plupart de ceux d'Irlande étaient formés [1]. Il avait faiblement commencé avec John Simson, qui avait occupé la chaire de théologie de 1708 à 1729. Son enseignement semble avoir été fait de subtilités métaphysiques dans lesquelles se glissaient des erreurs de doctrine sur des points essentiels. Il fut, de la part des cours ecclésiastiques, l'objet d'une plainte devant l'Assemblée Générale. D'interminables discussions s'engagèrent qui durèrent pendant quinze années [2]. L'Assemblée Générale

---

[1] *Autobiography of Dr Alexander Carlyle of Inveresk*, chap. III, p. 82. — Lecky, tome II, p. 538.

[2] Hill Burton, tome VIII, p. 399. — Voir dans les *St-Giles' Lectures* (1re série) la lecture IX, *The Church in the Eighteenth Century*, par Rev. John Tulloch.

montra une telle hésitation à intervenir et une telle indulgence lorsqu'elle intervint, que ce fut une des grandes causes de la sécession de 1733 [1], qui se fit, comme la plupart, dans le sens d'un retour à la sévérité. Mais le véritable créateur du mouvement fut Francis Hutcheson qui lui succéda. Il commença ce que Buckle appelle « la grande rébellion de l'esprit écossais [2]. » Employant le premier la langue anglaise dans ses conférences, éloquent, affable et dévoué, son charme de parole et ses qualités d'homme firent passer un enseignement dont l'influence ne tarda pas à être sensible. Partant de principes, non pas théologiques, mais métaphysiques, il fonda un système de morale séculière. Il s'adressait à la raison pour trouver des règles de conduite. Cette confiance dans l'entendement humain, si opposée au mépris qu'a pour lui la doctrine calviniste, était nouvelle en Écosse, et « son apparition forme une époque dans la littérature nationale [3]. » « Il forma, dit Lecky, une atmosphère intellectuelle dans laquelle les vieilles conceptions théologiques de Dieu et de l'Univers s'évanouirent silencieusement. Enseignant que les vertus sont des modes de la bienveillance, il éleva les qualités aimables de l'homme à une dignité tout à fait incompatible avec la théorie calviniste de la nature humaine, tandis que ses admirables expositions de la fonction de la beauté dans le monde moral, aussi bien que sa ferme assertion de l'existence et de l'autorité suprême d'un sens moral dans l'homme, frappèrent à la racine le dur ascétisme et le dénigrement systématique de la nature humaine qui avaient si profondément pénétré dans l'église écossaise [4]. » Cette réhabilitation des instincts humains, cette affirmation que la nature humaine est plutôt bonne que mauvaise, cet accueil de la beauté, ce retour de la confiance et de la joie dans la vie, sont un changement important dans la marche de l'esprit écossais [5].

Il sortit de là un double courant de libéralisme. Le premier, fortifié par des influences étrangères et surtout françaises, mena bientôt la pensée écossaise jusqu'aux investigations d'Adam Smith et au scepticisme de Hume. C'était de beaucoup le plus fort et ce fut aussi le moins actif. Buckle a expliqué d'une façon magistrale comment cette marche de la culture intellectuelle se fit sans affecter la nation, se développant à part et au-dessus d'elle, comment il y eut une littérature sceptique qui ne produisit pas de scepticisme et une philosophie qui

---

[1] Lecky, tome II, p. 538. — Hill Burton, tome VIII, p. 400.

[2] Buckle, tome III, p. 295.

[3] Buckle, tome III, p. 293.

[4] Lecky. *Id.*

[5] Voir aussi, sur ces premiers mouvements de l'esprit philosophique, M. A. Espinas, *La Philosophie en Ecosse au XVIIIᵉ siècle*, dans *La Revue Philosophique*, février 1881.

ne toucha pas à la superstition [1]. Ce courant n'avait pas pénétré dans les profondeurs sociales où vivait Burns. Celui-ci n'en put sentir l'influence que plus tard, lorsqu'il séjourna à Edimbourg.

En même temps, un second courant plus faible mais plus efficace s'était établi. Glasgow, où avait enseigné Simson, où enseignait Hutcheson, était justement, nous l'avons vu, l'Université où un grand nombre des ministres presbytériens de l'Écosse et la plupart de ceux de l'Irlande recevaient leur éducation. Hutcheson y avait comme collègue un professeur de théologie, le Dr Leechmann, qui, sans avoir sa vigueur de pensée, partageait sa largeur de vues [2]. Par l'influence de ces deux hommes, une nouvelle génération de ministres pénétra dans le peuple. « C'est grâce à Hutcheson et à lui, dit le Dr Carlyle qui avait lui-même été leur élève, qu'une nouvelle école se forma dans les provinces ouest de l'Écosse où, jusqu'à cette époque, le clergé était étroit et intolérant, avec un esprit qui ne s'était jamais aventuré au-delà des limites d'une stricte orthodoxie. Car bien qu'aucun de ces professeurs n'enseignât aucune hérésie, cependant ils ouvrirent et élargirent les esprits des étudiants, ce qui leur donna bientôt un tour de libre recherche, dont le résultat fut la franchise et le libéralisme des sentiments. L'expérience prouva que cette liberté de pensée n'était pas aussi dangereuse qu'on pouvait d'abord l'appréhender, car bien que la téméraire jeunesse fît des excursions dans les régions illimitées de la perplexité métaphysique, cependant tous les judicieux revenaient bientôt à la sphère plus basse des vérités établies depuis longtemps, qu'ils trouvèrent, non seulement utiles au bon ordre de la société, mais nécessaires pour fixer leurs esprits dans quelque degré de stabilité [3]. »

Ces nouvelles recrues du clergé, en augmentant d'année en année, ne tardèrent pas à former un parti plus jeune, plus éclairé, plus libéral, qui apportait plus de largeur dans la doctrine et plus de douceur dans la pratique. Selon le conseil de Hutcheson, ils mettaient dans leurs sermons moins de discussion et de définitions théologiques, et plus de

---

[1] Buckle, tome III, p. 465 et suivantes.

[2] Voir *Sermons by William Leechman*, D.D. publiés avec une vie par James Wodrow. Les titres et les textes de ces sermons suffisent à marquer la différence avec les prédications d'alors et le livre de Boston : *Sermon VIII ; The Excellency of the spirit of Christianity*, 2 Timothy. For God hath not given us the spirit of fear, but of power and of love and of a sound mind. Sermon XIII ; *On the Propriety and Usefulness of Religious gratitude*, Psalm CVII, 8 : Oh, that men would praise the Lord for his goodness and for his wonderful works to the children of men. *Sermon XVII ; Jesus Christ full of grace* etc. On voit le contraste avec les sermons de damnation. Ces sermons sont du reste ternes et minces. — Voir aussi Dr Alex. Carlyle, chap. III. Leechman fut aussi persécuté malgré ses talents et son caractère. — Voir John Tulloch. *The Church of the Eighteenth Century*, p. 273-75. *(St-Giles' Lectures).*

[3] *Autobiography of Dr Alex. Carlyle*, chap. III, p. 84.

conseils moraux et pratiques. L'ancien clergé étroit, intolérant, et souvent ignorant, les regardait avec défiance, gardant jalousement son ancienne rigidité et sa prédication purement doctrinale. Peu à peu, il se forma dans l'église deux partis opposés et bientôt ennemis : les jeunes et les vieux, les modérés et les extrêmes. On désigna l'ancien parti sous le nom de *Old Light* « l'Ancienne Lumière » et le nouveau sous celui de *New Light*, « la Nouvelle Lumière ». Bientôt, dans les paroisses, dans les presbytères et jusqu'à l'Assemblée Générale, les deux partis furent aux prises, avec ce qu'un membre du clergé d'alors appelle lui-même une acrimonie théologique.

Cette hostilité, qui existait un peu partout, était particulièrement vive dans le district où résidait Burns, parce que les provinces de l'ouest avaient toujours été la citadelle du presbytérianisme le plus rigide, et qu'en même temps, elles fournissaient la plupart des étudiants de l'Université de Glasgow, à cause du voisinage [1]. Il en résulta que les deux extrêmes furent en présence et que la lutte était là d'une animosité plus violente qu'ailleurs. Il était difficile qu'elle n'outrepassât point les limites. Autour de la Nouvelle Lumière, se rangeaient des hommes jeunes et ardents, et ils avaient devant eux des adversaires qui devaient les amener aux extrémités de la raillerie, tant ils étaient ridicules, et, par certains côtés, odieux. Lockhart a tracé de ce clergé retardataire un tableau qu'il convient de reproduire, tant on craindrait d'être accusé d'exagération si on lui en substituait un qui n'eût pas l'autorité de sa parfaite connaissance des choses écossaises, et la garantie de son impartialité. « Les antagonistes marquants de ces hommes (les jeunes) et les champions choisis de la Old Light, en Ayrshire — cela est maintenant admis par tout le monde — présentaient, en bien des points de leur conduite ou de leurs maximes, une cible aussi large que celles qui ont jamais tenté les traits d'un satirique. Ces hommes se vantaient d'être les descendants et les représentants légitimes et non dégénérés des Puritains qui, après avoir été les principaux auteurs de la ruine de la papauté en Écosse, avaient régenté pendant quelque temps et auraient volontiers continué à régenter la royauté et le peuple, sous une domination plus tyrannique que le clergé catholique lui-même n'avait jamais été capable d'en exercer dans cette nation courageuse. Ayant toujours à la bouche les horreurs du système papal, ces hommes étaient réellement, dans leurs cœurs, des moines aussi fanatiques et des inquisiteurs presque aussi implacables que ceux qui jamais portèrent corde et capuchon. Austères et désagréables d'aspect, bourrus et répugnants de langage et de manières, c'étaient de véritables Pharisiens en ce qui concernait les petites pratiques de la loi, et beaucoup d'entre

---

[1] R. Chambers, tome I, p. 122.

eux, au moins pour l'apparence, débordaient d'orgueil phárisaïque et de fiel monastique. Que d'admirables qualités fussent cachées sous cet extérieur grossier, se mélangeant aux plus mauvaises de ces sombres passions et les tenant en échec, c'est ce dont aucun homme sincère ne se permettra de douter; que Burns ait fortement chargé ses portraits, noircissant les ombres déjà assez profondes par elles-mêmes et omettant tout à fait des traits de caractère plus brillants et peut-être plus tendres qui restituaient les originaux aux sympathies des hommes les plus dignes et les meilleurs, c'est ce qui semble également évident [1]. »

Entre la vivacité des uns et la brutalité des autres, le conflit ne tarda pas à perdre toute mesure. De toutes parts, les reproches, les accusations, les injures, les diffamations même, volaient de toutes les chaires. Les congrégations prenaient parti pour leur ministre. Tout le pays était en émoi. « La polémique de Divinité, dit Burns, vers cette époque, affolait à moitié la contrée [2] » ; et Lockhart, en parlant de ces divisions s'exprime ainsi : « Il est impossible de contempler maintenant la guerre civile qui sévissait parmi ces hommes d'église de l'ouest de l'Écosse, sans confesser que, de chaque côté, il y a eu beaucoup à regretter et pas peu à blâmer. Des esprits orgueilleux et hautains étaient malheureusement opposés les uns aux autres, et, dans un déploiement exagéré de zèle à propos des points de doctrine, aucun des deux partis ne semble avoir apporté beaucoup de la charité de l'esprit chrétien. Le spectacle d'une si indécente violence parmi les principaux ecclésiastiques du district agissait défavorablement sur les esprits des hommes. Personne ne peut douter que, dans l'état des principes de Burns qui étaient, à mettre les choses au mieux, fort indécis, ce résultat n'ait été, en ce qui le concernait, très funeste [3]. »

Dans cette bataille, il se trouvait que les deux ministres d'Ayr, le Dr Dalrymple, qui avait baptisé Burns, et le Rev. Mac G ll appartenaient à la Jeune Lumière. Le ministre de Mauchline, le Rev. Auld appartenait à la Vieille Lumière. La Kirk-session de Mauchline se composait avec lui de deux anciens nommés William Fisher et John Sillars. Celui-ci semble avoir été un brave homme, mais Fisher était une sorte de tartufe puritain à qui Burns infligea, dans son *Saint Willie*, une déshonorante immortalité. Il y avait, dans la ville voisine de Kilmarnock, un autre représentant de l'ancien parti nommé le Rev. John Russell et désigné, dans les satires de Burns, sous le nom de Black Jock. C'était un géant, rude, redouté de tous, hurlant d'une voix de stentor des sermons qui s'entendaient à un mille, et ébranlant la chaire de ses formidables

---

[1] Lockhart. *Life of Burns*, p. 59.
[2] *Autobiographical Letter to Dr Moore.*
[3] Lockhart. *Life of Burns*, p. 57.

coups de poing. Tels étaient les principaux personnages ecclésiastiques dans l'entourage de Burns, et leur situation.

Cet exposé de l'esprit et de l'organisation de la religion presbytérienne et de la situation des deux partis, est peut-être un peu long, mais il nous a paru nécessaire. « Le lecteur anglais, dit Lockhart, qui ignore tous ces détails, ne sera certainement jamais capable de saisir les mérites ou les démérites de maintes des plus remarquables productions de Burns [1]. » Il nous a paru que le lecteur français avait encore plus besoin de ces renseignements que le lecteur anglais. Sans eux, il serait presque impossible de rien comprendre à cette période de la vie de Burns.

Sa nature franche et sa forte vitalité, son besoin de libre allure devaient lui faire prendre en haine ce régime d'espionnage qui encourageait l'hypocrisie et emprisonnait l'existence dans la tristesse. Peut-être cependant ne serait-il pas entré dans la mêlée s'il n'avait eu que ces répugnances générales. Mais il fut atteint lui-même par cet odieux système de surveillance, et il n'était pas de ceux qu'on attaque impunément.

Voici à quel propos la lutte s'engagea. Lorsque la famille de Burns s'était transportée de Lochlea à Mossgiel, la servante que Burns avait séduite, Elizabeth Paton, était retournée dans sa famille, dans une paroisse voisine. Il ne tarda pas à devenir apparent qu'elle était enceinte. La chose commençait à s'ébruiter dans le pays. Un de ses amis, le jovial fermier John Rankine, en donna avis au poète, qui lui répondit, en plaisantant, qu'il s'attendait bien à quelque noise avant peu. Il avait joué ce jeu dangereux trop de fois pour ne pas y être pris enfin :

> Je m'y suis risqué une fois ou deux,
> Et peut-être même bien pas loin de trois fois ;
> Et je n'avais jamais rencontré la surprise
> Qui eût brisé mon repos ;
> Mais, ce coup-ci, il y aura probablement du bruit ;
> Il y a un courlis dans le nid [2].

Des cas de ce genre n'échappaient pas longtemps à la vigilance des Kirk sessions. La pauvre fille fut condamnée à paraître dans l'église de sa paroisse sur l'escabeau du repentir. Il eût été possible à Burns de s'éviter l'humiliation d'y paraître lui-même, car la règle de la discipline portait que, lorsque les personnes impliquées dans une accusation d'impudicité vivaient dans des paroisses différentes, la censure était

---

[1] Lockhart. *Life of Burns*, p. 56.
[2] *Reply to an announcement by J. Rankine.*

infligée là où la femme vivait ou bien dans l'endroit où le scandale
avait été notoire [1]. Mais il eut toute sa vie ce mérite de ne pas essayer
d'éluder les conséquences de ses folies. Bravement, il alla de lui-
même prendre place à côté de celle qui était humiliée à cause de lui.

> Devant la Congrégation entière,
> Je répondis à l'appel loyalement ;
> Ma belle Betsy à mon côté,
> Nous reçûmes une rare antienne ;
> Mais, par amour d'elle, je fais ce vœu,
> Et je jure solennellement
> Que, tant qu'il me restera une couronne,
> Elle est bienvenue à la partager [2].

On peut imaginer la scène : Les deux coupables attendaient à la porte
de l'église jusqu'à la fin de la première prière ; le sacristain les faisait
alors entrer et les conduisait à l'escabeau où ils recevaient leur réprimande et demeuraient pendant tout le sermon, exposés à tous les
regards [3]. Ils étaient reconduits dehors avant la prière de la fin. On voit
la femme, essayant, la tête baissée, de cacher sa confusion, et, à côté
d'elle, le front haut, et avec un air de défi, ce jeune paysan dont les
yeux noirs devaient laisser paraître d'étranges menaces de colère et de
dédain.

Des châtiments de ce genre n'étaient pas faits pour dompter une âme
altière et fougueuse comme celle-là. Burns sortit de cette réprimande
exaspéré contre ceux qu'il appela, à partir de ce moment, des hypocrites,
avec je ne sais quel air de fanfaronnade et de bravoure, affectant de
se glorifier plutôt que de se repentir de ce qu'il avait fait et proclamant
qu'il recommencerait dès qu'il en aurait l'occasion. C'est ce qu'il
déclarait à son ami John Rankine, en lui racontant dans une épître
comment les choses s'étaient passées. C'est la première de sa charmante
série d'épîtres, et la première pièce importante composée à Mossgiel. Il
reproche d'abord à son correspondant de griser abominablement les
saints et de leur faire dire ensuite les mille et une horreurs. Ce vieux
coquin de Rankine, qui était coutumier de ces tours, avait en effet,
quelque temps auparavant, offert à un édifiant personnage un verre de
toddy, c'est un mélange de whiskey et d'eau chaude. Mais il avait eu
soin de faire verser du whiskey dans l'eau de la bouilloire, en sorte
que plus le dévot pensait rallonger son verre, plus il le corsait et qu'il
fut ivre de fond en comble, au parfait ébaudissement de Rankine [4]. Comme

---

[1] Chamberlayne. *Magnæ Britannicæ Notitia*, Part II, Book II, *Method of Discipline*.
[2] Voir la note de Scott Douglas dans son édition de la vie de Burns de Lockhart,
p. 55.
[3] Ch. Rogers. *Scotland Social and Domestic*, p. 352.
[4] Scott Douglas, vol. I, p. 71.

la vérité est dans le whiskey autant que dans le vin, il est probable que le malfaisant fermier faisait parler ses victimes.

> Vous avez tant de contes et de tours,
> Et , dans vos méchantes brindes et ribotes,
> Vous faites des diables avec les saints,
> Et vous les soulez jusqu'en haut ;
> Et alors leurs défauts, leurs pailles et leurs manquements,
> On aperçoit tout.

> Par pitié épargnez l'Hypocrisie !
> Cette sainte robe, oh ! ne la déchirez pas !
> Épargnez-la , au nom de ceux qui la portent souvent,
> Les gens en noir ;
> Mais votre maudit esprit, quand il en approche,
> La leur arrache du dos.

> Pensez, méchant pécheur, au mal que vous faites :
> C'est la « robe bleue », la livrée et le vêtement
> Des saints ; ôtez–leur cela, vous ne leur laissez rien
> Pour les distinguer
> De païens non rachetés,
> Comme vous ou moi [1].

On sent déjà dans ces strophes la main impatiente de frapper, l'homme qui est sur le point de porter la guerre chez l'ennemi et qui n'attend que la première opportunité. Après ce début, il raconte sa propre aventure, sur un ton qui laisse voir les dispositions d'esprit qu'il en avait rapportées.

> Ma foi, je n'ai pas le cœur à chanter !
> Ma Muse peut à peine ouvrir l'aile ;
> Je me suis joué à moi-même un joli air
> Et j'ai dansé mon soûl !
> J'aurais mieux fait de partir et de servir le roi
> A Bunkers-Hill.

> C'était une nuit, récemment, tout content,
> J'étais parti me promener avec un fusil,
> Et voilà que j'amenai une perdrix à terre,
> Une jolie poule ;
> Et comme le crépuscule était venu
> Je crus qu'on n'en saurait rien.

> La pauvre petite créature était peu blessée ;
> Je la caressai un peu, par jeu,
> Ne pensant pas qu'ils me tracasseraient pour cela ;
> Mais, le diable m'emporte !
> Quelqu'un raconte à la cour de braconnage
> Toute l'histoire.

---

[1] *Epistle to John Rankine.*

Quelques vieux friands experts avaient bien vu
Que telle poulette avait reçu du plomb,
On soupçonna que j'étais dans l'affaire,
Je dédaignai de mentir,
Aussi j'eus pour mon sou mon sifflet,
Et je payai l'amende.

Mais par mon fusil, le roi des fusils,
Et par ma poudre et par mon plomb,
Et par ma poule et par sa queue,
Je promets et je jure
Que, par moor et vallon, le gibier me paiera
Cela l'année prochaine [1].

C'était un singulier résultat de cette grave leçon. Lorsqu'on avait
à faire à de mauvaises têtes prêtes à tout risquer, c'était souvent ce qui
arrivait. La résolution de Burns était cousine du stratagème de ce
méchant gars de Nichol Snipe, le garde-chasse, qui avait tellement
interloqué M. Balwhidder, le bon et simple ministre des *Annales de la
Paroisse*. C'est une des jolies anecdotes de ce charmant livre et elle
montre à quel point de bravade ces humiliations publiques poussaient
parfois des natures inflexibles. M. Balwhidder raconte que ce Nichol et
la fille qu'il avait séduite furent obligés de se tenir debout dans l'église.
Le reste de la scène demande à être dit par lui-même. « Mais Nichol
était un vaurien perdu, car il arriva avec deux habits : l'un boutonné
par derrière et l'autre boutonné par devant ; et deux perruques de
mylord, qui lui avaient été prêtées par le valet de chambre : l'une sur
sa figure et l'autre à sa vraie place ; et il se tenait le visage contre la
muraille de l'église. Quand je l'aperçus de la chaire, je lui dis « Nichol,
vous devez vous tourner de mon côté. » Sur quoi, il se retourna, il est vrai,
mais il me présenta le même aspect que son dos. Je demeurai confondu
et je ne savais pas quoi dire, mais je lui criai d'une voix de courroux :
« Nichol ! Nichol ! si vous aviez toujours été de dos, vous ne seriez pas ici
aujourd'hui » et ces paroles eurent un tel effet sur toute la congrégation que le pauvre garçon souffrit ensuite plus de ma moquerie que si je
l'avais réprimandé de la manière prescrite par la session [2]. » Il y avait
un peu de Nichol dans la façon dont Burns avait reçu la réprimande du
révérend.

Lorsque, quelque temps après, Elizabeth Paton accoucha d'une
fille, il répondit à la censure qu'il avait dû subir, par une pièce intitulée,
Bienvenue d'un poète à sa fille, enfant de l'amour, pièce charmante
dans son genre, toute pleine de mots caressants pour le petit être qui lui

---

[1] *Epistle to John Rankine.*
[2] *Annals of the Parish*, chap. v, A D, 1764.

donnait pour la première fois droit « à la vénérable appellation de père »[1],
avec une pointe d'émotion et de tendresse derrière le défi.

Tu es la bienvenue, fillette ; le malheur me prenne
Si ta pensée ou celle de ta mère
M'intimide ou m'effraye jamais,
Ma jolie petite dame ;
Ou si je rougis quand tu m'appelleras
Tata ou papa.

Ils peuvent maintenant m'appeler fornicateur,
Et tracasser mon nom dans leur bavardage rustique ;
Plus ils parlent et plus je suis connu ;
Qu'ils clabaudent donc !
Une langue de femme est mince matière
A troubler un homme !

Bienvenue ! ma jolie, douce, mignonne fillette,
Bien que tu sois venue un peu sans être demandée,
Et bien que ta venue m'ait mis aux prises
Avec l'église et le chœur ;
Cependant, par ma foi, j'avais fait ce qu'il fallait,
Ça, j'en donne ma parole !

Mignonne image de ma jolie Betty,
Quand je t'embrasse et je te caresse paternellement
Aussi chère, aussi proche de mon cœur je te place,
Aussi volontiers,
Que si ta naissance avait été vue par tous les prêtres
Qui ne sont pas encore en enfer !

Doux fruit de mainte rencontre joyeuse,
Maintenant c'en est fait de mon plaisant labeur,
Puisque tu es venue au monde obliquement,
Ce qui fait rire les imbéciles ;
Dans mon dernier sou tu as ta part,
Et c'est la plus grosse moitié.

Quand je devrais en être pauvre et ruiné,
Tu seras aussi belle, aussi bien vêtue,
Et tes jeunes années aussi bien élevées
Dans l'éducation,
Que n'importe quel mioche de lit conjugal,
De ta position.

Dieu fasse que tu puisses hériter
La personne, la grâce, le mérite de ta mère,
Et l'esprit de ton pauvre et indigne père,
Sans ses défauts,
J'aimerais mieux te voir héritière de cela
Que de fermes bien garnies.

---

[1] *A poet's Welcome to his love begotten Daughter.*

> Si tu es ce que je voudrais que tu sois,
> Si tu prends les conseils que je te donnerai,
> Je ne regretterai jamais mes tracas à propos de toi,
> Ni le coût, ni l'affront;
> Mais je serai un père aimant pour toi
> Et fier d'en porter le nom [1].

Cette fillette si joliment saluée par son père fut prise et tendrement élevée à Mossgiel, par la mère de Burns et par ses sœurs. Elle fut l'enfant de la maison. On devine, à quelques lignes écrites plus tard, les rentrées au logis de Burns et les caresses d'enfant.

> De mioches, j'en suis plus que satisfait,
> Le ciel m'en a envoyé une de plus que je ne demandais;
> Ma petite Bess fraîche, souriante, chèrement achetée,
> Elle regarde à grands yeux son père dans le visage [2].

Quand Burns partit, elle resta avec sa grand'mère. A vingt-et-un ans, elle reçut en dot dix mille francs pris sur les fonds souscrits pour la veuve et les enfants du poëte. Elle se maria et mourut en 1816 à l'âge de trente-deux ans. Elle ressemblait, dit-on, beaucoup à son père.

Le prêtre qui avait humilié ce jeune paysan ne s'était pas douté de l'ennemi qu'il préparait au clergé. Tout frémissant de colère sur l'escabeau, Burns s'était juré de se venger et la première occasion ne se fit pas attendre. Il arriva, avant la fin de l'année, que deux des principaux ministres du parti de Auld Light, un révérend Moodie qui était ministre de Riccarton et l'énorme John Russell de Kilmarnock se querellèrent à propos des limites de leurs paroisses. Ils portèrent le cas devant le presbytère d'Irvine, et là, dans une séance publique qui avait attiré tout le pays des alentours et Burns parmi beaucoup d'autres, les deux révérends, jusqu'alors amis, apportant dans leurs invectives la violence de leurs sermons, s'insultèrent grossièrement en face de leurs partisans consternés et de leurs adversaires amusés [3]. Burns était à l'affût. Aussitôt il composa sa première satire : *Les deux Pasteurs ou la Sainte Bagarre, histoire étrangement triste*. Il les comparait, avec des détails qui poursuivaient la comparaison jusque dans ses dernières allusions, à deux bergers dont les troupeaux, pendant qu'ils se querellaient, étaient exposés à tous les dangers.

> O vous tous, saints troupeaux pieux,
> Bien nourris dans les pâturages orthodoxes,

---

[1] *A Poet's Welcome.*
The Inventory.
Lockhart. *Life of Burns*, p. 60.

> Qui maintenant vous gardera du renard
> Ou des chiens rôdeurs ?
> Ou qui aura soin des brebis égarées ou âgées,
> Aux abords des fossés ?

> Les deux meilleurs bergers de tout l'ouest,
> Qui aient jamais soufflé dans la trompe de l'Evangile
> Ces vingt-cinq derniers étés,
> Oh, horrible à dire !
> Ont eu une amère et noire querelle
> Entre eux.

> O, Moodie, homme, et toi, verbeux Russell,
> Comment pûtes-vous susciter un pareil fracas ;
> Vous verrez comme les bergers de la « Jeune Lumière » vont siffler,
> Et diront que c'est du beau !
> La cause du seigneur n'a jamais eu telle entorse,
> A ma mémoire [1].

Il décrit le troupeau de Moodie, beau et sain « jusqu'aux pattes » ; son pasteur le tient à l'écart de la mare empoisonnée de l'Arminianisme et ne lui laisse boire que l'eau claire du puits de Calvin ; il connaît les putois, les chats sauvages, les blaireaux, les renards et il est prêt à verser leur sang et à vendre leur peau. Et quel berger que Russell ! On l'entend par moors et vallons. C'était la vérité, car la voix de Russell s'entendait à un mille.

> Que ces deux hommes — O ! faut-il vivre pour voir cela ? —
> Que ces deux fameux se soient querellés,
> Et que des noms comme « gredin », « hypocrite »
> Aient été de l'un à l'autre,
> Tandis que les bergers de la « Jeune Lumière » ricanant, hostiles,
> Disent que ni l'un ni l'autre ne ment.

Cela se terminait par un éloge des représentants du Nouveau Parti, qui faisait contraste avec la caricature des champions de la Vieille Lumière. La pièce ne tarda pas à circuler dans le pays et à y provoquer un vaste éclat de rire. « Ce fut la première de mes productions poétiques qui vit la lumière [2] » dit Burns, voulant dire qu'il la communiqua en manuscrit. « J'avais une idée que la pièce avait quelque mérite, mais pour prévenir tout malheur, j'en donnai une copie à un ami qui était très friand de cette sorte de choses, et je lui dis que je ne pouvais pas deviner qui en était l'auteur, mais que je la trouvais assez bien faite. Dans une certaine partie du clergé aussi bien que des laïques, elle souleva un fracas d'applaudissement [2]. » C'étaient les membres de la

---

[1] *The Twa Herds or The Holy Tulzie.*
Autobiographical Letter to Dr Moore.

Nouvelle Lumière qui, charitablement, accueillaient cette démolition de leurs adversaires. C'était assurément le plus rude coup que le Vieux Parti eût encore reçu.

Ce n'était là que la première d'une série fameuse de diatribes contre le clergé de l'ancienne école. Pendant l'année 1785 et une partie de 1786, c'est-à-dire pendant presque tout son séjour à Mossgiel, elles se pressent, tombant drues, fouettant ferme de leur sarcasme et de leur éloquence, comme un fouet à double lanière, faisant résonner toute la contrée d'un franc rire et blêmir plus d'un visage puritain. Ce jeune paysan se trouvait d'un coup un satirique de premier ordre, et les noms qu'il choisit sont marqués aussi magistralement, que ceux qui l'ont été par la main de Martial ou de Régnier.

Le premier qui lui tomba sous la main, après les révérends Moodie et John Russell, fut précisément William Fisher, un des elders de Mauchline. Il le malmena plus terriblement encore, dans sa *Prière de Saint Willie*. Les circonstances qui motivèrent cette implacable satire sont tellement caractéristiques des mœurs, et elles démontrent si bien que la tyrannie sacerdotale dont nous avons parlé plus haut n'avait pas disparu à cette époque, qu'il peut être utile de les rappeler. Gavin Hamilton, le notaire de Mauchline et le propriétaire de Mossgiel, avait été menacé d'être exclu de la communion annuelle et écarté des tables « pour négligence habituelle des ordonnances de l'Eglise ». On lui reprochait d'être irrégulier à l'église ; d'avoir été absent deux dimanches dans un mois et trois dans l'autre ; de s'être mis en route un dimanche, malgré les conseils du ministre ; de négliger habituellement, si toutefois pas entièrement, le culte de Dieu, dans sa famille [1]. Gavin Hamilton affirma que ces accusations sortaient d'une rancune personnelle et en appela de la Kirk session au Presbytère d'Ayr. Il y fut défendu par un de ses confrères d'Ayr, nommé Aiken, ami de Burns, qui était, paraît-il, doué d'un talent de parole remarquable et qui semble avoir été un grand orateur dans un petit bourg. La Kirk session de Mauchline, c'est-à-dire Daddy-Auld et William Fisher, fut considérée comme mal fondée dans sa réprimande, et Gavin Hamilton rapporta un ordre du Presbytère que les procès-verbaux de la session dont il avait appelé fussent détruits. C'est en sortant de ce jugement que Burns place les lamentations suivantes dans la bouche de William Fisher, lequel gémit de ce qui vient de se passer [2]. Il s'adresse au Dieu de justice :

> O Toi qui résides dans les cieux,
> Qui, selon ton bon plaisir,

---

[1] R. Chambers, tome I, p. 195.

[2] Voir l'argument par Burns lui-même, publié pour la première fois par Scott Douglas, tom. I, p. 96.

En envoies un au ciel et dix en enfer,
Pour ta plus grande gloire,
Et non pas pour le bien ou le mal
Qu'ils ont fait devant Toi !

Je bénis et je loue Ta puissance infinie,
Quand Tu en as laissé des milliers dans les ténèbres ,
De ce que je suis ici, devant Ta vue,
Pour les dons et la grâce
Une lumière brûlante et éclairante
Pour toute cette contrée.

Qu'étais-je donc, moi ou ma génération,
Pour obtenir une telle exaltation
Moi qui mérite si justement la damnation
Pour avoir enfreint Tes lois,
Cinq mille ans avant ma création,
Par la faute d'Adam.

Quand je chus du ventre de ma mère,
Tu aurais pu me plonger en enfer,
Pour y grincer des gencives, y pleurer, y crier,
Dans des lacs brûlants,
Où les démons maudits rugissent et hurlent
Enchaînés à leurs poteaux.

Cependant me voici, choisi pour exemple
Que Ta grâce est grande et ample ;
Je suis un pilier de Ton temple
Ferme comme un roc ,
Un guide, un bouclier, un exemple
A tout Ton troupeau.

O Lord, Tu sais quel zèle je montre,
Quand les buveurs boivent, et les jureurs jurent,
Et qu'on chante ici et qu'on danse là ,
Petits et grands ;
Car je suis gardé par Ta crainte
Et exempt de toutes ces choses.

Pourtant, ô Lord, il faut que je le confesse
Par moment je suis troublé d'une luxure charnelle ;
Et parfois aussi, avec une assurance mondaine,
Le vil égoïsme entre en moi ;
Mais Tu sais que nous sommes une poussière
Souillée de péché[1].

Il avoue alors qu'avec une certaine Meg, puis avec la fillette de Lizzie...
Mais c'est que ce vendredi-là il était gris, sans quoi il ne se serait jamais

---

[1] *Holy Willie's Prayer.*

approché d'elle. C'est peut-être la volonté de Dieu et, s'il en est ainsi, que cette volonté soit faite.

> Peut-être laisses-Tu cette épine charnelle
> ' Tourmenter Ton serviteur soir et matin,
> De crainte qu'il ne devienne exalté et orgueilleux
> Des dons qu'il a reçus
> Si c'est ainsi, il faut qu'il supporte Ta main
> Jusqu'à ce que Tu la relèves.

Toutes ces pages sont d'une malice qui tombe juste à point, tous les mots portent. C'est d'une raillerie charmante et cruelle, où chacun des traits dessine et égratigne à la fois. La fin est surtout caractéristique. L'aigreur, le fiel de cette âme dévote éclatent en une longue prière haineuse où le nom du Seigneur revient et roule au milieu de demandes de châtiment contre ces indignes, Gavin Hamilton, Aiken et leurs semblables. Ce Tartuffe rustique s'emporte lui aussi. Mais tandis que celui de Molière est peut-être bien un pur incrédule qui se sert de la religion comme d'un moyen d'escroquerie ; celui-ci, par une vue très profonde de l'état de ces esprits, est un vrai croyant ; sa rancune a sincèrement recours à sa foi. Toute cette pièce est parfaite. Ce n'est pas sans doute l'ample satire du Tartuffe ; c'est quelque chose de court et de léger comme une flèche, mais infaillible.

> Lord, bénis Tes élus en cet endroit,
> Car ici Tu as une race d'élus ;
> Mais que Dieu confonde la face hardie
> Et flétrisse le nom
> De ceux qui amènent sur Tes elders la disgrâce
> Et la honte publique.
>
> Lord, rappelle-Toi ce que Gavin Hamilton mérite ;
> Il boit, et jure, et joue aux cartes,
> Cependant il a une habileté si prenante
> Près des humbles et des grands,
> Que, hors des mains des prêtres de Dieu, les cœurs des gens
> S'en vont à lui.
>
> Et lorsque naguère nous l'avons châtié,
> Tu sais quel scandale il a excité,
> Qu'il a fait éclater le monde de rire,
> De rire de nous.
> Maudits soient sa corbeille et ses provisions,
> Ses choux et ses pommes de terre.
>
> Lord, écoute mon cri fervent, ma prière
> Contre le presbytère d'Ayr,
> Que Ta main puissante, Lord, soit sévère
> Sur leurs fronts,
> Lord fais-la peser, fais peser Ta colère
> Sur leurs affronts.

O Lord, mon Dieu, cet Aiken à la langue souple,
    Mon cœur et mon âme en tremblent encore
De penser comment nous étions debout, apeurés, gémissants,
    Et tout suants de peur,
Tandis que lui, la lèvre dédaigneuse et courbée,
    Tenait haut la tête.

Lord, au jour de la vengeance, visite-le ;
Lord, ceux qui l'ont employé, visite-les ;
Dans Ta miséricorde ne les oublie pas,
    N'entends pas leur prière ;
Mais, pour l'amour de Tes fidèles, détruis-les
    Ne les épargne pas.

Mais, Lord, souviens-Toi de moi et des miens,
Dans Tes bontés temporelles et divines,
Que je puisse briller en fortune et en grâce
    Au-dessus de tous ;
Et toute la gloire en sera Tienne,
    Amen, Amen[1].

C'est une merveilleuse satire, forte surtout parce que l'ironie atteint le fond des choses et est pleine de sens. Tout y est : la doctrine sauvage, la sécurité de ce misérable qui est sûr d'être parmi les élus, ses vices, avec le mélange de cynisme et d'hypocrisie, qu'on retrouve souvent chez les gens de son espèce, et enfin la haine dévote, fiel qui rancit au fond de tant de vases d'élection. Et tout est exprimé en termes si précis, si nerveux, d'un mouvement si rapide, que rien n'arrête la force du coup et que Holy Willie en fut comme assommé. C'est la plus féroce des satires de Burns et c'est une chose grave que d'attacher à une mémoire un pareil écriteau. Heureusement, il avait eu la main juste autant que rude, William Fisher fut, peu de temps après, convaincu d'avoir volé l'argent dans le plateau qu'on tenait à la porte de l'église. Il finit plus mal encore. Une nuit, rentrant ivre chez lui, il tomba dans un fossé sur le bord de la route et y périt de froid, dans la boue[2].

L'effet de cette pièce dans le pays fut encore plus grand que celui de la Sainte Bagarre. Il fut tel que la Kirk-Session songea à en poursuivre l'auteur. « La Prière de Saint Willie, fit ensuite son apparition et alarma tellement la Kirk-Session qu'ils tinrent trois réunions séparées pour examiner leur sainte artillerie et voir s'il ne s'y trouvait pas quelque arme qu'on pût diriger contre les rimeurs profanes[3]. » Cela n'intimida point Burns. Après Holy Willie vinrent, en rapide succession, pendant 1785, le Post-Scriptum de l'Epître à Simson, l'Epître à John Goldie, l'Epître au

---

[1] Holy Willie's Prayer.
[2] Scott Douglas, tom I, p. 102.
[3] Autobiographical Letter to Dr Moore.

Rev. Mac Math ; et pendant 1786, *l'Ordination* , l'*Adresse aux rigidement vertueux* et *la Sainte-Foire*, que ses biographes rangent parmi ses satires religieuses et que nous serions plus disposé à mettre parmi ses poèmes locaux comme *la Veillée de la Toussaint* et *les Joyeux Mendiants*. C'est toute une série de pièces pleines de bon sens, d'esprit et d'éloquence. Quelques-unes , comme *l'Ordination* et l'*Epttre à John Goldie* sont trop spéciales et locales. Mais les autres conservent leur intérêt en dehors des circonstances qui les ont produites.

Si Burns, dans ses démêlés avec le clergé ambiant, s'était contenté de fouailler tel révérend ou tel ancien, il n'aurait fait qu'œuvre de représailles individuelles. Il aurait pu déployer des qualités de satire et des ressources d'invectives, sans cesser de faire une besogne toute personnelle, comme s'il avait élargi des épigrammes et leur avait donné l'envolée et le cinglement retentissant de pièces lyriques. Mais il a été bien au delà et, après avoir attaqué et bafoué la discipline presbytérienne sous la forme et sous les noms qu'elle revêtait en face de lui, il s'en prit à la doctrine elle-même. Il en saisit, avec une parfaite clairvoyance, les points essentiels, c'est-à-dire l'omniprésence diabolique qui causait toutes les terreurs, et cette morale inflexible, sans compassion pour la faiblesse, sans notion de pardon, qui cachait, sous son écorce de dureté, bien des hypocrisies. Ces points il les attaqua en eux-mêmes, sans mélange de rancune, hors du rapetissement qui prend les questions présentées dans des querelles personnelles. C'est par ces coups portés à la doctrine que Burns mérite surtout d'être placé au nombre de ceux qui contribuèrent à l'émancipation de l'esprit écossais, pendant le xviiie siècle.

On a vu quelle place tient dans la religion puritaine l'idée du Malfaisant. Une doctrine qui repose sur la déchéance de la nature humaine et sur sa dégradation, ne peut manquer de faire une large place à l'esprit du mal. Selon elle, chacun vit assailli par la tentation, est destiné à la damnation. Les hommes sont normalement la proie du diable ; il faut, pour en retirer quelques-uns, le sauvetage miraculeux de la grâce. Cette doctrine, tombant dans un pays sombre, où le sang est superstitieux, où la nature a quelque chose de mystérieux et de menaçant, où les anciennes croyances féeriques mal détruites renaissaient sous des formes nouvelles, devait y prospérer étrangement. Reprise, colportée, développée en d'innombrables sermons hurlés par des prédicateurs démoniaques, avec de tels cris qu'ils semblaient avoir les pieds dans le soufre, elle était devenue un épouvantail ; elle avait terrorisé toutes les âmes. Ces gens vivaient dans un frisson continuel des mauvais esprits. « A leur tête était Satan lui-même, dont le plaisir était d'apparaître en personne, attirant ou terrifiant tous ceux qu'il rencontrait. Un jour il visitait la terre sous la forme d'un chien noir, un autre jour sous celle d'un corbeau ; un autre jour on l'entendait au loin rugir comme un taureau. Il apparaissait quelquefois comme un homme pâle vêtu de noir et quelquefois il venait comme un homme noir vêtu de noir ; on remarquait que sa voix était spectrale, qu'il ne portait pas de chaussures et qu'un de ses pieds était fourchu. Ses stratagèmes étaient infinis, car, dans l'opinion des théologiens, sa ruse augmentait avec l'âge et, ayant étudié depuis plus de 5000 ans, il était arrivé à une incomparable dextérité. Il aimait à saisir et il saisissait des hommes et des femmes et il les emportait à travers les airs. Généralement il était vêtu en laïque, mais on disait qu'en plus d'une occasion il avait eu l'impudence de s'habiller en ministre de l'évangile. En tous cas, sous un costume ou sous un autre, il apparaissait aux membres du clergé et il essayait de les séduire et de les attirer de son côté. Ces tentatives naturellement échouaient; mais hors du clergé bien peu étaient capables de lui résister. Il pouvait soulever ouragans et tempêtes, il pouvait exercer ses maléfices non seulement sur l'esprit, mais sur les organes du corps, faisant voir et entendre ce qui lui plaisait. Parmi ses victimes, il poussait les unes à commettre le suicide, les autres à commettre un crime. Cependant, tout formidable qu'il fût, aucun chrétien n'était considéré comme ayant acquis une pleine expérience religieuse si, à la lettre, il ne l'avait pas vu, s'il ne lui avait pas parlé, s'il n'avait pas lutté contre lui. Le clergé prêchait constamment de lui, et préparait son auditoire à des entrevues avec le grand ennemi. La conséquence fut que les gens devinrent presque fous de peur. Chaque fois qu'un prédicateur mentionnait Satan, la consternation était si grande que l'église se remplissait de soupirs et de gémissements[1]. » Cette page pittoresque et dense en renseignements, comme Buckle les écrivait, rend bien l'état des esprits. Il n'y avait pour l'Ennemi qu'un sentiment universel de crainte et de haine, et comme un cri unanime d'épouvante et d'exécration.

Soudain, dans le propre langage du pays, on entendit quelqu'un qui parlait à Satan non seulement sans crainte mais encore avec une sorte de camaraderie et de cordialité familières. C'était Burns qui avait conversation avec lui ! On n'avait jamais entendu parler du diable sur ce ton. C'était une épître charmante, enjouée, toute pleine de raillerie, de bonne humeur, avec un grain d'amitié, tout comme si les deux causeurs avaient été compères et compagnons, prêts à faire route, bras dessus bras dessous. Voici que quelqu'un se moque de Satan, le tourne en ridicule, le plaisante, le nargue, tout comme on fait d'une personne dont on n'a pas peur. Et c'est peu encore ! Voici qu'il l'admoneste, lui dit qu'il est méchant garçon depuis assez longtemps, et finit par lui donner de bons avis, lui conseille de se convertir. C'est à quoi les Théologiens n'avaient jamais pensé ; c'est cependant une idée bien simple et qui arrangerait

---

[1] Buckle, tom. III , p. 288 et suivantes.

fameusement les choses. Sur le coup, ce dut être une stupeur et
presque une indignation comme devant un blasphême et une hérésie.
Car pour beaucoup, même d'aujourd'hui, dire du bien du diable c'est
une abomination aussi grave que de dire du mal de Dieu. Jack Russell et
la Vieille Lumière en durent prédire de belles. Il y avait assurément
beaucoup de bravoure d'esprit et de hardiesse de conduite à faire une
pareille pièce.

Et cependant comment résister ? La pièce était charmante, si franchement gaie, un si heureux mélange de crânerie, de bonhomie, de
bonne humeur et de moquerie, qu'elle devait rassurer ceux qui la lisaient.
Et le fait est qu'avec la curieuse puissance de conduite et d'entraînement qu'ont les poésies de Burns, celle-ci vous mène du tremblement, où
ses lecteurs devaient se trouver d'accord avec lui, au badinage où ils
devaient se trouver étonnés de prendre part.

> O toi, quel que soit le titre qui te convient,
> Vieux Cornu, Satan, Nick ou Fourchu,
> Qui, dans cette caverne effrayante et pleine de suie,
> Enfermé sous les écoutilles,
> Eclabousses le cuvier à soufre,
> Pour échauder de pauvres misérables !

> Ecoute-moi, vieux Pendard, un instant,
> Et laisse tranquilles ces pauvres corps damnés ;
> Je suis sûr que cela ne fait guère plaisir
> Même au diable
> De battre et d'échauder de pauvres chiens comme moi,
> Et de nous entendre piailler.

> Grand est ton pouvoir et grande ta renommée ;
> Ton nom est connu et célèbre au loin ;
> Et bien que ce trou enflammé soit ta demeure,
> Tu voyages partout ;
> Et ma foi, tu n'es ni lent, ni boiteux,
> Ni timide, ni paresseux.

> Tantôt errant comme un lion rugissant,
> Tu cherches ta proie dans les trous et dans les coins ;
> Tantôt volant sur la tempête aux fortes ailes,
> Tu découvres les églises ;
> Tantôt, regardant dans les cœurs humains,
> Invisible, tu guettes.

> J'ai entendu ma vénérable grand'mère dire
> Que dans les gorges solitaires, tu aimes à errer ;
> Ou que là où les vieux châteaux ruinés, grisâtres
> Font des signes à la lune,
> Tu épouvantes la route du voyageur nocturne ;
> D'un murmure fantastique.

> Quand le crépuscule appelait ma grand'mère
> A dire ses prières, brave honnête femme !
> Souvent derrière le foin, elle t'a entendu bourdonner
> D'un bourdonnement effrayant ;
> Ou passer, en froissant les feuilles des sureaux
> Avec un lourd soupir.

Il raconte que lui-même, une nuit d'hiver sombre et venteuse, quand les étoiles lançaient leurs rayons de côté, il l'a aperçu, de l'autre côté de l'étang, sous la forme d'un paquet de roseaux. Le bâton trembla dans sa main et ses cheveux se dressèrent sur sa tête, quand il le vit s'envoler comme un canard, d'un vol sifflant. Il lui rappelle, d'un ton moitié sérieux et moitié moqueur, toutes ses fredaines, depuis le moment où il a troublé dans l'Eden la première paire d'amoureux. Il se moque de lui et il lui dit qu'il saura bien lui échapper au dernier moment :

> Et maintenant, vieux Fourchu, je sais bien que tu penses
> Que les escapades et les buveries d'un certain barde,
> En quelque heure fâcheuse, l'enverront d'un bon pas
> A ton trou noir ;
> Mais, ma foi ! il tournera lestement le coin
> Et se moquera de toi !

Enfin il finit d'un ton paternel, en lui donnant de bons avis, en lui conseillant de se convertir :

> Allons, bonsoir, vieux Nick ;
> Je désire que tu réfléchisses et que tu t'amendes ;
> Tu pourrais peut-être, je n'en sais rien,
> Avoir encore une chance ;
> Cela me fait chagrin de penser à ce trou,
> Même pour toi ! [1]

Et il le quitte après cette petite admonestation. Il faut se rappeler l'horreur des Écossais pour le démon, leur croyance à son intervention continuelle, à sa présence dans leur vie ; il faut se rappeler les prédications dont nous parlions plus haut pour comprendre l'originalité et la bravoure d'une pièce comme celle-ci, pour comprendre aussi son succès. Plus d'un que l'idée du Méchant tenait lié dans l'épouvante, dut écouter avec soulagement ces strophes qui traitaient le diable avec insouciance, comme un être plus ridicule que dangereux ; et plus d'un, en rentrant le soir, assailli aux passages noirs des routes par la crainte de le voir surgir, dut se rassurer en se fredonnant les couplets du poète :

> Mais, ma foi ! il tournera lestement le coin
> Et se moquera de toi !

---

[1] *Address to the Deil.*

De même, il faut se rendre compte de la dureté de la morale puritaine, repenser aux jugements inflexibles dont elle frappait toutes les actions, à l'implacable condamnation dont elle accablait les moindres fautes, pour admirer, en la replaçant dans l'austérité environnante, son *Adresse aux très Vertueux*. C'était une nouvelle chose, dans une petite paroisse de campagne, à cette époque, que ce plaidoyer plein de compassion attendrie pour la faiblesse humaine et, en même temps, que cette façon, la seule juste, de mesurer les fautes aux tentations de la nature ou des circonstances. Nulle part on n'a mieux exprimé cette indulgence, que la sympathie pour l'homme a rendue maintenant commune, mais qui n'a jamais trouvé une forme plus humaine, plus portative, pour ainsi dire, plus propre à devenir la devise du mélange de défiance et de bonté, avec lequel seulement nous devons nous permettre de juger les autres. S'adressant aux rigides, il leur disait :

Oh ! vous qui êtes si bons vous-mêmes,
Si pieux et si saints
Que vous n'avez rien à faire qu'à noter et compter
Les fautes et les folies de votre voisin !
Vous dont la vie est comme un moulin bien allant,
Fourni d'une eau abondante ;
La trémie pleine tourne toujours
Et toujours le clapet fait son bruit.

Ecoutez-moi, vous, vénérable cohorte,
Je suis l'avocat de ces pauvres mortels
Qui fréquemment passent la porte de la calme Sagesse,
Pour aller au portail de l'étourdie Folie ;
Oui, au nom de ces écervelés et de ces insouciants,
Je voudrais ici proposer une défense,
Pour leurs malheureux tours, leurs noires fautes,
Leurs défaillances et leurs infortunes.

Vous comparez votre état au leur,
Et vous frissonnez de les rapprocher ;
Mais jetez, un moment, un regard juste,
Qu'est-ce qui fait la grande différence ?
Défalquez ce que le manque d'occasions a donné
A cette pureté dans laquelle vous vous enorgueillissez,
Et, (ce qui souvent est plus que tout le reste)
Votre meilleur art de dissimuler.

Pensez, quand votre pouls maté
Donne de temps en temps une secousse,
Quelles fureurs doivent convulser les veines
De celui dont le pouls sans répit galope !
Avec bon vent et la marée en poupe,
Vous filez tout droit au large ;
Mais faire voile contre l'un et l'autre,
Cela fait étrangement louvoyer.

Voyez la Sociabilité et la Jovialité s'asseoir,
Joyeuses et sans défiance,
Jusqu'à ce que, défigurées, elles deviennent
La Débauche et l'Ivrognerie :
Oh ! si elles pouvaient s'arrêter à calculer
Les éternelles conséquences,
Ou bien, pour parler d'un enfer que vous craignez plus,
La maudite, maudite dépense.

Vous, hautes, fières, vertueuses dames,
Ficelées droites dans vos corsets pieux,
Avant d'injurier la pauvre Fragilité,
Supposez les cas renversés :
Un gars chèrement aimé, une occasion câline,
Une inclination traîtresse ;
Mais, laissez-moi le murmurer à votre oreille,
Peut-être que vous n'êtes pas une tentation.

Et la pièce, dépouillant brusquement son air ironique, se termine, comme il arrive souvent à la fin des morceaux de Burns, par deux strophes d'une gravité éloquente, pleines de la substance de bien des sermons.

Examinez donc avec bonté, votre frère, l'homme,
Avec plus de bonté encore, votre sœur, la femme ;
Encore qu'ils puissent aller un peu de travers,
S'égarer en chemin est chose humaine ;
Un point reste toujours grandement obscur,
Le motif pour quoi ils agissent ainsi ;
Et il est tout aussi difficile de marquer
Jusqu'à quel degré peut-être ils se repentent.

Celui qui a créé le cœur, c'est celui-là seul
Qui avec certitude peut nous juger ;
Il en connait chaque corde — et son ton divers,
Chaque ressort — et sa portée diverse ;
Devant la balance, restons donc muets,
Nous ne pouvons pas l'ajuster :
Ce qui a été commis nous pouvons en partie l'estimer,
Nous ignorons ce qui a été surmonté [1].

Ceci était plus qu'une correction d'elder. C'était une protestation très claire et délibérément jetée contre cette sévérité pharisaïque qui ne connaissait ni atténuation, ni rachat des fautes, contre cette morale toute de réprobation et d'exorcisme, sans nuances ni limites, qui condamnait d'un coup, en bloc et à toujours. C'était, vers la fin, mieux encore. C'était une voix d'indulgence et de pardon. Il y avait bien longtemps que cette voix-là n'avait été entendue, au milieu de ces paroles d'airain et de fer.

Address to the unco Guid.

Sans doute, on discerne dans cette pièce, sous couleur de plaidoyer général, une défense pour soi-même ; et l'auteur avait besoin de la mansuétude de jugement qu'il réclamait pour tous. Mais qu'est-ce que la lutte contre les préjugés et les abus sinon un front de poussées sur les points où il nous blessent ; seraient-ils jamais détruits s'ils n'étaient combattus par ceux-là qu'ils font souffrir ? Il n'en existait pas moins que l'attaque était complète et ouverte, et qu'elle portait sur les endroits vitaux de la doctrine. Sans le savoir, Burns continuait, dans cette région, le travail entrepris par Hutcheson, et collaborait à une même émancipation. Et, en ce qui regarde Burns particulièrement, il n'en était pas moins vrai que, par la logique et les meilleures aspirations de son esprit, il était sorti graduellement des altercations et des ripostes personnelles pour faire du débat la défense d'une idée généreuse.

Il y avait — nous ne devons pas l'oublier — un certain courage à protester ainsi et cette attitude n'allait pas sans lui attirer quelques chagrins et des ennuis. Chez lui, il trouvait les remontrances et les prières de sa mère, de son frère, ou ces silences qui blâment [1]. Dehors, il rencontrait la froideur, l'aversion de beaucoup. Si sa franchise et sa crânerie lui avaient attiré, même dans les rangs du clergé libéral, des amitiés qui compensaient le scandale des pharisiens, il n'en devait pas moins souffrir dans ses relations, et il pouvait en souffrir dans ses intérêts. Nous verrons que cette hostilité ne fut pas étrangère à une des grandes douleurs de sa vie. Il était de plus exposé, si un hasard avait mal tourné les choses, à être poursuivi et frappé de l'excommunication qui, dans ce pays, mettait un homme aussi sûrement hors de la société qu'au moyen-âge. Il n'était pas d'ailleurs sans s'en rendre compte. Après la fougue et la fièvre de la bataille, il lui venait des appréhensions. Il écrivait à un révérend de ses amis, un modéré de la Nouvelle Lumière :

> Ma petite Muse, fatiguée de mainte chanson
> Sur les robes et les rabats et les graves bonnets noirs,
> Est devenue tout alarmée, maintenant qu'elle l'a fait,
> De peur qu'ils ne la blâment,
> Et qu'ils ne lancent leur saint tonnerre sur elle,
> Et qu'ils ne l'anathématisent.
>
> J'avoue que ce fut téméraire et assez imprudent,
> Pour moi, pauvre poétaillon rustique,
> De me mêler d'une bande si puissante
> Qui, s'ils me connaissent,
> Peuvent aisément, d'un simple petit mot,
> Lâcher l'enfer sur moi.

---

[1] Chambers, tome I, p. 189.

Mais j'étais hors de moi de voir leurs grimaces,
Leurs faces soupirantes, hypocrites, fières de la grâce,
Leurs prières de trois milles, leurs grâces d'un demi-mille ,
Leur conscience élastique,
A ces gens que l'avidité, la vengeance et l'orgueil déshonorent
Plus encore que leur ineptie [1].

Il avait beau se tenir ; dès qu'il parlait d'eux, la colère lui remontait à la gorge et il repartait de plus fort. Dans cette même pièce, à deux pas de ces regrets, il reprenait de plus belle :

O Pope, si j'avais les dards de ta satire
Pour donner à ces chenapans leur dû,
J'arracherais leurs cœurs pourris et creux,
Et je crierais bien haut
Leurs jongleries, leurs filouteries, leurs ruses
Pour tromper la foule.

Dieu sait que je ne suis pas ce que je devrais être,
Que je ne suis pas même ce que je pourrais être ,
Mais j'aimerais vingt fois mieux être
Tout net un athée,
Que de me cacher sous les couleurs de l'Evangile,
Comme sous un écran.

Un honnête homme peut aimer un verre,
Un honnête homme peut aimer une fillette,
Mais la basse vengeance, la fausse malice,
Il les dédaigne toujours,
Et aussi de crier son zèle pour les lois de l'Evangile,
Comme quelques-uns que nous connaissons.

Ils ont la religion à la bouche,
Ils parlent de merci, de grâce, de vérité,
Pourquoi ? pour donner du champ à leur méchanceté,
Contre un pauvre diable,
Et le pourchasser, par delà droit et pitié,
Jusqu'à la ruine.

C'étaient là de bien dangereuses paroles. On les sent encore vibrer de colère sourde et d'indignation. Elles permettent de concevoir les orages de haine et de rancune qui grondèrent dans le cœur de Burns pendant ces mois-là.

Toutes ses pièces anti-cléricales sont ramassées dans l'étendue d'un an et demi environ. Sauf une seule l'*Alarme de l'Eglise*, composée beaucoup plus tard, et due à un de ces moments de vie rétrospective qui transportent les hommes en arrière, elles appartiennent à la période de Mossgiel, et la plupart à l'année 1785. Mais Burns garda de ces aventures une

---

[1] *Epistle to the Rev. John Mac Math.*

rancune contre le clergé et chaque fois qu'il trouva l'occasion de glisser dans ses poèmes une méchanceté ou une insolence à son adresse, il n'y manqua jamais. C'était un souvenir de l'escabeau de pénitence.

II.

LE FLOT DE POÉSIE. — LA VISION.

Au courant de cette lutte contre le clergé, au milieu de ces troubles de colère, d'indignation et de rancune, sa vocation littéraire, d'un très beau mouvement et par une ascension assurée, se dégageait et se manifestait de telle façon qu'il fallait bien qu'elle devînt claire à tous les yeux. Après tant d'années de lectures, d'essais, d'observations, après une si longue et si opiniâtre préparation, ce trésor accumulé allait enfin s'ouvrir ; les riches ressources et les économies prolongées de cet esprit se répandre tout à coup. Et au fur et à mesure de cette production, il n'est pas sans douceur de le voir prendre conscience de son génie, de voir son ambition, après des hésitations et des tâtonnements, d'abord mesurée et indécise, s'affermir, se hausser et regarder en face l'entreprise et l'effort.

Jusqu'au moment où il entra à la ferme de Mossgiel, Burns avait, somme toute, peu produit et rien de très important. Une vingtaine de chansons sur les fillettes dont il avait été amoureux, quelques paraphrases de psaumes, la ballade de *Jean Grain d'Orge,* quelques fragments inachevés, *la Mort et les dernières paroles de la pauvre Mailie,* composaient son bagage. Le tout tient en quelques pages et, sauf quelques-unes des chansons, n'est pas essentiel à sa gloire. Si l'on répand cela sur une dizaine d'années, on a un bien petit tas pour chacune. C'étaient, en outre, des pièces tout accidentelles, faites sur une occasion personnelle et qui avaient assurément demandé moins de travail à Burns que certaines de ses lettres. L'ensemble n'indique pas la volonté de produire, et aucune de ces pièces n'est en soi un effort bien sérieux. Mais les choses ne tardèrent pas à changer, peu après l'installation à Mossgiel. Son œuvre littéraire partit comme un flot, abondante, pressée, copieuse, rapide et d'une perfection achevée.

Elle préluda tout à fait à la fin de 1784, vers le mois de novembre, avec l'*Épître à Rankine,* la *Bienvenue du Poète à son Enfant illégitime* et la pièce satirique des *Deux Pasteurs*, pour commencer vraiment en janvier 1785. Pendant l'année 1785 et les premiers mois de 1786, vinrent, en une succession rapide, presque toutes les pièces qui constituent sa gloire, le fameux volume de Kilmarnock en entier. De janvier à la fin de mars, parurent l'*Épître à Davie,* la *Prière du Saint Homme Willie, la Mort et le*

Docteur Hornbook ; le 1ᵉʳ avril, la *première Epître à Lapraik* ; le 21 avril, la seconde ; en mai l'*Epître à William Simson* le maître d'école, avec ses jolis passages sur la poésie écossaise ; en août l'*Epître à John Goldie* ; en septembre la *troisième Epître à Lapraik* et l'*Epître au Reverend Mac Math* ; en octobre la *seconde Epître à Davie*. C'est la période de ces charmants poèmes, familiers, alertes, gais, souvent pleins de détails biographiques, qui imitent et dépassent les modèles qu'en avait donnés Allan Ramsay. A partir de ce moment la production se presse encore ; en même temps elle s'anoblit et s'élargit. Chaque semaine, presque chaque jour, en ces quelques mois fructueux, donne une pièce. Les chefs-d'œuvre se succèdent ; on peut dire que Burns serait immortel rien qu'avec ce qu'il a écrit pendant les deux mois de novembre et de décembre 1785. Cette série s'ouvre par la fameuse pièce de la *Veillée de la Toussaint* ; l'admirable et tendre pièce *à la Souris* est aussi de novembre ; puis viennent l'une sur l'autre, l'*Adresse au Diable*, le *Breuvage Ecossais* et surtout ces deux morceaux de premier ordre *le Samedi soir du Villageois* et la plus étonnante, à nos yeux, de toutes ses créations, sa cantate des *Joyeux Mendiants*. Telle était sa fécondité à ce moment qu'il laissait ses œuvres sans en prendre souci et que cette cantate fut oubliée, presque perdue et ne parut qu'après sa mort. Le jour de l'an de 1786 c'est le *Salut matinal de bonne année du vieux fermier à sa vieille jument Maggie*, une poésie pleine du sentiment des bêtes. Pendant les premiers mois de l'année, ce sont, coup sur coup, *les Deux Chiens*, *le Cri et la Sincère Prière de l'Auteur aux Représentants Ecossais à la Chambre des Communes*, à propos d'un acte sur les distilleries écossaises, l'*Ordination*, la jolie *Epître à James Smith*, avec sa vaillante philosophie et sa crânerie, cette admirable et noble pièce de la *Vision* qui est comme le couronnement et la consécration de toute cette fécondité, l'*Adresse aux très Vertueux*, la *Sainte Foire*, peut-être sa plus forte peinture de mœurs ; la célèbre ode *à la Pâquerette* est du mois d'avril. Puis s'entassent immédiatement une suite de pièces mélancoliques et désespérées qui correspondent à des angoisses de cœur : *à la Ruine, Lamentation occasionnée par l'issue infortunée de l'Amour d'un Ami, le Désespoir*. Arrivent alors la sage et virile *Epître à un Jeune Ami*, qu'on comparerait presque pour la sagesse pratique aux conseils de Polonius à son fils ; enfin l'*Adresse à Belzebud*, le *Songe*, la *Dédicace à Gavin Hamilton*, l'*Epitaphe d'un Barde*. Avant le mois de mai 1786, tout un volume était écrit, dont il n'existait, pour ainsi dire, rien en janvier 1785. Cette production était entassée en quinze mois. Si on place, dans les interstices de ces pièces capitales, des chansons, des épitaphes, des épigrammes, des billets poétiques, d'autres morceaux divers de moindre importance ; si on considère qu'il y a, dans ce flot, des satires, des élégies, des tableaux de mœurs, des pièces d'une moralité et d'une noblesse incomparables, des cris de douleur, des épîtres familières, de tout enfin, on comprendra l'étonnement que cause à ceux qui l'étudient de près cette merveilleuse explosion de poésie. Les printemps tardifs, où les sèves longtemps contenues éclatent soudain de toutes parts et à toutes les branches, ont seuls de pareilles frondaisons.

On comprend que, pour fournir en un temps si court une pareille abondance de vers, il fallait qu'il fût continuellement en état de poésie. C'était en effet sa façon d'être habituelle ; il la portait dans tous les moments et dans toutes les occupations de toutes ses journées.

> O chère, chère rime ! c'est toujours un trésor,
> Mon principal, presque mon unique plaisir ;
> A la maison, aux champs, au travail, au repos,
> La muse, pauvre fillette,
> Bien que sa mesure soit rude,
> Est rarement à ne rien faire [1].

Sa tête était toujours en animation et en travail de poésie, tantôt avec volonté, tantôt, comme disent les théologiens, par une activité indélibérée. L'inspiration fermentait et fumait en lui sans trève.

> Juste à l'instant je suis pris d'un accès de rime,
> Ma caboche en levure travaille fortement,
> Ma fantaisie fermente et monte haut
> D'une poussée rapide ;
> Avez-vous un moment de loisir
> Pour écouter ce qui va venir ? [2]

Souvent il travaillait à plusieurs pièces à la fois. Presque toujours la composition était instantanée, elle sortait des faits eux-mêmes ; c'était une impression, une émotion brusquement saisies en vers. Elles n'avaient pas le temps de se refroidir ; elles étaient prises, martelées sous la rime, façonnées en strophes pendant qu'elles étaient chaudes. Il se prend, un soir, de pique avec le maître d'école de Tarbolton, personnage inoffensif et ridicule qui affectait le médecin. Le soir même, en s'en retournant, il compose sur la route *la Mort et le Docteur Hornbook* qu'il récite le lendemain à son frère [3]. Un autre soir, à Mauchline, il entre avec deux amis dans le cabaret de Poosie Nansie, où était réunie à boire et à chanter une troupe de gueux vagabonds, et quelques jours après il dit à un de ses amis la pièce des *Joyeux mendiants* [4]. La plupart de ses épîtres sont de véritables lettres écrites au courant de la plume, composées dans le temps qu'il fallait pour les griffonner.

---

[1] *Second Epistle to Davie.*
[2] *Epistle to James Smith.*
[3] Gilbert. *Letter to Dʳ Currio, respecting the composition of his Brother's Poems.*
[4] Chambers, tome I, p. 182-83.

Et quelle chose plus faite pour faire naître de l'admiration et de la sympathie que de le voir composer? C'est pendant son travail, au milieu des corvées d'une ferme, en face des soucis qui commençaient à assaillir les deux frères comme ils avaient assailli le père, qu'il poursuit ses strophes. Il ne distrait pas une heure de son métier. Tantôt, c'est le soir, après avoir semé toute la journée et donné aux chevaux leur avoine pour la nuit qu'il se met à écrire, le corps brisé. Sa pauvre muse, c'est-à-dire sa tête, lasse aussi, résiste, réclame un peu de sommeil. Il faut qu'elle obéisse.

> Tandis que les vaches fraîchement vêlées beuglent au piquet,
> Et que les chevaux fument à la charrue ou à la herse,
> Sur le bord du crépuscule, je prends cette heure-ci,
> Pour reconnaître que je suis débiteur
> Du vieux Lapraik, au cœur honnête,
> Pour sa bonne lettre.

> Excédée, endolorie, les jambes lasses
> D'avoir jeté du blé par dessus les sillons,
> Ou distribué aux bidets
> Leur picotin de dix heures,
> Ma pauvre muse plaide tristement et demande
> Que je n'écrive pas.

> L'insouciante, la surmenée, la pauvrette
> Est, en ses meilleurs jours, indolente et un peu paresseuse,
> Elle me dit : « tu sais, nous avons été si occupés
> Depuis un mois et davantage,
> Qu'en vérité ma tête est tout étourdie
> Et un peu endolorie. »

> Ses sottes excuses me mirent en colère :
> « Sur ma foi, dis-je, petite sotte, chipie,
> J'écrirai et j'écrirai un bon coup,
> Cette nuit même.
> Ainsi tâche de ne pas faire affront à notre métier
> Et de rimer droit. »

> Et j'ai pris mon papier en un clin d'œil.
> Et crac ! ma plume plonge dans l'encre,
> Je dis : « avant que je ferme l'œil,
> Je fais vœu de finir ma lettre.
> Et si tu ne veux pas la tinter en cliquetis,
> Par Jupiter, je l'écrirai en prose. »

> Et ainsi j'ai commencé à barbouiller, mais si c'est
> En vers ou en prose ou tous les deux ensemble,
> Ou quelque hotch-potch qui n'est ni l'un ni l'autre,
> On le verra plus tard ;
> Mais du moins j'alignerai un bout de bavardage
> Là, juste, sur le pouce[1].

---

[1] *Second Epistle to Lapraik.*

D'autres fois, il profite d'une après-midi de pluie qui empêche de rentrer les grains. On est au moment de la moisson :

> J'y suis occupé aussi et nous y allons bon train,
> Mais des averses aigres, cinglantes, l'ont mouillée ;
> Alors, j'ai pris ma vieille plume écachée
> Avec beaucoup de peine,
> Et j'ai pris mon couteau et je l'ai taillée
> Tout comme un clerc [1].

Mais pendant qu'il écrit, le vent a monté, et voici qu'il est en train de culbuter les gerbes ; il faut courir, aller donner un coup de main pour les redresser, car la nuit tombe. L'épître se tirera d'affaire comme elle pourra:

> Mais voici nos gerbes renversées par la rafale,
> Et voici que le soleil clignote à l'Ouest,
> Il faut que je coure rejoindre les autres,
> Et que je quitte ma chanson ;
> Ainsi je sous-signe en hâte
> Votre: Rob le vagabond [1].

Il arrive qu'il prend un instant sur le lieu même du travail et qu'il profite d'une averse qui oblige les moissonneurs à se réfugier derrière les gerbes ; il improvise une épître achevée de forme et toute nourrie de pensée :

> Tandis que les faucheurs se blottissent derrière les gerbes,
> Pour éviter l'âpre, la piquante averse,
> Ou courant à la débandade s'enfuient ;
> Pour passer le temps
> Je vous consacre une heure
> En rime oisive [2].

Plus souvent encore il composait en labourant. « Tenir la charrue, dit Gilbert, était chez Robert une attitude favorite pour ses compositions poétiques et quelques-uns de ses meilleurs vers furent produits pendant qu'il était à ce travail [3]. » Rien n'est plus caractéristique que l'origine de sa pièce *à une Souris*. Il labourait un champ voisin de la ferme ; c'était aux labours de novembre. Le soc, en versant la glèbe, disperse un petit tas de feuilles mortes et de paille, un nid de souris. En voyant la bestiole chassée de son refuge, ruinée, s'enfuir sous la bise, sur ce terrain dénudé, une commisération prit Burns. Puis, avec ce vaste horizon attristé autour de lui, il songea à sa propre vie, à peine plus assurée, exposée aussi aux

---

[1] *Third Epistle to Lapraik.*

[2] *Epistle to the Rev. John Mac Math.*

[3] Gilbert. *Letter to Dr Currie, respecting the composition of his Brother's Poems.*

duretés. Il devint pensif et silencieux et quand, la nuit tombée, il ramena son attelage, il rapportait un des chefs-d'œuvre de la poésie anglaise [1]. L'histoire de la pièce *à la Pâquerette* est analogue. Cette fois c'était aux labours d'avril ; en poussant la charrue il coupa une paquerette dont la destinée le toucha. « Ses vers *à la Souris* et *à la Pâquerette de montagne* furent composés pendant que l'auteur tenait la charrue ; je pourrais montrer l'endroit exact où chacune de ces deux pièces fut composée [2]. » N'est-ce pas un tableau d'une simplicité touchante et non pas sans grandeur, que ce paysan, ce grand poète, arrêté au bout d'un sillon et songeant appuyé sur le manche de sa charrue ? C'est un épisode digne de nobles Georgiques.

Le soir, dans son galetas, il écrivait les vers de la journée et la pièce nouvelle allait rejoindre les autres dans le tiroir de la petite table [3]. Le lendemain ou quelques jours après, il la récitait généralement à Gilbert. Les circonstances où ces récitations étaient faites sont aussi bien curieuses. « Ce fut je pense pendant l'été de 1784, quand dans l'intervalle de plus pénibles labeurs, lui et moi étions à arracher les mauvaises herbes du jardin, qu'il me répéta la plus grande partie de son *Épître à Davie* [4]. » Et ailleurs : « Ce fut, je pense, l'hiver suivant, pendant que nous allions ensemble avec des chariots chercher du combustible pour la famille, (et je pourrais indiquer l'endroit précis) que l'auteur me répéta pour la première fois l'*Adresse au Diable*. [4] » Et encore ce coin de champ : « Il me répéta ces vers le lendemain après midi, tandis que j'étais à la charrue et qu'il faisait écouler l'eau hors du champ [4] ». Il nous semble que ces vers récités au milieu de grossières besognes sont un dernier trait qui complète ce tableau unique.

Au fur et à mesure qu'il produisait, il prenait conscience de son génie et de sa vocation. Peu à peu il entrevoyait un but à sa vie, un but qui resta confus et souvent fut obscurci, mais d'où lui vinrent ses meilleures clartés. La pensée d'être poète s'établissait en lui, non pas poète européen, un poète qu'on lirait aux quatre coins du globe ; pas même poète anglais ; pas même poète écossais. Son ambition était beaucoup plus circonscrite. Pendant longtemps, toujours peut-être, à l'époque de sa grande production très surement, il ne songea qu'à être un poète local, il n'eut d'autre visée que de chanter le canton qu'il habitait. Son vœu le plus élevé était que le coin de pays qu'il chérissait eût aussi ses louanges quand d'autres districts de l'Écosse avaient les leurs ; que les sites et les mœurs de Kyle

---

[1] Chambers, tome I, p. 147.
[2] Gilbert. *Letter to Dr Currie.*
[3] Chambers, tome I, p. 145.
[4] Gilbert. *Id.*

eussent leur place dans la poésie populaire. A ses plus hauts moments, il prononçait les noms d'Allan Ramsay et de Fergusson. Sauf le génie, il a été un de ces mille poètes qui célèbrent les mérites de leur canton. Il y a un vers de Keats qui semble avoir été fait pour lui. Dans une de ces pièces où ce charmant esprit refaisait d'instinct la vie des anciens Hellènes, il parle de ces poètes qui moururent

Laissant une grande poésie à un petit clan[1].

Il avait compris, par la divination qu'il a quelquefois, l'origine toute locale de quelques-unes des plus vastes œuvres de la Grèce. Il en fut exactement ainsi de Burns. Il n'a songé qu'à être le poète d'un « petit clan ». Ce fut cette ambition, et non une autre, dont on peut suivre dans son esprit l'entrée et l'affermissement.

Elle avait apparu dès la première manifestation de la poésie en lui, et on a vu que son ami Brown lui avait donné à Irvine des encouragements qui n'avaient pas été vains. Il est probable qu'elle avait peu à peu progressé dans la période de maturation qui avait suivi le retour d'Irvine. On la voit pour la première fois se montrer avec une netteté qui ne laisse plus de doute, dans le Journal qu'il avait commencé à tenir à Lochlea et qu'il continua pendant un peu de temps à Mossgiel. L'ambition y est, cette fois, bien marquée et précisée dans son existence et dans ses bornes.

Quelque plaisir que je prenne aux ouvrages de nos poètes écossais, en particulier de l'excellent Ramsay et du plus excellent Fergusson, cependant je souffre de voir d'autres régions de l'Ecosse, leurs villes, rivières, bois, prairies, etc., immortalisés dans des œuvres si célèbres, tandis que ma chère contrée natale, les anciens bailliages de Carrick, Kyle et Cunningham, fameux dans les temps anciens et modernes par une race d'habitants brave et guerrière ; une contrée où la Liberté civile et surtout la Liberté religieuse ont toujours trouvé leur premier soutien et leur dernier asile ; une contrée qui a été le berceau de maints Philosophes, Soldats et Hommes d'Etat illustres, et le théâtre de maints importants événements de l'histoire d'Ecosse, particulièrement d'un grand nombre des exploits du Glorieux Wallace, le sauveur de la patrie ; tandis que cette contrée , dis-je, n'a jamais eu un poète écossais de quelque éminence, pour faire que les fertiles rives de l'Irvine, les bois romantiques et les scènes solitaires de l'Ayr, et la source saine et montagneuse, le cours sinueux du Doon deviennent les émules du Tay, du Forth, de l'Ettrick, de la Tweed, etc. C'est un regret auquel je serais heureux de porter remède, mais hélas ! Je suis trop au-dessous de cette tâche, en génie natif et en éducation.

Obscur je suis et obscur je dois rester, bien que jamais cœur de jeune poète ou de jeune soldat n'ait battu pour la renommée plus éperdument que le mien[2].

Ce n'est encore là qu'une ambition rêvée plus que tentée , qui inspire plutôt le regret que l'effort. Par degrés cependant elle se dégage et se

[1] Keats. *Odes. Fragment. To Reynolds.*
[2] *Common-place Book.*

fortifie. On en saisit très bien les progrès. Dans la première *Epître à Lapraik*, écrite au commencement d'avril de cette mémorable année de 1785, elle reparaît, modeste encore. Cependant Burns n'est plus qu'à deux doigts de se donner à lui-même le nom de poète :

> Je ne suis pas poète en un sens,
> Mais juste un rimeur, comme cela, au hasard,
> Et sans prétendre à la science ;
> Et, après tout, qu'importe!
> Chaque fois que ma muse me fait une œillade,
> Je la fais tinter.
>
> Tous vos critiques peuvent hausser le nez
> Et dire : « Comment pouvez-vous prétendre,
> Vous qui connaissez à peine vers de prose,
> A écrire une chanson ? »
> Mais, avec votre permission, mes savants amis,
> Vous avez peut-être tort.
>
> Qu'est tout votre jargon de vos écoles,
> Vos noms latins pour cuillers et tabourets?
> Si l'honnête nature vous a créés sots,
> Que vous servent vos grammaires ?
> Vous auriez mieux fait de prendre une bêche, des outils,
> Ou un marteau à casser les cailloux.
>
> Une troupe d'imbéciles ternes et pédants
> Se brouillent la tête aux classes de collège ;
> Ils y entrent veaux, ils en sortent ânes,
> A dire la vérité,
> Et puis ils pensent grimper le Parnasse,
> Au moyen du Grec.
>
> Donnez-moi une étincelle d'un feu naturel,
> Voilà toute la science que je désire ;
> Alors, bien que je peine à travers flaques et boues,
> A la charrue ou au chariot,
> Ma muse, quoique pauvrement vêtue,
> Pourra toucher le cœur.
>
> Oh ! une flammèche de la gaîté d'Allan (Ramsay)
> Ou de Fergusson, le hardi et le malin,
> Ou du brillant Lapraik mon ami futur,
> Si je puis l'obtenir,
> Cela serait assez de savoir pour moi,
> Si je pouvais l'acquérir [1].

Il y a encore bien de l'hésitation et de la crainte dans cette sortie contre les savants. On sent qu'il s'est fait à lui-même les objections qu'il réfute.

---

[1] *Epistle to J. Lapraik.*

Elles ne lui sont pas venues sans lui causer un peu de dépit et d'impatience. Il s'en débarrasse avec brusquerie, en prenant l'offensive et en affirmant la supériorité d'une étincelle de génie naturel sur l'huile de toutes les lampes de collèges. « Je suis trop au-dessous de cette tâche en génie natif et en éducation » avait-il écrit. Qu'importe l'éducation ? Et voilà la moitié de l'obstacle écarté.

En effet, un mois après, le ton a beaucoup changé. Sans doute, Robert Burns ne se compare pas aux poètes écossais célèbres, à ceux qu'il admire le plus. Il se tient encore à distance d'eux. Mais du moins, il est bien poète cette fois ; et il chantera son cher district de Kyle. C'est une résolution prise. Le rêve lointain qu'il faisait dans son journal, le chagrin qu'il éprouvait de n'avoir ni le génie ni l'instruction pour le réaliser, ont disparu. Il avait déjà reconnu que le savoir n'y était pour rien et écarté cet obstacle-là. Il comprend maintenant qu'il possède l'étincelle. Dans un mouvement fier, il déclare que Coila (c'est le nom de la personnification de Kyle) aura désormais ses poètes et ses louanges. Il en prend l'engagement dans une suite de strophes vraiment charmantes. Elles sont aussi pleines de bonne grâce, de belle humeur et de confiance tranquille, que celles du mois précédent étaient agressives et âpres. C'est qu'il déchirait alors, avec colère, la dernière objection, et qu'aujourd'hui son parti est pris.

> Mon bon sens serait dans une hotte,
> Si je risquais l'espoir de grimper
> Avec Allan ou avec Gilbertfield
> Les talus de la renommée,
> Ou avec Ferguson, le jeune clerc
> Nom immortel...[1]

Mais, cette réserve faite, il le promet, il ose l'affirmer, sa contrée aura ses poètes et un de ces poètes sera lui-même.

> L'antique Coila peut tressaillir de joie,
> Elle a désormais ses propres poètes,
> Des gars qui n'épargneront pas leurs chansons,
> Mais qui chanteront leurs lais,
> Jusqu'à ce que les échos redisent tous
> Ses louanges bien chantées.

> Pas un poète ne pensait qu'elle valût la peine
> Qu'on montât son nom en style mesuré :
> Elle gisait comme une île inconnue
> Près de la Nouvelle-Hollande,
> Ou bien là où les Océans aux chocs farouches bouillonnent
> Au sud de Magellan.

---

[1] *Epistle to W. Simson.*

Ramsay et le fameux Fergusson
Ont donné au Forth et à la Tay un coup d'épaule ;
La Yarrow et la Tweed, en mainte mélodie,
Résonnent par toute l'Écosse ;
Tandis que l'Irvine, le Lugar, l'Ayr, le Doon,
Personne ne les chante.

L'Ilissus, le Tibre, la Tamise et la Seine
Glissent doucement en maint vers mélodieux ;
Mais, Willie, emboitez-moi le pas,
Redressez votre crête,
Nous ferons si bien que nos rivières et ruisseaux luiront
Autant que les autres.

Nous chanterons de Coila les plaines et les collines,
Les moors d'un brun rouge sous les clochettes des bruyères,
Ses rives, ses pentes, ses cavernes, ses gorges,
Où le glorieux Wallace
Souvent remporta le succès, dit l'histoire,
Sur les gars du sud.

Au nom de Wallace, quel sang écossais
Ne bouillonne pas comme une marée de printemps ?
Souvent nos indomptables pères ont marché
Aux côtés de Wallace,
Poussant toujours en avant, chaussés de sang,
Ou sont morts glorieusement.

Oh, doux sont les rivages et les bois de Coila,
Où les linots chantent parmi les bourgeons,
Où les lièvres folâtres, en bonds amoureux,
Goûtent leurs amours,
Tandis que par les côteaux le ramier roucoule
Avec un cri plaintif [1].

A partir de ce moment son activité redouble. Ce qu'il avait déjà produit lui a inspiré la confiance qu'il vient d'exprimer, et cette confiance à son tour stimule sa production. C'est dans les mois qui suivent que s'accumulent les unes sur les autres ses œuvres capitales : la *Veillée de la Toussaint, à une Souris, les Joyeux Mendiants, le Samedi soir du villageois,* l'*Adresse au Diable,* le *Salut de bonne année du fermier à sa jument, les Deux chiens, l'Ordination,* et des chansons et des épîtres, tout cela vient à la suite de cette déclaration. Si bien qu'un beau jour, il reconnaît qu'il a un peu de génie naturel.

L'étoile qui gouverne mon pauvre sort
M'a destiné à porter l'habit grossier,
Et condamné ma fortune à n'être qu'un liard,

---

[1] *Epistle to W. Simson*

> Mais, en revanche,
> Elle m'a béni d'un rayon perdu
> D'esprit rustique [1].

En sorte que de la phrase : « Je suis trop au-dessous de cette tâche en génie natif et en éducation » il ne reste plus rien désormais. Que de chemin parcouru en un an et quelques mois, car l'extrait du journal était du mois d'août 1784 et cette strophe est du début de 1786. Le vœu lointain s'est changé en ambition, l'ambition en effort, l'effort en confiance. Tous les degrés ont été gravis jusqu'à la pleine possession de soi-même et la fierté de son œuvre.

Enfin, après tant de mois de doutes, d'appréhensions, d'examens intimes, de tentatives, le jour de la claire révélation arriva, le jour de la récompense, un jour mémorable, où la déesse si longtemps adorée descendit, posa la main sur l'épaule du poète et son sourire sur son front. Oui ! un jour, la chambre, la pauvre chambre nue s'emplit de clarté et une forme céleste apparut qui le salua poète et lui donna le rameau vert que les âges ne flétriront pas. C'était la consécration, la couronne de sa vie. Cette vision nous a été révélée dans un récit charmant de simplicité, de mesure et de bonne grâce, et en même temps si plein de franchise et de brave orgueil qu'il est à la fois très familier et très élevé et qu'on ne peut rien imaginer qui soit plus vrai.

Il venait de rentrer fatigué d'avoir brandi le fléau toute la journée, à l'heure où le soleil fermait son regard au fond d'un horizon neigeux. Il s'était assis tout pensif dans la chambre de derrière de la ferme pour se reposer ; il était triste et accablé et ce qui l'entourait était propre à accroître sa tristesse. Il se mit à regarder la fumée du foyer qui emplissait le vieux cottage d'argile, et faisait tousser ; à écouter les rats qui couraient dans la toiture. Ce sont des heures qui entraînent l'esprit vers la mélancolie ou le passé, ce qui souvent est tout un. C'était sûrement tout un pour lui. Il se mit à songer au temps perdu, à sa jeunesse dépensée, aux occasions échappées ; il prêta l'oreille à ce chœur de reproches qui court et crie derrière nous.

> Dans cet air chargé de suie et de fumée,
> Je regardai en arrière, je réfléchis au temps perdu,
> Comment j'avais passé ma fleur de jeunesse,
> Sans rien faire
> Qu'enfiler des balivernes ensemble par des rimes,
> Pour faire chanter des sots.
>
> Si j'avais seulement écouté les bons avis,
> Je pourrais aujourd'hui être un gros bonnet aux marchés,

---

[1] *Epistle to James Smith.*

> Ou entrer fièrement dans une banque et régler
> Mon compte-courant ;
> Tandis qu'ici, à demi affolé, mi-nourri, mi-vêtu,
> Voilà toute ma richesse [1].

Rencontre singulière : c'est, presque dans les mêmes termes, la plainte du pauvre Villon :

> Bien sçay se j'eusse estudié
> Ou temps de ma jeunesse folle,
> Et à bonnes mœurs dedié,
> J'eusse maison et couche molle !
> Mais quoy ! je fuyois l'escolle,
> Comme faict le mauvays enfant,
> En escrivant ceste parolle,
> A peu que le cueur ne me fend [2].

C'est le cri, proféré tout haut ou tout bas, de ceux qui ont gaspillé leurs premières années en billevesées et brûlé leur poudre aux moineaux, au lieu de viser un bon gibier substantiel. « Mais quoy ! » est-il si raisonnable après tout ? Cela avancerait bien le pauvre Villon d'avoir été un bourgeois dodu, calfeutré « lez ung brasier, en chambre bien nattée » avec dame Sydoine. Vaut-il pas mieux avoir fait la ballade des Dames du Temps jadis ? Et en admettant qu'il n'en sache plus rien lui-même à l'heure qu'il est, n'est-ce pas un plaisir aussi doux de goûter ses propres vers que de « boire ypocras à jour et à nuytée [3] ». Ainsi de Burns. Quand il serait devenu fermier cossu et qu'il aurait eu un crédit à la banque, vaut-il pas mieux qu'il ait fait la *Vision* et vécu pauvre ? Et quel jour de marché ou de vente lui aurait jamais procuré une fête intérieure comme celles qui ont réjoui son âme ?

Mais en ce soir d'hiver où les reproches lui bourdonnaient dans la tête, il n'en était pas là. Sur le moment, il se fâche, il s'emporte contre lui-même, il se dit des injures, lève le poing tout prêt à faire quelque serment imprudent de ne plus rimer :

> Je m'agitai, murmurant « imbécile, idiot »,
> Et je levai en l'air ma main durcie,
> Pour jurer par le toit semé d'étoiles,
> Ou par quelque autre serment imprudent,
> Que désormais je serais à l'abri des rimes,
> Jusqu'à mon dernier souffle.

Les paroles funestes lui viennent, quand tout à coup quelque chose d'extraordinaire se passe. La porte s'ouvre et une femme apparaît. Les

---

[1] *The Vision.*

[2] Villon. *Grand Testament,* XXVI.

[3] Id. Ballade intitulée : *Les Contredits de Franc-Gontier.*

strophes qui annoncent l'entrée de la vision sont parfaites de grâce et de réalité ; un autre poète aurait dépeint cette apparition sous la forme d'une allégorie, quelque chose comme une statue de monument public, très majestueuse et très banale. Mais Burns portait le vrai en ses moelles et ses extases elles-mêmes étaient faites de réalité. Aussi c'est une jolie fille qui lui apparaît, modeste, gracieuse et belle, mais, sous ses vêtements féeriques, vivante, une des filles bien prises du pays d'Ayr. Avec un jugement sûr, il a choisi le vrai symbole de sa poésie :

> Quand , click ! la ficelle tira le loquet,
> Et, dgi ! la porte alla frapper le mur,
> Et je vis , à la flamme de mon foyer
> Toute brillante maintenant,
> Une jeune fille étrangère, bien prise, jolie,
> M'apparaître en plein.

> Vous ne doutez pas que je retins mon souhait ;
> Mon jeune serment à moitié formé fut étouffé ;
> Je regardais effaré, comme si j'avais été effrayé
> Dans quelque gorge sauvage,
> Quand, doucement, comme la modeste vertu, elle rougit
> Et elle entra.

> Des branches de houx, vertes, minces, avec leurs feuilles,
> Etaient tordues gracieusement autour de son front;
> Je la pris pour quelque muse écossaise ,
> D'après cet emblème ,
> Venue pour arrêter ces vœux imprudents
> Qui eussent été vite brisés.

> Une expression légère, sentimentale,
> Etait fortement marquée sur sa face,
> Une grâce rustique, farouche et fine,
> Brillait sur elle,
> Ses yeux, même fixés dans le vide,
> Brillaient clairement d'honneur.

> Sa robe — en tartan brillant — coulait, descendait,
> Laissant voir simplement la moitié de sa jambe ;
> Et quelle jambe ! ma jolie Jane
> Seule aurait la pareille,
> Si droite, si effilée, si bien prise, si nette ;
> Aucune autre n'en approchait.

On reconnaît bien là l'amateur de beauté féminine , qui ne peut se tenir, en voyant même sa muse, de regarder si elle a la jambe bien faite. Qui sait ? Ces fous de poètes seraient peut-être moins épris de la gloire, si à l'origine les hasards du langage en avaient fait un mot masculin.

Par dessus sa robe de tartan, c'est-à-dire de cette étoffe quadrillée qui est l'élément principal du costume calédonien, la jeune inconnue porte un large manteau de couleur verdâtre, dont le lustre est moiré de lumières profondes et d'ombres. Il est orné de broderies étranges qui représentent le pays d'Ayr : on y voit des montagnes, des vagues qui marquent la côte, des fleuves, des villes. Il est parsemé en outre de scènes où figurent ceux qui ont illustré ou défendu ce coin de terre écossaise. En sorte que les plis changeants du manteau montrent tantôt une scène tantôt une autre, et font varier, avec les mouvements de celle qui le porte, les images dont il est brodé.

Tandis que le poète stupéfait la regarde, l'apparition s'adresse à lui. Elle répond du premier coup aux inquiétudes et aux amertumes dont il était assailli ; ses paroles ont une douceur chaste et une autorité dont le poète se rend compte. Ce n'est déjà plus la fille au corps gracieux ; en un instant, il en est venu à employer des mots qui ne connaissent plus que le respect.

> Avec un songement profond, un regard étonné,
> Je regardais cette beauté qui semblait céleste :
> Un murmure, un battement de cœur me donnait témoignage
> D'une parenté secrète ;
> Quand avec l'air d'une sœur aînée
> Elle me salua :
>
> « Salut, mon poète, inspiré par moi,
> Vois en moi ta muse native,
> Ne te plains plus que ton lot soit dur
> Si pauvre et si humble !
> Je viens te donner la récompense
> Que nous autres accordons. »

Ensuite, elle lui révèle qui elle est. Non sans quelque longueur, elle lui explique qu'elle fait partie de ces bons génies qui allument, dans un pays, toutes les flammes nécessaires pour qu'il vive, se défende et jette son éclat. Les uns suscitent des soldats ; les autres des hommes d'État ; d'autres des inventeurs, des artisans ; d'autres enfin des poètes. C'est à cette classe de génies qu'elle appartient et depuis longtemps elle veille sur son cher poète. Tout le discours qui suit alors devient admirable. Elle lui représente la vie qu'il a vécue. Les jours qu'il voyait tout à l'heure perdus, enlaidis, inutiles, repris par cette parole enchanteresse, repassent devant lui rehaussés, éclairés, dignes de lui, dignes d'elle. Il n'avait vu tout à l'heure que l'envers de sa propre vie ; en voici le vrai côté, avec de belles et nobles images, avec son véritable sens. Il écoute dans le ravissement ces mots qui le raniment et le rassurent vis à vis de lui-même :

> Coila est mon nom,
> Et je revendique ce district comme mien,

Où jadis les Campbells, chefs illustres,
Ont tenu la force et le pouvoir ;
J'ai vu poindre ta flamme harmonieuse
A ton heure natale.

Avec des espoirs futurs, j'aimais à regarder
Affectueusement tes petites façons enfantines,
Ton rude ramage, ta phrase carillonnant
En rimes inhabiles
Allumées aux chansons simples et naïves
D'autres temps.

Je t'ai vu rechercher la grève retentissante,
Charmé par les mugissements des houles ;
Ou bien, quand les flocons accumulés du Nord
Chassaient à travers le ciel,
Je vis que la face blanchie de la farouche nature
Frappait ton jeune regard ;

Ou bien, quand la terre au vert manteau, profonde
Et chaude, soignait la naissance de chaque fleurette,
Et que la joie et la musique s'épandaient
Dans tous les bois,
Je t'ai vu contempler l'allégresse universelle
Avec un amour illimité.

Quand les champs mûris et les cieux d'azur
Appelaient le bruissement des faucheurs,
Je t'ai vu déserter leurs joies du soir
Et, solitaire, errer,
Pour dissiper les mouvements qui gonflaient ta poitrine
Dans ta pensive promenade.

Quand le jeune amour, aux rougeurs chaudes, fort,
Aigu, vibrant, courut dans tes nerfs,
Ces accents chers à ta bouche,
Le nom de l'adorée,
Je t'ai appris à les verser en chansons,
Pour apaiser ta flamme.

J'ai vu le jeu affolé de ton pouls
Désordonné te lancer dans ce sentier oblique du plaisir,
Egaré par les météores luisants de la Fantaisie,
Poussé par la Passion ;
Et pourtant la lumière qui te dévoyait
Etait, quand même, une lumière du ciel.

Je t'ai enseigné tes chansons qui dépeignent les mœurs,
Les amours, les façons des simples paysans,
Si bien que maintenant, sur tout mon vaste domaine,
Ta renommée s'étend,
Et que quelques-uns, l'ornement des plaines de Coila,
Sont devenus tes amis.

Après ces éloges, avec une bonne grâce et une modestie qui sont un des côtés curieux de cette pièce, la marque de la fermeté d'esprit et de la clairvoyance de Burns envers lui-même, viennent des paroles qui mesurent et qui limitent le domaine du poète. Sérieuse, la Muse continue :

> Tu ne peux apprendre, ni moi t'enseigner
> A peindre les paysages avec la lumière éclatante de Thomson ;
> Ni à éveiller ces battements qui font fondre les âmes
> Avec l'art de Shenstone ;
> Ni à répandre avec Gray un flot d'émotion
> Ardente sur les cœurs.
>
> Cependant sous la rose sans rivales
> L'humble pâquerette fleurit suavement ;
> Bien que le monarque des forêts, jette au loin
> Ses bras ombreux,
> Cependant la savoureuse aubépine croît verte,
> Plus bas dans la clairière.
>
> Ne murmure donc pas, ne regrette donc rien,
> Efforce-toi de briller dans ton humble sphère,
> Et, crois-moi, les mines de Potosi
> Ni les attentions des rois
> Ne peuvent donner un bonheur qui surpasse le tien,
> O poète rustique.

Les dernières strophes sont admirables. D'un bond de pensée la Muse monte plus haut et arrive au sommet où l'on voit les origines communes et les rapports réciproques de l'esprit et du caractère. Ce n'est plus le poète local qu'elle rassure, c'est l'homme tout entier qu'elle exhorte ; elle joint à ses encouragements un avertissement de noble morale, comme si elle considérait que, sinon l'innocence de la vie, du moins la noblesse des intentions est l'appui du talent, et comme si elle le prévenait que, en laissant détériorer son âme, il laisserait obscurcir son inspiration.

> Pour te donner mes conseils en un seul,
> Entretiens toujours avec soin ta flamme harmonieuse,
> Sauvegarde en toi la dignité de l'Homme,
> D'une âme toujours droite ;
> Et aie confiance que le Plan Universel
> Protègera tout le monde.
>
> Et, porte désormais ceci — dit-elle avec solennité,
> Et elle noua le houx autour de mon front ;
> Les feuilles luisantes et les baies rouges
> Frémirent bruissantes ;
> Et, comme une pensée passagère, s'envolant,
> Elle disparut dans la lumière.

Si elle était arrivée comme une jeune paysanne revêtue par hasard d'un manteau magnifique, comme elle est transformée ! elle s'éloigne vraiment déesse. Par un art subtil, cette Vision, qui pour sembler vraisemblable avait dû faire une entrée familière, s'est transfigurée en une lumineuse et bienfaisante protectrice. Le pauvre paysan qui s'est tout à l'heure laissé choir sur un escabeau, harassé de labeurs, de regrets et de soucis, est maintenant consolé, raffermi. Malgré tout, en dépit de tes fautes, pauvre Robert Burns, tu as bien fait ! tu as choisi le vrai chemin ! tu as abandonné la fortune pour la gloire. Et encore que tu aies fait saigner quelques cœurs — en quoi tu as failli surtout — rassure-toi même sur cela ; tant de cœurs que tu consoleras plus tard feront que tu seras pardonné. Lève-toi donc et mène ta vie ! Elle sera ce qu'elle voudra, elle n'aura pas été en vain. La déesse ne t'a pas trompé. Lève-toi donc, va, laboure, sème, fauche sous les grésils, les vents et les soleils, sois malheureux et quelquefois coupable ; tu as désormais au front un rameau invisible.

III.

LES ORAGES DU CŒUR. — JANE ARMOUR. — MARY CAMPBELL.

Cette puissante explosion contre la rigueur du clergé et l'hypocrisie de certains dévots, sa production littéraire, la conscience de son génie qui s'éveillait en lui, la fierté et l'ambition qui, à sa suite, entraient dans son âme et l'emplissaient de rayons, ne sont qu'une partie de son histoire pendant ces années qui foisonnent d'événements. Les aventures du cœur toujours tiennent une grande place dans sa vie ; celles qui se sont succédé pendant son séjour à Mossgiel ont eu une telle influence sur sa destinée, et elles sont si étroitement liées à la naissance de plusieurs de ses plus belles pièces, que son sort resterait incompris et quelques-unes de ses œuvres inexplicables, si on n'étudiait avec détails ce curieux passage de l'histoire de ce cœur, pourtant si pleine de surprises.

Il est certain qu'il eut là comme ailleurs plusieurs de ces sous-intrigues d'amour dont parlait Gilbert. On en retrouve la trace dans ses vers : que ce soient des attendrissements de quelques jours ou de quelques heures comme dans les pièces à *la jeune Peggy, la Fille de Ballochmyle* ; ou des rapports plus étroits et plus prolongés comme dans la pièce à *Elisa*. Il continuait son jeu de séducteur ; il en indique lui-même la méthode et le danger dans des vers bien précis :

> O laissez là les romans, jolies filles de Mauchline,
> Vous êtes plus en sûreté à votre rouet ;

Ces livres séduisants sont des appâts et des hameçons
Pour des vauriens roués comme Rob Mossgiel ;
Vos beaux Tom Jones et vos Graudisson
Font tourner vos jeunes têtes ;
Ils allument vos cerveaux, enflamment vos veines,
Et alors vous êtes une proie pour Rob Mossgiel.

Méfiez-vous d'une langue douce et bien pendue,
D'un cœur qui semble ressentir ardemment ;
Ce cœur sensible ne fait que jouer un rôle ;
C'est un art roué chez Rob Mossgiel,
L'abord ouvert, les douces caresses
Sont pires que des dards d'acier empoisonnés ;
L'abord ouvert, les douces caresses
Ne sont que finesse chez Rob Mossgiel.

Mais ces épisodes secondaires reculent et s'effacent devant une
aventure qui prit pendant quelque temps l'aspect d'un drame, et qui
modifia toute son existence. Les courses de chevaux étaient depuis
longtemps un plaisir favori en Écosse [1] ; elles avaient réussi surtout
dans l'Ayrshire. Il y avait des courses annuelles à Mauchline ; elles
avaient lieu vers la fin d'Avril. Le soir, il y avait des bals : les uns,
pour les gentilshommes et les dames ; d'autres plus humbles, pour les
rustiques. C'était, comme dans les villages, une pauvre salle probablement décorée de branchages, où jouait un violon. On invitait les filles
dans la rue et on donnait un penny par danse au musicien. Dans un
de ces bals, en **1785**, pendant que Burns dansait, son chien de
berger pénétra dans la salle et troubla les figures en suivant son
maître. Burns en riant dit qu'il voudrait bien avoir une fille qui
l'aimât autant que son chien. Quelque temps après, il passait par le pré
communal de Mauchline où une jeune fille mettait du linge blanchir.
Son chien, en courant, s'en approchant trop près, elle lui dit de le
rappeler à lui. Il en fallait moins à Burns pour entrer en conversation.
Tout en devisant, elle lui demanda s'il avait trouvé quelqu'un qui l'aimât
autant que son chien, se moquant un peu de ce qu'elle lui avait entendu
dire au bal. Ce fut la première rencontre de Burns avec celle qui après
de singulières péripéties devait devenir sa femme [2]. Elle s'appelait Jane
et était la fille d'un maître maçon nommé William Armour, homme dur,
fier de sa petite importance et appartenant au parti de la Vieille
Lumière, autant de raisons, dont il convient de se souvenir, pour qu'il
n'aimât point Burns. Les Armour demeuraient près de l'église, dans une
ruelle sur laquelle donnait le derrière d'une auberge, où Burns, à partir
de ce moment, alla se poster plus d'une fois [3].

---

[1] Chambers, *Domestic Annals*, tom. III, p. 454.

[2] Chambers, tom. I, p. 97, — et aussi les *Souvenirs de Mrs Burns à Mr John Mac
Diarmid*, dans Hately Waddell, avec quelques divergences de détail peu importantes.

[3] Voir *Burns at Mossgiel*, p. 50, et le petit plan de l'ancien Mauchline qui s'y trouve.

Chose singulière chez Burns, en qui le sentiment du moment s'échappait sous une forme poétique presque instantanée et qui a fait tant de vers pour des liaisons moins sérieuses, il n'y a pas, de lui, à cette époque, une seule chanson dédiée à Jane Armour. Son nom, quand il monte des profondeurs du cœur, apparaît dans des poésies qui ne sont pas faites pour elle. On le trouve mentionné pour la première fois dans un impromptu sur les belles de Mauchline où l'auteur déclare que pour lui, la fille d'Armour est « le joyau d'elles toutes [1] ». Le passage le plus important qu'il y ait sur elle se trouve dans la première *Epttre à Davie*, écrite au mois de Janvier 1785. Ce qui montre que les relations étaient déjà établies entre les deux amants. C'est un passage assez vif, mais plutôt ardent qu'ému.

> Cette vie a des joies pour vous et moi ,
> Des joies que la richesse ne peut acheter,
> Des joies, de toutes les meilleures ;
> Il y a tous les plaisirs du cœur ,
> Ceux de l'amant et de l'ami :
> Vous avez votre Meg, votre très chérie ,
> Et moi ma Jane adorée.
> Cela m'échauffe, cela me charme,
> Rien que de dire son nom ;
> Cela m'embrase , cela m'allume,
> Et me met tout en flamme [2].

Juste un an après, dans la *Vision* qui est de Janvier 1786, il compare la jambe de la muse à celle de sa Jane, ce qui indique des progrès dans la liaison, et dans l'*Adresse au Diable,* il parle encore d'elle.

> Il y a longtemps, dans la scène heureuse de l'Eden,
> Quand les jours du jeune Adam étaient verdoyants,
> Et qu'Eve était comme ma jolie Jane,
> Ma très chère âme,
> Une dansante, douce, jeune, belle fille,
> D'un cœur innocent [3].

Ces quelques allusions et ces quelques strophes sont en somme peu de chose. Plus tard Burns composa pour Jane, devenue sa femme, quelques-unes de ses plus exquises et de ses plus caressantes chansons. Mais, dans ses commencements, cet amour fut peu fécond en poésie ; comme un arbre tardif, il devait avoir sa vraie floraison dans l'arrière-saison.

En dépit de la défense et de la vigilance des parents Armour, les rapports entre les deux amoureux continuèrent , avec des regards échangés

---

[1] *The Belles of Mauchline.*

[2] *Epistle to Davie.*

[3] *Address to The Deil.*

entre les fenêtres de l'auberge et celles de la maisonnette, avec des entrevues furtives et dangereuses. Ces relations duraient depuis un peu plus d'une année. Le 17 février 1786, Burns écrivait à son ami John Richmond, à Edimbourg : « J'ai quelques très importantes nouvelles en ce qui me concerne, pas des plus agréables ; ce sont des nouvelles que sûrement vous ne pouvez pas deviner ; je vous en donnerai des détails une autre fois [1] ». C'est le premier indice des tribulations et des orages qui allaient éclater. Jane était enceinte. C'était un coup terrible ! C'était la ruine ; c'était bien pis encore ! La ruine, elle était déjà venue ; la récolte de 1785 avait été manquée et les deux frères, à bout de ressources, avaient compris et s'étaient dit qu'ils ne pouvaient aller beaucoup plus longtemps. Mais ce nouveau coup c'était la ruine dans la ruine, le naufrage, la perdition. Brusquement les conséquences se déroulaient autour des deux amoureux ; ils étaient debout dans l'âpre moisson de leur faute. C'était une nouvelle tristesse à apporter au foyer de Mossgiel. Qu'allait devenir Jane quand il faudrait faire cet aveu chez elle, à son père surtout ? Et derrière ces scènes cruelles, quand leur malheur, déjà trahi par leurs visages troublés, courrait le pays dans quelques semaines, c'était la masse confuse du scandale, des reproches, des ironies, des affronts, des humiliations, qui allait éclater. Ils pouvaient déjà en entendre le flot derrière cette muraille de quelques jours. Et ces avanies se chargeraient de toute la rancune des dévots. C'étaient toutes les angoisses et les affres, tout le drame des grossesses de filles, qui fait passer les égarements dans l'esprit et obtient des mères qu'elles tuent leur enfant.

Dans l'âme excessive et surexcitée de Burns, ces prévisions se déchaînèrent en un véritable affolement. Il ne songea plus qu'à quitter le pays, à fuir tout droit devant lui, comme un bœuf taonné. De quels reproches, de quelles récriminations, de quelle querelle entre les deux amants ce désespoir se compliqua-t-il ? Il n'en reste de trace qu'un lambeau de lettre déchirée, incomplet mais douloureusement cruel. « Contre deux choses je suis aussi décidé que le destin : rester dans le pays et la reconnaître pour ma femme ! La première chose, par le ciel, je ne la ferai pas : — la seconde, par l'enfer, je ne la ferai jamais. Un bon Dieu vous protège et vous rende aussi heureux que le désire ardemment en pleurant l'amitié qui s'éloigne. Si vous voyez Jane, dites-lui que je la rencontrerai, ainsi m'aide Dieu en mon heure de besoin [2] ». C'est la dernière amertume quand, au fond d'une faute commune, un homme et une femme, au lieu de trouver une tristesse partagée et une tendresse accrue par un besoin et une pensée de soutien mutuel, rencontrent l'acrimonie et la discorde.

---

[1] *To John Richmond*, 17 February 1786.
[2] *To James Smith, Mauchline.*

Cette fuite, cet abandon de Jane eût été une lâcheté. Cette pensée d'ailleurs ne semble avoir été qu'un mauvais éclair. Lockhart raconte que, ainsi que les derniers mots de la lettre le montrent, Burns eut avec sa maîtresse une entrevue. Les prières et les larmes de la pauvre fille vainquirent le serment fait par l'Enfer. « Le résultat de cette entrevue fut ce qu'on pouvait attendre de la tendresse et de la virilité des sentiments de Burns. Toute crainte de tribulations personnelles céda aussitôt aux pleurs de la femme qu'il aimait [1] ». Pour réparer autant qu'il était possible la faute commise et détourner la tempête prévue, il lui donna par écrit une sorte de déclaration de mariage, qui suffit, selon la loi écossaise [2], pour constituer un mariage irrégulier, mais parfaitement valide. Avec ce papier, Jane et lui étaient considérés comme mariés ; tout s'arrangeait. Un accident de ce genre était alors trop ordinaire dans les villages de l'Écosse pour qu'on s'en inquiétât beaucoup : pourvu que le mariage fût au bout de la grossesse, les choses étaient réputées régulières [2].

Mais le drame ne faisait que se compliquer au moment où on pouvait le croire terminé. L'obstacle vint d'où on ne l'aurait sûrement pas attendu. William Armour refusa de reconnaître cet engagement et préféra voir sa fille déshonorée plutôt que mariée à celui qui l'avait séduite. Il n'avait jamais aimé Burns et il le voyait de nouveau sur le bord de la misère, sans avenir [3]. Burns reconnut qu'il était dénué de ressources. Il offrit d'aller à la Jamaïque chercher à s'en créer, et de revenir dans quelques années reprendre Jane ; les arrangements de cette sorte ne sont pas aussi rares en Angleterre qu'ils peuvent nous le paraître [4]. Si on n'acceptait pas cette proposition, il offrit de travailler comme un simple ouvrier pour nourrir sa femme et l'enfant attendu. Il ne semble pas qu'il ait songé aux étonnantes poésies entassées dans le tiroir de la petite table de Mossgiel. William Armour fut inflexible. Sa conduite a été jugée dure, étroite et précipitée. Peut-être n'est-elle pas sans excuses, ni sans explication. Burns était un gendre fait pour dérouter et effaroucher maint homme plus intelligent que le maître maçon de Mauchline. Il devait lui apparaître comme un mauvais garnement impie, misérable, destiné à toujours l'être et à entraîner sa fille dans son indigence et dans son immoralité.

La décision suprême était suspendue aux lèvres de Jane. Après tout, elle était maîtresse de son choix. Si, avec la profonde tendresse féminine, avec la foi en l'homme qu'elle devait connaître mieux que son père, et

---

[1] Lockhart, *Life of Burns*, p. 82.
[2] R. Chambers, tom I, p. 237.
[3] Walker. *Life of Burns*, p. LVII.
[4] Lockhart. *Life of Burns*, p. 83.

la vaillance que l'amour inspire en face des avenirs nébuleux, elle avait voulu être la femme de Burns, elle le pouvait. Sans doute son père violenta sa réponse ; sans doute elle ressentit ces défaillances d'énergie que donne la confusion d'une faute ; peut-être la réponse de sa voix fut-elle loin du souhait de son cœur. Elle céda pourtant, livra le papier sur lequel leurs deux noms réunissaient leurs deux existences [1]. L'engagement fut remis par William Armour à M. Aiken. Celui-ci le détruisit-il réellement ? Il suffit que Burns l'ait cru. La destruction matérielle du contrat signifiait pour lui la rupture de la foi jurée, et que Jane se reprenait de lui, à ce qu'il croyait alors, pour jamais.

Pendant ces quelques semaines, Burns souffrit beaucoup. Cependant, tant que le papier n'était pas détruit, il y avait un lien entre Jane et lui. Quand il apprit qu'on avait découpé leurs deux noms du contrat, il en reçut un coup terrible. Il écrivait le lendemain du jour où il en fut informé : « A propos, le vieux Mr Armour a persuadé à Mr Aiken de mutiler ce malheureux papier, hier. Le croiriez-vous ? Bien que je n'eusse ni un espoir, ni même un désir de la faire mienne après sa conduite, cependant, quand il me dit que les noms étaient coupés du papier, mon cœur mourut en moi ; il me coupa les veines avec cette nouvelle. Que la perdition saisisse la fausseté de cette femme [2] ». Une scène cruelle [3] : le vieux maçon, dur et vindicatif, annonçant lui-même à Burns qu'on a mutilé le contrat, lui donnant des détails, qui sait ? les inventant, mentant peut-être ; et Burns, chez lequel les palpitations et les bonds du cœur étaient désordonnés, effrayants, bouleversé, défaillant, et, avec son orgueil, essayant de cacher sa torture. A partir de ce moment, il changea sa signature ; cette lettre est paraphée : « Burns » au lieu de Burness ; comme s'il voulait laisser à jamais derrière lui ce nom qu'on avait pris en vain. Il ne le reprit plus [4]. En même temps, pour rendre la séparation des amoureux plus définitive et éviter les scènes qui auraient pu amener une entente, le père Armour envoya sa fille à Paisley, chez un oncle, charpentier là-bas [5]. Toutes ces émotions, les scènes entre les deux amants, l'engagement, l'aveu de Jane chez elle, la rupture, le départ sont contenus dans quelques semaines, depuis la fin de février jusqu'à la fin de mars 1786.

Le mois d'avril 1786 est dans l'histoire de Burns un mois de torture et de démence. Lorsqu'il apprit l'abandon et la faiblesse de Jane, sa peine fut d'une véhémence inouïe, comme on pouvait l'attendre d'un

---

[1] Lockart. *Life of Burns*, p. 83.

[2] *To John Ballantine*, April 1786.

[3] R. Chambers, tom I, p. 287-38.

[4] R. Chambers, vol. I, p. 140. — Scott Douglas, tom I, p. 293.

[5] Chambers, vol. I, p. 259.

homme chez lequel les moindres émotions étaient extrêmes. Ce fut d'abord de la stupeur, un engourdissement de la souffrance par la force du coup qui l'assénait. Mais c'était une nature trop puissante pour que cet accablement durât. Ce fut alors une tempête de désespoir et d'affliction qui l'emporta jusqu'aux rivages de la folie. Chaque fois qu'il a parlé de cette cruelle période de sa vie, il ne l'a jamais fait sans qu'un frisson de l'ancienne angoisse n'ait ressaisi son cœur ; il en a gardé un souvenir analogue à celui que les marins gardent des heures où ils ont failli sombrer. Les images qui lui viennent sont toutes empruntées aux fureurs de l'Océan et suggèrent l'idée d'une barque en péril et sans boussole. Evidemment, il avait conservé la sensation d'une âme désemparée, affolée, à la merci des convulsions d'une formidable souffrance.

On a publié récemment, pour la première fois, une lettre où il retrace les phases de cette épreuve. Elle commence par une raillerie découragée de lui-même et de sa destinée, et par un récit de son amour enveloppé dans une plaisanterie brutale, presque grossière et doulou-reuse. Peu à peu cependant, il laisse tomber son rire ; le style monte, grandit dans un mouvement où l'ironie passe encore mais comme emportée dans un tourbillon de colère ; et la lettre se termine par de puissantes images de bouleversement et de chaos.

Tristes et douloureuses, Monsieur, ont été mes tribulations en ces temps derniers, et nombreux et perçants mes chagrins. Si ce n'avait été pour la perte que ce monde aurait faite en perdant un si grand poète, il y a longtemps que j'aurais imité un homme beaucoup plus sage que moi, le fameux Achitophel de prévoyante mémoire, quand « il s'en retourna chez lui et mit sa maison en ordre [1] ». J'ai perdu, Monsieur, le plus cher des trésors terrestres, le plus grand bonheur ici-bas, le dernier, le meilleur don qui compléta la félicité d'Adam dans le jardin béni, j'ai perdu — j'ai perdu — ma main tremblante refuse son office, l'encre épouvantée remonte dans la plume — ne l'annoncez point dans Gath [2] — J'ai perdu — une — une — une femme !

La plus belle des créatures de Dieu, la dernière et la meilleure !
Maintenant tu es perdue.

Vous avez sans doute, Monsieur, entendu parler de mon histoire avec toutes ses exagérations — mais comme mes actions et mes motifs d'action sont particulièrement comme moi, et comme ce moi est particulièrement différent de tous les autres, je vous demande de m'accorder un moment de loisir et une larme inoccupée pour que je vous raconte mon histoire à ma façon.

J'ai été toute ma vie, Monsieur, un des fils du désappointement, gens à l'air triste, à la longue face. Une étoile maudite a toujours occupé mon zénith et versé sa funeste influence, selon l'énergique malédiction du prophète. « Et vois, tout ce qu'il tentera

---

[1] *Samuel*, liv. I. chap. XVII, 28.

[2] *Samuel*, liv. II, chap. I, 20.

ne prospérera pas [1] ». J'atteins rarement où je vise, et si j'ai besoin de quelque chose, je suis à peu près sûr de ne pas le trouver là où je le cherche. Par exemple, si j'ai besoin de mon couteau, je tire de ma poche vingt objets : un coin à charrue, un clou de fer à cheval, une ancienne lettre, un lambeau de rimes, bref tout, sauf mon couteau, et celui-ci, à la fin, après une recherche pénible et inutile, je le trouverai dans le coin insoupçonné d'une poche insoupçonnée, comme si on l'avait mis à l'écart exprès. Malgré tout, Monsieur, depuis longtemps je tournais un regard de convoitise vers ce bonheur inestimable : une femme. L'eau me venait délicieusement à la bouche de voir un jeune gars, après quelques contes niais et quelques lieux communs débités par un Monsieur en noir, s'en aller coucher avec une jeune fille, sans que personne osât y trouver à redire ; tandis que moi, juste pour avoir fait la même chose, sauf cette cérémonie, je suis devenu l'objet de la risée de tout le Dimanche, et je suis insulté comme un pick-pocket. Je n'ignorais pas cependant que, si ma fortune à mauvaise étoile avait le vent de mon désir matrimonial, mes projets s'en iraient au néant. Pour empêcher cela, je résolus de prendre mes mesures avec tant de caution et de précaution que toutes les planètes malignes de l'Hémisphère ne pourraient pas ruiner mes projets [2].

Puis, avec une grande crudité de termes et toutes sortes de comparaisons à double entente et d'un goût douteux sur les escarpes, les contre-escarpes, les bastions et tous les détails d'un siége et d'un assaut de citadelle, il raconte qu'il avait pris ses précautions pour déjouer le mauvais vouloir de sa mauvaise fortune et rendre son mariage inévitable. Il laisse entendre qu'il n'a pas eu, tout le temps, d'autre chose en vue. On le prend ici sur le fait d'une de ces mille faiblesses secondaires qu'une première faute amène avec elle, et qui en sont les menues branches. Ce qu'il dit là est faux. Il cédait au besoin d'expliquer et de pallier son aventure. En réalité il n'avait jamais eu la pensée d'épouser Jane et le serment fait plus haut le prouve suffisamment. C'est le résultat fatal d'une de ces défaillances, qu'on est obligé de défendre contre elle le reste de sa vie et de la combattre, dans l'esprit de ceux surtout qui vous estiment, par des explications ou des atténuations qui déforment la vérité. Quand on fait un plaidoyer pour soi-même, on est exposé à tous les défauts de l'avocat et on perd les excuses qu'il a. Toute cette partie de lettre est mêlée d'un ricanement pénible et presque grossier. La seconde partie, où il parle de ce qu'il a éprouvé quand sa promesse fut rejetée, est vraiment, en dépit de ses comparaisons trop poussées, une terrible peinture de désespoir.

« Comment j'ai supporté tout cela? On peut seulement l'imaginer. Toutes les ressources de la description restent loin, loin en arrière. Il y a, en tout temps, une bonne part de folie dans la composition d'un poète, mais, dans cette occasion, j'étais sur dix parties, neuf parties et neuf dixièmes fou à lier. D'abord je demeurai figé

---

[1] Nous n'avons pas trouvé cette citation exacte dans la *Cruden's Concordance* ; il y a d'ailleurs dans la Bible des expressions analogues qui reviennent à plusieurs reprises. Deut. 28, 29, Ps. 1, 3.

[2] *To John Arnot of Dalquatswood*, April 1786.

dans une stupeur insensible, silencieux, sombre, comme la femme de Loth, changée en sel dans la plaine de Gomorrhe. Mais c'est surtout mon second paroxysme qui rend pauvre toute description. La débâcle de l'Océan arctique quand le retour du soleil dissout les chaînes de l'hiver et, détachant des montagnes de glace longuement accumulée, bouleverse avec des craquements affreux l'abîme écumant ; des images comme celle-là donnent une faible idée de ce qu'était la situation de mon âme. Mes facultés enchaînées, tout d'un coup lâchées, mes passions affolantes s'élevant à une décuple fureur, passèrent par dessus leurs rives, avec une force impétueuse, irrésistible, balayant devant elles tous les obstacles et tous les principes. La Prudence était un appel inaperçu dans l'ouragan qui passe ; la Raison un élan bramant dans les tourbillons du Maelstrom, la Religion un castor se débattant faiblement dans les chûtes rugissantes du Niagara. Je reniai le premier moment de mon existence ; j'exécrai la faiblesse et la folie d'Adam pour ce présent, agréable à l'œil, mais exhalant le poison, qui l'avait ruiné et m'avait perdu ; je suppliai les flancs de la nuit inanimée de se refermer sur moi et tous mes chagrins.

Une tempête naturellement se dissipe en soufflant. Mes passions épuisées retombèrent graduellement en un calme blafard et, par degrés, je suis rentré dans le chagrin assoupi par le temps d'un homme veuf qui, essuyant les pleurs décents, relève ses yeux usés par le chagrin pour chercher — une autre femme.

> Tel est l'état de l'homme ; aujourd'hui bourgeonnent sur lui
> Les tendres feuilles de son espérance ; demain, il fleurit
> Et il porte sa parure empourprée, abondante, sur lui ;
> Le troisième jour arrive une gelée, une gelée meurtrière
> Qui mord sa racine et alors il tombe comme moi [1].

Telle est, Monsieur, cette ère fatale de ma vie. « Et il arriva que comme j'attendais la douceur, voici l'amertume ; et comme j'attendais la lumière, voici les ténèbres [2] ».

Mais ce n'est pas tout. Déjà les bassets saints, la meute à fornication, commencent à quêter la voie et je m'attends à chaque instant à les voir lâchés et à les entendre derrière moi donner de la voix. Mais comme je suis un vieux renard je leur donnerai des détours et des ruses et, bientôt, j'ai l'intention d'aller me terrer dans les montagnes de la Jamaïque.

C'est qu'effectivement la Kirk-Session avait déjà vent de toute l'aventure. Rien ne donne la sensation directe de la rapidité d'information et de l'inquisition de ces singuliers tribunaux comme les procès-verbaux où sont enregistrées les diverses phrases de l'histoire de Burns et de Jane Armour. Ce fut notre bonne fortune d'arriver à Mauchline au moment où le ministre de la paroisse, le Révérend Edgard, préparait ses études sur la vie religieuse en Ecosse ; et c'est un de nos bons souvenirs que le soir où, après avoir entendu une de ses substantielles conférences sur tout ce vieux monde disparu, nous découvrîmes, en feuilletant avec lui ces cahiers jaunis, ces

---

[1] Ce sont les vers fameux de Wolsey. Shakspeare, *Henri VIII*, acte III, scène II.

[2] *Job*, XXX, 26. Les citations de Burns ne sont pas toujours très fidèles. La phrase qui se trouve dans son texte est « And it came to pass that when I looked for sweet behold darkness ». Le texte de la traduction anglaise est « When I looked for good, then evil came *unto me*, and when I waited for light, there came darkness ».

souvenirs qui, à notre connaissance, paraissent pour la première fois dans une biographie du poète. Voici le début et les premiers indices :

Avril, le 2. — La session étant informée qu'on dit que Jane Armour, femme non mariée, est enceinte, et qu'elle a disparu de l'endroit où elle demeurait récemment pour aller résider ailleurs, la session pense qu'il est de son devoir de faire une enquête sur la vérité ou la fausseté de cette rumeur.

Dans l'intervalle, elle charge deux de ses membres, à savoir James Lamie et William Fisher, d'aller entretetenir, à ce sujet, les parents qui, elle l'espère, seront disposés à prêter leur concours à la session, comme cela est le devoir et comme il sied, et feront leur déclaration.

« Avril, le 9. — James Lamie expose qu'il a parlé à Mary Smith, mère de Jane Armour, qui lui a dit qu'elle ne soupçonnait pas sa fille d'être enceinte, que celle-ci était allée à Paisley pour voir ses parents et qu'elle ne tarderait pas à rentrer ».

Il n'est pas inutile de remarquer qu'un des deux membres chargés de cette délicate mission était le fameux *Holy Willie*, lui-même, l'homme à la prière. Le digne homme put avoir de bien douces dégustations de fiel en pensant à cette nouvelle imprudence de son ennemi. Au moment de la satire, on n'avait pas pu atteindre ce méchant gars, mais voici qu'il s'offrait de lui-même. « Malheureusement pour moi, dit Burns au moment où il se félicite d'avoir échappé à l'artillerie de la session, malheureusement pour moi mes sottes escapades m'amenèrent, par un autre côté, juste en face et à portée de leurs plus lourds projectiles [1] ». Nous aurons, dans les mêmes extraits, la suite de cette histoire. En attendant on voit que rien ne manquait aux tribulations de Burns, et que les anxiétés l'assaillaient au dehors comme au dedans.

Cette période de sa vie fut vraiment en proie à un chagrin indicible, qui ne se ramassait pas en quelques heures douloureuses, mais qui se répandait dans tous les instants. Dans ses lettres les plus insignifiantes, il affleure à la surface entre les formules les plus banales. « Rappelez-vous un pauvre poète luttant, dans vos prières. Il attend, avec crainte et tremblement, ce moment important pour lui, qui peut-être frappera la médaille de l'empreinte d'une disgrâce éternelle pour votre humble, affligé, tourmenté, Robert Burns [2] ». Et dans une autre lettre : « Ce sont les sentiments plaintifs, naturels à un cœur que, ainsi que l'élégant et touchant Gray le dit, la mélancolie a marqué pour un des siens [3] ». Cette tristesse était devenue chez lui une idée fixe qui se saisissait des moindres faits et leur donnait l'aspect inquiétant d'un présage funeste ou d'une affligeante leçon. En labourant un champ, si sa charrue

---

[1] *Autobiographical Letter to Dr Moore.*

[2] *To Mr Mac Whinnie*, 17th April, 1786.

[3] *To Mr John Kennedy*, 20 April 1786. L'expression se trouve à la fin de l'*Elegy written in a Country Churchyard.*

bouleverse un pied de pâquerettes, aussitôt le rapprochement s'offre à des yeux fixés toujours sur la même pensée.

> Petite modeste fleur, cerclée de cramoisi,
> Tu m'as rencontré dans une heure mauvaise,
> Il a fallu que j'écrase dans la poussière
> Ta tige mince :
> T'épargner maintenant n'est plus en mon pouvoir,
> Toi jolie perle.

> Toi-même, toi qui gémis sur le destin de la pâquerette,
> Ce destin est le tien, à une date prochaine,
> Le soc de l'âpre Ruine arrive droit
> En plein sur ta jeunesse,
> Bientôt, être écrasé sous le poids du sillon
> Sera ta destinée [1].

Mais cette image, d'une mélancolie gracieuse, ne lui suffit pas ; il y en a une seule qui rend ce qu'il y a de démesuré et de tourmenté dans son chagrin : c'est la plus complète image de l'impuissance de l'homme, toujours la même, celle qui est empruntée aux tempêtes de mer. Il s'est détourné de la donnée de la pièce et de la suite naturelle des comparaisons, pour introduire, de force, hors de sa place, l'image qu'il porte partout avec lui et dont il ne peut se débarrasser :

> Tel est le destin de l'humble barde,
> Sur le rude Océan de la vie, sous une mauvaise étoile,
> Il est inhabile à consulter la carte
> Du savoir prudent,
> Jusqu'à ce que les houles l'emportent,
> Que les rafales soufflent dur,
> Et qu'il succombe [1].

Cet état d'esprit produisit toute une série de poèmes d'une teinte funèbre et dont les titres suffisent à indiquer les sujets : *à la Ruine*, *Désespoir*, *Lamentation*. Ils sont tous éloquents. La plupart sont très personnels et, comme il arrive souvent chez Burns, pleins de détails fournis par les circonstances dans lesquelles ils ont été écrits. On y reconnaît le milieu et la saison. Dans une de ces pièces, c'est le printemps dans les champs, avec ses gaîtés de fleurs et d'oiseaux et son réveil d'occupations rustiques. La nature réjouie voit sa robe reprendre ses couleurs vernales et sa chevelure de feuillage ondule dans la brise, toute fraîche de rosée. Une fête est partout ; la violette et la primevère fleurissent ; le merle et le linot chantent ; le laboureur excite gaiement

---

[1] *To a Mountain Daisy.*

son attelage et la joie est avec le semeur attentif qui fait de grands pas. Mais le pauvre poète blessé glisse à travers ces scènes comme un fantôme épuisé de douleur, et pour lui la vie est un songe fatigant, le songe d'un homme qui ne s'éveille jamais :

> Viens, Hiver, avec ton hurlement courroucé,
> Et, furieux, ploie l'arbre dénudé ;
> Tes ténèbres calmeront mon âme désolée,
> Quand la nature entière sera triste comme moi [1].

Parfois, comme dans la *Lamentation*, c'est la nuit ; tandis que les mortels dorment soulagés de leurs soucis, errant dans la campagne il cherche, dans la solitude et la vue des endroits familiers, cette recrudescence déchirante et étrangement poursuivie dont nous aimons à sentir nos regrets s'aviver. La pâle lune luit silencieusement et, sous sa blême et froide clarté, il vient se lamenter de ce que la vie et l'amour ne soient qu'un songe. Il raconte ses nuits sans sommeil et harassées de chagrin, et ses matins où il voit s'allonger la file des heures pénibles et lentes ; jusqu'à ce que l'image des heures amoureuses lui revienne et que le souvenir des moments heureux le ressaisisse [2].

> O toi, orbe pâle, qui brilles silencieux,
> Tandis que sommeillent les mortels délivrés de leurs soucis,
> Tu vois un malheureux qui languit intérieurement
> Et erre ici pour gémir et pleurer !
> Chaque nuit, je tiens veillée avec la Douleur,
> Sous tes rayons blêmes, sans chaleur ;
> Et je me plains, en lamentations profondes,
> Que la vie et l'amour ne sont qu'un songe.
>
> Oh ! se peut-il qu'elle ait un cœur si bas,
> Si perdu à l'honneur, si perdu à la foi,
> Qu'elle abandonne l'amant le plus épris,
> L'époux à qui sa jeunesse s'est liée ?
> Hélas ! le sentier de la vie peut être rude !
> Sa route peut la conduire à travers d'âpres détresses !
> Qui alors adoucira ses angoisses et ses peines,
> Qui partagera ses chagrins pour les diminuer ?
>
> Le matin, qui annonce l'approche du jour,
> M'éveille pour le labeur et la douleur ;
> Je vois, en longue série, les heures
> Où je dois souffrir, se traîner lentement ;
> Mainte angoisse, mainte torture,
> Cortège affreux du souvenir,

---

[1] *Song, composed in Spring.*
[2] *The Lament, occasioned by the unfortunate issue of a friend's Amour.*

Tordront mon âme, avant que Phœbus s'abaissant
Ne baise au loin la mer occidentale.

Et quand, la nuit, je me jette sur ma couche,
Meurtri, harassé de soucis et de chagrin,
Mes nerfs brisés de fatigue, mes yeux usés de larmes
Veillent comme les voleurs nocturnes :
Ou si je sommeille, l'imagination, maîtresse,
Règne, farouche, hagarde, folle d'épouvante :
Même le jour, malgré ses amertumes, est un soulagement
Après ces nuits qui respirent l'horreur.

Dans le *Desespoir*, pièce composée peut-être après les autres, en un de ces moments où la douleur tend à se généraliser en réflexions et s'infiltre, pour ainsi dire, dans les idées, la souffrance devient une vue pessimiste de la vie humaine.

Accablé de chagrin, accablé de souci,
Fardeau plus lourd que je ne puis porter,
Je m'assieds à terre et je soupire :
« O vie, tu es une charge douloureuse,
Sur une route âpre et fatigante,
Pour des malheureux tels que moi !
Quand je jette mon regard dans le sombre passé,
Quelles scènes pénibles apparaissent !
Quelles peines nouvelles peuvent me percer ?
J'ai trop lieu de les redouter !
Toujours soucieux, désespérant,
Tel est mon sort amer :
Mes douleurs ici-bas ne se fermeront
Que lorsque se fermera ma tombe.

O jours enviables, jours de jeunesse,
Vous qui dansiez insouciants dans le labyrinthe du plaisir,
Ignorant le souci et le mal !
Pourquoi vous échanger contre des moments plus mûrs,
Pour sentir les folies et les crimes
Des autres ou les miens propres !
Et vous, petits enfants, qui innocemment jouez
Comme des linots dans les buissons,
Vous ne savez pas quels maux vous demandez
Quand vous désirez être des hommes ;
Les pertes, les peines,
Qui saisissent l'homme mûr ;
Rien que des alarmes, rien que des larmes
Pour la vieillesse obscurcie [1] ! »

Cette désespérance atteint son apogée dans un appel à la mort, au-delà duquel il n'y a plus que le suicide.

---

[1] *Despondency, an ode.*

« Et toi, puissance hideuse, abhorrée par la vie,
Tant que la vie a un plaisir à offrir,
Oh ! écoute la prière d'un misérable !
Je ne recule plus épouvanté, je n'ai plus peur ;
Je brigue, je mendie ton aide amicale,
Pour clore cette scène de souci !
Quand donc mon âme, dans une paix silencieuse,
Terminera-t-elle le jour attristé de la vie ?
Quand mon cœur lassé cessera-t-il ses battements,
Refroidi, pourrissant dans l'argile ?
Plus de crainte, plus de larmes,
Pour souiller mon visage inanimé,
Embrassé et serré
Dans ton étreinte glaciale ! [1]

Toutes ces pièces et la lettre que nous citions plus haut sont d'avril et de mai 1786. Ces productions véritablement désespérées sont serrées les unes contre les autres dans le court espace de quelques semaines. Il n'y avait évidemment pas de repos pour l'esprit misérable de Burns dans l'intervalle de l'une à l'autre ; sa douleur ne prit pas haleine une seule fois. A la surface, il resta gai ; sa fierté et son excitabilité sociale le soutenaient. Il chercha à oublier ou tout au moins à s'étourdir, et probablement cette maudite époque de sa vie est responsable de l'habitude de boire qui lui devint plus tard funeste. En effet Gilbert dit que, ni pendant le séjour à Tarbolton, ni pendant le séjour à Mauchline jusqu'au moment où il devînt auteur, il ne le vit pas une seule fois en état d'ivresse, et il attribue le changement survenu dans sa conduite à ce que, devenant célèbre, il fut plus recherché [2]. Ce motif est à peine plausible. Burns était depuis longtemps aimé dans son entourage, assez connu dans les villages voisins, assez fêté de toutes parts pour qu'il n'y eût de réunion sans qu'il y fût et sans qu'il en devînt aussitôt le roi. Il y avait beaux jours que les occasions l'assaillaient, et s'il avait résisté à celles qu'il avait rencontrées, il pouvait résister à toutes. Assurément, il ne faisait pas fi d'un gobelet de whiskey, « l'âme des jeux et des caprices [3] », et il aimait John Barleycorn le roi des grains. Mais c'était dans la mesure où, depuis qu'en faisant fermenter le raisin ou l'orge l'homme a trouvé le moyen de faire aussi fermenter sa pensée, il semble qu'il soit permis, tant cela est universel et naturel, de surexciter son imagination et de tendre, au-dessus des tristesses de la vie, un léger arc-en-ciel de joie factice. C'était dans la mesure où boire avec un compagnon noue plus rapidement les connaissances et fait plus rapidement mûrir l'amitié.

---

[1] *To Ruin.*
[2] *Gilbert's Narrative.*
[3] *Scotch Drink.*

Nous ferons résonner la mesure de quatre,
« Nous la baptiserons avec de l'eau fumante,
Et puis, nous nous asseoirons et nous boirons notre coup
Pour nous réjouir le cœur ;
Et ma foi, nous aurons fait meilleure connaissance
Avant que nous nous quittions [1]. »

Mais il n'avait jamais outrepassé les limites et n'avait cherché, dans les cabarets de village que la compagnie d'amis, et dans la boisson qu'un pétillement de verve. C'est pendant ces semaines mauvaises qu'il semble qu'il se soit mis, pour la première fois, à boire lourdement, qu'il ait cherché dans l'ivresse non plus la surexcitation mais la stupeur. Afin de trouver l'oubli, il a été jusqu'au point où s'engourdissent du même coup la pensée et la souffrance. Il s'est jeté dans des orgies plus épaisses, avec une sorte de fureur et de bravade farouche. Il a apporté dans la boisson, ce besoin de défi qui pousse les amoureux ; il a parié de boire plus que les autres ; il a fait toutes les extravagances de tant de pauvres cœurs qui ont cru s'étourdir. Il le dit lui-même : « J'ai essayé souvent de l'oublier, je me suis plongé dans toutes sortes de désordres et d'orgies : réunions maçonniques, assauts de boissons et autres folies pour la chasser de ma tête, mais tout a été vain ! [2] » Ce n'est plus la légère excitation faite presque entière de rire, de paroles et de verve bruyante, dans laquelle sa nature exubérante se plaisait ; c'est la vraie ivresse, celle qui va jusqu'au bout et continue à outrance, jusqu'à ce que la raison, la parole, l'être entier chancelle et que le dernier mot appartienne à la boisson. Gilbert avait raison en disant que son frère n'avait connu cette dégradation qu'au moment où il devint auteur. Il se trompe sur les causes qui l'y ont poussé. Burns, hélas ! n'est pas le seul des poètes que « les vœux brisés d'une femme sans foi [3] » aient poussé dans cette voie fatale, où maints ont laissé leur santé, et quelques-uns leur génie.

En voyant les ravages que cet amour a faits dans le cœur de Burns et en songeant à la place qu'il a tenue dans la suite de sa vie, il est impossible de ne pas se demander ce que fut cette passion si cruellement despotique, ce qu'était la femme qui l'a inspirée. Elle ne semble pas avoir été belle. Brune, avec des cheveux noirs épais et des yeux noirs brillants, ce qui frappe en elle c'est quelque chose de bien pris et de net dans les formes du corps, d'alerte et de ferme dans l'allure, la grâce qui ressort de mouvements souples, d'un pas libre et décidé.

---

[1] *Second Epistle to John Lapraik.*
[2] *To M*r *David Brice,* 12th June, 1786.
[3] *The Lament.*

Burns faisait allusion à cette élégance de tournure quand, en parlant de la Nymphe de la *Vision*, il disait :

> « Sa robe — en tartan brillant — coulait, descendait,
> Laissant voir simplement la moitié de sa jambe ;
> Et quelle jambe ! ma jolie Jane
> Seule aurait la pareille,
> Si droite, si effilée, si bien prise, si nette ;
> Aucune autre n'en approchait [1]. »

Elle conserva jusqu'avant dans la vie la jeunesse de démarche et l'activité qui avaient été son grand attrait. Il est probable cependant qu'elle avait dans les manières quelque chose de vif et de séduisant, et cette gaîté de caractère dont le charme est grand. Son esprit était ordinaire et on pourrait croire, si l'on s'en tenait à ses premières relations avec Burns, que son cœur l'était encore davantage.

Et cet amour lui-même, quelle place occupe-t-il dans la nomenclature des amours de Burns ? Violent, véhément, sincère, il le fut sans doute ; mais ce sont là des caractères qui peuvent être communs à bien des passions dont l'essence est différente. Si on regarde d'un peu plus près celui-ci, on ne tarde pas à voir qu'il relevait presque exclusivement des sens. Ce qui frappe dans les pièces qui s'y rattachent, c'est le ton voluptueux qui y domine. Elles sont faites uniquement de sensations physiques, contenues dans des expressions brûlantes.

> Ce ne sont pas des pensées poétiques, feintes et vaines,
> Qui réclament mes tristes lamentations délaissées de l'amour ;
> Ce n'est pas un pipeau de berger, des chants d'Arcadie,
> Ni des tortures imaginaires, bizarres et faibles ;
> La foi échangée, la flamme mutuelle,
> Les pouvoirs célestes souvent attestés,
> Le tendre nom de père qui m'était promis,
> C'étaient là les gages de mon amour.
>
> Quand ses bras étreignants m'encerclaient,
> Comme les instants extasiés s'envolaient !
> Combien j'ai souhaité les charmes de la fortune
> Pour l'amour de ma chérie, de ma seule chérie !
> Et faut-il que je le pense ! est-elle partie
> La fierté secrète de mon cœur joyeux,
> Et entend-elle, insouciante, mes plaintes,
> Et est-elle à jamais, à jamais perdue ? [2]

Les souvenirs auxquels se complaisaient ces « pensées qu'il rassemble comme un trésor [2] », ont parfois une infinie douceur de caresse, parfois

---

[1] *The Vision.*

[2] *The Lament.*

un emportement de lascivité ; ils sont tout matériels. La poésie en est merveilleuse, toutes ces strophes sont encore ardentes et comme enveloppées d'une chaude atmosphère pourpre, toute de baisers. Depuis les sonnets de Shakspeare, il ne s'était rien vu dans la littérature anglaise qui eût cette sincérité et cette splendeur de sensualité :

> O toi, reine brillante, qui, au-dessus de la plaine,
> Règnes maintenant dans le ciel, d'un empire illimité !
> Souvent, ton regard, qui suit silencieusement,
> Nous a vus nous égarer, errant amoureusement ;
> Le temps, inaperçu, s'enfuyait,
> Tandis que le pouls voluptueux de l'amour battait fortement,
> Quand sous tes rayons aux clartés d'argent
> Nous voyions nos yeux s'enflammer mutuellement.
>
> O scènes, fixées en un puissant souvenir !
> Scènes qui jamais, jamais ne reviendront !
> Scènes, qui, si j'oublie parfois dans la stupeur,
> Dès que je les ressens de nouveau, m'embrasent de nouveau !
> Arraché à toutes les joies et à tous les plaisirs,
> A travers le vallon désolé de la vie, j'erre ;
> Et sans espoir, sans secours, je lamenterai
> Les vœux brisés d'une femme infidèle [1].

Dans ses lettres aussi, n'est-ce pas toujours le côté sensuel de cet amour qui reparait ? Il n'en parle jamais sans que le trait dominant ne soit un détail physique. « Ma pauvre chère infortunée Jane, comme j'ai été heureux dans tes bras ! [2] » Et plus tard il s'écrie dans une expression où la sensation de la possession est fortement rendue et dont la sensualité est presque intraduisible : « *I don't think I shall ever meet with so delicious an armful again.* Je ne retrouverai jamais une si délicieuse embrassée [3] ». On verra que cet amour conservera toujours le même caractère.

Cette même aventure allait exercer sur la vie de Burns une influence toute différente et non moins importante. A la suite de la rupture, son départ pour la Jamaïque, qui n'avait été qu'une offre, devint une résolution [4]. Désireux de s'expatrier à tout prix, il s'entendit avec un Dr Douglas pour aller être quelque chose comme un teneur de livres ou un gérant de propriétés [5]. Telle était la pénurie de Burns qu'il songea à s'engager comme matelot pour pouvoir faire le passage. Son ami et fidèle pro-

---

[1] *The Lament.*

[2] *To Mr David Brice.* 12th June, 1786.

[3] *To Gavin Hamilton.* 7th Jan, 1787.

[4] *Autobiographical Letter to Dr Moore.*

[5] Scott Douglas, vol. IV, p. 141.

tecteur, Gavin Hamilton, lui donna le conseil, afin de se procurer l'argent nécessaire pour le voyage, de publier ses poésies par souscription. C'était un mode de publication fréquent au xviiie siècle. Il lui dit que son nom lui assurait assez de souscripteurs pour garantir le placement d'un nombre de volumes suffisant à laisser un petit profit. Ce serait pour payer son passage à bord d'un navire et se mettre en train là-bas, de l'autre côté des mers [1]. On a vu que Burns avait assez pris conscience de sa valeur pour qu'une proposition de ce genre ne l'étonnât pas. Il accepta et se mit sur le champ à distribuer à ses amis des circulaires de souscription. Il le fit avec beaucoup d'activité et, pendant tout ce lamentable mois d'avril, on le voit occupé à envoyer de droite et de gauche une petite feuille imprimée qui portait :

Proposition pour publier par souscription
les Poèmes Ecossais, par Robert Burns.

Le livre sera élégamment imprimé en un volume in-octavo. Prix, broché, trois shellings. Comme l'auteur n'a pas la moindre vue mercenaire en publiant, aussitôt qu'il y aura assez de souscripteurs pour défrayer lesdépenses nécessaires, l'ouvrage sera envoyé à la presse [2].

Cette proposition sembla, tout de suite, être accueillie avec faveur. On trouve, dans la correspondance de ce mois d'avril, des remerciements à des personnes qui réclament des listes [3]. Gavin Hamilton s'était chargé d'en placer un bon nombre. Tous ses autres amis, pris de pitié pour ce pauvre garçon, s'en occupaient aussi ; il devint aussitôt évident que le nombre de souscripteurs serait plus que suffisant et qu'il allait falloir s'occuper de l'impression.

C'est ainsi que ces mois de mars et d'avril 1786 se passèrent pour Robert Burns et c'était avec raison qu'il disait plus tard : « Ce fut une terrible affaire, dont je ne puis encore supporter le souvenir, elle me donna une ou deux des principales qualités pour prendre place parmi ceux qui ont perdu la carte et brouillé tous les calculs de la raison [4] ».

Ici s'intercale un des plus étranges et des plus mystérieux épisodes de la vie de Burns, celui de Highland Mary, de Mary des Hautes-Terres. Il resta longtemps ignoré. Burns, de son vivant, n'en parla jamais qu'avec réserve et l'entoura d'une sorte de silence. Quand

---

[1] *Gilbert's Narrative.*

[2] Scott Douglas, tom I, p. 118.

[3] *Letters : to Robert Aiken.* 3th April 1786 ; *to John Ballantine* 14th April ; *to Mr Mac Winnie.* 17th April 1786 ; *to Mr John Kennedy* 80th April.

[4] *Autobiographical Letter to Dr Moore.*

il fut forcé d'en dire quelques mots, à propos des pièces qui portaient le nom de Highland Mary, il le fit d'une manière très vague et très évasive. Il y fait allusion comme à un événement du temps passé : « le sujet est un des passages les plus intéressants de mes jours de jeunesse[1] », ou « ceci est une de mes compositions du commencement de ma vie, avant que je fusse du tout connu dans le monde [2]. » C'est, avec quelques mots cités plus loin, tout ce qu'il en laissa jamais échapper. Après sa mort, sa famille semble avoir désiré laisser dans l'ombre et l'oubli cet incident. Il est de toute évidence que, lorsque le Dr Currie prépara son édition de Burns, il reçut de Gilbert des confidences partielles à ce sujet, mais en même temps des recommandations de n'en point parler. C'est ce qu'impliquent les lignes suivantes : « Les rivages de l'Ayr furent la scène de passions de sa jeunesse, d'une nature encore plus tendre ; il ne conviendrait pas d'en révéler l'histoire quand bien même cela serait en notre pouvoir ; on n'en pourra bientôt plus découvrir les traces que dans ces poèmes pleins de nature et de sensibilité auxquels elles ont donné naissance. On sait que la chanson instituée Mary des Hautes-Terres se rapporte à un de ces attachements. L'objet de cette passion mourut au début de la vie, et l'impression laissée sur l'esprit de Burns semble avoir été profonde et durable [3]. » Il s'en fallut de peu en effet — et cela eût peut-être été à souhaiter pour la mémoire de Robert Burns — que cette histoire passât comme un événement indistinct et secondaire. Aucun des biographes du poète n'avait pris la peine d'en marquer ni la date, ni l'importance. M. Scott Douglas, avec beaucoup de pénétration et de patience, est parvenu à élucider ce point obscur, et le résultat de ses recherches a été une révélation imprévue et, par certains côtés, affligeante. Au moment même où, le cœur saignant de la blessure faite par Jane, Burns poussait ces plaintes déchirantes, il est désormais certain qu'il aima ou crut aimer une autre femme et surtout qu'il se fit aimer d'elle [4].

Il y avait, dans le domaine de Coilsfield, situé à quelque distance de

---

[1] *Letter to Thomson.* 14th Nov, 1792.

[2] *Remarks in an interleaved copy of Johnson's museum.*

[3] Currie. *Life of Burns*, p. 80.

[4] Voir dans Scott Douglas, vol. IV, p. 120-130, et dans son édition de Lockhart, p. 336-339, la suite de faits et de raisonnements par lesquels il a établi irréfutablement ce fait. Cette vague aventure flottait quelque part dans la jeunesse de Burns. Il l'a saisie et fixée à sa véritable date et dans ses vraies circonstances. Dans l'édition de Currie, que nous possédons et qui lui a appartenu, se trouve le premier soupçon de cette histoire et le cri de surprise qu'il lui arracha. Au bas de la colonne (p. 31) où se trouvent les vagues allusions de Currie, il a écrit : « Who can tell the date ? — Can it be possible that 1786 was the year ? When he was under vows to Miss Armour ? Else what can be the meaning of « *Will ye go to the Indies Mary ?!!!* » Evidemment, on saisit là la minute où, pour la première fois, la pensée qu'une pareille chose était possible traversa le cerveau de Scott Douglas. On verra l'importance de cette découverte, à travers toute la vie de Burns.

Mossgiel et habité alors par le colonel Hugh Montgomery, une jeune fille des Hautes-Terres, nommée Mary Campbell. Elle était employée comme servante et avait charge de la laiterie. Elle avait été auparavant chez Gavin Hamilton, l'ami de Burns, où il est probable que celui-ci la vit pour la première fois [1]. C'était une étrangère, et on se rappelle peu de chose d'elle ; personne ne se doutait de la poésie qui glorifierait un jour son nom. Il semble probable que Burns avait déjà tenté de lui faire la cour, car sa sœur Mrs Begg se souvenait de lui avoir entendu dire à son domestique John Blane que « Mary avait refusé de le rencontrer dans le vieux château ». C'était la tour démantelée d'un ancien prieuré près de la maison de M. Hamilton [1]. Il est probable aussi que sa passion pour Jane avait coupé court à ces velléités.

Quand il fut repoussé par les Armour, comment se retourna-t-il vers cette jeune fille, et comment celle-ci reçut-elle des hommages qu'elle paraît d'abord avoir tenus à distance ? Peut-être fut-elle portée vers lui par cette pitié féminine que la douleur attire, et il est plus vraisemblable encore que lui alla vers elle parce qu'il souffrait. Il y a dans l'âme humaine de ces réactions. Lorsqu'elle a été endolorie par les déceptions et qu'elle est toute brisée d'une trahison, elle est prise d'un grand besoin de sécurité et de confiance. Elle va, comme un voyageur fatigué, aux sources pures et limpides qui coulent dans les âmes tranquilles et simples. Après les amours orageux, elle aspire à ceux qui calment, reposent et consolent. Mais c'est un hasardeux essai, un remède dangereux. Car si la passion qui affole et torture revient, avant que l'affection qui apaise et guérit n'ait achevé son œuvre, le charme reprend et il ne reste alors qu'une sacrifiée. Burns était brisé ; il alla vers la douce Mary, parce qu'elle formait avec Jane un contraste complet. Blonde avec les yeux azurés des gens des Hautes-Terres, elle passe dans cette histoire agitée comme une figure touchante, et laisse après elle une impression d'affection silencieuse, de modestie et de pureté.

Ces nouvelles amours avancèrent avec une étrange rapidité. Le groupe de chants de désespoir qui maudissent la trahison de Jane couvre une partie du mois d'avril. Dès le commencement de mai, Burns s'était fiancé à Mary, avant de partir, comme il le croyait, pour la Jamaïque. Lui-même a laissé en quelques mots le récit de ces fiançailles : « Ma jeune fille des Hautes-Terres, dit-il, était une charmante créature au cœur le plus aimant qui ait jamais béni un homme d'un généreux amour. Après une assez longue durée du plus ardent attachement réciproque, nous convînmes de nous rencontrer, le second dimanche de mai, dans un endroit retiré, près des bords de l'Ayr, où nous passâmes la journée à nous dire adieu avant qu'elle s'embarquât pour les Hautes-

[1] Chambers, tom. I, p. 252.

Terres de l'Ouest, afin d'arranger les choses dans sa famille pour notre changement de vie projeté [1] ».

La scène de ces fiançailles et de ces adieux est célèbre dans l'histoire de la poésie anglaise. Tout contribue à lui donner un caractère de grâce pastorale et de mélancolie : la beauté du lieu, la destinée des personnages et la douceur des vers qu'elle a produits. C'est près de la résidence de Coilsfield, à l'endroit où le petit ruisseau de la Flail rejoint la rivière d'Ayr, qu'on montre l'aubépine près de laquelle les amants se rencontrèrent. Le cours de l'Ayr, entre des bords raides et verts, est pittoresque jusqu'à son embouchure ; il ne l'est nulle part davantage que dans cet endroit fait à souhait et choisi par un poète. L'eau peu profonde coule sur des cailloux, entre la rive basse et sablonneuse où débouche la Flail, et l'autre rive escarpée, qui disparaît sous un manteau d'églantiers, de chèvre-feuilles et de bruyères, dans les épaisseurs duquel le printemps sème des milliers d'hyacinthes violettes. C'est une retraite charmante et intime. Tout autour ondule un horizon de collines boisées. Si l'on jette sur ce tableau le silence solennel d'un dimanche écossais, si l'on met dans l'âme des deux personnages, le respect, la révérence qu'inspire le jour sacré, on a quelque idée du sentiment qui présida à cette scène et on comprend qu'elle soit pour les Écossais grave et presque religieuse. Cromek raconte que leurs fiançailles, qui étaient en même temps leurs adieux, s'accomplirent « avec ces cérémonies si simples et frappantes que le sentiment rustique a inventées pour prolonger les émotions tendres et les consacrer. » Ils se tinrent debout de chaque côté du ruisseau ; ils se lavèrent les mains dans le courant et, tenant une Bible entre eux, prononcèrent leur vœu d'être fidèles l'un à l'autre [2]. On a retrouvé la Bible en deux volumes que Burns donna à sa fiancée. Sur le premier volume était écrit le nom de Mary Campbell, suivi de la marque maçonnique du poète et de ces paroles du Lévitique : « *Vous ne jurerez point faussement par mon nom. Je suis l'Éternel.* » Sur le second volume était écrit : « *Robert Burns, Mossgiel* », également avec la marque maçonnique, et ces mots de St Matthieu : « *Tu ne te parjureras point, mais tu t'acquitteras envers le Seigneur de ce que tu as déclaré par serment* [3]. » Les heures radieuses s'envolèrent, sur lesquelles flottaient des parfums, faites pour eux de tendresse voilée par la mélancolie des adieux et sanctifiée par une solennelle promesse. Quand l'ouest étincelant proclama la fuite du jour, les amants se séparèrent, pour ne jamais se retrouver. Mais le lieu où fleurit l'aubépine blanche de Burns est devenu, pour une partie du monde, aussi précieux que celui où poussent sur les talus les petites pervenches bleues de Rousseau.

---

[1] *Remarks in an interleaved copy of Johnson's museum.*
[2] Cromek. *Reliques of Burns.*
[3] Les deux volumes se trouvent dans le monument de Burns près d'Ayr.

On peut juger de la ferveur et de la gravité des vœux que Burns
avait prononcés d'après cette pièce dans laquelle il les rappelle et les
renouvelle :

> Veux-tu venir aux Indes, ma Mary,
> Et quitter le rivage de la vieille Ecosse?
> Veux-tu venir aux Indes, ma Mary,
> A travers le rugissement de l'Atlantique ?

> Oh ! doucement croissent le citron et l'orange,
> Et l'ananas sur son arbre ;
> Mais tous les charmes des Indes
> Ne sauraient jamais égaler les tiens.

> J'ai juré par les cieux à ma Mary,
> J'ai juré par les cieux d'être fidèle ;
> Et puissent aussi les cieux m'oublier,
> Le jour où j'oublierai mon vœu !

> Oh ! donne-moi ta foi, ma Mary ,
> Et donne-moi ta màin blanche comme la neige ;
> Oh ! donne-moi ta foi, ma Mary !
> Avant que je quitte la grève de l'Écosse !

> Nous nous sommes donné notre foi, ma Mary,
> De nous unir en affection mutuelle ;
> Et maudite soit la cause qui nous séparera
> L'heure et le moment du temps[1] !

C'est avec ces assurances et cette musique de promesses emportée
en elle, que la douce Mary Campbell partit pour les Hautes-Terres.
Pauvre fille !

Mais nous ne sommes pas encore au terme des surprises. Le dimanche
où il avait dit adieu à Mary Campbell tombait le 14 mai. Jane Armour
revint de Paisley dans les premiers jours du mois suivant. Moins d'un mois
après la promesse du bord de l'Ayr, le 12 juin, il écrivait cette incroyable
lettre :

« La pauvre, mal conseillée, ingrate Armour est rentrée chez elle, vendredi dernier.
Vous connaissez tous les détails de cette affaire et c'est une sombre affaire. Ce qu'elle
pense maintenant de sa conduite, je ne le sais pas. Ce que je sais c'est qu'elle m'a
rendu complètement misérable. Jamais homme n'a aimé ou plutôt adoré une femme
plus que je ne l'ai adorée ; et, pour confesser une vérité entre vous et moi, je l'aime
encore, après tout, jusqu'à la folie, bien que je ne voulusse pas le lui dire si je la
voyais, ce que je ne souhaite pas. Ma pauvre chère infortunée Jane, comme j'ai été
heureux dans tes bras ! Ce n'est pas de la perdre qui me rend si malheureux ; mais
c'est surtout à cause d'elle que je crains. Je prévois qu'elle est sur la route qui mène,
je le redoute, à la ruine éternelle.

---

[1] *Will ye go to the Indies, my Mary ?*

Puisse Dieu tout puissant lui pardonner son ingratitude et son parjure envers moi, comme du fond de mon âme, je lui pardonne ; et puisse sa grâce être avec elle et la bénir dans l'avenir. Je n'ai pas de plus exacte idée de l'endroit des châtiments éternels que ce que j'ai ressenti dans mon âme à cause d'elle. Je me suis jeté dans toutes sortes de dissipations et d'orgies, réunions maçonniques, assauts de boire et autres folies pour la chasser de ma tête et tout cela est vain. Et maintenant, au grand remède ! Le navire est en train de revenir qui doit m'emporter à la Jamaïque, et alors adieu, chère vieille Ecosse, adieu, chère ingrate Jane, car jamais, jamais plus je ne vous reverrai[1]. »

Et le 9 juillet, il écrivait à un autre correspondant, son ami John Richmond d'Edimbourg :

« J'ai été pour voir Armour depuis qu'elle est de retour, nullement en vue d'une réconciliation, mais simplement pour m'informer de sa santé, et à vous, je puis le confesser, par suite d'une sotte et importune tendresse fort mal placée sans doute. La mère m'a interdit la maison et Jane n'a pas montré le repentir auquel on aurait pu s'attendre[2]. »

Et ailleurs encore :

« La pauvre Armour est de retour à Mauchline. J'ai été pour la voir et sa mère m'a interdit la maison ; elle n'a pas exprimé beaucoup de regret de ce qu'elle a fait[3]. »

Comme on sent, sous ces faux prétextes, le besoin de la revoir, de se rapprocher d'elle ! Ainsi donc Jane revenue avait trouvé la nouvelle affection mal affermie, avait eu pour complices des souvenirs trop récents encore, s'était réinstallée dans ce cœur incertain.

En même temps, Burns dut subir la seconde réprimande publique. En détruisant l'acte de mariage, le vieil Armour avait rendu irrégulière la situation de sa fille et de Burns ; il en avait fait deux délinquants. Burns, sur le point de quitter le pays, aurait pu se soustraire à cette punition. Mais il tenait à obtenir un certificat de célibat et cette cérémonie était l'attestation même de sa liberté[3]. Il s'y soumit donc. Il eut à comparaître plusieurs fois à l'église. La dernière fut le 6 août. Voici du reste, avec la suite des procès-verbaux dont nous avons parlé plus haut, la suite et les détails caractéristiques de cet épisode :

Juin, le 11. — La session, étant informée que Jane Armour est enceinte, ordonne à son officier de la convoquer pour le prochain sabbath.

Juin, le 18. — Conseil de session. Jane Armour convoquée n'a pas paru mais a envoyé une lettre adressée au Ministre de la paroisse, dont la teneur est ainsi que suit :

Révérend Monsieur,

Je suis sincèrement affligée d'avoir donné et de devoir donner à votre session du

---

[1] *To David Brice*. 12th June, 1786.
[2] *To John Richmond*. 9th July, 1786.
[3] *To David Brice*. 17th July, 1786.

tracas à cause de moi. Je reconnais que je suis enceinte; et Robert Burns de Mossgiel est le père. Je suis avec grand respect

Votre très humble servante,

Signé : JANE ARMOUR.

Mauchline 13 juin 1786.

L'officier devra convoquer Robert Burns à se présenter aujourd'hui en huit jours.

Juin, le 25. — A comparu Robert Burns et s'est reconnu le père de l'enfant de Jane Armour.

Signé : ROBERT BURNS.

(On a ajouté, après coup, au mot child la terminaison du pluriel child-ren).

Août, le 6. — Robert Burns, John Smith, Mary Lindsay, Jane Armour et Agnès Auld ont comparu devant la congrégation, professant leur repentir du péché de fornication; chacun d'eux ayant comparu à deux dimanches auparavant, ils ont aujourd'hui reçu la réprimande et l'absolution de scandale[1].

M. Auld, le Ministre, montra du tact. Il adoucit la réprimande et au lieu de le faire asseoir sur l'escabeau il lui permit de se tenir debout à sa place[2], à la condition que, s'il prospérait dans sa vie nouvelle, il n'oublierait pas les pauvres de Mauchline[3]. Du reste, cette nouvelle comparution semble n'avoir produit sur Burns qu'une très mince impression, il en parle dans ses lettres sans colère et en passant.

Pendant ces mois de juin et de juillet, le paroxysme de douleur du mois d'avril était peu à peu tombé. L'influence adoucissante de Mary Campbell était intervenue. L'apaisement s'était fait, et son amour pour Jane, s'il s'était réveillé, était plus calme et avait dépouillé sa violence. Dans cette âme mobile et ondoyante, à travers laquelle passaient sans cesse « les vagues alternées de la crainte et de l'espoir », les changements étaient brusques et complets. Il lui fallait peu de temps pour passer d'une extrémité à l'autre. Il reprit sa belle humeur, bien que la pensée du départ et d'autres dussent assombrir plus d'une heure solitaire. Il produisit, dans ces quelques semaines, une série de morceaux gais dont quelques-uns comme l'*Adresse à Béelzébub*, un *Songe*, ont une tendance politique, dont d'autres sont des adieux, des notes en vers, parmi lesquelles se trouve sa belle *Épître à un Jeune Ami*, pleine de conseils sagaces, et d'une sagesse toute fraîche récoltée sur ses folies récentes. Il paraissait même avoir pris parti de son départ et en parlait avec insouciance, avec bonne humeur et presque avec gaité. Malgré tout, l'incompressible ressort qu'il y avait en lui, par moments, soulevait et éparpillait tous ces chagrins.

---

[1] Ces procès-verbaux ont été également copiés par nous sur les registres de la Kirk-Session de Mauchline,

[2] *To David Brice.* 17th July, 1786.

[3] R. Chambers, tom I, p. 277.

Vous tous qui vivez en vidant les verres,
Vous tous qui vivez en rimant les vers,
Vous tous qui vivez sans jamais réfléchir,
Allons, pleurez avec moi ;
Notre camarade nous fausse compagnie
Et va par delà les mers.

Pleurez-le, ô troupe joyeuse ,
Qui chèrement aimez, par ci par là, une bordée ;
Il ne se joindra plus aux éclats joyeux,
Dans le ton sociable ;
Car il est parti pour un autre rivage ,
Par delà les mers.

Les jolies filles peuvent bien le pleurer ,
Et dans leurs plus chères prières le placer,
Les veuves, femmes, toutes peuvent le bénir
D'un œil plein de larmes ;
Car je sais bien qu'il leur manquera beaucoup,
Par delà les mers.

Il vit le froid nord-ouest du malheur
Longuement rassembler une amère rafale ;
Une coquette enfin lui brisa le cœur,
Malheur lui en advienne !
Alors , il prit passage, devant le mât,
Par delà les mers.

Trembler sous le gourdin de la Fortune,
N'avoir que peu d'eau et de farine pour s'emplir le ventre,
Avec son humeur fière, indépendante,
S'accordent mal ;
Alors, il se roula les fesses dans un hamac,
Par delà les mers.

Gens de la Jamaïque, traitez-le bien,
Trouvez-lui un bon abri confortable,
Vous trouverez en lui un bon garçon
Plein de joyeuseté ,
Qui ne voudrait pas faire mal au diable,
Par delà les mers.

Adieu ! mon camarade, faiseur de rimes ,
Votre sol natal fut de mauvais vouloir,
Mais puissiez-vous fleurir comme un lis
Maintenant et prospérer !
Je boirai mon dernier gobelet à votre santé,
Par delà les mers[1].

Mais il était incorrigible. En même temps que son esprit reprenait un peu de calme, il reprenait sa veine de galanterie, séduit au point de

---

[1] *On a Scotch Bard gone to the west Indies.*

tout oublier, par la moindre image qui mettait son imagination en jeu. Il y en a un exemple qui est curieux par les renseignements qu'il donne sur sa rapidité d'impression et par la renommée même de l'aventure. Il est curieux aussi parce qu'il complète le tableau de cette âme dont la soudaineté et la variété d'impressions est déconcertante et déroute les présomptions.

Un soir du mois de juillet, il se promenait dans le domaine de Ballochmyle qui venait d'être acheté par M. Alexander. Il suivait les pentes escarpées au bas desquelles coule la rivière à peine visible. C'était une de ses promenades favorites, qui l'avait déjà inspiré, quand il avait mis sur les lèvres de la fille du propriétaire précédent, forcé par des revers de fortune de vendre son domaine héréditaire, ce joli et triste adieu :

<blockquote>
Les bois de Catrine étaient jaunis,
Les fleurs tombaient sous la pelouse de Catrine ;
Aucune alouette ne chantait sur les tertres verts ,
La nature apparaissait languissante ;
A travers les bosquets flétris, Maria chantait,
Elle-même dans toute la fleur de la beauté ;
Et les échos des bois sauvages résonnaient :
Adieu les pentes de Ballochmyle !
</blockquote>

<blockquote>
Couchées dans votre lit hibernal, ô fleurs ,
Vous fleurirez de nouveau fraîches et belles,
Vous, oiselets, muets dans les bosquets dépouillés,
Vous charmerez de nouveau l'air de vos voix ;
Mais ici, hélas, pour moi, jamais plus
L'oiselet ne chantera ni la fleur ne sourira,
Adieu les jolies rives de l'Ayr,
Adieu, adieu, doux Ballochmyle ! [1]
</blockquote>

Cette fois-ci il suivait une petite allée, quand il aperçut la sœur du propriétaire actuel, Miss Wilhelmine Alexander. Lui-même a décrit le tableau et raconté la scène, dans une lettre qui indique bien les splendeurs et en même temps les délicatesses de sensations qui passaient dans cette tête, pêle-mêle avec des choses brutales ou grossières. C'est du reste un riche morceau de prose descriptive, et qui donne une idée de la façon dont ce paysan écrivait :

« J'avais erré au hasard dans les lieux préférés de ma muse, les bords de l'Ayr, pour contempler la nature dans toute la gaîté de l'année à son printemps. Le soleil flamboyait au-dessus des lointaines collines à l'ouest ; pas une haleine ne remuait les fleurs cramoisies qui s'ouvraient ou les feuilles vertes qui se déployaient. C'était un moment d'or pour un cœur poétique. J'écoutais les gazouilleurs emplumés qui répandaient leur harmonie de tous côtés, avec des égards de confrère ; et je sortais

<hr>

[1] *Farewell to Ballochmyle.*

fréquemment de mon sentier, de peur de troubler leurs petites chansons ou de les faire s'envoler ailleurs en les effrayant. Sûrement, me disais-je, celui-là est un vrai misérable qui, insoucieux de vos harmonieux efforts pour lui plaire, peut suivre de l'œil vos détours, afin de découvrir vos retraites cachées et vous dépouiller de tous les biens que la nature vous a donnés : vos plus chers trésors, vos faibles petits. Même la branche d'aubépine blanche qui se mettait en travers du chemin, quel cœur, en un pareil moment, pouvait s'empêcher de s'intéresser à son bonheur et de souhaiter qu'elle fût préservée du bétail à la dent rude ou du souffle meurtrier de l'est? Telle était la scène et telle était l'heure, quand, dans un coin du tableau, j'aperçus une des plus belles œuvres de la nature qui ait jamais couronné un paysage poétique ou ravi l'œil d'un poète, en exceptant ces bardes visionnaires, qui tiennent commerce avec des êtres aériens. Si la calomnie et la raillerie avaient passé par mon chemin, elles se seraient en ce moment réconciliées à jamais avec un tel objet. Quelle heure d'inspiration pour un poète ! Elle aurait élevé la simple et terne prose historique à la métaphore et au rhythme. La chanson fut le travail de mon retour à la maison et répond peut-être pauvrement à ce qu'on aurait pu attendre d'une pareille scène [1].

> C'était le soir, sous la rosée, les champs étaient verts,
> A chaque brin d'herbe pendaient des perles ;
> Le Zéphyr se jouait autour des fèves,
> Et emportait avec lui leur parfum ;
> Dans chaque vallon, le mauvis chantait,
> Toute la Nature paraissait écouter,
> Sauf là où les échos des bois verts résonnaient,
> Parmi les pentes de Ballochmyle.
>
> D'un pas négligent, j'avançais, j'errais,
> Mon cœur se réjouissait de la joie de la nature,
> Quand, rêvant dans une clairière solitaire,
> J'entrevis, par hasard, une belle jeune fille :
> Son regard était comme le regard du matin,
> Son air comme le sourire vernal de la nature ;
> La Perfection, en passant, murmurait :
> « Regarde la fille de Ballochmyle. »
>
> Doux est le matin de mai fleuri,
> Et douce est la nuit dans le tiède automne,
> Quand on erre dans le gai jardin
> Ou qu'on s'égare sur la lande solitaire ;
> Mais la femme est l'enfant chéri de la nature !
> C'est là que celle-ci réunit tous ses charmes ;
> Mais même là, ses autres ouvrages sont éclipsés
> Par la jolie fille de Ballochmyle.
>
> O que ne fut-elle une fille de campagne !
> Et moi, l'heureux gars des champs !
> Quoique abrité sous le plus humble toit
> Qui s'éleva jamais sur les plaines Écossaises !
> Sous le vent et la pluie du morose hiver,

---

[1] *To Miss Wilhelmina Alexander, enclosing a song inspired by her charms*, Mossgiel 18th Nov. 1786.

Avec joie, avec bonheur, je travaillerais,
Et, la nuit, je presserais sur mon cœur
La jolie fille de Ballochmyle.

Alors l'orgueil pourrait gravir les pentes glissantes,
Où brillent bien haut la gloire et les honneurs ;
Et la soif de l'or pourrait tenter l'abîme,
Ou descendre et fouiller les mines de l'Inde :
Donnez-moi la chaumière sous le sapin,
Un troupeau à soigner, un sol à bêcher ;
Et chaque jour aura des joies divines
Avec la jolie fille de Ballochmyle [1].

La chose étonnante que ces imaginations-là ! On peut croire que, dans des moments comme celui-ci, Jane Armour et Mary Campbell et tous les soucis et toutes les imprudences avec leurs suites étaient loin. Il oubliait tout, se donnait au ravissement présent, perdu dans des chaumières en Espagne. Il avait, autant qu'on peut l'avoir, cette faculté des poètes et des artistes de tout oublier à chaque instant et d'être en réalité comme des instruments qui vibrent, sans souci de l'air précédent. Il envoya peu après cette chanson à celle qui la lui avait inspirée, mais il n'en reçut aucune réponse. Ce silence l'offensa car il en reparla plus tard avec une amertume peu raisonnable [2]. Il était tout naturel que la demoiselle, fût-elle de Ballochmyle, ne trouvât aucune réponse à faire à ce singulier paysan qui, avec toutes les circonlocutions pastorales, n'en parlait pas moins de la presser chaque nuit sur son cœur. Cependant Miss Alexander apprit à être fière d'avoir inspiré ces vers au poète inconnu en qui, ainsi que le dit le Dr Currie, avec l'élégance de son temps « respirait la Muse de Tibulle » [3]. Elle ne se maria pas et devint une vieille, vieille dame. Elle mourut en 1848 âgée de 88 ans [4]. Elle avait fait encadrer la chanson reçue jadis et l'avait avec elle partout où elle allait [5]. C'est excentrique, mais non pas sans quelque chose de profondément féminin. Le manuscrit de la chanson est maintenant un des objets précieux des archives de la famille Alexander [6].

Au milieu de ce mélange incohérent de désespoirs, de fiançailles, d'orgies maçonniques, de productions désolées, exquises ou railleuses, de ces adieux, de ces sautes de sentiments, de ces échappées d'imagi-

---

[1] *The Lass of Ballochmyle.*
[2] Scott Douglas, tom I, p. 161.
[3] Currie. *Life of Burns.*
[4] Voir dans Hately Waddell *Héroïnes of Burns*, ses souvenirs personnels sur Miss Alexander. — Et Chambers, tom I, p. 289.
[5] Chambers, tom I, p. 289.
[6] Nous remercions ici le colonel Alexander de la bonne grâce avec laquelle il nous a permis de visiter Ballochmyle et les souvenirs de Burns.

nation, qui s'entassent du mois d'avril au mois de juillet, Burns copiait ses poésies et corrigeait les épreuves. On avait trouvé un imprimeur à Kilmarnock, un nommé John Wilson. Burns se rendait à pied à Kilmarnock plusieurs fois par semaine, non sans y faire des stations prolongées avec ses amis, au public-house du vieux Sandy, à l'enseigne du jeu de Boules, dont le propriétaire avait une spécialité pour la fabrication d'une certaine bière [1]. L'impression commença probablement le 13 juin, car dans une lettre du 12 juin, il écrivait : « Vous avez entendu dire que je deviens poète imprimé ; demain mes œuvres vont à la presse. Je pense que ce sera un volume d'environ deux cents pages. C'est la dernière sottise que je pense faire ; ensuite, je veux devenir un homme sage aussi vite que possible [2] ».

On se demande involontairement quelles pouvaient être ses appréhensions à la veille de tenter cette aventure, si extraordinaire pour lui, de la publication de ses poèmes. Il en a fait la confidence avec sa franchise ordinaire, dans un passage curieux et qui est bien une preuve frappante de sa netteté et de sa fermeté d'esprit. Il était à peu près sûr du succès :

« Je pesai mes productions aussi impartialement que cela m'était possible ; je pensais qu'elles avaient du mérite ; ce m'était une délicieuse idée qu'on dirait de moi que j'étais un garçon de talent, même si cela ne devait jamais arriver à mes oreilles, quand je serais un pauvre conducteur de nègres, ou peut-être parti pour le monde des esprits, victime d'un climat inhospitalier. Je puis dire avec vérité que, *pauvre inconnu* [3], comme je l'étais alors, j'avais à peu près une aussi haute opinion de moi-même et de mes œuvres que je l'ai en ce moment.... Me connaître moi-même avait toujours été ma constante étude. Je me pesais moi-même seul ; je me mettais en balance avec d'autres ; je guettais tous les moyens d'observation, examinant quelle surface de terrain j'occupais comme homme et comme poète ; j'étudiais assidument le dessin de la nature, les endroits où elle semblait avoir voulu placer les différentes *ombres* et les *lumières* de mon caractère. J'étais à peu près certain que mes poèmes obtiendraient quelque applaudissement ; à mettre les choses au pis, le grondement de l'Atlantique assourdirait la voix de la critique et la nouveauté des scènes des Indes occidentales, me ferait oublier l'Indifférence [4]. »

Il attendait donc l'événement avec confiance et sans doute aussi avec un peu de fierté. Entre temps, il semblait qu'il eût épuisé toutes les émotions qui peuvent tenir en si peu de temps, quand il en survint une dernière qui sembla dépasser toutes les autres. La conduite des Armour avait été telle envers Burns qu'il s'était cru délié de toute obligation à leur égard. Ils avaient refusé la plus haute réparation qu'il fût en son pouvoir de leur donner ; c'était refuser les moindres. Avant de s'éloigner du pays, il fit dresser un acte par lequel il passait à son frère Gilbert

---

[1] *Burns and his Kilmarnock Friends.* Appendix I.
[2] *To David Brice*, 12th June 1786.
[3] En français.
[4] *Autobiographical Letter to Dr Moore.*

tout ce qu'il possédait et « particulièrement les profits qui peuvent sortir de la publication de mes poèmes présentement sous presse », à la condition que son frère se chargerait d'élever la petite fille d'Élizabeth Paton, maintenant âgée de deux ans, qu'on avait recueillie à la ferme [1]. Il ne fit aucune provision pour Jane Armour. Le vieil Armour eut-il vent de la résolution de Burns ou connaissance de cet acte ? Ce qu'il y a de certain c'est qu'il prit la résolution d'empêcher Burns de partir sans avoir laissé garantie d'une somme suffisante pour élever l'enfant dont sa fille était grosse. Il mit l'affaire entre les mains des gens de loi. Il y allait pour Burns de l'emprisonnement [2]. Nouvel acte dans ce drame ! Le voilà obligé de quitter la ferme, de dépister les recherches. « Depuis quelque temps, je me glissais de cachette en cachette, dans toutes les terreurs de la prison ; des gens mal avisés et ingrats avaient découplé la meute sans merci des gens de loi à mes trousses [3] ». Sans un avertissement singulier et dont l'origine se laisse deviner, il était saisi. Il est probable que le vieil Armour comptait mettre la main sur une partie des profits que les souscriptions désormais couvertes assuraient aux poèmes. Burns alla chercher refuge, comme un véritable outlaw, dans la forêt de Old Rome, laissant ignorer à tous où il avait disparu. Le 30 juillet 1786, il écrivait à son ami Richmond cette lettre qui rend bien l'état d'esprit où il devait être :

Mon heure est maintenant venue. Vous et moi, nous ne nous reverrons plus en Angleterre. J'ai des ordres pour me rendre avant trois semaines, à bord de la *Nancy*, capitaine Smith, allant de la Clyde à la Jamaïque et faisant escale à Antigua. Ceci, sauf pour notre ami Smith que Dieu préserve longtemps, est un secret à Mauchline. Le croiriez-vous ? Armour a obtenu un mandat d'amener pour me jeter en prison, jusqu'à ce que je donne garantie pour une somme énorme. Ils gardent un secret absolu sur ceci, mais j'en ai été informé par un canal auquel ils ne songent guère et me voici errant d'une maison d'ami à une autre, et, comme un vrai fils de l'Evangile, « je n'ai pas où reposer ma tête ». Je sais que vous allez verser l'exécration sur la tête de Jane ; mais, par amour pour moi, épargnez la pauvre fille mal conseillée : pourtant puissent toutes les furies qui déchirent la poitrine de l'amant ruiné et désespéré, accompagner sa mère jusqu'à sa dernière heure ! J'écris dans un moment de rage, réfléchissant à ma misérable situation — exilé, abandonné, délaissé. Je ne puis écrire davantage — donnez-moi de vos nouvelles par retour de la voiture. Je vous écrirai avant de partir [4].

On devine, aux derniers mots de la lettre, d'où venait l'avertissement qui l'avait sauvé. Au moment où elle avait vu celui qui l'avait aimé,

---

[1] *Deed of Assignment in favour of his brother Gilbert*, of « all and Sundry Goods, Gear, Corns, Cattle, Horses, Nolt, Sheep, Household furniture, and all other movable effects of whatever kind that I shall leave behind on my departure from the Kingdom, etc. » Mossgiel, 22nd July 1786.

[2] R. Chambers, tom I, p. 290.

[3] *Autobiographical Letter to Dr Moore.*

[4] *To John Richmond*, 30th July 1786.

auquel elle avait appartenu, auquel elle tenait par l'enfant qu'elle
portait dans ses entrailles, sur le point d'être saisi et jeté en prison, il
est vraisemblable que Jane sentit se réveiller en elle son attachement ou
du moins de la pitié. Elle eut horreur de perdre celui qui, pendant
quelques jours, avait été son époux. Elle le fit prévenir secrétement.
On sent dans la lettre que ce trait de dévouement et d'amitié a presque
réconcilié Burns avec celle qui lui avait meurtri le cœur et attristé sa
vie. Il y a là comme la reconnaissance d'un service rendu et un ton de
pardon, un retour vers l'infidèle. Et, du même coup, ces lignes contiennent peut-être le sort de la pauvre Mary Campbell.

Le lendemain même de cette lettre, le 31 juillet 1786, paraissaient les
poèmes, un humble volume de deux cents pages, avec sa grossière
couverture de papier bleu, son papier rugueux et ses caractères lourds.
Il portait comme titre : *Poèmes, principalement en dialecte écossais, par
Robert Burns,* et comme épigraphe, quatre vers qui indiquaient que
l'auteur avait une appréciation exacte de son mérite. Il commençait
par une préface dans laquelle on sent une attente pleine de confiance
et de fierté. Elle mérite d'être lue entière et avec soin ; il est impossible,
dans des conditions si singulières et si difficiles, de se présenter avec
plus de tact, de simplicité et de dignité :

Les bagatelles suivantes ne sont pas la production d'un poète qui, avec tous les
avantages d'un art savant, et peut-être au milieu des élégances et des loisirs de la
vie riche, abaisse ses regards pour chercher un thème rural, en songeant à Théocrite
et à Virgile. Pour l'auteur de ceci, ces noms et d'autres noms célèbres, leurs compatriotes, sont, dans leur langage original, une fontaine fermée et un livre scellé.
Dépourvu des conditions nécessaires pour se mettre poète par règles, il chante les sentiments et les mœurs qu'il a ressentis et vus, en lui-même et dans ses compagnons
rustiques autour de lui, dans son langage natif et dans le leur. Bien qu'il fût Rimeur
depuis ses plus jeunes années, ou du moins depuis les premières impulsions des passions tendres, ce n'est que très récemment que les applaudissements, peut-être la partialité de l'Amitié, ont éveillé sa vanité jusqu'à lui faire penser que quelque chose de lui
valait la peine d'être montré ; aucune des productions suivantes n'a été composée avec
la pensée qu'elles pourraient être imprimées. S'amuser des petites créations de sa
propre imagination, parmi le travail et les fatigues d'une vie laborieuse ; transcrire
les sentiments divers, les amours, les chagrins, les espoirs, les craintes, de sa propre
poitrine ; trouver une sorte de contrepoids aux luttes du monde, scène toujours anti-
pathique et tâche toujours malaisée à l'esprit poétique ; tels furent ses motifs pour
courtiser les muses, et il a trouvé que la poésie est sa propre récompense.
Maintenant qu'il apparaît dans le personnage public d'un auteur, il le fait avec
crainte et tremblement. La renommée est si chère à la tribu des rimeurs, que
même lui, poète obscur et sans nom, recule et pâlit à la pensée d'être traité « comme
un sot impertinent qui impose de force ses balivernes au monde et, parce qu'il sait
faire tinter quelques mauvaises rimailles écossaises, se considère comme un poète et
non de peu d'importance, en vérité. »
C'est une observation de ce célèbre poète, dont les divines Élégies font honneur à

notre langage, à notre nation et à notre race [1], que « l'Humilité a réduit plus d'un génie à l'existence d'un hermite, mais n'en a jamais élevé un à la renommée. » Que si quelque critique relève le mot *génie*, l'auteur lui dit, une fois pour toutes, que certainement il se considère comme doué de quelques dispositions poétiques ; autrement la façon dont il publie ses œuvres serait une manœuvre au-dessous du pire jugement que, il l'espère, ses pires ennemis porteront jamais sur lui. Mais au génie d'un Ramsay ou à la glorieuse aurore du pauvre et infortuné Fergusson, il déclare avec la même simplicité et la même sincérité, qu'il n'a pas la plus lointaine prétention, même pendant les plus hautes poussées de sa vanité. Dans les pièces suivantes, il a souvent tourné son regard vers ces deux poètes écossais, justement admirés, mais plutôt pour s'allumer à leur flamme qu'en vue d'une imitation servile.

À ses souscripteurs, l'auteur envoie ses plus sincères remerciements. Ce n'est pas le salut mercenaire par-dessus un comptoir, mais la gratitude profonde et cordiale du poète qui sait combien il doit à la bienveillance et à l'amitié pour lui permettre de gratifier — s'il le mérite — le vœu le plus cher de tout cœur poétique : être distingué. Il prie ses lecteurs, en particulier les Instruits et les Polis, qui pourront lui faire l'honneur de le parcourir, de tenir compte de l'éducation et des circonstances de sa vie. Mais si, après un examen juste, sincère et impartial, il est convaincu de lourdeur et de niaiserie, qu'il soit traité comme il traiterait les autres dans le même cas — qu'il soit condamné sans merci au dédain et à l'oubli.

Le volume se composait presque entièrement des pièces écrites pendant l'année 1785 et les premiers mois de 1786. Il est à remarquer que quelques-unes de ses principales pièces n'y figuraient pas. Peut-être par un sentiment de réserve Burns avait-il omis : *la Mort et le Dr Hornbook* et la *Prière de Saint Willie*. Quant aux *Joyeux Mendiants,* cette incomparable production semblait être sortie entièrement de sa mémoire. Ce volume était principalement fait de ses poèmes rustiques, de ceux qui ont le plus le goût de terroir, et dépeignent les mœurs et les superstitions de la campagne. Il ne représentait réellement que la moitié de son génie poétique. Pas de chansons ; le don de musique qui était en lui y était à peine indiqué. Dans le volume entier, il n'y en a que trois véritables. *Mary Morison*, cette chose exquise, bien que dès lors en manuscrit, n'est pas du nombre. Parmi les trois choisies pour être publiées, une au moins, les *Sillons d'orge*, est de première excellence ; les deux autres sont bonnes. On peut dire que ces quelques strophes étaient uniquement la promesse de ce que le monde devait entendre de ses lèvres dans ce genre de poésie. C'est par elles seulement qu'une oreille perspicace pouvait deviner cette mélodie encore mystérieuse, qui devait plus tard être révélée au monde, faire de lui un des chantres les plus hauts et, selon l'expression du Dr Hately Whaddelb, un des psalmistes de son pays.

La vente du volume fut tellement rapide que, le 26 août, moins d'un mois après la mise en vente, il ne restait plus que quinze exemplaires [2].

---

[1] Shenstone.

[2] R. Chambers, tom I, p. 361, Appendix 10 : *Sale of the Kilmarnock edition.*

Un peu d'argent rentra dans la poche étonnée du poète, qui le mit aussitôt de côté pour assurer son voyage. « Dès que je fus maître de neuf guinées, le prix pour me faire transporter à la zone torride, je retins mon passage sur le premier vaisseau qui devait partir [1]. » On a vu que la veille même de la publication de ses poèmes, il fixait son départ à trois semaines. Pendant les premiers jours d'août, il s'attendait à partir à chaque instant. Ce fut un simple accident, une rencontre de hasard dans le cabinet du frère de son futur patron qui l'empêcha de partir :

> « Je suis allé hier chez le Dr Douglas, tout à fait décidé à saisir l'occasion du capitaine Smith ; mais je trouvai le D[r] avec un Mr et une Mrs White, tous deux de la Jamaïque ; ils ont entièrement dérangé mes plans. Ils lui ont assuré que pour m'envoyer à Port-Antonio, il en coûtera à mon maître Charles Douglas plus de 50 livres ; sans compter le risque de me faire attraper une fièvre pleurétique par suite de la fatigue de voyager au soleil. Pour ces raisons, il refuse de m'envoyer avec Smith, mais il y a un vaisseau qui part de Greenock le 1er septembre, tout droit pour ma destination. Le capitaine est un ami intime de M. Gavin-Hamilton et aussi bon garçon que mon cœur peut le souhaiter ; je suis destiné à partir avec lui. Où je trouverai un abri ? Je n'en sais rien ; mais j'espère sortir de ces orages. Périsse la goutte de mon sang qui les redoute ! Je connais le pire qu'ils peuvent faire et suis préparé à les affronter [2]. »

Son voyage ainsi reculé, il passa une partie du mois d'août à aller voir ses amis dans le pays et à recueillir le montant des souscriptions. Il circulait maintenant librement et avait même reparu à Mauchline. Le vieil Armour, intimidé peut-être ou rassuré par le bruit qui se faisait autour du nom de son gendre manqué, avait cessé ses poursuites et se tenait maintenant tranquille [3].

A travers tout cela, il y avait un chapitre attendu de cette histoire, qui, s'il n'était pas un dénoûment, n'en était pas moins inévitable. Un dimanche, qui était le trois du mois de septembre, tandis que Burns était à l'église et écoutait un prédicateur dont il ridiculisait le sermon, Jane accouchait de deux jumeaux, un fils et une fille. Un frère de sa maîtresse vint le lui annoncer, le soir, à la ferme, et s'entendre avec lui pour le baptême [4]. Cet événement, qui devait être prévu, lui fait de nouveau oublier tout le reste. Il semble enchanté et comme tout fier d'avoir deux enfants. Toutes les cordes de paternité, qui avaient déjà vibré en lui, se mettent à trembler de nouveau, mais touchées cette fois par quatre petites mains. Il tressaille de cette espèce de frémissement joyeux qui prend les pères aux entrailles à l'annonce de leur paternité. Sur le

---

[1] *Autobiographical Letter to Dr Moore.*
[2] *To James Smith,* Monday Morning, 14th Aug 1786.
[3] R. Chambers, tom I, p. 297-98.
[4] R. Chambers, tom I, p. 298.

champ il saisit sa plume et écrit à son ami Richmond un mot tout exultant :

Souhaitez-moi bonne chance, cher Richmond. Armour vient de me donner un beau garçon et une belle fille d'un seul jet. Dieu bénisse les chers petits.

> Les roseaux verdissent, O ;
> Les roseaux verdissent, O ;
> Un lit de plume n'est pas si doux
> Que le sein des fillettes, O. [1]

On se demande si ceux qui l'entouraient, si la vieille mère surtout partageait son enthousiasme. Quelques jours après, quand cette première allégresse instinctive fut tombée, il en parlait à un autre ami avec plus de gravité et une notion plus claire de la réalité.

« Vous avez entendu dire, sans doute, que la pauvre Armour m'a payé double. Un très beau garçon et une fille ont éveillé une pensée et des sentiments qui vibrent, dans mon âme, les uns avec des impressions de tendresse, d'autres avec de tristes pressentiments [2]. »

C'était plutôt le langage qu'il convenait de parler dans les circonstances où il était. Il fut entendu que les deux familles se partageraient les enfants. La fille devait rester à sa mère et être nourrie par elle ; elle vécut peu d'ailleurs. Le garçon devait être porté à la ferme pour y être élevé par sa grand'mère et ses tantes ; il allait rejoindre son autre sœur, la petite Bess [3]. C'était le second bâtard que Burns apportait à la maison ; c'étaient deux enfants qu'il allait laisser à la garde et aux soins du sage Gilbert, et de la vieille mère, dont le foyer se peuplait de petits-enfants venus par le chemin de traverse. Le gars grandit dru et fort, portant une ressemblance frappante avec son père et devint plus tard un homme distingué.

Ainsi, prenant chacun un enfant, ces amants de deux années, ces époux de quelques jours, se séparèrent, croyant ne jamais se reprendre. Ils ne gardaient, des rencontres nocturnes et des heures d'amour, que des souvenirs déchirés par les éclats du bonheur brisé, des reproches réciproques, et la lassitude d'une crise où l'une avait laissé son honneur et l'autre failli laisser sa raison ; au milieu de cela, des fibres de sympathie mal déchirées saignantes encore, et je ne sais quelle attraction profonde, indélébile de deux êtres qui ont, avec ivresse, goûté l'un à l'autre et dont les chairs se reconnaissent.

Pendant ce temps que devenait la douce Mary des Hautes-Terres, la pauvre fille qui avait eu pour son jour de fiançailles le radieux second

---

[1] *To John Richmond.* Sunday 3rd Sep. 1786.
[2] *To Robert Muir*, 8 Sep. 1786.
[3] R. Chambers, tom I, p. 298.

dimanche de mai ? En quittant l'Ayrshire, elle était allée dans la presqu'île de Cantyre, qui forme la pointe méridionale du comté d'Argyle. Son père était matelot à bord d'un cutter des douanes, dont la station était dans la petite ville maritime de Campbeltown. C'est là que vivait sa famille. Elle passa l'été au milieu des siens, recevant probablement des lettres de Burns, mais sans prendre, à ce qu'il paraît, aucune mesure pour son union avec lui. Peut-être n'en parlait-il plus. Elle accepta l'offre qui lui fut faite, par un de ses parents, d'une place à Glasgow pour le terme de la St-Martin. Elle arriva à Greenock avec son père et un frère qu'on venait mettre en apprentissage chez un charpentier de navire nommé Macpherson, cousin de sa mère. A peine arrivé le jeune garçon tomba malade. Mary le soigna avec dévouement et tendresse ; mais quand il commença à aller mieux, elle-même sembla languir. Ses amis, superstitieux comme des Highlanders, crurent qu'on lui avait jeté le mauvais œil, et peut-être peut-on voir là un indice que sa tristesse et sa pâleur remontaient à quelque temps. Il fallait du moins que ce dépérissement leur parût inexplicable. Ils conseillèrent à son père d'aller à l'endroit où deux ruisseaux se rencontrent et de choisir dans leur lit sept cailloux polis, de les faire bouillir dans du lait nouveau et de le lui donner à boire. Ce n'était pas là le charme qui pouvait la guérir ; elle souffrait de quelque chose de trop profond. Après quelques jours, elle fut enlevée par une fièvre maligne qui régnait. Elle fut enterrée dans un terrain que Macpherson venait d'acheter, à l'extrémité du vieux cimetière de Greenock, sur le bord de la Clyde, loin des siens, abandonnée dans la grande ville fumante ; telle fut la fin de l'épisode de ce second dimanche de mai. Quelques personnes, à qui la destinée de cette douce fille a paru pure et touchante, lui ont élevé un monument qui abrite sa tombe des rayons du soleil couchant, quand il s'abaisse au delà du « rugissement de l'Atlantique ». Les steamers qui sortent de la Clyde passent tout auprès. Une des dernières choses que voient les Écossais, qui quittent le pays en emportant, à travers le monde, les vers de leur poète national, est la pierre où sont sculptés les adieux de Burns et de Mary Campbell.[1]

Burns en apprenant la nouvelle de Greenock reçut un coup terrible. Mrs Begg se rappelait qu'après le travail de la moisson achevée, elle était un jour à son rouet, avec sa mère ou une de ses sœurs qui l'aidaient. Les deux frères étaient là aussi. On apporta une lettre pour Robert. Il alla à la fenêtre pour l'ouvrir et la lire, et elle fut frappée de l'expression d'angoisse qui passa sur son visage. Il sortit sans dire un mot. Ce fut plus tard seulement que sa famille apprit cette histoire qui resta toujours comme un sujet sacré dont on ne devait pas parler [2].

---

[1] R. Chambers, tom. I, p. 321-324.
[2] R. Chambers, tom. I, p. 324.

Involontairement on se demande quel a été le rôle de Burns en tout ceci, et cette question, une fois venue dans l'esprit, ne se laisse pas aisément renvoyer. Lui-même a rapporté cet incident dans ces mots qui suivent immédiatement le récit de la journée de mai. « A la fin de l'automne suivant, elle traversa la mer pour me retrouver à Greenock, où elle était à peine débarquée qu'elle fut saisie d'une fièvre maligne qui, en peu de jours, poussa ma chère fille dans la tombe avant même que je fusse informé de sa maladie [1]. » Mais comment arrangeait-il cette union avec la passion qui l'avait repris. Qu'il fût sincère quand il maudissait l'heure et le moment du temps qui le rendrait infidèle, cela est probable. Il pouvait croire que l'indignation avait tué l'ancien amour, et prendre pour une guérison le baume que répandait une douce présence. Mais voici que la maîtresse possédée avait reparu, ressaisi son pouvoir, chassé devant des désirs troublants, des souvenirs impétueux, la modeste et tranquille image de l'absente. Quelle imprudence, quelle faute il avait commise ! Que pouvait-il faire ? Sans briser réellement, laissa-t-il voir, peut-être malgré lui, par l'espacement des lettres, par leur froideur, leur gêne, le changement qui s'était fait en lui ? Et elle, le devina-t-elle ? Eut-elle les serrements de cœur et les larmes silencieuses des abandonnées ? On ne peut s'empêcher de le penser et il semble que les faits fassent de cette supposition une probabilité. Sur la Bible qui appartint à Mary Campbell, les deux noms sont presque effacés, comme si on avait mouillé le papier et essayé de faire disparaître avec le doigt les traces d'un vœu violé [2].

Après la mort de sa fille, le père brûla les lettres de Burns, et quand celui-ci lui écrivit une lettre émouvante pour lui demander un souvenir de celle qu'il avait aimée, il refusa de lui répondre et défendit qu'on mentionnât son nom devant lui [3]. Dans les pièces que Burns consacra à cet amour, on sent comme une secrète accusation contre soi-même. Enfin il y a une lettre de lui de cette époque qui ne s'applique à rien d'autre. Elle est du commencement d'octobre et adressée à son ami Robert Aiken.

« Je suis, depuis quelque temps, miné par un chagrin sincère, secret, dû à des causes que vous connaissez assez bien : la déception, le désappointement, la piqûre de l'orgueil, avec quelques coups de couteau de remords qui ne manquent jamais de s'abattre comme des vautours sur mes parties vitales, quand mon attention n'est pas détournée par les demandes de la société ou les poursuites de la muse. Même dans ces moments, ma gaîté n'est que la folie d'un condamné ivre entre les mains du bourreau [4]. »

---

[1] *Remarks in an interleaved copy of Johnson's museum.*

[2] Voir, à défaut des volumes, le fac-simile des inscriptions donné par Scott Douglas, tom I, p. 298-99.

[3] R. Chambers, tom. I, p. 325.

[4] *To Robert Aiken*, About 8th October 1786.

Ces remords ne pouvaient se rapporter à l'affaire des Armour, puisqu'il avait fait tout ce qui était en lui pour réparer le mal et qu'il avait été sacrifié. Il avait de ce côté des griefs et non des remords ; c'était lui qui pouvait faire des reproches et non en recevoir. D'où lui venaient donc ces vautours qui ne lui laissaient point de paix ? La réserve singulière qu'il garda toujours sur ce sujet, dont il semblait vouloir éviter de parler, ajoute encore à l'idée qu'on ne peut s'empêcher de concevoir qu'il y eut là quelque chose dont le souvenir lui était pénible.

Ce qui semble certain, c'est qu'il expia, par un long regret, l'imprudence d'avoir donné des paroles à ce qui aurait dû rester un rêve, ou la faiblesse d'avoir pris pour un rêve ce qu'il avait revêtu de sa parole. Il porta en secret cette blessure jusqu'à la tombe. Après des événements soudains et extraordinaires, qui se pressèrent dans un si bref espace de son existence qu'ils semblaient devoir refouler et étouffer le passé, à des intervalles de plusieurs années, elle se rouvrait aussi fraîche qu'au premier jour. Les plaintes qu'elle lui arracha, longtemps après, sont parmi les plus déchirantes que la mort d'une femme ait jamais inspirées à l'homme. Ce fut, à son honneur, un endroit de son cœur qui resta éternellement douloureux et saignant. Ce fut le plus pur, le plus durable et de beaucoup le plus élevé de ses amours. Au-dessus de tous les autres, dont quelques-uns furent plus ardents, il se dresse avec la blancheur d'un lis. L'opposition qu'il forme avec la passion pour Jane est complète. Rien n'est curieux comme de comparer les pièces qui ont été inspirées par ces deux femmes. D'un côté toutes les épithètes sont matérielles ; ici, elles sont toutes morales. Les louanges sont empruntées, non aux grâces du corps, mais aux qualités de l'âme. Les mots qui reviennent sans cesse sont ceux d'honneur, de douceur et de bonté.

> « Bien que j'erre sous des climats lointains,
> Je sais que son cœur ne change pas ;
> Car son sein brûle de l'éclat de l'honneur,
> Ma fidèle fillette des Hautes-Terres, O.[1] »

L'idée de la revoir un jour poursuivait Burns. Chaque fois qu'il songea à quelque chose d'éternel, à une vie future, à des rencontres dans l'inconnu, ce fut vers elle que sa pensée se tourna. L'amour pour Jane, vainqueur maintenant, devait être vaincu dans la revanche inévitable des choses idéales sur celles qui sont seulement terrestres. On peut dire que, comme les autres passions du poète, il périt et tomba sur le tas des fleurs fanées. L'amour du second dimanche de mai fut toujours présent. C'est lui qui conduisit Burns dans la sphère la plus élevée où il atteignit,

---

[1] *My Highland Lassie, O.*

lui qui inspira ses plus hauts efforts de spiritualité. La douce fille
des Hautes-Terres aux yeux azurés fut sa Béatrice et lui fit signe du
bord du ciel.

IV.

LA RENOMMÉE SOUDAINE. — DÉPART POUR ÉDIMBOURG.

Cependant, le volume de Kilmarnock avait un succès prodigieux. Il
s'était enlevé si vite qu'il n'en était pas resté un exemplaire pour la
pauvre ferme de Mossgiel, et que la mère, les frères et les sœurs de Burns
n'eurent ses œuvres imprimées que dans l'édition d'Edimbourg[1]. La
renommée de l'humble volume de Kilmarnock grandissait et, dépassant
les limites de l'Ayrshire, se répandait à travers le pays entier. On se
prêtait ces poèmes étonnants ; de tous côtés, on les récitait, on les
chantait. Les gens du peuple, les paysans, avaient pour la première fois
un grand poète qui rendait, dans leur propre langue, leurs propres
sentiments. C'était un enthousiasme presque incroyable et tel qu'on
aime à le laisser exprimer par ceux qui l'ont connu. « La fille de ferme
chantait ses chansons, dit Allan Cunningham, le laboureur et les bergers
répétaient ses poésies, tandis que les vieux et les prudents citaient ses
vers dans la conversation, heureux de trouver que des choses de fantaisie
pouvaient être rendues utiles. Mon père qui aimait la poésie emprunta le
volume à un clergyman caméronien qui, en le lui prêtant, y ajouta ce
remarquable conseil : « Ne le laissez pas sur le chemin des enfants,
John, de peur de les attraper comme j'ai attrapé les miens, à le lire le
jour du Sabbath.[2] » Robert Heron raconte que, dans le Kirkcudbrightshire
où il était alors, il est presque impossible d'exprimer avec quelle admiration fervente et quelles délices ces poèmes furent reçus. Jeunes et vieux
étaient également ravis, agités et transportés. Lui-même obtint le livre
un soir, et ne dormit point qu'il ne l'eût achevé. « Même les garçons
de charrue et les servantes auraient été heureux de donner les gages
qu'ils gagnaient très durement et dont ils avaient besoin pour acheter
leurs vêtements, s'ils avaient pu se procurer les œuvres de Burns[3]. »
La contrée entière résonnait de son nom. Et ce n'étaient pas seulement
les paysans ; les gens cultivés et instruits étaient également saisis par
cette contagion d'admiration pour l'homme et la langue. La plupart
d'entre eux, sans doute, commençaient avec la méfiance de Walker et

---

[1] Scott Douglas, tome IV, p. 189.

[2] Allan Cunningham, *Life of Burns*, p. 86.

[3] Robert Heron, *Life of Burns*, p. 483.

passaient par les même phases que lui, pour arriver à la même admiration :

« Je classais le laboureur poétique avec les filles de ferme et les batteurs en grange poétiques de l'Angleterre, pour les productions de qui je n'avais pas une violente admiration. Ainsi préparé, les poèmes furent mis entre mes mains, et avant d'avoir achevé une page, j'éprouvai des émotions de surprise et de plaisir dont je n'avais jamais eu conscience auparavant. Le langage que j'avais commencé à dédaigner, comme bon seulement pour les conversations vulgaires, semblait transformé par le charme du génie et être devenu le langage propre de la poésie. Il exprimait toutes les idées avec une brièveté et une force, il se pliait à tous les sujets avec une souplesse qui manquent parfois aux langages les plus parfaits. A chaque page, on voyait l'empreinte du génie. Tout était touché par une main d'une dextérité si étonnante qu'elle semblait remplir ses fonctions les plus faciles et les plus familières, quand elle accomplissait ce que toute autre aurait tenté en vain. Je ne quittai pas le volume avant de l'avoir achevé, et je ne puis pas me rappeler de moments qui aient passé plus rapidement que les heures où je fus ainsi occupé. Un désir de voir l'homme qui avait le pouvoir de produire de tels effets succéda naturellement [1] ».

Tous étaient ainsi gagnés, séduits, enveloppés par ce charme qui courait le pays ; il semblait que c'en fût véritablement un. Une vieille dame des environs, descendante de Vallace, Mrs Dunlop, venait d'être affligée d'une longue et cruelle maladie qui l'avait réduite à un état d'assombrissement et de découragement. Un volume des poèmes fut laissé sur sa table par un de ses amis. Elle l'ouvrit et tomba sur le *Samedi soir du Villageois*. Elle le lut avec la plus grande surprise et le plus grand plaisir. « La description des simples villageois opéra sur son esprit comme le charme d'un puissant exorciste, chassa le démon ennui et la rendit à son harmonie et à sa bonne humeur ordinaires ». Mrs Dunlop envoya aussitôt un messager à Mossgiel, qui était à une distance de 15 à 16 milles, avec une lettre flatteuse pour Burns, lui demandant de lui envoyer une demi-douzaine de ses exemplaires et de lui faire le plaisir de venir la voir à Dunlop-House, aussitôt qu'il le pourrait. Ce fut le commencement d'une amitié et d'une correspondance qui ne finirent qu'avec la vie du poète. Le dernier emploi qu'il ait fait de sa plume fût une lettre à Mrs Dunlop, quelques jours avant sa mort [2].

Les avances les plus flatteuses lui venaient de tous côtés et des hommes les plus éminents. Dugald Stewart, le célèbre professeur de philosophie à l'Université d'Edimbourg et un des hommes les plus accomplis de son temps, qui passait ses vacances dans la villa de Catrine, sur les bords de l'Ayr, pria le Dr Mackenzie, le docteur de Mauchline, un de ses amis, de lui amener le poète à dîner. Celui-ci y rencontra

---

[1] Walker. *Life of Burns*, p. LXVIII.
[2] *Gilbert's Narrative.* — R. Chambers, tom. I, p. 833.

Lord Daer, jeune noble de grande espérance, qui revenait de France
où il avait été lié avec quelques-uns des hommes qui jouèrent un peu
plus tard un rôle dans la Révolution Française, entre autres Condorcet[1].
C'était la première fois que Burns se trouvait avec un représentant de
l'aristocratie ; il a laissé ses impressions de cette entrevue, dans une
pièce curieuse où l'on sent, sous la bonne humeur et la satisfaction,
ce qu'il y avait d'ombrageux dans ses rapports avec les personnes d'une
position sociale supérieure à la sienne.

> Oh ! où est le pouvoir magique de Hogarth
> Pour montrer les regards étonnés de Messire le Poète,
> Et comment il ouvrait les yeux et balbutiait,
> Quand effaré, comme conduit à la bride,
> Et piétinant lourdement sur ses jambes de laboureur
> Il s'embarrassa dans le salon ?

> Je gagnai, de côté, un coin, un abri,
> Et vers sa seigneurie glissai un regard,
> Comme vers un prodige effrayant ;
> Sauf le bon sens, la jovialité,
> Et (ce qui me surprit) la modestie,
> Je ne remarquai rien d'extraordinaire.

> Je guettais les symptômes des grands,
> L'orgueil du sang, la pompe seigneuriale,
> L'assurance arrogante ;
> Du diable s'il avait de la fierté ;
> Ni vanité, ni orgueil — à ce que je pus voir,
> Pas plus qu'un honnête laboureur [2].

Burns, on le voit, était sorti enchanté de sa rencontre. On aime à se
figurer cette première introduction de Burns dans une société qu'il ne
connaissait pas, et on se représente ce dîner qui fournirait un tableau à un
Meissonier anglais : le médecin intelligent et instruit, le jeune noble
libéral, la douce et calme figure du vénérable D. Stewart, et ce poète
paysan, un peu gauche, cependant le plus grand de tous. Dugald
Stewart a laissé de son côté l'impression que lui fit cette première
rencontre ; elle était, elle aussi, excellente.

« Ses manières étaient alors, comme elles continuèrent toujours de l'être ensuite,
simples, viriles et indépendantes. Elles exprimaient la conscience de son génie et de
sa valeur, mais sans rien qui indiquât la forfanterie, l'arrogance ou la vanité. Il
prenait sa part dans la conversation ; mais pas plus qu'il ne lui appartenait et
écoutait avec une attention et une déférence visibles, quand il s'agissait de sujets sur
lesquels son éducation le privait de moyens d'information. S'il y avait eu un peu plus

---

[1] R. Chambers, tom. I, p. 329.
[2] *Lines on meeting with lord Daer.*

de douceur et d'accommodement dans son caractère, il aurait encore été, je le pense, plus intéressant. Mais il avait été accoutumé à faire la loi dans le cercle de ses connaissances ordinaires, et sa crainte de tout ce qui approchait de la bassesse et de la servilité rendait sa manière d'être un peu décidée et dure. Rien peut-être n'était plus remarquable, parmi ses divers talents, que l'aisance, la précision et l'originalité de son langage, quand il parlait en compagnie. Cela était d'autant plus remarquable qu'il visait à la pureté dans son tour d'expression, et évitait, avec plus de souci que la plupart des Ecossais, les particularités de la phraséologie écossaise[1]. »

Sa position toutefois restait toujours indécise et comme en suspens. Il ne prenait plus guère part aux travaux de la ferme. Cependant il fit la moisson, qui fut cette année-là tardive. Quelques-uns de ses amis, Gavin Hamilton, Aiken, Ballantine, désolés de laisser partir, pour des climats meurtriers et un avenir incertain, l'homme dont ils étaient fiers et qu'ils aimaient, s'occupèrent de lui trouver une situation qui pût lui permettre de rester en Ecosse et cherchaient à lui obtenir une place dans l'Excise[2]. Lui-même tantôt désirait, tantôt semblait redouter que leurs démarches réussissent. La pensée de ses enfants le retenait ; d'autres considérations assez mystérieuses et qu'on ne peut guère rattacher qu'à l'épisode de Mary Campbell, semblaient le pousser hors du pays. La lettre suivante expose la situation d'esprit dans laquelle il se trouvait alors :

« J'ai ressenti en moi toutes sortes de fluctuations et de mouvements en ce qui concerne l'Excise. Il y a beaucoup de motifs qui plaident fortement contre : l'incertitude d'obtenir bientôt une place , les conséquences de mes folies qui peuvent rendre mon séjour ici impraticable... Toutes ces raisons m'engagent à aller à l'étranger, et contre toutes ces raisons, je n'ai qu'une réponse : les sentiments d'un père. Ceci, dans l'humeur où je me trouve à présent, fait contrepoids à tout ce qui peut être dans l'autre côté de la balance...

Vous pouvez peut-être croire que c'est une fantaisie extravagante, mais c'est un sentiment qui m'atteint au cœur. Bien que sceptique sur plusieurs points de la foi ordinaire, je pense cependant avoir toutes les preuves qu'il existe d'une vie par delà les limites étroites de notre existence présente. S'il en est ainsi, comment en présence de cet Etre redoutable, auteur de l'existence, comment affronterai-je les reproches des êtres qui sont vis-à-vis de moi dans la chère relation d'enfants, et que j'aurais abandonnés dans l'innocence souriante de leur faible enfance ! O toi, Pouvoir inconnu, toi Dieu tout puissant, qui as allumé la raison dans mon sein et m'as donné le bienfait de l'immortalité, j'ai fréquemment dévié de cet ordre et de cette régularité qui sont nécessaires à la perfection de tes œuvres, cependant tu ne m'as jamais quitté ni délaissé....

« Depuis que j'ai écrit la page précédente, j'ai vu l'orage du malheur s'épaissir au-dessus de ma tête dévouée à la folie. Si vous réussissez, ô mon ami, mon bienfaiteur , dans vos démarches pour moi, peut-être me sera-t-il impossible de recueillir le fruit de vos efforts. Ce que j'ai écrit dans les pages précédentes est la

---

[1] *Dugald Stewart's Letter respecting Burns*, donnée par Currie, p. 83.

[2] R. Chambers, t. I, p. 313.

ferme teneur de ma résolution ; mais si des circonstances ennemies m'empêchaient d'accepter votre offre bienveillante, ou si l'accepter menaçait de m'attirer de nouvelles misères....[1] »

La lettre coupée, inachevée, trahissait l'état d'incertitude et d'émotion douloureuse où il se trouvait alors. Le temps passait sans qu'il prît de résolution et sans que la pensée du départ quittât son esprit.

Il se produisit alors un événement qui l'en chassa définitivement et eut sur sa destinée future une importance décisive. Il l'a rappelé lui-même en ces termes :

« J'avais fait mon dernier adieu à quelques amis ; ma malle était sur le chemin de Greenock ; j'avais composé une chanson *La Nuit ténébreuse s'épaissit rapidement*, qui devait être le dernier effort de ma muse en Calédonie, quand une lettre du Dr Blacklock à un de mes amis renversa tous mes projets, en éveillant mon ambition poétique. Le docteur appartenait à une classe de critiques dont je n'aurais pas osé espérer l'approbation. Son idée que je rencontrerais des encouragements pour une seconde édition m'enflamma tellement que je partis aussitôt pour Edimbourg, sans une seule connaissance dans la ville et sans une seule lettre de recommandation[2]. »

Les choses ne se passèrent pas tout à fait aussi simplement que Burns le raconte à distance et dans une lettre où les événements de sa vie devaient être ramassés en quelques mots. Même ce départ pour Edimbourg ne fut pas sans ses incertitudes et ses difficultés. Tout ce passage de la vie de Burns est encore intéressant à suivre de près.

A quelques milles de Mossgiel se trouve la paroisse de Loudon, dont le ministre était alors le Rév. George Lawrie. C'était un homme de culture et de goût littéraires. Il avait des relations dans la société intellectuelle d'Edimbourg. C'était un ami de Blair et de Robertson. Par une rencontre assez curieuse, il avait été l'intermédiaire par lequel les fragments de Macpherson avaient été soumis à Blair, qui avait appelé sur eux l'attention publique. Lawrie avait lu les poèmes de Burns avec la surprise et l'admiration qu'ils causaient à tous ceux entre les mains desquels ils tombaient. Bien qu'il ne connût pas le poète, il les envoya à un de ses amis, le docteur Blacklock, en lui en demandant son avis et en insinuant qu'il pourrait les communiquer à Blair, alors connu comme le premier critique du temps.

C'est une figure vénérable et touchante que celle du Dr Blacklock et qui vaut un crayon d'un instant. Né en 1721, il avait perdu la vue à l'âge de six mois, par suite de la petite vérole, si implacable alors. Son père, un maçon pauvre, avait entrepris d'instruire lui-même du mieux

---

[1] *To Robert Aiken*, 8th October 1786.
[2] *Autobiographical Letter to Dr Moore*.

qu'il pouvait son petit aveugle, en lui lisant à ses heures de repos Milton, Spenser, Prior, Pope et Addison. C'est un autre exemple de ces éducations écossaises. L'enfant, élevé dans cette musique de poètes, se mit à faire des vers, qui tombèrent entre les mains d'un brave homme, le Dr Stevenson d'Edimbourg. Celui-ci s'intéressa à lui et lui fournit les moyens de faire ses études à l'Université. Blacklock entra alors dans les ordres et devint un prédicateur de réputation. Mais, à la suite de deboires dus à sa cécité, il s'était retiré à Edimbourg et y tenait une sorte de maison de famille où il recevait quelques élèves choisis. C'était un vieillard très pâle, avec de beaux cheveux blancs; il était d'une douceur et d'une bonté inaltérables. On disait de lui « qu'il n'avait jamais perdu un ami et ne s'était jamais fait un ennemi ». Sa bienveillance était continue, elle agissait comme un des modes de sa vitalité. Il avait pris, pour se faire conduire, un petit paysan et lui trouvant de la bonne volonté à apprendre, il lui enseigna le grec, le latin, le français et en fit un homme distingué. « Si on énumérait tous les jeunes gens qu'il a retirés de l'obscurité et mis en état, par l'éducation, de se pousser dans la vie, disait Walker, le catalogue exciterait une surprise très naturelle [1] ». Et Héron : « Il n'y a peut-être jamais eu un homme qui pût, avec plus de vérité, être appelé un *Ange sur la terre* que le Dr Blacklock. Il était candide et innocent comme un enfant, néanmoins doué de la sagacité et de la pénétration d'un homme. Son cœur était une source continuelle de bonté [2] ». Cette âme exquise était d'une aménité et d'une gaîté constantes, se réjouissant d'une clarté intérieure. Il vivait entouré du respect et de l'amour de tous. Quand le Dr Johnson avait passé par Edimbourg, il lui avait dit : « Cher Dr Blacklock, je suis heureux de vous voir » ; ce qui était un grand honneur. Tel était celui qui venait d'avoir une influence capitale sur la destinée de Burns par quelques-unes de ces paroles, par un de ces actes de bienveillance, qui sortaient de tous les instants de sa vie. Il était de ces hommes autour desquels tombe comme une manne, et près de qui la faim, la fatigue, la douleur, ne peuvent passer sans trouver un réconfort. Ils ne s'en doutent souvent pas; ils n'ont pas même notion d'un effort, d'une volition; ils sont bienfaisants par nature, par exercice de leur façon d'exister [3].

Voici la lettre que le Dr Blacklock écrivait à Mr Lawrie pour le remercier de l'envoi du volume de Burns. Elle est curieuse, dans la première partie, parce qu'elle donne l'impression produite sur lui par

---

[1] Walker, *Life of Burns*, p. LX.

[2] Heron. *Life of Burns*, p. 483.

[3] Voir sur le Dr Blacklock la notice dans *Biographical Dictionary of Eminent Scotsmen*.

cette lecture ; et dans la seconde, parce qu'il montre qu'un mois après la publication du volume, on s'en occupait déjà à Edimbourg :

J'aurais dû vous remercier, il y a longtemps, de votre envoi, non seulement parce que c'est un témoignage de votre bon souvenir, mais parce qu'il m'a donné l'occasion de goûter un des plus délicats et peut-être un des plus sincères plaisirs dont l'esprit humain est susceptible. Une quantité d'occupations m'ont empêché d'avancer dans la lecture des Poèmes ; à la fin cependant j'ai achevé cette agréable tâche. J'ai vu bien des exemples de la force et de la générosité de la nature s'exerçant sous des désavantages nombreux et formidables ; je n'en ai jamais vu d'égal à celui que vous avez eu la bonté de me présenter. Il y a une émotion et une délicatesse dans ses poèmes sérieux, une vérité d'esprit et d'humeur dans ceux qui ont un tour joyeux, qu'on ne peut trop admirer ni trop chaudement louer. Je pense que je ne rouvrirai jamais le livre sans sentir mon étonnement renouvelé et accru. J'aurais voulu exprimer mon approbation en vers, mais, soit par suite du déclin de ma vie ou d'une dépression temporaire de mes esprits, il est maintenant hors de mon pouvoir d'accomplir cette intention.

M. Stewart (Dugald Stewart) professeur de philosophie de notre Université, m'avait déjà lu trois poèmes et je lui avais témoigné le désir qu'il fît inscrire mon nom parmi les souscripteurs ; mais si cela a été fait ou non, je n'ai jamais pu le savoir.... Il m'a été rapporté, par un gentleman à qui j'avais montré ces œuvres et qui en a cherché un exemplaire avec diligence et ardeur, que l'édition tout entière était déjà épuisée. Il serait donc très désirable, pour ce jeune homme, qu'une seconde édition plus nombreuse que la première pût être immédiatement imprimée, car il paraît certain que son mérite intrinsèque et les efforts des amis de l'auteur pourraient lui donner une circulation plus répandue que tout ce qui a été publié en ce genre, à ma souvenance [1].

M. Lawrie fit parvenir cette lettre à Burns. On peut penser si elle fut accueillie avec joie. Toutefois il ne semble pas qu'elle lui ait d'abord suggéré l'idée de se rendre à Edimbourg. Elle ne lui donna que ce qu'elle contenait réellement, la pensée de faire une seconde édition, dans laquelle il mettrait quelques morceaux composés récemment. Il se peut que cette lettre, écrite au commencement de septembre, ait mis quelque temps à arriver jusqu'à Burns. Il alla, vers le commencement d'octobre, trouver son imprimeur de Kilmarnock, pour lui demander s'il voudrait faire une autre édition de 1000 exemplaires. L'imprimeur voulait bien risquer les avances de la composition mais pas du papier. « D'après lui le papier de 1000 copies coûterait environ 25 livres et l'impression environ 15 ou 16 ; il offre de s'entendre là dessus pour l'impression, si je veux faire les avances pour le papier ; mais ceci, vous le savez, est hors de mon pouvoir ; aussi adieu l'espérance d'une seconde édition jusqu'à ce que je devienne plus riche ! C'est une époque qui, je le pense, arrivera avec le paiement de la dette nationale britannique [2]. »

---

[1] *To Mr George Lawrie* V. D. M. Sept. 4, 1786, donnée par Chambers, tom I, p. 311.

[2] *To Robert Aiken,* 8th October 1786.

Cet échec fut une déception pour Burns qui avait peut-être vu, dans une seconde édition, le moyen de reculer ou d'éviter son départ. Son esprit y fut forcément ramené et plus que jamais il se crut sur le point de quitter son pays. En revenant d'une visite qu'il avait faite à Mr Lawrie, probablement pour le remercier, « je composai, dit-il, la dernière chanson que je devais écrire en Calédonie ». Son esprit était assombri et la description des circonstances dans lesquelles il avait fait ce suprême adieu est peut-être plus frappante que le poème lui-même : « Il avait pris congé de la famille du Dr Lawrie, après une visite qu'il pensait être la dernière, et pour s'en retourner chez lui, il avait à traverser une vaste étendue de moors solitaires. Son esprit était fortement affecté de quitter pour toujours une scène où il avait goûté tant de plaisirs d'une sociabilité élégante, et attristé par l'aspect sombre de son avenir qui faisait un contraste. L'aspect de la nature était en harmonie avec ses sentiments ; c'était un soir sombre et lourd à la fin de l'automne. Le vent s'était levé et sifflait à travers les roseaux et les longues herbes qu'il faisait plier. Les nuages couraient chassés dans le ciel, et par intervalles, de froides averses cinglantes ajoutaient le déconfort du corps à la tristesse de l'âme[1]. » C'est dans cet état d'âme qu'il composa ces derniers vers :

> La nuit ténébreuse s'épaissit rapidement,
> La rafale sauvage et inconstante rugit bruyamment,
> Ce nuage sombre est chargé de pluie,
> Je le vois passer sur la plaine ;
> Le chasseur a quitté le moor,
> Les couvées éparpillées se retrouvent en sûreté,
> Tandis que j'erre ici, pressé de souci,
> Sur les bords solitaires de l'Ayr.

> L'automne pleure son grain mûrissant
> Arraché par le ravage de l'hiver ;
> A travers son ciel azuré et tranquille
> Elle voit passer la tempête ;
> Mon sang est glacé de l'entendre mugir,
> Je pense à la vague orageuse
> Sur laquelle je dois affronter maint danger,
> Loin des bords jolis de l'Ayr.

> Ce n'est pas le rugissement de la houle soulevée,
> Ce n'est pas ce rivage fatal et mortel,
> Bien que la mort y apparaisse sous toutes les formes,
> Les malheureux n'ont plus rien à redouter ;
> Mais autour de mon cœur des liens sont noués,
> Et ce cœur est percé de maintes blessures,
> Celles-ci saignent de nouveau, je déchire ces liens,
> Quand je quitte les jolis bords de l'Ayr.

---

[1] Walker, p. LXXII.

Adieu collines et vallons de la vieille Coïla,
Ses moors couverts de bruyère, ses vallées tortueuses,
Les scènes où ma malheureuse imagination erre,
Poursuivant les amours passées et malheureuses !
Adieu mes amis, adieu mes ennemis,
Mon pardon aux uns, mon amour aux autres,
Les larmes qui jaillissent trahissent mon cœur ;
Adieu les jolis bords de l'Ayr ! [1]

Il continua à songer au départ jusqu'à la fin d'octobre, car il en parle encore dans une épître adressée au major Logan le 30 de ce mois. C'est seulement dans les premiers jours de novembre que ses amis, comme M. Ballantine d'Ayr, chagrinés de le voir toujours sur le point de partir, semblent l'avoir poussé à aller à Edimbourg essayer d'y publier cette seconde édition. Ils pensaient probablement que, s'ils gagnaient du temps, il y avait chances pour que l'exil de Burns fût évité. En même temps, il est impossible qu'il ne fût pas informé que les journaux, le *Magazine d'Edimbourg*, s'étaient occupés de lui et avaient fait grand cas de ses poèmes.

« Un exemple frappant de génie naturel éclatant à travers l'obscurité de la pauvreté et les obstacles d'une vie laborieuse.... A ceux qui admirent les créations d'une imagination libre et qui ferment les yeux sur de nombreuses fautes, en tenant compte de beautés sans nombre, ses poèmes donneront un singulier plaisir. Ses observations du caractère humain sont pénétrantes et sagaces et ses descriptions sont vives et justes. Il y a un riche fonds de plaisanterie rustique, et quelques-unes des scènes tendres sont touchées avec une délicatesse inimitable. Le caractère qu'Horace donne à Osellus lui est particulièrement applicable :

Rusticus abnormis sapiens crassaque Minerva [2].

Le critique ne s'apercevait pas que les œuvres de Burns étaient autrement parfaites et achevées que les œuvres des poètes à la mode, à commencer par Blair. Mais c'était beaucoup déjà que cette admiration, même un peu à côté.

Toutes ces raisons combinées firent que Burns prit une grave résolution ; vers le commencement de novembre, il se décida à partir pour Edimbourg, à aller tenter sa fortune dans une ville inconnue, la capitale intellectuelle de l'Ecosse et, on peut le dire, à cette époque-là, de l'Angleterre. Il se lançait brusquement vers un avenir nouveau dont il n'avait pas la moindre idée quelques semaines auparavant. C'était une décision qui devait avoir une influence considérable sur son avenir, un des tournants importants de sa vie.

---

[1] *The Gloomy Night is gathering fast.*
[2] *The Edinburgh Magazine for October*, cité par Chambers, tom I, p. 386.

Au fur et à mesure que ces bonnes nouvelles affluaient, que les témoignages de la renommée de Robert arrivaient d'endroits plus éloignés, montrant par là qu'elle gagnait le pays, on peut compter qu'une joie grandissait dans la maison. Non pas une surprise ; les siens l'avaient toujours regardé comme un être exceptionnel. Sa mère surtout dut être heureuse et ce baume, après les récentes histoires, venait à point. Non pas tant à cause du bruit : les éloges des étrangers importent peu à l'admiration d'une mère pour son fils ; ils ne la corroborent pas ; elle est au-dessus de ces appuis ; ils la flattent et l'enchantent seulement. Mais dans cette proclamation des mérites extraordinaires de son fils, il se peut qu'il y eût quelque chose qui allât plus avant vers le cœur de la bonne femme, sans qu'elle s'en rendît clairement compte. Ces approbations rassuraient et ratifiaient son indulgence pour les erreurs de son garçon. Elles semblaient prendre le parti de sa tendresse contre ces moments où elle se demandait s'il était bien excusable. N'est-il pas naturel qu'il y ait un peu d'écarts et de désordre en celui qui, de l'aveu de tout le monde, est en dehors des conditions ordinaires ? Cette pensée devait lui être adoucissante. C'était la consolation de maints chagrins muets, la défaite de ces doutes, ombres affreuses, qui se glissent parfois entre une mère et son sang. Et dans Mauchline, dans les environs, l'admiration pour Burns, jusqu'alors indécise et déroutée entre l'étonnement, la curiosité et la critique, prenait pied et se donnait de l'importance. C'était un personnage ; on s'occupait de lui à Edimbourg, dans des livres et dans les journaux. Le vieil Armour devait se gratter l'oreille, perplexe ; et les rigides passer vite quand ils rencontraient le poète ; s'il allait les imprimer et jeter leur nom aux rires du pays !

Quant à lui, ses sentiments se laissent deviner. Lorsqu'il fut sur le point de quitter la petite ferme de Mossgiel, il dut, avec l'habitude qu'il avait de s'examiner et le net discernement qu'il apportait à ces examens, il dut se représenter ces deux années et demie, si pleines d'une confusion où toutes choses étranges étaient mêlées. Quel chemin parcouru depuis qu'il était arrivé à Mossgiel, avec le ferme propos d'être sage et l'intention de devenir un bon fermier ! Comme ces-temps là étaient loin déjà ! Il en était séparé par toute une existence. Quel tourbillon de luttes, de colères, de labeurs, de soucis, d'ivresses ! Quels élans de production ! Quelles douces heures de rêverie et de poésie, faites d'un miel dont ses vers n'étaient que les rayons pressés ! Quels émois, quelles folies ! Quelles ivresses amoureuses, quelles exaltations délicieuses ou douloureuses ! Mais quels regrets, quelles mélancolies, quels remords en pensant à la pauvre Mary ! Puis, quelles ténèbres, quelle épaisse nuit de désespérance et, tout soudainement, quel coup de soleil, dont il était encore ébloui, dont il avait l'éclat dans la figure, vers lequel il allait marcher ! Fût-il jamais une vie faite de plus de coups de surprise et plus soûlée d'émotions? Son regard se débattait éperdu, ne sachant où se reposer, dans ce choc de moments divers, qui se croisaient plus mêlés que les lignes d'un tartan. L'étoffe de ces années était faite ainsi, d'heures claires, grises et noires, bonnes et mauvaises, nobles et basses, tissées ensemble, irrévocablement. Pauvre manteau bigarré qui se détachait, pour jamais, de ses épaules! Car il lui était impossible de ne pas sentir qu'il laissait derrière lui une portion de sa vie. Adieu les champs, retournés par la charrue, le champ de la Souris et de la Marguerite! Adieu le galetas où il avait écrit ses poèmes! Adieu le *ben* où la *Vision* lui était apparue! Elle ne lui avait pas menti. Ils étaient salués à présent ces invisibles rameaux qu'elle lui avait placés sur le front. Mais lui? Avait-il été aussi fidèle à la recommandation qu'elle lui avait faite? Avait-il préservé, irréprochablement, sa dignité d'homme et gardé son âme droite? Ces derniers mois, tout secoués d'orages sortis de lui-même, qu'avaient-ils produit de comparable aux douze mois précédents? Hélas! Mais malgré tout, malgré tout, ces années avaient été actives, joyeuses, fécondes; elles étaient argentées, jusque dans leurs folies mêmes et leurs plus sombres conséquences, par la lumière de la jeunesse.

Une légende s'était formée, par suite d'une erreur mal rectifiée par Currie, que Burns avait fait à pied la route d'Edimbourg. Il y était arrivé si las, si endolori qu'il était resté couché deux jours. La réalité est dans un autre sens aussi intéressante et peut-être plus curieuse. Il fit le chemin à cheval, sur un poney qui lui avait été prêté par un de ses amis, et son voyage, au lieu d'être une marche solitaire et pénible, fut une fête et un triomphe. Il s'éloigna de Mauchline par Scone et Muirkirk, en remontant le cours de sa rivière favorite l'Ayr, et, franchissant les hauteurs, redescendit vers la Clyde. Lorsqu'il chevauchait ainsi par les collines et les moors, assombris alors des tristesses de novembre et émus de ses soupirs, il était tout entier à des espérances nouvelles pour lui. Il fredonnait le refrain d'une vieille chanson :

En passant près de Glenap,
Je vis une vieille femme,
Qui m'a dit : « Reprends courage,
Tes meilleurs jours vont venir [1]. »

Il avait été convenu que, après le premier jour de son voyage, qui devait en prendre deux, il passerait la nuit chez un M. Prentice, qui occupait la ferme du domaine de Covington. « Tous les fermiers de la paroisse avaient lu avec délices les ouvrages alors publiés du poète et

[1] Lockhart. *Life of Burns*, p. 108.

étaient anxieux de le voir. Ils furent invités à dîner avec lui dans la soirée ; le signal de son arrivée devait être un drap blanc attaché à une fourche et qu'on placerait au faîte d'une meule de blé dans la cour de la ferme. La paroisse est un bel amphithéâtre, à travers lequel circule la Clyde, avec la colline de Wellbrae à l'ouest, les hauteurs incultes de Tinto et Culter au sud, et la jolie colline verte et conique de Quothquan à l'est. L'enclos où étaient les meules étant au centre s'apercevait de toutes les maisons de la paroisse. Enfin Burns arriva monté sur un poney qu'on lui avait prêté. Aussitôt le drapeau blanc fut hissé, et aussitôt on vit les fermiers sortir de leurs demeures et converger vers le lieu de rendez-vous. Il s'ensuivit une fameuse soirée ou plutôt une nuit, qui emprunta même quelque chose au matin, et la conversation du poète confirma et augmenta l'admiration produite par ses écrits. Le matin suivant, il déjeuna en nombreuse société, à la ferme prochaine occupée par James Stodart et prit le lunch au Bank, dans la paroisse de Carnwarth, avec John Stodart, le père de ma mère, également en grande compagnie [1] ». Vers le soir du deuxième jour, il arriva devant Edimbourg. Quand il aperçut, indiquée par une masse sombre et parsemée de lumière, la silhouette puissante de la grande ville écossaise, il fut pris, sans doute, d'un mouvement d'émotion et d'enthousiasme. C'était donc là-bas Edimbourg ! La tête et l'orgueil de l'Ecosse, la cité légendaire et historique où les rois avaient trôné et siégé en parlements, la cité de Marie Stuart, de John Knox, la cité des savants et des poètes, de Buchanan, de Ramsay, de Fergusson, de Hume, la cité où la science, où l'éloquence, les arts brillaient d'un éclat prestigieux ! Il la salua de toute la ferveur patriotique que ses lectures avaient développée en lui. — Puis après cette première exaltation, il songea peut-être qu'il arrivait seul et obscur, sans une lettre de recommandation ; et il ressentit le moment d'appréhension et de tristesse qui vous prend aux portes des vastes séjours d'hommes, quand on y entre pauvre et sans amis. Il gravit la colline qui suit les flancs du château, et montant par là, il s'en alla trouver son ami Richmond qui lui avait offert l'hospitalité dans un pauvre logis.

---

[1] *Letter of Mr Archibald Prentice.* C'était le fils de l'hôte de Burns. Chambers, tom II, p. 1 et 2.

CHAPITRE IV.

EDIMBOURG.

NOVEMBRE 1786 — FÉVRIER 1788.

EDIMBOURG EN 1786.

Edimbourg n'était pas encore la cité singulière et admirable, dont la beauté est formée du contraste de deux villes, l'une gothique et l'autre classique. La ville nouvelle, avec ses longues et larges rues bordées de maisons régulières, coupées à angle droit, terminées à chaque extrémité par un square orné d'une statue, avec son ordonnance géométrique et sa dignité un peu monotone, n'existait pas encore. Sur l'emplacement qu'elle recouvre, Henry Mackenzie, l'auteur de *l'Homme de sentiment,* que nous avons déjà vu, que nous reverrons dans l'histoire de Burns et qui vécut jusqu'en 1831, tuait des perdrix et des bécassines [1]. La noble terrasse de Prince's street, qui a si grand aspect avec sa rangée de statues en bronze et en marbre des grands Écossais, n'était qu'un terrain vague où commençaient à s'élever quelques maisons. Il n'y avait pas longtemps qu'un propriétaire audacieux avait gagné la prime de vingt livres offerte à celui qui y bâtirait la première maison ; pas longtemps qu'un autre avait été exempté de taxe pour avoir bâti la seconde ; et quelques années seulement qu'un troisième, en faisant construire une, avait stipulé que son entrepreneur en élèverait une autre à côté, pour qu'il fût protégé des vents d'ouest [2]. A la place des beaux jardins que Prince's street domine aujourd'hui, s'étalait un lac, North loch, qu'assombrissait le reflet des grands rochers du château se dressant sur l'autre rive. Des deux ponts gigantesques, le North Bridge et le South Bridge, qui unissent l'arête de la vieille ville aux terrains du nord et du sud, le premier était à peine achevé ; le second était en construction et le futur lord Cockburn allait en classe sur des planches jetées en travers des arches inachevées [3]. Calton Hill ne s'était

---

[1] R. Chambers. *Traditions of Edinburgh*, p. 17. — Voir aussi les souvenirs de l'auteur de *Modern Edinburgh*, chap. v, p. 65.

[2] R. Chambers. *Traditions of Edinburgh*, p. 18.

[3] *Memorials of His Time*, by lord Cockburn, p. 3.

pas encore ornée de monuments classiques, de temples et d'édicules grecs, dont les lignes tranquilles, par un fait probablement unique en architecture, s'accommodent d'un ciel septentrional. La moderne Athènes n'existait encore que sur les plans de l'architecte Craig, le neveu du poète Thomson, pour lesquels les magistrats lui avaient offert une médaille d'or et le droit de cité dans un coffret d'argent [1].

Au moment où Burns y arrivait, Edimbourg n'était encore qu'une vieille ville embrouillée, mi-partie gothique, mi-partie renaissance, la vieille ville grise, enfumée, *auld reekie*, irrégulièrement entassée, empilée sous ses toits d'ardoise bleue [2] à l'abri de son rocher. Sa physionomie n'avait guère changé depuis le temps de Marie Stuart. C'était, au premier coup d'œil, une cohue et une bousculade de rues profondes, raides et tortues, toutes en zigzags et en pente, horizontalement et perpendiculairement disloquées. Les combles pointus des maisons, les pignons à redans, les façades à fenestrages irréguliers, les gables ornementés, les étages en surplomb, les devantures compliquées d'appentis, de fenêtres en encorbellement, d'échauguettes accrochées aux angles des murs, d'escaliers extérieurs, enchevêtraient et changeaient capricieusement leurs profils, dans des silhouettes pleines de heurts, de brisures et de ressauts, variant sans cesse. C'étaient les vieilles rues du moyen-âge, avec leurs fenêtres à allèges et à meneaux, leurs portes basses quadrillées de clous et garnies chacune de son heurtoir, ou plutôt d'un anneau courant sur un morceau de fer tordu et qu'on appelait *risp*; les vieilles rues avec leurs linteaux à devises, leur foisonnement d'écussons, de monogrammes, de blasons, de décors héraldiques, leurs floraisons touffues et inattendues de sculptures [3]. Cependant l'image générale de la ville n'était pas aiguë et découpée, comme celle d'une ville gothique; il y manquait l'élan léger et innombrable des clochers et des flèches. C'était plutôt une sorte de soulèvement énorme et compact, l'exhaussement d'une masse. Le caractère était plutôt fourni par les lourdes assises des créneaux que par les pointes jaillissantes des clochers. Cela ressemblait plutôt à un amas de forteresses et de bastilles qu'à une assemblée d'églises et de chapelles, à une ville militaire plutôt que religieuse. Cet effet tenait sans doute au formidable château qui dominait et écrasait la cité, et, au-dessus de tous les édifices, remplissait le ciel de son bloc colossal. C'est d'une grandeur presque cyclopéenne. « C'est le rêve d'un géant » s'écriait le peintre Haydon, l'ami de Keats, en

---

[1] James Grant. *Old and New Edinburgh*, tom II, chap. XVI.

[2] *Tour through the Island of Great Britain*, originally begun by the celebrated Daniel de Foe, continued by the late Mr Richardson author of *Clarissa*, and brought down to the Present Time by Gentlemen of Eminence in the Literary World, 1778. Tom IV, p. 78.

[3] Wilson. *Reminiscences of Old Edinburgh*, vol. I, p. 61. — Voir aussi les gravures dans les ouvrages illustrés.

apercevant Edimbourg [1]. Même pour les esprits en qui l'excessif ne pénètre pas aisément, l'impression est celle d'une grandeur imposante.

La majestueuse Edimbourg sur son trône de rocs [2]

dit Wordsworth. Et Ruskin écrit qu'il ne connaît qu'une seule cité de plus noble situation qu'Edimbourg [3]. On peut imaginer l'effet que dut produire cette apparition sur un homme comme Burns, qui n'avait jamais visité de plus grande ville qu'Ayr ou Kilmarnock. On verra qu'il sut en saisir tout de suite le caractère dominant.

Quand on s'était dégagé de la première confusion et que l'œil commençait à classer ce qui l'avait frappé, on voyait que la ville se composait principalement d'une longue rue sinueuse, irrégulière, rapide, bâtie sur l'échine abrupte d'un long dos de terrain, qui descend du rocher jusque dans la plaine et qui a fait comparer la ville à un dragon. A droite et à gauche, sur les deux parois de l'arête centrale, dévalaient les ruelles obscures, profondes et escarpées qu'on appelait des *wynds*; leur enchevêtrement était inextricable. Mais cette rue unique se termine à une de ses extrémités par le château d'Edimbourg et à l'autre par le palais d'Holyrood. Et entre ces deux monuments que de spectacles et de souvenirs ! Walter Scott dit que l'histoire d'Edimbourg serait l'histoire abrégée de l'Écosse [4]. On peut ajouter que l'histoire de la High street serait l'histoire d'Edimbourg. C'est dans cette rue que se sont accomplis ses grands événements et qu'ont passé ses grands personnages. On rencontre à chaque pas la trace des drames politiques et religieux d'autrefois. Descendre cette rue, c'est parcourir les annales de l'Écosse. Et au moment où Burns visite la vieille ville, ces souvenirs sont encore complets, car aucun des vieux bâtiments qui les font vivre n'a été démoli.

Tout au haut, sur son formidable piédestal de basalte [5], est le château éprouvé par tant de sièges, battu par les catapultes d'Edouard et par les boulets de Cromwell. Au-dessous, ce sont le palais de Marie de Guise, la reine-régente, la mère de Marie Stuart, les vieilles résidences des ducs d'Argyle, des ducs de Gordon, des comtes de Cassilis et de Leven et de cent autres [6]. Plus bas, cet édifice vermoulu, menaçant et hideux, avec ses deux tourelles et ses fenêtres grillées de barreaux de fer, c'est la vieille

---

[1] Ballingal's. *Edinburgh Past and Present*. Chap. I, par John Gilfillan.

[2] Cité par Gilfillan, dans *Edinburgh Past and Present*, chap. I.

[3] Ruskin. *Lectures on architecture and painting*. Lecture I, au début.

[4] Walter Scott. *Provincial antiquities of Scotland*; General account of Edinburgh.

[5] La pierre est du diorite basaltique. Voir Hugh Miller. *Edinburgh and its Neighbourhood*. Lecture II, p. 55.

[6] *Old and New Edinburgh*, by James Grant, tom I, chap. IX. — Chambers. *Traditions of Edinburgh*, p. 29 et 82.

Tolbooth, la prison d'Edimbourg [1]. Le génie de Walter Scott ne lui a pas encore donné sa célébrité européenne, bien que le futur romancier vienne déjà errer autour d'elle et la contempler. Mais pour les Écossais, elle a toutes ses lugubres légendes. Au faîte de ce pignon, est la pointe de fer où l'on piquait les têtes des criminels, où ont verdi dans la pluie et le soleil, les faces du régent Morton et du vaillant Montrose [2]. Juste au dessous, cette église dont la tour carrée se termine par un belvédère en forme de couronne royale, c'est St-Giles, le berceau et le temple de la Réforme écossaise. C'est là que John Knox, le plus puissant auteur de la Réforme en Écosse, prédicateur et tribun, prêchait ses véhémentes harangues, ses invectives d'une éloquence enflammée et fuligineuse ; et qu'il improvisait ses prières plus virulentes encore : « O Lord, si ton plaisir est tel, purge le cœur de Sa Majesté la reine, du venin de l'idolâtrie et délivre-la des liens et de l'esclavage de Satan, dans lequel elle a été élevée et reste encore, par manque de la vraie doctrine [3]. » On sent jusque dans leurs prières l'âcreté de ces âmes ; elles offraient à Dieu, dans des encensoirs d'airain, un encens fait avec des plantes amères de la Mer Morte. C'est là aussi que le 23 juillet 1637, quand le doyen commença à lire la liturgie imposée par Charles Ier, la fameuse Jenny Geddes, vieille marchande de légumes, lui cria : « La diablesse de colique dans tes entrailles, fourbe voleur, viens-tu dire la messe à mes oreilles ! » et en même temps elle lui jeta à la tête le *folding stool*, le pliant, que les femmes apportaient avec elles à l'église [4]. Ce fut le signal de la bagarre qui allait enflammer une sédition et cette sédition la guerre civile. Car, là-bas, à l'endroit où les derniers plis de la ville traînent dans la plaine, ce clocher est celui de l'église de Greyfriars, dans le cimetière de laquelle fut signé le *Covenant*. Ce fut une des grandes scènes de l'histoire d'Écosse. Une multitude de tout rang et de tout âge prit l'engagement de défendre sa foi contre les erreurs et les corruptions, « en sorte que ce qui sera fait au moindre d'entre nous pour cette cause sera considéré commé étant fait à nous tous en général et à chacun de nous en particulier [5] ». On signait le parchemin sur les tombes, quelques-uns signèrent avec leur sang ; un grand tumulte de prières, de sanglots et de serments s'élevait de toutes parts [6]. Et ce fut le commencement de la Révolution où Charles Ier devait perdre sa tête.

Derrière St-Giles, puisqu'il a été bâti sur l'ancien cimetière de

---

[1] *Chambers Memorials*, p. 95.

[2] *Old and New Edinburgh*, by James Grant, tom I, chap. xiv.

[3] Hill Burton. *History of Scotland*, tom IV, p. 18.

[4] Hill Burton, tom VI, p. 150-53.

[5] Hill Burton, tom VI, p. 184.

[6] R. Chambers. *Traditions of Edinburgh*, p. 311

l'église, c'est le palais du Parlement, où siégeait l'antique Parlement d'Écosse, quand l'Écosse était une nation indépendante, avant cette nécessaire et douloureuse union de 1707, à laquelle les cœurs écossais eurent tant de peine à se résigner et mirent tant de temps à s'accoutumer. C'est là que fut discuté le pacte qui confondit les destinées des deux pays, et qui excitait une telle fureur parmi les citoyens d'Edimbourg qu'il fallut le signer en secret, dans une cave [1] ; c'est là que depuis l'Union se tient la *Court of Session*, c'est-à-dire la Cour de Justice, où a siégé cette robuste magistrature écossaise qui a fourni tant de lords chanceliers à l'Angleterre.

Un peu plus bas que St-Giles et de l'autre côté de la voie, cette maison gothique, qui fait saillie sur la rue, toute délabrée, si compliquée avec ses énormes lucarnes, ses pignons bizarres, ses trois étages en surplombs successifs, son escalier extérieur et sa niche de pierre où l'effigie grossièrement sculptée de Moïse montre un soleil émergeant des nuages et portant le nom de Dieu écrit en grec, en latin et en anglais, c'est la maison de John Knox. C'est de là qu'avec sa figure sévère et sa longue barbe, pareil à un dur prophète juif, il descendait vers le palais d'Holy-Rood pour admonester Marie Stuart jusqu'à ce qu'elle fondît en larmes. Il considérait la cour comme un lieu d'immoralité, un repaire « de baladins, danseurs et amuseurs de femmes [2] ». Passant auprès des quatre filles d'honneur, les Maries de la reine, comme on les appelait, rayonnantes de jeunesse et de beauté, il leur jetait une plaisanterie funèbre, à la Hamlet. « O belles dames, combien plaisante serait votre vie, si elle devait durer toujours, et si à la fin vous pouviez passer dans le ciel avec toute cette gaie toilette. Mais fi ! cette brutale, la mort viendra, que nous le voulions ou non ! Et quand elle aura mis la main sur nous, les vers hideux auront besogne dans cette chair, si belle et si tendre soit-elle ; et la pauvrette âme, je le crains, sera si faible qu'elle ne pourra emporter avec elle ni or, ni garnitures, ni glands, perles ou pierres précieuses [3]. » Il s'en revenait ensuite, dans sa grande robe noire, appuyé sur sa canne à pomme de corne [4], satisfait d'avoir objurgué Jézabel. C'est dans cette maison que, dans sa 59me année, il ramena comme seconde femme Marguerite Stewart, la plus jeune fille du « bon lord Ochiltree », si bien que ses ennemis l'accusèrent d'avoir gagné le cœur de cette pauvre gentille dame par sorcellerie et sortilège « ce qui paraît être de grande probabilité ; elle était une demoiselle de sang

---

[1] *Old and New Edinburgh*, tom I, p. 164.

[2] Wilson. *Reminiscences of Old Edinburgh*, tom I, chap. VI, p. 154.

[3] Il faut lire ces scènes dans le récit de Knox lui-même. *History of the Reformation of Religion in Scotland*, Book IV, p. 290-91.

[4] James Grant. *Old and New Edinburgh*, tom I, p. 6.

noble et lui une vieille créature décrépite du plus bas degré [1]. » C'est de cette fenêtre qu'il haranguait souvent la populace. C'est ici qu'il s'éteignit, épuisé par un demi-siècle de fatigues, de dangers et de colères, le 12 novembre 1572. C'était un homme violent et d'un sombre fanatisme, mais courageux. « Il n'a jamais ni craint ni flatté aucune chair », dit à ses funérailles le régent Morton, qui ne l'aimait pas [2].

Et voilà l'hôtel de Moray. De ce lourd balcon de pierre, Archibald duc d'Argyle, vint avec toute sa famille insulter le noble Montrose vaincu, garrotté, sali par la boue de la populace et traîné sur un tombereau que conduisait le bourreau portant sa livrée [3]. C'est de là que lady Argyle cracha sur le prisonnier ; c'est là qu'ils tremblèrent tous, subitement décontenancés et honteux, sous le calme regard dont il les regarda [4]. Deux jours après, le « grand marquis » fut pendu à un gibet haut de trente pieds. Ses amis lui avaient porté de quoi mourir princièrement : il était vêtu d'écarlate orné de broderies d'argent. Il marchait avec un si grand air, tant de gravité et de beauté, que ses ennemis même versaient des larmes [5]. Sa tête fut fichée sur la prison d'Edimbourg ; mais il avait dit qu'il s'en honorait plus que si on avait arrêté que sa statue en or serait dressée sur la place du marché ou son portrait suspendu dans la chambre du roi ; ses membres découpés furent envoyés à quatre villes d'Écosse pour y être exposés : une main sur la porte de Perth, l'autre sur celle de Stirling ; une jambe et un pied sur la porte d'Aberdeen, l'autre sur la porte de Glasgow ; le tronc fut enterré par les aides du bourreau sous le gibet [6] ; mais il avait dit qu'il souhaitait avoir assez de chair pour qu'on en envoyât dans les cités d'Europe, en mémoire de la cause pour laquelle il mourait [7]. Douze ans après, c'était au tour d'Argyle lui-même ; il fut décapité dans la High Street. Il mourut avec fermeté et une dignité calme. Sa tête remplaça sur la pointe de la prison celle de Montrose, dont les restes furent rassemblés et ensevelis avec pompe dans St-Giles [8]. A chaque instant on rencontre de ces grandes morts dans les annales d'Edimbourg ; elles dégouttent de sang.

Ainsi, de toutes parts, de ces cent ruelles et allées pendues aux flancs de la Grande-Rue, avec les noms historiques des Dundas, des Beaton, des

---

[1] Mac Crie. *Life of Knox*, Period VIII, p. 217, la note HHH, à la fin du volume, p. 394, et la note IX, p. 472. — James Grant. *Old and New Edinburgh*, tom I, ch. XXIV.

[2] Hill Burton, tom V, chap. LIV, p. 87.

[3] Walter Scott. *Tales of a Grand Father*, chap. XLVI.

[4] Voir les extraits des *Wigton papers*, dans Aytoun *Lays of the Scottish Cavaliers*.

[5] Voir l'extrait de *Nichol's Diary*, donné par Aytoun dans ses *Lays of the Scottish Cavaliers* ; et la note de Wishart, donnée par Walter Scott, à l'endroit déjà cité.

[6] Hill Burton, tom VII, p. 8.

[7] Walter Scott. *Tales of a Grand Father*, chap. XLVI, d'après les *Wigton Papers*.

[8] Wilson. *Reminiscences of Old Edinburgh*, tom II, p. 112 ; — et Aytoun, l'introduction en prose au poème sur Montrose.

Kennedy, des Grant, des Lockhart, des Lovat, des Leven, de tant d'autres, la mémoire des temps passés sort des pierres : les luttes religieuses, les rivalités seigneuriales, les querelles et les vengeances des familles, les coups de force, les meurtres, les enlèvements, les séditions, les passages d'armées, depuis les ans où les Édouard anglais montaient vers le château avec leurs lourds chevaliers jusqu'au moment récent où le prétendant Charles-Edouard entra dans la ville à la tête de ses sauvages highlanders et où le duc de Cumberland y passa avec ses dragons. Ces derniers faits sont, en 1786, un souvenir tout poignant : maints témoins, maints acteurs de ces scènes vivent encore. « Dans la vieille ville, dit un historien d'Edimbourg, il n'y a pas une rue où le sang n'ait été répandu à mainte reprise, soit par suite de guerre ou de tumultes locaux ; car c'est l'Edimbourg des jours où l'épée n'était jamais dans le fourreau et où régler une querelle *à la mode d'Edimbourg* était un proverbe européen [1] ».

Lorsque, après ce long pélerinage, on arrive enfin au bas de la colline, apparaissent tout à coup les ruines de la chapelle de Holyrood et la masse quadrangulaire du palais. Ici les images sont encore plus nombreuses et les souvenirs plus saisissants ; surtout on y suit presque entière la destinée de cette fatale famille des Stuarts « une des plus tragiques de l'histoire [2]. » Ces grandes baies vides, où entre la campagne, ces voûtes rompues où pendent des ronces, sont tout ce qui demeure de la puissante abbaye que David I avait fondée, à l'endroit où une croix miraculeuse l'avait sauvé d'un grand cerf blanc rendu furieux par une blessure. C'est là que Jacques II fut couronné et enterré ; c'est là que Jacques III épousa la princesse Marguerite, fille de Christian I roi de Danemarck, quand elle était âgée de treize ans ; c'est là que, en 1503, Jacques IV épousa la princesse Marguerite, sœur de Henri VIII d'Angleterre [3]. Quelle dynastie que celle de ces Jacques ! « Des cinq rois qui étaient montés sur le trône avant Marie Stuart, deux avaient péri assassinés, Jacques I et Jacques III; deux étaient morts en combattant, Jacques II et Jacques IV; et le dernier, Jacques V, avait expiré de désespoir en se voyant délaissé par sa noblesse et vaincu au moment où il se croyait triomphant [4] ». Ce dernier était le père de Marie Stuart dont la fin fut plus douloureuse encore. Presque tous ont passé sous ces voûtes jadis si belles. Cette chapelle était la plus belle fleur dont l'art religieux du moyen-âge eût orné Edimbourg. Les invasions anglaises la détruisirent en 1543 et 1547 ; la négligence de la Réforme, la destruction incessante du temps l'ont mise en cet état. Son dallage de tombes est encore ce qui a été le plus épargné.

---

[1] James Grant. *Old and New Edinburg*, tome 1, p. 4.
[2] Mignet. *Marie Stuart*, tom II, p. 416.
[3] *The Abbey and Palace of Holyrood*, by D. Anderson, Keeper of the Chapel Royal.
[4] Mignet, *Marie Stuart*, tome I, chap. I, p. 22.

Et tout à côté, le fameux château de Holyrood, le théâtre de tant de mariages royaux, de masques, de tournois, de fêtes, de funérailles et de forfaits. C'est là qu'a débarqué la perle de sa race, Marie Stuart, quand elle descendit, l'âme navrée, de la galère qui l'amenait du pays de France. C'est là qu'elle vécut trois ans, portant « son grand deuil blanc avec lequel il faisait très beau la voir, car la blancheur de son visage contendait avec la blancheur de son voile à qui l'emporterait, et la neige de son blanc visage effaçait l'autre [1]. » C'est là qu'elle commença à régner sagement, tandis que cependant on pouvait sentir que la reine était incapable d'empêcher la femme d'exercer son charme sur les hommes qui l'entouraient. C'est là que, dans un emportement de passion sensuelle [2], elle épousa Darnley. Ce fut l'origine de ses malheurs. Voilà la tourelle, où le 9 mars 1566, tandis qu'elle soupait avec Rizzio, la tapisserie, qui représentait la chute de Phaéton, l'ambitieux imprudent [3], se soulevant tout à coup, laissa voir la tête hagarde et féroce de Ruthven le chef des conjurés ; c'est dans cette salle que Rizzio tomba frappé du premier coup de dague, tandis que ses mains s'accrochaient aux jupes de la reine et qu'il criait : « Giustizia ! sauve ma vie, madame, sauve ma vie » ; et là aussi est dans le parquet la tache de sang qui en fit couler tant d'autre. Car à partir de cette horrible scène, le cœur de Marie Stuart ne souhaita plus que la vengeance [4]. Et le souvenir de l'enchanteresse qui trouble et séduit l'histoire entraîne la pensée. Autour de l'image de la plus étrange charmeuse qui, avec Cléopâtre et Brunehaut, ait occupé un trône, surgissent les figures de Darnley, de Ruthven, de Morton, de Bothwell, ces vies excessives en amour et en haine, fougueusement animales, où les convoitises et les colères se précipitaient sur leurs objets, destinées somptueuses et sanglantes, toutes, toutes, sanglantes. Et derrière cette tragédie de Holyrood, on ne peut s'empêcher d'entrevoir l'assassinat de Craigmillar, l'emprisonnement du lac de Lochleven et la scène funèbre et sublime de Fotheringay [5].

Dominés par celui d'entre eux qui a été au cœur de l'humanité, tous ces drames s'emparent de l'esprit et l'émeuvent jusqu'à le rendre visionnaire. Si, poursuivant un peu plus avant, on gravit les premières pentes du siège d'Arthur jusqu'aux décombres de la chapelle de St-Antoine, on aperçoit, dans ses fumées et ses vapeurs, la puissante cité, sous son habituel dais d'un rouge sombre. Il semble que ce sont tous ces souvenirs tragiques

---

[1] Brantôme. *Vie des Dames Illustres. Marie Stuart, Reyne d'Ecosse.*

[2] Mignet. *Marie Stuart*, tome I, chap. III, p. 161. — Hill Burton, tome IV, chap. XLIII, p. 105.

[3] *Old and New Edinburgh*, tome II, chap. X, p. 66.

[4] Mignet. *Marie Stuart*, chap. IV à la fin.— Hill Burton, tome IV, chap. XLIII, p. 145 et suivantes.

[5] Voir l'admirable et poignant récit de cette scène, par Mignet. *Marie Stuart*, chap. X.

qui montent de toutes parts. Parfois il arrive que le belvédère de St-Giles dépasse seul ce nuage et le spectacle est saisissant : on dirait une couronne gigantesque tombée dans du sang, et apparue dans le ciel comme le symbole de cette race royale dont la mémoire plane sur cette cité. On ressent alors une profonde émotion historique ; on comprend le respect et l'enthousiasme avec lequel les Écossais contemplent leur ancienne capitale dans sa robe de majestueuse tristesse.

Il est inutile d'insister sur ce fait qu'un homme du XVIIIe siècle, à plus forte raison Burns, ne pouvait parcourir une ville comme Edimbourg, avec le sentiment pittoresque et précis des événements passés que possède à présent l'esprit de l'humanité. Le mouvement romantique et historique, qui d'ailleurs allait partir d'Edimbourg même, n'était pas encore né ; l'homme de génie qui devait faire revivre, et, comme un grand restaurateur, nettoyer et raviver tous les tableaux d'autrefois, commençait seulement à les contempler et à les aimer. Cependant un certain intérêt s'était déjà éveillé pour les choses d'Écosse. Il y avait vingt-cinq ans qu'avait éclaté un des grands succès littéraires du XVIIIe siècle, l'*Histoire d'Écosse* de Robertson. L'œuvre de Hume avait paru et mis en relief les faces écossaises de l'histoire britannique [1]. On voit, par les récits de Pennant, de Newte et d'autres, que les stations historiques, que les voyageurs d'aujourd'hui ne manquent pas de faire, étaient faites également par les voyageurs d'alors [2]. Lorsque le Dr Johnson avait passé par Edimbourg en 1773, Boswell l'avait conduit voir les endroits célèbres de la ville. « Nous sortîmes afin que le Dr Johnson pût voir quelques-unes des choses que nous avons à montrer à Edimbourg » ; et Robertson « harangua le Dr Johnson sur les lieux qui se rapportent aux scènes de sa célèbre histoire d'Écosse ». Pour les Écossais proprement dits, une visite d'Edimbourg était alors une occasion de douleur et de regrets. Beaucoup d'entre eux n'avaient pas encore pris leur parti de l'Union, après un siècle. « Je commençai à me laisser aller à mes vieux sentiments écossais, dit Boswell en racontant qu'il conduisit Johnson voir le palais du Parlement, et j'exprimai un ardent regret que, par notre union avec l'Angleterre, nous eussions cessé d'exister, que notre royaume indépendant fût perdu ». Il est vrai que cela lui attira un bon coup de boutoir de Johnson, qu'il accueillit avec reconnaissance et qu'il enregistra avec vénération [3]. On ramènera probablement

---

[1] L'histoire de Robertson est de 1759, une seconde édition avec additions et corrections allait paraître en 1787 ; celle de Hume parut pendant les années 1754, 56, 59 et 61.

[2] Pennant. *First Tour in Scotland. Performed in the year 1769.* — *Tour Through different parts of England Scotland and Wales. Performed in 1778*, by Richard Joseph Sulivan. — *Tour in England and Scotland performed in 1785*, by Thomas Newte.

[3] Boswell. *Journal of a Tour to the Hebrides*, Monday August 16.

à ses vraies proportions l'effet qu'Edimbourg produisait sur un voyageur du xviiie siècle, en se disant que les gens de cette époque ne percevaient pas la couleur des événements, mais qu'ils en sentaient le côté humain, auquel ils donnaient un tour oratoire et général. Ces choses n'étaient pas pour eux sujets à descriptions et à tableaux, mais à apostrophes et à éloquence.

Il n'est pas impossible, ce semble, de comprendre maintenant et de distinguer les sentiments qui se succédèrent en Burns, pendant ses premières courses à travers Edimbourg. Il fut d'abord frappé d'étonnement, devant cette ville qui surprend les voyageurs les plus exercés. Il se sentit un peu interdit et dépaysé, comme il arrive lorsque le sentiment des lieux récemment quittés persiste confusément en nous et que nous ne sommes pas encore tout entiers à ceux que nous voyons.

> Edina ! ville favorite de l'Écosse !
> Salut à tes palais et à tes tours,
> Où jadis, aux pieds d'un monarque,
> Siégeaient les pouvoirs souverains de la Législation !
> Moi qui naguère contemplais les fleurs follement éparses,
> En errant sur les rives de l'Ayr,
> Et chantais, solitaire, les heures paresseuses,
> Je m'abrite dans ton ombre honorée [1].

Pourtant son esprit ne tarda pas à se frayer son chemin dans cet étonnement et à discerner avec clarté les traits principaux. Son *Adresse à Edimbourg* et certains passages d'autres pièces peuvent servir à reconstituer ses impressions. Tout le côté théologique, puritain, le côté de la Réforme proprement dite, qui passionne les esprits d'aujourd'hui, le laissa indifférent. Les souvenirs religieux n'étaient pas pour lui plaire. John Knox ne lui a guère inspiré qu'une rime burlesque dans une pièce anti-cléricale :

> Orthodoxes, orthodoxes
> Qui croyez à John Knox [2] ;

et quant à l'autre souvenir de St-Giles, il en fit encore un pire usage : il donna le nom de Jenny Geddes à une jument, un peu rosse, qu'il eut plus tard. Au contraire, il fut fortement frappé de l'apparence militaire d'Edimbourg ; la strophe sur le château domine toute la pièce adressée à la ville ; elle en est de beaucoup la plus robuste. Parmi les descriptions des poètes qui ont été inspirées par la vieille forteresse, il n'y en a aucune ni dans Walter Scott, ni dans Hogg, ni dans Aytoun, qui approche de

---

[1] *Address to Edinburgh.*
[2] *The Kirk's Alarm.*

celle-ci, pour je ne sais quel hérissement menaçant de contreforts et de bastions.

> Là guettant de haut les moindres alarmes,
> Ton âpre, rude forteresse brille au loin,
> Comme un hardi vétéran, blanchi dans les armes,
> Et marqué, déchiré de mainte cicatrice.
> Les murs lourds, aux barres massives,
> Farouches, debout sur le roc abrupt,
> Ont souvent soutenu les assauts de la guerre
> Et souvent repoussé le choc de l'agresseur [1].

Mais sa véritable émotion fut en arrivant devant Holy-Rood. Son patriotisme un peu attardé et populaire, l'espèce de fierté qu'il prenait à croire que ses ancêtres avaient combattu dans la Rébellion de 1745, la pitié qu'inspire la fortune des Stuarts, lui soulevèrent le cœur d'enthousiasme :

> Avec des pensées frappées de terreur, des larmes de pitié,
> Je contemple ce noble, majestueux palais,
> Où, en d'autres temps, les rois de l'Écosse,
> Héros fameux ! avaient leur royale demeure ;
> Hélas ! Combien changés les temps futurs !
> Leur nom royal tombé dans la poussière !
> Leur race infortunée errante, sombre, exilée !
> Bien qu'une loi rigide crie : « Cela était juste ! »
>
> Farouchement mon cœur bat de voir vos traces,
> Vous dont les ancêtres, au temps jadis,
> A travers les rangs ennemis et les brèches croulantes,
> Portèrent le lion sanglant de la vieille Écosse :
> Et moi-même qui chante en accents rustiques,
> Peut-être mes aïeux ont quitté leur chaumière
> Et affronté le rude rugissement et le visage affreux du Danger,
> Suivant hardiment par où vos pères menaient [1].

Mais, ce ne fut pas tout ce qu'il ressentit. Autour de Holyrood, il rencontra l'ombre de Marie Stuart ; elle y erre et tend sa main à baiser aux poètes, cette main qui était à elle seule une séduction, cette « longue, grêle et délicate main [2] », qui rendit Brantôme poète, lorsqu'il parlait de « cette belle main blanche et de ces beaux doigts si bien façonnés qu'ils ne devaient rien à ceux de l'Aurore [3] ». Burns la baisa et fut séduit. Il devint, à partir de ce moment, un des partisans de l'irrésistible reine. Il prit tout naturellement parti pour elle ; la considéra comme injustement persécutée : « Vu la chambre où la belle offensée Marie, reine

---

[1] *Address to Edinburgh.*

[2] Ronsard. *Regret, à Marie Stuart.*

[3] Brantôme. *Marie Stuart.*

d'Écosse, naquit [1]. » « Je vous envoie, madame, un hommage poétique que j'ai récemment offert à la mémoire de notre aimable reine écossaise, grandement offensée [2] ». Il s'adressait à Tytler qui avait publié sa défense de Marie Stuart : « Vénéré défenseur de la belle Stuart [3] ». Elle devint une des apparitions favorites de sa pensée. Il fut peut-être le premier à voir dans cette existence le sujet d'un drame, qu'il concevait avec son décor et ses ressorts historiques.

> O la scène d'un Shakspeare ou d'un Otway
> Pour représenter l'adorable, l'infortunée reine écossaise !
> Vaine fut toute la toute puissance de ses charmes féminins,
> Contre les armes de l'aveugle, impitoyable, folle rébellion.
> Elle tomba, mais tomba avec une âme vraiment romaine,
> Pour assouvir la vengeance d'une femme rivale,
> Une femme — bien que la phrase puisse sembler grossière,
> Aussi habile et cruelle que Satan [4].

Plus tard, il écrivit sur Marie Stuart une élégie dont il disait : « Est-ce que l'histoire de notre Mary Reine d'Écosse a un effet particulier sur les sentiments des poètes ou est-ce que j'ai dans la ballade que je vous envoie réussi au-delà de mon ordinaire succès poétique, je ne sais, mais elle m'a plu au-delà des efforts de ma muse depuis assez longtemps [5] ». Et en effet, il ne semble pas que les poètes aient jamais écrit, sur la pauvre reine captive, quelque chose de plus touchant et de plus simple. C'est un pendant aux vers que « restée veuve au beau avril de ses plus beaux ans », elle composa sur elle-même, à ces regrets qu'elle « allait, jettant et chantant piteusement [6] ».

> Pour mon mal estranger
> Je ne m'arreste en place ;
> Mais j'ay eu beau changer,
> Si ma douleur n'efface,
> Car mon pis et mon mieux
> Sont les plus déserts lieux ;
>
> Si en quelque séjour,
> Soit en bois ou en prée,
> Soit sur l'aube du jour,
> Ou soit sur la vesprée,
> Sans cesse mon cœur sent
> Le regret d'un absent [6].

---

[1] *Journal of the Highland Tour*, 25th Aug 1787.

[2] *To Lady Winifred Maxwell Constable*, April 1791.

[3] *To William Patrick Fraser.*

[4] *Prologue, for Mr Sutherland's Benefit Night.*

[5] *To Mrs Graham of Fintry.* February 1791.

[6] Brantôme. *Marie Stuart.*

Les strophes que Burns prête à Marie Stuart, à l'autre extrémité de sa vie et dans ses derniers chagrins, égalent celles-ci par la naïveté plaintive, et les dépassent par la couleur et l'accent. On dirait une ancienne ballade pour la force et le naturel du sentiment :

A présent la nature suspend son manteau vert
A tous les arbres en fleurs,
Et étend ses draps de pâquerettes blanches
Sur les pelouses herbeuses ;
A présent Phœbus égaie les ruisseaux de cristal
Et réjouit les cieux d'azur ;
Mais rien ne peut réjouir l'infortunée
Qui gît en étroite captivité.

En ce moment, les alouettes éveillent le gai matin,
En l'air, sur leurs ailes mouillées de rosée ;
Le merle, à midi, dans son bosquet,
Fait retentir les échos du bois ;
Le mauvis sauvage, de sa note répétée,
Chante et endort le jour fatigué ;
Dans l'amour, dans la liberté, ils se réjouissent,
Ils n'ont ni chagrins, ni entraves.

En ce moment, le lis fleurit près les rives,
La primevère au pied des talus,
L'aubépine bourgeonne dans le vallon,
Et le prunellier est blanc comme le lait ;
Le plus pauvre paysan dans la douce Écosse
Peut errer parmi ces douceurs,
Mais moi, la reine de toute l'Écosse,
Je suis tenue en une prison puissante.

Je fus la reine de la belle France,
Où j'ai été heureuse ;
Toute légère je me levais le matin,
Aussi joyeuse me couchais-je le soir :
Et je suis la souveraine de l'Écosse,
Et il s'y compte maint traître ;
Et ici, je gis en des fers étrangers,
En un chagrin sans fin.

Quant à toi, ô fausse femme,
Ma sœur et mon ennemie,
La dure vengeance aiguisera un jour l'épée
Qui te percera l'âme :
Le sang qui pleure dans une poitrine de femme
Tu ne l'as jamais connu ;
Ni le baume qui tombe, sur les blessures du malheur,
Des yeux miséricordieux de la femme.

Mon fils ! mon fils ! puissent de plus douces étoiles
Briller sur ta fortune ;

Et puissent ces plaisirs dorer ton règne
Qui ne voulurent jamais luire sur le mien !
Dieu te garde des ennemis de ta mère,
Ou qu'il tourne leurs cœurs vers toi :
Et quand tu rencontreras un ami de ta mère,
Ne l'oublie pas, à cause de moi.

Oh ! pour moi puissent bientôt les soleils d'été
Ne plus éclairer le matin !
Puissent pour moi les vents d'automne
Ne plus courir sur les blés jaunis !
Dans l'étroite maison de la mort
Que l'hiver rugisse autour de moi,
Et que les prochaines fleurs qui orneront le printemps
Fleurissent sur ma tombe paisible [1].

Du premier coup, Burns s'était trouvé enrôlé dans le cortège de poètes que l'enchanteresse traîne après elle, depuis Ronsard qui lui disait en vers de douceur presque racinienne :

Comment pourraient chanter les bouches des poètes,
Quand par votre départ les muses sont muettes [2].

depuis du Bellay et Maisonfleur et le pauvre Chastelard, qui mourut pour elle, jusqu'à Schiller, Walter Scott et Hogg. Il fut ainsi frappé en rôdant autour de Holyrood. N'est-ce pas aussi tandis qu'ils rêvaient et s'attardaient dans ces lieux qu'elle a attiré à elle Tennyson et Swinburne ?

C'est dans ces promenades, ces rêveries, cette communion silencieuse avec les âmes des choses passées que Burns passa les tout premiers jours de son arrivée à Edimbourg.

Mais lorsque ces premières impressions plus graves qui saisissent d'abord ceux qui entrent dans une ville historique eurent été satisfaites, Burns put regarder la vie qui s'agitait autour de lui. Quel spectacle, quelles heures d'attardement, quel amusement pour un observateur comme lui, jeté tout d'un coup dans un pareil mouvement ! Édimbourg était assurément une des villes les plus pittoresques, les plus vivantes et les plus curieuses qu'il y eût en Grande-Bretagne. Elle avait une originalité qu'on n'aurait pu retrouver ailleurs et qui tenait en partie à la construction même de la ville. Le mur élevé pour la protéger après la bataille de Flodden l'avait longtemps tenue enserrée. Bâties sur des pentes rapides, les maisons s'étaient pressées les unes contre les autres [3], laissant des ruelles

---

[1] *Lament of Mary queen of Scots.*
[2] Ronsard. *Regret, à Marie Stuart.*
[3] Wilson. *Reminiscences of Old Edinburgh*, tome I, p. 78 et tome II, p. 304.

plus étroites que des corridors, si bien qu'une des rares où un cheval pouvait passer avait reçu le nom de *Cavalry lane* [1]. Cela n'avait pas suffi. Cherchant en l'air l'espace qu'elles ne pouvaient prendre sur les côtés, les maisons, entassant étages sur étages, se haussaient indéfiniment les unes au-dessus des autres. Elles atteignaient huit, dix et même douze étages ; elles étaient l'étonnement des étrangers qui arrivaient à Édimbourg. « Ce qui frappe d'abord l'œil, dit Smollett, est l'invraisemblable hauteur des maisons, qui généralement s'élèvent à cinq, six, sept et huit étages et en quelques endroits, m'assure-t-on, à douze [2]. » « Je lui fis voir, dit Boswell en parlant du Dr Johnson, la plus haute construction d'Edimbourg, qui a treize étages à partir du sol, sur le derrière [3] ». La population toujours croissante s'était accumulée en hauteur dans des rues perpendiculaires, selon le mot d'un auteur. Et cette expression est beaucoup moins une image qu'un fait. Un escalier commun [4], en pierre à cause de la crainte d'incendie [5], mal éclairé, aussi peu entretenu que le pavé des rues [6], montait à travers des étages ou plutôt des habitations superposées. On était propriétaire non d'une maison, mais d'un *flat* ou palier. En montant l'escalier on parcourait toute l'échelle sociale : les étages du bas et ceux du haut étaient généralement occupés par des locataires pauvres ; les cinquième et sixième par la bourgeoisie et la noblesse [7]. Dans ces énormes constructions, les existences humaines s'entassaient presque jusqu'aux nuages, jusque dans des caves obscures et dans les profondeurs du sol. Le moindre espace habitable était, selon l'expression de Walter Scott, bondé comme l'entrepont d'un navire [8]. Le jour et la place étaient restreints. Beaucoup de chambres étaient sombres même à midi et ne prenaient qu'un peu de lumière sur une allée obscure ; on avait à peine assez d'espace pour les meubles nécessaires [9]. Chaque goutte d'eau employée dans les familles devait être montée par des porteurs au haut de ces interminables escaliers qui étaient ainsi de véritables rues [10]. Ces circonstances imposaient à la vie des conditions particulières. Les gens, empaquetés chez eux comme dans des cabines de bateau, ne rentraient que pour prendre leurs repas et se coucher. De chacun de ces escaliers déroulait, se déversait une foule qui grouillait dans la rue. « Partout on trouvait des symptômes de la densité de la population ;

---

[1] Lord Cockburn. *Memorials of his Tinse*, p. 94.
[2] Smollett. *Humphry Clinker*. J. Melford, July 18.
[3] Boswell. *Journal of a Tour to the Hebrides*, Monday, August 16.
[4] Walter Scott. *Provincial antiquities of Scotland* General account of Edinburgh.
[5] Topham. *Letters from Edinburgh 1774*, cité dans *Modern Edinburgh*, p. 9.
[6] Smollett. *Humphry Clinker*, Matt Bramble. Edinb. July 18.
[7] Topham. *Id.*
[8] Walter Scott. *General account of Edinburgh,*
[9] Walter Scott. *Id.*
[10] Walter Scott. *Id.* — Smollett, *Humphry Clinker*, Matt Bramble, July 18.

la rue ouverte était un marché général; partout un pêle-mêle de populace [1]. »

Aussi que de choses amusantes à regarder! Voici, d'abord, au-dessous de la colline du château, le *Lawn Market*, le marché à étoffes, où les vendeurs étalaient, aunaient leurs marchandises, sous leurs abris de toile, comme à une foire de campagne [2]. Voici, de nouveau, notre vieille connaissance, la prison d'Edimbourg, la Tolbooth. Devant la porte se promène de long en large un des vieux soldats de la garde civique d'Edimbourg [3]. C'est un corps de vétérans chargé de la police de la ville. Leur uniforme est un habit rouge à revers bleus, un gilet rouge, des culottes rouges, de longues guêtres noires, des buffleteries blanches et de grands tricornes. La plupart d'entre eux ont également le nez rouge, car la discipline du corps n'est pas incompatible avec le whiskey [4]. Leur armement n'est pas moins remarquable. Ils ont bien des mousquets et des baïonnettes, mais ils les portent rarement; leur arme favorite est une hache de forme archaïque, qu'on fabriquait au temps jadis à Lochaber, composée d'un long manche, d'un fer étroit et long et d'un crochet recourbé en arrière. La plupart de ces hommes sont des vétérans des régiments de highlanders, de vieux gaëls, parlant à peine anglais, qui trouvent ainsi une sorte de retraite. Une hostilité constante existe entre eux et les gamins de la ville qui leur jouent mille tours [5]. A l'extrémité de la prison, on voit une plate-forme sur laquelle ont lieu les exécutions. Un membre très respectable du conseil de la cité, nommé Brodie, vient de leur apporter un perfectionnement. Au lieu de la double échelle, toujours un peu pénible à gravir pour le patient, il a substitué la trappe qui se dérobe sous lui. Dans quelques mois il sera accusé de vol avec effraction, et condamné à mort. Il inaugurera sa propre invention. Comme il était un homme aussi calme qu'ingénieux, il examina lui-même l'appareil, se vit, en souriant, ajuster la corde autour du cou et, en belle toilette de satin noir, se laissa choir hors de la vie, la main négligemment passée dans son gilet [6]. En face de la prison, voici les derniers vestiges de l'ancien poste de la garde civique, qui avait l'air « d'un long limaçon noir rampant sur la grande rue [7] ». Avec lui a disparu la fameuse jument de bois placée là par la rude discipline de

---

[1] R. Chambers. *Traditions*, p. 12.

[2] J. Grant. *Old and New Edinburgh*, tome I, chap. x, p. 94. — Wilson. *Reminiscences*, tom I, p. 220.

[3] R. Chambers. *Traditions*, p. 96.

[4] Lord Cockburn. *Memorials*, p. 292 et R. Chambers. *Traditions*, p. 196-200. —Voir sur l'abolition de ce corps : Walter Scott, *Heart of Midlothian.*

[5] Lord Cockburn. *Memorials*, p. 293.

[6] R. Chambers. *Traditions*, p. 105-107. — James Grant. *Old and New Edinburgh*, tom I, p. 115.

[7] Walter Scott. *Heart of Midlothian.*

Cromwell. On y attachait les soldats coupables d'ivresse, leur mousquet lié à leurs pieds et une coupe à boire placée sur leur tête [1].

Au-dessous de la Tolbooth, en face de St-Giles, la terrasse est presque complètement bouchée par une bande de constructions établies juste au milieu de la rue et qu'on nomme les *Luckenbooths*, ou les barraques fermées [2]. Elles ne laissent, entre les maisons d'un côté et St-Giles de l'autre, que deux passages étroits et obscurs. Encore celui du côté de St-Giles s'est-il encombré par surcroît. Contre la façade, entre les contre-forts de la vieille église, dans tous les coins [3], se sont collées, blotties une nichée de petites échoppes qu'on a comparées à des nids de martinets [4]. On les appelle les *Krames*. Tout ce coin est une scène très animée de trafic. C'est là que sont les merciers, les gantiers, les chapeliers, les marchands de jouets, les libraires [5]. Tenez justement! la dernière maison des Luckenbooths, celle qui fait face à la descente de la High Street, c'est la maison où Allan Ramsay a eu sa boutique de libraire ornée des deux bustes de Ben Jonson et de Drummond de Hawthowden. Elle est maintenant occupée par un de ses successeurs nommé William Creech [6], qui publie presque tous les livres qui paraissent à Edimbourg. C'est ce petit homme, vif et souriant, très soigné de mise qui, la tête bien poudrée, en habits noirs, en culottes de satin, reçoit tous les écrivains [7]. Il racontera plus tard qu'un jeune paysan est venu, chapeau bas, lui demander si c'était bien là qu'était établi Allan Ramsay [8]. Et la High Street descend ainsi, hérissée d'enseignes de chaque côté, car d'un bout à l'autre c'est un véritable marché, et dans les caves, à l'abri des balcons de bois, jusque sous les escaliers extérieurs, il y a des vendeurs de mille objets [9]. Ajoutez les auberges et les tavernes, qui sont presque toutes en sous-sol.

Et descendant des escaliers des maisons, montant des caves, débouchant des ruelles, s'engouffrant dans leurs ouvertures sombres, quelle foule grouillante et pittoresque! Ce sont des servantes, avec leur plaid à couleurs vives qui courent nu-pieds [10], des mendiants dans leur vêtement de laine bleue, des juges en robe et en perruque qui, le petit tricorne à la

---

[1] James Grant. *Old and New Edinburg*, tome I, chap. XIV, p. 134.

[2] R. Chambers. *Traditions*, p. 109. — Smollett. *Humphry Clinker*. Matt Bramble. Edinb. July 18.

[3] R. Chambers. *Traditions*, p. 116-17.

[4] *Henry Erskine and his Times*, by Lieut-Colonel Alex. Fergusson, chap. II, p. 109.

[5] R. Chambers. *Traditions*, p. 109. — Lord Cockburn, *Memorials*, p. 95.

[6] Wilson's. *Reminiscences*, tome I, p. 221.

[7] R. Chambers. *Traditions*, p. 118.

[8] Allan Cunningham. *Life of Burns*.

[9] Wilson. *Reminiscences*, tom I, p. 220. — Voir Walter Scott. *Guy Mannering*.

[10] Voir les curieuses *Letters of Theophrastus*, données en appendice à la suite de l'Histoire d'Edinburgh de Hugo Arnot. Lettres I et III, p. 512 et 522.

main, s'en vont à la cour de session[1], des orfèvres avec leur manteau rouge, leur chapeau à corne et leur canne[2], des chanteurs de vieilles ballades[3], des joueurs de cornemuse, des marchandes de poissons de Newhaven qui glapissent leur poisson, ou des hommes de Gilmerton qui beuglent du charbon ou du sable jaune[4], des barbiers qui courent à leurs pratiques[4] car tout ce monde de professeurs, de clergymen et d'hommes de loi veut être bien rasé. De tous côtés ce sont des *water caddies* ou porteurs d'eau qui se querellent autour d'un puits public ou qui, courbés en avant, retenant par une courroie leurs petits tonneaux jetés sur leur dos garni d'une plaque de cuir noir[5], s'en vont porter jusqu'aux plus hauts étages la provision du jour[6]. Ces *water caddies* sont en même temps les commissionnaires de la ville. Quand un étranger arrive, on lui adjoint un water caddie qui le conduit partout. Ils courent, portent les lettres. Ce sont de crapuleux coquins, mais ils sont très intelligents et en même temps très honnêtes pour leur métier. Ils connaissent les dessus et les dessous de la société d'Edimbourg[7]. « Ces gaillards, bien que déguenillés d'apparence et grossièrement familiers de façons, sont merveilleusement malins et si connus pour leur fidélité qu'il n'y a pas d'exemple qu'un caddie ait trahi la confiance. Telle est leur intelligence qu'ils connaissent non seulement toutes les personnes de la ville, mais encore chaque étranger quand il est de vingt-quatre heures dans Edimbourg. Aucune affaire même la plus cachée n'échappe à leur regard. Ils sont particulièrement fameux pour leur dextérité à exécuter une des fonctions de Mercure[8] ». Ils sont une des curiosités et une des ressources de la ville. Ajoutez à cela quelque berger, en béret bleu et en plaid gris, qui traverse la ville, ou quelque conducteur de troupeau, en kilt, c'est-à-dire en jupon, armé jusqu'aux dents comme c'était l'habitude[9]. Que de choses nouvelles à voir, que de scènes amusantes, comiques ou humaines dans cette foule qui va, qui vient, se bouscule, se renouvelle sans cesse ! Dans aucune ville d'Angleterre elle n'est aussi compacte et aussi mélangée.

Aux différentes heures de la journée, il se produit dans cette foule des mouvements, des courants qui en modifient les aspects. Que de

---

[1] R. Chambers. *Traditions*, p. 110.

[2] R. Chambers. *Traditions*, p. 124.

[3] *Theophrastus' Letters*. Lettre III, p. 523.

[4] R. Chambers. *Traditions*, p. 14.

[5] Lord Cockburn. *Memorials*, p. 305.

[6] Smollett. *Humphry Clinker*. Matt. Bramble, July 18.

[7] Voir sur ces Caddies : R. Chambers. *Traditions*, p. 192-94.

[8] Smollett. *Humphry Clinker*. J. Melford, Aug. 8.

[9] *Old and New Edinburgh*, tom I, p. 155.

phases différentes depuis le moment où, selon les vers de Fergusson,

> Le matin avec de jolis sourires pourprés,
> Embrasse le coq aérien de St-Giles [1].

Ce sont d'abord les allées et venues du matin, les courses et les causeries des servantes. Vers midi, on voit les hommes d'affaires et de loi sortir de la Parliament House et se diriger par groupes vers les tavernes pour y prendre leur *méridien*. C'est généralement un verre d'eau-de-vie et une grappe de raisins secs qu'on demande sous la forme métaphorique « un coq froid et une plume [2] ». De une heure à deux, tout le monde se réunit, dans le High Street, à l'endroit où était autrefois la croix d'Edimbourg [3]. On y bavarde ; on y apporte et on y colporte les nouvelles de la ville ; l'homme d'affaires y cause d'intérêts ; l'homme de loi y rencontre ses clients ; le beau, en gilet d'écarlate, en manteau et en cravate de dentelle, souliers à boucles, perruque à bourse et tricorne, y vient étaler sa toilette [4]. Il attend le moment d'aller à l'Assemblée. On se presse au milieu de la rue, bien qu'à deux pas le *Parliament close*, une place avec sa belle statue équestre de Charles II, reste déserte. « La compagnie ainsi rassemblée est régalée d'airs variés, joués sur un carillon placé dans un clocher voisin. Comme ces cloches sont bien accordées et que le musicien, qui reçoit un salaire de la ville, en joue assez bien, ce divertissement est réellement agréable et très nouveau pour les oreilles d'un étranger [5] ». C'est du clocher de St-Giles que ce carillon tombe sur toutes ces conversations.

Dans l'après-midi, les dames font leur apparition dans leurs toilettes claires, pompeuses et compliquées, avec leurs longs corsages en pointe, leurs hautes coiffures et leurs vastes jupes de soie de France, brochée de fleurs de couleur ou ramagée d'or et d'argent [6]. Celles qui vont à pied portent sur leur bras la traîne de leurs robes [7], car les rues d'Edimbourg ne sont pas faites pour être balayées avec de la soie. Beaucoup passent dans des chaises à porteurs tenues par des laquais en livrée ou par des porteurs qui viennent tous des Hautes-Terres. C'est, avec la garde civique, le monopole des Gaëls [8]. Quelques grandes dames même vont en carrosse, bien que ce soit maintenant un problème pour les archéologues que de savoir comment une voiture passait dans ces ruelles. D'ailleurs les distances

---

1 Fergusson. *Auld Reekie.*
2 R. Chambers. *Traditions*, p. 168.
3 Smollett. *Humphry Clinker.* Matt. Bramble, July 18.
4 Wilson. *Reminiscences*, tom I, p. 227-28.
5 Smollett. *Humphry Clinker.* Matt. Bramble, July 18.
6 R. Chambers. *Traditions*, p. 218. *Female Dresses of Last Century*, passim.
7 *Id.*, p. 219.
8 R. Chambers. *Traditions*, p. 194.

sont si courtes, qu'on pourrait renouveler la plaisanterie qu'on faisait sur
la comtesse de Galway, quand elle allait en voiture pour rendre visite à
lady Minto : « Quand mylady montait dans son carrosse, les nez de ses
chevaux étaient déjà à la porte de lady Minto[1] ». A cette heure-ci, les dames
vont faire des visites ou prendre le thé chez leurs amies.

Un peu plus tard, elles vont à l'Assemblée. C'est une salle de danse
que rendent nécessaire l'exiguïté des logements et la difficulté de faire
danser chez soi[2]. Plusieurs fois par semaine, la meilleure société s'y réunit,
sous la surveillance d'une vieille dame très respectable, très rigide, qui
remplit les fonctions de maîtresse des cérémonies. Un cérémonial très
strict règle en effet les moindres rapports des danseurs et des danseuses.
Les couples n'ont pas le droit de se choisir : on met les éventails de
toutes les dames dans le tricorne d'un gentilhomme, on tire au sort et
chaque cavalier est pour la saison le partenaire de la dame dont il a pris
l'éventail. Les places sont désignées par la dame directrice, qui siège à
une extrémité de la salle sur un trône[3]. Cette discipline fait d'un plaisir
quelque chose de compassé et de contraint, plus près de la mélancolie
que de la gaîté. Un jour le pauvre Olivier Goldsmith, qui était alors étu-
diant en médecine à Edimbourg, avait voulu s'y présenter. Avec son goût
d'Irlandais et de grand enfant pour les couleurs vives, il s'était fait bien
resplendissant dans un costume « de satin bleu de ciel, de riche velours
de Gênes noir et de drap nuance de clairet. » Il semble même que la note
du tailleur n'ait pas été payée. Tout gauche dans ses beaux habits, il
était allé à l'Assemblée, pensant y faire florès. Hélas ! c'était un triste
spectacle. D'un côté, les dames solitairement assises ; à l'autre bout, leurs
partenaires pensifs. « Mais pas plus de rapport entre les sexes qu'entre
deux nations en guerre ; les dames à la vérité peuvent lancer des regards,
et les gentlemen pousser des soupirs ; mais un embargo est mis sur tout
autre commerce plus rapproché. » Les couples désignés dansent « avec
une formalité qui ressemble à du découragement ». Aussi ils dansent
beaucoup et ne se disent rien. Le bon Olivier n'y tint pas, il risqua une
observation. « Je dis à un gentleman écossais qu'un si profond silence
ressemblait à l'ancienne procession des matrones romaines en l'honneur
de Cérès ; et le gentleman écossais me répondit pour ma peine, (et ma
foi ! je crois qu'il avait raison) que j'étais un pédant. » Le pauvre Olivier
sortit le cœur gros, un peu triste, se sentant un peu ridicule dans ses
habits clairs, avec cette phrase indiciblement mélancolique où est toute

---

[1] Wilson. *Reminiscences*, tom I, p. 22.

[2] Hugo Arnot. *History of Edinburgh*, p. 293.

[3] Voir pour les règlements de ces réunions : Hugo Arnot. *History of Edinburgh*,
p. 292. — Chambers. *Traditions*, p. 52. — Wilson. *Reminiscences*, tom I, p. 62 et
suivantes.— *Erskine and His Times*, p. 112-13, — et surtout l'amusante description de
lord Cockburn, dans ses *Memorials*, p. 26.

son âme : « Un homme laid et pauvre est sa propre compagnie et cette compagnie-là, le monde me la laisse goûter en abondance [1]. » Avec plus de gaucherie et de naïveté, il y avait là un peu de l'envie que ce luxe devait inspirer à ce jeune paysan qui le regardait passer.

Le soir arrive. L'obscurité sort des étroites ruelles où elle s'est réfugiée pendant le jour et envahit graduellement la ville. La grande rue fait pour s'éclairer une tentative vaine ; car s'il y a plus de réverbères qu'il y a vingt ans, il n'y a pas plus d'huile [2]. Les citoyens les plus graves, marchands, juges, avocats, professeurs, s'en vont vers les tavernes ou les clubs, qui font partie de la vie sociale. Des caves, où l'on sert des huîtres et de la bière noire et qu'on appelle *oyster cellars*, s'échappe un peu de lumière et un bruit de musique ; car on y danse. « La plupart des *oyster cellars* ont une sorte de longue pièce, où une société pas trop nombreuse peut goûter l'exercice d'une danse campagnarde, au son d'un violon, d'une harpe ou d'une cornemuse [3]. » Il y a vingt ans, la bonne société n'osait fréquenter ces endroits de louche réputation [4]. Depuis quelque temps cela est devenu à la mode, grâce à cette charmante et folle duchesse de Gordon, dont l'entrain et la hardiesse scandalisent et dont la grâce séduit la ville. Les dames de la haute société d'Edimbourg y viennent maintenant [5]. Aussi la rue est-elle animée. Des *caddies* passent avec leurs lanternes en papier [6], des chaises à porteurs précédées de valets qui portent une torche, et escortées de gentilhommes, l'épée dans une main et le chapeau dans l'autre, conformément à la politesse des temps [7]. Et les coins de ruelle ne sont pas non plus sans ces apparitions nocturnes de plaisir et de vice des grandes villes, faites pour surprendre et troubler un garçon de campagne.

> Près d'un réverbère, avec son visage triste,
> Ses yeux alourdis, sa grimace aigre,
> Se tient une femme qui eût pu connaître longtemps la beauté.
> La Prostitution est son métier, le vice son but ;
> Voyez maintenant où elle gagne son pain,
> Fredonnant des chansons vicieuses pour attirer
> Les suivants de la cruelle dissipation [8].

Voici dix heures ! Le tambour de la garde civique fait entendre le

---

[1] Voir Forster. *Life of Goldsmith.*

[2] *Theophrastus' Letters.* Lettre III.

[3] Hugo Arnot. *History of Edinburgh*, Book III, chap. II, p. 271.

[4] *Theophrastus' Letters.* Letter I — et Hugo Arnot, p. 272.

[5] R. Chambers. *Traditions*, p. 160.

[6] Smollett. *Humphry Clinker.* J. Melford, Aug. 8.

[7] *Henry Erskine and His Times* by Lieut.-Colonel Fergusson, p. 113.

[8] Fergusson. *Auld Reekie.* — Voir, sur l'augmentation de la prostitution à Edimbourg à cette époque, la lettre II de *Theophrastus.*

roulement du couvre-feu [1]. C'est comme un signal. Toutes les fenêtres s'ouvrent et les habitants se livrent à une opération dont les résultats, selon l'expression de Smollett « offensent. les yeux aussi bien que les autres organes de ceux que l'habitude n'a pas endurcis contre toute délicatesse de sentiment [2] ». On n'entend plus, dans la nuit, que l'exclamation française poussée par quelque citoyen attardé qui regagne son domicile : « Gardez l'eau ! » Hélas ! souvent trop tard ! Selon le mot de Walter Scott, c'est plus souvent l'élégie que l'avertissement du passant surpris [3]. C'est l'heure pénible et dangereuse d'Edimbourg sur laquelle le D' Johnson a déjà passé son verdict, dans son langage solennel, en disant que mainte perruque « en a été humidifiée jusqu'à la flaccidité [4] ».

Puis la tranquillité se fait. On n'entend plus que les pas des gens qui reviennent du club, ou les paroles de quelque ivrogne qui s'en va en trébuchant et qui peut-être est un juge, ou un avocat, car l'ivresse est fréquente chez tous. La ville retombe dans son silence ; dans la nuit, les grandes maisons se dressent dans le ciel froid de novembre ; et, avec la disparition de tout bruit, revient dans l'étranger isolé un sentiment de tristesse et d'abandon [5].

I

L'HIVER DE 1786-87.

BURNS DANS LA SOCIÉTÉ D'EDIMBOURG. — LE TRIOMPHE. LE DÉSACCORD. — LES TAVERNES D'EDIMBOURG.

Au bout de quelques jours, Burns commença à se rappeler dans quel dessein il était venu à Edimbourg. Il n'avait pas de lettres de recommandation, mais il connaissait, pour lui avoir été présenté en Ayrshire, M. Dalrymple d'Orangefield, homme généreux, au cœur chaud, ami de Ballantine d'Ayr. Il alla le voir et Dalrymple entreprit aussitôt de le protéger. « J'ai rencontré dans M. Dalrymple d'Orangefield ce que Salomon appelle avec emphase « un ami qui s'attache plus fort qu'un frère [6] ». M. Dalrymple le présenta à deux hommes de première situation,

---

[1] R. Chambers. *Traditions*, p. 164.

[2] Smollett. *Humphry Clinker*, Matt Bramble, July 8.

[3] Walter Scott. *General Account of Edinburgh*, dans les *Provincial Antiquities of Scotland*.

[4] *Henry Erskine and His Times*, p. 111.

[5] *To John Ballantine*, 13th Dec 1786.

[6] *To Gavin Hamilton*, Dec 7th 1786.

et les mieux faits pour lui faire ouvrir toutes les portes, l'un de la noblesse, l'autre de la société littéraire d'Edimbourg. Le premier était le comte de Glencairn, auquel Burns voua un véritable culte qui ne se démentit jamais. C'était un homme dont la beauté physique était l'expression d'un caractère sans reproche. « Le noble comte de Glencairn m'a pris par la main aujourd'hui et s'est intéressé en ma faveur, avec une bonté digne de l'être bienfaisant dont il porte si noblement l'image. Il est une plus forte preuve de l'immortalité de l'âme que toutes celles que la philosophie a jamais proposées ; une âme comme la sienne ne peut mourir [1] ». Ailleurs il l'appelle « un homme dont je me rappellerai les vertus et la bonté fraternelle envers moi, au delà de tous les temps [2] ». L'autre protecteur était le fameux avocat Henry Erskine, le doyen de la faculté des avocats, d'une éloquence incomparable, d'un charme social, d'une sûreté de commerce, qui le faisaient aimer et respecter partout. Ces deux connaissances furent vite faites et leur effet fut très rapide, car le 7 Décembre, dix jours seulement après son arrivée à Edimbourg, le poète pouvait écrire :

En ce qui concerne mes propres affaires, je suis en bon chemin de devenir aussi éminent que Thomas à Kempis ou John Bunyan, et vous pouvez dorénavant vous attendre à voir mon jour de naissance inséré, parmi les événements merveilleux, dans l'Almanach du Pauvre Robin ou l'Almanach d'Aberdeen, à côté du Lundi noir et de la bataille de Bothwell-Bridge. My Lord Glencairn et le Doyen de la Faculté Mr H. Erskine m'ont pris sous leur aile et, selon toute probabilité, je serai bientôt le dixième homme de bien et le huitième sage du monde [3].

A ces deux protections, il faut ajouter celle de Dugald Stewart, qui le présenta à Mackenzie, à l'auteur de *l'Homme de Sentiment*, à celui que Burns révérait et admirait depuis si longtemps, qui avait été un des maîtres et un des consolateurs de sa jeunesse. Ce fut un coup de bonheur pour le poète. Mackenzie continua l'heureuse influence qu'il avait eue sur sa vie. Dans le n° 97 du *Lounger*, qui ne devait plus avoir que quatre numéros, parut un article qui fut un événement. Il était digne de celui qui en était l'auteur et de celui qui en était l'objet. Il y avait, de la part de cet écrivain si laborieux et si correct, une très claire et très large intelligence littéraire et psychologique du génie et du caractère de Burns. Cette double appréciation était exprimée en termes parfaits de justesse et d'accent, à ce point que, non seulement cet article donnait du premier coup la note exacte et entière sur la valeur du poète, mais que, après cent ans, il reste une des meilleures choses qu'on ait écrites sur lui ; c'est une longévité rare pour une page de critique. Voici d'ailleurs, dans ses parties essentielles, l'article que les habitants d'Edimbourg se passaient

[1] *To James Dalrymple*, 30th Nov. 1786.
[2] *To John Ballantine*, 13th Déc. 1786.
[3] *To Gavin Hamilton*, Dec. 7th 1786.

et commentaient le 9 Décembre 1796, moins de quinze jours après l'arrivée de Burns.

Pour les personnes sensibles et capables de comprendre, il y a quelque chose de merveilleusement agréable dans la contemplation du génie, de cette portée transcendante d'esprit qui distingue certains hommes. Dans la vue de talents tout à fait supérieurs, comme dans celle des grands et étonnants objets de la nature, il y a une sublimité qui remplit l'âme d'admiration et d'aise, qui la dilate, pour ainsi parler, au delà de ses limites ordinaires, et qui, revêtant notre nature d'une puissance extraordinaire et d'extraordinaires honneurs, intéresse notre curiosité et flatte notre orgueil... Dans la découverte de talents généralement inconnus, nous sommes souvent disposés à céder à une partialité excessive, comme dans toutes les découvertes que nous faisons; et c'est à quoi nous devons tant d'exemples de peintres et de poètes qui, retirés de situations obscures par les éloges extravagants de leurs introducteurs, sont cependant bientôt retombés dans leur première obscurité; dont le mérite, bien que peut-être un peu négligé, n'a pas semblé avoir été tellement déprécié par le monde et n'a pas pu soutenir, par son excellence intrinsèque, la place supérieure que l'enthousiasme de ses patrons aurait voulu lui assigner.

Je ne sais si je serai accusé d'un enthousiasme et d'une partialité de ce genre, en présentant à l'attention de mes lecteurs un poète de notre pays, dont les écrits m'ont été récemment communiqués. Mais, si je ne me trompe pas grandement, je pense que je puis, en toute sûreté, déclarer que c'est un génie d'un rang peu ordinaire. La personne à laquelle je fais allusion est Robert Burns, un laboureur d'Ayrshire, dont les poèmes furent, il y a quelque temps, publiés dans une petite ville de l'ouest de l'Écosse, sans autre ambition, semble-t-il, que de les faire circuler parmi les habitants du comté où il est né, et d'obtenir un peu de renommée de la part de ceux qui avaient entendu parler de ses talents. J'espère qu'on ne considérera pas que j'ai trop de prétentions, si j'essaye de le placer à un point de vue plus haut, de réclamer le verdict de ses concitoyens sur le mérite de ses œuvres, et de revendiquer pour lui les honneurs que leur valeur semble mériter.

En mentionnant la circonstance de son humble condition, je n'ai pas la pensée de faire reposer ses prétentions seulement sur ce titre, ou de faire valoir les mérites de sa poésie, considérés par rapport à la bassesse de sa naissance et au peu d'opportunité de culture que son éducation pouvait lui fournir. A la vérité, ces détails pourraient exciter notre étonnement devant ses productions ; mais sa poésie, considérée en soi et sans les causes qui résultent de sa situation, me semble tout à fait digne de dominer nos sentiments et d'obtenir nos applaudissements. Sa naissance et son éducation ont, à la vérité, opposé une barrière à sa renommée, c'est le langage dans lequel la plupart de ses poèmes sont écrits. Même en Écosse, le dialecte provincial, que Ramsay et lui ont employé, se lit maintenant avec une difficulté qui refroidit le plaisir du lecteur : en Angleterre, on ne peut pas le lire du tout, sans avoir constamment recours à un glossaire, en sorte que le plaisir est presque détruit.

Quelques-unes de ses productions, spécialement celle d'un genre grave, sont presque anglaises. De l'une d'entre elles, j'offrirai d'abord à mes lecteurs un extrait, dans lequel je pense qu'il découvriront un ton élevé de sentiment, une puissance et une énergie d'expression qui sont particulièrement et fortement caractéristiques de l'esprit et de la voix d'un poète.

Il citait les strophes de la *Vision* dans lesquelles est racontée l'enfance de Burns, sans aller toutefois à celles si belles de la fin. Puis il continuait en termes du plus haut éloge : « De chants comme celui-là, solennels et sublimes, avec cette mélancolie ravie et inspirée dans laquelle le Poète élève ses regards « au dessus de cette sphère visible et diurne », les poèmes intitulés *Désespoir*, la *Lamentation*, *Hiver*, *Chant funèbre* et l'*Invocation à la Ruine*, offrent des exemples non moins frappants ». Il donnait comme spécimens « dans le tendre et le moral » *l'Homme fut créé pour pleurer, le Samedi soir du villageois*, les pièces *à la Souris* et à la *Pâquerette de montagne*. Il citait celle-ci en entier, moins, disait-il, à cause de son mérite supérieur que parce qu'elle pouvait tenir dans les bornes de son journal. Et, à propos de la jolie strophe sur l'alouette, il ajoutait en termes qui contiennent avec une merveilleuse exactitude l'essence du sentiment de la nature dans Burns : « Des touches comme celles-là dénotent le pinceau d'un poète qui peint la nature avec la *précision de l'intimité*, et cependant avec le coloris délicat de la beauté et du goût ». Les mots que nous avons soulignés vont droit au fond du génie de Burns sur ce point.

· L'article, après avoir donné les éloges, essaye de prévenir les objections et surtout celles qu'il prévoit, les objections religieuses et morales. Il avance des précautions, des excuses, des atténuations, toutes sortes de faucilles pour couper à l'avance les critiques dans l'esprit des lecteurs. Ces soins même sont instructifs en ce qu'ils montrent à quelle société susceptible et formaliste Burns allait avoir à faire. Cela donne l'idée de la surveillance qu'il devait exercer sur sa parole et de· la prudence qu'il devait mettre dans sa conduite, pour ne pas choquer un monde auquel il fallait présenter ses poèmes avec presque autant d'apologie que de louange ! Voici donc ce que Mackenzie disait avec beaucoup de tact et une connaissance très exacte des gens à qui il parlait :

Contre quelques-uns des passages de ces derniers poèmes, on a objecté qu'ils respirent un esprit de libertinage et d'irréligion. Mais si nous considérons l'ignorance et le fanatisme des classes inférieures dans le pays où ces poèmes furent écrits, fanatisme de cette espèce pernicieuse qui exalte la foi par opposition aux *bonnes œuvres*, et dont la fausseté et le danger ne pouvaient échapper à un esprit aussi éclairé que celui de notre poète , nous ne regarderons pas sa muse plus légère comme l'ennemie de la religion (sur laquelle il exprime en plusieurs endroits les sentiments les plus justes) bien qu'elle ait été quelquefois un peu imprudente en ridiculisant l'hypocrisie.

Sur ce point et sur d'autres encore, il faut convenir qu'il y a, dans le volume qu'il a donné au public, des parties répréhensibles que la prudence aurait supprimées ou la correction effacées. Mais les poètes sont rarement prudents, et notre poète n'avait, hélas ! ni amis, ni compagnons qui pussent lui suggérer des corrections. Quand nous réfléchissons à son rang dans la vie, et à la société dans laquelle il a vécu, nous sommes plus portés à regretter qu'à nous étonner que la délicatesse soit si souvent offensée, pendant la lecture d'un volume où il y a tant pour nous intéresser et nous plaire.

Il y a bien quelque chose d'un peu étroit et presque d'un peu frisant le ridicule dans ces regrets que Burns n'ait pas fait parler ses paysans plus convenablement ; peut-être y avait-il aussi quelque chose qui lui fit

froncer le sourcil et hausser impatiemment les épaules dans toutes ces
excuses qui tournaient à la réprimande. Mais la fin était faite pour lui
aller droit au cœur. Mackenzie parlait de lui en homme qui sait respecter
et saluer la dignité d'âme partout où elle se trouve, mettant toute son
autorité au service de sa sympathie.

Burns possède la fierté aussi bien que la fantaisie d'un poète Cet orgueil honnête et
cette indépendance d'âme qui sont parfois la seule richesse de la muse, éclatent à
toute occasion dans ses ouvrages. Il peut se faire, par conséquent, que je blesse ses
sentiments tout en satisfaisant les miens, lorsque j'appelle l'attention du public sur
sa situation et sur sa fortune. Cette condition, tout humble qu'elle fût, dans laquelle
il avait trouvé le contentement et courtisé la muse, aurait pu ne pas lui sembler
pénible, mais le chagrin et les malheurs l'y atteignirent. Un ou deux de ses poèmes
font allusion à ce que j'ai appris de quelques-uns de ses compatriotes, qu'il avait été
contraint de former la résolution de quitter son pays natal, pour chercher sous le ciel
des Indes occidentales l'abri et le soutien que l'Écosse lui avait refusés. Mais j'espère
qu'on saura trouver les moyens d'empêcher cette résolution de se réaliser ; j'espère
que je rends simplement justice à mon pays en le supposant tout disposé à tendre la
main pour secourir et retenir son poète natif, dont « les chants silvestres et sauvages »
possèdent une telle excellence. Réparer les injustices faites au mérite souffrant et
ignoré ; faire sortir le génie de l'obscurité où il a langui avec indignation, et l'élever
à la place où il peut profiter et plaire au monde ; ce sont des efforts qui donnent à la
richesse un privilège enviable, à la grandeur et à la protection un légitime orgueil [1].

C'était bravement dit ! Cet appel au pays, si plein de délicatesse et
cependant d'accent, était le vrai de la situation et eût été la seule résolution digne de l'Écosse et secourable au poète dont elle se glorifie désormais. C'était, de la part de Mackenzie, une bonne action. Lockhart a
excellemment remarqué qu'elle fait honneur à sa clairvoyance et à son
courage, et aussi pourquoi : « quoique ses propres productions fussent distinguées par tous les raffinements de l'art classique, M. Henry Mackenzie
était, heureusement pour Burns, un homme d'un esprit aussi libéral que
son goût était poli, et lui, dont les pages contiendront toujours quelques-
uns des meilleurs modèles d'élégance travaillée, fut parmi les premiers
à sentir que le laboureur d'Ayrshire appartenait à cette classe d'êtres dont
c'est le privilège d'atteindre les grâces « au delà de la portée de l'art ».
Il fut le premier à risquer sa propre réputation en le déclarant publiquement [2]. »

Cet article de Mackenzie, c'était la célébrité, le soir même à Edimbourg,
deux jours après en Écosse, une semaine après en Angleterre, parmi
les lettrés qui lisaient le *Lounger*. Burns entra, toutes portes ouvertes,
dans la haute société nobiliaire et littéraire d'Edimbourg.

---

[1] L'article de Mackenzie a pour titre : *Extraordinary Account of Robert Burns, the Ayrshire Ploughman, with Extracts from his Poems.*

[2] Lockhart. *Life of Burns*, p. 105. — Voir aussi sur la conduite de Mackenzie quelques lignes justes de Gilfillan. *Life of Burns*, p. XXXV.

Cette société, par laquelle Burns allait être examiné et jugé, était une des plus cultivées qu'il y eût alors en Europe, une des plus justement difficiles en matière de valeur intellectuelle. Edimbourg était une ville de prédicateurs, d'avocats, de juges, de médecins, de professeurs, presque tous remarquables. Elle se trouvait alors vers le milieu de cette période incomparable d'éclat intellectuel, qui devait aller jusque vers 1830, et qui la place parmi les cités lumineuses dont la liste trace les progrès de l'esprit humain. Il y a eu ailleurs de plus grands noms ; il n'y a eu nulle part une si grande abondance d'hommes de talent, en si peu de temps et d'espace. Ils étaient littéralement les uns sur les autres ; et beaucoup d'entre eux étaient des hommes de renommée et d'influence européennes [1].

A la vérité, quelques-uns de ceux qui avaient le plus contribué à illustrer la ville avaient déjà disparu. Il y avait dix ans que David Hume avait quitté la vie avec la sérénité enjouée d'un sage antique, et sa tombe choisie par lui sur Caltón Hill, avec une vue admirable, avait cessé d'être un objet de curiosité [2]. Lord Elibank, le jurisconsulte et l'économiste, dont les travaux sur la monnaie, la circulation du papier, les Dettes Publiques, ne sont pas oubliés, était mort depuis huit ans ; John Rutherford, l'éminent médecin qui, avec Monro, Sinclair, Plumner et Innes, avait fondé la célèbre école de médecine d'Edimbourg [3], le fondateur des leçons cliniques, latiniste achevé, était mort depuis sept ans ; lord Kames, l'auteur des remarquables *Éléments de critique*, depuis quatre ans ; le Dr Webster, le prédicateur et le calculateur, qui avait établi le fonds des veuves du clergé, une admirable institution de secours ; Allan Ramsay le peintre de portraits, le fils du poète, depuis deux ans. Quelques autres avaient quitté Edimbourg pour Londres : John Home, l'ami de Hume, le fameux auteur de la tragédie de *Douglas* ; Thomas Erskine, le frère d'Henri Erskine, le futur grand-chancelier, le grand avocat politique, qui s'était fait inscrire dès ses débuts au barreau anglais [4] ; Mac Pherson, le traducteur et l'adaptateur d'Ossian ; les deux Hunter, William et John, le grand anatomiste, « l'homme qui pour son génie original et compréhensif vient immédiatement après Adam Smith et doit être placé bien au-dessus de tous les autres philosophes que l'Écosse a produits..., qui, parmi les grands maîtres de la science organique,

---

[1] Pour l'ensemble de ce tableau de la société intellectuelle d'Edimbourg, nous avons consulté, *The Biographical Dictionary of Eminent Scotsmen*, publié par Blackie ; — *The Book of Eminent Scotsmen* par Joseph Irving. — Voir aussi les notices qui forment la seconde partie du volume intitulé : *A Winter with Burns*. — Pour les différents détails, nous avons consulté les ouvrages particuliers qu'on trouvera indiqués à leur place.

[2] Huxley. *David Hume* — et le *Biographical Dictionary of Eminent Scotsmen*.

[3] Sir Alexander Grant. *The Story of the University of Edinburgh*, tom I, p. 310.

[4] *Lord Erskine*, par H. Duméril.

appartient au même rang qu'Aristote, Harvey et Bichat et est un peu supérieur soit à Haller soit à Cuvier [1] ». Mais malgré ces pertes et ces défections, on admirait, de quelque côté qu'on se tournât, une réunion merveilleuse et unique d'illustrations de tous genres.

L'Université était dans une période admirable d'éclat [2]. Le Principal était William Robertson, le fameux historien ; il avait déjà publié ses trois grandes histoires de l'Écosse, de Charles-Quint et de l'Amérique. Il jouissait paisiblement de sa renommée et de sa grande influence dans le clergé et dans la société d'Edimbourg. Il continuait à prêcher le dimanche ses éloquents sermons, car plusieurs des professeurs de l'Université étaient en même temps pasteurs ou avocats, et exerçaient leur talent dans des fonctions différentes. Le professeur de Belles-Lettres et de Rhétorique était Hugh Blair, également clergyman, qui avait publié ses sermons corrects et châtiés, un des ouvrages les plus lus de la littérature religieuse du xviiie siècle. Il venait de publier ses célèbres lectures sur les Belles-Lettres, dont le succès se répandit assez loin pour que, presque un siècle après, ce fût encore un livre de distribution de prix dans un collège français. Ce fut le manuel universel de rhétorique, jusqu'aux livres de Whately et de Bain. C'était Blair qui avait présenté au public les poèmes d'Ossian. Il était le grand maître de la critique littéraire en Écosse et un mot de lui recommandait un ouvrage ou un auteur. Dugald Stewart, abandonnant sa chaire de mathématiques, venait d'être nommé professeur de philosophie morale. Il n'avait pas encore entamé ses publications philosophiques ; le premier volume de sa *Philosophie de l'Esprit humain* est de 1792. Mais il commençait ses conférences admirables de clarté, d'éloquence et d'élévation morale, qui ont fait de lui un des grands modeleurs d'âmes de son temps. « Pour moi, ses lectures furent comme l'ouverture du ciel. Je sentis que j'avais une âme. Elles changèrent ma nature entière [3] » dit lord Cockburn, qui fut un des élèves de ses premières années. « Dugald Stewart, ajoute-t-il, fut un des plus grands orateurs didactiques [4]. » Mackintosh disait que la gloire particulière de l'éloquence de Stewart était d'avoir « inspiré l'amour de la vertu à des générations entières d'élèves [5]. » Il fut un incomparable professeur. C'était avec cela un des plus honnêtes et des plus accomplis gentlemen de son temps ; il semble avoir

[1] Buckle. *History of Civilization in England*, tom. III, p. 429.

[2] Pour l'Université voir *The History of Edinburgh*, de Hugo Arnot, Book III, chap. III. — *The Story of the University of Edinburgh*, by Sir Alexander Grant. — *Edinburgh University, a sketch of its Life for 300 years*, publié par James Gemmell. — *The University of Edinburgh*, by the late Principal Lee — et un petit livre intitulé : *Viri Illustres* ACAD. JACOB. SEXT. SCOT. REG. ANNO CCCMD, publié en 1884.

[3] Lord Cockburn. *Memorials*, p. 22.

[4] *Id.* p. 23.

[5] *Life of Francis Jeffrey*, by lord Cockburn, p. 49.

été, pour l'urbanité et l'élégance des façons, un rival d'Henry Erskine. Le professeur de mathématiques était Adam Ferguson. Il avait été longtemps chapelain d'un régiment de highlanders et ses officiers l'empê-chaient difficilement de prendre part au combat [1]. C'était un esprit original et énergique, un peu hautain. Le Dr Carlyle raconte que David Hume disait que Ferguson avait plus de génie qu'aucun d'entre eux, parce qu'il avait maîtrisé une science difficile, la physique, en trois mois, assez pour pouvoir l'enseigner [2]. En effet, Ferguson avait été successivement professeur de physique et de philosophie morale. Il avait publié en 1767 un *Essai sur l'Histoire de la Société civile* que ses admirateurs considèrent comme une des premières tentatives de « Sociologie », et il venait de publier en 1783 son *Histoire des Progrès et de la Chute de la République Romaine*, dont les historiens tiennent encore compte. Il avait pour professeur adjoint John Playfair, dont les ouvrages sont des modèles de style scientifique clair, lucide et élégant, qui fait penser à du Fontenelle. Son nom restera attaché à l'exposition de la théorie huttonienne de la Terre. Que d'autres encore il faudrait nommer : Andrew Dalzell le professeur de grec, dont les leçons créèrent, à Edim-bourg, le goût de l'hellénisme, qui triomphait à Glasgow avec les leçons du savant Moore et les belles impressions des Foulis ; Finlayson, le professeur de logique, raide, précis et sec [3] ; John Robinson, le professeur de physique, qui édita les œuvres de Black.

La Faculté de Médecine, qui a tant contribué à la réputation de l'Université d'Edimbourg, était aussi dans un moment de gloire extraordi-naire. Sans compter les hommes de talent comme Rutherford le botaniste, Andrew Duncan et d'autres, il y avait quatre hommes de premier ordre, dont les noms sont historiques et marquent des étapes dans le dévelop-pement de la science. A la chaire d'anatomie, il y avait Alexandre Monro, Monro *secundus*, un merveilleux professeur, le plus grand de ces Monro, qui, de père en fils, occupèrent la même chaire pendant une période de cent vingt-six ans, de 1718 à 1846. A la chaire de physiologie, se trouvait James Gregory, un autre exemple de ces étonnantes familles de professeurs ; son arrière-grand-père James Gregory, l'inventeur du télescope à miroir, avait été nommé professeur à Edimbourg en 1674, et, depuis ce temps, les Gregory donnaient des professeurs de mathématiques et de sciences naturelles aux Universités d'Angleterre et d'Écosse. Quelle sève dans ces races récemment sorties du sol ! Et ces hommes enseignaient pendant un demi-siècle et vivaient quatre-vingts ans. Notre James Gregory était en

---

[1] Lord Cockburn, *Memorials*, p. 42.

[2] Dr Alex Carlyle. *Autobiography*, p. 283.

[3] Voir, sur Andrew Dalzel et Finlayson, les reconnaissants souvenirs de lord Cockburn. *Memorials*, p. 16-19.

outre le premier latiniste d'Ecosse. A côté de ces noms-là, deux autres d'une plus grande portée. William Cullen était là, le grand physiologiste, qui essaya le premier « de généraliser les lois de la maladie telles qu'elles se manifestent dans le corps humain [1]. » Et la chaire de chimie était occupée par Joseph Black, un des créateurs de la chimie moderne, celui que Lavoisier considérait comme son maître et appelait « l'illustre Nestor de la révolution chimique », grand physicien aussi, car c'est lui qui avait découvert la chaleur latente « un hardi et admirable paradoxe qui exigeait, pour être proposé, du courage aussi bien que de la pénétration, et qui marque une époque de l'esprit humain parce que c'était un immense pas de fait vers l'idéalisation de la matière en force [2]. »

Le clergé comptait des prédicateurs qui étaient presque tous des savants remarquables. C'était le Dr Henry, l'auteur d'une *Histoire d'Angleterre*, l'une des premières histoires faites sur un plan qui étudie séparément toutes les parties de la vie sociale ; c'était James Macknigh, théologien et commentateur profond, auteur d'une *Harmonie des Évangiles* et d'un *Commentaire d'épîtres des Apôtres*, œuvres de grande érudition ; c'était John Erskine, le bon et l'éloquent, dont les sermons publics changèrent le ton de la prédication en Ecosse et dont on trouve le portrait dans *Guy Mannering* ; c'était le Dr Alexander Carlyle dont l'*Autobiographie* est précieuse pour l'étude de toute cette époque.

La Magistrature, la *Court of Session*, pour employer le terme écossais, se composait d'hommes de haute valeur, choisis parmi les avocats que leurs qualités d'orateurs ou de juristes avaient mis hors pair. Le président était alors Robert Dundas d'Arniston, lord Mansfield, le troisième d'une descendance de juges intègres et profonds [3]. Il avait autour de lui des hommes comme Francis Garden, lord Gardenstone, qui avait plaidé, dans le fameux procès de Douglas, devant le Parlement de Paris, de façon à laisser, même dans une langue étrangère, une vive impression de son éloquence [4] ; sir David Dalrymple, lord Hailes, érudit, historien, archéologue, d'une lecture et d'une science universelles, célèbre par ses travaux sur les antiquités chrétiennes, les vieilles poésies écossaises, et ses annales sur l'histoire d'Écosse ; lord Braxfield « le géant du tribunal » selon l'expression de lord Cockburn : rude, brutal, semblable à un forgeron, sans lettres, il avait un esprit d'une telle vigueur d'étreinte et de raisonnement qu'il n'avait pas eu besoin de culture pour avoir la puissance [5] ; James Burnet, lord Monboddo, original, paradoxal

---

[1] Buckle, tome III, p. 413.
[2] Buckle, tome III, p. 369.
[3] Lord Cockburn. *Memorials*, p. 137.
[4] *Edinburgh Review*. N° 231 January 1883, p. 238.
[5] Lord Cockburn, *Memorials*, p. 29.

et savant, fameux pour sa connaissance des classiques et sa théorie sur la descendance de l'homme. Il soutenait, avant l'heure, que les hommes avaient eu des queues et descendaient du singe. Il avait publié son ouvrage sur *l'Origine et le Progrès du langage*, où il soutenait le système de Lucrèce sur l'origine du langage et où il avait pris pour épigraphe les vers d'Horace qui le résument :

> Quum prorepserunt primis animalia terris
> Mutum et turpe pecus

C'était, disait-il, en miniature l'histoire du genre humain. Il était en train de publier son travail sur la *Métaphysique Ancienne*. Il donnait des soupers « attiques [1] » où la table était parsemée et les flacons enguirlandés de roses à « la manière des anciens [2]. » Il allait presque chaque année à Londres, faisant à cheval toute la route parce que les chaises de poste étaient des véhicules inconnus des anciens [3]. Il était le père d'une adorable et angélique créature, dont la grâce et la douceur étaient admirées de tout Edimbourg et séduisirent Burns, comme une apparition céleste. Elle devait être enlevée peu d'années après, et le poète devait écrire sur elle une élégie chaste et attendrie.

Le barreau, ou la *Faculty of advocates*, comme on l'appelait, qui était la pépinière de la cour de justice, était un corps très brillant et très instruit. Cela tenait à des circonstances particulières. Les fils de famille nobles n'ayant pas, comme en Angleterre, le débouché de la vie publique, se portaient de ce côté. « La Faculté des avocats comprenait la moitié des gentilshommes d'Écosse. La profession de la loi était embrassée par les fils aînés de la gentry, plutôt parce qu'elle conférait une sorte de distinction fashionable que parce qu'ils en attendaient des affaires ou des émoluments. Elle conduisait à une éducation savante ou du moins polie, et donnait une sorte de dignité au-dessus de la pure inactivité. C'est peut-être à cause de cela qu'il y avait, à cette époque, parmi la Faculté des avocats d'Écosse, une élégance de manières, unie à un degré de science et de connaissances générales, qu'on n'aurait pu retrouver en aucune autre compagnie semblable dans aucun autre pays [4]. » C'est Henry Mackenzie qui parle ainsi et il avait bien connu le barreau de son temps. En laissant de côté ce que la partie exclusive d'un jugement semblable a toujours de douteux, il reste que la Faculté des· avocats d'Edimbourg était une réunion d'hommes remarquables non seulement par leurs connaissances professionnelles, mais par leur culture générale.

---

[1] Lord Cockburn, *Memorials*, p. 36.
[2] *Erskine and his Times*, by Lieut.-Colonel Alex. Fergusson, p. 281.
[3] *Biographical Dictionary of Eminent Scotsmen.*
[4] *Edinburgh Review*, N° 821, January 1883, p. 231.

Elle comptait en 1786 des hommes comme Alexander Fraser Tytler, un historien distingué qui a laissé des *Eléments d'histoire générale;* Charles Hope, un orateur puissant, qui « avait la plus admirable voix, pleine, profonde et distincte, dont le soupir même s'étendait sur une ligne de mille personnes.... une voix qui n'était surpassée que par celle de Mrs Siddons, laquelle venue directement du ciel et digne d'y être écoutée, était la plus noble qui ait jamais frappé l'oreille humaine [1]. » Il y avait Maconochie, qui avait voyagé par toute l'Europe et possédait la plupart des langues européennes [2], « penseur indépendant et original et d'un savoir considérable ; ses connaissances embrassaient tous les sujets, loi, science, histoire, littérature, et par conséquent étaient peut-être plus variées que précises ; sous son labeur incessant, ses renseignements s'accumulaient d'heure en heure. J'avais l'habitude de faire les tournées avec lui et il me semblait également à son aise en théologie, ou en agriculture, ou en géométrie, ou lorsqu'il examinait une montagne, ou démontrait ses erreurs à un fermier, ou réfutait les dogmes d'un clergyman, bien que de toutes ses occupations cette dernière fût peut-être celle qui lui procurait le plus de plaisir [3] ». Il y avait Miller, un des hommes les plus cultivés et les plus remarquables de son temps « profond et original en mathématiques [4] » ; il y avait Craig, Bannatyne, qui, avec Tytler et sous la direction de Mackenzie, écrivaient dans le *Lounger* et le *Mirror*. Craig, qui fut plus tard membre de la Cour de session, allait se trouver mêlé à l'histoire de Burns. Mais la gloire du barreau, « le plus brillant ornement de la profession [5] » dit lord Cockburn, était alors l'éloquent, le spirituel, le charmant, le populaire et généreux Henry Erskine. C'était un grand et irrésistible orateur, d'une parole si riche de beautés classiques, si enjouée, si spirituelle, si claire, si copieuse, si légère et en même temps si sérieuse. « Tout son esprit était un argument, et chacune de ses exquises comparaisons était un pas dans son raisonnement » dit Jeffrey [6]. « Sa gaîté légère était toujours un instrument d'argumentation, il raisonnait en esprit [7] » dit lord Cockburn. Il était aussi célèbre pour son esprit que pour son éloquence. Aux réunions matinales chez le libraire Creech, on apportait le dernier mot de Henry Erskine, toujours piquant et cependant avec quelque chose qui le rendait inoffensif [8]. C'est lui qui, après avoir été présenté au Dr Johnson lequel, bourru brutal, comme

---

[1] Lord Cockburn. *Memorials*, p. 141.
[2] *Edinburgh Review*, N° 321, p. 240.
[3] Lord Cockburn. *Memorials*, p. 124.
[4] *Edinburgh Review*, N° 321, p. 240.
[5] Lord Cockburn. *Memorials*, p. 81.
[6] A voir l'extrait de Jeffrey, dans le *Biographical Dictionary of Eminent Scotsmen*.
[7] Lord Cockburn. *Life of Jeffrey*, p. 88.
[8] Lord Cockburn. *Memorials*, p. 149.

souvent, avait mérité une fois de plus le nom de *ursa major*, s'approcha de Boswell qui menait le docteur dans la société d'Edimbourg, et lui glissa secrètement un shelling dans la main, pour le remercier de lui avoir montré son ours [1]. Il se trouvait au théâtre un soir où un tumulte s'éleva dans le parterre entassé. La cause du bruit était un individu qui, en dépit de toutes les raisons, ne voulait pas s'asseoir ; l'affaire se gâtait ; Erskine s'avance paisiblement : « Excusez le gentleman, ne voyez-vous pas que c'est seulement un tailleur qui se repose ? » L'effet fut tel que l'individu en tomba sur son banc et aurait probablement voulu être dessous [2]. Il était intarissable de bons mots et pendant trente ans il en fournit Edimbourg. Il était la joie et la gaîté de la ville. Il en était aussi l'honneur pour sa droiture, son inflexible honnêteté politique, la sûreté de ses relations, sa bienveillance envers tous [3]. Quand il mourut en 1817, on proposa de mettre sur sa tombe « à l'homme le plus aimé de l'Ecosse ».

Quelques-uns, et des plus illustres, n'appartenaient à aucune de ces catégories sociales qui donnaient à Edimbourg sa physionomie. Adam Smith, le plus grand de tous, l'illustre fondateur de l'Economie Politique, occupait une sinécure royale ; il venait de perdre sa mère deux ans auparavant, et sa gaîté naturelle en était attristée. Hutton, l'auteur de la *Théorie de la Terre*, le vrai créateur de la géologie, qui soutint la théorie des causes actuelles, qui découvrit le métamorphisme des roches, ce point capital en géologie, était un vieux gentilhomme qui vivait de ses rentes et faisait des communications à l'*Edinburgh Society* ; Mackenzie, notre ami depuis longtemps, était homme de loi et ses affaires commençaient à le détourner de la production littéraire.

En même temps, des hommes non moins distingués venaient de tous côtés, enrichir encore de leur présence cette société. L'Assemblée générale qui réunissait chaque année, au mois de Mai, les représentants du clergé national, faisait affluer dans la capitale tout ce qu'il y avait de remarquable dans le pays. C'était comme la saison intellectuelle d'Edimbourg. De Glasgow, dont la robuste université avec moins d'éclat a peut-être fait autant de besogne qu'aucune autre, de Glasgow venaient Thomas Reid le chef de l'école philosophique écossaise ; Richardson, le professeur d'humanités, qui fut un des premiers critiques shakspeariens dans son *Analyse Philosophique et Illustration de quelques-uns des plus remarquables caractères de Shakspaere* ; John Millar, le professeur de droit civil, auteur d'une *Vue historique du Gouvernement anglais* ; George Jardine, le professeur de logique, dont l'*Esquisse d'Éducation Philosophique* est un programme de stricte et féconde pédagogie ; John

---

[1] *Henry Erskine and His Times* by Lieut.-Colonel Alex. Fergusson, p. 130.

[2] Id. p. 275.

[3] Voir l'éloge de H. Erskine dans *The Life of Jeffrey* de lord Cockburn, p. 90.

Anderson, d'abord professeur de langues orientales, puis de physique, qui se montra plus tard philanthrope éclairé par la fondation de l'Institut Andersonien, destiné à répandre l'éducation dans les classes pauvres. D'Aberdeen, venaient James Beattie, le poète et le moraliste, l'auteur du *Ménestrel* et d'ouvrages de discussion religieuse ; Robert Hamilton, le mathématicien, qui appliqua ses connaissances mathématiques à l'Economie politique et publia des travaux sur les Dettes Publiques ; il était en correspondance avec notre Say ; George Campbell dont la *Philosophie de la Rhétorique* est un ouvrage excellent et, à nos yeux, supérieur à celui de Blair. De petites villes, de paroisses perdues, il arrivait des hommes de valeur ; le Dr Somerville, l'historien de la reine Anne, venait de Jedburgh ; John Ogilvie, le poète du *Jour du Jugement*, venait de Medmar ; Brydone, le voyageur dont le *Tour en Sicile et à Malte* a été traduit en français et est encore un livre intéressant, vivait près de Coldstream. De toutes parts on se réunissait à Edimbourg, comme au foyer intellectuel du pays ; la société qui y vivait s'accroissait de l'affluence de tous ces visiteurs.

Et il est impossible de ne pas songer qu'aux pieds de cette génération si puissante en grandissait une autre, destinée à la remplacer et à l'égaler. Walter Scott était alors un adolescent d'une quinzaine d'années, un peu boiteux, qui aimait déjà à errer dans les ruelles d'Edimbourg. Parmi les gamins qui, chaque matin, s'en allaient à la High School, dans le costume que l'époque trouvait joli pour les enfants, en culottes courtes, en gilet et en veste brillants, couleur bleu de ciel, vert d'herbe ou écarlate [1], se trouvait presque toute la rédaction de la Revue d'Edimbourg. Le futur lord Cockburn, dont les livres charmants nous fournissent les matériaux les plus heureux et les plus pittoresques de cette étude, avait sept ans ; Francis Horner, l'économiste et l'homme d'état mort trop jeune, lord Brougham, l'orateur et le ministre fameux, en avaient huit ; James Moncreiff, le juge, en avait dix ; sir Charles Bell, le médecin, dont son biographe français a dit que « sa découverte sur les fonctions du système nerveux est le fait le plus important dont la science ait l'obligation aux physiologistes de la Grande-Bretagne depuis la doctrine de Harvey sur la circulation du sang [2] » avait douze ans ; Francis Jeffrey, le fameux critique de la Revue d'Edimbourg, en avait treize.

En même temps grandissaient, de tous côtés, dans les provinces, une légion d'enfants qui devaient venir se réunir à ce groupe d'Edimbourg. James Hogg, le plus grand poète populaire que l'Ecosse ait produit après Burns et dont la vie est presque aussi remarquable que celle de Burns, était un grand garçon de seize ans, solitaire

---

[1] Lord Cockburn. *Memorials*, p. 11.

[2] Amédée Pichot. *Sir Charles Bell*, p. 15.

et triste, qui gardait des troupeaux dans la forêt d'Ettrick. A Glasgow Robert Stevenson, le grand ingénieur de phares, Mac Crie, l'historien de John Knox, avaient quatorze ans ; James Mill, le père de Stuart Mill, l'auteur d'une *Histoire de l'Inde*, en avait treize ; Tannahil, le doux chanteur, en avait douze et travaillait déjà dans sa pauvre famille de tisserands à Paisley ; Alexander Murray, le philologue, en avait onze ; il vivait dans une hutte, au bord du lac perdu de Palneur, où son père, pauvre berger, lui avait appris ses lettres avec un bout de bois charbonné. John Leyden, le charmant poète des *Scènes d'Enfance* avait onze ans ; John Struthers, le poète du *Sabbat du Pauvre*, en avait dix et depuis deux ans déjà gardait les vaches ; Thomas Campbell, l'impeccable et exquis poète, dont l'œuvre comme une statuette d'ivoire est petite et parfaite, en avait neuf ; ainsi que le futur sir John Ross dont le nom est lié à l'histoire des expéditions arctiques. Thomas Brown, le métaphysicien, John Thomson qui fut plus tard ministre et un véritable peintre, Andrew Ure, le chimiste, avaient huit ans ; John Galt, le romancier, notre auteur des *Annales de la Paroisse*, en avait sept et grandissait à Irvine où nous avons vu Burns ; Thomas Chalmers, le théologien, le puissant prédicateur, était âgé de sept ans ; David Brewster, l'éminent écrivain scientifique, de cinq ; William Tennant, le poète, de quatre ans. Enfin David Wilkie, le peintre, le Teniers anglais comme on l'a appelé, Allan Cunningham, le futur biographe de Burns, John Wilson, le célèbre Christopher North, le poète, l'essayiste, le critique, l'athlète dont les exploits physiques sont incroyables, l'auteur de l'*Ile des Palmes* et des *Noctes Ambrosianæ*, étaient des enfants « miaulant et piaillant dans les bras de leur nourrice », selon l'expression de Shakspeare. C'était, dans toute la longueur et la largeur de ce petit pays, un foisonnement intellectuel dont l'Ecosse sera longtemps fière. Cette génération grandissante ne devait pas, comme celle qui la précédait, se grouper tout entière à Edimbourg et s'y attacher. Le « vorace Londres[1] » allait en dévorer une partie. Edimbourg, tout en continuant à produire des hommes de première valeur, ne les retiendra plus tous ; on pourra inscrire sur cette puissante ruche :

Sic vos non vobis mellificatis apes.

Mais en 1786, au moment où nous sommes, ce mouvement d'émigration vers Londres était à peine sensible, et la ville de Hume et d'Adam Smith, de Blair et de Robertson, de Hutton et de Black, de Dugald-Stewart et de Mackenzie, d'Erskine et de Fergusson, était encore la métropole intellectuelle de l'Ecosse.

Cette vie intellectuelle si intense était encore activée, resserrée par

---

[3] Lord Cockburn. *Memorials*, p. 159. — Voir aussi p. 181-82.

une vie sociale tout à fait propre à Edimbourg. Tous ces hommes vivaient, pour ainsi parler, dans la même rue, les uns sur les autres. Ils se connaissaient et s'aimaient, se rencontraient tous les jours, allaient ensemble au Parlement ou à l'Université, se promenaient en causant sur les *Prairies* [1], discutaient, soupaient tous les soirs les uns chez les autres, ou, quand ils voulaient être entre eux, allaient à leur club ou à une taverne. « Au moyen des caddies, nous donnions rendez-vous à nos amis dans une taverne, à neuf heures ; et c'était un beau temps où nous pouvions réunir David Hume, Adam Smith, Adam Ferguson, lord Elibank, les Drs Blair et Jardine en les prévenant une heure à l'avance [2]. » Quand Hume, après son séjour à Londres, reprit en 1769 possession de son logement au troisième étage dans James's Court, il écrivait à son ami Adam Smith, retiré dans un village de l'autre côté du Forth, une phrase où se montre la charmante tendresse de cœur qui s'alliait à sa fermeté d'esprit : « Je suis heureux d'être à portée de regard de vous et d'avoir à mes fenêtres une vue de Kirkcaldy ». L'auteur de l'*Histoire d'Angleterre* apercevant de chez lui la petite maison paisible où l'auteur de la *Richesse des Nations* poursuivait son grand ouvrage et lui donnant le bonjour est un fait caractéristique de la société littéraire d'Edimbourg à ce moment. Encore cela leur semblait-il loin ; Hume ajoutait : « Je voudrais bien aussi pouvoir vous parler [3]. » Tous ces hommes vivaient pour ainsi dire en famille.

Si l'on veut achever le tableau de la vie sociale d'Edimbourg dans les vingt dernières années du xviiie siècle, il faut ajouter à cette aristocratie de l'esprit et du savoir, puisée au plus profond du peuple, l'aristocratie de naissance et de fortune. Presque toutes les vieilles familles avaient leur hôtel ou leur maison à Edimbourg et y venaient résider l'hiver. Par suite de l'esprit familial qui anime l'organisation par clans, et de l'esprit démocratique qui domine dans le système presbytérien, la noblesse n'était pas très séparée des autres classes. Le haut du pavé appartenait peut-être à la distinction intellectuelle et en tout cas les savants étaient les égaux des nobles. « La supériorité d'Edimbourg, disait Jeffrey, est due en grande partie à la combinaison cordiale des deux aristocraties du sang et des lettres [4]. » Des hommes comme Henry Erskine, Dugald Stewart, John Playfair, qui unissaient l'élégance des façons à la culture de l'esprit, et dont quelques-uns appartenaient à l'ancienne noblesse, servaient de traits d'union entre les deux classes et régnaient des deux côtés.

Cette familiarité, cette communauté de vie tenait à la construction particulière d'Edimbourg. Tout le monde se connaissait, se voyait. Les

---

[1] Lord Cockburn. *Memorials*, p. 49-50.

[2] Dr Alex Carlyle. *Autobiography*, p. 275.

[3] *Old and New Edinburgh*, by J. Grant, tom I, p. 98.

[4] Extrait d'un article de Jeffrey sur Playfair, 1819 — cité dans l'*Edinburgh Review*, N° 321.

familles restaient dans la même ruelle, souvent dans la même maison.
On se parlait de fenêtre à fenêtre [1]. « Beaucoup des Erskines, des Stairs,
des Dalrymples et autres parents vivaient en société, dans un cercle de
cent yards de diamètre, et il était facile de rassembler une réunion de
famille en quelques instants [2]. » Ce qui se faisait entre les membres d'une
même famille, se faisait entre familles amies. On se recevait beaucoup, sans grande dépense [3]. La causerie d'hommes instruits et éloquents
était le grand charme de ces réunions. Il y avait donc une vie de
conversation très développée et qui ressemblait un peu à la vie française.
Mais au lieu de la parole légère, pétillante, brillante, pleine de bonds
et de surprises, d'éclat, de fantaisie et d'esprit qui animait nos salons,
c'était une conversation plus sérieuse, plus posée, qui se rapprochait plus
de la discussion suivie et qui, avec peut-être autant de hardiesse ou de
paradoxe, avait une allure plus mesurée et un ton plus dogmatique.
L'esprit n'y manquait pas, ni le charme, ni l'élégance, mais ils s'exerçaient
avec une sorte de discipline et de tenue professionnelles. Les maîtres de
la conversation n'étaient pas, ainsi qu'à Paris, des hommes de lettres et
des bohêmes comme Rousseau, Diderot, Duclos, Galiani, Beaumarchais ;
c'étaient des juges, des clergymen, des professeurs, des avocats, portant
tous, plus ou moins, la dignité de professions graves et vêtues de noir,
sans oublier l'atmosphère religieuse où tout ce monde se mouvait. Mais à
part cette différence, Edimbourg était sûrement à cette époque, avec Paris,
la ville d'Europe où la conversation était poussée au plus haut degré de
perfection et était davantage un des éléments de la vie sociale.

Quel effet ce paysan récemment enlevé à sa charrue allait-il produire
dans ces salons ? Comment ce garçon, qui n'avait jamais eu d'autre
compagnie que celle de laboureurs et d'ouvriers et, de temps en temps,
quelques heures de conversation d'un homme de loi de bourgade ou d'un
médecin de campagne, comment ce garçon allait-il se comporter dans
ce monde difficile et raffiné ? Comme toute les sociétés mondaines celle-ci
était exercée à percevoir les moindres nuances de tenue, habile à saisir
les moindres écarts, les moindres manquements ; il s'y maniait une
observation subtile et aiguë. On attendait ce phénomène avec curiosité ;
car s'il y a dans l'histoire littéraire des cas analogues, il n'y en a peut-
être pas un de semblable, où la renommée ait été si brillante, la transition
si brusque, l'épreuve si difficile. La chose fut bien vite réglée. La manière
dont Burns se tira de ce pas est un des endroits les plus curieux de sa vie
et qui révèle le mieux quelles ressources de tout genre il y avait en lui.
Il était arrivé à Edimbourg dans un costume qui ne différait guère de

[1] Walter Scott. *Provincial Antiquities of Scotland ; General account of Edinburgh.*
[2] *H. Erskine and His Times,* by Lieut-Colonel Alex Fergusson, p. 128.
[3] Walter Scott. *Provincial Antiquities of Scotland.* Id.

celui des autres villageois ; « quel rustaud ! » s'était écriée une dame à qui on l'avait désigné dans la rue [1]. S'il entendit ce jugement il dut y être péniblement sensible. Quelques semaines après son arrivée, il prit des vêtements plus appropriés à son nouveau milieu et se mit à la mode. Il adopta le costume que portaient alors volontiers les libéraux, lequel était aux couleurs de Fox. Cette transformation accomplie, il parut en habit bleu à boutons de métal, en gilet rayé de bleu et de jaune, en culottes de daim collantes et en bottes à revers qui venaient au-dessous du genou [2]. Sa cravate de batiste blanche était nettement arrangée ; ses cheveux noirs, sans poudre à une époque où on en portait généralement, étaient noués par derrière et sur le devant couvraient son front [3]. Sa mise était toute changée, bien qu'elle conservât encore quelque chose de rustique qu'il aurait peut-être essayé vainement de faire disparaître. « Son costume, dit Dugald Stewart, était parfaitement approprié à sa condition, simple et sans prétentions, mais avec une attention suffisante à la netteté. Si j'ai bonne mémoire, il portait toujours des bottes ; et quand il était particulièrement en cérémonie, des culottes de daim [3]. » Un de ceux qui le virent le mieux à cette époque, Walker, dit qu'il était simplement mais convenablement vêtu, dans un genre qui tenait le milieu entre le costume de fête d'un fermier et celui de la compagnie à laquelle il était maintenant mêlé ; « à tout prendre, d'après sa personne, sa physionomie et son vêtement, si je l'avais rencontré près d'un port de mer et qu'on m'eût demandé de deviner sa condition, j'aurais probablement conjecturé qu'il était un capitaine de navire marchand, de la classe la plus respectable [4]. » C'était une preuve de tact parfait que d'avoir du premier coup, choisi ce costume indépendant, fait pour ses habitudes de tenue et néanmoins assez élégant.

La première fois qu'il entra dans un salon, on dut regarder avec curiosité ce jeune paysan, déjà un peu voûté par l'effort, comme le laboureur de Virgile qui pèse sur la charrue. Un de ceux qui l'examinèrent avec le plus d'intérêt a conservé l'impression de sa première apparition. « Sa personne, quoique forte et bien prise et de beaucoup supérieure à ce qu'on pouvait attendre chez un laboureur, était un peu lourde de dessin. Sa stature semblait moyenne bien qu'elle fût plus grande, parce qu'il ne se tenait pas droit. Son visage n'avait pas cette forme élégante qui est fréquente chez les classes supérieures ; mais il était viril et intelligent, marqué par une gravité pensive qui s'assombrissait jusqu'à la dureté. C'est dans son large œil noir qu'était la marque la

[1] Allan Cunningham. *Life of Burns*, p. 44.
[2] Allan Cunningham. *Id.* — et Chambers, tom II, p. 14.
[3] Walker. *Life of Robert Burns*, p. LXXII.
[4] *Account of Burns*, by Professor Dugald Stewart, Currie.
[5] Walker. *Id.* p. LXXII.

plus frappante de son génie. Il était plein de pensée et donnait l'idée
qu'il aurait été, s'il avait appartenù à quelqu'un qui s'en serait servi avec
art, un puissant moyen d'expression [1] ». C'était cet éloquent œil noir
qui frappait tout le monde. Quand on l'avait vu, il était impossible de
l'oublier. « Il y avait sur tous ses traits une forte expression de bon sens
et de pénétration, dit Walter Scott, l'œil seul je crois, indiquait un
caractère et un tempérament poétiques. Il était large et d'une teinte
sombre qui flamboyait (je dis littéralement *flamboyait*) quand il parlait
avec sentiment ou intérêt [2] ».

Il se présenta sans timidité, sans gaucherie, sans cette lourdise qui fit
tant souffrir J.-J. Rousseau, sans trop d'assurance, mais sans fausse
modestie, et sans humilité excessive. Il n'essaya pas d'affecter des manières que son éducation ne lui avait pas données et que son physique
ne lui permettait pas. Il arriva simplement, virilement, en homme qui
est ferme sur ses jambes et peut regarder tout le monde en face. Sa rectitude d'esprit lui inspira ce qui était convenable; il avait du premier
coup mis le doigt sur la note juste. Ce n'était ni un rustre ni un faux
gentilhomme qui était là, c'était un homme dont l'esprit effaçait les
dehors, et dont la dignité entendait se faire respecter partout. Et ce fut
d'abord une approbation silencieuse.

Mais quand on l'entendit parler l'approbation se changea en étonnement. Ce jeune laboureur s'exprimait sur tous les sujets, avec une
souplesse et une vigueur de pensée, avec un éclat et une pureté de
langage dont ses auditeurs restaient confondus. Il semblait deviner
les choses, les saisir, les pénétrer, à la façon des poètes, dans leur
complexité vivante. C'est ainsi qu'il semble que Shakspeare dut tout
comprendre. Il avait, avec cette rapidité d'esprit, un solide bon sens
et une force de raisonnement qui frappa toujours ceux qui le connurent, et par laquelle il suppléait, dans les discussions, à ce qui lui manquait en connaissances. Tout cela venait en une parole nerveuse,
originale, toujours mouvementée, sans cesse variée, pleine tantôt d'une
large force comique, tantôt d'une énergie et d'une élévation supérieures,
qui éblouissait et faisait taire tous ces orateurs surpris. Chose incroyable,
le charme de Dugald Stewart, l'esprit d'Erskine, l'éloquence de
Richardson, semblaient petits et factices à côté de ce discours neuf,
jeune et chargé de sève. Quand il était quelque part, tous ces hommes
illustres disparaissaient. C'était lui le vrai maître, devant qui les autres
restaient silencieux, inquiets et presque respectueux, comme devant une
force inexplicable que ni l'étude, ni la lecture, ni les veilles ne peuvent
donner, et en présence de laquelle les talents restent interdits [3].

---

[1] Walker. *Life of Burns*, p. LXXI.
[2] Walter Scott. *Reminiscences of Burns*, cité par Lockhart.
[3] Voir Carlyle, *Essay on Burns*.

Quelque surprenant que ce fait puisse paraître, il faut l'admettre, se rendre à l'évidence. Tous les témoignages s'accordent, venant des sources les plus diverses. Des esprits critiques, expérimentés dans l'appréciation des hommes, ne font que confirmer ce que nous avons déjà vu de la prodigieuse puissance de parole de Burns. Ils sont unanimes à le faire et, si cela est possible, ils enchérissent encore sur l'éloge. « Je me rappelle, dit Héron, que feu le Dr Robertson me fit un jour l'observation qu'il n'avait presque jamais rencontré d'homme dont la conversation révélât une plus grande vigueur et une plus grande activité d'esprit que celle de Burns [1]. » Lockhart, qui avait vécu presque avec tous les personnages auxquels Burns avait été présenté, rapporte la même impression en termes plus affirmatifs encore. « La poésie de Burns aurait pu lui procurer accès dans ce monde, mais c'étaient les ressources extraordinaires qu'il déployait dans la conversation, la forte et vigoureuse sagacité de ses observations sur la vie, la splendeur de son esprit et la resplendissante énergie de son éloquence aux moments où ses sentiments étaient excités, qui le rendirent l'objet d'une admiration sérieuse parmi les maîtres expérimentés dans l'art de la *causerie*. Il s'en trouvait plusieurs parmi eux qui probablement adoptaient dans leur cœur l'opinion de Newton que « la poésie est une niaiserie ingénieuse ». Adam Smith, par exemple, ne pouvait pas avoir beaucoup de respect, au service d'un travailleur aussi improductif qu'un faiseur de ballades écossaises ; mais le plus imposant de ces philosophes avait assez à faire pour se maintenir en attitude d'égalité quand il était amené en contact personnel avec la gigantesque intelligence de Burns, et tous ceux dont les impressions sur ce sujet ont été recueillies s'accordent à dire que sa conversation était ce qu'il y a de plus remarquable en lui. [2] » Nous verrons s'ajouter à celles-ci d'autres attestations plus importantes peut-être et d'une telle autorité qu'il faut admettre, selon le mot de Chambers, « que le meilleur de Burns n'a pas été transmis et n'était pas de nature à être transmis à la postérité [3]. »

Bien que ce succès soit extraordinaire, il n'est pas inexplicable. On peut démêler pourquoi sa conversation devait éclater dans ces salons comme une lumière merveilleuse et déconcertante. La conversation ordinaire, savante, correcte, formaliste, recherchant la forme littéraire des choses, les réunissait selon des rapports et des conflits de mots. Elle était un peu froide, empreinte d'une élégance abstraite. On y trouvait sans doute de l'observation et de l'humour, surtout, cela est probable, chez les juges, plus en contact avec la vie que les profes-

---

[1] R. Heron. *Life of Burns.*
[2] Lockhart. *Life of Burns*, p. 118-19.
[3] R. Chambers, tome I, p. 14.

seurs et plus dégagés de l'abondance de parole que les avocats. Mais, malgré tout, cette conversation avait une livrée livresque, comme dit Montaigne, elle sentait les livres, et les livres de cette époque, élégants et abstraits. Et voici tout à coup — et dans quelles circonstances de surprise ! — un homme qui parlait, avec autant de netteté et autant de vigueur dans le raisonnement, que les plus solides et les plus précis de tous ces beaux discoureurs. Mais, dans cette trame serrée, entrait la substance des choses, entraient les choses elles-mêmes, reproduites dans leur vie. Il y avait surtout deux qualités par lesquelles cette parole tranchait sur toutes les causeries : l'énergie du pittoresque et l'ardeur de la passion personnelle, une couleur et une flamme nouvelles [1]. Quand il penchait du côté comique, il abondait en tableaux vivants, peints par touches serrées où entraient beaucoup de mots locaux expressifs et irrésistibles. Quand il discutait des idées ou décrivait des sentiments, son langage s'élevait, se châtiait, devenait purement anglais et prenait une ampleur et une splendeur oratoires dont ses lettres peuvent donner une idée. Une seule conversation en Angleterre aurait pu tenir tête à celle-là, c'était celle de Burke, avec plus d'éloquence et moins d'accent, plus magnifique et moins poignante. A Edimbourg, la seule exception à la régularité générale était la charmante fantaisie d'esprit et la légère gaîté d'Henry Erskine ; mais c'était un pétillement bien blanc à côté du flot empourpré de l'éloquence de Burns. La forme elle-même était différente. Aux phrases lucides, faites d'expressions admises et de circulation reconnue, s'opposait un jaillissement impétueux d'inventions verbales, de trouvailles de langage, d'expressions créées, où les mots, chauffés et fondus ensemble dans ce souffle brûlant, s'accrochaient dans des sens inattendus et saisissants. C'était une conversation énergique, remuante, pleine de sève, de suc et de saveur. Ajoutez à cela des dons d'action, une voix profonde, le rayonnement et la mobilité de la physionomie, l'éclair noir du regard, la vigueur musculaire et la décision des gestes. Tout cela faisait quelque chose de nouveau, rude et fruste parfois, mais plus fort, plus ample, plus varié, plus mouvementé et surtout plus naturel. C'est comme, si dans un salon plein d'odeurs fines et du bruissement des bijoux et des soies, étaient entrés, par une fenêtre soudainement ouverte, les larges parfums des bois et des blés, et les voix profondes et dominatrices de la vie humaine.

Et, tandis que les hommes étaient ainsi frappés d'étonnement, les femmes écoutaient, émues, cette parole différente de toutes celles qu'elles avaient entendues. Elles ont moins que les hommes le respect étroit de la culture intellectuelle et, plus qu'eux, l'intuition large de la valeur

---

[1] Gilfillan a aperçu une de ces supériorités de la parole de Burns. C'est le côté sentiment qu'il nomme *feeling*. — Voir *Life of Burns*, p. XXXVII.

générale et complète d'un homme. Elles sentaient que celui-ci, malgré
son ignorance relative, avait été créé par la nature plus puissant que les
autres, qu'il était le plus grand de tous ceux qui se trouvaient là. Elles
sentaient surtout qu'il était plus capable de passion, qu'il avait souffert,
et que peut-être il était destiné à souffrir davantage. Elles lui savaient
gré de toucher en elles des tendresses et des pitiés plus profondes ; elles
l'admiraient avec une sorte de commisération et de sympathie. « C'est le
seul homme, disait la duchesse de Gordon qui fut l'idole de Londres,
dont la conversation m'ait fait perdre pied [1]. » Il faut ajouter, point
important, qu'elles sentaient leur puissance sur lui et qu'il les approchait avec un culte et une constante préoccupation d'elles, autrement
flatteurs que les plus ingénieuses urbanités. Sa manière de leur parler
était « pleine de déférence, toujours avec un tour soit vers le sentimental,
soit vers l'humour, qui réveillait leur attention d'une façon toute spéciale. [2] »
C'était encore la duchesse de Gordon qui disait cela et c'est là un fin
jugement féminin. Avec la réserve qui lui était imposée, il abordait les
grandes dames d'Edimbourg de la même façon que les filles de Mauchline.
Il avait trouvé d'instinct ce mélange indéchiffrable de raillerie et de
sérieux, qui est le dernier mot de la séduction et qui prend les femmes
par ce qui en elles aime à être aimé, et ce qui sait gré d'être dominé.

Aussi son succès fut éclatant. En quelques jours, il devint le héros, le
lion de la saison. Partout il était recherché, invité, choyé, fêté. On ne
parlait que de lui. On le montrait dans la rue. Le jeune Jéffrey, alors un
écolier de treize ans, voyant passer un homme dont l'aspect l'avait frappé,
s'était arrêté pour le regarder. Un marchand debout sur le seuil de sa
boutique lui tapa sur l'épaule en lui disant : « Oui, gamin, tu peux bien
regarder cet homme-là, c'est Robert Burns ! » Et l'enfant s'éloigna
pensif [3]. De tous côtés lui venaient des témoignages d'intérêt et d'admiration. Un jour c'était une main inconnue qui laissait chez le libraire 10
guinées pour le poète de l'Ayrshire [4]. Un autre jour dans une réunion de
francs-maçons, il était acclamé. « Je suis allé hier soir à la Loge maçonnique, où le Révérend Grand-Maître Charteris et toute la grande Loge
d'Ecosse étaient présents. Le meeting était nombreux et élégant ; toutes
les différentes loges de la ville étaient présentées dans toute leur pompe.
Le Grand-Maître, qui présidait avec grande solennité et d'une façon qui
lui faisait honneur comme gentleman et comme maçon, parmi d'autres
toasts, donne « La Calédonie et le barde de la Calédonie, frère Burns. »

---

[1] Allan Cunningham. *Life of Burns*, p. 41.
[2] Voir plus bas les souvenirs de Walter Scott sur Burns.
[3] Lord Cockburn, *Life of Jeffrey*, p. 7.
[4] *To John Ballantine*, 18th Dec. 1786.

Ce toast retentit par toute l'assemblée avec nombreux honneurs et des acclamations répétées. Comme je n'avais pas la moindre idée que cela dût arriver, j'étais foudroyé et tremblant dans tous mes nerfs. Je répondis du mieux que je pus. Juste au moment où j'eus fini, un des grands officiers dit assez haut pour que je pusse l'entendre, sur un ton rassurant : « très bien, en vérité ! » ce qui me remit un peu [1]. » Dans la correspondance de Mrs Alison Cockburn, alors une vieille charmante femme, vive, spirituelle et d'un cœur printanier, on trouve des passages qui montrent jusqu'où allait l'enthousiasme pour le poète : « La ville est à présent tout sens dessus dessous avec le poète laboureur, qui reçoit l'adulation avec une dignité naturelle ; il est l'image même de sa profession, fort et épais, mais il a un cœur enthousiaste et tout amour [2]. » La bonne vieille dame avait l'œil fin, et ce dernier trait légèrement indiqué montre bien par où Burns possédait la sympathie des femmes. Et dans une autre lettre, on saisit encore mieux l'émoi que causait la présence du poète, partout où il allait : « On gâtera cet homme, s'il y a moyen de le gâter, mais il conserve ses façons simples et demeure tout à fait calme. Sans doute, il sera au bal des chasseurs demain, ce qui tourne la tête à toutes les femmes et à toutes les modistes. Pas un bonnet de gaze à moins de deux guinées, beaucoup dix, douze guinées, etc. [2] » Six mois après avoir failli partir à la Jamaïque, faire monter le prix des coiffures de gaze à Edimbourg ! Le bruit de son succès et de son triomphe était allé jusqu'à Londres. Un ami de Fergusson lui écrivait : « J'espère avoir le plaisir de vous voir à Edimbourg. Mais d'après tous les rapports, il sera difficile de vous avoir, à moins de vous retenir une semaine à l'avance. Il y a grande rumeur ici à propos de votre intimité avec la Duchesse (de Gordon) et autres dames de distinction. Sérieusement, on me dit que « les cartes d'invitation volent par milliers chaque soir. [3] » Il semblait même que la renommée de ses œuvres fût en train de se répandre en Angleterre aussi rapidement qu'en Écosse. Le Dr Moore, l'auteur estimé de *Zeluco*, un roman maintenant délaissé mais alors célèbre, lui écrivait ses regrets de ne pouvoir lui procurer de souscripteurs, « mais je trouve que beaucoup de mes connaissances sont déjà sur la liste [4]. » Bien plus, le docteur lui annonçait que les élèves du collège de Winchester traduisaient *La Veillée de la Toussaint* en vers latins [5]. Il devenait

---

[1] *To John Ballantine*, 13th Jan. 1786.—Voir aussi *A Winter with Burns*, avec le curieux dessin qui représente *l'Installation de Robert Burns comme poète lauréat de la loge.*

[2] *The Songstresses of Scotland*, by Salah Tytler and J. L. Watson, tom. II, p. 180.

[3] *Letter from Peter Stuart*, éditeur du journal *The Star*, à Londres, dans Chambers, tom. II, p. 86.

[4] *Letter from Dr Moore*. January, 23th 1787, citée par Currie, tom. II, p. 18.

[5] *Letter from Dr Moore*, 28th Feb. 1787, Currie, tom. II, p. 19.

classique. Lui, qui regrettait tellement de ne savoir ni le grec ni le latin pour devenir poète, voici qu'on le mettait en grec et en latin.

Il y avait là de quoi faire tourner les têtes les plus solides ; d'autant plus que ces fumées de fortune venaient tout d'un coup, après la misère et une fuite ignominieuse. Il était dans l'état d'un homme à qui, après une longue inanition, un seul verre de vin est dangereux. Il était arrivé épuisé d'espoir, dans un dénûment de toute joie, et on lui versait à flots le vin le plus précieux, le plus capiteux, dans toutes les coupes de la flatterie. Qui n'aurait pas été grisé ? Ses meilleurs amis, ceux qui avaient le plus confiance en lui, redoutaient qu'il ne le fût. Le bon Dr Lawrie, celui-là même qui lui avait communiqué la lettre du Dr Blacklock, se demandait s'il résisterait à ce passage trop brusque de tous les dénûments à toutes les abondances. Il lui écrivait sur un ton presque paternel : « Mon ami, un si rapide succès est très rare ; pensez-vous que vous ne courrez pas risque de souffrir de ces applaudissements et de ce trop d'argent ? Rappelez-vous l'avis de Salomon qui parlait par expérience : « Plus fort est celui qui dompte son propre esprit et... » J'espère que vous n'imaginez pas que je parle par soupçon ou mauvais bruit. Je vous assure que je parle par amitié, et bonne renommée, et bonne opinion, et par un fort désir de vous voir briller au grand soleil comme vous avez lutté dans l'ombre, dans la pratique comme dans la théorie de la vertu [1] ». Tous ceux qui lui portaient intérêt étaient anxieux pour lui.

Il sortit admirablement de cette épreuve. Rien dans ce triomphe n'est plus surprenant que la façon dont il le soutint. Il accueillit toutes ces démonstrations avec gratitude, mais avec calme et dignité. Il ne semble pas même qu'il ait ressenti, au milieu des empressements dont il était l'objet, ni une très grande joie ni une très grande surprise. Il prit, dès l'abord, la juste place entre la fausse modestie et la vanité, et il s'y maintint rigoureusement. Il eut le bon goût de ne pas prétendre qu'il n'avait aucun titre à cet accueil, mais eut la clairvoyance de distinguer ce qui s'y trouvait d'adventice et il sut discerner la part d'engouement de la part de justice. « Vous penserez probablement, mon honoré ami, qu'une allusion à la nature dangereuse d'une vanité enivrée peut ne pas être inopportune, mais, hélas ! vous vous trompez beaucoup. Un concours de diverses circonstances a élevé ma renommée de poète à une hauteur que, j'en suis certain, mes mérites ne peuvent pas soutenir ; et je regarde dans l'avenir comme dans l'abîme sans fond [2] ». Et il disait encore ces mots d'une belle franchise, et qui marquent nettement la part qu'il

---

[1] *Letter of Dr Lawrie*, 22nd Dec., dans Scott Douglas, tom. IV, p. 180.
[2] *To Robert Aiken*, 16th Dec. 1786.

revendiquait pour lui et celle qu'il attribuait aux circonstances : « Je méprise l'affectation de fausse modestie qui cache la satisfaction de soi-même. Que j'aie quelque mérite, je ne le nie pas ; mais je vois, avec de fréquentes angoisses de cœur, que la nouveauté de mon personnage et l'estimable préjugé national de mes compatriotes m'ont élevé à une hauteur tout à fait insoutenable par .mes capacités [1] ». Il voyait aussi clairement que cette faveur ne pouvait être durable ; il discernait ce qu'elle avait d'éphémère et en envisageait la disparition avec sang-froid. Le 15 Janvier, six semaines après son arrivée, au moment le plus brillant de sa réception, il écrivait à Mrs Dunlop une lettre qui, par sa sincérité, sa dignité, et une assez triste prévision de l'avenir, est éloquente. Un homme qui, dans de pareilles circonstances, sentait ainsi, ne manquait pas de hauteur d'âme.

Vous avez crainte que je ne sois grisé par mon succès comme poète ; hélas ! Madame, je me connais et je connais le monde trop bien. Je ne veux pas prendre des airs de modestie affectée ; je suis disposé à croire que mes talents méritent quelque attention. Mais dans un âge, dans un pays très éclairés, très instruits, quand la poésie est et a été l'étude d'hommes du plus beau génie naturel, aidés de toutes les ressources du savoir, des livres, de la société polie, — être amené, produit à la pleine lumière d'une observation instruite et raffinée, et cela avec toutes les imperfections de ma gauche rusticité et mes rudes idées mal dégrossies sur les épaules, — je vous assure, Madame, que je ne feins pas lorsque je vous dis que j'en ai redouté les conséquences. La nouveauté d'un poète, placé dans ma situation obscure, dépourvu de tous les avantages que l'on considère comme nécessaires pour l'être, du moins à cette époque-ci, a excité un flot d'attention publique trop partiale, qui m'a porté à une hauteur à laquelle, j'en suis absolument, sincèrement convaincu, mes talents sont insuffisants pour me maintenir. Avec trop de certitude, j'aperçois le jour où ce même flot m'abandonnera et descendra peut-être aussi loin au-dessous du niveau de la vérité. Je ne parle pas ainsi dans une ridicule affectation de modestie et de dépréciation de moi-même. Je me suis étudié et je sais le terrain que je couvre, quelque grandement qu'un ami ou que le monde diffèrent de moi sur ce point, je persiste dans ma propre opinion, silencieux, résolu, avec toute la tenacité de la conviction. Je vous mentionne ceci une fois pour toutes, pour décharger mon esprit, et je ne désire pas en entendre ou en dire davantage à ce sujet. Mais

Quand de la fière fortune le reflux reculera,

vous me rendrez témoignage que, lorsque ma bulle de renommée était au plus haut, je restai froid, la coupe enivrante dans ma main, regardant devant moi, avec une triste résolution, vers le moment rapproché, où le coup de la calomnie la brisera sur le sol, avec tout l'emportement de la vengeance triomphante [2].

Il y a déjà dans ces belles lignes un arrière-goût de tristesse. Trois semaines plus tard, au commencement de février, il écrit au Dr Lawrie, pour répondre aux recommandations faites par celui-ci et qu'on a vues

---

[1] *To Dr Moore*, 15th Feb. 1787.
[2] *To Mrs Dunlop*, 15th Jan. 1787.

plus haut. Ce sont les mêmes sentiments, la même certitude de sa valeur, avec un peu plus d'amertume peut-être, mais avec la même sagesse.

Je vous remercie, Monsieur, de vos allusions amicales, bien qu'elles ne me soient pas aussi nécessaires que mes amis sont portés à l'imaginer. Vous êtes ébloui par les compte-rendus des journaux et des rapports lointains, mais, en réalité, je n'ai pas grande tentation de me laisser griser par la coupe de la prospérité. La nouveauté peut attirer l'attention des hommes pendant quelque temps. C'est à elle que je dois mon *eclat* [1] présent : mais je vois le temps non éloigné où le flux de popularité, qui m'a porté à une hauteur dont je suis peut-être indigne, redescendra avec une vitesse silencieuse et me laissera sur une étendue de sables nus, où je pourrai retourner à loisir à ma première condition. Je ne dis pas ceci pour affecter la modestie ; je vois que c'est une conséquence inévitable et j'y suis préparé. Je me suis donné beaucoup de mal pour former une estimation juste, impartiale de mon pouvoir intellectuel, avant de venir ici ; depuis que je suis à Edimbourg, je n'y ai rien ajouté et j'espère que je la remporterai, sans un atome de moins, vers mes ombres, l'abri de mes obscures premières années [2].

Cette parfaite sagesse de Burns, l'effet tout puissant de sa conversation sont si extraordinaires qu'ils paraissent invraisemblables et qu'on est poussé à croire que ceux qui racontent sa vie exagèrent ou embellissent. Il se glisse dans l'esprit un peu d'incrédulité ou de défiance ; on se défend mal d'une arrière-pensée que cela est trop beau pour être vrai tout à fait. On n'admet que sur preuve une chose si surprenante. Il y a sur ce point trois témoignages capitaux que tous les biographes de Burns ont cités et qu'il faudra toujours citer. Ils forment une démonstration aussi probante qu'il est possible d'en souhaiter dans les choses morales, et dont une biographie sérieuse de Burns ne saurait se passer à cet endroit délicat. D'ailleurs ils sont, par eux-mêmes, une lecture intéressante.

Voici d'abord celui de Walker. Il était alors précepteur dans la famille du duc d'Athole. Il devint plus tard professeur d'humanités à l'Université de Glasgow et publia quelques ouvrages de talent : la *Défense de l'Ordre*, la *Vision de la Liberté* et une bonne *Vie de Burns*. Ce n'était pas un homme à admirer le poète à la légère. Il était lui-même homme de poids, de mesure et de correction. Une haute taille droite, un lourd front massif sur des lunettes solennelles, des manières roides, un peu de préciosité pédante qui, si l'on tient compte de l'indulgence de l'ancien élève de qui est ce portrait, devait être proche cousine d'une cuistrerie prétentieuse, ne sont ni le physique, ni le moral d'un homme bâti pour être trop indulgent envers Burns [3]. Sa déposition, faite avec beaucoup de soin et où tout est bien pesé, n'en a que plus de valeur.

---

[1] En français.

[2] *To the Rev. G. Lawrie.* 5th Feb. 1787.

[3] Voir Gilfillan, *Life of Burns*, p. xxix. Gilfillan avait été élève de Walker à l'Université de Glasgow.

A sa première apparition dans une société tellement au-dessus de celle à laquelle il avait été habitué, il fut également exempt d'une assurance choquante et d'une contrainte embarrassée. Il se conduisit avec une convenance et un calme, qui probablement étaient dus à la confiance dans le bon sens et la rapidité à discerner toutes les nuances de conduite qu'il savait qu'il possédait. Ceci lui fut grandement facilité par ce fait qu'il n'essaya jamais d'assumer des manières plus raffinées que celles qui lui étaient naturelles, et qu'il ne distrayait pas son attention en essayant d'attirer continuellement les bonnes grâces de ses nouveaux compagnons. Il avait trop de perspicacité pour éprouver beaucoup de satisfaction à être montré comme une curiosité intellectuelle ; mais il était loin de tomber dans la fatuité de Congrève, en revendiquant, pour sa personne, le respect qu'il était évident qu'il devait uniquement à son génie. Avec un bonheur singulier, il sut prendre le juste milieu ; il évita d'un côté de montrer par des efforts exagérés qu'il pensait toujours à ce qui le faisait distinguer ; et il évita de l'autre côté de paraître, en supprimant tout effort, repousser l'admiration pour les qualités particulières que la nature lui avait accordées ; ce qui eût enlevé ainsi à l'accueil de son hôte ce qu'il savait avoir été son objet principal. Bien qu'il prît sa pleine part à la conversation, non seulement parce qu'il comprenait que cela était attendu de lui, mais encore parce qu'il avait conscience de remplir cette attente, cependant il le faisait d'une façon digne et virile, également éloigné de la vanité pétulante, ou de la joie exagérée d'une importance si nouvelle pour lui. Son maintien était simple sans vulgarité ; bien qu'il eût peu de douceur et laissât voir qu'il était prêt à repousser la moindre offense avec décision, pour le moins, sinon avec rudesse, cependant il devenait bien vite évident que ceux qui se conduisaient envers lui avec convenance n'avaient à craindre aucune impolitesse gratuite ou bourrue. Dans la société des femmes il était correct et se surveillait ; mais quand elles s'étaient retirées, il lui arrivait parfois de se livrer à des traits d'esprit licencieux, dans lequel il avait trop ce qu'il fallait pour briller.

J'eus l'occasion de me trouver à Edimbourg et je fus invité par le D' Blacklock à déjeuner dans la société de Burns... En aucune partie de ses manières, il n'y avait le plus léger degré d'affectation, et il n'y avait rien, ni dans sa conduite ni dans sa conversation, par quoi une personne étrangère eût pu soupçonner qu'il était, depuis plusieurs mois, le favori des sociétés élégantes de la métropole.

Dans la conversation, il était puissant. Les pensées et leur expression avaient la même vigueur, et sur tous les sujets étaient aussi éloignées que possible du lieu commun. Bien qu'il fût un peu impératif, c'était d'une façon qui ne pouvait donner offense et qu'on attribuait aisément à son inexpérience dans l'art d'aplanir une contradiction et d'adoucir une assertion, qui est un trait important des manières élégantes. Après le déjeuner, je lui demandai de me communiquer quelques-unes de ses pièces inédites ; il récita sa chanson d'adieu aux rivages de l'Ayr... Je fis une attention toute particulière à sa récitation : elle était simple, lente, articulée, vigoureuse, mais sans éloquence et sans art. Il ne mettait pas toujours l'emphase avec propriété ; il ne suivait pas le sentiment avec les variations de sa voix. Il était debout, pendant ce temps, le visage tourné vers la fenêtre, vers laquelle, et non vers ses auditeurs, il dirigeait ses yeux ; se privant ainsi du surcroît d'effet que le langage de sa composition aurait pu emprunter au langage de sa physionomie. En ceci il ressemblait à la plupart des chanteurs amateurs qui, afin d'éviter le reproche d'affectation, retirent toute expression de leurs visages, et perdent l'avantage par lequel les chanteurs de théâtre augmentent l'impression de leur chant et donnent de l'énergie au sentiment qui est exprimé [1].

---

[1] Walker. *Life of Burns*, p. LXIV, LXXII.

Il y a dans cette page plus que Walker n'a cru y mettre. Le portrait, frappant du reste, de Burns récitant ses vers, la face détournée des auditeurs et d'une voix volontairement monotone, n'est pas seulement un portrait, c'est toute une révélation d'une certaine manière de sentir. Tandis que le professeur, qui voit en pédant et souhaiterait plus d'élocution, reproche à Burns de ne pas interpréter sa propre poésie, comme on sent ce trait et cette fierté de poète qui ne veut donner à ses vers que leur valeur propre, qui se garde de les réciter comme il réciterait ceux d'un autre. Pourquoi Walker n'a-t-il pas demandé à Burns de lui dire quelque pièce de Fergusson ? Il aurait vu ce que pouvaient ce visage et cette voix. Le brave homme n'a pas compris le jeu intérieur de toute cette scène et son intérêt, mais sa critique ne fait que nous la rendre plus vivante.

Le second témoignage émane d'un homme de plus d'autorité encore que Walker, du grave et sage Dugald Stewart. On a vu qu'il avait remarqué Burns en Ayrshire, au tout premier début du poète et qu'il fut un de ceux qui l'introduisirent dans la haute société littéraire d'Edimbourg. Ses souvenirs ont un poids tout particulier à cause de la justesse et de la prudence de son esprit :

Les attentions dont il fut l'objet pendant son séjour dans la ville, de la part des personnes de tout rang et de toute espèce, étaient telles qu'elles auraient tourné toute autre tête que la sienne. Je ne puis pas dire que j'aie perçu le moindre effet défavorable laissé par elles sur son esprit. Il conserva la même simplicité de manières et d'apparence, qui m'avait frappé si fortement lorsque je l'avais vu pour la première fois à la campagne ; et il ne semble pas que le nombre et le rang de ses nouvelles relations aient en rien augmenté son opinion de lui-même.

La variété de ses occupations, pendant qu'il était à Edimbourg, m'empêcha de le voir aussi souvent que je l'aurais désiré. Pendant le printemps, il vint me prendre une ou deux fois, à ma demande, de très bonne heure le matin, et vint se promener avec moi jusqu'aux collines de Braid, dans le voisinage de la ville. Dans ces occasions, il me charma encore plus par sa conversation particulière qu'il ne l'avait jamais fait dans le monde. Il était passionnément épris des beautés de la nature, et je me rappelle qu'un jour il me dit que la vue de tant de chaumières, avec leurs fumées, donnait à son âme un plaisir que personne ne pouvait comprendre, qui n'avait pas été comme lui témoin du bonheur et de la vertu qu'elles abritaient.

Je ne me rappelle pas si les lettres que vous m'avez envoyées indiquent ou non que vous ayiez jamais vu Burns. Si vous l'avez vu, il est superflu que j'ajoute que l'idée que sa conversation inspirait des puissances de son intelligence dépassait, si cela est possible, celle qui était fournie par ses écrits. Parmi les poètes qu'il m'est arrivé de connaître, j'ai été frappé, en plus d'une occasion, de l'inexplicable disparate entre leurs talents généraux et les inspirations occasionnelles de leurs moments plus favorisés. Mais toutes les facultés de l'esprit de Burns étaient, autant que j'en ai pu juger, également vigoureuses ; et sa prédilection pour la poésie était plutôt le résultat de son tempérament passionné et enthousiaste que d'un génie exclusivement propre à ce genre de composition. D'après sa conversation, j'aurais déclaré qu'il était capable d'exceller dans toutes les voies d'ambition où il lui aurait plu d'exercer ses capacités.

Parmi les sujets sur lesquels il s'arrêtait volontiers, les caractères des individus qu'il lui arrivait de rencontrer étaient évidemment un sujet favori. Les remarques qu'il faisait sur eux étaient toujours sagaces et pénétrantes, quoique souvent elles inclinassent trop au sarcasme. Sa louange de ceux qu'il aimait était parfois sans discrimination et excessive ; mais ceci, je crois, provenait plutôt du caprice et de l'humeur du moment que du pouvoir de ses affections à aveugler son jugement. Ses traits d'esprit étaient vifs et portaient toujours la marque d'une vigoureuse intelligence ; mais, à mon goût, ils n'étaient pas souvent agréables ou heureux. Ses tentatives d'épigrammes, dans ses œuvres imprimées, sont les seules productions peut-être indignes de son génie.

Je ne dois pas oublier de mentionner, ce que j'ai toujours considéré comme caractéristique à un haut degré d'un véritable génie, l'extrême facilité et la bienveillance de son goût à juger les compositions des autres, quand il y avait de réels motifs d'éloge. Je lui répétai de nombreux passages de poésie anglaise qui lui étaient inconnus, et j'ai plus d'une fois été témoin des larmes d'admiration et d'enthousiasme avec lesquelles il les écoutait. La collection de chansons par le Dr Aiken, que je lui mis le premier entre les mains, fut lue par lui avec un plaisir sans mélange, malgré les essais qu'il avait déjà tentés lui-même dans ce genre difficile de production ; je ne doute pas que cette lecture n'ait contribué à polir ses compositions ultérieures.

Pour juger de la prose, je ne pense pas que son goût fût également solide. Je lui lus une fois un passage ou deux des œuvres de Franklin, que je trouvai très heureusement exécutés sur le modèle d'Addison ; il ne sembla pas goûter ou pénétrer la beauté qu'ils devaient à leur exquise simplicité ; et il en parlait avec indifférence par comparaison avec les pointes, les antithèses et la bizarrerie de Junius. L'influence de ce goût est très perceptible dans ses propres compositions en prose, quoique leurs grands et nombreux mérites fassent de quelques-unes d'entre elles des sujets d'étonnement à peine inférieurs à ses compositions poétiques. Feu le Dr Robertson avait l'habitude de dire que, si l'on considérait son éducation, les premières lui paraissaient les plus extraordinaires des deux [1].

Il est inutile de faire ressortir la bonne grâce et l'aménité de cette longue déposition ; ce sont les qualités du noble honnête homme que fut Dugald Stewart. Il est moins étranger à notre préoccupation d'en faire remarquer la minutie, la finesse dans maint détail, le souci de l'exactitude marqué par des restrictions et les correctifs qui souvent découpent les affirmations sur l'étroite vérité. Cette marque de l'intelligence pondérée, précise et rompue aux nuances psychologiques de l'auteur de la *Philosophie de l'Esprit humain*, n'est pas ici indifférente. Elle démontre que Burns a été étudié de près par un œil pénétrant, et qu'on peut se fier à ce portrait. Et, ici encore, ce n'est pas trop de dire que quelques-unes des critiques se retournent contre celui qui les a faites. On comprend que Dugald Stewart qui avait un « penchant pour l'humour paisible [2] » et dont on a dit que ses manières étaient *comitate condita gravitas*, n'ait pas

---

[1] *Dugald Stewart's Letter respecting Burns.* Currie, p. 33.

[2] Lord Cockburn. *Memorials*, p. 20.

goûté entièrement l'humour mouvementé, robuste et parfois violent de
Burns. Ce qu'il dit sur les épigrammes du poète est juste d'ailleurs :
Burns n'était pas l'homme des pointes verbales. Mais n'est-il pas clair
aujourd'hui que, dans la discussion à propos de Franklin et de Junius,
Burns avait dix fois raison. Il n'y a pas d'homme qui ne préfère les
puissantes déclamations du second au bavardage bonhomme du premier,
pour peu qu'il aime un style qui ait de la force et du sang. Aujourd'hui,
Franklin n'est plus guère qu'un donneur de conseils excellents pour les
jeunes gens ; Junius reste un des maîtres de l'invective et de l'éloquence
politiques ; Junius est encore une lecture d'homme d'Etat ; Franklin est
une lecture pour les écoles primaires des Etats-Unis. C'était Burns qui
avait raison contre Dugald Stewart et le goût du poète à juger les œuvres
de prose était beaucoup plus sûr que son juge ne le pensait. Ces détails
rectifiés, c'est un joli épisode que ces deux hommes, si différents, causant dans leurs promenades matinales ; et c'est un joli tableau que Dugald
Stewart « le plus admirable liseur que j'aie jamais entendu [1] » lisant à
Burns les poésies qu'il ignorait, jusqu'à ce que les larmes coulassent sur
le visage hâlé du poète et que peut-être la voix tremblât un peu sur les
lèvres du philosophe.

Enfin le troisième de ces témoignages est peut-être moins décisif et
surtout moins serré, parce qu'il sort d'un esprit moins mûr et moins expéri-
menté, mais il est peut-être plus curieux. C'est l'impression faite par
Burns sur Walter Scott, qui allait alors vers ses seize ans et qui depuis
quelques mois était clerc dans l'étude de son père [2]. Il ne faut pas oublier
toutefois que Walter Scott était un garçon d'une extraordinaire précocité
d'esprit et d'une puissante mémoire. Il était, dès alors, très capable
d'observer et de juger, et on peut être certain que son jugement a été
conservé très exactement dans son souvenir. Il raconte lui-même dans
quelles circonstances se produisit cette rencontre, avec l'aisance de récit
un peu prolixe mais toujours très bien construit, qui lui est habituelle.

Quant à Burns, je puis dire vraiment : *Virgilium vidi tantum*. J'étais un gars de
quinze ans en 1786-87, quand il vint pour la première fois à Edimbourg, toutefois je
comprenais et je sentais assez pour m'intéresser à sa poésie et j'aurais donné tout au
monde pour le connaître. Mais j'avais peu de connaissances dans le monde littéraire,
et encore moins parmi la gentry des comtés de l'ouest : c'étaient les deux sociétés qu'il
fréquentait le plus. M. Thomas Grierson était à cette époque clerc chez mon père. Il
connaissait Burns et me promit de l'amener chez lui à dîner, mais il n'eut pas l'occasion
de tenir sa promesse ; autrement j'aurais pu voir davantage de cet homme éminent.
Cependant, je le vis un jour, chez feu le vénérable professeur Ferguson, où il y avait
plusieurs messieurs de réputation littéraire, parmi lesquels je me rappelle le célèbre
Mr Dugald Stewart. Naturellement, nous autres gamins, nous restions assis silencieux,

[1] Lord Cockburn. *Memorials*, p. 19.
[2] Lockhart. *Memoirs of the Life of Walter Scott*, chap. v.

à regarder et à écouter. La seule chose que je me rappelle de remarquable, dans les manières de Burns, fut l'effet produit sur lui par une gravure de Bunbury, représentant un soldat étendu mort dans la neige, son chien se lamentant d'un côté et de l'autre sa veuve tenant un enfant dans les bras. Au-dessous étaient écrits ces vers :

> Glacée, sur les collines canadiennes, ou sur la plaine de Minden,
> Peut-être cette mère a pleuré son soldat tué,
> Penchée sur son bébé, ses yeux noyés de pleurs,
> Dont les larges gouttes, qui se mêlaient au lait qu'il buvait,
> Étaient le triste présage de ses années futures,
> Pauvre enfant de misère baptisé dans les larmes.

Burns sembla très ému par la gravure, ou plutôt par les idées qu'elle éveillait dans son esprit. En vérité, il versait des larmes ! Il demanda de qui étaient ces vers, et il se trouva que personne d'autre que moi ne se rappelait qu'ils se trouvent dans un poème à demi oublié de Langhorne, qui porte le titre peu séduisant de *Le Juge de Paix*. Je murmurai mon renseignement à un ami ; il le communiqua à Burns, qui me remercia d'un regard et d'un mot que je reçus alors, et je me rappelle aujourd'hui, avec un très grand plaisir, bien qu'il fût de pure politesse.

Sa personne était forte et robuste ; ses manières rustiques, non grossières ; une sorte de sans façon plein de dignité et de simplicité, qui devait peut-être une partie de son effet à la connaissance qu'on avait de ses talents extraordinaires. Ses traits sont représentés dans le tableau de M. Nasmyth, mais pour moi cette peinture donne l'idée qu'ils sont rapetissés, comme s'ils étaient vus en éloignement. Je pense que sa contenance était plus massive qu'elle ne l'est dans aucun de ses portraits. Si je n'avais pas su qui il était, j'aurais pris le poète pour un très sagace campagnard, un fermier de l'ancienne école écossaise, c'est-à-dire non pas un de nos agriculteurs modernes qui ont des ouvriers pour faire leur gros travail, mais le *bon fermier* qui tenait sa propre charrue. Il y avait une forte expression de bon sens et de sagacité dans tous ses traits ; l'œil seul, je pense, indiquait le caractère et le tempérament poétiques. Il était large et d'une couleur sombre qui flamboyait (je dis littéralement flamboyait) quand il parlait avec sentiment ou intérêt. Je n'ai jamais vu un autre œil pareil à celui-là dans une tête humaine, bien que j'aie vu la plupart des hommes distingués de mon temps. Sa conversation exprimait une parfaite confiance en soi, sans la plus légère présomption. Parmi ces hommes qui étaient les plus savants de leur temps et de leur pays, il s'exprimait avec une parfaite fermeté, mais en même temps avec modestie. Je ne me rappelle aucun fragment de sa conversation assez distinctement pour le citer. Je ne le revis plus que dans la rue, où il ne me reconnut pas, et je ne pouvais pas m'attendre à ce qu'il me reconnût. Il était très choyé à Edimbourg, mais (si l'on considère ce que les émoluments littéraires ont été depuis cette époque) les efforts faits pour le secourir furent extrêmement mesquins.

Je me souviens que, dans la circonstance que je mentionne, je pensai que la connaissance que Burns avait de la Poésie anglaise était plutôt limitée, et aussi qu'ayant vingt fois les capacités d'Allan Ramsay et de Fergusson, il parlait d'eux avec trop d'humilité comme de ses modèles. Il y avait sans doute une certaine faiblesse nationale dans son jugement sur eux.

Voilà tout ce que j'ai à dire sur Burns. J'ai seulement à ajouter que son costume correspondait à ses façons. Il avait l'air d'un fermier habillé de son mieux pour aller dîner avec son propriétaire. Je ne parle pas *in malam partem* en disant que je n'ai jamais vu d'homme, dans la société de ses supérieurs en position et en connaissances, plus parfaitement exempt de tout embarras réel ou affecté. On m'a dit, mais je n'ai pas remarqué moi-même, que sa façon de s'adresser aux femmes était extrêmement pleine de déférence, et toujours avec un tour vers le pathétique ou l'humoristique, qui engageait tout particulièrement leur attention. J'ai entendu cette remarque faite par feue la duchesse de Gordon. Je ne vois rien que je puisse ajouter à ces souvenirs d'il y a quarante ans [1].

Les témoins de cette rencontre ont conservé le mot dont Walter Scott était fier. Burns s'était approché du jeune garçon, qui avait seul pu lui nommer l'auteur des vers, et, le regardant avec sérieux, lui avait dit: «Vous serez un homme un jour, monsieur. » N'est-ce pas une scène digne de celle de tout à l'heure et faite pour tenter un peintre écossais que le plus grand poète de l'Écosse donnant, suivant le mot de Chambers, une sorte d'investiture littéraire à celui qui allait en être le grand romancier ? [2]

A peine, une fois ou deux, a-t-on relevé contre lui un oubli, une imprudence de langage, qu'un homme plus habitué à la société eût évités. Ce sont de menus faits, sans autre valeur que de montrer avec quelle attention méticuleuse il était observé, et sous quel feu croisé d'examens silencieux il se mouvait. Le fait suivant est raconté par Walker. Il se passa chez le Dr Blair chez qui Burns déjeunait. Il faut, pour le comprendre, se rappeler que Blair était ministre de la High Church d'Edimbourg, qu'il passait pour le premier prédicateur d'Ecosse et qu'il avait, dans la chaire même où il parlait, des émules.

On a souvent reproché aux hommes de génie une tendance à commettre des balourdises en compagnie, par suite de l'ignorance ou de la négligence des règles de la conversation, qu'on peut imputer à ce que leurs pensées sont absorbées dans un sujet favori, ou par suite du défaut de la pratique quotidienne des petites conventions de conduite, laquelle est incompatible avec une vie studieuse. D'excentricités de ce genre, Burns était remarquablement exempt; cependant, ce jour-là, il commit une faute plus lourde qu'aucune de celles qu'on raconte des poètes ou des mathématiciens les plus connus pour leur absence d'esprit. On lui demanda dans quel endroit public il avait éprouvé le plus de plaisir. Il nomma la High Church, mais il donna la préférence comme prédicateur au collègue de notre très digne hôte, dont la célébrité reposait sur son éloquence religieuse, d'un ton si net, si distinct, qu'il jeta toute la compagnie dans le plus sot embarras. Le Docteur, il est vrai, avec beaucoup de convenance et de sang-froid, essaya de soulager les autres en secondant cordialement l'éloge si inopportunément introduit. Mais ceci n'empêcha pas la conversation de souffrir de cet effort pénible ; ce qui était inévitable, attendu que la pensée de tous était pleine du seul sujet sur lequel il fût inopportun de parler. Burns doit avoir instantanément compris sa faute, mais il montra qu'il avait repris son bon sens, en n'essayant pas de la réparer. Il en fut tellement mortifié en secret qu'il ne fit jamais mention de cette circonstance, sinon bien des années plus tard,

[1] Lockhart. *Life of Burns*, p. 111-13.
[2] R. Chambers, tom II, p. 58.

où il m'avoua que son silence était dû à la souffrance qu'il éprouvait en se rappelant ce fait [1] ».

On comprend ce qu'une faute de cette nature peut avoir de pénible pour un esprit susceptible, orgueilleux. Il en garde un long mécontentement envers soi-même, et un peu d'éloignement ou d'appréhension pour ces sociétés si délicates où le moindre mot maladroit éveille aussitôt un tel écho de gêne et de silence. Qu'on se rappelle une aventure analogue de J.-J. Rousseau, dont la situation dans le monde n'est pas sans ressemblance avec cette période de la vie de Burns. L'aveu de l'impression désagréable qu'il en conserva concorde avec celui-ci.

J'étais un soir entre deux grandes dames et un homme qu'on peut nommer, M. le duc de Gontaut. Il n'y avait personne autre dans la chambre, et je m'efforçais de fournir quelques mots (Dieu sait quels !) à une conversation entre quatre personnes dont trois n'avaient assurément pas besoin de supplément. La maîtresse de la maison se fit apporter une opiate, dont elle prenait tous les jours deux fois pour son estomac. L'autre dame, lui voyant faire la grimace, lui dit en riant « Est-ce de l'opiate de Mr Tronchin ? » — « Je ne crois pas » répondit sur le même ton la première — « Je crois qu'il ne vaut guère mieux » ajouta galamment le spirituel Rousseau. Tout le monde resta interdit, il n'échappa ni le moindre mot ni le moindre sourire, et l'instant d'après la conversation prit un autre tour. Vis-à-vis d'une autre, la balourdise eût pu n'être que plaisante ; mais adressée à une femme trop aimable pour n'avoir pas fait un peu parler d'elle et qu'assurément je n'avais pas dessein d'offenser, elle était terrible ; et je crois que les deux témoins, homme et femme, eurent bien de la peine à s'empêcher d'éclater. Voilà de ces traits d'esprit qui m'échappent, pour vouloir parler sans trouver rien à dire. J'oublierai difficilement celui-là [2].

La seconde escapade est plus vive et un peu plus sérieuse parce qu'elle n'est pas un simple accident mais un trait de caractère. On a vu que le reproche principal qui ait été fait à Burns par tous ceux qui l'ont approché, était une certaine raideur, une impatience, en face de la contradiction, un ton péremptoire et trop affirmatif qui cassait toute résistance et qui pouvait emporter sa parole un peu loin. Un jour qu'il était à déjeuner dans une société littéraire d'Edimbourg, la conversation tomba sur les mérites poétiques et le pathétique de l'*Elégie* de Gray, poème qu'il admirait beaucoup. Un clergyman, qui faisait profession de paradoxe et d'excentricité dans les idées, s'avisa d'attaquer assez inopportunément le poème. Burns le défendit chaudement et généreusement. Comme les remarques du clergyman étaient plutôt générales que critiques, il lui demanda de citer les passages auxquels il trouvait à redire. L'autre fit plusieurs tentatives, mais toujours en dénaturant, en écorchant, en

---

1 Walker. *Life of Burns*, p. LXXV.

2 Rousseau. *Confessions*. Livre III, p. 187.

estropiant le texte. Pendant quelque temps, Burns endura tout en
silence, mais à la fin exaspéré par cette mixture de critique maladroite et
de bousillage, il se leva extrêmement courroucé, le regard flamboyant et
lui cria : « Monsieur, je vois qu'un homme peut être un excellent juge
de poésie, par règle et équerre, et n'être après tout qu'un sacré imbécile. »
Cette fois c'était un peu roide. Il est vrai qu'il s'adressait à un clergyman
et qu'il ne les aimait guère. Mais il dut y avoir là encore, un assez bon
silence, qui lui resta moins peut-être sur le cœur que le premier [1].

Ce n'étaient là après tout que des vétilles. On a beau les passer au
crible, on voit que tous ces souvenirs, provenant d'esprits si divers,
s'accordent parfaitement entre eux. Il ne peut y avoir aucun doute que
tous ces commencements du séjour à Edimbourg aient été parfaits de
mesure, de dignité. C'était pourtant un pas difficile. D'autres y ont
échoué qui étaient mieux préparés à l'affronter. « Jeté malgré moi dans
le monde sans en avoir le ton, sans être en état de le prendre et
de m'y pouvoir assujettir, je m'avisai d'en prendre un à moi qui m'en
dispensât. Ma sotte et maussade timidité que je ne pouvais vaincre ayant
pour principe la crainte de manquer aux bienséances, je pris pour
m'enhardir le parti de les fouler aux pieds. Je me fis cynique et
caustique par honte, j'affectai de mépriser la politesse que je ne savais
pas pratiquer [2]. » On voit la distance qu'il y a entre la roideur et la
gaucherie avec lesquelles Rousseau accueillit sa renommée soudaine et
l'aisance et la simplicité avec lesquelles Burns reçut la sienne. Le
premier s'était créé « un personnage [2] » selon sa propre expression ; le
second sut toujours rester lui-même.

Et lui, Burns que pensait-il ? Comment jugeait-il, de son côté, cette
société subitement étalée à ses yeux, car pendant qu'on l'observait, il
observait lui-même. Ni la célébrité, ni la science des hommes ne semblent
lui en avoir beaucoup imposé. Il avait l'habitude, quand il voulait juger
quelqu'un, non seulement de le dévêtir de tous ses ornements extérieurs,
mais de lui enlever même les acquisitions intellectuelles, les avantages
de pur savoir, tant qu'ils peuvent encore se détacher de l'esprit,
avant qu'ils n'aient passé dans sa substance et se soient perdus en
lui en le fortifiant. Il s'appliquait à juger les esprits, non d'après les
renseignements qu'on y a versés, mais d'après leurs facultés essentielles
de saisir et de comprendre, tenant peu compte des objets auxquels elles
s'appliquent, que ce fût une question d'histoire ou une question de
culture. Il ne lui parut pas que les cerveaux de ces hommes fussent
de plus haute qualité que ceux des hommes qu'il avait connus jusque-là.

---

[1] Cromek. *Reliques of Burns*, p. 80.
[2] J.-J. Rousseau. *Confessions*. Livre VIII (1750-1752).

Au contraire les femmes furent pour lui une révélation et une fête. On devine en effet quel ravissement il dut ressentir, lui qui avait su créer, avec des filles de ferme, un idéal féminin adorable, lorsqu'il découvrit la femme vêtue et entourée de toutes les élégances. Il voyait tout d'un coup ce que l'éclat des parures, la grâce et la précision des toilettes, la finesse des extrémités, la séduction des manières, la recherche du cadre, ajoutent à la simple beauté, et aussi ce que la distinction de l'esprit et de la parole ajoutent à ces tout puissants agréments. Il découvrait le charme, sûrement inconnu de lui jusqu'alors et qu'il n'avait peut-être jamais imaginé, le charme subtil que prend la culture dans une âme de femme, qui la rend, pour un esprit d'homme si fort et si sûr de lui-même qu'il soit, suggestive et reposante à la fois. C'était comme si on avait tiré un rideau et que ses rêves favoris eussent apparu, réalisés et dépassés, un spectacle enchanté, où des oiseaux resplendissants et d'un ramage plus doux faisaient oublier les humbles petites bergeronnettes grises qu'il avait connues. « Une des remarques du poète quand il arriva à Edimbourg fut que, entre les hommes d'existence rustique et ceux du monde poli, il observait peu de différence et que parmi les premiers, bien que non dégrossis par la mode et non éclairés par la science, il avait trouvé beaucoup d'observation et beaucoup d'intelligence. Mais une femme élégante et accomplie était une créature presque nouvelle pour lui et dont il n'avait formé qu'une idée inadéquate [1]. » Dans cette admiration, il fut surtout frappé de la beauté et de la grâce de Miss Eliza Burnet, la fille de lord Monboddo. Tous ceux qui l'ont vue ont dit qu'elle était angélique. Elle lui apparut comme une créature supérieure, qu'on admire de si loin qu'on ne songe pas à l'aimer, et dont la beauté traverse la vie, insaisissable, irréalisable comme une musique. Il plaça son nom dans l'*Adresse à Edimbourg*. « La belle B est la céleste Miss Burnet, fille de lord Monboddo, chez qui j'ai eu l'honneur d'être reçu plus d'une fois. Il n'y a jamais rien eu qui ait, de loin, approché d'elle, dans toutes les combinaisons de Beauté, de Grâce et de Bonté que le grand créateur a formées, depuis l'Ève de Milton au premier jour de son existence [2]. » Il ne cachait pas sa préférence ; « sa favorite pour la beauté et les façons, écrivait Mrs Cockburn, est Bess Burnet—en vérité, ce n'est pas un mauvais juge [3]. »

C'est à ce moment que Creech entreprit de faire, faire le portrait de Burns, pour en mettre une gravure en tête de l'édition qu'il allait publier. L'Écosse avait vers cette époque une belle école de portraitistes,

[1] Cromek. *Reliques of Burns*, p. 68.

[2] *To William Chalmers*. Dec. 27, 1786.

[3] *The Songstresses of Scotland*, by Sarah Tytler and J.-L. Watson, tom I, p. 180.

trop ignorée ; malheureusement, aucun d'eux ne se trouvait alors à Edimbourg. Allan Ramsay, l'auteur de fins portraits du xviiie siècle, venait de mourir ; Raeburn, le plus grand peintre de son pays, n'était pas encore revenu de Rome et n'avait pas encore commencé sa longue suite de portraits d'illustres Ecossais; Romney, presque son égal, vivait à Londres. Il y avait cependant dans la ville, malgré ce que dit Chambers, un portraitiste de talent nommé Martin. Pour quelque raison inconnue, Creech ne s'adressa pas à lui. Il pria un jeune peintre de passage, nommé Nasmyth, qui avait exactement le même âge que Burns et qui était depuis peu rentré d'Italie, de reproduire les traits du poète. Nasmyth s'en chargea sans vouloir accepter aucune rémunération. Grâce à lui, nous avons l'idée de Burns, tel qu'il était alors. Le visage rasé, car il ne porta jamais de barbe, avec ses grands yeux noirs lumineux, son nez droit et sa bouche qu'on sent mobile et souriante, est jeune et charmant. Il frappe surtout par un air franc, ouvert et bon. On dirait qu'il regarde la vie sans soupçon. La tête est tout entière dans un ciel d'aurore, plutôt clair que bleu, plutôt plein de clarté que d'azur, sur lequel volent de petites nues blanches; plus bas, à la hauteur des épaules, des feuillages, des collines lointaines, au pied desquelles est une ruine et dont les pentes sont lumineuses ; un horizon radieux, fait pour un poète champêtre. Ce jeune visage dans cette jeune atmosphère donne une impression de commencement léger de vie et de journée, d'attente heureuse. Le portrait est, paraît-il, le meilleur de ceux qu'on a de Nasmyth. La facture est ferme, simple, bien tenue et faite pour inspirer confiance[1]. On aimerait à croire que la ressemblance fut parfaite. Malheusement, ce n'est là qu'un Burns incomplet. Nasmyth n'était pas homme de taille à peindre cette tête. La touche de Raeburn, lui-même, si sûre et si décidée, était trop calme, trop assise dans ses effets larges et amplifiés [2], pas assez subtile, pas assez chercheuse et pénétrante, pour rendre ce qu'il y avait là de complexe et de divers. La seule main, qui, en Angleterre, l'aurait pu était celle de Joshua Reynolds, la main qui a peint *Le Banni*.

Ainsi le portrait de Nasmyth n'est qu'une vision insuffisante de l'homme et de sa vie. Son expression pensive et mélancolique n'est pas rendue. Ses traits avaient quelque chose de plus robuste et de plus massif. Walter Scott dit que Nasmyth, tout en les reproduisant fidèlement, les avait amoindris et comme reculés [3]. Il devait y avoir sur ce visage des signes de puissance. Il est impossible que Burns fût alors cet adolescent presque candide ; il avait déjà trop souffert et trop vécu. Il y avait

[1] Ce portrait se trouve dans la *Galerie nationale* d'Edimbourg.

[2] Voir ses beaux portraits de Mr Alex. Adam, lady Miller, Mrs Scott Montcriff, Mrs Kennedy à la *Galerie nationale* d'Edimbourg.

[3] Voir le passage de Walter Scott cité plus haut.

en lui quelque chose de plus profond et de plus tragique. Et cependant on aimerait à croire que, pendant quelque temps du moins, cette ressemblance a été vraie. Sans doute, le portrait fut fait dans un moment heureux, quand les inquiétudes étaient loin et semblables aux légères nuées blanches du tableau ; sans doute aussi le jeune peintre y mit la lueur des espérances qu'il concevait pour le jeune poète ; car ils ne tardèrent pas à être deux amis, et souvent, après les séances ils allaient se promener sur le siège d'Arthur. Il leur arrivait même de passer la nuit, de se griser ensemble, et d'aller chercher sur les collines voisines l'air vif, excellent pour dissiper les restes d'ivresses et éclaircir les têtes encore confuses [1].

On a de Burns, à ce moment, un de ces bons élans de cœur qui rachètent bien des faiblesses. Au milieu de son succès, il apprit que la tombe de Fergusson était au cimetière de la Canongate, abandonnée, dénuée de la pierre qui garde le nom des plus obscurs, et destinée à disparaître comme les tombes pauvres. Il avait toujours eu de l'admiration et de la tendresse pour la mémoire du malheureux et charmant jeune homme. Toute cette vie repassa devant son esprit : sa pauvreté, son travail aride, sa misère, cette pauvre tête égarée et se débattant contre la folie, cette mort à vingt-quatre ans dans une cellule d'aliénés, toute cette lutte lamentable du talent et de la misère. Les larmes lui vinrent, amenant comme souvent chez lui, la colère !

> Malédiction sur l'homme ingrat qui peut prendre du plaisir
> Et laisser mourir de faim l'auteur de ce plaisir ! [2]

Faut-il que, pour comble d'ingratitude, on laisse maintenant les restes du poète se perdre dans la foule des ossements obscurs ? Jamais, si cela dépend de lui ! Et aussitôt, il écrit aux magistrats de la Canongate une lettre émue, pour leur demander la permission d'élever à ses frais une pierre sur cette tombe délaissée.

« Messieurs, je suis triste d'apprendre que les restes de Robert Fergusson, le poète si justement célèbre, un homme dont les talents feront honneur pendant des siècles à notre nom calédonien, reposent dans votre cimetière, ignorés et inconnus parmi les morts obscurs. Quelque mémorial pour guider les pas des amants de la poésie écossaise, lorsqu'ils désireront verser une larme sur l'étroite demeure du barde qui n'est plus, est assurément un tribut dû à la mémoire de Fergusson, un tribut que je désire avoir l'honneur de payer.

Je vous adresse donc la demande, Messieurs, de me permettre de placer sur ses

---

[1] Chambers, tom. II, p. 32, d'après une communication de James Nasmyth, le fils du peintre.

[2] *Verses under the Portrait of Fergusson.*

cendres vénérées une pierre qui restera la propriété inaliénable de sa renommée immortelle.

J'ai l'honneur d'être, Messieurs, votre très humble serviteur.   R. B.

Les administrateurs du cimetière furent touchés de cette démarche. On le sent sous la raideur du procès-verbal qui contient l'accueil fait à sa lettre. « En considération de la motion louable et désintéressée de M. Burns et de la convenance de sa demande, ils lui accordent unanimement le pouvoir et la liberté d'ériger une pierre tumulaire sur la tombe de Robert Fergusson, de l'entretenir et de la conserver à sa mémoire, pour tout le temps à venir [1]. » Une pierre, droite, grise et simple, marque maintenant le dernier grabat du poète. C'est peu de chose et Burns ne pouvait guère davantage. Cette simplicité même est touchante et délicate ; elle fait penser aux aumônes des pauvres. Au-dessous du nom de Fergusson et des deux dates qui comprennent sa courte vie, sont ces quatre vers de Burns :

> « Ici pas de marbre sculpté, ni de chant pompeux ;
> Pas d'urne historiée, ni de buste animé [2] ;
> Cette simple pierre guide les pas de la pâle Scotia,
> Pour venir répandre son chagrin sur la poussière du poète ».

On ne les lit pas sans se rappeler ce mouvement généreux de Burns, pour la mémoire de celui qu'il appelait « son frère aîné en infortune, et de beaucoup son frère aîné en poésie ». On songe qu'ils auraient pu se connaître ; on est toujours prêt à croire qu'ils se seraient aimés, tant leurs noms ont pris, de cette double inscription, quelque chose de fraternel. Plus récemment, un autre don, inspiré par celui de Burns, a assuré des fleurs en toute saison à la tombe du auvre Fergusson.

Cette vie agitée et mélangée, avec ses moments utiles d'observation et ses heures perdues de dissipation, laissait peu au travail. Sa production littéraire pendant cet hiver est presque nulle. Les pièces qu'il composa sont presque toutes de circonstance, peu nombreuses et peu importantes. Dès son arrivée, il avait été présenté par le comte de Glencairn à Creech le libraire, et il avait été convenu qu'une nouvelle édition de ses poèmes paraîtrait par souscription. Le 14 décembre, Creech avait annoncé que les *Œuvres poétiques de Robert Burns* étaient « sous presse pour être publiées par souscription pour le seul bénéfice de l'auteur [3]. » Le succès ne pouvait être douteux. L'impression prit une partie de l'hiver. Ce qui restait de temps, après tant de soirées dans les salons et

---

[1] Voir Scott Douglas, tom. IV, p. 202.
[2] Ces deux premiers vers sont empruntés à l'*Elégie* de Gray.
[3] Voir Scott Douglas, tom. IV, p. 178.

aux clubs, de visites, de démarches, fut surtout consacré à la révision des pièces qui devaient figurer dans la nouvelle édition. Il les soumettait au jugement des critiques qui l'entouraient. Il changeait un mot sur la suggestion du Dr Blair [1] ; il admettait une remarque de Mrs Dunlop [2], et surtout il suivait implicitement les avis du comte de Glencairn en ce qui concernait les manques de propriété ou de délicatesse [3]. Mais les choses n'allaient pas toujours sans résistance de sa part.

Ces appréciateurs, d'un goût si poli qu'il en était aminci, trouvaient des objections, discutaient les expressions, proposaient des réticences, des adoucissements, des retranchements. Lui, bondissait, se révoltait, discutait, défendait son terrain. « J'ai l'avis de quelques très judicieux amis parmi les *litterati* d'ici ; mais, avec eux, je trouve parfois nécessaire de revendiquer le privilège de penser pour moi-même [4]. » Quand il était trop pressé il se rendait, mais malgré lui, en murmurant tout bas. Un jour qu'il avait sacrifié deux de ses plus jolies chansons, il écrivait : « Je puis à peine m'empêcher de verser une larme sur la mémoire de deux chansons qui m'ont coûté quelque travail et que j'estimais assez ; mais je dois me soumettre ». Et deux lignes plus loin, après avoir parlé d'autre chose, il y revenait : « Mes pauvres infortunées chansons me repassent dans la mémoire. Maudit soit la pédante et frigide âme de la critique pour jamais et jamais [5] ». Il est probable que, dans ces discussions avec ces connaisseurs trop raffinés, c'était lui qui avait raison le plus souvent. Cela semble ressortir de quelques passages de sa correspondance qui touchent à ce point. Son génie était trop vigoureux pour leur goût.

Enfin, le 21 avril 1787, parut la seconde édition de ses poèmes, connue sous le nom de l'édition d'Edimbourg. C'était un volume in-octavo, du prix de cinq shellings. Il contenait un certain nombre de pièces qui n'avaient pas été insérées dans l'édition de Kilmarnock, comme *La Mort et le Docteur Hornbock*, *l'Ordination* et *l'Adresse aux rigidement Vertueux*, en même temps qu'un certain nombre d'autres qui avaient été écrites depuis, comme les *Ponts d'Ayr*, *l'Élégie de Tam Samson* et *l'Adresse à Edimbourg*. Il était précédé d'une préface et suivi d'une liste des souscripteurs qui ont toutes deux leur intérêt. La première est une dédicace de l'ouvrage, aux « *Noblemen and gentlemen of the Caledonian Hunt* ». Elle ne manque ni d'élévation, ni de dignité ; peut-être y a-t-il même une affirmation d'indépendance un peu affectée. Il est curieux de la rapprocher de la préface de l'édition de Kilmarnock, qui est plus simple et plus touchante.

---

1 Voir Scott Douglas, tom. I, p. 272.

2 *To Mrs Dunlop*, 15th Jan. 1787.

3 *To the Hon Henry Erskine*, Lettre ı — *to Mrs Dunlop*, 22nd March 1787.

4 *To Mrs Dunlop*, 22nd March 1787.

5 *To Gavin Hamilton*, 8th March 1787.

« Mes Lords et Gentlemen,

» Un barde écossais, fier de ce nom, et dont la plus haute ambition est de chanter au service de sa contrée, où cherchera-t-il mieux un appui qu'auprès des noms illustres de sa terre natale, auprès de ceux qui portent les honneurs et ont hérité les vertus de leurs ancêtres ? Le Génie poétique de mon pays m'a trouvé, comme le barde-prophète Elie trouva Elisée, à la charrue, et a jeté sur moi son manteau inspirateur. Il m'a ordonné de chanter les amours, les joies, les scènes champêtres, les plaisirs champêtres de mon sol natal, dans ma langue natale. J'ai accordé, comme il me l'a inspiré, mes notes agrestes et simples. Il me murmura ensuite de venir dans cette ancienne métropole de la Calédonie et de mettre mes chansons sous votre protection honorée. J'obéis maintenant à ses ordres.

» Bien que je doive beaucoup à votre bonté, je ne m'approche pas de vous, mes Lords et Gentlemen, dans le style ordinaire des dédicaces, pour vous remercier de vos faveurs passées. Ce sentier est tellement battu par le savoir qui se prostitue, que l'honnête rusticité en a honte. Je ne vous présente pas non plus cette adresse, avec l'âme vénale d'un auteur servile qui cherche la continuation de ces faveurs, — j'ai été élevé à la charrue et je suis indépendant. Je viens pour revendiquer ce nom écossais que je porte en commun avec vous, mes illustres compatriotes, et pour dire au monde que je m'honore de ce titre. Je viens pour féliciter ma contrée de ce que le sang de ses anciens héros coule encore dans toute sa pureté, et que de votre courage, de votre savoir, de votre fermeté publique, elle peut attendre protection, richesse et liberté. En dernier lieu, je viens offrir mes plus ardents désirs, à la grande source de tout honneur, le Monarque de l'Univers, pour votre prospérité et votre bonheur.

» Quand vous partez pour éveiller les échos, dans l'ancien amusement favori de vos pères, puisse le plaisir toujours vous accompagner et la joie attendre votre retour ! Lorsque, dans les cours ou dans les camps, vous êtes harassés du heurt des hommes méchants ou des funestes mesures , puisse l'honnête conscience de la dignité méconnue accompagner votre retour à vos demeures natales, et puisse le bonheur domestique vous accueillir sur le seuil, avec un sourire de bienvenue ! Puisse la corruption reculer devant la flamme indignée de votre regard ! Puissent la tyrannie dans le chef et la licence dans le peuple trouver également en vous un inexorable ennemi.

» J'ai l'honneur d'être, avec la plus sincère gratitude et le plus haut respect, mes Lords et Gentlemen, votre très dévoué et humble serviteur.

Robert BURNS. »

Il est impossible de ne pas remarquer le ton d'opposition politique qui se trouve dans la dernière partie.

Au volume était jointe la liste des souscripteurs, qui s'étendait à travers 38 pages. Il y en avait quinze cents, qui prenaient 2800 copies. C'était un succès qui ne s'était pas vu depuis l'*Iliade* de Pope et c'était un succès plus spontané et plus populaire. A côté des plus hauts noms de l'aristocratie écossaise se trouvaient ceux de simples fermiers. Ceux-ci étaient à coup sûr les plus sincères et les plus reconnaissants de ses admirateurs, ceux à qui sa poésie apportait, non pas une distraction d'un moment, mais la gaieté utile pour la vie, et des mots de sagesse qui n'abandonnaient plus leurs lèvres. Il y avait plus. Bien loin, sous d'autres cieux, partout où il y avait des cœurs écossais, la renommée du nouveau poète avait déjà pénétré ; et on est étonné de trouver parmi les souscripteurs le collège écossais de Valladolid, le collège écossais de Douai, le collège écossais de Paris, le monastère écossais de Bénédictins de Ratisbonne et celui de Maryburgh. Il dut leur sembler qu'une brise du vieux pays leur arrivait.

La plupart des souscripteurs avaient envoyé plus que le prix du volume : une demi-guinée, une guinée, d'autres plus encore. Il était évident qu'il ne pouvait pas recueillir moins de 5 ou 600 livres. Si c'est peu à côté des somptueux revenus de certains poètes modernes, c'était une somme considérable pour un simple volume de vers, à cette époque. C'était une fortune pour un homme, qui, il le disait lui-même, n'avait jamais eu dix livres ensemble dans sa poche. Il toucha alors une partie des sommes qui lui revenaient, mais le règlement définitif avec Creech ne devait se faire qu'ultérieurement et non sans des difficultés et des retards qui ne furent pas sans influence sur sa vie.

Malgré l'apparence heureuse des choses, si on considère plus avant, on voit que les rapports entre ces lettrés et ce paysan qui les dépassait tous, n'étaient pas aussi bien ajustés que d'abord ils le paraissaient. Cela était à présumer. On n'a guère d'exemple d'un plébéien impunément puissant dans une aristocratie. Toujours, par quelque endroit, il y a des tiraillements ou des heurts, des gênes ou des blessures. Et même lorsque le bon accord ne se brise pas, il y a on ne sait quelle fêlure silencieuse qui s'y établit, s'y élargit et le disjoint sans le rompre. On peut distinguer cette fêlure dans les rapports entre Burns et la société d'Edimbourg, à la fin de ce même hiver.

Vis-à-vis de Burns, il y avait, de la part de ce monde de lettrés, plus de curiosité que d'intérêt véritable. Ils examinaient, avec une attention sans doute bienveillante, le phénomène intellectuel qui éclatait au milieu d'eux. Ils étaient prêts à le recevoir, à souscrire pour son livre, à l'admettre à leurs soupers, mais il restait pour eux un objet d'étude et d'observation. On sentait que leur engouement ne survivrait pas à leur surprise et que l'oubli serait aussi rapide que l'accueil. Pour quelques-uns d'entre eux, il devait être un paysan singulier, doué de certaines aptitudes, quelque chose comme ces pâtres qui ont de merveilleux pouvoirs de calcul, et qu'on traite cependant avec une condescendance familière et des encouragements protecteurs. C'étaient les moins clairvoyants. Pour les autres, pour la plupart, il y avait là quelque chose qui les déconcertait dans leurs habitudes et, pour ainsi dire, dans leur installation intellectuelle, qui les troublait dans leur satisfaction d'eux-mêmes, dans leur sécurité, dans les allées de culture régulière où ils se promenaient. Cette éloquence inusitée qui passait à travers la conversation, comme une charrue, bouleversant toutes les idées, déchirant parfois les principes où elles ont racine, leur semblait brutale ou téméraire. Quelques-uns des plus distingués, comme Dugald Stewart dont la raison sérieuse ne s'offusquait de rien, Erskine dont la gaieté d'esprit se plaisait à tout, le Dr Gregory dont la fougueuse et puissante intelligence s'entendait avec celle de Burns, d'autres encore, avaient pour lui une sympathie vraie et durable. Mais, la nouveauté usée, l'indifférence ne devait pas tarder à venir chez beaucoup, accompagnée selon les cas, de quelque fatigue, de quelque défiance, et peut-être même, de quelque dépit. Lockhart, qui a vécu avec la plupart d'entre eux et recueilli leurs souvenirs, a rendu cette impression avec une force qu'aucun biographe de Burns ne peut espérer surpasser et que donne seul le contact direct des faits.

« Il n'y a pas besoin d'un effort d'imagination pour se représenter ce que les sensations d'une troupe isolée de savants (presque tous clergymen ou professeurs) durent.être en présence de cet étranger aux larges os, au front noir, au teint bruni, avec ses grands yeux étincelants, qui s'étant d'un seul pas frayé son chemin parmi eux, en quittant le manche de sa charrue, manifestait, dans l'ensemble de ses manières et de sa conversation, une conviction parfaite que, dans la société des hommes les plus éminents de sa nation, il était exactement où il avait le droit d'être ; qui daignait à peine les flatter en laissant voir de temps en temps qu'il était flatté de leur attention ; qui, tour à tour, se mesurait tranquillement dans la discussion avec les esprits les plus cultivés de son temps ; battait les bons mots des causeurs les plus célèbres par de larges flots de gaieté imprégnée de toute la vie brûlante du génie ; étonnait des poitrines, habituellement enveloppées des triples plis de la réserve sociale, en les contraignant à trembler, que dis-je ? à trembler visiblement sous la touche hardie d'un pathétique naturel ; et tout cela sans indiquer la moindre disposition à être mis au rang de ceux qui font profession d'amuser et qui consentent à être payés en argent ou en sourires, pour faire ce que les auditeurs ou spectateurs auraient honte de faire eux-mêmes s'ils en avaient le pouvoir. Ce qui, en dernier lieu, était probablement pire que tout le reste, c'est qu'ils savaient qu'il avait l'habitude d'égayer des sociétés qu'ils auraient dédaigné d'approcher, plus fréquemment encore que la leur, par une éloquence non moins magnifique, un esprit selon toute vraisemblance encore plus hardi, un esprit qui souvent, comme les supérieurs qu'il rencontrait sans alarme auraient pu le deviner, dès le commencement, et comme ils n'eurent bientôt plus besoin de le deviner, était dirigé contre eux-mêmes [1] ».

Quant à Burns, ses sentiments contenaient en suspension une quantité de petites désillusions et amertumes, imperceptibles en elles-mêmes, mais qui, en se déposant au fond de son âme, devaient y former une lie de mécontentement et d'irritation.

Il avait trop de perspicacité pour ne pas percer d'un regard l'attention extraordinaire dont il était entouré. Il se rendait compte que c'était là une chose fragile et passagère, destinée à disparaître avec la nouveauté qui la produisait. Ces accueils, ces invitations, ces empressements autour

---

[1] Lockhart. *Life of Burns*, p. 129-30.

de lui, ne pouvaient, à coup sûr, durer. Et d'ailleurs valaient-ils la peine qu'on le souhaitât? Qu'y avait-il au fond de toute cette bienveillance? N'y avait-il pas plus de désir de le voir que de le servir, et plus de curiosité que d'intérêt? Lorsqu'on l'invitait, on semblait s'attendre à ce qu'il parlât, fût brillant. On a l'aveu qu'il en était souvent ainsi. « Le lendemain de ma première présentation à Burns, je soupai avec lui, chez le Dr Blair. Les autres hôtes étaient peu nombreux, et comme chacun d'eux avait été surtout invité pour avoir une occasion de se trouver avec le poète, le docteur essaya de le mettre en relief et de faire de lui la figure centrale du groupe. Quoique, en conséquence, il fournît la plus grande portion de la conversation, il ne fit rien de plus que ce qu'il vit évidemment qu'on attendait de lui [1] ». C'était le même docteur Blair qui disait à ses amis, après l'exhibition d'un étranger remarquable : « Ne vous ai-je pas montré le lion très bien aujourd'hui [2] ». Et ce qu'un homme de délicatesse et de mesure comme le Dr Blair faisait avec tact, combien d'autres devaient le faire avec plus d'étourderie et de lourdeur? Il était impossible que le fardeau, presque imposé, de toutes les conversations ne produisît pas en Burns de la fatigue ; et cette continuelle attention des autres sur lui, de l'irritation. Il y a, à se sentir sans repos observé et comme épié, quelque chose qui, à la fin, exaspère. La causerie persistante n'est possible que devant des amis ou des disciples ; il y faut de l'abandon ou de l'autorité, parler comme Addison à des gens tout prêts à être charmés, ou comme Johnson à des gens disposés à se laisser conduire. Autrement, cette attente et, pour ainsi dire, cette exigence continuelle de simples auditeurs indifférents devient une gêne. Puis, quand il avait parlé, été éloquent, écouté et admiré ; quand son génie échauffé s'était élevé, éclatait et s'emportait ; quand il sentait que sa voix maîtrisait ces esprits et qu'il avait la fière conscience de sa domination, un simple changement de salle, en détournant la conversation, brisait sa royauté. Brusquement, il redevenait l'humble paysan, protégé par tout ce beau monde. Il retombait à son rang, son prestige évanoui, se réveillant pour voir ses admirateurs, presque ses captifs de tout à l'heure, se faire courtisans autour de quelque imbécile de haute noblesse qui entrait « avec son cordon et son étoile ».

A ces blessures, s'en ajoutait une autre, plus secrète encore et en un endroit plus délicat de l'âme. Un des premiers il éprouva ce qui depuis a traversé le cœur de tant de poètes humbles, brusquement rapprochés d'une société de femmes trop haut ou trop loin placées pour eux, une impatience et un courroux amers. Peu d'hommes étaient plus faits que lui pour l'éprouver. On a vu que ce qu'il avait surtout admiré à son arrivée à

---

[1] Walker. *Life of Burns*, p. LXXIV.
[2] Dr Alex. Carlyle. *Autobiography*, p. 292.

Edimbourg, c'était cette société nouvelle et charmante pour lui de femmes raffinées, élégantes, gracieuses, dont la beauté était rehaussée par l'aisance des manières et l'éclat de la toilette. Il les avait charmées ; elles l'avaient ébloui. Avec son imagination toujours portée à envelopper la beauté d'un cadre d'amour, à faire de la moindre rencontre un petit roman dont il était le héros, comme dans la soirée de Ballochmyle, il était impossible qu'au milieu de tant de séductions il ne se laissât pas aller à son illusion favorite. Son triomphe de parole devait l'y porter et lui rendre le rêve plus plausible. Mais s'il était admiré par ces hautes dames, il ne pouvait guère être aimé d'elles. Il en était séparé par une trop grande distance de position et, il faut le dire, par une trop grande différence de manières. L'idée d'égalité, à laquelle ses œuvres et peut-être plus encore sa vie ont contribué dans son pays, n'avait pas encore pénétré partout, et désagrégé l'esprit de classes dans l'esprit même de ceux qui les composent. Les déclamations humanitaires, les productions romanesques, qui devaient exalter les ouvriers, les soldats, les prolétaires de tout genre, n'avaient pas encore troublé les cœurs féminins[1]. La jeune fille de Ballochmyle ne lui avait pas répondu. Aucune des patriciennes d'Edimbourg n'aurait songé à aimer ce paysan. La liberté des mœurs n'était pas assez grande pour qu'un caprice ou une curiosité s'aventurât jusqu'à lui. Tout se réunissait pour l'exclure : une grille infranchissable le séparait de ce jardin enchanté, le long duquel il errait comme un paria. Il éprouva donc, au milieu de tant d'attraits, le sentiment douloureux qu'ils lui étaient refusés, ce quelque chose de complexe, mais de farouche et d'amer, qui naît d'aveux non exprimés, d'ardeurs timides, de rêves brisés ou découragés par un mot indifférent, peut-être même par un mot aimable. Il s'en retournait de ces soirées, mécontent, agité, aigri, emportant un sentiment plus irrité de son obscurité, l'idée de l'injustice des naissances et de l'absurdité des distinctions humaines. Il y a peu de choses qui donnent plus d'amertume que la douce société des femmes quand on s'en sent exilé. Combien y a-t-il d'hommes à qui la gloire ne paraît souhaitable, que parce qu'elle amène l'amour ? Il devait être particulièrement sensible à cette souffrance. Il ne faut pas oublier qu'il était arrivé à Édimbourg le cœur vide et encore meurtri. Dans cette vie nouvelle, il ne trouvait personne à aimer. Il y avait longtemps que pareille chose ne lui était arrivée. Il lui manquait quelque chose ; un des rouages essentiels de son être ne fonctionnait plus, celui qui faisait chanter les autres et sonner l'horloge. Il en résultait un désœuvrement intime, une inoccupation du cœur. S'il avait vécu plus longtemps dans ce monde, peut-être aurait-il enfin rencontré une influence violente ou douce qui

---

[1] Voir le *Compagnon du Tour de France*, de G. Sand ; *Alton Locke*, de Charles Kingsley, encore que le héros ne soit pas aimé ; *Félix Holt*, de George Eliot.

aurait exaspéré son inspiration ou apaisé son existence. Sa destinée ne lui en donna pas le temps. Ce fut un malheur pour lui. Une femme aurait pu avoir une bienfaisante puissance sur sa vie. Il semble l'avoir senti ; une seule fois, il aurait pu la rencontrer ; mais les circonstances s'y refusèrent. L'influence, toutefois, bonne ou mauvaise, fut considérable. Il se trouva rejeté du côté de femmes qui, avec toutes leurs qualités, ne pouvaient plus répondre à l'idéal plus fin et plus délicat qu'il s'était formé à Edimbourg et qui le laissèrent mécontent et insatisfait [1].

Il est possible que tous ces griefs soient grossis dans l'analyse qui vient d'en être faite. C'est une nécessité de tout examen un peu microscopique. En les laissant retomber à leur grandeur réelle, mais en conservant l'idée de leur activité et de leurs blessures incessantes, on voit qu'il y avait là un sourd travail de souffrance et de mécontentement, qui ne pouvait pas tarder à se manifester.

Hélas ! qui démêlera jamais la part de mal contenue dans les événements qui se présentent le plus heureusement et dont nous nous réjouissons le plus ? Comment aurait-on imaginé que ce séjour à Edimbourgh deviendrait pour Burns une source de déplaisirs, plus funestes que ses malheurs ? Et pourtant, c'est un fait, à la fois curieux et pénible à constater. On voit une misanthropie secrète sortir de son succès comme ce « quelque chose d'amer » dont parle le poète, qui surgit des douceurs et les empoisonne. Il avait eu jusque-là des chagrins ; mais un homme n'est pas aigri parce qu'il gémit dans la souffrance. Ici une sorte de désenchantement mystérieux et général semble naître en lui, y exciter la défiance et le mépris des autres. Il faut le remarquer, parce que, à partir de ce moment, cet assombrissement de la pensée ne le quittera plus ; il subsistera sous les clartés et les éclats de son génie, derrière les gaîtés de sa vie, avec cette persistance tranquille des choses ténébreuses, qui semblent sûres que le dernier mot leur restera. On voit paraître les premières paroles chagrines, indices du travail secret et important qui s'est fait en lui, dans ce fameux journal d'Edimbourg, qu'on crut perdu pendant si longtemps, et qui a été retrouvé il y a seulement quelques années [2]. L'ironie du début est surprenante ; lui en qui l'amitié était un sentiment si fort.

« Comme j'ai vu à Edimbourg beaucoup de vie humaine et un grand nombre de caractères nouveaux pour quelqu'un qui a été, comme moi, élevé dans les ombres de la vie, j'ai pris la résolution d'écrire mes remarques, à l'endroit même. Gray observe, dans une de ses lettres à Mr Palgrave, « qu'un demi-mot fixé sur place

---

[1] Alexandre Smith a deviné un peu de ces sentiments confus, voir sa vie de Burns, *Globe Edition*, p. 20.

[2] Ce journal a été publié pour la première fois dans le *Macmillan Magazine* de Mars, Avril, Mai, Juin et Juillet 1879.

ou tout près vaut un tombereau de souvenirs ». J'ignore comment il en va avec les autres, mais pour moi, faire des remarques ne saurait être un plaisir solitaire. Il me faut quelqu'un pour être grave avec moi, quelqu'un qui me plaise et aide ma sagacité de ses remarques, que ce soit un homme ou une femme, et qui, de temps en temps, je le confesse, admire ma perspicacité et ma pénétration. Les hommes sont tellement occupés de leurs recherches égoïstes, de leur ambition, vanité, intérêt ou plaisir, que bien peu songent à faire aucune observation sur ce qui se passe autour d'eux, excepté quand cette observation est un surgeon ou une branche de la plante favorite qu'ils élèvent dans leur esprit. En dépit de toutes les hautes sentimentalités des écrivains de romans et de la sage philosophie des moralistes, je me demande si nous sommes capables d'une alliance d'amitié assez intime et assez cordiale pour que l'un de nous puisse épancher son cœur, toutes ses pensées, chacune de ses fantaisies, le fond même de son âme, avec une confiance illimitée, sans courir le risque ou de perdre une partie de ce respect que l'homme exige de l'homme ; ou, par suite des inévitables imperfections de la nature humaine, de regretter sa confiance.

Pour ces raisons, je suis déterminé à faire de ces pages mon *confident*[1]. J'esquisserai, aussi bien que je saurai l'observer et avec une justice inflexible, chaque caractère qui me frappera en quelque façon ; j'inscrirai des anecdotes, je noterai des remarques, selon le vieux terme légal, sans haine ou faveur. Si je trouve quelque chose d'habile, mon propre applaudissement satisfera, en quelque mesure, ma vanité, et, j'en demande pardon à Patrocle et à Achate, j'estime qu'un cadenas et une serrure sont une sécurité au moins égale au cœur d'un ami quel qu'il soit.

J'y mettrai également, à l'occasion, mon histoire intime, mes amours, mes excursions, les sourires et les humeurs de la Fortune à l'égard de ma personne de barde, mes poèmes et les fragments qui ne doivent jamais voir le jour. En un mot, jamais quatre shellings n'ont acheté autant d'amitié depuis que la Confiance est allée pour la première fois au marché ou que l'Honnêteté fut mise en vente.

A ces idées de l'amitié humaine, qui semblent odieuses mais qui ne sont que trop justes, je ferai joyeusement et vraiment une exception : les rapports entre deux personnes de sexe différent, quand leurs intérêts sont unis ou absorbés par le lien sacré de l'amour.

> Quand la pensée rencontre la pensée avant qu'elle ait quitté les lèvres,
> Et que chaque ardent désir jaillit en même temps des deux cœurs.

Là, sans réserve, avec exubérance, « règne et se réjouit » une confiance, une confiance qui exalte davantage les amants dans l'opinion l'un de l'autre, qui les rend plus chers dans le cœur l'un de l'autre. Mais ceci n'est pas mon lot, et, dans ma situation, si je suis sage (ce que, soit dit en passant, je n'ai pas grande chance de devenir) mon destin doit être avec le passereau du Psalmiste « de veiller seul sur les toits des maisons »[2] Oh ! quelle pitié !![3]

Qui ne sent le goût amer de ces paroles ? Ce sont là de singuliers sentiments et pleins d'une défiance qui n'était pas dans sa nature. Vers la fin, se trahit rapidement, par un mot, le sentiment pénible de son isolement parmi tant de femmes belles et qu'il admirait, entre lesquelles il

---

[1] En français.
[2] Psaume CII. 7.
[3] *Edinburgh Journal*. Début.

rêva plus d'une fois sans doute de trouver une amitié comme celle qu'il décrit et qu'il n'est pas son « lot » de rencontrer.

Un peu plus loin se trouve un autre passage plus instructif parce qu'il est peut-être encore plus sincère. Il donne l'idée des froissements, des blessures, des irritations, des outrages, des colères sourdes, qui devaient constamment s'agiter dans son trop susceptible orgueil. Encore, le fait qui s'y trouve rapporté se passait-il chez le comte de Glencairn, c'est-à-dire chez le plus délicat et, en même temps, le plus vénéré de ses protecteurs. Que devait-ce être parfois, chez d'autres doués de moins de tact et inspirant moins de respect ? Il y a là comme la rancune de mille affronts imaginaires, dévorés silencieusement, le frémissement de révoltes constantes, un germe de haine contre les distinctions sociales.

« Peu des tristes maux qui existent sous le ciel me donnent plus d'impatience et de chagrin que la comparaison de la façon dont est reçu un homme de talent, bien plus, d'un mérite reconnu partout, avec la réception qui attend un simple individu ordinaire, décoré des harnachements et des distinctions futiles de la Fortune. Imaginez un homme de talent, dont le cœur brille d'un honnête orgueil, qui a la conscience que tous les hommes sont nés égaux et qui, cependant, rend « honneur à qui honneur est dû. » Il rencontre, à la table d'un grand, un Squire Quelque chose, ou un Sir Quelqu'un. Il sait que, au fond du cœur, le noble hôte lui accorde à lui, barde, ou quoi qu'il soit, une plus large part de ses bons souhaits que peut-être à aucune autre personne de la table. Cependant, combien sera-t-il mortifié de voir un individu, dont les capacités auraient à peine fait un tailleur de quatre sous, et dont le cœur ne vaut pas trois liards, obtenir l'attention et l'intérêt qu'on oublie envers le fils du Génie et de la Pauvreté.

En cela, le noble Glencairn m'a blessé jusqu'à l'âme, parce que je l'estime, le respecte, et l'aime chèrement. Il montra un jour tant d'attention, une si exclusive attention au seul imbécile de la société, puisqu'il n'y avait que sa seigneurie, le sot et moi, que je fus à deux doigts de jeter mon gage de mépris et de défi. Mais il me serra la main et eut l'air si bienveillant, quand nous nous quittâmes ; Dieu le bénisse ! Quand bien même je ne devrais jamais le revoir, je l'aimerais jusqu'au jour de ma mort ! Je suis satisfait de me sentir capable des tressaillements de la reconnaissance, car je manque misérablement de quelques autres vertus [1]. »

Plus loin encore, il y a, sur le Dr Blair, un passage où se montre bien, avec la même susceptibilité qui éclate dans le passage précédent, l'indépendance avec laquelle il jugeait les plus illustres de ses patrons et le sentiment de l'égalité qui devait exister entre eux et lui :

Avec le Dr Blair, je suis plus à l'aise. Il ne m'arrive jamais de le respecter avec une humble vénération. Mais quand il s'intéresse bienveillamment à moi, ou mieux encore, quand il descend de son pinacle pour me rencontrer sur le terrain de l'égalité, mon cœur déborde de ce qu'on appelle affection. Quand il me néglige pour la simple carcasse de la grandeur ou quand son œil mesure la différence de nos points d'éléva-ion, je me dis, sans presque aucune émotion : « Que m'importent lui et sa pompe ? [1] »

---

[1] *Edinburgh Journal.*

Ainsi, au-dessous de si belles apparences, il y avait une dissonnance cachée, à peine sensible, mais réelle. Il y avait, selon une jolie expression anglaise, « une fente dans quelque endroit du luth ». Ces sentiments étaient, de part et d'autre, inconscients ou fugitifs, et, à coup sûr, secrets. Mais ils ne pouvaient tarder à se déclarer, à devenir plus exigeants. Si l'accord ne s'est pas fait dans la force de la sympathie première, il ne se fera plus maintenant qu'elle est épuisée, et, de ce côté du moins, la partie est perdue.

Ce défaut d'entente contribua à éloigner insensiblement Burns d'un monde où il était gêné et le poussa vers des sociétés plus aisées, plus sans façon, plus plébéiennes, pour ainsi dire, et aussi plus en rapport avec ses goûts et ses propres manières. Malheureusement, il y avait de ce côté-là des dangers. Il allait se trouver jeté dans des habitudes de vie dont il faut connaître la puissance pour comprendre combien il était difficile d'y échapper. Il sera nécessaire de toujours les avoir à l'esprit pendant la vie du poète, pour ne pas oublier quelle part de ses excès revient aux mœurs de son temps. C'est, du reste, un tableau qui ne manque pas de saveur.

Une ivrognerie générale existait alors dans toute l'Angleterre et à tous les rangs. C'était le temps où Robert Walpole commandait à son fils Horace de se verser deux verres de vin pour chacun des siens, parce qu'il n'était pas convenable qu'un fils vît son père en état d'ivresse. C'était le temps où Fox venait au Parlement, la tête enveloppée de serviettes mouillées pour dissiper les effets du vin. Mais ce défaut était encore beaucoup plus marqué en Ecosse. L'ivrognerie était un des traits caracté-ristiques du pays. Elle était, pour ainsi dire, universelle, régnant dans toutes les classes, s'attaquant à toutes les têtes, troublant en même temps les cervelles obscures des bergers et des paysans et les cerveaux les plus clairs des professeurs et des savants, brouillant, à de certaines heures, du haut en bas, toutes les idées du pays. Il ne faut calomnier personne, et on a quelque hésitation à être aussi affirmatif; nous ne voudrions toucher à ce point singulier qu'avec les témoignages et les aveux d'Ecossais.

Ils viennent, s'offrent de toutes parts. On n'a qu'à prendre au hasard. Dean Ramsay dit : « Un autre changement dans les mœurs, qui s'est effectué à la mémoire de beaucoup de personnes actuellement vivantes, a rapport aux habitudes de convivialité, ou, pour parler plus clairement, au bannissement de l'*ivrognerie* de la société polie. C'est à la vérité un changement important et béni. Mais c'est un changement dont beaucoup de ceux qui vivent aujourd'hui ne peuvent guère imaginer l'étendue. Il est à peine possible de se figurer les scènes qui avaient lieu, il y a soixante-dix ou quatre-vingts ans, ou même moins[1]. » Cockburn dit : « Deux vices qui, depuis longtemps, sont bannis de toute société respectable, étaient répandus, pour ne pas dire universels, parmi toutes les hautes classes : jurer et se griser. Rien n'était plus commun pour des gentlemen, qui avaient dîné avec des dames et qui se proposaient de les rejoindre, que de s'enivrer. S'enivrer dans une taverne semblait la conséquence naturelle sinon préméditée d'y être entré[2]. » Chambers dit : « La dissipation dans les tavernes, maintenant si rare parmi les classes respectables, régnait auparavant à Edimbourg, à un degré remarquable, et absorbait les heures de loisir de tous les hommes de professions libérales, sans en excepter à peine les plus sévères et les plus austères. Aucun rang, aucune classe, aucune profession ne formait exception à cette règle[3]. » Rogers dit : « L'ivrognerie n'était pas limitée à une classe particulière, tous buvaient, depuis le prince jusqu'au mendiant[4]. »

Mais ces témoignages, pour si affirmatifs qu'ils soient, ne donnent pas l'impression d'ivrognerie universelle, continuelle, normale, qui se dégage de mille détails. Elle sort de partout et il faut vraiment la rencontrer de tous côtés pour y ajouter foi. C'était, à la lettre, une habitude reconnue et presque exigée par les mœurs. Les dîners devaient se terminer par l'ivresse générale des hommes ; ceux qui ne pouvaient pas boire restaient chez eux[5]. Quand les dames se retiraient, les hommes buvaient seuls[6]. On passait les vins. On portait des toasts auxquels personne ne pouvait se dérober. La plupart du temps, les convives étaient gris quand ils remontaient au salon[7]. Mainte fois, les invités roulaient à terre[8] et ces corps étendus donnaient à la salle l'aspect d'un bivouac. La chose était si bien convenue que toutes les précautions étaient prises. Dans certaines maisons, on avait deux highlanders, chargés de transporter les hôtes dans leurs chambres[9]. Ailleurs, c'était mieux encore. Mackenzie racontait l'incroyable histoire suivante. Il était un jour à un dîner et, ne voyant d'autre façon de s'échapper, il s'était laissé glisser sous la table, parmi les cadavres qui y étaient déjà ; on en était réduit à ces subterfuges. Après un instant, il sent à sa gorge le tâtonnement de deux mains. Il demande ce que c'est, et on lui répond :

---

[1] Dean Ramsay, *Reminiscences of Scottish Life and Character*, p. 47.

[2] Lord Cockburn, *Memorials*, p. 28.

[3] R. Chambers, *Traditions of Edinburgh*, p. 152.

[4] Ch. Rogers, *Scotland Social and Domestic*, p. 35.

[5] Ch. Rogers, *Id.*, p. 35.

[6] Ch. Rogers, *Traits and Stories of the Scottish People*, p. VI.

[7] Dean Ramsay. *Reminiscences*, p. 48.

[8] Ch. Rogers, *Scotland Social and Domestic*, p. 36 ; — *Traits and Stories, etc.*, p. VI.

[9] Dean Ramsay. *Id.*, p. 62.

« Monsieur, je suis le domestique qui vient dénouer les cravates [1]. » Dans toutes les occasions, on buvait, aux baptêmes, aux mariages, en concluant les affaires, aux funérailles mêmes. Celles-ci donnaient lieu à de véritables orgies. Il arrivait souvent que ceux qui portaient le cercueil et ceux qui le suivaient trébuchaient ; tout le cortège, y compris le mort, zigzaguait. Une fois même, devant la fosse, ils s'aperçurent qu'ils avaient laissé le cercueil, au bord de la route, près de l'auberge où ils s'étaient arrêtés pour boire [2].

L'ivrognerie avait même une sorte de caractère officiel et une consécration, par suite de la position sociale de ceux qui s'y adonnaient ouvertement. C'étaient les juges surtout, ces vieux juges écossais, si clairs, si instruits, si intègres, dont les noms sont restés honorés, qui étaient les meilleurs soutiens, et, pour ainsi parler, les plus fermes piliers de la tradition. « Etre soûl comme un juge » était un proverbe [3]. Leurs habitudes sembleraient incroyables, si elles n'étaient affirmées par des témoins comme Lord Cockburn. A Edimbourg, on plaçait, sur le tribunal même, des carafes d'eau, des verres et de bonnes bouteilles noires de vin de Porto. Les juges écoutaient les affaires en se versant à boire. Ceux qui avaient la tête solide y résistaient assez bien ; mais les plus faibles s'en ressentaient. « Non pas, dit drôlement Lord Cockburn, que l'hermine fût jamais absolument grise, mais elle était certainement quelquefois émue. » Néanmoins rien n'était perceptible à distance ; ils avaient tous acquis l'habitude de siéger et de conserver un air suffisamment judiciaire, même quand leurs flacons étaient tout à fait vides. Dans les *circuits*, cela prenait une autre forme. Les séances étaient coupées par de longs dîners, où juges, conseils, greffiers, jurés et prévost festoyaient ensemble. Après quoi, on retournait aux transportations et aux pendaisons. Quand, le soir, la cour s'en retournait, précédée de trompettes, on remarquait souvent « que le pas de la procession suivait moins bien la musique que le matin [4]. » Le type le plus achevé de ces anciens juges était lord Hermand, un homme excellent, intègre et aimé de tous. « Les buveurs ordinaires, dit Cockburn, dans un charmant portrait de lui, tout plein de raillerie et de tendresse contenues, les buveurs ordinaires pensent que boire est un plaisir, mais pour Hermand, c'était une vertu. Il avait pour la boisson un respect sincère, en vérité, une haute approbation morale, avec une sérieuse compassion pour les malheureux qui ne pouvaient pas s'y livrer, et un juste mépris pour ceux qui le pouvaient et ne le faisaient pas. » Un jour, on jugeait

---

[1] Dean Ramsay. *Reminiscences*, p. 54.
[2] Ch. Rogers, *Scotland Social and Domestic*, p. 84. — Dean Ramsay, p. 54-55.
[3] Ch. Rogers, *Traits and Stories of the Scottish People*, p. VII.
[4] Lord Cockburn, *Memorials*, p. 297.

à Glasgow, un jeune homme qui, à la suite d'une orgie et dans un jeu imprudent, avait légèrement, mais si malheureusement, frappé d'un couteau un de ses amis, que celui-ci avait expiré sur le coup. Les autres juges voyaient qu'il n'y avait guère de culpabilité. Mais Hermand, irrité du discrédit que ce fait jetait sur la boisson, demandait la transportation, et le tribunal entendait cette inoubliable conclusion : « On nous dit qu'il n'y avait pas de méchanceté et que le prisonnier était pris de boisson. Pris de boisson ! Quoi ! Il était ivre ! et cependant il a assassiné l'homme qui avait bu avec lui ! Ils avaient festoyé toute la nuit et cependant il l'a poignardé, après avoir bu toute une bouteille de rhum avec lui ! Bon Dieu ! mes Lords, s'il peut faire cela quand il est gris, que ne fera-t-il pas quand il est sobre ? [1] » Le circuit dont il faisait partie était connu sous le nom de *Daft Circuit*, comme qui dirait le circuit gris [2]. Et cependant il mourut sans savoir ce que c'est qu'un mal de tête, à quatre-vingt-quatre ans [3]. Quand l'ébriété commença à déchoir dans le pays, la magistrature, qui en avait été la place forte, en fut le dernier refuge.

Dire que l'ivrognerie était acceptée par les mœurs et consacrée par la magistrature, ce n'est pas encore donner une idée suffisante de son importance. Elle était devenue une des conditions de succès dans la vie. Sans elle, il était impossible de prendre part aux affaires, de se mêler aux hommes, de tenir sa place au milieu d'eux. Quelqu'un d'incapable de boire était impropre à la vie publique, quels que fussent son intelligence et son caractère. Il en était exclu, comme on peut l'être aujourd'hui par une santé débile. Et cela était aussi vrai des ecclésiastiques que des autres. Il y a peu de traits plus significatifs à cet égard que deux passages très tranquilles du Dr Carlyle. A ses yeux, ces choses étaient naturelles. Parlant du Dr Webster, un des hommes les plus remarquables et un des chefs du clergé écossais, il dit : « Son apparence de grande rigidité en religion, à laquelle il avait été habitué par son père, n'empêchant nullement son humeur conviviale, il était regardé comme d'excellente compagnie même par des gens de mœurs dissolues, et comme il était un homme de cinq bouteilles, il pouvait les mettre tous sous la table. Mais comme il ne se trouvait jamais pire pour avoir bu, au moins d'une façon indécente, et que l'amour du claret, à quelque degré qu'il fût, n'était pas estimé en ces jours-là un péché en Ecosse, tous ses excès étaient pardonnés [4]. » Et parlant d'un autre, il porte ce jugement, peut-être plus caractéristique encore : « Le Dr Patrick Cuming était, à cette époque, à la tête du parti modéré ; et si son caractère avait été égal à ses talents,

---

1 Lord Cockburn. *Memorials*, p. 123.
2 Dean Ramsay. *Reminiscences*, p. 52.
3 Lord Cockburn. *Memorials*, p. 115-18.
4 Dr Alex. Carlyle. *Autobiography*, p. 240.

il aurait pu le rester longtemps, car il avait du savoir, de la sagacité,
une conversation très agréable, avec une constitution capable de supporter la convivialité des temps [1]. » Ainsi, la capacité de boire était une
qualité indispensable pour être à la tête d'une des fractions du clergé.
Il n'est guère possible de rencontrer un aveu qui dépasse celui-ci. On peut
se faire, d'après la position sociale qu'occupait alors l'ivrognerie, quelque
idée de son pouvoir. Ce n'est pas trop dire que se griser était un des
attributs de l'homme, comme d'aller à la chasse ou de monter à cheval ;
on n'y prêtait pas d'autre importance et il ne s'y attachait aucun blâme.

Naturellement Edimbourg était la métropole de cette intempérance
nationale. On y buvait du haut en bas de la société, depuis Dugald
Stewart, qui était peut-être le plus parfait gentilhomme de la ville et un
des hommes les plus purs qui aient vécu, jusqu'au dernier des *caddies*.
C'était la ville des clubs et des tavernes.

Les premiers étaient innombrables. Il y en avait de tous genres, depuis
le célèbre club du *Tisonnier* auquel appartenaient Hume, Ferguson,
Carlyle, Richardson, Blair, jusqu'aux clubs infimes où les petits bouti-
quiers se réunissaient après avoir fermé leurs échoppes. Il y en avait de
toutes les appellations et de tous les règlements. C'étaient le *Club du Cap*
auquel avait appartenu le poète Fergusson ; le *Club Antemanum* ainsi
nommé parce qu'on réglait d'avance ; le *Club des Prodigues* parce que la
dépense était restreinte à neuf sous ; le Club des *Verrats* ; le *Club du Feu
d'Enfer*, association de terribles débauchés ; le *Club sale* où les membres
n'avaient pas le droit de se présenter en linge propre ; *les Originaux* où
on écrivait son nom à l'envers ; *les Seigneurs du bonnet* parce que les
membres portaient des bonnets bleus ; les *Perruques noires* [2]. Ils pullulaient
de toutes parts, avec leurs titres énigmatiques dus à quelque plaisanterie
goûtée des initiés et dont le sel est perdu, avec leurs rites bizarres et
grotesques, où les graves citoyens semblaient prendre leur revanche
de la monotonie de leur vie. Le même individu appartenait souvent
à plusieurs clubs et alors chacune de ses soirées était prise. Le trait
commun de toutes ces réunions, c'est qu'on y buvait lourdement. « Les
clubs d'Edinburgh, dit le Dr Rogers, étaient les scènes d'une dissipation
dans sa forme la plus révoltante. Le *Poker Club* était composé d'hommes
de lettres dont les faiblesses sociales s'accordaient mal avec leurs
goûts littéraires. En sortant de leurs clubs, les membres s'en allaient
titubants, plus ou moins ivres [3]. » Et c'était le club des premiers hommes
du pays [4].

---

[1] Dr Alex. Carlyle. *Autobiography*, p. 257.

[2] Pour les désignations de ces clubs voir R. Chambers. *Traditions of Edinburgh*, le
chapitre intitulé *Convivialia*.

[3] Ch. Rogers. *Scotland Social and Domestic*, p. 36.

[4] Voir les détails sur la fondation de ce fameux club et son organisation, dans l'*Autobiography* du Dr Alex. Carlyle, p. 419-28.

Et les tavernes, les vieilles tavernes d'Edimbourg, innombrables elles
aussi ! Perdues au fond des cours, éparses dans les étroites ruelles,
blotties au pied de ces immenses maisons, ressemblant souvent à des
caves, on les trouvait partout. N'ayant jamais un rayon de soleil, basses,
sombres, sales, gluantes et puantes du relent des boissons, elles semblaient ainsi plus retirées et plus confortables [1]. Elles étaient un des
organes de la vie publique. C'est là que se commentaient les nouvelles
et que se faisaient toutes les affaires. Il n'y avait pas si longtemps que
les médecins y donnaient leurs consultations. Les plus grands avocats et
les plus grands légistes de l'époque y donnaient encore les leurs [2]. Il était
inutile de chercher un homme de loi chez lui ; on n'y songeait pas. Il
fallait découvrir sa taverne où on le trouvait au milieu de papiers et de
clients [3]. Quand une affaire était conclue, on faisait apporter à boire,
comme aujourd'hui nos paysans aux francs-marchés. On y buvait du
claret pris au tonneau, du porter, de l'ale d'Edimbourg, sorte de liquide
épais et puissant dont on ne pouvait guère dépasser une bouteille [4], et
du *cappie ale*, servie dans des coupes de bois et sur laquelle on mettait un
petit chapeau d'eau-de-vie [5]. Le soir était le grand moment des tavernes.
Ceux qui veulent en avoir une description fidèle n'ont qu'à relire les
chapitres de *Guy Mannering*, consacrés à l'avocat Paul Pleydell.

Les dames, les dames elles-mêmes, je dis les dames de la haute
société, n'échappaient pas à la contagion [6]. Toutes, sans doute, n'allaient
pas aussi loin que les trois dont Chambers raconte l'histoire. Elles
avaient eu dans une taverne, près de la Croix, une réunion joyeuse
qui s'était prolongée tard. Quant elles en sortirent, il faisait beau clair
de lune. Elles montèrent bravement la Grand'rue, jusqu'à l'endroit où le
clocher de l'église de la Troon jetait en travers son ombre noire. Quel
était cet obstacle ? Elles s'imaginèrent que c'était une rivière. Les voilà
assises sur la berge de l'ombre, retirant leurs chaussures et leurs bas.
Puis, relevant leurs jupes, elles traversèrent, avec précaution, le flot
sombre et, arrivées sur l'autre rive, se rassirent, remirent leurs souliers
et continuèrent leur chemin, se réjouissant d'avoir si bien passé le gué [7].
Elles ne furent pas probablement les seules, car M. Charles Kirkpatrick

[1] R. Chambers. *Traditions*, p. 174, et aussi la description de la taverne dans *Guy
Mannering*.

[2] *Henry Erskine and His Times*, by lieut.-col. Alex. Fergusson, p. 161; et Ch. Rogers,
Scotland Social and Domestic, p. 36.

[3] Voir l'ouvrage plein de curieux renseignements : *Notices and Anecdotes illustrative
of Sir Walter Scott's Novels*, chapitre sur *Guy Mannering*.

[4] R. Chambers. *Traditions*, p. 184.—Voir aussi sur cette forte bière, *Erskine and his
Times*, p. 161.

[5] R. Chambers. *Traditions*, p. 158.

[6] Voir sur l'ivrognerie chez les dames : Hill Burton, *History of Scotland*, tom VII.
p. 93.

[7] R. Chambers. *Traditions*, p. 159.

Sharpe, un vieux gentilhomme très sec, très poli et très caustique, qui se promenait, au commencement de ce siècle, avec le costume du siècle dernier et savait, sur ses contemporains et leurs ancêtres, une foule de méchantes histoires, avait à ce sujet une chanson qu'il disait de sa voix aiguë [1] :

> Il y avait quatre dames grises
> Qui sont restées ensemble,
> Depuis midi, un matin de mai,
> Jusqu'à dix heures sonnées du soir ;
> Jusqu'à dix heures sonnées du soir ;
> Alors, elles y renoncèrent.
> Et il y eut quatre dames grises
> Qui descendirent le Nether Bow [2].

Cela fait au moins sept dames écossaises qui se grisèrent pendant le XVIII° siècle. Sans doute il n'y en eut pas d'autres. Toutefois, c'était une coutume parmi celles de la plus haute société que de faire des parties dans les caves à huîtres, les oyster cellars. En hiver, après la tombée de la brune, on prenait rendez-vous avec quelques gentlemen, et on allait, en carrosse, passer sa soirée dans un de ces trous sordides qu'on appelait des basses boutiques [3]. On s'y régalait de *porter*, une bière très brune, et d'huîtres, placées dans de grands plats en bois sur des tables grossières éclairées par une chandelle. Il était convenu que la conversation y était plus libre, plus hardie et presque sans frein. Elle se délassait de la bienséance des salons. Quand on avait déblayé les tables, on apportait du cognac ou du punch au rhum, selon le goût des dames. On dansait ensuite. Dans ces parties élégantes il arrivait que les ladies faisaient danser avec elles les huîtrières, bien qu'elles eussent la pire réputation. Tout cela allait, dit Chambers, sous le nom commode d'escapade [4]. Plus de dix années après le séjour de Burns, lord Melville, qui était alors ministre de la guerre, et la duchesse de Gordon, notre connaissance, la protectrice du poète, se retrouvant à Edimbourg, firent une partie de cave à huîtres et consacrèrent une soirée à ce plaisir de leur jeunesse [5]. C'était la façon d'alors d'aller au cabaret.

Aussi quand la nuit tombait, une vie souterraine s'éveillait de toutes parts dans les entrailles de la vieille cité. On voyait les hommes les plus distingués s'enfoncer par groupes dans ces étroites ruelles, s'engloutir dans ces trous noirs, au fond desquels étaient les tavernes mal éclairées [6].

---

[1] Voir sur ce singulier personnage : Wilson, *Reminiscences of Old Edinburgh*, tom I, p. 14-15.

[2] Wilson. *Reminiscences of Old Edinburgh*, tom I, p. 222.

[3] R. Chambers. *Traditions*, p. 160.

[4] R. Chambers. *Traditions*, p. 161, en note.

[5] R. Chambers. *Id.*, p. 161.

[6] Voir sur ce point le poème de Fergusson, *Auld Reekie*.

Comme les souvenirs classiques ne leur manquaient pas, ils les compa-
raient aux grottes de l'Averne, aux allées de l'Érèbe, aux antres du
Cocyte, aux régions infernales et fuligineuses [1]. Accoudés à des tables
grossières, ils étaient là pour toute la soirée et souvent pour toute la
nuit. C'étaient des causeries, des discussions, des chansons. Une bonhomie, une jovialité, une camaraderie universelle faisaient le charme de ces
réunions. C'était le délassement de la journée ; ces esprits graves se
récréaient, prenaient leurs ébats. On buvait amicalement d'interminables tournées de claret, de punch ou de whiskey.

Puis, vers les dernières heures de la nuit ou aux petites heures du
jour, ils ressortaient souvent en état d'ivresse, s'en retournaient chez
eux d'une marche désordonnée. « Ah ! Docteur, si vos paroissiens vous
voyaient, que diraient-ils ? — Tut, homme ! ils n'en croiraient pas leurs
yeux [2]. » C'était le Dr Webster qui rentrait chez lui. « Où reste John
Clark ? — Mais, vous êtes John Clark lui-même ! » répond le vieux
garde à qui on pose cette question. « Je ne te demande pas où est John
Clark, mais où est sa maison ». C'était, en effet, John Clark, un des
premiers avocats du temps qui fut peu après nommé juge [3]. « Rien n'était
plus commun le matin que de rencontrer des hommes de haut rang et de
dignité officielle s'en retourner chez eux en titubant, en sortant d'une
ruelle de la High Street où ils avaient passé la nuit à boire. Il n'était pas
rare de voir deux ou trois des très honorables lords du Conseil et de la
Session monter au tribunal le matin dans un état crapuleux [4]. » Souvent,
juges et avocats, en sortant de la séance, allaient souper ensemble,
prolongeaient leurs potations jusqu'au jour et se levaient de table pour
aller au Parlement reprendre l'affaire [5]. La grande rue d'Edimbourg a
certainement vu tituber la plupart des célébrités de cette époque.

Chose étrange ! Beaucoup de ces hommes étaient si solides et d'une
telle résistance que leur santé n'était pas affectée par ces excès quotidiens,
et que la lucidité de leur intelligence restait entière, au milieu des plus
accablantes débauches [6]. Le célèbre avocat Hay estimait qu'il était plus
propre à élucider une affaire quand il avait pris ses six bouteilles de
claret, et un de ses clercs racontait qu'il lui avait dicté le meilleur de ses
mémoires un jour qu'il les avait bues [7]. De lord Harmand, quelqu'un qui
l'avait bien connu disait « qu'aucune orgie n'avait jamais ébranlé sa
santé, car il ne fut jamais malade, ni diminué son goût pour la famille et

---

[1] R. Chambers. *Traditions*, p. 174, 183.
[2] R. Chambers. *Traditions*, p. 30.
[3] Ch. Rogers. *Scotland Social and Domestic*, p. 86.
[4] R. Chambers. *Traditions of Edinburgh*, p. 153.
[5] *Henry Erskine and his Times*, by lieut.-col. Alex. Fergusson, p. 162.
[6] Id.
[7] R. Chambers. *Traditions of Edinburgh*, p. 154.

la tranquillité, ni embrouillé sa tête ; il n'en dormait que plus profondément, et s'en levait plus tôt et plus calme [1] ». Après ces nuits terribles, la
plupart rentraient chez eux, se baignaient la tête dans l'eau froide,
secouaient l'ivresse comme un reste de sommeil, et s'en retournaient à
leurs occupations très sûrs et très calmes [2]. Il fallait pour cela des constitutions d'une incroyable solidité, des constitutions indestructibles, telles
qu'en fournit une race neuve, rude, récente du sol et pleine encore de
la force des chênes et des rocs. Elle s'affaiblit maintenant et les plus
robustes buveurs se plaignent que les coupes de leurs pères et de leurs
oncles soient trop profondes pour eux. Mais, même alors, pour les natures
protégées par une santé moins épaisse, ou dans laquelle il y avait un
point faible, ce régime était fatal. Il l'était surtout pour les natures
excitables, qui se dépensaient de plusieurs façons, et puisaient, dans des
excès de boisson, de la fièvre pour des excès de travail ou de plaisir.
Combien furent ainsi usés ou brisés prématurément !

Burns fut bientôt lancé dans cette vie nocturne de tavernes où l'attendaient des excès de tous genres. Il y était poussé par la recherche du
plaisir, naturelle en un homme de son âge ; mais aussi par des causes
plus intéressantes. Il y était accueilli et attiré par une classe d'hommes
avec lesquels il se trouvait plus en sympathie et plus à l'aise. Ils n'étaient
pas illustres comme ceux des hauts salons ; ils leur cédaient par l'éducation, par un certain affinement de goût et de manières, et aussi par le
ton moral ordinaire ; mais ils leur étaient à peine inférieurs en savoir et
en puissance intellectuelle. Il y avait des juges, des avocats, des professeurs, des écrivains, un peu au-dessous des premiers par la tenue et la
conduite de la vie, plutôt que par le rang de l'esprit. N'étant pas contenue
par le souci de la position, leur conversation avait peut-être plus de
hardiesse, d'imprévu et d'originalité. Ils étaient moins cosmopolites,
plus foncièrement écossais ; ils avaient plus la saveur du terroir ; ils
étaient plus faits pour être charmés par Burns et pour lui plaire. Lui, de
son côté, se trouvait plus à l'aise au milieu d'eux. Il y rencontrait une
cordialité plus franche , des façons moins compliquées. Il était débarrassé de la convenance des salons qui lui était une contrainte. Peu à peu,
il se sentit porté vers eux.

Il ne tarda pas à être un des habitués d'une des tavernes les plus
connues de la ville, tenue par un certain Dawney Douglas. C'était un gaël
très paisible, à qui on faisait chanter une chanson plaintive et supersti-
tieuse des Hautes-Terres : la femme de Colin était morte et elle revenait

[1] Lord Cockburn. *Memorials*, p. 118.
[2] R. Chambers. *Traditions of Edindurgh*, p. 157. — Voir aussi Dean Ramsay ,
Reminiscences, p. 52.

traire les vaches au crépuscule. La chanson s'appelait *Cra-Chalieis*
c'est-à-dire les bêtes à Colin. Vers l'époque où l'Écosse était agitée par
l'établissement d'une milice et où se formaient de tous côtés des régiments de miliciens, la taverne était fréquentée par une réunion de bons
vivants qui avaient pris le titre de *Crochallan fencibles*, comme s'ils avaient
dit : les volontaires des vaches à Colin. C'était une société de rudes
buveurs, tous hommes intelligents, mais plus rugueux et plus âpres,
d'une jovialité parfois grossière. C'étaient Charles Hay, un des premiers
avocats de son temps ; Alexandre Cunningham, écrivain au signet qui
devint plus tard bijoutier ; William Dunbar, écrivain au signet ; Smellie,
l'imprimeur de Burns, auteur d'une *Philosophie de l'Histoire naturelle*,
un esprit original et fort, une de ces têtes écossaises, si solides, hérissées
de cheveux grisonnants ; William Nicol, professeur de latin à la High
School, un homme qui, en vigueur d'intelligence, en impétuosité de
passion à la fois déréglée et généreuse, ressemblait à Burns, et qui,
pour son habileté et sa facilité en composition latine, était peut-être
sans rival en Europe, mais dont les vertus et le génie furent obscurcis
par des habitudes d'excès bachiques. Il y avait aussi un des collègues
de Nicol nommé Cruikshank. Burns fut enrôlé parmi les *Crochallans*.
Presque tous devinrent ses amis et, de toutes ses connaissances d'Edimbourg, les noms qui reparaissent le plus souvent et persistent le plus
longtemps dans sa correspondance sont ceux des habitués de la taverne
de Dawney Douglas.

C'était une bonne fortune aux Crochallans quand Burns y apparaissait,
et plus d'un soir, en sortant des salons, il dut venir s'y reposer de leur
contrainte. On accueillait son entrée d'applaudissements, on lui faisait
place, on s'apprêtait à l'écouter. Ces murs enfumés eurent assurément le meilleur du génie qu'il dépensa à Edimbourg. Il fut là plus
spirituel et plus éloquent qu'ailleurs. Sa verve y était plus libre et
plus fougueuse ; son esprit se déployait plus franchement, s'échauffait,
s'enflammait. Ses auditeurs le comprenaient mieux, le fêtaient, riaient
plus bruyamment de ses mots, n'étaient pas offensés par une idée hardie
ou par une expression leste. Au contraire, les rires augmentaient avec
la vivacité des images et des termes. Il se grisait de ce bruit ; chacune
de ses saillies partait de l'endroit où ils avaient applaudi la dernière et
allait plus loin. Le choc des verres, les chansons, les refrains repris en
chœur, les bravos, l'excitaient ; une pointe d'ivresse venait. Les dernières
heures de la soirée passaient rapidement et celles de la nuit passaient
inaperçues. Parfois même, lorsqu'on sortait, l'ombre était encore au
pied des maisons et dans les ruelles, mais déjà « le matin de ses jolis
sourires pourpres baisait le coq aérien de St-Giles. »

C'était une vie qui n'allait pas sans ses détériorations et ses dangers, car les choses n'en restaient pas toujours là. Parfois l'ivresse devenait

plus lourde et plus épaisse. Au lieu de s'arrêter de ce côté-ci de la gaîté, du côté léger et vif, elle la traversait, allait jusqu'à l'autre bord, où commencent la pesanteur et la brutalité. Comme Burns faisait tout avec emportement et une sorte de bravade, comme il s'y dépensait de mille manières, ces soirées devaient être très préjudiciables à sa santé physique. D'autres dangers, qui se tiennent à l'écart de l'homme de sang-froid mais assaillent l'homme échauffé et troublé par la boisson, l'attendaient au sortir de la taverne. Les tentations et les vices ne manquaient pas à Edimbourg, qui était comme toutes les grandes villes. Fergusson nous a montré, sous les réverbères, ces femmes aux yeux alourdis et au visage triste qui connurent la beauté, fredonnant aux passants des refrains vicieux et les lettres de Théophrastus se plaignent du nombre des maisons « d'accommodation civile [1] ». Quelque grossières que fussent ces tentations, quelque hideuses même qu'elles apparaissent parfois quand le jour et la raison ont retrouvé leur clarté, dans la lueur douteuse de la nuit et de l'ivresse, elles sont toujours assez efficaces. Burns y fut conduit et s'y laissa prendre. L'ardeur de son tempérament et un peu aussi l'attrait, que l'éclat voyant et brutal dont se pare le vice exerce sur l'œil novice d'un campagnard, l'entraînement, l'exemple agirent sur lui. Heron, qui le connut très bien pendant cette période, a fortement marqué ces dessous de sa vie d'Edimbourg :

Malheureusement il arriva ce qui était naturel dans les circonstances extraordinaires où Burns se trouva placé. Il ne sut pas assumer assez de froideur pour rejeter la familiarité de tous ceux qui, sans attachement sérieux pour lui, l'entouraient d'importunités, pour obtenir sa connaissance et son intimité. Il fut insensiblement conduit à s'associer, moins avec les hommes savants, austères et d'une tempérance rigoureuse, qu'avec les jeunes, avec les sectateurs de joies intempérantes, avec des personnes près de qui sa principale recommandation était son esprit licencieux, et qu'il ne pouvait fréquenter longtemps sans partager les excès de leurs débauches... Les attraits du plaisir trop souvent énervent nos résolutions vertueuses, même pendant que nous avons l'air de les repousser d'un front sévère ; nous résistons, nous résistons, nous résistons encore ; mais, à la fin, nous nous retournons tout d'un coup et nous embrassons passionnément l'enchanteresse. Les élégants d'Edimbourg accomplirent, par rapport à Burns, ce que les rustres d'Ayrshire n'avaient pas pu faire. Après quelques mois de séjour à Edimbourg, il commença à s'éloigner non pas entièrement, mais dans une certaine mesure, de la société de ses amis plus graves. Trop de ses heures furent passées à la table d'hommes qui aimaient à pousser la convivialité jusqu'à l'ivresse — à la taverne ou au bordel. Il se laissa entourer par une race d'êtres méprisables, qui étaient fiers de dire qu'ils avaient été dans la compagnie de Burns et avaient vu Burns aussi pris et aussi assoté qu'eux-mêmes. Il n'était pas encore irréparablement perdu pour la Tempérance et la Modération, mais déjà il était presque trop captivé par ces folles orgies, pour jamais revenir à un attachement fidèle pour les charmes de la sobriété [2]. »

---

[1] *Theophrastus' Letters.* Letter II.
[2] R. Heron. *Life of Burns*, p. 485.

Ses biographes récents, dont quelques-uns sont clergymen, laissent
volontiers dans l'ombre ces aspects de sa vie, sans lesquels elle est
incomplète. Ils finiraient par la fausser, par en altérer le caractère en
n'en représentant qu'une partie, et par dégager de la réalité, où les défauts
sont souvent de vigoureuses touches de nature, un Burns atténué.
C'étaient là des écarts bien excusables et presque inévitables chez un
jeune homme avide de vie et fougueux. Il n'y a aucun blâme à y
attacher. Le seul sentiment qui puisse venir est un sentiment de regret
pour ces dissipations inutiles et ces folles prodigalités de temps, de
jeunesse et de santé.

Un autre inconvénient résulta de ces soirées à la taverne : l'habitude
de trôner, d'être le maître de la conversation, de ne pas avoir de
contradicteurs. Il y prit un ton hautain, impatient de toute opposition,
quelque chose de brusque et de péremptoire, qu'il ne parvenait qu'avec
peine à dominer dans d'autres lieux. C'était une disposition naturelle
que les circonstances exagéraient en lui. Avec des réserves, tous ceux
qui l'ont connu alors en parlent ; on devine que ce dut être son défaut
le plus visible, l'endroit faible de sa conduite, si solide d'ailleurs.

Il commença à contracter un peu d'arrogance nouvelle dans la conversation. Accoutumé à être, parmi ses compagnons favoris, ce qu'on appelle vulgairement mais avec
expression « le coq de la société », il avait peine à refréner une liberté habituelle et
un ton de conversation décidé et dictatorial, même au milieu de personnes moins
disposées à endurer sa présomption avec patience [1].

Ce n'étaient là, bien entendu, que des germes de mal. Ils existaient
cependant. Les circonstances ne les laissèrent pas dormants. Il faut
cependant la connaissance de ce qu'ils sont devenus, pour leur donner
dès à présent leur importance. Ils étaient, pour le moment, à peine
visibles et cachés à la prévision de tous. Ce qu'il y a de certain, c'est
que ce séjour à Edimbourg était en train de produire sur Burns une
insensible et lente détérioration.

Ce qui avait contribué à entretenir un certain malaise dans l'esprit
de Burns, c'était l'incertitude de ce qu'il allait faire. Il était arrivé à
Edimbourg, sans idée bien arrêtée, surpris par son succès et peut-être
grisé de mille espérances vagues. Cette ivresse commençait à se dissiper.
Au mois de janvier, il écrit « qu'il est aussi ténébreux que l'était le
chaos » en ce qui concerne l'avenir. Un de ses patrons, Mr Miller, lui a
parlé d'une ferme située sur un domaine, qu'il vient d'acheter dans les
environs de Dumfries. C'est la première fois qu'apparaît dans son histoire
ce nom qui y reviendra souvent et qui doit la clore. Il est disposé à aller

---

[1] R. Heron. *Life of Burns*, p. 486.

s'établir n'importe où, pourvu que ce soit ailleurs que dans son ancien voisinage. Mais Mʳ Miller n'est guère bon juge de la terre et, dit-il avec une sorte d'appréhension prophétique, « il peut m'offrir un marché avantageux dans son opinion, qui sera ma ruine [1] ». Il se propose, en revenant à Mauchline, de passer par Dumfries, vers le mois de mai, pour y rencontrer Mʳ Miller et examiner la ferme. De temps en temps, il parle dans ses lettres de retourner à son humble condition, aux ombres de la vie [2] et à sa vieille connaissance, la charrue.

Cependant, au commencement de février, on voit apparaître une autre préoccupation. Le comte de Buchan, frère de Henry Erskine, lui avait conseillé de parcourir l'Écosse pour y recueillir des sujets de poésies nationales. Il semble que cet avis ait éveillé en lui un désir déjà formé :

« Votre Seigneurie touche la corde favorite de mon cœur, lorsque vous me conseillez d'enflammer ma muse à l'histoire écossaise et aux scènes écossaises. Il n'y a rien que je souhaite plus que de faire un tranquille pèlerinage à travers ma patrie, de m'asseoir et de rêver dans ces champs jadis durement disputés, où la Calédonie triomphante vit son lion sanglant porté, à travers des rangs brisés, jusqu'à la victoire et à la gloire, d'y trouver l'inspiration et de répandre dans des chants ces noms immortels [3].

Mais il ajoute que, au milieu de ces délicieuses et enthousiastes rêveries, un fantôme au visage long et sec, à l'air très moral, s'est mis en travers de son imagination et, avec l'air glacial d'un prédicateur, lui rappelle combien il a déjà dédaigné de salutaires avis. Il l'avertit de ne pas suivre ces météores et ces feux-follets de la fantaisie et du caprice qui l'amèneront une fois de plus au bord de la ruine.

Toutefois, le rêve est mal chassé. Deux mois plus tard, à la fin de mars, il reparaît plus attrayant. Il faut plus d'efforts et des motifs moins personnels pour le repousser.

« Vous vous intéressez avec bienveillance à mes vues et à mes projets d'avenir. De ce côté, il m'est impossible de vous donner aucune lumière :

Tout est sombre, comme était le chaos avant que le jeune soleil
Fût ramassé en un globe et eût essayé ses rayons,
A travers l'obscurité profonde.

L'appellation de poète écossais est de beaucoup mon plus haut orgueil. Continuer à la mériter est ma plus haute ambition. Les scènes écossaises et l'histoire écossaise sont des thèmes que je désirerais célébrer. Je n'ai pas de désir plus cher que de pouvoir, débarrassé de la routine des affaires, pour lesquelles le ciel sait que

---

[1] *To John Ballantine*, 14ᵗʰ Jan. 1787.
[2] *To the Earl of Glencairn*, Feb. 1787.
[3] *To the Earl of Buchan*, 3ʳᵈ Feb. 1787.

je suis bien impropre, faire des pélerinages tranquilles à travers la Calédonie, m'asseoir sur ses champs de bataille, errer sur les rives romantiques de ses rivières et songer près des tours majestueuses ou des ruines vénérables, jadis séjours honorés de ses héros.

Mais ce sont là des pensées chimériques. J'ai joué assez longtemps avec la vie. J'ai une chère, une vieille mère à qui pourvoir, et d'autres liens du cœur, peut-être aussi tendres. Quand l'individu seul souffre des conséquences de sa propre étourderie, indolence ou folie, il peut être excusable. Il y a plus : de brillants talents et quelques-unes des plus nobles vertus peuvent à moitié sanctifier un caractère insouciant. Mais quand Dieu et la nature ont confié à ses soins le bien-être des autres, quand le dépôt est sacré et que les liens sont chers, l'homme (que ces liens ne pousseraient pas au travail) doit être enfoncé bien avant dans l'égoïsme, ou étrangement égaré loin de la réflexion [1]. »

On voit d'après cela qu'il vivait toujours dans l'indécision. Il nourrissait vaguement le désir d'être un poète national. Il semble même qu'il s'y glissât en lui une idée d'être délivré de la routine des affaires. Comme il était à prévoir, ce projet plusieurs fois écarté finit par triompher à la fin d'avril. Il annonce au Dr Moore [2] qu'il va faire quelques pélerinages sur le sol classique de la Calédonie, et, au commencement de mai, il se prépare à retourner en Ayrshire en suivant les *Borders*. A cet effet, il acheta à Edimbourg une jument qui deviendra une figure familière de son histoire. Il l'appela Jenny Geddes. C'était le nom de la vieille marchande d'herbes, de la vieille virago de St-Giles. La Jenny Geddes de Burns semble avoir été d'un tempérament moins irascible ; elle vécut amicalement avec son maître pendant des années.

II.

L'ÉTÉ DE 1787.

LE VOYAGE DES BORDERS.

Il quitta Edimbourg le 5 mai 1787, en compagnie d'un de ses nouveaux amis, Robert Ainslie, dont le père était fermier dans les environs de Dunse. Son intention était de s'en retourner à Mossgiel, en parcourant le pays qui s'étend, de Berwick à Carlisle, le long de la frontière anglaise, et qui est si connu dans la poésie et l'histoire d'Ecosse sous le nom de *Borders*. Il voulait faire, disait-il, « quelques pélerinages sur le sol classique de la Calédonie ». Il se proposait, sans doute, d'y

---

[1] *To Mrs Dunlop*, 22nd March 1787.
[2] *To Dr John Moore*, 23rd April 1787.

rechercher des inspirations poétiques, des scènes, des souvenirs, dont il pût faire son profit. Il n'est pas sans intérêt, pour l'étude de ses préférences d'esprit et en même temps pour la notation exacte de son état d'âme, de voir ce qu'il a su retirer, pendant ce voyage, soit des aspects de la nature, soit des associations humaines qui y sont mêlées.

Le pays qu'il allait visiter possède un grand charme tranquille et mélancolique [1]. Il n'est pas très puissant ni très mouvementé ; c'est une région de collines et de montagnes moyennes, arrondies par l'usure de glaciers disparus. Elle s'étend, avec l'allure des hauts plateaux [2], en calmes ondulations liées les unes aux autres, qui se rencontrent, se coupent ou se marient, en courbes sereines et harmonieuses. Le paysage se prolonge de tous côtés, uniforme, partout semblable à lui-même et cependant partout séduisant ; indéfiniment il s'enfuit d'un même rhythme large et noble et, à peu près à égale hauteur, pousse jusqu'au fond du ciel la houle paisible de ses cimes. Ces montagnes souples s'abaissent vers les vallées, en descentes très douces, en inclinaisons molles et coulantes, en fléchissements sans heurt, en plis traînants. La forme de la contrée est très apparente, car rien ne l'interrompt ni ne la recouvre. Un de ses caractères est l'absence de toute haute végétation ; les bois sont ramassés dans le fond des vallées plus importantes ; ailleurs, peu ou pas d'arbres, sauf quelques bouquets de bouleaux et de mélèzes semés sur les plus basses pentes. On a, dans son ampleur, la beauté des paysages nus, à grandes lignes maîtresses qui se déroulent dans le ciel, y mettant un mouvement lorsqu'il est pur et immuable, y mettant un repos lorsqu'il est rempli de la mobilité des nuées.

Ce calme des contours est, en outre, soutenu par la monotonie de la coloration. Des bruyères, des fougères, des genêts, une herbe rude et unie, des mousses semblables à des velours bruns ou verts, recouvrent les pentes, de larges teintes adoucies et voisines, qui laissent, selon l'expression de Geikie, toute leur valeur aux modulations du terrain [3]. Les couleurs changent avec les saisons ; mais lors même qu'elles sont le plus vives, c'est-à-dire lorsque, vers l'automne, les bruyères s'empourprent,

---

[1] Pour le caractère général du paysage des Borders, nous avons contrôlé et éclairé nos impressions personnelles par celles d'écrivains qui ont parlé magistralement de ce pays. Il faut lire, — pour la partie physique, l'admirable livre de Archibald Geikie : *The Scenery of Scotland, viewed in Connection with its physical Geology*, où les qualités de l'écrivain égalent celles du savant ; — pour la partie littéraire et poétique, le très beau livre de John Veitch : *The History and Poetry of the Scottish Border, their main features and relations*, où il y a des pages d'un véritable amant et connaisseur de la nature. — Il y a, dans les *Recollections of a Tour made in Scotland, AD. 1803*, de Dorothy Wordsworth, des pages d'un sentiment exquis. — Relire en même temps les poèmes écossais de Wordsworth, et, bien entendu, noter les traits descriptifs des vieilles ballades qui sont toujours d'une grande justesse et d'une grande force résumante.

[2] Voir sur ces traits géologiques, A. Geikie. *Scenery of Scotland*, chap. XIII.

[3] A. Geikie. *Scenery of Scotland*, p. 296.

les fougères s'orangent et que les mousses et l'herbe deviennent rousses, ce sont encore des nuances passées, assorties en une richesse sobre et simple. On dirait seulement que le paysage a pris une somptueuse patine. Ainsi rien n'arrête, rien ne trouble l'âme dans ses rêveries, lorsqu'elle se livre à ces montagnes, et qu'elle s'abandonne à suivre ces cîmes qui courent en lignes parallèles, se succèdent, montent, coulent, passent doucement de l'une à l'autre, en longues sinuosités belles et graves [1].

Mais il faut pénétrer plus avant vers le cœur du pays, pour en découvrir l'attrait souverain. Il réside dans les hautes vallées désertes, où tournoie l'aigle et où songe le héron ; son séjour est dans ces silencieux et verts amphithéâtres de pâturages, sur lesquels plane une paix solennelle. Pas une chaumière, une hutte ; mais seulement, de toutes parts, des blancheurs paisibles de troupeaux de moutons ; on croirait que les vers de Lucrèce, ces vers admirables où est l'âme des solitudes pastorales, ont été écrits dans ces lieux :

« Sæpe in colli, tondentes pabula lœta,
Lanigeræ reptant pecudes, quo quamque vocantes
Invitant herbæ, gemmantes rore recenti ;
Et satiati agni ludunt, blandeque coruscant ;
Omnia quæ nobis longe confusa videntur,
Et velut in viridi candor consistere colli [2]. »

Chacune de ces mille vallées a son cours d'eau dont l'histoire est pareille. Entre des mousses plus vives, un bouillon clair sourd, un ruisseau s'enfuit à travers l'herbe, court et scintille sous les bruyères, se brise et étincelle dans des rochers et plus loin disparaît, dans une gorge, entre des déchirures rougeâtres et des blocs gris, pour aller plus lentement rejoindre les prairies basses. Les vallons latéraux qui débouchent dans ces vallées ont tous aussi leur rivulet qui se divise en filets brillants. On dirait qu'un géant a laissé dans chacun de ces creux un rameau d'argent. Un murmure d'eaux s'exhale de cette solitude sans la troubler car il fait partie d'elle. Par instants, le bêlement des troupeaux se mêle à lui, en une voix partout éparse et plaintive. Et toujours la profondeur du ciel est occupée par les longues ondulations sérieuses des collines, qui deviennent plus légères plus elles sont lointaines et, à l'extrémité de l'horizon, sont tout à fait transparentes et bleues.

Au charme mélancolique de la nature celui des souvenirs s'ajoute ; et tous deux s'accordent [3]. Dans les vallées basses, le long des rivières, sont les ruines historiques. Là s'étend la ligne fameuse des abbayes de Mel-

---

[1] J. Veitch. *History and Poetry of the Scottish Border*, p. 11.

[2] Lucrèce. Liv. II, 318.

[3] Pour les souvenirs historiques ou légendaires et pour les mœurs violentes des Borders voir l'*Introduction* de Walter Scott : *Minstrelsy of the Scottish Border*. — Les passages

rose, de Kelso, de Jedburgh, de Dryburgh ; là sont les vieux châteaux comme Roxburgh ; les vieilles villes comme Berwick, Coldstream, Kelso, Jedburgh, Melrose, Selkirk, Peebles, célèbres dans l'histoire et dans la poésie écossaises. Mais surtout le pays est plein de la mémoire des luttes des Borders. Un des traits du paysage sont ces hautes tours carrées, désignées par le nom de *peels*, qui servaient de refuge et de repaire aux barons maraudeurs de cette frontière. Avec leur air menaçant, leurs murs massifs et nus, leurs étroites ouvertures, leurs meurtrières, leurs machicoulis, leur corbeille de fer fixée tout en haut du toit, dans laquelle on entassait de la tourbe et de la poix pour allumer la flamme d'alarme, le *bale-fire*, qui parcourait toute la contrée en une nuit,

> Un drap de flamme, de la tour haute,
> Flottait sur le ciel comme un drapeau sanglant ,
> Tout flamboyant et déchiré [1],

les unes toujours intactes et fières, les autres fendues, croulantes, encore marquées de la trace noire des incendies, elles se dressent de toutes parts. Elles se sont emparées de tous les points propices. Il n'y a pas une crête, un promontoire de colline dans les vallées, un passage de route ou de sentier, qu'elles ne s'y soient installées ; quelques-unes sont juchées sur des pics sans accès ; d'autres cramponnées au bord des précipices, au-dessus de torrents ; d'autres dissimulées dans des bois, ou sinistrement isolées au centre de marécages et de fondrières. Ces forteresses étaient habitées par d'étranges maîtres, en partie brigands, en partie soldats, en partie seigneurs. C'étaient les Elliots, les Armstrongs, les Turnbulls, les Rutherfords, les Scotts, les Homes, les Kerrs, race d'hommes désespérés, hardis, toujours en guerre avec les Anglais ou entre eux, toujours en coups de force, en alarmes. Leurs exploits étaient de partir le soir, de passer la frontière inaperçus, et de tomber, à dix, quinze lieues de là, sur une ferme, un hameau, dont ils enlevaient les bestiaux. La nuit était leur complice ; c'est pourquoi la plupart avaient dans leurs armes des étoiles et la lune [2]. Quand le butin était fini et qu'il n'y avait plus rien au logis, un beau soir, en découvrant le plat, on y trouvait une paire d'éperons. On savait ce que cela voulait dire et

---

sur les Borders, dans les *Notices and Anecdotes illustrative of Sir Walter Scott's novels.* — Le petit opuscule intitulé : *An Account of the Borders* dans le *Chambers's Miscellany.* — Le chapitre IX du livre de Veitch : *Features of Border Life and Character.* — Un article de l'*Edinburgh Review*, de Juillet 1887 : *Ettrick Forest and the Yarrow.* — Gunnyon : *Scottish Life and History in Song and Ballad.* Chap. IV. — J. Clark Murray : *The Ballads and Songs of Scotland, in view of their influence on the Character of the People.* Chap. IV : *The Border Feuds.* — Mais rien ne vaut l'impression produite par la lecture des Ballades elles-mêmes, avec les notes historiques qui indiquent les événements qu'elles rappellent.

[1] *The Lay of the Last Minstrel.* Canto III.

[2] Chambers. *Account of the Border*, p. 21.

on repartait en expédition. Ces hommes durs, presque aussi cruels
que des Peaux-Rouges [1], vivaient dans la continuelle tension d'énergie,
dans la force, la hâte et l'exigence impérieuse de sentiments, et
aussi dans la suprématie d'âme, que développe, après tout, le risque même
grossier mais continuel de la vie. C'étaient des existences sans poésie,
mais où il y avait des heures intenses et poétiques. On voit ce qu'une
pareille condition entraîne d'aventures, de traits de courage, de dangers,
de querelles, de luttes entre familles, de vengeances longtemps poursui-
vies. Ces querelles, qui tenaient du duel, de l'escarmouche et de l'assassinat, n'étaient pas assez importantes pour créer un événement historique.
Mais, de temps en temps, il sortait d'elles une de ces tragédies mémo-
rables qui vont au fond des cœurs les plus durs y remuer la pitié.

Aussi une quantité incroyable de poésie est née de ces horizons pensifs
et de ces événements romanesques. C'est le district poétique de l'Écosse,
à un titre bien plus vrai que le district des lacs ne l'est pour l'Angleterre.
Car ici c'est une profusion de poésie anonyme, autochtone, sortie des
entrailles mêmes de la terre. Elle a été créée par des centaines de poètes
inconnus, enrichie par des milliers de récitations. Elle est vraiment
populaire et collective, car, par cette séculaire et innombrable collaboration, elle contient l'émotion accumulée de ceux qui l'ont écrite et
de ceux qui l'ont chantée. Sur tout le pays, elle est répandue. On a
dit qu'il n'y a pas, dans cette partie de l'Écosse, un ruisseau ou une
colline qui n'ait sa ballade ou sa chanson ; et cela est vrai à la lettre.
Toutes ces rivières, la Tweed, la Gala, la Teviot, la Jed, l'Ettrick,
la Yarrow, dont le bruit clair emplit le pays, chantent également dans
cette poésie. Chaque vallée, avec son caractère propre, possède sa poésie
particulière : la molle et verte vallée de la Tweed a les chansons d'amour
caressantes, doucement pastorales et pures ; les gorges sauvages autour
des sources de la Teviot et de la Reed, les sombres solitudes moussues
de la Tarras et de la Liddell sont la scène des plus puissantes et des
plus terribles ballades historiques ; les retraites rêveuses de la vallée
d'Ettrick ont des chants mystérieux et surnaturels [2]. Mais la poésie de
toutes ces vallées semble se réunir dans la plus poétique d'elles toutes,
dans l'harmonieuse, la triste, la douce, la tendre, la sévère Yarrow.
Elle est le sanctuaire de cette région. Et qu'elle est digne de l'être !
Elle a toutes les beautés, le charme méditatif de ses plus faibles pentes,
l'austérité de ses deux lacs solitaires, où le ciel et les collines se reflètent
comme en un métal poli [3], la terreur des hautes passes qui la séparent

---

[1] Prescott. *Essais de Biographie et de Critique, les chants de l'Écosse*, tom II, p. 64.

[2] Voir sur les inspirations différentes selon le caractère des vallées, le chap. XII du
livre de Veitch, particulièrement les pages 423-33.

[3] Voir une jolie description du lac St-Mary, dans l'Introduction au Chant II de *Marmion*.

de la vallée de la Moffat, où « la queue de la jument grise », tombant perpendiculairement de plus de trois cents pieds, se brise, gronde et gémit dans un enfer de rocs. Elle est pleine d'une poésie pathétique et tragique [1]. Il n'y a presque pas une pierre, pas un tertre qui n'en ait reçu une sorte de consécration. *Le gai Faucon, Murray l'outlaw, Willie est rare et Willie est beau*, la *Tragédie de Douglas*, les *Tristes vallons de Yarrow*, la *Lamentation de la veuve des Borders*, à ne prendre que les pièces capitales, ont leur scène dans ce petit val, sans parler de moindres chansons et d'imitations sans nombre. D'autres vallées sont presque aussi riches. On se rend compte de ce qu'il a dû fleurir, disparaître, renaître de poésie dans cet extraordinaire district, lorsqu'on a parcouru la *Minstrelsy des Borders Écossais*; surtout si l'on réfléchit que ce recueil a laissé à glaner, qu'il a été fait bien tard, que plusieurs de ces chansons ou ballades et des plus belles, lorsqu'elles furent trouvées, ne palpitaient plus que pour peu de jours sur les lèvres de quelque vieille femme cassée, toutes prêtes à mourir avec elle. Combien ont disparu de la sorte, avec la dernière âme qu'elles avaient charmée !

Sans doute cette poésie n'avait pas encore reçu sa large consécration littéraire ; elle n'avait pas pris rang dans les bibliothèques comme une des plus originales anthologies populaires qu'il y ait. Elle était cependant bien connue en Écosse ; et même elle était à la mode. La preuve en est dans les nombreuses imitations que le xviiie siècle en avait faites, bien avant le moment où Burns voyageait dans les Borders. Allan Ramsay avait donné l'exemple de ces imitations, bien que les siennes fussent froides et maniérées. Toute une série de menus poètes, Robert Crawford, Hamilton de Bangour, Julius Mickle, John Logan, avaient retrouvé, parfois dans quelques pièces seulement, parfois dans une seule, l'accent et la mélodie des vieilles ballades [2]. Ne sait-on pas que deux versions célèbres d'une ancienne ballade, les *Fleurs de la Forêt*, sont dues à deux jeunes filles, l'une Miss Jane Elliot et l'autre Miss Alison Rutherford, plus tard Mrs Cockburn, que nous avons vue, déjà âgée, accueillir Burns à Edimbourg? Elles avaient toutes deux, sans s'en douter, émues un jour par un refrain plaintif, donné deux chefs-d'œuvre de sentiment simple, et enrichi de deux perles la poésie de leur pays [3]. Elles ne composèrent jamais rien d'autre. Ces deux charmantes pièces avaient, en réalité, été produites par le pur procédé de collaboration

---

[1] Voir, sur les charmes différents, un délicat et juste passage dans les *Notices and Anecdotes illustrative of Sir Walter Scott*, p. 151. — Veitch, p. 425-26.— La lecture de Principal Shairp *The Three Yarrows* dans ses *Aspects of Poetry* — et l'exquis poème de Wordsworth, *Yarrow visited*, qui pénètre plus que tout ce qui a été écrit sur la Yarrow.

[2] Lire dans le chapitre xiii de Veitch : *Border Poetry, Eighteenth Century*, le travail d'imitation des anciennes ballades qui s'est fait pendant le siècle dernier.

[3] Voir dans quelles circonstances ces chansons furent composées : *Songstresses of Scotland* ; tom I : pour Mrs Cockburn, p. 70-71, pour Miss Jane Eliot, p. 205-07.

populaire : l'émotion de chanteurs successifs s'ajoutant à l'inspiration de l'auteur primitif. La seule différence est qu'ici le résultat fut imprimé au lieu d'être chanté, et que les collaborateurs furent découverts par la seule curiosité littéraire des temps, car Miss Rutherford et Miss Elliot avaient essayé de s'en cacher. Enfin la célèbre tragédie de *Douglas* de John Home, que Burns, comme tous les Écossais, connaissait bien, était fondée sur une de ces ballades [1]. Cette poésie était donc répandue et appréciée. Bien plus, elle était si active, si pleine de sève, si maîtresse des imaginations que, parmi des milliers d'autres, elle était en train de former, à ce moment précis, trois âmes qui devaient être entre les plus robustes et les plus riches de leur contrée.

C'est par la poésie et le paysage des Borders que ce grand garçon, déjà savant, à qui Burns avait prédit un avenir d'homme, avait senti s'éveiller en lui le goût des choses d'autrefois. Il avait été élevé au pied d'un de ces vieux peels romantiques, bercé par les vieilles ballades. Et lui-même a raconté l'influence de ces spectacles et de ces récits sur son âme, dans des vers tout bondissants d'émotions enfantines.

> Oui, l'impulsion poétique me fut donnée
> Par la colline verte et le clair ciel bleu.
> C'était une scène nue et sauvage,
> Où des escarpements nus étaient empilés rudement ;
> Mais, ici et là, dans les intervalles,
> Reposaient des touffes veloutées d'un vert adorable ;
> Et l'enfant solitaire connaissait bien
> Les retraites où le murailler poussait,
> Où le chèvrefeuille aimait à ramper
> Sur le rocher bas et le mur ruiné.
> Je pensais que ces recoins étaient le plus doux abri
> Que le soleil vit dans tout son cours [2].

Et en même temps il retrace les premières émotions que ce vieux *peel*, avec tous ses souvenirs guerriers, faisait naître en lui et qui peut-être ont déterminé le tour historique et romanesque de son génie.

> Sans cesse, je considérais cette tour démantelée
> Comme le plus puissant ouvrage de la force humaine,
> Et je m'émerveillais, quand le vieux paysan
> Enchantait mon esprit, par quelque conte
> De maraudeurs qui, au grand galop,
> Sortant du château éperonnaient leurs chevaux,
> Pour renouveler dans le sud leurs rapines,
> Bien loin, dans les lointaines Cheviot bleues.
> Ils me semblait que les trompettes, les pas des chevaux

---

[1] Alex. Carlyle. *Autobiography*, p. 233.

[2] Walter Scott, *Marmion*. Introduction to Canto III, *to William Erskine*.

Faisaient encore retentir les arches brisées de . entrée ,
Que des visages farouches, cousus de cicatrices,
Regardaient par les barreaux rouillés des fenêtres ;
Et sans cesse, au foyer d'hiver,
J'écoutais de vieilles histoires de joie et de peine,
Les détours des amants, la beauté des dames ,
Les charmes des sorcières, les armes des guerriers [1].

L'enfant qui écoutait toutes ces choses était, on le sait, Walter Scott, et on comprend pourquoi il devait surtout rendre le côté historique et dramatique de cette poésie, dans ses longs poèmes, qui sont comme des ballades amplifiées et tournées au récit.

Au moment même où Burns passait dans la vallée d'Ettrick, il y avait, parmi les bergers qui y gardaient les troupeaux, un garçon de dix-sept ans, aux yeux bleus clairs scandinaves, aux longs cheveux , gauche, rêveur, sauvage, presque farouche, en qui opérait également le charme de ces mêmes montagnes et de ces mêmes chansons. Sa vie, moins variée que celle de Burns, est peut-être plus étrange. Il n'avait été à l'école que jusqu'à apprendre à lire et à écrire en grosses lettres d'un demi-pouce, qui étaient plutôt de lourds dessins ; mais il avait entendu raconter des aventures de fées, de lutins et d'elfes. Toute une mythologie légère avait pris demeure en sa tête, pendant ses longs isolements de pasteur. Les nuits immenses, tantôt calmes et mystérieusement bleuâtres, tantôt pleines des hurlements de l'orage et de la danse des éclairs ; les crépus-cules du matin et du soir, dans ce pays où les brouillards mêlés de lumières dissolvent le paysage, le font ondoyer et, au moindre coup de vent , le remuent, le déplacent, le rapprochent ou l'éloignent, le transforment, en changent les lignes, les nuances, en font un nuage féerique, une vision impalpable, un rêve ; tout avait donné à ces histoires un royaume fait pour elles. Et dans cette atmosphère rêvait et se formait celui qui allait être le plus grand poète paysan que l'Écosse ait produit, après Burns. Car lui aussi a avoué qu'il devait sa poésie à cette influence.

O aimez le savoir mystique et sublime
Des histoires féeriques des anciens temps !
Je les ai apprises dans la glen solitaire,
Aux demeures les plus reculées des hommes,
Où jamais ne passait un étranger,
Par les nuits d'été et les jours d'hiver.
Pas un paysan, pas une chaumine ;
Nous n'avions causerie qu'avec le ciel,
Avec les voix qui chantaient à travers les nuages,
Et les orages naissants autour de nous suspendus.
Oh, lady ! jugez si vous le pouvez,

---

[1] Walter Scott, *Marmion*. Introduction to Canto III.

Combien austère et vaste était le pouvoir
De thèmes comme ceux-là, quand les ténèbres tombaient,
Et que les vieillards à cheveux gris disaient leurs contes,
Quand les portes étaient barrées, que la vieille femme
S'occupait auprès de la flamme,
Qui, dans la fumée et l'obscurité, brillait
Sur des visages obscurs et perdus dans l'ombre.
Le bêlement de la chèvre de montagne, là-bas,
Qui tremblottant arrivait des rochers,
Les échos du roc, le ruisseau fougueux,
La cataracte gonflée, le bois gémissant,
Le murmure vague et mêlé,
Voix du désert qui n'est jamais muette,
Tout cela a laissé dans ce cœur
Un sentiment que la langue ne peut rendre,
Une flamme étrange et non terrestre,
Quelque chose qui n'a pas de nom [1].

Ce jeune berger, à qui Burns aurait pu parler, était James Hogg, le berger d'Ettrick. Et on comprend également pourquoi celui-ci devait rendre mieux qu'aucun autre poète, avec une grâce, une force de vue fantastique tout à fait supérieures, la partie magique et merveilleuse de cette poésie. Sa *Veillée de la Reine*, avec ses exquises histoires de *Kilmeny*, de la *Sorcière de Fife*, de *l'Abbé de Mac Kinnon* sont aux ballades surnaturelles des Borders ce que les poèmes de Walter Scott sont aux ballades romanesques.

En même temps, dans une petite paroisse de la vallée de la Teviot, un gamin d'une douzaine d'années ressentait la beauté de ce pays. C'était John Leyden, l'ami de Walter Scott, un esprit puissant et singulier qui absorbait toutes les sciences, et qui devait mourir à Java, à l'âge de trente-six ans, au moment où il devenait un grand orientaliste. « Cet homme extraordinaire, né dans une chaumine de berger, dans une des plus sauvages vallées du Roxburghshire et, bien entendu, presque entièrement instruit par lui-même, avait, avant d'avoir atteint sa dix-neuvième année, confondu les docteurs d'Edimbourg par son épouvantable masse de savoir dans presque tous les départements de la science. Il se moquait de la plus extrême pénurie ou plutôt il n'avait jamais eu conscience qu'elle pût être un obstacle ; car du pain et de l'eau, l'accès aux livres et aux cours, comprenaient tout ce que renfermaient ses souhaits ; et ainsi, il travaillait et frappait aux portes d'une science après une autre, jusqu'à ce que son indomptable persévérance emportât tout devant lui. Et cependant avec cette sobriété monacale, cette dureté de fer du vouloir, tout en déroutant ceux qui l'entouraient par des façons et des habitudes‎ dont il était difficile de dire si elles étaient celles d'un maraudeur de frontière ou d'un écolier

---

[1] James Hogg. *The Queen's Wake.*

du temps jadis, il avait le cœur d'un poète [1] ». Et ce cœur de poète s'était formé au commerce de ces vallons et des vallées. Lui-même le dit dans un passage d'une délicatesse achevée, tout tremblant d'une brise de poésie gracieuse, comme un des peupliers dont il parle.

> Vous aimables vallées, qui avez eu mes premiers regards !
> Comme votre sourire était doux quand les charmes de la nature renaissaient,
> Vert était son vêtement, brillant, frais et tiède...
> Quand je songe, ma première vie me revient,
> La première ardeur de la jeunesse bat dans mon sein.
> Comme une musique fondue dans un rêve d'amant,
> J'entends la chanson murmurante de la rivière Teviot ;
> Les rayons plissés étendus sur les eaux
> Peignent une lune plus pâle, un ciel plus faible ;
> Tandis qu'à travers les rameaux renversés des aunes
> Scintillantes les étoiles brillent d'un éclat verdâtre.
>
> Sur ces belles rives, tes anciens bardes,
> O enchanteresse rivière ! ne versent plus leurs chants émus ;
> Mais leurs harpes invisibles, suspendues aux peupliers,
> Soupirent encore les doux airs qu'elles apprirent jadis,
> Et celui qui foule d'un pied religieux le sol,
> Vers minuit solitaire, entend leur son argentin,
> Quand les brises de la rivière agitent leurs ailes cotonneuses
> Et éventent légèrement leurs cordes sauvages et enchantées.
>
> Celui qui d'une main terrestre aspire, confiant et hardi,
> A tenir la harpe aérienne des anciens bardes,
> A couronner son front de la couronne sacrée de lierre,
> Et à mener le chœur plaintif des morts,
> Que celui-là, au pied des peupliers, éparpille chaque nuit
> Les feuilles pointues du saule d'un glauque pâle,
> Qu'il évite de lever les yeux, obstinément détournés,
> Quand autour de lui s'épaississent les soupirs de fantômes invisibles
> Et que sur sa tête solitaire, comme des abeilles en été,
> Les feuilles mues d'elles-mêmes tremblent sur les arbres.
> Quand les premiers rais du matin tombent tremblants sur la rive,
> Alors c'est le moment d'étendre sa main audacieuse,
> Et d'arracher au pâle peuplier incliné
> La harpe magique de l'ancienne vallée de la Teviot [2].

Avant de partir pour les Indes, il publia un volume de vers, *Scènes d'Enfance*, consacré à ce pays des Borders. Il avait surtout été frappé par le paysage, là où il est plus souriant et plus plaisant ; sa note particulière est de l'avoir rendu, dans une suite de tableaux, avec un mélange d'exactitude familière et d'anoblissement, qui fait penser en même temps à Cowper et à Thomson.

---

[1] Lockhart. *Life of Sir Walter Scott*, chap. X : *John Leyden*.— Voir aussi le *Memoir of John Leyden* par Walter Scott.

[2] John Leyden. *Scenes of Infancy*, part. I.

Ainsi, au moment même où Burns visitait les Borders, il y avait là une masse de poésie agissante, vivante, non seulement capable de réjouir, de consoler des milliers d'âmes simples et de mettre des instants de beauté ou de pitié dans des bergers, des filles de ferme, des gardeurs de vaches, des laboureurs, mais encore elle était occupée à former la chaîne et la trame d'âmes d'élite, qui déclarèrent ensuite qu'elles n'avaient rien en elles de meilleur que ces premiers souvenirs. Cette poésie personne encore ne l'avait recueillie. Une douzaine d'années plus tard, on allait voir un homme infatigable, tantôt à cheval, tantôt dans un phaéton construit exprès pour pénétrer dans des endroits qui n'avaient jamais vu de voiture [1], on allait voir cet étrange voyageur parcourir le pays en tous sens, s'enfoncer au fond des vallées invisitées, faire chanter les fermiers à la fin de repas où il leur tenait tête, demander aux vieilles gens décrépites un effort de mémoire et de faire revivre un instant les chansons qui les avaient bercées jadis, aller trouver les bergers, réunir de tous côtés des strophes, des fragments, des ballades, des chansons, et faire un trésor de cette poésie répandue et anonyme. C'était Walter Scott. Les deux premiers volumes de la *Poésie populaire des Borders* furent publiés en 1802.

Burns était parti en disant qu'il allait faire « un pélerinage au sol classique » de la poésie écossaise. Ces mots pouvaient faire croire qu'il allait pénétrer dans cette région, sinon préparé à en ressentir tout le charme pittoresque, du moins désireux de le découvrir et disposé à en étudier les souvenirs poétiques. Dès qu'on ouvre le journal qu'il a tenu de son voyage, la déception est grande. Il semble que le paysage qui devait fournir à Wordsworth de si profondes et si divines contemplations n'ait pas été aperçu. A peine quelques notations fugitives et sommaires, qui ne dépassent pas les impressions d'un voyageur quelconque [2]. « Les collines de Lammermoor misérablement désolées, mais par moments très pittoresques [3] ». — « Superbe rivière la Tweed, claire et majestueuse, beau pont [4] ». Il remonte jusqu'à Selkirk, cette rêveuse et attirante vallée de l'Ettrick où James Hogg se formait dans des visions de paysage féeriques ; et ces rives, sur lesquelles soupire l'âme même des Borders, ne lui inspirent que ces mots : « toute la contrée aux alentours, sur la Tweed comme sur l'Ettrick, remarquablement pierreuse [5]. » Tant de vieilles villes, si jolies de situation, si pittoresquement étalées au bout de leur pont, autour de ruines si vénérablement historiques : Kelso, au pied de sa vieille

---

[1] Lockhart. *Life of Sir Walter Scott*, chap. x.

[2] Les extraits qui suivent, sont tirés du *Journal* tenu par Burns pendant ce voyage. Nous y renvoyons une fois pour toutes.

[3] May 5, 1787.

[4] Monday 7th.

[5] Sunday 18th.

tour, Berwick avec son air de forteresse, Melrose où la vallée de la
Tweed s'élargit, et Jedburgh sur sa basse éminence dominée par sa
tour conventuelle, passent presque inaperçues. « Déjeuné à Kelso,
charmante situation de Kelso, beau pont sur la Tweed, vue et perspectives
enchanteresses des deux côtés de la rivière, particulièrement du côté
écossais [1] ». — « Charmante situation romantique de Jedburgh, avec des
jardins, des vergers, mélangés aux maisons, belles vieilles ruines, une
cathédrale jadis magnifique et un château-fort. Toutes les villes ici ont
une apparence de vieille et rude grandeur, mais les habitants sont
extrêmement paresseux [2]. » Ce passage est de beaucoup le plus explicite
et il a de la justesse de coup d'œil. On sent que le souci d'observer et
l'attention seuls ont fait défaut. A quelques milles de là, il visite ce coin
renommé de pays où, dans des paysages éclatants alors des frondaisons
de mai, se trouvent les vieilles abbayes du roi David ; la massive abbaye
de Dryburgh, si calme dans sa péninsule boisée, et cette merveilleuse
abbaye de Melrose, si exquise, si fine, si parfaite et d'un travail si achevé
dans sa pierre d'un rouge pâle. C'est elle qui devait, à quelques années de
là, faire écrire à Walter Scott ses plus beaux vers [3]. Voici tout ce que ces
nobles architectures inspirent à Burns : « visité Dryburgh, une ancienne
belle abbaye ruinée, traversé la Leader et remonté la Tweed jusqu'à
Melrose, y dîne et visite cette ruine glorieuse et au loin renommée [4] ».
Les endroits rendus célèbres par les ballades et les chansons ne ressortent
guère davantage. Rien de ce qui est spécial à cette région, rien du
charme des sites ou des souvenirs n'y apparaît.

En revanche on y trouve, pressés les uns contre les autres, une quantité de coups de crayons, de petits croquis, de portraits en une ligne,
rendus par une épithète ou deux, de toutes les personnes avec lesquelles
il se trouva en rapports pendant ces quelques semaines. C'est un point
intéressant et nous verrons les indications qu'on peut en tirer sur les
préférences et les préoccupations de l'esprit de Burns. Mais ces observations humaines eussent pu être faites aussi bien à Edimbourg ou partout
ailleurs ; elles ne rentraient pas dans l'objet de son voyage.

De beaucoup la plus large place en ces pages est prise par de vulgaires
récits d'amourettes, pas même d'amourettes, d'intrigues ébauchées, de
flirtages d'une demi-journée. C'est presque uniquement un jeu égoïste
qui s'amuse, pour la distraction d'un soir, à jeter un peu de trouble dans
le cœur et le souvenir de petites provinciales éblouies. Il sait qu'il ne les

---

[1] Tuesday 8th May.

[2] Wednesday 9th.

[3] On connaît le passage célèbre de Walter Scott sur Melrose, au début du chant II
du *Lay of the Last Minstrel*.

[4] Sunday 13th.

reverra plus le lendemain. Qu'importe ? Il ne résiste pas à la tentation. On dirait qu'après la contrainte d'Edimbourg, son cœur, heureux de se sentir les coudées franches, ait eu besoin de prendre à tort et à travers ses ébats. « Mon cœur se dégèle et se fond en plaisir, après avoir été si longtemps gelé dans la baie de Groenland de l'indifférence, au milieu du bruit et de la sottise d'Edimbourg [1] ». Il se trouvait au milieu de demoiselles, de bourgeoises de petites villes, de filles de gros fermiers, avec lesquels sa situation nouvelle le mettait de plain pied. Il se sentait à l'aise, reprenait son assurance, ses procédés habituels de galanterie, retrouvait presque ses succès de village. Dès qu'il touche à cette veine il est intarissable.

« Miss Lindsay, une aimable fille de belle humeur : un peu courte et de l'*embonpoint* [2] mais belle et extrêmement gracieuse, de beaux yeux noisette, pleins de vivacité et étincelants d'une délicieuse humidité, un visage attrayant, un *tout ensemble* [2] qui déclare qu'elle appartient au premier rang des esprits féminins... Après plusieurs efforts malheureux, je parviens à secouer Mrs et Miss —, à me dégager d'elles et je trouve le moyen de prendre le bras de Miss Lindsay. Miss semble satisfaite que ma barderie l'ait distinguée et, après quelques légers scrupules que je pouvais suivre aisément, elle se rit du bavardage autour de nous et aimablement me permet de garder ce que j'ai pris ; puis, quand la cérémonie de ma présentation au Dr Sommerville nous eut séparés, elle fit la moitié du chemin pour que je reprisse ma situation. — *Nota Bene.* Le poète est à deux doigts d'être infernalement amoureux ; je crains bien que mon cœur soit presque autant en amadou que jamais [3]. »

Quand, au bout de deux jours, il est forcé de partir, il se répand en regrets. « Douce Isabella Lindsay, puisse la paix habiter votre cœur, interrompue seulement par les battements tumultueux de l'amour extasié ! Cet œil qui allume l'amour doit rayonner pour un autre, et ce corps gracieux doit mettre le bonheur dans d'autres bras et non dans les miens [4] ». Mais à quelques jours de là, il a tout oublié : « Les Miss Grieves, très excellentes filles. Mon cœur de barde a reçu un coup de brosse de Miss Betsey [5] ». Deux jours après : « Trouvé Miss Ainslie, l'aimable, la judicieuse, la gaie, la douce Miss Ainslie, toute seule à Berrywell. Pouvoirs célestes, qui connaissez la faiblesse des cœurs humains, soutenez le mien ! Quel bonheur il faut que je voie pour me rappeler seulement que je ne dois pas le goûter [6] ! ». Ailleurs, il est invité à dîner chez un clergyman, et voici les réflexions qu'il emporte du repas : « Mr Burnside, le clergyman, est un homme dont je me souviendrai toujours avec reconnaissance ;

---

[1] Wednesday 9th May.
[2] En français.
[3] Wednesday 9th.
[4] Friday 11th.
[5] Sunday 20th.
[6] Tuesday 22nd.

et sa femme, Dieu me pardonne ! j'ai presque enfreint le dixième commandement, à cause d'elle. Simplicité, élégance, bon sens, douceur
de caractère, bonne humeur, bienveillante hospitalité, tels sont les
éléments de ses façons et de son cœur ; bref... mais si je dis un mot de
plus sur elle, je vais en tomber aussitôt amoureux [1] ». Ailleurs, il écrit à
un ami. « J'ai rencontré deux belles filles ; en particulier l'une d'elles,
une belle fille, étoffée, l'air confortable, bien habillée et jolie, l'autre
un beau brin de fille à la jambe fine, droite, bien prise, d'un visage
agréable, aussi gaie qu'un linot sur une épine fleurie, aussi douce et modeste qu'une violette fraîche éclose dans un bois de noisetiers. Elles ont
fait en moi un tel diable de ravage que, si on retournait mes viscères,
on trouverait deux encoches dans mon cœur, comme la marque d'un couteau sur une tige de chou [2] ». D'autres fois, ce sont des aventures plus
grossières, des rencontres de grand'route, des acoquinements d'auberge,
entamés et menés en peu d'heures, des intrigues au gros sel, où le casse-
cœurs de village apparaît, avec je ne sais quelle entreprise rusée et quelle
vulgarité de paysan allumé par la boisson.

Rencontré en chemin une aventure assez étrange et romanesque, avec une fille et
sa sœur mariée. La fille, après quelques ouvertures de galanterie de ma part, me voit
un peu pris de la bouteille et offre de me piper dans quelque affaire de Gretna-Green.
Moi, qui ne suis pas aussi niais qu'elle l'imagine, je prends rendez-vous avec
elle, en manière de *vive la bagatelle* [3], pour nous entendre à ce sujet quand nous
arriverons à la ville. Je l'y retrouve et je lui donne un coup de brosse de caresses et
une bouteille de cidre ; mais trouvant qu'elle s'est *un peu trompée* [3] sur l'individu,
elle file [4]. »

Il était alors en effet à peu de distance de Gretna-Green, le village
fameux par ses mariages clandestins. C'était, en venant d'Angleterre, le
premier endroit de halte après avoir franchi la frontière. En Angleterre, les
mariages exigeaient le consentement des parents ou tuteurs, la publication
de bans, la présence d'un prêtre, une publicité, toutes sortes d'obstacles et
de retards. La loi écossaise, plus large, ne demandait qu'une déclaration
mutuelle de mariage échangée en présence de témoins, ou un engagement
écrit ; c'est, on s'en souvient, ce dernier mode qui avait, pendant
quelques jours, uni Burns à Jane Armour et que le père de celle-ci avait
détruit. Les gens de Gretna-Green avaient su se faire une industrie profitable
de mariages improvisés. Les couples arrivaient et trouvaient tout ce qu'il
fallait pour une union immédiate, car ils étaient parfois poursuivis de
très près. L'industrie était très florissante dans la seconde moitié du
dernier siècle. Pennant, le voyageur, qui avait visité le village un peu

---

[1] Ceci est d'une lettre To *William Nicol*, 18th juin 1787.
[2] *To William Nicol*, 31st May 1787.
[3] En français.
[4] Tuesday. 31th May.

avant l'époque du voyage de Burns, en a laissé une amusante description :
« Entrons de nouveau en Ecosse par un petit pont sur la Sark, et peu
après nous nous arrêtons au petit village de Gretna, si bien connu des
aventuriers matrimoniaux. Ici le jeune couple peut être instantanément
uni, par un pêcheur, un menuisier, un forgeron, qui accomplissent la
cérémonie pour une rémunération qui va de deux guinées à un verre de
whisky ; mais le prix est généralement fixé d'après les renseignements
donnés par les postillons de Carlisle, qui sont payés par l'un ou l'autre
des dignitaires sus-mentionnés. Si la poursuite des parents est trop
ardente, on conseille au couple effarouché de se glisser dans un lit et,
dans cette situation, on les montre aux poursuivants, qui n'insistent plus...
L'endroit se distingue de loin par un groupe de sapins, le bosquet
de Cythère du lieu. J'eus la curiosité de voir le grand-prêtre qui
m'apparut sous la forme d'un pêcheur, en surtout bleu, avec une grosse
chique de tabac dans la bouche. L'un d'entre nous feignit d'être venu pour
reconnaître la place, et lui demanda son prix ; après nous avoir considérés
attentivement, il le laissa à notre générosité [1] ». Quelle fin c'eût été pour le
pélerinage poétique ! Ce sont là des enfantillages sans portée et sans
gravité. Ils n'ont d'intérêt qu'autant qu'ils marquent l'absence de préoccupations sérieuses, et dignes de ce voyage que d'autres poètes devaient
faire avec tant de gravité, de vénération et de profit. A coup sûr, la
relation de ces plates aventures occupe matériellement plus de place
dans le journal de Burns que les notes sur les sites ou les poèmes. Sans
entrer dans des détails Lockhart dit : « Le Dr Currie a publié quelques
extraits du *Journal* tenu par Burns pendant cette excursion, mais ils sont
pour la plupart très triviaux [2]. »

Il convient de dire que ce tour fut fait dans de détestables conditions. Ce fut un triomphe, mais une espèce de triomphe provincial.
L'ivresse en était bruyante et épaisse. Burns avait débuté par les gens
qui l'admiraient pour ses œuvres, et dont l'admiration contenait cette
part de critique exacte qui en fait le titre ; il était maintenant au milieu
de gens qui l'admiraient sur sa réputation et le flattaient sans discernement.
Quand on passe de ceux qui font la renommée à ceux qui l'acclament, on
peut être plus étourdi mais on goûte un plaisir moins délicat. Il avait
touché à Edimbourg le plus précieux de sa gloire, en quelques pièces
d'or sans alliage et en une quantité de fines pièces d'argent ; ce qu'il en
recevait maintenant n'en était que l'appoint en monnaie de billon.
Hormis quelques hommes distingués, comme Brydone, le voyageur, dont
la femme, très accomplie, était la fille du Dr Robertson [3], ou encore le

---

[1] Pennant. *Second Tour in Scotland, Performed in the Year*, 1772.
[2] Lockhart. *Life of Burns*, p. 146.
[3] Monday 7th, May.

Dr Sommerville, l'historien et pasteur à Jedburgh[1], il ne se trouva mêlé qu'à une classe de braves gens, francs, bons vivants, heureux de le fêter à leur guise, mais dont l'enthousiasme se manifestait surtout par des réjouissances matérielles. Ce fut une bousculade de réceptions, de présentations, de toasts, d'exhibitions, toutes les corvées de la réputation. A Jedburgh, les magistrats lui présentent le droit de bourgeoisie, et il veut payer, en dépit de tout, le vin d'honneur[2]. A Eyemouth, la loge maçonnique le nomme grand-maçon[3]. A Dunbar, il est reçu par le prévôt de la ville[4]. Partout où il arrive, on rassemble vivement les notabilités, le clergyman, le notaire, le médecin, les gros bonnets, les capitaines retraités, des lieutenants en congé, les riches propriétaires des alentours. On le conduit en voiture voir les sites des environs[5]. On lui montre, pour lui faire honneur, les curiosités du pays. « Miss Lindsay et moi, allons voir Esther, une femme très extraordinaire pour réciter de la poésie de tout genre et qui parfois fait elle-même des rimailles écossaises. Elle peut répéter par cœur presque tout ce qu'elle a lu, en particulier l'Homère de Pope d'un bout à l'autre, a étudié Euclide toute seule et, en un mot, est une femme d'une intelligence extraordinaire. En causant avec elle, je la trouve tout à fait égale au portrait qu'on m'en avait fait. Elle est très flattée que je l'aie fait demander et de voir un poète qui a publié un livre, comme elle dit[6]. » Les curiosités sont très hétéroclites, il faut tout voir. « Vais à Dunse voir un fameux couteau fabriqué par un coutelier d'ici pour être offert à un prince italien[7]. » Lui-même, on le montre comme un objet de curiosité ; « Il (son hôte) me mène faire visite à Miss Clarke, demoiselle, selon l'expression écossaise, passable encore, mais pas battant neuf, femme intelligente, avec des prétentions supportables à l'observation et à l'esprit ; l'âge a fait fleurir le bourgeon rougissant de la timide modestie en une fleur de tranquille assurance. Elle désirait voir quelle espèce de *rare spectacle* est un auteur et en même temps lui faire savoir que Dunbar, quoique petite ville, n'est pas dépourvue de personnes d'esprit[8] ». Quoi encore ? De vieilles demoiselles font cercle autour de lui et l'accaparent. Il inspire des passions, il fait des ravages, il surexcite des Dulcinées.

Miss — veut m'accompagner à Dunbar, afin de faire parade de moi comme de son amoureux, chez ses parents. Elle monte un vieux cheval de charlot, aussi immense

---

[1] Wednesday, May 9th.
[2] Friday 11th.
[3] 9th May. Voir la délibération de la Loge dans Chambers, tom. II, p. 83.
[4] Sunday 20th.
[5] Tuesday 15th.
[6] Friday 11th.
[7] Thursday 17th.
[8] Sunday 20th.

et maigre qu'une maison ; une vieille selle de femme, toute rouillée, sans sous-ventrière et sans étrier, mais attachée avec une vieille sangle de torche ; elle-même aussi belle que ses mains ont pu la faire, en amazone couleur crême, chapeau et plume, etc. Moi, confus de ma situation, je galope comme le diable et je la mets presque en pièces en la faisant secouer par son vieux pur sang ; je me débarrasse d'elle en refusant d'aller voir son oncle avec elle [1].

Pauvre Burns ! la galante chevauchée ! poursuivi par une amazone fagotée en crême, et qui grimace, horriblement secouée et houspillée sur sa haridelle, il court à lui disloquer les os ou à lui rompre le col, ventre à terre, mâchonnant des jurons dans la crinière de Jenny Geddes. Mais l'inexorable apparition est toujours derrière lui, avec un cliquetis de ferraille, de grands fouettements de plis jaunâtres et l'agitation du panache ; il sent planer sur son dos cette Euménide ensafranée ! C'est un spectacle presque aussi excellent que celui de la fuite de Tam de Shanter.

Encore si tous ces tiraillements ne représentaient qu'un peu d'ennui et pas mal de temps perdu. Le plus grave était une suite de repas, un tourbillon de déjeuners, de dîners, de festins, dans une cohue d'amphitryons qui changeaient jusqu'à trois fois par jour. A Kelso, à Dunse, le club des fermiers lui offre un banquet [2] : on imagine, d'après ce qu'on sait des dîners de professeurs et de clergymen, ce que devaient être ceux de fermiers riches, de gentilshommes campagnards. Walter Scott, qui avait pourtant une tête de fer, en sut quelque chose plus tard, quand il parcourut ce pays pour y faire ses recherches. Que dans ces agapes plantureuses Burns se soit laissé aller, que les fêtes lui aient monté à la tête, c'est une chose manifeste. En dehors de son journal, on n'a guère de lui, pendant ces jours-là, que deux ou trois billets et une seule lettre ; on comprend qu'il n'avait pas le temps d'écrire. Dans un de ces billets écrit le 17 mai, un jour qui, si on se reporte à son journal, semble avoir été des plus calmes, il dit : « Je vous écris ceci, étant complètement gris, par conséquent ce doit être les sentiments de mon cœur [3] » ; et dans la lettre écrite le 31 mai, à son arrivée à Carlisle : « J'avais commencé à vous écrire une longue lettre, mais Dieu me pardonne, je me suis si notoirement encrapulé aujourd'hui après dîner, que je peux à peine me traîner çà et là [4]. » Il faut noter avec tristesse ces confessions ; ce sont les premiers parmi ces aveux d'ivresse qui deviendront plus fréquents. Hélas !

Combien cependant il était souhaitable que ce voyage exerçât sur lui une influence ! Il avait besoin, précisément à cette passe de sa vie, de quelque chose qui modifiât sa condition intérieure, d'un de ces change-

---

[1] Sunday 20th.

[2] Friday 11th.

[3] *To Peter Hill*. May 17th 1787.

[4] *To William Nicol*, 31st May 1787.

ments, secousse ou inertie, qui rompent ou relâchent une suite mal engagée de sentiments. Il était parti d'Edimbourg dans un mauvais état moral : aigri, mécontent et, sans qu'il sût très nettement à quel propos, portant en lui un amas de colère. Il n'y a pas de meilleur remède, à ces maladies d'un cœur enfermé en soi-même, qu'un de ces voyages qui aèrent l'esprit et en renouvellent l'atmosphère. Quelques semaines de solitude dans la souveraine tranquillité des choses, quelques-unes de ces journées qui font descendre en nous une paix fraîche — et il avait connu de ces journées-là — lui auraient été doublement salutaires. Car leur bienfait est double : tandis que la grandeur des spectacles, en se développant autour de nous, rapetisse les plus vastes aventures humaines, et réduit nos propres agitations à un frémissement de bouleau ; cette inévitable pacification se fait à travers un calme physique ou plutôt commence par lui et gagne le dedans ; et le corps de Burns, surmené par un hiver d'excès, avait autant besoin de repos que son esprit. Que si le loisir lui avait fait défaut pour un refuge prolongé dans la Nature, un peu de curiosité pour cette ancienne poésie partout semée, le fait de vivre parmi des drames, d'écouter des accents d'autrefois, lui auraient permis de se déposséder de son propre cœur pendant quelques jours, lui auraient procuré, selon l'expression théologique, cette désoccupation de soi-même qui lui était devenue nécessaire. Il aurait apporté une âme disposée à recevoir d'autres impressions, sur un fond sinon renouvelé, du moins déplacé. Il y aurait eu interruption entre les anciennes blessures et les nouvelles, s'il devait en subir ; de façon à ce que les souffrances ne se posassent pas aux mêmes endroits. Faute de cet intervalle, il va rentrer chez lui avec un cœur exaspéré, disposé à croire au mal, exercé à le découvrir, et il est à craindre que certaines vulgarités ne froissent des places encore endolories et ne les enflamment.

Après avoir parcouru le pays des Borders, il se dirigea vers l'ouest en suivant la frontière sur le sol anglais, il traversa Carlisle et arriva à Dumfries, où il rencontra son futur propriétaire. Il visita plusieurs fermes sans prendre de résolution. « J'ai été avec M. Miller à Dalswinton et je dois le revoir en août. D'après ce que j'ai vu des terres et la façon dont il m'a reçu, mes espérances de ce côté sont plutôt améliorées ; mais elles ne sont encore que bien minces[1]. » Les résultats pratiques du voyage n'étaient pas beaucoup meilleurs que les résultats poétiques.

RENTRÉE ET SÉJOUR A MOSSGIEL. — RETOUR A EDIMBOURG.

En quittant Dumfries, il tira pays du côté du Nord, vers l'Ayrshire. La route qui remonte la vallée de la Nith, par Sanquhar, suit la déchirure

---

[1] *To William Nicol*, 18th June 1787.

par laquelle le dur et granitique Galloway[1] est séparé de la tête du système montagneux des Borders. Elle traverse une contrée triste et délaissée. A gauche, s'allongent des solitudes jonchées de moraines, de détritus de glaciers, d'amas d'argile, de graviers et de galets, parsemées de mares, de petits lacs innombrables, frappées de l'antique dévastation glaciaire[2]. A droite, se dresse l'âpre massif et le nœud de montagnes où les longues lignes coulantes des Borders se rapprochent, se rencontrent, se ramassent, se relèvent, se heurtent et se déchirent ; au lieu de pentes gazonnées, ce ne sont que des cassures à pic, des rochers nus et bouleversés et d'étroits défilés[3]. Vers le haut de la vallée, on entre dans un district de mines et de minerais, sur lequel pèse une stérilité métallique. « La contrée environnante est la plus infertile qui se puisse concevoir. On n'aperçoit ni arbre, ni buisson, ni verdure. Les mineurs et leurs familles sont une communauté isolée, tous plus ou moins parents par mariages[4]. » C'est par ce désert, dont l'aridité est plus morne encore dans la lumière de juin, que Burns s'en retournait vers Mauchline.

Le voyageur n'était pas sans ressemblance avec la route. Sa pensée n'était qu'un désordre de projets confus, nés de la visite aux fermes de Dumfries ; ses résolutions se heurtaient les unes contre les autres, juste assez fortes pour s'entre détruire et ne laisser à son esprit que l'inquiétude de leurs bris successifs. Il n'avait en lui que du chaos et des décombres. De plus, pour la première fois après l'étourdissement du voyage, il était livré à lui-même. Il était impossible qu'il n'éprouvât point de la lassitude et l'écœurement de ces temps derniers ; cependant cet isolement brusque et le manque de l'agitation dont il avait pris l'habitude, mettaient en lui un malaise. Cette inquiétude se mélangeait à la joie de revoir les siens, de sentir qu'il approchait d'eux, jusqu'au moment où il traversa les premiers villages familiers qui marquaient les limites de sa vie d'autrefois. Enfin, voilà les maisons basses et la vieille église de Mauchline ! Il traverse la bourgade sans s'arrêter, peut-être salué par des connaissances, car c'est l'été et il fait jour jusqu'au delà de neuf heures. Il est sur le bout de la grande route si souvent parcouru, et voici là-bas le toit de la ferme où ils sont tous, la vieille mère, Gilbert, les sœurs et les deux marmots !

« Il arriva sans être annoncé, » dit Mrs Begg[5]. On aime à évoquer la scène, quand le cri que Robert était arrivé éclata dans le logis. On raconte que la vieille mère se jeta à son cou sans pouvoir dire autre

---

[1] A. Geikie. *Scenery of Scotland*, p. 309 et 314.

[2] Id. p. 318.

[3] Id. p. 289.

[4] *Oliver and Boyd's Scottish Tourist.*

[5] R. Chambers, tom. II, p. 89.

chose que « oh ! Robert ! » [1] Et c'est un trait de nature vraie. Le nom
d'un enfant est le seul mot par lequel les mères sont capables d'exprimer
certaines émotions, car il est le résumé des dévouements, des anxiétés,
des tendresses innombrables, dont l'enfant est l'œuvre. On devine, après
ce cri, un de ces étroits baisers dans lesquels un cœur se soulage de
longues angoisses. Après cette première minute réservée à la mère, on
se représente l'accueil ferme et grave de Gilbert, celui des sœurs empres-
sées, la petite Bess riant à son père, car elle était assez grande pour le
reconnaître ; tandis que l'autre bébé regardait tout effrayé cet homme
inconnu et que, derrière tout le monde, les petits domestiques de la
ferme, ouvrant de grands yeux, attendaient leur mot de salut familier
qui ne leur manqua point. Comment la demeure n'aurait-elle pas tressailli de réjouissance ? C'était l'enfant prodigue qui revenait, mais roi
et maître des cœurs humains ! Il chassait de la maison la misère, opiniâtre
hôtesse ; avec lui entrait l'espoir. On sait cependant que cette scène fut
calme, réservée, presque silencieuse [2]. Les paysans expriment leurs plus
forts sentiments avec des paroles imparfaites et rudimentaires comme
leurs attitudes, et les Burns étaient une race peu expansive. Ce fut une
de ces entrevues où l'on dit peu mais où tous les yeux rougissent. Quant
à Robert lui-même, il ne pouvait rentrer sous ce toit sans être remué. Un
coup de joie profonde le pénétra. Les mois d'Edimbourg, leurs ivresses,
leurs déboires, tout cet intervalle qui le séparait du départ en fut bouleversé, balayé, s'écroula, disparut. Il ne vit plus, dans une illumination
soudaine, que le contraste de ces jours attristés et de celui-ci, dont
l'orgueil éclatait dans les yeux des siens. Pendant un moment son cœur
se réjouit.

On se figure aussi les jours suivants : les visites, les accueils cordiaux,
les rencontres dans la rue, les poignées de main, les félicitations, les
interrogations, tout l'accompagnement des retours heureux au pays. Il
prolongea avec plaisir les causeries avec les amis de la première heure,
Gavin Hamilton, Aiken, le Dr Mackenzie ; c'étaient des hommes intelligents ; leurs compliments tombaient juste et ne détonnaient pas avec
ceux auxquels il avait été habitué à Edimbourg. A côté de cela, les
abords banals, les compliments maladroits qui insistent sur quelque
point vulgaire et bas du succès, les témoignages de sympathie presque
pénibles tant ils portent à faux et mettent de l'impatience dans les
remerciements qu'on en fait, les curiosités indiscrètes, lourdes, interminables, les questions insipides, durent quelquefois l'agacer. Par
moments, sa bienvenue à Mauchline ne devait pas différer beaucoup de
celle qui fête le soldat ou le marin, lorsqu'ils rentrent gradés dans leur

---

[1] Allan Cunningham. *Life of Burns*, p. 58.

[2] R. Chambers, tom. II, p. 88.

village. Et quand le bruit de son arrivée se fut répandu, les amis lui vinrent de tout le pays, d'Ayr, de Kilmarnock, de Tarbolton, d'Irvine, de Maybole, des fermes et des moulins, de toutes parts. Les voitures et les chevaux se pressaient sur la route de Mossgiel. On affirmerait presque sans hésitation que ces jours-là furent heureux pour Burns. Mais que c'est une œuvre périlleuse de vouloir reconstruire des caractères et qu'il y a dans les cœurs de replis qui déjouent toutes les vraisemblances !

Dès son arrivée, Burns se rendit chez les Armour. Le prétexte ou le motif fut d'aller voir sa fillette qui, selon le partage des jumeaux, était restée avec la mère. Il se retrouva en face du père fanatique qui l'avait presque chassé du pays et de la femme qui l'avait abandonné. Il avait beaucoup souffert par eux deux ; eux aussi, sans doute, avaient souffert par lui. L'entrevue ne laissait pas d'être gênante pour tous. On comprend que Jane, en lui apportant l'enfant, ait tourné ses yeux noirs vers lui d'un air contrit ; mais on comprendrait aussi que le vieux maître maçon fût resté ce qu'il s'était montré, austère et intraitable ; cela du moins lui eût fait un caractère. Il n'en fut rien. Burns trouva toute la famille humble, obséquieuse. Il en fut révolté ; cela n'a rien de surprenant. Mais en même temps, cette montée de colère amenait à la surface bien d'autres choses qui étaient dans son âme. Et voici ce qu'il écrivait :

« Si quelque chose avait manqué pour me dégoûter de la famille Armour, leur basse, servile soumission y aurait suffi.

Donnez-moi une âme comme mon héros favori, le Satan de Milton.

Salut, horreurs ! salut,
Monde infernal ! et toi très profond enfer,
Reçois ton nouveau possesseur ! un être qui apporte
Une âme que ne peuvent changer ni *lieu*, ni *moment*.

Je ne puis asseoir mon esprit. Le fermage est la seule chose dont je sache quelque chose, et le ciel là-haut sait que je n'y entends pas grand'chose ; je ne puis, je n'ose m'aventurer dans des fermes telles qu'elles sont. Si je ne me fixe pas, je partirai pour la Jamaïque. Si je restais à la maison, dans cette situation indécise, je ne réussirais qu'à dissiper ma petite fortune et à dilapider ce qui, dans ma pensée, doit être pour mes enfants la compensation de la tache que j'ai mise sur leur nom[1]. »

Et une semaine plus tard il écrivait, en des termes plus véhéments encore, une autre lettre, dans laquelle les pénibles pensées de la première se déploient et s'exaspèrent. C'est une véritable profession de misanthropie.

« Je n'avais jamais, mon ami, considéré le genre humain comme très capable de quelque chose de généreux; mais la morgue des patriciens d'Edimbourg et la servilité

---

[1] *To James Smith*, 14th June, 1787.

de mes frères plébéiens (qui peut-être me regardaient de travers, il y a quelque temps) depuis que je suis revenu chez moi, m'ont presque complètement fait prendre mon espèce en dégoût. J'ai acheté un Milton de poche et je le porte continuellement avec moi, afin d'étudier les sentiments, l'indomptable magnanimité, l'intrépide, inflexible indépendance, l'audace désespérée et le noble défi à la souffrance de ce grand personnage, Satan. Il est vrai que j'ai, pour le moment, un peu d'argent comptant ; mais j'ai peur que l'étoile qui a jusqu'ici versé ses rayons malins et destructeurs de tout dessein, en plein sur mon zénith, j'ai peur, dis-je, que cette funeste planète, dont l'influence est si redoutable pour la tribu des rimeurs, ne soit pas encore sous mon horizon. Le malheur épie le sentier de la vie humaine ; l'âme poétique se trouve misérablement déplacée et incapable dans la voie des affaires. Ajoutez à cela que d'imprévoyantes folies, de fous caprices, comme autant d'*ignes fatui* m'entraînant sans cesse hors de la droite ligne du calme et de la mesure, font flotter leurs lueurs trompeuses devant les yeux du pauvre barde fixés en l'air, jusqu'à ce que, crac ! « il tombe comme Satan, hors de toute espérance ». Dieu fasse que ceci puisse être une fausse peinture en ce qui me concerne ; mais si cela n'était pas, je compterais peu sur le genre humain. Je veux clore ma lettre par le tribut que mon cœur me conseille de vous donner. Les nombreux liens de relations et d'amitié que j'ai ou crois avoir dans la vie, je les ai tâtés d'un bout à l'autre, et, maudits soient-ils, ils sont presque tous d'une contexture si fragile que je suis presque sûr qu'ils ne résisteraient pas au souffle de la moindre brise de fortune adverse [1]. »

Quel langage est-ce là ? Qu'il sonne étrangement ! Byron n'a rien de plus byronien, rien de plus arrogant et ténébreux. Au point de vue littéraire, cette page est même une curiosité : on dirait un avant-coureur de la littérature sulfureuse, du ricanement sardonique et satanique. Mais ce n'est pas ce côté extérieur qui importe ici. Eh quoi ! Pas un mot de la joie du retour, pas un signe d'attendrissement pour les siens, les amis retrouvés, les lieux mêmes revisités ? Rien que de la dureté et du dénigrement ! Et pour quelle cause cette attitude d'archange foudroyé, pourquoi tout ce fracas de révolte ? Parce que quelques paysans, éblouis par sa gloire, lui ont montré trop de prévenance ? Futile, ridicule, presque haïssable excuse ! Qu'est-ce que cette nouvelle façon de se ravilir à la mesure d'autrui ? A quelle faiblesse est abandonné le cœur qui dépend de la conduite des autres et qui attend leur bonté pour avoir la sienne ? Burns n'était pas habitué jusqu'à présent à prendre son mot d'ordre ailleurs qu'en lui-même. Combien valaient mieux les affolements de l'année dernière ! Il était malheureux alors ; sa colère du moins s'en prenait à des faits, ses imprécations s'adressaient à la cruauté du destin. Ah ! Pauvre Robert Burns ! Pauvre ami ! quel chemin tu as fait vers le découragement, vers l'aridité du cœur ! Tu produis l'amertume dont tu es empoisonné ; cette ivraie de haine et de mépris sort de toi. Ce mécontentement des autres est le mécontentement de toi-même. « Tu bois l'eau de ta citerne » dit la Bible. Ton âme naguère était plus mâle

---

[1] *To William Nicol*, 18th June, 1787.

et plus saine, elle est malade maintenant et presque méchante. Tu vois bien, tu vois qu'il y a souvent des bienfaits dans la pauvreté, qu'il ne fallait pas regretter les jours misérables, que la *Vision* avait raison ! Tu es monté en honneurs, en biens ; tu es un des hommes célèbres de ton pays et voilà ce que contient ton cœur ! Hélas ! Que la fortune fausse d'âmes en y tombant ! Que de vases se fendent quand des pièces d'or y sont jetées !

Cette explosion a stupéfié et déconcerté les biographes de Burns. Quelques-uns n'en parlent pas. Carlyle, si pénétrant d'ordinaire et si ferme à saisir les instants révélateurs, n'en fait pas mention. D'autres s'y arrêtent, s'en étonnent et avouent leur impuissance à l'expliquer. « A ce moment précis, dit Alexandre Smith, il est assez difficile de comprendre d'où venait cette amertune qui monte et sourd dans presque chaque lettre que Burns écrivait [1]. » — « Il y a peu de lettres, dit Lockhart, où plus des endroits obscurs de son caractère apparaissent [2]. » Et Chambers, en désespoir de cause, s'embarrasse en une explication vide, énoncée dans la phraséologie un peu prud'hommesque qui lui est familière ; car c'était un très digne homme : « mais on aurait peut-être tort de discuter cette lettre, comme autre chose que l'effusion d'une colère transitoire d'âme, provenant de circonstances accidentelles et passagères [3]. » Il oublie qu'il n'y a pas une, mais deux lettres, écrites à deux personnes, à assez long intervalle, qu'il y a dans chacune d'elles un accent qui suffirait, et que d'ailleurs le fait d'avoir acheté et de porter avec soi le Milton indique bien une situation d'esprit persistante. C'est précisément ce fait qui donne à ces lettres leur gravité et empêche qu'elles ne soient prises pour des boutades. Seul, Gilfillan, dont la vue psychologique a quelquefois une franchise et une décision particulières, a entrevu l'importance de ce moment et a essayé d'en deviner les causes. Ce n'est pas le seul cas, dans la biographie de Burns, où il se trouve presque seul à toucher courageusement un endroit douloureux [4].

Il n'est pourtant pas difficile de comprendre que le retour à Mauchline n'était que le choc qui révélait une longue altération, et que cette âme avait été profondément détériorée par son séjour à Edimbourg. Pendant une demi-année, il avait vécu d'une vie oisive et usante à la fois. Il avait voulu paraître tout ce qu'il était, à heures fixes et presque sans repos. Sous cet effort, il avait trouvé la fatigue, la satiété, le mécontentement de soi-même et des autres, parce qu'il avait rencontré ce grand chagrin très funeste, d'être dissatisfait et humilié de sa situation. Pendant ces

[1] Alexander Smith, *Life of Burns*, p. 20.
[2] Lockhart, *Life of Burns*, p. 149.
[3] R. Chambers, tome II, p. 92.
[4] Gilfillan, *Life of Burns*, p. XLVI.

six mois, quel mouvement fécond ou généreux, quel travail, quel essai avait traversé son esprit ? Rien, que des sentiments amers, nés de l'ivresse malfaisante des éloges. Il s'était fait lentement en lui un sourd travail de déséquilibre, de désaccord avec la vie, qui peu à peu avait faussé son âme. Il lui aurait fallu, à sa sortie d'Edimbourg, une influence salubre, et on a vu qu'elle lui avait manqué. Quand il rentra chez lui et qu'il s'agit de redevenir son ancien lui-même, l'écart se révéla tout à coup. Il ne s'ajustait plus à sa vie antérieure ; et comme cette altération s'était produite, non par une marche vers le mieux et un progrès sur lui-même, mais par une déformation, une perversion, ce désaccord était douloureux. Dans le premier cas, son existence passée serait restée le fondement et le soutien de sa personnalité accrue ; c'était un développement organique. Mais il n'y avait ici rien de semblable ; il portait à faux sur son ancienne vie. C'est pourquoi ce retour le faisait souffrir, et cette souffrance faisait crier toutes les irritations accumulées à Edimbourg. Son corps, enflammé par les excès du voyage et probablement par les réceptions de sa rentrée à Mauchline, ajoutait sa brûlure et sa fièvre à cette aigreur de l'esprit. Tout conspirait, par la faute de Burns comme par celle des circonstances, à former cette détestable condition d'âme.

Il y a, à travers tout cela, des révélations qui jettent un jour cruel dans l'âme de Burns, disons plutôt dans l'âme de Burns telle qu'elle était alors. Cette crise, à y regarder de près, est moins pénible par elle-même que par l'absence ou l'insuffisance de certaines choses, qu'elle implique. Elle n'a été possible que parce qu'en retrouvant la vieille maison, la vieille mère, Burns n'a point ressenti la commotion puissante de joie et d'attendrissement, qui eût chassé les mauvais démons. Tout au moins ce qu'il en éprouva ne fut pas assez doux et assez fort pour remplir son âme et la garder des sentiments acerbes. Si en ces jours-là, il a appartenu à l'amertume et s'il a été appréhendé par des passions périlleuses, c'est qu'il n'avait pas donné assez de lui-même à la tendresse, là où elle était légitime, et où elle était due. Oui ! on souhaiterait que, pendant un instant, il ait tout oublié et se soit livré entièrement aux bonnes joies du retour. Et ce n'est pas une excuse que l'attitude de ses ennemis. S'ils étaient maintenant obséquieux, les estimait-il donc auparavant pour que ce changement de conduite lui inspirât autre chose qu'une différence de mépris ? Sûrement, il a manqué ici je ne sais quoi d'insaisissable. Ce n'est pas qu'il ait failli à agir comme il devait le faire envers sa famille. C'est quelque chose d'intérieur qui a fait défaut. Il n'a pas eu assez chaud au cœur.

La malfaisance de ce moment trouble n'est pas épuisée. Certains états d'âme renferment le germe d'actes irréparables qui en paraissent éloignés et pourtant en dépendent ; ils nous préparent presque inévitablement à des fautes qui en sont à la fois la conséquence et la punition. C'est ce qui arriva à Burns. Pendant ces jours désemparés, il revit Jane Armour. Ce qu'elle fut envers lui, il n'est peut-être pas difficile de l'imaginer : à moitié confuse de sa conduite, un peu froide, avec cette réserve engageante que les plus simples savent trouver, et surtout avec ces aveux, cette reconnaissance de ses torts, ces accusations de soi-même, qui prennent les devants sur les reproches et les laissent désarmés, gauches, presque gênés. Du côté de Burns, il pouvait y avoir quelques traces de la première affection et, sous des frémissements de l'ancienne colère, l'attrait mal détruit des rencontres d'autrefois, je ne sais quelles obscures et profondes réminiscences des sens, qui coulent mélangées au sang lui-même. Mais que de motifs il avait pour écraser ces sollicitations du passé ! Il avait été abandonné par cette femme ; il devait la trouver moins séduisante, car son idéal féminin s'était modifié ; il était incertain du lendemain puisqu'il parlait encore de la Jamaïque [1] ; il avait besoin de toute sa liberté. Il eût vaincu peut-être les tentations d'un moment, s'il les avait rencontrées l'âme saine et nette. Mais il portait en lui un esprit de défi et d'insouciance, je ne sais quelle hardiesse désespérée, un besoin de tout braver, de tout risquer, avec un « Bah ! qu'importe ! », peut-être même la pensée mauvaise d'une revanche et le désir d'avoir le dernier mot. Les rencontres d'autrefois recommencèrent, sans la sincérité de la passion d'un côté, sans l'excuse de l'ignorance de l'autre, et des amours reprirent, diminuées, avec les arrière-pensées, les gênes soudaines, les souvenirs qu'on voudrait chasser, les paroles arrêtées au bord des lèvres et trop comprises sans avoir été dites, les réticences, et l'intolérable sentiment d'un passé meilleur, toutes les misères des passions déchues.

Il est hors de doute que ses nouvelles relations avec sa maîtresse n'étaient qu'une œuvre de légèreté, d'oisiveté ou de jeu dangereux. Juste en même temps, il s'amusait à une autre intrigue dont il parlait d'un ton presque grossier et cynique.

J'ai peur d'avoir détruit une des sources, à dire vrai, la principale source de mon bonheur ancien, à savoir cette éternelle propensité, que j'ai toujours eue, à tomber amoureux. Mon cœur n'est plus embrasé d'extases fiévreuses, je n'ai plus d'entrevues du soir dignes du paradis, dérobées aux soins continuels et à la curiosité des habitants de ce bas monde plein de lassitude. J'ai seulement... Cette dernière, qui est une de vos connaissances éloignées, a une jolie tournure et des manières élégantes, et, en accompagnant des personnes de haut ton que vous connaissez, a vu les parties les plus policées de l'Europe. J'ai pour elle assez d'affection, mais ce qui m'a piqué est sa conduite au commencement de nos relations. Je lui faisais souvent visite lorsque j'étais à (Edimbourg) et, après avoir franchi régulièrement tous les degrés intermédiaires entre la salutation lointaine et cérémonieuse et l'étreinte familière autour de la taille, je me risquai, selon ma manière insouciante, à parler d'amitié en termes assez

---

[1] *To James Smith*, 11th June, 1787.

ambigus et après son retour à (Harvieston) je lui écrivis dans le même style. Mademoiselle, interprétant mes mots au delà même de mon intention, s'échappa par une tangente de dignité et de réserve féminines, comme une alouette qui monte dans un matin d'avril, et elle m'écrivit une réponse qui me disait nettement mon fait. Quel immense chemin j'avais à marcher avant d'arriver aux régions de sa faveur. Mais je suis un vieil épervier à ce jeu-là et je lui écrivis une réponse si froide, si mesurée et si prudente, que cela me fit tomber mon oiseau de ses hauteurs aériennes, crac! à mes pieds, comme le chapeau du caporal Trim[1].

Ces deux intrigues étaient tellement mêlées que les quelques lignes, dans lesquelles il avoue ne plus trouver le même plaisir aux entrevues furtives du soir, ne peuvent se rapporter qu'à Jane Armour. Elles confessent l'indicible désenchantement, l'indicible détresse des amants qui essayent de ranimer un ancien amour et s'aperçoivent qu'il est mort, que leurs cœurs sont des vases pleins de cendre et de tiges flétries.

Il n'est pas étonnant que ces aventures n'aient pas suffi à l'occuper. Malgré le lien qu'il s'est créé par sa récente imprudence, il ne peut rester en place. Il est inquiet, incapable de goûter paisiblement les semaines de famille. La tranquillité de la maison, les promenades le long des blés verts en cette saison, ces jours de loisir où il pourrait écrire, faire une suite à *la Sainte Foire* ou aux *Joyeux Mendiants*, lui semblent fades et vides. Il est pris d'un besoin de déplacement. Il faut qu'il aille plus loin, qu'il pousse sa jument à travers pays, comme s'il cherchait à s'étourdir et à se fuir.

Brusquement, il part vers le nord. Il y a là un voyage ou plutôt une rapide excursion dans les Hautes-Terres de l'ouest, dont le motif n'est pas éclairci. Chambers et Scott Douglas pensent qu'il voulut revoir les endroits où avait vécu la douce Mary Campbell[2]. Cela est vraisemblable. Dans cet obscurcissement de lui-même dont il était comme effrayé, au milieu de cette chute des souvenirs d'autrefois, il dut se retourner éperdument, avec un élan de cœur et un besoin de consolation, vers la plus douce, la plus pure des images passées. Elle l'avait consolé déjà; ne le consolerait-elle pas encore, bien que disparue? C'était le dernier refuge; souvent ce sont les plus douloureux de nos souvenirs qui nous recueillent en fin de compte; ils changent moins que les autres. C'était le dernier buisson vers lequel il allait, pour voir si les fleurs du jardin abandonné de sa jeunesse étaient toutes fanées.

Ce que furent les incidents de ce voyage, si Burns visita à Greenock la tombe où dormait Mary, s'il essaya de voir ses parents et les lieux où elle avait grandi, tout cela est ignoré. Ce que furent ses senti-

---

[1] *To James Smith*, June 30th 1787.
[2] R. Chambers, t. II, p. 92-93.

ments reste une chose également mystérieuse. On a trouvé dans ses papiers une pièce de vers écrite tout entière de sa main et intitulée *Élégie sur « Stella »*. Elle était accompagnée de ces mots : « Le poème suivant est l'œuvre d'un infortuné fils des Muses qui méritait un meilleur destin. Il y a beaucoup de « la voix de Cona » dans ses notes solitaires et tristes ; et si les sentiments avaient été revêtus du langage de Shenstone, ils n'auraient pas fait tort même à cet élégant poète [1] ». Les détails s'appliquent si parfaitement à son amour avec Mary, à l'endroit où elle était enterrée, aux circonstances de ce voyage, qu'on peut avec toute vraisemblance rattacher cette production à ce moment-ci. Si on se rappelle avec quel soin il a toujours dissimulé ce passage de sa vie, on peut voir, dans la façon ambiguë dont il parle de l'auteur, une preuve de plus que ce poème y avait trait.

Uni est l'endroit et verte la terre
D'où mes chagrins découlent ;
Et profondément dort la toujours chère
Habitante, là dessous.

Pardonne mes transports, douce ombre,
Tandis que je m'incline sur ce gazon ;
Ta demeure terrestre est étroite
Et solitaire maintenant.

Pas une pauvre pierre pour dire ton nom,
Et faire connaître tes vertus ;
Mais qu'importe à moi, à toi,
La sculpture d'une pierre ?..

Aux extrêmes limites de notre île,
Baignées par la vague de l'ouest,
Touché de ton destin, un poète songeur
Est assis seul près de ta tombe.

Pensif, il voit s'étendre devant lui
La mer vaste, illimitée ;
Ses mots de deuil sont emportés
Sur la rapide brise.

Lui aussi, la dure poussée du Destin
Irrésistiblement l'emporte ;
Et le même flux rapide submergera
Le poète et sa chanson.

La larme de pitié qu'il répand
Il ne la réclame pas pour lui ;
Que ses pauvres restes soient seulement couchés
Dans une tombe obscure.

---

[1] Note de Burns en tête de l'Elégie.

> Son cœur usé de chagrin, avec une joie vraie,
> Recevra le coup bien venu ;
> Sa harpe aérienne reposera relâchée
> Et muette comme le roc.
>
> O ma chère vierge, ma Stella, quand
> Cette vie malade se clora-t-elle ;
> Quand conduira-t-elle le barde solitaire
> A son repos désiré ? [1]

Ce qu'il y a de certain, c'est que, s'il rencontra dans ce pèlerinage de déchirantes émotions, il n'y apporta point le recueillement et le retour sur soi-même, qui l'auraient rendu salutaire et touchant. Jamais son âme n'avait été plus désemparée. On a peu de renseignements sur lui, pendant ces quelques semaines, et il n'y en a pas un qui ne rapporte un acte de colère, d'excès, presque de folie. Il écrit à son ami Robert Ainslie, qu'il fait un tour à travers « un pays où des ruisseaux sauvages trébuchent sur des montagnes sauvages, faiblement garnies de troupeaux sauvages, qui nourrissent maigrement des habitants aussi sauvages » [2]. Dans la bourgade d'Inverary, trouvant l'auberge occupée par des hôtes du duc d'Argyle, il entre en fureur et écrit, avec un diamant qu'il portait au doigt, une épigramme sur les vitres de l'auberge.

> Il n'y a rien ici qu'orgueil des Hautes-Terres,
> Et saleté et famine des Hautes-Terres;
> Si la Providence m'a envoyé ici,
> C'était qu'elle m'en voulait à coup sûr [3].

Il est vrai qu'Inverary , à en juger d'après son état actuel, devait être un triste trou. Et même c'en était un sûrement ; Smollett disait : « Inverary n'est qu'une misérable ville, bien qu'elle soit immédiatement sous la protection du duc d'Argyle qui est un puissant prince dans cette partie de l'Ecosse » [4]. Elle avait, plus encore qu'aujourd'hui, l'air d'une dépendance du château.

A quelques jours de là, on tombe sur une scène qui est un échantillon des réceptions par lesquelles on fêtait le passage du poète. C'est une partie d'ivrognerie générale, à la mode du temps. Elle est complète, avec ce symptôme caractéristique qui saisit les ivrognes de tous pays, à une certaine heure : un inexplicable et irrésistible besoin d'aller voir lever le soleil, le verre à la main, et de boire à sa santé. Ces gens-là n'y allaient pas de main morte ; c'est encore Smollett qui dit : « Les

---

[1] *Elegy on Stella.*
[2] *To Robert Ainslie*, June 28th 1787.
[3] *The Bard at Inverary.*
[4] Smollett, *Humphry Clinker*, J. Melford, Sept. 3.

gentlemen sont si aimables envers les étrangers qu'un homme court
risque de la vie, à cause de leur hospitalité [1]. »

« A notre retour, dans la demeure hospitalière d'un gentilhomme des Hautes-Terres,
nous tombâmes en joyeuse compagnie et dansâmes jusqu'à ce que les dames nous
quittassent, à trois heures du matin. Nos danses n'étaient point de ces mouvements insipides et cérémonieux de France ou d'Angleterre ; les dames chantaient,
comme des anges, des chansons écossaises, par intervalles ; puis nous voilà partis à
danser *Bob sur le traversin, Tullochgorum , Loch Erroch-side*, etc., tout comme des
mites qui se jouent ainsi qu'une poussière dans le soleil, ou des corneilles qui
annoncent l'orage un jour de moisson. Quand les chères fillettes nous eurent quittés,
nous fîmes cercle autour du bol, jusqu'à cette brave heure de six heures du matin,
sauf pendant quelques minutes où nous sortîmes pour offrir nos dévotions à la glorieuse lampe du jour apparaissant au-dessus du haut sommet de Ben Lomond. Nous
nous mîmes tous à genoux, le fils de notre digne hôte tenait le bol, chacun de nous
avait un verre plein à la main, et moi, faisant office de prêtre, je répétai quelques
folies rimées, dans le genre des prophéties de Thomas le Rimeur, je suppose.
Après un court rafraîchissement procuré par les dons de Somnus, nous passâmes
la journée sur le Loch-Lomond et arrivâmes à Dumbarton dans la soirée. Nous dînâmes
chez un autre brave homme et, par conséquent, nous poussâmes la bouteille : quand
nous sortîmes pour remonter sur nos chevaux, nous nous trouvâmes « non pas très
gris mais un peu gais tout de même ».

Une scène d'ivrognerie ? En voilà deux bien comptées, à moins qu'on
ne trouve que c'est la même qui se continue ; ce serait peut-être la
vérité.

Ces coups de boisson entraînaient avec eux d'autres extravagances de
toute espèce. Il apportait dans cette surexcitation le même besoin de
s'étourdir et cette fureur de défi qui l'agitaient depuis quelque temps.
En sortant de cette seconde séance, à demi-gris, il voit passer sur son
chemin un highlander monté sur son bidet. Sans aucune provocation
et uniquement pour le principe de n'être pas dépassé par un highlander,
il lance sa Jenny Geddes. Voilà une course endiablée qui commence
entre cet ivrogne et le têtu que semble avoir été ce montagnard. A
travers des chemins dégringolants et caillouteux , les deux fous se
poursuivent, se pressent, se bousculent , l'un tapant sa jument avec son
fouet, l'autre son cheval avec son licol ; si bien que tout à coup le
highlander et son bidet, Burns et sa rosse s'abattent, culbutent tous
ensemble et roulent les uns sur les autres. Heureusement ils s'en
relevèrent sans rien de brisé, protégés par la faveur de la divinité spéciale à ces sortes d'aventures.

« Mes deux amis et moi-même chevauchions paisiblement le long du Loch quand
passa au galop un homme des Hautes-Terres, sur un cheval assez bon, mais qui n'avait
jamais connu les ornements du cuir ou du fer. Nous fûmes indignés d'être dépassés

---

[1] Smollett. *Humphry Clinker*, J. Melford, Sept. 3.

par un homme des Hautes-Terres et nous voilà partis du fouet et de l'éperon. Mes compagnons, bien qu'ils eussent l'air assez bien montés, restèrent tristement en arrière : mais ma vieille jument, Jenny Geddes, une de la famille de Rossinante, s'acharna à dépasser le highlander, en dépit de tous les efforts qu'il faisait avec son licol de crin. Juste au moment où j'allais le dépasser, Donald détourna son cheval comme pour traverser devant moi et m'empêcher de passer ; à ce moment son cheval s'abattit et lança le derrière sans culottes de son cavalier dans une haie émondée ; Jenny Geddes tomba par dessus tout, et moi-même, le poète, entre elle et le cheval du highlander. Jenny Geddes passa sur moi avec tant de respect et de précautions que les choses ne tournèrent pas aussi mal qu'on aurait pu s'y attendre. J'en sortis avec quelques coupures et meurtrissures et une parfaite résolution d'être un modèle de sobriété à l'avenir [1].»

Voilà un spécimen de ces journées de voyage. Comment résister à cette vie-là ? Semaines infernales, désastreuses pour cette nature emportée, elles brûlaient et gaspillaient ses meilleurs jours, ses meilleures forces, dans des scènes de soûlerie grotesque et presque répugnante, surchauffant une constitution déjà dévorée par sa propre violence. Il sort de tout ceci la peine qu'on éprouve lorsqu'on aperçoit, dans la vie d'un ami, les excès passagers et espacés se rapprocher, se joindre, prendre peu à peu la continuité, la stabilité d'un vice. Il rentra à Mauchline, écloppé, couvert de contusions et de déchirures par tout le corps, tirant l'aile et traînant le pied. C'était le seul résultat de ce voyage, qui pouvait être si poétique et si fécond. Il avait été indigne du pur souvenir de sa jeunesse qu'il avait été chercher.

Les avaries avaient été plus graves qu'il ne lui avait plu de le dire sur le coup. « J'ai la peau si remplie de meurtrissures et de blessures que je serai au moins quatre semaines avant d'oser m'aventurer dans un voyage à Edimbourg [2]. » Il passa ce temps à Mauchline, dans l'oisiveté, l'ennui et l'incertitude, car tout cela se lit dans ses aveux.

Je n'ai encore rien arrêté en ce qui concerne les choses sérieuses de la vie. Je suis, exactement comme d'habitude, un pauvre diable qui rimaille, va à la loge maçonnique, tâtonne, est sans but et oisif. Cependant je prendrai bientôt une ferme quelque part. J'allais dire : « et une femme aussi »; mais cela ne sera jamais mon heureux sort. Je ne suis qu'un cadet du Parnasse et, comme les autres cadets des grandes familles, j'ai le droit d'avoir des intrigues si je consens à courir tous les risques, mais il ne faut pas que je me marie [3].

Ainsi il ressort de tous côtés combien il valait moins à ce retour à Mauchline que lors de son départ. Et toute cette analyse, si pénible, d'un moment mal élucidé de sa vie et capital par ses révélations se défend

[1] *To James Smith*, June 30th 1787.
[2] *To John Richmond*, 7th July, 1787.
[3] *To James Smith*, June 30th 1787.

d'être un jugement et un blâme de l'homme. Elle ne veut être autre chose qu'un examen et une notation rigoureux d'états déterminés dans une âme par des circonstances inéluctables. Ce furent là de mauvais moments d'une vie qui a été bonne, en somme, les vacillements d'une nature généreuse, les faiblesses, disons mieux, les souffrances d'un cœur au-dessus de la plupart des cœurs humains. Mais il n'avait pas, par religion ou par stoïcisme, le mur d'airain et de diamant qui met à l'abri des dégâts et des détériorations de la vie.

Il flâna de la sorte, à Mauchline, pendant près d'un mois, sans guère produire rien que la longue lettre autobiographique au Dr Moore, qui est un document précieux pour l'histoire de ses premières années. A la fin de Juillet, il repartit pour retourner à Edimbourg. Sans doute, son départ fut triste, d'une tristesse qui n'était pas uniquement celle des sépara-tions. Les siens, Gilbert surtout, et peut-être aussi la vieille mère, avaient dû s'apercevoir de l'amertune et de la détresse, qui s'étaient abattues en lui. Ils n'en devinaient pas les causes ; mais ce n'était plus là leur Robert d'autrefois ; il était plus sombre, plus âpre, plus brusque. Qu'avait-il donc ? La joie de sa renommée n'était plus pour eux aussi pure ; quelque chose la gâtait, dans ces cœurs qui l'aimaient. La confiance en l'avenir n'était plus paisible ; des appréhensions la traversaient. Quant à lui, il emportait son amertume encore accrue. Il partait de ce séjour, qui aurait dû le vivifier et le retremper, las et mécontent de lui-même, gardant de ces lourdes équipées un esprit encrassé de grossièreté et de dégoût, un corps harassé d'excès et miné de fatigue intérieure. Sûrement, il avait sujet d'être affecté ! S'il était donné aux hommes de vanner les jours passés et de voir clairement ce qui leur en reste, il n'aurait trouvé que peu de bon grain laissé de ce voyage dont il se promettait tant. Pas une pièce de vers, pas d'impression et, ce qui est plus profond, pas même un peu de vie sincère et saine ! Tout parti au vent, dispersé en paille folle et en poussière ! Et s'il avait pu pénétrer les jours futurs, qu'il eût été plus triste encore ! Il avait été boire aux sources vives de sa jeunesse, d'une bouche desséchée qui n'en pouvait plus goûter la fraîcheur. A jamais elles étaient éteintes en lui la gaîté, la clarté d'autrefois ! A moins d'une influence bienfaisante qui apporte le salut, il n'aura jamais plus la même âme ; il n'aura plus que des moments de son âme ancienne.

Il arriva à Edimbourg le 7 août 1787. Sa rentrée fut peu gaie. La ville était déserte ; toute cette population de professeurs, de juges, d'avocats, était partie en vacances. En outre, il était attendu par des embarras dont la pensée n'avait pas été sans influence sur son humeur morose de ces derniers temps. Une fille du marché aux herbes, nom-mée Jenny Clowe, enceinte de lui, avait obtenu contre lui un mandat de prise de corps, désigné sous le titre de *in meditatione fugæ*[1]. Une semaine·après son arrivée, on le voit acculé dans cette impasse, livré à lui-même dans cette solitude, découragé, désorienté, désemparé et réduit à s'abrutir en buvant.

Cher Monsieur — me voici — c'est tout ce que je puis vous dire d'un être inexplicable comme moi. Ce que je fais, aucun mortel ne peut le dire ; ce que je pense en ce moment, moi-même je ne saurais le dire ; ce que je dis d'habitude ne vaut pas la peine d'être répété. L'horloge sonne justement : un, deux, trois, quatre... douze avant midi, et me voici assis ici, dans l'attique *alias* galetas, avec un ami à la droite de mon encrier — un ami dont je vais mettre la bonté à l'épreuve, à la fin de cette ligne — là ! — merci ! — un ami, mon cher M̄ Laurie, dont la bonté me fait souvent rougir ; un ami qui a plus du lait de la tendresse humaine que toute la race humaine mise ensemble et, ce qui est hautement en son honneur, qui est particulièrement l'ami des malheureux dénués d'amis, aussi souvent qu'ils se trouvent sur son chemin ; en un mot, Monsieur, il est, sans alliage, un philanthrope universel et son nom bien-aimé est — une bouteille de bon vieux porto[2].

Ce galetas, avec cette bouteille de porto sur la table et ce pauvre poète accablé, ricanant et buvant, est une chose navrante. Ce bout de lettre est tout un tableau cruel qu'on dirait fait pour fournir un sujet à Hogarth. Il se tira d'affaire cette fois, probablement en donnant caution ou en versant une somme d'argent. On a retrouvé le papier qui le libérait de ce mandat ainsi racheté ; il est daté du lendemain de la lettre précédente. Burns le porta longtemps sur lui à en juger par l'usure ; il y avait écrit au crayon deux vers obscènes, refrain d'une vieille chanson[3]. C'était, avec des détails plus communs, la même aventure que celle qui avait failli l'envoyer en prison un an auparavant. Ce n'était pas la seule qui pût l'inquiéter à Edimbourg, car il avoua plus tard avoir connu « dans la Cowgate une garce des Hautes-Terres qui lui a donné trois bâtards d'un coup[4]. » Malheureusement pour lui ce n'était pas le dernier de ces épisodes.

VOYAGE DANS LES HIGHLANDS, IMPRESSIONS HISTORIQUES ET PATRIOTIQUES.

Aussitôt dégagé de ces embarras, il entreprit un voyage dans les Hautes-Terres. Dans l'état d'esprit où il était, tout valait mieux que de demeurer à Edimbourg, en face de lui-même. Il était à ce stade de prostration, d'abandon et d'indifférence de soi-même, où une secousse est nécessaire.

Il devait partir en compagnie d'un de ses amis de l'hiver précédent, William Nicol, maître de latin à la High School d'Edimbourg, l'école où

---

[1] R. Chambers, t. II, p. 105.
[2] *To Archibald Laurie*, 14th August 1787.
[3] Scott Douglas, tom IV, p. 261.
[4] *To George Thomson*. Lettre xxv.

presque tous les garçons de la ville commençaient leur éducation avant
d'entrer à l'Université. Ce Nicol était un singulier compagnon avec qui se
mettre en route [1]. Ce n'est pas qu'il manquât de qualités. Sa vie était sortie
d'un rude vouloir. Fils d'une pauvre paysanne veuve, il avait reçu sa première éducation et les éléments du latin d'un maître d'école ambulant,
nommé John Orr, qui s'était instruit tout seul et, incapable de se
fixer nulle part, menait une vie de pédagogue nomade. Encore gamin,
Nicol avait ouvert une école dans la chaumière de sa mère ; mais il fallait
que celle-ci fût toujours là ; quand elle avait le dos tourné, maître et
élèves pillaient l'armoire. De ces débuts, si caractéristiques encore de
l'éducation écossaise, il était arrivé à suivre les cours de l'Université
d'Edimbourg et à se distinguer. Il était devenu un latiniste remarquable.
C'était un esprit solide, âpre, fort, rétentif, semble-t-il. Il avait un cœur
chaud et emporté. « Il eût été n'importe où pour aider les vues et les
désirs d'un ami, mais quand la basse jalousie, la ruse ou la tricherie
égoïste se montraient, son esprit s'enflammait jusqu'à la fureur et la
démence [2]. » Avec ces qualités, il était grossier, vaniteux, brutal,
cynique, colérique et ivrogne. Il était resté un paysan inculte et rugueux;
son cerveau avait acquis des connaissances sans en être modifié. C'était
un de ces pédants en qui le savoir se tourne en orgueil et cet orgueil en
cynisme. C'était un cuistre dans un rustre. Il avait des colères de taureau.
Il malmenait et battait ses élèves. C'est lui qui faisait mettre en rang
des élèves qu'il avait à fouetter, quelquefois une douzaine. Quand tout
était prêt, il envoyait un message aimable à son collègue Mr Cruikshank
pour l'inviter « à venir entendre son orgue ». Cruikshank présent, il
commençait à administrer une flagellation rapide, en montant et en
descendant ce singulier clavier, « il tirait des patients, dit Chambers,
une variété de notes que, s'il avait été un musicien plus savant, il aurait
probablement appelée une *bravura* ». Il faut dire que c'étaient les habitudes scolaires et que, à l'occasion, Cruikshank lui rendait la pareille [3].
Un jour Nicol frappa le recteur de l'école. Celui-ci était alors le
docteur Adam, homme excellent, respecté, « si consciencieux, si patient,
si aimable, si candide [4], » dont ses élèves conservaient tous un souvenir
attendri. C'est lui qui sur le point d'expirer, n'ayant pas perdu le goût de
ses classes, dit : « Il commence à faire noir, mes enfants, nous finirons
l'explication demain [5]. » C'était la nuit de la mort. Il fallait être une brute

---

[1] Voir sur ce Nicol, le portrait qu'en trace Currie, *Life of Burns*, p. 41-42. — Pour les
détails biographiques voir *The History of the High School of Edinburgh*, by William
Steven. D. D., appendix VI, p. 94.

[2] W. Steven. *History of the High School.*

[3] R. Chambers. *Domestic Annals Scotland*, tom III, p. 223.

[4] Lord Cockburn. *Memorials*, p. 4.

[5] Id., p. 213.

furibonde pour lever la main sur cet être inoffensif. Dans sa tranquille mansuétude, le docteur Adam était prêt à pardonner à Nicol ; il lui écrivit pour lui rendre des excuses faciles [1]. Buté dans sa dure opiniâtreté, Nicol refusa et dut quitter l'École. Il gagna sa vie à donner des leçons de latin et à traduire en latin les thèses des étudiants en médecine. Il mourut en 1797 des suites de son intempérance habituelle. Tel était le compagnon de voyage de Burns. « Qu'un homme se garde de tenir compagnie avec des personnes colériques et querelleuses, car elles l'engageront dans leurs propres querelles » dit Bacon dans son *Essai sur les Voyages.* Burns était mal tombé ; il se comparait lui-même, avec Nicol à ses côtés, à un homme qui voyagerait avec un tromblon chargé et armé [2]. Nicol, avec l'amour du paradoxe, le dénigrement et le mécontentement qui se trouvent chez les gens de son espèce et qui ne sont que les diverses provenances d'un orgueil aigri, était un jacobite fougueux [3]. C'est un point à noter, car il contribua peut-être à la physionomie et aux résultats du voyage.

Les voyageurs se mirent en route le samedi 25 août 1787. Ils partirent dans une chaise de poste qu'ils avaient louée. C'était une mauvaise condition pour un voyage de ce genre ; mais il est probable que le professeur Nicol n'était pas un cavalier fort habile. L'itinéraire, qui s'en allait vers le Nord par Stirling, Crieff, Kenmore, Blair-Athole, remontait jusqu'à Inverness, puis, tournant par Elgin, Macduff et Aberdeen, redescendait le long de la côte de la mer du Nord par Stonehaven, Montrose, Arbroath et Dundee, prenait par Perth et Kinross et rentrait à Edimbourg en traversant le Forth. Il est inutile de suivre Burns à travers tous les détails de son voyage, bien que le journal qu'il en a tenu permette de le faire. Il suffit d'en dégager les impressions qu'il y a rencontrées, celles qui ont pu être des acquisitions pour son esprit, de voir ce qu'il en a rapporté de poésie.

A sa sortie d'Edimbourg, la route que les deux voyageurs suivaient entre dans une région semée de souvenirs historiques. Burns en fut dès les premiers pas saisi. Quelques heures seulement après le départ, il aperçut les ruines du château de Linlithgow, l'ancienne résidence de la royauté écossaise. Avec ses tours démolies, ses pignons ébréchés, ses murailles sans toiture et trouées de baies vides, sa fontaine délabrée au milieu du quadrangle envahi par l'herbe, son air d'écroulement et sa situation sur le promontoire d'un petit lac solitaire assombri par des bois, il est d'une imposante mélancolie. Burns s'y arrêta. Il voulut voir la grande

---

[1] R. Chambers, tom II, p. 207, en note.
[2] R. Chambers, tom II, p. 207.
[3] *Lettre du Dr Adair à Currie.*

chambre, ouverte aux vents, où naquit Marie Stuart. Il nota ce mélange
de grâce et de gravité qu'offrent ces ruines dans ce paysage délicat.
« Linlithgow, un air de grandeur rude, déchue et oisive, une situation
d'un charme rural et retiré. Le vieux palais grossier, une ruine assez
belle mais mélancolique, joliment située sur une petite élévation près
de la berge du lac[1]. » A côté du palais, se trouve une église dédiée à Saint
Michel, patron du bourg, un des meilleurs spécimens de la primitive architecture gothique en Ecosse. Il la visita aussi et y retrouva un
ancien ennemi. « Une assez bonne vieille église gothique, l'infâme
escabeau de pénitence établi, à la vieille mode romaine, dans une
situation élevée. Quelle pauvre mesquine chose est un endroit de culte
presbytérien, sale, étroit, squalide, blotti dans un coin d'une vieille
grande construction papiste comme Linlithgow ou mieux encore Melrose.
Les cérémonies et l'apparat, si on les introduit judicieusement, sont
absolument nécessaires pour la masse du genre humain, aussi bien dans
les affaires civiles que religieuses[1]. » Ces réflexions ont leur intérêt.
Elles montrent que Burns pressentait un mouvement qui s'est produit
plus tard, qui opère encore aujourd'hui, dans l'église écossaise et peu
à peu ramène des cérémonies, des costumes et de la musique dans la
nudité et la sécheresse du culte presbytérien. Elles montrent aussi, et
ce point n'est pas sans importance, qu'une certaine réflexion s'alliait
à ses goûts d'artiste, pour lui faire regretter la pompe, le déploiement
de fêtes et de représentations, inséparables, dans sa pensée, de la
race royale et fastueuse dont le départ avait appauvri et décoloré la vie
écossaise.

Le lendemain, dès le matin, les deux voyageurs traversèrent le Moor
de Falkirk, célèbre par ses deux batailles. C'est là que Charles-Edouard
remporta en 1746 sur le général Hawley le dernier de ses succès.
C'est là surtout que William Wallace fut en 1298 défait par Edouard I,
dans un désastre qui étendit sur cette bruyère quinze mille corps écossais. Dans le cimetière de Falkirk sont les tombes de deux de ses fidèles
compagnons : sir John Graham et sir John Stewart, tués tous deux dans
la bataille. Burns alla y porter un hommage qui avait quelque chose
d'une prière. « Ce matin je me suis mis à genoux à la tombe de sir
John Graham, le vaillant ami de l'immortel Wallace[2]. »

Quelques heures après, il arriva dans la plaine héroïque où Bruce
livra, le 23 juin 1314, la fameuse bataille de Bannockburn et sauva son
pays. On l'a appelée le Marathon de l'Ecosse. C'est un de ces noms glorieux par qui se fait la cohésion d'une race, qui lui donnent un cœur
commun, un de ces souvenirs qui, seule chose persistante dans l'écou-

---

[1] *Journal of the Highland Tour*, Saturday 6th 1787.
[2] *To Robert Muir*, 26th August 1787.

lement des générations, font à un peuple une conscience et une âme ;
avec une demi-douzaine de mots pareils, on crée une patrie. Burns
avait pour cette bataille une admiration singulière.

« Indépendamment de mon enthousiasme comme Écossais, j'ai rarement rencontré
dans l'histoire quelque chose qui intéresse mes sentiments d'homme autant que
l'histoire de Bannockburn. D'un côté, un usurpateur cruel, mais habile, conduisant la
plus belle armée de l'Europe pour éteindre la dernière étincelle de liberté chez un
peuple grandement courageux et grandement opprimé ; de l'autre côté, les restes
désespérés d'une nation vaillante, se dévouant pour sauver leur patrie saignante ou
périr avec elle. Liberté ! tu es d'un grand prix en vérité et inestimable sûrement, car
jamais tu ne peux être trop chèrement achetée ! [1] ».

On imagine avec quels sentiments il parcourut le champ de bataille,
et suivit sur le terrain toutes les péripéties de la journée. Il vit l'endroit
où était campée l'armée qu'Edouard II amenait lui-même, forte de cent
mille hommes, une des plus belles du moyen-âge et qui semblait
toute d'acier. C'est sur la rive droite du ruisseau du Bannock, par lequel
les deux armées étaient séparées [2]. Sur les pentes de l'autre bord , s'étalaient les troupes écossaises, qui ne comptaient pas plus de trente mille
hommes. Le ruisseau franchi, on foule le site même de la bataille. Voici
la tourbière de Milton, sur laquelle Bruce comptait pour défendre son
aile gauche. Voici, sur sa droite, le champ qu'il avait fait creuser de
trous recouverts de feuillages et semer de chausse-trapes [3]. Voici
l'endroit où le chevalier anglais Henri de Bohun, le reconnaissant au
cercle d'or qui ornait son casque, tandis qu'il parcourait les rangs sur
un petit poney, vint le provoquer à un combat singulier. Bruce accepta,
quoiqu'il eût entre les jambes une monture frêle et à la main une hache
de guerre seulement. Quand de Bohun arriva sur lui, lance baissée, de
tout le poids de son lourd coursier de guerre, il l'évita en faisant tourner
son petit cheval, et se dressant sur ses étriers asséna un coup qui brisa le
casque de son ennemi « comme une noisette [4] » et fit éclater le manche de
sa bonne hache dans son gantelet de fer. C'était de bon augure.
Voici le lieu où les terribles archers anglais, qui savaient envoyer leurs
flèches aux défauts des plus fines cottes de mailles de Milan [5] et
avaient gagné tant de batailles, furent culbutés par la petite cavalerie
de Bruce. Voici l'espace où les fantassins écossais, formés en groupes
compacts et hérissés de lances, selon l'exemple récemment donné par

---

[1] *To lord Buchan*, 12th Jan 1794.
[2] Pour la visite du champ de bataille, voir *Shearer's Guide to Stirling*, avec le plan.
[3] Tytler. *History of Scotland*, tom I, chap. III, p. 115.
[4] Walter Scott. *Lord of the Isles*. Canto VI. 15.— Voir aussi son récit dans ses *Tales of a Grand Father*, chap. X.
[5] Hill Burton. *History of Scotland*, tom II, p. 267.

les Flamands à Courtrai, brisèrent l'effort de la chevalerie anglaise [1]. C'est ici que les claymores et les haches de Lochaber besognèrent rudement.

> Là on put voir, de mainte façon,
> De braves faits accomplis puissamment ;
> Et maints, qui étaient agiles et forts,
> Bientôt furent gisants sous les pieds, tout morts ;
> Là où tout le champ était rouge de sang !
> Les armes et les habits qu'ils portaient
> De sang étaient si fort souillés
> Qu'on ne pouvait les reconnaître [2].

Voilà à gauche, un peu en arrière, *Gillies' hill*, la colline des valets, derrière laquelle Bruce avait fait placer les bagages et la valetaille. Au milieu de la bataille, cette tourbe vint couronner la hauteur pour regarder de loin. Quand les Anglais, déjà ébranlés, virent paraître cette multitude sur la ligne du ciel [3], ils crurent que c'étaient des secours et se débandèrent. Ce fut une des plus cruelles déroutes qui aient frappé l'orgueil anglais. Et où est la pierre dans laquelle Bruce planta son étendard où le lion d'Ecosse frémissait dans des plis écarlates ? C'est là ! C'est ce bloc bleuâtre encore percé d'un trou, *the bored stone*. Elle est consacrée par la piété des Ecossais, et on a dû depuis l'entourer d'une cage de fer, pour empêcher qu'elle ne disparût en reliques.

Tous les détails de cette journée étaient connus de Burns, car le poème épique que le vieux John Barbour a écrit sur Bruce était, dans des versions modernisées, un des livres répandus parmi les paysans. Pendant cette visite, une émotion puissante le transporta. Elle vit encore dans son journal et en soulève les notes rapides jusqu'à un ton lyrique.

« Le champ de Bannockburn — le trou où le glorieux Bruce a planté son étendard. Ici nul Ecossais ne peut passer indifférent. Je m'imagine voir mes vaillants, mes héroïques compatriotes paraître sur la colline et descendre sur les dévastateurs de leur contrée, les meurtriers de leurs pères et — la moindre veine enflammée de noble vengeance et de juste haine — avancer à grands pas, avec plus d'ardeur, à mesure qu'ils approchent de l'ennemi cruel, insultant, altéré de sang. Je les vois se réunir et se féliciter dans ce glorieux triomphe sur le champ de victoire, se réjouissant de leur chef héroïque et royal, de leur liberté et de leur indépendance sauvées [4]. »

Quand il arriva auprès de la pierre sacrée, il implora le ciel pour son pays. « Il y a deux heures, j'ai dit une fervente prière pour la vieille

---

[1] Hill Burton. *History of Scotland*, tom II, p. 265.

[2] John Barbour. Presque tous les détails de la bataille sont à l'origine fournis par le poème épique du vieux poète sur Robert Bruce. On en trouvera des extraits, qui permettent de reconstituer la scène de Bannockburn, dans *Poets and Poetry of Scotland* de James Grant-Wilson, et surtout dans le *Book of Scottish Poems* de J. Ross.

[3] Hill Burton, tom II, p. 268.

[4] *Journal of the Highland Tour*, 26th August 1787.

Calédonie au-dessus du trou dans la pierre de schiste bleu où Robert Bruce fixa son étendard royal sur les bords du ruisseau de Bannockburn. [1] » Toute cette journée est chaude et enthousiaste. Les jeunes cordes de son cœur se sont remises à vibrer. Ces heures passées sur le champ de Bannockburn ne furent point perdues. Il n'en sortit rien sur les lieux mêmes. Mais elles demeurèrent dans son âme, se mêlèrent à elle, attendirent dans une fécondation latente. Plus tard, le moindre choc, une minute propice, un rien, les réveilla et elles donnèrent l'admirable *Ode de Bruce* à ses soldats. John Barbour raconte que, avant la bataille, Bruce fit proclamer que, si quelques-uns n'étaient pas résolus à vaincre ou à mourir avec honneur, ils avaient liberté de quitter l'armée. Mais les soldats poussèrent un grand cri et répondirent d'une voix qu'ils voulaient attendre l'ennemi [2]. Ce moment frappa Burns et lui inspira une ode qui restera comme l'expression lyrique de cette victoire.

> Ecossais, qui avec Wallace avez versé votre sang,
> Ecossais, que Bruce a souvent conduits,
> Venez ! voici votre lit sanglant
> Ou la victoire !
>
> Voici le jour et voici l'heure !
> Voyez le front de bataille s'assombrir,
> Voyez approcher l'armée du fier Edouard,
> Les chaînes, l'esclavage !
>
> Qui veut être un valet et un traître ?
> Qui peut remplir la fosse d'un lâche ?
> Qui est si vil que d'être esclave ?
> Qu'il tourne et se sauve !
>
> Qui, pour le roi et la loi d'Ecosse,
> Veut tirer bravement l'épée de la Liberté,
> En homme libre vivre, ou en homme libre tomber,
> Qu'il vienne avec moi !
>
> Par les malheurs et les peines de l'oppression !
> Par vos fils dans des chaînes serviles !
> Nous épuiserons nos plus profondes veines,
> Mais eux seront libres !
>
> Abattez le fier usurpateur !
> Un tyran tombe dans chaque ennemi !
> Dans chaque coup est la Liberté !
> Accomplissons ou mourons ! [3]

La traduction ne peut rendre l'énergie brève, concentrée, la sensation d'action qui sont dans ces vers, dont l'accompagnement serait une épée

---

[1] *To Robert Muir*, 26th August 1787.
[2] John Barbour. *The Bruce.*
[3] *Robert Bruce's march to Bannockburn.*

frappant un bouclier. C'est un fragment de Tyrtée. Cette pièce est devenue pour les Écossais une sorte de *Marseillaise.*

En sortant du champ de bataille de Bannockburn, Burns arriva à Stirling, dans l'après-midi de la même journée, tout vibrant de patriotisme. Aucun lieu n'était plus propre à augmenter ces dispositions, car aucun ne fait revivre davantage l'ancienne Écosse, dans ses annales guerrières et son existence nationale. Stirling est une réduction d'Edimbourg, ou plutôt c'est Edimbourg elle-même dans ses commencements. Elle est formée de la même manière exactement : un château-fort bâti sur un roc énorme, isolé dans la plaine, à pic de trois côtés, et, sur un dos de terrain descendant du rocher, une longue rue qui se répand et s'accroche aux deux pentes. Elle n'a pas l'apparence gigantesque et dominatrice de sa grande sœur de l'embouchure du Forth ; mais elle est d'un pittoresque très fier et très martial. Au lieu de remplir et d'écraser tout l'horizon, elle y figure seulement et l'élargit plutôt ; ce n'est pas la reine imposante « sur son trône de rochers », mais un chevalier errant qui, dans les lignes brusques et heurtées de son armure, traverse la plaine.

Ses annales n'ont pas la profondeur de vie religieuse et littéraire d'Edimbourg. Elles n'émanent pas d'elle-même, comme dans cette grande ville où, de la fournaise d'une population ardente, sortaient les événements et coulait l'histoire. Elles proviennent de sa situation, car elle est la clef des Hautes-Terres ; les faits dont elle garde la mémoire se sont passés plutôt à propos d'elle et autour d'elle que par elle. Mais elles ont un caractère particulier, et si elles sont moins populaires, elles ont un tour plus chevaleresque et plus royal. Stirling fut pendant longtemps le siège de la royauté. Alexandre I y mourut en 1124, et Guillaume le Lion en 1214. Surtout elle fut la ville des Stuarts. C'est là que vécut Jacques I, le roi-poète, l'élève de Chaucer ; Jacques II y naquit ; Jacques III en fit sa résidence favorite ; Jacques IV, qui devait périr avec la fleur d'Écosse sur le fatal champ de Flodden, y naquit en 1474 ; Jacques V, le père de Marie Stuart, y passa presque toute sa vie ; Marie Stuart y fut couronnée ; c'est là que Darnley lui fit sa cour ; et c'est là aussi que Jacques VI, leur fils, fut proclamé roi à l'âge de treize mois, puis élevé sous la rude discipline du célèbre Robert Buchanan, tandis que sa mère songeait à lui dans sa prison. C'est à Stirling que les Stuarts ont laissé le plus de traces de leurs goûts artistiques, et placé les quelques édifices que les troubles de leurs règnes et la pénurie de leurs coffres leur permirent de bâtir. Jacques III y construire la salle du Parlement et une chapelle royale, qui fut reconstruite par Jacques VI. Ce palais, d'une richesse excessive et barbare, est l'œuvre de Jacques V.[1] Il avait épousé deux françaises : Madeleine, fille de Fran-

---

[1] Sur les souvenirs historiques de Stirling et les constructions, voir *Shearer's Guide to Stirling.*

çois I, puis Marie de Guise ; il avait pris dans son séjour en France le
goût des constructions, qui fut un des traits de la Renaissance française.
Cette ornementation massive, surchargée et grossièrement luxuriante,
cette sculpture tourmentée, déréglée jusqu'au grotesque, abondante en
postures forcenées, en contorsions, en lourds caprices, cet encombrement
de figures où foisonnent les personnages de la mythologie, de l'antiquité
et de la vie contemporaine, où Omphale, Persée, Diane, Vénus se cou-
doient, où Cléopâtre avec son aspic a sa niche, le roi Jacques et sa reine
leur portrait, l'échanson et les officiers de la cour leur statuette, pêle-mêle
dans un grouillement de créatures et d'animaux innomés, ce travail rude
de la pierre, la luxure non pas élégante mais bestiale de certains sujets,
tout cela est bien la Renaissance dans des esprits mal dégrossis et brutalement épris du beau. C'est bien l'image des Stuarts : des âmes d'un
fond encore barbare et inculte, touchées et en partie gâtées par la corruption affinée du continent. Des légendes de toute espèce habitent ces
vieilles murailles. C'est par cette fenêtre que Jacques II, après avoir
dans une discussion frappé de deux coups de dague le comte de
Douglas à qui il avait envoyé un sauf-conduit sous le sceau royal, fit
jeter son cadavre dans la cour. Par ce sentier qui descend derrière le
château, Jacques V s'échappait, sous des déguisements divers, pour
s'informer des doléances de ses sujets et surtout pour courir les aventures d'amour. C'était un roi galant. Quand, dans ses expéditions,
il arrivait qu'on lui demandât son nom, il disait qu'il était « le fermier
de Ballengeich », d'après le nom du sentier. Il rencontrait ainsi
toutes sortes de chances ou de mauvais pas [1]. Sa mémoire est restée
populaire un peu à la façon de celle de notre Henri IV, et dans les recueils
de chansons écossaises, il y en a quelques-unes qu'on lui attribue et
qui célèbrent ses exploits galants. C'est ainsi que, dans ce cadre plus
fait à leur taille, les Stuarts ont laissé des souvenirs en quelque sorte
plus intimes et plus familiers. Leurs qualités revivent là mieux qu'ailleurs :
leur bravoure, leur don héréditaire de poésie, leur spontanéité de cœur,
leur remarquable effort pour établir un peu de justice en abaissant les
nobles, et là aussi revivent leurs faiblesses. En visitant le château,
Burns avait devant lui toute cette race fameuse, dans un tableau de somp-
tuosités, de galanteries, de faits d'audace, de vues politiques, ramassés les
uns contre les autres par la perspective du passé. Cet éloignement, où
tout ce qui fut ordinaire était effacé, lui faisait paraître plus brillantes
ces époques disparues.

Mais la beauté de Stirling, c'est l'incomparable panorama qu'on
découvre de la terrasse du château. Devant une rangée de montagnes qui

---

[1] Voir les aventures de Jacques V, dans les *Tales of a Grand Father* de Walter Scott,
qui excellait dans ce genre anecdotique, le chap. XXVII.

barre l'horizon du côté du Nord, une vaste plaine s'étend, unie et riche, au milieu de laquelle le Forth coule avec de grands méandres lumineux, formant une suite de péninsules vertes qui entrent les unes dans les autres et alternent de chaque côté du fleuve. Au dire des voyageurs, c'est un des plus beaux paysages qu'il y ait en Europe ; c'est sûrement un des plus nobles qu'il soit possible de concevoir. Les lignes en sont si calmes et si imposantes, les sinuosités du fleuve sont si majestueuses, les montagnes, dans leur contour ample et sérieux et leur couleur d'un azur foncé admirable, sont si solennelles, qu'on dirait un grand paysage historique, dessiné par un maître aussi fier et grave que Poussin et plus puissant que lui, pour servir de théâtre à de grandes actions humaines. Et en vérité c'est ici le sol épique et héroïque de l'Écosse. Sans parler de Bannockburn, voilà l'endroit où fut le vieux pont de bois près duquel Wallace écrasa l'armée anglaise et sauva son pays. Les noms des deux grands défenseurs de l'Écosse sont là réunis. Qu'on se rappelle les lectures d'enfance de Burns, et ce qu'il en dit : « la vie de Wallace versa dans mes veines une passion écossaise qui y bouillonnera jusqu'à ce que les écluses de la vie se ferment dans le repos éternel, » et qu'on imagine son enthousiasme, lorsqu'il salua ces lieux pleins de la mémoire de son héros[1]. Il contemplait ce tableau admirable, au moment du jour où il prend toute sa majesté, sous un de ces couchers de soleil qui sont la magnificence de l'Écosse. Quand une lumière incarnate, en même temps légère et profonde, s'épanche du ciel et, tout en laissant aux objets leur fond de couleur, les rassemble dans une même nuance et en simplifie les lignes agrandies, le merveilleux paysage s'harmonise encore davantage et reçoit une beauté auguste. Il revêt alors, tant il se spiritualise en un accord et une unité supérieurs, une expression presque uniquement morale, une noblesse, un prestige, qui inspirent une sorte de respect. Ce n'est plus une suite de montagnes et de terrains, c'est le décor solennel et l'apothéose des souvenirs qui s'élèvent de cette plaine. C'est un moment inoubliable, et il est certain que Burns y assista : « Je reviens juste à l'instant du château de Stirling, j'ai vu, par le soleil couchant, la perspective magnifique des détours du Forth qui traverse la riche plaine de Stirling et borde la plaine de Falkirk également riche[2]. » Bien qu'il n'ait pas pu lire ce spectacle avec la précision de notation que nous, de ce temps-ci, y apportons, il est impossible, dans l'état d'esprit où il était, qu'il n'en ait pas ressenti la grandeur.

Cette journée, avec Bannockburn le matin et Stirling le soir, était trop pour lui. Il redescendit du château, ivre de ce singulier patriotisme

---

[1] Il avait songé et songeait peut-être encore à écrire un poème sur Wallace. Voir la lettre *To Mrs Dunlop*, 15th Jan. 1787.

[2] *To Robert Muir*, 26th Aug. 1787.

historique, la tête pleine des visions de la royauté d'autrefois, qui hantent le vieux palais[1]. Il était dans un état d'excitation très grand. Lorsqu'il fut rentré à l'auberge, il n'y tint plus et, selon la singulière habitude qu'il avait prise depuis quelque temps d'écrire sur les vitres avec le diamant qu'il avait au doigt, il traça les vers suivants :

> Ici, jadis, les Stuarts régnèrent glorieux,
> Et ordonnèrent les lois pour le bien de l'Écosse ;
> Mais maintenant, sans toit, leur palais subsiste,
> Leur sceptre est tenu par d'autres mains ;
> Il est tombé, en vérité, tombé jusqu'à terre,
> Où les reptiles rampants prennent naissance.
> La lignée malheureuse des Stuarts est partie ;
> Une race étrangère occupe leur trône,
> Une race idiote, perdue d'honneur ;
> Qui la connaît le mieux la méprise le plus[2].

C'était une insulte bien gratuite à la famille régnante. C'était en même temps une grosse imprudence. Ces vers firent plus de bruit que Burns probablement ne s'y attendait. Ils furent copiés, reproduits et attaqués dans des journaux. Quelques mois après, quand il fit des démarches pour entrer dans l'excise, on les lui rappela : « J'ai été interrogé comme un enfant sur mes affaires, et blâmé et tancé pour mon inscription sur la fenêtre de Stirling[3]. » Qui sait même le mal qu'ils lui firent? Bien qu'il soit difficile de déterminer les possibilités manquées, on ne peut s'empêcher de penser que, sans cet outrage, il eût pu avoir du gouvernement une de ces pensions données alors aux hommes de lettres, à laquelle personne n'avait plus droit que lui, qu'il n'obtint jamais et qui eût changé sa vie. Mais pour le moment il ne s'inquiétait pas de ces choses futures, et il continua sa route, tout entier aux choses du passé.

Cette ardeur patriotique persista pendant la plus grande partie du voyage ; elle en est même la note caractéristique. De chacun des champs de bataille qu'il visita, et ils ne manquent point sur cette route qui pénètre dans les Hautes-Terres, Burns semble avoir rapporté de durables impressions. Elles ne se manifestèrent pas à l'endroit et au moment mêmes ; ainsi que l'ode de Bruce, elles attendirent leur heure d'inspiration. Mais dans ses chansons reparaissent presque tous les noms de ces combats.

En sortant de Stirling, près de la petite ville de Dunblane, il rencontra l'endroit où, lors de la première révolte jacobite de 1715, fut livrée la bataille de Sheriffmuir. Ce fut une singulière bataille. L'armée jacobite

---

[1] Voir la lettre du Dr Adams à Currie. *Life of Burns*, p. 40.

[2] *Written by Somebody on the Window of an Inn at Stirling, on seeing the Royal Palace in Ruins.*

[3] *To Clarinda*, 27th Jan. 1788.

commandée par le comte de Mar, et l'armée royaliste sous les ordres du duc d'Argyle, étaient séparées par un renflement de terrain qui a la forme d'une calotte sphérique très régulière, en sorte que, en quelque point qu'on se trouve· de la base, la vue est coupée par une courbe qui semble toujours la même. Il advint que les deux armées, invisibles l'une à l'autre, n'arrivèrent pas à se reconter de front, et que chacune, cherchant l'ennemi à droite, déborda la gauche de l'autre [1]. Il en résulta deux victoires et deux défaites : la droite de Mar ayant enfoncé la gauche d'Argyle, et la droite d'Argyle ayant dispersé la gauche de Mar ; si bien qu'à la fin les deux adversaires restèrent l'un en face de l'autre, surpris d'être vainqueurs et vaincus en même temps. Ils revendiquèrent tous deux la journée. En réalité l'avantage était resté à Argyle. Ce dénoûment bizarre avait été célébré par une ancienne chanson, dont le refrain rendait bien la stupéfaction des deux partis :

> D'aucuns disent que nous gagnâmes,
> D'aucuns disent qu'ils gagnèrent,
> Et d'aucuns disent que personne n'a gagné du tout, homme :
> Mais d'une chose je suis sûr,
> C'est qu'à Sheriffmuir
> Il y eut une bataille que j'ai vue, homme :
> Et nous nous sauvâmes et ils se sauvèrent,
> Et ils se sauvèrent et nous nous sauvâmes,
> Et nous nous sauvâmes et ils se sauvèrent bien loin, homme [2].

Tout en conservant un peu de la raillerie du vieux couplet, Burns évoqua un tableau plus tragique. Ce qui semble l'avoir frappé c'est la fureur de ces chocs, où les Highlanders, après avoir enfoncé leurs bonnets bleus sur leurs yeux, partaient en courant, déchargeaient leurs fusils et leurs pistolets, les jetaient et, se ruant sur l'ennemi, tailladaient à grands coups de claymore. Il eut comme la sensation de la rapidité, du halètement et du cliquetis de ces rencontres sans fumée, muettes, blêmes et farouches comme toutes les mêlées à l'arme blanche, dont les morts ont une expression haineuse et montrent leurs dents serrées.

> « O venez-vous ici pour fuir la bataille
> Ou garder les moutons avec moi, homme ?
> Ou bien étiez-vous à Sherra-Moor,
> Et vîtes-vous la bataille, homme ? » —
> « J'ai vu la bataille, rude et drue,
> Et maint fossé coulait rouge et fumant ;
> De crainte mon cœur battait

---

[1] Cette situation est très bien expliquée par Hill Burton, *History of Scotland*, t. VIII, p. 316-20.

[2] On·trouvera cette vieille chanson, *The Battle of Sheriff-Muir*, dans toutes les collections de chansons écossaises ; nous la prenons dans le recueil de Whitelaw.

D'entendre les coups, de voir par nuées
Les clans sortir des bois, en haillons de tartans,
Qui voulaient saisir les trois royaumes, homme.

Les gars en habits rouges, avec les cocardes noires,
Ne furent pas lents à les rencontrer, homme ;
Ils s'élancèrent et poussèrent, et le sang jaillit,
Et maint corps tomba, homme.
Le grand Argyle conduisait ses files,
Je crois qu'elles brillaient à vingt milles ;
Ils frappèrent dans les clans comme dans des jeux de quilles,
Ils coupaient, tailladaient, les claymores tintaient,
Et à travers tout ils fonçaient et hachaient et brisaient,
Si bien que ceux qui devaient mourir, moururent, homme.

Mais si vous aviez vu les gars en kilts
Et en culottes de tartan bigarré,
Quand, face à face, ils défilèrent mes whigs
Et les fidèles du covenant.
En lignes étendues en long et en large,
Quand les bayonnettes rencontrèrent les boucliers,
Et que des milliers se ruaient à la charge,
Avec la fureur des Hautes-Terres, hors des fourreaux
Ils tirèrent leurs lames mortelles, si bien que hors d'haleine
Les nôtres s'enfuirent comme des colombes effrayées, homme.

Ils ont perdu quelques vaillants gentilshommes,
Parmi les clans des Hautes-Terres, homme !
Je crains que mylord Panmure ne soit tué
Ou aux mains de ses ennemis, homme.
Maintenant si tu veux chanter cette double fuite ;
Les uns tombèrent pour l'injustice, les autres pour le droit ;
Mais beaucoup dirent bonne nuit au monde ;
Dis comment, pêle-mêle, au bruit des mousquets,
Les Tories tombèrent et les Whigs vers l'enfer
S'enfuirent en troupes épouvantées, homme [1].

Un peu plus haut, il rencontra le site de la bataille de Killiecrankie.
C'est une des plus populaires de l'histoire écossaise, non pas autant par
l'importance des forces qui y furent engagées ou des événements qui y
furent décidés, que par le cadre formidable du paysage, par les circonstances qui sont caractéristiques des rencontres entre highlanders et
réguliers, et par le trépas de Claverhouse, vicomte de Dundee, le chef
du parti royaliste. La passe de Killiecrankie, étroite et noire, pénètre
tortueusement entre deux murailles de rochers souvent à pic, dressées
l'une contre l'autre. A leurs pieds, un torrent bondit, rugit et écume
en chutes et cataractes, ou file d'un trait, sombre, sourd, lisse et luisant
comme une coulée de métal, avec un air plus dangereux encore. On

---

[1] *The Battle of Sheriff-Muir.*

pense à ces redoutables défilés faits pour l'égorgement d'une armée. C'est au haut de cette passe que Mackay, le général anglais, avait rangé son armée sur un plateau étroit, entre cette gorge qu'il venait de traverser et des pentes escarpées de montagnes[1]. Celles-ci étaient occupées par Dundee et ses highlanders Jacobites. Se lançant sur la déclivité du terrain, ils se ruèrent sur l'armée anglaise, avec une force d'avalanche, et la précipitèrent dans la passe, où ils se jetèrent pêle-mêle avec elle. Ils massacrèrent leurs adversaires jusque parmi les rocs du torrent[2]. On montre encore *le saut du soldat,* où un des vaincus, sentant au-dessus de ses épaules la claymore d'un highlander, franchit un des bras du torrent d'un bond désespéré. En quelques instants 2000 hommes furent sabrés ou noyés dans ce gouffre. Mais le général vainqueur tomba atteint dans le geste même de la victoire ; au moment où, le bras levé, il agitait son chapeau, une balle le frappa au défaut de la cuirasse, près de l'aisselle[3]. Avec l'ambitieux et habile Claverhouse, tombèrent les dernières espérances de Jacques II. Ces choses se passèrent le 24 Juin 1689.

Il était peu probable que Burns parcourrait ces lieux célèbres sans en recevoir une émotion. Et en effet on a de lui une bataille de Killiecrankie, comme on avait eu une bataille de Sheriffmuir.

  « D'où venez-vous si brave, garçon,
    D'où venez-vous si faraud, O ?
   D'où venez-vous si brave, garçon ?
  Avez-vous passé par Killiecrankie, O ?

   Si vous aviez été où j'ai été,
  Vous ne seriez pas si fringant, O ;
   Et si vous aviez vu ce que j'ai vu,
    Sur les pentes de Killiecrankie, O.

 Je me suis battu sur terre et battu sur mer,
 Et battu à la maison avec ma vieille tante, O ;
   Mais j'ai rencontré le démon et Dundee,
    Sur les pentes de Killiecrankie, O.

   Le hardi Pitcur tomba dans un sillon,
  Et Claverhouse reçut un mauvais coup, O ;
  Sans quoi, j'aurais repu un épervier d'Athole,
    Sur les pentes de Killiecrankie, O. [4]

---

[1] Lire, sur cette marche à travers la passe, Macaulay, *History of England*, ch. XIII.

[2] Voir une très claire description dans Hill Burton, *History of Scotland*, tome VII, p. 375-83. — Un tableau très pittoresque de la *furia* des Highlanders dans Walter Scott, *Tales of a grand Father*, chap. LVI, — et le récit de Macaulay, *History of England*, chap. XIII.

[3] Walter Scott, *Tales of a grand Father*, chap. LVI.

[4] *The Battle of Killiecrankie.*

D'après le ton même de ces pièces, on voit que Burns reflétait avec justesse le sentiment écossais, que ce fût le haut enthousiasme d'une grande action nationale comme à Bannockburn ou le défi railleur et goguenard de rencontres moins décisives.

Il n'est pas surprenant qu'en arrivant sur le champ de bataille de Culloden, il ait éprouvé une émotion très poignante. C'est pour les voyageurs les plus indifférents une promenade attristante que de traverser cette lande marécageuse, plate et sombre. Sauf une petite colline noirâtre, couronnée de sapins funèbres qui lui donnent un air de cimetière, la monotone étendue brune des bruyères s'allonge de toutes parts, a peine tachetée de quelques plaques vertes, aux endroits où les morts furent enterrés [1]. Pour un Écossais qui sait les détails et les conséquences de la bataille, cette tristesse du lieu s'accroît et se précise de souvenirs et de regrets. Que de fautes commises, dont une seule évitée eût pu changer la face et la suite des choses ! Cette vaste plaine, unie comme un champ de manœuvres pour l'artillerie et la cavalerie, était le pire terrain qu'on pût choisir pour les malheureux highlanders. « Il est impossible, dit Hill Burton, de regarder ce désert, sans un sentiment de compassion, pour l'impuissance d'une armée de highlanders en un pareil endroit [2].» Au dernier moment, lord George Murray avait proposé de se retirer derrière la petite rivière de la Nairn et d'y attendre des renforts. Si on l'avait écouté, rien peut-être n'était perdu. Et si du moins ces malheureux avaient combattu dans des conditions ordinaires, mais non ! Toute la nuit on les a surmenés, dans une marche pour surprendre le camp ennemi. Ils sont arrivés en vue des tentes, quand l'aurore paraissait et que les tambours battaient le réveil [3]. Le coup est manqué ; il faut regagner les positions. Au moment où l'ennemi arrive, ils sont tellement harassés de fatigue, minés par la faim, exténués de sommeil et d'épuisement, qu'on est obligé de les secouer pour les réveiller [4]. Quand ils sont rangés en bataille, les boulets ennemis « font des sentiers » dans leurs rangs ; ils sont sans cavalerie, et ont quelques canons dont les artilleurs sont absents. Ils demandent avec rage la permission de courir en avant ; des ordres tardifs et mal donnés les lancent par fragments, une aile avant l'autre ; des tiraillements d'amour-propre entre les clans brisent l'unité et l'impétuosité de l'élan. Les highlanders se jettent en désordre dans la fusillade, sur les baïonnettes des Anglais, et tombent par tas [5]. La déroute est rapide et irrémédiable ;

---

[1] Voir le *Guide to Culloden Moor*, by Peter Anderson of Inverness, avec le plan.

[2] Hill Burton, *History of Scottland*, tome VIII, p. 488.

[3] Hill Burton, *Id.*

[4] Walter Scott, *Tales of a grand Father*, chap. LXXXIII.

[5] Il y a une très complète description de la bataille dans le *Guide* de Peter Anderson ; voir aussi le récit de Walter Scott, chap. LXXXIII et les pages d'Amédée Pichot dans son *Histoire de Charles-Edouard*, chap. XXXI et XXXII.

c'est la fin du bref et brillant roman de Charles-Edouard, la dernière des batailles où ait palpité le cœur de l'Écosse. Et rien pour éclairer ce désastre. Sur cette lande funeste, funèbre et farouche, pèse encore la cruauté des vainqueurs. Des moribonds égorgés, des prisonniers fusillés ou assommés à coups de crosse ; ces masures, où des bergers avaient recueilli des blessés, mises en flammes, les portes fermées, et croulant sur des clameurs désespérées ; ces fuyards hachés à coups de sabre, toutes les horreurs s'ajoutent à l'horreur de cette plaine maudite [1].

Ces désastres, ces forfaits étaient encore récents, à l'époque où Burns visita le champ de bataille. Il y apportait la pensée de la part prise par son père à cette révolte « de 45 », et il était particulièrement disposé à ressentir tout ce qui s'y rattachait. Dans son journal, il a noté cette visite en quelques mots mais qui semblent contenir bien des choses qu'il ne se souciait pas d'écrire : « Traversé le moor de Culloden, réflexions sur le champ de bataille ». Ces réflexions portaient sans doute sur ces désespoirs causés par tant de vies fauchées.

> La jolie fille d'Inverness
> Ne peut plus connaître ni joie, ni plaisir ;
> Car, le soir et le matin, elle dit : hélas !
> Et toujours les pleurs amers aveuglent ses yeux.
> Moor de Drumossie — jour de Drumossie :
> Ce fut un affreux jour pour moi !
> Car là j'ai perdu mon père aimé,
> Mon père aimé et trois frères.
>
> Leur linceul fut l'argile sanglante,
> Leurs tombes, on les voit verdir :
> Et près d'eux gît le plus cher gars
> Qu'ait jamais béni le regard d'une femme !
> Maintenant malheur sur toi, ô cruel seigneur,
> Homme de sang, je crois que tu l'es,
> Car tu as rendu désespéré maint cœur
> Qui jamais ne blessa ni les tiens ni toi [2].

Et des morts de Culloden sortit aussi cette plainte plus touchante encore, la *Lamentation de la veuve des Hautes-Terres*.

> Oh ! je suis venue dans les basses terres,
> Ochon, ochon, ochrie !
> Sans un penny dans ma bourse,
> Pour m'acheter un repas.
>
> Ce n'était pas ainsi dans les collines des Hautes-Terres,
> Ochon, ochon, ochrie !

---

[1] Voir les extraits des *Jacobite memoirs of the Rebellion of 1745*, de Robert Chambers, donnés par Peter Anderson.

[2] *The Lovely Lass of Inverness*.

Pas une femme dans la vaste contrée
N'était aussi heureuse que moi.

Car alors je possédais vingt vaches,
Ochon, ochon, ochrie !
Qui paissaient là-bas sur la haute colline
Et me donnaient du lait.

Et là-bas j'avais trois-vingts brebis,
Ochon, ochon, ochrie !
Qui bondissaient sur les jolies collines
Et me donnaient de la laine.

J'étais la plus heureuse de tout le clan ;
Tristement, tristement je puis gémir,
Car Donald était l'homme le plus beau,
Et Donald était à moi.

Lorsque Charlie Stuart arriva enfin,
Si loin, pour nous rendre libres,
Le bras de mon Donald était nécessaire
A l'Ecosse et à moi.

Leur triste sort, qu'ai-je besoin de le dire ?
Le droit dut céder à l'injustice ;
Mon Donald et sa contrée tombèrent
Sur le champ de Culloden.

Ochon ! ô Donald, oh !
Ochon, ochon, ochrie !
Pas une femme dans le vaste monde
Aussi misérable maintenant que moi[1].

Mais, outre celles-là, Burns semble avoir recueilli d'autres impressions, éparses par tout le pays. La répression, après la victoire de Culloden, fut une des plus atroces et implacables qui aient jamais éteint dans le sang les cendres d'une rebellion. Elle a laissé sur le duc de Cumberland une marque indélébile ; il porte dans l'histoire le nom de boucher. Le pays entier fut saccagé de fond en comble ; « on pouvait voyager des journées à travers les vallées dépeuplées, sans voir une cheminée fumer ou entendre un coq chanter[2]. » Les hommes furent traqués et abattus à coups de fusils comme, des loups, les châteaux démolis, les chaumières incendiées, les troupeaux enlevés, les femmes et les enfants jetés nus, grelottants dans la nuit et les solitudes glaciales des monts[3]. On en voyait qui se traînaient derrière les pillards et imploraient un peu de sang ou les entrailles de leurs propres troupeaux. Ils périssaient de

---

[1] *The Highland Widow's Lament.*
[2] R. Chambers, cité par Peter Anderson, p. 103.
[3] Smollett, cité par Peter Anderson, p. 103.

froid et de faim [1]. La sauvagerie des soldats était parfois plus hideuse, « ils furent coupables de toutes sortes d'outrages envers les femmes, la vieillesse et l'enfance [2].» Une mare de sang auprès de décombres calcinés était le tableau de tout le pays. Heureux lorsque les hommes pouvaient s'échapper, fuir à l'étranger pour un exil sans terme. On peut imaginer ce que des temps pareils voient de douleurs, de séparations, de déchirements, temps exécrés où toutes les figures ont des larmes. Une immense malédiction, faite de milliers de sanglots, de gémissements, d'adieux et de râles, monta de partout, des vallées, de la plaine, des collines, des monts, comme le cri de l'Écosse. Il sembla que le vent qui passait sur les bruyères portait des plaintes humaines et disait au ciel des choses douloureuses.

Dans une ode admirable de colère et de courage qu'il a appelée *Les Larmes de l'Écosse*, et qui le fera vivre comme poète, Smollett avait exprimé cette suprême affliction de sa patrie.

> « Gémis, malheureuse Calédonie, gémis
> Sur ta paix bannie, tes lauriers déchirés !
> Tes fils, longtemps fameux pour leur valeur,
> Sont étendus égorgés sur leur sol natal ;
> Tes toits hospitaliers
> N'invitent plus l'étranger vers la porte ;
> Effondrés en ruines fumantes, ils gisent,
> Monuments de la cruauté.
>
> Oh ! cause funeste, oh ! matin fatal
> Que les âges à venir maudiront !
> Les fils se tenaient contre leur père,
> Le père versait le sang de ses enfants.
> Cependant, quand la rage de la bataille cessa,
> L'âme du vainqueur ne fut pas apaisée ;
> Les abandonnés, les nus durent sentir
> Les flammes dévorantes et l'acier meurtrier.
>
> La pieuse mère, vouée à la mort,
> Abandonnée, erre sur la bruyère ;
> L'aigre vent siffle autour de sa tête ;
> Ses orphelins sans force pleurent pour avoir du pain ;
> Dépourvue d'abri, de nourriture, d'amis,
> Elle regarde les ombres de la nuit descendre,
> Et, étendue sous les cieux incléments,
> Sanglotte sur ses pauvres bébés et meurt.
>
> Tant que du sang chaud mouillera mes veines,
> Et que le souvenir en moi règnera non affaibli,
> Le ressentiment du destin de ma patrie
> Battra dans ma poitrine filiale ;

---

[1] Lord Mahon, *History of England*.

[2] Walter Scott, *Tales of a grand Father*, chap. LXXXIV. — Voir aussi ces horreurs dans Amédée Pichot, chap. XXXIII.

> Et, en dépit de son ennemi insultant,
> Mon vers sympathisant coulera:
> « Gémis, malheureuse Calédonie, gémis
> Sur ta paix bannie et tes lauriers déchirés [1]. »

Lors du passage de Burns dans ces régions, les traces de ces sauvageries n'étaient pas encore recouvertes. Il put apercevoir les ruines de plus d'un château et s'arrêter, dans mainte vallée déserte, devant des décombres de hameaux brûlés. Des cœurs saignaient encore. Il rencontra des visages qui portaient toujours l'expression de ces temps-là. Il connut des veuves, des orphelins, de vieilles filles restées fidèles à un mort ou à un proscrit. Il glana ces douleurs. Avec une résonnance d'âme très belle, il fut ému de ces chagrins. Il sentit vivre encore, dans les allusions, dans les causeries, dans les refrains, l'indestructible dévoûment aux Stuarts ; il admira les fidélités indomptables qui s'obstinaient dans ces âmes de granit. Les tenaces bruyères, attachées à leurs rocs, sont ainsi tordues par les rafales et leur résistent. C'est son honneur d'avoir éprouvé ce qui survivait de ces jours de calamité et d'angoisse. Avec moins d'emportement que Smollett, avec plus de poésie et un sentiment plus humain des afflictions particulières, il recueillit les dernières larmes de l'Écosse.

Il y a toute une suite de pièces qui se rassemblent autour de ce sujet. Tantôt c'est un fugitif qui, caché parmi des rochers, attendant de pouvoir passer à l'étranger, écoute l'ouragan gronder et répondre au tumulte de son cœur. Cette pièce s'appelle la *Lamentation de Strathallan ;* elle est placée dans la bouche de James Drummond, vicomte de Strathallan, qui, après la mort de son père tué à Culloden, parvint avec quelques-uns de ses compagnons à fuir en France, où il mourut.

> Nuit très épaisse, entoure mon abri,
> Tempêtes hurlantes, mugissez sur ma tête,
> Torrents troublés, gonflés par l'hiver,
> Rugissez près de ma caverne solitaire.
> Les ruisseaux de cristal au cours paisible,
> Les séjours bruyants du vil genre humain,
> Les brises d'ouest au souffle léger,
> Ne conviennent pas à mon âme désespérée.
>
> Engagés dans la cause du Droit,
> Pour redresser des torts injustes,
> Nous avons mené fortement la guerre de l'Honneur,
> Mais le ciel nous refusa le succès.
> La roue de la ruine a passé sur nous ;
> Pas un espoir n'ose nous accompagner ;
> Le vaste monde entier est devant nous,
> Mais un monde sans un ami [2].

---

[1] Smollett, *The tears of Scotland.*
[2] *Strathallan's Lament.*

Ailleurs ce sont deux amants qui se quittent en se disant adieu. Ils ont pu passer d'Écosse en Irlande, d'où la fuite en France était plus facile. Elle l'a accompagné jusque-là ; elle doit le quitter et tout ce drame tient en une petite pièce pleine de mouvement, de vaillance, d'ineffable tristesse, qui a, ce qui est rare chez Burns, l'accent et le tour romanesque des anciennes ballades. Le refrain en est indiciblement mélancolique. Que de cœurs l'avaient confusément senti en tristesse inarticulée !

> « C'était pour notre roi légitime
> Que nous avons quitté la grève de la douce Ecosse ;
> C'était pour notre roi légitime
> Que nous avons vu la terre irlandaise, ma chérie,
> Que nous avons vu la terre irlandaise.
>
> Maintenant tout ce qu'on pouvait humainement a été fait,
> Et tout a été fait en vain ;
> Mon amour et ma terre natale, adieu,
> Car il me faut traverser la mer, ma chérie,
> Car il me faut traverser la mer. »
>
> Il se détourna, il se détourna,
> Sur la rive irlandaise ;
> Il donna aux rênes de sa bride une secousse,
> Avec : « Adieu pour jamais, ma chérie,
> Et adieu pour jamais. »
>
> Le soldat revient des guerres,
> Le matelot de la mer,
> Mais moi j'ai quitté mon bien-aimé
> Pour ne jamais nous revoir, mon chéri,
> Pour ne jamais nous revoir.
>
> Quand le jour est parti et la nuit venue,
> Et que tout le monde est captif du sommeil ;
> Je pense à celui qui est au loin,
> Pendant toute la nuit et je pleure, mon chéri,
> Pendant toute la nuit, et je pleure [1].

Ailleurs c'est la voix d'un banni qui arrive de par delà les mers, elle dit les douleurs de l'exil qui décolorent les cieux les plus brillants, et cette pensée de retour et de vengeance qui met des flammes dans les yeux des proscrits et entretient leur vie par la haine.

> Loin des amis et de la terre que j'aime,
> Chassé par la cruelle haine de la fortune,
> Loin de ma bien-aimée, j'erre ;
> Jamais plus je ne goûterai le bonheur,

---

[1] *It was a' for our rightfu' King.*

> Jamais plus je ne dois espérer trouver
> Aise à mon labeur, confort à mon souci ;
> Quand le souvenir torture l'esprit,
> Les plaisirs ne font que lever le voile du désespoir.
>
> Les plus brillants climats me paraîtront mornes,
> Les rivages fleuris me paraîtront déserts,
> Jusqu'à ce que les destins, cessant d'être sévères,
> Rendent l'Amitié, l'Amour et la Paix.
> Jusqu'à ce que la Vengeance, au front lauré,
> Ramène les proscrits au pays ;
> Et que chaque gars loyal et brave
> Traverse les mers et retrouve sa bien-aimée [1].

Parfois ce sont des notes plus légères mais presque aussi touchantes et aussi justes. On y sent ces souvenirs royalistes, qui persistèrent si longtemps et la façon dont ils persistaient. Ils se montraient dans des chansons légères, un peu railleuses, le plus souvent chantées par les femmes. Personne n'égale celles-ci pour faire entendre dans des refrains, où vont leurs espoirs, au moyen de finesses, de sourires, d'allusions qui sont toutes dans la voix et insaisissables. Qu'on imagine cette jolie chanson si pimpante, si provocante, chantée par une jolie et vaillante fille, à la barbe d'un officier hanovrien. Comment essayer sans ridicule de mettre le doigt sur l'impertinence et la charmante fidélité qui s'y jouent ?

> C'était un lundi matin,
> Et très tôt dans l'année,
> Que Charlie entra dans notre ville,
> Le jeune chevalier.
>
> Et Charlie est mon préféré,
> Mon préféré, mon préféré,
> Charlie est mon préféré,
> Le jeune chevalier.
>
> Comme il montait à pied la rue
> Pour examiner la cité,
> Oh ! il aperçut une jolie fille
> Qui regardait par la fenêtre.
>
> Légèrement, il monta d'un bond l'escalier,
> Et frappa à la porte,
> Et la jolie fille se trouva toute prête
> A laisser entrer le gars.
>
> Il mit sa Jenny sur son genou,
> Dans son costume des Hautes-Terres,
> Car fièrement il savait la façon
> De plaire à une jolie fille.

---

[1] *Frae the Friend and Land I love.*

C'est sur cette montagne couverte de bruyères,
Et dans cette vallée pleine de taillis,
Nous n'osons pas aller traire les vaches
A cause de Charlie et de ses hommes.

Et Charlie est mon préféré,
Mon préféré, mon préféré,
Charlie est mon préféré,
Le jeune chevalier [1].

Ou celle-ci encore, un peu plus populaire :

Galettes de farine d'orge,
Galettes d'orge,
A la santé, ô gars des Hautes-Terres,
Des galettes d'orge.

Qui le premier dans un combat
Criera le premier « pourparler » ?
Jamais les gars avec
Les galettes d'orge,
Les galettes de farine d'orge.

Qui, dans ses jours malheureux,
Fut loyal à Charlie ?
Qui, sinon les gars avec
Les galettes d'orge,
Les galettes de farine d'orge [2] !

Quelquefois les souvenirs de fidélité remontaient plus haut, prenaient un air historique comme dans cette complainte très belle :

Près du mur de ce château, quand le jour se clôt,
J'ai entendu un homme chanter, bien que sa tête fût grise ;
Et, comme il chantait, ses larmes tombaient :
Il n'y aura jamais de paix jusqu'à ce que Jacques revienne.

L'Eglise est en ruines, l'Etat est en discorde,
Tromperies, oppressions et guerres meurtrières,
Nous n'osons pas le dire, mais nous savons qui est à blâmer :
Il n'y aura jamais de paix jusqu'à ce que Jacques revienne.

Mes sept beaux garçons pour Jacques ont tiré l'épée,
Maintenant je pleure autour de leurs lits verts dans le cimetière,
J'ai brisé le doux cœur de ma fidèle vieille femme :
Il n'y aura jamais de paix jusqu'à ce que Jacques revienne.

Maintenant la vie est un fardeau qui me courbe,
Car j'ai perdu mes fils et lui a perdu sa couronne ;
Mais jusqu'à mes derniers moments mes mots sont les mêmes :
Il n'y aura pas de paix jusqu'à ce que Jacques revienne [3].

---

[1] *Charlie, he's my darling.*
[2] *Bannocks o' bearmeal.*
[3] *There'll never be Peace till Jamie comes hame.*

Encore une fois, toutes ces pièces n'éclatèrent pas sur les lieux mêmes ; mais les impressions d'où elles naquirent, y furent ressenties. Elles tombèrent alors dans l'âme du poète, puis, comme si le temps n'existait pas dans certaines profondeurs intellectuelles, frémirent un jour aussi vives, et trouvèrent, dans l'esprit du moment, des paroles et un rhytme. Des heures comme celles qu'il passa sur les pentes de Bannockburn et, à un moindre degré, sur la bruyère de Culloden, peuvent prendre place avec l'après-midi où il écrasa le nid de souris. En ces instants-là, dans l'âme ouverte par l'influence des souvenirs, de la nature, ou de la compassion humaine, une main divine jette des germes inaperçus qui seront un jour la richesse d'une vie et les fleurs d'un génie. Il avait raison de dire : « Mon voyage à travers les Hautes-Terres m'a véritablement inspiré et j'espère avoir amassé une bonne provision d'idées poétiques nouvelles [1] ».

Toute cette partie historique du voyage fut pour Burns féconde et bienfaisante. Il vécut hors de lui-même et il en avait besoin. Même la compagnie de Nichol, jacobite enragé, ne lui fut pas ici mauvaise ; elle entretint en lui un loyalisme un peu factice, et s'il eut à s'en repentir plus tard, il n'importe. Il fut remué par des émotions, dont quelques-unes étaient nobles et ajoutèrent leur noblesse à son âme.

Si les impressions de nature avaient été aussi abondantes et aussi riches que les impressions historiques, ce voyage eût été fécond de tous points. Il ne paraît pas que cela fût impossible. Par ses formes plus vastes, ses mouvements plus marqués, ses accidents de terrain plus variés et plus dramatiques, la contrée des Hautes-Terres est mieux faite pour frapper le voyageur qui la traverse que les régions moyennes des Borders. Elle peut plutôt prendre par surprise et transporter du premier coup. Et justement la route que suivait Burns est une de celles où se manifestent le mieux les caractères différents du pays.

Il suffit d'aller de Crieff à Kenmore, par l'hôtellerie d'Amulrie, en traversant l'admirable glen Almond et en remontant la rude Glen Quoich par le lac Frenchie, pour avoir une des plus parfaites vues de vallées que renferment les Highlands. « Certainement, dit Geikie, la plus large région du plus sauvage paysage qui soit dans la Grande-Bretagne, est comprise dans les cent milles carrés de montagnes et de ravins désolés compris entre Glen Feshie et Gleen Quoich [2]. » On est au bord de ce district, à l'endroit où de la grâce se mêle à la grandeur. On suit la base de montagnes d'un dessin imposant et tranquille, d'une couleur grave, riche et tendre. Elles sont recouvertes, à la saison où Burns les

[1] *To Patrick Miller*, 28th Sept. 1787.
[2] A. Geikie, *Scenery of Scotland*, p. 218.

parcourait, de bruyères violettes et de mousses roussies ou bronzées. Une lumière fine qui les baigne, adoucit tellement les teintes que ces nobles montagnes ont l'air de traîner des manteaux de vieux velours usé, pourpres et mordorés. Elles sont, ainsi revêtues, pleines de douceur et de majesté. En même temps elles ont une mélancolie si large et si attirante. Ce n'est pas une mélancolie immobile. Toujours le paysage vit et continuellement se passionne en grands mouvements de lumière, qui parfois ressemblent à des élans. Et je ne veux pas parler des changements de ciel, des orages, mais d'incessantes et délicates émotions de couleur, qui font palpiter le paysage et ne sont possibles qu'avec les nuances particulières aux pentes écossaises. Quand nous y passâmes, par un jour pur où erraient quelques nuages, lorsque le soleil donnait, des taches vertes et gaies s'éveillaient, de toutes parts et tout riait; lorsqu'une ombre passait, elles s'éteignaient, et soudain tous les rochers gris ressortaient et s'emparaient de la montagne morose; elle était tout en mouvement comme un cœur partagé entre l'espoir et le chagrin.

Il suffit d'aller de Kenmore à Blair Athole, de visiter les chûtes d'Aberfeldy, le parc de Killiecrankie, les cascades de Bruar et du Tummel, pour voir rassemblés les accidents et les dislocations les plus violents, les sites déchirés, les aspects torturés du pays écossais; pour contempler l'étreinte des rochers et des torrents, et leur fureur éternelle. On a, dans toute sa variété, avec ses efforts, ses rages, ses souffrances, ses sanglots désespérés, ses hurlements furieux, le combat de l'eau et de la montagne. On peut assister, dans des rencontres particulières, aux prises des deux adversaires. On a là une suite d'épisodes détachés, circonscrits, individuels, pour ainsi dire, plus frappants, à première vue, que les paysages d'ensemble, mais moins profonds. On peut y rencontrer ces secousses d'étonnement et d'épouvante, qui touchent certaines âmes fermées aux impressions plus élevées et d'un sens plus large que contiennent les étendues harmoniques.

Et surtout il suffit d'aller de Blair Athole à Kingussie, de traverser le dos des Grampiens, pour éprouver ce que l'Écosse peut inspirer de plus grandiose, si l'on excepte peut-être la poésie redoutable des îles de la côte ouest. On est sur un plateau, au niveau des hauts sommets, au milieu d'un océan de vastes croupes arrondies et douces, toutes d'égale hauteur, qui s'en vont dans tous les sens, innombrables. Cet épanchement colossal semble sans direction et sans bornes; on est n'importe où d'un monde de solitude. Comme les cimes sont semblables de forme et d'élévation, l'œil n'en choisit aucune et l'effet se répand sur toute la masse. Le calme des ondulations donne à ce spectacle quelque chose de définitif, qui est plus près de l'éternité que l'effort violent des montagnes escarpées. Le silence et l'abandon sont absolus. De temps en temps, un torrent qui mugit, un lac aux bords inhabités qui ne luit que pour le ciel, resserrant l'attention sur des objets séparés, donnent, pendant un instant, des proportions humaines à ce sentiment immense, indéterminé, amorphe de solitude cosmique. Mais bientôt ces détails disparaissent; l'on est perdu de nouveau dans les vagues illimitées de cette mer couverte d'une écume de bruyères et de rochers, spectacle d'une grandeur, d'une tristesse, d'une solennité inexprimables. C'est d'une sublimité paisible. A cause de la lenteur des lignes, il n'y a rien d'âpre, de menaçant, mais plutôt une douceur majestueuse. On dirait la rêverie affligée d'un dieu très bon. Tandis que les vallées sont encore faites pour les chagrins humains, c'est ici comme une mélancolie primitive, démesurée, uniforme, vague, élémentaire, qui n'a pas encore pris la variété et la précision de la vie plus récente. Souvent, quand le soleil embrase l'ouest, le ciel cramoisi, la pourpre illimitée des bruyères enflammées jusqu'au fond des horizons, et les rochers eux-mêmes devenus ardents, forment une scène d'une splendeur et d'un deuil surhumains ; on ne sait quelle pompe immense et sépulcrale, comme pour les funérailles de Saturne, antique père des Dieux et des Hommes.

Sans doute ces aspects du paysage écossais changent chaque jour et on ne les retrouve pas deux fois les mêmes. Mais leurs variations se modulent sur un fond permanent, et chaque voyageur qui passe y peut entendre une phrase différente de la même symphonie austère et puissante. Or, Burns a été de Crieff à Kenmore ; il a été de Kenmore à Blair Athole, et de Blair Athole à Inverness, sans qu'aucune émotion de nature semble l'avoir touché, sans qu'aucune, du moins, apparaisse dans son journal de voyage ou dans ses poésies. La grandiose procession de montagnes s'est déroulée devant lui sans lui rien inspirer. Les seuls vers qui s'y rapportent sont un fragment, écrit en apercevant le village et le château de Kenmore dans le district de Breadalbane. La pièce a de jolis traits et la description est exacte. Mais il est facile de sentir que ce petit tableau d'un coin de pays habité, et la déclamation vague qui le suit, sont bien loin des grandes scènes de nature et de leurs pensées profondes.

> Admirant la nature dans sa grâce la plus inculte,
> Je parcours, d'un pas lassé, ces scènes du nord ;
> Par mainte vallée sinueuse, mainte pente ardue,
> Séjours des nichées de grouse et des moutons craintifs,
> Je poursuis, curieux, mon voyage solitaire.
> Tout à coup, le fameux Breadalbane s'ouvre à ma vue,
> Les escarpements qui se touchent sont séparés par de profondes gorges,
> Les bois, sauvagement épars, revêtent leurs vastes flancs ;
> Le lac qui s'élargit au sein de collines
> Remplit mes yeux de surprise et d'émerveillement ;
> La Tay doucement sinueuse dans son orgueil enfantin,
> Le palais qui s'élève sur sa rive verdoyante,
> Les pelouses frangées de bois, selon le goût natif de la nature,

Les monticules qu'elle a semés en hâte et sans soin ,
Les arches du pont qui franchit la jeune rivière,
Le village scintillant dans le rayon d'après midi...

Des ardeurs poétiques gonflent mon sein,
Quand j'erre près de la hutte moussue de l'ermite,
Dans un vaste théâtre de bois suspendus,
Au rugissement incessant de ruisseaux qui trébuchent follement...

Ici la Poésie peut éveiller sa lyre célestement inspirée,
Et, avec une ardeur créatrice, regarder dans la nature;
Ici, à moitié reconcilié avec les injustices du sort,
Le Malheur, d'un pas plus léger, peut errer sauvagement,
Et la Désillusion , dans ces limites solitaires ,
Trouver un baume qui adoucisse ses amères blessures;
Ici le Chagrin, frappé au cœur, peut vers le ciel tourner ses yeux,
Et la Vertu calomniée oublier et pardonner aux hommes [1].

Il n'a donc pas compris les paysages à aspects généraux. Si quelque partie
l'a frappé, c'est la partie moyenne de la route, le district tourmenté de
Kenmore à Blair Athole , un paysage à accidents séparés , à épisodes
bruyants et un peu mélodramatiques, comme les chutes d'eau, les cascades.
Et l'on en discerne bien les raisons ; son âme n'était pas une de ces âmes
à rêveries prolongées, qui se nourrissent de contemplations uniformes ;
c'était une âme à émotions brusques , à secousses vives, que devaient
prendre bien plutôt des sites saisissants. Cette préférence même indique
un esprit peu pénétré des influences profondes de la nature. C'est le
goût ordinaire des touristes. Mais même sur ce point-là, il est facile de
voir quelle appréciation étroite il avait de ce genre de beautés. On a de
lui des pièces inspirées par quelques-uns de ces sites. Il suffit d'aller les
lire sur les lieux mêmes pour comprendre le peu de rapport qu'elles ont
avec eux.

Un des endroits qu'on visite, lorsqu'on descend du loch Tay dans la
direction de Dunkeld, sont les fameuses chûtes de Moness ou d'Aberfeldy.
Elles tombent par une gorge rocheuse, longue de plus de deux milles.
Au fond de hautes parois à pic, bondissent, blanchissent et bruissent
les eaux. Mais ce ne sont pas elles qui font la propre beauté de ces lieux ;
c'est la végétation qui enferme ces chûtes sous une voûte continue et
épaisse. Un monde d'arbres et d'arbustes, de sapins, de frênes, de noisetiers, de bouleaux, s'est emparé des deux bords et s'est logé dans toutes les
fissures. Ils se penchent, se touchent et se croisent au-dessus de l'abîme,
en sorte que les cascades supérieures coulent derrière des voiles de
branches. Des mousses , des lierres , des plantes traînantes, tapissent les
côtés, y pendent en plis touffus ; les parois sont creusées de mille petites

---

[1] *Verses written with in Pencil over the chimney-piece, in the Parlour of the Inn at
Kenmore, Taymouth.*

grottes, pleines de fins feuillages d'une fraîcheur et d'une délicatesse féeriques. Ce berceau, qui empêche le soleil de pénétrer autrement que par flèches et l'humidité de s'évaporer, entretient une ombre et une tiédeur. Des filets clairs, qui suintent ou jaillissent de tous les rochers, brillent dans les feuillages; une brume d'eau, une poussière d'argent s'élève ; toutes les branches, les brins d'herbe scintillent de gouttelettes, et la dentelle des ramures est surbrodée d'une dentelle de cristal qui tremble avec elle et, en tremblant, laisse tomber des perles, aussitôt reformées. Il règne là un crépuscule somptueusement et mystérieusement verdâtre, plus sombre sous les sapins, plus pâle sous les hêtres et les bouleaux, dans les profondeurs duquel éclatent des ors et des émeraudes, souvent en des endroits si reculés qu'on dirait qu'ils s'y allument d'eux-mêmes. C'est un palais tendu de velours vert, où s'alanguit une moiteur voluptueuse, une retraite pleine d'alcôves pour les Oréades. On ne peut s'y attarder sans penser à la rêverie merveilleuse, à la grotte aérienne et irisée, où Shelley eût placé une des pauses de son Alastor; ou mieux encore à la riche apparition forestière, luisante, profonde, frissonnante de lumière, où Keats eût placé un des sommeils de son Endymion.

Lorsqu'après avoir ainsi contemplé ce paysage, on ouvre son Burns, curieux de voir ce qu'il en a saisi, on est tout dépaysé. Il n'y a trouvé qu'un lieu de rendez-vous et matière à une petite chanson :

Jolie fillette, voulez-vous venir
Voulez-vous venir, voulez-vous venir,
Jolie fillette, voulez-vous venir
Vers les bouleaux d'Aberfeldy ?

Maintenant l'été brille sur les pentes fleuries,
Et joue sur les ruisselets de cristal ;
Venez, allons passer les jours clairs
Sous les bouleaux d'Aberfeldy.

Les petits oiselets chantent joyeusement,
Tandis qu'au-dessus d'eux les noisetiers pendent,
Ou ils volètent légèrement d'une aile folâtre,
Dans les bouleaux d'Aberfeldy.

Les parois se dressent comme de hauts murs,
Le ruisseau écumant, rugissant, profondément tombe,
Sous une voûte de verdures penchées et odorantes,
Sous les bouleaux d'Aberfeldy.

Les âpres escarpements sont couronnés de fleurs,
Tout blanc le ruissseau se verse en cataractes,
Et, remontant mouille, d'averses de brouillard,
Les bouleaux d'Aberfeldy.

Que les dons de la Fortune volent au hasard,
Ils n'obtiendront jamais un souhait de moi;

Suprêmement heureux avec l'amour et toi,
Dans les bouleaux d'Aberfeldy.

Jolie fillette voulez-vous venir,
Voulez-vous venir, voulez-vous venir
Jolie fillette, voulez-vous venir
Vers les bouleaux d'Aberfeldy [1] ?

Burns avait l'œil si juste qu'il ne pouvait pas ne pas saisir quelques-uns
des traits constitutifs de ce site. Il a aussi, on le voit, éprouvé que ce
séjour étrange semble fait pour des caresses. Mais le fond mystérieux
et les larges proportions ont échappé à son esprit précis et moyen.
Il n'est pas à l'échelle de la nature, il a tout rapetissé, réduit ; et, par
là même, laissé en dehors l'expression du paysage.

Il en est de même pour la pièce écrite sur les cascades de Bruar.
Celles-ci ont un caractère tout opposé aux chutes d'Aberfeldy. Une
montagne de granit fendue en deux ; dans cette cassure, un torrent
déroule. Tout est nu ; pas d'arbres, pas un arbuste, rien que des rocs
gris et rouges, des cascades, et du ciel. C'est une stérilité puissante ; on
dirait la désolation inexorable et définitive d'un cataclysme qui a, sur ce
point, vaincu à jamais la vie. Le paysage, déchiré par un spasme gigantesque, âpre, farouche, brûlé, ressemble à un champ de bataille de Titans ;
un chaos de pierres, des entassements, des écroulements de rocs, entre de
monstrueux escarpements tourmentés, hérissés de brisures et de saillies
qui semblent, tant elles sont violentes et incohérentes, produites par un
craquement subit. Elles ont l'air d'un arrêt dans un effondrement. Une
lutte affreuse se poursuit ; les rocs sont rongés et tordus par l'eau qu'ils
brisent et tordent à leur tour, une convulsion démesurée continue à
rouler dans ce paysage tourmenté par tant de convulsions. La clameur
du torrent, que rien ne brise ou n'assourdit, monte des gouffres, rauque et
brutale. Les chutes puissantes s'étagent en une suite de gradins énormes
et disloqués. De vieux ponts de pierre, qui traversent le ciel, tout en haut,
semblent faire partie de la montagne et y mettent une sorte de chemin
dantesque. En été, il n'y a sur ce sol d'autres ombres que les ombres
raides, inanimées et noires des rochers ; leurs cassures brusques, leurs
pans durement déchiquetés et leur couleur sombre bouleversent encore
davantage ce sol désordonné. On se demande entre les mains de quel
poète cette puissante révélation aurait toute sa force. On pense à un
Byron d'une étreinte plus précise, ou plutôt encore à un Milton qui aurait
cherché sur la terre les places de malédiction.

Qu'y a découvert Burns ? Ici encore il a trouvé un coin de vérité. Il a
bien senti que l'impression dominante de ce lieu était la disparition ou

---

[1] *The Birks of Aberfeldy.*

l'impossibilité de la vie. Mais, au lieu de laisser ce sentiment dans le paysage en conservant à celui-ci sa grandeur, il l'en a extrait, l'a encore rapetissé en l'appliquant à un détail. Il imagine que ces cascades de Bruar, fâchées d'être appauvries par le soleil, demandent à leur propriétaire, le duc d'Athole, de planter leurs rives d'arbres, afin que les poissons ne meurent pas sur les pierres desséchées, que les oiseaux y trouvent un abri, le lièvre une cachette, les amoureux de l'ombre et le poète un endroit où il puisse rêver.

> My lord, je le sais, votre noble oreille
> Ne résiste pas à la souffrance ;
> Enhardi ainsi, je vous prie d'écouter
> La plainte de votre humble serviteur :
> Comment les rayons brûlants du hardi Phébus,
> Flamboyants d'orgueil estival ;
> Séchant, flétrissant tout, épuisent mes ruisseaux écumants,
> Et boivent mon flot de cristal...

> Hier je pleurai presque de dépit et de rage
> Quand le poète Burns arriva,
> De ce que je me faisais voir à un barde
> Avec mon canal à demi sec ;
> Je le sais, un panégyrique en rimes
> Me fut promis, tel que j'étais ;
> Mais, si j'avais été dans ma splendeur,
> C'est à genoux qu'il m'eût adoré.

> Ici, écumant, tombant de rocs fendus,
> Je cours en détours puissants ;
> Là, mon torrent bouillonnant jette une haute fumée,
> Mugissant sauvagement en une cascade ;
> Quand je reçois toutes les sources et les fontaines
> Telles que la Nature me les a données,
> Je vaux, bien que je le dise moi-même,
> La peine qu'on fasse un mille pour me venir voir.

> Si donc mon noble maître voulait
> Combler mes plus hauts souhaits,
> Il ombragerait mes rives de hauts arbres,
> Et de jolis buissons épandus.
> Alors, avec un double plaisir, my lord,
> Vous errerez sur mes rives,
> Et écouterez maint oiseau reconnaissant
> Vous dire des chansons de gratitude.

> La grise alouette, gazouillant follement,
> S'élèvera vers les cieux ;
> Le chardonneret, le plus gai des enfants de la musique,
> Se joindra doucement au chœur,
> Au merle fort, à la grive claire,
> Au mauvis doux et moelleux ;

Le rouge-gorge égayera l'Automne pensif
Sous sa chevelure jaune.

Ceci aussi leur assurera un abri,
Pour les protéger contre l'orage ;
Et le timide lièvre dormira en sûreté,
Aplati dans son gîte herbeux ;
Ici le berger viendra s'asseoir,
Pour tresser sa couronne de fleurs,
Ou trouver une retraite, un abri sûr
Contre les averses vite descendues.

Et ici, se glissant doucement, tendrement,
Le couple amoureux se rejoindra,
Méprisant les mondes avec toute leur richesse,
Comme un soin vide et vain.
Les fleurs donneront à l'envi leurs charmes,
Pour embellir l'heure céleste,
Et les bouleaux étendront leurs bras embaumés,
Pour cacher les tendres embrassements.

Peut-être ici aussi, au printemps, à l'aurore,
Un barde pensif pourra errer,
Et voir l'herbe fumante, humide de rosée,
Et la montagne grise de brouillard ;
Ou bien, vers la moisson, sous les rayons nocturnes
Doucement parsemés dans les arbres,
Délirer en face de mon flot sombre et rapide,
Dont la voix rauque s'enfle avec la brise.

Que les hauts sapins, les frênes frais,
Recouvrent mes bords plus bas,
Et voient, penchés sur les bassins,
Leur ombre dans un lit humide ;
Que les bouleaux parfumés, parés de chèvrefeuilles,
Ornent mes hauteurs rocheuses,
Et que, pour le nid du petit chanteur,
L'épine offre un abri bien fermé [1] !

Le duc d'Athole fit droit à la pétition présentée par Burns et couvrit la montagne de plantations. Elles commençaient à grandir quand Wordsworth visita les chutes. « Nous marchâmes en remontant au moins pendant trois quarts d'heure, sous un soleil ardent, avec le ruisseau à notre droite, dont les deux bords sont plantés de sapins et de mélèzes mélangés — fils de la chanson du pauvre Burns [2]. » Après un siècle, ces arbres étaient devenus une véritable forêt qui cachait la montagne et abritait le torrent. Par un singulier hasard, il nous a été donné de voir ce site tel qu'il avait apparu à Burns. Un formidable ouragan avait

---

[1] *The humble Petition of Bruar Water to the noble Duke of Athole.*
[2] *Recollections of a Tour made in Scotland,* by Dorothy Wordsworth, p. 201.

dévasté l'Ecosse de part en part, abattant sur son passage des forêts comme des champs de blé ; il avait d'un coup renversé tous ces bois et dénudé la montagne qui reparaissait dans son ancienne âpreté.

Ce que Burns a écrit pendant ce voyage qui se rapproche le plus du caractère du site est le fragment sur les fameuses chutes de Foyers, près d'Inverness. C'est encore, remarquons-le, une vue particulière et dramatique. Cette cataracte de Foyers est d'une grandeur redoutable, elle se précipite perpendiculairement, d'une hauteur de deux cents pieds, dans un bassin de rochers énormes, avec un grondement d'orage, en envoyant en l'air une telle colonne de buée et de poussière d'eau qu'on l'a appelée la « chute de la fumée ».

> Parmi des collines vêtues de bruyères et d'âpres bois,
> La rugissante Foyers verse ses flots aux bords moussus ;
> Jusqu'à ce qu'elle se lance sur les amas de rocs,
> Où, à travers une brèche informe, son cours retentit.
> Haut en l'air, forçant leur chemin, les torrents tombent,
> En bas, se creusant d'une profondeur égale, une houle écume,
> La nappe blanchissante descend rapide sur le roc,
> Et déchire l'oreille étonnée de l'Echo invisible.
> Obscurement aperçue, à travers un brouillard qui monte et d'incessantes averses,
> La hideuse caverne assombrit son vaste cercle ;
> Et toujours, à travers la brèche, la rivière peine douloureusement,
> Et toujours, au-dessous, bouillonne le chaudron horrible...

Bien qu'il y ait une certaine énergie descriptive dans ces vers, elle ne rend pas la formidable puissance de cette cataracte. Il est vrai que rien n'est plus impossible à peindre que ces déluges. Ils se composent de tant de choses de vision et de bruit, et si rapides ; ils consistent si essentiellement en une succession vertigineuse d'éclairs, de lueurs et de tonnerres simultanés, que le tableau, s'il veut être exact, est trop étendu et est trop lent. Il ne représente que des fragments et des instants séparés d'un ensemble dont la force est d'être un amalgame, un tourbillon, aussitôt disparu, de tout cela. Même la prose n'y suffit pas. Les descriptions des grandes chutes d'eau par les plus robustes maîtres, celle du Niagara par Chateaubriand [1], celles de la chute du Rhin par Ruskin ou Victor Hugo [2], sont inefficaces. Les mots ne peuvent exprimer cette stupeur qui intimide la pensée et retient toute la vie en une sorte d'épouvante immobile.

A tout prendre, on peut affirmer que Burns n'a pas été ému par le spectacle de cette nature comme on aurait pu s'y attendre, et que ses impressions de paysage ont été bien inférieures à ses impressions historiques. C'est l'avis de ceux qui ont voyagé avec lui. Le Dr Adair, qui eut

---

[1] Chateaubriand. *Atala*.

[2] Ruskin. *Modern Painters I*, part. II, sect. 5, chap. II, — Victor Hugo. *Le Rhin*.

l'occasion de faire, peu de semaines après, un tour de quelques jours
avec lui, dit : « Pendant une résidence d'environ dix jours à Harvieston,
nous fîmes des excursions pour visiter différentes parties du paysage
environnant, qui n'est inférieur à aucun autre en Écosse, en beauté, en sublimité et en intérêt romanesque, particulièrement le château de Campbell,
ancienne résidence de la famille Argyle, la fameuse cataracte du Devon,
appelée le bassin du Chaudron, et le Pont grondant, une seule arche large,
jetée par le diable, si on en croit la tradition, à travers la rivière à environ
cent pieds au-dessus de son lit. Je suis surpris qu'aucune de ces scènes
n'ait évoqué un effort de la muse de Burns. Mais je doute qu'il ait eu un
grand goût pour le pittoresque. Je me rappelle bien que les dames
d'Harvieston, qui nous accompagnèrent dans cette promenade, montrèrent
leur désappointement de ce qu'il n'ait pas exprimé en langage plus ardent
et plus brillant ses impressions de la scène du bassin du Chaudron qui
certainement est hautement sublime et presque terrible [1]. » On peut à la
vérité, opposer à cette déposition un passage de Walker qui a l'air de le
contredire. « J'avais souvent, comme d'autres, éprouvé les plaisirs qui
naissent d'un paysage sublime ou élégant, mais je n'avais jamais vu ces
sentiments aussi intenses que chez Burns. Quand nous atteignîmes une
hutte rustique sur la rivière de la Tilt, là où celle-ci est surplombée par un
escarpement boisé d'où tombe une belle cascade, il se jeta sur un talus
de bruyère et s'abandonna à un enthousiasme d'imagination tendre,
perdu et voluptueux. Je ne puis m'empêcher de penser que c'est là peut-
être qu'il a conçu l'idée des lignes suivantes, qu'il plaça plus tard dans
son poème sur les *Chutes de Bruar*, lorsqu'il imaginait une combinaison
d'objets semblable à celle qu'il avait maintenant sous les yeux.

> Où, vers la moisson, sous les rayons nocturnes
> Doucement parsemés à travers les arbres,
> Il viendra délirer devant mon flot sombre et rapide
> Dont le cri rauque s'enfle avec la brise.

C'est avec peine que je parvins à lui faire quitter cet endroit et à
l'emmener en temps pour le souper [2]. » Mais si l'on se rappelle que les
vers cités sont parmi les plus expressifs de la pièce sur la chute de
Bruar, on n'a pas de peine à constater que l'enthousiasme de Burns,
excité peut-être par le paysage, ne s'appliquait pas au paysage lui-même
et poursuivait quelque sentiment particulier. Ce n'est pas à dire qu'il ne
ressentait pas la nature. On a pu voir le contraire. Il ne ressentait pas la
nature gigantesque, qui écrase l'homme ; son âme toujours en passion
humaine ne s'ouvrait pas à ces vastes impressions ; il ne pouvait que

---

[1] Currie. *Life of Burns*, p. 40.
[2] Currie. *Life of Burns*, p. 42. Extrait d'une lettre de Walker à Currie.

choisir, dans cet ensemble qu'il était incapable d'embrasser, un détail
dans lequel il mettait une anecdote. Son âme n'était pas faite pour la
majestueuse épopée des montagnes. Si l'on veut voir avec quelles aptitudes
diverses des âmes différentes abordent les mêmes objets, on n'a qu'à lire,
après le journal de Burns, celui que Keats a écrit pendant un court
voyage dans les Hautes-Terres. Ce fut chez lui, du premier coup d'œil,
une merveilleuse intelligence de ce que cette contrée a de plus haute
poésie.

Il faut dire cependant que ce voyage de Burns fut fait dans les conditions les plus défavorables. Ce n'est pas une façon de visiter les Highlands
que de les traverser au galop, enfermé, en compagnie de Nicol, dans
une chaise de poste, qui ne laisse voir qu'un carré de paysage toujours
fuyant. Si Burns avait parcouru le pays à pied ou sur Jenny Geddes,
s'il avait eu la tête en plein paysage, le regard libre, et ces arrêts faciles
qu'on fait en s'appuyant sur son bâton, ou en retenant la bride de son
cheval, s'il avait eu de ces journées entières où il semble qu'en marchant
on emporte avec soi des horizons, l'influence morale d'un paysage, qui
souvent commence par une sensation physique d'air frais ou de lumière,
serait peut-être entrée en lui. Mais il voyagea dans une boîte avec un
butor.

Ce fâcheux compagnon lui fut une entrave de plus d'une manière.
La réception de Burns pendant ce tour ne ressemblait en rien à celle
qu'il avait eue pendant son tour des Borders. Dans ces pays incultes, on
ne rencontrait plus la classe de gros fermiers qui habite les Basses-Terres.
Il n'y avait, surtout alors, que des seigneurs et des paysans, des châteaux
et de pauvres chaumières [1]. Burns fut accueilli comme un personnage
célèbre dans toutes ces grandes demeures ; dès qu'il arrivait on l'invitait.
Nicol, trop bourru pour se montrer, restait à l'auberge et rageait. A Blair
Athole, où Burns fut reçu par le duc d'Athole, Walker fit prendre patience
au malotru en lui donnant des cannes à pêche et en l'envoyant pêcher à la
ligne. A la suite de cette visite, on désirait garder le poète un peu plus
longtemps, mais Nicol dépité voulut partir absolument. Les dames
envoyèrent un domestique à l'auberge pour corrompre le postillon et
lui faire enlever un fer à un des chevaux. Ce postillon se trouva incor-
ruptible. Il fallut se remettre en route [2]. Ce fut peut-être un malheur pour
Burns ; on attendait comme hôte M. Dundas, dont le patronage était
tout puissant et qui était le grand distributeur de faveurs pour l'Écosse.
Cette rencontre aurait pu changer l'avenir de Burns. Cette scène se
renouvela plus loin. Il fut invité au château de Gordon par le duc et la

---

[1] Voir, sur l'état des villages des Hautes-Terres, à cette époque et presque à cette
année, *The Cottagers of Glenburnie*, par Elizabeth Hamilton.
[2] R. Chambers, tom II, p. 131, d'après Walker.

duchesse que nous avons vue reine de la société d'Édimbourg. Comme on le pressait de rester il s'en défendit en disant qu'il avait un compagnon, « son hôte offrit d'envoyer un domestique pour ramener M. Nicol au château ; Burns voulut s'acquitter lui-même de cette commission. Toutefois, un gentleman, ami particulier du duc, l'accompagna, qui transmit l'invitation avec toutes les formes de la politesse. L'invitation arrivait trop tard ; l'orgueil de Nicol s'était enflammé jusqu'à un haut degré de colère, par suite de la négligence dont il croyait être victime. Il avait ordonné qu'on mît les chevaux à la voiture, résolu à continuer le voyage tout seul, et ils le trouvèrent paradant dans les rues de Forchabers, devant la porte de l'auberge, exhalant sa colère contre le postillon, pour la lenteur avec laquelle il accomplissait ses ordres. Aucune explication, aucune prière ne purent changer sa décision. Notre poète fut réduit à la nécessité de se séparer de lui tout à fait, ou de continuer incontinent son voyage. Il choisit cette dernière alternative et, prenant place à côté de Nicol dans la chaise de poste, avec dépit et regret, il tourna le dos au château de Gordon où il s'était promis de passer quelques jours heureux [1]. » Aussi Walker est-il très sévère pour Nicol. « Pendant ces visites, dit-il, Burns fut amené à découvrir qu'il avait fait un choix peu judicieux dans son compagnon de voyage, dont la présence le gênait et le harassait. Le mauvais caractère et les mauvaises manières de M. Nicol empêchaient Burns de l'introduire dans des cercles où la délicatesse et le tact étaient nécessaires. » Et parlant des visites écourtées de Burns il ajoute : « Ceci n'était pas seulement un ennui et un désappointement, ce fut, selon toute probabilité, un sérieux malheur pour Burns, car une résidence plus longue avec des personnes d'une telle influence aurait pu engendrer une intimité durable, et de leur part, un intérêt actif pour son avancement futur [2]. »

Une fois Burns arrivé à Inverness, il considéra son voyage poétique comme terminé. Il redescendit rapidement par Aberdeen, Montrose et la côte Est, sans beaucoup regarder autour de lui. « Le reste de mes étapes ne vaut pas la peine d'être raconté ; tout récemment sorti d'avoir visité le pays d'Ossian, où j'avais vu sa tombe, que m'importaient des villes de pêcheurs et des champs fertiles. » Il vit Montrose et, dans les environs, les parents de son père, « tantes Jane et Isabel toujours vivantes, de solides vieilles femmes » ; et John Caird, probablement un camarade d'enfance de William Burns, « bien que né la même année que notre père, il marche aussi vigoureusement que moi [3]. » Il redescendit par Perth et Queensferry, et rentra à Edimbourg le 16 septembre.

---

1 Currie. *Life of Burns*, p. 43.

2 Walker. *Life of Burns*, p. LXXVIII.

3 *To Gilbert Burns*, 17th Sep. 1787.

Au cours du voyage il avait fait visite à Harvieston, à des parents de
son ami Gavin Hamilton de Mauchline. Il y avait rencontré une jeune
fille, aimable et intelligente, nommée Margaret Chalmers, avec laquelle il
entretint pendant quelque temps une correspondance amicale. Mais le
sentiment qui aurait pu naître de ces rapports n'aboutit point et Miss
Chalmers ne reste dans l'histoire de Burns que comme un des correspondants à qui il a adressé quelques-unes de ses lettres les plus intéressantes.

III

L'HIVER DE 1787-1788.

INCERTITUDES. — L'ÉPISODE DE CLARINDA. — DÉPART DÉFINITIF D'EDIMBOURG.
— LE MARIAGE.

Au commencement d'octobre, Burns comptait ne plus rester à Edimbourg que fort peu de temps. Il pensait régler ses comptes avec son
libraire Creech, et s'éloigner d'une ville où il n'avait plus rien à faire.
Il prévoyait bien que ce règlement présenterait quelques difficultés.
« Je suis déterminé à ne pas quitter Edimbourg jusqu'à ce que j'aie
terminé mes affaires avec Mr Creech, ce qui, j'en ai peur, sera une
chose ennuyeuse [1]. » Mais il ne pensait pas être retenu au delà de
quelques semaines. Dans les lettres qu'il écrit, il marque la première
partie de novembre comme la date de son départ [2].

Cependant il ne semble nullement fixé sur le lendemain. Cette question
devait le préoccuper avant tout. Lorsqu'il aurait touché les quelques
centaines de livres sur lesquelles il pouvait compter, qu'allait-il faire ?
Il fallait trouver à vivre. Son intention très sage, étant données toutes
circonstances, était de se remettre fermier. Mais où trouver une ferme ?
Il songeait bien à celles que Mr Miller lui avait offertes et qu'il avait
vues près de Dumfries. Le pays lui plaisait ; c'était une grande considération pour lui. Il s'imaginait une jolie existence de fermier poète, qui
après tout ne semble pas irréalisable. Il en parlait avec beaucoup de
bonne grâce et de raison. Ce qu'il demandait ne semble pas excessif
et on aime à se figurer qu'il eût pu l'obtenir.

Je désire vous expliquer mon idée d'être votre tenancier. Je désire être fermier,
dans une petite ferme qui occupe à peu près une charrue, dans un pays agréable, sous

---

[1] *To Patrick Miller*, 28th Sep. 1787.
[2] *To Rev. J. Skinner*, 25th Oct. 1787.

les auspices d'un bon propriétaire. Je n'ai aucunement la sotte idée d'être locataire à meilleurs termes qu'un autre. Trouver une ferme où l'on puisse vivre à peu près n'est pas facile. Je veux dire vivre simplement, en toute sobriété, comme un fermier du vieux style, en employant mon travail personnel. Les rives de la Nith sont un pays aussi doux et aussi poétique qu'aucun que j'aie jamais vu, et en outre, Monsieur, c'est simplement satisfaire les sentiments de mon propre cœur et l'opinion de mes meilleurs amis de dire que je voudrais vous appeler mon propriétaire de préférence à tout autre gentleman terrien de ma connaissance. Voilà mes vues et mes vœux, et, de quelque façon que vous jugiez convenable de disposer de vos fermes, je serai heureux d'en prendre une à bail[1].

Mais les négociations avec Mr Miller n'avançaient pas vite. Celui-ci ne semblait pas savoir très bien ce qu'il voulait, s'il désirait louer ses fermes et à quelles conditions. « On me dit, lui écrit Burns le 28 septembre, que vous ne reviendrez pas en ville avant un mois ; pendant ce temps j'irai sûrement vous voir, car je suppose que d'ici là, vous aurez arrêté vos projets par rapport à vos fermes[2]. » Un mois après, il court à Dumfries comme il l'a annoncé à son futur propriétaire. Il en revient sans rien de décidé. Tout, au contraire, semble remis en question. Il forme aussitôt un autre rêve de vie ; c'est de retourner près de Gilbert, de prendre ensemble une autre ferme et de vivre à deux, un peu plus largement, un peu plus heureusement, comme ils ont vécu à Mossgiel.

J'ai été à Dumfries, et après une seconde visite, je serai décidé au sujet d'une ferme dans ce pays. Je n'ai pas beaucoup d'espoir, mais comme mon frère est un excellent fermier et est en outre un homme excessivement prudent et calme (qualités qui dans notre famille ne sont le partage que du frère cadet), je suis déterminé, si mon affaire de Dumfries échoue, à retourner en société avec lui et, en choisissant notre temps, à prendre une autre ferme dans le voisinage. Je vous assure que je m'attends à de grands compliments pour ce très prudent exemple de mon insondable, incompréhensible sagesse[3]. »

Il est vraisemblable que cet arrangement eût été la chose la plus heureuse pour lui. Matériellement, la direction de la ferme eût gagné à être entre les mains d'un homme doué des qualités de vigilance et d'assiduité qui faisaient défaut à Burns. Et ce qui est plus important encore, celui-ci aurait eu près de lui un soutien moral et un exemple. Il aurait retrouvé dans Gilbert le frère des jeunes années, l'ami, le confident, le conseiller grave et cher, dont le silence devait être parfois un reproche et dont le dévouement était une force. Quelque chose de l'ancienne vie, de ces glorieuses années de Mossgiel, aurait survécu dans cette association des deux frères. Il y avait tant de liens et de tendresse entre ces deux cœurs si différents, l'ardeur de l'un eût été tempérée par la sagesse

[1] *To Patrick Miller*, 20th Oct. 1787.

[2] *To Patrick Miller*, 28th Sep. 1787.

[3] *To Miss Chalmers*, Nov. 18, 1787.

de l'autre. Gilbert prenant la responsabilité, Robert aurait donné son travail et gardé sa liberté d'esprit. On aurait peut-être revu des mois comme ces mois extraordinaires de la fin de 1785. Malheureusement la combinaison de Dumfries ne devait pas échouer.

Ces incertitudes allaient et venaient sur un mauvais état d'esprit, qu'elles contribuaient à entretenir. Il semble que les succès et les triomphes de l'année précédente ne se soient pas renouvelés. La curiosité était satisfaite, l'intérêt amorti, l'enthousiasme tombé. On n'entend plus parler de réceptions, d'invitations, de salons. Une froideur, un éloignement sont intervenus entre le poète et la haute société. Il ne fréquente guère plus que des hommes de position sociale moyenne comme Nicol, Ainslie, Cruikshank un collègue de Nicol. Où est le temps où il faisait tourner toutes les têtes et augmenter le prix des bonnets de gaze? On peut tenir pour certain que son amour-propre souffrit de cet abandon. On sent percer cette blessure à la façon dont il parle de la difficulté qu'il y a pour les grands à rester les amis d'hommes d'un rang plus humble.

« Il faut un rare effort de bon sens et de philosophie, chez les personnes d'un rang élevé, pour conserver vivante une amitié avec un homme qui est de beaucoup leur inférieur. Les dehors, des choses tout à fait étrangères à l'homme, pénètrent lentement dans les cœurs et les jugements de presque tous les hommes, sinon de tous. Je ne connais qu'un seul exemple d'un homme qui pleinement et vraiment regarde « tout le monde comme un théâtre, et tous les hommes et les femmes comme de simples acteurs [1], » et qui, (en mettant de côté les saluts du cours de danse), n'estime ces acteurs, les *dramatis personœ*, qu'ils bâtissent des cités ou plantent des haies, qu'ils gouvernent des provinces ou dirigent un troupeau, qu'en tant qu'ils *remplissent leurs rôles*. Pour l'honneur de l'Ayrshire, cet homme est le Professeur Dugald Stewart de Catrine [2]. »

Lorsqu'elle vient s'ajouter à l'incertitude de la vie matérielle, rien n'est plus propre que cette sensation d'abandon, pour engendrer la défiance de soi, la méfiance de l'avenir, une détresse qui pénètre tout l'être. Cette souffrance se complique lorsqu'un homme poursuit, comme Burns, deux existences presque contradictoires. Celui qui resserre ses efforts à maîtriser les conditions matérielles de la vie peut se sentir hardi; il applique un vouloir unique à un but unique; il peut espérer les joies du travail et du succès s'activant l'une l'autre; s'il a de la volonté et de la santé, il a toutes chances, plus ou moins brillamment, de gagner la partie. Mais lorsqu'un homme veut vivre de deux vies superposées, lorsqu'il a dessein de n'établir la vie ordinaire que pour mener

[1] Shakspeare, *As you Like it*. Act. II, sc. 5.
[2] *To Mrs Dunlop*, 4th Nov. 1787.

en dehors et au-dessus d'elle une vie désintéressée, lorsqu'il estime sa réussite, non d'après ce que la première lui donnera mais d'après ce qu'il obtiendra de la seconde, celui-là peut bien être troublé. La chose qu'il entreprend est difficile, presque irréalisable. D'abord, parce qu'il est peu probable qu'il soit doué pour deux genres d'effort si différents. Puis, le temps et l'énergie qu'il portera d'un côté, il souffrira de l'enlever à l'autre ; la victoire même ne tardera pas à lui sembler vaine et achetée trop chèrement. Ou bien il sera négligent ouvrier de la vie pratique ; la misère arrivera, les ronces et l'herbe envahiront sa maison, tandis qu'il cultivera ses lis ; ou bien , s'il construit solidement son existence, il s'apercevra qu'il s'est dépensé à une besogne inférieure, et que, comme un fondeur imprudent, il a usé son feu et son bronze pour un piédestal tandis qu'il n'en reste plus pour la statue. Burns sentait confusément qu'il entreprenait une chose impossible, car il n'y a guère de besogne qui ne demande les deux mains. Il comprenait ce qu'il y avait d'incompatible entre ses deux désirs ; ce manque de décision faisait naître l'inquiétude, et il en souffrait, se sentant très seul.

Vous et Charlotte, vous êtes deux places de repos favorites pour mon âme, dans sa marche errante à travers le désert fatigant, plein d'épines de ce monde. Dieu sait que je ne suis pas fait pour la lutte : je m'enorgueillis d'être un poète et j'ai besoin qu'on me juge un homme sage ; j'aimerais à être généreux et je désire être riche. Après tout, j'ai bien peur d'être un homme perdu. « Il y a des gens qui ont un tas de défauts, et je ne suis qu'un pauvre mal-chanceux ».

Pour clore les mélancoliques réflexions qui sont au bas de la feuille précédente, j'y ajouterai un morceau de dévotion, communément connu dans le Carrick sous le titre de « les grâces du Tisserand ».

> D'aucuns disent que nous sommes voleurs, et tels sommes-nous !
> D'aucuns disent que nous mentons et ainsi faisons-nous !
> Dieu nous pardonne, et ainsi fera-t-il j'espère !
> Debout et à nos métiers, mes gars [1].

La misanthropie que nous avons vue éclater à Mauchline et qui semblait s'être dissipée un peu aux agitations du voyage, l'a repris et lui murmure de nouveau des choses amères. Quelques jours avant cette lettre, il citait deux vers qu'on croirait écrits par Swift.

« Mes affaires me ressemblent, elles ne sont pas ce qu'elles devraient être, cependant elles sont meilleures que ce qu'elles paraissent être.

> Que le Souverain du ciel épargne à tous les êtres, sauf à Lui-même,
> Ce spectacle hideux, un cœur humain à nu [2].

On voit comme ces moments d'amertume commencent à faire une

---

[1] *To Miss Chalmers*, 21st Nov. 1787.
[2] *To Miss Chalmers*, 6th Nov. 1787.

.chaîne continue sous les dehors de la vie. Il est probable qu'il cherchait à s'étourdir, par les mêmes moyens que nous l'avons déjà vu employer. « Si j'étais hors de cette scène d'affairement et de dissipation, écrit-il à un ami, je me promets le plaisir de renouveler une correspondance si longtemps interrompue. A présent je n'ai de temps pour rien. La dissipation et les affaires absorbent tous mes moments [1]. » Ces anxiétés, ces excès, agissaient sur sa santé et sur son humeur. On le sent irritable, sombre, brusque, jusqu'au point de heurter parfois ses meilleurs amis. Ce mélange triste apparaît dans un billet qu'il écrivait à Robert Ainslie, le jeune homme en compagnie de qui il avait commencé son tour des Borders. La seconde partie de ce billet contient une allusion à quelque rudesse de manières, pour laquelle il s'excuse.

> Je vous prie, cher Monsieur, de ne faire aucun arrangement pour que nous allions chez Mr Ainslie (un parent du jeune homme) ce soir. En examinant mes engagements, ma constitution, le présent état de ma santé, quelques menus chagrins d'âme, etc., je trouve que je ne puis souper en ville ce soir.
>
> Vous penserez peut-être romanesque que je vous dise que je trouve l'idée de votre amitié presque indispensable à mon existence. Vous prenez la longueur de figure qu'il convient, dans mes heures de papillons noirs ; et vous riez juste autant que je puis le souhaiter, à mes bons mots. Je ne sais pas, après tout, si vous êtes un des premiers dans le monde de Dieu, mais vous l'êtes pour moi. Je vous dis ceci, en ce moment, dans la conviction que quelques inégalités dans mon caractère et mes manières peuvent quelquefois vous faire soupçonner que je ne suis pas aussi chaudement votre ami que je dois l'être [2].

On voit dans quel triste état d'esprit il se trouvait et combien peu ce séjour ressemblait à celui de l'année dernière. L'enthousiasme qui l'avait attendu et les espérances qu'il avait apportées étaient choses du passé.

Ce fut au moment même où il pensait quitter Édimbourg qu'il se trouva, pour la première fois, avec celle qui allait devenir célèbre sous le nom de Clarinda. Cette jeune femme s'appelait Agnes Craig. Elle était d'une famille cultivée. Son père, Andrew Craig, était un chirurgien estimé à Glascow ; son oncle, le Rev. William Craig, était un des ministres et des prédicateurs de la même ville. Sa descendance était plus intellectuelle encore du côté de sa mère, qui était fille du Rev. John Mac Laurin, « un homme d'éloquence et de piété », et nièce de Colin Mac Laurin, le célèbre mathématicien, et l'ami de Newton [3].

Elle avait perdu de bonne heure sa mère et avait été élevée, mais

---

[1] *To James Candlish*, Nov. 1787.

[2] *To Robert Ainslie*, Nov. 25th, 1787.

[3] Les détails biographiques sur Clarinda sont empruntés au *Memoir of Mrs Mac Lehose*, publié, avec la correspondance entre Burns et Clarinda, par son petit-fils, W.-C. Mac Lehose, en 1848.

jusqu'à treize ans seulement, par une sœur aînée. Elle avait été précocement formée et jolie ; à l'âge de quinze ans elle était connue comme une
des beautés de Glascow et avait inspiré une passion à un jeune homme
de quelques années son aîné, nommé M. Mac Lehose. Il était fortement
épris d'elle et la façon dont il lui avait parlé est assez romanesque. Il
avait retenu toutes les places de la diligence par laquelle elle devait aller
de Glascow à Edimbourg, afin de se trouver une journée avec elle. Deux
ans plus tard, à l'âge de dix-sept ans, elle l'avait épousé. Mais ce mariage
d'amour avait tristement tourné. C'est l'histoire de tant de mariages mal
assortis, où des esprits encore enfants et des caractères qui ne sont pas
formés s'engagent en un serment irréparable. M. Mac Lehose était un
homme agréable, insinuant de manières, beau parleur, phraseur [1]. Ce
qu'on a de ses lettres est emphatique, plein de protestations et de belles
promesses. Mais autant en emportait le vent. Il était faux, égoïste, brutal,
et d'une grande frivolité d'esprit. De son côté, elle qui était encore
une enfant, fut sans doute un peu légère, étourdie, avide de société,
d'attentions, de petits triomphes mondains, qui déplaisaient à son mari.
Presque aussitôt la différence, le désaccord des caractères s'étaient
montrés, et peu à peu avait agi ce terrible éloignement muet qui écarte,
sans que rien en paraisse d'abord, deux êtres liés ensemble. Alors
commença la vie terrible des ménages qui s'aigrissent, se désunissent,
se disloquent, se détachent. D'un côté, ces blessures, ces froissements,
ces défiances, ces premiers doutes rapides et affreux sur la valeur morale
de l'homme auquel on appartient, cette inquiétude qui devient l'épouvantable détresse de se sentir liée à qui on n'aime plus. De l'autre côté,
avec l'éloignement perçu, étaient nés les soupçons, la jalousie qui torture
ce qui reste d'amour et l'empêche de mourir tout à fait, et, avec eux,
la brutalité, la dureté, l'inconvenance. Ils avaient connu le poids de la vie
commune, les jours boudeurs, sombrement muets, les querelles, et ce
moment où des paroles irréparables éclatent et mettent soudainement à
nu le travail des ulcères cachés. Terrible vie ! renouée de temps en temps
par des réconciliations amères, où l'on ne goûte plus que l'image
déformée du bonheur d'autrefois, pauvre imitation rendue plus pénible
parce qu'elle réveille des souvenirs meilleurs qu'elle ! Tout ce drame
intime, qui désole tant et tant d'existences féminines, qui se déroule à
travers tant et tant de semaines de désespérance, est contenu dans ces
quelques lignes : « Un temps très court s'écoula seulement avant que je
m'aperçusse avec un inexprimable regret que nos dispositions, nos
caractères et nos sentiments étaient si entièrement différents que tout
espoir de bonheur était banni. Nos différends en vinrent à un tel degré et
la façon dont mon mari me traita fut si dure que mes amis considérèrent

---

[1] *Memoir of Mrs Mac Lehose*, p. 16.

comme prudent qu'une séparation intervînt[1] ». Comme ces histoires du
cœur se ressemblent au fond ! Ce sont, presque dans les mêmes mots, les
mêmes phases douloureuses de désabusement que raconte une femme
qui en souffrit et en a noté les crises avec franchise. Depuis la
première parole inquiète : « il est bien dommage que sur certaines choses,
mon mari et moi nous pensions si différemment[2] », jusqu'au dernier cri :
« toute illusion est détruite, le bandeau est déchiré[3] » ce sont les angoisses
que traversa Mme d'Epinay. Il est probable que les deux époux eurent des
torts, comme il arrive généralement. Mais les fautes d'Agnes Craig
provenaient d'un manque d'expérience, et celles de son mari d'un défaut
de nature. Lui-même semble avoir reconnu qu'il avait été coupable ; il
lui écrivait plus tard : « je regrette sincèrement ces incidents de ma
conduite envers vous qui ont causé notre séparation. S'il était possible
de les effacer, ils ne se renouvelleraient jamais[4] ».

La séparation était venue avec ses émotions, ses anxiétés, ses lenteurs
et ces scènes cruelles, ces tentatives du mari qui, par instants, est mordu
du regret d'un bonheur gaspillé, se retourne vers des souvenirs chers,
voit ce qu'il a perdu et, sous les colères et les emportements, est ressaisi
par des liens profonds, des joies, des impressions, qui ne veulent pas
mourir. Ce sont alors des supplications pour obtenir une entrevue qui
doit être la dernière et dont on espère qu'elle en amènera d'autres.
« Demain matin, je quitte ce pays pour toujours, c'est pourquoi, je
souhaite beaucoup être un quart d'heure avec vous, ma très chère
Nancy, c'est la dernière soirée probablement où vous aurez jamais une
occasion de me voir dans ce monde[4]. » Ce sont ces appels à la pitié dans
la forme tragique qu'ils prennent volontiers, et le retour de ces appellations caressantes et familières qui veulent faire plaider le passé. Et ce
sont encore les refus de la femme, émue malgré tout par cette évocation
des premières tendresses et des jours où elle crut être heureuse, prise de
compassion, troublée par ces cris qui peuvent être sincères, hésitante.
« Je consultai mes amis ; ils me déconseillèrent de le voir, et comme je
pensais qu'il n'en pouvait sortir aucun bien, je déclinai cette entrevue[4]. »
Le plus poignant épisode peut-être des séparations, la lutte pour les
enfants, n'avait pas fait défaut. M. Mac Lehose, croyant ainsi réduire
leur mère, les lui avait enlevés ; il comptait que pour les ravoir elle
céderait et reviendrait à lui. Elle avait tenu bon. Et lui, vaincu sur ce
point et incapable de les élever, les lui avait rendus. Mais qui peut dire
les transes et les déchirements de pareilles épreuves ? Après la séparation,

---

[1] *Memoir of Mrs Mac Lehose*, p. 17-18.

[2] *Mémoires de Mme d'Épinay*, t. 1, p. 66.

[3] *Id.*, t. I, p. 91.

[4] *Memoir of Mrs Mac Lehose*, p. 20.

qui avait eu lieu à la fin de 1780, M. Mac Lehose était resté en Écosse pour
cette bataille désespérée. Il en était parti en 1782 pour Londres où, après
avoir vécu dans toute sorte de désordre, il avait fini par être mis en prison
pour dettes. Les siens ne l'en avaient retiré qu'à la condition qu'il
s'expatrierait. Il était parti en 1784 pour la Jamaïque, où l'on disait qu'il
était en train de prospérer ; il s'était établi comme homme de loi et y
faisait fortune. Quant à Mrs Mac Lehose, elle s'était établie à Edimbourg
depuis 1782.

On ne peut s'empêcher de vouloir reconstituer la figure de la plus
célèbre peut-être des héroïnes de Burns. Les renseignements ne sont
ni très précis ni très abondants. Tout ce qu'on possède sont quelques
détails de biographie ou de caractère, clairsemés dans le mémoire que son
petit-fils écrivit sur elle en 1843, lorsqu'il rendit publique sa correspondance avec Burns , quelques aveux et quelques jugements sur elle-même
contenus dans ces lettres , et un portrait singulier tracé d'elle par
R.Chambers qui l'avait connue. Le voici : « D'un style de beauté quelque
peu voluptueux, de façons vives et aisées et d'une construction d'esprit
poétique, avec quelque esprit et un degré de raffinement et de délicatesse
qui n'était pas excessif, Mrs Mac Lehose était exactement le genre de femme
qui devait fasciner Burns. On peut, en vérité, la décrire en disant qu'elle
était, dame et élevée à la ville, l'analogue des jeunes filles de campagne
qui avaient exercé le plus grand pouvoir sur lui dans ses jeunes années [1].»
On ne peut pas dire que ce soit là un portrait délicatement touché. Le
bon R. Chambers n'était point peintre de pastels féminins. Ce n'était
point là son fait. Il semble pourtant qu'avec les détails qu'on a sur elle ,
il ne soit pas impossible de se faire une idée plus précise de ce qu'elle
était, et même de l'état moral où elle se trouvait, quand cette crise éclata
dans sa vie.

C'était, de l'aveu de tous, une femme remarquablement intelligente,
non pas d'une intelligence de haut vol ou de très rare qualité , mais
vive, facile, ouverte et avide. Elle avait de l'imagination, mais probablement de l'imagination de lecture et sortie de la mémoire. Elle avait un
goût qui semble avoir été sincère pour les choses de l'esprit et le désir
d'accroître sa culture intellectuelle. Elle avait reçu l'éducation de la
plupart des jeunes filles de son temps , laquelle était ordinaire. « Elle
comprit plus tard pleinement les désavantages d'une pareille éducation et y porta partiellement remède , à une époque de la vie où
beaucoup de femmes négligent ce qu'elles ont appris et où bien peu
persévèrent dans l'acquisition de nouvelles connaissances [2].» Elle lisait
beaucoup. Saint-Simon fait cet éloge d'une dame : « qu'elle avait de la

---

[1] R. Chambers, t. II, p. 174.
[2] *Memoir of Mrs Mac Lehose*, p. 14.

mémoire et le jugement de n'en pas montrer. » Mrs Mac Lehose avait de
la mémoire mais sans ce jugement-là. Elle aimait à faire montre de ses
lectures. « Elle améliora son goût par la lecture des meilleurs auteurs
anglais. Douée d'une mémoire très rétentive, elle citait souvent à propos
ces auteurs, à la fois dans sa conversation et dans sa correspondance [1].»
Elle se piquait de bien écrire et s'y appliquait. Il y avait bien un peu de
pédantisme dans son cas. Elle avait une conversation qu'on regardait
comme brillante, et dont la qualité était probablement l'assurance et la
facilité de parole, qui souvent suffisent pour une réputation de ce genre.
Il ne semble pas, d'après ses lettres, que cette causerie courante et décidée
dépassât beaucoup les lieux communs, les réflexions générales. Il se peut
qu'elle tombât quelquefois sur des rencontres de mots qui ont plus de
succès qu'elles ne valent. Ce devait être l'exception. On ne trouve guère
dans sa correspondance aucune de ces saillies, de ces tours imprévus, de ces
aperçus personnels, même sur de menus points, qui marquent l'originalité
d'un esprit. Ses lettres ont plutôt une tendance au développement noble,
un peu déclamatoire et étalé. On y chercherait inutilement ce léger
clapotis d'idées, fût-il même un peu brouillon, ces sauts soudains d'un
sujet à un autre, l'aisance familière, la grâce abandonnée de certaines
correspondances féminines. La sienne a quelque chose d'un peu trop
littéraire. C'était, d'ailleurs, le ton de l'époque et de l'endroit. Avec cela
elle avait du bon sens, de la pénétration, un coup d'œil ferme en soi et
dans les autres, de la justesse et de la solidité. Elle avait un fonds
d'esprit plutôt sérieux, auquel son imagination et sa ferveur intellectuelle,
et peut-être aussi une imitation littéraire, donnaient un certain mouvement général.

Elle était peut-être plus vive de cœur, lequel demeure plus personnel
que l'esprit. Elle était de premier mouvement : « Vous vous trompez beaucoup quand vous énumérez la force d'âme parmi mes qualités. Je n'en ai
même pas une part ordinaire ; chaque passion fait de moi ce qu'elle veut
et toute ma vie j'ai été guidée par l'impulsion du moment, mobile et
faible [2].» Elle était portée à se donner tout entière et ardemment à ce
qui l'occupait, apportant dans ses préférences une sorte de fougue.
« Comme vous-même, je suis un peu enthousiaste. En religion et en amitié
je suis tout à fait fanatique — peut-être pourrais-je l'être aussi en amour,
n'était que tout ce qui m'est cher dans le ciel et sur terre me l'interdit [3].»
Elle était très susceptible, prompte à ressentir très fortement et pour
longtemps les intentions bonnes ou mauvaises. « Mes ressentiments sont
vifs comme tous mes autres sentiments. Je sens très vivement la bonté

---

[1] *Memoir of Mrs Mac Lehose*, p. 24.
[2] *To Sylvander*, 24th Jan. 1788.
[3] *To Sylvander*, 28th Dec. 1787.

et le mauvais vouloir. Le premier me lie à jamais. Mais je n'ai rien de l'épagneul dans ma nature ; et le second me guérirait bientôt lors même que j'aimerais jusqu'à la folie [1].» Cela tenait sans doute à beaucoup d'amour-propre.

Elle était franche et assez pour avouer que cette franchise venait d'un manque de contrôle sur ses impressions. Par là, elle disait avec raison qu'elle ressemblait à Burns. « Si j'avais été homme, j'aurais été comme vous. Je ne suis pas assez vaine pour me croire votre égale en capacités ; mais je suis formée avec une vivacité d'imagination et une force de passion peu inférieures... Tous deux nous sommes incapables de tromperie parce que nous manquons de sang-froid et de pouvoir sur nos sentiments. La dissimulation est ce que je n'ai jamais pu atteindre, même dans des situations où il eût été prudent d'en avoir un peu [2]. » Cependant ses malheurs, l'observance d'une vie surveillée par mille regards et nécessairement timide, avaient refoulé, et pour les points importants, ce naturel impétueux. « Les situations et les circonstances ont, cependant, eu sur chacun de nous les effets qu'on pouvait attendre. L'infortune a merveilleusement contribué à maîtriser la vivacité de mes passions, tandis que le succès et l'adulation ont servi à nourrir et à enflammer les vôtres [3]. » Cependant cette imprudence de nature se décelait en certains petits traits de conduite. Il y avait désaccord entre son esprit qui était juste et son tempérament toujours disposé à partir droit devant lui. Il en résultait de petites incartades de manières ou de paroles. Elle manquait un peu du don de propriété ; elle allait à l'étourdie. « La nature a été indulgente envers moi à plusieurs égards ; mais elle m'a refusé absolument une chose essentielle : c'est cette perception instantanée de ce qui est convenable ou qui ne l'est pas, qui est si utile dans la conduite de la vie. Personne ne peut discerner, avec plus de justesse, *après*, que Clarinda. Mais quand son cœur est épanoui sous l'influence de la bonté, elle perd tout pouvoir sur lui et souvent elle souffre durement au souvenir de son imprudence [3]. » On sent là un manque de mesure, de réserve, une familiarité un peu excessive ou trop prompte de manières et de langage, qu'elle sauvait sans doute par de la bonne humeur. Cela devait se traduire parfois par une certaine hardiesse et une certaine désinvolture de langage. C'est à quoi sans doute fait allusion Chambers lorsqu'il dit qu'elle avait « un degré de raffinement et de délicatesse qui n'était pas excessif.» Cette liberté de mots, qui offensait dans un milieu calviniste, aurait pu être ailleurs de la verve et de la verdeur. On voit que cette disposition à l'excitabilité s'emportait parfois,

---

[1] *To Sylvander*, 9th Jan. 1788.

[2] *To Sylvander*, 1st Jan. 1788.

[3] *To Sylvander*, 19th Jan. 1788.

surtout quand elle était aiguillonnée par un peu de vanité ou de bruit. « En lisant ce que vous me dites de votre penchant pour les plaisirs de la société, j'ai souri de sa ressemblance avec le mien. Si vous m'aperceviez dans une réunion de plaisir, vous penseriez que je ne suis rien qu'une fanatique d'amusement ; mais maintenant j'évite les réunions. Mes esprits s'affaissent ensuite pendant des journées et, ce qui est pire, il y a parfois des esprits stupides ou malveillants, qui me blâment bien haut pour ce que leurs natures pesantes ne peuvent comprendre. Si j'avais une fortune indépendante, je dédaignerais leurs pitoyables remarques ; mais dans ma position tout me rend la prudence nécessaire [1]. » Cette disposition n'avait pas été sans lui attirer quelques critiques et quelques attaques. On voit aussi, à la réaction qui la suivait, que sa gaîté, quand elle était excessive, était factice, comme il arrive aux personnes dont l'esprit est sérieux. Peut-être aussi y avait-il, dans ces accès de gaîté, un peu de désir de s'étourdir, cette sorte d'ivresse qui laisse, comme l'autre, son abattement.

Avec cela, Agnes Craig avait de sérieuses qualités de caractère et de cœur. Elle avait, ce qui est une grande marque de santé d'esprit, une sorte d'optimisme, une disposition à être contente de son sort et à voir les choses par leur bon côté. « Je ne suis pas, comme vous le supposez, malheureuse. J'ai de beaux enfants, de l'aisance, une bonne renommée, des amis bons et attentifs, quel monstre d'ingratitude je serais aux yeux du ciel si je me disais malheureuse. Il est vrai, j'ai rencontré des scènes horribles à se rappeler même à six années de distance ; mais l'adversité, mon ami, est reconnue comme l'école de la vertu. Elle confère souvent cette douceur soumise qui est inconnue parmi les favoris de la fortune [2]. » Et ailleurs elle revient sur la même idée que ses malheurs ont été pour elle une heureuse leçon, avec une simplicité et une franchise qui ne sont pas vulgaires. « Aucun démon malveillant n'a eu la permission « de verser du chagrin dans ma coupe » comme vous le supposez ; c'était la bonté d'un père sage et tendre qui prévoyait que j'avais besoin d'être châtiée pour être ramenée à lui. Ah, mon ami, la Religion convertit en bénédictions nos plus lourdes infortunes ! Je sens que c'est ainsi. Ces passions naturellement trop violentes pour ma paix ont été brisées et modérées par l'adversité ; et, si l'adversité même n'a pas suffi à vaincre ma vivacité, jusqu'où n'aurais-je pas été si j'avais été libre de glisser plus loin, dans le plein soleil de la prospérité. J'aurais oublié ma destinée future et fixé mon bonheur sur les ombres fuyantes d'ici-bas [3]. » Ce ne sont ni les pensées

[1] *To Sylvander*, 9th Jan. 1788.
[2] *To Sylvander*, 28th Déc. 1787.
[3] *To Sylvander*, 1st Jan. 1788.

ni les paroles d'une âme commune. Elle était bonne : « Ma main n'a pas obtenu la joie de donner, mais le ciel accepte mon désir de donner » ; elle était mère excellente ; elle avait un fonds solide de religion et d'honnêteté qui fut longtemps son soutien dans la crise qu'elle allait traverser. Elle était, quand il le fallait, décidée et vaillante.

Tout cela formait, en somme, une nature assez riche et assez bien équilibrée, une physionomie aimable de petite bourgeoise intelligente, animée, capable de passion plutôt que passionnée, sans très haute distinction, avec plus de vivacité que de profondeur et plus d'attrait que de charme. Il lui manquait la séduction suprême, je ne sais quelle suavité victorieuse par dessus tout. Elle le savait et elle l'avouait avec la franchise et la justesse qui étaient de ses qualités et avaient leur bonne grâce. En parlant d'une petite pièce de vers qu'elle avait faite, elle disait : « Elle n'a pas de mérite poétique, mais elle donne des indices d'une délicate âme féminine, une âme comme je voudrais que la mienne fût ; mais ma vivacité me prive de cette douceur qui est, dans mon opinion, le premier ornement d'une femme[1] ». Cet arôme subtil, la fleur parfumée qui rend certaines vies suaves ou troublantes, lui faisait défaut. La sienne appartenait à la famille des plantes brillantes et sans parfum. C'était une nature facile, bien douée, avec un certain éclat, mais sans cette marque de personnalité qui, placée ici ou là, met un être à part. Elle avait cependant quelque chose d'attachant, car elle conserva un cercle d'amis très fidèles qui ne la quittèrent, les uns après les autres, que lorsque la mort les appela.

Ce qu'on sait de son apparence physique concorde bien avec cette physionomie morale. C'était une femme de petite taille, bien prise, avec plus de vivacité, de mouvement que de véritable grâce, comme il arrive aux personnes un peu courtes et destinées à prendre de l'embonpoint. Quelqu'un qui la vit, dix ans après cette époque, lui appliquait les mots de Byron « fair, fat and forty[2] ». Ses extrémités étaient petites, ce qui va presque toujours avec une démarche alerte. Il reste d'elle une de ces silhouettes noires découpées qui étaient alors à la mode ; le profil sans être très distingué est agréable, le front droit et bien assis, le nez retroussé, la bouche assez forte et ferme ; une physionomie pas très raffinée mais plaisante et drue. C'est probablement ce qui a fait dire à Chambers qui manquait de nuances : « Elle était d'un genre de beauté un peu voluptueux. »

En réalité et en regardant de plus près, on sent, au-dessous d'une sentimentalité un peu factice entretenue par des lectures, on sent une femme fort raisonnable, fort pratique, à qui il n'a manqué qu'un foyer

---

[1] *To Sylvander*, 19th Jan.

[2] Scott Douglas, tom. V, p. 111.

pour être une excellente épouse, faite pour une vie régulière et un bonheur tranquille. Elle était née pour être heureuse et rendre heureux, si elle avait été placée dans des conditions normales. Mais quand certains sentiments capitaux ne reçoivent pas un minimum de satisfaction, ils s'exaspèrent ; ils deviennent des révoltés. Cette disette les pousse plus loin qu'ils n'auraient jamais rêvé d'aller, et des natures qu'un peu de contentement eût gardées paisibles, deviennent capables de violence. La moitié des excès de passion est produite par le manque d'un peu de bonheur, à l'heure voulue.

Au moment où nous la rencontrons, elle vivait à Edimbourg dans une situation assez délicate et assez difficile. Sa jeunesse et sa beauté rendaient plus dangereuse cette vie de femme isolée. Elle était pauvre en même temps. Ses faibles revenus ne lui suffisaient pas pour élever ses enfants. Elle avait reçu, pendant quelque temps, huit livres de la corporation des chirurgiens de Glasgow, probablement en souvenir de son père, et dix livres de celle des gens de loi, à laquelle avait appartenu son mari. Mais ces secours lui avaient été retirés parce que Mr Mac Lehose, prospérant à la Jamaïque, était en état d'élever ses enfants. Mr Mac Lehose n'y songeait guère et sa femme se trouvait au bord de la gêne. Heureusement elle avait un ami dévoué. Son cousin Craig, avocat, homme instruit et distingué, un des collaborateurs de Mackenzie au *Miroir*, lui venait en aide, avec une délicatesse presque touchante. Il en était silencieusement épris, il continua à l'aimer et à veiller sur elle toute sa vie, sans être aimé en retour. Ce fut l'ami dévoué et sacrifié qui se trouve dans la vie de tant de femmes. Il passe, dans un coin de cette histoire, comme une figure sympathique.

En même temps, elle traversait, depuis longtemps déjà, une crise intérieure, d'ailleurs inévitable. A la suite de sa séparation, la nouveauté du malheur, le besoin de repos qui suit des scènes cruelles, les difficultés matérielles de l'existence l'avaient d'abord absorbée. Mais elle avait vingt-quatre ans. La vivacité de ses sentiments s'était réveillée peu à peu. Son cœur avait senti un vide, une tristesse. Bien qu'elle ne fût pas d'une nature très poétique, elle s'était tournée vers la poésie. Elle essayait de se tromper avec des vers, comme on le fait avec la musique qui, devenue plus riche, plus expressive et plus précise, a pris, de nos jours, pour beaucoup d'âmes souffrantes, la place de la poésie. Ce besoin d'aimer ne trouvant pas d'issue, était retombé en mélancolie. Le désœuvrement de son cœur laissait place à des rêveries. Elle se disait, dans ses promenades écartées, qu'il est cruel de ne pas aimer, ce qui est bien près de se dire qu'il est doux d'aimer. « Sa première composition, était « des paroles à un merle » qu'elle avait entendu chanter, sur un arbre, près de l'endroit où le couvent de Ste-Marguerite a été depuis établi. Les vers, qui ont une douceur plaintive, disent assez quelles étaient ses pensées.

> Continue, doux oiseau, et berce mes soucis,
> Tes notes joyeuses apaiseront ma désespérance,
> Tes harmonieux gazouillements, innocents,
> Résonnent doucement dans mon cœur souffrant.
> Choisis ta compagne et aime tendrement,
> Éprouve tous les transports charmants,
> Goûte toutes ces douces émotions;
> Qu'aimer et chanter emploient toutes tes heures;
> Tandis que moi, exilée de l'amour, délaissée, je vis
> Sans donner ni recevoir de bonheur.
> Chante encore, doux oiseau, et berce mes soucis,
> Tes notes joyeuses apaiseront ma désespérance [1].

« Ces vers, dit-elle, ont été écrits pour apaiser un cœur endolori. Je souffrais alors d'une cruelle angoisse d'âme que je ne puis vous dire [2]. » Elle avait des moments amers, surtout quand des jours de fête, le commencement de l'année, lui faisaient sentir davantage son isolement. « En cette saison quand les autres sont joyeux, je suis tout l'opposé. Je n'ai pas de *proches* parents et tandis que les autres sont avec les leurs, je suis assise seule, pensant à plusieurs des miens avec qui j'avais l'habitude d'être, maintenant partis pour la terre de l'oubli [3]. » Ces heures glaciales devaient être affreuses pour elle. Peu à peu, par cette ascension insensible qui mène toute chose à la vie, ces songeries du passé, ces regrets, étaient devenus des rêves tournés vers l'avenir, de vagues espérances, pas assez précises pour l'effrayer et assez séduisantes pour la charmer. L'insinuante et dangereuse cajolerie de ces chimères la gagnait. Elle souhaitait innocemment un ami dont la présence remplirait sa vie. « Pendant bien des années, j'ai cherché un ami, doué de sentiments comme les vôtres ; un ami capable de m'aimer avec une tendresse pure d'égoïsme, capable d'être mon ami, mon compagnon, mon protecteur, et qui serait mort plutôt que de me faire tort. J'ai cherché, mais j'ai cherché en vain [4]. » Souhait si humain, si légitime après tout ! Elle l'avait près d'elle, le véritable ami de sa situation. Mais elle ne l'aimait pas. Elle poursuivait ce rêve, par lequel commence le roman de presque toutes les femmes, ce rêve d'affection désintéressée et pourtant ardente d'un ami ému comme un amant. Elle se laissait aller à cette aspiration d'avoir toutes les douceurs, les troubles mêmes de la passion et la sécurité de la conscience. Elle ne s'apercevait pas qu'il est irréalisable,

---

[1] *To a Blackbird Singing on a Tree.*
[2] *To Sylvander*, 19th Jan. 1788.
[3] *To Sylvander*, 3rd Jan. 1788.
[4] *To Sylvander*, 19th Jan. 1788.

et que l'amitié est un vase que l'amour fait éclater. Mais elle flattait de cette fantaisie ses heures oisives et inquiètes. Elle était arrivée à ce moment où une femme est toute prête à se laisser aimer parce qu'elle est toute prête à aimer.

Quant à Burns, il était aussi dans un singulier état d'esprit, mais en sens inverse. Il traversait lui-même une crise non d'aspiration mais de décroissement. Il était venu à un point où un homme tel que lui commence à sentir décroître le pouvoir qu'il a eu sur les femmes. Quelque chose l'a averti que l'assurance et l'entreprenante familiarité de la jeunesse ne lui siéent plus, parce qu'il n'a plus la gaîté et la souplesse qui les rachètent si elles échouent. Ce qu'il dit a maintenant trop de poids, ne se prend plus en jeu. Il s'aperçoit vaguement qu'un intervalle s'est établi entre lui et la beauté riante, et qu'il lui semble grave. Il en conçoit une sorte de timidité, de défiance de soi-même et de dépit, qui mènent à l'ironie. Tout cela est bien avoué dans ce qu'il disait de lui-même :

Ma rhétorique semble avoir tout à fait perdu son effet sur l'aimable moitié du genre humain. J'ai connu le temps où... mais cela est une « histoire du temps jadis ». En conscience, je crois que mon cœur a été si souvent en feu qu'il est absolument vitrifié. Je contemple le sexe, avec quelque chose qui ressemble à l'admiration avec laquelle je regarde le ciel étoilé par une glaciale nuit de Décembre. J'admire la beauté de l'œuvre du Créateur ; je suis séduit par l'étrange et gracieuse excentricité de leurs mouvements et — je leur souhaite bonne nuit. Je parle ainsi par rapport à *une certaine passion dont j'ai eu l'honneur d'être un misérable esclave* [1].

Il avait abusé de son cœur et avait usé certaines façons d'aimer. Mais il ne les avait pas épuisées toutes. Il devait renoncer à l'amour qui a la grâce des années légères. Il était trop triste désormais pour le goûter, et trop inquiétant pour l'inspirer. Mais il pouvait connaître celui des âmes endolories et expérimentées, qui se recherchent pour panser réciproquement leurs souffrances ; l'amour sans allégresse, qui souffre de la perspicacité que lui a apprise la vie, mais qui connaît l'âpre orgueil ou la joie très douce de vaincre ou de guérir le passé, dans un cœur où le passé a laissé des trophées ou des blessures. Il faut, pour posséder tout le triomphe ou toute la mansuétude de cette forme tardive de l'amour, une âme d'une combativité impérieuse qui touche à la dureté, ou d'une noble indulgence qui va presque à la sagesse. Il est peu probable que l'une ou l'autre se rencontrent chez Burns, mais il est intéressant de voir comment il traversera cette phase de passion, qui forcément devait se trouver sur son chemin.

Ces amours commencent volontiers par des impressions intellectuelles et ils en vivent en partie, car ils appartiennent à une période où le corps n'a plus toute sa beauté et où, par contre, l'esprit a toute sa force. Il y

---

To Miss Chalmers, Oct. 26th, 1787. Les mots en italique sont en français.

avait donc bien des affinités entre Burns et Mrs Mac Lehose. Il trouvait en elle une femme plus instruite, plus distinguée, plus dame, que celles qu'il avait connues. Il était inévitable qu'elle serait attirée par son génie. Ce fait même qu'elle n'avait pas une très haute distinction la rendait plus accessible. Elle n'avait pas autour d'elle ces délicatesses excessives et factices qu'eût froissées ce qu'il y avait nécessairement de fruste et de rude en lui. Elle touchait directement sa force et son intelligence. Il n'y avait pas même entre eux ce léger grillage de raffinements de manières qui parfois se dresse entre un homme supérieur et une femme très élégante.

Elle s'était enthousiasmée pour le poète et, depuis quelque temps, elle pressait une de ses amies, vieille fille, Miss Nimmo, liée avec Miss Chalmers, de le lui faire connaître. Vers les premiers jours de décembre, Miss Nimmo cédant à ses sollicitations, l'invita à passer une soirée avec Burns. Elle fut sans doute éblouie et charmée par sa parole. L'entrevue se termina par une invitation à venir prendre le thé chez elle, le jeudi suivant, qui était le 6 décembre. Quelque chose survint qui fit remettre la réunion au samedi. Burns avait alors l'intention de s'éloigner d'Edimbourg, la semaine suivante, comme il résulte de la lettre qu'il écrivit pour accepter le changement de jour :

Madame, j'attachais beaucoup de prix au thé de ce soir, et je n'ai pas été souvent aussi désappointé. Samedi soir, je saisirai l'occasion avec le plus grand plaisir. Je quitte cette ville aujourd'hui en huit, et probablement pour une couple d'années. Je regretterai toujours d'avoir fait si tard la connaissance d'une personne que j'estimerai toujours hautement et au bonheur de laquelle je m'intéresserai toujours chaudement[1].

Si les choses s'étaient passées ainsi, cette rencontre ne se fût pas distinguée de tant d'autres. C'eût été une soirée d'admiration de plus. Ce fut un accident matériel qui, en retenant Burns à Edimbourg plus longtemps qu'il ne le pensait, donna à ces relations le temps de se développer et d'entamer leurs deux vies.

Le lendemain de cette lettre, la veille même du jour attendu, une voiture, dans laquelle il se trouvait, fut renversée par la faute du cocher ivre. Il fut rapporté chez lui, avec un genou fortement contusionné, qui devait le garder à la chambre pendant six semaines. Sans cet accident, il est probable que ses rapports avec Mrs Mac Lehose auraient été coupés court, par son départ prochain. Il lui écrivit, pour s'excuser, une lettre dans laquelle il y a déjà une pointe de ferveur :

« Je puis dire avec vérité, Madame, que je n'ai jamais rencontré dans ma vie de personne que j'aie plus anxieusement souhaité de revoir que vous. C'est ce soir que

---

[1] *To Mrs Mac Lehose*, Dec. 6th, 1787.

j'allais avoir ce très grand plaisir dont la pensée me grisait ; mais une malheureuse chute de voiture m'a tellement contusionné au genou que je ne puis bouger la jambe du coussin. Ainsi, si je ne vous revois plus, je ne reposerai pas dans mon tombeau, de chagrin. J'étais vexé jusqu'à l'âme de ne pas vous avoir rencontrée plus tôt. J'avais pris la résolution de cultiver votre amitié, avec l'enthousiasme de la religion ; mais c'est ainsi que la Fortune m'a toujours servi. Je ne puis supporter l'idée de quitter Edimbourg sans vous voir. Je ne sais pas comment expliquer cela : je m'éprends étrangement de certaines personnes et je me trompe rarement.

Vous m'êtes une étrangère, mais je suis un être singulier. Des sentiments encore innommés, des choses qui ne sont pas des principes, mais qui sont mieux que des fantaisies, me portent plus avant que la raison tant vantée n'a jamais conduit un philosophe. — Adieu ! tous bonheurs soient vôtres [1].

A cette lettre un peu bien expansive, Clarinda fit une réponse du même ton. Quelque accoutumée qu'elle soit aux déceptions, elle n'en a jamais ressenti une de même nature à laquelle elle ait été plus sensible, que dit-elle ? à moitié aussi sensible qu'à celle-ci. L'accident cruel qui l'a causée augmente ses regrets. Si sa sympathie, son amitié étaient capables de le soulager dans sa peine, il pouvait être assuré qu'il les possédait. Elle se laissait aller à parler de ces sentiments vagues que Burns avait habilement mis en avant, à user ces mots doux et d'air innocent, les préludes de la flûte séductrice, qui ne disent rien, mais qui préparent à écouter et auxquels les femmes devraient fermer leurs oreilles, car ils sont perfides. « Nous sommes, en vérité, *étrangers* en un sens, mais nous avons une proche parenté à beaucoup d'égards : ces *sentiments innommés* je les comprends parfaitement, quoique la plume d'un Locke n'ait pu les définir. Peut-être le mot *instincts* approche-t-il plus de leur définition que *Principes* ou *Caprices*. Pensez-vous, ajoutait-elle, en lui citant avec un peu de flatterie un de ses vers, qu'ils aient quelque rapport avec *cette lumière céleste qui nous égare* ? [2] Je sais une chose, c'est qu'ils ont un puissant effet sur moi et qu'ils sont délicieux lorsqu'ils demeurent sous le contrôle de la *raison* et de la *religion* [3] ». Il y a bien un peu de coquetterie et d'attirance dans ces mots. Cependant elle touchait, dès le premier jour, le point sur lequel allait porter la lutte entre elle et Burns. Comme toute femme qui marche vers une faute par des perspectives honnêtes, elle voudra rester dans les limites marquées par ces deux mots ; et lui essayera de l'entraîner au-delà, au moyen de tous les sophismes et les déclamations que nous murmure le Méphistophélès invisible, plein de conseils et d'habiletés, qui assiste caché derrière le buisson, au débat de tout homme et de toute femme. Burns avait un allié, dans ces premiers moments, c'était son accident : « Si j'étais votre sœur j'irais vous voir, mais ce monde est plein de censure [3]. »

---

[1] *To Mrs Mac Lehose*, Dec. 8th, 1787.
[2] C'est un vers de la *Vision*.
[3] *To Robert Burns*, Dec. 8th, 1787.

Burns était trop expert joueur pour ne pas saisir cet avantage et ne pas pousser plus avant. Il fit aussitôt le mouvement qui amenait les relations sur le terrain de l'amour, et il le faisait d'une façon très habile, sans se compromettre, par un regret vague, un soupir arraché comme malgré lui. « Votre amitié, madame ! Par les cieux, je n'avais jamais connu ce que c'est que l'orgueil ! » et il ajoute que de son côté c'est une amitié « qui, si j'avais eu le bonheur de vous rencontrer à *temps*, aurait pu me conduire... le dieu de l'amour seul sait jusqu'où [1] ». Sous cette forme de prétérition, la chose est insinuée, le mot est glissé. On ne peut se défendre d'un étonnement presque pénible à voir ce qu'il y avait de finesse et de rouerie en lui. Toute cette nouvelle aventure, qui n'a en soi rien d'extraordinaire, est curieuse pourtant parce qu'elle nous le montre à l'œuvre de près et permet de juger jusqu'où il était capable d'aller dans un certain sens. Elle est curieuse aussi parce qu'elle présente, avec une singulière clarté et dans ses degrés successifs, l'éternel conflit des désirs d'un homme et des scrupules d'une femme, avec son éternelle issue.

Voyez avec quelle rapidité les choses prennent forme et avec quelle précision la question se pose dès le début. Un peu alarmée par cette lettre, Mrs Mac Lehose veut le ramener à leur point d'entente. Ses paroles ne manquent ni de justesse ni de dignité. Mais elle ne s'aperçoit pas que cette défense ne fait que donner plus de passion à l'attaque, et qu'il y a des cas où le seul moyen est de ne pas comprendre. Combien de femmes ont écrit ceci, ou à peu près, et de bonne foi !

> Quand je vous verrai, il faudra que je vous gronde pour m'écrire d'une façon romanesque. Vous souvenez-vous que celle à qui vous parlez est une femme mariée, ou bien — comme Jacob, — voudriez-vous attendre sept années et, peut-être alors même, être déçu comme lui ? Non ! J'ai meilleure opinion de vous : vous avez trop de cette impétuosité qui accompagne généralement les nobles esprits. Pour parler sérieusement, on croirait, d'après votre style, que vous écrivez à quelque femme vaine et sotte, pour vous moquer d'elle — ou pis encore. J'ai trop de vanité pour l'attribuer au premier motif, et trop de charité pour admettre la pensée du second. Je le considère comme l'effusion d'un cœur bienveillant qui en rencontre un autre pareil à lui ; je vous ai promis mon amitié : ce sera votre faute si jamais j'ai à la retirer [2].

Il faut entendre avec quelle indignation Burns se défend ! Il est resté immobile et stupéfait, comme les amis de Job quand ils l'aperçurent ! Quoi ! « s'adresser à une femme mariée ! » Il a tressailli comme s'il avait vu le spectre de celui qu'il aurait offensé. Il se rappelle ses expressions. Quelques-unes, il est vrai, sont discutables, mais c'est par habitude et bien malgré lui. Son cœur, s'il a péché, c'est bien peu.

---

[1] *To Mrs Mac Lehose*, Dec. 12th, 1787.
[2] *To Robert Burns*, Dec. 16th, 1787.

« Je ne saurais pas vous dire, Madame, si mon cœur n'a pas pu s'égarer un peu ;
mais je puis déclarer, sur l'honneur d'un poète, que le vagabond a fait l'école buis-
sonnière à mon insu. J'ai, à mon compte, une assez belle troupe de défauts ; comme
ceux de la plupart des gens, ce sont des gredins indisciplinés, mais les infortunés
coquins ont en eux un peu d'honneur et ils ne voudraient pas faire une chose malhonnête... Un homme rencontre une femme malheureuse, aimable et jeune, abandonnée et délaissée par ceux qui étaient tenus, par tous les liens du devoir, de la
nature et de la gratitude à la protéger, à la consoler et à la chérir ; cette femme unit
la beauté du corps à la noblesse de l'esprit — d'un esprit qui va à votre goût comme
les joies du ciel à un saint ; si une pauvre petite idée, fille naturelle de l'imagination, vient pensivement regarder par-dessus la palissade, — supposez mon amie que
vous ayiez à la juger et que cette pauvre petite brebis errante, toute tremblante,
toute contrite, les yeux innocents, pleins de larmes, de regrets et implorant son juge
du regard, soit amenée devant vous, pouvez-vous la condamner impitoyablement [1].

Le plaidoyer est habile, avec ce qu'il faut de bonne humeur pour
diminuer ce qu'on a dit, avec ce qu'il faut d'aveu pour le maintenir, et ce
qu'il faut de flatterie pour en faire entendre davantage.

Mrs Mac Lehose fut-elle facilement dupe de ces belles protestations?
Sans doute quelque chose en elle voulait être persuadé. Elle envoya à
Burns quelques vers assez bien tournés qu'elle signa, selon le goût du
temps pour les noms supposés, du nom de Clarinda. Désormais Burns,
pour se mettre à l'unisson, lui écrivit sous celui de Sylvander, et à partir
de ce moment ils ne s'appellent plus autrement dans la suite de cette
correspondance.

L'indignation de Burns n'était, on le suppose bien, qu'un feu de paille.
A quelques jours de là, il écrit une longue lettre où toutes les déclamations, les sympathies, infaillibles en pareil cas, sont mises en jeu. Pourquoi
est-elle malheureuse? Pourquoi l'a-t-il connue si tard?

« Vous avez une main bienveillante et disposée à donner ; pourquoi ce bonheur
vous fut-il refusé ? Vous avez un cœur formé, noblement formé, pour les joies les
plus raffinées de l'amour ; pourquoi ce cœur fut-il jamais meurtri?... Pourquoi
suis-je né pour voir un malheur que je ne puis secourir, et rencontrer des amis dont
je ne puis jouir ? Je regarde en arrière, avec la détresse d'un regret inutile, en voyant
ma perte de ne pas vous avoir connue plus tôt, tout l'hiver dernier, ces trois mois-
ci passés ! quel commerce heureux n'ai-je pas perdu ! Peut-être cependant cela vaut-
il mieux pour ma paix.[2] »

On voit avec quelle habileté et quel enthousiasme apparent, peut-être
avec quelle inconscience, le séducteur poursuit son chemin. Il y a un
passage bien perfide, mais bien joli et bien séduisant :

Je crois qu'il n'est pas possible de maintenir des rapports ou d'entretenir une
correspondance avec une femme aimable, encore moins avec une *femme merveilleuse-*

---

[1] *To Mrs Mac Lehose*, Dec. 20th, 1787.
[2] *To Clarinda*, Dec. 28th, 1787.

ment aimable et belle, sans quelque mélange de cette délicieuse passion dont j'ai eu plus d'une fois l'honneur d'être l'esclave très dévoué. Mais pourquoi s'en sentir blessée ? Est-ce qu'un honnête homme ne peut pas avoir une faiblesse pour une femme charmante, sans courir tête baissée dans une intrigue ? Prenez un peu de la tendre sorcellerie de l'amour, ajoutez-la aux généreux et honorables sentiments d'une amitié virile, et je ne connais qu'un *seul* mets qui soit plus délicieux, et que peu, très peu d'êtres, à quelque rang qu'ils appartiennent, goûtent jamais. Un pareil mélange est comme d'ajouter de la crême à des fraises ; non seulement elle donne aux fruits une richesse plus délicate, mais encore elle est délicieuse elle-même [1].

La chose est dite, mais de quelle façon légère et caressante. Cette dernière phrase est, dans le texte, d'un coloris et d'une saveur tout à fait exquis. La première tentation ne se servit pas avec plus de sophisme et de sensualité du parfum d'un fruit. Cela devient presque de la poésie.

La pauvre Clarinda a beau faire, elle a beau roidir sa réponse, y mettre des raisonnements, rectifier les mots, marquer des bornes, se faire raisonnable et raisonneuse, elle est gagnée.

« Vous dites « qu'il n'est pas possible de correspondre avec une femme aimable sans un mélange de la tendre passion. » Je crois qu'il n'y a pas d'amitié entre des personnes sensibles de sexe différent, sans un peu de *douceur* ; mais lorsqu'elle est maintenue dans des limites convenables, elle ne fait que donner une plus haute saveur à ce commerce. L'amour et l'amitié sont des mots qui se trouvent sur les lèvres de tous, mais peu, extrêmement peu, en comprennent la signification. L'amour (ou l'affection) ne peut pas être sincère, s'il hésite un moment à sacrifier toutes ses satisfactions égoïstes au bonheur de son objet. Au contraire, si on veut acheter les *premières* aux dépens du *second*, il mérite d'être appelé, non plus amour, mais d'un nom trop grossier pour être mentionné. C'est pourquoi je soutiens qu'un honnête homme peut avoir une faiblesse amicale pour une femme, qui dans son âme abhorrerait l'idée d'une intrigue avec elle. Voilà mes sentiments sur ce sujet : j'espère qu'ils correspondent aux vôtres [2]. »

En dépit d'elle, le poison a pénétré ses précautions, ses restrictions, sa froideur même. Il y a dans ces lignes qui veulent être rigides, un consentement. Le premier pas est fait dans le sentier périlleux ; la première, l'imperceptible concession qui en contient tant d'autres ; l'initiale minute de faiblesse d'où sortira un avenir chargé de souffrances, par cette sorte de logique et de déduction effrayante des choses dont George Eliot a si vigoureusement marqué la marche, les exigences et la cruauté.

Il est clair qu'une correspondance, engagée sur ce ton, doit conduire à des entrevues. Aussitôt que Burns fut capable de sortir dans une chaise à porteurs, il alla rendre visite à Clarinda. Il raconta sa vie, ses fautes et

---

[1] *To Clarinda.* Dec. 28th, 1787.

[2] *To Sylvander*, January 1st, 1788.

ses folies, avec son éloquence enflammée et des élans de regret. On imagine ce que pouvait être sur ses lèvres le tableau de son enfance, des sombres jours de son père, sauvé de la prison par la mort « le dernier et souvent le meilleur ami du pauvre [1] », et la flamme qui devait sortir du récit de ses propres passions. On voit la pauvre Clarinda, éblouie par ces regards éclatants, suspendue à cette navrante histoire, prise du désir de guérir ces regrets. Le lendemain, pour compléter ce qu'il avait dit la veille, il lui envoya sa lettre au Dr Moore. Elle la lut, et, avec un vrai instinct féminin, elle s'appliqua la scène éternelle où la pitié fait naître l'amour. Elle songea aussitôt à Desdemona troublée du récit des souffrances et des dangers d'Othello. Elle y songea parce que son cœur lui disait les mêmes choses qui sont exprimées dans ce passage d'une humanité si profonde. Et la ressemblance n'était pas déjà si lointaine. Il y avait quelque chose de la rudesse, de l'origine vulgaire et presque de l'aspect du maure, dans cet homme au teint brun et aux yeux noirs flamboyants, qui répandait son récit d'épreuves et d'aventures. C'est le prix de ceux qui les ont traversées qui fait le prix de ces péripéties. Les exploits du guerrier noir ne sont après tout que le fait de maint soldat, mais la fille du sénateur eut raison d'en être éblouie. La vie de Burns sembla justement, à celle qui l'écoutait ainsi, douloureuse et presque également héroïque : à coup sûr elle avait eu une endurance et une vaillance égales. Clarinda avait senti juste en allant droit à cette scène. Elle avait touché ce que les sentiments ont de commun, sous les diversités de situations, de langage et de ciel. Sa tendre compassion était bien sœur de celle de Desdemona. C'est sûrement un des points curieux et touchants de cette correspondance.

Deux fois, je l'ai lue avec une grande attention. Quelques parties m'ont « dérobé mes larmes. » Avec Desdemona j'ai ressenti que « c'était pitoyable, que c'était merveilleusement pitoyable ». Quand j'arrivai au paragraphe où il est question de lord Glencairn, j'éclatai en larmes. C'était ce délicieux trop plein du cœur, qui sort d'une combinaison des sentiments les plus doux. Rien ne lie davantage un esprit généreux que de lui témoigner de la confiance. Je l'ai toujours éprouvé. Vous semblez avoir eu l'intuition de ce trait de mon caractère, et c'est pourquoi vous m'avez confié vos fautes et vos folies. La description de votre première scène d'amour m'a ravie. Elle m'a rappelé l'idée de quelques circonstances tendres qui m'arrivèrent à la même période de la vie. Seulement, les miennes n'allèrent pas si loin. Peut-être, en retour, vous raconterai-je les détails quand nous nous verrons. Ah ! mon ami, les premières émotions d'amour sont assurément les plus exquises. Dans les années plus mûres, nous pouvons acquérir plus de connaissances, de sentiment ; mais rien de ceci ne peut donner les mêmes ravissements que les chères illusions de la jeunesse qui font battre le cœur. Comme la vôtre, la mienne était une scène rurale, ce qui ajoute encore à la tendre rencontre. Mais assez de ces souvenirs [2].

---

[1] *To Robert Graham of Fintry.* Jan. 1788.
[2] *To Sylvander.* Jan. 7th 1788.

Pendant qu'elle suivait la vie antérieure de l'homme qui pénétrait dans la sienne, elle était aux prises avec une préoccupation intime où est la preuve qu'elle était sincère dans son rêve d'une amitié paisible. Elle se demandait s'il en était capable, et elle s'alarmait de n'en pas trouver de traces ou de germe, dans cette existence, où tant de sentiments avaient pris place. Cette inquiétude lui donnait une perspicacité très aiguë, comme lorsqu'un intérêt majeur avive l'esprit, l'aiguise sur un point unique. Elle avait mis le doigt sur l'incapacité, où sont des natures comme Burns, d'éprouver vis-à-vis d'une femme un sentiment désintéressé. Elle devinait la fragilité de son rêve.

« Il y a une chose qui m'effraie, c'est qu'il n'y a pas de trace d'amitié envers une femme ; or, dans le cas de Clarinda, c'est la seule « chose à souhaiter avec ferveur ».... Vous m'avez dit que vous n'avez jamais rencontré une femme capable d'aimer aussi ardemment que vous-même. Je le crois, et je vous conseillerais de ne pas vous lier jusqu'à ce que vous en rencontriez une. Hélas ! vous en trouverez beaucoup qui ne le *peuvent* pas, et quelques-unes qui ne le *doivent* pas ; mais être unie à une des premières vous rendrait misérable. Je crois que vous auriez presque raison de ne pas penser au mariage, car, à moins qu'une femme ne puisse être un compagnon, un ami et une maîtresse, elle ne pourrait vous aller. Cette dernière pourrait gagner Sylvander, mais les deux autres seules pourraient le conserver [1].

Quant à Burns, tout entier à lui-même, comme presque toujours lorsque ses habitudes de cœur étaient en jeu, ayant moins souci de connaître que d'entraîner, il semble n'avoir rapporté de cette entrevue que la satisfaction de quelques instants aimables.

Certains jours, certaines nuits, que dis-je, certaines heures comme « les dix justes de Sodome » sauvent le reste des insipides, ennuyeux et misérables mois et ans de la vie. C'est une de ces heures que ma chère Clarinda m'a accordée hier soir.

> Une heure bien passée
> En de si tendres circonstances, pour des amis
> Vaut mieux qu'un siècle de temps commun. »

La remarque qui précède s'étend à toute la correspondance. Il y a bien plus de fines et pénétrantes observations de Clarinda sur lui, que de lui sur elle. Elle lui a dit des choses qui, pour la justesse, et la pénétration n'ont été égalées, sur certains points, par aucun autre témoignage. On pourrait à peu près recomposer le caractère de Burns avec les traits qu'elle a soulignés. Par lui, on ne sait rien d'elle. C'est qu'elle s'occupait de lui et l'étudiait anxieusement, et que lui ne s'occupait que d'aimer.

Les lettres de Burns qui suivirent cette première entrevue sont de grandes déclamations à froid, pleines d'apostrophes, de déclarations voilées. Clarinda, qui ne manque pas de finesse, le raille un peu sur la

---

[1] *To Sylvander.* Jan. 7th, 1788.

durée de ses désespoirs. « Conservez bon espoir, Sylvander ; l'éternité de vos souffrances d'amour sera terminée avant six semaines. Ce sont là des parjures « que les dieux permettent en souriant [1]. » Elle lui parle avec beaucoup de sagesse et de raison. « Une partie de l'intérêt que vous prenez à moi est due à la pure nouveauté. Vous serez fatigué de notre correspondance avant de quitter la ville et vous ne prendrez pas la peine de m'écrire de la campagne. Sylvander, je voudrais que vous soyiez marié heureusement, vous ne pouvez être heureux sans un tendre attachement. Le ciel vous dirige ! [2] » Ce sont là de sages paroles et de bons conseils. Et comme les allusions de Sylvander ont été trop vives et trop claires, elle le rappelle à l'ordre d'un ton presque sec : « Je ne puis et peut-être je ne devrais pas comprendre vos extravagances d'hier soir et vos remarques ambiguës à leur propos. Je suis votre amie, Sylvander, prenez garde que la vertu ne réclame le sacrifice même de l'amitié. Vous n'avez pas besoin de maudire le lien des lois humaines, quel est le bonheur que Clarinda goûterait à en être libérée ? [3] » Il est clair que le trouble qui commence en son cœur n'a pas encore gagné la tête, et qu'elle reste encore la personne ferme et sensée qu'elle semble avoir été.

Une seconde entrevue plus longue eut lieu le samedi 12 janvier. Cette fois-ci, ce fut Clarinda qui, à son tour, raconta son histoire et dévoila son caractère. Elle semble avoir fait l'aveu d'erreurs et de défauts. « Sylvander, vous avez vu, hier soir, Clarinda derrière la scène ! Maintenant vous êtes convaincu qu'elle a des défauts. Si elle se connaît bien, son intention est toujours bonne, mais elle est souvent la victime de sa sensibilité et c'est pourquoi elle est rarement contente d'elle-même [3] ». Sans doute, Burns ému, comme il est si aisé de l'être, par le récit d'infortunes pareilles, l'écouta avec une sympathie recueillie et avec réserve. Il se montra ce que Clarinda espérait qu'il serait toujours. « Oh ! mon ami, je souhaite ardemment conserver votre estime. Notre dernière entrevue vous a élevé très haut dans la mienne. J'ai en vérité rencontré peu de personnes de votre sexe capables de comprendre la délicatesse en pareilles circonstances; et cependant c'est elle seule qui donne leur saveur à des rapports si heureux [4]. » Néanmoins il lui venait de confuses inquiétudes sur ce qu'elle faisait. Même dans la joie d'une entrevue innocente propre à la rassurer, apparaissaient des remords encore faibles et pâles, qui n'avaient pas d'acte auquel ils pussent se prendre, mais éveillés par un état général.

Je ne nierai pas, Sylvander, que la soirée d'hier ait été une des plus délicieuses que

[1] *To Sylvander*. Jan. 9th, 1788.
[2] *To Sylvander*. Jan. 10th, 1788.
[3] *To Sylvander*. Jan. 13th, 1788.
[4] *To Sylvander*. Jan. 15th, 1788.

j'aie jamais connues. Peu d'instants pareils tombent en lot aux mortels. Peu de ceux-ci, extrêmement peu, sont faits pour goûter un plaisir si raffiné. Mais, bien que notre plaisir ne nous ait pas conduits au-delà des limites de la vertu, mes réflexions d'aujourd'hui n'ont pas été sans un mélange de regret. L'idée de la peine que cette entrevue, si elle était connue, aurait causée à un ami auquel je suis liée par les liens sacrés de la reconnaissance (d'elle seule); l'opinion que Sylvander a pu se former de mon manque de réserve; et, par dessus tout, quelques craintes que le ciel peut ne pas m'approuver dans la situation où je suis... tout cela m'a causé une nuit sans sommeil; et bien que j'aie été à l'église, je ne suis nullement bien.

C'étaient ces premiers scrupules qui, à l'origine d'une erreur, flottent dans les âmes, à peine discernés de la manière d'être, semblables à ces organismes amorphes, transparents, confondus avec l'eau, et qui plus tard feront place à des monstres compliqués, armés de tout ce qui déchire et torture. Ces remords en formation sont un indice qu'un travail intérieur se poursuivait en elle, et qu'elle avait plus lieu de s'alarmer qu'il n'apparaissait au dehors. Il y a, dans ces histoires de cœur qui avancent par mines et secrets couloirs de taupes, des mouvements inattendus qui révèlent la marche souterraine.

Quant à Burns il essayait de rassurer Clarinda de la façon suivante, un peu trop simple :

« Que vous ayez des défauts, ma Clarinda, je n'en ai jamais douté; mais je ne connaissais pas l'endroit où ils existent, et, depuis samedi soir, je suis plus dans les ténèbres que jamais. O Clarinda! pourquoi blesser mon âme en supposant que « la soirée dernière doit avoir diminué mon opinion de vous. » Il est vrai, j'étais « derrière la scène avec vous », mais qu'y ai-je vu? Un cœur brillant d'honneur et de bienveillance, un esprit ennobli par le génie, instruit et raffiné par l'éducation et la réflexion, élevé par une religion native, sincère comme dans les climats du ciel, un cœur formé pour les glorieux attendrissements de l'amitié, de l'amour et de la pitié. Voilà ce que j'ai vu. J'ai vu la plus noble âme immortelle que la création m'ait jamais montrée [1].

S'il suffit de frapper fort pour toucher juste, voilà qui devait réussir.

Une troisième entrevue eut lieu, le vendredi 18, pour laquelle elle lui recommande de venir à pied, quitte à s'en retourner en chaise à porteurs, parce que celles-ci sont si rares dans le voisinage que l'une d'elles exciterait l'attention, tandis que vers dix heures du soir tout le voisinage est endormi et qu'elle peut venir sans inconvénient [2]. C'est un coin de petite ville. Il semble que cette entrevue ait été celle des aveux. Les deux précédentes, avec quelques douceurs buissonnières, n'avaient été, pour l'un et pour l'autre des deux amants, qu'un voyage à travers le passé. Ils s'étaient raconté réciproquement leur histoire. C'étaient des heures rétrospectives,

---

[1] *To Clarinda.* Jan. 15th, 1788.

[2] *To Sylvander.* Jan. 15th, 1788.

mêlées à des regrets de ne s'être pas rencontrés plus tôt. Ils arrivaient maintenant au présent, qui les réunissait gagnés l'un à l'autre par ce qu'ils avaient trouvé de commun dans leurs destinées antérieures. Clarinda lui a confié son long rêve d'une amitié masculine, faite de tendresse et de réserve. Elle a imprudemment peut-être ouvert son cœur. « Si elle osait en disposer — la soirée d'hier ne peut vous laisser embarrassé de deviner quel est l'homme à qui elle le donnerait [1]. » Le lendemain, elle craint d'avoir été trop loin, d'avoir trop clairement parlé. « Je ne puis me rappeler quelques-unes des choses que j'ai dites sans un peu de peine [1]. » Elle se sent isolée, elle voudrait voir de la société, elle est stupide, son cœur est endolori. Elle essaye de bannir ce malaise en se lançant dans de longues dissertations religieuses. On dirait qu'elle a besoin de sentir que son refuge et son soutien n'est pas loin et qu'elle veuille, en en parlant, le sentir plus près d'elle.

Il écrivait, de son côté, une lettre qui donne l'idée de la déclamation insipide et de l'orgueil puéril de certaines parties de cette correspondance.

Samedi soir, 10 heures 1/2.

« Quelle délicatesse de bonheur je savourais hier à ce moment-ci ! Ma toujours très chère Clarinda, vous avez dérobé mon âme ; mais vous l'avez affinée et élevée : vous lui avez donné un sens plus fort de la vertu et un goût plus fort pour la piété. Clarinda, première de votre sexe, si jamais votre aimable image s'efface de mon âme,

> Puissé-je être perdu sans un œil pour pleurer,
> Et ne pas trouver de terre vile assez pour m'ensevelir.

Quelle sotte bagatelle est la tendresse enfantine des vulgaires enfants du monde ! C'est le jeu insignifiant des jeunes animaux des champs et des forêts ; mais quand le sentiment et l'imagination unissent leurs douceurs, quand le goût et la délicatesse les raffinent, quand l'esprit ajoute le bouquet et que le bon sens donne la force et du courage à l'ensemble, quel breuvage délicieux est l'heure de la tendre affection ! La Beauté et la Grâce, dans les bras de la Vérité et de l'Honneur, dans toute la splendeur de l'amour mutuel !.... Clarinda, quand un poète et une poétesse créés par la nature, deux des plus nobles productions de la nature, quand ils boivent ensemble à la même coupe de l'amour et du bonheur, n'essayez pas, vous, matériaux plus grossiers de la nature humaine, de mesurer, en le profanant, un bonheur que vous ne pouvez jamais connaître [2].

Toute cette partie de leur correspondance ne se lit qu'avec un sentiment pénible, qui tient de la pitié et de l'irritation, tant on est incertain de savoir si l'homme qui l'a écrite était sincère ou impudent dans ses déclamations. C'est un mélange écœurant de protestations de fidélité et d'apostrophes à la Divinité, qui affectent la forme de prières. On dirait que, volontairement, Burns a choisi cette phraséologie d'église pour

---

[1] *To Sylvander.* 19th Jan. 1788.
[2] *To Clarinda.* 20th Jan. 1788.

endormir les scrupules religieux de Clarinda et donner à ses déclarations un air de dévotion.

Clarinda, puis-je compter sur votre amitié pour la vie? Je pense que je le puis ! Toi, Sauveur tout puissant des hommes ! J'ai jusqu'à présent trop négligé ton amitié; me l'assurer sera mon souci constant, pendant tous les jours et les nuits futurs de ma vie. L'idée de ma Clarinda s'ensuit :

> Cache-la, mon cœur, dans ce vêtement secret,
> Où, mêlée à celle de Dieu, sa chère pensée repose.

Mais je redoute l'inconstance, imperfection qui résulte de la faiblesse humaine. Rencontrerai-je une amitié qui défie les années d'absence, et les chances, et les changements de la fortune? Peut-être « ces choses-là existent-elles ». Il y a un seul honnête homme, de qui j'espérerais une telle chose ; mais qui, excepté un écrivain de romans, pourrait croire à un amour qui promettrait pour toute la vie, en dépit de la distance, de l'absence, des chances, des changements, et cela, avec de frêles espérances de possession ?

Pour ma part, je puis me répondre moi-même à ces deux exigences: « Tu es cet homme-là. » J'ose, avec une froide résolution, j'ose déclarer que je suis cet ami et cet amant. Si le sexe féminin est capable de telles choses, Clarinda l'est. Je crois qu'elle l'est, et je sens que je serai misérable, si elle ne l'est pas. Il n'y a pas une des vertus qui donnent de la valeur, ou des sentiments qui font honneur au sexe, qu'elle ne possède à un degré supérieur à toutes les femmes que j'ai jamais vues : son esprit exalté, aidé un peu peut-être par la situation où elle se trouve, est, je le pense, capable de cet enthousiasme d'amour noblement romanesque. Puis-je vous revoir mercredi soir? Le mercredi, qui viendra ensuite, sera, je le prévois, un jour haï de nous deux... Trois soirées, trois soirées au vol rapide, avec des ailes de duvet, sont tout le passé ; je n'ose pas calculer le futur...

La quatrième de ces soirées aux ailes rapides, celle du mercredi 23 janvier, fut un pas de plus dans ce sentier que Shakspeare appelle : « the primrose way to the everlasting bonfire [1] ». Si la précédente avait été l'entrevue des aveux, celle-ci semble avoir été celle des caresses. On devine qu'elle fut plus ardente de la part de Burns et pour Clarinda plus périlleuse. Chambers, qui suit cette histoire de passion avec dignité et convenance et en note les phases avec une ponctualité grave, le constate dans son langage: « Dans cette rencontre, il semblerait que les communications des deux amants furent d'une nature plus fervente et moins réservée que jusqu'alors, à ce point de vue qu'elles laissèrent dans le sein de Clarinda, des réflexions où elle s'accusait elle-même [2]. »

Le lendemain matin, les deux amants s'écrivirent chacun une lettre dans laquelle s'exprime l'état d'âme où ils se trouvaient. Celle de Burns est une fantaisie travaillée, sans beaucoup d'esprit et sans l'ombre de passion. Il prend un thème sur lequel il brode quelques variations. Ce n'est qu'une interminable et froide conjecture, où il imagine que la

---

[1] Shakspeare. *Macbeth*, act. II, sc. 3.
[2] R. Chambers, tom II, p. 206.

Fortune, qui a joué tant de mauvais tours à un pauvre poète écervelé, s'est avisée de lui donner le plus magnifique présent qu'elle ait jamais eu en sa possession, uniquement « afin de voir comment sa sotte tête et son sot cœur y résisteraient ». Ou bien elle s'est dit peut-être qu'elle a fait un chef-d'œuvre et elle le lui a amené « pour lui donner cette immortalité qu'aucune femme d'aucun temps ne mérita davantage et que peu de rumeurs de ce temps-ci sont plus capables de conférer [1] ». C'est insipide ! Pas un mot qui ait un peu d'accent, pas un reflet de flamme.

La lettre, incompréhensible, était complétée par un post-scriptum singulier qui l'explique peut-être et qui révèle certains côtés de la vie de Burns, à cette époque. Rentrant le soir, gris, après les potations qui avaient suivi le dîner, lequel commençait alors à trois heures, il ajoutait ces paroles comme excuse :

« Me voici... absolument impropre à finir ma lettre, tout jovial après un bol qu'on a fait circuler constamment depuis le dîner jusqu'à présent. Je n'ai pas d'idées distinctes de rien, sinon que j'ai bu deux fois votre santé, ce soir, et que vous êtes tout ce que mon âme estime de cher en ce monde [1]. »

Dans la même matinée où il écrivait cette lettre ingénieuse et recherchée, Clarinda lui en adressait une, d'un sentiment plus réel et touchante. Le début sent encore la prétention d'une correspondance littéraire, l'effort et l'arrangement ; c'est une longue allégorie où Clarinda comparaît à la barre de la Raison, devant la Religion et la Réputation, et où elle est défendue par l'Amour revêtu d'un voile emprunté à l'Amitié. Mais aussitôt après la simplicité revient, les accents sincères se font jour ; bientôt arrivent et sortent les paroles vraies, le cri d'alarme et d'amour, poussé par tant d'âmes faiblissantes, partagées entre la crainte et l'attrait de la faute. Cette lettre est vraiment, par endroits, touchante. On y sent le remords des faiblesses accomplies, la terreur de celles qui restent à commettre, ce mouvement naturel et toujours déçu de la femme qui, se trouvant épuisée de résistance, implore d'être épargnée et ne pose plus d'espoir que dans celui même qu'elle redoute, enfin, cet aveu de lassitude qui est presque un abandonnement. Au-dessus de ce tumulte, règne un sentiment d'honnêteté et de devoir qui s'exprime, non sans éloquence. Ce n'est pas la seule fois où Clarinda a l'avantage sur Sylvander.

« Sylvander, laissons tomber ma métaphore. Je ne suis ni bien, ni heureuse aujourd'hui ; mon cœur me fait des reproches d'hier soir ; si vous désirez que Clarinda recouvre son repos, repoussez tout ce qui n'est pas permis par la plus stricte délicatesse.
Je ne vous blâme pas, mais moi-même. Je ne dois pas vous revoir samedi, à

---

[1] *To Clarinda.* Jan. 24th 1788.

moins que je ne trouve que je puis me fier à moi-même, pour agir autrement. C'est la Délicatesse, vous le savez, qui m'a attirée vers vous subitement : prenez garde de relâcher ce lien le plus cher et le plus sacré qui nous unit. Souvenez-vous que le bonheur présent et éternel de Clarinda dépend de sa fidélité étroite à la vertu. Heureux Sylvander ! qui peut rester attaché au ciel et à Clarinda en même temps. Hélas ! je sens que je ne puis servir deux maîtres ! Que Dieu ait pitié de moi !

Jeudi soir.

Pourquoi n'ai-je pas eu de vos nouvelles, Sylvander ? Tout, dans la nature, me paraît aujourd'hui porter une teinte sombre. Ah ! Sylvander !

<blockquote>
Le cœur est ce qui, toujours,
Nous rend heureux ou malheureux !
</blockquote>

Avec quelle force ces vers me sont revenus à la pensée ! Ne vous ai-je pas dit quelle misérable l'amour a fait de moi ? Je suis capable d'affection au plus haut point pour un homme du mérite de Sylvander, si elle ne devait pas me mener à des folies et à des faiblesses que mon cœur condamne absolument. Je suis convaincue que, sans l'approbation du ciel et de ma propre conscience, l'existence me serait une lourde malédiction. Sylvander, pourquoi les légèretés trop répétées de votre Clarinda ne vous ont-elles pas guéri de la tendresse trop passionnée que vous exprimez pour elle ? Peut-être ont-elles diminué votre estime pour elle ? Mais je n'ose pas toucher cette corde ; cela remplirait la coupe de ma misère présente. O Sylvander ! Puisse l'amitié de Dieu, que vous et moi avons trop négligée, être, à partir d'aujourd'hui, notre principale étude, notre délice ! Je ne puis vivre sans la conscience de cette faveur. J'ai ressenti, tout aujourd'hui, quelque chose de cet état épouvantable. Que dis-je ? Quand j'ai approché Dieu avec mes lèvres, mon cœur n'y était pas vraiment !

.... Ne soyez pas fâché, si je vous dis que je désire que notre séparation soit passée. A distance, nous conserverons la même affection de cœur, le même intérêt dans la vie l'un de l'autre ; mais l'absence adoucira et restreindra ces violentes agitations du cœur qui, si elles continuaient longtemps encore, retireraient mon âme de ses gonds et me rendraient impropre aux devoirs de la vie.

Vous et moi, nous sommes capables de cette ardeur d'amour pour laquelle la vaste création n'offre pas d'objet suffisant. Cherchons à la reposer dans le sein de notre Dieu. Donnons ensuite une place à ceux qui sont les plus chers sur la terre, aux tendres affections de parents, de sœurs, d'enfants !... Je vous dis : « au revoir », avec cette courte prière de Thomson :

<blockquote>
« Père de Lumière et de vie, toi bien suprême,
O enseigne-nous ce qui est bon, enseigne-nous ce que tu es toi-même,
Sauve-nous de la folie, de la vanité et du vice[1]. »
</blockquote>

A ces confidences, dont le chagrin et la franchise auraient pu le toucher, Burns répondait par des protestations emportées bien plus que sincères. Elles n'ont pas d'émotion, mais une certaine fureur de promesses qui éblouit plutôt qu'elle ne rassure.

Clarinda, ma vie, vous avez blessé mon âme. Puis-je penser que vous êtes malheureuse, même quand votre chagrin n'est pas décrit dans votre pathétique élégance de

---

[1] *To Sylvander*. Jan. 24th 1788.

langage, sans être misérable ? Clarinda, puis-je supporter de m'entendre dire par vous que « vous ne voulez pas me voir demain soir — que vous désirez que notre heure de séparation soit venue ? » Ne nous en laissons pas imposer par des mots. Si, dans un moment de chère amitié et de tendre jeu, j'ai peut-être franchi *la lettre* de la loi du décorum, j'en appelle à vous-même, ai-je jamais péché, au moindre degré, contre l'esprit de ses statuts les plus stricts ? Mais pourquoi, mon amour, me parler en termes si durs, dont chaque mot me perce jusqu'au fond de l'âme ? Vous savez qu'une allusion, la plus légère expression de vos souhaits, est pour moi un commandement sacré.

Réconciliez-vous, mon ange, avec votre Dieu, avec vous-même et avec moi, et j'engage l'honneur de Sylvander — serment, j'ose le dire, auquel vous vous fierez sans réserve — que vous n'aurez jamais plus raison de vous plaindre de sa conduite. Maintenant, mon amour, ne blessez pas notre prochaine entrevue par des regards détournés ou des caresses restreintes. J'ai marqué la ligne de conduite — une ligne, je le sais, exactement à votre goût — et je l'observerai inviolablement. Mais ne montrez pas la moindre inclination à fixer des bornes. Une méfiance apparente là où vous savez que vous pouvez avoir confiance est un cruel péché contre la sensibilité...

O Amour et Sensibilité, vous avez conspiré contre ma Paix ! J'aime jusqu'à la folie et je ressens jusqu'à la torture ! Clarinda, comment puis-je me pardonner d'avoir touché de chagrin une seule corde de votre cœur ! Ai-je pu le faire volontairement ? Aucune considération, aucun bonheur pourraient-ils me le faire faire ? Oh, si vous aimiez comme moi, vous ne voudriez pas, vous ne pourriez pas refuser ou reculer une rencontre avec l'homme qui vous adore — qui mourrait mille morts avant de vous porter tort ; et qui doit bientôt vous dire un long adieu !

Que j'aie de vos nouvelles, cette après-midi, au nom de la Pitié ! Car jusqu'à ce que j'en aie, je serai misérable. O Clarinda, le lien qui me lie à toi est tissé, ne fait qu'un avec les plus chers fils de ma vie [1].

Tout ce fracas de serments est bien extérieur et bien vide. Ce sont des banalités fouettées d'exclamations. Ce qu'il y a de plus sincère là dedans, ce qui y tremble, c'est un des mauvais éléments de Burns ; ce n'est pas autre chose que son ombrageuse susceptibilité, sa jalousie folle de tout ce qui ressemble à un reproche, à un blâme ou à une précaution vis-à-vis de lui. Ce qu'il éprouve est bien plus près de la colère que de la compassion. On dirait que la méfiance de la pauvre femme, qui s'adresse à elle-même autant qu'à lui et contient un aveu autant qu'une défense, est une insulte. Ce qu'il appelait sa dignité, dont il faisait un peu parade et qui était vraiment du courage et de la force en certaines circonstances, était, par moments, puéril et déplacé. Dans cette correspondance, où il y aurait eu si souvent lieu à de la bonté, à des paroles cordiales, c'est elle seule qui donne à ses lettres un peu de sincérité. Il s'en trouve plusieurs parmi elles dont on voit qu'elles ont pu jeter du trouble dans l'esprit de Clarinda, pas une qui ait pu lui amener de l'adoucissement. Qu'on relise avec soin celle qui vient d'être citée, on n'y découvrira pas un mot de réconfort ; il n'y a qu'une revendication égoïste pour lui-même, âpre, impérieuse et presque courroucée.

---

[1] *To Clarinda.* Jan. 25th 1788.

On comprend cependant que cette violence, dont les racines profondes n'étaient pas dans les parties désintéressées du cœur, aient fait illusion à Clarinda, et qu'elle l'ait attribuée au sentiment dont elle était agitée elle-même. Que pouvaient ses hésitations et ses scrupules contre ces promesses solennelles et ces insistances passionnées , et aussi contre la voix qui , plus bas mais constamment , plaidait la même cause en elle-même ?

Les entrevues se firent plus fréquentes, se pressèrent, devinrent presque quotidiennes. Ce qu'elles étaient , se laisse deviner dans les lettres de Burns, écrites quand leur trouble n'était pas encore apaisé : des soirées enivrantes et dangereuses, passées dans un compromis, sur une sorte de terrain débattu qui devenait chaque jour plus étroit et plus resserré.

Parfois, il semble que la frontière ait été franchie ou bien près de l'être. A la suite d'une de ces entrevues, Burns écrit :

« Je souffrirais le fouet de la misère pendant onze mois de l'année, si le douzième était composé d'heures comme hier soir. Vous êtes l'âme de ma joie ; tout le reste est de la matière dont sont faites les souches et les pierres. [1] »

Et Clarinda, avec un babillage féminin, plus prolixe, un peu naïf, par moments, et cependant aimable, lui écrit de son côté, à propos de la même entrevue :

« Sylvander, quand je pense à vous, comme à mon ami le plus attaché, je suis heureuse ; mais quand vous vous présentez à mon esprit comme *amant*, quelque chose en moi me donne un *aiguillon* qui ressemble à celui de la culpabilité. Dites-moi comment cela se fait ? Cela doit venir de l'idée que j'appartiens à un autre. Quoi ! La femme d'un autre ! O cruel destin ! Je suis en vérité, enchaînée dans une « chaîne de fer ». Pardonnez-moi, si je vous fais de la peine. Vous savez qu'il faut (j'ai dit : *il faut*) que je vous dise mes sentiments vrais ou que je me taise. Hier soir, nous fûmes heureux, au delà de ce que la masse du genre humain peut concevoir ! Peut-être la « ligne » que vous aviez marquée a-t-elle été *un peu* outrepassée — vraiment, elle l'a été ; mais, bien que je le *désapprouve*, je n'en ai pas été *malheureuse*. Je ne suis pas moins convaincue de votre *discernement* que de votre *désir* de rendre Clarinda heureuse. Je vous sais *sincère* quand vous professez l'horreur à l'idée de ce qui la rendrait misérable à jamais. Mais il faut nous garder d'aller au *bord* du danger. Ah ! mon ami, grand besoin aurions-nous de « veiller et de prier ! » Puissent ces esprits bienveillants, dont l'office est de « prévenir la chute de la vertu luttant sur le bord du vice », être toujours présents pour nous protéger et nous guider dans les droits sentiers......

Sylvander, je voudrais que vos tendres sentiments fussent plus modérés. Pourquoi vouloir fixer son cœur sur des *impossibilités* ? Prenez-moi simplement comme votre amie (hélas ! c'est tout ce que je dois être) croyez-moi, vous me trouverez très raisonnable. Si vous vouliez chérir « l'intelligence mentale » comme vous faites le corps, en vérité, Sylvander, vous feriez de moi un philosophe ».

---

[1] *To Clarinda.* Jan. 26th 1788.

Et plus loin :

« Ah ! Sylvander ! il faut que mon repos souffre ; le vôtre ne le peut pas. *Vous* pensez que vous avez raison d'aimer Clarinda ; toute l'éloquence de Sylvander ne peut me persuader qu'il en est ainsi. Si seulement j'étais libre..., oh ! comme je m'abandonnerais à tous les délices de l'amour *innocent*. Il est, je le crains, trop tard pour parler ainsi, après nous être tellement abandonnés, mais si Sylvander voulait abriter son amour sous le costume permis de l'amitié, Clarinda serait beaucoup plus heureuse !

Demain, as-tu dit ? Le temps est court, *désormais* ; n'est-ce pas trop souvent ? Est-ce que les douceurs les plus délicates ne lassent pas le plus vite [1] ? »

A lire ces singuliers aveux, exprimés avec une naïveté qui n'est ni sans grâce, ni sans innocence, et qui touchent en faisant un peu sourire, on est tenté d'aller trop rapidement à une conclusion qui paraît inévitable. Mais il y a dans des lettres postérieures des passages qui précisent et limitent la portée qu'il convient d'y attacher et surtout qui mitigent les conséquences qu'on pourrait témérairement en tirer.

« Hier j'étais heureux d'un bonheur « que le monde ne saurait donner ». Ce souvenir m'embrase, mais c'est une flamme que « l'innocence contemple avec un sourire, » tandis que l'Honneur se tient à côté comme une sentinelle sacrée. Votre cœur, vos désirs les plus chers, vos souhaits les plus tendres, tout cela vous appartient, vous pouvez en disposer : votre personne est inapprochable, par les lois de votre pays, et il ne vous aime pas comme je le fais, celui qui vous rendrait malheureuse.

Vous êtes un ange, Clarinda, vous n'êtes assurément pas un être mortel « que la terre possède ». Embrasser votre main, vivre de votre sourire, est pour moi un bonheur plus exquis que les faveurs les plus chères que les plus belles du sexe, vous exceptée, peuvent accorder [2] ».

Ce n'est pas là sûrement, le langage d'un amant à sa maîtresse. Quelque difficile qu'ait été la lutte, Clarinda en sortit donc, pour le moment, victorieuse. Elle fut capable du douloureux effort de résister à une des paroles les plus éloquentes qui aient jamais assailli le cœur féminin, et de l'énergie plus profonde encore de faire taire en elle-même des désirs complices. Elle fit davantage. Elle parvint, jusqu'à un certain degré et pendant un certain temps, à amener Burns à cette façon d'amour platonique, bien qu'il protestât de toutes ses forces qu'il était anti-platonique, et il l'était.

Cette situation ne pouvait durer. Il est imprudent de vivre dans le vertige, toujours au bord du précipice, à deux doigts de la chute. Un rien suffit pour que la tête tourne ou que le pied glisse. Clarinda, à qui le bon sens ne manquait pas, s'en rendait compte. Constamment,

---

[1] *To Sylvander*, 27th Jan. 1788.
[2] *To Clarinda*, Feb. 3rd 1788.

elle revient sur le même sujet, essayant de ramener des transports
qu'elle avait à réprimer aux allures de l'amitié qui se modèrent d'elles-
mêmes, comme si on pouvait arrêter dans sa marche une passion qu'on
n'a pas su anéantir à son début. Les forces pour la combattre ont diminué
de toutes celles qu'elle a prises ; lorsqu'on s'aperçoit qu'elle est devenue
dangereuse, on est devenu impuissant. Il semble que Clarinda fut lentement gagnée, lentement vaincue, par cette insensible et irrésistible
faiblesse. Vers la fin de la correspondance, ses objections, qui restent
les mêmes, sont faites d'une voix moins ferme, sur un ton qui devient
soumis et comme plaintif. La pauvre et vaillante femme parle comme
ces personnes de qui la force se retire, et qui répètent avec douceur ce
qu'elles disaient tout à l'heure avec énergie.

Il n'y a pas un sentiment dans votre chère dernière lettre qui ne doive rencontrer
l'approbation de tous les esprits justes, sauf un seul, « que je peux disposer de mon
cœur, de mes plus tendres désirs ». Il est vrai qu'ils ne sont pas, qu'ils ne sauraient
être placés sur celui qui aurait dû les posséder, mais dont la conduite (je n'ose pas
en dire davantage contre lui) les lui a justement fait perdre. Mais n'est-ce pas être
trop près d'enfreindre les obligations sacrées du mariage que d'accorder son cœur,
ses souhaits et ses pensées à un autre ? Quelque chose, dans mon âme, me murmure
que cela approche du crime. J'obéis à cette voix. Laissez-moi mettre tous les
sentiments affectueux dans le lien permis de l'Amitié. S'ils sont accompagnés
d'une ombre de sentiment plus tendre, qu'ils soient versés dans le sein d'un Dieu
miséricordieux ! Si l'aveu de mon amitié la plus ardente, la plus sincère, ne vous
satisfait pas, le devoir défend à Clarinda de faire davantage ! Sylvander, je ne
m'attends pas à être jamais heureuse ici-bas ! Pourquoi ai-je été formée si susceptible
d'émotions auxquelles je n'ose pas céder ? [1]

Plus loin, dans un passage singulier, qui n'est pas sans une sorte de
beauté ni sans force et sincérité de sentiment, quoique un peu artificiel
de forme, elle s'écrie :

« Sylvander, je crois que notre amitié sera durable ; sa base a été la vertu, une
similitude de goûts, d'émotions et de sentiments. Hélas ! l'idée de cent milles
d'éloignement me fait trembler. A peine m'écrirez-vous une fois par mois, et d'autres
objets affaibliront votre affection pour Clarinda ! Cependant je ne puis le croire.
Oh ! que les scènes de la nature vous rappellent Clarinda ! En hiver, rappelez-vous
les ombres noires de sa destinée ; en été, l'ardeur, la cordiale ardeur de son amitié ;
en automne, ses riches désirs que tous aient l'abondance ; et que le printemps vous
mette dans l'esprit l'espérance que votre amie puisse vivre assez pour traverser les
rafales froides de la vie et revivre pour goûter un renouveau de bonheur ! Après tout,
Sylvander, les orages de la vie « passeront rapidement et un printemps sans fin
enveloppera tout. » Là, Sylvander, je crois que nous nous retrouverons. L'amour là
n'est pas un crime. Je vous y donne rendez-vous. O Dieu ! — je ne puis plus tenir
ma plume [1]. »

---

[1] *To Sylvander*, Feb. 6th, 1788.

Ainsi, peu à peu, Clarinda avait mis davantage de sa vie dans cette aventure. Elle s'était laissé gagner par cette troublante parole. Il se peut qu'elle ait commencé par de la coquetterie, de l'attrait superficiel, de la curiosité, peut-être même par la vanité d'être distinguée par un poète. Mais c'était un jeu périlleux dans l'état d'âme où elle était. Ce besoin d'aimer, qu'elle portait en elle vague et inappliqué, a pris corps ; il a envahi les profondeurs de son être. Et maintenant la malheureuse femme en est arrivée à la vraie tendresse et à la vraie affliction. Elle est déchirée en elle-même, entre l'appel que l'amour fait à toute sa nature et les admonestations de sa conscience. Et aussi, elle souffre de la suprême détresse des cœurs qui nourrissent la pensée de la séparation. A mesure que le jour en approche, l'inévitable jour, le jour haï, elle sent qu'il lui enlèvera davantage. Elle en détourne les yeux. Elle connaît maintenant la souffrance de voir s'écouler, sans pouvoir les retenir, les dernières minutes qui vident notre bonheur. « Est-ce que vendredi sera notre dernier jour ? Je voudrais, Sylvander, que vous partiez à la dérobée, — je ne puis supporter l'adieu ! Je puis à peine chérir la pensée de nous revoir — car cette pensée [1]... ! » Même dans ces extrémités d'amertumes, elle murmure encore la recommandation dans laquelle elle a placé tout le repos de sa vie et qui a été son soutien pendant cette crise. « O Sylvander, si vous désirez ma paix, que l'*Amitié* soit le seul mot entre nous : plus me fait trembler. « Ne parlez pas d'Amour [1]. » A quoi bon ? Les mots ne changent rien aux sentiments. Et d'ailleurs c'est à elle-même que cette recommandation devrait s'appliquer, car c'est elle seule qui aime d'amour.

Ces chagrins intimes n'étaient pas le seul dommage que la rencontre de Burns devait porter dans la vie de Clarinda. Ces imprudences de sentiments ont fréquemment leur contre-coup extérieur.

Autour d'une jeune femme, veuve ou séparée, il rôde presque toujours quelques amitiés masculines, toutes disposées à prendre un autre nom. Cela était arrivé pour Clarinda. On a vu qu'elle avait auprès d'elle un de ses cousins, Lord Craig, qui lui était véritablement dévoué. Il semble avoir été un homme délicat et bon [2]. Il avait été son principal protecteur, lorsque, seule et malheureuse, elle était arrivée à Edimbourg ; il l'avait soutenue dans ses épreuves et l'aidait dans sa gêne actuelle. Il avait conçu pour elle une de ces affections silencieuses, qui se résignent à ne rien obtenir, et vivent de la pensée qu'aucune autre ne leur est préférée. Clarinda avait failli l'aimer ; un rien, à un moment décisif, avait sans doute arrêté la cristallisation, pour employer le mot de Stendhal. Elle n'avait conservé

---

[1] *To Sylvander*, Feb. 6th, 1788.

[2] Voir la notice sur lui dans le *Biographical Dictionary of Eminent Scotsmen*.

pour lui que de l'estime et de la reconnaissance. Elle se trouvait partagée
entre le scrupule de le tromper en lui dissimulant son sentiment nouveau,
et la crainte de l'affliger en le lui révélant. Elle-même, gentiment et
d'une touche légère, esquisse ce timide commencement de roman et met
Burns au courant de ses incertitudes :

« Je vous ai parlé de cet ami particulier ; il a été, pendant quatre ans, celui à qui
je me suis confiée. Il est très digne et répond exactement à votre description dans
« l'épître à J. S.[1] » Alors que j'avais à peine un ami qui se souciât de moi à Edimbourg,
il m'accueillit. Je vis, trop tôt, que c'était chez lui un sentiment plus ardent ; peut-être
une légère contagion en fut-elle le résultat naturel. Je vous ai raconté la circonstance
qui contribua à effacer en moi cette tendre impression ; mais je m'aperçois (bien
qu'il ne m'en parle jamais) je vois à toute occasion que, de son côté, sa faiblesse
persiste encore. Je l'estime comme un ami fidèle ; mais je ne saurais ressentir
davantage pour lui. Je crains qu'il n'en soit pas convaincu. Il ne voit aucun homme
qui soit à moitié aussi souvent avec moi que lui-même, et en tout cas il croit
que je n'ai de partialité pour personne. Je ne puis supporter de tromper quelqu'un
sur un point si délicat, et je suis chagrinée qu'il donne asile à un attachement que
je ne pourrai jamais payer de retour. J'ai la pensée de lui avouer mon intimité avec
Sylvander ; mais mille choses m'en empêchent. Je serais poursuivie par la jalousie
« ce monstre aux yeux verts », et je crains en outre que cela ne blesse son repos.
C'est une affaire délicate. O Sylvander, je ne puis supporter de faire de la peine à qui
que ce soit, encore moins à un homme qui m'entoure des attentions d'un frère[2]. »

Peut-être y avait-il dans ces hésitations un peu plus qu'elle ne se
l'avouait à elle-même : un peu de cette subtilité et duplicité dont les
femmes n'ont pas conscience, un peu de cette répugnance qu'elles ont
à détruire leur pensée, même dans des cœurs qui leur sont indifférents ;
elles n'aiment pas à casser les miroirs où leur image se reflète. Quant à
Lord Craig, il semble avoir été un parfait galant homme. A côté de lui,
on aperçoit un personnage, assez ordinaire en pareil cas, un directeur
spirituel, un Révérend Kemp, ministre de la chapelle de la Prison
d'Edimbourg, homme de façons graves, de piété notable et de quelque
éloquence ecclésiastique. Clarinda avait en lui beaucoup de confiance.
Quand elle a le cœur trop chargé du secret récemment entré dans sa vie,
elle l'appelle et, tout en larmes, lui confie qu'elle aime quelqu'un et lui
demande si c'est pour elle un devoir d'en informer son cousin. Il l'en
dissuade, regrette qu'elle ait donné son cœur, il aurait voulu qu'elle
s'en tînt à l'amitié et lui parle comme un parent anxieux de son bonheur[3].
D'autres jours, il vient la visiter le soir et « tremble pour sa paix[4]. »
Il semble que ce révérend ait été une espèce de Tartufe puritain, car,

[1] L'Epître à James Smith.
[2] To Sylvander, Feb. 6th, 1788.
[3] To Sylvander, 27th Jan. 1788.
[4] To Sylvander, 28th Jan.

après avoir été marié trois fois, il fut, plus tard, poursuivi en adultère par l'homme dont la fille avait épousé son fils [1].

Quand ces deux hommes eurent connaissance que Clarinda avait une intrigue, ils intervinrent. Ils firent des représentations ; l'un, sans doute, avec des conseils graves et des exhortations ; l'autre, cruellement blessé, alla peut-être aux reproches et aux récriminations. L'un d'eux même lui en écrivit durement [2]. Il y a lieu de croire qu'ils eurent des soupçons sur Burns, sans avoir de certitude. Tremblante de voir irritées les seules amitiés qu'elle eût, et consternée à l'idée qu'elles pourraient l'abandonner, affligée d'avoir blessé et peut-être éloigné, un dévoûment éprouvé, elle raconta ses troubles à celui qui en était le motif et lui envoya les lettres qu'elle avait reçues à ce sujet. On a perdu les lettres qu'elle écrivit à Burns ; mais il semble qu'elle lui demandait de renoncer à elle, en lui faisant voir les dangers auxquels elle était exposée.

Ce fut simplement, pour lui, comme un coup de fouet. Sa nature ombrageuse se cabra. Quelque chose de sa vieille colère contre les faiseurs de morale le ressaisit. Quand on lui apporta ces nouvelles, il allait dîner ; il écrit sur-le-champ quelques lignes furieuses qui partent comme une invective et vont presque jusqu'aux gros mots :

Ma toujours très chère Clarinda, je fais attendre pour dîner une nombreuse compagnie, pendant que je lis votre lettre et que j'écris ceci. Ne me demandez pas de cesser de vous aimer, de vous adorer, dans mon âme ; cela m'est impossible : votre repos et votre bonheur me sont plus chers que mon âme. Fixez les conditions selon lesquelles vous désirez que je vous voie ; que je corresponde avec vous, et vous les avez. Je ne puis m'empêcher de vous aimer, de m'affliger, de pleurer, de vous adorer en secret : vous ne devez pas me refuser cela. Vous me serez toujours

> Chère comme la lumière qui visite ces yeux attristés,
> Chère comme les gouttes pourpres qui échauffent mon cœur [3].

Je n'ai pas la patience de lire ce griffonnage de puritain. Maudite sophisterie ! Vous, Cieux, toi, Dieu de la nature, toi, Sauveur du genre humain, vous contemplez d'en haut, avec des yeux approbateurs, une passion inspirée par la flamme la plus pure, surveillée par la délicatesse et l'honneur ; mais l'âme, haute d'un demi-pouce, d'un pitoyable bigot, presbytérien misérable et froid, ne peut rien pardonner qui soit au-dessus de son cœur de basse fosse et de son cerveau ténébreux.

Adieu, je serai avec vous, demain soir ! que votre esprit se tranquillise. Je vous appartiendrai de la façon qui vous semblera la meilleure pour votre bonheur. Je n'ose pas continuer. Je vous aime et je vous aimerai, et, plein d'une confiance joyeuse, je m'approcherai du trône du Juge Tout Puissant des hommes, dédaignant l'écume de la sentimentalité et le brouillard de la sophisterie [4].

---

[1] Scott Douglas donne des renseignements sur le Rev. Kemp, tom. V, p. 86-87.

[2] Chambers, tom. II, p. 222. — Scott Douglas, tom. V, p. 79.

[3] Cité imparfaitement de *Julius Cæsar*, de Shakspeare, act. II, scene I.

[4] *To Clarinda*, Feb. 18th, 1788.

On devine ce que put être pour lui le dîner qui l'attendait, pendant qu'il traçait ces lignes courroucées. En rentrant à minuit, il écrit de nouveau, essayant, cette fois, de convaincre Clarinda de la légitimité de leurs relations. La lettre, qui commence avec une sorte de solennité, se poursuit sous une forme de raisonnement assez singulière en ce cas, mais pressante et vive, et qui monte vers l'éloquence. Elle est malheureusement incomplète. Ce dut être une des plus intéressantes et des plus sincères de cette correspondance.

Madame, après une journée misérable, je me prépare à une nuit d'insomnie. Je vais m'adresser au Témoin tout puissant de mes actions, qui sera un jour, peut-être bientôt, mon Tout-puissant Juge. Je ne serai pas l'avocat de la passion. Sois mon inspirateur et mon témoin, ô Dieu, tandis que je plaide la cause de la vérité.

J'ai lu la lettre hautaine et impérieuse de votre ami : en pareille matière, vous n'êtes responsable que devant votre Dieu. Qui a donné à un de vos semblables, (un de vos semblables, incapable d'être votre juge, parce qu'il n'est pas votre égal) le droit de vous catéchiser, de vous admonester, de vous ravaler, de vous outrager, de vous insulter ainsi, avec cette insouciance et cette cruauté ? Je ne désire pas, non, je ne *désire* pas même vous tromper, Madame. Celui qui voit les cœurs m'est témoin combien vous m'êtes chère; mais même s'il était possible que vous me fussiez plus chère encore, je ne consentirais pas à baiser votre main aux dépens de votre conscience. Pas de déclamation ! Appelons-en à la barre du sens commun. Ce n'est pas en pérorant avec emphase des choses sacrées, ce n'est pas avec de vagues assertions déclamatoires, ce n'est pas en prenant, en prenant hautainement et insolemment le langage dictatorial d'un pontife romain, qu'on dissoudra une union comme la nôtre. Dites-moi, Madame, y a-t-il pour vous la plus légère ombre d'obligation à accorder votre amour, votre tendresse, vos caresses, vos affections, votre cœur et votre âme à Mr. Mac Lehose, l'homme qui a continuellement, habituellement, barbarement passé à travers les liens du devoir, de la nature ou de là reconnaissance envers vous ? Il est vrai, les lois de votre pays, pour les plus utiles raisons de politique et de sain gouvernement, ont rendu votre personne inviolable; mais est-ce que votre cœur et vos affections sont liées à un homme qui ne vous paie de retour ni pour les unes, ni pour l'autre ?

Vous ne pouvez pas faire cela; il n'est pas dans la nature des choses que vous soyez obligée à le faire; les sentiments les plus communs de l'humanité l'interdisent. Est-il donc vrai que vous possédiez un cœur, des affections, sur lesquels aucun homme n'a de droit ? Cela est vrai, alors dites-moi, au nom du sens commun, peut-il être, est-il compatible avec les plus simples notions du bien et du mal de supposer qu'il soit blâmable d'accorder à un autre ce cœur et ces affections, quand, en les accordant, vous ne blessez à aucun degré votre devoir envers Dieu, envers vos enfants, envers vous-même, envers la société, en général ?[1]

S'il était entré, dans la conduite de Burns envers Clarinda, un peu d'affection vraie et de désintéressement, cette complication eut dû le faire réfléchir, par dessus toutes choses. Il pouvait porter aux intérêts matériels de cette femme une atteinte sensible, diminuer son bien-être et

---

[1] *To Clarinda*, Feb. 18th 1788.

celui de ses enfants, et la ramener vers le dénûment, en la privant des amitiés auxquelles elle devait l'aisance. N'était-ce pas là une responsabilité faite pour troubler un honnête homme? Fallait-il risquer l'avenir de cette existence? De si aventureux coups de résolution peuvent s'excuser, quand on donne vie pour vie, et que chacun paie de tout soi les sacrifices que l'autre fait. Était-ce le cas pour lui? N'y avait-il pas lieu d'hésiter, de s'arrêter? N'était-ce pas son devoir de penser, lui qui n'exposait rien, de penser avant tout à cette femme qui allait perdre beaucoup pour lui? N'était-ce pas à lui qu'il revenait de prendre une décision de prudence et de donner tendrement un amer avis de sagesse? N'y devait-il pas songer, tout au moins? Il n'y songea pas un instant. Il ne semble même pas avoir eu la notion qu'il y avait autre chose en cause que l'intérêt passager de ce qu'il appelait sa passion et les susceptibilités irascibles de son orgueil. Il n'avait trouvé qu'un sophisme, enlevé dans une colère presque éloquente par sa violence.

Mais ce n'est là qu'un côté de la situation. Quand on s'est emporté contre les jaloux ou les intrus qui nous gênent de leurs soupçons ou de leur zèle, on n'a pas fini. On demeure avec une responsabilité. C'est fort bien de chasser d'auprès d'une femme les amitiés qui l'entouraient, pourvu qu'on les remplace par une affection aussi efficace qu'elles l'étaient, et aussi durable qu'elles promettaient de l'être. Il faut que la protection qu'on lui apporte vaille celle dont on la prive. Mais si on la laisse désertée par ses relations, perdue dans le délaissement et la froideur qu'elle a encourus pour nous, on se ménage le remords qu'on mérite chaque fois qu'on a sacrifié à un caprice le repos d'une créature humaine. Et Burns le sentait bien! Le lendemain de cette lettre toute de revendication, il en écrit une autre qui est bien plus près de la vérité; celle-ci, toute de contrition, toute de repentir, et portant dans chacune de ses lignes, le sens et le chagrin du tort fait à la pauvre femme dont il était aimé.

Votre lettre, Clarinda, m'a causé de la peine. Mon âme s'est réveillée à cette triste lecture: j'ai eu peur d'avoir mal agi. Si je vous ai privée d'un ami, que Dieu me le pardonne! Mais consolez-vous, Clarinda; élevons le ton de nos sentiments un peu plus haut, un peu plus hardiment. Celui de nos semblables qui nous abandonne, qui nous méprise, sans juste motif, — qu'un peu d'orgueil honnête nous soutienne! — laissons-le partir! Comment vous consolerai-je, moi qui vous ai causé ce tort? Puis-je souhaiter de ne vous avoir jamais vue? ne jamais vous avoir rencontrée? Non, jamais! Mais vous ai-je donc réduite à être sans amis? La folie est presque dans cette pensée. Père des miséricordes! contre toi, j'ai souvent péché; par ta grâce, j'essayerai de ne plus le faire. Quant à celle qui, tu le sais, m'est plus chère que moi-même, verse dans ses blessures passées, le baume de la paix, entoure-la, protège-la de ton soin spécial, dans tous ses jours, dans toutes ses nuits futures. Fortifie son tendre, son noble esprit, afin qu'elle souffre avec fermeté et endure avec grandeur. Rends-moi digne de cette amitié, de cet amour dont elle m'honore. Que mon attachement pour elle soit pur comme le dévouement, et durable comme la vie immortelle. O bonté toute puissante! Ecoute-moi! sois-lui, à tous les instants et surtout à l'heure de l'angoisse et de l'épreuve, un ami cher, un consolateur, un guide et un gardien.

> Que tes serviteurs sont bénis, ô Dieu,
> Que leur défense est sûre !
> Ils ont pour guide la sagesse éternelle,
> Pour appui, la Puissance infinie.

Pardonnez-moi, Clarinda, le tort que je vous ai fait. Ce soir, je vous verrai, car je n'aurai pas de repos, avant de vous voir[1].

Mais peut-on rester sur ces aveux d'imprudence et sur ces demandes de pardon ? Tout naturellement, il vient au cœur et aux lèvres des promesses de réparation, des serments de fidélité éternelle, des engagements de compenser tout ce qu'on a fait perdre. On veut effacer le dommage qu'on a causé. On croit soi-même qu'on ne faillira pas à le faire. C'est ce que fait Burns.

Je viens de recevoir votre première lettre d'hier, par suite de la négligence de la poste. Clarinda, les choses sont devenues très sérieuses pour nous. Écoutez-moi donc sérieusement, et écoute-moi, ô Ciel !

Je vous ai rencontrée, ma chère Clarinda, de beaucoup la première des femmes, du moins pour moi. Je vous estimai, je vous aimai à première vue ; et vous m'avez fait l'honneur de me rendre ces deux attachements. Plus je vous connais, plus je découvre en vous de charme inné et de mérite. Vous avez souffert une perte, je le confesse, à cause de moi ; mais si l'amitié la plus ferme, la plus sûre, la plus ardente ; si tous les efforts pour être digne de la vôtre ; si un amour fort comme les liens de la nature et saint comme les devoirs de la religion ; si toutes ces choses peuvent ressembler de loin à une compensation pour le mal que je vous ai occasionné ; si elles sont dignes d'être acceptées par vous ou peuvent au moindre degré ajouter à vos joies — puissiez-vous, pouvoirs célestes, secourir Sylvander à son heure de détresse comme il offre tout cela prodiguement à Clarinda !

Je vous estime, je vous aime comme amie ; je vous admire, je vous aime comme femme, au-delà d'aucune autre dans le cercle de la création. Je sais que je continuerai à vous estimer, à vous aimer, à prier pour vous, que dis-je ? à prier pour moi-même par amour pour vous[1].

Et le lendemain il écrivait en termes aussi forts et aussi engageants :

Je suis à vous, Clarinda, pour la vie. Que tout ceci ne vous décourage pas. Regardez en avant ; dans quelques semaines je serai, dans un endroit ou dans un autre, hors de la possibilité de vous voir : jusque-là je vous écrirai souvent mais j'irai rarement vous faire visite. Votre renommée, votre bien-être, votre bonheur me sont plus chers que toutes les joies. Consolez-vous, mon aimée ! le moment présent est le plus dur ; la bienfaisante main du temps est occupée, chaque jour, chaque heure, soit à alléger le fardeau, soit à nous rendre insensibles à son poids. Aucun de ces amis, je veux dire M[r] — et les autres messieurs, ne peut nuire à vos ressources ; et quant à leur amitié, peu de temps vous apprendra à être tranquille et, peu après, à être heureuse sans elle. De décents moyens de vivre dans le monde, un Dieu qui vous approuve, une

---

[1] *To Clarinda*, 14th Feb. 1788.

conscience en paix et un ami ferme et fidèle — est-ce qu'on peut dire que celui qui possède ces choses est malheureux ? Vous les possédez[1].

Peu à peu, la rumeur publique l'avait désigné comme l'inconnu qui troublait la tranquillité de la vie de Clarinda, car il ajoutait : « Cependant si quelqu'un de ces intempestifs amis vous questionnait à mon propos et vous demandait si je suis *Lui*, je ne pense pas qu'ils aient droit à une réponse. Quant à leur jalousie et à leur espionnage, je les méprise[1]. »

C'est dans ces pénibles circonstances qu'eut lieu, le samedi 16 février 1788, la dernière rencontre des deux amants, avant le départ de Burns. A la tristesse de la séparation, s'ajoutaient, pour Clarinda, l'anxiété des jours précédents, peut-être la lassitude de scènes de reproches, l'inquiétude de sa réputation compromise, le regret d'avoir blessé son bienfaiteur et le déchirement que cause une amitié qui se détache. Et c'était au moment où les affections éprouvées l'abandonnaient, que le nouvel amour qui les éloignait s'en allait aussi. Elle devait être brisée. Avec un mélange de tendresse et de dévotion, elle fit promettre à Burns que, tous les dimanches à huit heures, au service du soir, à l'église, il penserait à elle. Elle se rappelait peut-être les vers adorables de Shakspeare où une amante se propose d'engager son amant à la rencontrer dans son oraison, à la sixième heure du jour, à midi et à minuit, parce qu'alors « elle est au ciel pour lui[2]. » Leur liaison, si littéraire, s'achevait sur un souvenir de *Cymbeline* comme elle avait commencé par une citation d'*Othello*. Enfantillages bienfaisants qui distraient l'amertume des dernières entrevues et conduisent peu à peu de la crise de la séparation à l'habitude de l'absence ! La pauvre Clarinda s'y rattachait dans sa solitude. Sans doute, Burns lui fit des adieux éloquents et répandit des promesses solennelles. Sans doute encore, il était sincère, et quand il lui prodiguait des serments dont le ton se devine à celui de ses lettres, que pouvait-elle faire, sinon le croire, laisser, comme un baume, cette parole tomber sur tant de chagrins. Mais quand il ne fut plus là, dans quel délaissement elle dut se sentir ! Quelques jours après son cousin vint la voir. Comme elle le remerciait de sa visite, il lui répondit que « c'était seulement pour cacher au monde, le changement survenu dans son amitié. » Elle eut peine à se retenir de pleurer. « J'ai fait mon choix, écrivait-elle à Burns en lui racontant cette scène, et vous seul pourrez m'en faire repentir. Cependant, tant que je vivrai, je regretterai d'avoir perdu l'amitié d'un tel homme[3]. »

En Burns, ce roman se déroulait sur une détresse de cœur dont les fluctuations se mêlent avec lui. Elles se combinent avec les mouvements de sa

---

[1] *To Clarinda*, 15th Feb. 1788.
[2] Shakspeare, *Cymbeline*, act. I, scene 5.
[3] *To Sylvander*, 19th Feb. 1788.

passion pour s'en exaspérer ou pour s'y amortir. On pense à ces coups de vent qui courent sur une mer agitée : tantôt la rafale coïncide avec la houle et la soulève encore davantage et tantôt, quand leurs ondes se contrarient, la rabat et la ralentit. Mais sous ces vicissitudes superficielles, on voit un abîme de trouble. Au commencement de Décembre , aussitôt après sa chute et avant que ses relations avec Clarinda fussent vraiment engagées, il écrivait à Miss Chalmers :

« Je suis ici, aux soins d'un chirurgien, avec un membre meurtri étendu sur un coussin ; les teintes de mon esprit rivalisent avec la livide horreur qui précède un orage de minuit. Un cocher ivre est la cause du premier de ces deux maux et du plus léger incomparablement ; le malheur, ma constitution physique, l'enfer et moi-même avons formé une « quadruple alliance » pour assurer le second...

Je donnerais ma meilleure chanson à mon pire ennemi, je veux dire le mérite de l'avoir faite, pour vous avoir, vous et Charlotte, auprès de moi. Vous êtes d'angéliques créatures et vous verseriez l'huile et le vin dans mon âme blessée [1].

On comprend que cet accident, avec tous les inconvénients matériels qu'il entraînait et peut-être des souffrances, lui ait arraché des plaintes. Mais il ne suffit pas à les expliquer toutes. Dans une lettre du 19 Décembre adressée encore à Miss Chalmers, au moment où il en était à ses déclarations à Clarinda et appartenait tout entier à ce commencement d'intrigue, elles reparaissent sous une légère éclaircie. « Il y a, dit La Rochefoucauld, une première fleur d'agrément et de vivacité dans l'amour qui passe insensiblement comme celle des fruits [2]. » Burns était en train de jouer avec cette fleur et la passagère ivresse de ce parfum affranchissait , pendant quelques instants, son esprit de ses préoccupations.

L'atmosphère de mon âme est beaucoup plus claire que lorsque je vous ai écrit la dernière fois. Pour la première fois, hier, j'ai traversé ma chambre sur des béquilles. Cela vous aurait réjoui le cœur de voir ma barderie, non sur des échasses poétiques, mais sur des échasses de chêne ; lançant ma bonne jambe avec une fierté ! et avec autant de joyeuseté dans ma démarche et mon air, qu'une grenouille en mai, qui saute à travers le sillon nouvellement hersé, et goûte la senteur de la terre rafraîchie après l'averse longtemps attendue [3].

Mais les dessous restaient bouleversés et l'horizon assombri. Dans cette même lettre il en marquait les causes, presque irrémédiables. L'une était extérieure ; c'était toujours l'appréhension de l'avenir :

Je ne puis dire que je sois tout à fait à mon aise quand j'aperçois n'importe où, sur mon chemin, ce spectre maigre, squalide, à face de famine, la Pauvreté, accompagnée comme elle l'est toujours, par l'Oppression au poing de fer et le Mépris ricaneur, mais

---

[1] *To Miss Chalmers*, Dec. 12th, 1787.

[2] La Rochefoucauld. *Maximes*.

[3] *To Miss Chalmers*, Dec. 19th, 1787.

J'ai obstinément résisté à leurs attaques pendant bien des jours de dur labeur et toujours ma devise est « *je défie* ». [1]

L'autre cause était plus intime et peut-être plus loin de tout remède ou de toute chance heureuse. C'était la conscience de son incapacité à se diriger, qui, en s'unissant à sa situation difficile, lui donnait un âpre mécontentement de son sort.

> Mon pire ennemi est *moi-même* [2]. Je suis si misérablement ouvert aux attaques et aux incursions d'une troupe de bandits malfaisants, armés à la légère et bien montés, sous les bannières de l'Imagination, de la Fantaisie et du Caprice ; et les vétérans réguliers, lourdement armés, de la Sagesse, de la Prudence et de la Prévoyance, se meuvent si lentement, si lentement, que je suis dans un état de guerre presque perpétuelle et, hélas ! de défaite fréquente. Il y a juste deux créatures que j'envierais : un cheval sauvage traversant les forêts d'Asie, ou une huître sur quelque grève déserte de l'Europe. Le premier n'a pas un désir sans sa jouissance ; la seconde n'a ni désir ni crainte.

Vers la fin de Janvier, dans les jours qui précèdent sa quatrième entrevue avec Clarinda, une véritable explosion d'amertume éclate en lui. Ni Chateaubriand, ni Byron, n'ont exprimé la lassitude et le dégoût de vivre avec plus d'énergie. Henri Heine lui-même n'a pas trouvé d'image plus cruelle, plus nette, plus incisive, pour rendre le souhait d'être délivré de cette fatigue, que celle qui semble avoir pris possession de son esprit, car elle revient dans des lettres à des personnes différentes :

> Après une réclusion de six semaines, je commence à marcher dans ma chambre. Ce furent six horribles semaines ; l'angoisse et le découragement me rendaient impropre à lire, à écrire ou penser.
> J'ai cent fois souhaité qu'on pût résigner sa vie, comme un officier résigne sa commission, car je ne voudrais pas duper un pauvre malheureux ignorant en la lui revendant. Naguère, j'étais un simple soldat à douze sous de paie et, Dieu le sait, un soldat assez misérable ; maintenant je vais entrer en campagne comme un cadet meurt-de-faim, — dont la pénurie est un peu plus manifeste.
> J'ai honte de tout ceci ; car bien que je ne manque pas de bravoure dans le combat de la vie, je voudrais, comme tant d'autres soldats, avoir assez de force d'âme pour simuler le courage ou de ruse pour cacher ma lâcheté [3].

Cette lettre est du 21 Janvier. Le 22 il en écrivait une autre à Miss Chalmers plus découragée et plus inquiétante encore.

> Maintenant parlons de cet être imprudent, infortuné, *moi-même*. Dieu ait pitié de moi ! pauvre sot maudit, étourdi, dupé, malheureux ! le jeu, la misérable victime d'un orgueil révolté, d'une imagination hypocondriaque, d'une sensibilité torturée et de passions dignes de Bedlam !

---

[1] *To Miss Chalmers*, Dec. 19th, 1787.

[2] En français.

[3] *To Mrs Dunlop*, 21st Jan. 1788.

« Je voudrais être mort, mais il est peu probable que je meure. » Je viens récemment « d'échapper de l'épaisseur d'un cheveu sur la brèche mortelle et dangereuse [1] » de l'amour. Grâce à mon étoile, j'en suis sorti le cœur entier « avec plus de peur que de mal [2]. »

Il est nécessaire de remarquer que cette allusion, qui ne peut se rapporter qu'à Clarinda, est écrite avant ses plus chaleureuses et ses plus solennelles protestations envers elle. En sorte qu'il est manifeste qu'il avait conscience du peu de racines que cette prétendue passion avait en lui, au moment même où il en affirmait l'indestructible puissance. Cette lettre était tout à coup interrompue sur ces derniers mots par des nouvelles qui devaient être terribles, car elle reprenait, toute bouleversée, dans une agitation de désespoir.

Je viens juste à l'instant d'être informé... je redoute d'être à peu près... ruiné ; mais j'espère pour le mieux. Viens, Orgueil obstiné et inflexible Résolution, accompagne-moi à travers ce monde, pour moi un misérable monde ! Il ne faut pas que vous m'abandonniez. Je pense que je puis compter sur votre amitié, alors même que je daterais mes lettres d'un régiment de ligne. Dans ma jeunesse et pendant toute ma vie, j'ai considéré le tambour du recrutement comme mon dernier enjeu. Sérieusement, la vie ne me présente qu'un sentier mélancolique : mais... ma jambe sera bientôt guérie et je lutterai encore [2].

Qu'était-ce donc que la mystérieuse nouvelle qui lui apportait un tel émoi? Quelle menace soudaine de sa destinée le réduisait à cette ressource de partir soldat, la dernière avant le suicide, qu'il n'avait envisagée qu'aux instants les plus désespérés de sa jeunesse? Hélas! c'étaient les mauvais jours, c'était la mauvaise action de Mauchline qui le rejoignait. Il avait cru la laisser derrière lui, l'avait oubliée peut-être. Mais elle avait obstinément cheminé sur ses traces, marchant, malgré tout, plus vite que sa vie. Et voici qu'elle venait d'entrer chez lui, qu'elle était là, qu'elle lui réclamait les lourds intérêts d'une heure coupable. Et dans quel moment apparaissait la redoutable créancière? Juste quand il s'engageait dans une nouvelle folie et peut-être une nouvelle faute. Et telle était son impuissance à résister aux amorces du moment, que cette apparition ne l'arrêtait point et qu'il continuait, comme un fou incorrigible, à se préparer d'autres difficultés, d'autres regrets, d'autres remords.

Il faut remarquer que presque toutes les confidences de Burns, dès ce moment, sont faites à des femmes, jeunes ou vieilles. Les amitiés féminines ont imperceptiblement remplacé dans sa vie les amitiés mâles. C'est un fait grave, en ce qu'il indique un mouvement important de vie intérieure. Il est l'indice d'un isolement qui provient, soit de l'orgueil, soit d'une

---

[1] Shakspeare. *Othello*, acte I, sc. 3.
[2] *To Miss Chalmers*, 22nd Jan. 1788.

fatigue des plus hautes énergies. Quand chez un homme le cœur est
devenu trop endolori pour souffrir, ou trop altier pour supporter des avis
fermes, il se détourne des amitiés viriles. Les causes en sont apparentes.
D'homme à homme on est deux : aussi inférieur que soit l'ami, s'il est
véritablement un homme, on est avec un pair et avec un juge ; une
confidence est un effort quelquefois courageux qui suppose la résolution
d'accepter un blâme ou un conseil. D'homme à femme on n'est que soi ;
aussi intelligente que soit l'amie, elle n'est le plus souvent qu'une
admiratrice ; si elle est véritablement femme, elle juge peu, et, lorsqu'elle
désapprouve c'est plutôt un chagrin silencieux pour elle qu'un blâme
exprimé. Il y a dans ces relations une acceptation plus docile, une sorte
de réceptivité passive, qui fait d'une confession un soulagement. Aussi
les âmes blessées et celles qui, par orgueil excessif, s'écartent du commerce
des autres hommes, se portent insensiblement vers celui des femmes.
N'est-il pas remarquable que Rousseau, dont le cœur présomptueux et
ulcéré est le type de ces isolements et dont la vie entière fut faite de
cette maladie, n'eut jamais que des intimités féminines ? Il y avait, vers
cette époque-ci, chez Burns, quelque chose de semblable. Aucune de ses
confidences profondes ne va à un ami, ni aux anciens comme Gavin
Hamilton, Aiken, Smith ou Richmond, ni aux nouveaux comme Nicol ou
Ainslie. On dira peut-être que ce n'était pas entièrement de sa faute,
qu'il lui était peut-être impossible de trouver, au rang intellectuel où il
était parvenu, un véritable ami ; que les gens de valeur, avocats, médecins
ou professeurs, avec lesquels il eût pu se lier, différaient trop de lui ;
qu'enfermés dans leurs principes de morale et dans leur régularité sociale,
ils ne le comprenaient point ; qu'il ne pouvait en réalité avoir d'autres
amis que ses anciens camarades de Mauchline comme Smith et Richmond,
mais que de ce côté l'intervalle s'était établi en sens inverse, que sa
renommée leur en imposait, qu'ils avaient perdu la familiarité nécessaire ;
on dira enfin que, si des hommes comme Gavin Hamilton et Aiken pouvaient recevoir ses confidences, il était naturel qu'il hésitât à leur avouer
que leurs espoirs pour lui avaient abouti à ces lamentables révélations.
Mais ce ne sont là que de vaines excuses. La vérité est que son esprit,
toujours susceptible, était devenu si morbidement ombrageux qu'il ne
pouvait supporter la plus légère censure, même d'une femme. « Si vos
vers, écrivait-il à Clarinda, comme vous semblez l'indiquer, contiennent
une critique, ne les envoyez pas, à moins que vous ne cherchiez une
occasion de rompre avec moi. J'ai une légère infirmité dans ma nature,
c'est que, là où j'aime tendrement et où j'estime hautement, je ne puis
supporter de reproche [1]. » On pense s'il les supportait davantage là où il
n'avait ni amour ni estime. S'il parlait de la sorte à une pauvre femme

---

[1] *To Clarinda*, Jan. 24th, 1788.

qu'il prétendait aimer et à propos d'une réserve timide, on peut juger dans quel état l'eût mis le blâme plus rude d'un homme. Et là est la vraie raison de ces confidences féminines. Ce fut grand dommage pour lui. L'esprit d'un ami sûr et indulgent est le seul vase de bronze où verser ses faiblesses et ses remords. Lui seul a l'austérité qui convient à certains secrets ; il ressemble davantage à ces urnes où l'on met ce qui est mort ou ce qu'on croit mort. Et encore, il rend, quand on l'interroge, un son plus grave, plus sévère et de lui sortent parfois des oracles virils. C'est un malheur pour un homme quand ces graves dépositaires disparaissent de sa vie, et qu'il choisit de répandre son cœur dans de fragiles porcelaines.

Il y avait un double motif au départ de Burns. Il devait aller, dans le Dumfriesshire, visiter la ferme qu'on lui offrait ; avant de signer le contrat, il tenait à se rendre compte de la nature des terres et des chances qu'il aurait d'y gagner sa vie « à la queue de la charrue ». Mais il y avait, on peut le pressentir, une autre raison, la plus secrète et la plus grave. A la suite de la réconciliation, lors du premier retour de Burns à Mauchline, Jane Armour était devenue enceinte de nouveau. Lorsqu'il avait connu cette seconde faute, le père, qui avait eu tant de peine à pardonner la première, avait été sans pitié. Il avait chassé de son toit celle qui, à ses yeux, y ramenait le déshonneur. C'était au milieu de l'hiver, dans la saison inclémente où il semble impossible, quelle qu'ait été son erreur, de refermer sur un enfant la porte de la maison, de l'abandonner aux routes glaciales. Le vieux maître maçon fut inexorable. La malheureuse fille se trouva sans asile, comme une mendiante. L'héroïne d'une des chansons de Burns, composée peut-être sur le souvenir de cet incident, chante :

> « Ce n'est pas le froid vent d'hiver,
> Ce n'est pas la neige chassée
> Qui font venir les larmes à mes yeux.
> C'est de penser à celui qui est au loin,
>
> Mon père m'a repoussée de sa porte,
> Mes amis m'ont reniée ;
> Mais j'ai quelqu'un qui me défendra,
> Le cher gars qui est au loin » [1].

La pauvre Jane n'avait pas même cette consolation ; le père de l'enfant qu'elle portait en elle était en train de prodiguer à une autre des déclarations d'amour éternel ; elle devait se croire oubliée même de lui. En apprenant ces nouvelles, Burns avait prié la femme d'un de ses amis,

---

[1] *The Bonie Lad that's far awa.*

fermier à Tarbolton, de la recueillir pour quelques jours. C'était en partie pour venir au secours de Jane, dont le terme de grossesse approchait, qu'il quittait Clarinda.

Il arriva à Mauchline le 23 février, un samedi. Son premier soin fut de louer une chambre et d'acheter un lit pour Jane. Il parvint même à la réconcilier assez avec sa mère pour que celle-ci consentît à venir lui donner des soins. On croirait qu'il ne put se défendre d'un retour de tendresse, en retrouvant, dans la souffrance et la disgrâce, celle qu'il avait si violemment aimée et qu'il avait considérée comme sa femme. Quelque chose des jours passés devait, semble-t-il, lui revenir au cœur, ne fût-ce qu'un écho lointain des chants d'alors :

> « O toi, reine brillante qui, au-dessus de la plaine,
> Règnes au haut du ciel dans ta puissance infinie,
> Souvent ton regard silencieux
> Nous a vus errer dans nos promenades amoureuses ;
> Le temps inaperçu s'enfuyait,
> Tandis que le pouls luxurieux de l'amour battait fort,
> Sous ton rayon aux reflets d'argent,
> De voir nos regards s'allumer l'un l'autre [1] ».

Rien de cela ne paraît, pas un tressaillement. Il eut pour elle une sorte de commisération extérieure par laquelle il la réconforta un peu. Mais le cœur resta insensible. Il arrivait l'âme pleine de l'idée d'une autre femme, cultivée, élégante et encore aimée ; le contraste avec cette paysanne pauvre, dont il se croyait délivré, lui fut pénible jusqu'à lui sembler odieux. Il prévoyait aussi de nouveaux ennuis et essaya de se prémunir contre eux. Il eut un mouvement de dépit et de colère. On aurait quelque peine à le croire, s'il n'y avait à ce sujet deux lettres accablantes, que les éditeurs précédents avaient jusqu'ici dissimulées ou tronquées, et que M̱ʳ Scott Douglas seul a eu la franchise et le courage de publier.

Le jour même de son arrivée et de sa visite à Jane, il écrivait à Clarinda :

« Maintenant, quelques nouvelles qui vous feront plaisir. En arrivant ce matin, je suis allé voir certaine femme. J'ai du dégoût pour elle — je ne puis la souffrir ! Tandis que mon cœur me reprochait cette profanation, j'ai essayé de la comparer avec ma Clarinda : c'était mettre la lueur expirante d'une chandelle d'un liard à côté de l'éclat sans nuages du soleil à midi. *Ici*, une fadeur insipide, la vulgarité d'âme, des flatteries mercenaires ; *là*, le bon sens poli, un génie donné par le ciel et la plus généreuse, la plus délicate, la plus tendre passion. J'en ai fini avec elle et elle avec moi.[2] »

---

[1] *Lament, occasioned by the unfortunate issue of a Friend's Amour.*
[2] *To Clarinda*, 28ʳᵈ Feb. 1788.

Et quelques jours après, il écrivait à son ami Robert Ainslie à Edimbourg :

« Depuis que je suis venu dans ce pays, j'ai traversé de cruelles tribulations et j'ai été en butte aux coups du Méchant. J'ai trouvé Jane, bannie comme une martyre, délaissée, pauvre, sans amis, tout cela pour la bonne vieille cause.

Je l'ai réconciliée à son sort ; je l'ai réconciliée avec sa mère ; je l'ai menée dans une chambre ; je l'ai prise dans mes bras ; je lui ai donné un lit d'acajou ; je lui ai donné une guinée ; et je l'ai embrassée jusqu'à ce qu'elle se réjouit dans une joie ineffable et radieuse. Mais, — comme cela m'arrive dans toutes les occasions, — j'ai été prudent et avisé à un degré étonnant. Je lui ai fait jurer, en particulier et solennellement, de ne jamais essayer de me revendiquer comme son époux, quand bien même on lui persuaderait qu'elle en a le droit, ce qui n'est pas — ni pendant ma vie, ni après ma mort. Elle a obéi comme une bonne fille [1].

Ces lettres sont cruelles, la première surtout. Sans doute il n'eut pas la brutalité de laisser paraître les sentiments qu'elle traduit. Il était bon et dissimula sa froideur sous des caresses. Mais la promesse qu'il exigeait était assez pour assombrir les pensées que les femmes qui portent un enfant tournent naturellement vers l'avenir. C'est un dur moment pour s'engager à ne pas être épouse que celui où l'on va devenir mère. Les paysannes, comme les autres, sentent ces choses, et Jane dut en souffrir. Mais Burns était encore sous le charme d'Edimbourg ; il avait l'égoïsme des gens épris. Ce fut là un des moments troubles et mauvais de sa vie. Ces deux lettres sont une vilaine action. Il n'y a pas à essayer de l'en défendre. C'est peut-être ce qu'il a fait de plus mal en sa vie.

Il ne séjourna pas à Mauchline et, prenant avec lui un vieux fermier dans l'expérience de qui il avait confiance, il partit pour le Dumfriesshire afin d'examiner les différentes fermes, situées à peu de distance de Dumfries, entre lesquelles il avait le choix [2]. Il y allait sans beaucoup d'ardeur, un peu pour la forme, par politesse pour l'offre qu'on lui avait faite. La visite cependant fut plus favorable qu'il ne s'y attendait. Son compagnon se montra satisfait des terres qu'ils virent et fut d'avis qu'il pourrait accepter. La ferme qui leur plut davantage s'appelait Ellisland. Après une huitaine d'absence, Burns revint avec l'intention de la prendre si ses conditions pouvaient s'accorder avec celles du propriétaire.

A son retour de Dumfries, il passa à Mauchline environ une semaine, qui fut surtout consacrée à Jane Armour, dont la position réclamait de plus en plus de soins. Il semble que ce rapprochement prolongé ait cette fois réveillé quelques restes de l'ancienne tendresse. L'influence factice et étourdissante de Clarinda s'était un peu dissipée au grand air.

---

[1] *To Robert Ainslie*, 3rd March 1788.
[2] *To Robert Muir*, 7th March 1788.

Il avait eu le temps de se rajuster au milieu dans lequel Jane reprenait ses attraits et toute sa grâce villageoise. Il écrivait en effet, à son ami Brown, une lettre qui contraste avec celles qu'il avait écrites quelques jours auparavant. Il faut passer par-dessus ce que la forme peut avoir d'un peu choquant, dans ses comparaisons maritimes et en dégager le sentiment qui s'y dissimule :

« J'ai trouvé Jane avec sa cargaison bien arrimée ; mais, malheureusement, dans un mouillage presque à la merci du vent et de la marée. Je l'ai remorquée dans un port commode où elle peut rester tranquillement à l'ancre, jusqu'à ce qu'elle opère son déchargement. J'en ai pris le commandement, pas ostensiblement, mais en secret pour quelque temps. Je vous suis reconnaissant de la bonté avec laquelle vous vous informez d'elle, car après tout, je puis dire avec Othello :

Excellente malheureuse,
La perdition saisisse mon âme, mais je t'aime[1].

Pendant ce temps la correspondance avec Clarinda, au début très fréquente, s'était un peu relâchée. Burns était resté une semaine sans donner de ses nouvelles. Clarinda froissée s'en plaint, non sans un peu de tristesse.

« J'ai reçu votre lettre de Cumnock, il y a une heure, et afin de vous montrer mon bon caractère, je m'assieds pour vous écrire aussitôt. Je crains, Sylvander, que vous n'exagériez ma générosité, car, croyez-moi, il s'écoulera quelque temps avant que je puisse cordialement vous pardonner la peine que votre silence m'a causé ! Avez-vous ressenti quelquefois cette douleur de cœur qui provient d'une espérance différée ? Cette peine, la plus cruelle de toutes, vous me l'avez infligée pendant les huit jours qui viennent de passer. Je crois pouvoir tenir raisonnablement compte de la hâte des affaires et des distractions. Cependant, quelque prise que j'eusse été, j'aurais trouvé une heure sur vingt-quatre pour vous écrire. N'en parlons plus. J'accepte vos excuses, mais je suis blessée qu'il en ait fallu entre nous dans une occasion aussi tendre.[2] »

Pour s'excuser, Burns rejette la faute sur les occupations dont il est accablé et sur le formidable accueil qu'il a reçu dans le pays :

« J'ai toujours quelque idée de ne pas m'asseoir pour écrire une lettre, à moins que je n'aie assez de temps et de possession de mes facultés pour faire honneur à une lettre, ce qui à présent est rarement ma situation. Par exemple hier, j'ai dîné chez un ami à quelque distance ; l'hospitalité sauvage de ce pays m'a fait passer la plus grande partie de ma nuit en face du breuvage écœurant du bowl. Aujourd'hui, nausées, migraine, tristesse misérable, jeûne, excepté un coup d'eau ou de petite bière. Maintenant, huit heures du soir, à peine capable de me traîner à dix minutes de marche à Mauchline, pour attendre la poste, dans la douce espérance d'avoir des nouvelles de la maîtresse de mon âme.[3] »

---

[1] *To Richard Brown,* 7th March 1788. — La citation est de Shakspeare. *Othello,* act. III, scene 3.

[2] *To Sylvander,* March 5th, 1788.

[3] *To Clarinda,* 6th March 1788.

A ces excuses, Clarinda répond, avec raison, qu'il ne doit pas reculer une lettre parce qu'il n'a pas le temps de la soigner. Elle sait assez ce dont il est capable et deux lignes lui « auraient épargné des jours et des nuits d'inquiétude [1]. » Ses lettres à elle sont, au contraire, pleines d'un sentiment vrai. Elles deviennent plus simples. Elle lui raconte la tristesse qui est tombée sur sa vie depuis qu'il est parti. Elle s'est retirée dans l'isolement, où l'on est bien avec une chère pensée. « J'ai été solitaire depuis notre tendre adieu jusqu'à ce soir [2]. » Tout lui semble délaissé. « Je pense que les rues ont un air tout désert depuis lundi ; et il y a une certaine insipidité dans de bonnes gens, dont la société me plaisait naguère [3]. » Elle cherche les occasions de parler ou d'entendre parler de lui. « Hier, je pensais à vous et je suis allé chez Miss Nimmo pour avoir la douceur de parler de vous [3]. » Elle s'inquiète de le savoir en proie aux hospitalités dont il lui fait le tableau [4]. Elle n'est pas sans appréhensions et sans jalousies. « Quand vous verrez de jeunes beautés, pensez à l'affection de Clarinda et combien son bonheur dépend de vous [4]. » Elle a, quand elle pense à lui, des coups subits d'émotion. « Hier matin, il m'arriva de penser à vous. Je me chantai : *ma jolie Lizzie Baillie* et je me mis à rire ; mais je sentis mon cœur se gonfler délicieusement et mes yeux furent noyés de larmes. Je ne sais si votre sexe ressent quelquefois cette explosion d'affection. C'est une émotion indescriptible. Vous voyez que je suis devenue sotte depuis que vous m'avez quittée. Vous savez que j'étais raisonnable quand vous m'avez connue d'abord ; mais je deviens toujours plus extravagante plus je suis loin de ceux que j'aime. Bientôt je suppose que je perdrai tout à fait la tête [4]. » Toute la mouvante psychologie des femmes dont le cœur est préoccupé de l'absent et tour à tour se travaille d'inquiétudes et se nourrit de souvenirs, est là, gentiment, franchement et simplement exprimé. Au-dessus de ces sentiments qui n'ont rien d'extraordinaire, on trouve un aveu qui est peut-être la chose la plus profonde et la plus sincère de cette correspondance. Cet amour lui a fait prendre une plus haute idée et un plus grand soin d'elle-même. Il semble qu'il y ait eu en elle un peu de coquetterie ou de laisser-aller. Elle l'avoue, et aussi elle dit qu'elle en est guérie. « Je crois vraiment que vous m'avez enseigné la dignité ; en partie par bonté de nature, en partie par suite de mes malheurs, je l'avais trop négligée. Je ne m'en départirai mainte-nant jamais plus. Pourquoi ne la maintiendrais-je pas droite, moi qui suis admirée, estimée, aimée par un des premiers entre les hommes [4]. » Il y

---

[1] *To Sylvander*, 8th March 1788.

[2] *To Sylvander*, 22nd Feb. 1788.

[3] *To Sylvander*, 19th Feb. 1788.

[4] *To Sylvander*, 8th March 1788.

a dans ce surcroît de dignité, dans ce plus de prix ajouté à elle-même à cause de lui, quelque chose qui ne manque pas d'une certaine élévation. Cela montre que cet amour se développait en elle selon sa loi d'anoblissement. Ce pouvoir rehaussant d'une vraie affection, cet effort pour faire de soi une demeure digne de celui qu'on aime. est humain. C'est à des trouvailles comme celle-là qu'on reconnaît la sincérité d'un sentiment. C'est la dernière chose que Clarinda ait écrite à Burns à cette époque-là ; elle marque combien, depuis les coquetteries des premières lettres, avait grandi son affection pour son poète.

Vers le 10 mars, Burns retourna à Edimbourg, afin d'y faire ses préparatifs pour s'en éloigner définitivement. Il y resta seulement une quinzaine de jours, qu'il employa, avec une grande activité, à arranger plusieurs affaires importantes pour lui. La principale était le règlement définitif de. son compte avec son libraire Creech. Après quelques lenteurs de la part de celui-ci, Burns reçut enfin presque tout ce qui lui revenait de la publication de ses poèmes. Il y a quelques divergences dans l'estimation de la somme qui lui revenait ainsi. Burns lui-même écrivait au Dr Moore : « Je crois qu'en y comprenant 100 livres de droit d'auteur, je réaliserai environ 400 livres et quelque chose en plus ; et même une partie de ceci dépend de ce que le gentleman (Creech) a encore à régler avec moi [1] ». William Nicol racontait plus tard que Burns lui avait dit qu'il avait reçu 600 livres pour sa première édition d'Edimbourg, plus 100 livres de droit d'auteur [2]. Currie, d'après Gilbert, évaluait les profits à 500 livres. Pour rapprocher ces sommes, assez peu différentes après tout, il suffit de penser qu'en employant le mot « réaliser », il avait défalqué les dépenses faites pendant ses séjours à Edimbourg et ses voyages. On peut, avec vraisemblance, estimer à 380 ou 400 livres, la somme qu'il retirait de ses poèmes. C'est avec ces ressources qu'il devait commencer sa vie. Une autre affaire fut la signature du contrat de sa ferme. Il choisissait décidément la ferme d'Ellisland. Mr Miller, le propriétaire, lui accordait un bail de 76 ans, moyennant une rente annuelle de 50 livres pendant les trois premières années, et de 70 livres pour les suivantes. Toutes ces occupations remplirent la quinzaine pendant laquelle il resta à Edimbourg. Dans cet affairement il dut, dit Chambers, recevoir de chez lui une série de lettres lui annonçant d'abord que Jane Armour venait d'accoucher de deux jumeaux, puis que les deux petits êtres étaient morts presque aussitôt [3].

Par dessous ces occupations et ces arrangements, sa liaison avec

---

[1] *To Dr Moore*, 4th Jan. 1789.
[2] R. Chambers, tom. II, p. 248.
R. Chambers, tom. II, p. 251.

Clarinda avait repris. Mais il est évident que la flamme n'était plus ce qu'elle avait été et faiblissait. Les entrevues continuaient, bien que parfois écourtées ou différées par les démarches multiples qui absorbaient ses journées. Les lettres sont pressées et contiennent plus de renseignements sur ses préoccupations d'affaires que de sentiment. La dernière seule, écrite le vendredi 21 mars, se ranime et retrouve un peu du ton des anciennes lettres.

Je viens de rentrer et j'ai lu votre lettre. La première chose que j'ai faite a été de remercier le Divin Ordonnateur des événements de m'avoir réservé le bonheur de vous connaître. La vie, ma Clarinda, est un sentier nu et triste ; malheur à celui ou à celle qui s'y aventure seul ! Pour moi, j'ai ma très chère compagne de mon âme : Clarinda et moi ferons notre pèlerinage ensemble. Partout où je serai, je lui ferai savoir ce qui m'arrive, ce que j'observe dans le monde qui m'entoure et quelles aventures je rencontre. Cela vous plairait-il, mon amour, de recevoir toutes les semaines ou, du moins, tous les quinze jours, un paquet, deux ou trois feuilles pleines de remarques, de folies, de nouvelles, de rimes et de vieilles chansons.

Ouvrirez-vous avec satisfaction et bonheur la lettre d'un homme qui vous aime, qui vous a aimée et qui vous aimera jusqu'à la mort, à travers la mort et pour jamais ? O Clarinda, que ne dois-je pas au ciel pour m'avoir donné une perfection comme vous ! Je pense à vous comme un avare compte et recompte son trésor ! Dites-moi, vous étiez-vous étudiée à me plaire hier soir ? Sûrement vous m'avez charmé jusqu'au ravissement. Combien je suis riche, moi qui ai un trésor tel que vous ! Vous me connaissez ; vous savez comment me rendre heureux, et vous y réussissez, Dieu vous accorde

longue vie, longue jeunesse, long plaisir et un ami.

Demain soir, selon votre indication, je guetterai la fenêtre : c'est l'étoile qui me guide vers le paradis. La plus grande saveur de tout est que l'Honneur, que l'Innocence, que la Religion sont les témoins et les protecteurs de notre bonheur. « Le Seigneur Dieu sait » et peut-être « Israel connaîtra » mon amour et votre mérite. Adieu, Clarinda ! Je vais me souvenir de vous dans mes prières.

Même dans cette déclaration suprême, le caractère littéraire de son amour reparaît dans l'offre de cet envoi hebdomadaire ou bi-mensuel d'une revue, qui transforme une maîtresse en lectrice et fait d'une correspondance d'amour une sorte d'abonnement à un magazine. Clarinda sans doute aurait mieux aimé une parole de tendresse pour elle que des feuilles de remarques sur le monde.

L'entrevue fixée dans la lettre eut lieu le 22 mars, dans la maison de Clarinda. Ce fut probablement la dernière rencontre des deux amants, « Il faut en croire le poète, dit ironiquement Scott Douglas [1], quand il dit que l'Honneur, l'Innocence et la Religion furent les témoins et les protecteurs de leur bonheur ». L'ironie est injuste. Il est étonnant que ce chercheur si soigneux et si sagace ne se soit pas rappelé le passage d'une

---

[1] Scott Douglas, tom. V, p. 110.

lettre qu'on verra plus tard, écrite par Burns à Clarinda, et qui prouve
que celle-ci sut imposer jusqu'au dernier moment, à cet homme emporté,
la réserve et le respect [1]. Ces adieux remuèrent profondément Burns.
« Pendant ces huit derniers jours, écrivait-il le lendemain de son départ,
j'ai eu positivement la tête égarée [2] ». Malgré d'éloquentes promesses de
constance, cet éloignement était triste parce qu'il était difficile qu'il ne
fût pas définitif. Au milieu de leur volonté et de leur espérance de rester
l'un à l'autre, les deux amants pouvaient-ils ne pas sentir que la vie les
reprenait, les séparait, les entraînait loin l'un de l'autre ?

On est ici au point pour juger cette étrange correspondance qui n'aura
plus que quelques lettres. A dire vrai, celle de Burns est de la pure
déclamation. La forme constamment oratoire, les apostrophes incessantes
à Dieu et à la nature, la phrase pompeuse, l'enflure du ton, la rendent
insupportable. Ces lettres ont l'air de péroraisons. Lui dont les autres
productions doivent d'être si fortes à la réalité dont elles sont pleines, est ici
en dehors de la réalité ; les faits n'apparaissent presque pas, à peine comme
prétexte à des variations ou à des lieux communs. Sans doute il y a des
passages mouvementés, lancés par une main robuste, et c'est peut-être
par eux qu'on peut le mieux entrevoir l'orateur qu'il y avait en lui. Mais
ce sont des traces de talent égarées dans la prétention et l'emphase. Et
comment en arriva-t-il là ? Mr Hately Waddell, dont l'admiration pour cette
correspondance nous semble excessive, a une remarque qui va au vrai des
choses. Il dit qu'elle est faite de rivalité et il en explique l'exagération par
l'emportement de gens qui jouent l'un contre l'autre et s'animent [3]. Cela est
vrai pour Burns. Il y a de sa part un effort pour éblouir sa correspondante,
pour avoir le dessus dans un exercice littéraire. Il se mit dès le premier jour
dans le faux en faisant d'une affaire d'amour une question d'amour-propre.
Aussi ne réussit-il pas. La correspondance de Clarinda est de beaucoup
supérieure à la sienne. Si on la débarrasse de quelques développements
à la mode, dont quelques-uns sont après tout fort jolis, elle reste autrement naturelle et sincère. Autant les lettres de Burns sont vagues et
monotones, autant celles-ci sont précises, variées, pleines de ceux qui
s'écrivent, pleines de ces petits faits qui sont la vie et ne semblent pas
méprisables à ceux qui les vivent. C'est par elles qu'on peut suivre les
péripéties et pénétrer dans les seconds plans de cette aventure. Elles ont la
variété naturelle d'une conversation. A chaque instant, il s'y rencontre
de fines remarques, des coins délicats de coquetterie ou de sensibilité
féminines ; parfois aussi de sages et prudents conseils, tout solides de bon
sens. Il y a surtout de la sincérité et des passages véritablement drama-

---

[1] Voir la lettre plus loin, p. 403.
[2] *To Richard Brown*, 26th March 1788.
[3] Hately Waddell, *Life of Burns*, p. xxxiii.

I.   24.

tiques où l'on sent bien le trouble et le tumulte d'une âme qui, somme toute, n'était pas vulgaire. Il y a bien un peu d'affectation littéraire, généralement au début des lettres, mais qui ne dure pas, qui ne tient pas, et fond, dès que le sentiment vrai se montre, comme le givre répandu sur le bord matinal du jour disparaît au premier soleil. La correspondance de Burns ne vaut pas mieux que la plupart des lettres d'amour écrites par des hommes ; celle de Clarinda aura sa place dans la collection charmante de lettres écrites par les femmes, sous la dictée de leur cœur.

C'est qu'au fond Burns n'aima pas Clarinda et qu'elle l'aima ; ou plutôt ils s'aimèrent de façon différente. Lui fut attiré vers elle par l'élégance extérieure, par un raffinement auquel il n'était pas habitué, et qui lui sembla délicieux. Il n'aima d'elle que la culture, le brillant du dehors, les ornements et, pour ainsi dire, la toilette de l'âme. Il ne pénétra pas jusqu'à cette âme elle-même, qui était saine, heureuse et constante. Clarinda, au contraire, par une de ces intuitions pénétrantes dont son sexe est capable, laissant de côté toutes les conditions extérieures, alla jusqu'au fond même de sa nature et l'aima pour ce qu'il avait en lui de génie, de flamme et de générosité. Quelles que fussent les différences de rang et de façons, elle vit que cet homme était plus grand que les autres, fait d'une plus forte étoffe. Elle conçut un sentiment profond qui ne se démentit pas et qui malgré les déboires, l'absence et les années d'une longue vieillesse resta entier. Ce ne fut dans la vie de Burns qu'un épisode qui ne lui fait pas honneur ; ce fut dans l'existence de Clarinda un événement unique, souverain, qui la domina à partir de ce jour. Ce ne fut pour lui qu'un souvenir ; ce fut pour elle pendant longtemps une tristesse, et, quand l'âge eut mis en elle sa sérénité, un culte.

Le 24 mars 1788, Burns quitta Edimbourg définitivement. Il s'éloignait sans que son départ fût remarqué, désabusé, des lieux où, dix-huit mois auparavant, il était arrivé le cœur jeune, bondissant d'espérance et où il avait été accueilli par un tel enthousiasme. Il n'avait pas lieu d'être reconnaissant à la grande ville. Elle n'avait pas tenu ses promesses. Elle lui avait versé pendant quelques mois l'admiration et les flatteries, comme une ivresse. Mais cela était fini depuis longtemps ; la faveur, la vogue étaient tombées, comme des voiles un instant gonflées par le vent ; l'attention même avait disparu. Il ne restait rien que la fatigue et l'irritation de cette représentation inutile. S'il avait, en ce moment, une claire conscience de lui-même, il pouvait même en vouloir à la cité. Ce séjour l'avait plus vieilli que plusieurs années de travail ingrat. Cette ville l'avait détérioré. Par en haut, elle lui avait imprudemment montré une existence brillante, inaccessible pour lui ; elle lui avait fait prendre goût à ce qu'elle ne pouvait lui donner, plus encore ! à ce qu'il ne pouvait atteindre ; elle lui avait fait connaître, non pas l'admiration brève des amis qui se mélange à l'effort et l'aiguillonne, mais l'admiration des salons qui le suit, le gêne et l'entrave. Il en emportait le mécontentement de sa destinée, une colère sourde contre les répartitions de la fortune et du rang, de la rancune contre ces classes élégantes où il était resté dépaysé. Par en bas, elle lui avait communiqué des habitudes de taverne, de boissonnements quotidiens et de bamboches nocturnes qui l'avaient fatigué. Chose plus grave ! elle lui avait fait perdre l'habitude du travail, elle l'avait immobilisé dans un désœuvrement physique et intellectuel qui avait amolli son corps et son esprit. Il le savait bien. « J'ai pris un si vicieux pli de paresse, qu'il faudra un effort peu ordinaire pour amener convenablement mon esprit à la routine des affaires [1].» Et ailleurs « comme jusqu'à ces dix-huit derniers mois, ma richesse n'a jamais été jusqu'à posséder dix guinées, j'ai à apprendre la connaissance des affaires ; ajoutez à cela que mes scènes récentes de paresse et de dissipation ont énervé mon esprit à un degré alarmant [2] ». Il sentait bien le mal que lui avait fait Edimbourg. Il partait de là, avec quelques centaines de livres dans sa poche, un peu moins pauvre que lorsqu'il était arrivé, mais aussi indécis, aussi incertain de l'avenir et moins propre à l'aborder. Il s'éloignait le cœur alourdi de lassitude, de soucis. Il était entré dans cette ville avec la confiance, il en sortait avec la défiance de la vie. Où était-il le refrain de la vieille chanson ?

> En passant près de Glenap,
> Je vis une vieille femme ;
> Elle me dit : « Prends courage,
> Tes meilleurs jours vont venir. »

Hélas ! peut-être étaient-ils passés ! ceux qu'il apercevait devant lui étaient indécis et obscurs. A tout prendre, il aurait mieux valu continuer à Mossgiel cette vie où le travail était aux prises avec la pauvreté, mais où éclataient des moments d'allégresse intérieure et qu'illuminaient les visites de la *Vision*. C'était là peut-être qu'étaient les meilleurs jours.

De graves difficultés l'attendaient, tellement graves qu'elles allaient brusquement changer le cours de sa vie. Quand il rentra à Mauchline, il trouva Jane Armour dans le déchirement de sa maternité, dans le deuil de ces deux petites vies tombées mortes d'elle, dans le désespoir de l'abandon des siens, dans l'isolement et le scandale de sa faute. Et c'était là son ouvrage, l'ouvrage de quelques mauvaises heures de désir ou de revanche ! Qu'allait-il faire maintenant ? Abandonnerait-il cette fille qu'il

---

[1] *To Richard Brown*, 7th March 1788.
[2] *To William Dunbar*, 7th April 1788.

avait arrachée à la maison paternelle, à la possibilité d'un mariage, pour l'amener dans cette chambre d'auberge, sur ce lit ? Mais que deviendrait-. elle ? Où irait-elle ? Comment vivrait-elle ? Elle n'avait de ressource que de se faire servante ou de mendier. A quel degré de misère serait-elle réduite, à quel degré d'abaissement la misère la réduirait-elle ? Cette vie entière dépendait de lui. S'il la laissait tomber, où roulerait-elle ? « J'avais entre mes mains le bonheur ou la misère d'une créature humaine que j'avais longtemps et beaucoup aimée, et qui oserait jouer avec un tel dépôt [1] ? » S'il passait outre, quelle durée de remords il se préparait ! La pensée, intolérable, persistant jusque dans les dernières lueurs de la mémoire et les empoisonnant, d'avoir disgracié, dégradé, détruit une existence. « Vous avez raison, la condition de célibataire m'aurait assuré plus d'amis, mais, pour une cause que vous devinerez facilement, une conscience tranquille dans la jouissance de mon propre esprit, une confiance assurée pour l'heure où je comparaîtrai devant Dieu, auraient rarement été du nombre [2]. » Non! Il ne pouvait pas l'abandonner.

Mais alors, c'était le sacrifice de tout un avenir, juste entrevu pour être regretté ! C'était perdre la femme élégante, spirituelle, instruite, qui lui avait fait comprendre le charme et le bienfait d'une existence vraiment partagée, celle qu'il croyait aimer, qu'il aimait peut-être et qui avait encore tout le mystère de la non-possession. C'était déchirer le plus brillant rêve qu'il eût fait, mettre en lambeaux une vague et indéfinie évocation de bonheur. C'était entraver l'indépendance d'allures, la fantaisie de travail, les changements de résidence, l'humeur capricieuse, utiles à la production ; c'était passer le licol à sa liberté, attacher sa vie pour toujours, dans le même pré, au même poteau. Il fallait redescendre au lot commun, reprendre une fille ignorante, dénuée de la grâce et des raffinements dont il était désormais épris, une fille qu'il avait possédée, qui l'avait délaissé, qu'il avait frappée de reproches et d'outrages ; il fallait rentrer dans ce commerce vulgaire et borné et, à cause de ce fardeau, s'emprisonner dans l'inexorable et irrévocable labeur de la glèbe. Une fatalité sortie de lui, quelque chose qui n'aurait pas existé s'il ne l'avait voulu, lui fermait la porte par laquelle il pensait pénétrer dans une existence nouvelle, et brutalement le repoussait dans le sort ancien, si sombre, si lourd.

Encore s'il ne s'était agi que de lui, si la ruine de ses propres souhaits avaient suffi à satisfaire le passé ! Mais il fallait faire saigner un cœur qui s'était attaché à lui ; il fallait désabuser cette femme, encore émue et

---

[1] Cette expression revient, presque dans les mêmes termes, dans une demi-douzaine de lettres, voir entre autres : *To Johnson*, 25th May 1788 ; *To Mrs Dunlop*, 10th June 1788 ; *To Alex. Cunningham*, 17th July 1788 ; *To Rev. Dr John Geddes*, 3rd Feb. 1789 ; *To James Burness*, 9th Feb. 1789, etc.

[2] *To Mrs Dunlop*, 10th June 1788.

heureuse, lui dire que les promesses où elle se reposait était vaines, vides, vulgaires, déjà violées et évanouies, frapper d'une douleur nouvelle cette âme tant endolorie, changer cet amour en amertume, cette tendresse en détresse, faire de ces espérances qui commençaient à la consoler un désespoir plus accablant que tous ses chagrins passés ! Et pourtant il fallait prendre un parti : ou désoler une âme ou détruire une existence ! Quelle situation ! Il était pris entre deux mauvaises actions. Il était dans un de ces moments où un homme, ayant agi dans des sens différents, comme s'il était plusieurs hommes, ses actes grandis le réclament de côtés opposés, se disputent sa vie. Ils essayent tous de s'emparer de lui, et chacun d'eux assailli, mutilé par les autres, le jonche de débris. Celui qui finit par être le maître sort maltraité de cette lutte, reste entamé, affaibli. Il remplace mal alors un seul acte qui se serait droitement développé et aurait porté ses fruits paisiblement. Ainsi les actes inconsidérés de Burns revendiquaient sa vie. Quelle que fût la décision qu'il prît, elle resterait ébranlée par l'effort de la décision contraire, et, dans le choix qu'il ferait, vivrait l'appel et les doléances d'un autre choix qu'il aurait pu et peut-être dû faire.

Le débat fut vif en lui. Outre ce qui, dans sa poitrine, criait d'être sacrifié, ses anciens ressentiments parlaient contre Jane. Il ne pouvait lui pardonner son abandon ; il lui en gardait encore rancune, et c'est ce qui rend probable qu'il y avait de la revanche dans la reprise de ses relations avec elle.

« Quoique l'Orgueil et une Justice apparente fussent un terrible Ministère Public, cependant l'Humanité, la Générosité et le Pardon furent, d'autre part, des avocats si puissants et si irrésistibles, qu'un jury de toutes les Tendresses et de nouveaux Attachements rendit unanimement le verdict : « Non coupable ». Qu'il soit donc connu de tous ceux que cela concerne, que le Prévenu est installé et établi dans tous les droits, privilèges, immunités, franchises, services et paraphernaux qui, pour le présent, appartiennent et, dans l'avenir, peuvent appartenir, au nom, titre et désignation [1]. »

Le tableau qu'il traçait eût été plus exact s'il s'était agi de reprendre Jane après la rupture causée par elle. A présent, c'était trop représenter les circonstances à son avantage. Il avait lui-même renversé les situations. En réalité, c'était lui l'accusé, qui comparaissait devant les conséquences de son acte. Il n'avait qu'à écouter sa sentence. Matériellement, il pouvait y échapper et devenir contumace. Moralement, il ne le pouvait pas. C'était un devoir inflexible qu'il s'était forgé pour lui-même. La nécessité le tenait. Nos actes louches sont comme des sbires que nous pensons avoir laissés derrière nous, qui prennent au court et nous attendent embusqués plus loin. Ils nous sautent à la gorge et nous

[1] *To Johnson*, 25th May 1788.

entraînent hors du chemin que nous voulions suivre. Nous sommes leurs
prisonniers parfois pour la vie. Ces quelques heures du retour à Mossgiel
mettaient la main sur Burns et l'emmenaient.

Il est certain aussi que les côtés bons et droits de sa nature se mêlèrent
de cette affaire. C'eût été une lâcheté que d'abandonner cette fille, et il
en était incapable. Sans doute encore se mêla-t-il, à ces raisonnements et
à ces injonctions de sa conscience, des mouvements de pitié pour une fille
vaincue maintenant, ce coup de tendresse profonde et instinctive qui
remue l'homme quand il regarde, brisée, la femme mère par lui, cette
commisération et cette reconnaissance qui font défaillir les plus dures
résolutions. La vue de la pâleur et des larmes et celle, plus émouvante
encore, d'une expression silencieuse de désespoir ou de supplication,
établie comme à demeure sur un visage altéré, sont puissantes à ébranler
des cœurs bons et impulsifs comme celui de Burns. Il avait sous les yeux
le mal qu'il avait fait et, presque aussi clairement, le mal qu'il allait
faire encore s'il abandonnait cette malheureuse. Non ! il ne pouvait se
désintéresser d'elle. Il fut vaincu. Coûte que coûte, il prendrait sur lui
le fardeau de cette vie ! Chassant tous les rêves, assumant sa destinée
en quelques jours, peut-être en quelques heures, il décida qu'il épou-
serait Jane Armour.

Il est en effet certain que cette résolution fut prise subitement et que
Burns n'y pensait pas en quittant Edimbourg. « C'est un acte dont je
n'avais pas l'idée quand vous et moi nous trouvâmes ensemble [1] », écrivait-il à Alexander Cunningham. Cependant, lorsqu'il était parti d'Edimbourg, il connaissait la situation, il pouvait en prévoir les conséquences et
les devoirs. Il faut donc qu'immédiatement après son retour à Mauchline,
il soit intervenu des faits nouveaux et ignorés ; ou bien qu'il se soit produit en lui une révulsion de sentiments. Avait-il supposé jusqu'au dernier
moment que le vieil Armour reprendrait sa fille et le trouva-t-il
inflexible ? Il est plus probable que le spectacle du chagrin de Jane, peut-
être des conseils et des exhortations d'amis, changèrent sa volonté. Peut-
être aussi s'ajouta-t-il des considérations pratiques, qui prenaient de la
force à mesure qu'il approchait du moment de s'établir. Il ne pouvait
espérer qu'une femme d'éducation élevée l'aiderait dans son travail ou
même consentirait à partager sa condition. Il fallait une fermière à la
ferme qu'il venait de prendre. Clarinda fut sacrifiée.

Avant la fin du mois d'avril, Burns s'était irrévocablement engagé à
Jane Armour. « Cela n'implique pas la cérémonie du mariage, mais
seulement tout au plus cette reconnaissance verbale, quelque privée
qu'elle soit, par laquelle on reconnaît une femme comme épouse, et qui

---

[1] To Alex. Cunningham, 27th July 1788.

en Écosse lie l'homme à la femme, pour toutes fins légales [1]. » Burns tint pendant quelque temps cet engagement secret. Le 28 avril, il écrit à son vieil ami James Smith, qui s'était établi marchand, de lui envoyer un châle pour sa femme. « J'ai l'intention d'offrir à Mrs Burns un châle imprimé : c'est un article dont vous devez sûrement avoir un grand choix. C'est le premier cadeau que je lui fais depuis que je l'ai appelée mienne irrévocablement, et j'ai une sorte de fantaisie et de désir que ce premier cadeau me vienne d'un vieil ami estimé. » Et il ajoute : « Mrs Burns (c'est seulement sa désignation privée), me charge de vous faire ses meilleurs compliments. » On se souvient que James Smith était à Mauchline au moment des premières amours et était au courant de toute l'ancienne histoire. La fille aînée de Gavin Hamilton se rappelait la première fois où Burns avait révélé sa situation nouvelle [1]. C'était chez son père, au déjeuner, auquel prenait part John Aiken. Mrs Hamilton ayant exprimé le regret de ne pouvoir servir un œuf à Aiken, le poète dit que si elle voulait envoyer de l'autre côté de la route chez Mrs Burns, celle-ci en aurait peut-être. Au mois de mai, il signa chez Gavin Hamilton une formule légale [2] qui donna à Jane Armour le droit de porter publiquement son nom. Mais le mariage régulier ne se fit qu'un peu plus tard.

En même temps et comme pour se mettre en règle de tous côtés, il partagea avec Gilbert ce qui lui restait de son édition d'Edimbourg. Gilbert luttait désespérément contre la ruine. « Je m'interposai entre mon frère et le sort qui le menaçait [3]. » Il lui donna une somme de 180 livres. C'était, dit Chambers [4], « à peu près la moitié du capital qu'il possédait lui-même et que, selon toute vraisemblance, il devait jamais posséder. » Il fit cela simplement et franchement. « Je ne m'en fais aucun mérite, car c'était pur égoïsme de ma part. J'avais conscience que le mauvais plateau de la balance était lourdement chargé, et je pensais que mettre dans l'autre plateau, en ma faveur, un peu de piété filiale et d'affection fraternelle pourrait aider à arranger les choses le jour de la grande reddition de comptes [5]. » Il fut entendu que c'était un prêt sans intérêt, qui équivalait à un don. Et en effet la somme ne fut remboursée par Gilbert aux enfants de son frère que vingt-quatre ans après la mort du poète [6].

On se rappelle qu'au moment où Burns avait publié ses poèmes, il

[1] Chambers, tom II, p. 258.
[2] Scott Douglas, tom II, p. 153.
[3] *To Dr Moore*, 4th Jan. 89.
[4] R. Chambers, tom II, p. 258.
[5] *To Dr Moore*, 4th Jan. 89.
[6] R. Chambers, tom IV, p. 228.

avait été question parmi ses amis de Mauchline de lui trouver une
situation dans l'Excise. Pendant ses incertitudes d'avenir à Edimbourg,
cette idée s'était peu à peu établie dans son esprit. Ne sachant s'il trouverait une ferme, il avait formé une demande pour être admis dans cette
administration. Au mois de janvier, il écrivait au comte de Glencairn :
« Je désire entrer dans l'Excise : on me dit que l'influence de votre
Seigneurie me procurerait facilement une nomination des commissaires.
La protection et la bonté de votre Seigneurie qui m'ont déjà sauvé de
l'obscurité, de la misère et de l'exil, m'encouragent à demander cet
appui [1]. » Et à quelques jours de là, on a une autre lettre de lui à
Robert Graham de Fintry, un des commissaires de l'Excise. « Vous savez
que j'ai récemment adressé une demande à votre Conseil, pour être admis
comme employé de l'Excise. J'ai, selon la règle, été examiné par un
Inspecteur et aujourd'hui j'envoie son certificat, avec une demande à
l'effet d'être autorisé à recevoir mes instructions. J'ai bien peur, si je
réussis dans cette affaire, d'avoir besoin de la protection d'un ami. Je ne
crains pas de promettre la bienséance de conduite comme homme, la
fidélité et l'attention comme employé, mais en fait d'affaires, en dehors
du travail manuel, je ne sais rien [2]. » C'est probablement à propos de
l'examen dont il parle qu'il avait été question de l'inscription sur la
fenêtre de Stirling. Néanmoins, grâce à la protection de ses patrons et
du chirurgien Mr Wood, qui soignait son genou, il avait été inscrit sur la
liste des surnuméraires, de ceux à qui on donnait l'instruction nécessaire,
et qui attendaient ensuite leur nomination à un poste. Lorsque son bail
avec Mr Miller l'eut engagé dans une autre voie, il ne renonça pas pour
cela à toute idée d'entrer dans l'Excise, ou tout au moins de se mettre en
état d'y entrer, s'il ne réussissait pas dans sa ferme. Il résolut donc de
prendre ses instructions. Le 31 mars, l'employé d'Excise de Tarbolton
reçut l'ordre « d'instruire le porteur, Mr Robert Burns, dans l'art de jauger,
et de le mettre en état de contrôler les marchands de vivres, distillateurs,
fabricants de chandelles, tanneurs, mégissiers, malteurs, etc. » Cette
éducation durait six semaines. Elle lui donnait le droit d'être nommé
employé dans l'Excise. Il n'avait pas pour le moment l'intention d'exercer.
Il avait, pour ainsi dire, sa nomination en poche ; il se réservait de la
retirer si jamais le besoin en venait, à la façon de ceux qui passent un
examen et obtiennent un diplôme comme une ressource contre les
mauvais jours [3].

En même temps, il s'occupait de son installation et cherchait des
domestiques. « J'ai couru par tout le pays, louant des domestiques et

---

[1] *To the Earl of Glencairn*, Jan. 1788.

[2] *To Robert Graham of Fintry*, Jan. 1788.

[3] *To James Smith*, 28th April 1788.

préparant tout [1]. » « J'ai pris une ferme sur les bords de la Nith, et à
l'exemple des vieux patriarches, je me procure des serviteurs, hommes et
femmes, des troupeaux de bétail, petit et gros [2]. » Enfin le moment de
prendre possession de sa ferme arriva. Le 25 mai, il écrivait : « Demain
je commence mon métier de fermier. Dieu protège la charrue ! [3] »

---

[1] *To William Dunbar*, 7th April 1788.
[2] *To Samuel Brown*, 4th May 1788.
[3] *To James Johnson*, 25th May 1788.

CHAPITRE V.

ELLISLAND.

Juin 1788 — Novembre 1791.

« M. Burns, vous avez fait un choix de poète et non de fermier », lui dit le père d'Allan Cunningham, en apprenant qu'il s'était décidé pour Ellisland, la plus jolie et la plus ingrate des trois fermes qui lui avaient été offertes[1]. Ellisland est, en effet, dans une position charmante sur la côte méridionale de la Nith. « La ferme, disait Burns lui-même, est admirablement située sur les bords de la Nith, large cours d'eau qui passe par Dumfries et se jette dans le Solway-Frith[2]. » A cet endroit, la Nith est une sinueuse rivière, limpide et rapide, dont l'épaisseur ne suffit pas à recouvrir les bancs de galets qui la coupent, et sur lesquels sa frêle nappe claire se plisse et se déchire en maintes longues rayures obliques. Ce fond de galets produit un joli murmure incessant, où se mêlent celui plus léger et inconstant des feuillages et, de temps en temps, des bêlements ou des beuglements lointains. A cause de ses détours, la rivière semble, en amont et en aval, sortir de dessous des verdures. La rive gauche, comprise dans une large boucle de la Nith et bordée d'un lais gris de cailloux, est basse et plate. Elle se prolonge en prairies humides et grasses, parfois inondées par les crues ; des groupes de grands arbres séculaires, aux dômes ronds et réguliers, leur donnent un air de parc. La rive droite, creusée par une échancrure qui correspond à la convexité de l'autre bord, est escarpée. C'est là qu'est placée la ferme, sur une sorte de petite falaise à pic, ouverte par une déchirure de terre rougeâtre. A quelques pas de la ferme, un affaissement du terrain mène doucement à une petite anse où la rivière coule à fleur de rive. Le soir, les vaches y viennent boire, dans l'eau jusqu'à mi-jambe, au milieu de leurs reflets, et font un joli tableau rustique. Plus loin que cette crique, la berge, se redressant un peu, présente, entre les champs qui s'élèvent en talus au-

---

[1] Allan Cunningham, *Life of Burns*, p. 80.
[2] *To James Burness*, 9th Feb. 1789.

dessus d'elle et la rivière qui coule au-dessous, une plate-forme sablonneuse, d'un gazon très fin, bordée du côté de l'eau par un rideau d'arbustes,
et longée par un sentier. C'était la promenade favorite de Burns ; c'est ici
qu'il venait quand il désirait être seul ; c'est ici que, tout en marchant de
long en large, il composa en une après-midi son célèbre *Tam de Shanter*.
De son temps, tout le pays était envahi de genêts. « Je sortis, dit-il, et
allai me promener sur les bords couverts de genêts de la Nith[1] ». « On a
arraché tant d'ajoncs et de genêts, dit Dorothée Wordsworth, qu'on se
demande pourquoi tout n'a pas disparu, et cependant il semble qu'il y ait
presque autant d'ajoncs et de genêts que de blé ; ils poussent l'un parmi
l'autre, on ne comprend pas comment[2]. » Maintenant encore des plaques
d'or clair éclatent et luisent de toutes parts.

La vue n'est pas très étendue : des deux côtés de la rivière, elle
est bornée par les collines uniformes qui renferment la vallée, et elle est
arrêtée, dans le sens de la longueur, par les sinuosités des rives. C'est un
endroit qui est loin d'avoir la grande et puissante allure de Mount-Oliphant
ou de Mossgiel ; il n'a pas le caractère dur mais énergique de Lochlea.
C'est un site gracieux, paisible et discret, un lieu d'ombrages et de
murmures, de sensations plutôt que de spectacles, pensif sans aller jusqu'à
la tristesse. Il ne possède aucun de ces points de vue d'où l'œil s'élance
dans un monde de ciel et d'horizons, mais des recoins qu'on croirait
artificiels et arrangés. Il a un charme plus anglais qu'écossais. C'est un
peu un paysage de vignette.

> Combien aimables, ô Nith, tes fertiles vallées,
> Où les aubépines épandues fleurissent gaiment.
> Combien doucement sinuent tes vallons en pente,
> Où les agnelets jouent dans les genêts[3].

Ce n'est pas un paysage d'envolées d'âme, mais de retour sur soi-même
ou de séjour en soi-même. Il est fait à souhait pour les rêveries douces et
tranquilles, les méditations du déclin de la vie, quand les passions sont
apaisées et que les voyages de l'esprit ne se mesurent plus aux
horizons des espoirs, mais à des souvenirs. C'est une jolie retraite de
solitude et de loisirs studieux, un abri dans le goût du romantisme
un peu passé du xviiie siècle ; on y lirait volontiers du Gray ou du
Collins. C'eût été parfait pour Burns, s'il eût pu se consacrer uniquement
à la poésie.

Malheureusement il était fermier, et ce site qui l'avait séduit lui
ménageait des déboires. Le sol, surtout à cette époque de mauvaise culture,

---

[1] *To Mrs Dunlop*, November 1790.
[2] *Recollections of a Tour Made in Scotland*, by Dorothy Wordsworth, p. 7.
[3] *The Banks of Nith.*

était maigre et difficile. L'exploitation consistait, partie en terres qui
s'étendent entre une rivière et les collines et que les Écossais appellent
holms, et partie en terres de qualité supérieure qu'ils nomment *croft land*,
et qu'ils fatiguaient alors par des moissons uniformes, sans les réconforter
d'engrais ou de fumiers qu'à de longs intervalles. Les premières étaient
de marne profonde et donnant du blé ; les secondes, de marne et de
pierre sur un fond de gravier[1]. Les améliorations successives par lesquelles
l'agriculture s'est transformée, les grands travaux de drainage, ont modifié
ces terres. Le fermier actuel paie 230 livres là où Burns en payait 50[2].
Mais tout, alors, était à faire. Le propriétaire disait plus tard : « Quand
j'achetai ces terres il y a vingt-cinq ans, je ne les avais pas vues. Elles étaient
dans le plus misérable état d'épuisement et tous les locataires étaient
dans la pauvreté. Vous jugerez du premier de ces faits quand je vous dirai
que les avoines, prêtes à couper, étaient vendues 25 shellings l'acre
sur les *holms*. Quand je vins voir mon achat, j'en fus tellement dégoûté
pendant huit ou dix jours que j'avais fait le projet de ne plus revenir dans
le pays[3]. » Burns, lui-même, un jour que la pluie avait lavé un champ
d'orge nouvellement semé et passé au rouleau, le comparait à une rue
pavée[4].

I.

INSTALLATION A ELLISLAND. — BONNES RÉSOLUTIONS.

Comme les bâtiments tombaient en ruines, il fut convenu qu'on en
construirait de nouveaux. Burns obtenait de M. Miller, 300 livres, pour
bâtir une ferme complète, consistant en un corps d'habitation, une
grange, une étable pour les vaches, une écurie et des hangars[5]. Ces
constructions prendraient la fin de l'année. Le résultat de cette situation
était qu'il devait s'établir seul dans le pays, en attendant que la demeure
fût prête pour y amener Jane. Celle-ci restait à Mossgiel, chez la mère de
Burns, où elle apprenait son futur métier de fermière.

Il apportait au commencement de sa nouvelle entreprise, une âme
pleine d'appréhension et de lassitude. Il était cependant encore dans
toute sa vigueur et capable de battre, à qui soulèverait le poids le plus
lourd, tous les ouvriers qui travaillaient pour lui[6]. Mais son visage

---

[1] Allan Cunningham. *Life of Burns*, p. 80.

[2] *Rambles through the Land of Burns*, par A. Adamson, p. 234, en note.

[3] Chambers, tom. II, p. 244, d'après une lettre de M. Miller, insérée dans la *General Review of the Agriculture of Dumfriesshire*, Edinburgh, 1812.

[4] Allan Cunningham, *Life of Burns*, p. 80.

[5] D'après une note de l'*Edinburgh Magazine*, Juin 1799, citée dans l'édition de Currie de 1838, p. 44.

[6] Allan Cunningham, *Life of Burns*, p. 80.

assombri, marqué d'une mélancolie profonde, le faisait paraître de dix ans plus âgé qu'il ne l'était. Comme Byron, il eut de bonne heure l'air vieilli. L'amitié et l'éloquence avaient encore le pouvoir de transfigurer merveilleusement ses traits fatigués : il était méconnaissable quand ses regards s'enflammaient et qu'il s'illuminait d'enthousiasme. Mais une expression soucieuse et triste était définitivement sur cette face ; la gaîté, même factice, devait y faire de plus rares visites ; et la mort, l'absence ou les froissements devaient rendre plus clairsemées les rencontres de l'amitié.

Devant cette vie à recommencer tout entière, avec de nouvelles responsabilités, il se sentait découragé et défiant. Le lendemain même de son arrivée dans le pays, il écrivait à Mrs Dunlop :

« Voici le second jour, mon honorée amie, que je suis sur ma ferme. Je suis l'habitant solitaire d'une vieille chambre enfumée, loin de tout ce que j'aime et qui m'aime; sans connaissance qui date de plus loin qu'hier, excepté Jenny Geddes, la vieille jument sur laquelle je chevauche. En même temps, des préoccupations inaccoutumées et des plans nouveaux font à chaque instant honte à ma grande ignorance et à mon inexpérience. Aux heures soucieuses, il y a une atmosphère de brume qui est naturelle à mon âme ; par suite de laquelle les objets attristants semblent plus grands que nature. Une sensibilité excessive, qu'une série de malheurs et de déboires a irritée et portée à voir le côté sombre des choses, à cette période où l'âme embarque sa cargaison d'idées pour le voyage de la vie, est, je le crois, la cause principale de cette malheureuse disposition d'esprit[1].

Et le troisième jour, il jetait sur son journal ces lignes où sa pensée, dans toute sa sincérité intime, s'exhale comme un soupir de lassitude, et, par instants, comme un soupir de regret.

« Voici le troisième jour que je suis dans ce pays. « Seigneur! qu'est-ce que l'homme ? » Quel petit faisceau affairé de passions, d'appétits, d'idées et de fantaisies ! Et quel fantasque genre d'existence il a ici-bas!.... Il y a, à la vérité, un ailleurs, où, comme le dit Thomson, « la vertu seule survit. »

Dites-nous, ô morts,
Aucun de vous ne voudra-t-il, par pitié, nous révéler le secret
De ce que vous êtes et ce que nous serons bientôt !
Un peu de temps
Nous rendra aussi savants que vous et aussi muets.

Je suis si lâche dans la vie, si fatigué du service, que, comme l'Adam de Milton, il n'y a presque pas de moment où je ne souhaite « me coucher avec joie dans le giron de ma mère et être en paix. »

Mais une femme et des enfants m'obligent à lutter avec le courant, jusqu'à ce que quelque rafale soudaine renverse la pauvre barque, ou que, dans l'indifférent retour des années, sa propre caducité la réduise à n'être qu'une épave[2].

---

[1] *To Mrs Dunlop*, 14th June 1788.

[2] *Extract from the Author's Journal*, 15th June 1788.

La vie qu'il allait mener pendant quelques mois n'était pas pour chasser ces sombres humeurs. Afin de surveiller les travaux, il avait voulu se loger près de sa future ferme. Il n'avait trouvé qu'une misérable chaumière enfumée et délabrée. « Je me souviens bien de la maison, dit Allan Cunningham, le plancher était d'argile, les chevrons couverts de suie ; la fumée du foyer sortait épaisse par la porte et la fenêtre, tandis que le soleil, qui faisait effort pour pénétrer par ces ouvertures, produisait une sorte de crépuscule. C'est là que tous ceux qui avaient la curiosité ou le goût de le voir, le trouvaient avec une table, des livres, des plans devant lui, tantôt en train d'écrire des lettres sur la contrée et les gens, parmi lesquels il était tombé comme une pierre lancée par une fronde ; tantôt donnant audience aux ouvriers qui étaient occupés à creuser les fossés ou les fondations ; et quelquefois aussi en train de donner un coup de brosse à une vieille chanson [1]. » « La cabane où je m'abrite, écrivait-il lui-même, est ouverte à toutes les rafales qui soufflent et à toutes les averses qui tombent ; je ne puis m'y défendre de mourir de froid qu'en étant suffoqué de fumée [2]. »

Les journées passaient encore, prises par les occupations. Comme il arrive pour ces petits travaux exécutés par des maçons et des charpentiers de village, Burns devait être son propre architecte ; tout le soin de la surveillance et de la direction lui revenait. Pendant ces besognes, sa faculté de causerie et sa familiarité trouvaient à s'exercer ; le mouvement l'occupait. Mais quand, à la nuit tombante, les ouvriers s'éloignaient, un sentiment de solitude et de tristesse le reprenait. Les soirées étaient longues et sombres dans la chaumière ; il avait la sensation d'être exilé, bien loin, hors de la vie.

> Dans cette terre étrangère, ce pays sauvage,
> Terre inconnue à la prose et aux vers,
> Où les mots n'ont jamais été étirés sur le peigne de la Muse,
> Ni sautillé dans les entraves de la poésie ;
> Une terre que la Prose n'a jamais visitée,
> Sauf quand il lui arrive d'y trébucher, les jours où elle est soûle ;
> Ici donc, embusqué dans un côté de la cheminée,
> Caché dans une atmosphère de fumée,
> J'entends un rouet bruire dans le coin,
> Je l'entends. — car c'est en vain que je regarde.
> La tourbe rouge luit, noyau de flamme
> Dans une cosse de brouillard infernal :
> Ici, au lieu de mes ravissements poétiques,
> Me voici assis à compter mes péchés par chapitres ;
> Au lieu d'être vivant et vif comme les autres chrétiens,
> Je suis recroquevillé, réduit à exister simplement,

---

[1] Allan Cunningham, *Life of Burns*, p. 81.
[2] *To Miss Chalmers*, 16th Sept. 1788.

Sans société que les indigènes du Galloway,
Sans figure de connaissance que Jenny Geddes ;
Jenny, mon orgueil, mon Pégase !
Toute morne, elle trotte le long de la Nith,
Et sans cesse elle tourne ses yeux du côté de l'ouest,
Tandis que des larmes coulent sur ses vieux naseaux bruns !
Était-ce pour ceci, qu'avec tant de soin,
Tu as porté le Barde à travers maint comté ?

Avec tout ce souci et tout ce chagrin,
Et peu, bien peu d'espoir de soulagement,
Et rien que de la fumée de tourbe dans ma tête,
Comment puis-je écrire quelque chose que vous puissiez lire[1] ?

La construction de sa ferme ne tarda pas à l'absorber. Il en fit lui-
même les plans et il en traça les fondations. Lorsqu'il posa la première
pierre, il se découvrit, et pria que la maison qui devait abriter ses jours
futurs fût bénie[2]. Peut-être des visions de contentement et de paix
domestiques s'offrirent-elles à lui, et rêva-t-il, pour le foyer qui allait
s'édifier, des samedis soirs pareils à celui qu'il avait chanté. Il surveilla
lui-même les travaux, aidant à rassembler les pierres, à chercher le sable,
à voiturer la chaux, donnant parfois un coup de main ou un coup d'épaule
aux ouvriers. « Quand il voyait que nous ne pouvions pas venir à bout
d'une grosse pierre, disait l'un d'eux, il criait : « Attendez un peu ! » et il
accourait. Nous nous apercevions bientôt qu'il était là. Je n'ai jamais vu
son pareil pour soulever un poids[2]. » La maison arrivée à hauteur des
fenêtres, il envoya à Dumfries chercher du bois pour les linteaux. Tous
les charpentiers se pressèrent autour du messager pour voir l'écriture du
poète. « C'est par de pareilles touches, dit Allan Cunningham, que se
traduit l'admiration d'un pays[2]. »

En s'engageant dans cet avenir nouveau, il s'évertuait à prendre de
bonnes résolutions. Il faisait projet d'assagir sa vie, de lui donner
l'assiette des vies bien établies. Il était à un de ces changements matériels qui rendent plus facile d'abandonner le passé, parce qu'ils en inter-
rompent les habitudes. D'ailleurs, il avait de nouveaux devoirs, une
responsabilité. Ses résolutions étaient ferventes. Il laissait à jamais
derrière lui le fardeau de ses fautes et de ses folies ; comme un homme
soulagé d'avoir jeté le sac où il porterait toutes les pierres qui l'ont fait
trébucher, il reprenait sa route plus droit et plus preste.

Adieu maintenant à ces folies étourdies, ces vices vernis qui, bien qu'à moitié
sanctifiés par la légèreté charmante de l'esprit et de la gaîté, ne sont après tout
qu'une façon de dissiper vainement le précieux courant de l'existence, que dis-je ?

---

[1] *Epistle to Hugh Parker.*
[2] Allan Cunningham, *Life of Burns*, p. 82.

de l'empoisonner tout entière, en sorte que, comme dans les plaines de Jéricho, « les eaux y sont très mauvaises et la terre stérile » et qu'il faudrait les dons surnaturels d'Élisée pour guérir le mal [1].

Et en même temps il écrivait à un ami :

J'ai, jusqu'à présent, dans le guerroyement de la vie, été formé aux armes, dans la cavalerie légère et les éclaireurs de la fantaisie : une manière de hussards et de high- landers de la cervelle. Mais j'ai pris la ferme résolution de céder mon grade dans ces bataillons d'étourdis, qui n'ont d'autre idée d'une bataille que de rencontrer l'ennemi, et d'autre idée d'un siège que de donner l'assaut à la ville. Il en coûtera ce qu'il voudra ; je suis déterminé à entrer dans les graves escadrons, lourdement armés, de la Prudence et dans le corps d'artillerie de l'artificieuse Opiniâtreté [2].

Il n'est pas possible d'avoir de meilleures intentions. Il y entrait avec tant d'impétuosité qu'il allait un peu vite. Il avait pour son propre passé, qui lui tenait encore aux épaules, des réprobations indignées ; il en par- lait avec une admirable sévérité ; il le fustigeait avec une bonne foi amusante.

Une importante et récente décision dans ma vie m'a mis hors de la voie de ces dis- gracieuses iniquités qui, bien que la licence à la mode ferme les yeux sur elles, et que les phrases à la mode les couvrent d'un vernis, ne sont en réalité que des nuances plus ou moins légères ou sombres de *scélératesse* [3].

Il souligne lui-même ce gros mot qui retombe sur un passé à peine détaché de lui. Il avait cet oubli des fautes de la veille, et ce défaut d'appréhension de celles du lendemain, qu'ont souvent les femmes et les poètes, pour ne pas ajouter quelques orateurs, et qui leur permet une indignation véritable, non pas contre eux-mêmes, mais contre des erreurs déposées pour un instant. Ils n'abjurent pas leurs faiblesses, ils les dénoncent ; et là où on attendrait de l'humilité et de la contrition, on trouve, avec étonnement, l'assurance et une colère de moraliste. Il sem- blait à Burns que cette scélératesse, qu'il stigmatisait, était à grande distance de lui. Il eût peut-être été moins dur pour elle s'il avait su qu'elle l'attendait non loin de là.

Mais il n'y avait pas uniquement là une modification de conduite ; il y avait, jusqu'à un certain degré, une transformation dans la manière d'envisager la vie. Et ce changement sortait d'une altération de l'homme lui-même, effet de l'imperceptible mais irrésistible travail de l'âge. Burns arrivait à ce point de la trentaine, où les pieds commencent à tenir davan- tage au sol. Les espoirs sont moins frémissants, pour avoir été souvent déçus ; et les désirs le sont moins, pour avoir été quelquefois satisfaits.

---

[1] *Extract from the Author's Journal*, 15th June 1788.

[2] *To Robert Ainslie*, June 15th 1788.

[3] *To Miss Chalmers*, Sept. 16th, 1788.

Il se fait une mue où bien des plumes brillantes de la fantaisie
tombent ; l'oiseau a les ailes écourtées, le plumage plus sombre et le vol
plus bas. Un assagissement, un assoupissement entre dans le sang. On
commence à introduire de la mesure et du calcul dans ses actes ; on est
disposé à faire une part plus grande à la pratique, à compter avec les
nécessités et les conditions matérielles, le bien-être, la considération. On
ne rompt plus en visière à la vie ; on confère plus humblement avec elle,
on en vient à des termes et à une transaction. C'est généralement à cette
époque que meurent dans les hommes les révoltes et les intransigeances
contre les formes sociales, et que s'entame une lente capitulation qui
aboutit à un *modus vivendi* avec l'existence. C'est souvent une crise douloureuse. Les plus terre à terre ne sentent pas sans un certain malaise périr
en eux leur parcelle idéale ; et d'autres, en qui plus d'eux-mêmes meurt, en
éprouvent une affliction. C'est ainsi qu'on s'achemine vers le scepticisme
ou la résignation. Quelques-uns sont seuls exempts de cette transformation
et se maintiennent ; soit à cause d'une grande vitalité d'idéalisme, qu'ils
possèdent en don spécial ; soit par le dédain des intérêts, vers quoi la vie
veut les plier ; soit par une insouciance de conduite ou une impétuosité
de passions, qui les rendent indifférents au lendemain ou incapables de se
contraindre. C'était ce changement qui se produisait dans l'esprit de
Burns. Il faisait des concessions, il reconnaissait plus de prix à ce dont il
avait longtemps fait peu de cas.

> J'ai toute la révérence possible pour le monde d'outre-tombe dont on parle tant, et
> je souhaite que ce que la piété croit et la pitié mérite, existe réellement. Mais, dans les
> choses qui appartiennent à cette scène actuelle de l'existence et qui s'y terminent,
> l'homme a des intérêts sérieux et immédiats. De savoir si un homme sera accueilli par
> des mains tendues, dans une situation élevée, distinguée et respectable, ou se dérobera
> au mépris dans un coin abject d'une vie obscure ; de savoir s'il s'épanouira sous les
> tropiques de l'abondance, s'il se réjouira tout au moins sous les latitudes confortables
> d'une aisance convenable, ou s'il souffrira de la faim dans le cercle arctique de la noire
> pauvreté ; de savoir s'il s'élèvera dans la conscience virile d'un esprit satisfait de lui-
> même, ou s'il s'affaissera sous un douloureux fardeau de regret et de remords ; ce
> sont là des alternatives de la dernière importance [1].

Et un peu plus tard il dira :

> Il n'y a pas de doute que la santé, les talents, une bonne réputation, une aisance
> décente, des amis respectables, ne soient des bonheurs réels et substantiels [2].

C'étaient là des paroles qui ne lui seraient pas venues quelques années
auparavant. Nous voilà loin des strophes de l'épître à Davie, de la
louange de la vie de vagabonds et des sommeils à la belle étoile.

---

[1] *To Robert Ainslie*, June 30th 1788.
[2] *To Alex. Cunningham*, 13th Feb. 1788.

Qu'importe si, comme le peuple des airs,
Nous errons dehors sans savoir où,
Sans maison ni abri ?
Qu'importe ! les charmes de la nature, les collines et les bois,
Les vallons tortueux et les cours d'eau écumants
Sont ouverts à tous.

Ce n'est pas que tout fût gain dans cette altération obscure dont les indices perçaient ainsi çà et là. C'était en lui, comme chez tant d'autres, le signe d'un tassement intérieur, d'un affaissement de l'imagination, en tant qu'elle est un des facteurs de la vie journalière. Il y a des instants de la jeunesse pendant lesquels, on peut le dire, l'existence réelle est incorporée avec l'existence idéale; elle n'existe pas à part, elle dérive de l'autre son prix et ses peines. Cette période avait été très marquée chez Burns, à Lochlea et à Mauchline. Durant ces années, les plus ferventes et partant les plus fécondes, il avait véritablement vécu en dehors, au-dessus de sa condition extérieure; non pas même en lutte avec elle, car sa vie intime la remplissait, la transformait et en faisait son cadre naturel et son réceptacle. Aussi puisait-il sa poésie dans les faits de chaque jour. C'est cette primauté, cette souveraineté de l'imagination qui semblait s'affaiblir en lui. Il ne remplissait plus, n'envahissait plus les choses extérieures de lui-même; c'est qu'elles commençaient à pénétrer en lui sans se déformer; sa flamme ne les fondait plus; elles restaient indépendantes et intactes, ce qui est le train pour qu'elles deviennent indispensables. C'était une descente vers la terre. Elle n'était pas ressentie, et ne devait jamais l'être, dans les hautes parties de l'entendement, où demeurent les efforts intellectuels et les jugements généraux. Celles-ci sont d'ailleurs les dernières atteintes; la mort arrive souvent plus vite que leur obscurcissement et elles subsistent claires au-dessus des diminutions de l'action. C'était la manière d'être quotidienne qui se modifiait, d'où sortent plus tard les sentiments et les aspirations intellectuelles. On peut encore continuer à mettre en œuvre les produits de la vie antérieure; mais si on avait toujours mené la vie actuelle, on n'aurait pas les éléments de ce travail. C'est ce qui arrivera pour Burns. Désormais sa vie sortira moins de lui-même. Elle ne lui fournira plus les thèmes de sa poésie. Il sera obligé de les emprunter à son existence passée, comme pour *Tam de Shanter*; ou à des existences autres, comme pour ses chansons.

Toutefois, en dépit de leur sincérité, ces répudiations du passé et ces projets de réforme n'étaient chez lui que superficiels. Ces résolutions, faites de bonne volonté et d'une légère décroissance d'idéalité, n'avaient pas de racines. Il les croyait durables, elle ne l'étaient pas. Elles indiquaient qu'il était arrivé au moment de la vie où généralement les hommes deviennent sages et plus empiriques; mais ce moment ne devait pas se développer en lui. Elles ressemblaient à ces organes atrophiés qui font quelques tentatives pour exister et qui, incapables de remplir leur fonction, en marquent seulement le moment et le besoin. Il arrivait à Burns ce qui arrive à certains organismes où des phases importantes de l'évolution n'apparaissent qu'à l'état embryonnaire. La phase de sagesse devait rester chez lui indécise et mal ébauchée. Son imagination et son tempérament, ses qualités et ses défauts, devaient l'empêcher d'y prendre assiette et l'entraîner. D'ailleurs, eût-il possédé les conditions intérieures d'une véritable transformation, les circonstances extérieures les auraient rendues vaines. Pour que des décisions de ce genre, si malaisées à fixer, soient solides, il faut qu'elles s'établissent sur un fondement de confiance dans le lendemain. Celles-ci se formaient sur un fond mouvant d'incertitudes et de craintes, suffisantes par elles-mêmes pour ébranler une volonté assurée et décourager une volonté moyenne. Un esprit persévérant en eût été éprouvé. Celui de Burns n'y pouvait résister. Cela fit que cette réforme, comme beaucoup de ses sentiments, beaucoup de de ses résolutions, devait rester imaginaire. C'était un côté de sa vie qu'il devait vivre en rêve, ainsi qu'il arrive à beaucoup de poètes : c'est ce qui leur permet d'avoir des conduites si folles et des têtes si sages.

Dès que sa maison fut en train, il partagea son temps entre Ellisland et Mauchline, passant alternativement huit ou dix jours dans chaque endroit. Jane Armour était alors à Mossgiel, chez la mère de Burns, dont elle s'était faite l'apprentie pour la laiterie et les autres occupations rustiques. La route était longue de « sa ferme à sa femme », car d'Ellisland en Nithsdale à Mauchline en Kyle, il y a 45 milles [1], et les chemins d'alors la rendaient rude. Parfois il la faisait d'une traite, sellant à trois heures du matin, sa vieille jument, Jenny Geddes, et partant dans l'obscurité. Parfois il coupait la route en deux et passait la nuit dans une auberge [2]. D'après Currie, ces voyages auraient eu une influence considérable et pernicieuse sur sa vie, parce que, dans ces arrêts, il rencontrait de la compagnie avec laquelle il oubliait ses résolutions de sobriété [2]. C'est exagérer. Il eût été sans doute désirable qu'il s'installât dès son arrivée dans sa nouvelle existence, car les bonnes résolutions demandent à être appliquées aussitôt; il faut les mettre au travail tout de suite; elles s'affaiblissent si on leur laisse le temps de flâner. Il y aurait surtout gagné d'éviter six mois de solitude et de découragement. Mais le cours ultérieur de sa vie fut dirigé par des causes plus profondes que quelques soirées passées autour du bol à whiskey, même si ces soirées empruntaient quelque chose au lendemain.

Ces semaines de Mauchline étaient les seules éclaircies dans l'assom-

---

[1] *To Peter Hill*, 18th July 1788.
[2] Currie. *Life of Burns*, p. 45.

brissement de sa vic. Lorsqu'il était de retour à Ellisland, dans sa chaumière provisoire, il prétendait que Jenny Geddes avait toujours l'œil tourné à l'ouest, vers le pays qu'ils venaient de quitter. Quant à lui, sa pensée y aspirait sans cesse, et il l'envoyait à sa jeune femme toute rhytmée et rimée, toute prête pour sa voix « aux claires notes agrestes ».

> De tous les points d'où le vent peut souffler,
> J'aime chèrement l'ouest ;
> Car c'est là que la jolie fillette vit,
> La fillette que j'aime le mieux ;
> Des bois sauvages croissent, des rivières coulent,
> Mainte colline est entre nous deux ;
> Mais, jour et nuit, ma pensée envolée
> Est sans cesse avec ma Jane.
>
> Je la vois dans les fleurs fraîches de rosée,
> Je la vois douce et belle ;
> Je l'entends dans la chanson des oiseaux,
> Je l'entends charmer l'air.
> Il n'y a pas une jolie fleur qui pousse,
> Près d'une fontaine, d'un bois ou d'une pelouse ;
> Il n'y a pas un joli oiseau qui chante,
> Qui ne me fasse penser à ma Jane [1].

C'est qu'en effet, avec sa versatilité de poète, il s'était repris d'amour pour elle. Ce qui pourrait sembler incroyable après tant de choses passées, ce mariage avait sa lune de miel. C'était du reste un regain de l'ancienne passion, à laquelle rien de nouveau, rien de plus profond ne s'était ajouté ; il avait le même caractère purement extérieur et presque lascif. Ce qui frappe Burns dans celle qu'il a prise pour compagne irrévocablement, c'est toujours un corps bien tourné, une démarche souple et l'œil noir et vif qui jadis l'avait atteint. Les pièces qu'il lui adresse ont un riche coloris de désir, et, pour ainsi parler, de luxure conjugale ; mais il n'y a pas un mot de sentiments plus graves, et les heures d'intimité sérieuse que suppose l'union complète de deux êtres n'y sont point représentées.

> Oh ! si j'étais sur les collines du Parnasse,
> Si je pouvais puiser à l'Hélicon,
> Afin d'atteindre l'habileté poétique
> Pour chanter combien chèrement je t'aime !
> Mais il faut que la Nith soit la fontaine de ma Muse,
> Il faut que ma Muse soit ton joli toi-même,
> Sur le Corsicon le regard perdu, je chanterai,
> Et j'écrirai combien chèrement je t'aime.

---

[1] *Of a' the Airts the Wind can blaw.*

Viens donc, douce Muse, inspire ma chanson !
Car pendant tout un long jour d'été
Je ne pourrais chanter, je ne pourrais dire
Combien, combien chèrement je t'aime.
Je te vois danser sur la pelouse !
Ta taille si souple, tes membres si bien pris,
Tes lèvres tentantes, tes yeux fripons,
Par le ciel et la terre — je t'aime !

Le jour, la nuit, aux champs, à la maison,
Ta pensée enflamme ma poitrine,
Et sans cesse je redis et chante ton nom,
Je vis seulement pour t'aimer.
Quand je serais condamné à errer
Au delà de la mer et du soleil couchant,
Jusqu'à ce que mon dernier sable soit écoulé,
Jusqu'alors, alors même, je t'aimerais ! [1]

Ce sont là de brûlantes paroles. Mais, après cette gerbe de chansons amoureuses, on ne trouve plus de vers pour Jane Armour. A l'exception d'une petite pièce de fantaisie, dont les termes plutôt que le sentiment s'opposent à cette supposition, si on ne la connaissait que d'après l'œuvre de son mari, on la prendrait pour une maîtresse plutôt que pour l'épouse. Pas une seule fois, elle n'apparaît dans son cadre véritable : la famille ; elle ne lui a pas inspiré le pendant de la pièce où il a représenté le ménage de son père et de sa mère. Des affections successives que traverse la vie à deux et qui aboutissent à la touchante tendresse des vieux époux, qu'il a si délicieusement rendue dans *John Anderson*, il semble qu'il n'en ait ressenti aucune. Entre Jane et lui, il n'y eut jamais de communauté intellectuelle ; ils vécurent ensemble, mais à part. La distance était trop grande. Mais, de quelque façon qu'il s'y fût pris, c'est un malheur auquel il ne pouvait échapper. La disproportion qui existait entre sa position et sa valeur intellectuelle devait le poursuivre dans le mariage. S'il avait choisi, comme il le disait très bien à Mrs Dunlop, une femme « qui eût pu entrer dans ses études favorites et apprécier ses auteurs favoris [2] » ; elle n'aurait pu s'abaisser à son genre de vie. S'il prenait une femme capable de vivre en fermière, il était probable qu'elle ne saurait se hausser à son esprit.

Pendant un de ses séjours à Mauchline, Burns se réconcilia avec l'Église. Son mariage avec Jane Armour avait été purement civil. Les formalités religieuses n'avaient pas été remplies : les annonces, selon l'expression calviniste, n'avaient pas été proclamées, pendant trois dimanches consécutifs, dans les deux paroisses où vivaient les futurs ; le

---

[1] *Oh, were I on Parnassus' Hill.*
[2] *To M Dunlop*, 10th June 1788.

ministre ne leur avait pas fait joindre les mains, et la promesse simple et grave du mariage écossais n'avait pas été prononcée d'être l'un pour l'autre un époux aimant et fidèle et une épouse aimante, fidèle et soumise, « jusqu'à ce que Dieu nous sépare par la mort[1]. » La situation du jeune ménage était donc irrégulière, vis-à-vis de l'Eglise. Cependant la communion annuelle, qui était administrée à Mauchline, au commencement d'Août, approchait. C'est dans les paroisses écossaises un événement entouré de solennité. Quelque temps auparavant, le ministre, en chaire, donne notice à la congrégation que « le souper du Seigneur » sera administré tel jour. Durant la semaine qui précède, le Consistoire se réunit et dresse une liste de tous les communiants de la paroisse, conformément au livre d'exercices du ministre et au témoignage des anciens et des diacres. D'après cette liste, des billets sont remis aux anciens pour les distribuer aux fidèles. Le jour de la Cène, en face des tables recouvertes d'une nappe blanche et portant les deux espèces, le vin dans le calice et le pain dans la corbeille, le ministre défend aux indignes d'approcher. Les communiants ne peuvent prendre place aux sièges déposés de chaque côté des tables qu'en présentant les billets délivrés par les anciens. Il y a là un moyen efficace de discipline et qui sert de sanction aux arrêts du Consistoire, car être exclu de la participation au sacrement emporte une idée de déconsidération et de scandale. Aussi, un peu avant l'époque de cette cérémonie, les registres des paroisses sont-ils remplis de notices de gens qui font amende honorable. Burns fit comme les autres, plus sans doute pour sa jeune femme et sa famille que pour lui-même. On trouve dans les registres de Mauchline, le passage suivant :

1788. — Août 5. — Ont comparu Robert Burns, avec Jane Armour, son épouse prétendue. Ils reconnaissent tous deux leur mariage irrégulier, leur chagrin de cette irrégularité, et leur désir que la session prenne les mesures qui lui sembleront nécessaires en vue de la confirmation solennelle du dit mariage. La session, prenant cette affaire en considération, décide qu'ils seront tous deux blâmés pour l'irrégularité qu'ils reconnaissent, et qu'ils seront solennellement engagés à rester fidèlement unis à l'un à l'autre, comme mari et femme, tous les jours de leur vie.

La session a, par loi, droit à une amende en faveur des pauvres, elle s'en rapporte à la générosité de M. Burns.

La sentence précitée a été conformément exécutée et la session absout les deux personnes susdites de tout scandale de ce chef[2].

A la suite, vient la signature du ministre et celle de Burns. Celui-ci

---

[1] Voir pour les mariages écossais Chamberlayne, *Magnæ Britanniæ notitia* ; — C. W. Sprott, *The Worship and Offices of the Church of Scotland* ; — et pour les détails de coutumes Ch. Rogers, *Scotland social and Domestic*, p. 116 et suivantes. — W. Gunnyon, *Illustrations of Scottish, History, Life and superstitions from Song and Ballad*, p. 208.

[2] R. Chambers, tom II, p. 280.

avait aussi signé pour sa femme, ce qui porte à croire ou qu'elle était trop émue pour tenir une plume ou que, à cette époque, elle ne savait pas encore écrire. Au-dessous se trouve cette ligne : « M. Burns a donné un billet d'une guinée pour les pauvres. » C'était la fin de la fameuse lutte de Burns contre l'Église.

Cette union enfin conclue, on se demande ce qu'elle était, et surtout ce qu'elle allait être. Pour le moment, elle vivait d'un besoin de repos et. d'un reste de passion. Mais cela ne peut aller bien loin ; ce sont comme ces premières provisions avec lesquelles on se met en ménage, et qui permettent d'attendre le pain de tous les jours. Comment la vie commune allait-elle définitivement s'établir ? Les deux êtres qu'elle réunissait avaient connu les ivresses, les délaissements, les colères, les déchirements, les rapiècements et, pour employer l'expression de Montaigne, « l'herbe, les fleurs, le fruit [1] » et le regain de l'amour. Ils se hasardaient maintenant à être paisiblement heureux ensemble. Ne leur serait-il pas plus difficile de l'être l'un avec l'autre qu'avec n'importe qui ? Pouvaient-ils passer de leur liaison tourmentée au commerce uni et reposant que veut le ménage ?

Pour Jane Armour, il semble que cette transition fût facile. Dans les aventures du passé sa part avait été plutôt de faiblesse et de laisser aller. Il paraît clair qu'elle était heureuse de trouver le repos, de retrouver l'amitié des siens ; elle était fière d'être la femme de Robert Burns, d'une fierté mal démêlée et bornée, qui ne comprenait pas toute la valeur de son mari ; elle était disposée à se trouver bien partagée, à espérer, comme un gros bonheur, une ferme prospère et une vie de petite aisance.

Mais lui où en était-il ? Que pensait-il ? ou plutôt que ressentait-il, non pas sur le devant mais dans l'arrière-chambre de son âme, en remuements confus de pensées et en vagues retours sur soi-même ? Il avait été mené à ce mariage, brusquement saisi par une de ses propres fautes, et lié à une destinée qu'il ne prévoyait pas. Maintenant qu'il se remettait, comment jugeait-il sa condition nouvelle ?

Il était impossible qu'il trouvât, impossible qu'il ait cru trouver dans ce mariage la haute union de deux esprits, la joie de deux natures associées par leurs qualités intellectuelles les plus élevées, en une communion d'intelligence. Avec Clarinda, avec Margaret Chalmers, il eût peut-être pu goûter cette douceur suprême de la vie ; avec Jane Armour, il devait y renoncer. La plus rare partie de lui-même n'aurait jamais de foyer ; il serait obligé, sur ce point, de vivre avec des étrangers ou de vivre dans sa solitude. Il le disait bien lui-même dans un passage où il

---

[1] Montaigne. *Essais*, livre III, chap. II, *Du Repentir*.

s'efforce un peu trop de chasser ce vœu d'une femme intelligente et instruite.

« Dans les circonstances où je suis, je n'aurais jamais pu avoir de compagne pour la vie, capable de pénétrer dans mes études favorites, de goûter mes auteurs favoris, etc, sans qu'elle m'imposât en même temps une vie coûteuse, des fantaisies capricieuses, peut-être des singeries de l'affectation, avec tous ces beaux talents de pensionnat, qui (*pardonnez-moi*, *Madame* [1]) se rencontrent quelquefois parmi les femmes de haut rang, et qui pénètrent presque universellement les demoiselles des classes qui ont des prétentions à la Gentry [2]. »

A défaut de cette félicité, si rarement accordée du reste aux hommes supérieurs, parce que leur supériorité même les place hors des chances d'appariement, ne pouvait-il pas du moins rencontrer le bonheur qui vient juste au-dessous, un bonheur moyen, fait d'habitudes et de bon accueil, de repos intime sous un toit qui devient plus cher, de tendresse active et vigilante autour des choses pratiques, et du déploiement de la famille dans une âme paternelle ? Ne pouvait-il connaître ce refuge où les ennuis et les tribulations ne pénètrent pas, qui garde un coin de lumière argentée et paisible même aux jours sombres ? Il entre beaucoup de bien-être d'âme et de corps dans ce bonheur-là. Il est plus terrestre que le premier, mais il est bien humain. C'est par lui que se disent heureux la plupart des quelques-uns qui se félicitent d'être nés. Burns ne pouvait-il le goûter ? Pendant quelques mois, il crut en toute sincérité qu'il le possédait ; bien plus, il crut qu'il s'en contenterait. On eût dit qu'il avait guéri ses vœux et ses rêves de leur inquiétude, qu'il leur avait enseigné à se borner au même arpent de terre et de tendresse. Il semblait qu'il eût pris pour lui le contentement modique et constant dont son frère, le poète latin, a donné la jolie formule :

$$\text{tellus}$$
$$\text{Et domus et placens uxor [3].}$$

Il annonce de toutes parts qu'il est heureux, qu'il est satisfait de son mariage ; il parle du bon effet que celui-ci a sur sa vie.

« ... N'étaient les terreurs de ma situation incertaine en ce qui concerne l'entretien d'une famille d'enfants, je suis décidément d'opinion que le parti que j'ai pris est grandement en faveur de mon bonheur [4]. »

« ... Je suis doublement satisfait de ma conduite. J'ai la conscience d'avoir agi conformément à ces principes de générosité que mon désir est qu'on m'attribue, et je suis réellement de plus en plus content de mon choix [5]. »

---

[1] En français.
[2] *To Mrs Dunlop*, 10th June 1788.
[3] Horace.
[4] *To Robert Ainslie*, 15th June 1788.
[5] *To Alex. Cunningham*, 27th July 1788.

« ... Vous ne me dites pas si vous allez vous marier. Croyez-moi, si vous.ne faites pas quelque choix‘maladroit, cela améliorera beaucoup le mets de la vie. Je puis en parler par expérience, bien que, Dieu le sait, mon choix ait été fait aussi au hasard qu'au jeu de Colin Maillard [1]. »

Et huit mois plus tard il écrit encore :

« Pour vous donner en raccourci le reste de mon histoire : j'ai épousé ma Jane et pris une femme. Du premier de ces actes, j'ai chaque jour plus en plus de raison d'être satisfait [2]. »

Néanmoins, à y regarder de plus près, les choses n'étaient pas aussi assurées qu'elles le paraissaient. Quelques signes subtils, perceptibles à peine dans cette satisfaction, auraient pu en révéler la faiblesse. Personne ne les vit; Burns ne les soupçonna point. Ils existaient pourtant dès alors. Avec un peu d'attention il n'est pas impossible de les découvrir dans ce qui nous reste de ses sentiments à cette époque. Ce sont quelques pages à peine, quelques instants de son cœur; mais quelques parcelles d'un corps suffisent à une chimie un peu soigneuse pour déceler les moindres traces dans sa composition.

Les sentiments qu'il avait pour sa femme étaient affectueux. Il discernait bien les mérites qu'elle avait. Il les discernait trop bien. Le trait par lequel il les enserrait était si net, si précis, qu'il servait presque autant à marquer les qualités dont elle était privée que celles qu'elle possédait, et qu'il était difficile de dire pour quel côté la ligne avait été tracée, pour ce qu'elle renfermait ou pour ce qu'elle excluait. On n'y sent pas ce tremblement et ce léger refus de la main à marquer les limites de ce qui nous est cher. Il ne laissait pas même à certains contours du caractère ce quelque chose d'indécis, ce bord flottant, dont on accorde le bénéfice à la personne aimée, où il y a place pour un acte de foi et de confiance, sans lequel un amour manque d'un élément précieux, c'est-à-dire de ce qu'il donne. Il y a là aussi, dans ce petit intervalle, une réserve pour l'admiration, une ressource contre les déceptions, un peu de mystère, de possible au delà de ce que nous avons mesuré, qui répond à ce besoin d'illimité qu'ont les vraies affections. Cette pénombre de faveur n'existe pas dans la manière dont Burns apprécie sa femme. Il lui fait sa part d'un trait arrêté sans hésitation : voici ce qu'elle possède, voici ce qui lui manque ; elle a sa juste mesure, mais tout juste. C'est peu et c'est beaucoup ce simple fil tremblant autour d'un portrait. Il manque ici.

Je puis facilement *imaginer* une plus agréable compagne pour mon voyage de la vie, mais, sur mon honneur, je n'ai jamais *vu* la personne qui la représenterait. Dans les affaires domestiques, elle possède, à un degré éminent, l'aptitude à apprendre et

---

[1] *To John Beugo*, 9th Sept. 1788.
[2] *To Dr Moore*, 4th Jan. 1789.

l'activité à exécuter, et, pendant mon absence dans la vallée de la Nith, elle s'est faite l'apprentie régulière et constante de ma mère et de mes sœurs, dans leur laiterie et autres occupations rustiques [1].

Et ailleurs :

Je n'ai pas de motif de m'en repentir (de son mariage). Si Je ne possède pas le bavardage poli, les façons maniérées et la toilette à la mode ; je ne suis pas écœuré et dégoûté par les mille fléaux de l'affectation apprise au pensionnat, et j'ai le plus beau corps, le plus doux caractère, la plus saine constitution et le meilleur cœur du pays. Mrs Burns croit, aussi ferme que sa foi, que je suis *le plus bel esprit et le plus honnête homme* [2] de l'univers ; bien que c'est à peine s'il lui est arrivé une fois en sa vie de s'occuper, pendant cinq minutes, d'un trait de prose ou de vers, sauf pour les Ecritures de l'ancien et du nouveau Testament, et les Psaumes de David versifiés. Pour ce qui est des vers, je dois aussi faire exception pour une récente publication de Poèmes Ecossais, qu'elle a lus très religieusement, et pour toutes les ballades dé la contrée, car elle a (ô l'amoureux partial ! vous écrierez-vous !) la plus jolie « voix d'oiseau sauvage des bois » que j'ai jamais entendue [3].

Et encore ce jugement-ci qui, sous sa satisfaction apparente, est plus dur que le reste :

« Je ne puis conclure sans vous dire que je suis de plus en plus satisfait de la résolution que j'ai prise vis à vis de « ma Jane ». Il y a deux choses que, d'après mon heureuse expérience, j'établis comme des apophthegmes dans la vie : « La tête d'une femme n'a pas d'importance, en comparaison de son cœur », et « les voies de la vertu (quant à la sagesse quel poète y prétendrait ?) sont des voies de contentement, et dans ses sentiers est la paix [4]. »

Qui ne sent l'accent un peu ironique, avec lequel il parle de l'attache-ment naïf et touchant que sa femme a pour lui ; il le traite comme quelque chose d'un peu simple et d'enfantin. Qui ne sent surtout ce que ces louanges ont de purement pratique et presque de matériel ? On dirait qu'elles s'appliquent à une bonne servante. Ailleurs, on croirait presque un examen des qualités physiques de la femme, en quoi elles restent bien dans le ton général de son amour pour elle. Mais ce ton devient ici pénible ; au lieu d'être une célébration passionnelle, cela devient presque une évaluation utilitaire. A tous égards, ce témoignage est étroit ; il ne couvre qu'une petite portion de la vie commune ; il est d'un ordre trop rabaissé ; il n'atteint pas à ce qui fait la dignité d'une existence vraiment partagée. Il manque quelque chose pour faire de cet éloge de ménagère un éloge d'épouse. Et, si l'on veut s'en convaincre, qu'on se demande quelle femme voudrait être louée ainsi, et se contenterait de la part de vie qui lui serait assignée de la sorte.

---

[1] *To Mrs Dunlop*, 10th June 1788.

[2] En français.

[3] *To Miss Chalmers*, 16th Sep. 1788.

[4] *To Dr Blacklock*, 15th Nov. 1788.

Il y avait quelque chose de plus grave encore, quoique ce fût moins apparent, plus profondément enfoui en lui-même. Il se poursuivait en lui de ces sourds débats, qui s'établissent en nous, en dépit de nous, presque sans nous, et qui portent sur nos actes les plus déterminés ; cette discussion machinale, involontaire, qui travaille confusément mais continûment dans nos derniers replis de conscience, et détruit, à mesure que nous nous en satisfaisons, nos propres raisonnements sur notre propre conduite. Il en souffrait. Il était trop souvent occupé à se persuader qu'il avait agi pour le mieux: « Sûrement il avait bien fait, et d'ailleurs il ne pouvait pas faire autrement! » Voici ce qu'il écrivait pour lui seul, dans son journal intime, dès ses premières journées d'Ellisland ; on dirait qu'il cherche à refouler, à accabler cette obscure, cette obstinée contradiction qui monte de lui-même.

Le mariage — la circonstance qui m'enchaîne le plus étroitement à la prudence si la vertu et la religion doivent être pour moi autre chose que des mots — le mariage est ce à quoi j'aurais, dans quelques années, dû me décider. Dans ma situation présente, il était absolument nécessaire. L'humanité, la générosité, un honnête orgueil de ma réputation, les droits de mon bonheur dans l'avenir, en tant qu'il dépendra (et il en dépendra beaucoup) de la paix de ma conscience, tous ces motifs ont joint leurs plus ardents suffrages, leurs plus puissantes sollicitations, avec une affection enracinée, pour me pousser à l'acte que j'ai accompli. Et je n'ai, de la part de ma femme, aucun sujet de m'en repentir. Je puis bien me figurer comment, mais je n'ai jamais vu où j'aurais pu faire un meilleur choix. Allons ! que j'agisse, selon ma devise favorite, ce magnifique passage de Young.

Sur la Raison bâtis la Résolution,
Ce pilier de la vraie majesté dans l'homme [1].

C'est là un étrange langage. Quand on est simplement heureux, il n'y a pas besoin de faire appel à l'énergie et au stoïcisme. Comme s'il n'était jamais bien convaincu, il revient sans cesse sur ce point et recommence sa démonstration. Quand il écrit à des étrangers, il répond à des objections qu'on ne lui fait pas et la même formule de raisonnement revient: Je ne pouvais pas agir autrement. « Il n'est plus temps de regimber quand on s'est laissé entraîner » disait Montaigne [2].

Cette situation, ou plutôt les résultats qu'elle pouvait amener, n'ont pas échappé à quelques-uns de ses contemporains. Walker dont la sympathie pour Burns nous est connue depuis Edimbourg, l'avait notée avec mesure et fermeté :

Un lecteur perspicace s'apercevra que les lettres dans lesquelles il annonce son mariage à quelques-uns de ses correspondants les plus respectés, sont écrites dans cet état où l'esprit souffre de réfléchir à une décision pénible, et trouve un soulagement en cherchant des arguments pour justifier l'action et diminuer ses désavantages dans

---

[1] *Extract from the Author's Journal*, 15th June 1788.

[2] Montaigne. *Essais*, livre III, chap. v, *sur des vers de Virgile*.

l'opinion des autres.... Un mariage imposé par un sentiment de devoir peut être rendu indispensable par les circonstances ; cependant, comme c'est entreprendre un devoir qui ne peut s'accomplir par un effort temporaire quelque puissant qu'il soit, mais qui réclame un renouvellement d'effort chaque année, chaque jour et chaque heure, c'est soumettre la force et la constance de nos principes à l'épreuve la plus dure et la plus hasardeuse [1].

Il y avait donc des dangers latents. Mais il les ignorait, quoiqu'il les portât en lui-même. Il était, comme toujours, confiant en soi, se donnant si bien tout entier à ce qu'il éprouvait qu'il ne réservait rien de lui pour s'en défier. Il allait être un modèle de fidélité et de confiance ; il était bien sûr de posséder ces deux qualités essentielles d'un mari ; il les sentait en lui. C'est d'une entière bonne foi qu'il écrivait à Mrs Dunlop :

« A la jalousie et à l'infidélité je suis également étranger. Mon préservatif contre la première est la conviction complète de ses sentiments d'honneur et de son attachement pour moi ; mon antidote contre la seconde est ma longue et profondément enracinée affection pour elle [2]. »

A coup sûr, il était victime de l'illusion commune. Combien souvent il arrive qu'on prenne la conception d'un devoir pour la volonté de le remplir, et qu'à travers cette erreur on se trouve presque le mérite de l'avoir accompli ! Ces bonnes résolutions étaient des gelées blanches. Mais il croyait à leur durée. « Tout licencieux qu'on me tient, dit carrément Montaigne, j'ay en vérité plus sévèrement observé les lois de mariage que je n'avais n'y promis n'y espéré [3]. » Du moins, avec lui, on avait su à quoi s'en tenir. C'est le dire d'un sage : il s'engageait à peu, il tenait un peu plus, et s'estimait dans l'humaine mesure. Mais Burns était un emporté ; il voulait aller en tout à l'extrémité des choses. Le malheur est qu'il n'y restait pas longtemps ; et c'est un défaut quand il s'agit justement de constance.

Presque aussitôt après son mariage, Burns fut obligé de repartir pour faire la moisson à Ellisland. Il se remit au travail de la terre abandonné depuis deux ans, parfois maniant la faux, ou plus souvent liant les gerbes derrière ses faucheurs. C'était toujours un rude ouvrier et il dut retrouver ces fortes occupations de jadis avec une sorte de joie et de bien-être.

Malheureusement les inquiétudes l'attendaient. Lorsqu'il était arrivé sur sa ferme, les grains étaient jeunes ; l'été, qui parfois met tant de différence entre les épis verts et les épis mûrs, n'avait pas encore passé sur eux: Il pouvait espérer. La construction de la maison et ses voyages à Mauchline avaient ensuite distrait sa pensée. Maintenant que l'ouvrage

---

[1] Walker. Life of Burns, p. LXXXVII.
[2] To Mrs Dunlop, 10th June 1788.
[3] Montaigne. Essais, livre III, chap. V, sur des vers de Virgile.

fixait son esprit sur cette glèbe et qu'il voyait les résultats de la saison, il se sentait des inquiétudes sur le marché qu'il avait fait en prenant la ferme. Les récoltes, à mesure qu'elles tombaient, semblaient plus maigres ; la terre apparaissait dure, pétrie de cailloux. Avec ce sein ingrat, donnerait-elle jamais plus que ces chétifs épis ? Il n'y avait pas là de quoi payer le loyer. Il prévit le pire et, du même coup, songea à sa place de l'Excise, comme une aide s'il parvenait à continuer sa vie de fermier, comme une ressource s'il était forcé d'y renoncer. L'impression du danger fut si vive et si poignante que, dès le commencement de septembre, dès le 10 septembre, il écrivait à M. Robert Graham, un des commissaires de l'Excise, pour lui demander un emploi.

« Il y a quelque temps, votre honorable Comité m'a donné ma commission dans l'Excise, que je regarde comme mon ancre de salut dans la vie. Ma ferme, maintenant que je l'ai essayée un peu, bien que je pense qu'elle deviendra avec le temps un marché où je ne perdrai pas, n'est cependant pas l'affaire avantageuse qu'on m'avait fait espérer. Elle est au dernier point d'épuisement et de pauvreté, et il faudra quelque temps avant qu'elle puisse payer la rente.... Mais je suis maintenant embarqué dans la ferme. Je suis marié et je suis déterminé à tenir bon sur mon bail, jusqu'à ce qu'une nécessité irrésistible me contraigne à abandonner le terrain [1]. »

Au milieu de septembre, il avouait à Miss Chalmers, dans les mêmes termes :

« Je ne trouve pas que ma ferme soit le marché avantageux qu'on m'avait fait espérer ; mais je crois qu'avec le temps elle pourra devenir un marché auquel je ne perdrai pas....

Pour me sauver de cette horrible situation d'être entraîné, par une ferme qui vous ruine, jusqu'à la misère, j'ai pris mes instructions dans l'Excise et j'ai ma commission dans ma poche à tout événement [2]. »

Enfin, vers les derniers jours du même mois, il écrivait à M. Graham qui, en réponse à sa demande, lui avait promis son patronage et sa protection, avec une effusion de reconnaissance qui donne la mesure de ses craintes :

« Si vous saviez, Monsieur, de quelles craintes et anxiétés l'assurance amicale de votre patronage et de votre protection m'a délivré, cela serait une récompense de votre bonté.

Je suis affligé d'une prescience mélancolique, qui fait de moi un vrai lâche dans la vie. Il n'y a pas d'effort que je ne tente plutôt que de me trouver dans cette horrible situation, d'être prêt à implorer les montagnes de s'écrouler sur moi, et les collines de me dérober à la présence d'un propriétaire hautain ou de son employé encore plus hautain à qui je devrais ce que je ne pourrais payer....

Ma ferme, je crois que j'en puis être certain, sera par la suite quelque chose pour moi, et, comme je la loue, pendant les trois premières années, un peu au-dessous de sa valeur, je pourrai avoir un an et peut-être plus d'avance sur la mauvaise période [3].

---

[1] *To Robert Graham of Fintry*, 10th Sept. 1788.
[2] *To Miss Chalmers*, Sept. 16th, 1788.
[3] *To Robert Graham of Fintry*, 28rd Sept. 1788.

Ainsi, à mesure que les tas de gerbes lui laissaient mieux voir ce que chaque champ rendait, ses appréhensions devenaient plus vives. Lorsqu'après la dernière javelle, les moissonneurs, rassemblés sur l'éminence la plus proche, proclamèrent par trois hourrahs que la moisson était terminée, et jetèrent leurs faucilles en l'air, il ne lui restait plus guère d'illusion. Pauvre Burns ! Il dut porter un cœur soucieux à la fête de la rentrée des grains, au *Kirn* jovial, et bruyant de ses propres chansons. C'est qu'il se rappelait les visites de l'intendant, les terreurs de la prison et les angoisses qui remplissaient jadis la maison. Ces scènes sombres, qui avaient bouleversé son esprit d'enfant et l'avaient laissé plein d'épouvantes, voici qu'il en entrevoyait de semblables pour lui-même ! Elles lui inspiraient d'autant plus de terreur que, désormais, elles ne le menaçaient plus seul.

« Mes soucis croissants dans cette contrée qui m'est encore étrangère, des conjectures sombres dans la noire perspective de l'avenir, la conscience de mon inaptitude au combat du monde, la cible plus large que je présente au malheur avec une femme et des enfants... je pourrais m'abandonner à ces réflexions, jusqu'à ce que mon humeur fermente, et se tourne en un chagrin acide qui corroderait le fil même de la vie [1]. »

Heureusement, la moisson une fois terminée et rentrée, Jane Armour vint enfin le rejoindre vers le commencement de Décembre. Elle lui apporta un peu d'affection et de bien-être, dont il avait grand besoin. La ferme n'était pas encore aménagée pour les recevoir. Ils se logèrent, en attendant, dans un bâtiment situé au pied d'une vieille tour démantelée, sur un terrain entouré d'un côté par la Nith, de l'autre par une tranchée, et que, pour cette raison, on appelait l'Ile [2]. Il accueillit la venue de sa femme par une petite chanson alerte, un peu effrontée, mais pleine de crânerie et de belle humeur et qui fait plaisir après tant de confidences découragées.

> J'ai une femme pour moi seul,
> Je ne partagerai avec personne ;
> Personne ne me fera cocu,
> Je ne ferai cocu personne.
>
> J'ai un penny à dépenser,
> Là — qui ne doit rien à personne !
> Je n'ai rien à prêter,
> Je n'emprunterai à personne.
>
> Je serai gai et libre,
> Je ne serai triste pour personne ;
> Personne n'a souci de moi,
> Je n'ai souci de personne [3].

---

[1] *To M{r^s} Dunlop*, 16th Aug. 1788.

[2] R. Chambers, tom. II, p. 801 ; — Scott Douglas, tom. V, p. 177-78

[3] *I hae a Wife o'my ain.*

Ces mois de l'hiver 1788–89 furent probablement les meilleurs de la seconde partie de sa vie. Le contraste les lui faisait mieux goûter. Après tant de vicissitudes, après les derniers six mois si délaissés et si pénibles dans son taudis enfumé ou sur les grand'routes, il retrouvait un foyer, et ce foyer égayé par un pas léger et une voix joyeuse. Il en éprouva comme un bien-être qui lui pénétra jusqu'au cœur. La présence de sa femme sembla le rassurer, chasser les idées noires nées de sa solitude, lui rendre bon espoir et bon courage.

Elle lui était arrivée aussi au bon moment, non pas au temps des labours et des récoltes, alors que le cultivateur ne connaît que les rentrées rapides pour les repas, et les rentrées lasses du soir. Elle était venue avec les mois d'hiver, quand il est plus souvent à la maison. La ferme a pris cette intimité dont Virgile a fait un exquis tableau flamand :

> Et quidam seros hiberni ad luminis ignes
> Pervigilat, ferroque faces inspicat acuto :
> Interea, longum cantu solata laborem,
> Arguto conjux percurrit pectine telas,
> Aut dulcis musti Vulcano decoquit humorem
> Et foliis undam trepidi despumat aheni [1].

C'est aussi le moment où le fermier connaît le délassement d'esprit et de corps. Dehors, les champs se reposent ; sous la neige, silencieusement et sûrement, la terre travaille à préparer les graines pour la vie. L'homme, confiant en elle, oublie les anxiétés qui lui viennent de l'air et qui le ressaisiront dès que les pointes vertes poindront hors du sein maternel des plaines. Il goûte sans arrière-pensée, dans la routine des occupations décrues, la monotone douceur des courtes journées et des longues soirées d'hiver. Toutes ces conditions s'étaient réunies à souhait pour donner à Burns l'illusion du bonheur. On aime à s'arrêter sur ces quelques mois. On imagine le poète écrivant une pièce, le pendant du *Samedi soir*, représentant, dans un tableau moins patriarcal, le bonheur simple, sain et vigoureux d'un couple dans sa maturité jeune. On a un aperçu de ce qu'aurait pu être sa vie si ses rêves s'étaient réalisés.

C'est dans ces dispositions qu'il acheva l'année 1788 et commença l'année 1789. La plus belle manifestation de ce rassérénement eut lieu le 1er Janvier 1789. Parmi les quelques jours splendides et surprenants, qui éclatent çà et là dans la vie de cet homme, il n'y en a peut-être pas qui rayonne plus que celui-ci. Les souhaits faits autour de lui, Burns pensa à sa vieille amie, Mrs Dunlop ; il lui écrivit une lettre admirable, baignée d'une lumière harmonieuse, sereine, pure, chaste et d'une large tendresse. C'est un morceau de prose comparable aux plus beaux de la littérature anglaise.

---

[1] Virgile. *Georgiques,* liv. I, v. 290.

Ce matin-ci, chère Madame, est un matin de souhaits, et plût à Dieu que je répondisse à la description de l'apôtre Jacques : « La prière sincère, fervente d'un homme juste a grand pouvoir ! » En ce cas, Madame, vous accueilleriez une année pleine de bénédictions ; tout ce qui obstrue ou trouble la tranquillité et la joie intérieure serait écarté, et tous les plaisirs que la frêle humanité peut goûter vous appartiendraient. J'avoue que je suis tellement peu Presbytérien que j'approuve qu'on fixe des moments et des saisons pour des actes extraordinaires de dévotion, afin de briser cette routine coutumière de vie et de pensée, qui est si apte à réduire notre existence à une sorte d'instinct, ou même quelquefois, chez quelques esprits, à un état peu supérieur à celui de pure machine.

Ce jour-ci, le premier dimanche de mai, un midi avec une brise légère et un ciel bleu vers le commencement de l'automne, un matin blanchâtre et un calme jour soleillé vers la fin de la même saison, ont toujours été pour moi, aussi loin que je me rappelle, une sorte de fête. Non pas pour prendre la physionomie sacramentelle, dure comme celle d'un bourreau, des communions de Kilmarnock ; mais pour rire ou pleurer, être joyeux ou pensif, moral ou religieux, selon l'humeur et la tournure de la saison et de moi-même. Je crois que je dois cela à ce magnifique article du *Spectator* « la Vision de Mirza », ce morceau qui frappa ma jeune imagination, avant que je fusse capable de fixer une idée sur un mot de trois syllabes. « Le cinquième jour de la lune, que, selon la coutume de mes ancêtres, j'observe comme un jour saint, après m'être lavé et avoir élevé vers le ciel mes dévotions du matin, je montai la haute colline de Bagdad, pour passer le reste du jour en méditation et en prière [1]. »

Nous ne connaissons rien, ou à peu près rien, de la substance ou de la structure de nos âmes. C'est pourquoi nous ne pouvons expliquer leurs caprices apparents, pourquoi telle d'entre elles est particulièrement charmée de cette chose-ci, ou frappée de cette autre, qui, sur des esprits d'un tour différent, ne font pas d'impression extraordinaire. J'ai des fleurs favorites parmi lesquelles sont la pâquerette des montagnes, la campanule, la digitale, la rose de l'églantier, le bouleau en bourgeons et l'aubépine blanche ; je les contemple, je m'attarde près d'elles avec un délice particulier. Je n'entends jamais le sifflement aigu, solitaire, du courlis, par un midi d'été, ou la cadence sauvage, confuse d'une bande de pluviers gris, par un matin d'automne, sans ressentir une élévation d'âme qui ressemble à l'enthousiasme de la Dévotion ou de la Poésie. Dites-moi, ma chère amie, à quoi cela peut-il être dû ? Sommes-nous une simple machine passive qui, comme la harpe éolienne, prend l'impression de l'accident qui passe ? Ou bien ces mouvements sont-ils la preuve de quelque chose en nous au-dessus de la vile argile ? J'avoue que j'ai une faiblesse pour ce genre de preuves de redoutables et importantes réalités : un Dieu qui a fait toutes choses — la nature immatérielle et immortelle de l'homme, et un monde de félicité ou de malheur par delà la mort et la tombe—je veux dire ces preuves que nous déduisons au moyen de nos propres pouvoirs d'observation. Bien que des individus respectables aient existé dans tous les âges, j'ai toujours considéré que le genre humain en bloc ne vaut guère mieux qu'une plèbe sotte, entêtée, crédule, irréfléchie ; sa croyance universelle a très peu de poids pour moi. Néanmoins je suis un très sincère croyant en la Bible ; mais j'y suis attiré par la conviction d'un homme et non par le licol d'un âne [2].

Et veut-on voir quel était le ton moral de cette famille ? Au moment même où Burns écrivait cette page, là-bas, dans la vieille maison de Mossgiel, Gilbert envoyait à son aîné une lettre de souhaits, qui avait

---

[1] Addison. *Spectator*, n° 159.
[2] *To Mrs Dunlop*, New-year-Day Morning, 1789.

aussi sa beauté. Elle était grave, nue, austère comme lui. Elle fait contraste avec les interrogations éloquentes qui partaient d'Ellisland ; elle est forte d'une confiance et d'un repos en Dieu, qui sont pareillement très élevés. Elle contient aussi, dans sa rigidité de forme, la souvenance émue des jours d'autrefois, de ces beaux jours fraternels de Mossgiel, déjà, déjà si loin.

Cher Frère. — Je viens de terminer le déjeuner du jour de l'An, dans les formes usuelles, et cela rappelle à mon esprit les jours des années passées et l'intimité dans laquelle nous avions coutume de les commencer. Quand je contemple les vicissitudes de notre famille, « à travers la sombre poterne des temps écoulés », je ne puis m'empêcher de vous faire remarquer, mon cher frère, combien le Dieu des saisons est bon pour nous ; et que, encore que quelques nuages semblent assombrir la portion de temps qui est devant nous, nous avons bonne raison d'espérer que tout tournera bien.

Votre mère et vos sœurs, avec le petit Robert, se joignent à moi pour vous envoyer les souhaits de la saison ainsi qu'à Mrs Burns, et vous prient de les rappeler, de même façon, au souvenir de William, la prochaine fois que vous le verrez[1].

Le calme de cet état d'âme et les loisirs de la saison, ce quelque chose de confiant que communique une vie assise, l'amenaient à des rêves de production. Il était bien résolu à ne pas se confiner dans sa besogne de fermier. Celle-ci était à ses yeux une nécessité inférieure. Il n'aimait plus beaucoup son métier qui, du reste, ne lui fournira plus guère d'inspirations comme autrefois. Il en parle avec une sorte de dégoût.

« Quoi qu'il en soit, le cœur de l'homme et la fantaisie du poëte sont les deux grandes considérations pour lesquelles je vis. Si des sillons boueux ou de sales fumiers doivent absorber la meilleure partie des fonctions de mon âme immortelle, j'aurais mieux fait d'être tout de suite une corneille ou une pie ; car alors je n'aurais pas eu de plus hautes idées que de briser des mottes de terre et de ramasser des vers. Je ne parle pas des coqs sur les portes de granges ou des canards sauvages, créatures avec lesquelles je changerais de vie à n'importe quel moment[2]. »

Il espérait confusément, comme lorsqu'on espère parce qu'on est disposé à l'espérance. Quelquefois il se figurait que son existence de fermier lui laisserait du temps ; plus souvent il se tournait vers la place qu'il comptait obtenir dans l'Excise.

En ce qui concerne les moyens d'existence, je me crois à peu près en sûreté : j'ai bon espoir de ma ferme ; et s'il manquait, j'ai une commission dans l'Excise qui, à n'importe quel moment, me procurera du pain[3].

Certains jours, quand il était particulièrement bien disposé, il voyait cette perspective de l'Excise s'élargir, aboutir à une vie d'aisance et où il pourrait se donner entièrement à la poésie.

---

[1] *Gilbert Burns to Robert Burns*, Mossgiel 1st Jan. 1788.

[2] *To Mrs Dunlop*, 17th Dec. 1788.

[3] *To the Right Rev. Dr John Geddes*, 3rd Feb. 1789.

Il y a encore une chose qui peut rendre ma condition plus aisée : j'ai une commission d'employé dans l'Excise et je vis au milieu d'une circonscription de campagne. Ma demande à M. Graham, qui est un des commissaires de l'Excise, était, si cela est en son pouvoir, qu'il me procure ce district-ci. Si j'étais très confiant, je pourrais espérer qu'un de mes hauts patrons pourra me procurer une nomination de la Trésorerie comme surveillant, inspecteur général, etc. Alors, sûr de mon existence, « à toi douce poésie, délicieuse vierge », je consacrerais mes jours futurs [1].

Il fallait que l'espérance fût très montée en lui, car il allait jusqu'à se figurer une vie très sage qu'il caractérisait en termes excellents.

Aussi, avec un but et une méthode rationnels de vie, vous pouvez facilement deviner, mon vénéré et très honoré ami, que mon métier propre n'est pas oublié ; je suis, si cela est possible, plus enthousiaste des muses que jamais [2].

Il formait des projets de longs poèmes :

Vous verrez que j'ai accordé ma lyre sur les bords de la Nith. Je vous communiquerai, quand j'aurai le plaisir de vous voir, quelques plans poétiques plus grands qui flottent dans mon imagination [2].

Parmi ces projets s'en trouvait un qu'il appelait *le Progrès du Poète*. C'eût été une sorte d'autobiographie en vers, une œuvre considérable, où se seraient trouvés, outre ses confessions, les portraits des hommes qu'il avait connus [3]. Il en parle à propos du portrait peu flatté de Creech. En attendant il réunissait et retouchait de vieilles chansons pour *le Musée musical de Johnson*.

Je suis toujours à chercher des provisions pour la publication de Johnson, et, entre autres, j'ai donné un léger coup de brosse à la vieille chanson favorite, je n'ai changé qu'un mot ici et là, mais si son humour vous plaît, nous penserons à y ajouter une strophe ou deux [4].

Tous ces extraits se trouvent dans les lettres écrites pendant décembre 1788 et janvier et février 1789. Ces mois furent le centre de cette accalmie dont, au-delà, les bords sont déjà émus de trouble.

Cette tranquillité intérieure ne fut effleurée que par un bref incident, écho du passé, qui pour tous passa inaperçu. Vers la fin de février, Burns fut forcé d'aller à Edimbourg, pour y régler définitivement ses comptes avec Creech, règlement qui d'ailleurs eut lieu à sa satisfaction. « J'ai réglé finalement avec Creech, et je dois reconnaître que, à la fin, il a été aimable et juste envers moi [5] ». La nouvelle de son arrivée dut courir parmi ses

---

[1] *To Dr Moore*, 4th Jan. 1788.
[2] *To the Right Rev Dr John Geddes*, 3rd Feb. 1789.
[3] *To Profr Dugald Stewart*, 20th Jan. 1789.
[4] *To Robert Ainslie*, 6th Jan. 1789.
[5] *To Dr Moore*, 23rd March.

amis et atteindre un cœur récemment blessé. On devine ce que Clarinda avait pu ressentir en apprenant le brusque mariage de Burns. Elle lui avait tout sacrifié ; il l'abandonnait dans l'isolement qu'il l'avait poussée à accepter. Elle avait profondément souffert. Sous le coup de la colère et de l'indignation, elle lui écrivit chez son ami Heron une lettre à laquelle il ne répondit rien. Cette lettre n'a pas été conservée. Il est probable, dit Scott Douglas, que Burns la déchira sur l'instant de colère [1]. Quand elle fut prévenue par Ainslie qu'il était sur le point de faire une courte visite à Edimbourg, elle répondit qu'elle éviterait ce jour-là de regarder par les fenêtres. Pauvre Clarinda ! Peut-être espérait-elle que cette défense ne serait pas écoutée et peut-être, le cœur serré, passa-t-elle la journée à attendre l'ingrat. Il ne vint pas. Il semble que, dans une de ces contradictions si sincères et parfois si touchantes chez les femmes, elle lui en fit parvenir le reproche, car on a la lettre curieuse, à la fois ferme et adroite, par laquelle il se défend.

« Madame. — La lettre que vous m'avez écrite chez Heron portait sa réponse en elle-même ; vous me défendiez de vous écrire, à moins que je ne fusse prêt plaider coupable devant une certaine accusation que vous portiez contre moi. Comme je suis convaincu de mon innocence ; comme je puis, bien que j'aie conscience de ma haute imprudence et de mon insigne folie, mettre la main sur ma poitrine et attester la rectitude de mon cœur, vous me pardonnerez, Madame, si je ne pousse pas la complaisance jusqu'à souscrire humblement au nom de « misérable », uniquement par déférence pour votre opinion, quelque estime que j'aie pour votre jugement et quelque ardent respect que j'aie pour votre mérite !

Je vous ai déjà dit et je l'affirme de nouveau que, à l'époque à laquelle vous faites allusion, je n'avais pas le moindre lien moral envers Mrs Burns ; je ne connaissais pas, je ne pouvais pas connaître les circonstances puissantes que l'irrésistible nécessité était occupée à embusquer contre moi. Si vous vous rappelez les scènes qui ont eu lieu entre nous, vous apercevrez la conduite d'un honnête homme, luttant victorieusement contre des tentations, les plus puissantes qui aient jamais assailli un homme, et conservant sans tache l'honneur, dans des situations où la vertu la plus austère aurait pardonné une chute. Ces situations, j'ose le dire, pas un de ses semblables, avec la moitié de sa sensibilité et de sa passion, n'aurait pu les affronter sans succomber. Je vous laisse à penser, Madame, s'il est vraisemblable que cet homme accepte une accusation de « perfide trahison ».

Étais-je à blâmer, Madame, quand je fus la victime éperdue de charmes, dont, je l'affirme, aucun homme n'approcha jamais avec impunité ? Si j'avais entrevu la moindre lueur d'espérance que ces charmes pussent jamais être à moi ; si même la nécessité de fer...... mais ce sont là des paroles inutiles. Je serais allé vous voir quand j'étais en ville ; en vérité, je n'aurais pu m'en empêcher, si ce n'est que M. Ainslie m'a dit que vous étiez déterminée à éviter vos fenêtres, pendant que je serais en ville, de peur de m'entrevoir dans la rue.

Quand j'aurai regagné votre bonne opinion, peut-être oserai-je solliciter votre amitié ; mais, quoi qu'il en soit, celle qui, pour moi, est la première de son sexe, sera toujours l'objet de mes meilleurs et de mes plus ardents souhaits [2].

---

[1] Scott Douglas, tom. V, p. 219.
[2] *To Mrs Mac Lehose*, March 9th, 1789.

Ces quelques jours à Edimbourg lui furent pénibles. Il se retrouvait obscur, isolé, négligé, dans cette cité que pendant un hiver il avait remplie du bruit de sa renommée. Dans ces rues où naguère on se retournait sur lui, où on le montrait du doigt, personne ne le remarquait. Il en conçut une sorte de courroux et il se hâta de repartir. En rentrant à Ellisland, il écrivait :

« Me voici, mon honorée amie, revenu sain et sauf de la capitale. Pour un homme qui a un foyer, tout humble ou écarté qu'il soit, (si ce foyer est comme le mien la scène du confort domestique), l'affairement d'Edimbourg deviendra bientôt un objet de fatigue et de dégoût.

« Vaine pompe et gloire de ce monde, je vous hais[1] ! »

A part ce nuage et cet éclair d'une passion qui semblait éloignée pour jamais, rien ne troubla la paix de ces quelques mois. Les biographes de Burns se plaisent à se l'imaginer continuant à vivre ainsi. Ils le voient occupé et non absorbé par ses travaux agricoles, conversant avec la nature, dans un des endroits de son pays où elle est le plus aimable, ajoutant de temps en temps à ses productions immortelles, avançant en années et en gloire, heureux, vénéré, glorifiant les champs qui auraient été la scène d'une pareille vie. « La plaine de Bannockburn, s'écrie Lockhart, n'aurait pas été un sol plus sacré[2] ! » Rêves vains ! Pouvait-il changer sa nature, et son passé et les circonstances ? Il avait en lui sa destinée, et ce moment de bonheur n'est qu'un arrêt sur le bord de jours, de nouveau tourmentés et plus sombres.

Au mois d'août de 1789, la maison fut prête. Elle n'était pas très grande, mais elle était pittoresquement située, si près du bord que, dans l'après-midi, son ombre, traversant la rivière, s'allongeait dans les champs de l'autre rive. Les fenêtres donnaient sur l'eau ; le jardin était à une petite distance de la maison ; un joli sentier suivait la berge, et, à mi-chemin de la descente, une source fournissait une eau claire et fraîche. Burns, qui aimait les vieilles coutumes, fit son entrée dans sa demeure selon le cérémonial d'usage : il fit prendre à sa jeune servante la grosse Bible familiale et une coupe pleine de sel, lui dit de les poser l'une sur l'autre, et lui ordonna d'entrer ainsi sous le nouveau toit, afin de porter bonheur à ceux qui l'habiteraient. Lui-même, sa femme à son bras, suivit la petite Betty, la Bible et le bol de sel. Quoiqu'il fît cela en souriant, ces anciennes superstitions le prenaient par ses souvenirs d'enfance et son imagination[3].

---

[1] To Mrs Dunlop, 4th March 1789.

[2] Lockhart, Life of Burns, p. 195.

[3] R. Chambers, tom. III, p. 51.

La condition d'un fermier écossais, à cette époque, était loin d'être ce qu'elle devint un peu plus tard. La guerre, qui éclata quelques années après, en réclamant pour les armées et la marine d'immenses approvisionnements, haussa le prix des denrées. Les progrès de l'agriculture, en étendant la surface productive du sol et en augmentant le produit de la même surface, continuèrent la prospérité ainsi commencée. Le bien-être et même le luxe entrèrent dans les fermes, et le fermier, cessant d'être un paysan, devint une sorte de gentilhomme campagnard. « Sa maison, dit Allan Cunningham, eut un toit d'ardoises et des fenêtres à guillotine ; des tapis furent étendus sur le plancher, des instruments de musique placés dans le salon. Il cessa de porter un habit de drap fait à la maison, de s'asseoir à ses repas avec ses domestiques ; les dévotions de famille furent abandonnées comme une chose hors de mode ; il devint une espèce de gentilhomme campagnard, qui montait un cheval de sang et s'en revenait chez lui, les soirs de marché, au grand galop, au péril de son cou et à la terreur des humbles piétons. Ses fils furent élevés au collège et entrèrent au barreau ou achetèrent des commissions dans l'armée ; ses filles changèrent leurs robes de tiretaine pour des robes de soie [1]. » Burns venait quelques années trop tôt pour profiter de ce revirement et pour être soutenu par ce flot subit de richesse. A l'époque de son arrivée à Ellisland, le cultivateur était un paysan comme ses ouvriers. Sa maison, couverte de chaume, avait un plancher d'argile ; ses meubles étaient fabriqués par le charpentier ou le charron du village. Il prenait ses repas avec ses domestiques [1] ; quelquefois une ligne à la craie tracée sur le bois, quelquefois la lourde salière, marquaient la séparation entre le haut et le bas de la table [2]. La nourriture était simple et presque grossière. Elle consistait presque uniquement en farine d'avoine, qui reparaissait sous toutes les formes. On l'appelle *porridge*, quand elle est bouillie dans de l'eau, sur le feu, jusqu'à prendre une certaine consistance ; et *brose*, quand elle est mélangée, dans le plat même où on la mange, avec un peu d'eau chaude et de beurre. Les repas du matin et du soir consistaient en *porridge* et en *brose*. Celui du midi consistait en *kail*, c'est-à-dire une soupe aux choux [3]. « On ne cultivait aucun légume, dit M. Léonce de Lavergne, à l'exception de quelques choux d'Écosse, qui formaient avec du lard et de la farine d'avoine toute la nourriture de la population [4]. » Des gâteaux d'orge et du fromage complétaient la nourriture. On buvait de la bière brassée à la maison, *home brewed ale*. La viande de boucherie paraissait

---

[1] Allan Cunningham, *Life of Burns*, p. 94.
[2] Ch. Rogers. *Scotland Social and Domestic*, p. 79.
[3] Ch. Rogers. *Scotland Social and Domestic*, p. 81.
[4] Léonce de Lavergne. *Essai sur l'Economie rurale de l'Angleterre, de l'Ecosse et de l'Irlande*, p. 329.

rarement. On mangeait avec des cuillers de corne dans des écuelles de bois ou d'étain [1].

Cette existence chétive n'avait rien de surprenant. On obtenait à peine de quoi vivre, d'une terre stérile et mal cultivée. Le sol était mauvais; il était à peu près à l'état sauvage. « Le pays tout entier, sauf quelques exceptions négligeables, était sans clôture; il n'y avait pas de drainage artificiel; ce qu'il y avait de labourage était restreint à ce qu'il y avait de terrain naturellement sec; les parties creuses étaient pleines de marais, de marécages et d'étangs stagnants [2] ». — « Les prairies étaient des marécages où de mauvaises herbes poussaient naturellement, mêlées à des roseaux et d'autres plantes aquatiques, et ce terrain revêche et humide non-seulement restait sans être drainé, mais semblait avoir plus de valeur d'après l'abondance avec laquelle il fournissait ce fourrage grossier [3]. » Les terres arables s'étendaient en tranches étroites, séparées par des espaces pierreux, semblables aux moraines des glaciers [4]. La culture était pire que le sol. Les terres d'une ferme étaient partagées en deux parties : l'*infield* et l'*outfield* [5]. La première comprenait les moins mauvais terrains, grossièrement cultivés; on y jetait le fumier de la ferme, sans les purger des mauvaises herbes qui absorbaient l'engrais et n'en pullulaient qu'avec plus d'aise [6]; on y semait sans repos de l'avoine et de l'orge tant qu'ils pouvaient rendre un peu plus que les semailles. L'assolement ou, pour employer l'expression anglaise, la rotation des moissons, était inconnue. Quand la terre épuisée refusait de rien porter, on la laissait reposer en jachère, c'est-à-dire se couvrir de mauvaises herbes [7]. « On demandait au même champ des récoltes successives d'avoine sur avoine, tant qu'il pouvait fournir un excédent sur la semence; après quoi, il restait dans un état absolu de stérilité, jusqu'à ce qu'il revînt de nouveau en état de donner une misérable récolte [8]. » La seconde partie, l'*outfield*, n'était guère que des terrains sauvages où les troupeaux paissaient. Les instruments étaient primitifs : la charrue était encore sur le vieux modèle écossais, il fallait plusieurs paires de bœufs pour la traîner; les herses

---

[1] Ch. Rogers, *Scotland Social and Domestic*, p. 80.

[2] Ces détails sont empruntés à un travail de John Wilson, intitulé *Farming of the East and North Eastern districts*, et à celui de James Drennan, *Farming of the West and South Western Districts*. Ces deux études se trouvent dans le *Report on the Present State of the Agriculture of Scotland*, présenté au Congrès international d'Agriculture tenu à Paris en 1878.

[3] *Northern rural Life in the XVIIIth century* by the Author of *Johnny Gibb of Gushetneuk*.

[4] *Northern rural Life in the XVIIIth Century*, chap. IV, p. 19.

[5] Voir, sur l'*infield* et l'*outfield*, John Wilson, au commencement de son étude, — Ch. Rogers, *Scotland social*, etc., p. 88.

[6] *Northern rural Life in the XVIIIth Century*, p. 22.

[7] *Northern rural Life in the XVIIIth Century*, p. 21.

[8] Léonce de Lavergne. *Essai sur l'Economie rurale*, etc., p. 829.

étaient garnies de dents de bois, les chariots étaient lourds et bas de roues ; on vannait le blé à l'aide du vent entre les deux portes de la grange[1]. Avec cela, de mauvaises routes et guère de chemins[2]. Les fermiers étaient trop ignorants pour songer à améliorer leur mode de culture et trop pauvres pour l'essayer. « Aucun fermier ne possédait l'argent nécessaire pour améliorer cet état de choses[3]. » Aussi ils parvenaient péniblement à contraindre la terre à payer sa rente. Leur vie était aussi précaire que misérable. Une seule mauvaise saison suffisait pour les mettre en retard. Alors commençait, contre la descente graduelle vers la misère et la ruine, la lutte désespérée, dans laquelle avait succombé le père de Burns, dans laquelle Gilbert venait d'être sauvé par son frère, dans laquelle celui-ci allait être vaincu à son tour. Telle était, du moins, dans ses conditions matérielles, l'existence que Burns pouvait mener.

C'est une question qui n'est pas sans intérêt, de savoir quelle sorte de fermier était Burns et comment il gouvernait sa maison. Il avait deux domestiques mâles et deux filles de ferme. Son bétail comptait neuf ou dix vaches à lait, quelques veaux, quatre chevaux, et des brebis dont quelques-unes étaient ses favorites. C'était un bon maître et indulgent pour ses serviteurs. Il était familier et amical avec eux. Quand quelque chose le fâchait, il était un peu vif, mais l'orage était vite passé. Un vieillard, qui avait été garçon de ferme chez lui, disait qu'il ne l'avait vu réellement en colère qu'une fois, lorsqu'une des filles avait donné, sans les couper en assez petits morceaux, des pommes de terre à une vache qui étouffait. Ses regards, ses gestes, sa voix étaient terribles ; il avait hérité ces colères de son père. C'était un bon laboureur. Souvent aussi, passant sur ses épaules le drap plein de grain, il semait le matin le champ que ses ouvriers devaient herser dans la journée[4]. Il est probable que son intérieur était un peu plus soigné que celui de la plupart des autres fermiers. Si on se le représente vaquant à ces occupations dans le costume ordinaire : le large béret bleu écossais, un habit à longs pans de drap bleu ou marron, des culottes de velours de coton à côtes, des bas bleu foncé[5], et, pendant les froids, un plaid blanc et noir autour des épaules, on aura complété cet aperçu de la routine de vie, sur laquelle éclataient ses instants de génie. C'est un tableau qui ne manque pas de dignité.

---

[1] Voir les détails sur les outils de la ferme, dans le chap. VI de *Northern rural Life in the XVIIIᵗʰ Century*, qui leur est consacré. — Voir aussi ailleurs les détails donnés par Allan Cunningham à Lockhart. *Life of Burns*, p. 199.

[2] Voir John Wilson, ouvrage cité. — *Rural Life in the XVIIIᵗʰ Century*, p. 2 et le chap. XII.

[3] Léonce de Lavergne, p. 329.

[4] R. Chambers, tom. III, p. 132, d'après les souvenirs de William Clarke qui avait travaillé chez Burns.

[5] Ch. Rogers, *Scotland social*, etc., p. 83.

Malgré ses accès de courage, malgré son intelligence, il ne semble pas qu'il eût les qualités nécessaires pour réussir, dans les conditions difficiles où il était. Quelques-uns de ses biographes essaient de soutenir qu'il était aussi bon fermier qu'un autre. C'est aller contre les témoignages des gens du métier et, on peut le dire, contre la vraisemblance. Un vieux fermier sagace, dont les terres touchaient à celles d'Ellisland, disait : « Sur ma foi, comment pouvait-il ne pas échouer, quand les domestiques mangeaient le pain aussi vite qu'il cuisait? Je ne parle pas figurativement, mais à la lettre. Considérez un peu. A cette époque, une étroite économie était nécessaire pour réaliser un bénéfice de 20 livres par an, sur Ellisland. Or, il ne pouvait être question du propre travail de Burns ; il ne labourait, ni ne semait, ni ne moissonnait; pas, du moins, comme un fermier attaché à sa besogne. En outre, il avait une ribambelle de domestiques qu'il avait amenés d'Ayrshire. Les filles ne faisaient rien que cuire le pain, et les gars étaient assis près du feu et le mangeaient tout chaud avec de l'ale. La perte de temps et le gaspillage de nourritures atteignaient bien vite 20 livres par an [1]». Il y a peut-être un peu d'exagération et de sévérité, dans ce jugement d'un homme qui ne semble pas avoir permis à ses domestiques de manger le pain aussi chaud ; mais il y a sans doute quelque chose de vrai. Avec un maître comme Burns, souvent absent et préoccupé, et une maîtresse qui n'avait pas été élevée dans les choses d'une ferme, la surveillance devait être parfois négligée ou inefficace. Le père d'Allan Cunningham lui racontait que Burns avait l'air d'un homme inquiet et sans but précis. « Il était toujours en mouvement, soit à pied, soit à cheval. Dans la même journée, on pouvait le voir tenir la charrue, pêcher dans la rivière, flâner, les mains derrière le dos, sur la rive, contempler l'eau fuyante, à quoi il prenait grand plaisir, se promener autour de ses bâtiments ou dans ses champs, et, si on le perdait de vue pendant une heure, on le voyait revenir de Friars-Carse ou pousser son cheval à travers la Nith pour aller passer la soirée avec quelques amis éloignés [2]. » Il est difficile de tout détruire dans ces témoignages de gens qui l'ont bien connu et qui l'ont aimé. Était-il possible qu'il en fût autrement? Était-il possible que Burns, avec sa largeur de nature et les absences poétiques de son esprit, fût capable de cette attention serrée aux moindres choses, de cette surveillance inquiète de toutes les minutes, de cette parcimonie, presque de cette avarice, qui sont nécessaires, même dans les fermes en meilleure condition que n'était la sienne. Si la marge des bénéfices avait été plus large, il aurait pu tenir : il aurait mis quelques livres de côté en moins à la fin de l'année, et ceux qui travaillaient avec lui auraient été plus

---

[1] Lockhart, *Life of Burns*, p. 158, d'après une lettre d'Allan Cunningham.
[2] Allan Cunningham, *Life of Burns*, p. 83.

heureux. Mais, avec un écart aussi faible entre la réussite et la ruine, la partie était bien compromise. Et puis, son cœur n'était plus à cette besogne, ou n'y était plus que par moments [1].

Cette vie de fermier n'allait pas sans ses excès. Ceux-ci en étaient alors une partie obligée. Burns y était plus entraîné que d'autres, étant recherché non-seulement par les fermiers, mais par les propriétaires et les nobles des environs. On a, pendant cette année de 1789, deux exemples des coups de boisson qui prenaient place, le plus naturellement du monde, dans cette existence. Le premier est une chanson qui fut composée dans des circonstances que Burns rapporte lui-même : « L'air est de Allan Masterton, la chanson est de moi. L'occasion qui la fit naître est celle-ci : M. William Nicol, de la High-School d'Edimbourg, étant à Moffat pendant ses vacances d'été, l'honnête Allan, qui était en ce moment en visite à Dalswinton, et moi, allâmes le voir. Nous eûmes une si joyeuse réunion, que M. Masterton et moi convînmes, chacun sur notre terrain, de célébrer l'affaire [2]. » Or, voici ce qu'était cette affaire :

O ! Wilie a brassé un demi boisseau de malt,
   Et Rob et Allan vinrent le goûter :
Pendant toute cette nuit, trois cœurs plus joyeux
Vous ne les auriez pas trouvés dans la chrétienté.

Nous n'étions pas gris, nous n'étions pas très gris,
   Nous avions juste une petite goutte dans l'œil ;
Le coq peut chanter, le jour peut se montrer,
   Toujours nous goûtons la liqueur d'orge.

Nous voici réunis, trois joyeux gars,
   Trois joyeux gars sommes-nous ;
Et mainte nuit nous avons été gais,
   Et mainte encore nous espérons l'être.

C'est la lune, je reconnais sa corne,
   Qui luit là-haut dans le ciel ;
Elle brille si clair pour nous conduire chez nous ;
   Mais, ma parole, elle attendra un peu !

Celui qui se lève le premier pour s'en aller,
   C'est un cocu, un lâche, un maroufle !
Celui qui le premier tombera près de sa chaise
   Celui-là est le roi de nous trois !

Nous n'étions pas gris, nous n'étions pas très gris,
   Nous avions juste une petite goutte dans l'œil ;
Le coq peut chanter, le jour peut se montrer,
   Toujours nous goûtons la liqueur d'orge [3].

---

[1] Le Principal Shairp est tout à fait de cet avis. Voir son étude sur Burns dans les *English Men of Letters*, p. 132-33.

[2] *Glenriddell Manuscript.*

[3] *O Willie brew'd a peck o' maut.*

En publiant cette chanson, dix ans plus tard, Currie mit en note ces simples mots : « Ces trois honnêtes garçons — tous les trois hommes de talents remarquables — sont maintenant tous les trois *sous le gazon* [1]. »

La seconde histoire est plus originale. Si elle ne s'applique pas aussi directement à un acte de Burns lui-même, elle est plus caractéristique de la vie qui se menait autour de lui et dans laquelle il ne pouvait manquer d'être emporté. Burns était lié avec un gentleman du voisinage, Robert Riddel. Ce gentleman possédait un sifflet, *and thereby hangs a tale,* comme dit Shakspeare [2]. C'était un sifflet illustre, autour duquel il s'est fait plus de bruit qu'il n'a jamais pu en sortir de lui. Le poète s'est fait l'historiographe de ce précieux objet. « Dans la suite d'Anne de Danemark, lorsqu'elle vint en Écosse, avec notre James VI, se trouvait un gentilhomme danois, de stature gigantesque, de grande prouesse, champion sans égal de Bacchus. Il avait un petit sifflet d'ébène qu'il plaçait sur la table au commencement des orgies. Celui qui serait capable de le faire siffler, quand tout le monde serait désemparé par la puissance de la bouteille, devait l'emporter comme trophée de sa victoire. Le Danois exhibait des témoignages de ses triomphes, sans une seule défaite, aux cours de Copenhague, de Stockholm, de Moscou, de Varsovie et à diverses des petites cours d'Allemagne. Il défia les buveurs écossais et les réduisit à l'alternative de reconnaître ses exploits ou de confesser leur infériorité. Maints Écossais furent vaincus. Enfin le Danois se rencontra avec sir Robert Laurie de Maxwelton, ancêtre du digne baronnet actuel de ce nom, qui, après une rude lutte de trois jours et de trois nuits, laissa le Scandinave sous la table,

Et siffla sur le sifflet son requiem aigu.

Sir Walter, fils du susdit sir Robert, perdit plus tard le sifflet contre Walter Riddel de Glenriddel qui avait épousé une sœur de sir Walter [3] ». Ce sifflet était maintenant en la possession du voisin de Burns. Il fut convenu entre lui et deux autres descendants de l'ancêtre glorieux : Ferguson de Craigdarroch et sir Robert Laurie de Maxwelton, alors membre du Parlement pour Dumfries, qu'il y avait lieu de recourir à un nouveau tournoi, pour savoir à qui reviendrait le sifflet d'ébène, le sifflet du géant danois. L'endroit et le jour furent fixés : c'était à Friars-Carse, résidence de Robert Riddel, le seizième jour du mois d'octobre de l'an 1789, que la rencontre devait avoir lieu. Des juges de camp et des arbitres furent désignés, et Robert Burns devait célébrer le vainqueur par une ode triomphale.

---

[1] Currie, *Burn's Poems*, p. 106.

[2] *Othello*. Act. III, sc. 1.

[3] Notice de Burns en tête de la chanson.

> Un barde fut choisi pour assister au combat,
> Et dire aux âges futurs les exploits de cette journée ;
> Un barde qui détestait la tristesse et l'ennui
> Et souhaitait que le Parnasse fût un vignoble.

Enfin, le jour solennel arriva. « Plein de la pensée de ce jour important pour Friars-Carse, j'ai guetté les éléments et les cieux, dans la pleine persuasion qu'ils l'annonceraient, au monde étonné, par des phénomènes d'une terrible signification. Hier soir, jusqu'à une heure très tardive, j'ai attendu, avec une horreur anxieuse, l'apparition de quelque comète enflammant la moitié du ciel, ou d'armées aériennes de scandinaves sanguinaires, traversant les cieux épouvantés, rapides comme l'éclair fourchu, et terribles comme ces convulsions de la nature qui ensevelissent les nations. Les éléments, cependant, semblent prendre la chose très tranquillement ; ils n'ont pas même introduit ce matin-ci avec un triple soleil et une pluie de sang, symboles des trois puissants héros et du grand épanchement de vin d'aujourd'hui [1]. »

Le dîner préliminaire achevé, les adversaires en vinrent aux mains. Ils s'installèrent et se mirent au claret. Le gai Plaisir s'excitait, s'affolait, à mesure que les verres passaient. Le brillant Phœbus, qui n'avait pas depuis longtemps assisté à une scène si digne du travail de ses rayons, était triste de les quitter ; mais Cynthie lui dit à l'oreille qu'il les retrouverait le lendemain matin.

> Six bouteilles chacun avaient à peu près épuisé la nuit,
> Quand le vaillant sir Robert, pour finir le combat,
> Vida en une seule rasade une bouteille de vin rouge,
> Et jura que c'était ainsi que faisaient leurs ancêtres.

A ce point-là, Glenriddel, « prudent et sage », jugea que c'était assez, et se retira du combat. Les deux autres continuèrent.

> Le vaillant sir Robert lutta dur jusqu'à la fin ;
> Mais qui peut résister au destin et à des rasades d'une bouteille ?
> Cependant le Destin a dit : « un héros doit tomber à la lumière » ;
> Donc, le brillant Phœbus se leva, et le chevalier s'abattit.

> Alors se leva notre barde, comme un prophète de beuverie :
> « Craigdarroch, tu planeras quand la création s'écroulera !
> Mais, si tu veux fleurir immortellement dans mes vers
> Allons, une bouteille encore, et sois sublime !

> « Ta lignée, qui a lutté pour la Liberté avec Bruce,
> Produira à jamais des héros et des patriotes !
> Ainsi, à toi soit le laurier, et à moi soit la baie ;
> Tu as gagné la journée, par le brillant dieu du jour qui point là-bas ! »

---

[1] *To Captain Riddel*, 16th Oct. 1789.

Le vainqueur était donc sir Robert Laurie. Chambers ajoute : « J'ai appris par un parent de sir Robert Laurie qu'il ne se remit jamais complètement des suites de cette joute extraordinaire décrite par Burns, bien qu'il ait pu, quelques années après, prendre une part active aux guerres de la Révolution française, et qu'il ait survécu jusqu'en 1804 [1] .» Cette scène est propre à marquer les habitudes des gentilshommes campagnards dont les résidences entouraient la ferme de Burns.

Mais quelles fluctuations il y a dans ces âmes de poètes ! On les croit ici, et, d'un coup d'aile, elles sont là-bas, au loin, bien haut. Fort peu de jours après cette olympique de la bouteille, Burns composa une pièce qui tient dans son œuvre et dans sa vie une autre place.

En sortant d'être le Pindare de cette burlesque victoire, il entra dans un état d'âme grave et presque religieux. On a remarqué que, depuis 1786, à l'époque où, selon ses propres expressions, « l'Automne passe à l'Hiver, la pâle année, » quand les forêts sont sans feuilles et les prairies sont brunes, une mélancolie tombait sur lui, comme au retour d'un anniversaire douloureux et secret. C'était vers la fin de la moisson, au temps où Mary Campbell était morte. Cette année-ci, dans le vide de sa vie, le souvenir de la douce fille disparue lui revint avec plus de netteté. Depuis le moment où la nouvelle funeste était arrivée à la ferme de Mossgiel, depuis trois pleines années déjà, c'était le premier automne où il vivait hors du bruit, dans la solitude qui plaît aux souvenirs, et dans l'amertume du cœur où l'on comprend tout le prix des affections passées. Un jour, vers le milieu d'octobre, après avoir travaillé comme à l'ordinaire à la moisson, il parut, lorsque tomba le crépuscule, avoir quelque chose qui le rendait triste. Il sortit et erra dans la cour de la grange où sa femme, qui craignait pour sa santé, le suivit, lui faisant remarquer que la gelée était venue et lui demandant de rentrer. Il le lui promit, mais continua à se promener lentement de long en large, contemplant le ciel qui était singulièrement clair et étoilé. Il resta dehors presque toute la nuit [2]. A la fin, Mrs Burns revint de nouveau vers lui. Il était étendu sur un tas de paille, les yeux fixés sur une belle planète « qui brillait comme une autre lune [3]. » Elle obtint de lui qu'il rentrât. Aussitôt dans la maison, il demanda son pupitre et écrivit d'un trait les touchantes et pures strophes *à Mary dans le Ciel.*

> O étoile tardive, qui d'un rayon diminué
> Aimes à saluer la première aube,

---

[1] R. Chambers, tome III, p. 62.

[2] Cromek, *Reliques of Burns*, p. 238.

[3] Voir sur ces détails Cromek, *Reliques of Burns*, p. 238 ; Lockhart, *Life of Burns,* p. 190.

Voici que tu ramènes le jour
Où ma Mary fut arrachée à mon âme.
O Mary, chère ombre disparue !
Où est ta place de repos bienheureux ?
Vois-tu ton amant ici-bas prosterné ?
Entends-tu les gémissements qui déchirent sa poitrine ?

Puis-je oublier cette heure sacrée,
Puis-je oublier ce bosquet sanctifié, ·
Où, sur les bords de l'Ayr sinueux, nous nous rencontrâmes,
Pour vivre un jour d'adieux et d'amour !
L'éternité n'effacera pas
La chère souvenance des transports passés,
Ni ton image dans notre dernière étreinte,
Ah ! nous pensions peu que c'était la dernière !

L'Ayr, murmurant, baisait sa rive caillouteuse,
Sur lui se penchaient des bois sauvages, des verdures épaisses;
Le bouleau parfumé et l'aubépine blanche ·
S'enlaçaient amoureusement autour de cette scène de ravissement
Les fleurs jaillissaient désireuses d'être pressées,
Les oiseaux chantaient l'amour sur chaque rameau,
Jusqu'à ce que trop, trop tôt, l'ouest en feu
Proclama la fuite du jour ailé.

Sur ces scènes ma mémoire reste éveillée,
Et les chérit tendrement avec un soin avare; ·
Le Temps n'en rend que plus forte l'empreinte,
Comme les ruisseaux creusent plus profond leur lit.
Mary, chère ombre disparue !
Où est ta place de repos bienheureux ?
Vois-tu ton amant ici-bas prosterné ?
Entends-tu les gémissements qui déchirent sa poitrine ? [1]

Ainsi, après trois années, et quelles années, l'image de Mary Campbell sortait du passé où elle semblait effacée et perdue. Tout revivait ;
tous les détails de ce second dimanche de mai, avec sa lumière tranquille,
sa solennité et ses adieux; le paysage resplendissait et embaumait comme
alors, plein d'amour lui-même. Et la douce apparition revenait avec sa
grâce sérieuse et son regard plein de reproches. Car, dans les sanglots
de Burns, il n'y avait pas que des regrets, et dans cet appel passionné à
la chère ombre disparue, il y a comme une douloureuse et fervente
demande de pardon. Elle revenait prendre possession d'un cœur, où
d'autres avaient passé, mais où elle seule devait rester comme la plus
pure et la plus aimée. Et ce retour ne fut pas une de ces crises de souvenir violentes et passagères, dont l'âme est parfois saisie. Ce fut quelque
chose de profond et de durable, qui s'associa aux suprêmes espérances de

---

[1] *To Mary in Heaven.*

Burns et qui, peut-être, les fit naître. A partir de ce moment, l'idée de retrouver, dans un autre monde, sa chère et mélancolique Marie des Hautes-Terres, fut pour lui une consolation, une pensée de refuge, un degré de religion. C'est ce souvenir qui le conduisit le plus près du ciel. Deux mois après cette mémorable soirée, il écrivait à Mrs Dunlop :

Là, je retrouverais un père âgé, maintenant à l'abri des coups d'un monde mauvais, contre lequel il a si longtemps et si bravement lutté. Là, je retrouverais l'ami, l'ami désintéressé de ma jeune vie, l'homme qui se réjouissait de me voir parce qu'il m'aimait et pouvait m'être utile. O Muir ! tes faiblesses étaient les erreurs de la nature humaine, mais ton cœur brillait de tout ce qui est généreux, viril et noble ; et si jamais une émanation de l'Être tout Bon a dessiné une forme humaine, ce fut la tienne ! Là, avec une angoisse muette d'extase, je reconnaîtrais ma Mary perdue, ma toujours chère Mary, dont le cœur était chargé de vérité, d'honneur, de constance et d'amour.

> Ma Mary, chère ombre disparue !
> Où est ta place de repos céleste ?
> Vois-tu ton amant ici-bas prosterné ?
> Entends-tu les gémissements qui déchirent sa poitrine [1] ?

Et Jane Armour ? On peut dire qu'elle est oubliée et quittée ! On voit maintenant combien était périssable la passion qu'elle avait inspirée. Ce n'est pas elle que son mari souhaite revoir, quand les relations temporaires de cette vie seront dénouées et remplacées par des unions éternelles. Il l'a prise et il la laisse ici-bas. Cet amour, tout d'attrait physique, ardent et passager comme la jeunesse, devait mourir avec elle et s'éloigner devant un amour plus spiritualisé. La pauvre Mary a pris sa revanche de celle à qui jadis elle fut sacrifiée.

II.

L'EXCISE. — LE SACRIFICE. — LES FATIGUES.

Au commencement d'août 1789, Burns reçut l'avis officiel qu'il était nommé employé de l'Excise, dans la division rurale au centre de laquelle se trouvait sa ferme. C'était ce qu'il avait demandé. Il croyait pouvoir ainsi combiner ses deux métiers d'employé et de fermier. Il écrivit à sir Robert Graham, à qui il devait cette nomination, un sonnet de fervente gratitude.

> Toi astre du jour ! toi autre lumière plus pâle !
> Et vous, nombreuses étoiles brillantes de la nuit !
> Si jamais rien efface de ma pensée le bienfaiteur,
> Ou si je fais jamais honte à son bienfait,
> Ne roulez plus dans vos sphères errantes

---

[1] *To Mrs Dunlop*, 13th Dec. 1789.

> Que pour me compter les années d'un misérable !
> Je pose ma main sur ma poitrine gonflée,
> Et je voudrais, mais je ne sais pas, exprimer le reste [1].

Toutefois, sous cette explosion de reconnaissance, s'agitaient d'autres sentiments. S'il remerciait avec sincérité celui qui lui assurait du pain, ce pain ne laissait pas de lui être amer. Tant que cet emploi avait été distant, il n'en avait aperçu que les avantages. Maintenant que la nomination était là, sur sa table; que la besogne allait être là, entre ses mains, il éprouvait une humiliation. Son cœur se soulevait; et, en même temps qu'il adressait à son protecteur ces vers exaltés, il composait, pour son propre usage, un impromptu d'un autre ton :

> Fouiller des barils de vieilles femmes !
> Hélas ! faut-il ! hélas !
> Que de la sale levure souille mes lauriers ?
> Mais.... que dire ?
> Ces choses touchantes appelées femme et bébés
> Émouvraient des cœurs de pierre ! [2]

Il est clair qu'une défaveur frappait le métier dans lequel il allait s'engager. « Il y a une certaine flétrissure attachée à la profession d'officier de l'Excise, mais je n'ai pas dessein de recevoir honneur de ma profession ; et, bien que le salaire soit comparativement petit, c'est du luxe comparé à tout ce que la première partie de ma vie m'avait appris à espérer [3]. » Ailleurs il en parle avec plus de franchise encore : « Quant à l'ignominie de la profession, j'ai l'encouragement que j'entendis un jour un sergent de recrutement donner à une nombreuse, sinon respectable, audience, dans les rues de Kilmarnock: « Messieurs, pour vous encourager encore mieux, je puis vous assurer que notre régiment est le corps le plus canaille qui appartienne à la couronne, et, par conséquent, chez nous, un honnête garçon a les chances les plus sûres d'avancement [4]. » Et il n'y avait pas à hausser les épaules, à prétendre que c'était là un avis de sots, un dire d'imbéciles. N'était-ce pas lui-même qui, au temps où il en parlait à son aise, avait écrit ces vers ?

> Ces maudites sangsues de l'Excise,
> Qui saisissent les alambics à whiskey,
> Lève la main, démon ! un, deux, trois !
> Va, saisis cette racaille,
> Et cuis-les dans des pâtés de soufre
> Pour les pauvres buveurs damnés [5].

---

[1] *Sonnet on Receiving a Favour*, 10th Aug. 1789.
[2] *Extemporaneous Effusion on being appointed to an Excise Division.*
[3] *To John Geddes*, 3rd Feb. 1789.
[4] *To Robert Ainslie*, 1st Nov. 1789.
[5] *Scotch Drink.*

On peut imaginer combien il devait être sensible à cette animadversion. Sa fierté si chatouilleuse frémissait à la pensée de ce discrédit. De plus, lui qui était accoutumé à être accueilli par des rires et de la belle humeur, souffrait à l'idée d'être un objet de défiance, de voir les visages s'assombrir à son approche. Quand il serait dans un marché, dans une auberge, on ne rirait plus de si franche façon. Il serait le publicain suspect. Cela blessait son sentiment de cordialité.

Et puis, que d'autres choses pénibles dont les parties généreuses de son cœur se détournaient ! Tracasser, pourchasser, traquer de pauvres diables, les surprendre, les saisir ! Le laid métier ! Voir leurs larmes, entendre leurs lamentations ! Quelquefois, frapper, sévir, quand, à côté des conditions d'évidence réglementaires et imposées, il y a place pour des doutes ou pour des excuses, dont on n'a pas le droit de tenir compte ! La cruelle contrainte ! Etre inexorable, se boucher les oreilles, se durcir le cœur, cacher la pitié qui va vers ces chétifs, feindre la colère, l'impatience, l'inflexibilité ! Assister tous les jours au spectacle douloureux des écrasements, que les lourdes roues de la machine politique accomplissent sur les fonds de la société, frapper ces misérables éperdus pour qui un peu de fraude, un peu d'esprit distillé est la ressource, qui ne comprennent pas les impôts et maudissent ces mains infatigables et insatiables qui leur arrachent le prix d'un pain ou d'un vêtement ! La haïssable besogne ! Il faut, semble-t-il, de la coercition pour faire aller le monde ; mais il est odieux d'en être l'instrument. On a la preuve que, dans l'exercice de ses fonctions, Burns éprouva toutes ces révoltes ; il était trop clairvoyant pour ne pas prévoir qu'il les éprouverait. Et quel homme, un peu actif de cœur, ne se tourmenterait pas ainsi ?

Enfin, une inquiétude qui lui était particulière, pesait sur sa résolution. Il craignait que ce nouveau métier ne fût défavorable à sa vie poétique. Si, à la vérité, il n'y a pas grande différence apparente entre décharger une charretée de paille et visiter des barils de brasseurs, il y a une grande différence intérieure. Le fermier qui envoie ses fourchées est libre d'esprit, et, tandis que ses bras travaillent, sa pensée peut se reposer sur des objets beaux et nobles. Mais l'employé, pour atteindre la fraude, est obligé d'exercer et de plier son esprit au même travail que celui du fraudeur ; il faut qu'il dépiste les ruses, débrouille les détours, suive les manèges, évente les supercheries ; il faut qu'il joue au plus fin, se fasse astucieux et serre de près toutes les manœuvres subreptices. Ce peut être un métier attrayant et instructif pour des esprits positifs et fureteurs ; un sentiment de discipline sociale et de devoir professionnel peut, comme il arrive souvent, le rehausser. Mais cette préoccupation, qui toujours en quête des bassesses d'autrui va flairant, le nez sur des roueries, n'est pas propice à la poésie, laquelle veut être libre et vit d'air pur. Et puis, il y a, dans ces métiers élémentaires de laboureur et de matelot, une largeur et une simplicité, un commerce avec la nature, un éloignement des mesquineries, une absence de mal, un caractère de bienfait, qui donnent à l'âme de la hauteur, du repos et de la beauté. Il semblait à Burns qu'il était sur le bord d'une déchéance et d'un péril, que c'était une chute que de tomber, de son noble et franc métier, à ce métier décrié et sournois de rat de cave, de maltôtier. Toutes ces pensées fermentaient en lui et empoisonnaient sa joie.

Ces amertumes faisaient précisément le mérite du sacrifice qu'il accomplissait. Il prit son parti hardiment comme il faisait toute chose. Il n'essaya pas de dissimuler aux amis auxquels il pouvait s'ouvrir, ses répugnances et ses craintes. Il leur exposait, en même temps, quels motifs pressants et quels devoirs le déterminaient à une résolution qui devait les étonner. Ces confidences sont les échos de ses débats et de sa victoire intimes. Il fallait pourvoir à la famille ; elle allait encore augmenter. « Je sais, écrivait-il, comment le mot d'employé d'Excise, ou celui encore plus outrageant de « jaugeur » sonneront à vos oreilles. Moi aussi j'ai vu le jour où mes nerfs auditifs auraient été très sensibles et très susceptibles à ce sujet ; mais une femme et des enfants sont merveilleusement puissants pour émousser ce genre de sensation [1].» Dans une épître au Dr Blacklock, il révèle comment cette même considération a triomphé d'angoisses plus profondes et plus secrètes : celles qui portaient sur le sort de son inspiration poétique. La façon dont il supplie ses anciennes amies les Muses de lui pardonner montre combien il craignait que les fières déesses ne l'abandonnassent :

> Que dites-vous, mon fidèle ami,
> Me voici devenu jaugeur. — La Paix là dessus !
> Fillettes du Parnasse, je crains, je crains,
> Que vous ne me dédaigniez maintenant !
> Et alors mes cinquante livres par an
> Me seront faible gain.
>
> Vous, folâtres, joyeuses, délicates demoiselles,
> Qui, près des rivulets sinueux de Castalie,
> Sautez, chantez et lavez vos membres jolis,
> Vous savez, vous savez
> Que la forte nécessité est suprême
> Parmi les fils des hommes.
>
> J'ai une femme et deux petits garçonnets ;
> Il faut qu'ils aient de la soupe et des guenilles ;
> Vous savez vous-mêmes combien mon cœur est fier,
> Je n'ai pas besoin de me vanter ;
> Mais je couperai des balais, je tresserai des corbeilles de saule,
> Plutôt qu'il leur manque quelque chose.

---

[1] *To Rob. Ainslie.* 1st Nov. 1789.

Le Seigneur m'aide à travers ce monde de soucis !
J'en ai lassitude et dégoût, soir et matin !
Non que je n'aie une part plus riche
Que maint autre ;
Mais pourquoi un homme a-t-il meilleure chère,
Quand tous les hommes sont frères ?

Viens, ferme volonté, prends l'avant-garde,
Toi tige de lin mâle dans l'homme !
Songeons que faible cœur jamais ne gagna
Belle dame :
Qui fait le plus qu'il peut
Un jour fera davantage.

Mais pour conclure ma pauvre rime,
(J'ai peu de vers et peu de temps),
Faire une heureuse atmosphère de foyer,
Pour les petits et pour la femme,
Là est la vérité pathétique et sublime
De la vie humaine [1].

C'est noblement exprimé et virilement. Ces strophes sont belles : elles ont des entrailles. Elles contiennent l'essence de tous ces dévoûments secrets, par lesquels tant d'hommes font l'oblation de leur espérance et de leur talent, offrent le meilleur de ce qu'ils portent en eux et le meilleur de ce qu'ils attendaient de la vie, pour faire la maison moins froide. C'est peut-être l'acte dans lequel Burns s'est le plus rapproché de ce qui lui faisait défaut : l'effacement, le sacrifice de soi-même. Ce n'était que le devoir, mais le devoir accepté en homme de cœur. Il avait le droit d'écrire cette phrase fière, qui est la vérité sur sa présence dans l'Excise :

Les gens peuvent dire ce qu'ils veulent de l'ignominie de l'Excise, cinquante livres par an nourriront ma femme et mes enfants et me rendront indépendant du monde ; j'aime beaucoup mieux qu'on dise que ma profession reçoit du crédit de moi que moi de ma profession [2].

Il se mit courageusement à la besogne. Il semble avoir été, du premier coup, un employé excellent : actif, énergique, sachant la juste mesure entre la sévérité et la bonté. Il y avait chez lui des qualités qui eussent été à la hauteur des premières charges du pays, quoi d'étonnant qu'il ait pu faire un commis des droits réunis ? Dès sa première année, il accrut le nombre des contraventions dans des proportions assez considérables pour doubler presque son traitement.

Du reste, il sut trouver la véritable ligne de conduite. Avec les fraudeurs de profession, il était sévère et inflexible. Avec les autres, au contraire,

---

[1] *Epistle to D* Blacklock*.
[2] *To lady Glencairn*, Dec. 1789.

avec les pauvres débitants qui distillaient un peu de whiskey, avec les pauvres femmes qui cachaient un peu de tabac, avec tout ce chétif monde qu'une amende aurait ruiné, il savait fermer les yeux, parfois même, prévenir d'un mot les coupables. Les anecdotes, à ce sujet, ne manquent pas. Un jour, avec un de ses compagnons d'Excise nommé Lewars, il entre dans la boutique d'une veuve et fait saisie de tabac de contrebande: « Jenny, lui dit-il, je pensais bien que cela finirait ainsi. Venez, Lewars, notez le nombre des rouleaux pendant que je les compterai. » Et l'appelant par la forme familière et amicale de son prénom: « Dites-moi, Jock, avez-vous jamais entendu les vieilles femmes compter leurs fils, avant que les bobines à arrêt fussent inventées ?: « Tu comptes, comptes pas ; tu comptes, comptes pas. » Et poursuivant sa plaisanterie, de deux paquets il en jetait l'un dans le giron de la pauvre femme, lui sauvant ainsi la moitié de sa prise [1]. Le professeur Gillespie, qui enseigna à l'Université de St-Andrews, retrouve dans ses souvenirs de gamin l'histoire suivante, qui montre Burns dans une situation analogue et indique, en même temps, de quelle curiosité il était l'objet partout où il allait.

« On peut deviner avec quel intérêt j'entendis dire, un jour de foire à Thornhill, que Burns allait visiter le marché ! Tout gamin que j'étais, l'intérêt qu'éveillait en moi cet homme extraordinaire fut suffisant, ajouté aux attractions ordinaires d'une foire de village, pour me faire aller au marché. Burns entra dans la foire, vers midi ; et hommes, femmes et filles, tous étaient en émoi pour apercevoir le laboureur d'Ayrshire. Je le suivis comme un chien, de baraque en baraque et de porte en porte. On avait dénoncé une pauvre veuve du nom de Kate Watson, qui s'était risquée à donner, à quelques-uns de ses vieux amis de la campagne, un coup d'ale sans licence, et un filet de whiskey, à l'occasion de la fête de village. Je le vis entrer à sa porte ; et je ne m'attendais à rien moins qu'à la saisie immédiate d'une certaine jarre de terre et d'un baril qui, à ma connaissance, contenaient les objets de contrebande, à la recherche desquels était le barde. Un signe de tête, accompagné d'un geste de l'index, fit arriver Kate à l'entrée ; j'étais assez près pour entendre distinctement les mots suivants : « Kate, êtes-vous folle ? Savez-vous que le contrôleur et moi nous allons vous arriver dans quarante minutes ? au revoir, pour à présent. » Burns fut dans la rue, au milieu de la foule, en un moment ; et j'appris que son avis n'avait pas été négligé. Il avait épargné à une pauvre veuve délaissée une amende de plusieurs livres [2].

Lorsqu'il fallait absolument saisir ces malheureux, il ne les abandonnait pas. Devant les juges, il les excusait ; il priait la cour de réserver sa sévérité pour les coupables endurcis.

J'ai pris, je l'imagine, une façon assez nouvelle de traiter mes fraudes. Je verbalisais contre tous les délinquants, mais, devant la cour, j'implorais moi-même la grâce des pauvres gens incapables de payer. Cette apparence d'impartialité m'a donné tant de

[1] Allan Cunningham. *Life of Burns*, p. 90.
[2] Scott Douglas, tom V, p. 403. Cette anecdote du professeur Gillespie parut dans l'*Edinburgh Literary Journal*, 1829.

crédit près du Tribunal que, avec de grandes félicitations, ils m'ont si bien accordé ample revanche sur le reste que mon droit d'amendes est double de ce à quoi il monte dans n'importe quelle division du district [1].

Il semble donc qu'il ait eu auprès de la cour une influence particulière. C'était peu étonnant d'ailleurs. Il est vraisemblable que quelques-uns de ces plaidoyers ou de ces réquisitoires d'employé subalterne prenaient, quand il parlait, des allures de discours éloquents, forts d'énergie et d'émotion. On aurait pu compter sur les doigts les avocats du barreau écossais dont la parole n'eût pas été éclipsée et éteinte par la sienne.

Cependant, quels qu'aient été les mérites moraux de sa décision, il est impossible de ne pas regarder l'entrée de Burns dans l'Excise comme un malheur. Qu'on laisse de côté les amertumes intimes et ce sentiment de vie abaissée, dont les dégâts dans un homme sont incalculables, il venait d'entreprendre une besogne à laquelle une santé robuste aurait eu peine à résister.

Rien que les fatigues et les tracas de ses fonctions nouvelles suffisaient pour occuper les forces d'un homme. C'était, en vérité, un dur métier. La division à laquelle il avait été nommé était très considérable; elle couvrait dix paroisses fort éloignées les unes des autres, dans ce temps de population clairsemée. « La pire circonstance est que la division d'Excise qui m'est tombée en lot, est si étendue... pas moins de dix paroisses, à travers lesquelles il faut chevaucher; elle abonde, en outre, en tant d'affaires, que je puis à peine dérober un instant [2]. » Il fallait les visiter chaque semaine, par tous les temps, par tous les chemins. C'était, au bas mot, deux cents milles à faire à cheval; « outre les affaires de ma ferme, je fais à cheval, pour mes affaires de l'Excise, au moins deux cents milles chaque semaine [3]. » Longues courses désolées, dans les pluies si fréquentes sur la vallée supérieure de la Nith, dans les pénétrants brouillards écossais, dans la neige, à travers les plaines semées de fondrières et de tourbières, les bruyères marécageuses et les ruisseaux qu'on passait alors à gué, faute de ponts. Il arrivait dans des endroits perdus, ruisselant d'eau, percé jusqu'aux moelles. « Maintefois, j'ai vu Burns entrer dans la maison de mon père, par une nuit froide et pluvieuse, après une longue course à cheval à travers nos tristes moors. En ces occasions-là, quelqu'un de la famille prêtait la main pour le débarrasser de son caban et de ses bottes, tandis que les autres lui apportaient une paire de pantoufles et lui faisaient une tasse de thé chaud [4]. » Mais ces réceptions n'étaient pas

---

[1] *To Rob Graham of Fintry*, 4th Sept. 1790.
[2] *To Richard Brown*, 4th Nov. 1789.
[3] *To William Dunbar*, 14th Jan. 1790.
[4] R. Chambers. tom III, p. 87. Souvenirs de Miss Jeffrey.

communes. Il devait le plus souvent se contenter de l'abri d'une auberge
de village et faire sécher sur son corps ses vêtements mouillés.

Tandis que je suis assis ici, triste et solitaire, près du feu, dans une petite auberge
de campagne, en train de faire sécher mes vêtements mouillés, entre un pauvre diable
de soldat qui me dit qu'il s'en va à Ayr. Par les cieux, me dis-je, avec un flux de joie
que la magie de ce son « la vieille ville d'Ayr » a fait monter en moi, je vais envoyer
ma dernière chanson à M. Ballantine. La voici :

<blockquote>
O rives fleuries du joli Doon,
Comment pouvez-vous fleurir si joliment?
Comment pouvez-vous chanter, petits oiseaux,
Quand je suis si plein de soucis ? [1] »
</blockquote>

Il fallait arriver à toute heure, à l'improviste, mesurer les tonneaux,
visiter les caves, découvrir les cachettes de tabac, surprendre le moment
où clandestinement on distillait du whiskey. Il tombait précisément
dans un des districts et à une époque où la contrebande était le plus
active. Toute cette contrée de l'ouest était inondée de marchandises
prohibées, jetées sur la côte par les smugglers, dont le refuge était l'île
de Man, alors un véritable repaire. D'un autre côté, l'augmentation
récente des droits sur les liqueurs fermentées avait développé dans de
grandes proportions la fabrication illicite de la bière et la distillation
du whiskey [2].

A cette surveillance s'ajoutaient les cent petites besognes qui en dépen-
daient : les rapports, les procès-verbaux, toute une correspondance. Il
fallait se rendre, les jours de versement, au bureau à Dumfries. C'étaient
des journées affairées où il trouvait à peine quelques bribes de repos.
On en a un aperçu dans une lettre qu'il écrivait au Dr Moore.

« En venant dans cette ville ce matin, pour remplir mes fonctions dans ce bureau,
aujourd'hui étant jour de collecte, j'ai rencontré un gentleman qui me dit qu'il est en
route pour Londres ; je saisis l'occasion de vous écrire. J'aurai quelques lambeaux de
loisir dans la journée, au milieu de notre horrible affairement et de notre agitation,
et je tâcherai de les élargir, mais si ma lettre est aussi stupide que...., aussi
bigarrée qu'un journal, aussi brève que les grâces d'un homme affamé avant le repas,
ou aussi longue qu'un dossier du procès Douglas, aussi mal épelée que le billet doux
d'un John campagnard, aussi affreusement écrite que la réponse qu'y fait Betty traie-
vache, j'espère que, eu égard aux circonstances, vous me pardonnerez [3]. »

A d'autres moments c'était la cour de justice qui, faisant son circuit,
arrivait. Ces journées-là ne valaient pas mieux. Il fallait se présenter
devant le tribunal, faire office de ministère public, comme le font encore

---

[1] *To John Ballantine*, March 1791.

[2] *Northern rural Life in the XVIIIth century*, p. 184.

[3] *To Dr Moore*, 14th July 1790.

nos officiers des eaux et forêts, exposer les circonstances des cas jugés, insister pour ou contre.

« La très bonne lettre que vous m'avez fait l'honneur de m'écrire m'est arrivée, juste comme je me plongeais dans le gouffre d'une Cour pour fraudes d'Excise. J'émerge à l'instant du tourbillon et, Dieu le sait, dans une condition peu propre à rendre convenablement les mouvements de mon cœur quand je m'assieds pour écrire à
l'ami de ma vie, le vrai protecteur de mes vers [1]. »

Une complicité générale s'étendait sur tout le pays, protégeait les délinquants contre les recherches ou les défendait contre les poursuites. Les paysans favorisaient les contrebandiers ; les propriétaires usaient de leur influence en faveur des paysans pris à distiller le whiskey. C'étaient alors des tracas, des démarches pour déjouer les recommandations et les influences. La lettre suivante donne une idée, non seulement des fatigues, mais des difficultés du métier de Burns, et de la façon dont il le comprenait et le pratiquait. Elle est adressée à son supérieur, le collecteur Mitchell :

« Monsieur, je ne manquerai pas d'aller voir le capitaine Riddell ce soir. Je désire et je prie que la déesse de la justice en personne puisse apparaître parmi nos honorables juges, simplement pour leur dire un mot à l'oreille : que la compassion pour le voleur est une injustice envers l'honnête homme. Je trouve que chaque délinquant a tant de gros personnages pour prendre son parti, que je ne serais pas surpris si demain j'étais enfermé dans les donjons de la loi, pour insolence envers les chers amis des gentilshommes du pays [2]. »

Oui ! Un dur et ingrat métier ! Et la besogne était d'autant plus difficile que la division avait été pendant longtemps négligée ! [3] A ces fatigues, à ces tracas plus incompatibles encore avec sa nature, qu'on ajoute ses fatigues et ses tracas de fermier, la direction du travail, les ventes, les cassements de tête de tout genre. Il est douteux qu'il y eût suffi, même si, après ses courses et en dehors de son travail, il avait trouvé le repos d'esprit complet et immédiat. Sous cette existence harassante s'agitaient et se heurtaient encore ses préoccupations poétiques, l'impatience, la colère, le découragement de ne pas avoir de loisirs.

Il était exténué par tout cela. Dès ses débuts dans l'Excise, dès les premiers jours, il se plaint d'être épuisé par ce terrible métier. Ses lettres deviennent la lamentable litanie d'une irrémédiable lassitude. On sent un homme, qui, entassant fatigue sur fatigue, sans que jamais un repos lui permette de s'en défaire, va grevant sa force de résistance, et fait chaque jour des emprunts d'énergie. C'est l'angoisse, l'indicible, l'incurable

---

[1] *To Robert Graham of Fintry*, 4th Sept. 1790.

[2] *To Collector Mitchell*, Sept. 1790.

[3] Voir la lettre *to Robert Graham*, 4th Sept. 1790.

angoisse de tant de pauvres hommes, employés, ouvriers, qui sentent leur réserve d'action décroître, qui traînent, avec des forces diminuées, une vie plus pesante, qui sentent expirer en eux l'espoir, la pensée même de sortir d'une pareille lassitude, et qui marchent toujours. C'est une des plus épouvantables tristesses qui puissent ronger l'âme humaine, une des plus injustes, des plus odieuses, des plus criminelles, des plus exécrables cruautés de la vie, une des infamies du destin.

« Je vous aurais écrit plus tôt, mais je suis tellement bousculé et fatigué par mes affaires de l'Excise que je puis à peine rassembler assez de résolution pour faire l'effort d'écrire à qui que ce soit [1]. »

« Je suis harassé de fatigue à en mourir. Ces deux ou trois derniers mois je n'ai pas fait moins de 200 milles à cheval par semaine en moyenne. J'ai fait peu de chose en fait de poésie [2]. »

« Non ! je ne dirai pas un mot d'apologie ou d'excuse pour ne pas vous avoir écrit. Je suis un pauvre diable de jaugeur, misérable et maudit, condamné à galoper au moins 200 milles toutes les semaines, à inspecter de sales réservoirs et des barils couverts d'écume. Où trouverais-je le temps d'écrire et le moyen d'intéresser qui que ce soit [3]. »

Les mêmes allusions reviennent constamment et se continuent.

« C'est à cause de la presse sans trêve de mes occupations que je ne vous ai pas écrit, Madame, depuis longtemps... [4] »

« Après une longue journée de labeur, de tourment et de souci je m'assieds pour vous écrire [5]. »

« Pardonnez-moi, mon jadis cher et toujours cher ami, mon semblant de négligence. Vous ne pouvez pas, assis chez vous, vous imaginer la vie affairée que je mène.... J'ai déposé ma plume d'oie et battu ma cervelle pour y trouver une comparaison ; j'ai pensé à une commère de campagne, un jour de baptême ; à une promise, le jour de marché qui précède son mariage ; à un clergyman orthodoxe, le jour de la communion de Paisley ; à une putain d'Edimbourg, un samedi soir; à un tavernier, le jour d'un dîner d'élection, etc., etc., mais la comparaison qui flatte le plus ma fantaisie est celle de ce gredin, de ce chenapan de Satan qui, comme nous dit l'Écriture-Sainte, circule çà et là comme un lion rugissant, cherchant, guettant qui il dévorera [6]. »

Ce qu'il y avait de plus redoutable pour lui n'étaient pas les fatigues et les tracas qu'il rencontrait dans ses fonctions. On sait à quelles prévenances et sollicitations sont exposés, surtout dans les campagnes, les employés des services publics. Les compagnons d'Excise, avec lesquels Burns faisait souvent ses tournées, étaient des hommes qui, pour la plupart, avaient la grossière capacité de boisson de l'époque. Quand ils arrivaient le soir à l'auberge, fatigués et mouillés, on ne connaissait pas

---

1 *To William Burns*, 10th Nov. 1789.

2 *To Nicol*, 9th Feb. 1790.

3 *To Peter Hill*, 2nd Feb. 1790.

4 *To Mrs Dunlop*, 25th Jan. 1790.

5 *To Mrs Dunlop*, 8th Aug. 1790.

6 *To Alex. Cunningham*, 8th Aug. 1790.

de meilleur remède pour chasser le brouillard que les vapeurs d'un grog de whiskey. Burns eût sans doute pu résister à cet entraînement du métier, s'il avait été un employé ordinaire. Mais, partout où il arrivait, il était attendu, accueilli et fêté. On l'arrêtait au passage. « Du château au cottage, dit un de ceux qui l'accompagnèrent souvent dans ses excursions, chaque porte s'ouvrait à son approche, et le vieux système d'hospitalité à outrance, qui prévalait alors, rendait presque impossible à un invité, aussi sobrement qu'il fût disposé, de se lever de table dans le même état qu'il s'y était assis. Si Burns passait sur une grand'route, le fermier abandonnait ses moissonneurs et trottait à côté de Jenny Geddes, jusqu'à ce qu'il eût persuadé au poète que le jour était assez chaud pour demander quelque rafraîchissement. S'il arrivait dans une auberge à minuit quand tout le monde était couché, la nouvelle de son arrivée circulait de la cave au grenier et, en moins de dix minutes, l'aubergiste et ses hôtes étaient assemblés autour du feu, on apportait le plus large bol et on chantait :

« Que cette nuit soit à nous, qui sait ce qui vient demain [1] ! »

En même temps, de toutes parts, de tous les coins de sa vie, sortaient des embarras et des tristesses qui le dévoraient. Ses appréhensions à propos de sa ferme étaient devenues une certitude. « J'ai fait mention à my lord de mes craintes concernant ma ferme. Ces craintes étaient en vérité trop réelles ; c'est un marché qui m'aurait ruiné sans cette heureuse circonstance que j'ai obtenu un poste dans l'Excise [2]. » Il n'y avait plus à douter, plus à espérer. C'était de ce côté-là une partie perdue. Et comment aurait-il pu en être autrement ? Même quand il se donnait tout entier à ses devoirs de fermier, l'entreprise ne prospérait guère. Depuis que son emploi nouveau l'emmenait tous les jours loin de chez lui, les choses allaient à l'abandon. Qu'est-ce qu'une ferme sans l'œil du maître, et d'un maître vigilant ? Jane n'était pas femme à faire marcher la maison, en l'absence de son mari. « Sa ferme, dit Currie, fut en grande partie abandonnée aux domestiques. On pouvait, à la vérité, le voir pendant le printemps conduire la charrue, travail auquel il excellait, ou avec un drap blanc, contenant ses semences de blé, passé sur l'épaule, marcher à pas longs et mesurés le long de ses sillons ouverts et répandre le grain dans la terre. Mais sa ferme avait cessé d'occuper la plus grande partie de ses soins ou de ses pensées. Ce n'était plus à Ellisland qu'on pouvait généralement le trouver [3]. » Il perdait ainsi d'un côté une grande partie de ce qu'il gagnait de l'autre. De cette ferme, d'où ne sortait plus de joie et où n'était plus son travail, venaient des tracas et des tourments.

---

[1] Lockhart. *Life of Burns*, p. 204.
[2] *To lady Glencairn*, Dec. 1789.
[3] Currie. *Life of Burns*, p. 46.

III.

MISÈRE, TRISTESSE, FAUTES.

Naturellement la gêne arrivait. Il y avait quelque temps qu'elle rôdait autour de la maison. De sa main décharnée elle ouvrit la porte et entra. Hélas! elle ne devait plus ressortir. Déjà au commencement de l'année, il disait à un de ses amis, pour s'excuser de lui écrire sur du papier grossier : « Quand je serai plus riche, je vous écrirai sur du papier à tranches dorées, pour racheter cette feuille-ci. Pour le moment chaque guinée doit faire la besogne de cinq chez votre fidèle, pauvre, mais honnête ami [1]. » Maintenant les embarras d'argent devenaient plus fréquents, plus pressants. Alors commence cette sourde lutte, la lutte quotidienne, incessante, odieuse, qui use l'esprit par des préoccupations, des exaspérations sans trève ; les discussions avec les besoins, les marchandages pied à pied avec chaque dépense, les débats avec les nécessités journalières auxquelles il faut faire prendre patience, les emportements contre les nécessités brutales qui se montrent au dépourvu, une attention énervante à déjouer la fuite sournoise de l'argent, les agacements à propos des petites privations, les colères contre les grosses, la maussaderie des semaines besogneuses, l'attente fiévreuse du jour de traitement, la contrainte, l'irritabilité d'une parcimonie constante, toutes les difficultés, les humeurs, les acrimonies que la pauvreté apporte dans son maigre giron. S'il y avait un homme à qui ces tiraillements dussent être intolérables, c'était à Burns. Il s'y ronge et s'y dévore.

Je pourrais vous écrire à propos de fermage, de constructions, de marchés, mais mon pauvre esprit perdu est si déchiré, si harassé, si torturé, si excédé, par cette tâche des superlativement damnés de faire faire à *une guinée l'ouvrage de trois*, que je déteste, que j'abhorre le seul mot « d'affaires ». Il me donne des attaques de nerfs [2].

Parfois l'humiliation plus lourde d'une dette le met dans un état terrible. Il s'exaspère, il s'emporte et exhale sa fureur en imprécations qui s'en prennent à l'ordre social.

Prenez ces trois guinées-ci et mettez-les en face de ce maudit compte que j'ai chez vous, et qui, depuis cinq ou six mois, me bâillonne la bouche. Il m'est aussi difficile d'écrire un chef-d'œuvre que d'écrire des excuses à un homme à qui je dois de l'argent. O la suprême malédiction de forcer trois guinées à faire l'office de cinq ! Non ! tous les travaux d'Hercule, non ! les trois siècles de servitude des Hébreux en Egypte, n'étaient pas une chose aussi insurmontable, une tâche aussi infernale.

Pauvreté ! toi demi-sœur de la Mort, toi cousine germaine de l'Enfer ! Où trouverai-

---

[1] *To Peter Hill.* 2nd April 1789.
[2] *To Provost Maxwell*, 20th Dec. 1789.

je une énergie d'exécration égale à tes démérites ? A cause de toi, le vieillard vénérable, quoique dans cette perfide obscurité il ait blanchi dans la pratique de toutes les vertus qu'enveloppent les cieux, maintenant chargé d'ans et de misère, implore un peu d'aide pour soutenir son existence, auprès d'un fils de Mammon, au cœur de pierre, dont la prospérité a été un soleil sans nuage ; et il ne trouve que refus et anxiété. A cause de toi, l'homme sensible, dont le cœur est ardent d'indépendance et tendre de sensibilité, languit intérieurement d'être négligé, ou se tord, dans l'amertume de son âme, sous le mépris de la richesse arrogante et dure. A cause de toi, l'homme de génie, que sa mauvaise étoile et son ambition font asseoir à la table des gens distingués et relevés, doit voir, dans un silence douloureux, ses observations négligées, sa personne dédaignée, tandis que la grandeur imbécile, dans ses essais idiots pour faire de l'esprit, trouve la faveur et l'applaudissement [1].

Avec cette défiance et presque cette pusillanimité que la pauvreté finit par jeter dans les âmes les plus robustes, la vie lui semblait perfide et dangereuse. Jugeant d'après lui-même, il songeait tristement à ce que serait la vie de ses enfants et cette pensée accroissait encore sa détresse.

Quel chaos d'agitation, de changements et de hasards est ce monde-ci, quand on y réfléchit de sang-froid. Pour un père, qui connaît lui-même le monde, la pensée qu'il aura des fils à y laisser doit le remplir de terreur ; mais s'il a des filles, cette perspective, dans ces moments pensifs, est capable de le frapper d'épouvante [2].

Ainsi il voyait tout sombre autour de lui et devant lui.

Les fatigues excessives qu'il subissait ne tardèrent pas à disloquer sa santé. Il semble qu'il ait été pris d'un grand épuisement, d'un abattement, où son système nerveux, trop surmené, se vengeait et le torturait. Dès le milieu de décembre 1789, il écrivait à Mrs Dunlop une lettre pleine de ses souffrances.

« Je pousse des gémissements dans les souffrances d'un système nerveux délabré... ; depuis près de trois semaines, je suis si malade d'une migraine nerveuse, que j'ai été obligé de renoncer à mes livres de l'Excise, étant à peine capable de soulever la tête, encore moins de parcourir à cheval, une fois par semaine, dix paroisses perdues dans des moors. Qu'est-ce donc que l'homme ? Aujourd'hui, dans une santé luxuriante, s'enivrant de la jouissance de la vie ; dans quelques jours, peut-être dans quelques heures, accablé sous le pénible sentiment d'exister, comptant les pas lents des moments pesants par des répercussions d'angoisse, sans vouloir accepter ou sans pouvoir obtenir quelqu'un qui le console. Le jour succède à la nuit, et la nuit au jour, lui ramenant, comme une malédiction, cette vie qui ne lui donne aucun plaisir ; et cependant le terme terrible et sombre de cette vie est quelque chose devant quoi il recule.

Dites-nous, ô morts !
Est-ce qu'aucun de vous, par pitié, ne révèlera le secret
De ce que vous êtes, de ce que nous serons bientôt ?
Il n'importe ! — un temps court
Nous fera aussi savants que vous et aussi muets [3].

---

[1] *To Peter Hill*, 17th Jan. 1791.

[2] *To William Dunbar*, 14th Jan. 1790.

[3] *To Mrs Dunlop*, 18th Dec. 1789

Et un peu plus loin dans la même lettre :

« Je suis assez enclin à penser comme ceux qui soutiennent que ce qu'on appelle des affections nerveuses sont en réalité des maladies de l'esprit. Je suis incapable de raisonner, incapable de penser et, sauf à vous, je n'oserais rien écrire qui dépasse une commande à un savetier. Vous avez trop éprouvé des maux de la vie pour ne pas avoir de sympathie avec un misérable malade, qui est privé de plus de la moitié des facultés qu'il possédait. Votre bonté excusera ce griffonnage incohérent, que l'écrivain ose à peine relire et qu'il jetterait dans le feu, s'il était capable d'écrire quelque chose de mieux, ou même d'écrire quoi que ce soit.

Si vous avez une minute de loisir, prenez votre plume, par pitié pour *le pauvre misérable* [1]. »

A une autre correspondante, lady Glencairn, il écrivait, vers la même époque, ces lignes si tristes :

« L'honneur que vous avez fait à votre pauvre poète en lui écrivant une lettre si obligeante, et le plaisir que les beaux vers qu'elle renfermait lui ont causé, sont venus bien à propos à son aide, dans le triste assombrissement et le découragement profond de nerfs malades et d'un temps de Décembre [2]. »

Cet hiver de 1789-90 fut véritablement lugubre. Ces jours étreints par les ténèbres, ces jours où une pâle lumière souffrante ne sert qu'à marquer les progrès des ombres, étaient l'emblème de sa vie intérieure. Il y avait en lui quelque chose qui répondait aux désolations, aux lamentations des vents. La neige qui couvrait la campagne ne tombait pas en flocons plus mornes que les lourds désespoirs qui étouffaient son âme. Les premiers jours de Janvier 1790, au moment où l'année nouvelle apporte aux plus découragés un instant d'espérance, il écrivait à Gilbert ces aveux navrants :

« Cher frère, je veux profiter de l'affranchissement du port, bien que, dans mon présent état d'esprit, je n'aie pas grand goût pour faire l'effort d'écrire. Mes nerfs sont dans un état maudit; je sens cette horrible hypocondrie prendre chaque atome de mon corps et de mon âme. Cette ferme a détruit tout plaisir en moi. C'est, à tous les points de vue, une affaire ruineuse. Mais qu'elle aille à l'enfer ! Je tiendrai bon et je lutterai jusqu'au bout [3]. »

Et après avoir essayé d'écrire quelques lignes de nouvelles banales, il interrompt brusquement sa lettre et jette sa plume avec un geste de découragement.

Je n'en puis plus.... Si seulement j'étais délivré de cette ferme maudite, je respirerais plus à l'aise [3].

Un an, juste un an, et déjà si loin ! si loin de cette journée confiante par laquelle s'était ouverte l'année ! si loin de cette belle lettre radieuse et

---

[1] En français.
[2] *To lady Glencairn*, Dec. 1789.
[3] *To Gilbert Burns*, 11th Jan. 1790.

bonne qui l'avait comme illuminée! Quelle descente rapide! Dans quel lieu sombre, humide et douloureux sommes-nous donc? Les rayons nous ont-ils si vite abandonnés?

Cette tristesse opérait en lui un désastreux travail. Tout se désorganisait de ce qui tient une âme ensemble : l'espérance, l'ambition, les motifs d'efforts. De l'espérance, il n'en était plus guère question. Mais l'ambition est encore un des ressorts de la vie à sa maturité, dans les âmes où le dévouement ne réside pas. Lorsque l'allégresse et la spontanéité de la jeunesse ont cessé et que la vie est pour ainsi dire étale, une ambition haute est une lumière qui conduit l'homme jusqu'au terme. Burns pouvait en avoir une. Elle eût été une force. Il semblait en avoir le dégoût.

Je crois qu'une grande source de cette erreur de conduite est due à un certain aiguillon que nous portons en nous, appelé l'ambition, qui nous pique et nous fait gravir la colline de la vie, non pas comme nous gravissons d'autres éminences, pour la louable curiosité d'apercevoir un paysage plus étendu, mais plutôt pour l'orgueil malhonnête de regarder en bas vers nos semblables et de les apercevoir diminués, dans une situation plus humble [1]. »

La vie tout entière lui paraissait mal faite, mal combinée. C'est une idée qui revient, dès lors, à mainte reprise, que ceux qui sont trop sensibles, trop honnêtes ou doués d'une intelligence trop fine sont mal pourvus pour être aux prises avec elle. Cela ne sert à rien qu'à être pour eux une cause d'infériorité et de souffrance.

Ne pensez-vous pas, Madame, que, chez les quelques-uns qui ont été favorisés du ciel dans la structure de leur esprit, (car il y en a certainement), il peut y avoir une pureté, une tendresse, une dignité, une élégance d'âme, qui ne sont d'aucune utilité, bien plus ! qui rendent un homme incapable de cette affaire véritablement importante de faire son chemin dans la vie ? [2]

Il dit encore avec plus de force :

Cependant il faut reconnaître que, si vous enlevez à l'homme l'idée d'une existence au-delà du tombeau, alors la véritable mesure de la conduite humaine est : le *convenable* et le *malséant*. La vertu et le vice, en tant que dispositions du cœur, ont, en ce cas, à peine la même conséquence et la même valeur pour le monde en général, que l'harmonie et la dissonance dans les modifications du son. Un sens délicat de l'honneur, comme une oreille délicate pour la musique, peuvent quelquefois procurer à qui les possède des délices inconnues aux organes plus grossiers de la multitude. Cependant si on considère les âpres grincements et les inharmoniques discordances de cette existence mal accordée, il y a beaucoup à parier que cet individu serait aussi heureux et qu'il serait assurément aussi respecté par les vrais juges de la société telle qu'elle serait alors, sans une oreille juste ou un bon cœur [2]. »

---

[1] *To Alex. Cunningham*, 18th Feb. 1790.
[2] *To Mrs Dunlop*, 10th April 1790.

Il en était donc à ce degré de découragement de ne plus considérer sa supériorité comme un moyen de lutte, mais comme une cause de souffrance. C'est une défaite douloureuse lorsqu'on fait ainsi de ses propres qualités, non des instruments d'effort, mais des armes qu'on retourne contre soi et dont on se blesse. Quel abandon n'est-ce pas quand on sait mauvais gré au destin des avantages qu'il nous a départis? C'est s'avouer vaincu, passer de l'état d'entreprise à celui de résignation. On sent, par le même fait, qu'il perd peu à peu la position vraie et si virile qu'il avait prise, d'affirmer qu'un homme est ce qu'il vaut en dedans, que faire son chemin dans la vie est peu de chose, à condition qu'on progresse en soi. C'est presque le contre-pied des conseils de la *Vision*.

Il en arrivait à se demander, lui qui avait jusque-là conduit ses passions comme une charge furibonde à travers tout, s'il ne fallait pas traiter la vie empiriquement, y appliquer une méthode pratique et, par un tour de main habile, en tirer ce qu'elle peut offrir de bon.

Quels étranges êtres nous sommes ! Puisque nous avons une portion d'existence consciente, également capable de goûter le plaisir, le bonheur et l'enthousiasme, ou de souffrir la douleur, le chagrin et la misère, il vaut sûrement la peine de rechercher s'il n'y a pas quelque chose comme une science de la vie, s'il n'y a pas une méthode, une économie et une fertilité d'expédients applicables à la jouissance, ou s'il n'y a pas un manque de dextérité dans le plaisir, qui diminue encore notre petit lot de bonheur, et un excès, une ivresse de félicité qui mènent à la satiété, au dégoût et à la haine de soi-même[1].

Il y a, dans ces quelques lignes, des mots bien forts. Nous ne pensons pas qu'on ait jamais caractérisé par des termes plus décisifs cette manipulation adroite de la vie. La sagesse des philosophes pratiques, des plus fins connaisseurs, des amateurs les plus délicats, les plus raffinés et les plus sceptiques de l'existence, n'a pas trouvé de formule plus heureuse. Ne croirait-on pas entendre Montaigne quand il expose qu'il n'est « science si ardue que de bien savoir vivre cette vie » ; qu'il faut puiser à la volupté « par soif, mais non jusqu'à l'ivresse » ; que « la mesure de la jouissance dépend du plus ou moins d'application que nous y mettons »; qu'il y a « mesurage à jouir » la vie et « si la faut-il étudier, savourer et ruminer[2] »? Ce sont presque les mêmes expressions. Mais cette mesure et les calculs, naturels en un modéré comme Montaigne, sont nouveaux chez un fougueux comme Burns. Ils indiquent un abaissement de vitalité qui fait regarder du côté de la sagesse. Et c'était encore une autre façon de revenir à cette idée qui s'établissait en lui, que la vie est indépendante de nous, en dehors de notre création intérieure, que c'est quelque chose avec quoi il faut compter, dont il faut être bon ménager, à quoi il faut, en quelque manière, se soumettre.

---

[1] *To Alex. Cunningham*, Dec. 1789 (dans la lettre du 13 Février 1790).
[2] Montaigne. *Essais*, livre III, chap. XIII, *de l'Expérience*.

Tous ces traits, sur lesquels on n'a peut-être pas jeté assez de lumière, sont importants. Ils marquent la lente désorganisation d'une âme, la fatigue, l'abaissement, qui prennent peu à peu possession, non pas d'elle tout entière, mais de certaines parties précieuses, un découragement par lequel s'expliquent bien des abandons, des insouciances et des fautes, le laisser-aller d'un homme qui n'a plus rien à perdre et se livre à la dérive. Ils marquent encore ce changement important dans les relations d'une âme avec l'existence, l'instant où cette figure fragile « du monde qui passe », souple et malléable tant que notre force idéale a été intense, durcit son écorce et agit plus sur nous, à mesure que la flamme intérieure qui la pénétrait se ralentit et se perd en nous-mêmes.

Par instants, il regimbait contre cette pression des choses. Il se redressait ; il rejetait ces pensées de sagesse ; il voulait rester ce qu'il avait été, l'être généreux et imprudent. Il lui semblait qu'il aurait perdu quelque chose à cesser de l'être ; et il avait raison.

J'ai perdu toute patience avec ce vil monde, à cause d'une chose. Les hommes sont par nature des créatures bienveillantes, sauf quelques exemples secondaires. Je ne pense pas que notre avarice des biens que nous nous trouvons posséder soit née avec nous ; mais nous sommes placés ici au milieu de tant de nudité et de faim, de pauvreté et de besoin, que nous sommes réduits à la maudite nécessité d'étudier l'égoïsme afin de pouvoir *exister*.

Cependant, il y a dans tout siècle, quelques âmes que tous les besoins et les maux de la vie ne peuvent abaisser jusqu'à l'égoïsme, auxquelles ils ne peuvent même donner l'alliage nécessaire de précaution et de prudence. Si jamais je suis en danger de vanité, c'est lorsque je me regarde du côté de cette disposition de caractère [1].

Mais c'étaient là des révoltes qui révélaient le poids contre lequel elles se redressaient. Il ne tirait plus ni confiance, ni joie de ces qualités qu'il se promettait de conserver. Il les gardait par respect pour l'homme qu'il avait été jusqu'ici et qu'il ne consentait pas à cesser d'être.

Dans cet accablement dont nous abat la maladie, souvent naît un profond besoin de soutien et de tendresse. La dépendance où l'on est des autres amortit la personnalité et mate cet égoisme, ce quelque chose d'absolu, qui fréquemment tient à la vigueur de la nature. Parfois même, tout l'être se complaît à une sorte de soumission ; les caractères autoritaires y trouvent un baume, un délassement. Dans cette rémission de l'individualité, les aspérités s'effacent ; les petites obstinations d'amour-propre, les susceptibilités, les rancunes, toute la mauvaise poussière dont la vie ternit l'âme, tombent. Les anciennes affections reparaissent. Souvent c'est l'instant des pardons et des réconciliations. Le cœur, travaillé de supplications silencieuses, se tourne vers ceux qui nous ont aimés et, de préférence, vers ceux qui nous ont aimés dans notre force : un peu de leur affection semble

---

[1] *To Peter Hill*, 2nd March 1790.

nous rendre un peu de notre ancien nous-même ; ce que nous étions continue à vivre en eux. C'est ainsi que les malades prennent douceur à contempler, par les fenêtres, les paysages lointains qu'ils ont parcourus. Il faut songer à ces altérations intérieures pour comprendre une lettre de Burns à Clarinda écrite à cette époque. Si on la compare à celle qu'il lui écrivait sur le même sujet, juste un an auparavant, on est étonné du changement de ton. Ce n'est plus la défense cassante, impatiente et irritée, la justification presque impérieuse de sa conduite. Celle-ci est douce, soumise, presque humble et contrite. Il y confesse qu'il a eu tort ; il laisse entendre qu'il s'en repent, et ces aveux, qui tiennent du remords et du regret, ont quelque chose qui demande le pardon. Cette lettre fut en effet un pas vers la réconciliation des deux amants.

> J'ai été en réalité malade, Madame, pendant tout l'hiver. Un mal de tête incessant, un abattement, toutes les conséquences véritablement misérables d'un système nerveux détraqué, ont fait un terrible carnage de ma santé et de ma paix. Ajoutez à tout cela qu'une carrière nouvelle, dans laquelle je suis récemment entré, m'oblige à faire à cheval, en moyenne, deux cents milles par semaine. Cependant, grâce au ciel, je suis maintenant en meilleure santé.
>
> Il m'était impossible de répondre à votre avant-dernière lettre. Quand vous dites à un homme que vous considérez ses lettres avec un sourire de mépris, dans quel langage, Madame, peut-il vous répondre ? Quand bien même j'aurais conscience d'avoir eu tort — et j'ai conscience d'avoir eu tort — cependant je ne pouvais accepter d'être amené au repentir par des insultes.
>
> Je ne puis pas, je ne veux pas plaider les circonstances atténuantes ; je pourrais vous montrer comment ma conduite imprudente, fougueuse, irréfléchie, s'est jointe à une conjoncture d'événements malheureux, pour me jeter hors de la possibilité de garder le sentier de la rectitude, pour m'affliger d'une guerre irréconciliable entre mon devoir et mes souhaits les plus chers, et pour me condamner à n'avoir de choix qu'entre différentes espèces d'erreur et de culpabilité.
>
> Je n'ose pas m'abandonner plus longtemps à ce sujet[1].

N'est-il pas clair que l'âme orgueilleuse de Burns devait être bien abattue pour être devenue si soumise ? Son amour-propre, si fou à s'enflammer, était presque mort en lui. Qui n'a pas vu des hommes indomptables, réduits par la faiblesse, s'attendrir et devenir doucement implorants, ne sentira pas combien cette lettre est touchante et que de tristesse elle révèle. Chose singulière, il joignait à cette lettre la pièce qu'il avait composée sur Mary Campbell. Il n'est pas jusqu'à ce souvenir de Mary qui ne raconte aussi ces retours vers le passé d'une âme qui a pris le présent en dégoût.

Au commencement de l'année 1791, apparaît dans ses lettres une poussée d'amertume plus âpre que jamais. Tantôt ce sont des traces de dissatisfaction contre lui-même.

---

[1] *To M*{r} *Mac Lehose*, Feb. 1790.

« J'ai une telle armée de peccadilles, de fautes, de folies, de chutes, (tout autre
que moi pourrait peut-être leur donner un nom plus dur) qu'afin de rétablir un peu
la balance, si peu que ce soit, je suis disposé à faire à l'égard d'un semblable le peu
de bien qui est en mon faible pouvoir, dans le but égoïste d'éclaircir un peu la perspective quand je jette mes regards en arrière[1]. »

Tantôt ce sont, contre la société et ses jugements injustes, des emportements qui tiennent de la frénésie; s'attaquant à la Pauvreté, il éclate
tout à coup :

Et ce n'est pas seulement la race des Vertueux qui a motif de se plaindre de toi : les
enfants de la Folie et du Vice, bien qu'ils soient comme toi les fils du Mal, gémissent
aussi sous ta baguette. A cause de toi, l'homme de dispositions malheureuses et d'une
éducation négligée est condamné, jugé comme un sot pour ses dissipations, méprisé
et repoussé comme un misérable indigent, quand ses folies, comme d'habitude,
l'ont conduit à la ruine ; et quand, perdant tout principe, ses besoins le poussent
à des pratiques déshonnêtes, il est abhorré comme un manant et périt par la justice
de son pays.

Tout différent est le sort de l'homme de famille et de fortune. *Pour lui*, ses jeunes
extravagances et ses folies sont de la flamme et du tempérament ; *pour lui*, les besoins
qui en résultent sont les embarras d'un brave garçon ; et quand, pour raccommoder
ses affaires, il part avec une commission légale qui lui permet de piller des provinces
lointaines et de massacrer des nations paisibles, quand il revient chargé des dépouilles
de la rapine et du meurtre, il vit méchant et respecté ; il meurt, scélérat et lord.
Bien plus ! chose pire que toutes ! malheur à la femme sans ressources ! la pauvre
malheureuse, qui grelotte au coin d'une rue, attendant pour gagner les gages de la
prostitution passagère, est écrasée par les roues de la voiture qui emporte à un
rendez-vous adultère la catin à blason, celle qui sans pouvoir invoquer les mêmes
nécessités, se livre toutes les nuits au même commerce coupable !!!

Allons ! les curés peuvent en dire ce qu'ils veulent, mais je soutiens qu'une bonne
bouffée d'exécration est à l'esprit ce que l'ouverture d'une veine est au corps : dans
l'un et l'autre les écluses trop chargées sont merveilleusement soulagées par leurs
évacuations respectives. Je me sens bien plus à l'aise que lorsque j'ai commencé ma
lettre et je puis maintenant me mettre au travail[2].

Quelle acrimonie s'amassait donc en son cœur pour qu'il fallût de
pareilles débâcles avant qu'il se sentît soulagé? De quelle plaie secrète
venait ce fiel? Ce n'était pas là le ton ordinaire d'une critique de la société,
c'était un cri de souffrance et presque de haine.

C'est qu'un drame, plus terrible, plus accablant que tous les autres, se
prépare lentement. C'est un drame qui va saccager son existence et celles
qui l'entourent. L'instant où il doit éclater peut être prévu ; chaque jour
le rapproche. Hélas ! les germes de destruction, cachés aux débuts de son
mariage, ont fait leur œuvre. L'entente profonde et bienfaisante, l'accord
tutélaire qui protège des faiblesses ne s'est pas établi. L'âme de l'existence

---

1 *To the Rev. G. H. Baird,* Feb. 1791.
2 *To Peter Hill,* 17th Jan. 1791.

commune s'en est allée. Cette union, à laquelle ne restait plus que la routine des intérêts quotidiens et du commerce subalterne des corps, est désagrégée. Cette maintenance dans le devoir par le bonheur manquant, tout du même coup manquait à Burns. Les bonnes résolutions avaient disparu comme des bornes enlevées par des malfaiteurs nocturnes. Un jour il s'était trouvé sans défense et prêt pour la faute. Quand nous en sommes là, nous ne durons pas longtemps. Il passe constamment autour de nous mille fautes comme mille maladies inaperçues. C'est notre santé qui les écarte. Dès que nous sommes délabrés, la première qui se présente nous prend. Cela arriva à Burns.

Cette vie, qui l'éloignait de chez lui, offrait des occasions de dissipations. Son « repaire » favori, lorsqu'il allait à Dumfries, était une petite auberge qu'on appelait le *Globe*. Une nièce de l'aubergiste, nommée Anna Park, y servait les clients. Il ne tarda pas à avoir des relations avec elle. Il ne semble pas qu'elle eût rien de remarquable, ni qu'elle fût au-dessus d'une servante ordinaire. « Elle était considérée comme jolie par les clients de l'auberge, dit Allan Cunningham, quand le vin les rendait tolérants en matière de goût ; et, comme on peut le supposer d'après la chanson, elle avait d'autres jolies façons de se rendre agréable aux clients qu'en leur servant du vin [1]. » Mais la faculté de découvrir chez les femmes des charmes invisibles aux autres, qui à Lochlea déjà étonnait le froid Gilbert, n'avait pas vieilli en Burns. Et puis, car il faut aller jusqu'au bout et ne rien dissimuler, il menait un genre de vie dans laquelle on finit par prendre goût aux aventures d'auberge. Il descendait dans la nature et le choix de ses passions. La délicate idéalisation, qui n'exclut rien mais qui embellit tout et rend un amour complet, s'épaississait et s'affaissait jusqu'à toucher l'élément inférieur et grossier. Ce dernier était ici presque seul au jeu ; il ne restait plus dans le fond du verre que le fond de l'ivresse. Burns allait la même voie que Musset.

> Hier j'ai bu une pinte de vin,
> Là où personne ne m'a vu ;
> Hier, ici, sur ma poitrine, reposaient
> Les boucles d'or d'Anna.
>
> Le juif affamé dans le désert
> Goûtant avec joie sa manne,
> Ce n'était rien près du miel de bonheur
> Que je goûtais sur les lèvres d'Anna.
>
> Vous autres, monarques, prenez l'Est et l'Ouest,
> De l'Indus à la Savane,
> Donnez-moi, dans mon étreinte serrée,
> Le beau corps souple d'Anna.

---

[1] Allan Cunningham, *Life of Burns*, p. 107 et 431. — Scott Douglas, tom. II, p. 294.

Alors je mépriserai tes charmes impérieux,
Impératrice ou sultane,
Près des extases mourantes que dans ses bras
Je donne et je reçois, avec Anna.

Va-t-en, toi éclatant Dieu du jour,
Va-t-en, toi pâle Diane,
Vous toutes étoiles, allez cacher vos rais scintillants,
Quand je dois retrouver mon Anna !

Viens, dans ton plumage de corbeau, ô nuit,
(Soleil, Lune, Étoiles, retirez-vous tous)
Et apporte-moi une plume d'ange pour écrire
Mes transports avec Anna.

Post-scriptum.

L'Église et l'État peuvent s'unir pour dire
Que je ne dois pas faire ces choses-là ;
L'Église et l'État peuvent aller au diable,
Et moi, j'irai à mon Anna.

Elle est la lumière de mon œil,
Vivre sans elle, je ne le puis ;
N'aurais-je sur terre que trois souhaits,
Le premier serait mon Anna [1].

Qui ne sent, dans ces dernières strophes, le défi, la bravade agressive de l'homme qui essaie de prendre les devants et de bafouer ce qu'il redoute : le blâme qui se prépare contre lui ? Et tout le reste de la pièce, avec son âcre et brutale luxure, sans un mot qui ne relève des sens, n'est-il pas un témoignage de cette dégradation d'amour qui s'était faite en lui ? Plus encore ! on y sent ce besoin vengeur de s'enfermer dans sa faute et d'y chercher les voluptés qui engourdissent le malaise qu'elle fait naître. Il en était à ce point où l'on s'enivre pour abolir le dégoût de l'ivresse, et où on cherche à étouffer, par l'assouvissement d'un vice, l'angoisse de ce vice même. Redoutable empirance où le soulagement d'un instant se transforme en souffrance, qui exige à son tour pour être pansée une blessure plus profonde, jusqu'à ce que le mal ronge et pénètre au fond de l'être. Que de poètes ont ainsi souffert !

Faut-il se demander comment il en était venu là ? Par quel besoin intellectuel de roman s'était-il laissé attirer ? Par quelle surprise de désir, peut-être par quelle poussée de sang échauffé par la boisson — car il faut descendre à tout — y avait-il été brutalement jeté ? Par quelle suite de prétextes, par quels degrés de dialectique pernicieuse et perverse avait-il accoutumé son esprit à cette pensée ? Quelle habitude invétérée de jouer avec un cœur de femme, fût-il d'argile grossière ? Quel don de

---

[1] *The Gowden Locks of Anna.*

poésie capable de suspendre des rêveries à une aventure banale et qui explique la vulgarité de tant de délicates amours de poètes? Quelle lassitude de joug et de régularité? Quel besoin d'oublier les laideurs de la vie qu'il menait? Quel égarement irrésistible, quelle lente approche, quel consentement libre l'y avaient conduit? Peut-être y avait-il un peu de tout cela dans la minute irréparable qui livrait sa vie au désordre.

Il est probable qu'il eut avec lui des débats, qu'il se plaida des circonstances atténuantes. On a de lui une lettre bien curieuse, qui, d'après un rapprochement facile de dates, doit coïncider avec les débuts de cette aventure : elle est du mois d'août 1790. Il est impossible de ne pas remarquer avec quel sophisme subtil il confond les désavantages de la poésie avec ceux des faiblesses, et avec quelle adresse il les fait sortir tous du tempérament poétique.

Il n'y a pas, parmi tous les martyrologes qui furent jamais écrits, une histoire aussi lamentable que les vies des poètes. Lorsqu'on compare entre eux les misérables, le criterium n'est pas ce qu'ils sont condamnés à souffrir, mais comme ils sont formés pour supporter. Prenez un être de notre espèce ; donnez-lui une imagination plus forte et une sensibilité plus délicate qui, à elles deux, engendreront une lignée plus ingouvernable de passions que celles qui sont d'ordinaire le lot de l'homme ; implantez en lui une impulsion irrésistible vers de vaines fantaisies, telles que d'arranger les fleurs sauvages en bizarres bouquets, découvrir la cachette du grillon, au moyen de sa chanson bruissante, guetter les jeux des petits vairons dans l'étang ensoleillé, ou poursuivre les intrigues des capricieux papillons ; en un mot, envoyez-le à la dérive après quelque poursuite qui le détournera éternellement des voies du gain ; — et cependant donnez-lui, comme malédiction, un goût plus vif qu'à tout autre homme pour les plaisirs que le gain peut acheter ; enfin remplissez la mesure de ses maux en lui inspirant un sentiment hautain de sa propre dignité ; vous aurez ainsi créé un être presque aussi misérable qu'un poète. Ce n'est pas à vous, Madame, que j'ai besoin d'énumérer les plaisirs féeriques que la muse accorde pour contrebalancer ce catalogue d'infortunes. La séduisante poésie est comme la séduisante femme ; elle a été de tous temps accusée d'égarer les hommes loin des avis des sages et des sentiers de la prudence, de les entraîner dans les difficultés, de les tourmenter par la pauvreté, de les marquer d'infamie, de les plonger dans le tourbillon dévorant de la ruine. Cependant où est l'homme qui n'est pas obligé d'avouer que tout notre bonheur sur la terre ne mérite pas ce nom, — que même la perspective solitaire d'une félicité paradisiaque qui hante le saint hermite n'est que la lueur d'un soleil septentrional se levant sur des régions glacées, en comparaison des nombreux plaisirs, des extases indicibles que nous devons à l'aimable Reine du cœur de l'Homme [1].

Ces lourdes voluptés furent secouées par un cruel réveil. Quel déchaînement de remords et de terreurs hurla tout à coup en lui le jour où il apprit qu'Anna Park était enceinte ! Il le connaissait ce drame-là. Cette fois il le voyait plus redoutable encore. Les parents d'Anna n'étaient peut-être pas très difficiles à apaiser, car Burns continua à

---

[1] *To Miss H. Craik*, Aug. 1798.

fréquenter l'auberge et à y être bien reçu. Le barde y amenait des amis, et quand il était là, la dépense roulait. Mais si la chose était divulguée ! Il était marié ; il était fonctionnaire. Quel scandale ! C'était la ruine ! Il fallait à tout prix que l'accouchement fût secret, si l'on voulait éviter la censure ecclésiastique. Anna Park partit pour Edimbourg, où elle fut reçue chez une sœur mariée [1]. Le 31 mars 1791, elle y accoucha d'une fille. Comment élever l'enfant, soutenir la mère, détourner l'argent des maigres revenus ? Quels tracas, et que les heures de l'auberge du *Globe* coûtaient cher ! Mais les coups se succédaient rapidement, terribles ! Il paraît prouvé qu'Anna Park mourut en donnant le jour à son enfant. Que faire, que faire de cette orpheline ? Le vieux toit de Mauchline fut encore le refuge ; la vieille mère dut recevoir encore les confidences de Robert, et verser des larmes plus amères que toutes celles d'avant. Le bébé y fut soigné pendant quelques jours. Chose affreuse et faite comme à dessein pour donner à ce drame toute sa cruauté ! Jane Armour était elle-même au terme d'une grossesse. Elle accoucha le 9 avril, dix jours après, d'un fils. Attendit-on, pour lui causer cette souffrance, que la crise fût passée, et la joie d'un fils né d'elle fut-elle empoisonnée par cette nouvelle ? ou bien savait-elle tout auparavant et dut-elle traverser les douleurs de l'enfantement avec une âme saignante ?

Jane Armour fut admirable. Elle agit comme une femme d'un grand cœur. Elle se fit apporter la fille, et sur la même poitrine, du même lait, nourrit les deux enfants. Lorsque son père, qui était venu la voir, lui demanda, en les apercevant dans le même berceau, si elle avait encore des jumeaux, elle lui répondit qu'elle soignait l'enfant d'une amie malade. Elle éleva la fille d'Anna Park, au milieu de ses fils, avec des soins maternels, jusqu'au moment où le mariage l'éloigna de la maison. Par ce trait de clémence héroïque et dévouée, sa mémoire demeure adorable. Quelles qu'aient été ses défaillances dans les commencements de sa liaison avec Burns, tout disparaît dans la beauté, dans la splendeur, dans la grâce de ce pardon [2].

Jane Armour ne fut pas sans sa récompense. Burns, éclairé par cette générosité, eut vers elle, vers cette âme qu'il n'avait pas connue tout entière jusque-là, un élan de vraie et haute tendresse. On a de lui une lettre écrite le 11 avril, à Mʳˢ Dunlop, dans laquelle il exprime pour sa femme des sentiments presque nouveaux. Il avait parlé d'elle avec plus de passion ; jamais encore avec cette affection, cette place accordée aux qualités morales et cette sorte de respect. La reconnaissance y perce pour « la simplicité d'âme » et « la douceur toujours prête à céder », qui semblent avoir été les principes de la belle action de Jane. Cet éloge a comme

---

[1] Scott Douglas, tom. II, p. 294.
[2] R. Chambers, tom. III, p. 254.

un enthousiasme contenu. Ce n'était plus la femme qu'il adorait mais ce cœur modeste, dont il venait, à sa confusion, d'avoir la révélation.

Samedi dernier, au matin, Mrs Burns m'a fait présent d'un beau garçon, plutôt plus gros mais pas si joli que votre filleul l'était au même moment de sa vie.... Mrs Burns reprend des forces et s'est mise aujourd'hui à son déjeuner, comme un moissonneur qui revient des champs. C'est le privilège particulier et le bonheur de nos filles saines et vivaces, qui sont nourries parmi *les foins et les bruyères*. Nous ne pouvons pas espérer cet esprit hautement poli, cette charmante délicatesse d'âme, qu'on trouve dans le monde féminin, parmi les rangs plus élevés de la vie, et qui est certainement et de beaucoup le charme le plus captivant de la fameuse ceinture de Vénus. C'est véritablement un trésor si inestimable que, lorsqu'on peut le posséder dans sa céleste pureté native, sans la tache de quelqu'une des maintes nuances d'affectation, sans l'alliage de quelqu'une des maintes sortes de caprice, je le déclare devant le ciel, je pense que ce trésor serait acheté bon marché au prix de tous les autres biens terrestres. Mais comme cette créature angélique est, j'en ai peur, extrêmement rare dans toutes les conditions et rangs de la vie, et qu'elle est tout à fait refusée aux miens, nous autres chétifs mortels devons nous contenter de ce qui vient immédiatement après dans l'excellence féminine. Nous pouvons fournir un corps et un visage aussi beaux que n'importe quel rang de vie, une grâce rustique et naturelle, une modestie sans affectation et une pureté sans souillure, un esprit naturel et les rudiments du goût, une simplicité d'âme qui ne soupçonne pas, parce qu'elle ne les connaît pas, les voies obliques d'un monde égoïste, intéressé et fourbe, et le plus grand charme de tout, une douceur de caractère toujours prête à céder et une généreuse chaleur de cœur, reconnaissante de l'amour que nous donnons et, en retour, brûlant d'une ardeur plus qu'égale; toutes ces qualités avec un corps sain, une constitution solide et vigoureuse, tels que vos rangs élevés peuvent à peine espérer l'avoir, sont les charmes adorables de la femme dans mon humble sphère de vie[1].

On aime à imaginer que ces mots ne sont que l'écho affaibli d'autres mots qu'il versa devant elle, avec ferveur et avec larmes, avec de solennelles promesses. Si jamais elle fut près d'être aimée par lui d'un amour de cœur, ce fut alors. La pauvre fille, ordinaire et faible, s'était développée en une noble femme. Elle n'avait pas les dons de surface et ces localisations partielles et rapides d'individualité qui font l'intelligence, l'esprit, tout ce qui saisit les choses par un point précis. Mais elle avait un fond de bonté élémentaire, instinctive, ingénue, qui est plus profonde que cela et supporte la vie entière. Au contact de cet homme supérieur qu'elle aimait à sa manière, d'une manière superbe, avec soumission, avec acceptation, avec abandon et oubli d'elle-même ; par les souffrances mêmes qu'elle avait reçues de lui, elle s'était ennoblie. Elle avait mérité de lui cet hommage qui restera sa couronne. Elle était désormais son égale. C'est trop peu dire! Sa générosité la plaçait au-dessus de lui; c'était à lui maintenant à faire effort pour atteindre jusqu'à elle. Pauvre Burns ! Que le génie lui-même est peu de chose en face de la bonté ! Celle-ci est plus divine que tout.

---

[1] *To Mrs Dunlop.* 14th April 1791.

Malgré ce rayon, cette lamentable histoire n'en était pas moins une calamité dans l'existence des deux époux. Pour Jane c'était le renversement de son modeste rêve ; c'était la foi mutuelle rompue, la confiance perdue, et ce je ne sais quoi d'étranger d'introduit dans le mystère du foyer, qui ressemble à une souillure. Il n'y avait pas jusqu'à la simultanéité de deux naissances qui ne dût lui être une pensée affreuse. Si elle tentait de la chasser, les deux bébés sur sa poitrine la lui rappelaient sans cesse. Son chagrin s'alimentait à son dévoûment même. Cependant il est probable qu'elle fut encore la moins à plaindre des deux. Peut-être lui arriva-t-il ce qui arrive aux âmes d'une bonté parfaite : leur douceur gagne jusqu'aux douleurs qui les pénètrent. Le pardon commence son bienfait en celui qui pardonne. La naïve mansuétude de Jane mit son baume aux blessures mêmes par lesquelles elle coulait.

Les plus désastreux effets se produisirent dans Burns. Son âme entière était un chaos de remords, de honte et de colère. Il était bon et le mal qu'il causait devait le torturer. Par sa faute, les larmes étaient entrées dans la maison ; un surcroît de gêne s'ajoutait à celle dont ils souffraient déjà. Il portait en lui l'expression résignée de Jane ; l'enfant dont elle avait soin lui était un reproche continuel. Et quelle horreur plus affreuse devait l'envahir, quand il pensait à la pauvre fille enterrée à Edimbourg ! Quelles agonies de remords, quels déchirements lui torturaient le cœur, quand il songeait à ce malheur, presque égal à un crime, si les fautes se mesurent aux souffrances qu'elles répandent ! Sans relâche, il devait être poursuivi par cette idée. Elle est redoutable et vengeresse. Ce n'était peut-être là que la meilleure partie de sa souffrance. Il était impossible que des désordres plus pernicieux ne minassent pas sa personnalité. C'est une fatigue accablante que cette réprobation intérieure qui sourd de nous-même. Elle empoisonne nos meilleurs moments ; elle lasse la pensée par un bourdonnement incessant. Nous essayons d'étouffer cette petite voix ; nous nous emportons ; mais, quand nos emportements fatigués baissent, elle redit les mêmes choses. Après quelque temps une âme en est excédée. A cette fatigue s'ajoute celle d'un travail continuel et vain, toujours repris comme celui d'un problème insoluble qui s'est emparé de nous, l'obsédante fatigue de se forger des excuses, et la perplexité, le harassant vacillement de l'esprit entre ses sophismes et ses reproches. Et puis encore — et c'était peut-être le dernier cercle de l'enfer qu'il portait en lui — il y avait l'humiliation qu'il ne pouvait manquer d'éprouver. Si bonne que fût Jane, bien plus, à cause de cette bonté même, il devait courber le front. Il était amoindri chez lui, à son propre foyer. Peut-être jamais un mot n'exprima cette confusion. Le silence même la rendait plus écrasante. Entre toutes les douleurs c'était celle-là dont son esprit souffrait le plus. Toutes ces choses fermentaient en lui, aigrissaient son orgueil, mordaient son énergie, épuisaient et délabraient son âme, poussaient en tous sens de profonds ravages.

Par instants, quand il y tombait du dehors un reproche, une allusion, toutes ces rancœurs entraient en effervescence, bouillonnaient, remplissaient son âme de vapeurs noires et âcres, et débordaient en colères, en ·imprécations, et, terme terrible, en une sorte de haine farouche.

Dieu aide les fils de la Pauvreté! Haïs et persécutés par leurs ennemis, et trop souvent (hélas ! presque sans exception toujours) reçus par leurs amis avec un manque de respect insultant et des reproches qui percent le cœur, sous le mince déguisement d'une froide politesse et de conseils humiliants. Oh ! être un vigoureux sauvage traversant, dans l'orgueil de son indépendance , les solitudes sauvages de ses déserts, plutôt que d'être dans la vie civilisée et d'attendre en tremblant une subsistance, précaire comme le caprice d'un semblable ! Chaque homme a ses vertus, et pas un homme n'est sans fautes. Maudits soient le privilège et la franchise de l'amitié qui, à l'heure de ma calamité, ne peut me tendre une main secourable sans désigner en même temps mes fautes et assigner leur part dans ma détresse présente. Mes amis, car c'est ainsi que le monde vous nomme, et c'est ce que vous-mêmes pensez être, omettez mes vertus, si cela vous plaît, mais aussi épargnez mes folies : les premières porteront dans mon sein témoignage d'elles-mêmes ; les secondes tortureront assez un cœur sincère , sans vous. Puisque dévier plus ou moins des sentiers de la convenance et de la droiture est fatalement une chose inhérente à la nature humaine, ô Fortune, mets en mon pouvoir de payer toujours de ma propre poche, la pénalité de mes erreurs ! Je n'ai pas besoin d'être indépendant afin de pécher ; mais je veux être indépendant dans mon péché [1].

En même temps sa haine pour son métier allait s'accroissant. Il s'exaspérait contre ce que ses fonctions avaient de cruel. Il les accomplissait, malgré lui, avec répugnance. Le dégoût qu'il avait prévu était bien là. Il écrivait des lettres comme celle-ci qui , avec son épigraphe , montre la part que son bon cœur avait dans l'horreur qu'il éprouvait pour ses fonctions.

> Béni celui qui avec bonté
> Considère le cas du pauvre.

Je vous ai cherché par toute la ville, bon Monsieur, pour savoir ce que vous avez fait ou ce qui peut être fait pour le pauvre Robie Gordon. L'heure est venue où il me faut assumer l'exécrable office de rabatteur vers les limiers de la Justice et lâcher les fils de charogne... sur le pauvre Robie. Je pense que vous pouvez faire quelque chose pour sauver le malheureux et je suis sûr que si vous le pouvez vous le voudrez [2].

Et encore cette autre imprécation :

Je suis un misérable diable, harassé, usé jusqu'à la moelle par le frottement de tenir les nez des pauvres cabaretiers sur la meule de l'Excise. Comme le Satan de Milton , pour des raisons particulières, je suis forcé

> De faire ce que, bien que damné, j'abhorrerais [3],

et n'était qu'un couplet ou deux d'honnête exécration....

---

[1] *To Alex. Cunningham.* 11th June 1791.
[2] *To Alex. Fergusson.* Sept. 1790.
[3] *To Dr James Anderson.* Aug. 1790.

Par là encore sa vie était en désarroi et désajustée. Des accidents corporels vinrent mettre la dernière main à cette cruelle situation. Toute l'année 1791 ne fut pour le pauvre poète qu'une suite de chutes de cheval, de membres meurtris ou brisés. Au mois de janvier, il tomba une première fois ; il écrit à Mrs Dunlop, le 7 février :

Quand je vous aurai dit, Madame, que par suite d'une chute, non de mon cheval, mais avec mon cheval, j'ai été estropié quelque temps et que c'est aujourd'hui la première fois que je puis me servir de mon bras et de ma main pour écrire, vous conviendrez que c'est une trop valable excuse pour un silence qui semblait de l'ingratitude. Je commence maintenant à aller mieux et je suis capable de rimer un peu, ce qui implique un peu d'aise et de soulagement, car je ne puis penser que l'esprit le plus poétique soit capable de composer sur le chevalet [1].

Vers la fin de mars, il fit une nouvelle chute et cette fois se cassa le bras. Il écrit en avril :

Un jour ou deux après avoir reçu votre lettre, mon cheval tomba avec moi et me fractura le bras droit. Comme ceci est le premier service que mon bras me rend depuis mon accident, je suis incapable de vous remercier de votre protection et de votre amitié autrement qu'en termes généraux [2].

Vers la fin de l'été ou le commencement de l'automne, il tomba de nouveau et se meurtrit la jambe. Il semble avoir souffert beaucoup de ce dernier accident. Il disait à Peter Hill, le libraire :

Je n'ai jamais été plus incapable d'écrire. Un pauvre diable, cloué sur un fauteuil, qui se tord dans la souffrance, avec une jambe meurtrie sur un escabeau devant lui, est vraiment en bonne situation pour dire des choses brillantes [3].

Et à un autre correspondant il envoyait à propos de la même blessure « plein ma feuille de gémissements qui me sont arrachés dans mon fauteuil [4] ».

On croirait qu'il faisait des courses furibondes, qu'il poussait sa monture comme un forcené. Presque toutes ces chutes sont, en effet, faites avec le cheval. La pauvre bête surmenée galopait tant qu'elle tombât. Encore ne sont-ce là que les chutes qui marquaient. Il lui en arrivait d'autres à chaque instant.

Pour ma part, j'ai galopé sur mes dix paroisses, pendant les quatre derniers jours, jusqu'à ce moment, où je viens de descendre de cheval, ou plutôt, où mon pauvre squelette d'âne de cheval vient de me déposer à terre, car le pauvre diable s'est mis une dizaine de fois à genoux, pendant les vingt derniers milles, me disant à sa façon : « Vois, ne suis-je pas ta fidèle rosse de cheval, sur lequel tu as chevauché tant

---

[1] *To Mrs Dunlop.* 7th Feb 1791.
[2] *To Alexander Fraser Tytler.* April 1791.
[3] *To Peter Hill.* Oct. 1791.
[4] *To Robert Graham of Fintry.* Oct. 1791.

d'années.... » Bref, Monsieur, j'ai fourbu mon cheval et je me suis presque rompu le cou, sans compter quelques dommages à une partie que je ne nommerai pas, grâce à une selle qui a le cœur dur comme une pierre[1].

Il galopait à se rompre le cou. Etait-ce la nécessité de faire vite sa besogne ? Etait-ce cet âpre besoin de mouvement et d'étourdissement par lequel on espère fuir ces soucis sombres qui sont assis derrière le cavalier ? Etaient-ce de ces furieuses chevauchées d'ivresse, comme celle qui avait failli lui être funeste dans les Hautes-Terres ?

Enfin, pour compléter ce chaos, vers le milieu de cette même année, au mois d'août 1791, on trouve une lettre à Clarinda qui, à la suite de leur demi réconciliation, lui avait envoyé des vers sur *La Sympathie*. Il lui disait :

J'ai lu votre très beau mais très pathétique poème — ne me demandez pas combien de fois et avec quelles émotions. Vous savez que « j'ose *pécher* mais non pas *mentir!* » Vos vers arrachent cette confession du plus profond de mon âme — je le dirai, répétez-le si vous le voulez — que j'ai plus d'une fois été la victime d'une conjoncture maudite de circonstances et que pour moi vous devez être à jamais

Chère comme la lumière qui visite ces tristes yeux [2].

Il lui envoyait sa pièce sur Marie Stuart et il y ajoutait ces mots qui étaient redevenus de tendresse.

Telles furent, ma chère Nancy, les paroles de l'aimable mais malheureuse Mary. L'infortune semble prendre un plaisir particulier à darder ses flèches contre « les honnêtes hommes et les jolies fillettes ». De cela vous aussi vous n'êtes que trop la preuve ; puisse votre destinée future faire une brillante exception à cette remarque ! Dans les mots d'Hamlet :

Adieu, adieu, adieu ! Souviens-toi de moi ! [3]

IV

LA VIE PROFONDE, LA PRODUCTION.

Lorsqu'on suit les phases attristantes de l'histoire de Burns, c'est un devoir de se souvenir que, devant nos jugements sociaux, quelques instants de faiblesse ruinent tout un fonds d'honnêteté, de travail, de bonté. Quelques écueils suffisent au mauvais renom d'une mer. Cependant elle remplit ses fonctions dans le jeu universel : elle contribue au flux ; elle fournit aux nuées sa part d'averses fécondantes ; elle nourrit des milliers d'êtres qui grandissent dans son sein, s'accouplent, se

---

[1] *To Collector Mitchell.* Sept. 1790.

[2] *To Mrs Mac Lehose.* Aug. 1791. Ce vers a déjà été cité dans sa correspondance avec Clarinda.

[3] Shakspeare. *Hamlet*, act. I, sc. 5.

reproduisent, perpétuent et modifient les espèces ; elle forme des dépôts qui seront plus tard des continents propres à des plantes nouvelles ; elle a mille utilités plus profondes et encore indiscernées ; ses bienfaits sont nombreux. Mais elle a deux ou trois récifs sur lesquels se sont brisées des galères, peut-être chargées de soldats ; elle a quelques bas-fonds où s'est enlisé un navire qui portait peut-être de l'alcool ou de l'opium ; quelquefois elle a des tempêtes. Alors, au jugement court des hommes, elle devient une mer malfaisante et redoutée. Ils ne pénètrent pas dans son œuvre continue ; ils ignorent qu'il sort d'elle plus d'avantages que de désastres, même pour eux ; et ils oublient que d'ailleurs leur mesure des choses est à leur taille. Hélas ! il en est de même des vies humaines. Quelques fautes, quelques heures d'oubli, de faiblesse, de colère ou de passion, qui sont comme des écueils à la surface, gâtent une existence entière. Cependant, elle aussi accomplit ses fonctions profondes : elle est composée dans son ensemble de bonté, d'efforts, d'aspirations vers le mieux ; elle a, même en ses erreurs, des désirs de bien, à ce point que parfois — mystère fait pour troubler ! — le désir du bien a été la cause de l'erreur ; elle contient de l'amour, du sacrifice, des dévoûments ; elle contribue à la continuation physique et au progrès intellectuel du monde. Et tous ces services sont oubliés ou ignorés ou méconnus, à cause des quelques désordres à la superficie, des quelques remous où l'eau est trouble. Sous d'inexcusables torts la vie de Burns était une vie de droiture, de travail et de bonté. Il accomplissait mieux que la plupart, mieux que beaucoup qui se sont tenus purs de faiblesses, il accomplissait avec une rare efficacité les tâches essentielles par lesquelles l'homme vaut ici-bas. Et c'est une question qui est encore à décider de savoir si les insuffisances d'action n'égalent pas les excès de passion, et si, tout compte fait, ceux qui ont commis quelque mal mais travaillé au bien avec énergie, ne valent pas mieux que ceux qui n'ont fait ni mal, ni bien.

Il avait un vrai cœur de père. C'est plaisir, dans sa correspondance, de l'entendre parler de ses enfants, de voir ses jolis croquis de bébés, pleins de complaisance et de tendresse paternelles, mais aussi de perspicacité. Il avait, de Jane Armour, trois fils. L'aîné Robert avait environ cinq ans ; le second François Wallace, le filleul de Mrs Dunlop, était né le 24 août 1789 ; et le troisième William Nicol, nommé d'après le compagnon du voyage des Hautes-Terres, était venu au monde le 9 avril 1791. Il les contemplait, les étudiait ; ces petits êtres, encore si indécis, prennent sous son regard pénétrant une personnalité. De son aîné, il disait :

« J'ai l'intention de l'élever pour l'église et, d'après une dextérité innée qu'il a pour faire le mal et une certaine gravité hypocrite avec laquelle il en considère les consé-quences, j'ai de belles espérances à son sujet, dans la carrière épiscopale[1]. »

[1] *To Alex. Cunningham.* 27th July 1788.

· De son dernier, William Nicol, il disait :

« J'ai ramassé un petit gars que, pour la force, la grosseur, la forme, et la hauteur de la voix, je mettrais en regard de n'importe quel gamin de Nithsdale , d'Annandale ou n'importe quel autre dale[1] ».

Celui dont il semblait le plus satisfait était le petit Frank, le filleul de Mrs Dunlop. Il le représente toujours comme un petit gaillard solide.

« Je compte qu'il ne discréditera pas le glorieux nom de Wallace, car il a une jolie 'figure mâle et un corps qui ferait honneur à un garçonnet de deux mois ; il a aussi un très bon caractère, bien qu'il ait, lorsque cela lui plaît, un flageolet à peine moins sonore que le cor dont son immortel homonyme sonna pour donner le signal d'enlever le boulon du pont de Sterling[2]. »

Ce petit Frank apparaît vraiment comme un beau bébé et qui donnait à son père des moments d'orgueil.

« Je ne puis m'empêcher de vous féliciter sur sa bonne mine et sa vitalité. Tous ceux qui le voient conviennent que c'est le plus joli, le plus bel enfant qu'ils ont jamais vu. Moi-même je suis enchanté du bombement viril de sa petite poitrine et d'une certaine dignité en miniature, qu'il a dans le port de la tête et dans le regard de son bel œil noir ; cela promet le courage indomptable d'une âme indépendante.[3] »

Et ailleurs encore :

« En vérité, je considère que votre petit filleul est mon *chef-d'œuvre* dans ce genre de manufacture, comme je crois que *Tam de Shanter* est ma meilleure production en fait de poésie. Il est vrai que l'un aussi bien que l'autre trahissent un assaisonnement de friponnerie malicieuse dont on aurait bien pu se passer peut-être ; mais aussi ils montrent, selon moi, une force d'originalité, un fini et un poli que je désespère de surpasser[4]. »

La clairvoyance avec laquelle Burns discernait ces caractères encore en embryon est curieuse. Ce petit Frank était bien ce qu'il avait deviné, un petit gars dur, énergique. Il n'avait pas deux ans qu'il avait réduit son aîné en servitude, car à dix-huit mois de là son père écrivait à son sujet :

A propos, votre petit filleul pousse d'une façon charmante, mais c'est un vrai diable. Bien qu'il soit de deux ans plus jeune , il a complètement maîtrisé son frère. Robert est à la vérité la plus douce et la plus tranquille créature que j'ai jamais vu. Il a une mémoire très surprenante et il est tout à fait l'orgueil de son maître[5].

Son pronostic du caractère de Robert n'était pas moins juste, ainsi que la vie de celui-ci le montra. N'est-il pas vrai qu'on sent bien dans ces

---

[1] *To John Somerville.* 11th May 1791.

[2] *To Mrs Dunlop.* 6th Sept. 1789.

[3] *To Mrs Dunlop.* 25th Jan. 1790.

[4] *To Mrs Dunlop.* 11th April 1791.

[5] *To Mrs Dunlop.* 24th Sept. 1792.

passages les longues contemplations de petits corps nus, les longs aguets pour voir s'ébaucher les premiers sourires de la bouche ou des yeux ; et aussi ces secrètes satisfactions paternelles qui éclatent au fond du cœur et l'inondent pendant un instant d'un délice adorable qu'on ne révèle jamais entier ?

D'autres fois il se laissait aller à ces flatteuses imaginations où les pères , même fatigués et déçus par la vie , revivent , pour leurs enfants , leurs meilleurs et leurs plus magnifiques états d'âme. Ils redeviennent purs et confiants en ces jeunes âmes, et l'on peut dire que c'est une des vertus salutaires de la paternité que ces moments d'innocence restitués à des esprits qui autrement ne les auraient jamais plus connus. Ce sentiment apparaît dans la très belle lettre suivante :

Je ne me rappelle pas, mon cher Cunningham, que vous et moi ayions jamais causé sur le sujet de la Religion. J'en connais plusieurs qui en rient comme d'une duperie par laquelle les *Quelques-uns* rusés mènent l'ignorante *Multitude ;* ou qui tout au plus la considèrent comme une obscurité incertaine dont les hommes ne peuvent jamais rien savoir et dont ils seraient sots de s'occuper beaucoup. Je ne voudrais pas chercher querelle à un homme pour son irréligion , pas plus que pour un manque d'oreille musicale. Je regretterais qu'il soit exclu de ce qui, pour moi et pour d'autres, a été des sources supérieures de jouissance. C'est à ce point de vue et pour cette raison que je veillerai à ce que l'âme de tous mes enfants soit imbue de Religion. Si mon fils est un homme de sentiment , de sensibilité et de goût , j'augmenterai ainsi beaucoup ses joies. Laissez-moi me flatter de la pensée que ce doux petit être qui, en ce moment, est en train de courir çà et là autour de mon pupitre, sera un homme d'un cœur tendre, ardent et brûlant, d'une imagination qui goûtera des délices avec les peintres et des ravissements avec les poètes. Laissez-moi me figurer errant dans la campagne, dans la douceur du crépuscule, pour aspirer la brise embaumée et jouir de la poussée luxuriante du printemps, pendant que lui-même est dans la jeunesse fleurissante de la vie. Il jette ses regards sur toute la nature et à travers la nature , plus haut, vers le Dieu de la nature ; son âme, par de rapides gradations de délices, est entraînée au-dessus de cette sphère terrestre , jusqu'à ce qu'il ne puisse plus rester silencieux et qu'il éclate dans le glorieux enthousiasme de Thomson :

> Les choses, dans leurs changements, ô Père Tout Puissant, ces choses
> Ne sont que des aspects de Dieu, l'année qui se déroule
> · Est pleine de Toi.

et ainsi de suite dans toute l'ardeur et l'enthousiasme de cet hymne charmant.

Ce ne sont pas là des plaisirs imaginaires , ce sont des joies réelles , et je demande quelles joies parmi les fils des hommes sont supérieures à celles-là. Et elles ont ce surcroît immense et précieux que la vertu, consciente d'elle-même, les réclame pour siennes, et s'en saisit pour paraître en la présence d'un Dieu qui voit, juge et approuve[1] ».

C'est, presque dans les mêmes termes, le rêve que faisait Coleridge , sur le berceau de son fils, lorsque par cette nuit de gel silencieux , et si

---

[1] *To Alex. Cunningham.* 25th Feb. 1794.

calme que la mince flamme bleue ne tremblait pas sur le feu, il voyait aussi « le cher bébé » « errer comme une brise » près des lacs, sur les grèves sablonneuses et sous les rocs d'antiques montagnes.

> Ainsi tu verras et entendras
> Les formes belles et les sons intelligibles de cet éternel langage que ton Dieu
> Profère, qui, depuis toute éternité, enseigne
> Lui-même en tout, et toutes choses en lui-même[1].

C'est la poésie et le roman des pères.

A côté de ces fiertés on voit passer les tortures dont les maladies des enfants font trembler l'âme des parents.

« J'attends chaque jour le docteur qui doit inoculer la petite vérole à votre petit filleul. Elle règne beaucoup cette année et je tremble pour sa vie...[2]

Le pauvre petit Frank est maintenant au plus fort de la petite vérole. Je l'ai fait inoculer et j'espère qu'elle est en bonne voie[3]. »

Il connaissait les angoisses dont, même dans des circonstances favorables, un esprit réfléchi doit souffrir, lorsqu'il prévoit les épreuves réservées à ces chers êtres ignorants. Quel père n'a pas essayé de pénétrer les temps qui arrivent, et même de démêler les événements historiques, les guerres, les fluctuations sociales qui se préparent, le front penché sur un berceau ? Lequel, faisant retour sur lui-même, n'a redouté les périls, les embûches, les chocs, dont il lui semble que seule sa bonne étoile l'a sauvé ? Ces pensées-là sont la rançon des joies paternelles.

De petits enfants qui attendent de vous une protection paternelle sont une lourde charge. J'ai déjà deux beaux gaillards, bien venants et forts ; je voudrais les mettre en bonne lumière. J'ai mille rêveries et mille plans à propos d'eux et de leur destinée future. Ce n'est pas que je sois un utopiste dans mes projets en ces matières ; je suis résolu à ne jamais destiner un de mes fils aux professions libérales. Je connais la valeur de l'indépendance ; puisque je ne puis donner à mes fils une fortune indépendante, je leur donnerai sûrement une ligne de vie indépendante. Quel chaos de tumulte, de hasard et de vicissitudes est ce monde, lorsqu'on se met à y réfléchir sérieusement ! Pour un père qui connaît lui-même le monde, la pensée des fils qu'il aura à y laisser doit le remplir de crainte ; mais s'il a des filles, cette perspective, dans ces moments pensifs, est capable de le frapper d'épouvante[4].

Ces angoisses étaient pour lui plus vives que pour la plupart. Sa vie et celle des siens l'avaient rendu défiant ; l'avenir était un sol maigre et désolé. Il y avait, entre ses chétives ressources et les ambitions que sa richesse cérébrale devait naturellement lui inspirer pour ses fils, une telle

---

[1] *Frost at Midnight.*

[2] *To Mrs Dunlop.* 25th Jan. 1790.

[3] *To William Burns.* 10th Feb. 1790.

[4] *To William Dunbar.* 14th Jan. 1790.

distance ! C'est un plus lourd chagrin pour un homme distingué d'esprit de penser que l'éducation de ses enfants sera insuffisante que de savoir qu'ils seront pauvres.

Malgré tout, grâce au ciel, je puis vivre et rimer tel que je suis ; quant à mes garçons, pauvres petits gars ! puisque je ne puis les placer à un degré aussi élevé de la vie que je voudrais, je les établirai, si l'ordonnateur des événements m'accorde la faveur de voir cette époque-là, sur une base aussi large et aussi indépendante que possible. Parmi les nombreux sages proverbes qui ont été recueillis par nos ancêtres écossais, un des meilleurs est celui-ci : « *Mieux vaut la tête de la roture que la queue de la gentry* » [1].

Il était également bon frère. On a vu qu'il avait partagé avec Gilbert les profits de son volume. Carlyle l'en loue beaucoup. Ce qu'on n'a pas assez indiqué c'est que ce sacrifice fut probablement la cause de son entrée dans l'Excise. Cet argent lui aurait permis de franchir les premières mauvaises années, les années des vaches maigres, et d'attendre que le vent tournât. Ce serait lui faire injure que de croire un instant qu'il fut capable de songer à le réclamer.

J'aurais pu avoir de l'argent pour suppléer au déficit de ces années maigres, mais j'ai, dans une ferme en Ayrshire, un frère plus jeune et trois sœurs. Tout le surplus de ce que j'estimais nécessaire pour mon capital de fermage a été pris pour sauver, d'une ruine imminente, non seulement le confort mais l'existence même de ce foyer. Ceci était fait avant que je prisse cette ferme-ci ; plutôt que d'enlever mon argent à mon frère — ce qui le ruinerait — j'abandonnerai ma ferme et j'entrerai immédiatement au service de vos Honneurs [2].

Son plus jeune frère, Williams Burns, découragé sans doute de se faire fermier, par l'exemple de ses deux aînés, avait appris le métier de sellier. Il s'était mis en route pour trouver du travail. Cela ne semble pas avoir été chose facile. Après avoir erré en plusieurs endroits, il s'était installé à Newcastle. Pendant toutes ses pérégrinations, Robert le suit avec une sollicitude paternelle ; il lui donne des conseils, lui écrit des lettres pleines de sages avis pratiques, l'encourage, le soutient. Tout cela en paroles cordiales et dignes.

Si mes conseils peuvent vous être utiles (c'est-à-dire si vous pouvez vous résoudre à prendre l'habitude non seulement d'examiner votre conduite, vos façons, etc., mais aussi celle de mettre en pratique les résolutions que cet examen fera naître d'améliorer vos défauts), mes petites connaissances et mon expérience du monde sont cordialement à votre service. J'avais l'intention de vous écrire plein une feuille de conseils, mais quelque affaire m'en a empêché. En un mot, apprenez la *Taciturnité*. Que cela soit votre devise. Quand vous auriez la sagesse de Newton ou l'esprit de Swift, le bavardage vous rabaisserait aux yeux de vos semblables [3].

---

[1] *To Dr Moore.* 27th Feb. 1791.

[2] *To Robert Graham of Fintry.* 10th Sept. 1788.

[3] *To William Burns.* 2nd March 1789.

Toutes ses lettres contiennent des conseils bien choisis :

Vous êtes au moment de la vie où l'on prend des habitudes ; vous ne pouvez éviter cela, quand vous le voudriez, et ces habitudes vous demeureront attachées jusqu'à la fin de votre sablier. Plus tard, même lorsqu'on est aussi peu avancé en années que moi, on peut avoir une vue très pénétrante de ses défauts et de ses faiblesses habituelles, mais les arracher ou même les amender est tout autre chose. Acquis d'abord par accident, ils commencent bientôt à devenir commodes, et avec le temps ils deviennent une portion *nécessaire* de notre existence [1].

Il lui envoie de l'argent :

Je mets deux billets d'une guinée de la banque d'Écosse qui, j'espère, viendront à propos. Il ne m'est pas tout à fait aussi commode que naguère de distraire un peu d'argent, mais je connais votre situation et, je puis le dire, à quelques égards votre mérite [2].

Il lui répète sans cesse de ne pas se décourager et s'il ne réussit pas de songer au toit de son frère.

Si vous ne réussissez pas dans vos pérégrinations, ne vous découragez pas, ne faites pas de coup de tête, revenez vers nous en ce cas et nous attendrons une meilleure humeur de la Fortune. Rappelez-vous ceci, je vous en prie [3].

Et ailleurs encore :

Ma maison sera la maison où vous serez le bienvenu et comme je connais votre prudence (plût au ciel que votre *résolution* fût égale à votre *prudence*) si, quelque part loin de vos amis, vous étiez en besoin d'argent, vous avez mon adresse par la poste [4].

Williams semble avoir été un garçon timide et doux ; ses lettres à son frère, fort bien écrites du reste, sont touchantes par quelque chose de triste et de modeste. Il n'avait pas la virilité de ses deux aînés. Cependant il se hasarda à pousser jusqu'à Londres, espérant y trouver du travail. Au moment où il va partir, Robert lui donne de ces clairs avis qu'un père ne doit pas hésiter de donner à son fils, lorsque celui-ci va se risquer dans la fournaise d'une grande ville. Et il ajoute :

Écrivez-moi avant de quitter Newcastle et aussitôt que vous arriverez à Londres. En un mot, si jamais vous vous trouvez, comme peut-être vous pourrez l'être, en peine pour un peu d'argent, vous savez où je suis. Il ne sera pas dit que je vous verrai vaincu, tant que vous lutterez comme un homme. Adieu ! Dieu vous bénisse ! [5]

---

[1] *To William Burns.* March 10th, 1789.

[2] *To William Burns.* 14th Aug. 1789.

[3] *To William Burns.* 25th March 1789.

[4] *To William Burns.* 15th April 1789.

[5] *To William Burns,* 18th Feb. 1790.

En même temps, il écrivit à son vieil ami Murdoch, qui était établi à Londres, pour lui recommander son frère. Le pauvre Williams commença dans la grande ville l'existence d'un ouvrier qui cherche de la besogne et obtient, tantôt ici, tantôt là, quelques jours d'occupation. On le voit errant d'atelier en atelier. Il le raconte à son frère sur le ton doux et résigné qui lui est propre.

J'ai trouvé du travail le vendredi après mon arrivée dans la ville ; je n'y ai travaillé que huit jours, leur entreprise étant terminée. J'ai retrouvé du travail dans une boutique du Strand, le lendemain du jour où j'ai quitté mon premier maître. Ce n'est qu'une place temporaire, mais j'espère être bientôt fixé dans une boutique à mon gré, bien que ce soit une affaire plus difficile que je ne l'imaginais, car il y a de tels essaims de nouveaux ouvriers arrivés récemment de la campagne que la ville en est remplie, et que, je le crains, à moins d'être particulièrement un bon ouvrier, (ce que vous savez je ne suis pas et ne serai jamais), il est dur de trouver une place. Cependant je ne désespère pas de redresser ma dérive et de pincer le vent.

L'encouragement ici n'est pas ce que j'attendais, les gages étant fort bas en proportion des dépenses de la vie. Cependant, si je mets de côté l'argent que les autres dépensent en dissipation et en débauche, j'espère bientôt vous renvoyer celui que je vous ai emprunté et vivre en outre confortablement [1].

Le brave garçon ne devait pas lutter longtemps. Il fut pris, quatre mois après son arrivée à Londres, d'une fièvre maligne et, seul dans l'immense foule, pensant peut-être à la ferme d'Ayrshire, mourut le 24 juillet 1790, sans que Murdoch fût prévenu [2]. Robert prit pour lui les frais des funérailles. Il avait dignement remplacé le vieux père.

D'autres sentiments de noble race circulaient constamment dans sa vie : l'amitié, la reconnaissance. Un de ses premiers protecteurs à Edimbourg avait été le comte de Glencairn. C'est de tous les hommes celui qu'il paraît avoir le plus vénéré. Il l'admirait sans réserve, et il fallait qu'un caractère fût vraiment d'or fin pour résister à la pierre de touche de sa perspicacité. « Mon attachement reconnaissant était en vérité si fort qu'il remplissait toute mon âme et était tressé avec le fil de mon existence. [3] » Le comte mourut à la fin de janvier 1791, dans sa 42e année, au retour d'un séjour d'hiver à Lisbonne. Ce fut pour Burns une douleur immense, il prit le deuil [4]. Il écrivit à la mémoire de son protecteur une élégie qu'il envoya à un des amis de Glencairn avec les vers suivants :

Je t'adresse cette offrande votive,
Le tribut de larmes d'un cœur brisé,
Tu estimais l'*ami* ; moi, j'aimais le *bienfaiteur* ;

---

[1] *William Burns to Robert Burns*, 21st March 1790.
[2] Voir la lettre de Murdoch à Robert Burns, datée du 14th Sep. 1790.
[3] *To Dr Moore*, 27th Feb. 1791.
[4] *To Alex. Dalziel*, March 19, 1791, et *To lady Elisabeth Cunningham*, March 1791.

Son mérite, son honneur étaient de tous loués ;
Nous le pleurerons, jusqu'à ce que nous partions comme il est parti,
Et que nous suivions le sentier spectral vers ce sombre monde inconnu[1].

Cette élégie est d'un accent déchirant. Elle mérite de prendre place parmi la belle suite de poèmes que les plus grands des poètes anglais ont écrits à la mémoire d'amis disparus. On peut même dire que ni le *Lycidas* de Milton, ni l'*Astrophel* de Spencer, ni l'*Adonaïs* de Shelley n'ont le sanglot qui secoue ces strophes.

Le vent soufflait rauque des collines,
Par intervalles, le rayon mourant du soleil
Jetait un regard sur les bois jaunes et flétris
Qui ondulaient au-dessus du cours sinueux du Lugar :
Sous un escarpement rocheux, un Barde,
Chargé d'années et de lourde peine,
En haute lamentation, pleurait son seigneur
Que le Trépas avait pris bien avant l'heure.

Il s'était appuyé contre un chêne antique,
Dont le tronc s'effritait par les ans ;
Ses cheveux étaient blanchis par le temps,
Sa joue ridée était mouillée de larmes ;
Et comme il touchait sa harpe tremblante,
Et comme il chantait son chant douloureux,
Les vents, se lamentant dans leurs cavernes,
Vers l'Écho en emportaient les notes :

« Vous, oiseaux dispersés qui chantez faiblement,
Débris du chœur printanier !
Vous, bois qui répandez à tous les vents
Les ornements de l'année déclinante !
Quelques brefs mois et, joyeux et gais,
Vous charmerez de nouveau l'oreille et le regard ;
Mais rien dans les cycles du temps
Ne peut à moi me ramener la joie.

« Je suis un vieil arbre courbé,
Qui longtemps résista au vent et à la pluie ;
Mais maintenant est venu une cruelle rafale,
Et c'en est fait de ma dernière attache à la terre ;
Mes feuilles ne salueront plus le printemps,
Le soleil d'été n'exaltera plus ma floraison ;
Il faut que je gise devant l'orage
Et que d'autres poussent à ma place.

« J'ai vu mainte année changeante,
Je suis devenu un étranger sur terre ;
J'erre au hasard dans les chemins des hommes,
Je ne les connais plus, je leur suis inconnu ;

---

[1] *Lines to Sir John Whitefoord.*

Sans écho, sans pitié, sans secours,
Je porte seul mon fardeau de soucis,·
Car silencieux, bien bas, sur des lits de poussière,
Dorment tous ceux qui partageaient mes chagrins.

« Enfin (comble de toutes mes douleurs !)
Mon noble maître est couché dans l'argile ;
La fleur de tous nos hardis barons,
L'orgueil de sa contrée, le soutien de sa contrée !
Je languis maintenant dans une lasse existence,
Car toute la vie de la vie est morte,
Et l'espérance a fui mon regard vieilli,
Sur ses ailes rapides à jamais envolée.

« Éveille, pour la dernière fois, ta triste voix, ma harpe,
Une voix de détresse et de farouche désespoir ;
Éveille-toi, fais résonner ton dernier lai,
Puis dors dans le silence pour toujours ;
Et toi, mon dernier, mon meilleur, mon seul ami,
Qui remplis une tombe prématurée,
Accepte ce tribut du Barde
Que tu as retiré des plus noires ténèbres de la Fortune.

« Dans le vallon bas et nu de la Pauvreté,
D'épais brouillards obscurs m'enveloppaient ;
Quoique je levasse souvent un œil anxieux,
Aucun rayon de renommée n'apparaissait ;
Tu m'as trouvé comme le soleil matinal
Qui fond les brouillards en air limpide ;
Le Barde sans ami et sa chanson rustique
Devinrent tous deux ton cher souci.

« O ! pourquoi la vertu a-t-elle des jours si courts,
Tandis que les gredins ont du temps pour mûrir, devenir gris ?
Faut-il que toi le noble, le généreux, le grand,
Tu tombes dans la forte fleur de la hardie virilité !
Pourquoi ai-je vécu pour voir ce jour-là,
Un jour pour moi plein de détresse ?
O ! que n'ai-je rencontré la flèche mortelle
Qui a abattu mon bienfaiteur !

« Le fiancé peut oublier la fiancée
Dont il a fait hier son épouse, sa femme ;
Le monarque peut oublier la couronne
Qui est sur son front depuis une heure ;
La mère peut oublier l'enfant
Qui sourit si doucement sur ses genoux ;
Mais je me souviendrai de toi, Glencairn,
Et de tout ce que tu as fait pour moi. »

Toute la pièce est belle ; il y règne un indicible accent de douleur
inconsolable ; surtout la dernière strophe est admirable de simplicité et

d'émotion. C'est un chagrin qui avait vraiment pénétré au plus profond de sa vie. Il disait :

« Le deuil, que je me suis fait à moi-même l'honneur de porter en mémoire de sa seigneurie, n'a pas été « une contrefaçon de douleur ». Et ma gratitude ne périra pas avec moi ! Si parmi mes enfants, j'ai un fils qui ait du cœur, il transmettra à son enfant, comme une fierté de famille et une dette de famille, que je dois ce qui m'a été le plus cher dans l'existence à la noble maison de Glencairn[1]. »

Près de quatre ans après, lorsqu'il lui vint un fils, il lui donna le nom de James Glencairn.

Sa générosité, qui était un des traits, disons mieux, un des éléments de son caractère, était toujours en éveil, toujours prête et prompte à agir, sans une seconde d'hésitation, par élan prime-sautier. Un délicat poète écossais, Michel Bruce, était mort à vingt-et-un ans [2]. Ses amis résolurent de publier ses œuvres, au bénéfice de sa vieille mère qui était dans la pauvreté. L'un d'eux, un jeune clergyman nommé Baird, qui devint professeur de langues orientales à l'Université d'Edimbourg et plus tard principal de l'Université, demanda à Burns l'appui de son nom et de sa plume. « Puis-je vous demander si vous voudrez prendre la peine de parcourir les manuscrits non publiés de Bruce qui sont en ma possession, de donner votre opinion et de suggérer les coupures, les changements ou les modifications qui vous sembleraient désirables ? Et voulez-vous nous permettre de faire savoir que quelques lignes de vous seront ajoutées au volume ? [3] » Voici la lettre qu'il reçut en réponse :

Pourquoi m'avez-vous, cher Monsieur, écrit ces termes si hésitants à propos de l'affaire du pauvre Bruce ? Ne connais-je pas et n'ai-je pas éprouvé les maux nombreux, les maux particuliers, qui sont le patrimoine de toute chair poétique ? Vous pourrez faire votre choix de tous les poèmes inédits que je possède ; et si votre lettre m'avait été adressée de façon à m'arriver plus tôt (je viens de la recevoir il ·y a un moment), je vous aurais aussitôt délivré de toute incertitude à ce sujet. Je vous demande seulement que quelque avertissement, dans la préface du livre, aussi bien que les feuilles de souscription, porte que la publication est uniquement pour le bénéfice de la mère de Bruce. Je ne veux pas que l'ignorance puisse supposer, ou la malignité insinuer que je me suis dévoué à cette œuvre pour des motifs mercenaires. Et vous ne devez pas, pour ma participation à cette affaire, me faire honneur d'aucune générosité remarquable. J'ai une telle armée de peccadilles, de fautes, de folies et de chutes (tout autre que moi pourrait donner à quelques-unes d'entre elles un nom plus sévère), qu'afin de rétablir un peu, quoique bien légèrement, la balance pour mon compte, je suis disposé à faire envers un semblable tout bien qui se trouve en mon très humble pouvoir, rien que dans le but égoïste d'éclaircir un peu la perspective du passé [4].

---

[1] To lady Elisabeth Cunningham, March 1791.
[2] The Works of Michael Bruce, edited with memoir by Alex. Grosart.
[3] Cité par Scott Douglas, tom. V, p. 347.
[4] To the Rev. G. H. Baird, Feb. 1791.

Cette lettre à elle seule eût fait l'ornement du volume. Mais Burns offrait bien plus ; il présentait à pleines mains tout ce qu'il possédait, et là dedans est son *Tam de Shanter* qu'il venait d'achever. C'était tous ses trésors ; il les donnait sans une pensée pour lui-même. Nous comprenons la phrase qui termine cette lettre ; nous savons quel aveu elle contient et à quelle faute il est probable qu'elle s'adressait. Elle est ici à sa vraie place, à côté de ce qui la rectifie. Les sentiments où elle est enclavée rétablissent l'équilibre ; l'occasion même qui la fit écrire montre combien de qualités se mêlaient aux faiblesses de l'écrivain.

Pour tous ceux qui avaient recours à lui, il était prodigue de son temps, de ses démarches, toujours prêt à écrire, à mettre sa puissante rhétorique au service d'un pauvre diable dans l'embarras. La moindre injustice dont il voyait souffrir quelqu'un autour de lui le révoltait, le mettait en état d'éloquence. Un maître d'école de ses connaissances, de Moffat, nommé Clarke, avait eu des démêlés avec ses supérieurs. On lui faisait, semble-t-il, des reproches injustes. Aussitôt Burns rédige pour lui un plaidoyer habile et digne, adressé au lord prévost d'Edimbourg. Il écrit à un personnage influent pour le prier d'intervenir, en faveur de son protégé, auprès des magistrats et du conseil municipal de la cité, qui avaient en mains le patronage de l'école de Moffat. Sa recommandation est ardente.

Il est vrai, Monsieur, et je sens la force de cette observation, qu'un homme dans ma situation humble et chétive se méprend beaucoup sur lui-même et se méprend beaucoup sur les voies du monde, lorsqu'il a la présomption d'offrir son influence auprès d'un corps aussi hautement respectable que les patrons que j'ai mentionnés. A cela... que pouvais-je faire ? Un homme de capacités, un homme de talent, un homme de vertu et mon ami... plutôt que de me tenir tranquille et silencieux et de le voir périr ainsi, je serais allé sur mes genoux vers les rochers et les montagnes pour les implorer de tomber sur ses persécuteurs et de les écraser, eux et leur méchanceté, dans une destruction méritée. Croyez-moi, Monsieur, c'est un homme envers qui on est grandement injuste[1].

Son désir d'être utile ne se confinait pas à ses relations particulières. Il avait une bonne volonté plus générale. Elle s'était traduite par une entreprise bien curieuse pour cette époque. Avec un propriétaire voisin, le capitaine Riddell, l'héritier du sifflet, il avait créé, en pleine campagne et il y a cent ans, ce qui commence seulement à fonctionner chez nous : une bibliothèque populaire circulante[2]. Il s'y était donné tout entier et il en était la cheville ouvrière. « M*r* Burns a été assez bon pour prendre sur lui toute la charge de cette petite affaire. Il était le trésorier, le bibliothécaire et le censeur de cette petite société qui conservera

---

[1] *To the Rev. William Moodie*, vers Juin 1791.
[2] *To Peter Hill*, 2nd April 1789.

longtemps le souvenir reconnaissant de son dévoûment public et de ses efforts pour ses progrès et son instruction [1]. » Lorsque sir John Sinclair entreprit son grand travail du *Statistical Account of Scotland*, Burns lui-même lui envoya un compte rendu de cette louable tentative. Il en ressort nettement que l'idée de la bibliothèque était inconnue et qu'il s'agissait bien d'une innovation. C'est d'ailleurs une belle lettre, claire, pratique, et par endroits éloquente. La haute intelligence de Burns avait anticipé un des moyens les plus actifs de l'éducation populaire ; il en expose les avantages, sans déclamation, dans des termes dont la modération et la justesse ne sont pas moins remarquables que la hauteur. Sûrement, on ne dit pas mieux aujourd'hui sur ce sujet.

Monsieur, la circonstance suivante a, je crois, été omise dans l'exposé statistique qui vous a été transmis de la paroisse de Dunscore en Nithsdale. Je vous demande la permission de vous l'envoyer, parce qu'elle est nouvelle et parce qu'elle peut être utile. Jusqu'à quel point elle mérite une place dans votre patriotique publication, vous en êtes le meilleur juge.

Garnir les esprits des classes inférieures de connaissances utiles est certainement d'une très grande importance, à la fois pour les individus qui les constituent et pour la société entière. Leur donner un goût pour la lecture et la réflexion, c'est leur donner une source d'amusement innocent et louable ; et c'est en outre les élever à un degré de dignité plus haut dans l'échelle des êtres raisonnables. Frappé de cette idée, un gentleman de cette paroisse, Robert Riddell Esq. de Glenriddell, a établi une sorte de bibliothèque circulante, sur un plan si simple qu'il est praticable dans n'importe quel coin du pays, et si utile qu'il mérite l'intérêt de tout gentleman de campagne qui pense que l'amélioration de cette portion de son espèce, que le hasard a placée à l'humble rang de paysan et d'artisan, est un objet digne d'attention.

Mr Riddell persuada à un certain nombre de ses propres tenanciers et de fermiers voisins de former entre eux une société, dans le but d'avoir une bibliothèque commune. Ils prirent un engagement légal d'y rester pendant trois années, avec une ou deux clauses de résiliation, en cas d'éloignement ou de mort. Chaque membre, à son entrée, payait cinq shellings ; et à chacune des réunions, qui avaient lieu le quatrième samedi de chaque mois, on ajoutait une somme de six pence. Avec cette première mise de fonds et le crédit qu'ils obtinrent, sous la garantie de leurs fonds futurs, ils établirent dès le début une provision fort passable de livres. Les auteurs qu'on devait acheter étaient toujours décidés par la majorité. A chaque réunion, tous les livres, sous peine d'amende ou de déchéance, en guise de sanction, devaient être produits. Les membres avaient choix des volumes selon un roulement : celui dont le nom était le premier sur la liste, pour ce soir-là, pouvait choisir le volume qu'il voulait dans toute la collection ; le second choisissait après le premier ; le troisième après le second et ainsi de suite, jusqu'au dernier. A la réunion suivante, celui dont le nom avait été le premier sur la liste à la séance précédente, était le dernier ; celui qui avait été le second était le premier, et ainsi successivement pendant les trois années. A l'expiration de l'engagement, les livres furent vendus aux enchères, mais seulement entre les membres de la société, et chacun d'eux eut sa part du fonds commun, en argent ou en livres, selon qu'il lui plut d'être acheteur ou non.

---

[1] Lettre de Robert Riddell à sir John Sinclair, publiée dans le *Statistical Account of Scotland*.

Lors de la dissolution de cette petite société, qui s'était formée sous le patronage de Mᵣ Riddell, soit par les dons de livres qu'on avait reçus de lui, soit par les achats, on avait rassemblé plus de 150 volumes. On pense bien qu'on avait acheté pas mal de choses sans valeur. Cependant parmi les livres de cette petite bibliothèque se trouvaient : *Les Sermons de Blair*, *l'Histoire d'Écosse de Robertson*, *l'Histoire des Stuarts de Hume*, *Le Spectateur*, *L'Oisif*, *L'Aventurier*, *Le Miroir*, *Le Flâneur*, *L'Observateur*, *L'Homme sensible*, *L'Homme du Monde*, *Chrysal*, *Don Quichotte*, *Joseph Andrews*, etc. Un paysan qui peut lire et goûter de pareils livres est certainement un être au-dessus de son voisin qui chemine à côté de son attelage, très peu différent, si ce n'est pour la forme, des brutes qu'il conduit.

Souhaitant à vos efforts patriotiques le succès qu'ils méritent si bien, je suis, Monsieur, votre humble serviteur.

Un Paysan.[1]

La portée d'intelligence dont cette lettre fait preuve n'est pas ce qui nous intéresse le plus en ce moment. Ce qu'il importe de retenir c'est qu'elle représente trois années d'actes louables, d'activité, d'assiduité, de surveillance, en un mot de dévoûment, mis au service d'une œuvre qu'il estimait utile. Elle lui fait honneur aussi à cause de sa simplicité et de sa modestie. Qui imaginerait que l'anonyme qui parlait ainsi du mérite des autres était celui qui avait le plus contribué de son temps et de ses démarches à établir ce fragment de progrès ?

Enfin, il y avait en lui de grandes ressources de bienveillance pour tous, un désir sincère et sans cesse en émoi que le malheur dont est pétrie la condition humaine diminuât, un état toujours ardent de souhait qu'un peu plus de bonheur fût répandu.

« Dieu sait que je ne suis pas un saint ; j'ai une armée de folies et de péchés dont j'aurai à répondre ; mais si je pouvais (et je crois que je le fais autant que je le peux), je voudrais « essuyer les larmes sur tous les yeux ». Même les gredins qui m'ont fait tort, je voudrais les obliger ; quoique, pour dire la vérité, ce serait plutôt par vengeance, pour leur montrer que je suis indépendant d'eux et au-dessus d'eux, plus que par un trop plein de bienveillance[2]. »

Sans doute, ces sentiments n'ont rien d'extraordinaire. Tout homme les éprouve ; ils sont le pain quotidien de la vie. Mais ce pain est fait ici d'un froment riche et savoureux. Sans doute encore, ces actions n'ont rien d'héroïque ; elles sont de bonne humanité courante. Mais elles ont ici une énergie et une chaleur singulières, une force de contagion. Il est indéniable que tout cela constitue les éléments d'une brave vie, respirant la droiture, animée de cordialité, accomplissant toutes ses fonctions familiales ou sociales, avec une franchise d'attaque et un bon vouloir constants. Et il convient de ne pas oublier que quelques passages de lettres ne sont que des révélations éparses et accidentelles d'un long déroulement.

---

[1] *To Sir John Sinclair*, 1791.
[2] *To Peter Hill*, 2ⁿᵈ March 1790.

Ne sont-ce pas là des déchirures par lesquelles se découvre toute une profondeur d'existence faite d'aspirations et d'actes méritoires? Il y pénètre un rayon de lumière qui, pendant une minute, en révèle la réelle substance, l'état continu et normal. Les fautes qui la tachent sont à coup sûr haïssables, puisqu'elles furent des sources de souffrance pour autrui ; socialement, elles sont inexorables, chargées de reproches, de remords, de suites cruelles. Il est juste de les noter, d'abord parce qu'elles existent, et à cause de leurs dégâts. Mais il est équitable également de se rappeler qu'un instant suffit à une faiblesse, que celles-ci peuvent apparaître dans une nature saine et noble par ailleurs, et qu'il y avait en Burns un fonds et une permanence de bon travail et d'œuvre utile, sur lesquels les fautes et, si l'on y tient, les scandales de sa vie ne sont rien davantage que des flocons d'écume passagers. C'est à cette condition seulement que notre jugement sera impartial, parce qu'il aura du moins fait un effort pour être complet.

Ce qu'il y a de merveilleux, c'est qu'à travers ces labeurs et ces tourments, qui auraient usé ou amorti tout ressort dans la plupart des hommes, son activité et sa fraîcheur intellectuelles restaient intactes. Il trouvait du temps pour des lectures nombreuses et sérieuses. On le voit lire Smollett, Otway, Ben Jonson, Molière, Corneille, Racine et « Voltaire aussi [1] ». Il lit et relit le livre d'Adam Smith[2]; les philosophes : Dugald Steward, Reid Alison[3].

> Je vous envoie ici, par Johnnie Simpson,
> Deux sages philosophes à parcourir !
> Smith, avec sa sympathie de sentiment,
> Et Reid qui en appelle au sens commun.
> Les Philosophes ont lutté et combattu,
> Écrasé beaucoup de Latin et de Grec,
> Jusqu'à ce que fatigués de leur jargon de logique
> Et embourbés dans la profondeur de leur science,
> Ils en appellent maintenant au sens commun,
> A ce que les femmes et les tisserands voient et sentent.
> Mais écoutez, ami, je vous en prie strictement,
> Parcourez-les et renvoyez-les vitement[4].

N'est-ce pas là une jolie et pénétrante définition de l'école écossaise? Sa correspondance était devenue très étendue. Il y mettait beaucoup de soin. Elle prenait parfois le ton et l'importance de véritables consultations, de critique, car de tous côtés on lui soumettait des poèmes, on lui demandait son avis.

---

[1] *To Peter Hill*, 2nd March 1790.
[2] *To Robert Graham of Fintry*, 9th Dec. 1789.
[3] *To the Rev. Archibald Alison*, 14 Feb. 1791.
[4] *Epistle to James Tennant of Glenconner*.

Mais surtout sa production poétique demeure légère et vive. Il y avait en lui une alouette qui chantait bien au-dessus des sillons, des soucis et des souillures. Cependant sa direction poétique, pendant un instant, courut des dangers, et, sur quelques points, subit des modifications dont il convient de signaler les causes et la portée.

Edimbourg faillit avoir sur lui une aussi pernicieuse influence au point de vue littéraire qu'au point de vue moral. Ce long contact avec des esprits abstraits et généralisateurs, avec des œuvres distinguées mais presque toutes froides et correctes, purs efforts d'intelligence dépouillée d'imagination et de passion, semble lui avoir fait concevoir un idéal littéraire situé à l'opposé de celui qu'impliquaient ses premières productions. Lui qui était si original, si concret, et qui n'avait eu d'autre maître que l'observation directe et la nature, il fut gagné et comme intimidé, par le bel appareil régulier et classique en faveur dans cette société de professeurs et de théologiens. Il se sentait porté vers l'imitation de ces ordonnances méthodiques.

D'autre part, il était éloigné de sa première manière par des considérations un peu futiles. Son éblouissant succès avait fait naître une quantité d'imitations inférieures. Il n'était rimeur de bourgade ou de village qui ne se mît en tête qu'il était un Burns. Ce fut probablement pour beaucoup d'eux leur plus bel effort d'imagination. De toutes parts, des listes de souscription circulaient annonçant des poèmes en dialecte écossais : il s'était imaginé que ce nom était en discrédit auprès du public.

Mon succès a encouragé un tel banc de mauvais fretin, de monstres, à se produire devant l'attention publique sous le titre de poètes écossais, que le seul terme de poésie écossaise touche au ridicule [1].

Il en était tellement convaincu qu'il conseillait aux amis d'un pauvre poète écossais nommé Mylne, qui avaient entrepris de publier ses œuvres, d'éviter de donner des poèmes en dialecte écossais.

Mon succès, où il entrait peut-être autant d'accident que de mérite, a amené une inondation de sottise sous le nom de Poésie écossaise. Les listes de souscription pour des poèmes écossais ont tellement assommé et ne cessent journellement de tant assommer le public, que le nom est en danger de mépris. Pour ces raisons, s'il est opportun de publier quelques-uns des poèmes de M. Mylne dans un magazine, ce ne doit pas, dans mon opinion, être un poème écossais [2].

Il répudiait presque ce qui l'avait fait célèbre. Il y a là sans doute une explication partielle de son éloignement momentané de la poésie de son premier volume. Il oubliait qu'un artiste crée souvent le goût public,

---

[1] *To Mrs Dunlop*, 4th March 1789.
[2] *To the Rev. Peter Carfrae*, March 6th 1790.

et que c'était lui-même qui avait enfanté cette passion pour la poésie écossaise dont il trouvait qu'on abusait maintenant.

C'était en lui une autre idée fausse, provenant des mêmes parages, que s'il donnait des œuvres analogues à ses premières, elles seraient moins bien reçues.

Je sais bien que, lors même que je donnerais au monde des œuvres supérieures à mes premiers ouvrages, si elles étaient du même genre que ceux-là, la comparaison des deux accueils me mortifierait [1].

Il était certain qu'un nouveau volume de poèmes par Burns ne produirait plus, ne pouvait plus produire le coup d'étonnement du premier, et que l'acclamation, qui avait salué la publication de Kilmarnock, ne se renouvellerait pas. C'était cependant là, il faut le dire, une préoccupation infime, indigne du poète. Il ne s'occupait pas de la réception que le public ferait à ses vers, le jour où il écrivait ses strophes à *la Souris*, ou la *Sainte Foire*, ou la *Vision*. Il écrivait pour lui-même, par besoin d'exprimer un sentiment ; ces jours-là il avait vécu, si on peut le dire, des heures d'admirable égoïsme. Ce souci du public est un des dangers du succès. Ce qu'on risque de perdre gêne la production.

Enfin, il était impossible que les changements moraux et intellectuels, produits par l'entrée dans l'âge mûr, n'eussent point de retentissement dans sa production. Là était peut-être le danger le plus réel, parce qu'il tenait à l'être lui-même. Burns pénétrait dans une période de vie moins spontanée, plus réfléchie, où l'on ressent moins, où l'on examine et analyse davantage. Il laissait moins travailler en lui l'inconscient. Cette belle production de Mauchline, si rapide qu'il l'oubliait presque, tendait à faire place à un labeur plus méthodique, à une préparation, à une possession plus consciente des moyens. Lui qui devait dire avec justesse de lui-même : « J'ai, deux ou trois fois dans ma vie, composé par volonté plutôt que par impulsion, mais je n'ai jamais réussi à faire rien de bon [2] », il parlait de travail, d'application.

Je n'ai pas grande foi dans les prétentions vaniteuses à une justesse par intuition et à une élégance sans travail. Les matériaux frustes du talent d'écrire sont certainement le don du génie, mais je crois aussi fermement que l'habileté est due à l'effort réuni du travail, de l'attention et d'essais répétés [3].

Le caractère et l'emploi de poète étaient jadis mon plaisir, mais ils sont maintenant mon orgueil. Je sais qu'une grande part de mon éclat de naguère était dû à la singularité de ma situation et à un honorable préjugé des Écossais ; mais, malgré tout, comme je l'ai dit dans la préface de ma première édition, je me considère comme tenant de la nature quelques prétentions au titre de poète. Je ne doute pas que le don,

---

[1] *To lady Glencairn*, Dec. 1789.
[2] *To Alex. Cunningham*, 11th March 1791.
[3] *To the Hon. Henry Erskine*, 22nd Jan. 1789.

l'aptitude à apprendre le métier des muses ne soit un présent de celui qui « forme les secrets penchants de l'âme », mais je crois tout aussi fermement que l'*excellence* dans la profession est le fruit de l'activité, du travail, de l'attention, de la peine. Du moins je suis résolu à soumettre ma doctrine à l'épreuve de l'expérience. Je diffère une seconde apparition imprimée jusqu'à un jour très lointain, un jour qui peut ne jamais arriver. Mais je suis déterminé à poursuivre la poésie de toute ma vigueur [1].

Ces considérations sont justes. Il n'y a rien à y reprendre, sinon qu'elles indiquent un état d'esprit plus critique, l'introduction de plus de sang-froid dans le travail, une façon plus raisonnée et plus volontaire de produire.

Toutes ces choses conspiraient à éloigner Burns de sa manière native et naturelle ; elles le poussaient à l'imitation anglaise. Si, du moins, il s'était tourné vers les fruits récents. Déjà, depuis dix ans, Cowper avait émancipé la poésie, reconquis le naturel, donné des modèles délicieux de sincérité dans le sentiment et de liberté dans le vers. Burns le connaissait et c'est même un trait assez touchant que ce grand poète hésitant, faute de quelques shellings, à acheter les œuvres du poète anglais. « J'oublie le prix des poèmes de Cowper, mais je crois qu'il faut que je les aie [2]. » A la rigueur, il aurait pu trouver de ce côté une forme souple, compatible avec son génie. Mais c'était un provincial. Il retardait et de presque un demi-siècle. On est étonné de le voir, passant par-dessus les efforts de Goldsmith et de Gray, remonter jusqu'à Pope, jusqu'à ce qu'il y a de plus froidement, de plus ingénieusement compassé dans la littérature anglaise. Naturellement cette imitation entraînait l'abandon de son dialecte natal, si savoureux, si preste, si pittoresque et plein d'effets inattendus. Il lui faut écrire en anglais pur, en anglais classique du xviiie siècle, pas celui de Fielding ou de Smollett, mais l'anglais le plus roide, le plus symétrique, le plus factice. Il lui faut aller tout droit aux défauts exactement opposés aux qualités qu'il possédait. On découvre là tout un nid de pièces dans le plus pur goût de 1740 : *Epître à Robert Graham, Sappho Rediviva*, l'*Esquisse en vers* dédiée à Fox, les *Prologues* pour le théâtre de Dumfries, l'*Epître d'Esope à Maria*, et jusqu'à un sonnet et une *Ode sur le Bill de Régence*, à propos de la maladie du roi. « J'ai fini une pièce dans la manière des *Épîtres morales*, de Pope », disait-il en parlant de son épître à Robert Graham [3]. Il avait l'intention d'en écrire d'autres. « La pièce adressée à M. Graham est mon premier essai dans ce genre épistolaire et didactique [4] ». Et encore : « J'ai récemment, c'est-à-dire depuis que la moisson a commencé, écrit un poème non pas en imitation mais dans la manière des Épîtres morales de Pope. Ce n'est qu'un court essai, juste

---

1 *To Dr Moore*, 4th Jan. 1789.
2 *To Peter Hill*, 18th July 1788.
3 *To Dr Blacklock*, 15th Nov. 1788.
4 *To the Hon. Henry Erskine*, 22nd Jan. 1789.

pour essayer la force des ailes de ma muse dans cette direction [1] ». Imagine-t-on l'auteur des épîtres de Mossgiel, ces petits chefs-d'œuvre bondissants de vivacité, de vie et de fantaisie, s'emprisonnant dans les roides brancards du lent et pompeux carrosse de Pope ? Cette aberration menaçait de pénétrer bien loin et de gâter ses inspirations les plus intéressantes. Il avait projeté un poème autobiographique intitulé *The Poet's Progress*. On se représente sans peine quelle admirable confession, quel récit touchant, audacieux et comique, quel tableau de la vie écossaise, quelle galerie de portraits d'hommes et de femmes, eût été ce poème écrit comme ses premières œuvres. C'eût été un livre unique, plus curieux encore peut-être et à coup sûr plus varié que le *Prélude* de Wordsworth. Malheureusement il s'était mis dans l'esprit de l'écrire dans le même style que l'*Épître* à Robert Graham. « Ce poème est une espèce de composition nouvelle pour moi, mais je n'ai pas l'intention que ce soit mon dernier essai de ce genre, comme vous le verrez par le *Poet's Progress*. Ces fragments, si mon projet réussit, ne sont qu'une petite partie du tout projeté. Ce sera, dans ma pensée, l'œuvre de mes plus grands efforts mûris par les années [2] ». On a quelques fragments de ce poème. Ce sont principalement deux portraits de Creech et de Smellie. Ils ressemblent aux portraits semés dans les œuvres satiriques de Dryden et de Pope. Hormis l'intérêt biographique, on regrette peu que ce poème n'ait pas été achevé.

Outre ces imitations de poésie didactique, il y a, de ci de là, des traces d'autres influences purement littéraires : ses lignes sur l'*Hermitage de Friar's Carse* se rattachent à l'*Hermite* de Parnell, à l'*Edwin et Angelina* de Goldsmith, et aux vers sur l'*Hermite* de Beattie. Ses strophes au *Hibou* tiennent de la même origine. Dans bien des pièces, où l'on trouve des ruines, des apparitions fantastiques, des décors démodés, on sent le faux romantisme du xviiie siècle, et cela contraste avec le vigoureux réalisme de ses premières œuvres. Parfois il pousse des tentatives assez hardies dans d'autres directions : ses vers sur *Les ruines de l'abbaye de Lincluden vues le soir*, ne sont pas déjà si loin du célèbre morceau de Walter Scott sur les ruines de l'abbaye de Melrose.

Il y eut donc un moment où son génie hésita entre deux directions et où l'on aurait pu craindre qu'il ne prît une fausse voie.

Sans doute, il était trop foncièrement sincère pour s'accommoder longtemps de cette contrainte. Sa personnalité était trop forte pour que la condition subalterne qu'implique l'imitation fût durable. Un jour ou l'autre cette écorce devait craquer et tomber. C'est ce qui arriva en effet. Cependant il conserva de cette crise un emploi plus fréquent de l'anglais

---

[1] *To Miss Chalmers*, 16th Sept. 1788.
[2] *To Dugald Stewart*, 20th Jan. 1789.

pur. Beaucoup de ses pièces qui, pour l'inspiration, le sujet, les images, sont écossaises et se rapprochent de ses anciennes productions, sont écrites en langue littéraire. De ce nombre sont : la *Lamentation de Marie, reine d'Écosse*; l'*Élégie sur miss Burnet*, la charmante fille de lord Monboddo morte de phthisie, la *Lamentation* sur son protecteur James Glencairn, ses vers à *Marie dans le ciel*. Son maniement de l'anglais est parfait et quelques-uns de ses morceaux sont des chefs-d'œuvre. Cependant si l'on veut voir ce que sa pensée perd quelquefois à abandonner sa langue natale, on peut comparer sa pièce sur *Un Lièvre blessé*, écrite en anglais, avec la pièce *A la Souris*. Malgré la beauté de certaines strophes de la première, il y a plus d'accent et de détail de vie dans la seconde.

Heureusement une circonstance le maintint dans l'emploi de sa langue maternelle. Pendant son séjour à Edimbourg, il avait fait la connaissance d'un graveur nommé James Johnson. Celui-ci avait formé le projet de publier une collection des chansons écossaises, en y joignant les airs avec accompagnement sur le piano. Burns, dévoué à l'ancienne poésie de son pays, lui promit son aide, soit pour réunir les chansons, soit pour les modifier de façon à les rendre présentables, soit pour en fournir de lui-même. Il se passionna pour cette entreprise et s'y donna tout entier, à ce point que le recueil de Johnson, dont les volumes paraissaient à intervalles éloignés, ne comprend pas moins de 180 chansons composées ou retouchées par lui. Jamais — et c'était une des formes les plus fières de son désintéressement — il ne voulut entendre parler de rémunération pécuniaire. Il se contenta de demander quelques exemplaires de chaque volume pour offrir à ses amis. Pendant son séjour à Ellisland, il est à chaque instant occupé à envoyer des chansons à Johnson. Elles comprennent quelques-unes de ses plus fameuses : *Le Temps jadis, John Anderson, Eppie Adair*, tout un groupe de chansons patriotiques et historiques comme la *Bataille de Sherramuir*, les *Hauteurs de Killiecrankie*, et une quantité considérable de chansons populaires, familières, narquoises, moitié comiques, moitié attendries, où il versa désormais, par goutte-lettes, son humour et son observation de la vie. Cette contribution au recueil de Johnson marque un changement complet dans la production de Burns. On a vu que le volume de Kilmarnock ne comprenait, pour ainsi dire, que de petits poèmes populaires et pas de chansons. Désormais, Burns n'écrira plus guère que des chansons ; elles seront presque exclusivement le produit de la seconde moitié de sa vie.

Il y eut pourtant à Ellisland, une exception, un moment qui rappelle ceux de Mossgiel, qui, en réalité, est un des moments de Mossgiel vécu en arrière. Ce fut celui où il composa son inimitable *Tam de Shanter*, son plus puissant éclat de rire, son chef-d'œuvre au gré de tant de bons juges. C'était dans l'automne de 1790. Il passa une partie de la journée à se promener de long en large sur son sentier favori au bord de la rivière.

Sa femme l'observait de loin : il gesticulait, il semblait se murmurer des paroles, il était pris par instants d'accès de fou rire [1]. Il rentra le soir avec son étonnant poème, mais en réalité il venait de revivre une de ses journées d'Ayrshire : le sujet, les personnages, le paysage, tout était de là-bas.

C'est qu'en réalité la terre d'Ellisland n'a jamais complètement pris Burns. Il n'a rien tiré d'elle directement : ni le paysage d'alentour, ni la vie rurale de cet endroit ne lui ont rien inspiré de bien considérable, de bien savoureux. Elle lui a été utile parce qu'elle l'a remis en face de la nature et dans son élément de production. Mais ce qu'il y a produit de plus fort était le fruit du terroir natal : *Tam de Shanter* est un moment de Mossgiel transplanté. Ellisland a donné à sa poésie un regain d'activité, elle ne lui a pas fait porter ses propres dons. Il ressemblait à un arbre dont la sève est déjà condensée en boutons et en fleurs, déjà nouée en fruits ; un nouveau sol lui fournit ce qu'il faut de nourriture et d'air pour faire sortir ces fruits cachés ; mais ils viennent de là-bas, ils ont la saveur du sol ancien.

V.

LE DÉPART DE LA FERME.

Cependant il était depuis longtemps évident aux yeux de Burns qu'il était urgent de se débarrasser de cette ferme malheureuse. Dès le mois de septembre 1790, il écrivait qu'il voulait en sortir à tout prix :

> Je vais ou renoncer à ma ferme ou la sous-louer, le plus vite possible. Je n'ai pas le droit de la sous-louer ; mais si mon propriétaire consent à me l'accorder, j'ai l'intention de la céder, aux termes où je la tiens moi-même, à un homme courageux, un de mes proches parents. Le fermage, dans le pays où je suis, serait juste un moyen de gagner sa vie pour un homme qui trimerait lui et sa famille ; ce n'est donc pas la peine. Et vivre ici m'empêche d'acquérir ces connaissances dans l'Excise qu'il est absolument nécessaire pour moi de posséder [2].

Par bonheur il put s'entendre avec son propriétaire, M. Miller. En effet celui-ci trouva un acquéreur qui lui offrit 2000 livres pour ces terres dont Burns avait peine à retirer ses 70 livres de loyer [3]. Il fut décidé qu'il ne ferait pas la moisson des semailles de 1791. Le personnel de la ferme fut renvoyé. Jane Armour s'en alla avec ses enfants passer en Ayrshire, peut-être à Mossgiel, peut-être chez son père, une partie de

---

[1] Lockhart. *Life of Burns*, p. 208.
[2] *To Robert Graham of Fintry*, 4th Sept. 1790.
[3] R. Chambers, tom III, p. 201. — Scott-Douglas, tom V, p. 405.

l'été [1]. Burns resta seul dans la maison abandonnée et triste. Le rite du bol de sel et la Bible n'avait pas porté bonheur aux premiers habitants ; ces cérémonies-là ne réussissent que si nous y mettons un peu du nôtre. Lorsque les grains furent mûris, dans la dernière semaine d'août 1791, Burns vendit ses moissons sur pied, aux enchères. Une lettre de lui donne le tableau de la fin de cette journée, qui ajoute encore à ce qu'on a vu des mœurs de ce temps. Cette vente fut suivie d'une soûlerie générale qui dégénéra en bagarre.

J'ai vendu ma récolte, il y a eu aujourd'hui une semaine et je l'ai bien vendue : une guinée l'acre, en moyenne, au-dessus de la valeur. Mais cette contrée n'avait guère jamais vu une pareille scène d'ivrognerie. Après que la vente fut terminée, environ trente individus se mirent à se battre, chacun pour soi, et ils se battirent pendant trois heures. La scène dans l'intérieur de la maison ne valait guère mieux. Pas de bataille, il est vrai, mais des gens étendus ivres sur le plancher et vomissant, si bien que nos chiens se grisèrent tellement en circulant parmi eux qu'ils ne pouvaient plus se tenir. Vous devinez aisément comment j'ai goûté la scène ; car je n'étais pas plus parti que vous n'aviez l'habitude de me voir [2].

Un peu plus tard, à la Saint-Martin, eut lieu la' vente à la criée des outils et du matériel de la ferme. Dans son voyage des Borders, il avait assisté à un de ces encans qui sont le naufrage d'une famille, où les objets, arrachés à leur travail, ont un air désastreux d'épaves. Ce spectacle lui avait produit une telle impression qu'il l'avait notée : « Vais avec M. Hood, voir la vente d'un malheureux fermier. Préservez-moi, rigide économie et respectable activité, préservez-moi d'être le principal *dramatis persona* dans une telle scène d'horreur [3]. » Voici qu'un jour pareil était venu pour lui. Sans doute il avait refuge dans un autre état : mais, tout de même, c'était son vieux métier de fermier qui était brisé, dont les débris gisaient épars. Un profond chagrin dut saisir tout ce qui, en lui, venait du passé, quand il vit dans la cour ses instruments, sa charrue, la compagne de tant de rêveries, les faulx, ses vaillantes faulx qui menaient si rudement la moisson, le fléau qui rompait ses bras mais laissait son esprit alerte ;

Le fléau monotone du batteur
pendant toute la journée m'avait fatigué.

avait-il dit en rentrant le soir où il composa la *Vision*. Ils étaient exposés, oisifs, ayant déjà perdu leur bon air de familiarité avec la main humaine, de collaboration, qu'ont les outils en train. Et ses bêtes auxquelles il était attaché, ses chevaux, ses brebis, ses vaches, celles que lui avait données Mrs Dunlop pour son mariage, ces animaux auxquels il parlait comme à des personnes ; étonnés, effarés de ce remuement

---

[1] *To Thomas Sloan*, 1st Sept. 1791.
[2] *To Thomas Sloan*, 1st Sept. 1791.
[3] *Journal of the Border Tour*, Friday 25th May 1787.

insolite, ils suivaient leur maître ou le cherchaient du regard [1]. Comme on les aimait et qu'ils étaient bien traités, ils rapportèrent un bon prix. « Les vaches étaient belles et se vendirent très cher à la vente » racontait Mrs Burns [2]. Mais que sont quelques pièces d'or à côté de la peine de perdre ces braves bêtes, de l'inquiétude de savoir entre quelles mains elles vont s'en aller? Il y avait pour la charrue un attelage de deux chevaux habitués l'un à l'autre. Ce fut un chagrin dans la famille de penser que ces deux compagnons allaient être séparés. Lui, qui avait écrit les vers à *la pauvre Mailie* et à *la vieille Jument*, ne put à coup sûr les voir partir, sans quelque chose dans ses yeux qui ressemblait à des larmes.

Et quelle tristesse suprême quand il chargea sur une charrette son pauvre mobilier, qu'il fallut s'éloigner de la maison qui lui avait donné la sensation d'un foyer, où il avait pensé être heureux ! Il ne se peut que ce moment n'ait été pour lui d'une mélancolie presque solennelle. Il disait pour toujours adieu à la terre. Elle avait été dure pour lui : depuis son enfance, elle avait pris sa sueur pour une maigre récompense ; elle lui avait accordé des gerbes chétives et un pain gagné péniblement ; elle avait été pour lui et les siens fertile en épines et en ronces, en soucis, en peines, en détresses de toute sorte. Mais elle lui avait versé prodiguement des dons plus magnifiques : la senteur de ses blés verts, l'éclat de ses moissons plus précieux que les moissons elles-mêmes, ses mille spectacles, ses clartés ; elle avait nourri son esprit de rêveries, de beauté, de mélancolie ; elle lui avait inspiré ses moments les plus hauts de contemplation, de pitié, de tendresse, d'enthousiasme ; elle lui avait donné rien que dans une petite fleur brisée plus que des récoltes qui eussent fait plier ses greniers. Adieu donc, ô Terre, non point marâtre mais maternelle et bienfaisante, douce parente des solitudes où l'âme s'élargit, et s'élève et s'épure, qui tiens dans ton giron les salubres endurances, les efforts salutaires et les gaîtés robustes ! Ton fils, le poète que plus que tout autre tu as formé, ton fils te quitte pour aller vers les mesquines demeures des hommes. Il tourne son visage aux cités. Il va trouver là-bas une vie qui ne se présente plus par les aspects universels, mais par des fièvres changeantes, les petitesses, les vilenies humaines. Tandis qu'il s'éloigne, peut-être à son cœur confusément alarmé reviennent ces strophes d'autrefois qui lui disent toute sa perte :

> O Nature ! tous tes aspects, tes formes,
> Pour les cœurs sensibles, pensifs, ont des charmes !

---

[1] Voir ce qu'il dit sur sa brebis Mailie (*The Death and Dynig words of Poor Mailie*) :
  Through a' the toun she trotted by him ;
  A lang half-mile she could descry him.

[2] *Memoranda by Mr Mac Diarmid from Mrs Burns dictation.* Hately Waddell, p. xxi.

Soit que le bon été réchauffe tout
De vie et de lumière,
Ou que l'hiver hurle en rafales orageuses,
Toute la longue et sombre nuit.

La Muse, nul poète ne la trouva jamais,
Tant qu'il n'apprit pas à errer seul,
Le long des méandres d'un ruisseau trottant,
Sans trouver longues les heures :
Oh ! il est doux de vaguer, de rêver, de méditer
Une chanson que le cœur ressent ! [1]

---

[1] *Epistle to William Simpson.*

CHAPITRE VI.

DUMFRIES.

Décembre 1791 — Juillet 1796.

Dumfries est située sur la rive gauche de la Nith, à huit milles au-dessus de l'endroit où cette rivière se jette dans le Solway-Frith. Elle est dans une plaine ovale, qui s'étend dans un amphithéâtre de collines boisées, derrière lesquelles se dressent plus au loin des montagnes. Ses constructions en grès rougeâtre se marient heureusement aux riches verdures dont elle est entourée et par endroits envahie. Un grand nombre de châteaux et de maisons de campagne parsèment ses alentours. Si l'on efface quelques améliorations ; si l'on enlève quelques rues, deux ponts nouveaux, on peut se représenter ce qu'elle était au dernier siècle.

C'était une petite ville provinciale assez bien bâtie, pittoresquement étalée le long de sa rivière, avec son vieux pont unique de neuf arches « si large que deux carrosses peuvent y avancer de front [1] ». Elle en était fière parce qu'il a été construit par Devorgilla, mère de John Baliol, le fonda-teur de Baliol College à Oxford. Malgré qu'il ait été fait de belle pierre, il commençait cependant à être décrépit ; on commençait à en bâtir un second, qui fut inauguré en 1795 [2]. Elle comptait environ cinq mille âmes, et elle avait un air d'aisance et de propreté que tous les voyageurs ne manquaient pas de remarquer. « Nous arrivons à Dumfries, dit Pennant, ville élégante et bien bâtie [3]. »

C'est qu'elle était vivante. Comme elle est située à l'endroit où la Nith commence à être navigable, elle avait son mouvement de navires. Les chemins de fer, en permettant de transporter facilement par tout le pays, les arrivages des contrées étrangères, ne les avaient pas encore centralisés dans quelques immenses métropoles de débarquement. Il fallait

---

[1] *A tour through the Island of Great Britain, originally begun by the celebrated Daniel de Foe*, etc., tom IV, p. 103.

[2] *The Visitor's Guide to Dumfries*, by W. Mac Dowall, p. 60 — et *History of Dumfries*, par le même, p. 583.

[3] Pennant. *First Tour in Scotland Performed in the year 1769.*

amener les denrées et les matériaux d'outre-mer le plus près des endroits où ils devaient être employés. Les arrivées se répartissaient le long des côtes ; les petits ports d'embouchure desservaient pour l'entrée et la sortie · toute la région environnante. Oisifs et délaissés aujourd'hui, ils avaient alors leur activité. Dumfries avait la sienne. Il lui venait des navires d'Amérique, des Antilles, non pas en grand nombre, mais suffisants pour entretenir un peu de trafic. Elle avait, en outre, une fois par semaine, un important marché de bèstiaux. « Ses marchés hebdomadaires de bétail noir sont d'un grand avantage » [1], dit Pennant. Pendant longtemps il avait eu lieu le lundi. En 1659, pour empêcher le scandale d'y amener les bêtes le jour du sabbat, un acte du Parlement l'avait transféré au mercredi. Il y descendait surtout le bétail de Galloway, qui partait ensuite pour le Sud. Ce jour attirait une grande affluence de monde. « Arrivés à Dumfries, vers neuf heures, dit Dorothée Wordsworth, jour de marché, rencontré des foules de gens sur la route... Nous fûmes heureux de quitter Dumfries, ce qui n'est guère un endroit agréable pour ceux qui n'aiment pas le bruit d'une ville, qui semble prospérer et devenir riche [2]. »

Ce n'était là qu'une partie de l'animation de Dumfries. Elle était en même temps une ville de plaisance et de plaisir. C'était la seule cité importante dans ce parage, et, en vertu du titre qui fait la royauté des borgnes, elle s'appelait « la reine du sud ». C'était un lieu de résidence d'hiver pour la noblesse des environs. Il y avait des courses en octobre. Les clubs de chasseurs à courre, qu'on nomme des *Hunts*, s'y donnaient rendez-vous. Le *Caledonian Hunt* lui-même y venait d'Edimbourg. C'était une époque de chasses, de courses, de banquets, de bals, d'assemblées, de représentations théâtrales, de fêtes de tous genres et plantureuses. « Outre les banquets quotidiens dans les hôtels, le *Caledonian Hunt* et le *Dumfries Hunt* ont donné chacun un bal et un souper qui, pour le nombre et le rang distingué des invités, la splendeur des toilettes, l'élégance et la somptuosité de la réception, la richesse et les variétés des vins ont surpassé tout ce qu'on a jamais vu en ce genre. [3] » Un voyageur, R. Heron, a conservé l'aspect de ces semaines de réjouissance dans un tableau plein de mouvement. « En ces occasions, tous les hôtels et les auberges regorgeaient de monde. Dans la matinée, les rues n'offraient qu'une scène affairée de coiffeurs, d'apprenties modistes, de grooms, de valets, de voitures, allant, se pressant de toutes parts. Dans l'après-midi, tout le monde, jeunes et vieux, riches et pauvres, maîtres et domestiques, était dehors à suivre les chiens ou à regarder les courses.

---

[1] Pennant. *First Tour in Scotland*, 1769.

[2] *Recollections of a Tour made in Scotland*, première semaine.

[3] Extrait du *Dumfries Journal* du 30 oct. 1792, donné par Mac Dowall. *History of Dumfries*, p. 588.

Quand la foule rentrait, on s'occupait avec le même affairement et la même animation ardente des intérêts de l'appétit. La bouteille, la chanson, la danse et la table à cartes occupaient la soirée, et donnaient au commerce social le pouvoir de retenir et de charmer jusqu'au retour du matin. Dumfries, par elle-même, ne pouvait offrir assez d'artisans de plaisir pour une si grande occasion. Il y arrivait des domestiques, des entremetteurs, des porteurs de chaises, des coiffeurs, des dames, les prêtres et les prêtresses de tous les séjours favoris où le Plaisir tient sa cour... Naturellement les personnes gaies d'un sexe attiraient les personnes gaies et élégantes de l'autre [1] ». C'était donc une ville de dissipation. « C'est peut-être, disait encore Heron, une ville de plus de gaieté et d'élégance que n'importe quelle autre ville de même grandeur en Écosse [1] ». Il semble que Dumfries, par suite de son voisinage de la frontière, ressemblait davantage à une ville anglaise. La morosité presbytérienne y était tenue en échec par toutes ces distractions. Il y faisait meilleur vivre qu'en beaucoup d'autres endroits. C'était bien l'avis de Smollett : « Nous poursuivîmes notre voyage jusqu'à Dumfries, ville de commerce très élégante, près de la frontière anglaise. Nous y trouvâmes une abondance de bonnes provisions et d'excellent vin, à des prix très raisonnables, et une installation aussi bonne à tous égards que dans n'importe quelle partie du sud de l'Angleterre. Si j'étais confiné en Écosse a perpétuité, je choisirais Dumfries pour ma place de résidence. [2]

Entre ces moments de fièvre, Dumfries retombait dans l'oisiveté et la torpeur des petites villes, surtout à une époque de rares et lentes communications. Ce désœuvrement n'était coupé que par la routine des fréquentations et des conversations de tavernes. Chambers, qui avait connu cette vie, en fait le tableau suivant ; c'est le pendant de celui qui précède. « Le fléau des villes de province est la paresse partielle ou complète d'une grande partie des habitants. Il y a toujours un noyau de personnes qui vivent de leurs rentes, et un nombre plus considérable de commerçants à qui leur boutique ne prend pas la moitié de leur temps. Jusqu'à une période très récente, la dissipation, plus ou moins intense, était la règle et non l'exception parmi ces hommes-là, et, à Dumfries, il y a soixante ans, cette règle était en vigueur. En ce temps-là, les plaisirs de taverne étaient en vogue parmi des personnes qui, aujourd'hui, ne rentrent pas dans un endroit public de plaisir une fois par an. Le monotone gaspillage de vitalité et d'énergie dans ces réunions boissonnantes du soir était déplorable. Des toasts insipides, des railleries mesquines, du bavardage vide sur des incidents futiles, des discussions

---

[1] *Observations made in a journey through the Western Counties of Scotland by R. Heron, 1792*, cité par Mac Dowall, p. 589.

[2] Smollett. *Humphry Clinker*. Lettre de J. Melford, Sept. 12.

interminables sur des petites questions de faits, là où un almanach ou un dictionnaire auraient tranché la question, tout cela relevé par une chanson quand on pouvait en avoir une, formait le fond de la vie conviviale telle que je me rappelle l'avoir vue dans ces villes, pendant ma jeunesse. C'était une vie sans progrès, ni profit, ni la moindre lueur d'une tendance vers l'élévation morale [1]. »

Tel était le milieu, bruyant ou torpide, mais toujours également grossier dans lequel Burns était transporté. C'était un séjour dangereux pour lui. Le plus évident péril était que cette ville de plaisirs fourmillait d'entraînements de tout genre auxquels il ne saurait pas résister. Un second était qu'il allait se trouver en contact avec l'aristocratie d'argent ou de naissance, dans les moments où elle déploie son luxe le plus offensant, et dans les jeux où elle fait parade de brutalité. Lui, si susceptible vis-à-vis de la véritable aristocratie du talent, devait se heurter à ce faste avec une sorte d'irritation. Les sentiments démocratiques latents en lui allaient en être excités. Il serait poussé à prendre une attitude irritée et agressive contre la société. Ce n'est pas que ces sentiments ne fussent naturels, ni même qu'ils fussent injustes. Mais la poésie ne vit pas bien de rancunes.

L'installation à Dumfries fut triste. L'appartement qu'ils occupaient était au premier étage d'une petite maison sise dans une des venelles qui descendent vers la rivière. Il consistait en trois étroites pièces, chacune avec une fenêtre sur la rue, et peut-être une cuisine en marteau. La chambre du milieu, environ de la grandeur d'une alcôve, était le seul endroit où Burns pouvait se retirer pour travailler. Au-dessous, au rez-de-chaussée, se trouvait le bureau du timbre, dont le distributeur, John Syme, était un ami de Burns ; au-dessus habitait un honnête forgeron [2]. Ce dut être, comme le remarque très bien Chambers, un dur changement pour la famille [3]. Au lieu du logement primitif mais spacieux d'Ellisland, de la porte toujours ouverte par où les enfants vont jouer dehors, il fallait se loger au haut d'un escalier sombre, s'entasser dans quelques pièces étriquées, garder les enfants à la maison. Au lieu de l'abondance fruste des produits d'une ferme, il fallait acheter le pain, le lait, le beurre que les bonnes vaches fournissaient copieusement. Tous devaient ressentir cette sensation de gêne et presque d'oppression physique, qu'éprouvent les campagnards quand ils viennent demeurer à la ville.

Pour Burns, la tristesse allait encore plus avant. Il sentait tout ce qu'il venait d'abandonner sans retour ; son âme en était indiciblement affligée. Il entrait avec découragement dans cette vie mesquine et subordonnée de

---

[1] R. Chambers, tom III, p. 203.
[2] R. Chambers, tom III, p. 259-60.
[3] Id., p. 202.

commis et de fonctionnaire. Il semble que, dès son arrivée, il ait demandé à la boisson l'oubli ou l'étourdissement. La première lettre qu'il ait écrite de Dumfries est lamentable.

Mon cher Ainslie, pouvez-vous secourir un esprit malade ? Pouvez-vous, parmi les horreurs de la pénitence, du regret, du remords, de la migraine, de la nausée et de tous les autres chiens d'enfer acharnés après un pauvre malheureux qui a été coupable du péché d'ivresse ; — pouvez-vous dire des mots calmants à une âme troublée ?

Misérable perdu [1] que je suis ! J'ai essayé tout ce qui d'habitude m'amusait, mais en vain. Il faut que je reste assis ici, comme un monument de la vengeance réservée aux méchants ; me voici comptant chaque tic-tac de l'horloge, pendant que lentement, lentement, elle compte ces fainéantes coquines d'heures qui (maudites soient-elles!) s'étendent devant moi, chacune derrière sa voisine et chacune avec un fardeau d'angoisse sur le dos pour le déverser sur ma tête désignée. Et il n'y a personne pour me prendre en pitié; ma femme me gourmande, mon métier me harasse et mes péchés viennent me regarder en plein visage, chacun d'eux racontant une histoire plus amère que son compagnon! Quand je vous dis que même (ici il y avait probablement un mot grossier qui a été supprimé) a perdu son pouvoir de me distraire, vous devinez quelque chose de l'enfer que j'ai en moi et tout autour de moi [2].

Cette lettre terrible est le prélude qui convient au dernier acte de cette destinée qui s'en va vers le pire. Entre ce moment-là et celui qui arrêtera sous son sceau funèbre toutes les agitations de ce cœur, quatre années et demi s'étendent. Années sans clartés, années de détresse, de désespoir, de débâcle, années de dilapidation physique, et, puisqu'il faut dire le mot, de déchéance morale. Toutes les tristesses d'une vie qui, au sommet de la colline, n'a pas su choisir, et qui descend vers son terme par les versants mauvais.

I

FIN DE L'ÉPISODE DE CLARINDA.

Quelques semaines après l'arrivée de Burns à Dumfries, Clarinda rentra dans sa vie, pour un peu de temps, d'une façon inattendue. Il reçut d'elle, au mois de novembre, une lettre dont le contenu était cruel. C'était une de ses anciennes aventures, celle avec la fille de la Cowgate, qu'il pouvait croire engloutie dans le passé, et qui, par une voie détournée, le ressaisissait. La lettre de Clarinda lui parlait avec une amertume ironique qui perçait à travers la froideur affectée de la forme.

Je prends la liberté de vous adresser quelques lignes, en faveur de votre ancienne connaissance, Jenny Clow qui, selon toute apparence, est en ce moment mourante. Obligée, par tous les symptômes d'un dépérissement rapide, de quitter son service,

---

[1] En français.
[2] *To Rob Ainslie*, Dec. 1791.

elle a pris une chambre dépourvue des objets de nécessité commune ; sans personne qui la soigne et la pleure. Dans des circonstances si affligeantes, vers qui peut-elle se tourner plus naturellement, pour implorer un peu d'aide, que vers le père de son enfant, vers l'homme pour l'amour de qui elle a souffert mainte nuit triste et anxieuse, séparée du monde, sans autre compagnon que le Péché et la Solitude ? Vous avez maintenant une occasion de prouver que vous possédez réellement ces beaux sentiments que vous avez dépeints de façon à acquérir la juste admiration de votre pays. Je suis convaincue que je n'ai besoin de rien ajouter de plus pour vous persuader d'agir comme toutes les considérations d'humanité et de gratitude doivent le dicter. Je vous fais, Monsieur, mes sincères souhaits [1].

C'était là un de ces péchés qui sortaient du passé pour venir le regarder en plein visage et dont chacun racontait une histoire plus amère que son voisin. Il répondit à Clarinda que « l'histoire de la détresse de cette pauvre fille faisait pleurer du sang à son cœur ». Il la priait d'envoyer à la mourante quelques secours, en attendant qu'il arrivât lui-même à Edimbourg où il devait aller pour affaires avec Creech. « Je n'aurai pas été deux heures dans la ville, que j'aurai vu la pauvre fille et essayé ce qu'on peut faire pour la soulager. Il y a longtemps que j'aurais pris mon fils avec moi, mais elle n'a jamais voulu y consentir ». Il ajoutait qu'il irait voir Clarinda pour lui rembourser les avances qu'elle aurait faites [2].

Au moment où Burns lui annonçait sa prochaine arrivée à Edimbourg, Clarinda se trouvait justement à une crise importante de sa vie. Elle avait pris la résolution d'aller aux Indes occidentales rejoindre son mari. Au mois d'août 1790, elle avait perdu le plus jeune de ses fils ; il ne lui en restait plus qu'un, dont l'éducation la tourmentait, car ses ressources étaient faibles [3]. Au mois d'août 1791, elle avait été surprise de recevoir une lettre de son mari, où il la chargeait de faire donner à leur fils la meilleure éducation, et où il l'invitait à venir le retrouver à la Jamaïque. Il ajoutait que, si elle s'y refusait, il donnerait aussitôt des ordres pour que son garçon fût envoyé à ses correspondants à Londres et reçût le reste de son éducation à l'École de Westminster ou au collège de l'Eton. C'était la séparation de la mère et de l'enfant [4]. La pauvre Clarinda hésita. Son hésitation était naturelle. Il lui en coûtait d'aller reprendre, au bout du monde, la vie commune avec un homme qu'elle n'aimait pas. D'un autre côté, l'éducation de son fils dépendait de la bonne volonté du père ; si une réconciliation se faisait, c'était l'enfant qui en profiterait. « Si je pars, j'ai la terreur de la mer et celle non moindre du climat ; par dessus tout, l'horreur de retomber dans la misère, au milieu d'étrangers, et presque sans remède. Si je refuse, je dois dire à mon seul enfant (en qui

[1] To Robert Burns, Nov. 1791.
[2] To Mrs Mac Lehose, 23rd Nov. 1791.
[3] Memoir of Mrs Mac Lehose by her Grandson, p. 30-31.
[4] Id., p. 81.

toutes mes affections et mes espérances sont entièrement concentrées) adieu pour toujours ; lutter seule et sans protection contre la pauvreté et la censure du monde [1] ». Elle espérait toutefois que le caractère jaloux de son mari était calmé par une plus grande connaissance du monde ; elle disait, non sans mélancolie, « que le temps et ses malheurs, en altérant sa personne et sa vivacité, rendaient moins probable qu'elle serait exposée à ses soupçons [1] ». Elle prit finalement la résolution d'aller à la Jamaïque. Il est vraisemblable que, en dehors des considérations qu'elle exposait à ses amis, d'autres sentiments plus secrets avaient préparé son esprit à ce rapprochement. L'amour et l'abandon de Burns devaient y être pour quelque chose. Cet amour, en portant atteinte aux amitiés qui l'entouraient, l'avait plus isolée ; cet abandon, avec sa dure leçon, l'avait assagie. Il n'est pas rare que l'amant, en tuant les illusions dans le cœur d'une femme, enlève l'obstacle qui empêchait celle-ci de vivre tranquillement avec son mari. La chute du rêve qui souvent éloigne les femmes de la réalité, les y ramène ; les déceptions les réconcilient avec leur vie ; elles la recommencent ayant perdu les prétentions qui la leur faisaient paraître odieuse ; elles finissent par y prendre goût et y trouver quelque douceur. Il se produisait quelque chose de cet accommodement dans la nature pratique de Clarinda. Cette phrase-ci n'en a-t-elle pas le ton résigné : « Ceci me semble le choix préférable ; c'est sûrement le sentier du devoir et, par conséquent, je puis espérer que la bénédiction de Dieu accompagnera mes efforts pour être heureuse avec celui qui a été l'époux de mon choix et le père de mes enfants? [2] ». Au mois d'octobre 1791, un peu avant la lettre à Burns, elle avait répondu à son mari qu'elle irait le rejoindre. Mais le navire qui devait l'emmener ne partait qu'au printemps [3]. Elle était donc au moment des adieux quand Burns lui annonça qu'il allait arriver à Edimbourg. Elle ne put obtenir de son propre cœur le refus de le voir.

Le 29 novembre 1791, pour la dernière fois de sa vie, Burns alla à Edimbourg, et les deux amants se retrouvèrent. Près de quatre années s'étaient écoulées depuis leur séparation, pendant lesquelles l'affection de Clarinda n'avait cessé d'errer autour de l'ingrat. Il avait vieilli : les fatigues et les excès avaient fatigué ses traits. Mais quand il reparut, obscur dans cette ville jadis émue de lui, il sembla à sa maîtresse qu'elle revivait dans la splendeur de ces mois anciens. Lui retrouva sans doute ses regards d'autrefois, ces mots qui savent rendre irrésistibles les excuses et charment les jalousies. Tout fut oublié jusqu'aux paroles amères qu'elle lui avait écrites. N'étaient-elles pas une preuve qu'elle avait souffert? L'ancienne passion,

---

[1] *Memoir of Mrs Mac Lehose by her Grandson*, p. 84.
[2] *Id.*, p. 85.
[3] *Id.*, p. 88.

si longtemps contenue, monta comme un vin furieux. Il semble que la volonté de Clarinda en fut troublée et vaincue. Les cœurs longtemps sevrés de la tendresse qu'ils portent en eux et privés d'amour en proportion de l'amour qu'ils nourrissent, sont saisis de vertige lorsque, l'obstacle disparu, cette détresse s'assouvit de cette plénitude. Ils se précipitent vers leur rêve, avec un oubli et par suite avec un don entier d'eux-mêmes, et les dernières consommations de l'amour naissent souvent des premiers transports de ces surprises. Les deux amants restèrent ensemble une semaine, pendant laquelle ils se virent en secret.

> O mai, ton matin jamais ne fut si doux
> Que la sombre nuit de décembre,
> Car étincelant était le vin rosé
> Et secrète était la chambre,
> Et chère était celle que je n'ose nommer
> Mais dont toujours je me souviendrai [1].

Ce fut une semaine de bonheur âpre et poignant, comme celui qu'on goûte à la veille des séparations, où deux cœurs sentent combien ils tiennent l'un à l'autre, par leur déchirement même. Ils s'efforcent de ramasser toutes les dernières joies mais prennent du même coup le commencement de la souffrance, et ils s'enivrent de délices navrées. La séparation se fit dans les larmes. Celles de Clarinda étaient sincères, quoique peut-être elle en eût versé de plus amères encore aux heures de son délaissement. Celles de Burns l'étaient aussi. Sa faculté d'éprouver des sentiments passagers, avec autant de violence que s'ils étaient durables, était surexcitée. Dans le moment, il souffrit peut-être autant que la pauvre femme. De cet arrachement sortit une admirable pièce, simple et émouvante comme ces paroles d'adieu, ordinaires par le sens mais palpitantes de soupirs et de sanglots.

> Un tendre baiser et nous nous séparons ;
> Un adieu et puis c'est pour toujours !
> Je boirai à toi, avec les larmes de mon cœur,
> Mon gage sera le combat de mes soupirs et de mes sanglots !
> Qui peut dire que la Fortune l'afflige
> Tant qu'elle lui laisse l'étoile de l'espérance ?
> Pour moi, aucun scintillement joyeux ne m'éclaire ;
> Le sombre désespoir m'enveloppe tout autour.
>
> Je ne blâmerai jamais ma faiblesse et mon amour,
> Rien ne pouvait résister à ma Nancy ;
> Rien que la voir c'était l'aimer,
> N'aimer qu'elle et l'aimer à toujours.
> Si nous n'avions jamais aimé si passionnément,
> Si nous n'avions jamais aimé si aveuglément,

---

[1] *O May, thy morn was ne'er sae sweet.*

Si nous ne nous étions jamais vus ou jamais quittés,
Nous n'aurions jamais eu nos cœurs brisés.

Adieu donc, toi la première et la plus belle !
Adieu donc, toi la meilleure et la plus chère !
A toi soient toutes les joies, tous les trésors,
La Paix, le Contentement, l'Amour et le Plaisir !
Un tendre baiser et nous nous séparons !
Un adieu, hélas ! et c'est pour toujours !
Je boirai à toi dans les larmes de mon cœur !
Mon gage sera le combat de mes soupirs et de mes sanglots ![1]

Avec ces désespoirs, les deux amants s'arrachèrent aux bras l'un de l'autre. Burns rentra à Dumfries, dans le calme de sa maison et la routine de sa vie. Il resta quelque temps troublé de ces émotions. Dès le 15 du mois de décembre, on voit qu'il avait déjà écrit six lettres à Clarinda ; presque une par jour [2]. Ces lettres, comme la plupart de celles de cette époque, ont été perdues ou détruites. Son cœur s'en retournait à Edimbourg. Tantôt il voyait arriver le navire qui allait emporter son amie.

Voici l'heure, le navire arrive !
Ma bien-aimée Nancy, ô adieu !
Séparé de toi, puis-je survivre ?
De toi que j'ai si bien aimée ?

Sans fin et profonde sera ma douleur ;
Je ne verrai pas un rayon d'espoir,
Sinon cette précieuse et chère croyance
Que tu te souviendras toujours de moi.

Le long du rivage solitaire,
Où les rapides oiseaux de mer crient autour de moi,
Par-delà les flots roulants, bondissants, mugissants,
Je tournerai vers l'ouest mon œil pensif.

Heureux bosquets indiens, dirai-je,
Où est le sentier de ma Nancy !
Tandis qu'à travers vos parfums, elle passe,
O dites-moi, songe-t-elle à moi ?

Tantôt il saluait le mois dont le retour lui rappellera la scène des adieux.

Une fois de plus, je te salue, ô funèbre décembre,
Une fois de plus, je te salue avec chagrin et souci ;
Triste était l'adieu que tu me rappelles,
L'adieu avec Nancy, oh ! pour ne plus nous revoir.

L'au revoir des amants épris est un plaisir doux et pénible,
Car l'espoir brille doucement sur la tendre heure du départ ;

---

[1] *Parting song to Clarinda.*
[2] *To Mrs Mac Lehose*, 15th Dec. 1791.

Mais, oh ! le sentiment cruel que l'adieu pour toujours !
Angoisse sans mélange et pure agonie !

Farouche comme l'hiver qui maintenant déchire la forêt,
Jusqu'à ce que la dernière feuille de l'été soit envolée,
Telle est la tempête qui a secoué mon sein,
Jusqu'à ce que mon dernier espoir, mon dernier confort fussent partis.

Cependant comme je te salue, ô funèbre décembre,
Ainsi je te saluerai toujours avec chagrin et souci,
Car triste était l'adieu que tu me rappelles,
L'adieu avec Nancy, oh ! pour ne plus nous revoir.

On peut, sans forcer les choses, présumer que Jane Armour sentait entre elle et son mari de nouvelles influences inconnues mais devinées, qui la lui rendaient de plus en plus étrangère. Sans savoir précisément où ses préoccupations allaient, il était impossible qu'elle ne sentît point qu'il n'était pas avec elle et que ce n'était plus jamais « de l'ouest » que venait maintenant la brise qu'il préférait.

Clarinda s'embarqua, vers les derniers jours de janvier 1792, sur la Roselle, le même navire qui avait dû emporter Burns aux Indes occidentales. Avant de partir, elle lui écrivit afin de lui donner les derniers avis de celle « qui aurait pu vivre ou mourir avec lui [1] ». Devant l'inconnu solennel d'un long voyage, elle reprenait son ton de prédication religieuse ; sa lettre a l'air d'un petit sermon parsemé de citations bibliques. On croirait à un retour d'influence du révérend... « Cherchez la faveur de Dieu, gardez ses commandements, soyez soucieux de vous préparer pour une éternité heureuse. Là, j'en ai l'espoir, nous serons réunis dans une félicité parfaite et éternelle [1] ». Son amour, qui avait épuisé les désenchantements terrestres, reportait ses espérances à un séjour futur d'où les larmes sont bannies. En attendant, elle se préparait à accepter de la vie le bonheur moyen, le seul dont celle-ci dispose. « Je suis sûre que vous serez heureux d'apprendre mon bonheur. Je compte que ce sera bientôt [1] ».

Mais, de ce côté-là encore, la pauvre Clarinda devait rencontrer des déceptions. Quand elle arriva à la Jamaïque, son mari, qui lui avait peut-être imposé cette terrible épreuve dans l'espoir qu'elle se mettrait dans son tort en refusant, la reçut avec froideur. Sur le pont même du navire, il fit usage envers elle d'expressions rudes. La malheureuse femme épuisée par le voyage put à peine supporter ce nouveau coup. « La réception très froide que je reçus de M. Mac Lehose me donna un choc qui, joint au climat, dérangea mon esprit à tel point que je cessai d'être responsable de ce que je disais et faisais [2]. » Elle crut qu'elle allait perdre la raison. « La bienveillance que mon mari me montra ensuite ne put pas dissiper

---

[1] *Mrs Mac Lehose to Robert Burns*, 25th Jan. 1792.
[2] *Memoir of Mrs Mac Lehose by her Grandson*, p. 40.

la complication de désordres nerveux qui me saisirent alors[1]. » Elle ne tarda pas à découvrir que M. Mac Lehose « comme la plupart des planteurs des Indes occidentales » avait toute une famille d'une maîtresse de couleur. Elle fut, selon le langage toujours convenable de Chambers « mortifiée de voir combien il lui avait été grossièrement infidèle pendant la période de leur séparation[2]. » C'était un brutal et violent qui se plaisait à battre et à injurier ses esclaves devant elle, quand il était saisi de ses fureurs. Perdue, isolée, révoltée de ces scènes, la malheureuse femme fut prise d'un désespoir, dont le souvenir hanta sa mémoire. « Je me rappelle que j'arrivai à la Jamaïque il y a aujourd'hui vingt-deux ans. Ce que j'ai souffert pendant les trois mois que je restai là ! Dieu, donnez-moi de la gratitude pour la bonté que vous avez eue de me ramener à mon pays natal[3]. » Le médecin la prévint que, si elle ne s'en retournait, sa vie était en danger. Au mois de juin, elle quitta de nouveau son mari. « Notre séparation fut très affectueuse. De ma part ce fut avec un sincère regret que ma santé m'obligea à l'abandonner. De la sienne, il en fut de même, selon toute apparence. Nous nous séparâmes avec des promesses mutuelles de constance et de maintenir une correspondance régulière[4]. » Elle remonta sur le même navire qui l'avait amenée et rentra en Écosse vers la fin d'août 1792, six mois environ après en être partie. Il convient d'ajouter que son mari ne tint aucune des belles promesses qu'il avait faites à propos de l'éducation de son fils, pour l'avenir duquel elle avait affronté ce long voyage et s'était imposé le plus cruel des sacrifices, celui de retourner près de cet homme et peut-être celui de subir jusqu'au bout sa comédie odieuse.

Tandis que Clarinda voyageait ainsi, le chagrin de Burns, dans les heures où il pensait à elle, avait pris la forme d'une mélancolie pensive. On en peut suivre l'écho dans une chanson, composée plus tard, mais dont on a rattaché, avec vraisemblance, l'inspiration à cet épisode de sa vie. On y trouve une adaptation poétique d'un joli passage de la correspondance de Clarinda, dont il lui avait dit qu'il s'emparerait quelque jour.

> Maintenant, de son manteau vert, la gaie Nature s'habille,
> Et écoute les agnelets qui bêlent sur les collines,
> Tandis que les oiseaux gazouillent des bienvenues dans tous les bois verts.
> Mais pour moi cela est sans délices, — ma Nannie est au loin.

> Le perce-neige et la primevère parent nos bois,
> Et les violettes baignent dans la rosée du matin ;
> Ils font peine à mon triste cœur, tant doucement ils fleurissent,
> Ils me font penser à Nanie et Nanie est au loin.

---

1 *Memoir of Mrs Mac Lehose*, p. 40
2 R. Chambers, tom III, p. 261.
3 *Memoir of Mrs Mac Lehose*, p. 42.
4 *Id.*, p. 41.

Alouette, toi qui t'élances des rosées des prairies,
Pour avertir le berger de la ligne grise de l'aurore,
Et toi moelleux mauvis qui salues la descente de la nuit,
Cessez, par pitié, — ma Nanie est au loin.

Viens, Automne, si pensif, en jaune et en gris,
Et apaise-moi en m'annonçant le déclin de la Nature;
Le noir, le lugubre Hiver et la neige farouchement chassée
Peuvent seuls me charmer, — maintenant que Nanie est au loin [1].

Après son retour à Edimbourg, il est probable que Clarinda, épuisée par sa double traversée et ses pénibles commotions, resta pendant long-temps trop souffrante pour lui écrire. Peut-être aussi considérait-elle leurs adieux comme le scellement mis sur un amour, qui, pour être respecté, ne devait plus être rouvert; et sa courte réconciliation avec son mari comme une terre qui le recouvrait à jamais. Au mois de décembre 1792, six mois après le retour de Clarinda et juste un an après leur sépa-ration, il ignorait qu'elle fût rentrée, ainsi que le prouve le billet qu'il écrivait à une des amies de sa maîtresse, à Edimbourg.

Chère Madame, je vous ai écrit si souvent sans recevoir de réponse que j'avais pris la résolution de ne plus lever ma plume vers vous; mais ce jour mémorable, le *six décembre*, ramène à ma mémoire une telle scène! Ciel et terre! Quand je me rappelle une personne exilée au loin! mais pas un mot de plus à ce sujet, jusqu'à ce que j'apprenne de vous votre véritable adresse, et pourquoi mes lettres sont restées sans réponse, car celle-ci est la troisième que je vous envoie [2].

Il n'apprit qu'au commencement de l'année suivante que Clarinda était en Europe depuis plus de six mois. Sa colère éclata dans une lettre écrite probablement sous le coup de cette nouvelle et qui semble incohé-rente à force de violence. Elle est datée du mois de mars 1793.

Je suppose, ma chère Madame, qu'en négligeant de m'informer de votre arrivée en Europe — circonstance qui ne pouvait pas m'être indifférente, comme à vrai dire rien de ce qui vous concerne — je suppose que vous avez voulu me laisser deviner et voir qu'une correspondance, que j'eus naguère l'honneur et la félicité de goûter, ne doit plus jamais être. Hélas! quels sons lourds, écrasants sont ces mots: « jamais plus! » Le malheureux qui n'a jamais goûté le plaisir n'a jamais connu la détresse; ce qui pousse l'âme à la folie c'est le souvenir de joies qui ne seront « jamais plus ». Ceci n'est pas le langage qu'il faut parler au monde; il ne le comprend pas. Mais vous autres, venez, les quelques-uns — les fils du Sentiment et de la Passion! vous dont les cordes du cœur tremblent et gémissent d'une angoisse indicible, quand le souvenir se précipite dans votre cœur! — vous qui êtes capables d'un attachement pénétrant comme la flèche de la mort, et puissant comme la vigueur de l'Être immortel — venez, et vos oreilles vont s'abreuver d'une histoire... mais, silence! Je ne dois pas, je ne puis pas la dire: une agonie est dans ce souvenir, la démence est dans ce récit!

---

[1] *My Nanie's awa.*
[2] *To Miss Mary Peacock.* Dec. 6th, 1792.

Mais, Madame, laissons les sentiers qui mènent à la folie. Je félicite vos amis de votre retour, et j'espère que la précieuse santé qui, d'après ce que me dit Miss Peacock, a été si ébranlée, est rétablie ou en train de se rétablir....

Je vous présente un livre (c'était la dernière édition de ses poèmes), puis-je espérer que vous l'accepterez ? Aurai-je de vos nouvelles? Mais d'abord, écoutez-moi. Pas de froid langage, pas d'avertissements de prudence ; je méprise les conseils et dédaigne tout contrôle. Si vous ne devez pas m'écrire dans le langage, si vous ne devez pas m'exprimer les sentiments, que vous savez que je désire recevoir, et que je serai heureux de recevoir, je vous en conjure, par l'orgueil blessé ! par la paix ruinée ! par la passion frénétique et déçue ! par tous ces maux nombreux qui composent cette suprême douleur humaine, un cœur brisé ! ! restez pour moi silencieuse à jamais. Si jamais vous m'insultez par les apophthegmes insensibles du sang-froid et de la prudence, puissent tous.... mais assez ! un démon ne pourrait exhaler un souhait malveillant sur la tête de mon ange ! Rappelez-vous bien ce que je vous demande. Si vous m'envoyez une page baptisée aux fonds d'une sanctimonieuse prudence, par le ciel, la terre et l'enfer! je la déchire en atômes! Adieu ! puissent toutes choses heureuses vous accompagner![1]

C'est la lettre d'un frénétique. A certains endroits, on croirait presque que c'est la lettre d'un homme excité de boisson, tant cela est en dehors de toutes bornes de raison.

Après cette lettre, une pleine année s'écoule sans trace de correspondance entre les deux amants. Il est probable, il est certain même qu'ils s'écrivirent : ils se comprenaient de moins en moins. Clarinda, ébranlée par ses dernières épreuves, fatiguée de corps et de cœur, gagnée d'ailleurs par l'âge, entrait dans une période plus apaisée. Comme son amour faisait réellement partie de sa vie, il se modifiait avec elle ; il devenait plus calme parce qu'il était sincère et qu'il tenait à son âme. Elle comprenait de plus en plus leur liaison comme une amitié dévouée. Burns, en qui cet amour était uniquement une excitation d'imagination ou de sens, ne voulait pas comprendre qu'il pût changer. En sorte que c'était, ce qui arrive souvent, l'amour vrai qui devenait paisible et l'amour factice qui restait violent. Elle lui avait écrit pour lui parler d'amitié ; il ne lui avait pas répondu ; elle lui écrivit de nouveau et cette fois on a sa réponse, datée du 25 juin 1794. Cette lettre — la dernière — est écrite pendant une tournée d'Excise, sur une table d'auberge, en face d'une bouteille de vin. Il s'en échappe d'abord une tendresse d'anciens souvenirs. C'en est la meilleure partie. Mais que le reste est pénible ! un accès de plaisanterie forcée, et quelque chose comme un souvenir d'ancienne bonne fortune, traîné dans des fins de dîners copieux et bruyants, je ne sais quelle fanfaronnade d'amour inconvenante.

Avant de me demander pourquoi je ne vous ai pas écrit, informez-moi d'abord *comment* je dois vous écrire. « En amitié », dites-vous. J'ai maintes fois pris la plume pour essayer de vous écrire une lettre « d'amitié ». Mais c'est impossible ; c'est

---

[1] *To Mrs Mac Lehose.* March 1798.

Jupiter saisissant une sarbacane d'enfant après avoir manié le tonnerre. Quand je prends la plume, la souvenance m'accable. Ah! ma toujours très chère Clarinda! Clarinda! Quelle foule des plus tendres souvenirs se presse dans ma pensée, à ce mot! Mais je ne dois pas m'abandonner à ce sujet. Vous l'avez interdit.

Je suis extrêmement heureux d'apprendre que votre santé est rétablie, et que vous êtes de nouveau en état de goûter cette satisfaction en l'existence, que la santé seule peut nous donner... Vous ririez si vous m'aperceviez où je suis en ce moment. Plût au ciel que vous fussiez ici pour rire avec moi, quoique, je le crains, notre première occupation serait de pleurer. Me voici établi ici, ermite solitaire, dans la salle solitaire d'une auberge solitaire, avec une solitaire bouteille de vin près de moi, aussi grave et stupide qu'un hibou, mais comme un hibou toujours fidèle à ma chanson. En preuve de quoi, ma chère Mrs Mac, voici à votre santé! Puissent les bénédictions les plus choisies du ciel bénir votre doux visage; et si un misérable regarde de travers votre bonheur, puisse le vieux chaudronnier de l'enfer l'empoigner pour marteler son cœur pourri! Amen.

Il faut que vous sachiez, ma très chère Madame, que, depuis bien des années, en quelque endroit, en quelque compagnie que je me trouve, chaque fois qu'on propose la santé d'une dame mariée, je propose toujours la vôtre. Mais comme votre nom n'a jamais franchi mes lèvres, même pour mon ami le plus intime, je propose votre santé sous le nom de « Mrs Mac ». Cela est si bien connu parmi mes relations que, lorsqu'on propose une dame mariée, le directeur des toasts dit souvent : « Oh! nous n'avons pas besoin de lui demander à qui il boit : à la santé de Mrs Mac ». J'ai aussi, parmi mes compagnons de réunions joyeuses, établi un tour de santés que j'appelle le tour des Bergères d'Arcadie, ce sont les santés de dames préférées qu'on porte sous des noms féminins célébrés dans les chansons anciennes; en ces occasions vous êtes ma « Clarinda ». Donc, madame Clarinda, je consacre ce verre de vin au plus ardent souhait pour votre bonheur! [1]

Ainsi finit la correspondance de Sylvander et de Clarinda. Les protestations ardentes, les promesses éternelles, les rêves de réunion future, les appels à la divinité, cette magnifique rhétorique aboutit à cette rasade, bue à la santé de « Mrs Mac », avec une familiarité alourdie et un rire forcé. Il sort de cette lettre une odeur de trivialité. C'est l'abaissement d'une passion qui avait eu de hauts coups d'aile. A quelques mois de là il écrivait :

« Il y a dans le *Museum*, une chanson par une de mes *ci-devant* déesses qui n'est pas indigne de cet air! Elle commence ainsi :

« Ne parle pas d'amour, cela me fait souffrir » [2].

Il employait, en français, cette locution souillée qui avait traîné par les rues de Paris et qui contient je ne sais quelle goguenardise populacière et cruelle. La chanson dont il parlait était les jolis vers que Clarinda lui avait envoyés au début de leur liaison, quand il avait pour la première fois parlé d'amour [3]. Il y a quelque chose de laid dans ce manque de respect

---

[1] *To Mrs Mac Lehose.* 25th June 1794.

[2] *To George Thomson.* 19th Oct. 1794.

[3] Dans la lettre du 3 Janvier 1788.

pour un souvenir dont il aurait convenu de parler avec plus de réserve. Il pouvait du moins se taire. C'était la fin, on dirait presque la lie, de cet amour dans cette âme troublée.

Dans un des deux cœurs, heureusement, les beaux rêves d'autrefois se gardèrent respectés et inviolables. Clarinda survécut à Burns près d'un demi-siècle ; elle mourut en 1841. Sa nature calme et saine reprit son équilibre ; elle devint une vieille femme aimable et réconciliée avec la vie. On a d'elle un léger crayon qui la représente à l'âge de quatre-vingts ans, dans son salon où était suspendu un portrait du poète, toujours souriante et accueillant avec affabilité ses visiteurs. Elle demeura fidèle au souvenir de celui qu'elle avait aimée. Vingt ans après la mort de Burns elle écrivait dans son journal : « 25 janvier 1815. Jour de naissance de Burns. Un grand banquet chez Oman. J'aimerais être là, invisible, pour entendre tout ce qu'on dira de ce grand génie [1] ». Et quarante ans après la semaine des adieux, quand elle était tout à l'extrémité de la vie, elle écrivait encore : « 6 décembre 1831. Je ne pourrai jamais oublier ce jour-ci. Séparée de Burns en l'année 1791, pour ne jamais nous retrouver dans ce monde. Oh ! puissions-nous nous retrouver dans le ciel [1] ». Il y a quelque chose de touchant dans ce souhait constant après tant d'années. Clarinda resta jusqu'au bout supérieure à Burns. Elle vivra parmi celles qui furent aimées par les poètes : non point parmi les cruelles et les décevantes qui les torturèrent, ni non plus parmi les sacrifiées qui languirent et moururent de leur chagrin ; mais — et c'est là son originalité — comme une vaillante femme qui souffrit et sut vivre.

II.

OPINIONS POLITIQUES, TRACAS.

C'est à Dumfries que Burns se trouva, pour la première fois, mêlé aux agitations de la politique. Jusque-là il avait vécu dans son isolement campagnard ; l'écho des événements arrivait à lui comme ces roulements de tonnerre affaiblis, qui révèlent de très lointains orages. Il avait, dans ses vers et par quelques-uns de ses actes, fait preuve de Jacobitisme. Mais c'était là un sentiment romanesque, presque historique, qui ne tirait pas à conséquence et ne portait sur aucun intérêt présent. Il arriva dans les villes au moment où le puissant émoi de la Révolution Française agitait tous les esprits et excitait de toutes parts des enthousiasmes ou des colères. L'ébranlement du cataclysme gigantesque soulevait, en tous pays, des désirs, des projets, des tentatives de réforme ou de révolution ;

---

[1] *Memoir of Mrs Mac Lehose*, p. 53.

et aussi des résistances, des alarmes, des indignations. En sorte que les luttes particulières prenaient quelque chose de la gravité du drame de France, et que les discussions à son propos avaient l'âpreté de luttes immédiates. Les moindres remous dans la plus lointaine baie portaient le reflet au grand navire qui sombrait dans son incendie, et recevaient de lui un caractère tragique. Les passions publiques étaient exaltées, presque à leur paroxysme ; la somme de haine que les hommes ont toujours à la disposition de leurs opinions, cessant d'être employée aux croyances religieuses, s'était précipitée dans les convictions politiques. Il fallait prendre parti pour ou contre la Révolution. Par ses origines plébéiennes, son éducation, son impatience de toute supériorité, sa colère contre les distinctions sociales, Burns devait fatalement aller au parti dont les tendances étaient démocratiques. Dans ces temps où il était dangereux, surtout pour un agent du Gouvernement, de manifester ses préférences, un autre aurait tenu les siennes secrètes ou ne les aurait manifestées qu'à bon escient. Mais il n'était pas homme à garder en lui ce qu'il ressentait. Les convictions prudentes et taciturnes n'étaient pas son fait. Par suite de sa nature, il était impossible que ses opinions n'éclatassent pas au dehors, et par suite de son génie, qu'elles le fissent sans quelque chose de frappant. Il était certain qu'un acte audacieux, quelque parole coupante de sarcasme ou brillante d'éloquence, attireraient l'attention sur lui. Il y a des hommes dont les discours sont éclatants comme des glaives. Cela ne tarda pas à arriver.

Un jour de la fin de février 1792, un brick aux allures suspectes fut signalé dans le Solway-Frith. Burns était un des employés qui furent envoyés pour surveiller ses mouvements. Le lendemain, le brick échoua sur un banc de sable et on put apercevoir que l'équipage était nombreux, bien armé, décidé à ne pas se rendre sans lutte. On dépêcha aussitôt un des excisemen, Lewars, à Dumfries, et un autre à Ecclefechan, pour en ramener un peloton de dragons. Burns fut laissé avec quelques hommes pour surveiller le navire et empêcher que la marchandise ne fût débarquée. Pendant qu'il se promenait de long en large sur les galets et les roseaux du rivage, « de méchante humeur que les renforts tardassent à venir », il composa une de ses amusantes chansons : *Le diable a emporté l'exciseman.* Quand Lewars revint avec les soldats, Burns se mettant à leur tête, l'épée à la main, marcha à travers l'eau et fut le premier à aborder le brick. L'équipage perdit courage bien que plus nombreux et se rendit. Le vaisseau fut saisi et vendu aux enchères, le lendemain, à Dumfries, avec toutes ses armes et toute sa cargaison. A cette vente, Burns dont la conduite avait été fort louée, acheta quatre caronades. C'est une emplette qui, à première vue, semble étrange. On en a l'explication lorsqu'on sait qu'il les envoya, selon Lockhart, à la *Convention*, avec une lettre où il priait cette assemblée de les accepter

comme un témoignage de son admiration et de son estime. Le cadeau
et l'envoi furent arrêtés à la douane de Douvres [1].

Lockhart, qui fut avec persistance un tory étroit, condamne lourdement
cet acte de Burns, bien qu'il soit forcé de reconnaître que l'Angleterre
n'était pas alors en guerre avec la France, « mais, dit-il, chacun sentait
qu'elle ne tarderait pas à l'être [1] ». Chambers, qui a étudié de plus près
cette question et qui a pris la peine de parcourir les journaux de l'époque,
fait rentrer les faits dans de plus justes proportions. Il remarque que la
Convention n'existait pas encore à la fin de Février 92 ; que, moins d'un
mois auparavant, Georges III avait ouvert le parlement dans des termes
où il se félicitait de la paix et de la prospérité du pays; que le trois pour
cent était à 96 ; que l'ambassadeur anglais ne fut rappelé qu'au mois
d'août ; que la guerre ne fut déclarée qu'au mois de janvier suivant, et
qu'une démonstration de sympathie envers le gouvernement français
n'était nullement un acte d'hostilité contre le gouvernement anglais. Bien
plus, les journaux et l'opinion de la contrée étaient favorables à la Révolution française, au point qu'à la fin de 1792, une souscription était
ouverte à Glascow « pour aider les Français à continuer la guerre contre
les princes émigrés et les pouvoirs étrangers, par qui ils pourraient être
attaqués », et le journal annonçait que la souscription s'élevait déjà à
1200 livres sterling [2]. Il est possible cependant que, par suite des délais
de l'envoi et des lenteurs du trajet, les canons soient arrivés à Douvres
seulement vers la fin d'avril, quand la guerre avait éclaté entre la France
et l'Empereur ; et que les autorités anglaises aient cru devoir intercepter
un envoi d'armes, fait par un particulier à une nation en hostilité contre
un souverain allié. C'était de la part de Burns un acte original, mais
nullement irrégulier, et il est peu probable qu'il faille attribuer à cela
les ennuis qui ne tardèrent pas à l'assaillir.

Ils devaient être causés par des actes, plus hardis et plus significatifs
en eux-mêmes, mais dont la gravité tint aussi au changement qui
s'était produit dans l'opinion publique et dans l'attitude du gouvernement. La première avait été affectée par l'emprisonnement de Louis XVI
et les massacres de septembre ; la seconde, par le sentiment réel ou feint
de la contagion révolutionnaire qui le menaçait. En effet, entre les
premiers mois de 1792 et les derniers, des événements importants
avaient eu lieu dans le pays. C'est l'année qui est marquée par la
naissance et le développement des sociétés révolutionnaires anglaises et
par une puissante fermentation des esprits.

---

[1] Lockhart. *Life of Burns*, p. 228-29. Voir aussi la lettre de M. Train dans l'édition
de Burns, de Blackie, tom I, p. CCXIII.

[2] R. Chambers, tom III, p. 218-20.

Il existait bien, depuis 1780, des sociétés et des clubs, formés en vue d'obtenir une réforme parlementaire, jugée dès lors nécessaire et qui ne fut accomplie qu'en 1832[1]. En 1780, une société d'*Information Constitutionnelle* avait été créée et avait répandu des quantités de pamphlets sur cette question. En 1782 et en 1785, Pitt lui-même avait proposé à la Chambre des Communes des motions ayant pour objet de modifier le système d'élection. En 1789, la réunion d'un club de whigs, connu sous le nom de *Société de la Révolution* [2], et le célèbre sermon du Dr Price avaient motivé les fameuses *Réflexions* de Burke sur la Révolution française [3]; celles-ci avaient fait sortir du sol toute une littérature de réponses, parmi lesquelles se distinguaient les *Droits de l'Homme* de Thomas Paine [4]. Mais ces associations étaient isolées, avaient peu d'influence ; leur programme se bornait à une réforme contenue dans les limites constitutionnelles ; et les discussions sur la Révolution française semblaient porter sur une question étrangère aux pays et presque historique. Vers le commencement de 1792, les germes d'opposition, cachés jusque-là, se manifestèrent et se répandirent avec une singulière rapidité. Des sociétés politiques pullulèrent sur toute l'étendue du royaume. Le 25 de janvier, un cordonnier, nommé Thomas Hardy, écossais de naissance, établi à Londres, fonda, avec neuf amis, une association sous le nom de *Société Correspondante de Londres*. Son titre indique où était sa force. Elle devait se mettre en rapport avec les autres réunions analogues. Elle était habilement organisée en divisions de quarante-cinq membres, qui se constituaient au fur et à mesure que le nombre des membres augmentait; elles envoyaient un délégué au Comité central, lequel se réunissait tous les jeudis soir. Les affiliations se présentèrent bientôt en quantités considérables et, avant la fin de l'année, Hardy estimait qu'elles atteignaient vingt mille, « nombre qui dépasse de beaucoup le corps entier d'électeurs dont dépend une majorité à la Chambre des Communes [5] ». A la fin de mars, il se fonda *la Société des Amis du Peuple* composée des hommes du parti whig éminents par leur rang, leurs talents ou leur ascendant; Lord Daer, l'ancien protecteur de Burns, Thomas Erskine le célèbre avocat, plusieurs membres du Parlement en faisaient partie. De tous côtés, dans les comtés, en Irlande, et surtout en Écosse, des sociétés se formèrent sous ce dernier titre. En Février, Thomas Paine avait publié la seconde partie de ses *Droits de l'Homme* dont la vente fut si considérable que, dès l'été, il offrit, avec les

---

[1] Voir sur ces premières sociétés Lecky, *History of England in the XVIIIth century*, tom V, chap. xxi, p. 448.

[2] Sur l'action de cette société, Lecky, *Id.* p. 450. — Voir aussi *The Story of the English Jacobins*, by Edward Smith, chap. i.

[3] Les *Reflections on the Revolution of France* sont de Novembre 1790.

[4] *The Rights of Man* sont de 1791-92.

[5] *The Story of the English Jacobins*, chap. ii et chap. iii, p. 43.

profits , la somme de **25,000** francs à la *Société d'Information Constitutionnelle*[1]. Après avoir demandé la réforme d'abus indéniables, le Programme de ces sociétés s'était accentué et réclamait le suffrage universel et des parlements annuels.

Au mois de novembre, la *Société Correspondante de Londres*, indignée du manifeste du Duc de Brunswick, avait, de concert avec d'autres sociétés, envoyé une adresse à la Convention, qui l'avait reçue et l'avait fait lire aux armées. On y trouvait des passages écrits dans le style de l'époque :

Bien que menacés par un oppressif système de contrôle, dont les empiétements graduels mais continus ont privé cette nation de presque toute la liberté dont elle était fière et nous a presque réduits à l'abject esclavage d'où vous venez de sortir, cinq mille citoyens anglais, dans leur indignation, se mettent virilement en avant, pour sauver leur pays de l'opprobre attiré sur lui par la conduite indolente de ceux qui sont au pouvoir. Ils considèrent que c'est le devoir des Bretons d'encourager et d'aider, autant qu'il est en leur pouvoir, les champions du bonheur humain, et de jurer à une nation, qui poursuit le plan que vous avez adopté, une amitié inviolable. Que cette amitié soit désormais sacrée entre nous ! Puisse une vengeance terrible saisir l'homme qui essayerait d'en causer la rupture.

Bien que nous paraissions être si peu à présent, soyez assurés, Français, que notre nombre augmente journellement. Il est vrai que le bras menaçant et levé de l'autorité tient à présent les timides à l'écart — que des imposteurs actifs et partout répandus trompent constamment les crédules — et que l'intimité de la Cour avec des traîtres reconnus a quelque effet sur les naïfs et les ambitieux. Mais nous pouvons vous apprendre avec certitude, Amis et Hommes Libres, que la lumière a fait des progrès rapides parmi nous. La curiosité a pris possession de l'esprit public, le règne uni de l'Ignorance et du Despotisme disparaît. Les hommes maintenant se demandent entre eux : « Qu'est-ce que la Liberté ? Quels sont nos Droits ? » Français, vous êtes déjà libres, et les Anglais se préparent à le devenir[2].

On trouvait dans ce même document , qui fut un peu plus tard publié par les journaux anglais, les phrases suivantes, dans lesquelles Georges III était directement visé :

Que les despotes allemands agissent comme il leur plaît. Nous nous réjouirons de leur chute, en ayant compassion, cependant, de leurs sujets esclaves. Nous espérons que cette tyrannie de leurs maîtres deviendra le moyen de rétablir dans la pleine jouissance de leurs Droits et de leurs Libertés des millions de nos semblables.

C'est donc avec indifférence que nous voyons l'électeur du Hanovre joindre ses troupes aux traîtres et aux brigands ; mais le Roi de la Grande-Bretagne fera bien de se rappeler que ce pays-ci n'est pas le Hanovre. S'il oubliait cette distinction, nous ne l'oublierions pas[2].

Au même moment, la *Société Constitutionnelle* avait envoyé à la Convention deux délégués qui avaient échangé avec le président le baiser

---

[1] *The Story of the English Jacobins*, chap. II, p. 33.

[2] *Address to the French National Convention, from the following Societies united in one common cause, viz., the obtaining a fair, general, and impartial representation in Parliament*, 27 Sept. 1792, reproduite dans *The Story of the English Jacobins*, chap. III.

de la fraternité. Dans leur adresse, à la barre de l'Assemblée, ils annonçaient que « d'innombrables sociétés semblables à la leur, se formaient dans toutes les parties de l'Angleterre, de l'Ecosse et de l'Irlande et qu'elles y éveillaient un esprit de recherche universelle dans les abus compliqués du gouvernement et s'enquéraient des moyens simples de réforme [1] ».

Cependant le roi, les ministres, particulièrement Pitt et Dundas qui était secrétaire pour l'Écosse, la majorité du parlement, les tories, ceux qu'on appelait les whigs alarmistes, s'étaient émus de cette agitation. Dès le mois de mars, Georges III l'avait visée dans une proclamation royale. En novembre, un magistrat nommé John Reeves forma une *Association pour défendre la Liberté et la Propriété contre les Républicains et les Niveleurs* [2]. Des associations « loyales » se créèrent en face des associations révolutionnaires ou réformatrices. Tout ce qui, en Angleterre, était alarmé de l'avenir et satisfait du présent, y appartint ou les appuya. Le soutien du gouvernement leur donna de la force. On répandit des bruits de conspiration, d'anarchie, de pillage. On menaça les tavernes qui prêtaient leurs salles aux sociétés jacobines, de leur retirer leur licence ; on inquiéta les vendeurs de journaux; on condamna les colleurs d'affiches [3]. On sévit contre les moindres paroles. Un ministre dissident de Plymouth, le Rev. William Winterbotham, ayant dit dans un sermon que sa « majesté était placée sur le trône à condition d'observer certaines lois et règles et que, si elle ne les observait pas, elle n'avait pas plus de droits à la couronne que les Stuarts, » était condamné à quatre années d'emprisonnement à Newgate [4]. John Frost, avoué riche et estimé, ancien ami politique de Pitt, ami de Sheridan, fut accusé, d'après le témoignage d'un individu quelconque, d'avoir dit dans un café quelque chose sur « ce que l'égalité était un droit naturel de l'homme et sur ce qu'il avait une prédilection pour le républicanisme. » Il fut condamné à six mois de prison, une heure de pilori, à déposer caution de bonne conduite pour cinq années et fut rayé du rôle des attorneys [4]. Lorsque, l'année suivante, le moment de lui appliquer la peine du pilori fut fixée, toute la ville fut en quelques instants couverte de petits placards annonçant le jour et l'heure de l'exécution. Le pilori fut immédiatement démoli par la foule et Frost libéré ; mais il prit froidement le bras de Horne Tooke qu'il rencontra par hasard et s'en retourna à la prison [5]. On condamna Thomas Paine qui était alors en France et ne revint jamais en Angleterre, malgré un admirable

---

[1] *The Society for Constitutional Information in London to the National Convention of France, November* 28th 1792, cité dans *The Story of the English Jacobins*, chap. III.

[2] *The Story of the English Jacobins*, chap. III, p. 55.

[3] *Id.* p. 58.

[4] *Id.* p. 64.

[5] *Id.* p. 165

plaidoyer de Thomas Erskine, le frère du protecteur de Burns. Lorsque George III apprit que Thomas Erskine se chargeait de la défense de Paine, il contraignit le prince de Galles à écrire à l'illustre avocat une lettre qui amena sa démission immédiate comme attorney général près du Prince [1]. Le lendemain du jugement de Paine, une nouvelle société fut créée sous la présidence d'Erskine : *Les Amis de la Liberté de la Presse.* Le 13 décembre, le parlement fut prématurément convoqué pour entendre un discours du trône, dans lequel il était parlé d'un dessein de tenter la destruction de la Constitution et la subversion de tout ordre et de tout gouvernement.

En sorte que tout le pays était travaillé d'une formidable effervescence ; la bataille faisait rage entre les sociétés libérales ou révolutionnaires d'un côté et les sociétés réactionnaires ou conservatrices de l'autre. Celles-ci employaient tous les moyens d'intimidation, jusqu'à la dénonciation. Le gouvernement avait pris parti dans la lutte et se considérait comme attaqué par les propositions de réforme. On voit combien la situation était, à la fin de 1792, changée de ce qu'elle avait été au commencement, et combien les mêmes actes qui, au mois de février, étaient simplement indifférents, seraient devenus significatifs au mois de novembre.

Ce double mouvement s'était produit en Écosse, mais avec plus de force dans chaque sens, et par conséquent plus de violence dans le choc. Les principes nouveaux trouvaient dans l'organisation essentiellement démocratique de l'Église calviniste un terrain favorable. Les sociétés se multiplièrent. Lorsqu'en 1793 on proposa un congrès des sociétés de Londres et des Provinces, ce fut à Edimbourg qu'il eut lieu [2] ; quarante-cinq sociétés écossaises y envoyèrent des délégués [3]. D'un autre côté, le parti tory était là plus nombreux et plus puissant, en même temps que plus étroit et plus fanatique qu'ailleurs. Il comprenait presque entièrement « la richesse, le rang, l'administration du pays et les trois quarts de la population [4]. » L'impiété de la Révolution française assurait à cette réaction tout ce qui était pieux, ses excès tout ce qui était timide ; tandis que la distribution des emplois achetait tout ce qui était vénal [5]. Les conseils municipaux, qui étaient les principaux électeurs du Parlement, nommaient leurs successeurs, et par conséquent se renommaient indéfiniment eux-mêmes. Les personnes qui étaient envoyées comme jurés aux

---

[1] Voir *Lord Erskine* par Henri Duméril, p. 61, et les paroles de Thomas Erskine lui-même, citées au bas de la page 62. — Voir aussi *Henry Erskine and His Times*, par le lieutenant-colonel Alex. Fergusson, p. 845.

[2] *The Story of the English Jacobins*, chap. v, p. 80.

[3] *Id.*, p. 88.

[4] Lord Cockburn. *Memorials*, p. 71.

[5] Id., p. 75-76.

cours criminelles, étaient choisies par le shérif du comté et, lorsqu'elles étaient arrivées, subissaient un nouveau choix de la part des juges [1]. Il n'y avait pas de libres institutions politiques, car le gouvernement parlementaire n'avait jamais fonctionné en Écosse. Le parti tory, maître des emplois, des tribunaux, des collèges, de l'Église, affectait de considérer les opposants comme des ennemis de toutes les institutions. Ce fut une véritable persécution. Pendant cette année de 1792, un jeune avocat de talent, nommé Thomas Muir, avait pris part, à Glascow, à la création d'une société nommée *Les Amis de la Constitution et du Peuple* ; et un clergyman, le Rév. Thomas Palmer, fellow de Queen's college à Cambridge, avait, à Dundee, aidé à la fondation d'une société semblable, *La Société des Amis de la Liberté* [2]. Tous deux, accusés de sédition, furent déclarés coupables par des jurés influencés par l'opinion des juges. Lorsque les verdicts furent rendus, « la Cour avait à exercer son pouvoir discrétionnaire de fixer la sentence, qui pouvait aller d'une heure d'emprisonnement à la transportation à vie [3] ». Cette dernière peine n'était pas et « n'avait jamais été employée en Angleterre pour le crime de sédition. C'était alors un châtiment terrible, impliquant un voyage de plusieurs mois, la misère dans une colonie nouvelle, plus de communication avec la terre natale et ceux qu'on y laissait, et de telles difficultés de retour qu'un homme transporté était considéré comme un homme qu'on ne reverrait plus [3] ». Muir fut condamné à quatorze années de transportation ; Palmer à la même peine. Jeffrey, alors jeune homme, assistait au jugement avec sir Samuel Romilly. « Ni l'un ni l'autre, dit lord Cockburn, ne l'oublia jamais. Jeffrey n'en parlait jamais sans horreur [4]. » Lorsque, en 1793, le congrès des sociétés de réforme eut lieu à Edimbourg, sans le moindre trouble, les deux délégués de *la Société Correspondante de Londres*, Margarot et Gerrald, qui étaient étrangers, et le secrétaire général du congrès, Skirving, furent arrêtés, jugés, il est presque impossible de dire sur quelle accusation, et condamnés également à quatorze années de transportation. Le sort de ces victimes fut lamentable : Gerrald et Skirving moururent en arrivant à Botany-Bay ; Palmer mourut en revenant à l'expiration de sa peine ; Muir s'échappa, mais fut blessé et vint mourir à Chantilly ; Margarot seul revint en Angleterre, âgé, brisé, et traîna quelque temps encore, grâce aux secours de ceux de ses anciens amis qui survivaient [5]. « Pour retrouver l'esprit judiciaire de cette cour, dit Cockburn, il faut remonter aux jours de Lauderdale et de Dalzell. [6] »

---

[1] Lord Cockburn. *Memorials*, p. 76.
[2] *The Story of the English Jacobins*, chap. v, p. 81.
[3] Lord Cockburn. *Memorials*, p. 88.
[4] Lord Cockburn. *Life of Jeffrey*, p. 55.
[5] *The Story of the English Jacobins*, p. 91-92.
[6] Lord Cockburn. *Memorials*, p. 88.

Dans la société, la haine des tories contre toute tendance libérale se faisait sentir d'une façon plus violente encore qu'en Angleterre. Comme toutes les places et toute l'influence étaient entre leurs mains, ils frappaient de proscription ceux qui étaient connus pour leurs principes whigs ou qui étaient soupçonnés d'en avoir. Les jeunes gens qui entraient au barreau marqués de cette tache voyaient toutes les portes officielles se fermer devant eux ; les juges leur étaient hostiles ; les affaires s'éloignaient d'eux [1]. Plusieurs furent contraints de s'exiler d'Edimbourg et d'aller à Londres. Même autour des avocats connus, le vide se faisait.

« Le pays, dit Mrs. Fletcher dans son autobiographie, devint alarmé à un point extrême, et les atrocités commises en France par une faction sans principes, les pires ennemis de la liberté, produisirent une telle horreur en Ecosse, spécialement dans les classes élevées, que tout homme était considéré comme un rebelle qui ne soutenait pas les mesures tory du gouvernement. Mr Fletcher néanmoins resta fidèle à ses principes whig... A cette époque, et pendant plusieurs années plus tard, telle était en Ecosse la terreur des principes libéraux, qu'aucun membre du barreau qui les professait ne pouvait espérer une clientèle. Comme il n'y avait pas de jury dans les affaires civiles, on croyait que les juges ne décideraient pas en faveur d'un plaideur qui aurait employé un conseil whig... Nous fûmes souvent, à cette époque, réduits à notre dernière guinée ; mais telle était ma sympathie pour les sentiments publics de mon mari, que je ne me rappelle aucune période de ma vie mariée qui ait été plus heureuse que celle où nous souffrions à cause de notre conscience. [2] »

Il fallait, pour résister à cette conspiration, la vaillance et la gaîté de cette charmante femme. Un petit fait qui revient à sa mémoire indique jusqu'à quel point cette haine des Tories portait le trouble dans les existences particulières.

« Au printemps de 1795, nos amis, Mr et Mrs Millar, partirent pour l'Amérique, bannis par le flot puissant de la rancune tory qui assaillait si sauvagement Mr Millar. Il avait fait partie de la Société des *Amis du Peuple*. Il perdit son occupation professionnelle, bien que ce fût un homme très capable et très honorable ; il éprouva un tel dégoût de l'état des affaires en Ecosse qu'il prit la résolution d'aller chercher la paix et la liberté aux Etats-Unis d'Amérique. Je ressentis le départ de Mrs Millar comme une grave perte. Deux ans plus tard elle revint, veuve ; et notre amitié dura jusqu'à sa mort. [3] »

On n'imagine qu'à peine jusqu'où allait cette haine. « Le grand objet des Tories, dit Cockburn, était d'injurier tout le monde excepté eux-mêmes, et en particulier d'attribuer une soif de sang et d'anarchie, non seulement à leurs adversaires publics déclarés, mais à l'ensemble du peuple [4]. » Une

---

[1] Lord Cockburn. *Memorials*, p. 80.
[2] *Autobiography of Mrs Fletcher*, p. 65.
[3] *Autobiography of Mrs Fletcher*, p. 71.
[4] Lord Cockburn. *Memorials*, p. 72.

sorte de réprobation s'attachait aux libéraux, à ce point qué les enfants les regardaient avec terreur.

« Je puis mentionner ici que le signe distinctif de tous ceux qui soutenaient ces principes (les principes libéraux) était d'avoir les cheveux *coupés courts* et de donner ainsi *le coup de grâce* à la poudre et à la chevelure arrangée avec boucles et queue, laquelle était alors si universellement adoptée qu'aucune personne, occupant le rang de gentleman, ne pouvait paraître sans. Parmi les partisans les plus ardents et les plus en vue du citoyennat et du républicanisme était un noble lord de talent distingué. Je me souviens très bien, avec plusieurs de mes camarades, avoir regardé le citoyen comte, avec crainte et curiosité, pendant qu'il passait dans George Street habillé ou je devrais plutôt dire déshabillé dans un surtout grossier, fait de drap qu'on appelait « Gratte Canaille ». Sa physionomie brune et sombre, pendant que nous avions les yeux fixés sur lui, fit que nos voix généralement bruyantes tombèrent à un murmure ; nous nous dîmes (*sotto voce*): « Oh ! comme il a l'air effrayant, on dit qu'il veut qu'on coupe la tête du roi. » Il s'appuyait sur le bras de l'honorable Harry Erskine, fameux pour son esprit, son talent et ses principes *whiggistes*, qui était le frère de l'avocat non moins célèbre et plus tard chancelier, Tom Erskine. »

Ce souvenir d'un enfant qui avait alors une dizaine d'années n'est-il pas bien probant et ne rend-il pas d'une façon saisissante le vide qui se faisait autour des hommes soupçonnés de libéralisme. Ce ne devait pas être un sectaire bien farouche pourtant que celui qui se promenait si familièrement avec Harry Erskine [1].

Quelques avocats comme Henri Erskine et Archibald Fletcher ; Malcolm Laing, l'historien ; James Graham, l'auteur du poème écossais *Le Sabbath* ; quelques médecins comme John Allen et John Thompson ; quelques professeurs de l'Université comme Playfair, le mathématicien, Andrew Dalzel, l'humaniste, et Dugald Stewart, formaient un petit noyau d'opinion libérale [2]. Est-il besoin de dire que ces hommes, en qui la vertu et la sagesse étaient égales et, chez quelques-uns, supérieures au talent, n'étaient point des révolutionnaires. C'était à coup sûr la fleur et le sel du pays. Et cependant, ils étaient soupçonnés, tenus à l'écart, entourés de méfiance, surveillés. Même Dugald Stewart, dont la vie et l'esprit étaient si purs, dont la parole était si exquise et si mesurée, dont l'enseignement était un charme et qui, selon l'expression de Mackintosh, avait inspiré l'amour de la vertu à des générations d'élèves, Dugald Stewart souffrit de cette implacable et stupide défiance des conservateurs.

Si les choses en étaient là à Edimbourg, foyer intellectuel du pays, où le nombre relatif et le talent supérieur des libéraux les rendaient plus difficiles à attaquer, que devaient-elles être dans les petites villes de pro-

---

[1] Nous avons trouvé cette anecdote dans un livre intitulé *Reminiscences of a Scottish Gentleman*, by Philo Scotus.

[2] Lord Cockburn. *Memorials*, p. 74.

vince et dans la campagne? « Un gentilhomme campagnard, avec n'importe quel autre principe que le dévouement à Henry Dundas, était regardé comme une merveille ou plutôt une monstruosité [1]. » C'était aussi la croyance de presque tous les marchands, tous les employés amovibles, toutes les corporations publiques. Les conservateurs exerçaient un odieux despotisme social, et les hommes marqués de libéralisme, trop peu nombreux pour former une société entre eux, et trop humbles pour opposer l'autorité d'un nom, vivaient sous le coup d'une véritable excommunication. Lord Cockburn a dit avec raison :

> « Les choses étaient assez mauvaises dans la capitale, mais bien plus terribles dans les petites localités qui étaient exposées sans ressource à la persécution. Si Dugald Stewart fut, pendant plusieurs années, reçu sans cordialité, dans une ville dont il était l'ornement, quelle dut être la position d'un homme ordinaire qui professait des opinions libérales, dans la campagne ou dans une petite ville, exposé à tous les opprobres et à tous les obstacles que l'insolence locale pouvait imaginer, et privé probablement du soutien d'amis partageant ses pensées ? Il y avait partout des hommes de ce genre, mais ils étaient tous de position humble. Leur mérite était grand, par conséquent. Sous l'insulte, la froideur, la malveillance, des pertes personnelles constantes, ils restèrent fidèles à ce qu'ils croyaient juste durant maintes sombres années [2]. »

Et qu'on ne croie pas que ce soit là un des aspects de la situation, coloré et assombri par le ressentiment d'un de ceux qui en souffrirent et aidèrent à la détruire. Lockhart était conservateur, peut-être plus encore que Lord Cockburn n'était libéral, et il parle de l'épouvantable animosité de la vie quotidienne, dans des termes qui conservent plus encore l'horreur de ce temps de malveillance et de désaccord.

> « Des scènes, plus pénibles à l'époque et plus pénibles dans le souvenir qui nous en reste que celles qui avaient, pendant des générations, affligé l'Écosse, furent le résultat de la violence et de la fermentation des sentiments de parti, des deux côtés. De vieux et chers liens d'amitié furent rompus, et la société fut, pendant un moment, ébranlée jusqu'à son centre. Dans les rêves les plus extravagants des Jacobites, il y avait beaucoup à respecter : un haut dévouement chevaleresque, le respect des vieilles affections, la loyauté héréditaire, une générosité romanesque. Dans cette nouvelle sorte d'hostilité, tout semblait vil autant que périlleux ; elle excitait le mépris encore plus que la haine. Le nom seul suffisait à salir ce qui en approchait ; des hommes qui s'étaient connus et aimés depuis l'enfance, se tenaient à distance, et cette influence se glissait entre eux comme si ç'avait été quelque hideuse pestilence [3]. »

Il n'y a rien d'exagéré dans ces mots. Ils sont même instructifs parce qu'il y perce un écho de l'ancienne haine tory, qui laisse deviner ce qu'avait dû être le langage d'autrefois.

---

[1] Lord Cockburn. *Memorials*, p. 75.
[2] Lord Cockburn. *Memorials*, p. 90.
[3] Lockhart. *Life of Burns*, p. 223.

Il est nécessaire de connaître ces détails et il est utile aussi de savoir que, parmi les petites villes provinciales, Dumfries était une de celles où l'influence des tories était le plus forte [1]. C'était la résidence d'hiver d'un grand nombre de familles nobles du sud de l'Écosse. Elles y apportaient leurs préjugés et une influence de richesse et de nom qui les rendait dangereux. Lorsqu'un cri s'éleva en faveur d'une réforme parlementaire, le conseil municipal vota des adresses au Roi pour le prier de s'y opposer [2]. Dès le commencement de 1793, il se forma une de ces tyranniques associations conservatives, le *Loyal Native Club, pour préserver la Paix, la Liberté et la Propriété, et pour soutenir les Lois et la Constitution du Pays.* Elle comprenait les habitants les plus importants de la ville. Le *Journal de Dumfries*, rendant compte de la façon dont on célébrait la fête du Roi, permet de comprendre l'animosité qui là, comme ailleurs, se mêlait au sentiment tory.

Mardi le 4 Juin 1793 (jour de naissance du roi Georges III) un déploiement inaccoutumé de loyalisme s'est manifesté très clairement dans tous les rangs des habitants de cette ville. En outre de ce que nous avons remarqué la semaine dernière, ce n'est que justice de noter le loyalisme ardent de nos jeunes gens. S'étant procuré deux effigies de Tom Paine, ils les ont promenées par les principales rues de notre cité et, à six heures du soir les ont jetées dans des feux de joie, aux applaudissements patriotiques de la foule qui les entourait [3].

Le matin de cette belle journée, des dames avaient apporté au président de l'association des écharpes de satin bleu sur lesquelles elles avaient brodé les mots : « Dieu sauve le Roi ». Les membres du club, à qui ces insignes furent remis, les portèrent toute la journée autour de leurs chapeaux. Il y eut un banquet, avec quatorze toasts bien adaptés, et le quinzième fut « *Dieu bénisse toutes les branches de la famille royale* ». Après quoi les membres de l'association, avec leurs bandes bleues, qu'ils portaient maintenant en écharpe depuis qu'ils avaient ôté leurs chapeaux, s'en allèrent à l'assemblée [3]. Cette description de fête ne serait qu'un peu ridicule, si on ne savait ce que cette organisation cachait de rancunes, de haines, de dénonciations, de mises à l'index, deux fois intolérables et dangereuses dans cette vie étroite de petite ville.

L'attitude de Burns au milieu de ce conflit ne pouvait passer inaperçue ; il était plus que personne exposé aux regards. Sa célébrité, son don puissant de familiarité, la vigueur de sa déclamation ou de son sarcasme, le rendaient, aux yeux du parti ennemi, un des agents les plus dangereux des nouvelles doctrines. D'autre part, il suffisait qu'il y eût la moindre

---

[1] Lockhart. *Life of Burns*, p. 223.
[2] *History of Dumfries*, by William Mac Dowall, p. 591.
[3] Extrait du *Dumfries Journal*, cité par W. Mac Dowall, p. 592.

apparence de péril ou de menace pour qu'il se portât aussitôt du côté d'où ils venaient et commît quelque imprudence. Il ne tarda pas à être noté parmi les suspects, en compagnie de quelques-uns de ses amis. Les *Loyal Natives* firent circuler contre eux quatre misérables vers :

> Vous, fils de la Sédition, prêtez l'oreille à ma chanson,
> Laissez Syme, Burns et Maxwell se mêler à la foule,
> Avec Cracken l'attorney et Mundell le charlatan,
> Envoyez Willie, le marchand, en enfer à coups de fouet [1].

A quoi Burns répondait quand ces vers lui furent communiqués :

> Vous, vrais « Loyal Natives » écoutez ma chanson,
> En tapage et en débauche ébaudissez-vous toute la nuit ;
> Votre bande est à l'abri de l'Envie et de la Haine,
> Mais où est votre bouclier contre les traits du mépris ?

Voilà la note des rapports entre les deux partis. Il faut se rappeler cette animosité d'une classe de la population contre les partisans des nouvelles doctrines pour comprendre certains passages de la vie du poète à Dumfries.

Il ne semble pas que Burns ait appartenu à aucune des sociétés libérales qui se formèrent, pendant ces années, en Écosse.[2] Mais il commit d'autres imprudences. Un certain capitaine Johnstone avait créé un journal nommé *Le Gazetier d'Edimbourg*, dans le dessein de défendre la cause de la réforme. C'était un révolutionnaire déclaré. Il fut emprisonné quelques mois après ; son successeur à la rédaction le fut également ; et l'imprimeur, qui était un honnête Jacobite, racontait à Chambers que, par le fait d'avoir appartenu à ce journal pestiféré, son crédit fut arrêté dans les banques et lui-même regardé pendant longtemps comme un homme taré[3]. Burns écrivait, au mois de novembre 1792, la lettre suivante au capitaine Johnstone :

Monsieur, je viens de lire votre prospectus du *Gazetier d'Edimbourg*. Si vous continuez, dans votre journal, avec le même courage, ce sera, sans aucune comparaison, la première publication de ce genre, en Europe. Je vous prie de m'inscrire comme souscripteur et, si vous avez déjà publié quelques numéros, veuillez me les envoyer à partir du commencement. Indiquez-moi votre façon de régler les paiements dans notre ville, ou bien je m'acquitterai envers vous par mon ami Peter Hill, libraire à Edimbourg.

Continuez, Monsieur ! Découvrez, avec un cœur indompté et d'une main ferme, cette horrible masse de corruption qu'on appelle la politique et la science de gouvernement. Osez peindre, avec leurs couleurs naturelles, « ces misérables aux calmes pensées, qu'aucune foi ne peut enflammer », quel que soit le shibboleth du parti

---

[1] *The Loyal Natives' Verses.*
[2] R. Chambers, tom III, p. 263.
[3] R. Chambers, tom III, p. 263-64.

auquel ils prétendent appartenir. L'adresse à Dumfries trouvera, Monsieur, votre très humble serviteur. R. B. [1]

Lorsqu'on sait que vingt-cinq ans plus tard, en 1817, les noms des souscripteurs du premier journal libéral qui ait pu paraître à Edimbourg depuis la disparition du *Gazetier*, furent recherchés par un émissaire du Lord Avocat [2], on pense si, en 1792, à Dumfries, l'arrivée d'un journal radical devait être surveillée et les abonnés désignés.

En même temps, Burns composait et chantait des chansons comme celle-ci, dans laquelle « ceux qui sont au loin » désigne les représentants libéraux de l'Écosse, ennemis du ministère ; où Charlie et Tammie désignent Charles Fox lui-même, et Thomas Erskine le défenseur de Thomas Paine. On sait que le chamois et le bleu étaient les couleurs de Fox et celles du parti whig.

> A la santé de ceux qui sont au loin,
> A la santé de ceux qui sont au loin ;
> Qui ne veut pas souhaiter bonne chance à notre cause
> Puisse-t-il n'avoir jamais bonne chance !
> Il est bon d'être joyeux et sage,
> Il est bon d'être honnête et ferme ;
> Il est bon de soutenir la cause de la Calédonie,
> Et de rester fidèle au chamois et au bleu.
>
> A la santé de ceux qui sont au loin,
> A la santé de ceux qui sont au loin ;
> A la santé de Charlie, le chef du clan,
> Bien que sa troupe soit peu nombreuse !
> Puisse la Liberté rencontrer le succès !
> Puisse la Providence la défendre du mal !
> Puissent les tyrans et la tyrannie se perdre dans le brouillard,
> S'égarer en route, et aller au diable.
>
> A la santé de ceux qui sont au loin,
> A la santé de ceux qui sont au loin ;
> A la santé de Tammie, notre gars du Nord,
> Qui vit dans le giron de la loi !
> A la liberté de ceux qui veulent lire,
> A la liberté de ceux qui veulent écrire,
> Personne n'a jamais craint la vérité
> Que ceux que la vérité accuserait [3].

C'étaient là, en somme, des indices d'opinions qu'il fallait aller chercher dans sa vie pour les connaître. Mais il ne s'en tint pas là, et à maintes reprises il fit des manifestations publiques de ses sentiments.

---

[1] *To Capt. Wm Johnstone*, 13th Dec. 1792.
[2] R. Chambers, tom III, p. 264.
[3] *Here's a Health to them that's awa'*.

Un jour, à un dîner, au moment où l'on propose la santé de Pitt, il se lève et demande la permission de boire à un plus grand et à un meilleur homme, le général Washington [1]. Une autre fois, il porte un toast « au dernier verset du dernier chapitre du dernier Livre des Rois » [2]. En octobre 1792, au théâtre de Dumfries, à la fin d'une représentation d'apparat, l'auditoire demande : « God save the king », et tous, selon la coutume anglaise, se tiennent debout et découverts. Au milieu de cette manifestation de loyauté, il reste assis, le chapeau sur la tête. Un grand tumulte s'ensuit ; on crie : « A la porte ! » Il fut ou mis dehors ou forcé de retirer son chapeau. On l'accusa même d'avoir demandé : « Ça ira ! » [3] Il est probable qu'il était gris ce soir-là. Mais on comprend que cet incident fut, le lendemain, le sujet des conversations de toute la ville. Et ce ne sont là que quelques faits saillants sauvés et recueillis par hasard. Ses conversations, ses toasts, lorsqu'il était animé par le vin, devaient être pleins de mots qu'on colportait avec une malveillance ou une admiration qui lui étaient également funestes.

Dans l'état d'exaspération politique où vivait toute la ville, cela devait mal finir. Cela finit en effet par une dénonciation au Conseil de l'Excise. « Quelque démon méchant a soulevé des soupçons sur mes principes politiques » dit-il dans une lettre à Mrs Dunlop, et un peu plus loin il parle « du chenapan qui peut de propos délibéré comploter la destruction d'un honnête homme qui ne l'a jamais offensé et, avec un ricanement de satisfaction, voir le malheureux, sa fidèle femme et ses enfants bégayants, livrés à la mendicité et à la ruine » [4]. On ne sut jamais, bien entendu, l'auteur de cette dénonciation. Le Conseil de l'Excise prescrivit une enquête. Ce coup de tonnerre éclata sur Burns sans qu'il s'y attendît. Il se vit perdu et écrivit à Mr Graham, un des commissaires de l'Excise et un de ses meilleurs protecteurs, une lettre affolée de terreur. C'était au commencement de décembre 1792.

Monsieur, j'ai été surpris, confondu et éperdu lorsque M. Mitchell, le collecteur, m'a dit qu'il avait reçu l'ordre du Conseil de faire une enquête sur ma conduite politique et m'a blâmé d'être une personne hostile au gouvernement.

Monsieur, vous êtes époux et père. Vous savez ce que vous ressentiriez si vous deviez voir la femme bien aimée de votre cœur, et vos pauvres petits, dépourvus, parlant à peine, jetés à l'abandon dans le monde, déchus, tombés d'une situation dans laquelle ils étaient respectables et respectés, laissés presque sans le soutien nécessaire d'une misérable existence. Hélas, Monsieur, dois-je croire que ce sera bientôt mon sort ? et cela à cause des maudites et noires insinuations de l'infernale et injuste Envie. Je crois, Monsieur, pouvoir affirmer, sous le regard de l'Omniscience,

---

[1] Lockhart. *Life of Burns*, p. 225.
[2] R. Chambers, tom III, p. 268.
[3] Scott Douglas, tom VI, p. 49.
[4] *To Mrs Dunlop*, 5th Jan. 1793.

que je ne voudrais pas dire délibérément une fausseté, non ! quand bien même des horreurs pires encore, s'il en existe, que celles que j'ai mentionnées, seraient suspendues sur ma tête, et je dis que cette allégation, quel que soit le misérable qui l'a faite, est un mensonge ! La Constitution anglaise, sur les principes de la Révolution, est ce à quoi, après Dieu, je suis attaché avec le plus de dévoûment. Vous avez été, Monsieur, vraiment et généreusement mon ami. Le ciel sait avec quelle ardeur j'ai ressenti mon obligation et avec quelle reconnaissance je vous en ai remercié. La Fortune, Monsieur, vous a fait puissant et moi faible, elle vous a donné la protection et à moi la dépendance. Je ne voudrais pas, s'il ne s'agissait que de moi-même, faire appel à votre humanité ; si j'étais seul et sans liens, je mépriserais la larme qui se forme dans mon œil ; je saurais braver le malheur, je saurais affronter la ruine ; car après tout, « les mille portes de la mort sont ouvertes ». Mais, ô Dieu bon ! les tendres intérêts que j'ai mentionnés, les droits et les liens que je vois en ce moment, que je sens autour de moi, combien ils énervent le courage et affaiblissent la résolution ! Vous m'avez accordé un titre à votre patronage, comme à un homme de quelque mérite ; et votre estime, en tant qu'honnête homme, est, je le sais, mon droit. Permettez-moi, Monsieur, d'en appeler à ces deux sentiments ; je vous adjure de me sauver de la misère qui menace de me détruire et que, je le dirai jusqu'à mon dernier soupir, je n'ai pas méritée [1]. »

Quelques-uns de ses plus sincères admirateurs ont blâmé cette lettre. Ils ont trouvé qu'elle manquait de dignité [2]. Elle ne manque à nos yeux ni de fierté, ni d'éloquence. C'est le mouvement et le cri d'un homme dont la famille peut être le lendemain en face de la faim. C'est une lettre particulière, à celui qui s'était toujours montré son protecteur et son ami. Des situations à cette extrémité ne se mesurent pas par des formules de correspondance ordinaire. Trouve-t-on qu'un homme manque de dignité parce que sa voix tremble et que ses yeux se remplissent de larmes lorsqu'il voit souffrir les siens ?

D'ailleurs la lettre qui suit montre bien quelle fut son attitude dans cette malheureuse affaire. Il est facile de voir que M. Graham lui avait répondu pour le rassurer un peu et lui dire d'exposer sa défense dans une lettre qui serait transmise au Conseil. Burns lui renvoya, avec ses remercîments, l'exposé des faits et des opinions dont il était accusé. Il n'est guère possible de demander plus de franchise dans l'aveu de ses actes, plus de fermeté dans le maintien de ses opinions, plus de netteté et de dignité à la fois. Il écrivait le 5 janvier 1793 :

« Monsieur, je suis à l'instant même honoré de votre lettre. Je n'essaierai pas de décrire les sentiments avec lesquels j'ai reçu cette nouvelle preuve de votre bonté.

J'arrive aux accusations que la malveillance et la calomnie ont portées contre moi. On a dit, semble-t-il, que non-seulement j'appartiens à un parti désaffectionné dans cette ville, mais encore que je suis à sa tête. Je n'ai connaissance ici d'aucun parti, ni républicain, ni réformiste, excepté d'un ancien parti en vue de la réforme des bourgs, avec lequel je n'ai jamais rien eu à faire. Des individus, républicains et réformistes,

---

[1] *To Robert Graham of Fintry*, Dec. 1792.
[2] Voir Hately Waddell.

nous en avons ici, bien qu'en petit nombre, des deux côtés. Mais, s'ils se sont associés, c'est plus que je n'en sais ; et s'il existe une association de ce genre, elle doit se composer d'individus si obscurs et si ignorés qu'il n'y a aucune possibilité que je leur sois connu, où eux à moi.

J'étais au théâtre, un soir, quand on réclama : « Ça ira ». J'étais au milieu du parterre et c'est du parterre que la clameur s'éleva. Un ou deux individus, avec lesquels je me trouve occasionnellement, faisaient partie du groupe ; mais je n'ai pas eu connaissance de leur projet, je n'y ai pas pris part, je n'ai jamais ouvert les lèvres pour siffler ou acclamer ni cette chanson, ni aucune autre chanson politique. Je me suis considéré comme un homme beaucoup trop obscur pour avoir quelque poids dans la répression d'un désordre, et en même temps comme un homme trop respectable pour hurler aux clameurs d'une populace. Ce fut la conduite des premières personnes de la ville ; et ces personnes savent et déclareront que ce fut aussi la mienne.

Je n'ai jamais prononcé d'invectives contre le roi. Sa valeur privée, il est absolument impossible qu'un homme tel que moi puisse l'apprécier. Mais, en sa capacité publique, c'est avec le plus solide loyalisme que j'ai toujours révéré et je révérerai toujours le monarque de la Grande-Bretagne, comme la clef de voûte sacrée de notre royale Constitution (pour parler maçonniquement).

Quant aux principes de Réforme, je considère la Constitution britannique, telle qu'elle a été fixée par la Révolution, comme la plus glorieuse Constitution qui existe, ou que peut-être l'esprit de l'homme puisse concevoir. En même temps, je pense, et vous savez quels hauts et remarquables personnages ont depuis quelque temps la même opinion, que nous avons considérablement dévié des principes originels de la Constitution, et particulièrement qu'un alarmant système de corruption a pénétré dans les rapports entre le Pouvoir Exécutif et la Chambre des Communes. Voilà la vérité et toute la vérité sur mes opinions réformistes, avec lesquelles j'ai joué imprudemment avant de connaître l'humeur de ces temps d'innovation. Je le vois maintenant, et à l'avenir je scellerai mes lèvres. Cependant je n'ai jamais eu aucune autorité dans aucune association politique, aucune correspondance, aucun rapport avec elles. Sauf ceci, lorsque les magistrats et les principaux habitants de cette ville s'assemblèrent pour déclarer leur attachement à la Constitution et leur horreur des émeutes, déclararation que vous pourriez trouver dans les journaux, je crus qu'il était de mon devoir, comme sujet du pays et comme citoyen de la ville, de souscrire à cette déclaration.

De Johnstone, l'éditeur du *Gazetier d'Edimbourg*, je ne sais rien. Un soir, en compagnie de cinq ou six amis, son prospectus nous tomba sous la main ; il nous sembla viril et indépendant. Je lui écrivis de nous envoyer son journal. Si vous croyez qu'il y a quelque impropriété à ce que la publication arrive ici adressée à mon nom, je la décommanderai aussitôt. Jamais, j'en prends Dieu pour juge, je n'ai écrit de ma main une ligne de prose pour le *Gazetier*. Je lui ai envoyé une pièce de circonstance, dite par Miss Fontenelle, le soir de son bénéfice, intitulée *Les Droits de la Femme*, et quelques strophes improvisées sur la commémoration de Thompson. Je vous les envoie toutes deux pour que vous les lisiez. Vous verrez qu'ils n'ont absolument rien qui touche à la politique. Quand j'ai envoyé à Johnstone un de ces poèmes (j'oublie lequel des deux), j'y ai joint, à la demande de mon excellent et digne ami, Robert Riddell Esq., de Glenriddell, un essai en prose, signé Caton, écrit par lui et adressé aux délégués pour la Réforme des Comtés. Il est lui-même un de ces délégués pour ce Comté-ci. Avec les mérites et les démérites de cet essai, je n'ai rien eu à faire que de le transmettre sous la même enveloppe affranchie, — enveloppe qu'il m'avait procurée.

Pour la France, j'ai été son partisan enthousiaste au commencement des affaires. Lorsqu'elle en vint à montrer son ancienne avidité pour les conquêtes, en annexant la Savoie et en envahissant la Hollande, j'ai changé de sentiment. J'ai fait, sur la retraite du Prince de Brunswick, une ballade à chanter après boire. Je l'ai chantée à une soirée joyeuse. Je vous l'enverrai également, cachetée, parce qu'elle n'est pas faite pour être lue par tout le monde. Elle est indigne de votre attention, mais dans le cas où Mme la Renommée, ainsi qu'elle l'a déjà fait, userait ou abuserait de son vieux privilège de mentir, vous aurez en main le pour et le contre de mes écrits et de ma conduite politique.

Mon honoré Patron, ceci est tout. Je défie tout démenti de cet exposé. Des préjugés erronés ou la passion imprudente peuvent m'égarer et m'ont souvent égaré ; mais lorsqu'on me demande de répondre de mes fautes, bien que, j'ose le dire, aucun homme ne ressente de plus perçante componction de ses erreurs, cependant, je crois que personne ne peut être plus que moi au-dessus d'un échappatoire ou d'une dissimulation [1].

C'est une fort belle lettre, où il s'excuse avec beaucoup d'habileté, sans rien abandonner de ses convictions. Son passage sur le roi est suffisamment transparent, et celui sur la nécessité d'une Réforme si net qu'il faillit avoir à s'en repentir. Sa défense manqua de lui être plus funeste que le reste. Le Conseil fut blessé de ses remarques sur la Constitution et chargea un des surveillants généraux, M. Corbet, de s'informer, sur les lieux, de sa conduite, et de lui faire savoir, selon ses propres termes « que mon affaire était d'agir et non de penser et que, quels que fussent les hommes ou les mesures, mon devoir était d'être silencieux et obéissant [2]. »

On a essayé de diminuer le danger qui le menaça à ce moment, et on a prétendu qu'il se l'était exagéré,

Ses hérésies sur l'Église et sur l'État
Pourraient bien lui valoir le sort de Muir et de Palmer [3].

Tout va à prouver, au contraire, que ce danger était sérieux. Le bruit s'était même répandu à Edimbourg qu'il avait été congédié de l'Excise, et John Erskine, comte de Mar, avait eu la pensée d'ouvrir, parmi les amis de la Liberté, une souscription qui aurait dédommagé le poète d'avoir souffert pour elle. Cette généreuse initiative lui valut de Burns une lettre aussi belle que celle qui précède, éloquente, et pleine des sentiments de liberté qui appartiennent aux citoyens d'un pays libre. Il faut la lire aussi, car elle complète l'étude des vrais principes politiques de Burns et elle le montre sous un de ses meilleurs aspects :

« La partialité de mes compatriotes m'a mis en évidence, comme un homme de quelque génie, et m'a donné un nom à maintenir. Comme poète, j'ai proclamé des sentiments virils et indépendants qui, je l'espère, se retrouveront dans l'homme. Des raisons d'un haut poids, qui n'étaient autres que le soutien d'une femme et d'enfants, m'ont désigné ma situation actuelle comme avantageuse, comme la seule que je pusse

---

[1] *To Robert Graham of Fintry*, 5th Jan. 1793.
[2] *To John Francis Erskine of Mar*, 13th April 1793.
[3] *Epistle from Esopus to Maria.*

choisir. Néanmoins mon honnête renommée est ce qui m'est le plus cher, et mille fois j'ai tremblé à l'idée des épithètes dégradantes que la calomnie et la malveillance pourront attacher à mon nom. J'ai souvent, anticipant cruellement l'avenir, entendu quelque futur écrivailleur de magazine vénal, avec la lourde méchanceté d'une stupidité sauvage, déclarer avec joie, dans ses paragraphes payés, que « Burns, malgré la parade d'indépendance qui se trouve dans ses écrits et après avoir été produit au regard et à l'estime publics comme un homme de quelque talent, n'ayant pas en lui-même les ressources nécessaires pour supporter cette dignité empruntée, tomba à être un pauvre exciseman et passa humblement le reste de son insignifiante existence dans les occupations les plus communes, avec la plus vile classe du genre humain. »

Monsieur, permettez-moi de déposer entre vos mains illustres mon démenti le plus énergique, ma protestation contre ces calomnieuses faussetés. Burns fut un homme pauvre depuis sa naissance et devint exciseman par nécessité. Mais, je le dirai! la pauvreté n'a pu altérer la pureté de son honnêteté et l'indépendance britannique de son esprit. L'oppression a pu la plier, mais non la dompter. N'ai-je pas, dans la prospérité de ma contrée, un intérêt qui m'est plus précieux que le plus riche duché qu'elle contient? J'ai une nombreuse famille et la probabilité qu'elle s'accroîtra encore. J'ai trois fils qui, je le vois déjà, ont apporté dans ce monde des âmes peu faites pour habiter des corps d'esclaves. — Puis-je regarder tranquillement et contempler les machinations qui enlèveraient leurs droits à mes garçons? à ces petits Bretons libres, dans les veines de qui court mon propre sang? Non! je ne le saurais! Quand même le sang de mon cœur devrait ruisseler autour de mon effort pour l'empêcher.

Si quelqu'un me dit que mes faibles efforts ne sauraient être utiles et qu'il n'appartient pas à mon humble position de se mêler des intérêts d'un peuple, je lui répondrai que c'est sur des hommes comme moi qu'un pays se repose, pour trouver les mains qui soutiennent et les yeux qui comprennent. La multitude ignorante peut enfler la masse d'une nation ; la foule clinquante, titrée et courtisane, peut lui servir de panache et d'ornement. Mais le nombre de ceux qui sont assez élevés dans la vie pour raisonner et réfléchir, et assez bas pour être à l'abri de la contagion vénale des cours, voilà où est la force d'une nation.

Une dernière requête. Quand vous aurez honoré cette lettre en la lisant, je vous prie de la jeter aux flammes. Burns, en faveur de qui vous vous êtes si généreusement intéressé, vient d'être peint par moi, en couleurs naturelles ; mais si quelqu'une des personnes qui tiennent entre leurs mains le pain qu'il mange, venait à avoir quelque connaissance de ce portrait, cela ruinerait le pauvre barde pour toujours[1] !...

Comme on sent, lorsqu'il parle des jugements futurs qu'on portera sur sa vie, l'amertume et l'humiliation qu'il ressentait de sa position dans l'Excise. Il ne s'y réconcilia jamais : et dans le reste de la lettre bouillonne un esprit altier contre sa situation subalterne et contre un ordre de silence qu'il n'acceptait qu'en frémissant.

Grâce à l'amitié de Corbet et de Graham, l'orage qui l'avait menacé passa sans éclater. Il en garda cependant assez longtemps la pensée qu'il fallait renoncer à tout espoir d'avancement. Lockhart attribue au découragement que lui causa cette pensée sa fuite vers des excès qui abrégèrent sa vie[2].

---

[1] *To John Francis Erskine of Mar.*

[2] Lockhart. *Life of Burns*, p. 233-34.

Par une assez curieuse revanche, ce fut le nom de Burns qui, vingt-cinq ans plus tard, servit à réveiller l'opinion libérale et rompit le silence dont les whigs avaient été jusque-là accablés.

« Le printemps suivant, dit lord Cockburn, s'ouvrit par un dîner public en l'honneur de Burns, (22 Février 1819). Deux ou trois cents personnes y assistaient. John A. Murray présidait. De beaucoup la partie la plus intéressante de cette réunion fut les quelques mots dits par Henry Mackenzie, qui avait accueilli le poète avec bonté lors de la première visite de celui-ci à Edimbourg, environ trente ans auparavant, et qui avait été souvent récompensé en assistant à la gloire du génie qu'il avait si vite discerné et aidé. Ce dîner laissa un long souvenir, comme le premier dîner public auquel un des whigs d'Edimbourg ait pris la parole. Ce fut le premier qui leur montra quelle utilité on pouvait tirer de ces réunions, et ce fut la cause immédiate de dîners politiques qui bientôt après firent une si grande impression [1] ».

Au moment de cette alerte, Burns s'était promis de sceller ses lèvres à propos de politique [2]. Selon son habitude d'écrire sur les vitres, il avait même tracé cette épigramme sur une des fenêtres de sa taverne du Globe :

> Et si tu veux te mêler de Politique,
> Et si ta fortune est humble,
> Porte bien ceci dans l'esprit, sois sourd et aveugle,
> Laisse les grands entendre et voir [3].

Il lui fut impossible de se tenir longtemps ; la vitre dura plus que ses résolutions. Il recommença bientôt ses discours et ses épigrammes. Il devenait du reste de plus en plus difficile, à un homme qui avait en lui le sang de Burns, de rester indifférent et silencieux. L'année de 1792 avait été, pour ainsi parler, une année d'agitation théorique et c'étaient des principes abstraits qu'on discutait. L'année de 1793 mit les plus humbles en contact avec les faits eux-mêmes et en amena le contre-coup à tous les foyers.

Les événements étaient devenus tragiques et se précipitaient. Dès le mois de janvier, l'exécution de Louis XVI avait répandu une stupeur qui avait pénétré partout. Le 24 janvier, Chauvelin, l'ambassadeur français, avait reçu l'ordre de quitter le pays avant huit jours. Le 27, la cour avait pris le deuil pour Louis XVI. Le 28, un message royal, délivré au Parlement, l'avait informé que le roi avait résolu d'augmenter ses forces « pour soutenir ses alliés et s'opposer aux vues d'agrandissement et d'ambition de la part des Français, vues toujours dangereuses pour les intérêts de l'Europe, mais plus encore lorsqu'elles étaient liées à la propagation de principes subversifs de la paix et de l'ordre de toute

---

[1] Cockburn. *Memorials*, p. 306.
[2] *To Mrs Dunlop*, Dec. 31, 1792.
[3] *In Politics if thou wouldst mix.*

société civile ». Le 1er février, la Convention avait déclaré la guerre à
l'Angleterre. Le commerce était arrêté ; les fortunes et encore plus les
industries s'écroulaient de tous côtés ; les ruines s'accumulaient ; le
nombre des banqueroutes avait quadruplé en Ecosse [1]. Burns écrivait à
son ami Peter Hill, le libraire d'Edimbourg :

> « J'espère, j'ai confiance que cette rafale de désastres, par laquelle ont été renversés
> tant et tant de dignes personnages qui, il y a quelques mois, prévoyaient peu une
> pareille chose, épargnera mon ami.
> Ah ! puissent la colère et la malédiction du genre humain hanter et harceler ces
> mécréants turbulents et sans principe, qui ont entraîné un peuple dans cette ruineuse
> aventure. [2] »

Lui-même souffrait de la difficulté des temps. La guerre avait arrêté
l'importation et supprimé le surcroît de traitement qu'il en retirait. Il
était obligé d'écrire une lettre comme celle-ci pour emprunter un peu
d'argent :

> « Ceci est une lettre pénible et désagréable, la première de ce genre que j'aie
> jamais écrite. Je suis vraiment en une sérieuse détresse faute de trois ou quatre guinées.
> Pouvez-vous, cher Monsieur, me les prêter ? Ces moments maudits, en arrêtant
> l'importation, ont, pour cette année, du moins, retranché un gros tiers de mon
> revenu, et avec ma nombreuse famille, c'est pour moi une affaire malheureuse [3]. »

A ces causes toutes locales et personnelles s'ajoutaient l'agitation universelle, la fièvre que les échos et les grondements de catastrophes lointaines excitaient en tous, des tressaillements continuels que causaient
des nouvelles grandioses et terribles, une sorte de tumulte qui s'était
emparé de toutes les âmes et qui rendait possibles partout toutes les
folies et tous les héroïsmes. Ce n'étaient pas des temps ordinaires ; les
esprits étaient hors de leurs gonds, un trouble puissant était dans l'air,
et Burns, plus que tout autre, le ressentait. Aussi, malgré les avertissements qu'il avait reçus et le danger qui l'avait menacé, ne pouvait-il
s'empêcher de laisser échapper des imprudences qu'il essayait de
rattraper ensuite. Un jour, il offre à la bibliothèque populaire qu'il avait
fondée, le livre de de Lolme sur la Constitution anglaise. Le lendemain
matin, il accourt chez le prévost Thomson pour lui redemander à voir le
livre, parce qu'il avait écrit quelque chose qui pourrait lui amener des
ennuis ; et il efface la phrase suivante : « M. Burns présente ce livre aux
membres de la Bibliothèque et les prie de l'accepter comme une charte
de la liberté anglaise, jusqu'à ce qu'ils en trouvent une meilleure [4] ». Un

---

[1] R. Chambers, tom IV, p. 1.
[2] *To Peter Hill*, April 1793.
[3] *To John Mac Murdo* (lettre v).
[4] R. Chambers, tom IV, p. 35.

autre jour, pendant le révoltant procès de Thomas Muir, qui était poursuivi pour avoir acheté et distribué des copies des *Droits de l'Homme*
de Paine, il est forcé de prier un brave forgeron de ses voisins de garder
chez lui un exemplaire de l'ouvrage proscrit, parce que ce serait la ruine
pour lui si on le savait en sa possession [1]. Parfois, il rapportait de promenades solitaires parmi les ruines pittoresques de l'Abbaye de Lincluden,
des pensées qu'il n'osait confier à ses vers, comme dans la pièce admirable
qu'il nomme *Une Vision.*

Comme j'étais debout près de cette tour sans toiture,
Où la giroflée parfume l'air plein de rosée,
Où la hulotte gémit dans sa chambre de lierre
Et dit à la lune de minuit son souci ;

Les vents étaient tombés et l'air était paisible,
Des étoiles filantes traversaient le ciel ;
Le renard hurlait sur la colline,
Et les échos lointains des gorges répondaient.

Le ruisseau, dans son sentier couvert de noisetiers,
Se hâtait près des murs en ruines,
Pour rejoindre, là-bas, dans la vallée, la rivière
Dont le bruit distant monte et retombe.

Du nord froid et bleuâtre ruisselaient
Des lueurs, avec un bruit sifflant, étrange ;
A travers le firmament elles jaillissaient et changeaient,
Comme les faveurs de la Fortune, perdues aussitôt que gagnées

Par hasard, je tournai insouciamment mes yeux,
Et, dans le rayon de lune, je tremblai en voyant
Se lever, un spectre austère et puissant,
Vêtu comme jadis l'étaient les ménestrels.

Eussé-je été une statue de pierre,
Son aspect m'aurait fait frissonner ;
Et sur son bonnet était gravée clairement
La devise sacrée : « Liberté ».

Et de sa harpe coulaient des chants
Qui auraient réveillé les morts endormis;
Et, oh ! c'était une histoire de détresse,
Comme jamais l'oreille d'un anglais n'en connut de plus grande.

Avec joie, il chantait ses jours d'autrefois,
Avec des pleurs, il gémissait sur les temps récents ;
Mais ce qu'il disait, ce n'était pas un jeu,
Je ne le risquerai pas dans mes rimes [2].

---

[1] Rob Chambers, tom IV, p. 86.
[2] *A Vision.*

Cependant les destinées de la Révolution française tenaient le monde en suspens. En Angleterre, malgré la déclaration de guerre, un grand nombre d'âmes généreuses faisaient des vœux pour le peuple qui défendait sa liberté. Du premier coup, Burns se trouva parmi ceux qui prenaient parti contre leur propre patrie. Il ne s'en cachait pas. Il composait une épigramme contre une victoire de l'armée anglaise. Lorsque Dumourier passa à l'ennemi, il écrivit contre lui son *Impromptu sur la Désertion du général Dumourier.* Dans une *Ode pour le jour de naissance du général Washington*, il s'écriait :

> Les nations opprimées forment-elles le haut dessein
> De faire saigner les tyrans détestés ?
> Ton Angleterre prend en haine cet exploit glorieux !
> Sous les plis de ses bannières hostiles,
> Bravant les reproches de l'honneur,
> L'Angleterre tonne et s'écrie : « La cause du tyran est la mienne ! »
> A cette heure maudite, les démons se sont réjouis,
> L'enfer, dans son étendue, poussa un cri de triomphe,
> A cette heure qui vit le nom généreux de l'Angleterre
> Associé à des actes maudits frappés de honte éternelle [1].

Chose remarquable ! Là encore, ce paysan sans culture, perdu dans des fonctions infimes, au fond de l'Écosse, était à l'unisson avec les plus hauts esprits de son époque. Il avait le don suprême des poètes de sentir où est la parcelle de justice éternelle qui roule dans le désordre humain. Il l'avait deviné, comme ses frères en poésie, l'ardent Coleridge et le noble Wordsworth. Eux aussi avaient eu l'âme déchirée de ce conflit entre leu amour pour la contrée natale et leur enthousiasme pour la cause de l'humanité. Ils avaient eux aussi sacrifié le moindre de ces sentiments au plus grand. A ce moment, Coleridge, malgré ses amitiés et ses jeunes amours qui étaient du côté patriotique, prédisait la défaite à tous ceux qui bravaient la lance destructrice des tyrans, et bénissait « les pæans de la France délivrée », en courbant la tête et en pleurant au seul nom de l'Angleterre [2]. A ce même moment, lorsqu'il entrait dans une église où l'on offrait des prières ou des actions de grâces pour les victoires de son pays, Wordsworth restait silencieux, « comme un hôte qu'on n'a pas invité »; et quand, sur le rivage paisible, à l'heure où le soleil descend dans la tranquillité de la nature, il voyait la flotte orgueilleuse « qui porte le pavillon à croix rouge et entendait le canon du soir », son cœur était plein de chagrin pour le genre humain [3].

Chez Burns, cette souffrance ne pouvait pas prendre une forme

---

[1] *Ode for General Washington's Birthday.*
[2] Coleridge. *France, an Ode.*
[3] Wordsworth. *The Prelude*, Book x.

purement intellectuelle, s'accumuler en profonde tristesse méditative comme chez Wordsworth, ou s'exhaler en emportement lyrique comme chez Coleridge. Les gens cultivés se font de leur esprit un sanctuaire reculé dont les joies et les colères sont plus loin de la vie, où ils se retirent parfois pour goûter leurs fiertés ou cacher leurs dégoûts. Burns n'avait pas ce refuge. La vie réelle était trop près de son esprit, il ne pouvait s'en éloigner et ses idées passaient aussitôt dans ses actes. Ce conflit ne produisit pas en lui, comme dans Wordsworth, un ébranlement moral, douloureux sans doute, mais qui restait restreint dans la vue spéculative des choses. Il causa en lui une irritabilité de chaque jour. Il avait pris en haine les officiers au point qu'il ne pouvait en supporter la présence. Il écrivait à Mrs Riddell qu'il avait vue la veille au théâtre : « J'avais l'intention de vous faire visite hier soir, mais, en approchant de la porte de votre loge, le premier objet qui frappa ma vue fut un de ces faquins habillés en homards, assis et gardant, comme un autre dragon, le fruit du jardin des Hespérides [1]. » Rencontrant un jour Mrs Basil Montague, qui lui demande de l'accompagner : « Volontiers, Madame, dit-il, mais je ne descendrai pas par le trottoir, de peur d'avoir à partager votre société avec un de ces faquins à épaulettes dont la rue est pleine [2]. » Cette antipathie s'étendait aux nobles et aux riches. Dans une excursion de quelques jours qu'il fit avec un de ses compagnons de l'Excise, il regardait, avec une sorte d'humeur farouche, le charmant paysage de l'Isle de Saint-Mary, parce que c'était la propriété d'un lord, et ce lord était le père de lord Daer, le libéral [3]. Il est probable que son mécontentement politique, la sensation pénible d'être toujours surveillé, l'effort encore plus pénible pour lui de se contenir, l'espèce d'humiliation qu'il en ressentait, avaient aigri son caractère. Il était devenu plus sombre, plus amer. Il avait toujours dans ses vers revendiqué l'égalité des hommes, mais, maintenant il y apportait de l'âpreté et une sorte de dureté farouche. On verra ailleurs avec plus de détails quels furent ses sentiments vis-à-vis de la Révolution française. Il suffisait de les noter ici, en tant qu'ils eurent une influence matérielle ou morale sur sa vie.

Il est hors de doute que cette fièvre de discussions, de petites nouvelles, par lesquelles les grands aspects des faits sont cachés, de récriminations, de déclarations vaines, que cette folie de colères, de querelles, de haine, qui énervait et exaspérait toute l'Angleterre et sévissait fortement à Dumfries, furent pour le poète de mauvaises conditions de vie et de travail. Il eût mieux valu ressentir les nobles souffles qui passaient sur le

---

[1] *To Mrs Riddell*. Nov. 1793.

[2] R. Chambers, tom IV, p. 47.

[3] Récit d'un voyage dans le Galloway fait avec Burns et communiqué par Mr John Syme à Currie. *Life of Burns*, p. 47.

monde dans le calme de la campagne et les recevoir purifiés de la paille et de la poussière des acrimonies humaines.

A travers toutes ces péripéties, il continuait son métier d'exciseman. Il le faisait sans goût, mais avec exactitude. Si on excepte l'admonestation relative à ses déclarations politiques, laquelle est tout à fait à part, on ne trouve, dans sa correspondance et dans le minutieux journal de son surveillant Findlater, que trois ou quatre allusions à des observations pour des faits de service. Elles portent sur des négligences futiles et, selon les expressions mêmes du rapport, sur des « inadvertances triviales [1] ». Dans les cas où on a ses explications, celles-ci paraissent probantes [2]. Deux lettres, en forme de mémoire, adressées, l'une à David Staig [3], prévost de Dumfries, l'autre à Mr Graham de Fintry [4], dans lesquelles il propose des améliorations qui doivent conduire à une perception plus exacte de l'impôt ou à des économies, montrent qu'il s'occupait de son administration, en dehors de la routine de son service, et qu'il en connaissait bien le fonctionnement. Ce sont des exposés très courts mais très nets et, il semble, très justes, de points de détails. Ils marquent le jugement qu'il y avait en lui, et ce qu'il aurait pu faire, si sa position avait été plus élevée. Au point de vue strictement professionnel, il est certain que l'Excise ne devait pas compter beaucoup d'employés tels que lui, aussi actifs, aussi intelligents, aussi capables de tact et de fermeté. Il avait d'autant plus de mérite à apporter dans ses fonctions une régularité qui n'était pas dans sa nature, qu'elles lui étaient pénibles et odieuses. De temps en temps, quelques paroles échappées indiquent qu'il continuait à les subir, à son corps défendant, et laissent deviner la discordance qu'il y avait entre cette vie et ses désirs.

« Dimanche clot une période de notre maudite affaire du revenu. Il se peut que je sois tenu, occupé à écrire, jusqu'à midi. Jolie occupation pour la plume d'un poète! Il y a une partie du genre humain que j'appelle la *classe des chevaux de manège*. Quels animaux enviables ce sont! Ils tournent, ils tournent et ils tournent — le bœuf de Mundell, qui fait aller son moulin à coton, est leur prototype exact — sans une idée ou un désir au-delà de leur cercle, gras, luisants, stupides, patients, tranquilles et satisfaits; tandis que me voici assis tout novembreux, damné mélange de mauvaise humeur et de mélancolie, sans assez de la première pour m'emporter jusqu'à la colère, ni de la seconde pour me reposer dans la torpeur; mon âme se démenant et voletant autour de sa prison, comme un bouvreuil attrapé pendant les horreurs de l'hiver et nouvellement enfermé dans une cage. Je suis persuadé que c'est de moi que le sage Hébreu a prophétisé quand il a dit: « Et voyez, quelque chose à quoi cet homme applique son

---

[1] Voir, dans Hately Waddell, *Life of Burns*, les renseignements et documents donnés dans l'appendice : Burns as an Excise officer.

[2] Voir la lettre *to Alex. Findlater supervisor of the Excise*. June 1791.

[3] *To David Staig, provost of Dumfries*.

[4] *To Robert Graham of Fintry*. Jan. 1794.

désir, elle ne prospérera pas. » Si mon ressentiment est éveillé, il est certain que c'est d'un côté où il n'ose pas piailler ; et si... Priez que la Sagesse et le Bonheur soient de plus fréquents visiteurs de R. B[1]. »

Ces aveux sont rares. Il supporta jusqu'au bout, en se taisant, cette existence si peu faite pour lui, dans laquelle il voyait le soutien de sa famille.

Ce fut dans ces moments de trouble et d'irritation, vers la fin de l'année 1792, que passa dans son souvenir, pour la dernière fois, la chaste figure de Mary des Hautes-Terres. La même saison, la saison d'automne, l'évoqua encore. Elle semble revenir à intervalles égaux, trois ans après sa dernière apparition à Ellisland. Elle se tient sur le seuil des derniers jours, qui descendent, en s'assombrissant, vers un fond de vie où elle ne peut le suivre. Elle vient lui donner un adieu. On dirait que les nuages s'ouvrent un moment derrière elle, et laissent arriver jusqu'à lui, par cette échappée, le parfum des aubépines de l'Ayr, un rayon de ces dimanches de mai comme les années ne lui en apportent plus, des clartés d'autrefois. Il la salua d'adorables et tendres paroles dans lesquelles revit toute sa douleur. La douce Mary Campbell resta jusqu'au bout la maîtresse de ce cœur tourmenté. « Le sujet de cette chanson, écrivait-il à Thompson en la lui envoyant, est un des plus intéressants passages de mes jeunes jours ; j'avoue que je serais heureux de voir les vers adaptés à un air qui leur assurerait la célébrité. Peut-être, après tout, est-ce la passion encore ardente de mon cœur qui jette un lustre emprunté sur les mérites de cette composition[2]. » Il se trompait. La pièce qu'il envoyait était, comme toutes celles que lui inspira Mary Campbell, parmi ses plus parfaites.

> O berges, rives et ruisseaux autour
>   Du château de Montgomery,
> Verts soient vos bois, belles vos fleurs,
>   Et vos ondes jamais troublées.
> Que là, l'Été déplie d'abord ses robes,
>   Que là, il reste plus longtemps,
> Car là, je pris mon dernier adieu
>   De ma douce Mary des Hautes-Terres.
>
> Comme doucement fleurissait le bouleau vert et gai,
> Comme la floraison d'aubépine était riche,
> Quand sous leur ombrage parfumé
>   Je la serrais sur ma poitrine !
> Les heures d'or, sur des ailes d'anges,
>   Volaient par-dessus moi et ma chérie,
> Car chère, autant que la lumière et la vie,
>   M'était ma douce Mary des Hautes-Terres.

---

[1] To Mrs Riddell. Nov. 1793.
[2] To George Thomson. 14th Nov. 1792.

Avec maints vœux et maints étroits embrassements,
Nos adieux furent pleins de tendresse ;
Et nous jurant souvent de nous revoir
Nous nous arrachâmes l'un à l'autre.
Mais hélas, le gel de la mort arriva
Qui tua ma fleur si hâtivement !
Maintenant vert est le gazon et froide l'argile
Qui enveloppent ma Mary des Hautes-Terres

O pâles, pâles maintenant, ces lèvres roses,
Que j'embrassai souvent si tendrement !
Et fermé à jamais, ce regard brillant
Qui s'arrêtait sur moi si doucement !
Et retombé maintenant, en poussière silencieuse,
Ce cœur qui m'aimait si chèrement !
Mais toujours au fond de ma poitrine
Vivra ma Mary des Hautes-Terres [1].

La souffrance est aussi récente que dans les vers composés trois ans auparavant ; ceux-ci ont une tristesse de plus. Il semble que la pensée d'une existence future se soit éloignée ; la dissolution est l'idée maîtresse de cette pièce comme la survivance l'était de la précédente. Ce n'est plus à la Mary veillant dans le ciel qu'il s'adresse ; mais à la Mary disparue sous la terre, pour jamais. Le sentiment de la séparation définitive a remplacé celui d'une réunion attendue ; ses yeux ne la cherchent plus du côté des étoiles. Du reste, ce rêve d'une rencontre avec les êtres aimés, qui avait été pendant quelque temps sa croyance, ne reparaît plus dans sa correspondance. Pas même aux derniers moments, lorsque la pensée de la mort prochaine lui reviendra souvent, il ne s'en ressouviendra. Il y a une autre réflexion mélancolique dont il est impossible de se défendre en relisant ces vers. Certes l'homme qui les a écrits est aussi capable de poésie que jamais. Cependant c'est de plus en plus à des souvenirs que son génie s'applique ; la vie présente ne lui fournit plus de ces émotions ; il retravaille à celles du passé ; il retourne à ce qu'il a ressenti. Quelle amertume ont ces divins moments d'autrefois, quand ils reviennent dans une âme qui ne saurait plus les éprouver et qui, peut-être, en a conscience !

III

LES EXCÈS AUGMENTENT. — MAUVAIS RENOM.

Dans cette vie de discussions âpres et de déclamations de cabaret, dans la routine d'un métier haï, dans le commerce de gentilshommes viveurs

---

[1] *Highland Mary.*

ou de bourgeois godailleurs, ses excès de boisson se rapprochent et
s'alourdissent. Jusque-là ils avaient été intermittents et ils avaient eu
comme contrepoids le travail corporel et le grand air de la campagne.
Maintenant le danger devient quotidien et plus grave. Il était assailli
constamment et de tous côtés. « A Dumfries, dit Heron, sa dissipation
devint plus profonde et plus habituelle ; il était plus exposé que dans la
campagne à ce qu'on le sollicitât de partager la débauche des dissolus et
des oisifs ; de sots jeunes gens, tels que des clercs d'hommes de loi, de
jeunes médecins, des commis de marchands et ses confrères de l'Excise, se
pressaient avidement autour de lui et de temps en temps le poussaient à
boire avec eux, afin de pouvoir jouir de son audacieux esprit » [1]. D'un
autre côté, lorsque les « Hunts » se réunissaient à Dumfries, « le poète était
invité à partager leurs réunions et il n'hésitait pas à accepter l'invitation »[2].
La flânerie des heures inoccupées par ses fonctions, le besoin de bavardage
dont on tue le désœuvrement d'une petite ville, les rencontres sur la place
ou le long du quai, produisaient des occasions continuelles. La colère et
l'emportement que la politique déchaînait en lui, comme chez les hommes
du peuple qui n'ont pas appris de l'histoire à être calmes envers leur
temps, les inquiétudes et les rages d'être observé ou réprimandé, étaient
des excitations à boire et rendaient plus âpres les fumées de la boisson. Une
vie sédentaire, mauvaise pour lui, empêchait sa constitution de se débarrasser de ces ivresses et les y accumulait lentement. Avec un peu de soin on
assiste à l'envahissement et aux progrès de cette funeste faiblesse. On peut
la suivre comme un mauvais filon dans sa correspondance.

Vers la fin de 1792, on entrevoit un coin de cette existence fiévreuse.
Il s'excuse à Cunningham de ne lui avoir pas répondu.

Non ! je ne tenterai pas de m'excuser ! Au milieu de la bousculade de mon métier,
écraser les visages des cabaretiers et des pécheurs sur les roues impitoyables de
l'Excise, faire des ballades, puis boire et les chanter en buvant... j'aurais pu trouver
cinq minutes à consacrer à un des premiers parmi mes amis et de mes semblables.
J'aurais pu faire ce que je fais à présent, prendre une heure sur le bord « du temps ensor-
celé de la nuit » et griffonner une page ou deux... Eh bien donc voici à votre bonne
santé ! car j'ai mis une pinte de grog près de moi, en guise de charme pour tenir
écarté le grand diable ou ses suppôts subalternes qui peuvent être en train de faire
leurs rondes nocturnes [3].

Et plus loin, après deux pages de déclamations assez vagues :

Mais, un instant. (Voici encore à votre santé !) Ce rhum est du diablement bon
Antigua, il ne faut donc pas le faire servir à délier la langue pour des médisances [3].

---

1 Heron. *Life of Burns,* p. 441.

2 Id., p. 442.

3 *To Alex. Cunningham,* 10th Sept. 1792.

Au mois de janvier de 1793, on trouve un autre aveu du même genre dans une lettre à Mrs Dunlop. On a là aussi un coup d'œil attristant dans la vie qu'il menait.

> Quant à moi, je suis mieux, bien que pas tout à fait délivré de ma maladie. Il ne faut pas penser, comme vous semblez l'insinuer, que dans ma façon de vivre je manque d'exercice. J'en ai bien assez. Mais ce qui, par moments, est le diable pour moi, c'est de boire trop dur. J'ai contre ce défaut mainte et mainte fois tourné ma résolution, et j'ai en grande partie réussi. J'ai complétement abandonné les cabarets ; ce sont les réunions particulières, en famille, parmi les gentilshommes de ce pays-ci, rudes buveurs, qui me font le plus de mal,— mais même cela, j'y ai plus qu'à moitié renoncé [1].

C'étaient des résolutions et des espérances qui ne pouvaient pas tenir. Il y a, probablement à l'occasion des réunions dont il parle, un mot bien triste de lui, rapporté par Robert Bloomfield, le poète. A une dame qui lui faisait des remontrances sur le danger qui résultait de la boisson et des habitudes des gens qu'il fréquentait, il répondit : « Madame, ils ne me sauraient pas gré de ma compagnie, si je ne buvais pas avec eux. Il *faut* que je leur donne une tranche de ma constitution » [2]. Il semble que, pendant l'année 1793, ce défaut ait redoutablement augmenté chez lui. A la fin de cette année et au commencement de la suivante, on trouve dans l'espace de moins de deux mois, une série de lettres qui sont une des choses les plus affligeantes qu'on puisse lire. Chacune d'elles commence par l'aveu d'excès de la veille et est écrite pour réparer quelque parole inconsidérée, prononcée dans l'inconscience de l'ivresse. Le 5 décembre, il écrivait :

> « Monsieur, échauffé par le vin comme je l'étais hier soir, j'ai pu paraître importun dans mon vif désir d'avoir l'honneur de votre connaissance. Vous me pardonnerez : c'était sous l'impulsion d'un respect sincère [3]. »

Au mois de janvier 1794, il y a une autre lettre qui commence par ces mots :

> « Mon cher Monsieur, je me rappelle quelque chose d'une promesse d'homme gris, faite hier soir, de déjeuner avec vous ce matin. J'ai grand regret que cela soit impossible. Je me souviens aussi que vous avez eu l'obligeance de me dire quelque chose sur votre intimité avec M. Corbet, notre Inspecteur général. Quelques-uns des membres du Conseil de l'Excise à Édimbourg avaient et ont peut-être encore une opinion défavorable sur moi, comme sur un individu adonné à l'ivresse et à la dissipation. Je pourrais être tout cela, vous le savez, et cependant être un honnête homme ; mais vous savez que je suis un honnête homme et ne suis rien de tout cela [4].

---

[1] *To Mrs Dunlop*, Jan. 2, 1794.

[2] D'après une lettre de Bloomfield, le poète, au duc de Buchan, citée par Cromek. *Reliques of Burns*, p. 138. Bloomfield tenait le récit de la dame elle-même à qui Burns avait répondu.

[3] *To Captain* ***. 5th Dec. 1793.

[4] *To Samuel Clarke Junr*. Jan. 1794.

Cette lettre contient la preuve qu'il commençait à se faire autour de lui une réputation de buveur et même de quelque chose d'autre. Mais, c'est là peu de chose encore. Chez lui, l'ivresse devait entraîner des violences de parole ou d'action, en face desquelles il se retrouvait le lendemain avec un sentiment d'humiliation. Il y a des scènes qui sont réellement pénibles à retracer. Un soir, dans une compagnie où se trouvait un officier, un certain capitaine Dods, Burns, emporté par la boisson, lance le toast suivant dont le sens était facile à dégager, étant connues ses opinions, et dont sa voix devait accentuer le sarcasme : « Puisse notre succès dans la guerre être égal à la justice de notre cause. » C'étaient ses sentiments sur la Révolution française qui éclataient. Le capitaine Dods qui, peut-être, était ivre aussi, releva ces paroles comme une insulte ; et il était en effet dur pour un officier de les entendre en face. Il s'ensuivit des mots trop vifs. Et le lendemain Burns, on peut deviner avec quel frémissement de honte et de colère, était obligé d'écrire la lettre qui suit :

« Cher Monsieur, j'étais, je le sais, ivre hier soir ; mais je suis sobre ce matin. Après les expressions dont le capitaine Dods s'est servi envers moi, si je n'avais le souci de personne que de moi-même, nous en serions certainement venus, selon les règles du monde, à la nécessité de nous tuer pour cette affaire. Ces mots étaient de ceux qui, je crois, se terminent généralement par une paire de pistolets ; mais j'ai la satisfaction de penser que je n'ai pas détruit la paix et le bien-être de ma femme et de ma famille d'enfants dans une bagarre de boisson. Vous savez, de plus, que des rapports qui m'attribuaient certaines opinions politiques m'ont une fois déjà conduit au bord de la ruine. Je crains que l'affaire de la nuit dernière ne puisse être mal représentée de la même façon. Je vous prie de prendre le soin de l'empêcher. Je m'adresse à votre désir de voir Mrs Burns heureuse, pour vous faire accepter la tâche d'aller voir, aussitôt que possible, chacun des messieurs qui étaient présents. Vous leur expliquerez ceci, ou si vous le désirez, vous leur montrerez cette lettre. Qu'était-ce, après tout, que ce toast si blâmable ? « Puisse notre succès dans la guerre être égal à la justice de notre cause ». C'est un toast auquel le loyalisme le plus rigoureux et le plus fanatique ne peut rien objecter. Je vous demande et vous prie de vouloir bien ce matin voir les personnes qui étaient présentes à cette sotte querelle. J'ajouterai seulement que je suis fâché qu'un homme que j'estimais aussi hautement que M. Dods m'ait traité de la façon dont je suppose qu'il l'a fait la nuit dernière. [1] »

Cette lettre est de janvier 1794 ; avant que le mois fût achevé, une aventure plus pénible encore lui était arrivée. On peut refaire le tableau, car il est caractéristique des mœurs de l'époque. C'était chez M. Walter Riddell, un gentilhomme du voisinage, frère du capitaine Robert Riddell, à un de ces dîners écossais du xviiie siècle qui s'achevaient dans une ivresse générale. On croirait à peine avec quelle régularité fonctionnait un système implacable et compliqué de santés et de toasts, qui devait être un supplice pour les faibles et venir à bout des plus solides. Pendant le

---

[1] *To Samuel Clarke Jun*, Sunday morning 1794.

dîner, on ne pouvait boire un verre de vin à soi seul ; il fallait désigner à haute voix une des personnes de la table, à la santé de qui on buvait et qui buvait à la vôtre. Après toutes ces gracieusetés particulières, quand la table était déblayée, l'hôte portait une santé à chacun des convives, et chacun de ceux-ci à chacun des autres convives et à l'hôte ; « en sorte que là où il y avait dix personnes, il y avait quatre-vingt-dix santés de bues »[1]. Ce supplice du dîner était déjà horrible ; ce n'était rien auprès de ce qui suivait. Après le dîner et avant que les dames se retirassent, venaient « les rounds » de toasts, et les « sentiments ». Dans les premiers, chaque gentleman nommait une dame absente et chaque dame, un gentleman absent [1]. C'est à cette coutume que Burns fait allusion quand il écrit à Clarinda, dans la dernière et singulière lettre qui soit allée de lui à elle : « que chaque fois qu'on lui demandait la santé d'une dame mariée, il proposait Mrs Mac. » Les verres devaient être vidés et retournés en signe d'enthousiasme. Les « sentiments » étaient de courtes phrases épigrammatiques, des sortes de devises, qui exprimaient des sentiments moraux ou quelque pensée élégante. Les verres remplis, on demandait à un des convives un « sentiment » [2]. Les sentiments favoris étaient dans le genre de ceux-ci : « Puissent les plaisirs du soir supporter les réflexions du matin » ou : « Puissent les amis de notre jeunesse être les compagnons de notre vieillesse » ou : « Délicats plaisirs aux âmes susceptibles ». Personne n'échappait à l'obligation de donner son sentiment ; et c'est ainsi qu'un pauvre pasteur, tout empêtré, ne sachant que dire, ayant beaucoup réfléchi, proposa un jour : « Le reflet de la lune sur la calme surface du lac » [3]. On vendait des collections de « sentiments » tout faits ; mais les gens d'esprit en improvisaient d'adaptés aux circonstances[4]. On peut croire que ce devait être là un des succès de Burns, et que, malheureusement, on devait trop souvent lui en demander. Encore tout cela se passait-il quand les dames étaient là. Après qu'elles s'étaient retirées, les santés et les conversations continuaient. On voit où les choses en arrivaient. « La situation des dames, remarque le doyen Ramsay, devait fréquemment être très désagréable lorsque, par exemple, les messieurs remontaient dans un état peu fait pour une société féminine [5]. » A la fin du dîner, chez M. Riddell, une scène de ce genre se passa. Les hommes, excités par l'ivresse, firent irruption dans le salon où étaient les dames [6], et, croyant

---

[1] Lord Cockburn , *Memorials* , p. 32.

[2] Id. p. 32.

[3] Id, p. 33.

[4] Voir une collection de ces « Sentiments » dans Dean Ramsay, *Reminiscences of Scottish Life and Character*, p. 59, et aussi des détails sur les livres ou les recueils où les gens sans imagination pouvaient puiser.

[5] Dean Ramsay, id., page 48.

[6] R. Chambers , IV, page 49

faire une heureuse plaisanterie, donnèrent une représentation de l'enlèvement des Sabines. Burns saisit Mrs Riddell et l'embrassa. Il ne semble
pas qu'il fut plus coupable que les autres ; peut-être, emporté par son
tempérament, alla-t-il plus loin encore. On devine l'effet produit par
ce scandale. Le lendemain, le pauvre Burns écrivait encore une lettre
d'excuses désespérée.

« Madame, j'ose dire que cette lettre est la première que vous ayiez jamais reçue du
monde souterrain. Je vous écris des régions de l'enfer, parmi les horreurs des
damnés. Quand et comment j'ai quitté votre terre, je ne le sais pas exactement, car
je suis parti dans la chaleur d'une fièvre d'ivresse, contractée à votre trop hospitalière
maison. Mais, en arrivant ici, j'ai été justement jugé et condamné à souffrir les tortures
expiatoires de ce séjour infernal pendant l'espace de 99 ans 11 mois et 29 jours ;
tout cela à cause de l'inconvenance de ma conduite, hier soir, sous votre toit. Me voici
étendu sur un lit d'impitoyables genêts, ma tête endolorie appuyée sur un oreiller de
perçantes épines, tandis qu'un bourreau infernal, ridé et vieux et cruel, je crois que
c'est le *Souvenir*, avec un fouet de scorpions, empêche la paix et le repos d'approcher
de moi et tient mon angoisse sans cesse éveillée. Cependant, Madame, si je pouvais,
en quelque mesure, reprendre ma place dans la bonne opinion du cercle aimable
que ma conduite a tellement outragé, la nuit dernière, je crois que ce serait un soulagement à mes peines. C'est pour cette raison que je vous importune de cette lettre.
Aux hommes de la société, je n'ai pas d'excuses à faire. Votre mari, qui a insisté pour
me faire boire plus que je ne le voulais, n'a pas le droit de me blâmer, et les autres
ont pris part à ma culpabilité. Mais à vous, Madame, j'ai beaucoup d'excuses à faire.
J'estimais votre bonne opinion comme une des choses les plus précieuses que j'eusse
sur la terre, et je fus vraiment une brute de la perdre. Il y avait aussi Miss J., une
personne d'un délicat esprit, de douces et simples manières. Je vous en prie, faites-
lui les meilleures excuses d'un maudit, malheureux, misérable. Une Mrs G., une
dame charmante, m'a fait l'honneur d'être disposée en ma faveur : ceci me fait espérer
que je ne l'ai pas outragée au-delà de tout pardon. A toutes les autres dames, présentez
ma plus humble contrition et ma demande de leur gracieux pardon. O vous, Puissances
de la Décence et de la Convenance, dites-leur que mes erreurs, bien que graves, étaient
involontaires ; qu'un homme ivre est la plus vile des bêtes ; que ce n'était pas dans ma
nature d'être brutal envers qui que ce soit ; qu'être grossier envers une femme,
quand j'étais dans mes sens, m'était impossible, mais....
Regret, Remords, Honte, vous trois chiens d'enfer qui suivez mes pas et aboyez à
mes talons, épargnez-moi ! épargnez-moi !
Pardonnez les offenses et plaignez le malheur, Madame, de votre humble esclave [1].

Mrs Riddell ne se laissa pas fléchir. Sous le coup du dépit, l'orgueil du
poète le conseilla mal. Il écrivit contre cette jeune femme des satires, des
épigrammes, indignes de lui et offensantes pour elle, qu'il laissa circuler [2].
Les amis de la famille Riddell prirent justement parti contre lui. On a
parfois regretté qu'il ait écrit des vers trop libres et grossiers. Si un
véritable ami de Burns en avait le choix, ce ne sont pas ces vers-là qu'il

[1] *To Mrs Riddell*, Jan. 1794.
[2] Voir *Monody on a Lady famed for her caprice; Pinned to Mrs Walter Riddell's
carriage; Epitaph for Mr Walter Riddell; Epistle from Esopus to Maria*.

supprimerait, mais ces méchancetés et ces insultes contre une femme qu'il avait offensée. Cependant une réconciliation eut lieu plus tard et par personne sa mémoire n'a été défendue avec plus de foi que par Mrs Riddell.

Ce ne sont plus là des excès accidentels, c'est l'habitude de l'ivresse. Par ces extraits, on sent qu'elle devient, non-seulement plus fréquente, mais plus brutale, plus lourde, plus agressive. Elle a encore des éclats d'esprit, mais d'un esprit plus rude et plus sombre, et elle n'a plus la gaîté. Quelquefois, un éclair revenait de l'ancienne belle humeur, de l'ancienne insouciance, de la sociabilité charmante de jadis. Mais ces moments d'ivresse claire et joyeuse étaient rares, maintenant ; ce n'étaient plus les soirs de Mauchline, ni même ceux d'Edimbourg. Une sorte d'épaississement et d'alourdissement se sent sous ces excès. L'ivresse s'attristait en lui, symptôme grave ; le lendemain de ces nuits trop fréquentes, arrivait le cortège des regrets, des remords, des dégoûts, des hontes, comme celles qu'on a vues, le mécontentement de lui-même, l'affaissement physique. Un matin d'été, en rentrant chez lui, il rencontre son voisin le forgeron qui s'était levé de meilleure heure que d'habitude. Quoique encore troublé par la boisson, il fut frappé du contraste : « O Georges, lui dit-il, vous êtes un homme heureux, vous venez de vous lever d'un sommeil rafraîchissant et vous avez quitté une femme et des enfants heureux, tandis que je retourne vers les miens, comme un misérable condamné par lui-même [1]. »

A la suite de sa scène chez M. Riddell, il fut pendant plusieurs semaines dans un état véritablement digne de compassion. Le chagrin qu'il ressentait de cette rupture, le scandale, la peine d'être abandonné par de fidèles amis, alors que tant d'autres le désertaient, la sensation du blâme silencieux qui l'environnait, d'autres causes qu'il indique, tout cela tendait son esprit jusqu'aux limites dernières du désespoir. Il écrivait le 25 février 1794, à Alexandre Cunningham :

« Peux-tu secourir un esprit malade ? Ta parole peut-elle rendre la paix et le calme à une âme ballottée sur une mer de troubles, sans une étoile amicale pour guider sa course, et redoutant que la vague prochaine ne l'engloutisse ? Peux-tu donner, à un être tremblant sous les tortures de l'incertitude, la stabilité et la dureté du roc qui brave la rafale ? Si tu es impuissant de la moindre de ces choses, pourquoi viens-tu me troubler dans ma misère en t'informant de moi ?...

Depuis deux mois, je suis incapable de soulever une plume. Ma constitution et mon corps ont été *ab origine* affligés d'une profonde et incurable infection d'hypocondrie, qui empoisonne mon existence. Dernièrement des ennuis domestiques, et une part pécuniaire dans la ruine de ces temps maudits, des pertes qui, bien que modiques, m'étaient cependant pénibles à subir, m'ont tellement irrité, que, par instants, le seul être qui puisse envier mes sentiments serait un esprit réprouvé entendant la sentence qui le condamne à la perdition.

Es-tu versé dans le langage de la consolation ? J'ai épuisé, dans mes réflexions, tous

---

[1] R. Chambers, tom. III, p. 261.

les arguments qui peuvent réconforter. *Un cœur à l'aise* aurait été charmé de mes sentiments, de mes raisonnements ; mais, vis-à-vis de moi-même, j'étais comme Judas Iscariot, prêchant l'Évangile ; il pouvait fondre et façonner les cœurs de ceux qui l'entouraient ; mais le sien conservait son incorrigibilité native[1].

De pareilles heures étaient impuissantes à tenir à l'écart celles qui les amenaient. Peut-être était-il dans ce cercle vicieux où, l'homme étant d'une nature trop élevée pour prendre son parti de ses fautes et trop faible pour s'en défaire, les remords n'ont d'autres résultats que de le pousser à les oublier, et le sentiment de ses faiblesses ne sert qu'à en préparer de nouvelles.

A ces excès s'ajoutèrent des erreurs d'un autre genre. Ses biographes n'en parlent qu'avec discrétion ; mais leurs allusions en laissent deviner assez. On voit que, peu à peu, aux délicates amours où l'élément sentimental était prédominant, se substituaient des intrigues grossières où l'élément sensuel régnait seul. Dumfries, avec ses réunions de courses et de chasses, l'affluence de monde interlope qui, en tout pays, en est l'accompagnement, était de ce côté encore un endroit plein de péril pour lui. Il n'y sut pas résister. « Les mœurs de la ville, dit Heron, étaient déplorablement corrompues, en conséquence de ce qu'elle était un lieu d'amusement public ; quoiqu'il fût époux et père, Burns n'évita point de souffrir de la contamination générale, d'une façon que je m'abstiens de décrire[2]. » Là encore, quelque chose de plus bas et de plus matériel l'envahissait. Les tumultes violents, orageux, déréglés, mais poétiques, que la passion avait si souvent déchaînés dans sa poitrine, ces élans de souffrance ou de joie qui lui avaient arraché ses cris les plus beaux, s'apaisaient. Une sorte de routine de sensualité vulgaire s'établissait en lui. C'était une descente. Des âmes comme la sienne, faites pour l'agitation, ont une beauté toute dramatique. Elles valent par leur emportement. Elles deviennent ordinaires dès qu'elles cessent d'être excessives. Le devoir seul supporte la régularité ; la passion, comme l'orage, n'est belle que par ses violences. C'est pourquoi les poètes comme Burns, comme Byron et Musset, sont condamnés à mourir jeunes ou à se survivre ; et il semble que Burns fût sur le chemin où Musset eut le temps d'aller plus loin que lui, et d'où il n'était guère possible qu'une aventure héroïque le sauvât comme Byron.

En même temps, l'isolement se faisait autour de lui. A un moment où, selon l'expression de Chambers, tout homme qui ne voyait pas la perfection dans la Constitution britannique était traité comme quelque chose

---

[1] *To Alex. Cunningham*, 25th Feb. 1784.

[2] R. Heron, *Life of Burns*, cité par R. Chambers, dans son appendice N° 17, *Reputation of Burns in his latter years*, tom. IV, p. 301.

qui valait à peine mieux qu'un chien enragé, il n'est pas surprenant que les nobles tories de Dumfries et du Comté aient tenu à l'écart le plus éloquent et le plus sarcastique de leurs ennemis. Mais cela n'expliquerait pas qu'il se soit trouvé peu à peu abandonné de toutes parts. Une mauvaise réputation s'était formée autour de lui. La haine politique n'y était pas étrangère, sans doute, mais sa vie non plus. On le représentait comme un homme perdu, dangereux pour les jeunes gens, sans croyance et sans moralité. Un gentleman racontait à Allan Cunningham que, lorsqu'il était arrivé à Dumfries, plusieurs des habitants principaux du Comté l'avaient averti d'éviter la société de Burns[1]. Un vieillard de quatre-vingts ans racontait au principal Shairp que son père lui avait défendu, ainsi qu'à ses frères, d'avoir rien à faire avec « Robbie Burns » dont le perçant œil noir était resté dans sa mémoire[2]. Cette réputation s'était si bien attachée à son nom et l'accompagnait si fidèlement partout, qu'elle pénétrait avec lui de l'autre côté du pays. Quand il mourut, les plus respectables des journaux d'Édimbourg s'en firent les interprètes. « Le public, à l'amusement de qui il a si largement contribué, apprendra avec regret que ses facultés extraordinaires étaient accompagnées de faiblesses qui les ont rendues inutiles pour lui et pour sa famille[3]. » Une sorte de discrédit l'entourait.

Chose plus étrange et plus grave, ses anciennes amitiés se retiraient de lui. Son ami d'autrefois, Ainslie, son fidèle compagnon d'Edimbourg, le confident de ses amours avec Clarinda, le traitait avec une telle froideur que leurs relations en restèrent là. Ce n'était pas sans une douleur contenue qu'il écrivait :

> Mon vieil ami Ainslie a été bon pour vous. J'ai eu une lettre de lui, il y a quelque temps ; mais elle était si sèche, si réservée, si semblable à une carte à un de ses clients, que j'ai à peine le courage de la lire et que je ne lui ai pas encore répondu. C'est un bon et honnête garçon et il sait écrire une lettre amicale, capable de faire également honneur à sa tête et à son cœur, comme le témoigne tout un paquet de lettres que j'ai chez moi. Bien que la Renommée ne souffle plus dans sa trompette à mon approche, *maintenant,* comme elle le faisait *alors,* quand il m'honora d'abord de son amitié, cependant je suis aussi fier que jamais et, quand on me couchera dans ma tombe, je désire être étendu de toute ma longueur, afin que j'occupe chaque pouce de sol auquel j'ai droit[4]. »

Quant à sa vieille amie Mrs Dunlop, elle avait cessé toute correspondance. Ce dut être pour lui une des pires amertumes. Une de ses dernières et plus touchantes lettres sera pour lui dire adieu, malgré le long silence dont elle l'avait affligé.

---

[1] Allan Cunningham, *Life of Burns,* p. 45.
[2] Shairp, *Burns ,* p. 139.
[3] Voir l'extrait donné par R. Chambers, tome IV, p. 301.
[4] *To Mrs Mac Lehose,* 25th June 1794.

Un fait révèle dans toute sa tristesse ce délaissement du poète. Un Mr Mac Culloch racontait à Lockhart qu'il avait rarement été plus peiné qu'un jour où, arrivant à cheval à Dumfries, par une belle soirée d'été, pour assister à un bal, il avait aperçu Burns. Celui-ci se promenait seul dans la principale rue, du côté qui était dans l'ombre, tandis que, sur le trottoir opposé, dans la lumière, passaient des groupes brillants d'hommes et de dames, dont pas un ne semblait le reconnaître. Mac Culloch mit pied à terre et rejoignit Burns qui, lorsqu'il lui proposa de traverser la rue, lui dit : « Non, non ! mon jeune ami, tout cela est passé maintenant ». Et après un moment de silence, il récita ces strophes d'une touchante ballade de Lady Grizel Baillie :

> Son bonnet se tenait jadis tout fier sur son front,
> Et son vieux bonnet avait meilleur air que maint bonnet neuf.
> Maintenant, il le laisse pendre au hasard,
> Et il se laisse choir sur les gerbes de blé.
>
> Oh ! si nous étions jeunes comme nous le fûmes jadis,
> Nous serions à galoper sur ce gazon,
> Et à courir sur la pelouse que blanchissent les lis,
> *Et si mon cœur n'était pas léger, je mourrais.*

Lockhart remarque qu'il n'était pas dans le caractère de Burns de laisser ainsi échapper ses sentiments sur certains sujets. Aussitôt après avoir cité ces vers, il reprit un air de gaîté et, emmenant chez lui son jeune ami, il le garda jusqu'à l'heure du bal, en lui offrant un bol de son breuvage favori et en lui faisant chanter par sa femme des vers qu'il avait récemment composés [1].

On se demande avec étonnement d'où pouvait venir un pareil interdit ? Quelque chute qu'il y eût pour un homme tel que lui à vivre comme il le faisait, il était au moins au niveau de ceux qui le tenaient à l'écart. Cette société de Dumfries, surtout la gentilhommerie campagnarde qui était la plus conservatrice, n'avait pas le droit de se montrer délicate. Les dissipations d'aucun genre n'étaient faites pour l'effaroucher. Il fallait donc qu'il y eût dans le cas de Burns quelques circonstances particulières. En réalité, c'était la forme plutôt que la nature même de ses excès qui froissait l'opinion. On les lui eût pardonnés s'il les avait dissimulés. Mais il les commettait ouvertement, peut-être même avec une sorte d'affectation, de hardiesse. Il avait toujours été dans sa nature de ne pas cacher ses fautes. A cette époque, avec son irascibilité contre la société, il exagérait sa franchise ; ses façons prenaient une attitude de forfanterie et l'aspect agressif d'un défi. Il était disposé à faire étalage et parade de ses désordres, avec une insistance qui devait

---

[1] Lockhart, *Life of Burns*, p. 224.

paraître de la provocation et du cynisme. Ce sentiment de répugnance à l'hypocrisie, qui se tourne en rebellion, est naturel et estimable ; mais le monde ne le tolère pas ; il n'aime guère ceux qui bravent les conventions dont il croit qu'il vit. La société, qui pardonne, à ceux qui dissimulent, les fautes qu'elle sait qu'ils commettent, mais qui s'effarouche et se fâche, surtout une société provinciale et étroite, dès qu'on s'insurge contre le grand complot d'hypocrisie dont elle se dupe elle-même, se montrait implacable pour ce paysan, qui ne consentait pas à respecter la vertu en masquant ses vices d'un vice de surcroît. Un autre aspect de la même question est celui-ci : Il importe souvent moins, devant l'opinion, de savoir quelles fautes on commet, que en quelle compagnie. Si Burns s'était borné à prendre part aux excès des gentilshommes des environs, qui ne différaient guère de ceux du peuple, il aurait vécu dans la respectabilité. Mais, par son passé, par le sans-gêne de ses façons, par un désir aussi d'être le maître absolu, par l'impatience de toute contrainte et de toute supériorité, par sympathie de classe, il se sentait plus à l'aise avec les gens du peuple. Et parmi eux, il préférait ces irréguliers qui vivent dans l'inattendu, sur les frontières de la bohême. C'était un faible qui datait de longtemps. Il était encore à Lochlea quand il écrivait :

« J'ai souvent recherché la connaissance de cette partie du genre humain, ordinairement désignée sous le terme commun de vauriens, quelquefois plus que cela n'était compatible avec la sûreté de ma réputation; de ceux qui, par une insouciante prodigalité ou des passions emportées, ont été poussés à la misère. Quoiqu'ils soient avilis par des folies et quelquefois souillés par le crime, j'ai trouvé souvent parmi eux quelques-unes des plus nobles vertus : la Magnanimité, la Générosité, le Désintéressement de l'amitié et même la Modestie, à leur plus haut degré. [1] »

Il y avait beaux jours qu'il avait frayé pour la première fois avec *Les Joyeux Mendiants*. Cette population était nombreuse, et, ce qui était pis, permanente à Dumfries. Burns en fit de plus en plus sa fréquentation. « Il essayait d'échapper à lui-même, dit Currie, dans une société souvent du genre le plus bas [2] »; et Chambers, dont l'admiration pour lui n'est pas suspecte : « Burns arriva nécessairement en contact avec des personnes des deux sexes entièrement indignes de sa compagnie, et, en dernier lieu, il s'associa à des individus d'une telle espèce, que les admirateurs de son génie seraient étonnés si tout était révélé [3]. » Dans une petite ville comme Dumfries, on comprend le scandale que des fréquentations de ce genre devaient causer. Aux yeux de beaucoup, Burns était un homme qui se dégradait et s'encanaillait. Il se mêlait à la lie du peuple. Il devenait compromettant de se montrer avec lui. Et voilà comment, un

---

[1] *Common-Place Book*, March 1784.
[2] Currie, *Life of Burns*, p. 50.
[3] Chambers, *Appendice* N° 17, tom. **IV**, p. 305.

jour de fête, les uns, par haine politique, les autres par pruderie, les autres par lâcheté, passaient près du pauvre poète, sans le reconnaître, sans que personne eût le courage de traverser la rue pour lui serrer la main. Sans aucun doute, il souffrit beaucoup, mais silencieusement, de cette stupide et cruelle condamnation. Il en conçut une humeur plus sombre et un surcroît de misanthropie.

Dans ce ramas de mauvais malaises qui s'accumulaient en lui, ce résidu de rancunes, de remords et de dégoûts, que laissent les débauches et qui peu à peu encrassent l'âme, passaient des angoisses de plus pure origine. Il songeait avec désespoir au dénûment des siens, s'il venait à leur manquer. Il devait y penser d'autant plus que tous ces excès n'allaient pas sans une sourde détérioration de santé, et que, par là, cette terreur tenait du remords. Il travaillait lui-même à rendre possible le malheur dont l'idée l'affolait.

Je suis dans une complète humeur de Décembre, ténébreuse, morne, stupide, telle que la divinité de la Sottise elle-même pourrait la souhaiter. Je ne veux pas allonger encore une lettre pesante par un grand nombre d'excuses plus pesantes de mon silence. Je n'en mentionne qu'une seule parce que je sais qu'elle aura votre sympathie : depuis quatre mois, une chère petite fille, mon plus jeune enfant, a été si malade que, chaque jour, il semblait qu'elle n'eût plus à vivre qu'une semaine. Il faut bien qu'il y ait de nombreuses douceurs attachées aux états d'époux et de père, car Dieu sait qu'ils possèdent en propre de nombreux tourments. Je ne puis vous décrire les heures anxieuses, sans sommeil, que ces liens m'ont souvent causées. Je vois une lignée de petits êtres ; moi et mon travail leur seul soutien ; et à quel fil fragile la vie de l'homme est suspendue ! Si un ordre du destin m'enlève — et ces choses-là arrivent chaque jour — même dans la vigueur de la maturité où je me trouve — Dieu du ciel ! que deviendra mon petit troupeau ! C'est ici que j'envie vos gens de fortune. Un père, sur son lit de mort, disant un éternel adieu à ses enfants, éprouve, à la vérité, assez d'angoisse ; mais l'homme dans l'aisance laisse à ses fils et filles l'indépendance et des amis ; tandis que moi... mais je perdrai la raison si je réfléchis plus longtemps à ce sujet !

Pour cesser de parler si gravement de cette matière, je chanterai avec la vieille ballade écossaise.

> O si je ne m'étais pas marié,
> Je n'aurais jamais eu de soucis ;
> A présent j'ai une femme et des marmots
> Et ils crient toujours « à manger »
> A manger une fois, à manger deux fois,
> A manger trois fois par jour ;
> Si vous continuez à manger,
> Vous allez manger toute ma farine [1].

Dans une âme en qui les énergies sont intactes, les ressorts nets, ce sont là des angoisses dont l'effet est salutaire, des aiguillons d'effort qui, au lieu de l'énerver, activent la volonté. Mais elles perdaient leur vertu

---

[1] *To Mrs Dunlop.* 15th Dec. 1793.

en s'enfonçant.parmi tant d'amertumes malsaines, de découragement. Elles ne faisaient qu'augmenter le trouble de cet esprit ; éveillaient le regret que les choses fussent ainsi ; elles aboutissaient au souhait dont sont harcelés les hommes incapables d'accepter, avec ses joies et ses tourments, la vie qu'ils ont choisie, le souhait que leur destinée ait été différente, encore qu'ils l'aient façonnée eux-mêmes.

Est-il besoin de remarquer que, au milieu de ces désordres, la pauvre Jane Armour disparaît de plus en plus ? Dans ces dernières années, il n'en reste plus qu'une impression voilée d'acceptation, d'indulgence silencieuse. « Au milieu de toutes ses erreurs, dit Currie, Burns ne trouva dans son cercle domestique que douceur et pardon, sauf les morsures de sa propre conscience. Il avouait ses transgressions à la femme de son cœur, promettait de se corriger et recevait sans cesse le pardon de ses offenses. Mais, au fur et à mesure que ses forces physiques diminuaient, sa volonté devint plus faible et l'habitude prit une force prédominante [1] ». Heron rend à Jane le même témoignage : « Dans les intervalles entre ses différents accès d'intempérance, il souffrait sans trêve des angoisses les plus aiguës du remords et de pressentiments horriblement affligeants. Sa Jane se conduisait avec un degré de tendresse et de prudence maternelles et conjugales, qui faisaient qu'il ressentait plus amèrement la malfaisance de sa conduite, quoiqu'elles fussent incapables de le sauver [2]. » Ainsi, dans l'ombre où elle est rejetée, on voit la vaillante et bonne femme persévérer dans son œuvre de douceur. Elle continue à grandir, sans le savoir. Elle soutient par un long dévoûment son action héroïque. Les chagrins de la vie révélaient jusqu'au bout la haute qualité de son âme.

IV

DERNIERS JEUX DU CŒUR. — LES CHANSONS.

Il ne faut pas oublier que, sous les scories qui s'épaississent et menacent de l'ensevelir, persiste une vie intérieure, vivace et généreuse. De plus en plus recouverte par la pluie de cendres, elle fait toujours paraître, çà et là, des endroits verts et frais ; ses sources d'inspiration ne furent jamais étouffées. L'ancienne éloquence est toujours là, l'indignation contre tout ce qui est vil, le sentiment d'indépendance, toute une poussée de nobles aspirations et de nobles haines. Les moments où elles éclatent

---

[1] Currie. *Life of Burns*, p. 51.
[2] Heron. *Life of Burns*, p. 442.

sont plus rares, mais aussi flamboyants. Alors elles percent tout, la
fatigue, la lassitude, l'ivresse même, de leurs éblouissantes clartés.
L'alourdissement, qui commence à se former sur ce visage et à appesantir
les traits, disparaît comme dans un coup de vent. L'ancienne face reparaît
transfigurée, mobile, remuée par le passage de toutes les émotions.
Ceux qui la voyaient une fois ne l'oubliaient plus. Longtemps après, en
1829, M. Syme écrivait :

> « L'expression du poète variait continuellement selon l'idée qui prédominait dans
> son esprit, et il était beau de remarquer combien le jeu de ses lèvres indiquait bien le
> sentiment qu'il allait énoncer. Ses yeux et ses lèvres, les premiers remarquables pour
> leur feu, et les secondes pour leur flexibilité, formaient à n'importe quel moment un
> indice de son esprit, et, selon que le soleil ou l'ombre dominait sur ses traits, vous
> auriez pu dire, à priori, si la société serait favorisée d'une scintillation d'esprit, ou
> d'un sentiment de bienveillance, ou d'une explosion de brûlante indignation. Je suis
> cordialement d'accord avec ce que Sir Walter Scott dit des yeux du poète. Dans ses
> moments animés, et particulièrement lorsque sa colère était éveillée par des exemples
> de tergiversation, de bassesse ou de tyrannie, ils ressemblaient réellement à des
> charbons de feu vivant [1]. »

Dans ce coin du cœur où, paraît-il, l'on a toujours vingt ans et qui
chez lui tenait presque toute la place, la faculté d'adorer la femme restait
toujours fraîche et active. Jamais il ne lui arriva comme au fabuliste,
dont le cœur plus paisible fut également insatiable, de se demander :
« Ai-je passé le temps d'aimer ? » Il avait conservé ce don de la jeunesse
d'être émerveillé et séduit, de bâtir aussitôt des rêves sur ses admirations. L'amour continua à être l'atmosphère dans laquelle son esprit
vivait. Elle était nécessaire à sa production poétique. Son imagination
avait besoin, pour se mettre en mouvement, de cette chiquenaude que
donne un sourire ou un regard féminins. Elle y resta délicatement
sensible. Sans doute il n'était plus capable des désespoirs de Mauchline
et son âme fatiguée était moins violemment remuée. Mais, si elle avait
perdu la profondeur, elle avait conservé la facilité et la fraîcheur d'émotions qui lui étaient aussi indispensables pour chanter que le choc de la
main à la harpe.

Pendant ces années de 1794 et 1795, c'est-à-dire pendant la période
où sa vie est toute en proie aux chagrins et aux désordres, son culte pour
la fille d'un fermier des environs de Dumfries, nommée Jane Lorimer,
montre combien le pouvoir de s'éprendre s'était conservé intact en lui.
Elle était la fille d'un homme qui vivait à Kemmishall, à deux milles
de Dumfries, moitié fermier, moitié fraudeur, que, dès son entrée dans
l'Excise, Burns avait eu à surveiller. C'était un paysan matois et
retors, dont « la conduite, comme la grâce de Dieu, dépasse toute

---

[1] R. Chambers, tom IV, p. 155

intelligence [1] ». La mère était une abominable ivrognesse [2] qui se grisait à « réjouir tout l'enfer ». La famille finit par la banqueroute. Dans l'aisance du moment, fleurissait et s'épanouissait précocement en femme, une fillette d'une grande beauté. C'était une enfant ; elle avait seize ans quand Burns l'avait vue pour la première fois. Un de ses confrères, John Gillespie, s'était épris d'elle, peut-être en la rencontrant à Ellisland, et avait prié le poète de plaider sa cause. Celui-ci l'avait fait dans une petite pièce d'une très jolie insistance, mais un peu pressante et ardente pour être offerte à une aussi jeune fille.

> Doucement se clot le soir sur le bois de Craigieburn,
> Et joyeusement s'y éveille le matin ;
> Mais la pompe du printemps sur le bois de Craigieburn
> Ne m'inspire rien que du chagrin.
>
> *Chorus.* — Près de toi, chérie, près de toi, chérie,
> O être couché près de toi !
> O doucement, profondément heureux doit dormir,
> Celui qui est couché dans le lit près de toi !
>
> Je vois les feuilles et les fleurs s'ouvrir,
> J'entends les oiseaux chanter ;
> Mais ils n'ont aucun plaisir pour moi,
> Car le souci déchire mon cœur.
>
> Je ne puis parler, je ne dois pas parler,
> Je n'ose pas de peur de vous fâcher ;
> Mais l'amour secret brisera mon cœur,
> Si je le cèle plus longtemps.
>
> Je te vois gracieuse, grande et droite,
> Je te vois douce et jolie ;
> Mais, oh ! que sera mon tourment,
> Si tu refuses ton Johnie !
>
> Te voir dans les bras d'un autre,
> Vivre et languir dans l'amour,
> Serait ma mort, cela est certain,
> Et mon cœur éclaterait d'angoisse.
>
> Mais, Jane, dis que tu seras à moi,
> Dis que tu n'aimes personne avant moi,
> Et tous les jours de ma vie future
> Avec reconnaissance, je t'adorerai !
>
> Près de toi, chérie, près de toi, chérie,
> O être couché près de toi !
> O doucement, profondément heureux doit dormir,
> Celui qui est couché dans le lit près de toi ! [3]

---

[1] *To Alex. Findlater.* June 1791.
[2] Voir les souvenirs de Mᵐᵉ Burns recueillis par Mʳ Mac Diarmid.
[3] *Craigieburn Wood.*

Il faut espérer que Gillespie garda ces vers pour lui. C'est peut-être pourquoi sa cour fut sans succès. Quelque temps après, au commencement de 1793, selon Chambers, Jane Lorimer fut courtisée par un jeune gentilhomme fermier des environs, nommé Whelpdale, qui lui déclara qu'il se livrerait sur lui-même à quelque violence extrême si elle refusait de le suivre. Elle y consentit, après avoir longtemps hésité, poussée par la pitié, le goût du romanesque, et peut-être le besoin d'échapper à son entourage. Ils allèrent se marier à Gretna-Green. Quelques mois après, M. Whelpdale fut obligé, par ses dettes, de se sauver d'Écosse. Il abandonna sa jeune femme qui n'eut d'autre ressource que de revenir chez ses parents[1].

C'est alors que Burns semble s'être épris d'elle pour son propre compte. Ce n'est pas une de ses grandes héroïnes, dont la liste, sauf une attendrissante exception, est close maintenant. Elle n'apparaît qu'au second plan de sa vie et pour un moment ; le sentiment qu'elle lui inspira était superficiel. Cependant cette aventure est intéressante, parce qu'elle montre comment il avait fait de l'amour un procédé littéraire, une sorte d'ivresse passagère et volontaire, qu'il se donnait pour s'inspirer. Ses révélations à ce sujet sont des plus curieuses et bien caractéristiques de l'homme. En envoyant à Thomson la pièce qu'il avait jadis écrite pour Gillespie, il lui écrivait :

« J'espère qu'il (un de ses amis) accomplira une chose qui me donnera haute satisfaction. C'est de vous persuader d'introduire *Le bois de Craigieburn* dans votre recueil ; c'est une chanson favorite, pour lui et pour moi. La dame pour laquelle elle a été composée est une des plus jolies femmes d'Ecosse, et, en réalité, (entre nous) elle m'est, en quelque manière, ce que l'Eliza de Sterne lui était, une maîtresse ou un ami, ou ce que vous voudrez, dans l'innocente simplicité de l'amour platonique. (Tâchez de ne faire à ce sujet aucune de vos méchantes suppositions et de ne faire aucun bavardage à ce propos, parmi vos connaissances.) Je vous assure que vous êtes redevable à ma charmante amie de mainte des meilleures chansons que vous avez reçues de moi. Pensez-vous que la tranquille routine de l'existence, dans son même manège, pourrait inspirer à un homme la vie, et l'amour, et la joie ; pourrait l'enflammer d'enthousiasme, ou l'attendrir d'une émotion à la hauteur du mérite de votre livre ? Non, non ! Chaque fois que je désire m'élever dans mes chansons au-dessus de l'ordinaire, être en quelque degré digne des plus divins de vos airs, vous imaginez-vous que je jeûne et que j'implore par la prière une visitation céleste ? *Tout au contraire !*[2] J'ai une merveilleuse recette, celle-là même que le Dieu des Guérisons et de la Poésie avait inventée pour son propre usage, quand jadis il jouait de la flûte aux troupeaux d'Admète. Je me mets au régime d'admirer une jolie femme, et plus ses charmes sont adorables, plus vous trouvez de plaisir à mes vers. L'éclair de ses yeux est le Dieu du Parnasse et le charme de son sourire la divinité de l'Hélicon[3].

---

[1] R. Chambers, tom IV, p. 96.

[2] En français.

[3] *To George Thomson.* 19th Oct. 1794.

A quoi Thomson, entrant complaisamment dans les vues de Burns, lui répondait avec tranquillité et non sans esprit :

« Je n'ignore pas, mon cher ami, qu'un vrai poète ne peut pas davantage vivre sans maîtresse que sans viande. Je voudrais connaître l'adorable Elle, dont les yeux brillants et les sourires charmeurs ont si vivement transporté le barde écossais, afin de pouvoir boire sa douce santé, quand le toast fait son tour. Puisque c'est elle qui est le sujet de la chanson, *Le bois de Craigieburn* sera adopté dans ma famille. Mais, au nom de la décence, il faut que je vous demande un autre refrain. « Oh ! être couché près de toi, chérie ! » est peut-être une chose souhaitable, mais ne peut pas aller pour être chanté dans la société des dames[1]. »

Cette bonhomie de Thomson lui valait de nouveaux détails sur le même sujet :

« Je vous aime de prendre intérêt, avec tant de franchise et de bienveillance, à l'histoire de *ma chère amie*[2]. Je vous assure que je n'ai jamais été plus sérieux de ma vie que dans le récit de cette affaire que je vous envoyai dans ma dernière lettre. L'amour conjugal est une passion que je ressens profondément et que je vénère hautement ; mais, je ne sais comment, il ne fait pas aussi bonne figure en poésie que cette autre espèce d'amour,

où l'amour est liberté, et la nature, la loi.

Pour parler en musicien, le premier est un instrument dont la gamme est pauvre et bornée, mais dont les tons sont ineffablement doux, tandis que le second a une étendue égale à la modulation intellectuelle tout entière de l'âme humaine. Néanmoins, je reste poète au milieu même de l'enthousiasme de ma passion. La tranquillité et le bonheur de la personne aimée est le *premier* et *inviolable* sentiment qui pénètre mon âme ; quels que soient les plaisirs que je puisse désirer et quels que soient les transports qu'ils puissent me donner, s'ils doivent s'opposer et se heurter à ce principe qui passe avant tout, je trouve que c'est avoir ces plaisirs à un prix déshonnête ; la Justice défend ce marché, de même que la Générosité le dédaigne. En ce qui concerne la foule du sexe qui n'est pas bonne à grand'chose d'autre ou qui n'est bonne qu'à cela, je n'ai pas pris d'engagement de ce genre vis-à-vis de moi-même. Mais là où la Passion est la vraie Divinité de l'amour, et lorsque les personnes sont capables de la ressentir, l'homme qui peut agir autrement est un gredin[3]. »

On se demande ce qu'on doit penser de celle qui inspirait ce nouvel amour. C'était une fille remarquablement belle. Tous ceux qui l'ont vue ou entendu parler d'elle sont d'accord sur ce point. Elle avait des cheveux blonds, des yeux bleus, et surtout un corps d'une grâce achevée. « Sa forme était la symétrie même », dit le grave Chambers[4]. « Elle était proportionnée comme une des plus parfaites productions d'un statuaire antique », dit Allan Cunningham, qui avait fait de la sculpture. Il ajoute, non sans quelque plaisir à s'arrêter sur ce sujet : « Ses cheveux, qu'elle

---

[1] *George Thomson, to Rob. Burns.* 27th Oct. 1794.
[2] En français.
[3] *To George Thomson.* Nov. 1794
[4] R. Chambers, tom IV, p. 97.

portait longs et abondants, tombaient presque par brassées sur son cou rond et ses épaules blanches ; ils étaient plutôt onduleux que frisés et d'une nuance plus foncée que l'épithète « couleur de lin » ne semble l'indiquer. Elle dansait et elle chantait avec beaucoup de grâce et de douceur. Cette minutie de détails, dit-il, sera pardonnée par ceux qui réfléchiront que nous devons à ses charmes quelques-unes des plus délicates poésies lyriques de notre langue [1] ». L'attrait singulier de son visage était formé par le contraste d'un regard gai et riant et d'un sourire de douceur lente. « Elle avait, dit encore Cunningham, une rare suavité dans son sourire et de la joyeuseté dans le regard vif de ses yeux [2] », et ailleurs il marque mieux encore cette opposition : « Ses yeux étaient grands et brillants et riaient plus que ses lèvres lorsqu'elle prenait plaisir à quelque chose [3] » ; double expression dont le charme est puissant, parce qu'il possède ce qui frappe et ce qui retient. Burns a rendu ce trait dans le portrait qu'il a fait d'elle, portrait d'une précision charmante ; il a aussi rendu cette grâce de démarche à laquelle il avait toujours été très sensible.

> Ses cheveux bouclés étaient couleur de lin ;
> Ses sourcils, d'une nuance plus sombre,
> S'arquaient d'un air ensorcelant au-dessus
> De deux yeux rieurs d'un bleu joli ;
> Son sourire si enjoleur
> Aurait fait oublier à un malheureux son malheur ;
> Quel plaisir, quel trésor
> De s'attacher à ces lèvres roses !
> Telle était la jolie figure de ma Chloris
> Quand, pour la première fois, je vis sa jolie figure ;
>
> Comme une harmonie sont ses mouvements,
> Sa jolie cheville est un traître
> Et révèle une belle proportion
> Qui ferait oublier à un saint le ciel ;
> Si enflammante, si charmante
> Sa forme impeccable et son air gracieux ;
> Chaque trait, — la vieille Nature
> A déclaré qu'elle ne pouvait faire plus ;
> A elle sont les charmes volontaires de l'amour,
> Par la loi souveraine de la Beauté conquérante [4].

Ce dernier cri, qui est comme un salut à la force dominatrice et irrésistible de la Beauté en soi, est caractéristique de cet amour.

Il semble que l'expression, curieusement séduisante, de Jane Lorimer

---

[1] Allan Cunningham. *Life of Burns*, p. 485-86, en note.
[2] Id. p. 97.
[3] Id. p. 486, en note.
[4] *She says she lo'es me best of a'.*

était une pure beauté physique, une heureuse réussite des traits. La femme elle-même était une âme ordinaire, bonne, non sans un peu de fadeur, se laissant vivre avec nonchalance dans sa beauté. Elle était moins dirigée par ses propres mouvements que par une absence de résistance, une sorte d'indifférence et de laisser-aller. Par faiblesse plutôt que par amour, elle avait suivi Whelpdale ; quand il l'eut abandonnée, elle n'eut pas la force de le haïr. Elle ne paraît pas prendre grande part aux sentiments qu'elle inspire, se laissant aimer plutôt qu'aimant, enveloppée d'un attrait inconscient, qui est le fait de son corps plutôt que d'un désir ou d'un effort de son esprit. « Sa légèreté était au moins égale à sa beauté [1] », dit Allan Cunningham, et c'est une note presque fausse. Le même Cunningham dit bien plus exactement : « Chloris était une de celles qui croient au pouvoir qu'a la beauté de se donner et que l'amour ne doit subir aucune contrainte. Burns pensait quelquefois de la même façon, et il n'est pas étonnant que le poète ait célébré les charmes d'une beauté généreuse qui était disposée à récompenser ses chants et qui lui donnait mainte occasion de s'inspirer de sa présence [2] ». Ceci est plus pénétrant. C'était une nature de grande courtisane, calme et d'accueil indifférent, parce qu'elle est certaine de son triomphe. Cependant Cunningham, qui parle d'elle d'après ce qu'elle devint plus tard, est trop sévère pour elle, à cette époque-ci de sa vie. Il oublie qu'elle avait dix-neuf ans et que Burns en avait trente-six.

La liaison entre Jane Lorimer et le poète est difficile et délicate à définir. Il est cependant de quelque conséquence qu'elle le soit, car elle complète les situations dans lesquelles Burns s'est placé vis-à-vis de la Femme. Ce qui accroît l'intérêt de cette question, c'est qu'il n'était plus alors dans l'ignorance de la vie comme à Mauchline ; ou en face d'une femme, son égale par l'âge et les vicissitudes traversées, comme à Édimbourg ; mais qu'il possédait l'expérience et la responsabilité des années mûres, et qu'il avait devant lui presque une enfant, ignorante de l'existence et plus étourdie qu'instruite par ses malheurs.

Il est clair qu'il y a eu d'un côté de la vanité flattée par les hommages d'un homme célèbre. « La dame n'est pas peu fière de figurer d'une façon si distinguée dans votre recueil, et je ne suis pas peu fier de pouvoir lui faire ce plaisir [3] ». De l'autre, se trouvait avec l'habitude d'aimer, l'admiration de cet épanouissement de splendide jeunesse. Mais ce sont là les éléments plutôt que les limites de ces rapports. Si l'on s'en rapportait à sa profession de foi à Thomson, que l'homme capable de jouer avec une

---

[1] Allan Cunningham. *Life of Burns*, p. 97.
[2] Cité par Lockhart. *Life of Burns*, p. 261.
[3] *To G. Thomson*, Nov. 1794.

passion sérieuse commet un acte méchant, la question ne supporterait pas de doute. Mais dans cette nature, si faible de contrôle sur elle-même, les meilleures résolutions étaient à deux pas des remords. Les cas ne sont pas rares où ses indignations reviennent le frapper, comme un fouet maladroitement manié. On peut cependant faire valoir en faveur de l'interprétation la plus indulgente de cet amour, un argument de plus de poids. Il donna à Jane Lorimer un exemplaire de la seconde édition .de ses poèmes, avec une dédicace pleine de sages conseils d'amitié. Il aimait assez à moraliser auprès des femmes. Il envoya même une copie de cette dédicace à son ami Alexander Cunningham, avec ces lignes qui ont un peu trop la prétention d'écarter tout soupçon : « Écrite sur une feuille blanche d'un exemplaire de la dernière édition de mes poèmes, offert à la dame que, dans de si nombreuses rêveries imaginaires de passion, mais avec les plus ardents sentiments de réelle amitié, j'ai si souvent chantée sous le nom de « Chloris » [1]. Voici ces vers assez faibles, du reste :

Ceci est le gage de l'amitié, ma jeune, belle amie,
Ne refuse pas ce don,
Et n'écoute pas d'une oreille inattentive
La muse qui moralise.

Puisque, assombrissant ton gai matin de vie,
L'obscurité froide de la tempête est venue,
(Et jamais le vent d'Est du malheur
N'a brûlé plus belle fleur);

Puisque les scènes gaies de la vie ne peuvent plus te charmer,
Cependant il te reste beaucoup,
Tu as en réserve une plus noble richesse :
Les *consolations de l'esprit* !

Tu as la claire approbation de toi-même,
Dans le rôle conscient de l'Honneur ;
Et (le plus précieux don du ciel ici-bas)
Le cœur fidèle de ton amitié.

Les joies raffinées de la Raison et du Goût,
Pour errer avec toutes les Muses ;
Et doublement heureux serait le Poète
S'il pouvait augmenter ces joies [2].

Mais en réalité ce sont là des vers qui ne prouvent pas grand'chose. Ils étaient écrits sur un volume destiné à être vu et manié dans la famille. Les lignes à Cunningham n'ont pas beaucoup plus de valeur. Burns n'allait pas écrire à un ami d'autrefois, raisonnable et récemment marié, le dernier

[1] Scott Douglas, tom VI, p. 293.

[2] *'Tis Friendship's pledge, my young, fair Friend.*

mot de ses folies. Tout au contraire faut-il plutôt y voir une façon d'expliquer et d'excuser les pièces à Chloris.

Il y a, d'autre part, des probabilités bien lourdes. On comprend que le poète se figure des rencontres, des situations, des dénouements, et brode sur un rien de flatteuses erreurs. Tous les hommes en sont là, dit-on ; autant les sages que les fous. La seule différence qu'il y ait entre la multitude et lui, est qu'il crée pour ses songes une forme que les autres lui empruntent pour exprimer les leurs. Mais on comprend moins que la femme qui inspire ses fantaisies les accepte ; si elle les approuve, elle est en quelque sorte sa complice. On n'est pas étonné de voir Burns s'imaginer des tableaux comme celui-ci :

> Viens, laisse-moi te prendre sur mon cœur,
> Et dis que nous ne nous quitterons jamais ;
> Et je mépriserai, comme une vile poussière,
> La richesse et les grandeurs du monde.
> Et si j'entends ma Jeanie avouer
> Que des transports semblables l'agitent,
> Je ne désire le bienfait de la vie
> Que pour vivre afin de l'aimer.
>
> Ainsi dans mes bras, avec tous ses charmes,
> Je serre mon précieux trésor ;
> Je ne demande, pour ma part du ciel,
> Que les délices d'un pareil moment.
> Et par tes yeux, si doux et bleus,
> Je jure que je suis tien pour toujours !
> Et sur tes lèvres je scelle mon vœu
> Et jamais je ne le briserai[1].

On est surpris qu'une jeune femme ait accepté un pareil emploi, même poétique, de sa personne et s'en soit trouvée flattée. Or, il y a la preuve que ces pièces, qui ne laissent pas d'être un peu vives, lui étaient offertes, et que parfois elle insistait pour que l'introduction de son nom marquât bien que c'était d'elle qu'il s'agissait. A propos d'une de ces chansons, Burns écrit à Thomson le passage suivant qui est très clair :

Dans *Sifflez et je viendrai à vous, mon gars*, la répétition de ce vers est fatigante pour l'oreille. Voici les quatre premières lignes de chaque strophe, telles qu'elles étaient primitivement, et ensuite ce qui à mes yeux est une amélioration :

> O sifflez, et je viendrai à vous, mon gars ;
> O sifflez, et je viendrai à vous, mon gars ;
> Quand même père et mère et tous en seraient furieux ;
> O sifflez, et je viendrai à vous, mon gars.

---

[1] *Come, let me take thee to my breast.*

A changer en :

> O sifflez, et je viendrai à vous, mon gars,
> O sifflez, et je viendrai à vous, mon gars,
> Quand même père et mère et tous en seraient furieux ;
> Tá Janie se risquera avec toi, mon gars.

De fait, une belle dame, à l'autel de laquelle, moi, le Prêtre des Neuf Sœurs, j'offre l'encens du Parnasse ; une dame que les Grâces ont revêtue d'enchantement et que les Amours ont armée de l'éclair ; une Belle, l'héroïne même de la chanson, insiste pour ce changement ; refusez un peu ses ordres si vous l'osez [1].

Un autre indice, fort ténu à démêler, prend de l'importance lorsqu'on l'a dégagé. A travers ces pièces à Chloris reviennent, à plusieurs reprises, des allusions aux précautions qu'il faut prendre, à la crainte qu'elle a d'être compromise. Cela est curieux, parce qu'on saisit là un trait qui n'est pas de sentiment mais qui naît des circonstances. On sent quelque chose de la réalité, qui fait saillie sous ce qu'il peut y avoir d'imaginaire dans le reste. C'est un petit fait particulier qui perce la généralité du développement littéraire ; il trahit un détail de situation, qui n'a pas été inventé mais qui exista. Une des chansons dit :

> Ses yeux, d'un si doux bleu, trahissent
> Combien elle me rend ma passion ;
> Mais la prudence est toujours son refrain,
> Elle parle de rang et de convenance.
>
> O qui peut penser à la prudence
> Avec une telle fille près de lui ;
> O qui peut penser à la prudence
> En aimant comme j'aime [2] ?

Et la chanson dont il changeait le refrain pour satisfaire une exigence de Chloris, roule toute entière sur la nécessité de ne pas se trahir.

> Faites bien attention quand vous venez me faire la cour,
> Et ne venez que si la porte de derrière est entr'ouverte,
> Puis par-dessus le sautoir, et que personne ne vous voie,
> Venez comme si vous ne veniez pas vers moi,
> Venez comme si vous ne veniez pas vers moi.
>
> A l'église, au marché, partout où vous me rencontrez,
> Passez près de moi comme si vous vous en souciez moins que d'une mouche ;
> Mais glissez-moi un regard de votre doux œil noir ;
> Cependant regardez comme si vous ne me regardiez pas,
> Cependant regardez comme si vous ne me regardiez pas.
>
> Sans cesse dites et protestez que vous ne vous souciez pas de moi,

---

[1] *To George Thomson.* Aug. 2nd, 1795.
[2] *O Poortith cauld and restless Love.*

Et quelquefois je vous permets de déprécier ma beauté un peu.
Mais n'en courtisez pas d'autre, quoique en riant,
De peur qu'elle ne détache votre pensée de moi.
De peur qu'elle ne détache votre pensée de moi [1].

Ne semble-t-il pas qu'il y ait eu entre eux une entente et presque une dissimulation ? Que signifient ces paroles furtives et ces entrevues dérobées ? Aussi innocentes que fussent ces relations, ce mystère seul suffirait pour leur donner l'apparence d'une faute. Il leur donnait même ce qu'il y a de culpabilité réelle dans une tromperie. C'était trop. Vis-à-vis d'une jeune fille comme Chloris et de la part d'un homme qui avait le double de son âge, c'était un jeu imprudent et blâmable, tel que peu de pères, j'imagine, le toléreraient. Ce n'était pas un sentiment assez pur pour ne pas prendre de précautions ; encore moins l'était-il assez pour ignorer qu'il y a des précautions à prendre. Ce fut un marivaudage équivoque où il entra de la coquetterie d'un côté, de la convoitise de l'autre, et dans lequel Burns n'est pas aussi éloigné qu'il le pensait d'être atteint par sa propre condamnation. Il a d'ailleurs été frappé, sur ce point, par celle des autres. Allan Cunningham, qui parle de tout cet épisode avec sévérité, dit : « La beauté de Chloris a ajouté de nombreux charmes à la chanson écossaise, mais ce qui a accru la réputation du poète a diminué celle de l'homme ». C'est une parole très dure.

Quoique, dans le tas d'autres caprices grossiers et anonymes, cette fantaisie fût une fleur encore embaumée de poésie, elle était bien au-dessous de ses précédentes aventures de cœur. Elle marquait un instant où inévitablement arrivent les hommes qui continuent à aimer par delà l'âge de l'amour. C'était un émoi uniquement fait de délectation, de désir, en face d'une éclosion de jeunesse, savoureuse dans sa grâce continue de mouvements et sa fraîcheur de carnation. C'est le goût d'un amateur friand devant un beau fruit luisant, velouté, rosé, rougissant, virginalement somptueux, dans son lustre et son éclat premiers. Tandis que dans ses pièces à Clarinda, où l'amour est surtout d'imagination, tandis que dans ses pièces à Mary Campbell, où il fut surtout de sentiment, on ne trouve pas un seul trait qui puisse servir à reconstituer la physionomie de ces deux héroïnes, ses pièces à Jane Lorimer nous donnent son portrait avec une précision matérielle et un détail qui permettraient presque à un peintre de le rendre. Elles font un peu penser aux premières pièces à Jane Armour, mais elles sont plus matérielles encore ; elles n'en ont pas l'emportement ; elles ont plus d'analyse et de dilettantisme dans la contemplation. Elles sont toutes d'un coloris chaud, et chargées de termes de beauté physique et de caresses.

---

[1] *Whistle and I'll Come to you my Lad.*

O joli était cet églantier rosé,
Qui fleurit si loin des maisons des hommes,
Et jolie était celle, et oh ! combien chère,
Qu'il abritait du soleil couchant !

Ces boutons de roses, dans la rosée matinale,
Combien ils sont purs, parmi les feuilles si vertes ;
Mais plus pur était le vœu de l'amant ·
Qu'ils entendirent hier sous leur ombrage.

Dans son bocage rude et épineux,
Qu'elle est douce et belle cette rose cramoisie ;
Mais l'amour est une fleur bien plus douce,
Dans le sentier épineux et tortueux de la vie.

Qu'une solitude sans chemin, un ruisseau sinueux,
Et Chloris dans mes bras, soient à moi ;
Et je ne souhaite ni ne méprise le monde,
Résignant également ses joies et ses chagrins[1].

Il ne s'agit plus là de passion avec sa dépense d'énergie, l'exaltation de tout l'être et son élévation à un plus haut frémissement intellectuel et sensible. C'est quelque chose de beaucoup plus restreint, de plus matériel, et à coup sûr d'inférieur, la simple adoration, la simple possession d'une forme jeune et charmante. En réalité, c'était le goût, fréquent, dit-on, chez les hommes mûrs ou qui mûrissent, pour la beauté dans sa première fleur. C'était le commencement de ces amours inégaux, où l'homme, dépouillé des qualités de l'amant, désire plus qu'il n'inspire, implore et n'impose plus ; où son vœu n'est pas d'être aimé, mais qu'on lui permette d'aimer ; où il n'existe plus de réciprocité complète, mais, de sa part, une gratitude soumise qui mène vite aux dernières soumissions. Les hommes qui entrent dans cette faiblesse sont voués à un long supplice d'inquiétude et de vaines jalousies, à la torture de sentir qu'ils doivent leur instable joie, ou à la pitié, ou à l'intérêt, ou à l'amour-propre, ou à la vanité, ou à la crainte, ou même à l'admiration et à la reconnaissance, à tout, sauf au vrai amour. Burns n'en était pas encore là. Mais c'était un commencement. Chloris n'avait guère de passion pour lui. C'était une distraction de fille complaisante et coquette, dont la manière habile et maîtresse de soi apparaît bien dans ces strophes :

Elle est jolie, verdissante, droite et grande,
Et depuis longtemps tient mon cœur en servage ;
Et toujours il charme le fond de mon âme
Le tendre amour qui est dans son œil.

Elle est friponne et maligne ma Jane,
Pour dérober un regard invisible à tous ;

---

[1] *O bonie was yon rosy brier.*

Mais prompts comme l'éclair sont les regards des amants,
Lorsque le tendre amour est dans leur œil.

Cela peut échapper aux petits maîtres de la cour,
Cela peut échapper aux clercs très savants,
Mais l'amoureux aux aguets remarque bien
Le tendre amour qui est dans son œil[1].

Le poète était encore assez jeune pour jouer le même jeu. Ces passions d'homme âgé n'eurent pas le temps de pénétrer bien avant. Il évita ainsi les souffrances du drame qui a arraché à Shakspeare ses cris les plus cruels.

Le règne de Chloris dura du commencement de 1793 à la fin de 1795, à peu près. Il se termine brusquement, par un trait de plume irrité du poète, qui voudrait biffer ce nom des chansons où il l'a célébré. Au commencement de 1796, il écrit à Thomson :

« Dans mes chansons passées, il y a une chose qui me déplaît : c'est le nom de Chloris. Je l'avais employé comme le nom fictif d'une certaine dame; mais, en y réfléchissant, c'est une haute incongruité d'avoir une appellation grecque dans une ballade pastorale écossaise. J'ai d'autres modifications à vous proposer. Ce que vous m'avez dit de « boucles couleur de lin » est juste. Cela ne peut entrer dans une description élégante de beauté[2] ».

L'exécution était complète, non sans une colère secrète. Il semble qu'il y ait eu là comme le germe de la souffrance inévitablement attachée à ces amours disparates.

L'histoire de la pauvre Jane Lorimer est lamentable. Quelques années après ce moment de splendeur, où elle était rayonnante de beauté et fêtée dans les chansons du premier poète de son pays, son père fut ruiné. Son mari avait disparu. Elle fut obligée d'entrer dans une famille comme gouvernante. Elle vécut dans cette situation et d'autres analogues, pendant plusieurs années. Longtemps après, en 1816, elle apprit que son mari était à Brampton, où il mangeait sa quatrième ou cinquième fortune, héritée d'un parent. Elle le manqua de quelques heures. Peu après, elle fut informée qu'il était en prison pour dettes, à Carlisle. Elle désira le voir. Lorsqu'elle arriva, on lui montra le logement de Whelpdale, de l'autre côté d'un quadrangle entouré d'un cloître. En y allant, elle dépassa un homme, alourdi, légèrement paralysé et dont la marche était traînante. Au moment où elle approchait de la porte, elle entendit que cet homme prononçait son nom. « Jane », dit-il, et se reprenant aussitôt, avec un ton plus cérémonieux, « Mrs Whelpdale ». C'était son époux de quelques mois, changé en cet homme caduc, brisé. Il y avait de la bonté

---

[1] *This is no my ain Lassie.*
[2] *To George Thomson.* Feb. 1796.

dans Jane. Elle resta un mois à Carlisle, allant chaque jour à la prison rendre visite à son mari. Puis elle retourna en Ecosse. Quelques mois après, il fut libéré, elle revint près de lui. Mais c'était un homme tellement perdu qu'une vie commune était impossible. Elle fut forcée de le quitter de nouveau et ne le revit plus. « Il est connu, dit Chambers, auquel ces détails sont empruntés, que cette pauvre femme sans appui fut enfin entraînée dans une faute qui lui perdit le respect de la société [1]. » Elle mena pendant quelque temps une sorte de vie errante, sur les frontières de la mendicité, ne parvenant pas à s'élever au-dessus de la position de domestique. Elle ne cessa jamais d'être élégante de tournure et belle de visage. Vers 1825, un gentleman charitable, à qui elle avait fait connaître sa détresse, s'occupa d'elle et parla d'elle dans les journaux, dans le but de lui procurer quelques secours. La dame de ce gentleman lui ayant envoyé les coupures des journaux où il était question d'elle, reçut ce billet, « dans lequel, dit Chambers, nous ne pouvons nous empêcher de penser qu'il y a quelque chose qui n'est pas indigne d'une héroïne poétique » :

« La Chloris de Burns est infiniment obligée à M^{rs} .... pour l'aimable attention qu'elle a eue de lui envoyer les extraits de journaux ; elle est heureuse et flattée qu'on dise et qu'on fasse tant pour elle.

Ruth fut traitée par Booz avec bonté et générosité ; peut-être la Chloris de Burns pourra-t-elle avoir un bonheur semblable dans le champ des hommes de talent et de vertu [2]. »

La dame la vit plusieurs fois et prit plaisir à sa conversation qui indiquait une pénétration naturelle d'intelligence et un jeu séduisant d'esprit. Plus tard, Jane Lorimer trouva une situation comme gouvernante. Elle eut quelques années paisibles. Mais une affection de la poitrine ruina sa santé. Elle fut obligée de se retirer dans un pauvre logement, dans une des vieilles rues d'Edimbourg. Elle languit quelque temps, vivant d'un peu de secours que lui donnait son dernier maître. Elle mourut en 1831, misérable, délaissée, ignorée. Hélas ! pauvre Chloris !

A travers ces tracas, ces débauches et ces remords, la production poétique de Burns continuait. Chose surprenante, dans les interstices de cette vie délabrée et en ruines, partout jaillissaient des fleurs. Pendant ces quatre années de Dumfries, il a écrit plus de deux cents morceaux dont cent cinquante sont précieux. Il ne s'y trouve plus de pièces capitales comme *Tam de Shanter* ; plus même rien qui ressemble à la *Sainte-Foire* ou à la *Vision* ; plus même de ces jolies épîtres comme à Mossgiel. Ce sont de courts morceaux, le plus souvent de petites chansons de quelques

---

[1] R. Chambers, tom IV, p. 99.
[2] R. Chambers, tom IV, p. 100.

strophes seulement, ce qu'il pouvait composer dans les quarts d'heure de recueillement qui lui restaient au milieu de ce gaspillage de lui-même. Elles naissaient sans interruption, les unes sur les autres ; elles étaient variées à l'infini, sentimentales, touchantes, malignes ou railleuses. Il n'y avait guère de semaine où il ne lui vint entre les mains un brin de poésie, un brin menu et léger de plantes du pays, une brindille de bruyère ou de thym, une fleur de chardon, quelques feuilles de houx piquant, et quelquefois, aux jours favorisés, un rameau d'églantier. Mais tous ces riens frais, verts et parfumés, forment, réunis ensemble, un gros bouquet et une part essentielle de son œuvre.

Peut-être aurait-il moins produit, s'il avait été, comme à Mauchline, laissé à lui-même. L'impulsion intérieure était moins impérieuse ; la montée de poésie moins débordante; ou tout au moins les conditions étaient moins favorables ; le loisir manquait et la concentration. Il n'était plus dans cet isolement indéfini où le travail de l'inspiration a le temps de se faire, où rien ne le dérange, ne le distrait, où, dans le poète renfermé en lui-même, la tension poétique augmente jusqu'à ce qu'elle s'échappe irrésistiblement. Maintenant son corps était fatigué, son âme dispersée, son temps tiraillé et déchiré. Heureusement il vint du dehors des excitations qui ne le laissèrent pas s'oublier. Il continua sa collaboration au recueil de Johnson, lequel avançait lentement; mais surtout il se trouva engagé dans une autre entreprise du même genre qui réclama de lui plus d'activité. Au mois de septembre 1792, un nommé George Thomson, qui était commis près du Conseil de la Société pour l'Encouragement des Manufactures en Ecosse, lui écrivit que, d'accord avec quelques amis comme lui épris de musique, il avait commencé à choisir et à collectionner les mélodies populaires, dans le but de les conserver et de les publier [1]. Ils avaient engagé Pleyel « le plus agréable des compositeurs actuels », pour mettre des accompagnements à ces vieux thèmes, et pour composer, à chacun d'eux, un prélude et une conclusion, de façon à les rendre plus propres à être chantés dans les concerts. C'était donc, à la différence d'autres recueils, une entreprise avant tout musicale, une collection d'airs plutôt que de chansons. Mais certains de ces motifs n'avaient pas de paroles ; d'autres en avaient d'insignifiantes, ou de grossières, ou d'indécentes. Il fallait retoucher les anciens vers ou en composer de nouveaux, là où cela était nécessaire. Thomson demandait à Burns de se charger de ce travail et de lui fournir de la poésie pour cette vieille musique [2]. Burns accepta avec enthousiasme. Il se mit à l'œuvre aussitôt et reprit, mais avec plus d'activité et de fécondité, le travail qu'il avait commencé pour Johnson. La nécessité de fournir aux demandes de Thomson lui servit d'aiguillon ; sa

---

[1] Voir R. Chambers, tom III, p. 225.
[2] *George Thomson to Robert Burns.* Sept. 1792.

collaboration a fait de ce recueil un des livres de la littérature écossaise.

Pendant tout ce travail il fit preuve d'un désintéressement qui, dans les circonstances où il se trouvait, avait d'autant plus de mérite. Il était pauvre ; quelques livres auraient fait une différence dans son budget et allongé les bouts pour leur permettre de se joindre. Il ne voulut cependant jamais entendre parler de rémunération. Il fut sur ce point inflexible. Dans la lettre où il lui demandait son concours, Thomson lui avait dit :

« Nous regarderons votre concours poétique comme une faveur particulière, outre que nous paierons n'importe quel prix raisonnable que vous demanderez pour nous le prêter. Le profit est pour nous une considération secondaire, et nous sommes résolus à n'épargner ni peines ni dépenses pour notre publication [1].

Dans l'acceptation de Burns, cette offre avait pour réponse la phrase suivante :

Quant à une rémunération, vous êtes libre de regarder mes chansons comme au-dessus ou au-dessous de tout prix ; car elles seront absolument l'un ou l'autre. Dans l'honnête enthousiasme avec lequel je m'embarque dans votre entreprise, parler d'argent, de gages, d'émoluments, de salaire, etc., serait une véritable prostitution d'esprit [2].

Les choses en restèrent là pour le moment. Burns prit en main la partie littéraire, fournit chansons sur chansons, n'épargna ni ses peines, ni ses recherches, ni ses dérangements, sans compter l'inestimable contribution de son génie. La publication, grâce à lui surtout, prenait bien. Thomson voulut lui donner, non pas une rétribution, mais comme une part dans les bénéfices qui pouvaient provenir d'une œuvre dont ses vers faisaient le succès. Il le lui proposa en des termes qu'il faut citer, pour montrer combien ils avaient de tact et étaient incapables d'offenser la susceptibilité la plus prompte.

L'affaire ne dépend plus maintenant que de moi seul, les messieurs, qui au début s'étaient entendus pour avoir une part dans la publication, ayant demandé à s'en désister. Cela importe peu ; il est impossible que j'y perde. Le mérite supérieur de l'œuvre fera naître une demande générale, aussitôt qu'elle sera suffisamment connue. Et quand bien même la vente en serait plus lente qu'elle ne promet de l'être, je trouverai une compensation à mon travail dans le plaisir que j'aurai pris à la musique. Je ne puis vous exprimer combien je vous suis obligé pour les exquises chansons nouvelles que vous m'envoyez ; mais les remerciements, mon ami, sont un faible retour pour ce que vous avez fait. Comme je recueillerai les bénéfices de la publication, il faut que vous me permettiez de vous envoyer une légère marque de ma reconnaissance, et de la renouveler plus tard quand je le trouverai opportun. Ne me la renvoyez pas, par le Ciel ! Si vous le faites, notre correspondance est finie. Cela, sans doute, ne serait pas une perte pour vous, mais cela ruinerait la publication qui, sous vos auspices, ne peut manquer d'être respectable et intéressante [3].

[1] *G. Thomson to Robert Burns.* Sept. 1792.

[2] *To George Thomson.* 16th sept. 1792.

[3] *G. Thomson to Robert Burns.* 1st July 1793.

Dans la lettre, Thomson avait mis une somme de cinq livres. A coup sûr on ne pouvait offrir d'une manière plus délicate. Il reçut une réponse presque courroucée, où Burns lui déclarait péremptoirement qu'il ne voulait pas entendre parler d'argent.

Je vous assure, mon cher Monsieur, que vous m'avez vraiment blessé avec votre envoi d'argent. Cela me dégrade à mes propres yeux. Toutefois, le retourner sentirait la pose et l'affectation ; mais quant à continuer ce genre de trafic de débiteur à créancier, je vous le jure par l'Honneur qui couronne la statue droite de l'Intégrité de Robert Burns, au moindre mot à ce sujet, je repousserai avec indignation toutes nos relations passées, et je deviendrai, à partir de ce moment, un parfait étranger pour vous ! La réputation de Burns pour la générosité de sentiment et l'indépendance d'esprit survivra, j'en ai confiance, à tous les besoins que le froid et dur métal peut satisfaire ; du moins, je ferai tout pour qu'il mérite cette réputation [1].

On s'est étonné de ces refus de Burns; il semble naturel qu'il participât aux bénéfices que pouvait rapporter cette publication. On a fait remarquer, non sans justesse, qu'il n'y a pas de différence entre recevoir l'argent de Thomson et recevoir des souscriptions pour ses poèmes [2]. Il serait plus exact de dire qu'il n'y a pas grande différence. Il y en a une légère. Ce n'est pas une même chose d'éditer, pour son propre compte, à ses périls, ses propres œuvres, et de tirer profit de poèmes composés sans idée de gain ; ou de recevoir un salaire pour les pièces qu'on apporte, et d'être payé comme un artisan en poésie. Il n'y a sans doute là rien de très éloigné du peintre qui vend son tableau, ou du sculpteur sa statue. Mais Burns n'avait pas l'idée de la carrière de l'homme de lettres. Il avait toujours composé pour lui-même, par impulsion ; il lui semblait que c'était, comme il le dit, « prostituer » son génie que de s'en servir pour battre monnaie. Et ce sentiment était d'autant plus susceptible que, l'élan de production ayant un peu baissé en lui et ayant besoin d'être excité par le dehors, il fallait absolument que ce mobile fût désintéressé, pour ne pas ressembler à un mobile d'argent. Sa poésie c'était son âme qui s'envolait, il la donnait, il ne la vendait pas, pas plus qu'il n'eût songé à vendre son rire ou son éloquence. Et il y avait encore une autre raison qui lui fait honneur également. Il considérait l'entreprise de Thomson comme une œuvre patriotique, désintéressée, destinée à préserver le trésor musical de l'Écosse. Il lui paraissait presque sacrilège de tirer profit de ce dévoûment à une des gloires de la patrie calédonienne. C'est comme si on voulait payer à un patriote son patriotisme, et estimer en espèces ses soins, ses démarches, ses discours, pour l'honneur du pays. C'était après tout une noble susceptibilité.

La qualité de cette production était toujours la même ; on est surpris

---

[1] *To G. Thomson.* July 1793.
[2] R. Chambers, tom III, p. 34.

de la fraîcheur que les visions conservaient dans cette âme ternie par les
chagrins et où les excès laissaient si souvent leurs dégoûts. Jamais sa
poésie n'a eu plus d'éclat. Sa main d'ouvrier était alors d'une justesse et
d'une précision achevées. A cette période appartiennent les dernières
pièces à Clarinda, le groupe des pièces à Chloris, l'ode de *Bruce à Ban-
nochburn*, le *Retour du soldat*, et tant de chansons qui sont de brefs chefs-
d'œuvre. Il n'a rien écrit de plus délicat. S'il a produit des pièces de plus
grande force et de plus large allure, il n'en a pas d'un travail plus fini et
d'un sentiment artistique plus sûr. Sans doute ce n'était plus la trombe
de poésie de Mossgiel, avec son mouvement et son puissant enlèvement
des choses; c'était la fin d'une pluie, éparse et calme, quand la lenteur de
leur chute donne aux gouttes une forme parfaite et que, par leur dispersion
même, elles sont plus pénétrées de lumière, irisées, diamantées, étince-
lantes.

Cependant sa renommée continuait à grandir d'un double mouvement :
à monter vers les plus hauts esprits et à pénétrer jusqu'aux plus humbles.
Dans les rues, non seulement on chantait ses chansons, mais on mettait
son nom à des chansons qui n'étaient pas de lui, pour les vendre. « J'ai
vu même chanter, par les rues de Dumfries, une couple de ballades qui
portaient mon nom en tête comme leur auteur, bien que ce fût la première fois que je les voyais [1] ». Sa gloire avait gagné les sommets intellectuels du pays. Son nom retentissait au Parlement, dans la bouche
d'hommes qui étaient l'honneur de leur temps, comme celui d'un homme
qui était l'honneur de son pays. En 1793, Curran, le grand orateur
irlandais, s'écriait en parlant de l'Écosse « qu'elle était couronnée des
dépouilles de tous les arts et parée de la richesse de toutes les muses,
depuis les profondes et pénétrantes recherches de son Hume jusqu'à la
moralité douce et plus simple, mais non moins sublime et pathétique de
son Burns [2] ». Cet hommage, que nous n'avons vu relever dans aucune
biographie de Burns, indique quel rang il avait insensiblement pris
parmi les grands noms de son pays. Lockhart raconte qu'un peu plus
tard, trop tard puisque Burns venait de mourir, Pitt disait à la table
de lord Liverpool : « Je ne vois pas de vers, depuis Shakspeare, qui aient
autant l'air de sortir doucement de la nature [3] ». Au moment où des
pensions étaient accordées à des hommes de lettres, de talent moyen, on
pouvait espérer que quelque chose se ferait pour un des plus surprenants
génies de son époque. Quelques-uns de ses admirateurs s'y employèrent.
Ce fut en vain. Allan Cunningham raconte que M. Addington rappela à

---

[1] *To G. Thomson*. Nov. 1794.

[2] *Quarterly Review*, N° 308. October 1882, p. 321.

[3] Lockhart. *Life of Burns*, p. 238.

Pitt les mérites de Burns ; mais Pitt « passa la bouteille à lord Melville et ne fit rien [1] ». Pendant ce temps le poète se débattait contre sa pauvreté ; sa production était gênée par l'inquiétude, faute d'un peu d'argent.

On dira que les opinions de Burns et la façon dont il les exprimait n'étaient pas pour lui concilier les bonnes grâces du Ministère. Cela serait vrai si la mesure envers lui avait eu besoin d'un appoint de faveur. Mais il avait un mérite qui dépassait les autres, indiscutable ; les circonstances de sa vie l'augmentaient encore. Pour faire de son succès un exemple, il ne manquait que la récompense. Ses erreurs politiques, à les juger telles, disparaissaient à côté des indiscutables leçons plus hautes qu'il répandait. Il était incontestablement de ces hommes envers qui une nation est redevable, et que, par intérêt autant que par amour-propre, elle doit soutenir. Mais les ministères se ressemblent beaucoup, en tous temps, en tous lieux, parce que les hommes sont partout et toujours les mêmes. « Si Burns avait publié dans un journal quelques libelles sur Lepaux ou Carnot, ou un pamphlet vif « Sur l'État du Pays », on se serait peut-être plus occupé de lui pendant sa vie [2] ». Les hommes d'État qui n'ont pas su l'aider ont privé leur race d'œuvres plus glorieuses et plus durables qu'une bataille gagnée ou une île conquise. Ils ont failli à leurs devoirs de bons ménagers des ressources de leur patrie. C'est avec raison que, lorsque le droit de propriété des œuvres de Burns vint en discussion à la Chambre des Lords, en 1812, Earl Grey insista sur la faute d'avoir négligé un pareil génie et reprocha à lord Melville sa part dans le dénûment du poète [3].

III.

LES DERNIERS CHAGRINS, LES DERNIERS EXCÈS, LES DERNIÈRES LUEURS.
LA FIN.

Le dénouement n'est pas loin maintenant. Nous touchons à la fin de ce jour tourmenté, clos aux premières heures de l'après-midi, sans avoir connu les sérénités du soir qui apportent l'apaisement, ni l'élargissement étoilé de la nuit, qui ouvre des espaces à l'espoir. Burns finit en pleine amertume, au plus fort de ses regrets, de ses remords, et de ses angoisses pour sa famille. Si, du moins, il avait résisté un peu plus longtemps, la vie, qui souvent est charitable et se charge des petits enfants, lui aurait peut-être montré les siens, élevés et capables de porter leur nom. Elle s'en chargea bien quand ils furent orphelins. Cela

---

[1] Allan Cunningham. *Life of Burns*, p. 183.
[2] Lockhart. *Life of Burns*, p. 238.
[3] Allan Cunningham. *Life of Burns*, p. 740, en note.

l'aurait consolé, rassuré, réconcilié un peu avec lui-même. Mais le temps lui en fut refusé. Il fut implacablement frappé au moment le plus affreux que son esprit ait connu. Dans ses derniers mois, il n'existe pas de lui une parole plus gaie et plus légère, un mot moins découragé que les autres ; tout y est d'une tristesse uniforme. Une même teinte morne assombrit chacun de ses instants. Et dans ses heures suprêmes, on ne trouve pas de signe d'une de ces lueurs qui éclairent parfois les fronts mourants et qui, vraies ou fausses, adoucissent les agonies. Il mourut enfermé dans l'étroite et ténébreuse prison de son désespoir. Jusqu'au dernier moment, la troupe impitoyable des soucis empêcha d'arriver jusqu'à lui une de ces visites d'anges qui, dans sa vie plus que dans toute autre, avaient été si rares et distantes entre elles, et dont sa pauvre âme avait tant besoin. C'est une navrante histoire que celle de ses dernières années.

Ce qu'il y a de plus triste encore, c'est de penser que, par sa faute, la mort était la plus heureuse issue, peut-être la seule, hors de cette impasse où il avait conduit sa vie. Carlyle l'avait bien vu et l'a dit avec sa pénétration morale et sa saisissante éloquence : « Nous sommes ici arrivés à la crise de la vie de Burns ; car les choses avaient pris pour lui une telle tournure qu'elles ne pouvaient pas durer longtemps. Si l'on ne devait pas espérer d'amélioration, la nature ne pouvait plus, que pour un temps limité, continuer cette lutte sombre et affolante contre le monde et contre elle-même. Nous n'avons pas de renseignements médicaux pour savoir si une continuation de vie était à cette époque, probable pour Burns, et si sa mort doit être considérée comme un événement en partie accidentel, ou seulement comme la conséquence naturelle d'une longue série d'événements qui l'avaient précédée. Cette dernière opinion paraît la plus vraisemblable, bien qu'elle ne soit nullement certaine. En tous cas, comme nous le disions, un changement ne pouvait pas être éloigné. Trois portes de délivrance, nous semble-t-il, étaient ouvertes à Burns : une claire activité poétique, la folie ou la mort. La première, avec une vie plus longue, était encore possible, bien qu'elle ne fût pas probable ; car des causes physiques commençaient à agir ; et cependant Burns avait une résolution de fer, si seulement il avait pu voir et sentir que non seulement sa plus haute gloire, mais son premier devoir et le vrai remède de tous ses chagrins se trouvaient là. La seconde était encore moins probable, car son esprit fut toujours parmi les plus clairs et les plus fermes. Ainsi la troisième porte, plus douce, s'ouvrait pour lui, et il passa, non pas doucement, cependant, rapidement, dans cette contrée tranquille, où les averses de grêle et les orages de feu n'arrivent pas, et où le voyageur le plus lourdement chargé dépose enfin son fardeau [1]. »

---

[1] Carlyle. *Essay on Burns.*

Depuis longtemps déjà sa santé était ébranlée. Les privations de son enfance, ses fatigues de travail et d'amour, la continuité d'émotions d'une véhémence inouïe qui, sans merci, secouaient sa machine, avaient affaibli son corps d'une constitution robuste mais de fonctions désordonnées. Ses courses d'Excise par les nuits pluvieuses, ses tracas, ses excès de boissons, l'irritation sombre et ardente qui le dévorait, achevèrent de le délabrer. Dès le mois de juin 1794, il écrivait à Mrs Dunlop :

« J'ai bien peur d'être sur le point de souffrir des folies de ma jeunesse. Mes amis médecins me menacent d'une goutte volante, mais j'espère qu'ils se trompent [1]. »

Et six mois après, au commencement de 1795, il lui disait encore :

« Quelle chose pauvre est la vie ! Tout récemment j'étais un enfant ; l'autre jour encore, j'étais un jeune homme, et déjà je commence à sentir la fibre rigide et les jointures raides de l'âge s'emparer rapidement de mon corps [2]. »

Il n'avait que 36 ans ! C'était la vieillesse anticipée, ou plutôt, c'étaient les symptômes de la maladie.

A l'assombrissement que cause chez l'homme la découverte des premiers signes de la décadence physique, s'ajouta, vers la fin de 1795, un grand chagrin. Il perdit une petite fille de trois ans qu'il aimait de toute la tendresse que les pères poètes ressentent pour leurs filles. L'enfant était chétive ; on l'avait envoyée chez ses grands-parents, les Armour, pour changer d'air ; à l'automne, elle y était morte. On l'avait enterrée dans le cimetière de là-bas, sans que son père pût l'embrasser. Ce fut pour lui un choc douloureux qui l'ébranla encore. Il écrivait à Mrs Dunlop dont le silence prolongé l'attristait :

« Hélas ! Madame, je n'ai pas le moyen, en ce moment, qu'on me prive d'aucun des faibles restes de mes plaisirs. Je viens de boire profondément à la coupe de l'affliction. L'automne m'a enlevé ma seule fille et mon enfant chérie, et cela à une telle distance et en si peu de temps qu'il m'a été impossible de lui rendre les derniers devoirs [3]. »

Son chagrin paraît dans toutes ses lettres. La petite Elisabeth fait penser à l'Adda de Byron, à la Julia de Lamartine et à la Léopoldine de Victor Hugo. Il semble que cette douleur ait été réservée aux grands poètes de notre temps.

Vers le mois d'octobre 1795, une maladie, demeurée assez mystérieuse, s'abattit sur lui. Lui-même en parle comme d'une forte fièvre rhumatismale. Currie qui, par ses études médicales, était plus à même de pénétrer dans cette partie de sa vie, et qui avait reçu les confidences du

---

[1] *To Mrs Dunlop.* 25th June 1794.

[2] *To Mrs Dunlop.* Jan. 1st, 1795.

[3] *To Mrs Dunlop.* 31st Jan. 1796.

Dr Maxwell, par qui Burns avait été soigné, laisse entendre que le mal était d'une autre nature. Voici du reste sa déposition technique, dans toute sa précision et sa gravité. C'est en même temps ce qu'on sait de plus clair sur l'état physique de Burns.

Quoique naturellement d'une forme athlétique, Burns avait dans sa constitution les particularités et les délicatesses qui appartiennent au tempérament du génie. Il était exposé, depuis une période très jeune de sa vie, à cet arrêt dans le progrès de la digestion qui résulte d'une pensée profonde et anxieuse, et qui est quelquefois l'effet et quelquefois la cause d'une dépression de vitalité. Lié à ce désordre de l'estomac, il avait une disposition aux migraines, qui affectait plus spécialement les tempes et le globe de l'œil et qui était fréquemment accompagnée de mouvements du cœur violents et irréguliers. Doué par la nature d'une grande sensibilité de nerfs, Burns était, dans son système corporel aussi bien que mental, exposé à des impressions déréglées, — à la fièvre du corps aussi bien qu'à celle de l'esprit. Cette prédisposition à la maladie, qu'une stricte tempérance dans la diète, un exercice régulier, un sommeil solide auraient pu vaincre, fut fortifiée et enflammée par des habitudes d'une nature toute différente. Perpétuellement stimulée par l'alcool, sous l'une ou sous l'autre de ses diverses formes, l'action désordonnée du système circulatoire devint à la fin habituelle, le travail de nutrition fut incapable de pourvoir à la déperdition, et les pouvoirs vitaux commencèrent à faiblir.

Plus d'une année avant sa mort, il y avait un déclin évident dans l'apparence personnelle de notre poète, et quoique son appétit se maintint, il sentait lui-même que sa constitution s'abaissait. Dans ses moments de pensée, il réfléchissait avec le regret le plus profond à son fatal acheminement, prévoyant clairement la fin vers laquelle il se hâtait, sans avoir la force de volonté nécessaire pour arrêter ou même ralentir sa course. Son caractère devint plus irritable et plus sombre ; il se sauvait de lui-même dans des sociétés, souvent de l'espèce la plus basse. Et dans cette compagnie, on franchissait vite ce moment des réunions joyeuses où le vin augmente la sensibilité et excite la bienveillance, pour arriver au moment qui est au delà et sur lequel régnait généralement la passion sans contrôle et sans frein. Celui qui souffre la pollution de l'ivresse, comment échappera-t-il à une autre pollution ? Abstenons-nous de mentionner des erreurs sur lesquelles la délicatesse et l'humanité tirent un voile [1].

On a blâmé Currie d'avoir parlé. C'est à tort, puisque c'était la vérité. Personne ne peut le soupçonner de n'avoir pas aimé le pauvre poète. S'il a mentionné ce point délicat, avec la conscience de sa profession, il l'a, selon sa propre expression, « touché avec tendresse [2] ». Il a fait acte d'honnêteté et de pitié, comme un médecin qui connaît et plaint les misères humaines. C'est surtout dans une biographie comme celle de Burns, qu'il faut de la franchise ; ceux qui, par des réticences ou des oublis, la défigurent, la mutilent ou la masquent, lui retirent une partie de son intérêt et de son enseignement. Ils appliquent le mensonge à la mémoire d'un homme qui le détesta et le méprisa par-dessus tout, et qui, avec toutes ses fautes, eut du moins la fierté de ne pas les dissimuler et le

---

[1] Currie. *Life of Burns*, p. 50.

[2] Lettre de Currie à un correspondant, citée par Scott Douglas, tom VI, p. 175.

courage de les reconnaître. C'est une hypocrisie indigne de ce sincère esprit[1].

Quoi qu'il en soit de ce mal, qu'accompagna en effet une fièvre rhumatismale, ses ravages furent terribles. Pendant les derniers mois de 1795, la correspondance et les travaux de Burns furent interrompus. Il resta confiné à la chambre tout l'hiver et se releva brisé et vieilli. Au commencement de janvier 1796, il commençait à marcher un peu ; il écrit :

> Je commençais à peine à me remettre de la perte d'une fille unique, d'une enfant chérie, quand je suis devenu moi-même la victime d'une fièvre rhumatismale qui m'a amené sur les frontières de la tombe. Après maintes semaines de lit et de maladie, je commence seulement à me traîner çà et là[2].

Et le 31 janvier, il écrivait à Mrs Dunlop, à peu près dans les mêmes termes :

> Longtemps le dé a roulé indécis ; enfin, après bien des semaines sur un lit de maladie, il semble avoir « tourné vie », et je commence à me traîner à travers ma chambre. Une fois même, j'ai été devant ma porte dans la rue[3].

Ces heures de confiance n'étaient pas bien solides ; c'était l'espèce de confiance qu'on montre aux autres, pendant quelque temps encore après qu'elle est à peu près morte en soi-même ; par moments, il désespérait de jamais se remettre complètement :

> La santé que vous me souhaitez dans votre carte de ce matin, est, je le pense, envolée de moi pour toujours[4].

Et quelques jours après il écrivait à Mrs Riddel :

> Je suis si malade que j'ai à peine la force de tenir cette misérable plume sur ce misérable papier.

On a retrouvé de lui, à cette époque, un portrait qui apporte à tous ces détails un saisissant commentaire. Quel changement avec celui d'Edimbourg ; vingt années d'excès et de remords auraient-elles pu produire un tel contraste ? Où est le visage ouvert, jeune et confiant, qui se détachait sur des verdures, des collines lointaines et un ciel pur ? Par une sorte d'intuition, l'artiste à qui l'on doit cette seconde ressemblance, au lieu de ce riant horizon, a choisi un voile de nuages menaçants et rapprochés ; sur ce fond funèbre, une face vieillie, épuisée, dure, amère,

---

[1] Voir sur ce sujet pénible les demi-aveux de Chambers, tom IV, p. 105, qui corroborent les paroles de Currie et la note de Scott Douglas, tom IV, p. 176.

[2] *To Robert Cleghorn.* Jan. 1796.

[3] *To Mrs Dunlop.* 31st Jan. 1796.

[4] *To Mrs Riddell.* 29th Jan. 1796

avec une expression ombrageuse et farouche dans les traits, tandis que le regard conserve dans sa tristesse un fond de douceur. Sur cet ensemble flotte un air de défiance et d'inquiétude, comme de quelqu'un qui se croit toujours menacé. L'expression de cette tête douloureuse est ineffaçable ; elle vous hante impérieusement et chasse de l'esprit la figure charmante du premier portrait [1].

A la maladie, venait s'ajouter la gêne : ses souffrances se compliquaient de soucis. Vers la fin de 1795, il était obligé d'écrire au collecteur Mitchell une épître en vers, dont le manuscrit se vendrait aujourd'hui une somme considérable, pour lui emprunter une guinée.

> Ami éprouvé et loyal du Poète
> Qui, sans toi, pourrait mendier ou voler,
> Hélas ! hélas ! le grand diable
> Et toutes ses sorcières
> Sont en train de danser gigues et reels
> Dans mes pauvres poches.
>
> Je voudrais insinuer modestement
> Que j'ai cruellement besoin d'une guinée ;
> Si vous voulez l'envoyer par la fillette,
> Ce serait très bon ;
> Et tant que mon cœur battra de sang vivant,
> Je m'en souviendrai.
>
> Puisse la vieille année s'éloigner, en maugréant
> De voir la nouvelle arriver gémissante
> Sous une double abondance de provisions,
> Pour toi et les tiens ;
> Tandis que la paix et les joies domestiques couronnent
> Tout ce tableau.
>
> POSTCRIPTUM.
> Vous avez appris comme j'ai été malmené,
> Et par la méchante mort presque emporté ;
> Horrible mégère ! elle m'avait pris par la ceinture
> Et m'a durement secoué ;
> Mais par bonheur j'ai sauté un sautoir,
> Et tourné un coin.
>
> Mais par cette santé, dont j'ai encore une part,
> Et par cette vie, dont on me promet encore un bout,
> De me tenir sain et entier j'aurai soin
> Un peu plus prudemment ;
> Donc adieu folie, peau et poil,
> Une bonne fois et à toujours ! [2]

---

[1] Voir sur ce portrait les deux lettres à Mⁿˢ Riddell, 29ᵗʰ Jan.1796, et la suivante. Voir aussi dans l'édition de Hately Waddell la reproduction de ce portrait et l'exposé des circonstances qui l'ont placé entre les mains de l'éditeur. M. Hately Waddell nous a gracieusement permis de voir ce portrait.

[2] *To Collector Mitchell.*

Hélas! les promesses! Il était donc perdu irrévocablement pour être, après une telle leçon, incapable de les tenir! Il en était donc au point où la volonté cesse d'agir et où, l'instrument de toute résolution étant lui-même atteint, la dernière ressource est brisée. C'est alors la fin d'un homme! Etait-ce donc la fin du poète?

Il semble qu'il en était là. Il avait paru éprouver un mieux pendant les derniers jours de janvier 1796. Une de ses premières visites fut à son endroit favori, la Taverne du Globe. Il en ressortit vers trois heures du matin, en état d'ivresse [1]. Le froid était intense; l'air glacial le saisit et l'étourdit. Il tomba sous un passage voûté qu'on montre encore, et s'y endormit. L'humidité de l'aube le surprit dans cet engourdissement où le corps n'a même plus la réaction involontaire de la souffrance, et le pénétra. Cet accident fut suivi d'une attaque de rhumatisme qui le retint au lit environ une semaine; après cette rechute, sa maladie renouvelée fit des progrès rapides. « Alors, dit Currie, son appétit commença à décliner, sa main trembla et sa voix faiblit à la moindre émotion ou au moindre effort. Son pouls devint plus faible et plus rapide, et des douleurs dans les articulations et dans les pieds et les mains le privèrent de goûter le rafraîchissant sommeil. Trop découragé et trop au courant de sa situation réelle pour nourrir quelque espérance de guérison, il songeait sans cesse à la désolation prochaine de sa famille, et son esprit tomba dans une continuelle tristesse. » Rien n'est pénible comme de suivre, dans les rares et courtes lettres de cette période, l'envahissement de cette pensée d'une fin inévitable et prochaine. Au mois d'avril, il écrivait à Thomson :

« Hélas! mon cher Thomson, je crains qu'il ne s'écoule quelque temps avant que je n'accorde ma lyre de nouveau! « Près des fleuves de Babylone etc. » Presque sans cesse depuis ma dernière lettre, je n'ai connu l'existence que par la pression de la lourde main de la maladie, et j'ai compté le temps par les répercussions de la souffrance. Le rhumatisme, le froid et la fièvre ont formé pour moi une terrible Trinité dans l'Unité, qui fait que je ferme les yeux dans l'angoisse et que je les ouvre sans espérance. Je regarde ces jours printaniers et je dis avec le pauvre Fergusson :

« Dites pourquoi un ciel indulgent a-t-il donné
La lumière aux désolés et aux malheureux? [2] »

Vers le milieu de mai, il écrivait à Johnson :

« Vous devez probablement penser que, depuis quelque temps, je vous ai négligés vous et votre recueil, mais, hélas, la main de la souffrance, du chagrin et du souci s'est, pendant ces derniers mois, posée lourdement sur moi. L'affliction dans ma personne et dans ma famille a presque entièrement banni cette allégresse et cette vie

---

[1] Currie. *Life of Burns*, p. 51.
[2] *To G. Thomson.* April 1796.

avec lesquelles je courtisais jadis la muse rustique de l'Écosse... Cette lente, longue et usante maladie, qui reste suspendue sur moi, j'en ai peur, mon toujours cher ami, arrêtera mon soleil avant qu'il ait atteint le milieu de sa carrière et fera passer le Poète à des sujets bien autres et plus importants que d'étudier l'éclat brillant de l'esprit et le pathétique du sentiment. Cependant, l'Espérance est le cordial du cœur humain et j'essaye de l'entretenir du mieux que je puis [1]. »

Il avait encore à cette époque des moments de confiance et, vers la même date il écrivait à Thomson qu'il avait l'espérance que la vivifiante influence de l'été qui approchait le remettrait. Mais un peu plus tard, la conscience de sa situation grandit en lui. Le 4 juin, il écrivait à Mrs Riddel, qui lui avait conseillé d'assister à un bal donné en l'honneur du jour de naissance du roi, pour montrer son loyalisme :

« Je suis dans un si misérable état de santé que je suis incapable de montrer mon loyalisme, en aucune manière. Torturé, comme je le suis, de rhumatismes, j'aborde tous les visages avec une salutation semblable à celle de Balak à Balaam : « Viens maudire Jacob ! Viens détester Israël ! [2] » Ainsi dirais-je : « Viens maudire ce vent d'est, viens détester ce vent du nord ! » Je vous verrai peut-être samedi, mais je ne serai pas au bal. Pourquoi irais-je ? « L'homme ne me plaît plus, ni la femme non plus [3]. » Pouvez-vous me procurer la chanson : *Soyons tous malheureux ensemble ?* Si vous le pouvez, faites-le, et obligez *le pauvre misérable* [4].

Le 26 juin, à la fin du mois, il écrivait à son ami Clarke une des lettres les plus navrantes qu'il ait écrites et qu'il soit possible de lire :

« Mon cher Clarke, — toujours, toujours la victime de l'affliction ! Si vous voyiez le corps émacié qui maintenant tient cette plume pour vous écrire, vous ne reconnaîtriez plus votre vieil ami. Si je dois jamais me rétablir, c'est le secret de Lui, le Grand Inconnu dont je suis la créature. Hélas ! Clarke, je commence à redouter le pire. Pour moi-même, je suis tranquille, — je me mépriserais si je ne l'étais pas. Mais la pauvre veuve de Burns, mais cette demi-douzaine de chers petits orphelins abandonnés ! Me voici faible comme une larme de femme ! Assez de ceci ! c'est la moitié de mon mal !

J'ai reçu votre dernière lettre contenant le billet de banque. Il arriva bien à point et je vous suis extrêmement obligé pour votre ponctualité. Il faut que je vous demande une seconde fois la même obligeance. Soyez assez bon pour m'envoyer un second billet *par retour du courrier.* J'espère que je puis vous le demander sans que vous en soyez gêné et cela m'obligera sérieusement. S'il faut que je m'en aille, je laisserai derrière moi quelques amis que je regretterai tant que la conscience me restera. Je sais que je vivrai dans leur souvenir.

Adieu, cher Clarke ! Que je vous revoie jamais est, je le crains, hautement improbable [5].

On voit, d'après cette lettre, que la gêne n'était pas loin, puisqu'il n'y

---

[1] *To James Johnson.* 18th May 1796.

[2] *Nombres.* 23-7.

[3] Shakspeare. *Hamlet.* Act. II, scene 2.

[4] *To Mrs Riddel.* 4th June 1796. Les derniers mots en italique sont en français.

[5] *To James Clarke.* June 26th, 1796.

avait entre elle et la maison qu'une aussi faible somme. Par une règle
cynique et barbare de l'Excise, le traitement des employés incapables
de continuer le service était réduit de moitié [1]. Burns ne devait plus
maintenant avoir que 35 livres par an, au moment où sa maladie réclamait
plus de dépenses. Pour achever le désarroi, sa femme se trouvait
enceinte, sur le point de s'aliter, incapable de le soigner. Et cinq enfants
dans cette maison, à travers laquelle se traînait le spectre voûté du
poète. Quel tableau et comme on comprend ses cris d'angoisse !

Dans cette misère, va et vient, attentive, active et silencieuse, une
aimable figure, la dernière des figures de femmes que son souvenir évo-
quera. C'est une jeune fille de dix-huit ans, une orpheline, la sœur d'un
des jeunes confrères de Burns [2]. Elle s'appelait Jessy Lewars et son nom
restera doucement harmonieux dans le langage écossais. Elle habitait
presque en face, et voyant l'abandon de cette pauvre demeure, elle traversa la rue. Pendant tous ces longs mois, elle fut l'Ange de la maison.
Elle soigna tout le monde avec un dévouement infatigable. Elle fut pour
les enfants une sœur aînée, et pour la mère, une jeune sœur. Quant au
poète lui-même, elle fut sa dernière vision de grâce et de jeunesse, une
présence bienfaisante et consolatrice. Grâce à elle, les nuages menaçants qui l'enveloppaient de toutes parts, ne furent pas sans leur bordure
argentée. Un biographe anglais l'a heureusement comparée à la petite
fée « qui porta au lit également lamentable de Henri Heine quelques
heures d'apaisement. »

Et lui, dans sa gratitude, reprit sa plume que sa main avait peine à
tenir et composa en son honneur ses dernières pièces, presque les seules
de cette période. Mais, même pour cette pure enfant, son cœur ne sut pas
perdre sa longue accoutumance de revêtir ses pensées de mots d'amour,
et sa reconnaissance prit la forme d'une déclaration. On dirait qu'il ne
connaissait pas d'autre façon d'enchaîner dans des vers un nom féminin.
Il la prit pour rendre immortel celui de la jeune fille qui le soignait. Il
faut se rendre compte de cette fiction poétique et dégager le sentiment
de sa forme convenue, pour qu'en lisant ces pièces charmantes l'étonnement n'interrompe pas l'admiration.

> Voici la santé de qui j'aime chèrement ;
> Voici la santé de qui j'aime chèrement ;
> Tu es douce comme le sourire de rencontre des amoureux,
> Et tendre comme leur larme d'adieu, Jessy !
>
> Bien que tu ne doives jamais être à moi,
> Bien que l'espoir même me soit refusé,

---

[1] Currie. *Life of Burns*, p. 53.
[2] R. Chambers, tom IV, p. 194.

Désespérer pour toi est plus doux
Que tout le reste au monde, — Jessy.

Je suis triste dans ce jour gai et brillant,
Car sans espoir, je songe à tes charmes ;
Mais bienvenu soit le rêve du doux sommeil,
Car, alors, je suis bercé dans tes bras, — Jessy.

Je devine, par ton cher sourire angélique,
Je devine par tes yeux où passe l'amour ;
Mais pourquoi exiger le tendre aveu
Contre le dur, le cruel décret de la Fortune, — Jessy.

Voici la santé de qui j'aime chèrement !
Voici la santé de qui j'aime chèrement !
Tu es douce comme le sourire de rencontre des amoureux,
Et tendre comme leur larme d'adieu, — Jessy [1].

Un matin, il lui dit que, si elle voulait lui jouer l'air qu'elle préférait, il lui mettrait des paroles. Elle s'assit à l'épinette et joua plusieurs fois un air de vieille chanson. Il l'écouta jusqu'à ce que son oreille en fut bien pénétrée, et quelques instants après il donna à Jessy les vers suivants. C'était une pensée délicate d'envelopper de mots grâce auxquels elle deviendrait immortelle, l'air naïf auquel son âme candide avait pris le plus souvent plaisir.

Si tu étais dans le vent froid,
Sur cette plaine, sur cette plaine,
Mon plaid contre l'air irrité
T'abriterait, t'abriterait ;
Ou si le dur vent du malheur
Soufflait sur toi, soufflait sur toi,
Ton abri serait sur mon sein,
Tout à toi seule, tout à toi seule.

Si j'étais dans la plus sauvage solitude,
Si noire et nue, si noire et nue,
Le désert serait un Paradis
Si je t'avais, si je t'avais ;
Ou si j'étais monarque du globe,
Roi près de toi, roi près de toi,
Le plus pur joyau de ma couronne
Serait ma reine, serait ma reine [2].

Avant de mourir, il voulut lui laisser un souvenir. A la fin de juin, il écrivit à Johnson pour lui demander les quatre volumes de sa collection. « Voulez-vous être assez obligeant pour me les faire parvenir par la

---

[1] *A Health to ane I lo'e dear.*
[2] *O wert thou in the cauld Blast.*

première voiture, car je suis anxieux de les avoir bientôt ! » Il les lui
offrit avec ces vers :

> . Ils sont à toi ces volumes, douce Jessy,
> Et avec eux prends la prière du poète,
> Que le destin, sur sa plus belle page,
> Avec ses bienveillants et ses meilleurs présages
> D'avenir heureux, inscrive ton nom.
> Avec la bonté native, un nom sans tache,
> Un peu de défiance qui veille et qui n'ignore pas
> Que le mal existe et que l'homme est trompeur,
> Nous trouvons ici-bas toutes les joies innocentes,
> Et tous les trésors de l'esprit ;
> Que ce soit là ta protection et ta récompense ;
> Ainsi prie ton fidèle ami, le barde [1].

Jessy Lewars vécut jusqu'en 1855. Elle fut honorée à cause de sa bonté
pour Burns. Quand elle mourut, elle fut enterrée tout auprès de lui et à
l'ombre de son monument. Un voyageur qui visitait le cimetière de
Dumfries, un jour de pluie, voyant toutes les tombes mouillées, excepté
celle de Jessy Lewars que le mausolée du poète abritait, se rappela la
strophe où il lui promettait de la protéger contre l'air irrité.

Ses amis rattachaient leur dernier espoir à un changement d'air. On
lui conseilla les bains de mer, l'exercice dans la campagne. Il partit
le 4 juillet pour Brow, hameau d'une douzaine de chaumières, sur les
bords solitaires de l'estuaire de la Solway [2]. On lui trouva une chambre
dans la seule auberge du pays [3], fréquentée surtout par les conducteurs de
troupeaux qui descendent vers le sud. L'endroit est triste et écarté, au
bord de longues grèves désertes, lavées par des marées troubles et jaunâtres. A l'autre extrémité de la vie, il revoyait cette mélancolie des
embouchures de rivières qu'il avait connue à Irvine. Mais cette fois il n'y
avait plus de révolte en lui contre la désolation des choses ; sa propre
tristesse était au delà de toutes celles que la nature peut présenter.

Il se trouva que Mrs Riddel était dans les environs, pour raison de
santé. Le lendemain de son arrivée, elle le pria de venir dîner avec elle.
Elle lui envoya sa voiture, car il était incapable de marcher. Elle a laissé,
dans une lettre citée par Currie, les impressions de cette dernière
entrevue.

« Son aspect me frappa quand il entra dans la chambre. L'empreinte de la mort
était marquée sur ses traits. Il semblait déjà toucher au bord de l'éternité. Son premier

---

[1] *Inscription to Miss Jessy Lewars, on a copy of the Scots Musical Museum, presen-
ted to her by Burns.*

[2] Currie. *Life of Burns*, p. 51.

[3] Mac Dowal. *History of Dumfries*, p. 609.

salut fut : « Eh bien, Madame, avez-vous quelque commission pour l'autre monde ? »
Je lui répondis que je ne savais lequel de nous deux y serait le plus tôt et que j'espé-
rais qu'il vivrait encore pour écrire mon épitaphe, (j'étais alors dans un très faible état
de santé). Il me regarda en face avec un air de grande bonté et exprima ce qu'il ressentait à me voir si malade, avec sa sensibilité habituelle. A table, il mangea peu ou
rien et se plaignit que son estomac fût entièrement délabré. Nous eûmes une longue
et sérieuse conversation sur sa situation présente et sur le terme prochain de toutes
ses inquiétudes terrestres. Il parla de sa mort sans la moindre ostentation de philosophie, mais avec fermeté et émotion, comme d'un événement qui devait arriver très
rapidement, et qui le préoccupait surtout parce qu'il laissait ses quatre jeunes enfants
sans protection, abandonnés, et sa femme dans une situation si intéressante — elle
s'attendait de jour en jour à accoucher du cinquième. Il mentionna, avec une fierté
et une satisfaction visibles, les promesses de génie de son fils aîné et les marques flatteuses d'approbation qu'il avait reçues de ses maîtres. Il insista particulièrement sur
les espérances qu'il concevait de la conduite et du mérite futurs de ce garçon. Son
anxiété pour sa famille semblait peser lourdement sur lui. Elle était peut-être aug-
mentée par la réflexion qu'il n'avait pas fait pour elle tout ce qu'il lui aurait été facile
de faire.

Abandonnant ce sujet, il témoigna un grand souci de sa renommée littéraire et
particulièrement de la publication de ses œuvres posthumes. Il dit qu'il savait bien
que sa mort ferait quelque bruit, et que le moindre fragment de ses écrits serait remis
à la lumière, contre lui, au détriment de sa réputation future ; que des lettres et des
vers, écrits avec une liberté excessive et malséante et qu'il désirerait sérieusement voir
ensevelis dans l'oubli, seraient passés de main en main, par une sotte vanité ou la malveillance, lorsque la crainte de son ressentiment ne serait plus là pour les retenir,
pour empêcher les censures de la malignité ou les sarcasmes de l'envie de répandre
leur poison sur son nom. Il regretta d'avoir écrit mainte épigramme sur des personnes
contre lesquelles il ne nourrissait aucune inimitié et dont il serait affligé de blesser la
réputation ; et maintes pièces poétiques sans mérite qui, craignait-il, seraient lancées
dans le monde, chargées de toutes leurs imperfections. A ce point de vue, il regretta
d'avoir différé de mettre ses papiers en ordre. C'était maintenant un effort dont il
était incapable.

Il soutint la conversation avec beaucoup de suite et d'animation. J'avais rarement
vu son esprit plus puissant et plus calme. Il y avait fréquemment une vivacité considérable dans ses saillies, et il y en aurait eu davantage encore si l'inquiétude et la tristesse que je ne pouvais dissimuler n'avaient refroidi la veine de plaisanterie qu'il
semblait disposé à suivre.

Nous nous quittâmes vers le coucher du soleil, le soir de cette journée (5 juillet). Je
le revis le lendemain, et nous nous séparâmes pour ne plus nous rencontrer [1].

La misère le poursuivait dans cette dernière retraite de ses embarras
et de ses humiliations. La seule nourriture qu'il supportât encore était
une sorte de bouillie de farine d'avoine avec laquelle on lui faisait prendre
du vin de Porto pour le soutenir. Sa provision de vin s'épuisa ; l'aubergiste
chez lequel il restait n'en vendait pas. Bien que marchant avec peine, il alla
jusqu'à l'auberge du village voisin, et, posant une bouteille vide sur le
comptoir, il en demanda une pleine. Quand on la lui eut apportée,
il murmura à voix basse à l'hôtelier que « le diable était entré dans sa

---

[1] Currie. *Life of Burns*, p. 51.

bourse et qu'il en était le seul locataire [1]. » Puis prenant le cachet de sa montre, il voulut le donner en gage. Le cachet vaudrait maintenant une fortune. Il l'avait fait faire exprès et sur ses indications, c'était un cachet de poète : sur un champ d'azur, un buisson de houx avec les pipeaux et la houlette de berger en sautoir. Une alouette des bois chantait au-dessus, perchée sur un rameau de laurier. Il y avait deux devises : l'une en chef : *Notes agrestes des bois ;* l'autre, en base : *Mieux vaut humble buisson que pas d'abri.* C'était son blason de noblesse poétique et sa façon de dire qu'il buvait dans son verre [2]. L'hôtelière, voyant qu'il se préparait à le détacher, frappa du pied avec indignation pour l'en empêcher, et le mari, entrant dans son sentiment de générosité, poussa avec douceur le pauvre poète vers la porte. De plus en plus, il voyait le dénûment s'approcher de lui. Il écrivait à son ami Cunningham :

Hélas ! mon ami, j'ai peur qu'avant peu la voix du barde ne soit plus entendue parmi vous ! Ces huit ou dix derniers mois, j'ai été souffrant, quelquefois couché, quelquefois debout ; mais pendant ces trois derniers mois, j'ai été torturé par un horrible rhumatisme qui m'a réduit presque à la dernière extrémité. Vous ne me reconnaîtriez pas si vous me voyiez maintenant. Pâle, émacié et si faible qu'il me faut parfois une aide pour me lever de ma chaise ;... ma gaîté, partie ! partie !... Mais je n'ai pas le courage de parler davantage à ce sujet. Les médecins me disent que ma dernière et ma seule chance est de prendre des bains de mer, la campagne et le cheval. Le diable de l'affaire est ceci : quand un employé de l'Excise est en inactivité, son salaire est réduit à 35 livres au lieu de 50. De quelle façon, au nom de l'économie, pourrais-je, avec 35 livres, me nourrir moi-même, et nourrir un cheval à la campagne avec une femme et cinq enfants à la maison ? Je vous mentionne ceci parce que je voulais vous demander d'employer votre influence et celle de tous les amis que vous pourrez rassembler, afin d'obtenir des Commissaires de l'Excise qu'ils m'accordent mon traitement intégral. Je pense que vous les connaissez tous personnellement. S'ils ne m'accordent pas cela, il faudra que je dépose mes comptes et que je m'en aille véritablement en *poète* [3]. Si je ne meurs pas de maladie, il faudra que je périsse de faim [4].

Le Conseil de l'Excise décida que le poète conserverait son traitement intégral, mais il n'en fut pas informé à temps et cette angoisse ne lui fut pas épargnée [5].

Les bains de mer apportèrent quelque soulagement à ses souffrances ; il ne paraît pas cependant en avoir conçu grand espoir ; les quelques lettres qui restent de lui sont de courts adieux ou quelques recommandations dernières. Le 10 juillet, il écrivait à son frère :

« Cher frère, ce sera une triste nouvelle pour vous d'apprendre que je suis

---

[1] Mac Dowall. *History of Dumfries,* p. 611.

[2] Voir pour ce cachet la lettre à *Alex. Cunningham,* 3rd March 1794.

[3] En français.

[4] *To Alex. Cunningham.* 7th July 1796.

[5] Voir Lockhart, *Life of Burns,* p. 287. — Scott Douglas, tom VI, p 197 en note, et l'extrait d'une lettre de l'Inspecteur Findlater adressée au *Glascow Courier* en 1834 et reproduite en partie par R. Chambers, tom IV, p. 192.

dangereusement malade et qu'il n'est pas vraisemblable que j'aille mieux. Un rhumatisme invétéré m'a réduit à un tel état de faiblesse, et mon appétit est si complètement
disparu, que je puis à peine me tenir sur mes jambes. Je suis depuis une semaine aux
bains de mer et je resterai ici ou chez un ami à la campagne, pendant tout l'été. Que
Dieu garde ma femme et mes enfants ; si je leur suis enlevé, ils seront pauvres, en
vérité. J'ai contracté une ou deux dettes sérieuses, en partie par suite de ma maladie
qui dure depuis bien des mois, en partie par suite de dépenses irréfléchies, quand je
suis venu en ville ; cela leur enlèvera trop du peu que je leur laisse entre vos
mains. Rappelez-moi à ma mère [1]. »

C'était son dernier baiser à la pauvre vieille mère qui avait par lui
connu de grands chagrins et une grande fierté. C'était son dernier adieu
au bon Gilbert, au compagnon, au confident, au vrai ami de jadis. De
ces deux frères qui s'étaient tant aimés, l'un d'eux, homme de génie, se
mourait dans le dénûment ; l'autre, homme d'honnêteté et de travail,
luttait contre le besoin.

Il se préoccupait de la position de sa femme abandonnée à Dumfries et,
le même jour, il écrivait à son beau-père, le maître-maçon de Mauchline :

« Au nom du ciel, si vous avez souci de la santé de votre fille et de ma femme, je vous
en conjure, très cher Monsieur, écrivez à Fife, à Mrs Amour, de venir, si elle le peut ;
ma femme pense qu'elle a encore une quinzaine devant elle. Les médecins m'ordon-
nent, *si je tiens à la vie*, d'avoir recours aux bains de mer et au séjour à la campagne;
il y a dix mille chances pour une que je serai à plus de douze milles d'elle quand
l'heure viendra. Quelle situation pour elle, la pauvre fille, sans un ami près d'elle à un
moment si sérieux.

Je suis depuis une semaine à la mer, et bien que je croie en avoir tiré quelque bien,
j'ai cependant des craintes sérieuses que cette affaire sera dangereuse sinon fatale [2]. »

Le 12, il écrivait à Mrs Dunlop, qui laissait maintenant ses lettres sans
réponse, ces quelques lignes d'adieu, touchantes, sans amertume, sans
un reproche et toutes pleines du souvenir d'une longue amitié :

« Madame, je vous ai écrit si souvent sans recevoir de réponse, que je ne vous
dérangerais plus, sans les circonstances dans lesquelles je me trouve. Une maladie qui
a longtemps pesé sur moi, en toute probabilité , va bientôt m'envoyer au-delà « de
cette frontière d'où aucun voyageur ne revient [3]. » L'amitié dont vous m'avez pendant
de nombreuses années honoré était une amitié très chère à mon âme. Votre conversation et spécialement votre correspondance étaient pour moi hautement intéressantes et
instructives. Avec quel plaisir j'avais coutume de déchirer le cachet ! Ce souvenir
ajoute une pulsation de plus à mon pauvre cœur palpitant !... Adieu !!! [4] »

Il laissait paraître par des réflexions mélancoliques, mais très calmes,
qu'il n'ignorait pas où il en était. Il était allé prendre le thé chez la veuve du

---

[1] *To Gilbert Burns.* 10th July 1796.
[2] *To James Armour.* July 10, 1796.
[3] Shakspeare. *Hamlet.*
[4] *To Mrs Dunlop.* 12th July 1796

ministre d'une paroisse voisine. Son aspect altéré avait produit un silence sympathique. Le soir était radieux, et, par la fenêtre, le soleil couchant entrait dans sa chambre. La fille du ministre, qui était grande admiratrice de Burns, craignant que cette lumière ne fût trop forte pour lui, se leva pour baisser les stores. Il devina ce qu'elle allait faire et, la regardant avec un air de grande douceur, il la remercia en ajoutant : « Oh ! laissez-le briller, il ne brillera plus longtemps pour moi. »

Ce séjour dans cette solitude, sur une grève immense et nue, fut pour le poète comme une retraite, une préparation, avant la mort. Il savait que son arrêt était prononcé, que son heure était marquée et prochaine.

Il entrait dans ces jours solennels, pleins déjà d'éternité, qui relèvent plus de la mort que de la vie. Que celle-ci semble brève alors ! C'était hier la maison du mont Oliphant et la dure jeunesse, le séjour à Irvine et la rencontre de Brown, les années d'apprentissage de Lochlea, les premières amours, les premières chansons, et Tarbolton avec ses réunions maçonniques ! C'était hier Mossgiel, et ses mois lumineux, pour lesquels une reconnaissance vit au fond de son cœur, l'orage de Jane Armour et la fuite préparée, et le coup de soleil de gloire. C'était hier l'apothéose d'Edimbourg, la ville affolée de lui, la rencontre de Clarinda ; puis une période pénible dont il ne se rend pas bien compte, mais où il sent que quelque chose aurait pu mieux tourner. C'est plus près encore, Ellisland, les revers, les joies et les tourments des nouveau-nés, les années amères de Dumfries. Et déjà le terme ! Que tout cela tient peu de place ! Cette vie qui, à l'autre extrémité, comme une tapisserie tendue, semblait si longue et si belle avec sa décoration de désirs et d'espoirs, est maintenant comme une tapisserie repliée, un tas petit et confus, sans signification, toutes ses scènes réduites et déformées, prêt à être enlevé. Oui, c'est déjà le terme ! Avec cette promptitude, la nécessité désespérante de mourir est venue. Et pourtant il n'est qu'au bord de la maturité ! Il n'a que 37 ans ! Il aurait besoin de vivre pour les siens ! Il porte encore tant de poésie en soi ! Hélas ! voici déjà les épaisses ténèbres, l'ombre de la mort est sur ses paupières, et le monde n'apparaît plus que comme un paysage qui blêmit et se fond dans un crépuscule.

Il est possible de pénétrer plus avant dans les méditations de ces dernières journées. Presque tous les hommes ont les mêmes pensées en ces suprêmes instants. Dans l'évanouissement de la vie, tant de choses jadis importantes et souhaitables sont à présent chétives, indifférentes. Tous ces désirs, ces inquiétudes, ces intérêts, ces entreprises, ces jouissances, ces attachements, ces ambitions, pour lesquels nous nous sommes montrés si diligents, tout ce tumulte, que cela est insignifiant ! Nos passions, si ardentes jadis, sont comme les cendres de campements quittés, et leur suite ne sert plus qu'à marquer notre chemin vers cet endroit d'où elles semblent vaines. Tout a pâli, tout est décoloré, tout s'en va, tout est ombre et vanité ! Et néanmoins, dans cette disparition, un sentiment longtemps subordonné sort de ce simulacre de notre existence, et prend de la force à mesure qu'elle s'efface, une inquiétude grandissante et forte, comment cette vanité a été employée. Ce doute finit par absorber la vie elle-même ; il ne subsiste plus d'elle que cette anxiété. Étrange contradiction ! L'usage de ce rien oblitéré nous devient redoutable. Ce qui faisait la vie est dissipé en fumée, en air invisible ; mais le regret des actions mauvaises, le repentir des souffrances infligées, le douloureux étonnement d'avoir torturé d'autres âmes pour si peu, se lèvent. La substance de nos jours a disparu ; il n'en existe plus que l'intention ; elle seule semble constituer tout notre passé.

Son âme était bien faite pour éprouver fortement ces impressions. L'inanité de ce monde est le thème de la doctrine presbytérienne dont il avait, malgré tout, été nourri ; et son robuste esprit, capable de s'emparer des choses, l'était aussi de les mesurer. Dans les instants où il ne s'enivrait pas d'elle, il avait toujours considéré la vie comme peu. Il y avait longtemps qu'il avait comparé l'homme à un petit faisceau de passions, d'appétits et de caprices[1]. Le lien qui les retenait ensemble en lui allait se dénouer. Il n'en était pas davantage. D'ailleurs les joies sont si rapides ! Il y avait longtemps aussi qu'il avait dit :

Hélas ! qui peut désirer de nombreuses années ! qu'est-ce sinon traîner l'existence jusqu'à ce que nos joies expirent graduellement et nous laissent dans une nuit de détresse ; comme les ténèbres qui effacent l'une après l'autre les étoiles, de la face de la nuit, et nous abandonnent, sans un rayon de consolation, dans le désert hurlant[2].

S'il avait tout ce qu'il faut pour trouver méprisable l'affairement de nos quelques ans, il avait en même temps une sagacité et une susceptibilité morales qui devaient lui rendre cruel l'examen du passé. Il avait toujours eu, probablement par suite de l'éducation paternelle, un vif sentiment de ses fautes. Les cris de repentir éclatent à chaque instant dans ses lettres et sont déchirants. Sa conscience avait toujours été pour lui une torture.

Il n'y a rien, dans la fabrique de l'homme, qui semble aussi inexplicable que cette chose appelée conscience. Si ce chien, dont les glapissements sont si gênants, avait le pouvoir d'empêcher le mal, il pourrait être utile ; mais, au début de l'acte, ses faibles efforts sont aux bouillonnements de la passion ce que les jeunes gelées d'un matin d'automne sont à l'ardeur sans nuage du soleil levant. Et les mouvements tumultueux de la mauvaise action ne sont pas plutôt passés, que, parmi les amères conséquences

---

[1] *The Author's Journal*. 15th June 1788.
[2] *To Mrs Dunlop*. Oct. 1792.

de notre folie, dans le tourbillon même de notre horreur, se dresse la conscience qui nous déchire avec les sentiments des maudits[1].

Ces regrets, dont sa correspondance est semée, pour sincères qu'ils fussent, manquaient de·quelque chose ; ils étaient trop personnels. Il paraissait regretter ses égarements, pour lui plus que pour les autres. Mais les approches de la mort ne sont pas égoïstes. Dans le dépouillement progressif de notre individualité, la considération d'autrui prend du relief et s'avance vers nous. Burns put avoir alors le plein discernement des douleurs qu'il avait causées. Hélas ! elles étaient nombreuses : les regards attristés de son père expirant, les larmes, à plusieurs reprises renouvelées, de sa mère, le chagrin installé à son propre foyer, des cœurs déchirés, des vies compromises ou perdues, Jenny Clow mourante dans une mansarde, Anna Clark chez sa sœur ; par dessus tout l'image de la douce fille des Hautes-Terres, dont il n'avait eu le courage de confier l'histoire à personne. Ce secret surtout était sa blessure profonde. Etait-il possible qu'il eût créé tant de douleurs ! Est-ce lui qui avait causé ces afflictions ? C'est l'instant où nous reviennent les amertumes que nous avons versées aux autres. C'est la défaite de l'homme par sa conscience. Dans la dissolution de son être, il sent clairement la méprise de la personnalité ; il est plus près de l'existence commune ; elle pénètre et gémit en lui, en sorte qu'il souffre des souffrances qu'il lui a faites. Lamentable aveuglement ! C'est donc pour cette figure creuse et fugitive qu'il a infligé ces sacrifices ! Et rien, ô cœur désabusé, ô cœur qui s'élargit dans la diminution de sa vie, rien pour compenser ces blessures et ces pleurs, que la poussière d'une bienveillance générale et des souhaits ineffectifs de bonheur universel !

Ses réflexions ne s'attardaient pas dans le passé; elles se tournaient vers le futur immédiat. Dans cette calme crainte, qui est en face de la mort la seule contenance d'une âme courageuse et réfléchie, qui peut empêcher sa pensée de prendre les devants, de le précéder vers ces ombres ? Même dans les esprits les plus obscurs et les plus grossiers, même en ceux qui ne se sont jusque-là nourris que de bas réel, il se fait un effort pour rassembler un peu de clarté et de confiance. Ils éprouvent le besoin d'un viatique pour la ténébreuse aventure. Nul doute que, pendant les méditations de ces journées solennelles, Burns n'ait essayé de rassembler ce qu'il pouvait y avoir en lui de croyance éparse et d'en tirer une lumière. Eut-il, avant d'être entraîné, une conviction sur laquelle appuyer son départ de toute chose ? Ces heures suprêmes que continrent-elles ? la foi ? ou une espérance plus vague, un peut-être optimiste ? ou les troubles de l'anxiété ? ou l'arrêt d'une négation ?

---

[1] *To Peter Stuart.* Feb. 1787.

Il avait, il le dit lui-même, été très loin dans le doute. Ensuite il s'était rapproché d'un sentiment religieux, qui néanmoins n'était pas la foi. Il ne semble pas avoir cru à la Révélation. Il parle du Christ avec révérence, mais sans adoration. Il le considère comme un intermédiaire d'origine divine. Il n'est pas très aisé de définir clairement comment il le concevait. C'est d'ailleurs une confusion qui existe chez tous ceux qui, sans trancher nettement pour l'humanité ou la divinité, essayent un compromis entre les deux et, substituant au mélange des deux natures, un mélange incompréhensible de termes divins et humains, remplacent la foi par du mysticisme philosophique. Ce n'était pas le cas chez Burns : son esprit était plus simple et moins exercé aux extases. Il est vraisemblable qu'il hésitait à aller jusqu'au bout. Il n'avait pas, du reste, les données du problème. La figure du Christ restait pour lui inexplicable, quoiqu'il lui reconnût quelque chose de surhumain.

L'Être suprême a placé l'administration immédiate de toutes ces choses, pour des fins sages et bonnes, connues de lui seul, entre les mains de Jésus-Christ, un grand personnage, dont nous ne pouvons comprendre la position envers lui, mais dont le rapport envers nous est celui d'un guide et d'un sauveur, et qui, si notre endurcissement et nos fautes n'y font obstacle, nous conduira tous, à la fin, par des voies diverses et des moyens divers, à la félicité [1].

Et ailleurs il disait :

Jésus-Christ, toi le plus aimable des personnages ! J'ai confiance que tu n'es pas un imposteur et que ta révélation de scènes heureuses d'existence, au-delà de la mort et de la tombe, n'est pas une des nombreuses duperies qui, coup sur coup, ont été pratiquées sur le crédule genre humain. J'ai confiance que, en toi, « toutes les familles de la terre seront bénies » parce qu'elles seront réunies dans un meilleur monde, dans lequel tous les liens qui ont attaché les cœurs entre eux, dans cet état présent d'existence, nous seront bien plus chers, chers au-delà de ce que nous pouvons concevoir [2].

Et encore ceci qui est peut-être plus probant :

J'irai plus loin et j'affirmerai que, d'après la sublimité, l'excellence, la pureté de sa doctrine et de ses préceptes, avec lesquels toute la sagesse et la science accumulées de nombreux siècles antérieurs ne sauraient entrer en parallèle, quoique, *en apparence*, il fut lui-même le plus obscur et le plus illettré de notre espèce, à cause de cette raison, Jésus-Christ émanait de Dieu [3].

Manifestement ce ne sont pas là des paroles de croyant. Ce n'est pas ainsi qu'on approche le double mystère de la Trinité et de l'Incarnation, ces ineffables tabernacles de la Foi. Pour les fidèles, la relation du

---

[1] *To Clarinda.* Jan. 8th, 1788.
[2] *To Mrs Dunlop.* 13th Dec. 1789.
[3] *To Mrs Dunlop.* 21st June 1789.

Christ, vis-à-vis du Dieu-Père, est définie, indiscutable comme une lumière, encore que l'intelligence ne comprenne pas comment cette lumière s'est produite. L'homme qui s'exprime ainsi sur Jésus-Christ n'est pas enveloppé du respect terrifiant du dogme ; il ne se sent pas en présence du Fils de Dieu, du Sauveur prédit, du Médiateur, de la Victime céleste, de l'Agneau divin ; il n'est pas en posture d'adoration. Encore est-il utile de remarquer que ces passages sont écrits à des femmes pieuses, dont il ne voulait pas offenser ouvertement la croyance : le premier à Clarinda, les deux autres à Mrs Dunlop. Ce sont les seuls passages où paraisse le nom du Christ, et ils datent de plusieurs années avant sa mort.

A défaut d'une foi assurée et précise, il s'était fait une religion à son usage. Il y avait été amené par des considérations à peu près exclusivement humaines, par l'autorité du consentement universel et l'unanimité de la race à imaginer un au-delà.

La Religion, ma chère Amie, est la vraie consolation ! une solide croyance en un état futur d'existence ; proposition si manifestement probable, que, en mettant la révélation de côté, toutes les nations et tous les peuples, aussi loin que les recherches ont pénétré, y ont cru fermement, d'une façon ou d'une autre, depuis 4000 ans.

En vain voudrions-nous raisonner et prétendre que nous doutons. Je l'ai fait moi-même jusqu'à un point très audacieux. Mais quand j'eus réfléchi que j'étais en opposition avec les plus ardents souhaits et les plus chères espérances des hommes bons, et que je rompais en visière avec la croyance humaine de tous les siècles, je fus honteux de ma propre conduite[1].

Et autre part, il semble moins être frappé de la vérité de la Religion que de son utilité. On dirait qu'il la considère surtout comme une façon de traverser la vie.

Cependant je suis tellement convaincu qu'une foi inébranlable dans les doctrines de la religion est nécessaire, non seulement en ce qu'elle fait de nous des hommes meilleurs, mais encore en ce qu'elle a fait des hommes plus heureux, que je prendrai bon soin que votre petit filleul et toutes les petites créatures qui me nommeront père les apprennent[2].

De ces motifs s'était formée en lui une croyance vague, conjecturale, née d'aspirations plutôt que de raisonnements. C'était un déisme optimiste, à la façon de celui de Rousseau, moins solide pourtant. Il ne s'était pas organisé en lui : il n'était pas établi sur une analyse psychologique et édifié par une suite de déductions, comme la *Profession de foi du Vicaire Savoyard*. C'était quelque chose de moins logique, de moins cohérent, de mouvant. C'était un souhait qu'il prenait pour une conviction, sans y apporter de preuves, sans l'essayer même, et autour duquel

---

[1] *To Mrs Dunlop.* 6th Sept. 1789.
[2] *To Mrs Dunlop.* 22nd Aug. 1792.

flottaient par instants comme des lambeaux de la foi de son enfance. Le passage suivant, de beaucoup le plus explicite et le plus complet qu'il ait écrit sur ce sujet, peut être considéré comme l'exposé théorique de sa conception religieuse.

La Religion, mon honorée amie, est sûrement une chose simple, puisqu'elle concerne également les ignorants et les savants, les pauvres et les riches. Qu'il existe un Être suprême, incompréhensible, auquel je dois mon existence ; que cet Être doive connaître intimement les opérations et le développement des ressorts intérieurs et la conduite extérieure, qui en est la conséquence, de cette Créature qu'il a faite, ce sont là, je pense, des propositions évidentes par elles-mêmes. Qu'il y ait une distinction réelle et éternelle entre le vice et la vertu, et partant que je sois une créature responsable, que, d'après la nature apparente de l'âme humaine aussi bien que d'après l'imperfection évidente, que dis-je ? l'injustice certaine de l'administration des choses, à la fois dans le monde moral et matériel, il doive y avoir une scène d'existence rétributive au-delà de la tombe, ce sont là des vérités qui doivent, je pense, être reconnues par tous ceux qui se donnent un instant de réflexion [1].

C'est, à première vue, une profession de foi suffisante pour guider dans la vie et soutenir devant la mort. En effet des hommes ont vécu et sont morts fortement avec ce credo. Mais une simple formule ne suffit pas ; elle ne prend de consistance que par l'effort de démonstration, et d'étendue que par l'effort d'analyse, auxquels nous la soumettons ; elle n'a d'action que par les convictions partielles et les applications quotidiennes que nous en tirons, par les combinaisons que nous en faisons avec les actes de notre vie. Une croyance ainsi obtenue peut avoir des soubassements défectueux ; comme ils reposent sur la nature même de celui qui l'a édifiée, elle est pour lui irréfutable, et possède l'autorité et l'effet de la vérité. C'est ainsi qu'une vie peut s'appuyer sur une doctrine incomplète ou fausse et en recevoir son harmonie.

Mais la déclaration religieuse de Burns était loin de remplir ces conditions ; elle n'était réellement qu'une formule. Elle manquait de solidité et de cohésion intellectuelles, car elle n'avait été l'objet d'aucun effort, elle n'était étayée sur aucune critique préalable, et soutenue par aucun raisonnement latéral. C'était en somme une idée acceptée par un procédé analogue à celui de la foi, de laquelle il avait élagué ce qui blessait sa raison ou gênait sa passion. Elle manquait d'efficacité morale, et c'était un autre effet de la même cause. N'ayant pas été détaillée, subdivisée, n'ayant subi aucun examen, ni personnel comme celui de certains philosophes, ni collectif et traditionnel comme celui d'une Église, elle restait à l'état nébuleux ; elle n'était pas réglementée, pas codifiée ; il n'en sortait rien de défini, rien d'impératif, pas un précepte positif, applicable. Elle ne fut jamais pour lui une source d'énergie morale, un livre de discipline, elle

---

[1] *To Mrs Dunlop.* 21st June 1789.

fut sans action sur sa vie. A aucune des crises où un contrôle supérieur peut nous soutenir ou nous réprimer, on ne la voit paraître. Elle ne semble pas avoir comporté à ses yeux de sanction bien nette. La sanction du châtiment n'y figure pas. La seule qu'il y introduise est une récompense, tenue en réserve pour ceux qui possédèrent pendant leur vie une bonté généreuse et une certaine disposition bienveillante envers toutes les créatures, quelles qu'aient d'ailleurs été les fautes qu'ils aient commises.

Pauvre Fergusson ! s'il y a une vie au-delà de la tombe, ce qui existe, j'en ai la confiance, et s'il y a un Dieu qui gouverne toute la Nature, ce qui existe, j'en suis sûr, tu goûtes maintenant l'existence dans le monde glorieux, où le seul mérite du cœur est ce qui distingue l'homme ; où les richesses, privées de leur puissance d'acheter le plaisir, retournent à la matière sordide d'où elles sont nées ; où les titres et les honneurs ne sont plus que les rêveries abandonnées d'un songe vain ; et où cette lourde vertu, qui est l'effet tout négatif d'une stupidité paisible, et ces folies imprudentes, quoique souvent désastreuses, qui sont les aberrations inévitables de la frêle nature humaine, seront jetées également dans l'oubli comme si elles n'avaient jamais existé [1].

En réalité, c'était simplement une religion d'imagination, moins encore, une aspiration, un souhait. Il n'a fait que demander à un état futur la continuation de la vie présente, de ce mode de vie qui était tout pour lui : l'amour, et après celui-ci, l'amitié. Il avait besoin de croire que les tendresses et les affections d'ici-bas ne périraient pas, et, de ce rêve, il avait fait une religion, ou il avait créé une religion pour réaliser ce rêve. Le dogme principal et on peut dire le dogme unique était cette espérance dans une réunion céleste. Le passage suivant manifeste bien l'origine sentimentale et le champ très limité de cette foi :

Comme presque toutes mes opinions religieuses viennent de mon cœur, je suis merveilleusement séduit par l'idée que je pourrai conserver un tendre commerce avec l'ami chèrement aimé, et avec la maîtresse encore plus chèrement aimée qui s'en est allée pour le monde de l'esprit [2].

Ce n'était guère qu'une façon de prolonger la vie actuelle, la vie terrestre qu'il vivait avec tant d'intensité. On a vu à propos de Mary Campbell combien cette rêverie lui était familière.

Il est trop évident qu'au moment des détresses, une religion de cette sorte ne pouvait être d'aucune utilité. Elle manquait trop de précision et de certitude ; elle était trop distante et trop vague. Tant que les maux sont éloignés de nous, une foi flottante semble un remède suffisant : l'idée de la foi contrebalance l'idée du mal. Mais quand le mal prend corps, se manifeste en maux particuliers qui nous étreignent, il faut, pour qu'il naisse un soulagement, que cette foi s'exprime elle aussi en

---

[1] *To Peter Stuart.* Aug. 1789.
[2] *To Dr Moore.* 28th Feb. 1791.

actes individuels, et qu'une suite de combats singuliers s'engage entre ses
secours et nos souffrances. Cela est à ce point qu'on ne conçoit guère une
religion protectrice, sans rite et sans prière. Une âme ne s'appuie pas sur
de l'abstrait : elle a besoin d'invoquer quelqu'un. Il faut qu'à ses gémissements une voix réponde, et un écho, fût-il celui d'un monde, ne lui
suffira jamais. Et, par ailleurs, il manquait à cette foi plus encore. Elle
n'avait jamais eu d'exigence. Pour qu'une croyance fasse quelque chose
pour nous, il faut que nous ayons fait quelque chose pour elle. C'est en
nous contraignant à ses préceptes que nous avons pris conscience de sa
puissance ; plus nous lui avons offert, plus elle nous rassure ; elle est
forte de ce qu'elle a obtenu de nous, et elle nous rend en soutien ce que
nous lui avons donné en sacrifice. La croyance de Burns ne lui avait
imposé aucun devoir, elle ne pouvait lui fournir aucun refuge.

Encore si cette foi, telle quelle, avait été fixe, invariable. Mais elle
était brisée par des fluctuations de doute. C'était une surface, une glace,
qui se rompait par moments, quitte à se reformer ensuite.

> J'ai tout le respect possible pour le monde d'outre-tombe dont on parle tant, et je
> souhaite que ce que la piété croit et la vertu mérite puisse être une réalité [1].

Et ailleurs :

> Peut-il être possible que, lorsque je me démettrai de cet être frêle et fiévreux, je me
> trouve encore dans un état d'existence consciente ! Quand le dernier hoquet de l'agonie
> aura annoncé que je ne suis plus, à ceux qui m'ont connu et aux quelques-uns qui m'ont
> aimé ; quand le cadavre froid, roide, inconscient, affreux, sera rendu à la terre pour
> être la proie de reptiles immondes et pour devenir avec le temps le sol qu'on foule
> aux pieds ; serai-je encore tiède de vie, voyant et vu, chérissant et chéri ? O vous,
> vénérables sages, et saints Flamines, y a-t-il de la probabilité dans vos conjectures, de
> la vérité dans vos histoires d'un autre monde au-delà de la mort ; ou bien sont-elles
> toutes également des visions sans fondement et des fables fabriquées ? S'il y a une
> autre vie, elle ne doit être que pour ceux qui furent justes, bienveillants, aimables,
> humains ; quelle pensée flatteuse, alors, est un monde à venir ! Plût à Dieu que
> je le crusse aussi fermement que je le souhaite ardemment ! [2]

N'est-ce pas là, à proprement parler, le doute ? Quand l'affirmation
n'est pas absolue, elle perd sa vertu de sécurité. Carlyle a dit : « Il n'a
pas de Religion... Son cœur, à la vérité, est animé d'un tremblement
d'adoration, mais il n'y a pas de temple dans son entendement. Il vit dans
l'obscurité et dans l'ombre du doute. Sa Religion, aux meilleurs moments,
est un souhait anxieux ; comme celle de Rabelais, « un grand Peut-être [3] ».
A son dernier moment, il pouvait répéter avec la même angoisse son cri
d'interrogation qui lui revenait souvent :

---

[1] *To Robert Ainslie.* June 30th 1788.

[2] *To Mrs Dunlop.* 13th Dec. 1789.

[3] Carlyle. *Essay on Burns.*

> Dites-nous, ô morts,
> Aucun de vous, par pitié, ne trahira-t-il le secret
> De ce que vous êtes, de ce que nous serons bientôt ?

Mille fois j'ai adressé cette apostrophe aux fils disparus des hommes, mais pas un seul n'a jugé convenable de répondre à la question. « O si quelque spectre courtois voulait parler ! » Mais cela ne se peut : vous et moi, mon amie, devons faire l'expérience par nous-mêmes [1].

Ainsi il ne pouvait attendre de ce qu'il avait de sentiments religieux ni consolation, ni révélation. Le mystère restait pour lui impénétrable ; aucune voix ne lui avait révélé ce qui se cache de l'autre côté du voile obscur derrière lequel s'engouffrent tous les hommes. En face de la redoutable épreuve, il arrivait avec les seules ressources de la raison et de l'énergie humaine. Il se présentait stoïquement, avec ce dilemme, qui est comme un pis aller, et qui est le dernier mot de notre intelligence quand nous lui demandons de l'assurance pour nous offrir à la dissolution.

Vous et moi sommes souvent tombés d'accord que la vie en somme n'est pas un grand bienfait. La fin de la vie, aux yeux du raisonnement, est

> Sombre comme fut le chaos, avant que le jeune soleil
> N'ait été ramassé en globe, ou avant qu'il ait essayé ses rayons
> A travers l'obscurité profonde.

Mais un honnête homme n'a rien à craindre. Si nous gisons dans la tombe, l'homme tout entier comme un morceau de mécanisme brisé, pour y pourrir avec les mottes de terre de la vallée, c'est bien ; du moins c'est la fin de la peine, du souci, de l'angoisse et des besoins. Si cette partie de nous qu'on appelle l'Esprit survit à la destruction apparente de l'homme — loin de nous les préjugés et les contes de vieilles femmes ! Chaque siècle et chaque nation a une collection différente d'histoires ; et comme la multitude est toujours faible, elle a souvent, peut-être toujours, été trompée. Un homme qui a conscience d'avoir rempli un rôle honnête parmi ses semblables — même en admettant qu'il ait pu être par moments le jouet des passions et des instincts — cet homme s'en va vers un grand Être inconnu, qui n'a pu avoir d'autre dessein, en lui communiquant l'existence, que de le rendre heureux ; qui lui a donné ces passions et ces instincts et qui en connaît bien la force [2].

Cette impression se confirme encore lorsque, en lisant ses dernières lettres, on remarque qu'elles sont toutes tournées du côté de la terre, qu'elles ne contiennent que des adieux et pas une lueur d'espérance. On dit qu'il avait emporté une Bible dans cette solitude. S'il l'ouvrit, son esprit ne porta pas vers les chapitres d'une tendre lumière où il est parlé du royaume des cieux ; il s'arrêta plutôt au livre douloureux où Job entrevoit :

> Le pays des ténèbres et de l'ombre de la mort,
> Pays d'une obscurité profonde,

---

[1] *To Mrs Dunlop.* 22nd Aug. 1792.
[2] *To Robert Muir.* 7th March 1788.

Où règnent l'ombre de la mort et la confusion,
Et où la lumière est semblable aux ténèbres [1].

Et ces derniers jours furent d'une infinie tristesse, devant ce vaste estuaire, où cette rivière, qui a été un ruisseau clair et bondissant, se meurt, lente et trouble, dans les vases et les sables, et disparaît dans l'immense océan, sur le sein duquel les soleils s'éteignent.

Cependant, sans autre soutien que le sentiment de sa dignité, on a vu qu'en présence de la mort, il fut vraiment, bravement et noblement un homme. Toute cette partie de sa vie, si elle est douloureuse à ce point qu'on ne peut la retracer sans émotion, est belle, en vérité. Ce qui frappe dans les souvenirs de ceux qui l'ont connu en ses derniers temps, c'est l'air de bonté avec lequel il regarde ces gens qui vont continuer à vivre. Il semble qu'une grande douceur fût descendue en lui, et que sa sympathie, qui avait toujours eu quelque chose de fougueux et de capricieux, fût devenue plus calme et plus régulière. Et dans toutes ses lettres d'adieu, quelle noble et simple façon de prendre congé de la vie ! Rien d'exagéré. Il ne dissimule pas la tristesse naturelle à l'homme qui voit arriver sa destruction. Mais la résignation et la fermeté à travers lesquelles elle se fait jour la rendent presque sereine. On voit ici ce qu'il avait de meilleur, le fond de haute humanité qui existait en lui. La souffrance l'avait épuré ; la maladie, dépouillé de ses passions ; le voisinage de la mort lui donnait un apaisement précurseur du grand repos ; il était dans une de ces ombres que projettent devant eux les événements qui approchent. Même les aveux de ses fautes passées deviennent paisibles, comme s'il avait eu confiance dans la mesure qui se ferait entre ses erreurs, d'un côté, et de l'autre les efforts qu'il avait faits pour les éviter et les regrets qu'il avait ressentis de les avoir commises. La seule partie encore tourmentée dans son esprit était l'anxiété pour sa famille.

Sa vie se serait achevée dans cette tranquillité relative si un dernier accident n'en avait surexcité la fin. Il reçut d'un homme de loi de Dumfries une lettre réclamant le paiement de sept livres dix shellings qu'il devait à un marchand de draps pour son uniforme de volontaire. Il ne semble pas qu'elle contînt aucune menace de poursuites légales ; on l'a du moins prétendu depuis. Mais, en Écosse, une lettre de ce genre est généralement considérée comme un commencement d'exécution de la part d'un créancier. Burns en fut extraordinairement affecté. La tristesse de son esprit, le sens d'impuissance que donne la maladie, la souffrance du dénûment dans lequel il se trouvait, tous les cauchemars de la misère, furent exaspérés par cette malheureuse communication. Son esprit malade se peupla de chimères encore plus

---

[1] Job.

noires que la réalité. Il perdit la tête, se vit saisi, emprisonné. Les deux lettres qu'il écrivit le même jour témoignent de son affolement. Il écrivait à Thomson :

« Après toutes mes fanfaronnades d'indépendance, la maudite nécessité m'oblige à implorer de vous la somme de cinq livres. Un cruel gredin de drapier, à qui je dois un compte, ayant mis dans sa tête que je suis mourant, a commencé une procédure et m'enverra infailliblement en prison. Envoyez-moi, au nom de Dieu ! envoyez-moi cette somme, et cela, par le retour du courrier. Pardonnez-moi cette insistance, mais les horreurs de la prison me rendent à moitié fou. Je ne vous demande pas cela gratuitement, car lorsque la santé me reviendra, je vous fais la promesse et je prends l'engagement de vous fournir pour quinze livres du plus fin genre de chansons que vous ayez vu.... Pardonnez-moi ! Pardonnez-moi !... [1]

Et à son cousin James Burness de Montrose, il envoyait le même appel pathétique :

« Mon cher cousin, quand vous m'offrîtes une aide d'argent, je pensais peu que j'en aurais si tôt besoin. Un gredin de drapier, à qui je dois une note considérable, se mettant en tête que je suis mourant, a commencé une procédure contre moi et enverra infailliblement en prison mon corps émacié. Voulez-vous être assez bon pour me prêter, et cela par retour du courrier, dix livres ? O James, si vous connaissiez la fierté de mon cœur, vous me plaindriez doublement. Hélas ! je ne suis pas accoutumé à mendier ! Le pire est que ma santé s'améliorait bien et le médecin m'assure que la tristesse et le découragement sont la moitié de mon mal. Devinez mes terreurs quand cette affaire est venue! Si elle était réglée, je serais, je le pense, aussi bien que possible. Quel langage emploierai-je avec vous ? oh ! ne me faites pas défaut ! Mais l'ordre maudit de la puissante nécessité.... Pardonnez-moi de vous le rappeler encore une fois — par retour du courrier. Sauvez-moi des horreurs de la prison !... Je ne sais pas ce que j'ai écrit. Le sujet est trop horrible ; je n'ose pas y jeter les yeux de nouveau.— Adieu ! [2]

Ainsi, jusqu'au dernier moment, ces mots : « les horreurs de la prison » qui avaient si douloureusement résonné dans toute sa vie, le hantaient. Ils l'avaient terrifié à Lochlea ; ils l'avaient poursuivi à Mossgiel ; ils avaient résonné à Ellisland, et voici qu'ils le ressaisissaient jusque sous l'aile de la mort. Il fut tué par eux comme son père. Le choc de cette nouvelle détermina une recrudescence de fièvre, et, comme s'il renonçait à tout espoir de guérison, il voulut retourner à Dumfries. Il convient d'ajouter que son cousin James Burness et Thomson envoyèrent immédiatement les sommes qu'il demandait. Mais, quand l'argent arriva, il était au-delà de toutes les tribulations de ce monde, là où, enfin, « les méchants ne tourmentent plus personne et où les fatigués trouvent le repos [3]. »

Il quitta Brow le lundi 18 juillet, dans une voiture qu'on lui avait prêtée. Quand il en descendit, à Dumfries, il fallut le soutenir pour qu'il

---

[1] *To George Thomson.* 12th July 1796.
[2] *To James Burness.* July 12th, 1796.
[3] Job 3. 17.

pût faire le court chemin qui le séparait de sa maison [1]. Sa femme fut tellement frappée du changement survenu en lui qu'elle demeura sans parole [2]. Dans la ville, l'émotion était grande. Cunningham dit que Dumfries avait l'aspect d'une ville assiégée. On savait que le poète national était mourant, et l'anxiété, non seulement des riches et des gens instruits, mais encore celle des ouvriers et des paysans dépassait toute croyance. Quand deux ou trois personnes étaient réunies, la conversation n'était que de lui. On ne se souvenait plus que de ses qualités et de son génie [2].

Le jour de son retour, il eut encore le courage d'écrire à son beaupère, Mr Armour, un pressant appel :

« Cher Monsieur, au nom du ciel ! envoyez Mrs Armour immédiatement ici. Ma femme s'attend d'heure en heure à s'aliter. Dieu bon ! Quelle situation pour elle, pauvre fille, sans un ami ! Je suis revenu des bains de mer aujourd'hui, et mes amis médecins voudraient presque me persuader que je vais mieux ; mais, je pense et je sens que ma force est partie, que la maladie me sera fatale ! [3] »

Ce sont les derniers mots qu'il ait écrits. Il n'avait plus que quatre jours à souffrir. Un tremblement l'avait saisi ; sa langue était desséchée ; il tomba dans le délire [4]. « Il avait conscience de cette infirmité, dit sa femme, et il me demanda de le rappeler à lui quand il divaguait [5]. » Pour assurer le repos nécessaire dans la maison, on avait envoyé les enfants chez Mr Lewars, en face. Jessy Lewars avait repris son poste de dévouement et de double charité. Quelques voisins, ses compagnons de l'Excise, le venaient voir. Le second jour, la fièvre augmenta. Le troisième, il appela son frère, et cria d'une voix forte et rapide : « Gilbert ! Gilbert ! » [5] Le matin du jeudi 21 juillet, il devint visible qu'il touchait à sa fin. Le docteur Maxwell, qui fut admirable de dévouement, avait veillé une partie de la nuit et était parti. Il ne restait dans la chambre que deux voisins. On envoya chercher les enfants pour voir une dernière fois leur père. Les pauvres petits se tenaient rangés autour de son lit. L'aîné de ses fils conserva un souvenir distinct de cette scène, et il racontait que les derniers mots de son père avaient été une exécration murmurée contre l'homme de loi dont la lettre avait été, pour ses derniers moments, l'éponge trempée de fiel et de vinaigre [6]. Puis graduellement et avec calme, il descendit dans son dernier repos.

Quand la nouvelle se répandit dans la ville, le deuil fut public [7]. Les

---

[1] Allan Cunningham. *Life of Burns*, p. 125.

[2] *Memoranda of Mrs Burns*, recueillis par Mr Mac Diarmid.

[3] *To James Armour.* 18th July 1796.

[4] Currie. *Life of Burns*, p. 52.

[5] *Memoranda of Mrs Burns*, recueillis par Mr Mac Diarmid.

[6] R. Chambers, tom IV, p. 210.

[7] Currie. *Life of Burns*, p. 58.

volontaires de Dumfries décidèrent qu'ils enterreraient leur illustre camarade avec les honneurs militaires. Le régiment de milice du comté d'Angus et le régiment de cavalerie des Cinque Ports, alors en garnison à Dumfries, offrirent leur coopération pour rendre le service plus solennel et plus imposant. Les principaux habitants de la cité et des environs résolurent de former une procession funèbre. Un vaste concours de peuple s'assembla, quelques-uns de très loin, pour assister aux obsèques du poète national [1].

Le corps resta exposé dans son cercueil dans la petite chambre où il avait rendu le dernier soupir. La maladie l'avait amaigri; mais la mort l'avait peu changé. Son front large et ouvert était pâle et serein ; ses cheveux noirs étaient légèrement teintés de gris. On avait répandu autour de lui des herbes et des fleurs [2]. Le dimanche soir, 24 juillet, le cercueil fut transporté à l'Hôtel-de-Ville. Le lendemain à midi, par un temps mêlé, comme la vie humaine, d'averses et de soleil [3], le convoi funèbre se dirigea du côté du cimetière de Saint-Michel. Les rues étaient garnies de troupes, et les grosses cloches des églises tintaient par intervalles, pendant que la procession s'avançait. Elle était conduite par un peloton de vingt volontaires de la compagnie du poète, en grand uniforme et les armes renversées. Le cercueil était porté et entouré par des soldats de la même compagnie, un crêpe au bras gauche. Ensuite venaient les parents du poète et les notables de la ville et du Comté. Enfin, arrivaient le reste des volontaires et une escorte militaire. Le convoi avançait lentement aux sons majestueux de la marche funèbre de Saül. Quand on arriva à la porte du cimetière, le peloton d'honneur, selon l'ordonnance, forma la haie, la tête appuyée sur les fusils renversés. A travers cette double rangée, le cercueil fut porté. Quand il fut dans la terre, le peloton d'honneur se rangea le long de la fosse et tira trois volées. Toute la cérémonie fut grande et solennelle [4].

Pendant que le service funèbre emplissait la ville de sa tristesse et que les cloches tintaient pour l'enterrement de son époux, Jane Armour mettait au monde un fils qui, usé avant de naître par les émotions de sa mère, mourut en bas-âge [5].

---

[1] Mac Dowal. *History of Dumfries*, p. 615.

[2] Allan Cunningham. *Life of Burns*, p. 128.

[3] *From the Diary of the late Mr William Grurson*, donné par Hately Waddell. Appendice, p. XLVI.

[4] Voir pour les détails des funérailles de Burns : Currie, *Life of Burns*, p. 52. — Allan Cunningham, *Life of Burns*, p. 126. — Les extraits du *Dumfries Journal* du mardi 26 juillet 1796 donnés par Scott Douglas, tom VI, p. 208. — Mac Dowal, *History of Dumfries*, p. 615. — Sur le monument de Burns dans le cimetière de Dumfries, voir les *Memorials of St-Michael's the old Purish churchyard of Dumfries*, par Mr Mac Dowall, chap. VIII.

[5] Currie. *Life of Burns*, p. 52.

Ainsi le tumulte de ces jours tourmentés était abattu, et ce cœur agité en repos, pour toujours. Mais ce paysan était une figure qui devait vivre dans la mémoire des hommes, et sa vie reste un sujet d'étonnement et de réflexions. Elle est souvent mal jugée pour des motifs opposés : par excès d'indulgence ou excès de sévérité.

Certains biographes, soit par candeur naturelle, soit par préjugé national, soit par besoin de prédication, ont tenté de faire de Burns une créature inoffensive et sans souillure. Ils ignorent ou ils cachent ses mauvaises actions. Ils créent un homme vertueux et parfait dont la carrière est exemplaire. Comment n'a-t-on pas vu qu'on enlève ainsi au drame de sa vie sa tragique beauté, son intérêt, sa leçon et une partie de son mérite ? Les candides qui veulent ainsi, en dépit de tout, innocenter ceux qu'ils admirent feront bien de ne pas s'approcher de cette existence. Dans un sentiment louable, ils la défigurent et la faussent. Ils se rendent coupables eux-mêmes d'une altération de la vérité.

Mais que d'autres s'en approchent encore moins ; les rigoureux, les stricts, les sévères, les vigilants, les inflexibles, les indignés, les inexorables, les impeccables, les extérieurement exacts, les contrits, les irrépréhensibles, les partisans de la voie étroite, ceux qui « nettoient le dehors de la coupe et du plat, mais dont l'intérieur est plein de méchanceté [1] », toute la race des pharisiens, les *unco' good*,

> O vous qui êtes si bons vous-mêmes,
> Si pieux et si saints,
> Vous n'avez rien à faire qu'à noter et raconter
> Les fautes et la folie de votre voisin [2].

Comment pourraient-ils parler d'une existence comme celle-ci, pleine de défaillances, mais rachetées par des clartés qu'ils ne perçoivent pas ? Elle ne saurait être pour les violents d'entre eux qu'une occasion de scandale, de réprobation et d'anathème ; et pour les sournois qu'une occasion de fausse commisération et de fiel doucereux. D'ailleurs, à quelle vie humaine peuvent-ils toucher, puisqu'aucune n'est exempte de faute et qu'une faute aux yeux de ces purs suffit à gâter une vie ? A quelle vie peuvent-ils toucher, puisqu'ils ne comprennent pas que le repentir efface et renouvelle tout, comme le printemps change en bourgeons les feuilles mortes amassées au pied des arbres ? En vérité, ils ne peuvent parler de rien d'humain ; car ce ne sont pas des hommes :

> Celui qui n'est pas apaisé par le repentir,
> N'est ni du Ciel ni de la Terre [3].

---

[1] Luc xi. 89.
[2] *Address to the Unco' Good or the Rigidly Rightuous.*
Shakspeare.

Qu'elles restent donc à l'écart ces âmes honorables qui font profession de n'excuser rien ; ces âmes rigoureuses qui ont regardé partout, sauf en elles-mêmes, où elles auraient appris à redouter leur propre jugement ; ces âmes gâtées de malveillance qui vont dans la vie, ramassant le mal d'autrui, pareilles à ces misérables courbés qui ne voient du travail et de l'activité des grand'routes que les ordures qu'ils emportent en leur panier ! Qu'elles restent à l'écart ces âmes assez déchues pour ne jamais accueillir la Bonté, ou plutôt dont la Bonté se détourne ! Leur châtiment, parce qu'elles ont fait du mal leur unique préoccupation et leur aliment, est que le mal devient leur substance, qu'elles meurent dans un empoisonnement, une décomposition morale, comme finiraient des êtres qui ne se seraient jamais repus que de pourritures. C'est pourquoi il a été dit qu'elles ressemblent à « des sépulcres blanchis qui paraissent beaux au dehors et au dedans sont pleins d'ossements de morts et de toute espèce d'impuretés [1] ». Et si ces paroles semblent trop vives, qu'on se souvienne que celui qui a été, pour notre occident, le créateur et le divin poète de la charité, a oublié sa mansuétude et pris un esprit de colère, pour parler de la race des hypocrites qui paient la dîme de la menthe, de l'aneth et du cumin et laissent ce qui est le plus important dans la loi : la justice, la miséricorde et la fidélité. Et qu'on se rappelle également qu'il trouvait leur crime plus abominable que tous les autres, et qu'il fit toujours paraître « plus d'indignation et un zèle plus amer contre cette prétendue sévérité pharisaïque que contre les désordres les plus énormes des publicains et des femmes prostituées de Jérusalem [2] ». Qu'ils restent donc à l'écart ! Ils sont inaptes à juger le poète. Il les a abhorrés par dessus tout ; il a été un de ceux qui les ont châtiés des lanières les plus coupantes. Sa poussière doit frémir de colère quand ils s'entretiennent de lui.

C'est dans d'autres conditions d'esprit qu'il faut apprécier une vie comme celle de Burns et, on peut le dire, toutes les vies. Il est nécessaire d'établir premièrement en soi cette conviction que l'histoire d'un caractère, comme celle d'un organisme ou celle d'un monde, n'est pas une page blanche, un repos de pureté, mais un équilibre oscillant de vie et de mort, un combat de bien et de mal, le pénible dégagement d'un peu de mieux hors de beaucoup de désordre, le mélange d'ombre et de rayons dont sont faites les années et où roule l'univers. Aucune vie, pas plus qu'aucune époque, ne réalise le bien. Elles ont rempli leur office lorsqu'elles ont conquis et légué quelque progrès ; ce qui les juge n'est pas l'endroit où elles s'arrêtent, mais ce qu'elles ont fait de chemin. Le vrai jugement sur tout homme, c'est donc que le bien atténue et compense

---

[1] Mathieu, xxiii. 27.
[2] Bourdaloue. *Sermon sur la Sévérité Evangelique.*

le mal ; qu'une faute, plusieurs, ne ruinent pas une âme où les bons efforts dominent ; qu'une vie est un ensemble dont il faut prendre l'effet général, l'intention et pour ainsi dire la moyenne.

Au-dessus de cette pensée, il est prudent d'asseoir encore cette réserve qu'une seule action est infinie et le nœud d'une multitude de choses tandis que notre vision est un pauvre instrument, une pince étroite et maladroite, qui accroche à peine deux ou trois fibres, dans cet écheveau, où par milliers se croisent et se mêlent les motifs, les intentions, les illusions, les ignorances, les aspirations, les insuffisances et les fatalités. Nous ignorons les profondeurs d'un acte, ignorées de celui même qui l'accomplit ; à plus forte raison, les profondeurs d'une vie. Burns avait compris tout ce qui nous échappe dans la conduite des autres.

> Jugez doucement votre frère, l'homme,
> Plus doucement encore la femme, votre sœur ;
> Encore qu'ils puissent errer un peu,
> Se dévoyer est chose humaine ;
> Un point reste toujours obscur :
> Le motif *pourquoi* ils ont agi ;
> Et tout aussi impuissants êtes-vous à savoir
> Combien peut-être ils le regrettent.
>
> Celui qui a fait le cœur, c'est lui seul
> Qui, définitivement, peut nous juger ;
> Il connaît toutes les cordes — leurs sons divers,
> Tous les ressorts, — leurs poussées diverses.
> Soyons donc muets devant la balance,
> Nous ne pourrons jamais l'ajuster ;
> Ce qui a été accompli, nous pouvons en partie le peser :
> Nous ne savons pas ce qui a été réprimé [1].

Il est obligatoire d'apporter, devant un fait moral, au moins les mêmes précautions et les mêmes défiances que devant un fait physique. Dans le plus minuscule de ceux-ci, les dessous sont inscrutables, les racines innombrables. Ce sera peut-être un jour le bienfait spirituel de la science, et sa plus solide contribution à la morale, que d'enseigner au monde social les conditions d'évidence et la timidité d'affirmation.

Et après qu'on aura réfléchi de cette manière et placé son intelligence au véritable point d'où il est permis de considérer son semblable, il est encore au-dessus de tout cela de comprendre que l'indulgence est non-seulement notre plus sage maintien parce qu'il est le plus modeste ; mais qu'elle est encore la plus haute position intellectuelle, parce qu'elle est la plus vaste, et que voir une faute dans un horizon de pardon, c'est respecter doublement la vérité, car c'est placer ce que nous savons dans sa relation avec ce qui s'étend ignoré de nous. Heureux et plus clairvoyants

---

[1] *Address to the Unco' Good or the Rigidly Righteous.*

encore, et en réalité plus généralisateurs et plus synthétiques, sont ceux qui voient naturellement avec bonté, qui ont reçu la bienveillance comme un génie et une façon d'être, ainsi qu'à d'autres est échue la beauté ! Ceux-là seuls sont proches de la vie, et leur discours de pardon est, au-dessus même de la prière, le plus noble des bruits humains actuels. C'est avec une telle préparation qu'il faut juger autrui, à moins d'être un méchant.

Celui qui reposait dans le cimetière de Dumfries avait été un homme dans le sens entier du mot, avec tout ce qu'il entraîne de qualités et de faiblesses. C'était une nature fougueuse, qui se précipitait dans le mal comme dans le bien, par générosité d'âme ou exigence d'instincts. Il avait une personnalité violente et impérieuse, dont le sentiment a eu la primauté sur toute sa vie. Elle se manifestait par deux traits caractéristiques, qu'il avait bien saisis lui-même en lui-même : l'orgueil et les passions, lesquelles furent les maîtresses et les conductrices de sa vie.

« Je suis, comme la plupart des gens de mon métier, un être étrangement capricieux comme un feu-follet ; la victime, trop fréquemment, de beaucoup d'imprudence et de beaucoup de folies. Mes deux éléments sont l'*orgueil* et la *passion*. J'ai essayé d'humaniser le premier et de le changer en intégrité et en honneur ; la seconde fait de moi, jusqu'au plus ardent degré d'enthousiasme, un fanatique en amour, en religion, en amitié — séparément ou tous ensemble selon l'inspiration [1]. »

Cet orgueil fut la source en lui de beaucoup de bonnes et de mauvaises choses. Il lui inspira l'idée de sa force, une attitude noble en face du succès aussi bien que de la misère, le sentiment, par lui virilement chanté, qu'un homme ne vaut que sa valeur propre, une dignité et une fierté qui le sauvegardèrent toujours. D'un autre côté, comme il était frémissant et ombrageux, il le rendit péniblement sensible à une quantité de petits froissements, à de petites négligences, à de petites inégalités extérieures, qu'il eut dû dédaigner. En l'exaspérant sur ces riens, en lui faisant regarder la vie comme mal répartie, il le poussa à la dénigrer, à se placer en dehors d'elle, à la braver, à devenir mécontent et cynique. Quant à l'élément de passion, il était fait des emportements d'un tempérament ardent et des rêves d'une belle imagination. Il naissait de son corps et de son esprit. Quelques-uns de ses biographes le représentent comme conduit par ses sens et expliquent ses fautes par un conflit entre ses dons spirituels et une constitution charnelle et terrestre [2]. C'est mal savoir de quoi sont faites les amours de poètes. Il y eut bien autre chose dans les passions de Burns ; il y avait de la poésie et des jeux du cœur dans les aventures qui ont été les plus funestes à sa vie et qui sont les plus lourdes à son nom. Il était d'ailleurs violent et excessif en tout. Ses

---

[1] *To Clarinda.* 28th Dec. 1787.

[2] Principal Shairp. *Burns*, chap. VIII.

colères étaient terribles. Cette force d'impulsion le mena par saccades, devançant les réflexions, et précédant les remords. Mais il lui doit ce mérite qu'il fut toujours sincère et franc. C'est une qualité que ses ennemis même lui reconnaissaient et que lui reconnaissent encore ceux de ses biographes qui sont le moins disposés à l'indulgence envers lui. Avec ce mélange dangereux de qualités et de défauts, on pourrait lui appliquer les vers qu'il avait écrits sur un homme dont la nature n'était pas, à certains égards, sans ressemblance avec la sienne, sur Charles Fox :

> Doué d'un savoir si vaste et d'un jugement si ferme,
> Qu'aucun homme, avec la moitié, ne pourrait aller de travers ;
> Doué de passions si puissantes et de caprices si brillants,
> Qu'aucun homme, avec la moitié, ne pourrait aller droit [1].

Pour modérer et diriger ces violences, il aurait fallu une solide discipline morale. Elle lui fit défaut entièrement : il n'eut pas de doctrine et il n'avait pas de volonté. Il fut constamment le jouet de ses passions. Il ne s'est pas une fois retourné contre elles, pour leur tenir tête. Il n'a jamais eu de consolidation de caractère. Il a été, en somme, une nature de réceptivité, avec des réactions très énergiques. Son cœur a été un carrefour où les vents de tous les horizons ont passé, se sont rencontrés et combattus. La ligne de sa vie est le tracé brisé d'une suite de hasards et d'accidents. La vivacité incomparable de la sensation actuelle, qui est la grande qualité de sa production littéraire, fut le grand vice de sa conduite. Il était saisi, entraîné par elle irrésistiblement. Les émotions, en passant par lui, l'emportaient. Il appartenait toujours tout entier au présent, sans souci de l'avenir et, quelquefois, sans assez de souvenir du passé. De là des moments où il semble qu'il ait eu l'oubli trop facile, des revirements brusques qui ont un air d'ingratitude, comme dans ses vers contre Mrs Riddell. Sa générosité elle-même n'existait que dans ce qu'elle a de spontané et d'impulsif. La générosité prolongée et réfléchie, le sacrifice, n'apparaît pas en lui. A peine peut-on dire qu'elle se fait jour dans son mariage avec Jane Armour. Encore fut-ce là un acte si soudain qu'il peut être considéré comme une impulsion : on sait d'ailleurs ce qu'il dura. Il a été comme un arbre qui jette son feuillage à toutes les rafales, faisant naître de lui-même des tourbillons, dans lesquels il est perdu et qui lui dérobent le ciel.

Comme sa personnalité était forte et dominatrice, cette soumission aux exigences des instincts ou des imaginations l'a souvent conduit dans ce qui fut le défaut de sa vie : l'égoïsme. C'était un généreux égoïste, un homme à tendances dévouées mais à conduite personnelle. Il lui a manqué l'oubli de soi-même, le sens, nous ne disons pas du dévouement,

---

[1] *Sketch inscribed to Charles James Fox.*

ni même de l'effacement, mais de la subordination de soi. Il n'a jamais su faire céder ses désirs, même légers et passagers, aux intérêts vitaux et durables des autres. Il n'a pas eu entre eux et lui de commune mesure. Et cette absence de préoccupation d'autrui est la cause de ce qui pèse le plus sur sa mémoire : des souffrances infligées. Un ermite, un stylite peuvent se désintéresser du prochain, isolés dans leur grotte ou sur leur colonne. Un homme plongé dans la vie ne le peut ; Burns le pouvait moins que tout autre, à cause de l'ascendant qu'il exerçait sur ceux qui l'approchaient. Lui qui avait tant d'extériorité dans l'esprit, au point de créer des êtres, n'en avait pas dans le cœur ; en certains cas décisifs, il n'eut pas assez conscience des existences en dehors de lui. Il vécut trop en lui-même et pour lui-même. Il a, il faut le dire, offert les tristesses et les angoisses d'autrui à son besoin de poésie, et nourri de pleurs humains les rêves dont il a fait ses œuvres. Peu de poètes, à y regarder, furent exempts de cette cruauté ; peut-être peu d'hommes le sont-ils. Et ceux-ci ne tournent pas à si rare usage les douleurs qu'ils créent, et ne changent point les larmes qu'ils font couler en perles à jamais pures, qu'ils mettent ensuite comme des colliers ou des diadèmes à celles qui les ont répandues. Il fut le premier de cette lignée de poètes modernes qui ont fait de l'amour l'occupation unique de leur vie. Il a été aussi le premier à faire de la passion l'excuse de ses mauvaises actions ; et nous ne parlons pas ici d'influence ni même d'inspiration littéraires, mais seulement d'état moral. Là encore, il a devancé Byron et l'école de poètes continentaux sortis de celui-ci jusqu'à Musset et George Sand. On a vu, dans un passage cité à propos de la plus meurtrière de ses fautes, avec quelle subtilité il cherchait à rendre son don poétique solidaire de ses passions, et par conséquent à mettre ses erreurs à l'abri de ses œuvres ; à faire de ses fautes une condition de sa gloire et de sa gloire l'absolution de ses fautes.

Sa vie, c'est-à-dire la manifestation extérieure de sa nature aux prises avec les circonstances, en y comprenant cette lisière de terrain commun où les circonstances contribuent à former la nature, et la nature à créer les circonstances, sa vie fut le produit de cette âme tourmentée. Elle fut moralement livrée au hasard, on a vu avec quels résultats ; il est inutile d'y revenir. Ce qui est douloureux, c'est qu'au point de vue de l'emploi de son génie et de sa gloire, il en alla de même façon. Elle est incomplète, irrégulière, interrompue et sans ensemble. Ce n'est pas assez de dire qu'il lui a manqué la régularité et la continuité du travail. Cette contrainte était incompatible avec sa fougue ; il faut en prendre son parti. Il lui a manqué bien davantage. On n'y trouve pas même de moments de groupement, un dessein qui ait ramassé et concentré, pendant un peu de temps, en un effort un peu tenu, les énergies et les ressources d'un pareil esprit. Sa production n'a pas eu de direction, pas de persévérance ; elle a vécu au jour le jour. Il n'y a presque rien dans son œuvre qui lui ait demandé plus d'une demi-journée de travail. *Tam de Shanter* fut écrit en une après-midi; les *Joyeux mendiants*, en une soirée; il a lâché, avec ses chansons, une volière de pinsons et de fauvettes, de rossignols et de merles, dont le gazouillis est à jamais charmant, mais il lui suffisait d'ouvrir la cage. Ce n'est pas que ce qu'il a fourni ainsi ne soit de haute valeur et, en quelques points, de premier ordre. Mais on conçoit qu'avec un peu de concentration de travail, il eût pu produire de telle façon que ce qui le fait immortel n'eût été qu'un détail, un portail latéral de son œuvre. Sans parler d'ouvrages de plus grande taille, de plus longue haleine et de plus haute visée, et à étendre seulement sa production telle qu'elle existe, quelle ne serait pas, dans la littérature anglaise, la place d'un homme qui aurait apporté un volume de contes comme *Tam de Shanter*, et un autre de scènes comme les *Joyeux mendiants* ou de tableaux comme la *Foire sainte*? Par manque de vouloir, il lui est arrivé, comme à Coleridge, que sa gloire n'est pas ce qu'elle aurait pu être. Que cette vie est loin de la belle architecture des vies de Milton, de Gœthe ou d'Hugo, où la voûte s'achève et dont l'arcade est parfaite ! Lui-même en avait conscience, et il l'a dit dans des termes frappants de vigueur et de beauté. « Ma vie m'a fait penser à un temple ruiné : quelle force, quelles proportions dans quelques parties ; quelles brèches misérables, quelles ruines éparses dans d'autres ! [1] » Hélas ! ce n'était pas un temple ruiné ; c'était un temple inachevé.

Il s'était bien jugé lui-même. Dans une prière qu'il a intitulée l'*Epitaphe d'un Poète*, il a proclamé, avec sa franchise ordinaire, ses torts et ses égarements. C'est un résumé admirablement exact et, par là, touchant de sa destinée.

> Existe-t-il un niais mené par des caprices,
> Trop vif pour réfléchir, trop ardent pour obéir,
> Trop timide pour chercher, trop fier pour flatter ?
> Qu'il approche d'ici,
> Et que, sur ce tertre herbeux, il chante dolemment
> Et verse une larme.
>
> Existe-t-il un poète de chanson rustique,
> Qui passe obscur dans la foule,
> Dont chaque semaine s'emplit ce cimetière?
> Oh ! qu'il ne passe pas outre,
> Mais qu'avec un sentiment fort et fraternel,
> Il pousse ici un soupir.
>
> Existe-t-il un homme dont le clair jugement
> Peut enseigner aux autres à diriger leur course,
> Et qui, lui-même, court follement la carrière de la vie,
> Effréné comme une vague ?

---

[1] *To Clarinda*, 19th Jan. 1788.

Qu'il s'arrête ici, et, à travers une larme naissante,
Contemple cette tombe.

Le pauvre habitant ci-dessous
Fut prompt à apprendre, sage pour connaître,
Et profondément ressentit l'ardeur de l'amitié
Et l'autre flamme plus douce ;
Mais d'imprudentes folies le ruinèrent
Et souillèrent son nom.

Lecteur, écoute : — Soit que ton âme
S'élance, du vol de la fantaisie, par delà le pôle,
Ou défriche obscurément ce trou terrestre
Dans de bas soucis ;
Sache que le contrôle sur soi-même, prudent et avisé.
Est la racine de la sagesse [1].

On ne peut mieux dire et plus juste. C'est un humble et noble aveu, mais dont l'humilité et le courage contiennent le plus éloquent des plaidoyers. Ces vers devraient être gravés sur sa tombe.

Toutefois ce n'est pas là une justice suffisante. Il lui revient davantage. Tous ses défauts, toutes ses fautes pesés, aussi lourdement pesés qu'on voudra, le plateau où est l'or pur l'emporte de beaucoup sur celui où est le plomb vil. L'admiration grandit à mesure qu'on examine ses qualités. Quand on songe à sa sincérité, à sa droiture, à sa bonté envers les gens et les bêtes, à son dédain pour toute bassesse, à sa haine pour les fourberies, qui, à elle seule, serait un honneur, à son désintéressement, à tant de beaux élans de cœur, de hautes inspirations d'esprit, à l'intensité d'idéalité qu'il lui a fallu pour maintenir son âme au-dessus de sa destinée ; quand on songe que tous ces généreux sentiments, il les a éprouvés au point qu'ils ont été sa vie intellectuelle, qu'ils sont sortis de lui en joyaux, tant il les ressentait avec flamme et tant son âme était une fournaise où bouillonnaient des métaux précieux ; on se dit que ce fut un homme de la plus noble élite humaine et de grande bonté. Quand on se rappelle ce qu'il a souffert, ce qu'il a surmonté et ce qu'il a accompli, contre quelle misère son génie s'est débattu pour naître et pour vivre, la persévérance de ses années d'apprentissage, ses exploits intellectuels, et après tout, sa gloire ; on se dit que ce qu'il n'a pas réussi ou pas entrepris n'est rien à côté de ce qu'il a achevé, et que ce fut un homme de grand effort. Et que reste-t-il à penser sinon que l'argile dont il était fait était pétrie de diamants et que sa vie a été une des plus vaillantes et des plus fières qu'un poète ait vécues ?

Enfin qui dira s'il n'y a pas, dans l'existence d'hommes tels que Burns, comme dans celles de Rousseau, de Byron, de Musset, de George

[1] *A Bard's Epitaph.*

Sand, et vraisemblablement, si nous les connaissions davantage, dans celle de Shakspeare et de Molière, une utilité profonde qui sort de leurs faiblesses? Elles remplissent une autre fonction qui est non moins indispensable que celles de Dante, de Milton et de Corneille. De celles-ci naissent un exemple austère et le noble plaidoyer du devoir. Mais des autres naissent peut-être des sentiments plus humains : la connaissance des misères des meilleurs d'entre nous, l'impuissance à leur refuser le pardon, et, par suite, la pratique de la pitié. Que ne perdrait point l'âme du genre humain, non pas en beauté et en délice d'art, mais en nécessaire bonté, si ces hommes ne lui avaient fait sentir, par leur séduction, la compassion pour leurs souffrances ! Et comment l'auraient-ils fait pleinement, s'ils n'avaient pas, par les plus cruelles souffrances, c'est-à-dire celles qui résultent des fautes, inspiré la plus noble générosité, c'est-à-dire celle qui triomphe d'un blâme. Ce sont eux qui ont en partie donné un cœur miséricordieux à l'humanité. Par un métamorphisme mystérieux, admirable, leurs fautes, leurs souillures même se transforment en clémence, en un baume qui parfume le monde. Les orages particuliers qui ont ravagé leurs âmes retombent en rosée universelle, et c'est la rosée de la compassion. Personne ne fut plus fait que Burns pour contribuer à ce travail sacré. Aussi, malgré la sévérité qui atteint certains de ses actes, le jugement des hommes sera clément pour lui.

Quant à nous, après avoir vécu avec lui, pendant plusieurs années, après avoir suivi ses tracas, ses traverses, ses tourments et ses travaux, assisté à ses crises, sondé son cœur d'une main impartiale si elle est charitable, réfléchi à ses fautes, et pesé avec leurs conséquences leurs causes et leurs excuses, nous avons conçu pour lui une affection compatissante. Notre espoir, au bout de ce long effort pour faire revivre cette âme comme il nous semble qu'elle a vécu, est d'inspirer à ceux qui liront ce livre un peu de ces sentiments pour ce frère si véritablement humain.

Il est impossible d'abandonner l'histoire de Burns sans s'inquiéter de ce que devinrent ceux qui avaient vécu avec lui et les enfants pour lesquels il avait souffert tant d'anxiétés [1].

Sa vieille mère continua à résider avec Gilbert dont elle suivit la fortune et mourut en 1820, dans sa quatre-vingt-huitième année.

Gilbert resta sur la ferme de Mossgiel jusqu'en 1798. En 1791, il avait épousé une jeune fille de Kilmarnock dont il eut six fils et cinq filles. En

<hr/>

[1] Les renseignements sur la famille de Burns se trouvent dans l'appendice au vol. IV. de Chambers : *Posthumous History of Burns*, et dans l'*Addenda N° IV* du tome VI de Scott Douglas. Voir aussi les *Genealogical Memoirs of the Family of Robert Burns*, par le Dʳ Charles Rogers.

quittant Mossgiel, il prit la ferme de Dinning dans la vallée de la Nith, où il resta jusqu'en 1804. Il devint à cette date agent des propriétés de lord Blantyre dans East-Lothian. Ce fut alors seulement qu'il connnut un peu d'aisance et de tranquillité. Il avait aidé Currie dans sa biographie et son édition de Burns. En 1820, il revit lui-même cette édition. Il mourut en 1827, après avoir vu partir avant lui cinq de ses enfants.

Des trois sœurs de Burns, l'une, Agnes Burns, mourut en 1834; la seconde, Annabella, en 1832, et la troisième, Isabella, plus connue sous le nom de Mrs Begg et qui a donné quelques détails intéressants sur son frère, mourut en 1858, au milieu des préparatifs faits pour célébrer le centenaire de la naissance de son frère et fut enterrée dans le tombeau de son père, à l'ombre de l'église d'Alloway. Agnes et Isabella épousèrent des hommes qui devinrent gérants de propriétés. Annabella demeura fille et continua de vivre chez Gilbert avec sa vieille mère.

Burns laissait sa famille dans le dénûment. Aussitôt après sa mort, ses amis, John Syme, le distributeur du Timbre, et le Dr Maxwell qui l'avait soigné, auxquels se joignit Alexander Cunningham d'Edimbourg, prirent l'initiative d'une souscription en faveur de la femme et des enfants du poète. Cette souscription rapporta assez lentement 700 livres [1]. On subvint ainsi aux premières nécessités. Pendant ce temps, il fut résolu qu'on publierait une édition des œuvres complètes de Burns avec sa correspondance. C'était un travail considérable; il fallait réunir les poèmes, retrouver et rassembler les lettres. On pensa à Dugald Stewart, puis à Mrs Walter Riddell. Enfin le Dr Currie, alors médecin à Liverpool, grand admirateur de Burns, qui s'était employé activement pour la souscription, fut chargé de cette tâche. Il s'en acquitta admirablement, avec un soin, une générosité, une affection et un talent dignes de tous les éloges. Cette bonne œuvre sauvegardera son nom. *Les Œuvres de Robert Burns avec un Récit de sa Vie et une Critique de ses Écrits, par James Currie, M. D.* parurent en Mai 1800. Le succès de cette publication fut grand. Quatre éditions, de 2000 exemplaires chaque, se vendirent en quatre ans. Les profits montèrent à 1400 livres. Cela permit à Jane Armour de vivre et de faire donner à ses enfants une éducation respectable. Le Dr Currie alla la voir en 1804. « Tout, autour d'elle, annonçait une aisance convenable et même le confort. Elle me montra la salle de travail et la petite bibliothèque de son mari, à peu près telles qu'ils les avait laissées. D'après tout ce que j'entends dire, elle se conduit irréprochablement [2] ».

Jane Armour, restée veuve à trente-et-un ans, fut fidèle à la mémoire de son mari. Elle supporta son veuvage, dont la célébrité de son nom et la curiosité dont elle était entourée faisaient une situation plus difficile,

---

[1] R. Chambers, tom IV, p. 224-25.
[2] R. Chambers, tom IV, p. 230.

avec une dignité qui lui valut l'estime et l'affection de tous. Son esprit s'était formé et assis. Son bon sens et un grand sentiment de tact frappaient ceux qui l'approchaient. Elle avait pris, en vivant près de son poète et en admirant ses œuvres, un goût de choses délicates et brillantes.

Son esprit était un de ces esprits bien pondérés qui s'attachent instinctivement au convenable et à la mesure, en toutes choses. Ceux qui l'ont connue, au commencement comme à la fin de sa vie, n'ont jamais remarqué de changement dans ses façons et ses habitudes, sauf peut-être plus d'attention à sa mise et plus de raffinements dans ses manières, qu'elle avait acquis insensiblement par de fréquents rapports avec des familles de la plus haute respectabilité. Dans ses goûts, elle était frugale, simple et pure ; elle prenait grand plaisir à la musique, à la peinture et aux fleurs. Pendant le printemps et l'été, il était impossible de passer devant ses fenêtres sans être frappé de la beauté et de la richesse des fleurs qu'elles contenaient ; si elle était capable d'extravagance excessive, c'était pour les racines et les plantes des plus belles espèces. Aimant beaucoup la société de la jeunesse, elle se mêlait volontiers à leurs plaisirs innocents et remplissait joyeusement pour eux « la coupe qui égaie et n'enivre pas ». Bien qu'elle ne fût ni sentimentale ni « bas bleu », c'était une femme intelligente ; elle avait une grande pénétration, discernait admirablement les caractères et faisait souvent des remarques pleines de sens [1].

Cette Jane Armour n'est pas tout à fait celle que nous avons vue. C'est celle que la vie bien vécue avait fini par faire. Le haut esprit, qu'elle avait compris, en l'aimant, avait, en récompense, rempli cet amour d'intelligence. Elle avait, par la vertu de sa sympathie, mis sa nature à l'unisson avec la sienne, et elle était devenue apte à recevoir toutes choses justes et fines. Elle prit naturellement les délicatesses. Mais cela était comme le fruit lointain de sa bonté et de son pouvoir d'affection. Elle ne quitta jamais la maison où son mari était mort. Son soin était de la tenir en grande propreté et de l'embellir autant que ses strictes ressources le lui permettaient. Là, pendant plus de trente ans, elle reçut, par milliers et milliers, tous ceux, pauvres et riches, qui venaient visiter la demeure du poète. Parfois, pendant les mois d'été, elle était fatiguée de ce défilé incessant. Elle le supportait avec patience. Il lui semblait qu'elle remplissait un devoir en tenant sa maison ouverte et en accueillant ceux qu'avait attirés la gloire de Burns [1]. Elle conserva très longtemps son élégance de corps, sa démarche gracieuse, un pas léger, des yeux noirs comme le jais, clairs et brillants, et la voix souple et juste dont Burns était fier. Elle mourut le 26 mars 1834.

Au moment de sa mort, Burns avait six enfants vivants, quatre légitimes de Jane Armour, quatre fils ; et deux illégitimes, deux filles : l'une Elisabeth, l'aînée de tous ses enfants, la fille d'Elisabeth Paton, née en

---

[1] Extrait d'un article du *Dumfries Courrier*, qui parut au moment de la mort de Mrs Burns et qui a été attribué à Mr Mac Diarmid. Cité dans l'édition d'Allan Cunningham, p. 746.

1784, qui était élevée à Mossgiel, et la seconde, nommée aussi Elisabeth, la fille d'Anna Park, que Jane Armour avait si généreusement recueillie.

L'aîné des fils, nommé Robert comme son père, après avoir commencé son éducation à la Grammar-School de Dumfries, suivit des cours à l'Université d'Edimbourg et à celle de Glascow. Son éducation faite, il obtint un modeste emploi à l'Administration du Timbre à Londres. Il mena une vie de petit employé, augmentant ses ressources en donnant des leçons de mathématiques et de langues classiques. Il était d'une grande intelligence, avec un don de parole remarquable. Il composa quelques poésies auxquelles le mérite ne manque pas. Il semble, par certains côtés de conduite, avoir ressemblé à son père, mais il n'avait pas son énergie. Ce que Burns avait diagnostiqué de lui se trouva vrai ; il était fait pour une vie de prélature, nonchalante et aisée. En 1833, il prit sa retraite, avec une petite pension, et vécut à Dumfries où il mourut en 1857. Il avait eu en 1812 une fille, Eliza Burns, qui épousa en 1834 le chirurgien Everitt. De cette union naquit une fille, Martha Burns-Everitt qui ne se maria pas.

Le second, Francis-Wallace, le filleul de Mrs Dunlop, celui dont son père était si orgueilleux, mourut en 1803, à l'âge de quatorze ans.

La destinée des deux derniers est plus intéressante. William-Nicol Burns, nommé d'après le Nicol d'Edimbourg, après avoir reçu son éducation à la Grammar-School de Dumfries, s'embarqua pour les Indes à l'âge de quinze ans, en qualité de midshipman. En 1811, il reçut une commission de cadet. Après trente-trois années de service comme officier dans le 7° régiment d'infanterie de Madras, dont il devint lieutenant-colonel, il prit sa retraite et revint en Angleterre en 1843. Il alla habiter la petite ville paisible de Cheltenham et y mourut presque de nos jours, le 21 février 1872. Il mourut sans enfants.

Le quatrième fils, James-Glencairn, nommé d'après le bienfaiteur de Burns, eut une carrière presque semblable. En 1811, il fut nommé cadet au service de la Compagnie des Indes-Orientales. Il rejoignit à Calcutta le 15° régiment d'infanterie indigène du Bengale. Lorsqu'il vint faire un séjour en Angleterre, en 1831, il fut l'hôte de Walter Scott à Abbotsford. A son retour dans les Indes, en 1833, il fut nommé Juge et Percepteur à Cachar. Il revint définitivement en 1839 avec le grade de major. Puis il alla vivre avec son frère à Cheltenham où il mourut en 1865. Il eut deux filles de deux mariages. La seconde, Anne-Becket Burns, qui ne s'est pas mariée, vivait encore à Cheltenham en 1883. L'aînée, Sarah Burns, épousa un docteur Hutchinson de qui elle eut un fils, Robert Burns-Hutchinson, et trois filles : Annie, Violet et Margaret. Robert Burns-Hutchinson est donc le seul descendant mâle légitime du poète. En 1877, il est parti pour Assam afin de se faire planteur de thé.

Des deux filles naturelles de Burns, l'aînée « la petite Bess » resta à

Mossgiel avec Gilbert et la vieille mère jusqu'à l'âge de sa majorité. Elle reçut alors une dot de deux cents livres obtenues par une souscription publique. Elle épousa un nommé John Bishop et mourut à l'âge de trente-deux ans. La seconde continua à être élevée par Jane Armour avec ses propres enfants. A sa majorité, elle reçut également une somme de deux cents livres qui provenait de la même souscription. Elle épousa un nommé John Thomson, soldat retraité, qui travaillait près de Glascow à son métier de tisserand. En 1859, une nouvelle souscription lui assura trente livres de rente viagère. Elle mourut le 13 juin 1873.

Ainsi, plus ou moins largement, la gloire de Burns procura aux siens ce que sa prévoyance ne leur avait pas assuré. S'il avait pu le deviner, sa fin eût été moins cruelle.

FIN DE LA PREMIÈRE PARTIE

TABLE DES MATIÈRES

Chapitre VI.

DUMFRIES.

Décembre 1791 - Juillet 1796.

LILLE. — IMPRIMERIE L. DANEL.

Ingram Content Group UK Ltd.
Milton Keynes UK
UKHW050922090523
421401UK00019B/585